U0165573

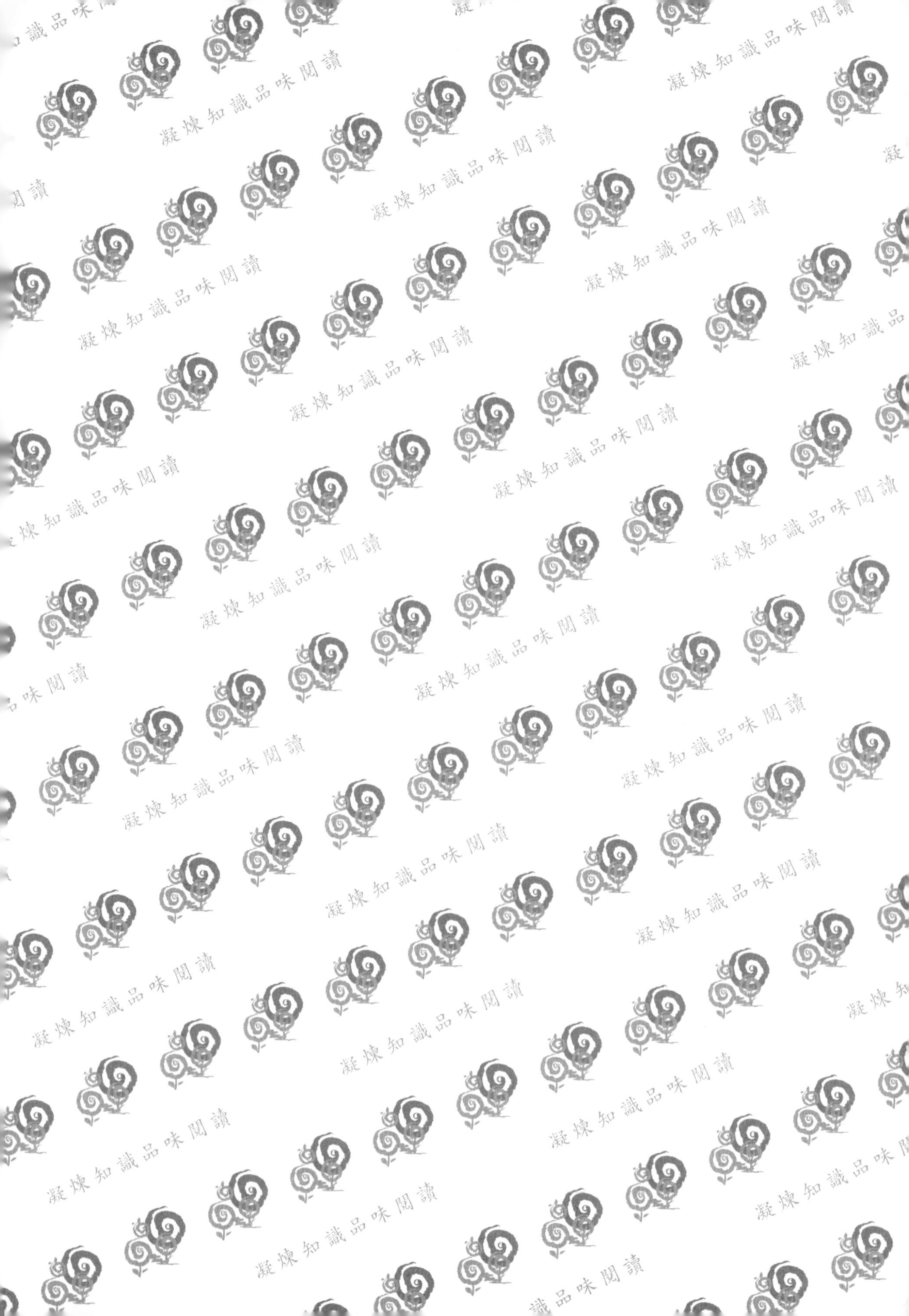

凝煉知識品味閱讀

第三版

中國文學史（上冊）

袁行霈 ◎主編

五南圖書出版公司 印行

目錄

第一卷

第二卷

第三編　魏晉南北朝文學

第四編　隋唐五代文學

第一卷

總緒論

第一節 文學本位、史學思維與文化學視角

・文學史與文學史學 ・文學本位 ・史學思維
・文化學視角 ・文學史著作的當代性 ・文學史史料學

中國古代的史學家和文學家早已注意到文學的發展與變遷，並做了許多論述。這些論述散見於史書、目錄學著作、詩文評、文學總集或選集的作家小傳中，在一些序跋、題記及其他文章中也有所涉及❶。

就現在所能看到的資料而言，史家的記述是比較早的。〔西漢〕司馬遷的《史記・屈原賈生列傳》不但爲屈原、賈誼這兩位文學家立傳，而且筆墨涉及宋玉、唐勒、景差等屈原之後、賈誼之前的辭賦家，已經算是有了文學發展過程的初步描述。此後，〔東漢〕班固在《漢書・司馬遷傳贊》中對司馬遷《史記》以前史官之文的發展過程有簡單的追述；齊梁時的沈約在《宋書・謝靈運傳論》中，回顧了南朝宋以前詩歌的發展歷程，可以看成是關於詩歌史的比較詳細的論述。〔南朝宋〕范曄撰《後漢書》，始創《文苑傳》，將二十二位文學上有成就的人的傳記合在一起，按時代先後排列，提供了文學發展的線索。此後，正史中的《文苑傳》或《文藝傳》，大都沿襲《後漢書》的體例。在目錄學著作方面，班固在劉歆《七略》的基礎上撰成《漢書・藝文志》，其中的〈詩賦略論〉對詩和賦的發展有初步的描述。此後，一些目錄學著作，如《隋書・經籍志》、《舊唐書・經籍志》、《新唐書・藝文志》大都繼承《漢書・藝文志》的傳統，在著錄書目的同時考辨源流。〔清〕紀昀《四庫全書總目提要》可算是這類書中的集大成者。在詩文評方面，〔梁〕劉勰《文心雕龍》中〈明詩〉以下二十篇論及許多文體的形成過程，〈時序〉等篇也有關於文學發展的精彩論述。〔梁〕鍾嶸的〈詩品・序〉，對文學的發展做了相當詳細的論述。此後，在一些詩話、詞話，以及詩紀事、詞紀事之類的書中，也有關於詩詞發展的論述❷。

此外，〔東漢〕鄭玄〈詩譜序〉追述詩歌的起源，歷數周文王、周武王、周成王以至懿王、夷王、厲王、幽王時政治的變遷與詩歌的關係，從政治的角度對詩歌的發展做了較細緻的描述。〔西晉〕摯虞的《文章流別論》從文體流變這個新的角度，論述了文學的發展。〔唐〕白居易的〈與元九書〉對《詩》、《騷》以來詩歌發展的歷程做了總結。〔宋〕李清照的《詞論》追述了詞的發展概況。〔元〕辛文房的《唐才子傳》爲三百九十八位唐代詩人作傳，間有評論，從中可以看出唐詩發展的因革流變。〔明〕張溥所輯《漢魏六朝百三名家集》的題辭，已經勾勒出漢魏六朝文學發

展的脈絡。〔清〕錢謙益的《列朝詩集小傳》，對明代詩人一千六百餘家做了評述。清代所修《全唐詩》，爲唐代詩人做了簡介，從中可以看到唐代詩歌的發展線索。

毫無疑問，上述種種著述都是我們今天撰寫文學史應當借鑑的。然而，這些還不能算是對文學發展過程的系統完整的論述，因而還不是專門的文學史著作，更不能說已經建立了獨立的文學史學科。中國學者所寫的文學史著作，是二十世紀初受了外國的影響才出現的，一般認爲，林傳甲在京師大學堂編寫的講義《中國文學史》爲具有代表性的濫觴之作[3]。謝無量的《中國大文學史》[4]、胡適的《白話文學史》上卷[5]、鄭振鐸的《插圖本中國文學史》[6]、劉大杰的《中國文學發展史》[7]、中國科學院文學研究所的《中國文學史》[8]、游國恩等主編的《中國文學史》[9]，分別代表了二十世紀二十年代、三十年代、四五十年代、六十年代文學史著作所能達到的成就。王國維的《宋元戲曲史》[10]、魯迅的《中國小說史略》[11]，在分體文學史中是最早的、最有影響的著作。

由此可以說，進入二十世紀以後，特別是二三十年代以後，文學史才成爲一門獨立的學科。然而，各家對這門學科的理解並不相同，因此文學史的寫法也有很大差異。只要是嚴肅的學術研究，因不同的理解與不同的寫法而形成各自的特色，都可以從不同的方面豐富和完善文學史這門學科。即使現在或將來，也不可能只有一種理解、一種模式、一種寫法，而只能是百家爭鳴、百花齊放。

那麼，我們對文學史是怎樣理解的呢？我們認爲：文學史是人類文化成果之一的文學的歷史。

這是一個最樸實無華的、直截了當的回答，意在強調：文學史是文學的歷史，文學史著作要在廣闊的文化背景上描述文學本身演進的歷程。它包括以下幾方面的意思。

第一，把文學當成文學來研究，文學史著作應立足於文學本位，重視文學之所以成爲文學並具有藝術感染力的特點及其審美價值。當然，文學的價值在很大程度上取決於其內容的濃度與廣度，這是沒有問題的，但必須借助語言這個工具以喚起接受者的美感。一些文學作品反映現實的深度與廣度未必超過史書的記載，如果以有「詩史」之稱的杜甫詩和兩《唐書》、《資治通鑑》相比，以白居易的〈賣炭翁〉與《順宗實錄》裡類似的記載相比[12]，對此就不難理解了。但後者不可能代替前者，因爲前者是文學，具有審美的價值，更能感染讀者。當然，也可以以詩證史，將古代文學作品當成研究古代社會的資料，從而得出很有價值的成果，但這並不是文學史研究，文學史著作必須注意文學自身的特性。

第二，緊緊圍繞文學創作來闡述文學的發展歷程。文學史研究有幾個層面，最外圍是文學創作的社會政治、經濟背景。背景研究很重要，這是深入闡釋文學創作所不可少的。但社會政治、經濟背景的研究顯然不能成爲文學史著作的核心內容，不能將文學史寫成社會發展史的圖解。第二個層面是文學創作的主體即作家，包括作家的生平、思想、心態等。應當充分重視作家研究，但作家研究也不是文學史著作的核心內容，不能將文學史寫成作家評傳的集成。正史裡的《文苑傳》、《文藝傳》不是現代意義上的文學史。第三個層面是文學作品，這才是文學史的核心內容。因爲文學創作最終體現爲文學作品，沒有作品就沒有文學，更沒有文學史。換句話說，文學史著作的核心內容就是闡釋文學作品的演變歷程，而前兩個層面都是圍繞著這個核心的。

第三，與文學創作密切相關的是文學理論、文學批評和文學鑑賞。文學理論是指導文學創作的，文學批評和文學鑑賞是文學創作完成以後在讀者中的反應。文學的發展史是文學創作和文學理論、文學批評、文學鑑賞共同推進的歷史。這並不是說要在文學史著作裡加進許多文學理論、文學批評和文學鑑賞的內容，在文學理論史和批評史已經成爲一門獨立學科的今天，撰寫文學史更沒有必要這樣做了。我們只是強調撰寫文學史應當關注文學思潮的發展演變，並用文學思潮來解釋文學創作，並注意文學的接受，引導讀者合理、恰當地鑑賞文學作品。

第四，與文學創作密切相關的還有文學傳媒。古代的文學媒體遠沒有今天多，只有口頭流傳、書寫傳抄、印刷出版、說唱演出等幾種，但已足以引起我們的注意。文學作品靠了媒體才能在讀者中起作用，不同的媒體對文學創作有不同的要求，創作不得不適應甚至遷就這些要求，在一定程度上可以說文學創作的狀況是取決於傳媒的。從口頭流傳到書寫傳抄，再到印刷出版，由傳媒的變化引起的創作的變化很值得注意。先秦兩漢文學作品之簡練跟書寫的繁難不能說沒有關係。唐宋詞的演唱方式對創作的影響顯而易見。印刷術發明以後大量文獻得以廣泛而長久地流傳，這對宋代作家的學者化，進而對宋詩以才學爲詩這個特點的形成有重要的影響。宋元說話藝術對小說創作的影響，宋元戲曲的演出方式對劇本創作的影響，更不容忽視。傳媒對創作的影響以及傳媒給創作所帶來的變化，應當包括在文學史的內容之中。

總之，文學創作是文學史的主體，文學理論、文學批評、文學鑑賞是文學史的一翼，文學傳媒是文學史的另一翼。所謂文學本位就是強調文學創作這個主體及其兩翼。

從某種意義上說，文學史屬於史學的範疇，撰寫文學史應當具有史學的思維方式。文學史著作既然是「史」，就要突破過去那種按照時代順序將一個個作家作品論簡單地排列在一起的模式，應當注意「史」的脈絡，清晰地描述出承傳流變的過程。文學史著作既然是「史」，就要靠描述，要將過去慣用的評價式的語言，換成描述式的語言。評價式的語言重在定性，描述式的語言重在說明情況、現象、傾向、風格、流派、特點，並予以解釋，說明創作的得失及其原因，說明文學發展變化的前因後果。描述和評價不僅是兩種不同的語言習慣，而且是兩種不同的思維方式。描述並不排斥評價，在描述中自然包含著評價。文學史著作既然是「史」，就要尋繹「史」的規律，而不滿足於事實的羅列。但規律存在於文學事實的連繫之中，是自然而然的結論，而不是從外面貼上去的標籤。

我們不但不排斥反而十分注意文學史與其他相關學科的交叉研究，從廣闊的文化學的角度考察文學。文學的演進本來就和整個文化的演進息息相關，古代的文學家往往兼而爲史學家、哲學家、書家、畫家，他們的作品裡往往滲透著深刻的文化內涵。因此，借助哲學、考古學、社會學、宗教學、藝術學、心理學等鄰近學科的成果，參考它們的方法，會給文學史研究帶來新的面貌，在學科的交叉點上，取得突破性的進展。例如，先秦詩歌與原始巫術、歌舞密不可分；兩漢文學與儒術獨尊的地位有很大關係；研究魏晉南北朝文學不能不關注玄學、佛學；研究唐詩不能不關注唐朝的音樂和繪畫；研究宋詩不能不關注理學和禪學；保存在山西的反映金元戲曲演出實況的戲臺、戲俑、雕磚、壁畫是研究金元文學的重要資料⑬；明代中葉社會經濟的變化所帶來的新的社會環境和文化氣氛，是研究那時文學的發展絕不可忽視的。凡此種種，都說明廣闊的文化學視角對於文學史的研究是多麼重要！有了文化學的視角，文學史的研究才有可能深入。

文學史的存在是客觀的，描述文學史應當力求接近文學史的實際。但文學史著作能在多大程度上做到這一點呢？這實在是一個很大的問題。由於文學史的資料在當時記錄的過程中已經有了記錄者主觀的色彩，在流傳過程中又有佚失，現在寫文學史的人不可能完全看到；再加上撰寫者選用資料的角度不同，觀點、方法和表述的語言都帶有個性色彩，純客觀地描述文學史幾乎是不可能的，總會多少帶有一些主觀性。如果這主觀性是指學者的個性，這個性又是治學嚴謹而富有創新精神的，這樣的主觀性正是我們所需要的。如果這主觀性是指一個時代大體相近的觀點、方法，以及因掌握資料的多少有所不同而具有的某種時代性，那也沒有什麼不好。我們當代人寫文學史，既是當代人寫的，又是爲當代人寫的，必定具有當代性。這當代性表現爲：當代的價值判斷、當代的審美趣味以及對當代文學創作的關注。研究古代的文學史，如果眼光不局限於古代，而能夠鑑古揆今，注意當代的文學創作，就會多一種研究的角度，這樣寫出的文學史也就對當代的文學創作多了一些借鑑意義。具有當代性的文學史著作，更有可能因爲反映了當代人的思想觀念而格外被後人注意。但是無論如何，絕不能把主觀性當作任意性、隨意性的同義語。

撰寫《中國文學史》應該借鑑外國的文學理論，但必須從中國文學的實際出發，不能將外國時髦的理論當成公式生搬硬套地用於解釋中國文學。有志氣的中國文學史研究者，應當融會中國的和外國的、傳統的和現代的文學理論，從中國文學的實際出發，具體問題具體分析，以實事求是的態度闡述中國文學的歷史，而不應先設定某種框架，然後往裡填裝與這框架相適應的資料。

文學史史料學是撰寫文學史的基礎性工作[14]。所謂文學史史料學，包括與文學有關的目錄學、版本學、校勘學，作家生平的考訂，作品的辨僞，史料的檢索等等，是以資料的鑑定和整理爲目的的資料考證學。這是撰寫文學史必不可少的基礎性工作，沒有這個基礎，文學史所依據的資料的可靠性就差多了。但嚴格地說，文學史史料學並不完全等於文學史學。著眼於學科的分工，爲了促進學科的發展，應當在文學史學之外另立一個分支學科即文學史史料學；然而就學者而言，史的論述和史料的考證這兩方面不但應該而且也可以兼顧，完全不懂得史料學是很難做好文學史研究的。

第二節 中國文學的演進

・文學演進的外部因素與內部因素　・文學發展的不平衡
・俗與雅　・各種文體的滲透與交融　・復古與革新　・文與道

推動中國文學演進的因素，既有外部的，也有內部的。所謂外部因素是指社會經濟、政治、文化的影響，民族矛盾的影響，以及地理環境的影響，等等。例如，春秋戰國之際社會經濟政治的大變革帶來文化上的百家爭鳴，與之相適應，文學也出現了繁榮局面。漢代大一統的政治背景以及漢武帝「罷黜百家，獨尊儒術」的政策，對漢賦的出現和漢代散文的特點有直接的影響。漢末的黃巾起義及軍閥混戰，影響了建安時期一代人的思想觀念，造就了建安文學的新局面。南北朝的對峙造成南北文風的不同，隋唐的統一以及唐代廣泛的對外文化交流又推動了唐代文學的繁榮。宋代理學的興起，士人入仕機會的增多，以及印刷術的發展，對宋代文學產生了重要的影響。元代士人地位低下，他們走向市井，直接推動了元雜劇的發展。明代中葉以後，商業經濟繁榮，市民壯大，反映和適應這種新的社會狀況，文學發生了劃時代的變化。清朝初年民族矛盾突出，在文學創作上也有反映。一八四〇年鴉片戰爭之後，中國淪爲半封建半殖民地社會，更引起文學的重大變化。凡此種種，都是很容易理解的。

關於中國文學演進的內部因素，是一個很複雜的問題。

首先要考慮到文學發展的不平衡。由於中國歷史悠久、幅員廣闊，所以中國文學發展的不平衡性特別突出。這表現在以下幾個方面：

一、文體發展的不平衡。各種文體都有一個從萌生到形成再到成熟的過程，所謂文體發展不平衡，包含這樣兩方面的意思：一方面，各種文體形成和成熟的時代不同，有先有後。詩歌和散文是最早形成的兩種文體，早在商周時代就有了用文字記載的詩文。在中國文學的各種文體中，詩和文是基礎。到了魏晉南北朝有了初具規模的小說，唐代中期才有了成熟的小說。而到了宋金兩代，出現了宋雜劇和金院本，標誌著中國戲曲的形成。以上所說是文體的大概輪廓，如果細分，駢文是魏晉以後形成的，詞到唐代中葉才形成，白話短篇小說到宋代形成，白話長篇小說到宋元之際才形成，散曲到元代才形成。中國文學的各種體裁形成的時間相差數百年甚至一兩千年，可見不平衡的狀況多麼突出。另一方面，各種文體從萌生到形成再到成熟，其過程的長短也不同。例如小說，從遠古神話到唐傳奇，歷經了極其漫長的時間；而賦的形成過程就短得多了。

二、朝代的不平衡。各個朝代文學的總體成就是不一樣的，有的朝代相對繁榮些，有的朝代相對平庸些，這很容易理解。而且各個朝代各有其相對發達的文體，例如：漢代的賦、唐代的詩、宋代的詞、元代的曲、明清兩代的小說。這並不是說這些朝代的其他文體不值得注意，例如宋詩、清詩、清詞也都很重要，但作爲代表性文體還是上面所舉的那些。其實在一個朝代之內文學的發展也是不平衡的，有些年代較長的朝代如漢、唐、宋、明，其初期的文學比較平庸，經過兩代或三代人的努力，才達到高潮。有些小朝廷倒有可能在某種文體上異軍突起，如梁陳兩代的詩，南唐和西蜀的詞。

三、地域的不平衡⑮。所謂地域的不平衡包含兩方面的意思：一是在不同的朝代，各地文學的發展有盛衰的變化，呈現此盛彼衰、此衰彼盛的狀況。例如，建安文學集中於鄴都；梁陳文學集中於金陵；河南、山西兩地在唐朝湧現的詩人比較多，而明清兩朝則比較少；江西在宋朝湧現的詩人特別多，此前和此後都比較少；江蘇、浙江兩地在明清兩朝文風最盛，作家最多；嶺南文學在近代特別值得注意。二是不同的地域有不同的文體孕育生長，從而使一些文體帶有不同的地方特色，至少在形成後相當長的一段時間內是如此。例如：《楚辭》帶有明顯的楚地特色，五代詞帶有鮮明的江南特色，雜劇帶有強烈的北方特色，南戲帶有突出的南方特色。中國文學發展中所表現出來的地域性，說明中國文學的發源地不止一個。

中國文學發展不平衡的狀況是應該充分重視的，當說明文學的演進時，應當在突出主線的同時進行立體交叉式的描述。

其次，在中國文學的演進過程中，有一些相反相成的因素，它們的互動作用值得注意。

例如，俗與雅之間相互的影響、轉變和推動。《詩經》中的「國風」本是民歌，經過孔子整理，到漢代被儒家奉爲經典並加以解釋之後，就變雅了。南朝民歌產生於長江中下游的市井之間，本是俗而又俗的文學，卻引起梁陳宮廷文人的興趣，從一個方面促成了梁陳宮體詩的產生[16]。詞在唐代本是民間通俗的曲子詞，在發展過程中逐漸變得雅了起來。宋元時期當戲曲在市井的勾欄瓦舍中演唱時，本是適應市民口味的俗文學，後來的文人接過這種通俗的文學形式並加以提高，遂有了《牡丹亭》、《長生殿》、《桃花扇》這類精緻高雅的作品。在俗與雅之間，主要是俗對雅的影響和推動，以及由俗到雅的轉變。由雅變俗的例子也是有的，宋代有些詩人有意地以俗爲美，表面上是化俗爲雅，實際上是將本來高雅的詩變俗，在俗中求得新的趣味。

俗雅之間的互動，使文學的長河陸續得到新鮮活水的補充和激盪，從而保持著它的長清。

再如，各種文體的相互滲透與融合。各種文體都有其獨特的體制與功能，這構成了文體之間的界限。曹丕早在《典論·論文》裡就說：「奏議宜雅，書論宜理，銘誄尚實，詩賦欲麗。」後來新的文體越來越多，分類越來越細，對不同文體的體制和功能的認識也越來越精確。文體辨析是一個值得注意的問題，但文體之間的融合更是一個關係到文學發展的大問題。例如詩和賦的區別本來是很明顯的：詩者緣情，賦者體物；詩不忌簡，賦不厭繁；詩之妙在內斂，賦之妙在鋪陳；詩之用在寄興，賦之用在炫博。但魏晉以後賦吸取了詩的特點，抒情小賦興盛起來，這是賦的詩化；而在初唐，詩又反過來吸取賦的特點，出現了詩的賦化現象[17]，例如盧照鄰的〈長安古意〉等。再如，詞和詩不但體制不同，早期的詞和詩的功能、風格也不相同。「詞之爲體，要眇宜修。能言詩之所不能言，而不能盡言詩之所能言。詩之境闊，詞之言長。」[18]詞本是配合音樂以演唱娛人的，是十七八歲女孩兒在綺筵之上淺斟低唱、佐歡侑酒的娛樂品。有關政治教化、出處窮達的大題目自有詩去表達。詞不過是發洩詩裡不能也不便容納的感情，詩和詞的界限本是清楚的。可是從蘇軾開始，以詩爲詞，賦予詞以詩的功能，詩和詞的界限就在相當大的程度上模糊了。周邦彥吸取賦的寫法，以賦爲詞，在詞所限定的篇幅內極盡鋪張之能事，詞和賦的疆域又在一定程度上被突破了[19]。而辛棄疾以文爲詞，詞和文的距離也在一定程度上縮小了。宋人之所以能在唐詩之後另闢蹊徑，打開一個新的局面，與他們以文爲詩不無關係。又如，中國的小說吸取詩詞的地方很多，唐人傳奇中的佳作如《鶯鶯傳》、《李娃傳》、《長恨歌傳》等，無不帶有濃厚的詩意。宋元以後的白話小說，也和詩詞有密切的關係。宋代說話一般都是有說有唱，那些唱詞就是詩，有的小說就叫「詩話」、「詞話」。在中國戲曲的各種因素中，唱詞占了十分重要的地位，而唱詞也是一種詩。

一種文體與其他文體相互滲透與交融，吸取其他文體的藝術特點以求得新變，這是中國文學演進的一條重要途徑。

又如，復古與革新之間的交替與碰撞。這是文學體裁內部的運動，主要表現在詩文的領域裡。魏晉以後文學走上了自覺的道路，文學創作不斷自覺或半自覺地進行著革新。在這種情況下，劉勰在《文心雕龍·通變》中專門就文學的通與變，也就是因與革、繼承與創新的問題進行了論述，這已經涉及復古與革新的問題。齊梁以來詩歌過分追求聲色，出現一些弊病，〔梁〕裴子野的〈雕蟲論〉對此予以激烈的批評。初唐的詩人陳子昂又大聲疾呼恢復漢魏風骨，成為中國文學史上第一次有影響的復古呼聲。陳子昂的復古實際上是革新，促成了聲色與性情的統一，是推動盛唐詩歌達到高峰的因素之一。到了唐代中葉，韓愈和柳宗元又在文的領域內舉起復古的旗幟，反對六朝以來盛行的駢文，提倡三代兩漢的古文。韓、柳的復古實際上也是革新，是在三代兩漢古文的基礎上建立一種與「道」合一的新的文學語言和文體。韓、柳之後古文一度衰落，駢文重新興起，直到宋代歐陽修、蘇軾等人再度提倡和寫作古文，才確立了古文的不可動搖的地位。

可見，復古與革新兩者的互動也是中國文學演進的一條途徑。

又如，文與道的離合。這主要是指文學與儒家倫理道德、儒家政治理想的關係。自從漢代確立了儒家思想的統治地位以後，文學和儒家思想的關係一直制約著文學本身的演進。文學或與道離，或與道合，離與合又有程度的不同。此外，道家思想、佛學思想以及反映市民要求的思想又先後不同程度地滲透進來，對文學施以不同方向的外力，影響著文學的發展。文學適合儒家思想，出現過許多優秀的作家，如杜甫、韓愈、白居易、陸游等。文學部分離開儒家思想，也出現過許多優秀作家，如陶淵明、李白、蘇軾、曹雪芹等。唐代以後圍繞著文以「明道」、「貫道」、「載道」有不少論述[20]，「明道」、「貫道」、「載道」之類的說法，與強調獨抒性靈、審美娛樂的要求，相互碰撞，相互補充。當市民階層興起之後，反抗封建倫理道德的思想抬頭，在情與理的對立中發出一種新的呼聲，從戲曲、小說裡很容易聽到。這些不同的因素及其互動推進了中國文學的發展。

在文與道或離或合的過程中，中國文學得以演進。

第三節　中國文學史的分期

・三古、七段　・文學發展變化的九個方面　・上古期　・中古期　・近古期　・雙視角

如果將中國文學史比作一條長河，我們從下游向上追溯，它的源頭是一片渾茫的雲天，不可詳辨。我們找不到一個起源的標誌，也不能確定起源的年代。那口傳時代的文學，應當是十分久遠的，後來的文字記載不過是對那段美麗夢幻的追憶而已。最保守的說法，從西元前十一世紀，也就是《詩經》中的一些詩篇出現的時候起，這條長河的輪廓就已經

明朗起來了，後來逐漸匯納支流，變得越來越寬廣。這中間有高潮也有低潮，但始終沒有中斷過。若論文學的悠久，只有古希臘文學、古印度文學可以與中國文學相比；若論文學傳統的綿延不斷，任何別的國家和民族的文學都是不能與中國文學相比的。

河流有上游、中游、下游，中國文學史也可以分成上游、中游、下游，這就是上古期、中古期、近古期[21]。三古之分，是中國文學史大的時代斷限。在三古之內，又可以細分爲七段。

三古、七段的具體劃分如下：

上古期：先秦兩漢（西元三世紀以前）

第一段：先秦

第二段：秦漢

中古期：魏晉至明中葉（西元三世紀至十六世紀）

第三段：魏晉至唐中葉（天寶末）

第四段：唐中葉至南宋末

第五段：元初至明中葉（正德末）

近古期：明中葉至五四運動（西元十六世紀至二十世紀初期）

第六段：明嘉靖初至鴉片戰爭（一八四〇）

第七段：鴉片戰爭至五四運動（一九一九）

三古、七段說試圖打破按朝代分期的框架，主要著眼於文學本身的發展變化，體現文學本身的發展變化所呈現的階段性，而將其他的條件如社會制度的變化、王朝的更替等視爲文學發展變化的背景；將文學本身的發展變化視爲斷限的根據，而將其他的條件視爲斷限的參照。一種根據，多種參照，也許最適合於描述整個中國文學的歷史過程。文學發展變化的階段性可以和社會制度的變化以及王朝的更替相重合，但社會制度的變化或王朝的更替，只是導致文學變化的重要原因，而不是這變化的事實本身。

所謂文學本身的發展變化，可以分解爲以下九個方面：（一）創作主體的發展變化；（二）作品思想內容的發展變化；（三）文學體裁的發展變化；（四）文學語言的發展變化；（五）藝術表現的發展變化；（六）文學流派的發展變化；（七）文學思潮的發展變化；（八）文學傳媒的發展變化；（九）接受對象的發展變化。三古七段就是綜合考察了文學本身這九個方面的因素，並參照社會條件，而做出的劃分。以往研究文學史，對文學傳媒和接受對象這兩方面很少注意，尚不足以對文學的發展變化做出全面的考察。文學傳媒和接受對象深刻地影響著文學的創作，實在是不容忽視的。

一、上古期

上古期包括先秦、秦漢。

我們首先注意到中國文學的各種體裁幾乎都孕育於這個時期。散文可以追溯到甲骨卜辭；詩歌可以追溯到《詩經》、《楚辭》和漢樂府；小說可以追溯到神話傳說、《左傳》、《史記》等歷史散文，以及諸子散文中的寓言故事；辭賦可以追溯到《楚辭》，駢文中對偶的修辭手法，在這個時期也已出現；就連戲曲的因素在《九歌》中也已有了萌芽。其次，中國文學的思想基礎也是孕育於上古期的。特別是儒道兩家的思想影響著此後幾千年作家的世界觀、人生觀和價值觀。第三，中國的文學思潮以儒道兩家爲主，儒家注重文學的社會功能，道家注重文學的審美價值，這在上古期也已經形成了。影響著整個中國文學的一些觀念，如「詩言志」、「法自然」、「思無邪」、「溫柔敦厚」等，都是在這個時期提出來的。第四，從文學的創作、傳播、接受來看，士大夫作爲創作的主體和接受對象，文字作爲傳播的主要媒介，中國文學的這個基本格局也是在上古期奠定的。直到宋代出現了市民文學，才使這個格局發生了變化。

上古期的第一段是先秦文學。在這個階段，文學的創作主體經歷了由群體到個體的演變，《詩經》裡的詩歌大都是群體的歌唱，從那時到中國文學史上第一位詩人屈原出現，經過了數百年之久。上古巫史不分，史從巫中分化出來專門從事人事的記錄，這是一大進步。而士的興起與活躍，對文學的發展又起了關鍵性的作用。先秦文學的形態，一方面是文史哲不分，另一方面是詩、樂、舞結合，這種混沌的狀態成爲先秦的一大景觀。所謂文、史、哲不分，是就散文這個領域而言，在講先秦散文時無法排除《尚書》、《左傳》、《國語》、《戰國策》等歷史著作，也無法排除《周易》、《老子》、《論語》、《孟子》、《莊子》等哲學著作，那時還沒有純文學的散文。至於詩歌，最初是和音樂、舞蹈結合在一起的，《呂氏春秋》裡記載的葛天氏之樂[22]，以及《尚書・堯典》裡記載的「擊石拊石，百獸率舞」[23]，都是例證。《詩經》、《楚辭》中的許多詩歌也和樂舞有很大關係。風、雅、頌的重要區別就是音樂的不同，據《史記・孔子世家》，《詩》三百零五篇都可以和樂歌唱。《楚辭》中的《九歌》是用於祭祀的與樂舞配合的歌曲。

秦漢文學屬於上古期的第二段，秦漢文學出現了不同於先秦文學的一些新的特點。首先是創作主體的處境有了變化，戰國時代遊說於列國之間的士，聚集到統一帝國的皇帝或諸侯王周圍，形成若干作家群體，他們以歌功頌德或諷喻諷諫爲己任。如武帝時的司馬相如、東方朔，吳王劉濞門下的枚乘、鄒陽。這些「言語侍從之臣」正好成爲大賦這種漢代新興文體的作者。與漢代大一統的政治局面相適應，漢代文學以大爲美，鋪張揚厲成爲風尚。與「罷黜百家，獨尊儒術」的政策相適應，漢代文學失去了先秦文學的生動活潑與多姿多采，而形成格式化的、凝重板滯的風格。然而，對於中國詩歌來說，漢代是一個極其重要的朝代。《詩經》那種四言的軀殼到漢代已經僵化了，楚辭的形式轉化爲賦，漢代樂府民歌卻以一種新的姿態、新的活力，先是在民間繼而在文人中顯示了不可抗拒的力量，並由此醞釀出中國詩歌的新節奏、新形式，這就是歷久不衰的五七言體。此外，漢人對先秦典籍包括文學作品的整理與編輯成書，對後世文學發展影響巨大。

二、中古期

中古期從魏晉開始，經過南北朝、隋唐五代、宋元，到明朝中葉爲止。

爲什麼將魏晉作爲一個新時期的開端，並將魏晉到明中葉這樣長的時間劃爲一個中古期呢？這是考慮到以下事實：第一，這時開始了中國文學的自覺時代，並在南北朝完成了這個自覺的進程。第二，文學語言發生了劃時代的變化，由古奧轉向淺近。第三，這是詩、詞、曲三種重要文學體裁的鼎盛期，它們分別在中古期內的唐、宋、元三朝達到了高峰。第四，文言小說在魏晉南北朝已初具規模，在唐代臻於成熟。白話短篇小說在宋元兩代已經相當繁榮，白話長篇小說在元末明初也已出現了《三國志演義》、《水滸傳》等作品。第五，文學傳媒出現了印刷出版、講唱、舞臺表演等各種新的形式。第六，文學創作的主體和對象，包括了宮廷、士林、鄉村、市井等各個方面。總之，中國文學所有的各種因素都在這個時期具備了，而且成熟了。

中古期的第一段從魏晉到唐中葉。這是五七言古體詩繁榮發展並達到鼎盛的階段，也是五七言近體詩興起、定型並達到鼎盛的階段。詩，占據著文壇的主導地位。文向詩靠攏，出現了詩化的駢文；賦向詩靠攏，出現了駢賦。從「三曹」、「七子」，經過陶淵明、謝靈運、庾信、「四傑」、陳子昂，到孟浩然、王維、高適、岑參、李白、杜甫，詩歌的流程清楚而又完整。杜甫既是這個階段最後的一位詩人，又是開啓下一階段的最早的一位詩人，像一個里程碑矗立在文學史上。「建安風骨」和「盛唐氣象」這兩個詩歌的範式，先後在這個階段的頭尾確立起來，作爲一種優秀的傳統，成爲後代詩人追慕的極致。這又是一個文學創作趨於個性化的階段，作家獨特的人格與風格得以充分展現。陶淵明、李白、杜甫，他們的成就都帶著鮮明的個性。此外，這個階段的文學創作，宮廷起著核心的作用，以宮廷爲中心形成若干文學集團，文學集團內部成員之間相互切磋，提高了文學的技巧。以曹操爲首的鄴下文人集團在發展五言古詩方面的作用，齊梁和初唐的宮廷詩人在建立近體詩格律方面的作用，都是有力的證據。在這個階段，玄學和佛學滲入文學，使文學呈現多姿多采的新面貌。在儒家提倡文學的政治教化作用之外，玄學家提倡的眞和自然，已成爲作家的美學追求；佛教關於眞與空的觀念、關於心性的觀念、關於境界的觀念，也促進了文學觀念的多樣化。

中古期的第二段從唐中葉開始，具體地說就是以天寶末年「安史之亂」爆發爲起點，到南宋滅亡爲止。唐中葉以後文學發生了一些值得注意的變化：韓、柳所提倡的古文引起文學語言和文體的革新，宋代的歐陽修等人繼續韓、柳的道路，完成了這次革新。由唐宋八大家共同實現的革新，確定了此後的文學語言和散文模式，一直到「五四」才打破。詩歌經過盛唐的高潮之後面臨著盛極難繼的局面，詩人們紛紛另闢蹊徑，經過白居易、韓愈、李賀、李商隱等中晚唐詩人的努力，到了宋代終於尋到了另一條道路。就宋詩與唐中葉以後詩歌的延續性而言，有這樣兩點值得注意：由中晚唐詩人開始，注重日常生活的描寫，與日常生活相關的人文意象明顯增多，到了宋代已成爲一種普遍的風氣；由杜甫、白居易開創的反映民生疾苦、積極參與政治的傳統，以及深沉的憂患意識，在晚唐一度減弱，到了宋代又普遍得到加強。就宋代出現的新趨勢而言，詩人與學者身分合一，議論成分增加，以及化俗爲雅的美學追求，也很值得注意。作爲宋詩的代表人物，黃庭堅與江西詩派具有比較明確的創作主張與藝術特色。蘇軾、楊萬里、范成大、陸游等也各以其自身的特點，與江西詩派共同構成有別於唐音的宋調。唐中葉以後曲子詞迅速興盛起來，經過晚唐、五代詞人溫庭筠、李煜等人之手，到了宋代遂蔚爲大觀，並成爲宋代文學的代表。柳永、蘇軾、周邦彥、李清照、辛棄疾、姜夔等人的名字也就永遠鐫刻在詞史上了。唐中葉以後傳奇的興盛，標誌著中國小說進入成熟的階段；而在城市文化背景下，唐代「市人小說」的興起，宋代「說話」的興盛，則是這個階段內文學的新發展。

中古期的第三段從元代開始，延續到明代中葉。從元代開始敘事文學占據了文壇的主導地位，這是具有重大意義的。從此，文學的對象更多地從案頭的讀者轉向勾欄瓦舍裡的聽眾和觀眾。文學的傳媒不僅是寫在紙上或刻印在紙上的讀物，還包括了說唱、扮演等藝術形式。儒生社會地位降低，走向社會下層從事通俗文學的創作，先是適應群眾喜聞樂見的文學形式，繼而提高這些文學形式，出現了關漢卿、王實甫、馬致遠、高明等一大批不同於正統文人的作家。元代的文學以戲曲和散曲為代表，以大都為中心的雜劇與以溫州為中心的南戲，共同創造了元代文學的輝煌，而明代流行的傳奇又是對元曲的繼承與發展。元末明初出現了《三國志演義》和《水滸傳》這兩部長篇白話小說，成為這個階段的另一標誌，它們的出現預示著一個長篇小說的時代到來了。

三、近古期

明嘉靖以後文學發生了劃時代的變化。這變化主要表現在以下方面：（一）隨著商業經濟的繁榮、市民階層的壯大、印刷術的普及，文人的市民化和文學創作的商品化成為一種新的趨勢；適應市民這一新的接受群體的需要，文學作品的內容、題材、趣味，發生了一系列的變化。同時，在表現正統思想的士大夫文學之外，反映市民生活和思想趣味的文學占據了重要的地位。《金瓶梅》的出現就是這種種現象的綜合反映。（二）在王學左派的影響下，創作主體的個性高揚，並在作品中以更加強烈的色彩表現出來；在文學作品中對人的情慾有了更多肯定的描述；對理學禁慾主義進行了強烈的衝擊，從而為禁錮的人生打開了一扇窗戶。湯顯祖的《牡丹亭》所寫的那種「生者可以死，死可以生」的愛情，便是一種新的呼聲。晚明詩文中所表現出來的重視個人性情、追求生活趣味、模仿市井俗調的傾向，也透露出一種新的氣息。（三）詩文等傳統的文體雖然仍有發展，但已翻不出多少新的花樣。而通俗的文體顯得生機勃勃，其中又以小說最富於生命力。這些通俗文學借助日益廉價的印刷出版這個媒體，滲入社會的各個階層，並產生了廣泛的影響。從以上各方面看來，明代中葉的確是一個文學新時代的開端。

從明嘉靖初到鴉片戰爭是近古期的第一段。明清易代是一個巨大的變化，特別是對那些漢族士人的震動極其強烈，但清代初期和中期的文學創作基本上沿襲著明代中葉以來的趨勢，並沒有發生巨大變化。在近古期第一段，文學集團和派別的大量湧現以及它們之間的論爭，是一種值得注意的現象。在詩文方面有公安派、竟陵派、神韻派、格調派、性靈派、桐城派的主張和創作實踐，在詞的方面有陽羨詞派、浙西詞派、常州詞派的主張和創作實踐，甚至在戲曲方面也有以臨川派和吳江派為主的兩大群體的論爭。在不同流派的相互激盪中，湧現出一些傑出的作家，清詩、清詞取得不可忽視的成就。值得特別注意的還是戲曲、小說方面的收穫。湯顯祖的《牡丹亭》、洪昇的《長生殿》、孔尚任的《桃花扇》，共同達到傳奇的頂峰。近古期的第一段是白話長篇小說的豐收期，吳承恩的《西遊記》、蘭陵笑笑生的《金瓶梅》、吳敬梓的《儒林外史》、曹雪芹的《紅樓夢》，是這個階段的巔峰之作。蒲松齡的《聊齋志異》是中國文言小說的一座高峰。

近古期的第二段是從鴉片戰爭開始的。與明清易代相比，鴉片戰爭的砲聲是更大的一次震動。鴉片戰爭帶來千古未有之變局，從此中國由封建社會淪爲半封建半殖民地社會。西方文化開始湧入中國這片古老的土地，而中國許多有識之士在向西方尋求新的富國強兵之路的同時，也尋求到新的文學靈感，成爲一代新的作家，龔自珍、黃遵憲、梁啓超便是這批新人的代表。與社會的變化相適應，文學創作也發生了變化。救亡圖存的意識和求新變於異邦的觀念，成爲文學的基調。文學觀念也發生了變化，文學被視爲社會改良的工具，在國民中最易產生影響的小說的地位得到充分肯定。隨著外國翻譯作品的逐漸增多，文學的敘事技巧更新了。報刊這種新的媒體出現了，一批新的報人兼而具有作家的身分，他們以報刊傳播其作品，寫作方法也因適應報刊這種形式的需要而有所變化。在散文的領域內出現了通俗化的報刊文體，在詩歌領域裡提出了「我手寫我口」這樣的口號。

近古期的終結，也就是中國古代文學的終結，我們仍然劃定在五四運動爆發的一九一九年。這是因爲「五四」作爲一次新文化運動，不僅在社會史上開啓了一個新的時期，也在文學史上開啓了一個新的時期。在五四運動之前雖然出現了一些帶有新思想與新風格的作家，但那仍然屬於古典文學的範疇。五四運動中湧現出來的那批作家才有了質的變化。我們既注意十九世紀末以來文壇發生的漸變，更注重「五四」這個大的開闔。「五四」闔上了中國數千年古典文學的門，同時打開了文學的一片嶄新天地。

最後要說明的是，三古七段說雖然打破了朝代分期，但我們仍然認爲，朝代分期在目前的文學史教學和研究中符合長期以來的習慣，更便於操作。而且，朝代的更換有時也確實給文學帶來了興衰變化，漢之盛在賦，唐之盛在詩，宋之盛在詞，元之盛在曲，上文已經涉及。再以唐宋兩代詩文的創作而論，隨著本朝之內時間的推移，都有一個從漸盛到極盛再到漸衰的發展過程。其中似乎存在著與朝代興衰有關的某種原因，值得我們注意。因此，朝代分期自有其不可完全替代的理由。三古七段是我們處理中國文學史分期問題的一種新的視角，我們仍然願意保留朝代分期（如本書四卷、九編的劃分），作爲另一種視角，並將二者結合起來，使之互相補充，相得益彰。這就是說，我們主張用雙視角來處理中國文學史的分期問題。因此，三古七段說更全面的表述是：三古七段雙視角。

注釋

❶ 黃霖《近代文學批評史》第九章〈中國文學史學〉將中國古代「具有文學史性質的作品」按體例分為六類：題辭體、傳記體、時序體、品評體、派別體、選錄體。此外，「還有一類側重在論述文學史有關原理的論著，如《文心雕龍》中的〈通變〉及葉燮的《原詩》等」（《近代文學批評史》，上海古籍出版社一九九三年版，第七五四—七五五頁）。

❷ 如〔宋〕嚴羽《滄浪詩話》、〔宋〕計有功《唐詩紀事》、〔明〕胡應麟《詩藪》、〔清〕葉燮《原詩》、〔清〕厲鶚《宋詩紀事》、〔清〕張宗《詞林紀事》等。

❸ 本書是林傳甲於光緒三十年（一九〇四）在京師大學堂師範館任國文教員時所編的講義，有宣統二年（一九一〇）武林謀新室排印本，書名前冠以「京師大學堂講義」。全書分為十六篇，其內容不限於文學，還包括文字學、音韻學、訓詁學、修辭學、群經文體、諸史文體、諸子文體等。

❹ 謝無量《中國大文學史》，上海中華書局一九一八年初版。

❺ 胡適《白話文學史》只有上卷，上海新月書店一九二八年初版。

❻ 鄭振鐸《插圖本中國文學史》，北平樸社出版部一九三二年初版。

❼ 劉大杰《中國文學發展史》，中華書局於一九四一年出版上卷，一九四九年出版下卷。全書由古典文學出版社於一九五七年重版。一九六三年中華書局上海編輯所出版新一版。

❽ 中國科學院文學研究所中國文學史編寫組的《中國文學史》，是供高等學校文科有關專業使用的教材，人民文學出版社一九六二年初版。

❾ 游國恩、王起、蕭滌非、季鎮淮、費振剛主編的《中國文學史》，是高等學校文科教材，人民文學出版社一九六三年初版。

❿ 王國維《宋元戲曲史》，上海商務印書館一九一五年初版。

⓫ 魯迅《中國小說史略》，是作者一九二〇年至一九二四年在北京大學講授中國小說史課程時的講義，由北京新潮社於一九二三年印行上卷，一九二四年印行下卷。北京北新書局於一九二五年印行合訂本。

⓬ 韓愈《順宗實錄》卷二：「舊事：宮中有要，市外物，令官吏主之，與人為市，隨給其直。貞元末，以宦者為使，抑買人物，稍不如本估。末年不復行文書，置『白望』數百人於兩市並要鬧坊，閱人所賣物，但稱『宮市』，即斂手付與，真偽不復可辨……名為『宮市』，而實奪之。嘗有農夫以驢負柴至城賣，遇宦者稱『宮市』，取之，才與絹數尺。又就索『門戶』，仍邀

以驢送至內。農夫涕泣，以所得絹付之，不肯受。」（《昌黎先生外集》卷七，清同治己巳江蘇書局重刊東雅堂本）

⓭如山西省侯馬市金代董氏墓中後壁上端磚砌戲臺與戲俑、山西省稷山縣馬村段氏金代墓葬群中的雜劇磚雕、山西省洪洞縣明應王殿元代戲曲壁畫、山西省新絳縣吳嶺莊元墓雜劇磚雕。

⓮近年來已有中國文學史史料學的著作出版，例如，潘樹廣主編《中國文學史料學》，黃山書社一九九二年版；徐有富主編、程千帆校閱《中國古典文學史料學》，南京大學出版社一九九二年版；傅璇琮主編《中國古典文學史料研究叢書》，其中穆克宏《魏晉南北朝文學史料述略》已由中華書局於一九九七年出版。

⓯參看袁行霈《中國文學概論》總論第三章〈中國文學的地域性與文學家的地理分布〉，高等教育出版社一九九〇年版，第三三—四七頁。

⓰參看商偉〈論宮體詩〉，《北京大學學報》一九八四年第四期。

⓱關於詩賦之間的關係，林庚在〈略談唐詩高潮中的一些標誌〉中已經提出，見《社會科學戰線》一九八二年第四期，後收入其《唐詩綜論》一書，人民文學出版社一九八七年版，第五一—五五頁。

⓲王國維《人間詞話刪稿》，見徐調孚注、王幼安校訂《人間詞話》（與《蕙風詞話》合訂），人民文學出版社一九六〇年版，第二二六頁。

⓳參看袁行霈〈以賦為詞——清真詞的藝術特色〉，《北京大學學報》一九八五年第五期，後收入其《中國詩歌藝術研究》一書，北京大學出版社一九八七年版，第三五四—三六七頁。

⓴〔唐〕柳宗元〈答韋中立論師道書〉：「文者以明道。」〔唐〕李漢《昌黎先生集．序》：「文者，貫道之器也。」〔宋〕周敦頤《通書．文辭》：「文所以載道也。」

㉑鄭振鐸《插圖本中國文學史》也將中國文學分為三期：古代文學、中世文學、近代文學。其所謂中世文學「開始於晉的南渡，而終止於明正德的時代，其時間凡一千二百餘年（三一七—一五二一）」。其所謂近代文學「開始於明世宗嘉靖元年（一五二二），而終止於五四運動之前（一九一八）。共歷時三百八十餘年」。

㉒《呂氏春秋．古樂》：「昔葛天氏之樂，三人操牛尾投足以歌八闋：一曰載民，二曰玄鳥，三曰遂草木，四曰奮五穀，五曰敬天常，六曰達帝功，七曰依地德，八曰總萬物之極。」（《呂氏春秋》，陳奇猷校釋本，學林出版社一九八四年版，第二八四頁）

㉓《尚書．堯典》：「帝曰：『夔！命汝典樂，教胄子。……詩言志，歌永言，聲依永，律和聲，八音克諧，無相奪倫，神人以和。』夔曰：『於！予擊石拊石，百獸率舞。』」（見皮錫瑞《今文尚書考證》，中華書局一九八九年版，第八二—八五頁）

第一編　先秦文學

緒論

先秦是中國文化奠基的時期，是中國文學上古期的第一段。這一歷史階段所確立的文化形態和文化品質對後世具有極其深遠的影響。先秦文學尚未從當時混沌一體的文化形態中分離出來，先秦文學的特徵與當時特殊的文化形態有著密切的關係。先秦文學以其獨有的魅力，昭示著中國文學強大的生命力。

第一節　中國文學的源頭

・傳說時期的文學　・早期文字與書面文學的產生　・詩、樂、舞緊密結合

中國文學的產生可以一直上溯到文字產生以前的遠古時期。原始的神話傳說和歌謠，在人們口頭代代流傳，經過漫長的時間，才用文字記下一鱗半爪。由於時代久遠口耳相傳導致變異，後世見諸文字記載的原始文學很難說是其原貌。這些遠古歌謠和神話，我們稱之爲傳說時期的文學。

遠古時期的歌謠和神話傳說，在古籍中時有記載。據說是神農時代出現的〈蜡辭〉云：「土反其宅，水歸其壑，昆蟲毋作，草木歸其澤！」（《禮記・郊特牲》）這大約是一首農事祭歌。《吳越春秋》卷九所載的〈彈歌〉：「斷竹，續竹，飛土，逐宍（宍，古『肉』字）。」反映的是原始人製造彈弓和狩獵的過程，語言古樸，但已經具有韻律，顯然是一首十分古老的歌謠。《呂氏春秋・音初》所載禹時塗山氏之女所歌的「候人兮猗」，雖只有一句，卻是今天所能見到的比較可信的夏代歌謠的遺文。至於傳說爲堯舜時期的〈擊壤歌〉、〈康衢謠〉、〈卿雲歌〉、〈堯戒〉、〈賡歌〉、〈南風歌〉等，從其思想內容和語詞來看，顯然都是後人的僞託。遠古時期的神話傳說，反映了在生產力水準很低的情況下，先民對自然和社會的認識。後來的文字紀錄大都是片段零散的，有些已經被後人改造，中國神話的原始形態沒能夠很好地保存下來。

文字的出現，是社會文明的標誌之一。甲骨文字和部分青銅器上的銘文，是我國現在所知最古的文字[1]。以甲骨文

爲代表的商代晚期文字，已經發展爲相當成熟的文字系統。甲骨卜辭文句簡樸，形式單一，有少量的記事文字；商代中期的青銅器銘文也只有兩三字，直到商代晚期，銘文仍很簡單。然而，甲骨文和金文的產生卻具有重大的文化意義，爲口耳相傳的文學發展成爲書面文學提供了條件，標誌著中國書面文學的萌芽。西周末年至春秋時期，出現了一些篇幅較長的鐘鼎銘文[2]，這表明具有文學因素的文本出現了。從此，文學的各種形式在語言文字不斷成熟的過程中得到快速發展。

詩歌是最古老的文學形式之一。中國最初的詩歌是和音樂、舞蹈結合在一起的，這在我國古籍中有明確的記載。《呂氏春秋・古樂》云：「昔葛天氏之樂，三人操牛尾投足以歌八闋：一曰載民，二曰玄鳥，三曰遂草木，四曰奮五穀，五曰敬天常，六曰達帝功，七曰依地德，八曰總萬物之極。」、「葛天氏」應是傳說時期的一個部落酋長。這八闋可能是現在所知的最古的一套樂曲，有歌有舞，歌辭已經無可稽考，舞容極其簡單，僅三人手持牛尾，邊舞邊唱[3]。從八闋樂曲的題目來推測，「載民」是歌唱始祖；「玄鳥」即燕子，可能是歌唱部落的圖騰；「遂草木」歌唱草木茂盛；「奮五穀」歌唱五穀生長；「敬天常」即遵循自然法則；「達帝功」以下反映了原始人祈求在神靈的庇護下達到萬物和暢的理想。這套樂曲表現了上古時代詩、樂、舞一體的原始形態。《尚書・益稷》記載帝舜時的樂曲〈大韶〉云：「夔曰：戛擊鳴球，搏拊琴瑟，以詠。祖考來格，虞賓在位，群后德讓。下管鼗鼓，合止柷敔，笙鏞以間，鳥獸蹌蹌。〈簫韶〉九成，鳳凰來儀。夔曰：於！予擊石拊石，百獸率舞，庶尹允諧。」〈簫韶〉即〈大韶〉，九成即九章，是帝舜時樂官夔所作。這套樂曲也是詩、樂、舞三位一體的。演奏時，有鐘、磬、琴、瑟、管、笙、簫、鼗、鼓、柷、敔等樂器，有人唱歌辭，有人化妝爲各種鳥獸和鳳凰起舞。《左傳・襄公二十九年》記載吳公子季劄對其內容和意義的評論，認爲此曲「德至矣哉，大矣！如天之無不幬也，如地之無不載也。雖甚盛德，其蔑以加於此矣，觀止矣」。據《論語・八佾》記載，孔子也曾稱讚說：「〈韶〉，盡美矣，又盡善也。」孔穎達疏云：「樂之爲樂，有歌有舞，歌以詠其辭，而聲以播之，舞則動其容，而以曲隨之。」這段話具體論述了〈大韶〉詩、樂、舞三者一體的盛大場面。《禮記・樂記》云：「詩，言其志也；歌，詠其聲也；舞，動其容也。」詩、樂、舞三者緊密結合，是中國詩歌發生時期的一個重要特徵。

詩歌和音樂、舞蹈相互結合的形式，在文字已經成熟並廣泛用於文獻紀錄以後，還存在了相當長的一段時期。如《詩經》中的作品都是樂歌，而其中的頌詩，是祭祀時用的歌舞曲。約在春秋以後，詩歌從樂舞中逐步分化獨立出來，向文學意義和節奏韻律方向發展。

第二節　先秦文學的作者和形態

・由巫到史　・貴族文學的興起　・士階層的出現及其文學活動　・文獻的綜合性特徵
・成熟的文學作品的出現　・作者和時代難以確定

先秦經歷了一個由原始文化向理性文化嬗變的過程。在這一過程中，文化主要承擔者的身分、地位發生了明顯的變化，文學作者也因之而不斷變化。

夏商時代和西周初期，以原始宗教文化為主，文化的主要承擔者是巫覡。巫覡在商代具有重要的地位，遠比在周代地位高❹。他們理所當然地也是文學的創造者。《禮記・表記》云：「殷人尊神，率民以事神，先鬼而後禮。」前所列舉傳為神農時的〈蜡辭〉，就是上古流傳下來的驅禍祈福的咒語歌謠。此外，今存甲骨卜辭、《易》卦爻辭，也是因占卜等巫術行為而作，不過，它們應該出自宮廷或有身分的巫覡之手。其中有些作品，句法簡單整齊，偶爾協韻，是早期詩歌創作的萌芽❺。巫覡都善於歌舞音樂❻，但巫覡祭祀降神的歌謠大都亡佚。可以想見，在夏商或周初，出於巫術祭祀目的而創製的韻文或歌謠是當時主要的文學作品。春秋以後，巫覡的地位或職業有所變化，巫術祭祀歌謠逐漸失去其原有的重要地位，但它並沒有絕滅。《詩經》中一些祭祖的詩歌，如《大雅・生民》等，都是宮廷巫師的作品。總的說來，巫覡作為文學的作者，隨著時代發展而逐漸衰亡。

上古巫史不分，史的職務起初也是宗教性的。《左傳・昭公二十年》云：「祝史祭祀，陳信不愧。」一般說來，史官除了從事宗教活動外，還從事有關錫命、冊命、載錄氏族譜系等政治活動❼。隨著商周之際鬼神地位的下降，人事受到重視，史官發展了人事方面的職能，並從原始宗教中脫離出來，成為新興文化的代表❽。史長於記人事、觀天象、悉舊典。《商書》中的〈盤庚〉、〈高宗肜日〉、〈西伯戡黎〉、〈微子〉諸篇，是史家最早的散文創作。史官世代傳業，儒家所傳的經書，多為他們舊藏的典籍。這些經書的文辭可分質樸與文采兩類。史官所記錄的，如《周書》中的〈大誥〉、〈康誥〉、〈酒誥〉都是朝廷的誥誓，直錄周公口語，辭風質樸，不加文飾。史官自作的，如《周書》中的〈洪範〉、〈顧命〉等篇，都顯示出條理比較細密、文思比較清晰的特點。春秋時期，史官的文化活動達到了一個高潮，各國都有自己的史書，其中魯國的《春秋》留存至今。魯國史官左丘明採集各諸侯國的史記，作《春秋左氏傳》，文質並勝，把史家散文推上了一個高峰，成為後世散文創作的典範。

西周時期，學在官府，只有貴族才有受教育的權利，文化為貴族所壟斷。當時官學的內容，據《周禮・地官》記載有六藝：「一曰五禮，二曰六樂，三曰五射，四曰五馭，五曰六書，六曰九數。」這類官學，其後逐漸演變為私人傳授，即父子代代相傳。貴族掌握了知識文化，才能進行文學創作，所以召公云：「為民者宣之使言，故天子聽政，使公卿至於列士獻詩，瞽獻曲，史獻書，師箴，瞍賦，矇誦。」（《國語・周語》）其中的公卿、列士都是貴族。他們所獻、所箴、所賦、所誦之詩，即《詩經》中的三頌、大雅和小雅的一部分，用以美刺王政。貴族成了西周、春秋時文學的主要創作者。周朝同時也有許多民間歌謠，這些歌謠的作者大都是平民。據說這些詩歌經過專人採集後[9]，由掌管音律的樂官、太師修正、加工，再演奏給天子聽，以觀風俗，知得失，這就是《詩經》中的十五國風。所謂「男女有所怨恨，相從而歌。飢者歌其食，勞者歌其事」（《春秋公羊傳・宣公十五年》何休注），文學價值很高。

春秋戰國之際，分封制度的解體，導致上層貴族地位的下降和下層庶民地位的上升。於是，在貴族和庶人之間興起了一個士階層，士的人數迅速增加，他們的社會作用也日益重要[10]。隨著貴族階級的衰落，官學或私家傳授出現了危機，於是民間聚眾講學之風應運而起，文化知識也由貴族轉移到士的手裡[11]。春秋末年，孔子在魯國講學，「弟子蓋三千焉，身通六藝者七十有二人」（《史記・孔子世家》），並發展成為儒家學派。春秋戰國之際，墨家聚眾講學，並形成了有組織的集團，當時稱為墨者，後世稱墨家。到戰國時期，講學成為時尚，士階層迅速擴大。士由於掌握了文化知識，而為統治者所重視，一時「禮賢下士」之風大盛。統治者招徠並敬重賢士，以謀富國強兵。各國有權勢的大臣也多養士為食客，這些食客或為主人出謀劃策，奔走遊說；或代主人著書立說，如信陵君之編《魏公子兵法》，呂不韋之編《呂氏春秋》等。士的地位空前提高，推動了學術文化的發展。當時諸子並起，代表不同階級、集團的利益，他們議論時政，闡述哲理，形成了「百家爭鳴」的盛況。

先秦文學作者的身分隨著社會發展而不斷變化，由巫到史，到貴族，再到士，其演變過程，與文學繁榮的趨勢是一致的。作者身分的多樣性，使文學在體裁、題材、風格等方面顯出了異彩紛呈的特性。

先秦時期的文化特徵決定了文獻呈現為綜合的形態。從商代到春秋時期，文獻大都產生或用於各類儀式之中，或是巫史的其他職業性行為。甲骨卜辭、鐘鼎銘文、《尚書》中的部分篇章、《春秋》等，這些作品都是巫史職業性作品，由於它們記言記事，所以被看作是史學文獻，但也同樣具有文學意義。早期哲學著作也是如此。殷周之際，中國文化經歷了革命性的變化，萌芽於商代的「德」的觀念，在周代得以發展，形成了敬德保民的思想，並在《尚書》、《周易》等多種文獻中表現出來。此外，《尚書・洪範》記載了商代已形成的「五行」思想體系，《周易》卦爻辭中表現了「陰陽」的觀念和辯證思想，等等。戰國時期，文化學術思想空前活躍，形成了諸子百家爭鳴的局面。於是，探索宇宙人生、進行哲學思辨和關注社會政治、討論治國之道的諸子說理散文成熟了。先秦文獻往往體現出文史哲綜合一體的特徵。《左傳》、《國語》、《戰國策》等歷史散文內容豐富多彩，寫作中運用了多種文學手法，具有較突出的敘事文學的特點，奠定了我國敘事文學的傳統。大多數說理散文也不是抽象地進行哲學思辨或枯燥地討論政治、人生問題，而是在文章中表現出鮮明的個性，帶著濃郁的情感，具有豐富的形象，文學價值很高。

先秦詩歌經歷了一個明顯的發展過程，由宗教頌讚禱祝詩演進到政治敘事詩，再演進到言志抒情詩。宗教頌讚禱祝詩如甲骨卜辭中的韻文、《易》卦爻辭、鐘鼎銘文中的韻語等；政治敘事詩如《大雅》的大部分、《小雅》的小部分以及《頌》等；言志抒情詩如《小雅》的大部分和《國風》的全部。這些詩歌或追念先祖，或美刺時政，或吟詠性情，奠定了中國詩歌的發展方向。

和中原地區不同，南方楚國的青銅器出現較晚，而鐵器的出現卻先於中原⑫。鐵器是當時最先進的生產力要素之一，它間接地促進了楚文化的發展。從現在所能見到的漆器上的圖飾、絲織品上刺繡的花紋以及帛畫看來⑬，其精美的製作工藝和藝術造型，都達到了相當高超的水準。正是這種文化孕育了「楚辭」。屈原說：「惜誦以致湣兮，發憤以抒情。」（《楚辭・九章・惜誦》）「道思作頌，聊以自救兮。」（《楚辭・九章・抽思》）在楚地民風、民俗及民間曲調基礎上，屈原「依《詩》取興，引類譬喻」（王逸《離騷經・序》），借鑑了《詩經》的藝術精神和手法，創作出奇偉瑰麗的詩篇，與《詩經》一起，奠定了以風、騷爲基礎的傳統詩歌的創作規範。

先秦有些文學作品，並非一時一人所作，它們或由集體創作，或經過後人加工修改，原始作者和創作年代都難以指實。《詩經》中只有少數作品可以知道作者的姓名，多數只能推測是由公卿列士所獻或採自民間，有些作品可能經過樂官的整理加工。散文的情況更爲複雜：《左傳》、《國語》的作者及創作時代歷來眾說紛紜；《尚書》、《戰國策》實爲後人所編；諸子散文雖然都標明了作者，但有許多並不是個人的著作，如《論語》就是孔門弟子所記，《墨子》、《孟子》、《莊子》等書中也有很多篇幅出自他們的後學之手。此外，先秦文學作品在傳承過程中可能也有所損益。這包括兩方面的情況，首先是這一時期的作品的寫定，往往要經歷一段很長的時間，師說和後學之說，可能混雜在一起，師徒間代代傳授，難免有增刪的情況。其次，先秦典籍經秦火以後，大都爲漢人重新編定，這就難免有訛誤。漢代傳授先秦經典的學派除了有古文、今文的分別外，師承也很多，因此，產生了很多異說。這些都模糊了先秦文學的本來面貌，使之存在許多可爭議之處，這也是先秦文學作品不同於後代作品之處。

第三節　先秦文化與先秦文學發展的軌跡

・原始文化與夏商文學　・禮樂文化與西周春秋文學　・百家爭鳴與戰國文學　・楚地文化與楚辭

先秦文學伴隨著歷史的發展，在不同的階段表現出不同的特點，大致可分爲夏商、西周春秋、戰國三個時期。

王國維〈殷周制度論〉說：「夏商二代文化略同。〈洪範〉九疇，帝所以錫禹者，而箕子傳之矣。夏之季世，若胤甲，若孔甲，若履癸，始以日爲名，而殷人承之矣。」（《觀堂集林》卷十）貫通夏商文化的不僅是某些相同的制度，最主要的是貫穿於這些制度背後的宗教意識型態。夏商文學與此時的宗教文化形態緊密相關。

傳說南音起於塗山氏所詠〈候人歌〉，東音起於夏孔甲的〈破斧歌〉[14]。可以相信，夏商時代已有較爲完整的歌謠出現。如《楚辭》中一再提及的夏啓時的〈九歌〉，當是夏代流傳下來的歌謠。據《山海經・大荒西經》記載，〈九歌〉是夏啓得自於「天」的，可以想見，古〈九歌〉與夏時的祭天活動有關，它應該是祭祀歌謠[15]。商代的詩歌如《詩經・商頌》五篇，是自商流傳至周的[16]，這些詩歌頌詠祖先，歌舞娛神，都是用於祭祀的。它們在述功和頌聖方面，有較高的表現技巧。商代韻文還包括《周易》中某些卦爻辭，這些卦爻辭多採用謠諺的形式，若捨去其中的「占斷辭」，便是簡短古樸的詩歌。詩歌內容或怨上刺世、申訴痛苦，或抒發愛情、歌詠勞動，運用象徵、比興、白描、疊詠等手法，用韻參差錯落，靈活多樣，顯示了我國古代詩歌萌芽狀態的特點。

巫史文化的昌盛，同時也促進了散文的發展。《尚書》所錄〈禹貢〉和〈甘誓〉兩篇，據說是夏代的遺文。〈禹貢〉列有九州，這種地理觀念夏人不可能有，可以推斷是周人補充進去的。〈甘誓〉記載夏啓伐有扈氏，文字樸質，文義簡單，亦是後人所追記。商代出現了完整的散文作品，其代表爲《商書》。其中〈盤庚〉是可信的殷人作品，記錄盤庚遷都於殷時發表的訓辭，文字古奧。《商書》中另外四篇經過後人的潤飾，已不是本來面貌。這些文獻說明，巫史在政治、歷史等領域的作用很大。

隨著周初分封制的推行，中國歷史進入了一個新的階段。自周公「制禮作樂」到孔子「克己復禮」，舊的巫術宗教文化逐漸被取代，禮樂文化成了主流。也就是說，自西周開始中國進入了以禮樂爲標誌的新文明階段。「禮樂」的精神實質是對社會秩序自覺地認同，而這些「禮樂」概念或制度又是從前代原始巫祭文化，尤其是巫祭儀式中發展出來的，比如喪祭之禮、鄉飲酒之禮等等。推行禮樂的目的在於維護等級制度，它的核心是「德」、「仁」等一些政治倫理觀念。周代的文化改革家們正是通過這一「神道設教」的方法，巧妙地完成了理性文化對原始文化的突破。正如王國維所說：「殷周間之大變革，自其表言之，不過一姓一家之興亡與都邑之移轉。自其裡言之，則舊制度廢而新制度興，舊文化廢而新文化興。」（《觀堂集林》卷十〈殷周制度論〉）

周代敬禮重德的理性精神，使人類社會和人本身的地位得到了提高，各種神靈都受到了不同程度的懷疑，殷商時期那種濃厚的巫術宗教色彩減少了。周代文學更加關注歷史、關注社會、關注人生。對歷史的關注源於對現實的關注，當神靈不再作爲人們行爲的根據，不再給人們指示方向的時候，歷史的意義就顯現出來了。尤其是在社會變革時代，人們更需要從歷史經驗中尋找價值和行爲的方式。因此，周代的歷史意識空前發展起來，史官原來的宗教職責迅速淡化，他們以自己的歷史知識和職業信念自覺地肩負著對現實的責任，所謂「史官文化」也因此而成熟。《周書》中的「誥」、「誓」以文獻的形式，記錄了西周初年征服商人的歷史，反映了周初的社會關係和周人的政治理想。春秋時期各國都有史書[17]，而以魯國之《春秋》爲代表。現存魯之《春秋》是經孔子修訂的，它的基本精神是「道名分」（《莊子・天下》），即講社會倫理秩序，並通過對歷史事實的選擇以寓褒貶，寄託自己的社會理想[18]。顯然，孔子是通過修史來表達對現實的關注。在春秋末年，還出現了《左傳》和《國語》[19]，此二書繼承並發揚了《春秋》的現實精神和表現手法，倡導儒家敬德崇禮、尊王攘夷、固本保民等思想。《左傳》是先秦史傳散文的頂峰之作，它記述史實，刻畫形象，以極爲高超的表現技巧把中國敘事文推向成熟，開《戰國策》、《史記》等史傳散文之先河。《國語》以記言爲主，其言詞典雅、精練，並通過人物語言再現情節和描繪形象，文學成就雖略遜於《左傳》，也爲後世所推崇。

除了歷史著作外，春秋時期一些傑出的文化巨匠還將目光直接投向現實社會和人生，構建出種種不同的社會理想。說理散文因此得到長足的發展，出現了《論語》、《墨子》和韻散結合的《老子》。《論語》是孔子門人對孔子言行的記錄，是先秦禮樂德治思想最集中的體現，表達了孔子對現實熱切的關懷，它所昭示的儒家思想成爲中國傳統文化的基石。《論語》文約旨博，言簡意賅，極有韻味。《墨子》站在手工業者的立場，宣導一種平等、簡樸、和平、宗教型的社會生活方式。《墨子》發展了文章的邏輯性，文風樸實無華。《老子》一書有鑑於社會的混亂無序，提出了「無爲而治」的社會政治理想，表達對現實的反省和批判，直接導致了道家學派的成立，在中國文化史上有著十分巨大的影響。該書散韻相間，自然變化，不拘一格。

周代文學在精神和風格上都體現爲一種和諧、典雅的特質，一種婉而多諷的特徵，這一特點表現在各種文體之中，如《春秋》、《左傳》等歷史文獻中的「書法」，即體現了作者的良苦用心。《詩經》以「比興」爲主要的藝術手段，再加以複沓疊唱的結構形式，造成一種含而不露、回環往復的效果。劉勰概括道：「《詩》主言志，詁訓同《書》，摛風裁興，藻辭譎喻，溫柔在誦，故最附深衷矣。」（《文心雕龍・宗經》）這就是說《詩經》採用了比興手法，文辭優美，比喻曲折，最能切合人們的內心情懷。這種美學傾向爲後代其他文體所崇尚，所謂「賦、頌、歌、贊，則《詩》立其本」（《文心雕龍・宗經》）。

戰國是我國歷史上又一個重大的變革時代⑳。隨著周天子的衰微，西周、春秋時代的禮樂制度頹然崩潰，各個學派的代表人物，出於對社會的責任感和對人生的關懷，著書立說，批評時弊，闡述政見，互相論辯，形成了「百家爭鳴」的局面。西漢初，司馬談曾把「諸子百家」總括爲陰陽、儒、墨、名、法、道德六家；西漢末，劉歆於六家之外，又增加了農、縱橫、雜、小說四家㉑。這些學派雖然立場不同，但對自然、社會、人生、政治、學理等各方面的問題都有較爲深入的探討，推動了思想與學術的進步。就其各方面的影響而言，以道家的莊周、儒家的孟軻與荀卿、法家的韓非以及縱橫家最爲重要，他們雖主張各異，但都秉有戰國時代特有的文化氣質。

首先，他們立足於現實，著眼於現實，很少提及春秋時流行的「天命」、「鬼神」等思想。莊子的思想雖然較爲玄虛，卻是建立在對現實的清醒認識的基礎上的；功利色彩較爲濃厚的法家和縱橫家所看重的是政治形勢和政治手段。儒家思想在戰國時代也有所發展，孔子「敬鬼神」、「畏天命」的思想在孟子那裡就很淡薄了，《孟子》談論更多的是現實問題，是「保民」，他爲社會設計出一幅理想的藍圖。正因爲諸子具有更加清醒的現實意識，諸子散文所表現出來的對社會現實深刻的認識與尖銳的批判，都是前所未有的。

其次，士人的文化和政治地位空前提高，他們不再盲目認同某種既定的秩序，自主意識和自覺創作精神大爲增強。雖然他們所努力的方向不同，但都突破了春秋時溫文爾雅的風尚，表現出強烈的個性和激情。其中最有代表性的是孟子和莊子。孟子自稱「我善養吾浩然之氣」（《孟子・公孫丑上》），以仁義蔑視君王的富貴，並以帝王師自居，因此行文極有氣勢，鋒芒畢露，富有激情。《莊子》文章如行雲流水，嬉笑怒罵，極盡渲染誇張之能事，無論是諷刺還是批判無不入木三分。縱橫家也都各具個性，有爭強好勝的蘇秦，也有狡詐善辯的張儀，還有潔身自好、卻強濟弱的魯仲連，等等。

就文學風格而言，此時是百花齊放。諸子的生活經歷不同，文化教養不同，所處的環境不同，政治觀點不同，文學觀念也不盡相同，因此文章便表現出不同的風貌。如莊子爲了表達對社會現實的嘲諷，表達玄妙精微的思想，創造性地運用了「寓言」、「重言」、「卮言」等文學手法，使其文章充滿了奇思異想。他正是以「不言之言」、「不言之辯」，讓人們「得意忘言」，自覺運用一種言在此而意在彼，心神交匯的表現手法，從而達到「求之於言意之表，而入乎無言與無意之域」（《莊子・秋水》郭象注）的境界。孟子深切地關懷社會現實，救世心切，道義感和使命感使他具有強大的人格力量，因此爲人爲文都極具氣勢。《孟子》之文縱橫捭闔，凌厲逼人，再加上生動形象的比喻，使得文風至大至剛，而又饒有韻味。《荀子》文風與《孟子》相近，有辯才，而述理更密，善於譬喻，長於鋪排，其總體風格，郭沫若以「渾厚」二字概括之㉒。縱橫家是戰國時代最活躍的政治力量，他們中的大多數人「務於合縱連衡，以攻伐爲賢」（《史記・孟子荀卿列傳》），積極參加諸侯國的政治、軍事和外交活動，因此語言的力量對他們顯得無比的重要。他們充分運用了誇張、排比、寓言、用韻等各種文學手法，務使其語言具有煽動性。《戰國策》一書由此顯得奇譎恣肆、雄雋華贍、姿態萬方。韓非子蔑視傳統的禮樂德治思想，並對現實政治有深刻的認識，所論「勢」、「法」、「術」，顯示了赤裸裸的功利主義傾向。他的文章無所顧忌，峻峭犀利，入木三分，淋漓酣暢。戰國時期除諸子之外，楚國屈原別開一朵奇葩，照灼古今，大放異彩。屈原是我國文學史上最偉大的文學家之一，他處在宗國傾覆的前夕，又身遭貶謫，報國無門，滿腔憤懣，無可告訴，發爲詩賦。屈賦以參差錯落的句式，奇偉瑰麗的詞藻，豐富奔放的想像，表現了屈原美好的政治理想和高尚的人格情操，是《詩經》之後的又一個詩歌高峰。

總而言之，戰國時期思想文化領域十分活躍，百家爭鳴的局面促進了文學的繁榮，產生了不同於前代而又風格各異的散文和詩賦。清人章學誠說：「蓋至戰國而文章之變盡，至戰國而著述之事專，至戰國而後世之文體備。故論文於戰國，而升降盛衰之故可知也。」（《文史通義》內篇〈詩教上〉）

第四節　先秦時期的文學思想

・文學的目的和功用　・尚質的文學傾向　・「興觀群怨」的文學主張　・自然樸素的文學追求

先秦文學的成就，不僅體現在璀璨的詩文作品上，也體現在那些散見於作品中的文學觀念和思想上。這些文學觀念和思想雖然沒有形成一個邏輯謹嚴、結構完整的理論體系，但同樣能展現出對文學的深刻體察和思考，對後世的文學活動產生了深遠的影響。

文學的目的和功用問題，是文學的基本問題。《尚書・堯典》提出了「詩言志」說，認爲詩歌可以表達詩人的思想和情感。當人們內心有所觸動，喜怒哀樂之情充盈胸懷時，就通過創作或吟唱詩歌的方式抒發情志或表達態度。先秦時期的文學實踐也印證了這一主張，《詩經・魏風・園有桃》云：「心之憂矣，我歌且謠。」《小雅・四月》云：「君子作歌，維以告哀。」《小雅・節南山》云：「家父作誦，以究王訩。式訛爾心，以畜萬邦。」內心的情感和價值的表達需要，是文學創作的主要動力之源。可以說，春秋以前的詩人們已經有了藉文學以抒情的思想，有了較爲明確的創作動機。

春秋戰國時期，諸子蜂起。各家學派在提出了自己社會政治主張和人生理想的同時，也提出了各自的藝術思想和審美觀，並對如何表達情感和思想有著各自不同的主張。墨家、儒家和道家等，都有著自己的文學觀念和思想，其中以儒道兩家對後世影響最大。

墨家尙質。不僅在生活層面主張簡樸，在文學上也極力推崇簡約、實用的表達方式。《韓非子・外儲說》載有一段對墨子文學主張的論述：「今世之談也，皆道辯說文辭之言，人主覽其文而忘其用。墨子之說，傳先王之道，論聖人之言，以宣告人；若辯其辭，則恐人懷其文，忘其直，以文害用也。此與楚人鬻珠、秦伯嫁女同類。故其言多不辯。」墨子之所以反對華麗的言詞，是擔心在遊說過程中君主只陶醉於文辭，而忽略了遊說者的眞實意圖，以致不能達到遊說的目的。這一觀點對於後世文學尙質之風產生了一定的影響。

墨子還談到了文章的「三表法」，《墨子・非命上》云：「子墨子言曰：言必立儀，言而毋儀，譬猶運鈞之上而立朝夕者也，是非利害之辨，不可得而明知也。故言必有三表。何謂三表？子墨子言曰：有本之者，有原之者，有用之者。於何本之？上本之於古者聖王之事。於何原之？下原察百姓耳目之實。於何用之？廢以爲刑政，觀其中國家百姓人民之利。此所謂言有三表也。」、「三表法」關乎論述的可信性和有效性。傳統的可信性來自於巫史或其他形式的神聖文化背景，因此論述者只能通過對古書或古語的「徵引」來獲得某種權威性。「徵引」法在西周和春秋時期常被運用，較爲成熟，這就是所謂「信而有徵」。墨子「三表法」首次對「徵引」進行了理論探討。除此之外，墨子還對邏輯學有較爲深入的研究，要求在較爲嚴謹的概念基礎上，進行有效的推論，這些觀點對後世論說文的發展、演變有著深遠的影響。

儒家原是由西周末年的祝宗、卜史等王官散落在民間後形成的一種靠教書相禮爲生的階層。春秋後期，一部分儒者希圖以所掌握的禮樂制度治理國家，並以禮樂制度爲根據創建了一整套的哲學、社會政治理論，這就形成了儒家學派。孔子是這一學派的奠基者。孔子以「仁」作爲人的道德生活、內在修養的準則，以「禮」作爲社會秩序和社會行爲的規範，構成了一整套的社會思想體系。

孔子將文藝看作是一種道德實踐。他說：「興於詩，立於禮，成於樂。」（《論語・泰伯》）認爲詩、樂和禮一樣，都可以成全個人品德，也就是說，文藝可以節制和疏導人的情性，也就是文藝可以感化人。因此，孔子認爲一個人要「文之以禮樂」，才「可以成人」（《論語・憲問》）。

孔子特別強調文學的政治道德功能，他提出「興、觀、群、怨」說，較爲詳細地闡述了實現這一文學主張的具體途徑。所謂「興」，指的是通過文學形象喚起或傳達一種社會性的情感，使讀者領會某種普遍的眞理，最終達到感化教育的目的。所謂「觀」，鄭玄注爲「觀風俗之盛衰」。儒家認定，詩歌一方面可以提供對現實生活，主要是對政治實踐的認識；另一方面可以提供對詩人的主觀態度，即是對詩人（或詩歌產生地域的人群）倫理修養的認識。「群」，是使人達到一種社會認同感。《荀子・樂論》說：「樂在宗廟之中，君臣上下同聽之，則莫不和敬；閨門之內，父子兄弟同聽之，則莫不和親；鄉里族長之中，長少同聽之，則莫不和順。」也就是說，詩歌和音樂一樣，應該成爲一個文化共同體的精神凝聚點，應該反映共同體的情感。「怨」爲「刺上政也」（孔安國注）。詩歌可以表達詩人的怨恨之情，這種感情往往特指對不良政治的揭露和批判，以及維護理想政治信念的勇氣。「興觀群怨」的文學主張，可以看作是儒家的文學綱領，它雖然也注意到文學在滿足社會個體情感等方面的作用，但它顯然更加強調文學的感悟功用、認識功用、教育功用和批判功用。

儒家認爲，文學的內容和形式應當並重，要求文藝作品做到「盡善盡美」。但相較而言，善的思想傾向在儒家看來似乎更爲重要，如孔子在論述《詩經》時說：「詩三百，一言以蔽之，曰思無邪。」（《論語・爲政》）認爲《詩經》最有價值之處在於它符合儒家政治理想的思想情感傾向。這一思想制約了唯美觀念的發展，促成了中國文學言之有物、積極向善的優良傳統。在文學風格上，儒家提倡「溫柔敦厚」，不贊成過分地放縱自己的情感，而是強調「樂而不淫，哀而不傷」（《論語・八佾》）。因此，儒家推崇溫潤和諧、端莊樸素的文風，尤其是在諷諫時，常常自覺採用一種委婉俯順的文學手法，或是借用典故來表達對現實的態度。這就是所謂的「中和之美」。

孟子特別強調人格與文格之間的緊密關係，認爲解讀作品之前首先應該「知人論世」。他說：「頌其詩，讀其書，不知其人，可乎？是以論其世也。」（《孟子・萬章下》）即讀一個人的作品之前首先應了解作者本人的身世經歷、性情氣質及其所在的時代環境，否則便不能深透地了解作品的眞正涵義。爲了正確地推求作者本意，孟子還提出了「以意逆志」說。他說：「說詩者，不以文害辭，不以辭害志，以意逆志，是爲得之。」（《孟子・萬章上》）認爲讀者應通過對作品本身的準確解讀，推求作者在創作時的眞正意圖。孟子「知人論世」和「以意逆志」的著名論斷，均對後世的文學鑑賞理論產生了深遠的影響。

道家是中國思想史上另一個十分重要的學派。該學派的創始人是春秋末期的老子，而戰國時期的莊子則是道家最有代表性的人物。道家思想內在地爲現實人生尋求著一種美學的超越，因此，道家精神在很大程度上決定了中國古典文學的審美傾向。

在道家看來，「天地有大美而不言，四時有明法而不議，萬物有成理而不說。聖人者，原天地之美而達萬物之理，是故至人無爲，大聖不作，觀於天地之謂也」（《莊子．知北遊》）。認爲天地自然不但隱含著至上的眞理，同時也顯現了「大美」。通過自然的「大美」以獲取「萬物之理」，是人類精神活動的主要意義所在。文學的目的就應該是通過對自然的領悟和回歸以達成對現實人生的超越，充分享受生命的快樂。道家推崇人的自然性情，認爲只有眞性情才有價值。《莊子．漁父》云：「眞者，精誠之至也，不精不誠，不能動人。……眞者，所以受於天也，自然不可易也。故聖人法天貴眞。」在這一思想的影響下，肯定人的自然性情，反對矯飾、做作成了中國古代文學的一個優良傳統。

道家將「平淡」看作是自然性情的極致。人的喜怒哀樂都有其天然的合理性，但道家並不主張放縱自己的意志和感情，而是主張泯滅自己的感情。《老子》云：「道之出口，淡乎其無味。」《莊子．刻意》云：「淡然無極而眾美從之。」因爲宇宙自然也就是以其無目的性來成就整個世界的，所以，只有平平淡淡，才能接近「道」的本體——「無」。淡然無爲、順其自然的人生態度，能夠使人從生死得失的悲哀中超脫出來，能夠使人將短暫而多挫折的個體生命融入無限的宇宙自然之中，從而體驗永恆的意義。自然的另一層涵義是老子所謂的「大巧若拙」，認爲藝術創造的極致是要在外在形式上達到不露人工的痕跡，要顯出天然樸素的風格，「樸素而天下莫能與之爭美」（《莊子．天道》）。因此，淡泊寧靜的情思要求著平淡的形式，樸素自然的文學風格才能和自然無爲的精神相協調。文學形式的平淡實際上是以語言的平易爲特徵的。老子說：「道可道，非常道；名可名，非常名。」（《老子》第一章）語言不能傳達出道的精微。莊子認爲語言是文學的手段，不是文學的目的：「言者所以在意，得意而忘言。」（《莊子．外物》）爲了克服語言對傳情達意的負面影響，就應該盡量淡化語言在文學創作中的顯現程度。用最平淡、最自然的語言來進行創作，則能容納更爲豐富的意蘊。

儒家和道家的美學思想分別從不同的角度影響了古代文學的思想內容和藝術特徵。一般說來，儒家鼓勵文學走向社會人生，強調文學的政治、教化功能，文學成了中國傳統文人實現自己人生價值的重要手段。在形式上推崇端莊雅正、溫柔敦厚的風格，講求規矩法度。道家則主張文學從現實生活中超脫出來，在宇宙自然中尋求個體精神的自由，其內容主要表達由領悟自然而得到的欣喜。在形式上，道家文學既能表現爲沖淡清幽的意境，又能表現爲恣意放達的興味。正是在儒、道思想的共同影響下，中國文學才顯得意蘊豐厚，搖曳多姿。

注釋

❶比甲骨文年代更早的與文字起源有關的考古材料是陶器上的符號。西安半坡、青海柳灣等地發現的仰韶文化的陶器符號，郭沫若等認為是具有文字性質的符號。一部分學者認為是夏文化的二里頭文化，其中陶器上的符號，形體已很像甲骨文。一般公認甲骨文為現在所知最早的成熟的文字。一九五四年在山西洪洞縣坊堆村發現西周甲骨文，以後在別處也有發現，其中以在扶風、岐山兩縣間周原遺址發現的數量為最多。已發現的單字超過四千五百個（參見于省吾〈關於古文字研究的若干問題〉，載《文物》一九七三年第二期），這還不是當時所使用的全部的文字。

❷成王時的「令彝」一百八十七字，康王時「小盂鼎」三百九十字。最長的銘文是西周宣王時「毛公鼎」，共三十三行，四百九十七字。

❸王襄在〈簠室殷墟徵文考釋〉中，解釋甲骨文「[illegible]」字說：「象兩人執犛牛尾而舞之形，為舞之初字。」說明這個象形字，即沿襲原始時代的舞容而來。可見執牛尾而舞在上古常有之。

❹陳夢家說，商代，「由巫而史，而為王者的行政官吏；王者自己雖為政治領袖，同時仍為群巫之長」（〈商代的神話與巫術〉，載《燕京學報》第二十期）。張光直亦云：「巫的本事和巫在社會上的地位，在商代似乎遠較周代為高。」（〈商代的巫與巫術〉，輯入《中國青銅時代》二集，生活．讀書．新知三聯書店一九九〇年版，第四四頁）

❺甲骨文如「其自西來雨？其自東來雨？其自北來雨？其自南來雨？」（郭沫若《卜辭通纂》第三七五片，科學出版社一九八三年版，第三六九頁）在句式上就很有民歌風味。《易》作為一部古老的占卜書，其卦爻辭，據《易》卷八《繫辭下傳》當作於殷末周初。進一步考察，如卦爻辭中之「喪羊于易」（〈大壯〉六五）、「喪牛于易」（〈旅〉上九），即記殷祖先王亥被有易氏奪取牛羊之事；「帝乙歸妹」（〈泰〉六五），則記殷末帝乙嫁妹於文王父王季之事；「高宗伐鬼方」（〈既濟〉九三），乃記武乙對外用兵之事。此皆足以說明卦爻辭為殷商時之作。至於《易》之編定成書，則在西周初年。

❻夏商時代巫覡作為一種社會職業並不明顯，春秋時楚觀射父曰：「及少皞之衰也，九黎亂德，民神雜糅，不可方物。夫人作

享，家為巫史，無有要質。」（《國語‧楚語下》）似乎說在民間曾有過一個人人可以為巫的時期。至於宮廷之中，如陳夢家所說：「王者自己雖為政治領袖，同時仍為群巫之長。」一般說來，隨著社會分工的細化，會有一個巫覡職業階層逐漸獨立出來的。如《周禮》中的春官集團，似乎主要就是職掌巫事的。此外，另有些巫覡在宮廷或官府之中領有行政職務。這些都模糊了巫覡的職業性。

❼ 關於巫史職掌的論述，詳見徐復觀所著《兩漢思想史》卷三之〈原史——由宗教通向人文的史學的成立〉（臺北學生書局一九七九年版）。

❽ 如江泉所說：「迄於後世，知識日增，知鬼神之事眇漠無憑，不如人事之為重，於是史盛而巫衰，一切官職均以史為之。」（《讀子巵言》卷一之〈論諸子之淵源〉）

❾ 據《漢書‧食貨志》上記載：「孟春之月，群居者將散。行人振木鐸徇於路，以採詩，獻之大師，比其音律，以聞於天子。」《春秋公羊傳‧宣公十五年》何休注亦有到民間採詩之說。

❿ 有關先秦士階層的興起，今人論述甚多，以余英時所著〈古代知識階層的興起和發展〉最為詳備（載《士與中國文化》，上海人民出版社一九八七年版）。

⓫ 據《左傳‧昭公十五年》記載周天子對籍談說：「且昔而高祖孫伯黶司晉之典籍，以為大政，故曰籍氏。及辛有之二子董之，晉於是乎有董史。女，司典之後也，何故忘之？」籍談不能對。賓出，王曰：「籍父其無後乎！數典而忘其祖。」周天子責備籍談不能像其先人那樣繼承籍氏的「大政」之學，遂使籍氏的家學失傳。這一事實頗能說明貴族家傳之學在春秋時漸至於衰落。

⓬ 根據先秦諸子的記載，春秋時鐵器已普遍使用了。但這一時期鐵器的出土卻不多，就已發掘的鐵器製品看，多屬吳、楚之器。其中引人注意者是春秋晚期楚國所製的含碳量百分之零點五左右的優質鋼劍。說明楚國鐵器的製作當時是領先的（參見〈長沙新發現春秋晚期的鋼劍和鐵器〉，《文物》一九七八年第十期。又李學勤《東周與秦代文明》，文物出版社一九九一年版，第二六二頁）。

⓭ 目前出土的戰國帛畫有兩幅：一幅是一九四九年長沙陳家大山楚墓出土的人物龍鳳帛畫，「畫面中部偏右下方繪一側身佇立的婦女，其身著綴繡卷雲紋的寬袖長袍，袍裾曳地狀如花瓣，髮髻下垂，頂有冠飾。在她的頭部前方即畫的中上部，有一碩大的鳳鳥引頸張喙，雙足一前一後，作騰踏邁進狀，翅膀伸展，尾羽上翹至頭部，動態似飛。畫面左邊自下而上繪一隻張舉雙足、體態扭曲向上升騰的龍」。另一幅是一九七三年重新整理的四〇年代出土於長沙子彈庫楚墓中的人物御龍帛畫，「畫

面正中繪一側身執韁的男子，頭戴高冠，身穿長袍，腰佩長劍，正駕馭著一條狀似舟形的長龍。龍身高昂，龍尾上翹，龍身平伏供男子佇立，龍尾上部站著一隻長頸仰天的鶴，龍首下部有一向左游動的鯉魚，人物上方正中畫一華蓋」（《中國大百科全書・美術》，中國大百科全書出版社一九九〇年版，第一一四—一一五頁）。

⓮詳見《呂氏春秋・音初》。

⓯《山海經・大荒西經》說「夏后啓上三嬪於天」而得此〈九歌〉。郭璞注曰：「嬪，婦也，言獻美婦於天帝。」所以，「上三嬪於天」應指用人牲這一事實，啓之所為實是一起祭祀事件，古〈九歌〉應為祭歌。

⓰關於《商頌》五篇，亦有人認為是周時宋國人所作，本書贊同古文經學家的說法，認為出自商人之手。

⓱《墨子・明鬼》提到「周之《春秋》」、「宋之《春秋》」、「齊之《春秋》」、「百國《春秋》」，《孟子・離婁下》云：「晉之《乘》、楚之《檮杌》、魯之《春秋》。」可見，當時各國皆有史書。

⓲「春秋筆法」由於受到後世儒家尤其是公羊家的過分渲染、穿鑿附會，它在現代受到了懷疑或否定。但我們認為，《春秋》中的確寄寓了編修者的社會政治理想。

⓳韋昭《國語解・敘》以《左傳》為《春秋》內傳，《國語》為《春秋》外傳，雖未必切實，但說明了《左傳》、《國語》二書與《春秋》的承繼關係。

⓴王夫之《讀通鑑論・敘論》云：「戰國者，古今一大變革之會也。」顧炎武作《日知錄・周末風俗》從七個方面論述了戰國社會制度與春秋之不同，斷言「此皆變於一百三十三年之間，史之闕文而後人可以意推者也」。當代許多歷史學家都認為戰國是我國由奴隸社會進入封建社會的轉折時期。

㉑詳見《史記・太史公自序》及《漢書・藝文志》。

㉒見其所著《十批判書・荀子的批判》（東方出版社一九九六年版，第二一九頁）。

第一章 上古神話

神話是原始先民在社會實踐中創造出來的，表達了先民對自身及所處環境的理解，神話的內容涉及自然環境、人生際遇和社會生活的各個方面，它通過各種神奇的想像，努力向人們展示「自然與人類命運的富有教育意義的意象」❶。在遠離了蒙昧的歲月之後，神話仍然具有文學魅力，同時也啓發了後世的文學創作。

第一節 中國神話的產生和記錄

・神話的概念、產生和功能　・出土資料和文獻資料　・《山海經》的神話學價值

神話以故事或形象的方式表現了遠古人民對宇宙自然、人類自身及諸種文化現象的起源以及當時世間秩序的理解，神話的主人公包括神祇、始祖、文化英雄、神聖動物等，神話故事一般具有變化、神力和法術等因素。神話的意義通常顯示爲對某種自然或社會現象的解釋，有的表達了先民征服自然、變革社會的願望。只有在原始思維的背景下，並且當人類可以憑藉語言來表達自己的感情，表達對自然和社會的領悟的時候，神話才有可能產生❷。原始社會生產力水準十分低下，面對難以捉摸和控制的自然界，人們不由自主地會產生一種神祕和敬畏的感情，而一些特殊的災害性的自然現象，如地震、洪水，還有人類自身的生老病死，等等，尤其能引起驚奇和恐慌。人們由此幻想出世界上存在著種種超自然的神靈和魔力，自然和社會的秩序體現了神靈的意志，或者是各種神力的平衡，而災難現象則是惡神或人類自身過錯引致神靈徵罰的結果。神話也就由此產生。神話對於原始人來說是非常重要的。首先，人們講述神話，爲的是保持社會習俗及社會制度的意義和合理性❸。神話在維繫人們的社會性上具有重大的意義。其次，由於生產力低下，尤其是面臨著神祕莫測的自然界，個人必須把自己融入氏族之中才能生存。神話是把個人和集體連繫爲一體的一條強有力的精神紐帶。再次，先民們在神祕而悲喜莫測的日常勞動和生活中，積聚了相當豐富而強烈的情緒體驗，神話故事可以使難以理解的現實呈現出種種戲劇性的屬性，人們在對世界假想性的把握中宣泄了種種令人不安的情緒❹。

中國在遠古時代曾有過豐富的神話傳說。在已出土的遠古資料中，留下了大量的神形刻繪，如遼寧牛河梁紅山文化「女神廟」遺址中的彩繪女神頭像❺；陰山岩畫中「有巫師祈禱娛神的形象，也有拜日的形象」；在連雲港市將軍崖岩畫中，「天神表現爲各式各樣的人面畫……包括太陽神、月神、星神等」。又如隨縣擂鼓墩一號墓內棺上「有一些手執雙戈戟守衛的神像，有的長鬚有角，有的背生羽翼，富於神話色彩」，長沙子彈庫出土的楚帛書上的十二月神形象，「或三首，或珥蛇，或鳥身，不一而足，有的騤視不可名狀」❻。此外，出土的大部分動物形的刻繪也與神話有關❼。由此可知，中國上古時代的神話相當發達，已經產生衆多的神靈和相應的傳說故事。由於時代的久遠，再加上後世文化整理者對神話採取排斥態度，致使上古神話在文獻古籍中載錄甚少❽，資料零散不全，不像古希臘神話那樣被完整而有系統地保留下來。中國古代文獻中，除了《山海經》等書記載神話比較集中之外，其餘則散見於經、史、子、集等各類書中。這些材料往往只是片段，有完整故事情節的不多。

《詩經》、《楚辭》是上古時代兩部詩歌總集，其中多有取材於神話的詩篇，如《詩經》中的《商頌・玄鳥》和《大雅・生民》就記錄了商部族始祖契和周部族始祖后稷誕生的神奇經歷。《楚辭》中保留的神話材料較多，尤其是〈天問〉這一篇，作者運用了大量的神話作爲素材，比如鯀禹治水、羿射十日、共工觸山、崑崙懸圃、月中蟾蜍等，其中有些材料較他書所載更接近於神話的原始面貌，因此很有價值。但由於作者採用了問句的形式，提及某個神話時往往只是隻言片語，過於零碎，難以理解。還有一些神話保留在一些史書之中，比如《左傳》、《國語》、《逸周書》等，這些史書中的神話大多數經過史家的改造，藉以說明古代的史實，但仍能從中看出原始神話的蛛絲馬跡來。如《左傳》中一段文字談到高辛氏的兩個兒子因爲不能和睦相處，被高辛氏遷往兩處，分別掌管商星和參星❾。這實際上是初民對商星和參星永不見面的自然現象所做的神話解釋。《穆天子傳》中關於穆天子見西王母的故事，神話色彩最爲濃厚。由於神話本身具有深刻而簡明的寓意，它也受到先秦諸子的重視。《莊子》援引神話最多。《莊子》自稱「寓言十九」，其中有些寓言即是神話，另一些則往往是對古神話的改造，如鯤鵬之變、黃帝失玄珠、倏忽鑿混沌等。《孟子》、《墨子》、《韓非子》等書中也保留了一些神話材料。《呂氏春秋》和《淮南子》分別成書於秦漢兩代，由衆人編纂而成，兩書中都保存了不少民間流傳的神話。尤其是《淮南子》一書，對神話的搜羅相當宏富，如〈地形訓〉就有關於海外三十六國、崑崙山、禹以及九州八極等神話。中國古代著名的四大神話：女媧補天、共工觸山、后羿射日和嫦娥奔月，就是保留在《淮南子》中的。西漢及此後的其他文獻中仍不斷有新的神話出現，或是對舊有神話進行補充。

在所有的古代文獻中，以《山海經》最有神話學價值。《山海經》約成書於戰國初年到漢代初年之間，應是由巫師、方士根據各地的自然神靈傳說及祭祀狀況彙編而成[10]。《山海經》是我國古代保存神話資料最多的著作。全書共分山經五卷、海外經四卷、海內經五卷、大荒經四卷，內容極其駁雜，除神話傳說、宗教祭儀外，還包括我國古代地理、歷史、民族、生物、礦產、醫藥等方面的資料。

《山海經》中有大量的對山神形貌的描述，它們往往是奇形怪狀的動物，或兼有人和動物的形體特徵，如龍首鳥身或人面馬身等，這裡或許含有自然崇拜或圖騰崇拜的意識，反映了人類早期的思維特徵。海經、大荒經的神話色彩是全書中最濃的，記錄了一些異國人的奇異相貌、習性和風俗，如貫胸國、羽民國、長臂國、不死國、大人國、小人國等等。其中有不少想像奇特的神話，如鯀禹治水、刑天舞干戚等，都深入人心，流傳廣遠。《山海經》中的神話大都是片段的，如《大荒西經》載：「有神十人，名曰女媧之腸，化爲神，處栗廣之野，橫道而處。」這些神靈有何神通，爲何要「橫道而處」，都不得其解。但也有不少記載已具有清晰的情節，有的經過綴合，甚至可以得到相當完整的故事和形象，如夸父追日，大禹、帝俊和西王母的傳說，以及聖地崑崙山的神奇景象等。總之，《山海經》可以說是我國古代神話的一座寶庫，對我國神話的傳播和研究有著極其重要的意義。

另外，中國少數民族也流傳著不少神話故事，這些神話故事或具有神話色彩的史詩雖然被記錄或整理得較爲晚近，但有一些頗爲歷史悠久、意蘊豐厚。它們和文獻中所保存下來的神話一道，共同構築起了中國神話的大廈。

第二節　中國神話的主題和意義

- 創世神話
- 始祖神話
- 洪水神話
- 戰爭神話
- 發明創造神話
- 憂患意識
- 厚生愛民意識
- 反抗精神

神話的內容豐富而複雜，按照主題的不同可簡要分類如下[11]：

一、創世神話

所謂創世神話，也就是關於解釋世界起源的神話。中國古代的創世神話，以盤古故事最爲著名：

天地混沌如雞子，盤古生其中，萬八千歲，天地開闢，陽清為天，陰濁為地。盤古在其中，一日九變，神於天，聖於地。天日高一丈，地日厚一丈，盤古日長一丈，如此萬八千歲。天數極高，地數極深，盤古極長。後乃有三皇。（《藝文類聚》卷一引徐整《三五曆紀》）

這則神話認爲，宇宙是從一個卵中誕生出來的，這種看法在世界各地的原始初民中普遍存在。卵生是一種普遍的生命現象，先民們由此設想宇宙也是破殼而生的。宇宙卵生神話對中國的陰陽太極觀念有極重要的影響。同時，宇宙生成的人格化、意志化過程也反映了先民對人類自身力量的肯定。

盤古不僅分開了天和地，同時也是天地之間萬事萬物的締造者。另一則神話說他死後，呼吸變爲風雲，聲音變爲雷霆，兩眼變爲日月，肢體變爲山嶽，血液變爲江河，髮髭變爲星辰，皮毛變爲草木……⑫這種「垂死化身」的宇宙觀，不但解釋了宇宙的形成和形態，還暗喻了人和自然的相互對應關係。中國古代關於宇宙萬物的神話較爲豐富，如《山海經》中的〈大荒南經〉和〈大荒西經〉記錄了帝俊的妻子羲和與常羲分別生育了十個太陽和十二個月亮等。《山海經》中還記錄了燭龍（又名燭陰）之神，他「視爲晝，瞑爲夜，吹爲冬，呼爲夏，不飲，不食，不息，息爲風」（《山海經・海外北經》）。這些都顯示了先民對宇宙等自然現象積極探索的精神。

二、始祖神話

就像關心宇宙的起源一樣，先民對人類自身的起源也有極大的興趣。而有關人類起源的神話，則首推女媧的故事。女媧補天，顯示出她作爲宇宙大神的重要地位。《淮南子・覽冥訓》載：

往古之時，四極廢，九州裂。天不兼覆，地不周載。火爁炎而不滅，水浩洋而不息，猛獸食顓民，鷙鳥攫老弱。於是女媧煉五色石以補蒼天，斷鼇足以立四極，殺黑龍以濟冀州，積蘆灰以止淫水。

女媧經過辛勤的勞動和奮力的拚搏，重整宇宙，爲人類的生存創造了必要的自然條件。女媧不僅有開闢之功，她也是人類的創造者。《太平御覽》卷七十八引《風俗通》云：

> 俗說天地開闢，未有人民，女媧摶黃土作人，劇務，力不暇供，乃引繩絙於泥中，舉以為人。故富貴者，黃土人也；貧賤凡庸者，絙人也。

這則神話不但虛構了人類的產生，也試圖闡釋人類爲什麼會有社會地位的差別。

有關女媧的神話主要應是產生於母系氏族社會，女媧補天和造人的不朽功績，既反映了人們對女性延續種族作用的肯定，同時也是對女性社會地位的認可。以上神話塑造了一個有著奇異神通而又辛勤勞作的婦女形象，她所做的一切，都充滿了對人類的慈愛之情。

除了人類共同的始祖外，各部族又有自己的始祖神話。商民族始祖契是簡狄吞食燕卵而生⑬，周民族始祖后稷的誕生和經歷更具傳奇色彩。后稷神話記錄在《詩經．大雅．生民》中：姜嫄因踩到了天帝的足拇趾而受孕，順利地產下稷，姜嫄覺得不祥，便把他丟棄在窄巷、樹林、寒冰等處，但稷分別得到牛羊、樵夫、鳥的奇蹟般的救助，存活下來，並迅速表現出種植農作物的天賦，最終成爲周人的始祖。這類神話幾乎各部族皆有，而且不少在情節或結構上有相似之處⑭。它們反映了部族成員對自己祖先的追念，表現出民族自豪感和認同。

三、洪水神話

以洪水爲主題或背景的神話，在世界各地普遍存在。學術界對洪水神話的成因也提出了種種解釋⑮。曾經有過的洪水災害是如此地慘烈，在人類心靈中留下不可磨滅的印記，成爲一種集體記憶，伴隨著神話一代一代地流傳下來，提醒人們對自然災害保持戒懼的態度。

國外的洪水神話，大都是表現這樣一個主題，即天帝對人類墮落的失望，洪水是對人類的懲罰，而洪水之後人類的再造，反映了對人性的反省和批判。而保留在中國漢民族古代文獻中的洪水神話，則主要把洪水看作是一種自然災害，所揭示的是與洪水抗爭、拯救生民的積極意義，看重人的智慧及抗爭精神。在這些洪水神話中最傑出的英雄當數鯀禹父子。

《山海經．海內經》載：

> 洪水滔天。鯀竊帝之息壤以堙洪水，不待帝命。帝令祝融殺鯀於羽郊。鯀復（腹）生禹，帝乃命禹卒布土以定九州。

鯀爲了止住人間水災，而不惜盜竊天帝的息壤[16]，引起了天帝的震怒而被殺。他的悲慘遭遇也贏得了後人深切的同情和尊敬，如屈原作〈離騷〉就爲他鳴不平：「鯀婞直以亡身兮，終然殀乎羽之野。」鯀由於志向未竟，死不瞑目，終於破腹以生禹，新一代的治水英雄由此誕生了。

禹繼承了鯀的遺志，開始也是採取「堙」（堵）的方法[17]，但仍難以遏止洶湧的洪水，於是改用疏導的方法。爲疏通水路，禹不辭辛勞到處探察河道、地形，據《呂氏春秋》載，他向東走到海邊，向南走到羽人裸民之鄉，向西走到三危之國，向北走到犬戎國。在治水過程中，「禹八年於外，三過其門而不入」（《孟子．滕文公上》），「疏河決江，十年未闞其家」（《尸子》孫星衍輯本卷上），「股無胈，脛無毛，手足胼胝，面目黎黑，遂以死於外」（《史記．李斯列傳》），可謂歷盡千辛萬苦。除此之外，他還要和諸多惡神展開艱苦的鬥爭，如誅殺相柳（《山海經．海外北經》）、擒服水怪無支祁（《太平廣記》卷四六七「李湯」條）等。他的精神也感動了諸多的神靈，傳說河伯獻出河圖（《尸子》孫星衍輯本卷下），伏羲幫助他丈量土地，還有一條神龍和一隻靈龜幫助他從事勞動（《拾遺記》卷二，《楚辭．天問》）。總之，瀰漫天下、禍害人間的洪水終於被大禹制服了，而一個不辭辛勞、爲民除害而又充滿智慧的英雄形象在中國文化史上樹立起來。洪水神話集中反映了先民在同大自然做鬥爭中所積累的經驗和表現出的智慧。

四、戰爭神話

黃帝和炎帝是活躍在中原的兩個大部族的首領，分別興起於相距不遠的姬水和姜水，他們在向東發展的過程之中發生了嚴重的衝突。《史記．五帝本紀》載：

> 炎帝欲侵陵諸侯，諸侯咸歸軒轅。軒轅乃修德振兵，治五氣，藝五種，撫萬民，度四方。教熊、羆、貔、貅、貙、虎，以與炎帝戰於阪泉之野，三戰然後得其志。

這一則神話中所言「諸侯」、「修德」等，很明顯是出於後世儒者的附會。但黃帝和炎帝在阪泉之野確實發生過一次殘酷的戰爭，《新書・益壤》稱當時的戰場是「流血漂杵」。而黃帝居然能驅使熊、羆等猛獸參加戰鬥，爲這次戰爭增添了神奇的色彩。這些猛獸可能是某些部落的圖騰，它們分別代表不同的部落跟隨著黃帝參加戰鬥。阪泉之戰以黃帝的勝利而告終，它導致了炎黃兩大部族的融合，華夏民族由此而正式形成，並發展成爲中華民族的主要成分。這則神話實際是對一次歷史事件的記錄和解釋。

炎黃匯合後，另一次著名的大戰是發生在黃帝和蚩尤之間：

> 蚩尤作兵伐黃帝，黃帝乃令應龍攻之冀州之野。應龍畜水。蚩尤請風伯、雨師縱大風雨。黃帝乃下天女曰魃，雨止，遂殺蚩尤。（《山海經・大荒北經》）
>
> 黃帝與蚩尤戰於涿鹿之野。蚩尤作大霧彌三日，軍人皆惑，黃帝乃令風后法斗機坐指南車，以別四方，遂擒蚩尤。（《太平御覽》卷十五引《志林》）

蚩尤屬於南方的苗蠻部族[18]，他有八十一個銅頭鐵額的兄弟，這可能是暗示他們的軍隊已經裝備了金屬盔甲，一些文獻上提及蚩尤冶煉金屬做兵器，這與當時冶金術的發展程度是相適應的。這場戰鬥十分激烈，涉及風伯、雨師等天神，而風、雨、旱、霧等氣象也成了相互進攻的利器。這兩則神話不僅涉及古代的祈雨、止雨巫術，還涉及一些具有重要文化意義的發明，內涵較爲豐富。

黃帝正是在對內兼併和對外抗禦的兩場戰爭之中，大顯神威，確立了他作爲中華民族始祖的形象。出於對中華民族始祖的愛戴，後世又把許多文化史上的發明創造，如車、陶器、井、鼎、音樂、銅鏡、鼓等，歸功於黃帝，或黃帝的臣子。黃帝在神話中又成了一個善於發明創造的文化英雄[19]。

五、發明創造神話

人類社會的活動方式構成了文化。文化是人類創造的，它的存在超越了自然和個體，同時具有象徵性、整合性、民族性、可發展性等特徵[20]。中國古代關於文化事項起源的神話很多。人們把自身發展過程中所積累的各類重大發明，以及對各種自然、社會障礙的克服，都加在一個個神話人物身上，並把他們看作是本部族理想的象徵。自然神從而被人類自己的神代替。歷史上相繼出現了大量有關文化英雄的神話，這些神話的主人公通常是人的形象，他們都有著神異的經歷或本領，他們的業績在於創造和征服，如燧人氏、有巢氏、神農氏、倉頡、后稷等等。

后羿是神話傳說中弓箭的發明者㉑，也是一個神射手。弓箭的發明是初民生活中的大事，因此人們把無上的勇力和榮譽都賦予了這個弓箭的發明者。而后羿正是憑著自己發明的弓箭和神技，爲民除害，造福人類。死於羿的弓箭之下的害人妖孽有鑿齒、九嬰、大風、猰貐、修蛇、封豨等㉒。不過，羿最爲輝煌的業績，還要數射落九個太陽。據《山海經．大荒南經》和〈大荒東經〉載：「羲和者，帝俊之妻，生十日。」這十個太陽住在樹上，輪流出現，「一日方至，一日方出」。《楚辭．天問》王逸注引《淮南子》云：「堯時十日並出，草木焦枯。」於是羿彎弓搭箭，「仰射十日，中其九日，日中九烏皆死，墮其羽翼，故留其一日也」。人間的秩序又得到了恢復。十個太陽都是天帝的兒子，羿要射落九日，不僅需要神技，還要有超人的膽略。

除了以上這些類型的神話外，還有一些神話顯示了人類英雄突出的個性、勇氣，顯示了人類對自身不可動搖的信念，如：

> 夸父與日逐走，入日。渴欲得飲，飲於河渭，河渭不足，北飲大澤。未至，道渴而死。棄其杖，化為鄧林。
> （《山海經．海外北經》）

夸父爲何要與日逐走，已不得而知了，但他那強烈的自信心，那奮力拚搏的勇氣，以及他那融入太陽光芒之中的高大形象，構成了一幅氣勢磅礴的畫面，反映了古代先民壯麗的理想。而他渴死道中的結局，又爲整個故事塗上了一層濃厚的悲劇色彩。

另一則與自然抗爭的悲劇神話，發生在一個纖弱的女子身上：

> 有鳥焉，其狀如烏，文首、白喙、赤足，名曰精衛，其鳴自詨（叫）。是炎帝之少女，名曰女娃，女娃游於東海，溺而不返，故為精衛，常銜西山之木石，以堙於東海。（《山海經．北山經》）

女娃被東海淹死，化而爲鳥，堅持以弱小的生命、菲薄的力量，向浩瀚的大海復仇，這是何等的悲壯！正是這種明知徒勞仍要抗爭的精神，支持初民走過那險惡而艱難的年代。夸父和女娃的神話，謳歌了人類頑強的生命力。

中國古代豐富多彩的神話，是遠古歷史的回音，它眞實地記錄了中華民族在它童年時代的瑰麗的幻想、頑強的抗爭以及步履蹣跚的足印。同樣，它作爲中華民族的文化源頭，在很大程度上影響了民族精神的形成及其特徵。

首先，中國古代神話體現了深重的憂患意識。中華民族發源於以黃河流域爲中心的廣闊地域。而在三千年前，黃河流域除了不斷出現洪水和旱災以外，還分布著很多密林、灌木叢和沼澤地，其中繁衍著各種毒蛇猛獸，從《山海經》中對那些能帶來災異甚至能食人的奇異動物的描述中，能看到先民對生存環境的警懼。爲了順利地生存和發展，先民們在滿懷希望中必須切實地體驗現實的艱難，並做不懈的努力。比如在女媧、羿和禹的神話中，無不以相當的分量描繪了人類的惡劣處境，神性主人公們都能正視現實的災難，並通過鍥而不捨的辛勤勞作和鬥爭，戰勝自然災難。神話特別強調諸神不辭辛勞的現實精神，反映了先民對現實的苦難有著深刻的體驗。這與奧林匹斯諸神的享樂精神形成鮮明的對比。

其次，中國古代神話具有明確的敬重生命、愛護人民的意識[23]。對百姓民眾生命的愛護和尊重，是中國文化的一貫精神，所謂「天地之大德曰生」（《易・繫辭下》），就反映了這種思想，這與以希臘神話爲代表的西方神話有顯著的不同[24]。中國古代神話在展示人類惡劣的生存境遇的同時，還爲人類塑造了一些保護神，如前所說之女媧、后羿等。此外，還有一些神話形象如龍、鳳等，「見則天下安寧」（《山海經・南山經》），它們的出現給人帶來了祥瑞和安慰。不少神話反映了對個體生命的珍惜和對生命延續的渴望。《太平御覽》卷七九引《管子》曰：「黃帝鑽燧生火，以熟葷臊，民食之無腸胃之病。」再如南方之神炎帝，《淮南子・修務訓》記他採藥爲民治病，「一日而遇七十毒」。黃帝、炎帝對人類的生命可謂關懷備至，甚至不惜以身試毒。此外，《山海經》中「不死之國」、「不死民」、「不死之藥」的傳說，也說明了中國神話對人類生命的珍視。古代神話還表現了自然和人之間的親和關係，這實際上也是一種厚生意識。如主日月之神羲和，不但要職掌日月的出入，「以爲晦明」（郭璞注《山海經・大荒南經》引《歸藏・啓筮》語），調和陰陽風雨，還要「敬授人時」（《尚書・堯典》），以利人類的生產和生活。再如春神句芒的到來，「生氣方盛，陽氣發洩，句者畢出，萌者盡達」（《禮記・月令》），給人類帶來了美好的希望。這些都體現了人們與自然和諧相處的願望，在本質上是對保護和發展生命的希冀[25]。

再次，中國古代神話體現了先民們的抗爭精神。生存環境的艱苦，激發了先民不屈的奮鬥精神，這種奮鬥精神本身就意味著對於命運的抗爭，由此而孕育出一大批反抗自然、反抗天帝的神話英雄。前者如精衛以頑強的生命力，面對著難以征服的自然，做頑強的拚搏；後者如《山海經·海外西經》中所載的刑天：

刑天與帝至此爭神，帝斷其首，葬之常羊之山。乃以乳為目，以臍為口，操干戚以舞。

即使斷首以死，也要對著天帝大舞干戚，這種頑強的抗爭精神是何等地壯烈！他所象徵的知其不可爲而爲之的悲劇性格，成爲中華民族生生不息的精神長河中的巨浪。

第三節　上古神話的思維特徵

·以己觀物、以己感物　·具體、形象的思維　·情感體驗　·隱喻和象徵

神話的產生與原始先民的心智能力緊密相關。原始先民的心智發展水準還處在一個比較初級的階段，難以明確區別出事物的客觀屬性，認爲在人和外界存在著一種互滲關係㉖。在原始先民眼裡，自然萬物就和自己一樣，擁有活潑的靈魂、意志和情感，能夠和人進行神祕的交往。因此，原始先民眼中的世界是一個充滿奇異色彩和生命活力的世界。這種感受、理解世界的方法，是神話誕生的土壤，並且在很大程度上制約著上古神話的特點。

首先，由於原始先民在思維中尚未將自身同自然界截然分開，因此，他們在感知自然時，往往將自身屬性不自覺地移到自然之上，形成以己觀物、以己感物的神話思維特徵。這在解釋自然現象時表現得更爲特出，如《山海經·海外北經》：

鍾山之神，名曰燭陰，視為晝，瞑為夜，吹為冬，呼為夏，不飲，不食，不息，息為風。身長千里，在無𦝫之東。其為物，人面蛇身，赤色，居鍾山下。

這則神話即以人的一些常見的生理行爲來解釋晝夜、四季以及風的形成。再如盤古化生萬物的神話，則是以人體的各部分推論天地間的諸物形成。原始先民習慣將自己所熟悉的人體本身作爲參照，以詮釋自然萬物，爲此，他們必須設想出一些巨大的、初始的神靈，從而也就創造了一些十分壯麗的開闢神話。以此爲基礎，從人體稍稍擴大到人的性情、行

爲、人所熟悉的環境，則神話的領域進一步擴大。比如在解釋星系爲何多偏移西北、中國地理形勢爲何西北高東南低時，一則神話說道：

> 昔者共工與顓頊爭為帝，怒而觸不周之山，天柱折，地維絕，天傾西北，故日月星辰移焉，地不滿東南，故水潦塵埃歸焉。（《淮南子・天文訓》）

以自我來觀照萬物的思維特徵幾乎滲透在所有的神話中，它的表現形式也是多樣的。人們正是從自身的生命形態中，感受到外在事物的神祕屬性，感受到精靈的存在，這才有了神話。可以說，這種思維方式是先民理解神祕世界的一個最主要的方法。

其次，神話思維是一種具體、形象的思維。由於原始先民的抽象思維能力尚處在最初的發展階段，因此，思維還不能脫離具體的物象，不能脫離那些具體的感性材料。比如，原始先民爲了把握一日之中時間的變化，就利用太陽在空間的位置變動來加以說明，並因此創造了種種關於太陽的神話，諸如「日出於暘谷」，此後歷經咸池、扶桑、曲阿、曾泉、桑野、衡陽、昆吾、鳥次、悲谷、女紀、淵虞、連石、悲泉、虞淵、蒙谷等地（詳見《淮南子・天文訓》）。以一連串具體的情節表示一日中時間的流逝，在神話中成了一連串具體可感的情節。同樣，在神話中，四方也並不表現爲純粹的空間，它必然和某些特定的內容甚至特定的情感體驗緊緊連繫在一起。比如東方被表現爲春神句芒、春天、青色、木等，而北方則與冬神顓頊、冬天、黑夜、黑色、水等不能分開[27]。一定的時間、空間往往和一定的神明相對應，時間、位置等觀念是無法從具體內容中抽象出來的。

在神話思維中也有對事物的綜合，通過一定程度的概括，使某些神話形象脫離了具體事物。比如龍這個神話形象，就是經過長時間的綜合而形成的。但是，神話的綜合仍然離不開具體形象，還不能達到眞正的抽象。龍的前身可能是一個以蛇爲圖騰的部落標誌，由於「接受了獸類的四腳，馬的毛，鬣的尾，鹿的腳，狗的爪，魚的鱗和鬚」，才最終形成這一威武雄壯的神話形象[28]。顯然，這一形象不是純粹想像的產物，它只不過是對具體物象的再組合，仍然帶有具體、形象的特點。

再次，神話思維伴隨著濃烈的情感體驗。神祕莫測的大自然在先民心中引起恐懼、敬畏或驚喜等情感，先民認爲這些情感也是外物本身所固有的屬性，因而，在先民看來，自然萬物或是神祕的，或是恐怖的，或是有魔力的。這些具有意志、情感的自然萬物，它們之間以及它們和人類的交往，不正是構成神話故事的根本原因嗎？同樣，在神話的傳播、複述的過程中，也是充滿了情感體驗的。比如在《楚辭》〈九歌〉儀式中，無論是表演者還是觀看者，都會隨著那一個個神話形象的登場，而感受到澎湃的激情。再比如，《山海經》中每當出現龍鳳神話形象時，總是伴有歌舞音樂，顯示了祥和安樂的情感體驗㉙。神話中所蘊涵的情感，是神話之所以感人的魅力所在，不過，隨著時間的流逝，現代人往往難以理解神話中所附屬的情感體驗。

由以上的特點可以看出，神話思維實際上是一種象徵性或隱喻性的思維。所謂象徵、隱喻，就是某種具體的物象和某種特定意義之間的連繫㉚。原始思維的特點決定了原始人還不能利用抽象觀念進行獨立的思考，但隨著文化的發展，追溯歷史、交換思想、總結經驗、表達信仰等，往往會涉及一些較為抽象的觀念，因此，他們必須借用某些具體的物象來暗示某些特徵上相似或相連繫的觀念，比如把葫蘆和禽卵跟母體崇拜、生殖崇拜相連繫，就是一個典型的象徵例子。可以說，原始神話就是由這些不同類型的象徵性、隱喻性的意象符號系統構成的，有一些意象的寓意相當複雜、豐厚，如龍這個意象，它不但是部落的符號，同時還包含著特定的民族精神和深厚的民族感情，成為全民族凝聚力的象徵。

神話是原始先民的一種認知和表達方式，還不能說是自覺的文學創作。但神話又確實在文學寶庫中占有一個非常重要的位置，這是因為神話思維中的一些特徵也同樣出現在文學創作和文學欣賞活動中。相比較而言，文學創作中的象徵和情感表達更加主觀化、個性化，抒發的是作者的主觀情懷，而神話的情感和象徵植根於集體意識之中，並帶有更多的神祕意味。

第四節　上古神話的流變與影響

・神話歷史化　・神話發展為仙話　・神話作為文學的素材　・神話原型對後世文學的影響

中國古代神話的原始狀態是十分豐富多彩的，但經過歷史潮水的沖刷，如今呈現在我們面前的，大都只是一些零碎的片段。這是一件非常令人遺憾的事。

中國的歷史意識發展很早，很多古老的神話傳說，往往被當作歷史事實而被載錄下來，神靈被理解為人類祖先編入歷史譜系之中，從而喪失了神話的本來面目。這被稱為神話的歷史化。這種例子，在傳統典籍中比比皆是，從《尚書》、《左傳》、《國語》，一直到《史記》、《吳越春秋》、《越絕書》，都是如此，宋代羅泌所作《路史》是其集大成之作。其結果是使神話大量消亡，歷史向前延伸，各氏族的譜系更加嚴密。比如《左傳．昭公十七年》載：

> 我高祖少皞摯之立也，鳳鳥適至，故紀於鳥，為鳥師而鳥名：鳳鳥氏，曆正也；玄鳥氏，司分者也；伯趙氏，司至者也；青鳥氏，司啓者也；丹鳥氏，司閉者也。祝鳩氏，司徒也；雎鳩氏，司馬也；鳲鳩氏，司空也；爽鳩氏，司寇也；鶻鳩氏，司事也。五鳩，鳩民者也。五雉為五工正，利器用、正量度，夷民者也。

我國東方部族中很多是以鳥作爲圖騰的，其中也必然流行著不少有關鳥的神話。而在這裡，這些有關圖騰鳥的神話則被改造爲一系列的官名，於是，神靈的世界也就被改造成爲人類社會，成爲歷史的一部分。這些鳥族的神話也就無從尋找了。

又據《尸子》（孫星衍輯本）卷下載，當子貢向孔子提及黃帝有四張面孔的神話時，孔子說：「黃帝取合己者四人，使治四方，此謂之四面也。」四張面孔被解釋爲四個人面朝四個方向，「黃帝四面」的神話就變成了一件有關黃帝治理天下的史實。另一則有關夔的神話，在孔子那裡也遭到了同樣的命運㉛。這是典型的神話歷史化過程。這一文化現象在世界其他民族的文化史中或多或少都出現過㉜。

儒家思想是中國傳統文化的主流，孔子「不語怪力亂神」，站在理性的立場而否定神話的價值，這對後世神話的載錄和流傳有著重大的影響。

一般認爲，古代神話形象經歷了從動物形、半人半獸形到人形這麼一個發展過程。在正統的史家或儒家的典籍中，那種半人半獸形的神性形象被抹煞殆盡了，因爲這種形象很難被納入歷史譜系之中，而且也違背了理性化的原則。此外，還有其他一些觸犯了理性化原則的神話，也都遭到刪削。如司馬遷所說：「其文不雅馴，縉紳先生難言之。」（《史記．五帝本紀》）相當一部分神話因此得不到史家的認可，因而沒有進入載籍。這些，我們已無從考查了。有些有幸被文人筆錄，但在此後的流傳過程中，又被無情地刪削。如《列女傳》古本所錄舜的神話中，有二女教舜服鳥工龍裳而從井廩之難中逃脫的情節，今本《列女傳》中就蕩然無存了。再如《淮南子》古本載嫦娥奔月神話時說嫦娥「托身於月，是爲蟾蜍，而爲月精」，今本《淮南子》亦不存㉝。其原因可能都是「不雅馴」。

中國古代神話發展變化的另一條道路，是被道教改造，成爲仙話的一個來源㉞。仙話一般講述的是通過修煉或仙人導引，使人長生不老或幻化成仙的故事。在仙話中，我們能發現不少古代神話人物，其中最突出的是黃帝和西王母。

《史記‧封禪書》記有黃帝在荊山腳下鑄鼎，鼎成，有龍垂鬍髯在鼎上，迎他騎龍升天一事。這則故事有著明顯的仙話的痕跡。而黃帝戰勝蚩尤，在仙話中則被歸功於「九天玄女」，說她「授（黃）帝以三官五意陰陽之略……靈寶五符五勝之文，遂克蚩尤於中冀」（《廣博物志》卷九引《玄女法》）。同樣，竊藥奔月的嫦娥、操不死之藥的西王母，也是仙話中的重要人物。神話轉變為仙話是有限的，它一般集中在特定的幾個人物身上，且有類似於修煉、服藥、升天不死的情節。在仙話中，那些神話人物所蘊涵的民族精神、審美品質，都被嚴重地削弱了。

古代神話對後世作家的文學創作有很大的影響，正如馬克思所說：「希臘神話不只是希臘藝術的武庫，而且是它的土壤。」㉟在文學中，我們能看到神話精神的延續、光大。神話對文學的影響主要表現在兩個方面，一是作為文學創作的素材，一是直接影響文學創作的思維方式、表現手法、欣賞效果等。

中國神話以其廣博精深的意蘊、生動活潑的表現力，為後世文學奠定了基礎。神話本身因其隱喻性和形象性而具有鮮明的文學性，它的形象、母題、情節等，常為後世各類文學作品所借鑑。在先秦散文中，《莊子》一書以「意出塵外，怪生筆端」、「縹緲奇變」（《藝概‧文概》）著稱，《莊子》說理的精妙和文風的恣肆，在很大程度上得益於神話。如〈逍遙遊〉之鯤鵬變化，〈應帝王〉之「鑿破混沌」，這兩則神話為全文抹上了變幻奇詭的浪漫色彩。至於曹植採用洛水女神宓妃的形象，創作了膾炙人口的〈洛神賦〉，是利用神話素材進行的一次成功的創作。上古神話常有以詩歌形式傳播下來的，如《詩經‧大雅‧生民》描述了后稷的種種神蹟，《楚辭》〈離騷〉、〈天問〉、〈九歌〉中記載了多個神靈。此後的詩人，尤其是浪漫主義詩人常常以神話入詩，如陶淵明〈讀山海經〉詩云：「精衛銜微木，將以塡滄海。刑天舞干戚，猛志固常在。同物既無慮，化去不復悔。徒設在昔心，良辰詎可待？」李商隱〈瑤池〉詩云：「瑤池阿母綺窗開，〈黃竹〉歌聲動地哀，八駿日行三萬里，穆王何事不重來？」都以神話形象或情節作為詩歌的素材。小說、戲曲對神話素材也多有汲取，主要是借助於神話奇特的想像，利用神話形象或神話情節進行再創作。如唐代李朝威的小說《柳毅傳》，創造了一個優美的愛情神話。明清神魔小說對神話的採用和重塑，達到了此類文學的最高點，其代表作為《西遊記》，孫悟空、豬八戒以及他們的騰雲駕霧、七十二般變化成了中國文學中最有影響的故事之一。從孫悟空身上，不難看到「石中生人」的夏啓、「銅頭鐵額」的蚩尤、「與帝爭位」的刑天以及淮渦水怪無支祁的影響。此外，《聊齋志異》、《鏡花緣》、《封神演義》、《紅樓夢》中也有不少發人深省的神話情節。可以說，古代神話作為素材，遍布在中國古典文學的每一個角落，它經文學家的發掘、改造，在新的作品中重新散發出光芒，使文學作品具有獨特的藝術魅力。

神話作爲原始先民意識型態的集中體現，凝結著先民對自身和外界的思考和感受，包含著濃郁的情感因素。這些神話意象在歷史中固定下來，通過文化積澱，在一代代人的心底默默傳承著，並總是不失時機地通過各種形式，在後代文學作品中表現出來[36]。也就是說，神話對於文學的意義，不僅僅在於它是文學家的素材，更爲重要的是，那些自覺或不自覺地運用了神話原型的作品，都可以把作者或讀者領入先民曾經有過的那種深厚的情感體驗之中，從而緩釋現實的壓力，超越平凡的世俗。神話作爲原型的意義要比它作爲素材的意義更爲重要。當屈原在現實世界中屢遭打擊而悲苦無依的時候，他就毅然地轉向古老的神話：龍鳳結駟，巡遊天界，四方求女。是神話世界巨大的力量，使他從現實中超越出來，支援他的人格，撫慰他心靈的創傷。同時，由〈離騷〉所抽象概括的某些意象，由於它深沉的神話背景和屈原創造性的提煉，而成爲一種穩固的神話原型，在中國文學史上，在一代代作家的筆下傳遞。而蒲松齡的《聊齋志異》則不僅是將神話看作素材，更是將其當成全部的精神寄託，是對當時不公平的世界的厭棄和對神話感情、神話世界的皈依[37]。正如榮格所說的那樣：「一個用原始意象說話的人，是在同時用千萬個人的聲音說話。……他把我們個人的命運轉變爲人類的命運，他在我們身上喚醒所有那些仁慈的力量，正是這些力量，保證了人類能夠隨時擺脫危難，度過漫漫的長夜。」[38]可以說，屈原、蒲松齡等人的作品都體現了神話原型的精髓和力量。

注釋

❶語見韋勒克、沃倫著《文學理論》中譯本，生活・讀書・新知三聯書店一九八四年版，第二〇六頁。

❷學術界普遍認為神話產生於野蠻期的初級階段，到了野蠻期的中級階段，神話進入了繁榮的時期。我國學者楊堃和袁珂等人認為神話的起源應早到蒙昧期的高級階段，即舊石器時代晚期，或者比這個時期更早。分別參見〈論神話的起源和發展〉（載《民間文學論壇》一九八五年第一期）和《中國神話通論》（巴蜀書社一九九三年版）。

❸馬林諾夫斯基在《原始心理的神話》中說：「當儀式、慶典或社會、道德準則要求獲得證據，證明它們是自古以來一脈相承的，是現實和神聖的，這時神話便發揮了作用。」（轉引自約翰・維克雷編《神話與文學》中譯本，上海文藝出版社一九九五年版，第一七頁）

❹以上部分論點參照了理查・蔡斯所著〈神話研究概說〉、斯坦利・愛德加・海曼所著〈神話的儀式觀〉（原文皆收入約翰・

維克雷編《神話與文學》）。

❺參見《文物》一九八七年第八期：〈遼寧牛河梁紅山文化「女神廟」與積石塚群發掘簡報〉及〈牛河梁紅山文化女神頭像的發現與研究〉。

❻參見蓋山林著《中國岩畫學》，書目文獻出版社一九九五年版，第三七、七六頁；李學勤著《東周與秦代文明》，文物出版社一九九一年版，第二八四、三五四頁。

❼張光直認為，商代早期的刻繪圖形中，「其中之動物的確有一種令人生畏的感覺，顯然具有由神話中得來的大力量」（〈商周神話與美術中所見人與動物關係之演變〉，載《中國青銅時代》，生活・讀書・新知三聯書店一九八三年版，第二九二頁），並斷定，「商周青銅器上的動物紋樣也扮演了溝通人神世界的使者的角色」（《美術、神話與祭祀》，遼寧教育出版社一九八八年版，第五二頁）。現在可見的各種青銅彝器上的動物圖形甚多，尤其是一些假想的動物圖形，如饕餮、夔、龍、虬、鳳、肥遺等，都應該是具有神性的動物。

❽李學勤認為，文獻中所記錄的神話遠不足以說明中國上古神話的全貌：「楚帛書上的十二月神形象，文獻全無描述，看來我們對東周到秦這一歷史時期的神話，實際上還沒有很多具體知識。《楚辭》、《山海經》等書所述，不過是廣大的神話世界的一小部分。」（《東周與秦代文明》，文物出版社一九九一年版，第三五五頁）

❾見《左傳・昭公元年》：「昔高辛氏有二子，伯曰閼伯，季曰實沉，居於曠林，不相能也，日尋干戈，以相征討。後帝不臧，遷閼伯於商丘，主辰，商人是因，故辰為商星；遷實沉於大夏，主參，唐人是因，以服事夏商。」

❿關於《山海經》的性質、成書年代及作者，異說頗多。袁行霈認為，《山經》是巫覡之書，成於戰國初、中期；《海經》是秦漢間的方士之書（〈《山海經》初探〉，載《中華文史論叢》一九七九年第三期）。袁珂認為：「《山海經》確可以說是一部巫書，是古代巫師們傳留下來、經戰國初年至漢代初年楚國或楚地的人們（包括巫師）加以整理編寫而成的。」（《中國神話史》，上海文藝出版社一九八八年版，第一八頁）本書主要採納袁行霈的觀點。

⓫神話分類是神話學的一個重要課題，我國神話研究者如茅盾、林惠祥、谷德明、陶陽、鍾秀、劉淮城等，都從不同的角度提出了多種分類方法。詳見潛明滋著《中國神話學》（寧夏人民出版社一九九四年版）第二章〈多維視角的神話學〉。本書分類吸取了以上學者的成果，並做了適當的調整。

⓬見《繹史》卷一引《五運歷年記》。

⓭較為詳細的原文見《史記・殷本紀》：「殷契，母曰簡狄，有娀氏之女，為帝嚳次妃。三人行浴，見玄鳥墮其卵，簡狄取吞

之，因孕生契。」

⓮如《魏書》高句麗傳中記載了高句麗始祖朱蒙誕生的故事：「朱蒙母河伯女，為夫餘王閉於室中，為日所照，引身避之，日影又逐。既而有孕，生一卵，大如五升。夫餘王棄之與犬，犬不食；棄之與豕，豕又不食；棄之於路，牛馬避之；後棄之野，群鳥以毛茹之。夫餘王割剖之，不能破，遂還其母。其母以物裹之，置之暖處，有一男破殼而出。及其長也，字之曰朱蒙。」此外，我國南方苗、瑤、佬、畲、壯、侗、黎等民族也有類似的始祖神話。

⓯外國著名的洪水神話見於巴比倫史詩《吉爾伽美什》、基督教《聖經》等。可以說，世界上很多地方都普遍流傳著有關洪水的神話，中國少數民族中流行的洪水神話也相當豐富。可參看陳建憲著《神祇與英雄——中國古代神話的母題》（生活・讀書・新知三聯書店一九九四年版）第五章〈嚴酷的自然〉及謝選駿著《中國神話》（浙江教育出版社一九九五年版）第四章〈洪水主題〉。

⓰息壤，能夠自生自長的土壤。郭璞注《山海經・海內經》云：「息壤者，言土自長息無限，故可以塞洪水也。」高誘注《淮南子・地形訓》云：「息土不耗減，掘之益多，故以填洪水。」

⓱《淮南子・地形訓》云：「禹乃以息土填洪水，以為名山。」《漢書・溝洫志》引《夏書》云：「禹堙洪水十三年。」

⓲有關蚩尤的族屬問題，異說頗多。此處據徐旭生《中國古史的傳說時代》（文物出版社一九八五年版）認為蚩尤為南方部族。

⓳在神話學中，文化英雄指這樣一些神話人物，他們發現或發明了種種文化成果，如火、勞動工具、植物栽培，甚至社會秩序、風俗習俗等，並把這些文化成果傳授給人類，有的文化英雄還要為保護文化成果與惡勢力做鬥爭。

⓴參見陳國強主編《簡明文化人類學詞典》，浙江人民出版社一九九〇年版，第七〇頁。

㉑《墨子・非儒下》云：「古者羿作弓。」《呂氏春秋・勿躬篇》云：「夷羿作弓。」

㉒以上詳見《山海經・海外南經》、《淮南子・氾論訓》等。

㉓「厚生」，即是保障人民的生命安全，並使其生活充裕。語出《尚書・大禹謨》：「正德，利用，厚生，惟和。」

㉔古希臘神話主要是描寫神或英雄之間的故事，一般不看重普通百姓民眾的生存或幸福。大衛・利明和愛德溫・貝爾德在其《神話學》中說：「希臘人對神的態度類似於鄉民對待富紳：他們當神的面，讚美和奉承神；但在神的背後，卻編造不計其數的故事把神描繪成掠奪成性、好爭吵、吝嗇、嫉妒，對其奴僕——人類的福樂極少關心，等等。」（《神話學》中譯本，上海人民出版社一九九〇年版，第六六—六七頁）由此可知，希臘神話遠離甚至無視世俗百姓的願望。

㉕此處內容參照了胡曉明所著《靈根與情種》（百花洲文藝出版社一九九四年版）上篇第二節〈重生的精神〉。

㉖參見列維．布留爾《原始思維》第二章〈互滲律〉：「在原始人的思維的集體表象中客體、存在物、現象能夠以我們不可思議的方式同時是它們自身，又是其他什麼東西。它們也以差不多同樣不可思議的方式發出和接受那些在它們之外被感覺的、繼續留在它們裡面的神祕的力量、能力、性質、作用。」（商務印書館一九八一年版，第六九－七〇頁）

㉗如《淮南子．天文訓》載：「東方木也，其帝太皞，其佐句芒，執規而治春。……南方火也，其帝炎帝，其佐朱明，執衡而治夏。……中央土也，其帝黃帝，其佐后土，執繩而制四方。……西方金也，其帝少昊，其佐蓐收，執矩而治秋。……北方水也，其帝顓頊，其佐玄冥，執權而治冬。」此外還見於《禮記．月令》、《爾雅》等。這一思維方法與中國傳統的陰陽五行觀念連繫十分緊密。可詳參英人李約瑟所著《中國古代科學思想史》（江西人民出版社一九九〇年版）第六章〈中國科學之基本觀念〉。

㉘以上觀點見聞一多所著〈伏羲考〉（收入《聞一多全集》第一卷，生活．讀書．新知三聯書店一九八二年版）。

㉙《山海經．海內經》云：「帝俊生晏龍，晏龍是為琴瑟」，「帝俊有子八人，是始為歌舞。」《山海經．大荒西經》云：「祝融生太子長琴，是處榣山，始作樂風。有五彩鳥三名：一曰皇鳥，一曰鸞鳥，一曰鳳鳥。」又云：「有弇州之山，五彩之鳥仰天，名曰鳴鳥。爰有百樂歌舞之風。」

㉚黑格爾把「藝術前的藝術」稱為「象徵型藝術」，認為象徵包含兩個因素：「第一是意義，其次是這意義的表現。意義就是一種觀念或對象，不管它的內容是什麼，表現是一種感性存在或一種形象。」（《美學》第二卷，商務印書館一九七九年版，第一〇頁）

㉛原文見《韓非子．外儲說左下》。

㉜神話歷史化，一方面是因為很多神話就是以歷史為依據的，這些有關歷史的神話、半歷史或準歷史的神話，很容易被解釋為歷史；另一方面，神話歷史化又可以說是文化發展的必然，因為從原始文化向理性文化的發展，並不是跨過一個鴻溝一蹴而成的，而是一個繼承發展的過程，神話歷史化正是這一繼承發展過程的具體體現。

㉝原文見《楚辭．天問》洪興祖補注引古本《列女傳》，《初學記》卷一引古本《淮南子》。

㉞袁珂把仙話也看作是神話的一部分（見其所著《中國神話通論》）。但本書認為仙話出於某些人或集團的有意識的創造或改編，是與道教特定的意識型態相連繫的，有著明顯的目的性，與原始神話在發生、意蘊、價值等方面都相去甚遠，故不將其算作是神話的一部分。

㉟《馬克思恩格斯文集》第八卷，人民出版社二〇〇九年版，第三五頁。

㊱以上所述，主要採用了現代文學批評中原型理論。參見榮格所著〈論分析心理學與詩歌的關係〉、〈心理學與文學〉二文（皆收入《心理學與文學》，生活・讀書・新知三聯書店一九八七年版）。

㊲蒲松齡〈聊齋自志〉云：「披蘿帶荔，三閭氏感而為《騷》；牛鬼蛇神，長爪郎吟而成癖。……集腋為裘，妄續《幽冥》之錄；浮白載筆，僅成孤憤之書。寄託如此，亦足悲矣！嗟乎！……知我者，其在青林黑塞間乎！」反映了對神話精神的自覺繼承和對神話超越現實的情感力量的認同。

㊳榮格《心理學與文學》中譯本，生活・讀書・新知三聯書店一九八七年版，第一二二頁。

第二章　《詩經》

早在文字產生以前，就有原始歌謠在口頭流傳。甲骨卜辭和《周易》卦爻辭中的韻語，是有文字記載的古代詩歌的萌芽。《詩經》中的作品，反映了各方面的生活，具有深厚豐富的文化積澱，顯示了我國古代詩歌最初的偉大成就。

第一節　《詩經》的編定和體制

・《詩經》的編定　・風、雅、頌　・用詩和傳詩

《詩經》是我國第一部詩歌總集，原名《詩》，或稱「詩三百」❶，共有三百零五篇，另有六篇笙詩，有目無詞❷。全書主要搜集了周初至春秋中葉五百多年間的作品❸。最後編定成書，大約在西元前六世紀。產生的地域，約相當於今陝西、山西、河南、河北、山東及湖北北部一帶。作者包括了從貴族到平民的社會各個階層人士，絕大部分已不可考❹。時代如此之長，地域如此之廣，作者如此複雜，顯然是經過有目的地搜集整理才成書的。《詩經》的編集，在先秦古籍中沒有明確記載。歷史上有廣泛影響的「獻詩」、「採詩」、「刪詩」之說，透露了《詩經》作品來源和編定的一些信息。周代公卿列士獻詩、陳詩，以頌美或諷諫，是有史籍可考的❺。《詩經》中當不乏這類作品。漢代人認爲周代設採詩之官到民間採詩，獻於朝廷以了解民情。這種說法是否確切，頗有爭論❻。公卿列士所獻之詩，既有自己的創作，也未必沒有採集來的作品。周王朝是否實行過採詩制度，雖不能確定，但如無周王朝和各諸侯國樂官的參與，民間之詩很難彙集於王廷。因此，可以說，《詩經》包括了公卿列士所獻之詩，採集於各地的民間之詩，以及周王朝樂官保存下來的宗教和宴饗中的樂歌等。這些作品的編集成書，漢人認爲經過孔子的刪定❼。事實上，早在孔子的時代，已有與今本《詩經》相近的「詩三百篇」的存在。孔子對「詩」做過「正樂」的工作，甚至也可能對「詩」的內容和文字有些加工整理。但說《詩經》由他刪選而成，則是不可信的❽。整理編定《詩經》的人和具體情形，今天已無從得知，可能周王朝的樂官在《詩經》的編集和成書過程中，起了相當重要的作用。大約公卿列士所獻之詩，以及採集來的民間之詩，最

後都集中到王朝樂官手中，樂官掌管的詩一定很多，整理編選其中的一部分爲演唱和教詩的底本，是完全可能的❾。

《詩經》按風、雅、頌分爲三類❿，「詩」最初都是樂歌，只是由於古樂失傳，後人已無法了解風、雅、頌各自在音樂上的特色了⓫。風即音樂曲調，國風即各地區的樂調⓬。國是地區、方域之意。十五國風一百六十篇包括周南、召南、邶風、鄘風、衛風、王風、鄭風、齊風、魏風、唐風、秦風、陳風、檜風、曹風、豳風。周南、召南、豳都是地名，王是指東周王畿洛陽，其餘是諸侯國名，十五國風即這些地區的地方土樂。國風中，豳風全部是西周作品⓭，其他除少數產生於西周外，大部分是東周作品。「雅」即正，指朝廷正樂⓮，西周王畿的樂調。雅分爲大雅和小雅⓯。大雅三十一篇是西周的作品，大部分作於西周初期，小部分作於西周末期。小雅共七十四篇，除少數篇目可能是東周作品外，其餘都是西周晚期的作品。大雅的作者，主要是上層貴族；小雅的作者，既有上層貴族，也有下層貴族和地位低微者。頌是宗廟祭祀之樂，許多都是舞曲，音樂可能比較舒緩⓰。周頌三十一篇，是西周初期的詩。周頌不同於其他詩的體例，不是由數章構成，每篇只有一章。魯頌四篇，產生於春秋中葉魯僖公時，都是頌美魯僖公之作，〈泮水〉、〈閟宮〉體裁近乎雅詩，〈有駜〉、〈駉〉則近於國風，可見頌詩演變之跡。商頌五篇，大約是殷商中後期的作品。從內容上可分爲兩類：〈那〉、〈烈祖〉、〈玄鳥〉明顯是祭歌，主要是寫歌舞娛神和對祖先的讚頌。〈長發〉和〈殷武〉的祭祀意味不濃，可能是一種祝頌詩，主要寫商部族的歷史傳說和神話。前三篇不分章，後二篇分章，風格近於「雅」，可能比前三篇晚出。

《詩經》中的作品，最初主要用於典禮、諷諫和娛樂，是周代禮樂文化的重要組成部分，是實行教化的重要工具。編輯成書後，廣泛流行於諸侯各國，運用於祭祀、朝聘、宴飲等各種場合，在當時的政治、外交活動中，發揮了重要作用。《左傳》中大量記載了諸侯君臣賦詩言志的事例，他們以「詩」來酬酢應答，出使專對，以賦詩來表情達意。稱引「詩」句，來諷諫勸誡，評論抒情，在上層的人際交往中，是十分普遍的現象，而諸子百家在著述中引詩，也很常見。他們所引用的「詩」句，往往是斷章取義。「詩」在社會現實生活中具有實用價値，受到人們的普遍重視。孔子就很重視《詩經》，曾以「詩」教授弟子，並對學「詩」的重要意義和社會功用有多方面的闡述。秦火以後，《詩經》以其口耳相傳、易於記誦的特點，得以保存，在漢代流傳甚廣，出現了今文的魯、齊、韓三家詩。三家詩在西漢被立爲博士，成爲官學。魯詩出自魯人申培，齊詩出自齊人轅固，韓詩出自燕人韓嬰，三家詩興盛一時。魯人毛亨和趙人毛萇的古文「毛詩」晚出，在西漢雖未被立爲學官，但在民間廣泛傳授，並最終壓倒了三家詩，盛行於世。後來三家詩先後亡佚，今本《詩經》，就是「毛詩」⓱。漢儒傳《詩》，使《詩》經典化，固然有對《詩經》的曲解、附會，但漢代形成的詩教傳統和說詩體系，不僅對《詩經》的研究，而且對整個中國古代文學的發展，都產生了深遠的影響。

第二節　《詩經》的內容

・祭祖頌歌和周族史詩　・農事　・燕饗　・怨刺　・戰爭徭役　・婚姻愛情　・《詩經》的現實精神

《詩經》中的作品，內容十分廣泛，深刻反映了殷周時期，尤其是西周初至春秋中葉社會生活的各個方面。《詩經》可以說是一軸巨幅畫卷，當時的政治、經濟、軍事、文化以及世態人情、民俗風習等等，在其中都有形象的表現。

上古祭祀活動盛行，許多民族都產生了讚頌神靈、祖先，以及祈福禳災的祭歌。我國古代也特別重視祭祀，認為「國之大事，在祀與戎」（《左傳・成公十三年》）。保存在大雅和三頌中的祭祀詩，大都是以祭祀、歌頌祖先為主，或敘述部族發生、發展的歷史，或讚頌先公先王的德業，總之是歌功頌德之作。但這些作品也有其歷史和文學價值。如被認為是周族史詩的〈生民〉、〈公劉〉、〈綿〉、〈皇矣〉、〈大明〉五篇作品⑱，讚頌了后稷、公劉、太王、王季、文王、武王的業績，反映了西周開國的歷史。〈生民〉寫始祖后稷的神異誕生和他對農業的貢獻。〈公劉〉寫公劉率領周人由邰（今陝西武功）遷徙到豳（今陝西彬縣、旬邑一帶），開始了定居生活，在周部族發展史上有重大意義。〈綿〉寫古公亶父率周部族再次由豳遷至岐（今陝西岐山縣）之周原，劃定土地疆界，開溝築壟，設置官司、宗廟，建立城郭，創業立國，並敘及文王的事蹟。〈皇矣〉先寫太王、王季的德業，然後寫文王伐崇、伐密勝利的經過。〈大明〉先敘王季娶太任生文王，文王娶大姒生武王，然後寫武王在牧野大戰。從〈生民〉到〈大明〉，周人由產生到逐步強大，最後滅商，建立統一王朝的歷史過程，得到了完整的表現。五篇史詩，反映了周人征服大自然的偉大業績，社會制度由原始公社向奴隸制國家的轉化，以及推翻商人統治的鬥爭，是他們壯大發展的歷史寫照⑲。因此，它們與後世的廟堂文學有明顯的區別。如〈生民〉前三章這樣寫后稷出生時的神奇經歷：

厥初生民，時維姜嫄。生民如何？克禋克祀，以弗無子。履帝武敏歆，攸介攸止。載震載夙，載生載育，時維后稷。

誕彌厥月，先生如達，不坼不副，無菑無害，以赫厥靈。上帝不寧，不康禋祀，居然生子。

誕寘之隘巷，牛羊腓字之；誕寘之平林，會伐平林；誕寘之寒冰，鳥覆翼之。鳥乃去矣，后稷呱矣。實覃實訏，厥聲載路。

履帝跡生子的神話，實際上是只知有母而不知有父的母系社會的折射[20]。姜嫄棄子的原因歧說很多[21]。這種描寫，使后稷的誕生充滿神話色彩和人類童年的純眞氣質。他是感天而生，一出世就經受了種種磨難。後五章寫后稷懂得耕作，栽培五穀，在農業上取得很大成就，又創立了祀典。全詩不僅生動地寫出了周人始祖后稷一生的事蹟，而且反映了由母系社會進入父系社會的歷史背景。其他祭祖頌歌，也從不同的側面反映了殷周時期的歷史圖景，以及人們敬天祭祖的宗教觀念，是特定歷史背景、哲學思想、倫理道德、美學觀念的產物。

我國農業有悠久的歷史，很早就開始了農業種植活動，新石器晚期的仰韶文化和龍山文化，標誌著農業的初步發展。周人將自己的始祖與發明農業連繫在一起，可見農業在周人社會和經濟生活中的地位。《詩經》時代，農業生產已占有重要地位。《詩經》中的作品，不僅在道德觀念和審美情趣上打上了農業文明的烙印，而且產生了一些直接描寫農業生產生活和相關的政治、宗教活動的農事詩。

周初的統治者極爲重視農業生產，一年的農事活動開始時，要舉行隆重的祈穀、藉田典禮，祈求上帝賜豐收，天子親率諸侯、公卿大夫、農官到周天子的藉田中象徵性犁地。秋天豐收後，還要舉行隆重的報祭禮，答謝神靈的恩賜。《詩經》中的〈臣工〉、〈噫嘻〉、〈豐年〉、〈載芟〉、〈良耜〉等作品，就是耕種藉田，春夏祈穀、秋冬報祭時的祭祀樂歌。如《周頌．豐年》是秋收後祭祀祖先時所唱的樂歌，詩中這樣描寫周初農業大豐收的情景：「豐年多黍多稌，亦有高廩，萬億及秭。」〈載芟〉、〈噫嘻〉中則寫了「千耦其耘」、「十千維耦」的盛大勞動場面。《詩經》中的這類作品，眞實地記錄了與周人農業生產相關的宗教活動和風俗禮制，反映了周初的生產方式、生產規模，周初農業經濟的繁榮，以及生產力發展的水準。而像〈七月〉這樣直接反映周人農業生產生活的作品，無論在內容上還是在藝術上，都是《詩經》農事詩中最優秀的作品[22]。此詩是風詩中最長的一篇，共八章八十八句，三百八十字。敘述了農夫一年間的艱苦勞動過程和他們的生活情況。他們種田、養蠶、紡織、染繒、釀酒、打獵、鑿冰、修築宮室，而勞動成果大部分爲貴族所占有，自己無衣無褐，吃苦菜，燒惡木，住陋室；嚴冬時節，塡地洞，熏老鼠，塞窗隙，塗門縫，以禦寒風。全詩以時令爲序，順應農事活動的季節性，把風俗景物和農夫生活結合起來，全面深刻、生動逼眞地反映了西周農人的生活狀況。詩中客觀反映出農夫生活和貴族生活的懸殊，在對當時農業生產、農夫生活的平鋪直敘中抒發了哀怨和不滿，千百年後的讀者，不僅能了解到當時的農業生產和農夫的生活狀況，而且能眞切感受到他們的不幸和痛苦。

《詩經》中還有以君臣、親朋歡聚宴享爲主要內容的燕饗詩，更多地反映了上層社會的歡樂、和諧。如《小雅・鹿鳴》就是天子宴群臣嘉賓之詩，後來也被用於貴族宴會賓客。其第一章云：

> 呦呦鹿鳴，食野之苹。我有嘉賓，鼓瑟吹笙。吹笙鼓簧，承筐是將。人之好我，示我周行。

這樣的歡聚宴飲，熱鬧祥和。群臣讚美周王，並進諫有益的治國方策。周代上層社會，很多場合都有宴飲，燕饗詩正是這種社會生活的眞實反映。周代是農業宗法制社會，宗族間相親相愛的關係是維繫社會的重要紐帶。周之國君、諸侯、群臣大都是同姓子弟或姻親，周統治者十分重視血緣親族關係，利用這種宗法關係來加強統治。燕饗不是單純爲了享樂，而有政治目的。在這些宴飲中，發揮的是親親之道、宗法之義。《詩經》中許多其他題材的作品也都表現出濃厚的宗法觀念和親族間的脈脈溫情。

宴飲中的儀式，體現了禮的規則和人的內在道德風範。燕饗詩讚美守禮有序、賓主融洽的關係，而對不能循禮自制、縱酒失德的宴飲，則是否定的。禮樂文化是周代文化的重要組成部分，《詩經》在很大程度上是周代禮樂文化的載體。燕饗詩以文學的形式，表現了周代禮樂文化的一些側面。不僅祭祀、燕饗等詩中直接反映了周代禮樂之盛，而且在其他詩作中也洋溢著禮樂文化的精神。如《詩經》一些作品讚美貴族階層的才德容儀，頌揚溫文爾雅、謙恭有德的彬彬君子，抨擊失德違禮之輩不如禽獸：「相鼠有體，人而無禮。人而無禮，胡不遄死？」（《鄘風・相鼠》）

產生於西周初期的燕饗詩㉓，是周初社會繁榮、和諧、融洽的反映。西周中葉以後，特別是西周末期，周室衰微，朝綱廢弛，社會動盪，政治黑暗，大量反映喪亂、針砭時政的怨刺詩出現了。怨刺詩主要保存在「二雅」和國風中，如大雅中的〈民勞〉、〈板〉、〈蕩〉、〈桑柔〉、〈瞻卬〉，小雅中的〈節南山〉、〈正月〉、〈十月之交〉、〈雨無正〉、〈小旻〉、〈巧言〉、〈巷伯〉等，反映了厲王、幽王時賦稅苛重，政治黑暗腐朽，社會弊端叢生，民不聊生的現實。國風中的《魏風・伐檀》、《魏風・碩鼠》、《邶風・新臺》、《鄘風・牆有茨》、《鄘風・相鼠》、《齊風・南山》、《陳風・株林》，或諷刺不勞而獲、貪得無厭者，或揭露統治者的無恥與醜惡，辛辣的諷刺中寓有強烈的怨憤和不平。這些被後人稱爲「變風」、「變雅」的作品，是政治腐朽和社會黑暗的產物。在周室衰微，禮崩樂壞，政教缺失，人倫廢絕，刑政苛酷的時代背景下，公卿列士、貴族大夫及社會各階層人士，憫時喪亂，憂世憂生，以詩來針砭時政和社會弊端，感歎身世遭遇。大雅中的怨刺詩，大都出自身分和社會地位較高的作者，如〈民勞〉、〈蕩〉，舊說是召穆公諫厲王之詩，〈板〉舊說是凡伯刺厲王之詩，〈桑柔〉則是厲王時大夫芮良夫所作。作者深懷對社會現實和周王朝命運的憂慮，以詩向統治者進言，以期起到規諫箴戒的作用。如〈蕩〉第一章直接譴責厲王，其他七章都是託文王指斥殷紂王的口吻諷刺厲王，借古諷今，指責厲王強橫暴虐，聚斂剝削，高爵厚祿，濫用威權，政令無常；並告誡厲王：殷鑑在夏，夏桀之亡國是殷紂王的一面鏡子，表明周鑑亦在殷，殷紂之亡國又是厲王的一面鏡子。大雅中的怨刺詩，針砭朝政，情緒憤激，但諷刺有一定的節制，帶有更多的規諫之意，詩人面對國家前途黯淡的現實，試圖力挽狂瀾，但對積弊已深、頹勢已定的局面，又充滿無可奈何的悲哀。

小雅中怨刺詩的作者沒有大雅作者身分地位高，他們雖然也是統治階級中的一員，在等級社會中卻處於較低的甚或受壓抑的地位。因此，小雅中的怨刺詩，不僅指斥政治的黑暗，悲悼周王朝國運已盡，憂國哀民，而且感歎自身遭遇。如〈節南山〉是家父所作，諷刺周王用太師尹氏，以致天下大亂。太師尹執掌國柄，卻為政不善，做事不公，不親臨國事，而委之於姻亞，欺君罔民，無所忌憚，以致天怒人怨，禍亂迭起，民怨沸騰，而他卻仍不鑑察和警戒。詩歌的內容是專咎尹氏，但末章說「家父作誦，以究王訩。式訛爾心，以畜萬邦」。其規諷所向，又在幽王。詩人是把太師尹之亂政與幽王之昏聵連繫起來了。〈正月〉是失意官吏所作，揭露當時政治的腐朽、統治者的殘暴，怨恨上天昏聵，對小人充斥朝廷、人民處於危難絕境熟視無睹，悲悼周王朝的淪亡。〈十月之交〉是日蝕和大地震後，王朝官吏敘事抒情之作，諷刺貴族統治階級擾亂朝政，以致災異迭起，民不聊生，國運將盡，並慨歎自己無辜遭受迫害、讒毀，處於孤立無援的境地。〈雨無正〉是侍御官所作，諷刺幽王昏聵，倒行逆施，群臣皆不盡職，但求保身。如第二、第四章寫正值天災人禍之際，三司、諸侯並不盡力王事，群臣百官亦皆畏罪不肯進諫，而自己辛勤王事，卻受到讒毀。因此，詩人十分憤慨，深切悲歎。小雅中還有一些詩，直接傾瀉對讒佞小人的怨恨詛咒，如〈巷伯〉就是寺人孟子遭人讒毀後抒發憤懣之作。詩人憤怒地寫道：「取彼譖人，投畀豺虎。豺虎不食，投畀有北。有北不受，投畀有昊。」有的由於遭受迫害，生活處境艱難，因此，在詩中感懷身世，訴說人間的不平，如〈北山〉是一位士子所作，抒發其被繁重差役壓迫的不平和憤慨。第四、五、六章連用十二個「或」字起頭的對比句，揭露大夫分配差役不均，以及士在當時的處境和地位。小雅中的這些詩，針砭時政與大雅有些詩相同，但更多的是將筆鋒集中在奸臣佞倖者身上，言詞更為激烈，情緒也更為怨憤。

國風中也有一些與「二雅」性質相同的作品，但與「二雅」中對宗周傾覆，朝政日非，世衰人亂充滿哀怨悲憤的情感不同，而是辛辣犀利地對統治者加以揭露和嘲諷。如《魏風．伐檀》對不勞而獲無功受祿者甚爲憤慨，提出質問：「不稼不穡，胡取禾三百廛兮？不狩不獵，胡瞻爾庭有懸貆兮？」揭露了剝削者的寄生本質。而《魏風．碩鼠》則把統治者比作大老鼠，他們的貪婪，使人民陷入絕境，爲了擺脫這種絕境，人民不得不逃往他方㉔。國風中一些針對具體人、具體事而發的諷刺詩，直接揭露了統治者的無恥醜行。如《陳風．株林》諷刺了陳靈公與陳國大夫夏御叔之妻夏姬淫亂私通。詩中並未從正面寫此事，只是說陳靈公到夏姬之子夏徵舒封邑株林遊玩，他駕車停歇於株林，在株林吃早飯，說他本意不是找夏徵舒。言在此而意在彼，諷刺了陳靈公的可恥醜行。

《詩經》中有些戰爭詩，從正面描寫了天子、諸侯的武功，表現了強烈的自豪感，充滿樂觀精神，大雅中的〈江漢〉、〈常武〉，小雅中的〈出車〉、〈六月〉、〈采芑〉等等，大都反映了宣王時期的武功。〈江漢〉是寫宣王命召虎領兵討伐淮夷，召虎很快平定了淮夷，班師回朝。宣王冊命召虎，賞賜他土地、圭瓚、秬鬯等，召虎乃作召公簋，銘記其事。〈常武〉寫宣王命大將南仲征伐徐國，集中歌頌了王師的威力。如第五章寫王師行進迅猛異常，勢不可擋，用一連串的比喻，將王師的聲威、氣概形象具體地表現了出來。又如《小雅．六月》寫尹吉甫奉宣王之命，北伐玁狁並取得勝利的事蹟。另外，秦風中的〈小戎〉、〈無衣〉等，也是表現同仇敵愾、共禦外侮、鬥志昂揚、情緒樂觀的戰爭詩。《詩經》中這類完全從正面歌頌角度所寫的戰爭詩，不注重直接具體描寫戰鬥場面，而是集中表現軍威聲勢，如《小雅．采芑》寫大臣方叔伐荊蠻之事，突出寫方叔所率隊伍車馬之威，軍容之盛，號令嚴明，賞罰有信。他雄才大略，指揮若定，曾北伐玁狁揚威，荊蠻因此聞風喪膽，皆來請服。《詩經》戰爭詩中強調道德感化和軍事力量的震懾，不具體寫戰場的廝殺、格鬥，是我國古代崇德尚義，注重文德教化，使敵人不戰而服的政治理想的體現，表現出與世界其他民族古代戰爭詩不同的風格㉕。

周族創造的是農業文明，周人熱愛和平穩定的農業生活環境。因此，更多的戰爭詩表現出對戰爭的厭倦和對和平的嚮往，充滿憂傷的情緒。如《小雅．采薇》是出征玁狁的士兵在歸途中所賦。北方玁狁侵犯周朝，士兵爲保家衛國而出征。作者疾呼「靡室靡家，玁狁之故」，說明其所怨恨者是玁狁而非周天子。詩人對侵犯者充滿了憤怒，詩篇中洋溢著戰勝侵犯者的激越情感，但同時又對久戍不歸、久戰不休充滿厭倦，對自身遭際無限哀傷。如末章云：

昔我往矣，楊柳依依。今我來思，雨雪霏霏。行道遲遲，載渴載飢。我心傷悲，莫知我哀。

昔日離家時的依依惜別之情，今日歸來的悲淒之感，表現得淋漓盡致。如果說〈采薇〉還是對敵人痛恨之情和思鄉自傷之情的矛盾體，《豳風・東山》反映的完全就是士卒的厭戰情緒了。出征三年後的士兵，在歸家的途中悲喜交加，想像著家鄉的景況和回家後的心情。「我」久征不歸，現在終於脫下戎裝，穿上平民的衣服，再不要行軍打仗了。歸家途中，觸目所見，是戰後蕭索破敗的景象，田園荒蕪，土鼈、蜘蛛滿屋盤旋，麋鹿遊蕩，螢火蟲閃爍飛動，但這樣的景象並不可怕，更令人感到痛苦的，是家中的妻子獨守空房，盼望著「我」的歸來。遙想當年新婚時，喜氣洋洋、熱鬧美好的情景，久別後的重逢，也許比新婚更加美好？這裡既有對歸家後與親人團聚的幸福憧憬，也有對前途未卜的擔憂。整首詩把現實和詩人的想像、回憶結合在一起，極爲細膩地抒寫了「我」的興奮、傷感、歡欣、憂慮等心理活動。詩人對戰爭的厭倦，對和平生活的嚮往，得到了充分的體現。

如果說在戰爭詩中，除了厭戰思鄉之情外，還有少數激奮昂揚之作的話，《詩經》中的徭役詩，則完全是對繁重徭役的憤慨厭倦了。無論是大夫爲天子、諸侯服役，還是下層人民爲國君服役，都表現出服役者的強烈不滿。《唐風・鴇羽》第一章：

> 肅肅鴇羽，集於苞栩。王事靡盬，不能蓺稷黍，父母何怙？悠悠蒼天，曷其有所？

由於「王事靡盬」，致使田園荒蕪，人民不得耕作以奉養父母，怨恨之極而呼蒼天，揭示出了繁重徭役給人民帶來的苦難。

《詩經》中的戰爭徭役詩，不僅寫戰爭和徭役的承擔者征夫士卒的痛苦，還有以戰爭、徭役爲背景，寫夫妻離散的思婦哀歌。如《衛風・伯兮》，即寫一位婦女由於思念遠戍的丈夫而痛苦不堪，其第二章云：

> 自伯之東，首如飛蓬。豈無膏沐，誰適為容？

女爲悅己者容，所愛的人不在面前，梳妝打扮還有什麼意義呢？率真質樸地寫出了思婦內心的相思哀痛。《王風・君子于役》也以思婦的口吻抒發了對役政的不滿。黃昏時候，牛羊等禽畜都按時回家，而自己的丈夫卻不能回來，即景生情，因情寓意，在田園牧歌式的農村小景中，滲透了思婦的無盡相思和悲哀。

《詩經》戰爭徭役詩有豐富複雜的內容和情感取向，無論是頌記戰功，敘寫軍威，還是表達征夫厭戰，思婦閨怨，在後代詩歌史上都不乏回響。

反映婚姻愛情生活的詩作，在《詩經》中占有很大比重，不僅數量多，而且內容十分豐富，既有反映男女相慕相戀、相思相愛的情歌，也有反映婚嫁場面、家庭生活等的婚姻家庭詩，還有表現不幸婚姻給婦女帶來痛苦的棄婦詩。這些作品主要集中在「國風」之中，是《詩經》的重要組成部分，也是最精彩動人的篇章。

《詩經》中的情詩，廣泛反映了那個時代男女愛情生活的幸福歡樂和挫折痛苦，充滿坦誠、眞摯的情感。《周南·關雎》就是寫男子對女子的愛慕之情，前三章表現了一個貴族青年對淑女的追求，和他「求之不得」的痛苦心情。末二章，想像若能和她在一起，將要「琴瑟友之」、「鐘鼓樂之」。這種表現男女相互愛慕的詩，《詩經》中還有不少。這種愛慕發展爲兩情相悅，便有了幽期密約，如《邶風·靜女》描寫男女幽會：

> 靜女其姝，俟我於城隅。愛而不見，搔首踟躕。
> 靜女其孌，貽我彤管。彤管有煒，說懌女美。
> 自牧歸荑，洵美且異。匪女之為美，美人之貽。

一個男子在城之一隅等待情人，心情竟至急躁而搔首徘徊。情人既來，並以彤管、茅荑相贈，他珍惜玩摩，愛不釋手，並不是這禮物有什麼特別，而是因爲美人所贈。主人公的感情表現得細膩眞摯。《鄭風·子衿》則寫女子對男子的思念㉖，這個女子在城闕等待情人，終未見來，便獨自踟躕徘徊，「一日不見，如三月兮」的詠歎，把相思之苦表現得如怨如訴，深摯纏綿。這種對愛情的執著專一，在《鄭風·出其東門》中，則由男子直接說出。其第一章云：

> 出其東門，有女如雲。雖則如雲，匪我思存。縞衣綦巾，聊樂我員。

儘管在東門之外，有眾多的美女，詩人卻並不動心，想到的仍是自己所愛的那個素衣女子。

正是由於《詩經》中抒情主人公對愛情如此熱烈執著，因而一旦愛情遇到挫折，就感到特別痛苦。在《詩經》時代，男女愛情雖還不像後世那樣深受封建禮教的壓制束縛，但已是「取妻如之何，必告父母」、「取妻如之何，匪媒不得」（《齊風・南山》）了。有時對婚姻自由的追求，也會受到父母的干涉。如《鄘風・柏舟》即是寫一個女子要求婚姻自主遭到父母干涉時所發出的誓詞：「髧彼兩髦，實維我儀。之死矢靡它。母也天只，不諒人只。」這個女子如此頑強地追求婚姻愛情自由，寧肯以死殉情，呼母喊天的激烈情感，表現出她在愛情受到阻撓時的極端痛苦和要求自主婚姻的強烈願望。

《詩經》中反映結婚和夫妻家庭生活的詩，雖不如情詩豐富，但也很有特色，如《周南・桃夭》，詩人由柔嫩的桃枝、鮮豔耀眼的桃花，聯想到新娘的年輕美貌，並祝願她出嫁後善於處理與家人的關係。而《鄭風・女曰雞鳴》則寫了一對夫妻之間美好和樂的生活。詩以溫情脈脈的對話，寫出這對夫妻互相警戒、互相尊重、互相體貼的感情，並相期以白頭偕老的願望。

但並不是所有的夫妻都這樣溫情繾綣。在男女不平等的夫權社會，婚姻的幸福對婦女來說，常常只是一個美好的願望而已。《詩經》表現婚姻不幸的哀歌，爲數不少。《邶風・綠衣》中那位「心之憂矣，曷維其已」的婦女，因妾得寵而失位，無可告訴，只能在痛苦中煎熬。這類詩反映的是還維持著婚姻的形式和夫妻的名義，處於失寵、幽閉狀態的不幸婦女的命運。另一類則表現婚姻破裂後婦女被夫家休棄的悲慘結局，抒發棄婦的憤懣不平。《邶風・谷風》和《衛風・氓》，充滿了對負心人的控訴、怨恨和責難，是《詩經》棄婦詩的代表作。《谷風》中那位婦女初來夫家時，家境貧困，經過辛勤勞作，逐漸富裕起來，而其丈夫卻變了心，另有所娶，竟將其趕走。〈氓〉以一個普通婦女的口吻敘述自己從戀愛、結婚到被棄的過程。全篇敘事和抒情相結合，巧妙地將事件過程和棄婦的思想情感融爲一體，在女主人公悔恨地敘述自己戀愛、結婚和婚後被虐、被棄的遭遇中，表現出剛強自愛、果斷堅決的性格。

《詩經》三百零五篇作品包括的內容遠不止於此，如《王風・黍離》描寫故國之思，《鄘風・載馳》抒發愛國之情，都是傳誦千古的名篇。總而言之，《詩經》的內容十分廣泛豐富。它立足於社會現實生活，沒有虛妄與怪誕，極少超自然的神話[27]，所敘寫的祭祀、宴飲、農事是周代社會經濟和禮樂文化的產物，其他詩對時政世風、戰爭徭役、婚姻愛情的敘寫，展開了當時政治狀況、社會生活、風俗民情的形象畫卷。《詩經》不僅描述了周代豐富多彩的社會生活、特殊的文化形態，而且揭示了周人的精神風貌和情感世界，可以說，《詩經》是我國最早的富於現實精神的詩歌，奠定了我國詩歌面向現實的傳統。《詩經》的現實精神，在國風和「二雅」中，表現尤其突出。大雅中的周族史詩，眞實地再現了周民族的發生發展史，而在周道既衰的社會背景下產生的大小雅中的怨刺詩，表現出詩人對現實的強烈關注，充滿憂患意識和干預政治的熱情。箴戒國君大臣，抨擊政治弊端，諷刺背德違禮，斥責宵小讒佞，身處亂世的詩人眞實地記錄下了當時腐朽、黑暗、世衰人怨的社會現實，而其中表現出的憂國憂民的情懷，進一步強化了這些作品反映現實的深度。國風中的作品，更多針對戰爭徭役、婚姻戀愛等生活抒發詩人的眞實感受，在對這些生活側面的具體描述中，表現了詩人眞摯的情感，鮮明的個性和積極的生活態度。

第三節　《詩經》的藝術特點

・賦、比、興的手法　・句式和章法　・風、雅、頌不同的語言風格

《詩經》關注現實，抒發現實生活觸發的眞情實感，這種創作態度，使其具有強烈深厚的藝術魅力。無論是在形式體裁、語言技巧，還是在藝術形象和表現手法上，都顯示出我國最早的詩歌作品在藝術上的巨大成就。

賦、比、興的運用，既是《詩經》藝術特徵的重要標誌，也開啓了我國古代詩歌創作的基本手法。關於賦、比、興的意義，歷來說法眾多[28]。簡言之，賦就是鋪陳直敘，即詩人把思想感情及其有關的事物平鋪直敘地表達出來。比就是比方，以彼物比此物，詩人有本事或情感，藉一個事物來做比喻。興則是觸物興詞，客觀事物觸發了詩人的情感，引起詩人歌唱，所以大都在詩歌的發端。賦、比、興三種手法，在詩歌創作中，往往交相使用，共同創造了詩歌的藝術形象，抒發了詩人的情感。賦運用得十分廣泛普遍，能夠很好地敘述事物，抒寫感情。如〈七月〉敘述農夫在一年十二個月中的生活，就是用賦法。賦是一種基本的表現手法，賦中用比，或者起興後再用賦，在《詩經》中是很常見的。賦可以敘事描寫，也可以議論抒情，比興都是為表達本事和抒發情感服務的，在賦、比、興三者中，賦是基礎。

《詩經》中比的運用也很廣泛，比較好理解。其中整首都以擬物手法表達感情的比體詩，如《豳風・鴟鴞》、《魏風・碩鼠》、《小雅・鶴鳴》，獨具特色；而一首詩中部分運用比的手法，更是豐富多彩。《衛風・碩人》描繪莊姜之美，用了一連串的比：「手如柔荑，膚如凝脂，領如蝤蠐，齒如瓠犀，螓首蛾眉。」分別以柔嫩的白茅芽、凍結的油脂、白色長身的蝤蠐、白而整齊的瓠子、寬額的螓蟲、蠶蛾的觸鬚來比喻美人的手指、肌膚、脖頸、牙齒、額頭、眉毛，形象細緻。「巧笑倩兮，美目盼兮」，兩句動態描寫，又把這幅美人圖變得生動鮮活。《召南・野有死麕》則不從局部比喻，而以「有女如玉」作比，使人由少女的美貌溫柔聯想到美玉的潔白、溫潤。以具體的動作和事物來比擬難言的情感和獨具特徵的事物，在《詩經》中也很常見。「中心如醉」、「中心如噎」（《王風・黍離》），以「醉」、「噎」比喻難以形容的憂思；「巧言如簧」（《小雅・巧言》）、「其甘如薺」（《邶風・谷風》），將「巧言」、

「甘」這些不易描摹的情態，表現爲形象具體的「簣」、「薺」。總之，《詩經》中大量用比，表明詩人具有豐富的聯想和想像，能夠以具體形象的詩歌語言來表達思想感情，再現異彩紛呈的物象。

《詩經》中「興」的運用情況比較複雜，有的只是在開頭起調節韻律、喚起情緒的作用，興句與下文在內容上的連繫並不明顯。如《小雅．鴛鴦》第二章：「鴛鴦在梁，戢其左翼，君子萬年，宜其遐福。」興句和後面兩句的祝福語，並無意義上的連繫。《小雅．白華》第七章以同樣的句子起興，抒發的卻是怨刺之情：「鴛鴦在梁，戢其左翼。之子無良，二三其德。」這種與本意無關，只在詩歌開頭協調音韻，引起下文的起興，是《詩經》興句中較簡單的一種。《詩經》中更多的興句，與下文有著委婉隱約的內在連繫。或烘托渲染環境氣氛，或比附象徵中心題旨，構成詩歌藝術境界不可或缺的部分。《鄭風．野有蔓草》第一章寫情人在郊野「邂逅相遇」：

> 野有蔓草，零露漙兮。有美一人，清揚婉兮。邂逅相遇，適我願兮。

清秀嫵媚的少女，就像滴著點點露珠的綠草一樣清新可愛。而綠意濃濃、生趣盎然的景色，和詩人邂逅相遇的喜悅心情，正好交相輝映。再如《周南．桃夭》以「桃之夭夭，灼灼其華」起興，茂盛的桃枝、豔麗的桃花，和新娘的青春美貌、婚禮的熱鬧喜慶互相映襯。而桃樹開花（「灼灼其華」）、結實（「有其實」）、枝繁葉茂（「其葉蓁蓁」），也可以理解爲對新娘出嫁後多子多孫、家庭幸福昌盛的良好祝願。詩人觸物起興，興句與所詠之詞通過藝術聯想前後相承，是一種象徵暗示的關係。《詩經》中的興，很多都是這種含有喻義、引起聯想的畫面。比和興都是以間接的形象表達感情的方式，後世往往比興合稱，用來指《詩經》中通過聯想、想像寄寓思想感情於形象之中的創作手法。

《詩經》中有些作品已達到了情景交融、物我相諧的藝術境界，對後世詩歌意境的創造，有直接的啓發。如《秦風．蒹葭》：

> 蒹葭蒼蒼，白露為霜。所謂伊人，在水一方。溯洄從之，道阻且長。溯游從之，宛在水中央。
>
> 蒹葭淒淒，白露未晞。所謂伊人，在水之湄。溯洄從之，道阻且躋。溯游從之，宛在水中坻。
>
> 蒹葭采采，白露未已。所謂伊人，在水之涘。溯洄從之，道阻且右。溯游從之，宛在水中沚。

「毛傳」認爲是興，朱熹《詩集傳》則認爲是賦，實際二者並不矛盾，是起興後再以賦法敘寫。河濱蘆葦的露水凝結爲霜，觸動了詩人思念「伊人」之情，而三章興句寫景物的細微變化，不僅點出了詩人追求「伊人」的時間、地點，渲染出三幅深秋清晨河濱的圖景，而且烘托了詩人由於時間的推移，越來越迫切地懷想「伊人」的心情。在鋪敘中，詩人反覆詠歎由於河水的阻隔，意中人可望而不可即、可求而不可得的淒涼傷感心情，淒清的秋景與感傷的情緒渾然一體，構成了淒迷恍惚、耐人尋味的藝術境界。

《詩經》的句式，以四言爲主，四句獨立成章，其間雜有二言至八言不等。二節拍的四言句帶有很強的節奏感，是構成《詩經》整齊韻律的基本單位。四字句節奏鮮明而略顯短促，重章疊句和雙聲疊韻讀來又顯得回環往復，節奏舒卷徐緩。《詩經》重章疊句的複沓結構，不僅便於圍繞同一旋律反覆詠唱，而且在意義表達和修辭上也具有很好的效果。

《詩經》中的重章，許多都是整篇中同一詩章重疊，只變換少數幾個詞，來表現動作的進程或情感的變化。如《周南・芣苢》：

采采芣苢，薄言采之。采采芣苢，薄言有之。
采采芣苢，薄言掇之。采采芣苢，薄言捋之。
采采芣苢，薄言袺之。采采芣苢，薄言襭之。

三章裡只換了六個動詞，就描述了採芣苢的整個過程。複沓回環的結構、靈活多樣的用詞，把採芣苢的不同環節分置於三章中，三章互爲補充，在意義上形成了一個整體，一唱三歎，曼妙非常。方玉潤《詩經原始》卷一云：「讀者試平心靜氣，涵泳此詩，恍聽田家婦女，三三五五，於平原繡野、風和日麗中，群歌互答，餘音嫋嫋，若遠若近，若斷若續，不知其情之何以移而神之何以曠。則此詩可不必細繹而自得其妙焉。」

除同一詩章重疊外，《詩經》中也有一篇之中有兩種疊章，如《鄭風・豐》共四章，由兩種疊章組成，前兩章爲一疊章，後兩章爲一疊章；或是一篇之中，既有重章，也有非重章，如《周南・卷耳》四章，首章不疊，後三章是重章。

《詩經》的疊句，有的在不同詩章裡疊用相同的詩句，如《豳風・東山》四章都用「我徂東山，慆慆不歸。我來自東，零雨其濛」開頭，《周南・漢廣》三章都以「漢之廣矣，不可泳思。江之永矣，不可方思」結尾。有的是在同一詩章中，疊用相同或相近的詩句，如《召南・江有汜》，既是重章，又是疊句。三章在倒數第二、三句分別疊用「不我以」、「不我與」、「不我過」。

《詩經》中的疊字，又稱為重言。「伐木丁丁，鳥鳴嚶嚶」（《小雅・伐木》），以「丁丁」、「嚶嚶」摹伐木、鳥鳴之聲。「昔我往矣，楊柳依依。今我來思，雨雪霏霏。」以「依依」、「霏霏」，狀柳、雪之態。這類例子，不勝枚舉。和重言一樣，雙聲疊韻也使詩歌在演唱或吟詠時，音節舒緩悠揚，語言具有音樂美。《詩經》中雙聲疊韻運用很多，雙聲如「參差」、「踴躍」、「黽勉」、「栗烈」等，疊韻如「委蛇」、「差池」、「綢繆」、「棲遲」等，還有些雙聲疊韻用在詩句的第一字、第三字或第二字、第四字上。如「婉兮孌兮」（《齊風・甫田》）、「砲之燔之」（《小雅・瓠葉》）、「如切如磋」（《衛風・淇奧》）、「爰居爰處」（《邶風・擊鼓》）等等。

《詩經》的押韻方式多種多樣，常見的是一章之中只用一個韻部，隔句押韻，韻腳在偶句上，這是我國後世詩歌最常見的押韻方式。還有後世詩歌中不常見的句句用韻。《詩經》中也有不是一韻到底的，也有一詩之中換用兩韻以上的，甚至還有極少數無韻之作。

《詩經》的語言不僅具有音樂美，而且在表意和修辭上也具有很好的效果。《詩經》時代，漢語已有豐富的詞彙和修辭手段，為詩人創作提供了很好的條件。《詩經》中數量豐富的名詞，顯示出詩人對客觀事物有充分的認識。《詩經》對動作描繪的具體準確，表明詩人具體細緻的觀察力和駕馭語言的能力[29]。如〈芣苢〉，將採芣苢的動作分解開來，以六個動詞分別加以表示：「采，始求之也。有，既得之也。」、「掇，拾也。捋，取其子也。」、「袺，以衣貯之而執其衽也。襭，以衣貯之而扱其衽於帶間也。」（朱熹《詩集傳》卷一）六個動詞，鮮明生動地描繪出採芣苢不同動作的圖景。後世常用的修辭手段在《詩經》中幾乎都能找到：誇張如「誰謂河廣，曾不容刀」（《衛風・河廣》），對比如「女也不爽，士貳其行」（《衛風・氓》），對偶如「穀則異室，死則同穴」（《王風・大車》）等，不一而足。

總之，《詩經》的語言形式形象生動，豐富多彩，往往能「以少總多」、「情貌無遺」（《文心雕龍・物色》）。但雅、頌與國風在語言風格上有所不同。雅、頌多數篇章運用嚴整的四言句，極少雜言，國風中雜言比較多。小雅和國風中，重章疊句運用得比較多，在大雅和頌中則比較少見。國風中用了很多語氣詞，如「兮」、「之」、「止」、「思」、「乎」、「而」、「矣」、「也」等，這些語氣詞在雅、頌中也出現過，但不如國風中數量眾多，富於變化。國風中對語氣詞的驅遣妙用，增強了詩歌的形象性和生動性，達到了傳神的境地。雅、頌與國風在語言上這種不同的特點，反映了時代社會的變化，也反映出創作主體身分的差異。雅、頌多為西周時期的作品，出自貴族之手，體現了「雅樂」的威儀典重，國風多為春秋時期的作品，有許多採自民間，更多地體現了新聲的自由奔放，比較接近當時口語。

第四節　《詩經》在文學史上的地位和影響

・抒情詩傳統　・風雅與文學革新　・比興的垂範

《詩經》在中國文學史上具有崇高的地位和深遠的影響，奠定了我國詩歌的優良傳統，哺育了一代又一代詩人，我國詩歌藝術的民族特色由此肇端而形成。

《詩經》雖有少數敘事的史詩，但主要是抒情言志之作。《衛風・氓》這類偏於敘述的詩篇，其敘事也是為抒情服務的，而不能簡單地稱為敘事詩。《詩經》可以說主要是一部抒情詩集，在二千五百多年前產生了如此眾多、水準如此之高的抒情詩篇，是世界各國文學中罕見的。從《詩經》開始，就顯示出我國抒情詩特別發達的民族文學特色。從此以後，我國詩歌沿著《詩經》開闢的抒情言志的道路前進，抒情詩成為我國詩歌的主要形式。

《詩經》表現出的關注現實的熱情、強烈的政治和道德意識、真誠積極的人生態度，被後人概括為「風雅」精神，直接影響了後世詩人的創作。

《詩經》中以個人為主體的抒情發憤之作，為屈原所繼承。「國風好色而不淫，小雅怨誹而不亂，若《離騷》者可謂兼之矣！」（《史記・屈原賈生列傳》）《離騷》及《九章》中憂憤深廣的作品，兼具了國風、「二雅」的傳統。漢樂府詩緣事而發的特點、建安詩人的慷慨之音，都是這種精神的直接繼承。後世詩人往往宣導「風雅」精神，來進行文學革新。陳子昂感歎齊梁間「風雅不作」（〈與東方左史虯修竹篇序〉），他的詩歌革新主張，就是要以「風雅」廣泛深刻的現實性和嚴肅崇高的思想性，以及質樸自然、剛健明朗的創作風格，來矯正詩壇長期流行的頹靡風氣。不僅陳子昂，唐代的許多優秀詩人，都繼承了「風雅」的優良傳統。李白慨歎「大雅久不作，吾衰竟誰陳」（〈古風〉其一）；杜甫更是「別裁偽體親風雅」（〈戲為六絕句〉其六），杜詩以其題材的廣泛和反映社會現實的深刻而被稱為「詩史」；白居易稱張籍「風雅比興外，未嘗著空文」（〈讀張籍古樂府〉），實際上白居易和新樂府諸家，所表現出的注重現實生活、干預政治的旨趣和關心人民疾苦的傾向，都是「風雅」精神的體現。而且這種精神在唐以後的詩歌創作中，從宋陸游到清末黃遵憲，也代不乏人。

如果說，「風雅」在思想內容上被後世詩人立為準的，比興則在藝術表現手法上為後代作家提供了學習的典範。《詩經》所創立的比興手法，經過後世發展，成了我國古代詩歌獨有的民族文化傳統。《詩經》中僅作為詩歌起頭協調音韻、喚起情緒的興，在後代詩歌中仍有表現。而大量存在的兼有比義的興，更爲後代詩人所廣泛繼承，比興就成了一個固定的詞，用來指詩歌的形象思維，或有所寄託的藝術表現形式。《詩經》中觸物動情、運用形象思維的比興，塑造鮮明的藝術形象，構成情景交融的藝術境界，對我國詩歌的發展具有重大的意義。後代的民歌和模仿民歌的文人作品中，以興句起頭的很多。漢樂府民歌、《古詩十九首》，以及魏晉時期許多文人的創作中，都不乏其例，這明顯是對《詩經》起興手法的繼承。

《詩經》於比興時有寄託，屈原在《楚辭》中，極大地發展了《詩經》比興寄託的表現手法。同時，《詩經》中不一定有寄託的比興，在《詩經》被經典化後，往往被加以穿鑿附會，作爲政治說教的工具。因此，有時「比興」和「風雅」一樣，被用來作爲提倡詩歌現實性、思想性的標的。而許多詩人，也緊承屈原香草美人的比興手法，寫了許多寓有興寄的作品。比興的運用，形成了我國古代詩歌含蓄蘊藉、韻味無窮的藝術特點。

《詩經》對我國後世詩歌體裁結構、語言藝術等方面，也有深廣的影響。曹操、嵇康、陶淵明等人的四言詩創作直接繼承《詩經》的四言句式。後世箴、銘、誦、贊等文體的四言句和辭賦、駢文以四六句爲基本句式，也可以追溯到《詩經》。

注釋

❶《詩經》被稱為經，始見於《莊子·天運》。但《莊子》所謂經，只是書籍之意。漢代提倡儒術，將據說經過孔子整理的書都稱為「經」，作為常法，尊為經典。於是《詩》與《書》、《禮》、《易》、《春秋》並稱「五經」。

❷六篇笙詩是小雅中的〈南陔〉、〈白華〉、〈華黍〉、〈由庚〉、〈崇丘〉、〈由儀〉。這六篇詩有目無詞的原因，有人認為本來有詞，在戰國至秦之世亡佚了（鄭玄《箋》據《毛詩序》說，見《毛詩正義》卷九，《十三經注疏》，中華書局一九八〇年版，第四一八頁），有人認為本來就是有聲無詞：「〈南陔〉以下，今無以考其名篇之義，然曰『笙』、曰『樂』、曰『奏』而不言歌，則有聲而無詞明矣。」（《詩集傳》卷九，上海古籍出版社一九八〇年版，第一〇九頁）較為通行的說法，笙詩是有聲無詞的笙曲。

❸《詩經》作品的上限，因對商頌創作年代的不同看法，而有不同理解。若按古文經學家商頌為商人所作的觀點，則商頌為

《詩經》中最早的作品，《詩經》的上限也就可上推到殷商時代；若按今文經學家商頌為春秋時宋人所作的觀點，則《詩經》最早的作品產生於周初。

關於商頌的寫作年代，最早的記載見於《國語．魯語下》：「昔正考父校商之名頌十二篇於周太師，以〈那〉為首。」（上海古籍出版社一九七八年版，第二一六頁）古文經學家認為，正考父校理的是商亡後所散佚的商代頌歌（《毛詩．商頌序》，鄭玄《商頌譜》，見《毛詩正義》卷二十，《十三經注疏》，中華書局一九八〇年版，第六二〇頁），今文學家則認為是正考父創作，為讚美宋襄公（《史記．宋微子世家》，裴駰《史記集解》說《韓詩商頌章句》持此說，中華書局一九五九年版，第一六三三頁）。此後，學者對商頌的寫作年代聚訟不已。近人王國維〈說商頌〉，認為宋人作商頌（見《觀堂集林》卷二，中華書局一九五九年版，第一一三、一一五頁），今人多從之。但王說仍無法解決宋戴公時代的正考父活到宋襄公時代年歲太長的疑難。近年來，隨著古史研究的深入和地下文物的發掘，商頌為商詩之說，又漸為人們所接受。但商頌在《詩經》中所占的比例很小，《詩經》仍主要是一部周詩集。

《詩經》中作品的下限為春秋中葉是肯定的。最晚的作品大都認為是《陳風．株林》，大約創作於西元前五九九年（魯宣公十年）前。也有人認為是《曹風．下泉》（陸侃如、馮沅君認為此詩作於西元前五一〇年前。見其所著《中國詩史》，齊魯書社一九九六年版，第五一頁）。

❹《詩經》中只有少數作品可知具體的作者，如《左傳．閔公二年》明確記載許穆夫人賦〈載馳〉，又如《詩經》中提到「家父作誦」（《小雅．節南山》）、「吉甫作誦」（《大雅．崧高》）、「寺人孟子，作為此詩」（《小雅．巷伯》）、「奚斯所作」（《魯頌．閟宮》）。《詩經》作品絕大多數都不知作者。《毛詩序》往往說某篇作品出於某位具體的王、公、大夫或夫人，後人多認為是附會之詞。

❺《國語．周語上》：「故天子聽政，使公卿至於列士獻詩。」（上海古籍出版社一九七八年版，第九頁）《晉語》六說：「於是乎使工誦諫於朝，在列者獻詩。」（同上，第四一〇頁）《左傳．襄公十四年》云：「史為書，瞽為詩，工誦箴諫，大夫規誨。」（《十三經注疏》，中華書局一九八〇年版，第一九五八頁）《左傳．昭公十二年》又說周穆王時「祭公謀父作〈祈招〉之詩，以止王心」（《十三經注疏》，第二〇六四頁）。《禮記．王制》也云：天子「命大師陳詩，以觀民風」（《禮記正義》卷十一，見《十三經注疏》第一三二八頁）。《詩經》中也提到「王欲玉汝，是用大諫」（《大雅．民勞》）、「家父作誦，以究王訩」（《小雅．節南山》）等。

❻漢人有關採詩之說：劉歆〈與揚雄書〉：「詔問三代、周、秦軒車使者，遒人使者，以歲八月巡路，宋代語、童謠、歌

戲。」（錢繹《方言箋疏》，上海古籍出版社一九八四年版，第八二〇頁）《漢書・藝文志》：「故古有採詩之官，王者所以觀風俗，知得失，自考正也。」（《漢書》卷三十，中華書局一九六二年版，第一七〇八頁）《漢書・食貨志》：「孟春之月，群居者將散，行人振木鐸徇於路，以採詩，獻之大師，比其音律，以聞於天子。故曰：王者不窺牖戶而知天下。」（同上卷二十四，第一一二三頁）《春秋公羊傳注疏》卷十六「宣王十五年」何休注云：「男女有所怨恨，相從而歌，飢者歌其食，勞者歌其事。男年六十，女年五十無子者，官衣食之，使之民間求詩。鄉移於邑，邑移於國，國以聞於天子。故王者不出牖戶，盡知天下所苦：不下堂，而知四方。」（《十三經注疏》，中華書局一九八〇年版，第二二八七頁）後代否定漢人說的也頗多。如崔述《讀風偶識》卷二〈通論十三國風〉：「舊說『周太史掌採列國之風，今自邶、鄘以下十二國風，皆周太師巡行之所採也』。余按：克商以後，下逮陳靈近五百年，何以前三百年所採殊少，後二百年所採甚多？周之諸侯千八百國，何以獨此九國有風可採，而其餘皆無之？……且十二國風中，東遷以後之詩居其大半，而《春秋》之策，王人至魯雖微賤無不書者，何以絕不見有採風之使？乃至《左傳》之廣搜博採而亦無之，則此言出於後人臆度無疑也。」（《崔東壁遺書》，上海古籍出版社一九八三年版，第五四三頁）

❼《論語・子罕》：「吾自衛反魯，然後樂正，雅、頌各得其所。」《史記・孔子世家》：「古者《詩》三千餘篇，及至孔子，去其重，取可施於禮義，上採契、后稷，中述殷、周之盛，至幽、厲之缺。始於衽席，故曰：『〈關雎〉之亂以為風始，〈鹿鳴〉為小雅始，〈文王〉為大雅始，〈清廟〉為頌始。』三百五篇孔子皆弦歌之，以求合〈韶〉、〈武〉雅頌之音。禮樂自此可得而述，以備王道，成『六藝』。」（《史記》卷四十七，中華書局一九五九年版，第一九三六頁）

❽唐人開始懷疑孔子刪詩說。孔穎達說：「書傳所引之詩，見在者多，亡逸者少，則孔子所錄不容十分去九。馬遷言古詩三千餘篇，未可信也。」（《毛詩正義》卷首《詩譜序》疏，《十三經注疏》，中華書局一九八〇年版，第二六三頁）清人崔述說：「子曰：『誦《詩》三百……』子曰：『《詩》三百……』玩其詞意，乃當孔子之時已止此數，非自孔子刪之而後為三百也。《春秋傳》云：『吳公子劄來聘，請觀於周樂。』所歌之『風』，無在今十五國外者。……況以《論》、《孟》、《左傳》、《戴記》諸書考之，所引之詩，逸者不及十一。則是穎達之言左券甚明，而宋儒顧非之，甚可怪也。由此論之，孔子原無刪詩之事。」（崔述《洙泗考信錄》卷三〈辨刪詩之說〉，見《崔東壁遺書》，上海古籍出版社一九八三年版，第三〇九頁）方玉潤說：「夫子反魯在周敬王三十六年，魯哀公十一年，丁巳，時年已六十有九。若云刪詩，當在此時。乃何以前此言《詩》，皆曰『三百』，不聞有『三千』說耶？」（《詩經原始》卷首下〈詩旨〉，上海泰東書局一九二四年石印本）但無論孔子是否刪詩，孔子和《詩》有著密切關係則無疑。近年由上海博物館所藏戰國楚簡中整理出一篇孔子論《詩》

的記述，也說明了這一點。

❾《周禮・春官》詳細列舉了周朝樂官的職掌：「大師掌六律六同，以合陰陽之聲。……教六詩，曰風，曰賦，曰比，曰興，曰雅，曰頌……小師、掌教鼓、鼗、柷、敔、塤、簫、管、弦、歌……瞽矇掌播鼗、柷、敔、塤、簫、管、弦、歌，諷誦詩，世奠系，鼓琴瑟。掌九德六詩之歌，以役大師……」（《周禮注疏》卷二十三，《十三經注疏》，中華書局一九八〇年版，第七九五—七九七頁）

❿《詩經》分為風、雅、頌三類，最早見於《荀子・儒效》，這是古今最被認可的分類方法。此外，還有人主張《詩》分為南、風、雅、頌四部分。還有詩分為六類之說，認為《周禮・春官》所說的「六詩」，風、雅、頌外，賦、比、興也是詩體。近人章太炎力主之（《檢論》卷二〈六詩說〉，見《章氏叢書》第八冊，上海古書流通處據浙江圖書館影印本），但不為大多數學者所接受。

風、雅、頌分類的依據，主要有音別和義別兩說。⑴從音樂角度劃分。鄭樵：「風土之音曰風，朝廷之音曰雅，宗廟之音曰頌。」（《通志・總序》，中華書局一九八七年版，第二頁）；王國維〈說周頌〉：「竊謂風雅頌之別，當於聲求之。」（《觀堂集林》卷二，中華書局一九五九年版，第一一一頁）⑵從內容體裁角度劃分。《毛詩序》云：「是以一國之事，系一人之本，謂之風。言天下之事，形四方之風，謂之雅。雅者，正也，言王政之所由廢興也。政有小大，故有小雅焉，有大雅焉。頌者，美盛德之形容，以其成功告於神明者也。」（《毛詩正義》卷一，《十三經注疏》，中華書局一九八〇年版，第二七二頁）孔穎達云：「夫天下有道則庶人不議，治平累世則美刺不興。……故初變惡俗則民歌之，風雅正經是也。始得太平則民頌之，周頌諸篇是也。……成王太平之後，其美不異於前，故頌聲止也。陳靈公淫亂之後，其惡不復可言，故變風息也。」（《毛詩正義》卷一，同上書第二七一頁）上海博物館藏戰國楚簡孔子論《詩》，大體上也與《毛詩序》的說法一致（梁韋弦〈楚竹書《孔子詩論》與《詩經》研究有關的幾個問題〉，《吉林師範大學學報》人文社會科學版，二〇〇六年第二期，第一九頁）。⑶從作者身分地位角度劃分。如朱熹說：「凡《詩》之所謂風者，多出於里巷歌謠之作，所謂男女相與詠歌，各言其情者也。……若夫雅頌之篇，則皆成周之世朝廷郊廟樂歌之辭……其作者往往聖人之徒。」（朱熹《詩集傳・序》，上海古籍出版社一九八〇年版，第二頁）本書採用風雅頌分類依據是音樂之說。但音樂特點的形成，與其用途和地域的特點也密切相關，而不同特點的音樂，應用場合也不同。風、雅、頌最初只是一種音樂分類，在流傳中，也有了內容上的區別。

⓫《詩》最初都是樂歌，關於詩入樂的記載，歷代典籍層出不窮。如《左傳・襄公二十九年》記吳公子季劄觀樂，樂工為之歌

風詩和大小雅、頌。《墨子・公孟》亦有誦《詩》三百、弦《詩》三百、歌《詩》三百、舞《詩》三百的記載。《史記・孔子世家》也說孔子曾三百五篇皆弦歌之。

⑫《毛詩序》：「風，風也，教也。風以動之，教以化之。」又云：「上以風化下，下以風刺上，主文而譎諫，言之者無罪，聞之者足以戒，故曰風。」（《毛詩正義》卷一，《十三經注疏》，中華書局一九八〇年版，第二六九、二七一頁）朱熹：「風者，民俗歌謠之詩也。謂之風者，以其被上之化以有言，而其言又足以感人。」（見《詩集傳》卷一，上海古籍出版社一九八〇年版，第一頁）是從美刺教化角度解釋風的，本書未採此說。

⑬傳統認為豳風是西周作品。今人徐中舒認為，豳風應是魯詩，是春秋時代詩（見其〈豳風說〉，《歷史語言研究所集刊》第六本第四分冊，第四三一頁。〈論豳風應為魯詩——兼論〈七月〉詩中所見的生產關係〉，《歷史教學》一九八〇年四期，第一四頁）。我們認為，還應以傳統之說為是。

⑭《毛詩序》：「雅者，正也，言王政之所由廢興也。」（《毛詩正義》卷一，《十三經注疏》，中華書局一九八〇年版，第二七二頁。）《白虎通》卷一「禮樂」：「樂尚雅，雅者，古正也。」（《百子全書》第六冊，浙江人民出版社一九八四年影印掃葉山房本）王畿為政治文化中心，其言為正聲，即「雅言」，其樂為正樂，即雅樂。雅又與夏通，「大夏即大雅也，雅夏古字通。《荀子・榮辱篇》曰：『越人安越，楚人安楚，君子安雅。』〈儒效篇〉曰：『居楚而楚，居越而越，居夏而夏。』是『夏』與『雅』通也。」（孫詒讓《墨子閒詁》卷七〈天志下〉下注引俞樾語。《諸子集成》第四冊，中華書局一九五四年版，第一三七頁）。周王畿一帶是夏人舊地，周人自稱夏人。西周王畿之樂便稱為「夏」，即「雅」。

⑮雅分大小的原因，依《毛詩序》的說法，是「政有小大，故有小雅焉，有大雅焉」。孔穎達疏則云：「詩人歌其大事，制為大體；述其小事，制為小體，體有大小，故分為二焉。……詩體既殊，樂音亦殊。」（《毛詩正義》卷一，《十三經注疏》，中華書局一九八〇年版，第二七二頁）孔氏已注意到大小雅與音樂的區別，後人發揮此說，認為「大、小二雅，當以音樂別之，不以政之小大論也」（惠周惕《詩說》卷上，清道光九年《皇清經解》本，廣東學海堂刊，咸豐十年補刊本）。又有人認為朝廷紀功之作是大雅，草野歌頌之章是小雅（參閱方玉潤《詩經原始》卷九）。此外還有其他各種說法。

⑯頌為宗廟祭祀樂歌，前人都持此看法。《毛詩序》：「頌者，美盛德之形容，以其成功告於神明者也。」（《毛詩正義》卷一，《十三經注疏》，中華書局一九八〇年版，第二七二頁）「宗廟之音曰頌」（《通志・總序》，中華書局一九八七年版，第二頁）頌有舞容也為人們所同意，但對是否都為舞詩則有不同看法。阮元：「頌字即容字也……所謂商頌、周頌、魯頌者，若曰商之樣子、周之樣子、魯之樣子而已，無深義也。何以三頌有樣，而風雅無樣也？風雅但弦歌笙間，賓主及歌者

皆不必因此為舞容。惟三頌各章皆是舞容，故稱為頌。」（阮元《揅經室集》卷一〈釋頌〉，《皇清經解》本）王國維〈說周頌〉：「阮文達〈釋頌〉一篇，其釋頌之本義至確，然謂三頌各章皆是舞容，則恐不然。周頌三十一篇，惟〈維清〉為象舞之詩，〈昊天有成命〉、〈武〉、〈酌〉、〈桓〉、〈賚〉、〈般〉為武舞之詩，其餘二十四篇為舞詩與否，均無確證。至〈清廟〉為升歌之詩，〈時邁〉為金奏之詩，尤可證其非舞曲。」頌詩的音樂特點是：「則頌之聲較風雅為緩也。」（《觀堂集林》卷二，中華書局一九五九年版，第一一一頁）

⑰近幾十年的出土文獻，使學術界對先秦文學有了許多新的認識。其中，一九七七年在安徽阜陽雙古堆一號漢墓出土的漢簡、一九九三年在湖北荊門郭店一號楚墓出土的竹簡、一九九三年至一九九四年間上海博物館自香港購回的戰國楚簡，都與《詩經》研究關係密切。參見胡平生、韓自強著《阜陽漢簡詩經研究》（上海古籍出版社一九八八年版），荊門市博物館《郭店楚墓竹簡》（文物出版社一九九八年版），《上海博物館藏戰國楚竹書(1)》（上海古籍出版社二〇〇一年版）等。

⑱黑格爾認為中國人沒有民族史詩（《美學》第三卷下冊，商務印書館一九八一年版，第一七〇頁），當然，這是就漢族文學而論，中國少數民族有長篇史詩，這是無可爭議的。這五篇作品是否屬於史詩，學者多有爭論。鄭振鐸《插圖本中國文學史》（人民文學出版社一九五七年版，第四六頁）、余冠英《詩經選》（人民文學出版社一九五六年版，第八頁）等稱這五篇作品為敘事詩，而陸侃如、馮沅君《中國詩史》（作家出版社一九五七年版，第四一頁）、高亨《詩經今注》（上海古籍出版社一九八〇年版，第三七三、三七七、三八七、四〇〇、四一三頁）、陳子展《詩經直解》（復旦大學出版社一九八三年版，第九一七頁）等，都主張這五篇作品是史詩。《詩經》中這五篇作品是史詩的觀點，已越來越為人們所接受。除此五篇外，有些學者認為，《詩經》中還有一些史詩。如陸侃如、馮沅君認為大雅中的〈崧高〉、〈烝民〉、〈韓奕〉、〈江漢〉、〈常武〉也是周的史詩（《中國詩史》第四一頁）。高亨認為《商頌・玄鳥》也是史詩（《詩經今注》第五二七頁）。陳子展認為《大雅・文王》與商頌五篇也是史詩（《詩經直解》第八六八、一二一〇頁）。

⑲關於這五篇作品的歷史背景，可參閱劉家和〈說《詩・大雅・公劉》及其反映的史事〉（《北京師範大學學報》一九八二年五期，第六〇頁），夏傳才〈周人的五篇史詩問題〉（《河北師範學院學報》一九八二年四期）等論文。

⑳履跡生子的神話反映母系社會背景之說，最早由郭沫若提出（〈中國古代社會研究〉，《郭沫若全集》歷史編第一卷，人民出版社一九八二年版，第一〇六頁）。另外，聞一多提出，履帝跡生子乃是踐神尸之跡而舞，舞畢相止息而受孕（《聞一多全集》第一冊《神話與詩》〈姜嫄履大人跡考〉，三聯書店一九八二年版）。于省吾則提出圖騰受孕說，認為姜嫄所履跡是周人遠祖的圖騰，因而受孕生子是原始圖騰宗教觀念的反映（〈詩「履帝武敏歆」解〉，見《澤螺居詩經新證》，中華書局

一九八二年版，第二○二頁）。

㉑姜嫄棄子的原因，或認為履跡生子，疑為不祥（余冠英《詩經選》，人民文學出版社一九五六年版，第一五一頁），或認為生活困難和宗教禁忌（上引于省吾〈詩「履帝武敏歆」解〉）等等。

㉒〈七月〉的作者和題旨，古人多從《毛詩序》之說：「〈七月〉，陳王業也。周公遭變，故陳后稷先公風化之所由，致王業之艱難也。」（《毛詩正義》卷八，《十三經注疏》，中華書局一九八○年版，第三八八頁）今人大都不同意周公作〈七月〉之說，但對作者和題旨，仍沒有一個統一的看法。比較流行的一種看法是，〈七月〉詩歌主體是被剝削階級（奴隸或農奴）的痛苦生活。也有人認為詩歌主體是剝削者，反映剝削者（卿、大夫、小奴隸主或封建統治階級）生活。還有人認為，〈七月〉的作者不是一個人或同一類人，而是經人將多年來流傳在社會上的農謠、民謠、小詩等彙集、編纂的最後集合品，其中既有勞動者的歌聲，也有剝削者的吟哦（蔣見元〈也談《詩經‧七月》的作者〉，《南京師範學院學報》一九八一年第一期，第五四頁）。與此相類似的看法，認為〈七月〉是周王朝樂官在豳地農奴所作歌謠的基礎上進行再創作的代言體詩（《先秦大文學史》，吉林大學出版社一九九三年版，第二○七頁）。在缺乏直接史料，只能憑推測的情況下，〈七月〉非一人一時所作，而是最後經過整理而成的說法，似乎更符合作品本文反映出的複雜情況。

㉓燕饗詩產生於周初，是傳統的看法。鄭玄認為是文、武、周公、成王時（〈大小雅譜〉，見《毛詩正義》卷九，《十三經注疏》，中華書局一九八○年版，第四○一頁），朱熹認為是周公時（《詩集傳》卷九，上海古籍出版社一九八○年版，第九九頁），都不出周初的範圍。今人孫作雲主張成於宣王之時（《詩經與周代社會研究‧論二雅》，中華書局一九六六年版，第三七五頁）。我們認為，還應以傳統說法為是。

㉔關於〈伐檀〉的題旨，《毛詩序》認為是「刺貪也，在位貪鄙，無功而受祿，君子不得進仕爾」。〈碩鼠〉的題旨，《毛詩序》認為是「刺重斂也，國人刺其君重斂，蠶食於民，不修其政，貪而畏人，若大鼠也」（《毛詩正義》卷五，《十三經注疏》，中華書局一九八○年版，第三五八—三五九頁），應該說是正確理解了詩意。今人流行的看法認為是諷刺不勞而獲，反抗剝削壓迫，是從《詩序》中引申而來的，是對《詩序》「刺貪」、「刺重斂」的一種現代詮釋。

㉕趙沛霖〈《詩經》戰爭詩表現的上古政治軍事思想〉有較充分的論述，並比較了《詩經》和其他民族有關詩歌的不同，如希臘史詩《伊利亞特》、印度史詩《瑪哈帕臘達》等，對戰爭場面濃墨重彩的描繪。《詩經》則一般不直接描寫戰爭場面，不突出廝殺格鬥，而多寫軍威聲勢和渲染氣氛，多寫道德感化和軍事力量的震懾（見《詩經研究反思》，天津教育出版社一九八九年版，第一三九—一四四頁）。

㉖《毛詩序》：「子衿，刺學校廢也。亂世則學校不修焉。」（《毛詩正義》卷四，《十三經注疏》，中華書局一九八〇年版，第三四五頁）朱熹則認為是「淫奔之詩」（《詩集傳》卷四，上海古籍出版社一九八〇年版，第五四頁），也就是說是情詩。涵泳詩意，情詩之說為當。

㉗比較突出的只有《商頌・玄鳥》、《大雅・生民》，寫商周先祖降生，涉及神話因素。

㉘賦比興的解釋，歷代層出不窮，重要的有如下幾種。鄭玄：「賦之言鋪，直鋪陳今之政教善惡。比，見今之失，不敢斥言，取比類以言之。興，見今之美，嫌於媚諛，取善事以喻勸之。」（《周禮》「大師」注）鄭眾：「比者，比方於物也。興者，託事於物。」（鄭玄《周禮》「大師」注引鄭眾語，《周禮注疏》卷二十三，《十三經注疏》，中華書局一九八〇年版，第七九六頁）劉勰《文心雕龍・比興》：「《詩》文宏奧，包韞六義，毛公述傳，獨標興體，豈不以風通而賦同，比顯而興隱哉？故比者，附也；興者，起也。附理者切類以指事，起情者依微以擬議。」（范文瀾《文心雕龍注》卷八，人民文學出版社一九五八年版，第六〇七頁）鍾嶸：「文已盡而意有餘，興也。因物喻志，比也。直書其事，寓言寫物，賦也。」（《詩品・序》，曹旭《詩品集注》，上海古籍出版社一九九四年版，第三九頁）孔穎達則云：「《詩》文直陳其事，不譬喻者，皆賦辭也。鄭司農云『比者，比方於物』，諸言『如者』，皆比辭也。司農又云『興者，託事於物』，則興者，起也，取譬引類，起發己心。《詩》文諸舉草木鳥獸以見意者，皆興辭也。」（《毛詩正義》卷一，《十三經注疏》，中華書局一九八〇年版，第二七一頁）宋朱熹之說流傳最廣，常為人們所採用：「興者，先言他物以引起所詠之詞也。」、「賦者，敷陳其事而直言之也。」、「比者，以彼物比此物也。」（《詩集傳》卷一，上海古籍出版社一九八〇年版，第一、三、四頁）諸家之說，對賦無異詞，對比的認識也基本一致。只有對興的理解最不一致。「五四」以後，顧頡剛、鍾敬文、朱自清、劉大白、何容生等都對興做了專題研究（參見《古史辨》第三冊有關諸文，上海古籍出版社一九八二年版。朱自清〈詩言志辨〉，見《朱自清全集》第六卷，江蘇教育出版社一九九〇年版，第一三二頁）。近年來，在總結前人研究成果的基礎上，關於比興的研究進一步深入。關於興的起源、比興與詩歌的形象思維、比興揭示的詩歌創作中的物我關係等，都有探討。趙沛霖《詩經研究反思》第二部分第五、六兩章，對歷年大陸研究成果有綜述，裴普賢〈詩經興義的歷史發展〉對歷代及海外學者賦比興研究的綜述也可參閱（裴文見其所著《詩經研讀指導》，臺灣東大圖書股份有限公司一九七七年版，第一七三頁）。

近年還有一些文章論述賦、比、興的本義，認為不是藝術表現方法，而是當時賦詩言志的方法（張震澤〈《詩經》賦比興本義新探〉，《文學遺產》一九八三年第三期，第一頁）。或是樂歌演奏時賦陳樂器，比次樂律，以及興舉樂儀等一整套的程序、儀節（陳元鋒〈《詩》賦比興古義發微〉，《文學遺產》一九八八年第六期，第二〇頁）。但這些論點尚未得到學術界公認，而且這些論著也都不否定賦比興作為藝術方法對中國古代文學的深遠影響。把賦比興作為藝術表現方法理解，仍是牢不可破的。

㉙楊公驥認為周詩中的名詞和動詞都很豐富。他舉例說，《詩經》中的名詞「關於草本植物的有一百多種；關於木本植物的有五十四種；關於鳥類的有三十八種；關於獸類的有二十七種；關於昆蟲和魚類的有四十一種」，而表示手的不同動作的動詞有五十多個（見其《中國文學》第一分冊，吉林人民出版社一九八〇年版，第二五八頁）。

第三章　《左傳》等先秦敘事散文

從殷商到戰國時期，我國散文由萌芽而至成熟。我國古代史官文化十分發達，記載歷史事件的敘事散文在散文史上首先創立。甲骨卜辭和殷商銅器銘文是我國最早的記事文字，是我國古代散文的起點。《尚書》和《春秋》提供了記言記事文的不同體例。《左傳》、《國語》、《戰國策》等歷史散文具有濃厚的文化精神和成熟的文本形態，開啓了我國敘事文學的傳統。

第一節　從甲骨卜辭到《春秋》

・散文的萌芽：甲骨卜辭和銅器銘文　・記言敘事文之祖：《尚書》、《春秋》

我國散文的最早源頭，可以追溯到甲骨卜辭。殷人用龜甲、獸骨占卜，占卜後把占卜日期、占卜人、所占之事，有的還包括日後吉凶應驗情況，刻在甲骨之卜兆旁，此即甲骨卜辭。甲骨文清末發現於河南安陽，是商王盤庚遷殷後至殷亡時的遺物，距今已三千多年。這些卜辭所記的內容相當豐富，包括祭祀、農業生產、田獵、風雨、戰爭、疾病等許多方面，眞實樸素地反映了殷商時期社會生活各方面的狀況。甲骨卜辭記事比較簡單，不成系統，但未經後人加工，保持了商代記事文字的原貌。這些占卜之辭，短的只有幾個字，長的有百餘字，比較完整的如：

> 癸巳卜，㱿獻貞，旬亡囚（咎）？王固（占）曰，㞢（有）咼（祟），其㞢（有）來𡈼（艱）。气（迄）至五日丁酉，允㞢（有）來𡈼（艱）自西。沚戓告曰：「土方𢓊（征）于我東啚（鄙），𢦏（災）二邑。𢀛方亦帰我西啚田。」（郭沫若《卜辭通纂》第五一二片（郭沫若《卜辭通纂》第五一二片）

這條卜辭，時、地、人、事齊全，敘述較爲詳細，略具敘事要素。這些卜辭，可看作是先秦敘事散文的萌芽。

同樣未經後人加工的商周銅器銘文，反映了我國早期記事記言文字由簡至繁的發展。商周時君王、公侯、臣子都可作銅器銘文，君王所做銅器被視爲國之重寶。銅器銘文有長有短，廣泛記述了社會生活。商代銘文記事簡單，形式一律。如：「丁巳，王省夔京，王易小臣俞夔貝，唯王來征夷方，唯王十祀有五，肜日。」（《殷文存》上二六・後）開頭交代事件發生的時間，然後敘事，內容大都是殷王的賞賜，最後還有告於先祖的祭日。周代銘文字數增加了，內容複雜了。不僅有記事文字，還出現了與《尚書》誥命類似的記言文字。例如，以記事爲主的〈曶鼎〉，先寫了周王策命曶繼承父業爲王卜者；又寫了曶用匹馬束絲購買五個奴隸，引起糾紛，曶勝訴之事；還記載了匡季帶其奴僕搶劫了曶的十秭禾，曶向東宮控告匡季而勝訴，得到了加倍賠償的事。敘事已有一定規模了❶。而像〈毛公鼎〉等側重記言的銘文，其中的訓誥，已和《尚書》沒有什麼區別。

《尚書》在時間跨度上與甲骨卜辭和銅器銘文相近。《尚書》是商周記言史料的彙編❷，包括《虞書》、《夏書》、《商書》、《周書》四部分。《虞書・堯典》等記載了堯、舜、禹等人的傳說，是後人的追述，不是當時人的記錄。《商書・盤庚》是可靠的殷代作品，也是我國記言文之祖。〈盤庚〉記錄了盤庚要遷都於殷，世族百姓普遍反對，他爲說服眾人而發表的訓辭，古樸艱澀，語言有一定的感情色彩和形象性。如：「若網在綱，有條而不紊。」、「若火之燎于原，不可向邇，其猶可撲滅？」比喻生動貼切，至今仍活在我們的語言中。《周書》主要是誥與誓兩種文體，記周公言論最多，〈洛誥〉、〈無逸〉、〈立政〉是告誡成王之言，〈大誥〉是對諸侯的訓令，〈多士〉、〈多方〉是對殷民的訓誡，〈康誥〉教訓康叔如何治理殷民，〈君奭〉是周公與召公的談話。周公的這些談話和訓令，反映了周公的心態，周人的政治思想和周初的社會關係。《周書》的〈金縢〉和〈顧命〉以記事爲主，〈金縢〉寫武王克商後患病，周公向先王禱告，願代武王死，武王病癒。後成王嗣位，周公攝政，武王之弟管叔等散布流言誹謗周公，並煽動殷遺民叛亂。周公率兵平定叛亂，成王心中對周公仍有疑忌，周公避居。於是「天大雷電以風，禾盡偃，大木斯拔，邦人大恐，王與大夫盡弁，以啓〈金縢〉之書，乃得周公所自以爲功，代武王之說」，成王大爲感動，親自迎接周公回朝。這些情節頗曲折而具傳奇色彩。〈顧命〉寫成王之死，康王之立，事件的過程和宏大的場面鋪敘得很清楚。《尚書》文字古奧典雅，語言技巧超過了甲骨卜辭和銅器銘文，而且這些文誥都是單獨成篇，有完整的文本結構和文體形態，對先秦歷史敘事散文的成熟有直接的影響。

春秋時期經過孔子編定的《春秋》，記事系統，具有自覺的記事意識和寫作義例。《春秋》本是周王朝和各諸侯國歷史的通稱，後特指經過孔子修訂的魯國的編年史。它記載了自魯隱西元年至魯哀公十四年（前七二二—前四八一）的歷史，對這一時期的史事做了簡潔的大綱式的敘述。《春秋》按時間順序編排歷史事件，記事方式是「以事繫日，以日繫月，以月繫時，以時繫年」（杜預《春秋左傳集解・序》），具備了明確的時間觀念和自覺的記事意識。但其記事都很簡略，長的不過四十多字，短的僅有一字。因此，其記事雖簡而有法，卻並非真正意義上的敘事散文。如隱西元年載：「夏，五月，鄭伯克段于鄢。」時間、地點、人物、事件都有，但事件的因果、過程，人物的行爲、性格，都無從知道，彷彿一則新聞標題，而不像一篇文章。

《春秋》是「禮義之大宗」（司馬遷《史記・太史公自序》），維護周禮，反對僭越違禮行爲，貶斥邪說暴行，是其主要的思想傾向。這種傾向在行文中不是表現於議論性文辭，而是在史事的簡略記述排比中表現出來。《春秋》還以一字寓褒貶，在謹嚴的措詞中表現出作者的愛憎。比如殺有罪爲「誅」，殺無罪爲「殺」，下殺上曰「弒」等。這種在史著中灌注強烈感情色彩的做法，爲後代史傳文學所繼承。

第二節　《左傳》的敘事和記言

・《左傳》的成書　・《左傳》的敘事特徵　・《左傳》的記言文

《左傳》是《春秋左氏傳》的簡稱，又名《左氏春秋》。相傳《左傳》爲傳述《春秋》而作❸，作者是左丘明，後人對此頗多疑義❹。《左傳》記事，起於魯隱西元年（前七二二），迄於魯哀公二十七年（前四六八），基本與《春秋》重合，還有個別戰國初年的史料❺。今人一般認爲此書大約成書於戰國早期，最後編定者是一位儒家學者。與《春秋》一樣，《左傳》不只是對歷史事件做客觀的羅列，而且還表達了對歷史事件的認識和理解，並站在儒家立場上總結歷史的經驗教訓，做出對歷史事件和歷史人物的道德倫理評價，爲人們提供歷史的借鑑❻。《左傳》維護周禮，尊禮尚德，以禮之規範評判人物。同時，作者以敏銳的歷史眼光，記述了周王室的衰落和諸侯的爭霸，公室的卑弱和大夫兼併，表現了新舊政治勢力的消長，揭示了社會變革的趨勢。書中還揭露了暴虐昏庸、貪婪荒淫之輩，肯定讚揚了忠良正直之士，尤其是重民、以民爲本的思想，更反映了《左傳》進步的歷史觀。在《左傳》作者看來，有德才能爲天所佑；得民或失民，被有識之士當作取國或滅國的重要條件；在人與神的關係上，人的地位提高了；在君與民的關係中，民的地位提高了。

《左傳》以《春秋》的記事爲綱，增加了大量的歷史事件和傳說，敘述了豐富多彩的歷史事件，描寫了形形色色的歷史人物。把《春秋》中的簡短記事，發展成爲完整的敘事散文。《左傳》發展了《春秋》筆法，不再以事件的簡略排比或個別字的褒貶來體現作者的思想傾向，而主要是通過對事件過程的生動敘述、人物言行舉止的展開描寫，來體現其道德評價。《左傳》還創立了一種新形式，即在敘事中或敘事結束後直接引入議論，以「君子曰」、「君子是以知」、「孔子曰」等來對事件或人物做出道德倫理評價。這種形式，更鮮明地表現出作者的立場和感情，增強了敘事的感情色彩。《左傳》確爲先秦散文「敘事之最」❼，標誌著我國敘事散文的成熟。

作爲編年史，《左傳》的情節結構主要是按時間順序交代事件發生、發展和結果。但倒敘與預敘手法的運用，也是其敘事的重要特色。倒敘就是在敘事過程中回顧事件的起因，或交代與事件有關的背景等。如「宣公三年」先記載了鄭穆公蘭之死，然後再回顧了他的出生和命名：其母夢見天使與之蘭，懷孕而生穆公，故名之蘭。《左傳》中還有插敘和補敘，性質作用與倒敘類似。這些敘述，常用一個「初」字領起。預敘即預先敘出將要發生的事，或預見事件的結果，如秦晉崤之戰中蹇叔在秦出師伐鄭時，已預知了必然失敗的結果：「吾見師之出而不見其入也。」（僖公三十二年）秦師經過周都洛陽北門，王孫滿又預言：「秦師輕而無禮，必敗。」（僖公三十三年）❽《左傳》以第三人稱作爲敘事角度，作者以旁觀者的立場敘述事件，發表評論，視角廣闊靈活，幾乎不受任何限制。個別段落中，作者也從事件中人物的角度，來敘述正在發生的事件及場景。如寫鄢陵之戰「楚子登巢車以望晉師」中陣地的情況，完全是通過楚子和伯州犁的對話展示出來的（成公十六年）。

《左傳》敘事，往往很注重完整地敘述事件的過程和因果關係。《左傳》敘事最突出的成就在描寫戰爭。《左傳》的戰爭描寫，全面反映了《左傳》的敘事特點。《左傳》一書，記錄了大大小小幾百次戰爭，城濮之戰、崤之戰、邲之戰、鞌之戰、鄢陵之戰等大戰的描述歷來被人們讚不絕口，不計其數的小戰役也寫得各具特色，精彩生動。一般說來，《左傳》寫戰爭，不局限於對交戰過程的記敘，而是深入揭示戰爭起因、醞釀過程及其後果。如「僖公二十八年」寫城濮之戰，對大戰爆發的背景和直接起因都有交代，而在行文中，又不斷展示晉勝楚敗的原因：晉文公伐怨報德，整飭軍紀，遵守諾言，傾聽臣下意見，上下齊心協力。而楚方則是君臣意見分歧，主帥子玉恃兵而驕，一意孤行，盲目進逼晉師。城濮之戰的結果也寫得很全面，不僅寫了晉師大勝，晉文公確立霸主地位，而且還寫了戰爭的餘波：楚子玉戰敗羞愧自殺，晉文公聞之大喜，回國後賞功罰罪，對這次戰役進行總結，然後以君子之言，讚揚晉文公的霸業。至此，敘述圓滿結束。

《左傳》對事件因果關係的敘述，還常有道德化與神祕化的特點。如，作者在總結城濮之戰經驗時云：「謂晉於是役也，能以德攻。」（僖公二十八年）不僅是城濮之戰，整個《左傳》敘事中，禮、義、德等道德因素，都被作者當作影響事件成敗的重要原因加以敘述，而且敘述中往往還帶有神祕因素。以《左傳》中常出現的預兆爲例，這些預兆大都有道德化傾向：符合禮義要求之事，常有吉兆；而悖於禮義之事，則常有凶兆。這些預兆有時是智者的言論，有時則是占卜、夢境、天象等的神祕暗示。如「僖公十五年」秦晉韓之戰，在「僖公十年」就有已故晉太子「敝於韓」的預言；「僖公十四年」又有晉卜偃「期年將有大咎，幾亡國」的預言，戰前又有秦卜徒父釋卦之兆，晉惠公不從占卜之失。在這些看似神祕的預兆之後，是晉惠公違禮、失義、背信之舉。作者面對既成的歷史事實，根據歷史人物的言行得失，在敘述歷史事件時，加入種種神祕化的傳說故事，來預示事件的結局，解釋事件的因果關係。這反映了春秋時代人們的世界觀和認識水準，具有鮮明的時代特色。

《左傳》是一部歷史著作，但作者有時就像一個講述故事者，把事件敘述得頗具戲劇性。大量生動的戲劇性情節，使這部作品充滿故事性。不僅如此，《左傳》有的敘事記言，明顯不是對歷史事實的眞實記錄，而是出於臆測或虛構。如「僖公二十四年」記載的介子推母子間的對話，不可能有第三者在旁聽見或記錄，當是作者根據傳聞和揣想虛擬而成❾。這種寫法，可以看作後代小說家爲人物虛擬對話的萌芽。《左傳》中還記述了大量的占卜釋夢和神異傳聞。如「成公十年」記晉景公之死，情節曲折怪誕，用三個夢構成了互爲關聯的情節。寫晉侯所夢大厲，畫鬼如生，令人毛骨悚然；病入膏肓的描寫，極爲生動有趣；桑田巫釋夢之語，小臣之夢的印證，更是充滿神祕色彩，彷彿志怪小說。

人物是敘事中不可缺少的要素。《左傳》中描寫了各種人物，但《左傳》的寫人還不像紀傳體歷史著作在一個專章中敘述一個人物的生平事蹟，也沒有像後世小說那樣塑造人物形象。由於它是編年史，人物的言行事蹟大都分散記錄在事件發生的各個年代，很少對某一人物集中描寫，只有把同一人物在不同年代的事蹟連繫起來，才能得到一個完整的人物形象。《左傳》中許多重要政治人物如鄭莊公、晉文公、楚靈王、鄭子產、齊晏嬰等，都是通過數年行跡的積累來表現的。《左傳》中還有一些人物，並不是反覆出現而形成的一個完整形象，而是僅在某一時、某一事中出現，表現的僅僅是其一生中的某一片段，反映的是其性格中的某一方面。這些形象往往非常生動傳神，能給讀者留下極深刻的印象。如「晉靈公不君」中，鉏麑、提彌明、靈輒三位武士（宣公二年），齊晉鞌之戰中代君就俘的逢醜父等（成公二年）❿。

《左傳》廣泛描寫了各種人物，其中許多人物寫得個性鮮明⓫。《左傳》有些描寫還展現了人物性格的豐富性和複雜性，表現了人物性格的變化。晉文公是《左傳》中著力歌頌的人物（莊公二十八年至僖公三十二年）。他由一個貴公子成長爲政治家，由四處流亡到成爲一代霸主，人物性格有一個曲折的成熟過程。楚靈王是《左傳》中被否定的國君形象（襄公二十六年至昭公十三年），他在即位前的爭強好勝，野心勃勃，弒王自立，即位後的殘暴、驕奢狂妄等，都顯示出他確實是個昏君。但同時，作者又表現了他寬容納諫、知過能改、不記前怨、風趣等性格特點，並寫了他最後悔恨自己的殘暴，刻畫出一個性格複雜的人物形象。

《左傳》敘事中人物的行動、對話構成了表現人物的主要手段，而絕少對人物進行外貌、心理等主觀靜態描寫。通過人物在重大歷史事件中的言行，人物性格得以展現，形象得以完成。如成公二年的齊晉鞌之戰，《左傳》這樣描寫戰爭場面，展現戰爭的全貌，表現人物個性：

> 郤克傷於矢，流血及屨，未絕鼓音，曰：「余病矣！」張侯曰：「自始合，而矢貫余手及肘，余折以御，左輪朱殷，豈敢言病？吾子忍之！」緩曰：「自始合，苟有險，余必下推車，子豈識之？然子病矣。」張侯曰：「師之耳目，在吾旗鼓，進退從之。此車一人殿之，可以集事，若之何其以病，敗君之大事也？擐甲執兵，固即死也。病未及死，吾子勉之。」左並轡，右援枹而鼓，馬逸不能止，師從之。齊師敗績。逐之，三周華不注。

郤克受傷，解張、鄭丘緩鼓勵他堅持戰鬥，當時戰場上緊張激烈的場面，可想而知。三人同仇敵愾，視死如歸的氣概，在對話和行動描寫中，也得到充分表現。

《左傳》在戰爭描寫中還有許多與整個戰局關係不大的事，這些事只是反映了戰爭的一些具體情狀，在戰爭中並不具有重要意義。《左傳》還在複雜的戰爭過程、政治事件中，大量描寫細節。作爲歷史著作，這些描寫內容完全可以不寫或略寫，但《左傳》卻大量地描寫了這些瑣事細節，它們在敘事生動和人物刻畫方面具有文學意義，如「宣公二年」的宋鄭大棘之戰，其中狂狡倒戟出鄭人、華元食士忘其御羊斟、華元逃歸後與羊斟的對話、城者之謳等，都非這次戰爭的重要事件，但如果只寫宋鄭戰於大棘，宋師敗績，鄭人獲華元，華元逃歸，則必然使敘事枯燥無味，毫無文學性可言。正是這些次要事件中的細節描寫，才增加了敘事的生動傳神。又如「宣公四年」記鄭公子歸生弒其君這一重大歷史事件，寫了公子宋食指大動，鄭靈公食大夫黿不與公子宋，公子宋怒而染指於鼎等細節，整個事變由食黿這件小事引起，而公子宋的貪饞好怒、公子歸生的遲疑懦弱、鄭靈公的昏庸可笑都在生活細節的描寫中表現了出來。再如「哀公十六年」記楚國白公之亂這一政治事件，最後寫葉公子高平叛，沒有著重寫葉公的重大軍政措施，而就葉公是否該戴頭盔這一細節反覆渲染：

> 葉公亦至，及北門，或遇之，曰：「君胡不冑？國人望君如望慈父母焉，盜賊之矢若傷君，是絕民望也，若之何不冑？」乃冑而進。又遇一人曰：「君胡冑？國人望君如望歲焉，日日以幾，若見君面，是得艾也。民知不死，其亦夫有奮心，猶將旌君以徇於國，而又掩面以絕民望，不亦甚乎？」乃免冑而進。

突出國人對葉公的愛戴和葉公急於爭取國人的心理。葉公平叛之所以成功，他的可貴之處，都在葉公免冑的細節中表現出來。

《左傳》中的記言文字，主要是行人應答和大夫辭令，包括出使他國專對之詞和向國君諫說之詞等。這類記言文字無不「文典而美」，「語博而奧」（劉知幾《史通》卷十四〈申左〉），簡潔精練，委曲達意，婉而有致，栩栩如生。如僖公三十年「燭之武退秦師」的說詞，秦晉聯合攻鄭，燭之武作為鄭使出說秦伯。他著重對秦、晉、鄭三國之間的利害關係做了具體的分析。先把鄭國之存亡放在一邊：「鄭既知亡矣。」再敘述鄭亡並無利於秦：「亡鄭以陪鄰，鄰之厚，君之薄也。」然後歸結到保存鄭國於秦有益無害：「若捨鄭以為東道主，行李之往來，共其乏困，君亦無所害。」最後還補敘昔日晉對秦之忘恩負義以加強說服力。說詞有意置鄭國利害於不顧，而處處為秦國考慮，委婉而多姿，謹嚴而周密，因此，能打動秦穆公之心，使他不但退兵，還留秦將杞子等三人率軍助鄭守衛。晉人也只好退兵，鄭國得以保全，充分顯示了燭之武說詞的分量。《左傳》中的行人辭令、大夫諫說佳作甚多，如隱公三年石碏諫寵州吁、隱公五年臧僖伯諫觀魚、桓公二年臧哀伯諫納郜鼎、桓公六年季梁諫追楚師、僖公五年宮之奇諫假道、僖公十五年陰飴甥對秦伯、僖公二十六年展喜犒師、宣公三年王孫滿對楚子、成公十三年呂相絕秦、襄公三十一年子產壞晉館垣，等等。這些辭令，由於行人身分及對象的不同而風格各異，有的委婉謙恭，不卑不亢；有的詞鋒犀利，剛柔相濟。這些辭令又因事因人不同而具有不同的個性特點，但都用詞典雅，淵懿美茂，生氣勃勃。《左傳》的辭令之美，「諒非經營草創，出自一時，琢磨潤色，獨成一手」（《史通》卷十四〈申左〉）。大約當時的外交辭令已很講究，史家記述時又加修飾，故而文采斐然。

《左傳》敘述語言簡練含蘊，詞約義豐。如宣公十二年晉楚邲之戰中，寫晉師潰敗時的狼狽之狀云：「中軍、下軍爭舟，舟中之指可掬也。」為爭渡船逃命，先上船者以亂刀砍爭攀船舷者手，落入船中的手指竟然「可掬」。簡練的一句話，寫盡晉師爭先恐後、倉皇逃命的緊張混亂場面。同年冬天，楚國出師滅蕭，將士「多寒」，於是「（楚）王巡三軍，拊而勉之，三軍之士皆如挾纊」。楚王勞軍的體恤之語，溫暖將士之心就如披上了棉衣。以一個貼切的比喻，形象生動地寫出了楚王慰勉之殷，將士愉悅之情。「言近而旨遠，辭淺而義深。雖發語已殫，而含意未盡，使夫讀者望表而知裡，捫毛而辨骨，睹一事於句中，反三隅於字外。」（《史通》卷六〈敘事〉）

第三節　《國語》的文學成就

・成書及體制　・記言爲主，記事爲輔

《國語》是一部國別史，全書二十一卷，分別記載周、魯、齊、晉、鄭、楚、吳、越八國事，是各國史料的彙編。成書約在戰國初年⓬。各國「語」在全書所占比例不一，每一國記述事蹟各有側重。《周語》對東西周的歷史都有記錄，側重論政記言。《魯語》記春秋時期魯國之事，但不是完整的魯國歷史，很少記錄重大歷史事件，主要是針對一些小故事發議論。《齊語》記齊桓公稱霸之事，主要記管仲和桓公的論政之語。《晉語》篇幅最長，共有九卷，對晉國歷史記錄較爲全面、具體，敘事成分較多，特別側重於記述晉文公的事蹟。《鄭語》則主要記史伯論天下興衰的言論。《楚語》主要記楚靈王、昭王時期的事蹟，也較少記重要歷史事件。《吳語》獨記夫差伐越和吳之滅亡，《越語》則僅記勾踐滅吳之事。

《國語》中主要反映了儒家崇禮重民等觀念。西周以來的敬天保民思想在書中得到了繼承。雖然《國語》許多地方都強調天命，遇事求神問卜，但在神與人的關係上，已是人神並重，由對天命的崇拜，轉向對人事的重視，因而重視人民的地位和作用，以民心的向背爲施政的依據。如《魯語上》魯太史里革評晉人弒其君厲公時，認爲暴君之被逐被殺是罪有應得，咎由自取，臣民的反抗行爲無可厚非。又如《周語上》邵公諫厲王弭謗中，邵公主張治民應「宣之使言」，從人民的言論中考察國家的興衰、政治的得失，國君只有體察民情，行民之所善，去民之所惡，增加人民的財富衣食，國家才能長治久安。

《國語》以記言爲主，所記多爲朝聘、饗宴、諷諫、辯詰、應對之詞。《國語》記言文字在形象思維和邏輯思維方面都很縝密，又有通俗化、口語化的特點，生動活潑而富於形象性。當然，由於《國語》是各國史料的彙編，素材來源不一，編者亦未做統一潤色，其記言水準參差不一，風格也頗有差異。比如《周語》旨在說教，行文委婉，多長篇大論，《魯語》篇幅不長，語言雋永，《楚語》、《吳語》、《越語》則文字流暢整飭，頗有氣勢。《國語》中的應對辭令，有的與《左傳》相同，但文字不如《左傳》精彩，有的則難分高下。有些爲《左傳》所不載的辭令也頗有特色。如周襄王不許晉文公請遂，詞婉義嚴（《周語中》），越王勾踐求成於吳，詞卑氣低等（《吳語》），都是很有特色的辭令。而《國語》中一些議論說理文字，往往也精闢嚴密，層次井然。如《周語上》邵公諫厲王弭謗，《魯語下》敬姜論勞逸，《晉語八》叔向賀貧，《楚語下》王孫圉論寶，都歷來爲人們所稱道。

《國語》雖然記言多於記事，但《國語》沒有單純的議論文或語錄，有一系列大小故事穿插其中，因此表現出敘事技巧和情節構思上的特點，有時也能寫出鮮明生動的人物形象。總的說來，《國語》也有對歷史事件因果關係的敘述，但不及《左傳》普遍、完整。《國語》中許多事件的前因後果及經過都是一筆帶過，而把重點放在大段的議論文字上。但《國語》也有情節生動曲折，極富戲劇性的敘事，如《晉語》前四卷寫晉獻公諸子爭位的故事、獻公寵妃驪姬的陰謀、太子申生的被讒冤死、公子重耳的流亡等，都寫得波瀾起伏，精彩紛呈。其中有虛擬的情節，如驪姬夜半而泣（《晉語一》），讒太子申生，驪姬夜泣及其讒言，非第三者能知，顯然是作者揆情度理的虛構，刻畫出一個口蜜腹劍、陰險狠毒的人物形象。其中也有精彩的描寫，如爲分化朝中大臣，驪姬寵幸的優施與朝中重臣里克飲酒，以歌舞暗示里克，將殺太子申生立驪姬子奚齊，里克夜半召優施，欲中立以自保等（《晉語二》），描寫細緻入微，具體生動，表現出鮮明的個性特點。更有一些滑稽的小插曲，寫得生動活潑，如重耳流亡到齊國後，安於寄人籬下的生活，其妻姜氏及從亡之臣子犯將其灌醉載之而行（《晉語四》），《左傳》只寫到重耳醒，「以戈逐子犯」，《國語》中還寫了重耳、子犯相罵的對話，幽默有趣，寫出了重耳流亡集團的內部衝突。對晉獻公諸子爭位的敘述，展示了春秋時期一場複雜政治鬥爭的生動畫卷，描繪出一系列生動的人物形象，反映了《國語》敘事的成就。

由於國別史的特點，《國語》有時在記敘某一國事件時，集中在一定篇幅寫某個人的言行，如《晉語三》寫惠公、《晉語四》專寫晉文公、《晉語七》專記悼公事、《吳語》主要寫夫差、《越語上》主要寫勾踐等。這種集中篇幅寫一人的方式，有向紀傳體過渡的趨勢。但尚未把一個人的事蹟有機結合爲一篇完整的傳記，而僅僅是材料的彙集，是一組各自獨立的小故事的組合，而不是獨立的人物傳記。總之，由於《國語》以記言爲主，雖然敘事和刻畫人物有一定特色，但文學成就比《左傳》還是稍遜一籌。

第四節 《戰國策》的文學成就

・成書過程 ・縱橫家思想 ・鮮明生動的人物形象 ・辯麗橫肆的語言藝術

《戰國策》凡三十三卷，雜記東周、西周、秦、齊、楚、趙、魏、韓、燕、宋、衛、中山諸國軍政大事。時代上接春秋，下迄秦併六國。主要記載了謀臣策士遊說諸侯或進行謀議論辯時的政治主張和鬥爭策略。其中文章不是一人所作，作者大都是戰國後期縱橫家，也可能有若干篇章是秦漢間人所作。最後由西漢劉向編校整理成書，定名爲《戰國策》[13]。

與《春秋》、《左傳》、《國語》主要反映儒家思想不同，《戰國策》突出表現了縱橫家思想，反映了縱橫家的人生觀。在政治上他們崇尚謀略，強調審時度勢，肯定舉賢任能，在人生觀上則是追求功名顯達、富貴利祿。不過，《戰國策》的思想內容又比較複雜，所記人物也反映出不同的價值取向。既有講權術謀詐，圖個人功名利祿的朝秦暮楚之徒，也有「爲人排患、釋難、解紛亂而無所取」之士（《趙策三》）。《戰國策》的思想價值，在於它反映了戰國時代「士」階層的崛起。「士貴耳，王者不貴」（《齊策四》）的聲音，反映出士人精神的張揚。書中大量描寫策士奔走於諸侯之間，縱橫捭闔，令「所在國重，所去國輕」（劉向《戰國策書錄》）的重要作用和社會地位，可以說是一部士階層，尤其是策士行跡的生動寫照。

《戰國策》的文學成就首先表現在人物形象的塑造上。全書對戰國時期社會各階層形形色色的人物都有鮮明生動的描寫，尤其是一系列「士」的形象，更是寫得栩栩如生，光彩照人。縱橫之士如蘇秦、張儀，勇毅之士如聶政、荊軻，高節之士如魯仲連、顏斶等，都個性鮮明，具有一定的典型意義，代表了士的不同類型。由於作者對這些人物心儀不已，頗爲傾慕，甚至不惜脫離史實，以虛構和想像進行文學性描寫。《戰國策》中，不是史實，出於虛構依託的內容頗多[14]。如書中用力極深，描寫得極成功的人物蘇秦，其事蹟、言論有不少就是虛構的[15]。至於在具體描寫中，虛構的手法更爲普遍，也更進一步。如《秦策一》寫蘇秦夜讀，引錐自刺及慨歎之語，夜室獨語，有誰知道，顯然是作者根據傳聞虛擬而成。而《齊策一》鄒忌諷齊王納諫，寫鄒忌看見徐公時「孰視之，自以爲不如，窺鏡而自視，又弗如遠甚」，不僅表現了鄒忌內心的活動，而且涉及心理活動的過程，接近人物的心理描寫，顯係出於作者的想像。誇張虛構不合史著的要求，但使敘事更加生動完整，更有利於塑造鮮明的人物形象。

《戰國策》還以波瀾起伏的情節，個性化的言行，傳神的形態和細節來描寫人物。作者不滿足於平鋪直敘，有意追求行文的奇特驚人，如《燕策三》記燕太子使荊軻刺秦王，其中田光自刎以明不言、樊於期自刎獻頭以圖報仇、易水送別、秦廷獻圖行刺等情節，出人意表，慷慨悲壯，於緊張激烈的矛盾衝突中，人物性格得以生動展現。人物個性化的言行在《戰國策》中很突出，如《秦策一》中，蘇秦落魄而歸後的刺股和喟歎、榮歸故里時的感慨、其家人前倨後恭的言行等，都反映了人物的內心世界和性格特徵。而對蘇秦歸來時「羸縢履蹻，負書擔橐，形容枯槁，面目犁（黧）黑，狀有歸（愧）色」的外貌神情描寫，綿密細緻，極爲傳神。

《戰國策》在寫人上，一方面繼承了《國語》相對集中編排同一人物故事的方法，另一方面又有所發展，出現了一個人物的事蹟有機集中在一篇的文章，爲以人物爲中心的紀傳體的成立開創了先例。如《齊策四》馮諼客孟嘗君，寫馮諼彈鋏而歌、焚券市義、營造三窟的事蹟，馮諼一生的主要事蹟盡在一篇之中，人物形象和性格得到了充分的展示。這類作品，顯示了由《左傳》編年體向《史記》紀傳體的過渡。

《戰國策》的「文辭之勝」[16]，在語言藝術上的空前成功，是其文學成就的重要方面。其中策士廷說諸侯之詞，臣諷君主之詞，以及不同意見的辯難，都反映出春秋時期從容不迫的行人辭令，已演化爲議論縱橫的遊說之詞[17]。其文章藝術風格，前人概括爲「辯麗橫肆」[18]，鋪張揚厲，氣勢縱橫，可說是《戰國策》說詞的主要特色。

戰國時代，君德淺薄，多庸主暴君，遊士爲說服君相，說詞大都不以直接方式，往往引類譬喻，藉動物、植物或人們生活中習見的其他事物爲喻，循序漸進地達到辯說的目的。《楚策四》載莊辛說楚襄王，莊辛針對楚襄王淫逸侈靡、不顧國政而進諫，說明國君如此行徑必遭殺身之禍。他運用四種譬喻，即蜻蜓爲五尺之童所黏捕、黃雀被王孫公子射殺、黃鵠被射者捕獲、蔡聖侯因放蕩逸樂被楚大夫子發用繩索捆縛。四種譬喻，由小到大，逐漸過渡到楚頃襄王本身，指出其所作所爲，正把自己置於危險境地。形象生動，引喻諧調，氣勢充沛，說理充分。再如《齊策一》鄒忌諷齊王納諫，也是從切身體驗的生活趣事，來形象喻示所要闡述的道理，貼切深刻，饒有風趣，很有說服力。

《戰國策》還用大量的寓言故事、軼聞掌故來增強辯詞的說服力。寓言的巧妙運用，成爲《戰國策》文章的一大特點[19]。如《燕策二》蘇代以鷸蚌相爭，說趙惠王不應伐燕，以免強秦坐收其利。這類例子《戰國策》中俯拾皆是，如「畫蛇添足」（《齊策二》）、「狐假虎威」（《楚策一》）、「南轅北轍」（《魏策四》）等等。這些寓言大都即事編撰，獨出心裁，比附現實，以表情達意。用具體的形象概括抽象的道理，表現出極強的藝術力量。

《戰國策》的鋪張揚厲，氣勢充沛，還與行文的誇張鋪陳，大量運用對偶排比有關，如《趙策三・魯仲連義不帝秦》，列舉了周烈王之斥齊威王，殷紂王之醢鬼侯、脯鄂侯、拘文王，齊閔王之欲僕妾鄒魯等，肆意誇張鋪陳，極言尊秦之害。又如《齊策一》記蘇秦說齊王合縱，極力誇張渲染齊國之強、臨淄之勝，排比對偶層出不窮，文辭瑰麗多姿。

與其遊說之詞一樣，《戰國策》的敘述語言也長於鋪張渲染。「蘇秦始將連橫」（《秦策一》）寫蘇秦說秦王不行時的狼狽之狀、發跡後路過家鄉時的躊躇滿志，「荊軻刺秦王」（《燕策三》）寫荊軻易水送別時的慷慨悲壯，都是典型的例子。《戰國策》的描寫有時相當精細。蘇秦刺股（《秦策一》）、觸龍入朝（《趙策四》）、鄒忌窺鏡（《齊策一》）等，寫的都是瑣屑細節，卻展現了人物的精神面貌。尤其是荊軻刺秦王的場面，描寫人物動作神情極爲細緻傳神，荊軻的豪邁暇豫，秦王的驚慌失措，殿上殿下的混亂驚擾，這些頃刻間發生的驚險緊急場面，作者一一道來，清晰詳盡，有條不紊，如同電影鏡頭，作者對敘述語言運用之嫻熟，令人驚歎。

《戰國策》辯麗橫肆的文風、雄雋華贍的文采，是當時縱橫捭闔時代特徵的體現，標誌著先秦敘事散文語言運用的新水準。

第五節　先秦敘事散文對後世文學的影響

・爲史傳文學直接祖述　・散文創作的楷模　・奠定了小說的敘事傳統

《左傳》、《國語》、《戰國策》等先秦敘事散文，對後代的文學創作產生了深遠的影響[20]。它們的敘事傳統和語言藝術對史傳文學、散文和小說創作的滋養，尤爲明顯。

先秦敘事散文的體例、思想、寫作藝術等對後世史傳文學的創作有直接啓發。《史記》體例是在先秦編年史、國別史的基礎上的創新和發展，而《漢紀》、《資治通鑑》等，則是《春秋》、《左傳》編年體史書的直接繼承。先秦敘事散文記述歷史事件時直書其事、褒貶鮮明的特點，《左傳》、《戰國策》高超的寫作藝術，對後世史傳文學的創作，產生了深遠的影響。偉大的史傳文學著作《史記》就吸收了《左傳》、《戰國策》的寫作技巧，對其中的一些史實略加改動便加以運用[21]。少數特別精彩的篇目，甚至不加改動就直接錄入。司馬遷、班固、陳壽、范曄等繼承了《左傳》開創的既敘述故事，又描寫人物的形象生動的寫史傳統，他們不僅是歷史學家，同時也是文學家，其作品既是歷史著作，又是文學作品。《左傳》的敘事藝術，如對歷史事件因果關係、發展過程的重視，對歷史事件故事化的描寫，歷史事件的敘述條理井然而又富於變化等特點，在後代史傳文學中都有充分體現。《左傳》簡練蘊藉的語言風格，爲後代史家所繼承，而《史記》的奇譎文風，顯然與《戰國策》的辯麗恣肆有直接的關係。總之，先秦敘事散文是我國史傳文學的最初成就，其沾溉於後世，不言而喻。

先秦敘事散文在散文史上具有崇高的地位，《左傳》、《國語》、《戰國策》等，成爲後世散文寫作的楷模。秦漢以後，《左傳》的文章一直爲人們所喜愛，尤其是唐宋以來的古文家，都非常推崇《左傳》，並把它作爲學習對象。韓愈〈進學解〉說他「沉浸濃郁，含英咀華」的古代作品中，就包括《左傳》。宋人把《左傳》與《史記》、韓文、杜詩相提並論㉒，同作爲文學範本。情韻豐富的《左傳》散文，也深爲清代桐城派散文家所推崇。對《國語》語言藝術的讚譽，歷來甚多。柳宗元儘管曾作《非國語》批評《國語》的某些思想，但在其「序」中還是認爲「其文深閎傑異」，其爲文即以《國語》爲法㉓。漢初散文尚有戰國遺風，賈誼、鄒陽等西漢前期散文家的作品中，更是可以明顯看出《戰國策》文風的餘緒。這種影響持續不斷，在蘇洵、蘇軾等後代作家的散文中，還可以體味到先秦敘事散文的神韻。《戰國策》的文章，對漢賦的產生也起過促進作用。漢賦主客問答的形式、鋪張揚厲的風格，都可以看出對《戰國策》的借鑑。

先秦敘事散文的敘事藝術，對我國古代小說的產生發展及其獨特的藝術個性的形成，都有不可低估的作用。首先，先秦敘事散文敘述歷史事件中表現出的褒貶分明的傾向性，對我國古代小說注重教化作用有直接的影響，並且，《左傳》、《國語》等作品中用「君子曰」等對事件進行的評述，在文言小說如唐宋傳奇、《聊齋志異》等書中被直接借鑑，就是在明清白話小說中，也有明顯的痕跡。其次，先秦敘事散文奠定了我國古代小說基本的敘事結構。我國古代小說常按時間順序安排結構，串聯情節，特別重視對故事起因、過程、結果的完整描寫，並以倒敘、插敘、補敘等方式追敘事件的起因，以預敘的方式暗示故事的結局。這些都是《左傳》等散文就已形成的敘事傳統。第三，我國古代小說寫人的基本手法在先秦敘事散文中已初具規模。我國古代小說主要通過描寫人物個性化的言行，通過生動的細節描寫來刻畫人物，表現人物性格，而較少長篇的外貌描寫、心理描寫，而這正是《左傳》、《國語》、《戰國策》等寫人的共同特點。第四，我國古代小說和戲曲作品對歷史題材的重視，也是受先秦敘事散文的啓示。這不僅是指諸如《東周列國志》之類以先秦敘事散文中所涉及的有關歷史事件爲題材的作品，同時，古代小說大量採用歷史題材，也和我國敘事文學最初成果是產生在歷史著述中不無關係。

注釋

❶ 曶鼎銘文，可參見嚴一萍編《金文總集》第二冊，臺灣藝文印書館一九八三年版，第七〇七頁。浙江古籍出版社有影印本。毛公鼎銘文見同書第七三一頁。

❷《尚書》在先秦時稱為《書》，漢人始稱之為《尚書》，即上古之書，又被稱為《書經》。《虞書》、《夏書》不是虞夏時的作品，而是出於後人的追記或經後人加工。《商書》、《周書》基本上是殷商、西周時的作品，但也經過後人的加工。一般認為，西周末《尚書》已成書，相傳孔子曾編定過《尚書》一百篇。但近年來伴隨著對郭店楚簡所引《書》的研究，有學者認為先秦時代，關於《書》的文獻並沒有有一個定本（過常寶《先秦散文研究——早期文體及話語方式的生成》，人民出版社二〇〇九年版，第八三頁）。秦火後，漢初伏生所傳《今文尚書》只有二十八篇。漢景帝時，魯恭王壞孔子壁時發現的《古文尚書》，比今文多出十六篇。西晉末年，《古文尚書》失傳，東晉初，豫章內史梅賾奏《古文尚書》五十八篇，將《今文尚書》析成三十三篇，又多出二十五篇，流傳於今。唐宋時，已有人懷疑梅賾本《尚書》，清人閻若璩《古文尚書疏證》以大量的論據，證明了梅本之偽。今本《尚書》，大約只有《今文尚書》二十八篇是可信的。與《尚書》相類似的還有《逸周書》，記錄了周文王到春秋後期的史事。其中〈世俘解〉、〈克殷解〉、〈商誓解〉等大約作於西周（郭沫若《中國古代社會研究》附錄《追論及補遺》七〈古代用牲之最高紀錄〉，《郭沫若全集》歷史編第一卷，人民出版社一九八二年版，第二九九頁），大多數篇章出於春秋戰國時期，甚至也可能有漢代的作品。

❸ 司馬遷、班固都認為《左傳》是為傳述《春秋》而作（《史記・十二諸侯年表序》，中華書局一九八二年版，第五〇九頁。《漢書》卷六十二〈司馬遷傳贊〉，中華書局一九六二年版，第二七三七頁）。但漢儒也有認為《左傳》不是傳《春秋》的（劉歆〈移書讓太常博士〉，見蕭統《文選》卷四十三，中華書局一九七七年版，第六一〇頁）。《左傳》以《春秋》記事為綱敘事，其中有說明《春秋》書法的，有用事實補充說明《春秋》經文的，也有訂正《春秋》記事錯誤的。這些都說明《左傳》與《春秋》的密切關係。與《春秋》有關的還有《公羊傳》和《穀梁傳》。這兩部書側重闡發《春秋》經義，敘事較少，以議論為主。《公羊傳》的文章，文風淳樸簡勁，語言凝練準確，《穀梁傳》亦文字簡樸，議論精深。二書文學價值不能與《左傳》並論，但在經學史、思想史、學術史上都有深遠影響，尤其是《公羊傳》，在漢代和晚清都曾為顯學。《漢書・藝文志》「《公羊傳》十一卷」班固自注：「公羊子，齊人。」顏師古注云「名高」。《漢書・藝文志》「《穀梁傳》十一卷」班固自注：「穀梁子，魯人。」顏師古注「名喜」。見《漢書》卷三十，第一七一三頁。或說名赤、俶（《春秋穀

梁傳校勘記・序》，《十三經注疏》，中華書局一九八〇年版，第二三六三頁）。

❹關於《左傳》的作者，歷來異說頗多，司馬遷和班固都認為是左丘明所作，並說左丘明是「魯君子」、「魯太史」（《史記・十二諸侯年表序》、《漢書・司馬遷傳贊》、《漢書・藝文志》）。孔子的時代確有一位左丘明，《論語・公冶長》：「子曰：『巧言、令色、足恭，左丘明恥之，丘亦恥之。匿怨而友其人，左丘明恥之，丘亦恥之。』」（《十三經注疏》，中華書局一九八〇年版，第二四七五頁）唐宋以後，常有人懷疑左丘明作《左傳》之說，甚至有人認為《左傳》為漢代劉歆偽造（劉逢祿《左氏春秋考證》「惠西元妃孟子」條，《皇清經解》經部總類，道光九年廣東學海堂刊，咸豐十年補刊本。康有為《新學偽經考》，中華書局一九五六年版，第八四頁）。《左傳》的著者不一定是與孔子同時的左丘明，但《左傳》不是一部偽書，寫定於戰國初期，這是學術界普遍認同的。

❺《左傳》記事，有序的編年迄於魯哀公二十七年（前四六八）。但最末一條記事，已涉及韓、趙、魏三家滅智伯事，此事發生在魯悼公十四年（前四五三）。《春秋》記事迄於魯哀公十四年（前四八一），《左傳》記事比《春秋》多出二十七年（參見《春秋左傳正義》卷六十，《十三經注疏》，中華書局一九八〇年版，第二一八三—二一八四頁）。

❻關於《春秋》敘事中寓有褒貶，前人論之甚詳。《史記・孔子世家》：「（《春秋》）據魯，親周，故殷，運之三代，約其文辭而指博。故吳楚之君自稱王，而《春秋》貶之曰『子』；踐土之會實召周天子，而《春秋》諱之曰『天王狩於河陽』。推此類以繩當世，貶損之義，後有王者舉而開之。《春秋》之義行，則天下亂臣賊子懼焉。」（《史記》卷四十七，中華書局一九八二年版，第一九四三頁）劉勰《文心雕龍・史傳》：「（《春秋》）褒見一字，貴逾軒冕；貶在片言，誅深斧鉞。」（見范文瀾《文心雕龍注》，人民文學出版社一九五八年版，第二八四頁）也有人認為，對於《左傳》的作者來說，「歷史顯然不僅僅是對一系列事件的羅列，它還意味著一種嘗試，即把所報告的種種孤立事件連繫起來，從混亂而不連貫的往事中找出某種道理和意義」（〔美〕王靖宇〈從《左傳》看中國古代敘事作品〉，見《《左傳》與傳統小說論集》，北京大學出版社一九八九年版，第三八頁）。

❼劉知幾《史通》卷八〈模擬〉：「蓋左氏為書，敘事之最。自晉已降，景慕者多。」（《史通通釋》，上海古籍出版社一九七八年版，第二二二頁）

❽洪順隆把《左傳》時間結構分為「直線結構」和「曲線結構」，具有一定的概括性（《《左傳》論評選析新編》（上），臺北中國文化大學出版部一九八二年版，第九一—九二頁）。張高評在其《《左傳》之文學價值》第九章〈為敘事文字之軌範〉中，概括前人評點《左傳》之說，歸納《左傳》有三十種敘法，雖稍嫌繁瑣，但亦可見《左傳》敘事法之豐富（臺灣文

史哲出版社一九八二年版，第一五〇—一五七頁）。近年來對《左傳》敘事邏輯的研究，更多關注到其中的文化蘊涵，如認為「追溯方法是《左傳》中特別重要而常見的敘事方法之一，它是春秋史官構建道德觀念的主要手段」（過常寶《先秦散文研究——早期文體及話語方式的生成》，人民出版社二〇〇九年版，第一六一頁）。

❾ 前人對《左傳》、《國語》等書虛擬情節，多有説解，而以錢鍾書之説深得文心，最為圓通：「或為密勿之談，或乃心口相語，屬垣燭隱，何所據依？如僖公二十四年介之推與母偕逃前之問答，宣公二年鉏麑自殺前之慨歎，皆生無傍證、死無對證者。注家雖曲意彌縫，而讀者終不厭心。……蓋非記言也，乃代言也，如後世小説、劇本中之對話獨白也。左氏設身處地，依傍性格身分，假之喉舌，想當然耳。」（《管錐編》第一冊，中華書局一九七九年版，第一六五頁）

❿ 孫綠怡將《左傳》中人物形象分為「累積型」和「閃現型」（見其《《左傳》與中國古典小説》上編〈《左傳》的文學價值〉，北京大學出版社一九九二年版，第三三頁）。

⓫ 張高評認為《左傳》善於刻畫人物個性，並列舉了書中描寫的有代表性的「善性」、「惡性」人物數十個（《《左傳》之文學價值》，臺灣文史哲出版社一九八二年版，第二〇四頁，第十二章〈為描繪神貌之逸品〉第二節「《左傳》之描繪人情」）。但王靖宇認為，《左傳》中的人物，大都是性格單一、缺少變化的「扁平」、「靜止」式的人物（《《左傳》與傳統小説論集》，北京大學出版社一九八九年版，第二八—三〇頁）。

⓬《國語》又被稱為《春秋外傳》（《漢書．律曆志》，中華書局一九六二年版，第一〇一三頁。王充《論衡．案書篇》，中華書局一八五四年版《諸子集成》第七冊，第二七七頁）。關於《國語》的作者，歷來爭論頗多。漢人認為是左丘明所作（見司馬遷《史記》卷一百三十，班固《漢書》卷三十）。漢以後，一直有人主張《國語》為左丘明作，但也不乏反對者，如晉人傅玄（《春秋左傳正義》卷五十九哀公十三年「乃先晉人」句下孔穎達疏引，見《十三經注疏》，中華書局一九八〇年版，第二一七一頁）、唐人趙匡（陸淳《春秋啖趙集傳纂例》卷一，《叢書集成初編》，上海商務印書館一九三六年版），等等。還有人認為左丘明採集列國之史，取其菁華，為《左傳》，先採集之草稿，時人共傳習之，是為《國語》（馬端臨《文獻通考》卷一百八十三「經籍」十引巽岩李氏語，光緒二十八年貫吾齋石印本）。此外，還有各種説法，譚家健〈《國語》成書時代和作者考辯〉一文，梳理了各種觀點，可參看（見《先秦散文藝術新探》，首都師範大學出版社一九九五年版，第一七九頁）。近年也有學者認為，《國語》是「語」類文體的集大成者，是對採自周、魯、齊、晉、鄭、楚、吳、越八國「語」著的總結彙編（過常寶《先秦散文研究——早期文體及話語方式的生成》，人民出版社二〇〇九年版，第一九八頁）。

⓭《戰國策》之名始定於劉向。劉向《戰國策書錄》：「所校中《戰國策》書，中書餘卷，錯亂相糅莒。又有國別者八篇，少不足。臣向因國別者，略以時次之，分別不以序者以相補，除複重，得三十三篇。」又云：「中書本號，或曰《國策》，或曰《國事》，或曰《短長》，或曰《事語》，或曰《長書》，或曰《修書》。臣向以為，戰國時，遊士輔所用之國，為之策謀，宜為《戰國策》。」（見《戰國策》，上海古籍出版社一九八五年版，第一一九五頁）除通行版本《戰國策》外，一九七三年在長沙馬王堆三號漢墓出土了類似《戰國策》的帛書，未標書名，共二十七章，其中有十章見於《戰國策》，有八章見於《史記》。除掉兩書之重複，僅十一章著錄過，其餘十六章皆佚書，有相當重要的史料價值。

⓮繆文遠在其《戰國策考辨》（中華書局一九八四年版）和《戰國策新校注》（巴蜀書社一九八七年版）的各章說明中，指出《戰國策》四分之一左右為虛構、依託之作。許多著名篇目，如《秦策一·蘇秦始將連橫》、《齊策一·鄒忌諷齊王納諫》、《趙策三·魯仲連義不帝秦》等，都是依託之作。

⓯徐中舒〈論《戰國策》的編寫及有關蘇秦諸問題〉（載《歷史研究》一九六四年第一期）、唐蘭〈司馬遷所沒有見過的珍貴史料〉、楊寬〈馬王堆帛書《戰國縱橫家書》的史料價值〉（二文見馬王堆漢墓帛書整理小組編《戰國縱橫家書》附錄，文物出版社一九七六年版）等，都曾論及《戰國策》中蘇秦事蹟記載多有錯誤，並非全是歷史事實。

⓰李文叔〈書《戰國策》後〉：「文辭之勝移之而已。」（見四部備要本《戰國策》附錄）

⓱《左傳》和《戰國策》說詞，呈現出不同風格。蔣寅、張宏生有同題論文〈《左傳》與《戰國策》中說詞的比較研究〉。蔣文認為：⑴在陳說方式上，《左》以情理服人，《戰》以聲勢奪人；⑵在陳說內容上，《左》持之有故，信而可徵，《戰》則杜撰寓言，間雜鄙俚；⑶在陳說態度上，《左》言詞懇切，彬彬有禮，《戰》強詞奪理，巧言令色；⑷在辭令風格上，《左》平實典重，委婉蘊藉，《戰》鋪張揚厲，誇飾鄙俗。張文則認為，《左傳》和《戰國策》辭令在表現形態上有文與野的不同，在層次邏輯上有密與疏的不同，在語言風格上有婉與恣的不同（《南京大學學報》一九八八年第一期，第一二〇頁、第一二八頁）。

⓲王覺〈題《戰國策》〉：「辯麗橫肆，亦文辭之最。」（見四部備要本《戰國策》附錄）

⓳據熊憲光統計，《戰國策》有寓言七十四則，其中有四則重複（熊憲光《戰國策研究和選譯》，重慶出版社一九八八年版，第八一頁，該書有附錄〈《戰國策》寓言故事總目〉）。

⓴張高評《《左傳》之文學價值》把《左傳》給予後世文學的影響，推崇到了極致，如其書章題即有「為文章體裁之集林」、

「為古文家法之宗師」、「為駢體文章之先河」、「為神話小說之原始」、「為通俗文學之遠源」、「為傳記文學之祖庭」、「為敘事文字之軌範」、「為說話藝術之指南」等。

㉑ 前人認為《史記》採用了《戰國策》九十餘條，不同的只有五六條（姚宏〈題《戰國策》〉、姚寬〈書《戰國策》後〉，見《戰國策》附錄，上海古籍出版社一九八五年版，第一二〇三、一二〇五頁）。

㉒ 陸游〈楊夢錫集句杜詩序〉：「前輩於《左氏傳》、《太史公書》、韓文、杜詩，皆通讀暗誦。雖支枕據鞍間，與對卷無異，久之，乃能超然自得。」（《渭南集》卷十五，見《陸放翁全集》，四部備要本）

㉓ 柳宗元〈答韋中立論師道書〉：「參之《國語》以博其趣。」（《全唐文》卷五七五，上海古籍出版社一九九〇年版，第二五七五頁）劉熙載：「呂東萊《古文關鍵》謂『柳州文出於《國語》』；王伯厚謂：『子厚非《國語》，其文多以《國語》為法。』余謂柳文從《國語》入，不從《國語》出。」（《藝概》卷一〈文概〉，上海古籍出版社一九七八年版，第二三頁）

第四章　《孟子》、《莊子》等先秦說理散文

《尚書》中的記言文字，已初具說理文的論說因素。我國古代說理文體制的逐步形成，跟百家爭鳴以及諸子散文的出現和發展相一致。《論語》的語錄體在《墨子》中得到發展，《墨子》自覺的邏輯意識，爲說理散文的形成奠定了基礎。《孟子》對話式的論辯文邏輯嚴密，富有感染力。《莊子》以其豐富的寓言和奇崛的想像，成爲先秦說理文的瑰寶。《荀子》、《韓非子》中的專題論文，則標誌著我國古代說理文體制的完全成熟。

第一節　先秦說理文體制的逐步成熟

・語錄體和韻散結合體　・對話體和寓言體　・獨立成篇的專題論文

先秦時期，說理散文經歷了一個由萌芽到成熟的過程。儒家和道家的代表著作《論語》、《老子》，以其弘深的思想、詞約義豐的寫作特點，對後世說理散文有廣泛的影響。

《論語》記載孔子（前五五一—前四七九）及其弟子的言行，由孔子弟子及再傳弟子纂錄而成❶。《論語》編輯成書在戰國初年。《論語》每篇標題取自首章首句中的兩個字，各篇之間沒有時間的先後順序，每篇內各章之間也沒有共同的主題。作爲說理文，《論語》還很幼稚。不過，先秦說理文的一些文體特徵，在《論語》中已有萌芽。語錄體是《論語》文體的基本特徵，它或是記錄孔子的隻言片語，或是記錄孔子與弟子及時人的對話，都比較短小簡約，還沒有構成單篇的、形式完整的篇章。書中也有些較長的段落，如〈先進〉篇中「子路、曾皙、冉有、公西華侍坐」，詳細記載孔門師生間的一場談話，敘述清楚，有一定描寫，表現了人物的不同個性，作爲敘事記言文字，比較成功，但與說理文顯然還有一定距離。而〈季氏〉篇中「季氏將伐顓臾」裡孔子的幾段話，針對性強，層次清晰，具有說理文的某些特點。《論語》這種在對話中說理的形式，直接影響了先秦說理文的體制。但語錄體並不是《論語》文學價值的主要方面，《論語》的文學色彩在於表現了孔子及其弟子的形象、性格以及深刻平實、含蓄雋永的語言。

《論語》只記錄了孔子言行的一些片段，而非孔子一生的完整表現，但《論語》在對孔子言行舉止、生活習慣的記載中，表現了一個親切感人的文化巨人形象。此外，孔子弟子的形象在《論語》中也有反映，如耿直魯莽的子路、安貧樂道的顏回、聰明機智的子貢等。但輯錄者本意並非塑造人物形象、表現人物性格，語錄體寫人畢竟也有局限。《論語》的文學性還體現在以形象的語言來表達深刻的道理。如「子曰：『歲寒，然後知松柏之後凋也。』」（〈子罕〉）「子曰：『飯疏食，飲水，曲肱而枕之，樂亦在其中矣。不義而富且貴，於我如浮雲。』」（〈述而〉）等等，形象簡約地表達了深刻的哲理，令人回味無窮。《論語》中充沛的情感和豐富的語氣詞，使其語言更爲委婉❷。如「子曰：『賢哉，回也！一簞食，一瓢飲，在陋巷，人不堪其憂，回也不改其樂。賢哉，回也！』」（〈雍也〉）簡短幾句包蘊了真摯的情感，以及對顏回安貧樂道自在心境的讚賞。又如「子曰：『甚矣，吾衰也！久矣，吾不復夢見周公。』」（〈述而〉）「矣」、「也」等語氣詞的使用，把對自身的無限感慨和對周公的無限思慕，表現得意味深長。

《論語》語錄體的形式，言近旨遠、詞約義豐的說理，形象雋永的語言，使它成爲先秦說理文主要的形態。《老子》以韻文爲主，韻散結合的形式，是先秦說理文的另一形態。與《論語》出於孔門弟子纂錄不同，《老子》主要是老子自撰❸，它集中反映了老子的哲學思想，探討的是玄妙的形而上學問題。《老子》比《論語》更具抽象思維特質，它的文學性，主要源於哲學表述中反映的情感和具有詩意的語言。老子哲學的理論基礎是「道」，在探索宇宙原始，追尋萬物本源時，並未忘懷現實人生❹。《老子》一書中表現出了作者強烈的自我意識和憤世嫉俗的情感。其文章猶如一組詞意洗練的哲理詩，採用大量的韻語，排比、對偶句式，行文參差錯落，猶如魚龍曼衍，變化多端，像詩，也像歌謠，常以比喻來表現深刻的哲理。如第六章描寫「道」孕育萬物，生生不息的情狀云：「谷神不死，是謂玄牝。玄牝之門，是謂天地根。綿綿若存，用之不勤。」以形象的比喻表現玄妙的哲理，文氣跌宕流暢，句式連環相對。雖然就說理文文體來說，《老子》文本結構基本要素是格言、解釋，訓誡，還缺乏充分展開的論述，還不是結構完整的說理文，但它和《論語》都以注重情感和形象性，奠定了先秦說理文的基本特徵。

先秦說理散文，在語錄體的發展變化中逐步成熟。戰國中期的《孟子》散文也是語錄體，篇題仍是擷取首章首句的二三字，每篇也不是圍繞著一個主題來論述。全書不僅記錄孟子的隻言片語，更有一些章節就一個中心論點反覆論述，形成了對話體的論辯文。時代在孟子之前的《墨子》、和《孟子》同時代的《莊子》，則顯示出由語錄對話體向專論體過渡的跡象。《墨子》中反映墨子的主要思想和代表其說理風格的是〈尚賢〉、〈尚同〉、〈兼愛〉、〈非攻〉等十論❺。這些篇目的標題都概括了論述的中心思想，也許是編輯者所加；文章結構完整，層次清楚，不再是三言兩語的獨白或對話。《墨子》尚未完全擺脫語錄體的影響，大量的「子墨子曰」，表明這些仍是墨子後學對墨子講學之詞的記錄。只是這些語錄，段與段之間有密切的連繫，是在圍繞同一個論題加以論述，因而就再不是語錄的簡單連綴，而是有內在邏輯的論文，說理文體制在《墨子》中形成了。《莊子》中的許多篇章雖然圍繞論題仍有不少對話，但許多篇章不是整篇採用問答式的對話結構，而是以多則構思奇妙的寓言結構成文，並且在論述中，形象情感與邏輯思辨結合在一起，就文體形式來說，別具一格，可算是抒情性說理文。戰國末期，《荀子》、《韓非子》中的專題論文，標誌著說理散文體制的定型。荀、韓之文，往往是長篇大論，有一個標明全篇主旨的標題，論點明確，中心突出，論證精密，注意謀篇布局，結構渾然一體，表明我國說理文體制已經成熟。從此以後，專論體成為我國說理散文的主要形式。

第二節　《孟子》散文的藝術成就

・孟子和《孟子》一書　・縝密純熟的論辯技巧　・氣勢浩然的文風

《孟子》七篇主要記錄了孟子（前三七二—前二八九）的談話，是孟子和其弟子共同著作的❻。該書反映了孔子以後，最重要的儒學大師孟子對儒家學說的繼承和發展，表現了孟子的思想和理論，千百年後，人們仍能清晰地感受到孟子的個性、情感和精神，看到一個大思想家的鮮活形象。這正是《孟子》千百年來一直具有無窮魅力的重要原因之一。遊說諸侯，進行政治活動，宣傳自己行王道、施仁政的政治主張，是孟子一生的主要活動內容。在此過程中，孟子表現出鮮明的個性特徵。孟子初到齊國，齊王以有病為託詞，不親自來諮詢政事，而是派人召見他，孟子也辭以疾，不去朝見。次日卻出弔東郭氏，故意表明自己其實並沒有病。齊王派人來問病，孟仲子一面替他周旋，一面要求孟子不要回家，趕快去朝見，孟子仍然不去（《公孫丑下》），堅持非禮之召則不往，表現出傲岸的個性，這說明，戰國時期的士具有相當高的社會地位❼。孟子仕於齊，極力向齊宣王宣傳自己的「仁政」理論，希望齊宣王推行「仁政」，讓黎民百姓不飢不寒，從而實現天下大治。這種積極推行自己的政治主張，藐視統治者，鄙視權勢富貴，希望能夠消除世亂、救民於水火之中的熱忱，是孟子遊說諸侯的原因所在，也是孟子精神世界最具閃光點的方面。正是這種精神境界，才使他具有剛正不阿、大膽潑辣的個性特點。書中還記錄了孟子和其他學派的代表人物的論辯。在這些論辯中，孟子攻乎異端，感情畢露，有明晰的說理、逐層的批駁，層層進逼，氣勢凌人，也有偏激的言詞、幽默的諷刺，甚至破口大罵，同樣反映了孟子激越的情感和剛直的個性。

長於論辯，是《孟子》散文的特徵。孟子曾說：「予豈好辯哉？予不得已也。」（〈滕文公下〉）在百家爭鳴的時代，要闡明自己的觀點，維護自己的立場，批評其他學派，就不得不進行論辯。事實上，好辯不僅是《孟子》的特徵，《墨子》、《莊子》、《荀子》、《韓非子》等莫不如此。先秦說理文的論辯術，由《墨子》開始，逐步走向成熟。《墨子》採用了類比推理、歸納推理等邏輯方法。其論辯中的邏輯思辨色彩，對先秦說理文的定型有一定的推動作用。但墨家重質輕文，《墨子》文章質樸無華，缺乏文采，不夠生動，從而使其論辯文雖邏輯嚴謹，文學意味卻不濃。《孟子》的論辯文，在邏輯上也許不如《墨子》嚴謹，但更具有藝術的表現力，具有文學散文的性質。

《孟子》中的論辯文，也巧妙靈活地運用了邏輯推理的方法。孟子得心應手地運用類比推理，往往是欲擒故縱，反覆詰難，迂迴曲折地把對方引入自己預設的結論中。如〈梁惠王下〉：

> 孟子謂齊宣王曰：「王之臣有託其妻子於其友，而之楚遊者，比其反也，則凍餒其妻子，則如之何？」
> 王曰：「棄之。」
> 曰：「士師不能治士，則如之何？」
> 王曰：「已之。」
> 曰：「四境之內不治，則如之何？」
> 王顧左右而言他。

先以兩個設問，使齊宣王順著自己的思路，得出兩個不言而喻的結論，而後類推下去，使齊宣王陷入自我否定的結論中而無言可對，只好「顧左右而言他」。利用對話體論辯文的特點，巧妙設問，緩緩道來，引人入彀，「辭不迫切而意已獨至」（趙岐《孟子章句．題辭》）。《孟子》這種特點在一些長篇論辯文中，更是表現得淋漓盡致。《孟子》對二難推理的靈活運用和機智的反應，使其論辯更有左右逢源之妙。如陳臻利用孟子在齊不受饋金，在宋、薛卻受饋金的矛盾態度，提出詰難：「前日之不受是，則今日之受非也，今日之受是，前日之不受非也，夫子必居一於此矣。」將孟子置於兩難境地，而孟子則以「皆是也」，肯定受與不受都對，都有理由，因為導致受與不受的條件不一樣（〈公孫丑下〉）。

「孟子長於譬喻」（趙岐《孟子章句．題辭》），在論辯中常用比喻，把抽象的道理用具體生動的形象表現出來。

孟子的比喻性推理，從邏輯上來說，有些未免牽強[8]，卻使孟子的論辯，富於形象性，具有極大的藝術感染力。《孟子》中的比喻，大都淺近簡短而貼切深刻，如「民之歸仁也，猶水之就下，獸之走壙也」（〈離婁上〉），以一個簡單的比喻，表現民眾歸仁的必然趨勢。再如，「以若所爲，求若所欲，猶緣木而求魚也」（〈梁惠王上〉），生動形象地揭示出欲以霸道達到「闢土地，朝秦楚，蒞中國，而撫四夷」（〈梁惠王上〉）的目的，是多麼荒唐可笑。這種簡短淺近的比喻，在《孟子》中大量運用。此外，《孟子》中也有少數就近取譬、生動有趣的寓言故事，如「齊人有一妻一妾」（〈離婁下〉），人物畢肖，結構完整，情節生動，具有很強的戲劇性，成功地以齊人言行譬喻官場中那班鑽營富貴利達之徒，諷刺他們的卑鄙無恥，揭露他們靈魂的醜惡。

氣勢浩然是《孟子》散文的重要風格特徵。這種風格，源於孟子人格修養的力量。孟子曾說：「我善養吾浩然之氣。」（〈公孫丑上〉）「養氣」是指按照人的天賦本心，對仁義道德經久不懈的自我修養，久而久之，這種修養昇華出一種至大至剛、充塞於天地之間的「浩然之氣」。具有這種「浩然之氣」的人，「說大人，則藐之」（〈盡心下〉），在精神上首先壓倒對方，能夠做到藐視政治權勢，鄙夷物質貪慾，氣概非凡，剛正不阿，無私無畏。寫起文章來，自然就情感激越，詞鋒犀利，氣勢磅礴。正如蘇轍所說：「今觀其文章，寬厚宏博，充乎天地之間，稱其氣之小大。」（〈上樞密韓太尉書〉）氣盛言宜，孟子內在精神修養上的浩然氣概，是《孟子》氣勢充沛的根本原因。同時，《孟子》大量使用排偶句、疊句等修辭手法，來加強文章的氣勢，使文氣磅礴，若決江河，沛然莫之能禦。

《孟子》的語言明白曉暢，平實淺近，同時又精練準確。和古奧難懂的《尚書》及銅器銘文顯然不同。它繼承發展《論語》、《左傳》、《國語》等開創的新的書面語言形式，形成了一種精練簡約、深入淺出的語言風格。可以說，後來統治了我國兩千多年的標準書面語，在《孟子》那裡已經成熟了。

第三節 《莊子》哲學思想的詩意表現

- 莊子和《莊子》一書
- 寓言爲主的創作方法
- 意出塵外、怪生筆端的想像和虛構
- 形象恢詭的論辯
- 富有詩意的語言

先秦說理文，最有文學價值的是《莊子》。《莊子》三十三篇，分爲內、外、雜三個部分。一般認爲，內篇是莊子所作。外篇、雜篇出於莊子後學[9]。莊子的身世不可確考，從《史記》本傳和《莊子》一書的記述中，可以大略知道一些。

莊子名周，戰國時期宋國蒙人[10]。曾做過漆園吏[11]。生活貧窮困頓，卻鄙棄榮華富貴、權勢名利，力圖在亂世保持獨立的人格，追求逍遙無待的精神自由。《莊子》哲學思想源於老子，而又發展了老子的思想。「道」也是其哲學的基礎和最高範疇，既是關於世界起源和本質的觀念，又是至人的認識境界。莊子人生就是體認「道」的人生。「天地與我並生，而萬物與我爲一。」（〈齊物論〉）精神上衝出渺小的個體，短暫的生命融入宇宙萬物之間，翱翔於「無何有之鄉」（〈逍遙遊〉），穿越時空的局限，進入無古今、無死生，超越感知的「坐忘」境界（〈大宗師〉）。莊子的體道人生，實爲一種藝術的人生，與藝術家所達到的精神狀態有相通之處[12]。這種哲學思想的表現形式，具有明顯的文學特質。

《莊子》中自稱其創作方法是「以卮言爲曼衍，以重言爲眞，以寓言爲廣」（〈天下〉）。寓言即虛擬地寄寓於他人他物的言語。人們習慣於以「我」爲是非標準，爲避免主觀片面，把道理講清，取信於人，必須「藉外論之」（〈寓言〉）。重言即借重長者、尊者、名人的言語，爲使自己的道理爲他人所接受，託已說於長者、尊者之言以自重。卮言即出於無心、自然流露之語言，這種言語層出無窮，散漫流衍地把道理傳播開來，並能窮年無盡，永遠流傳下去[13]。《莊子》一書，大都是用「三言」形式說理。這三種形式有時融爲一體，難以分清。「三言」之中，「寓言十九」（〈寓言〉），寓言是最主要的表現方式[14]。《莊子》內篇及外、雜篇中的許多篇目，都以寓言爲文章的主幹[15]。大量運用充滿「謬悠之說、荒唐之言、無端崖之辭」（〈天下〉）的寓言，使《莊子》的章法散漫斷續，變化無窮，難以捉摸。如〈逍遙遊〉前半部分，不惜筆墨，用大量寓言、重言鋪張渲染，從鯤鵬展翅到列子御風而行的內容，並非作品的主旨，只是爲了用他們的有待逍遙來陪襯、烘托至人的無待逍遙，而「至人無己，神人無功，聖人無名」這個主題句，卻如蜻蜓點水，一筆帶過。《莊子》結構線索上的模糊隱祕，並不意味著文章結構缺乏內在連繫，而是深邃的思想和濃郁的情感貫注於行文之中，形成一條紐帶，把看似斷斷續續的孤立的寓言與寓言之間，段與段之間聯結在一起，融爲一個有機體。〈逍遙遊〉的主題是追求一種「無待」的精神自由的逍遙境界[16]。文章先爲主題做鋪墊，然後是主題的闡發，最後結束在至人遊於無何有之鄉的嫋嫋餘音之中。內篇中的其他作品，也是在明確的內在主旨的統領之下，以各種各樣的寓言，從不同角度、不同層面，加以形象的展示，最後完全避開邏輯推理下判斷，而以抒情詩般的寓言作結。《莊子》內篇，可以說是哲理抒情散文。

《莊子》一書的文學價值，不僅寓言數量很多，全書彷彿是一部寓言故事集，還在於這些寓言表現出超常的想像力，構成了奇特的形象世界，「意出塵外，怪生筆端」（劉熙載《藝概・文概》）。《莊子》哲學思想博大精深，深奧玄妙，具有高深莫測、不可捉摸的神祕色彩，用概念和邏輯推理來直接表達，不如通過想像和虛構的形象世界來象徵暗示。同時，從「道」的立場來看待萬物，萬物等齊一體，物與物之間可以互相轉化。而且，莊子認識到了時間的無限、空間的無限、宇宙的無窮，他不僅站在個人的立場看待世界萬物，也站在宇宙的高度看待世界萬物，因而，《莊子》的想像虛構，往往超越時空的局限和物我的分別，恢詭譎怪，奇幻異常，變化萬千。北冥之魚，化而爲鵬，怒而飛，其翼若垂天之雲，水擊三千里，摶扶搖而上者九萬里（〈逍遙遊〉）。任公子垂釣，以五十頭牛爲釣餌，蹲在會稽山上，投竿東海，期年釣得大魚，白浪如山，海水震盪，千里震驚，浙江以東，蒼梧以北之人，都飽食此魚（〈外物〉）。宏偉壯觀，驚心動魄，寫盡大之玄妙。杯水芥舟，朝菌蟪蛄（〈逍遙遊〉），蝸角蠻觸（〈則陽〉），曲盡小之情狀。而骷髏論道（〈至樂〉），罔兩問影（〈齊物論〉），莊周夢蝶（〈齊物論〉），人物之間、物物之間、夢幻與現實之間，萬物齊同，毫無界限，想像奇特恣縱，偉大豐富，「晚周諸子之作，莫能先也」（魯迅《漢文學史綱要》第三篇〈老莊〉）。

《莊子》詭奇的想像，是爲了表達其哲學思想。「寓眞於誕，寓實於玄」（《藝概・文概》），是《莊子》的主要特徵。南海之帝儵和北海之帝忽爲了報答中央之帝混沌的款待之情，爲其日鑿一竅，七日而混沌死（〈應帝王〉），想像多麼奇特大膽。這個故事耐人尋味地說明了「有爲」之害。「頤隱於臍，肩高於頂，會撮指天，五管在上，兩髀爲脅」的畸形形象（〈人間世〉），怪誕而不可思議，所要表達的是忘形免害、無用即大用的思想。《莊子》中奇幻的想像，不僅形象地表達了他深邃的哲學思想，而且反映了他對現實社會的認識，充滿批判精神。蝸角之中，觸氏、蠻氏相與爭地，伏屍數萬，旬有五日而後返（〈則陽〉），想像誇張之奇，令人難以置信。而這正是戰國時期「爭地以戰，殺人盈野；爭城以戰，殺人盈城」（《孟子・離婁上》）這種社會現實的反映。曹商使秦，得車百乘，得意忘形，刻畫了不擇手段，謀取利祿，追求榮華富貴的小人嘴臉。舐痔破癰，正是對這種小人最爲辛辣尖刻的諷刺（〈列御寇〉）。而像「儒以詩禮發塚」（〈外物〉），對儒家詩禮的揶揄，也與聖知之法爲大盜守的批判相一致（〈胠篋〉）。「莊子文看似胡說亂說，骨裡卻盡有分數。」（劉熙載《藝概・文概》）《莊子》奇麗詭譎的藝術形象，是其哲學思想的反映，同時也是其深沉情感迂迴曲折的流露。《莊子》作者儘管主張忘情寡慾，心齋坐忘，但也有強烈的個性與感情。楚狂接輿歌中，表現出生於亂世的絕望和悲哀（〈人間世〉）；匠石運斤成風，流露了諍友惠子去世後，高山流水，無人再賞的孤獨和寂寞（〈徐無鬼〉）。

《莊子》以豐富的寓言和奇崛的想像，構成了瑰瑋詭的藝術境界，具有散文詩般的藝術效果，但《莊子》畢竟是哲理散文，和其他諸子說理文一樣，屬於議論文。只是它的說理不以邏輯推理為主，而是表現出形象恢詭的論辯風格。《莊子》常以寓言代替哲學觀點的闡述，用比喻、象徵的手法代替邏輯推理的論述。較少直接發表自己的觀點，表明自己的態度，而是讓讀者從奇特荒誕、生動形象的寓言故事中，去體味、領悟其中的哲理。而在論辯過程中，往往又表現出作者獨特的思辨能力。莊子站在相對主義的立場上提出的一系列命題，如齊是非、等壽夭、合同異等等，從形式邏輯上來說，都近於詭辯。《莊子》中一些比較純粹的議論文字，則注重邏輯推理，常運用演繹歸納等邏輯方法，層層推論。但若仔細考察其推論過程，在邏輯上並非十分嚴密。如〈馬蹄〉、〈駢拇〉、〈胠篋〉等篇，都以一個假言前提為基礎開始論述，但這些假言前提與推導出的結論，事實上並無必然的連繫⑰。《莊子》的論辯，與其說讀者是被其邏輯推理征服，不如說是被奇詭的藝術境界、充沛的情感感染。如〈逍遙遊〉末兩段，莊子與惠子辯有用無用，均為寓言。惠子先說大瓠「無用」，莊子認為他是拙於用大，又在寓言中再套寓言，以「不龜手之藥」，說明「所用之異」，無用即為有用。惠子再以大樗為例，說明莊子之言「大而無用」，莊子以狸狌跳梁，死於網罟為例，說明汲汲追求有用之害，然後是一段抒情意味十分濃厚的結束語：

> 今子有大樹，患其無用，何不樹之於無何有之鄉，廣莫之野，彷徨乎無為其側，逍遙乎寢臥其下，不夭斤斧，物無害者，無所可用，安所困苦哉？

不僅回答了惠子的「無用」之辯，而且十分形象，情感濃郁地描述出全篇所追求的心靈自由，精神無待的至人境界，眞是得魚忘筌，大辯不言。這樣的辯論，超越了形式邏輯的規則，進入了「無言無意之域」⑱。正因為這樣，莊子哲學充滿了詩意。

《莊子》的語言如行雲流水，汪洋恣肆，跌宕跳躍，節奏鮮明，音調和諧，具有詩歌語言的特點。清人方東樹說：「大約太白詩與莊子文同妙，意接而詞不接，發想無端，如天上白雲卷舒滅現，無有定形。」（《昭昧詹言》卷十二）《莊子》的句式錯綜複雜，富於變化，喜用極端之詞，奇崛之語，有意追求尖新奇特。如〈齊物論〉寫大風：

> 夫大塊噫氣，其名為風。是惟無作，作則萬竅怒呺，而獨不聞之翏翏乎？山林之畏隹，大木百圍之竅穴，似

鼻、似口、似耳、似枅、似圈、似臼、似洼者、似汙者。激者、謞者、叱者、吸者、叫者、譹者、宎者、咬者，前者唱于，而隨者唱喁。泠風則小和，飄風則大和，厲風濟則眾竅為虛，而獨不見之調調之刁刁乎？

既有賦的鋪陳，又有詩的節奏。而像〈逍遙遊〉末段那樣的文字，簡直就是抒情詩。

第四節　《荀子》和《韓非子》的議論文

・嚴謹詳密的論證　・犀利峭刻的議論　・植根現實的寓言

荀子，名況，字卿[19]。他與孟子都是孔子學說的正宗傳人。孟子繼承了孔子的仁義學說，荀子則繼承了孔子的禮樂學說，孟、荀各執一端以立論。孟子專就內在之仁，主張性善，荀子就外在之禮，主張性惡；孟子重義輕利，荀子重義不輕利；孟子專法先王，荀子兼法後王；孟子專尚王道，荀子兼尚霸道。《荀子》對先秦諸子百家學說有所批評，在批評各家的同時，又吸取百家學術的菁華，融會貫通，自成一家。荀子的學說範圍很廣，包括政治、哲學、經濟、文學等各方面，而且這些學說，都是和他所處的社會息息相關的。可以說，荀子是我國先秦時期集大成的思想家。《荀子》現存三十二篇[20]，是其學說的集中體現。這三十二篇絕大多數是說理散文。荀子另有一篇〈成相〉辭和一篇〈賦〉，對漢賦的產生有直接影響。

荀子認爲「君子必辯」（〈非相〉），特別強調論辯的重要性。因此，與先秦其他諸子一樣，荀子的說理文擅長論辯。但荀文以其說理的清晰、論辯的透闢、邏輯的周密，在先秦諸子說理文中別具一格。思想的深邃豐富、理論的系統嚴整，使其不僅單篇行文縝密，而且全書各章相互照應，論證嚴謹周詳。〈性惡〉篇開首即云：「人之性惡，其善者僞也。」提出了「性」和「僞」兩個概念。人的天性在耳目之慾，聲色之好，因而出現爭奪、殘賊、淫亂等現象，要改變這種現實，必須用禮義進行教化，使人從善，並明確界定「性」是「天之就也」，即先天自然本性。「僞」即人爲，「可學而能可事而成之在人者」，即後天通過禮義的學習而形成的道德觀念。區分了「性」和「僞」之後，再進一步論證「人之性惡明矣，其善者僞矣」。提出「聖人化性而起僞」，「故聖人之所以同於眾而不異於眾者，性也。所以異而過眾者，僞也」。「故聖人者，人之所積而致矣。」性惡論是荀子禮樂法術論的理論基礎，故而不僅此篇論述周密，而且與荀子的整個理論系統相一致。由於性惡，故須教育，教育當以禮義爲本；也由於性惡，故須施行賞罰，於是性惡論和隆禮重法的主張，就相互貫通，相輔相成。《荀子》在文辭上，也相互呼應，如〈禮論〉云：「性者，本始材樸也，僞者，文理隆盛也。」認爲性是一種原始材料，和〈性惡〉篇中認爲性是一種天然之情一致，而像〈勸學〉篇中「積善成德，而神明自得，聖心備焉」等觀點，也和「聖人化性起僞」的觀點息息相通。總之，荀子之文思理嚴整，論證全面。爲說明觀點，層層論述，反覆推詳，一篇中首尾一貫，一氣呵成，整體理論系統嚴密，各篇之間頗有照應，故而綿密嚴謹，恢弘博大，風格渾厚。

《荀子》大量運用日常生活中常見的事物爲譬喻，深入淺出，生動巧妙地把抽象的道理具體化、形象化，使深奧的理論淺顯易懂。如〈勸學〉篇，幾乎都是由引類譬喻重疊構成，並且譬喻的運用變化多端，或正反爲喻，或並列爲喻，辭采繽紛。《荀子》還喜歡用大量排比句法，或以韻語描寫、抒情，增強了氣勢，調協了音節，更富於說服力和感染力。

韓非（約前二八〇—前二三三）不僅是戰國時期法家的集大成者，也是戰國末期集諸子學說之大成的思想家[21]。他師承荀子，繼承了荀子的哲學和政治學說，進一步發展成爲刑名法術之學。他推崇老子，借鑑了老子的哲學思想，捨棄了老子的柔弱無爲，對「道」賦予法術的內涵，主張剛強有爲。他還繼承了前期法家的法、術、勢，並將三者冶爲一爐，形成了自己完整的思想體系。韓非著作搜集在《韓非子》中[22]，其文多是針對現實問題而發，對戰國時期的社會現實有冷峻的觀察，主張君主以法術威勢制人，嚴刑峻法治國，其文峻峭犀利，鋒芒畢露，咄咄逼人，所向披靡。如〈說難〉論述對人君諫說之難，順之以招禍，逆之而致禍，稍不留神便命喪身亡，列舉諫說的種種困難，提出針對不同情況，採取種種不同的進言方法，對社會和人君心理進行條分縷析，鞭辟入裡，縝密透徹，犀利刻削，入木三分。韓文中的長篇大論，如〈顯學〉、〈五蠹〉、〈孤憤〉等，都寫得波瀾壯闊，發揮得淋漓盡致。而短篇往往就一個問題深入論述，詞旨簡潔爽利。如〈難一〉、〈難二〉、〈難三〉、〈難四〉中的二十八個短篇，藉評論史實批駁不同意見，闡述自己的政治主張，駁論辯難，仍是其冷峻文風的體現。《韓非子》以論辯的透徹、邏輯的嚴密，成爲先秦說理散文論辯藝術的集大成者。

《韓非子》說理散文，最具文學意味的還是數量居先秦散文之首的寓言故事[23]。寓言在《戰國策》、《孟子》中還只是偶一用之，在《莊子》中雖連篇累牘，但都爲闡明一個中心思想，寓言仍只是議論說理文的一部分，而非獨立的文學體裁。韓非才開始有意識地系統搜集、整理並創作寓言，分門別類，輯爲各種形式的寓言故事集。像〈內儲說〉、〈外儲說〉、〈說林〉、〈喻老〉、〈十過〉，都是寓言專集。《韓非子》的寓言故事主要取材於歷史事蹟和現實，很少擬人化的動物故事和神話幻想故事，沒有超越現實的虛幻境界和人物㉔。和《莊子》中奇幻玄虛、怪誕神奇的寓言故事相比，風格截然不同。韓非寓言形象化地體現了他的法家思想和他對社會人生的深刻認識。他也像莊子一樣，取材於歷史，讓歷史人物說話，改變歷史人物的本來面目，使之反映自己的思想觀點。比如孔子，在《莊子》和《韓非子》中都一反其儒者面目。《莊子》的〈人間世〉和〈大宗師〉中論心齋和坐忘的孔子，是一個醉心於道學的形象；《韓非子・內儲說上》主張釋賞行罰的孔子，則是冷峻的法家形象。而取材於現實社會和民間故事的寓言，更是韓非對社會現象深入仔細觀察後提煉出的，如「鄭人買履」、「郢書燕說」（〈外儲說左上〉）等具有的諷刺力量，「矛與盾」（〈難一・難勢〉）等表現出的哲學智慧，都是韓非寓言思想深度的反映。

題材的平實，使韓非寓言不像莊子寓言那樣恢詭譎怪，但韓非寓言在藝術上並不平淡，而是構思精巧，描寫大膽，語言幽默，於平實中見奇妙，具有耐人尋味、警策世人的藝術效果。如〈外儲說左上〉「棘刺母猴」：

> 燕王徵巧術人。衛人請以棘刺之端為母猴。燕王說之，養之以五乘之奉。王曰：「吾試觀客為棘刺之母猴。」客曰：「人主欲觀之，必半歲不入宮，不飲酒食肉，雨霽日出，視之晏陰之間，而棘刺之母猴乃可見也。」燕王因養衛人，不能觀其母猴。鄭有臺下之冶者，謂燕王曰：「臣為削者也，諸微物必以削削之，而所削必大於削。今棘刺之端，不容削鋒，難以治棘刺之端。王試觀客之削，能與不能可知也。」王曰：「善。」謂衛人曰：「客為棘刺之㉕。」曰：「以削。」王曰：「吾欲觀見之。」客曰：「臣請之舍取之。」因逃。

故事情節波瀾起伏，跌宕生姿。三個人物各側重其性格的一端，燕王的昏庸、衛人的狡猾、冶者的聰明，都表現得單純鮮明，生動逼真。《韓非子》中的許多寓言，千百年流傳不衰。「守株待兔」（〈五蠹〉）、「矛與盾」（〈難一〉）、「濫竽充數」（〈內儲說上〉），以及「鄭人買履」、「畫鬼最易」、「買櫝還珠」（〈外儲說左上〉）等等，都以其豐富的內涵、生動的故事，成爲膾炙人口的成語典故，至今被人們廣泛運用。

第五節 先秦說理散文的歷史回響

・確立了說理文的體制和形象化的說理方式
・影響後世的創作風格
・提供了豐富的文學語言範式

先秦說理散文以其思想的深邃，在中國文化史上具有崇高的地位，成爲中國傳統文化的重要源泉。先秦說理散文對中國文學產生了深遠的影響，以儒、道爲代表的先秦說理散文，以其深厚的思想內涵和文化意蘊，確定了作家的人格理想，作品的審美風範，成爲中國古代文學的基石之一[26]。

先秦說理散文是我國散文創作的典範，它以成熟的說理文體制，形象化的說理方式，豐富多彩的創作風格和語言藝術，影響了後世的文學創作。

章學誠認爲：「周衰文弊，六藝道息，而諸子爭鳴。蓋至戰國而文章之變盡，至戰國而著述之事專，至戰國而後世文體備。」（《文史通義・詩教上》）說戰國時文章已變盡，未必符合實際，但後世的所有文體都能在戰國散文中找到先例或萌芽則是無疑的。先秦說理散文不僅標誌著說理議論文體的成熟，而且也包孕了寓言、小說等的因素。

先秦散文確立了說理文的體制。早期的語錄體和對話體，雖不是我國說理文體制的主流，但後代不乏類似之作。從揚雄模擬《論語》而作的《法言》，到後代的佛教語錄和理學家語錄，都與《論語》一脈相承，而以問答的形式進行論辯，在後代說理議論文中也不乏其例。成熟於戰國後期的專論體說理文，更是我國說理文的主要模式，不僅在體制上，而且在說理方法上，都對後代說理文有深遠影響。

先秦說理文主要是哲理散文和政論散文，但無論是表述對自然和人生的理性認識，還是闡發政治主張和學術觀點，都不僅依靠邏輯推理和抽象思辨來完成，還灌注了濃烈的情感，運用了生動的感性形象。先秦說理散文中，寄寓深刻的寓言、譬喻，常有抒情因素。這種形象性和抒情性，使先秦說理散文自身具有了文學意味，對後代散文的發展，具有積極的意義。不僅後代哲理政論文受其影響，頗有文學因素，而且，後代以描寫抒情爲主的文學散文也由此而孕生。

先秦說理散文中大量的寓言，本是爲說理而存在，但由於其自身深厚的意蘊和生動形象的藝術特徵，所以能夠脫離說理文字而獨立，由一種藝術表現手法，成爲一種文學樣式。其中的優秀之作，對我國古代小說的形成，具有不可忽視的作用。同時，先秦說理散文中，以對話的方式描寫人物，也爲後世小說提供了可資借鑑的藝術經驗。

先秦說理散文大都分析透徹，議論縱橫，而不同的作品，又各具特色，風格各異，直接影響了後世作家的創作風格。在後代許多文學巨匠的作品中，都可以看到不同風格的先秦說理文的影子。《孟子》之文深得唐宋古文家的推崇，他們的創作，亦深受孟子文的影響。「韓文出於《孟子》」，「東坡文亦《孟子》」，「王介甫文取法孟、韓」（均見劉熙載《藝概・文概》）。韓愈、蘇軾等人的文章氣勢磅礴，顯然與孟子文章有密切關係。蘇洵曾自評其文得「孟、韓之溫淳」（蘇洵〈上田樞密書〉）。莊子散文獨特的藝術風格，在不同時期的中國文學創作中都有所體現。魏晉南北朝時期遊仙詩、玄言詩、山水田園詩都和莊子思想及莊子散文藝術有淵源關係。從曹植的〈髑髏賦〉、阮籍的〈大人先生傳〉之類文章中，都可以明顯看出《莊子》的文風。唐代詩人中，李白超拔的想像力，豪放飄逸、意象奇特、大膽誇張的詩風，與《莊子》有一脈相承的關係。宋代文學家中，蘇軾最得《莊子》散文的神韻，劉熙載以爲蘇軾詩「出於《莊》者十之八九」（《藝概・詩概》）。豈止是詩，東坡的文和賦，也多從《莊子》來。古代小說戲曲創作也深受《莊子》散文藝術風格的啟示。從具有浪漫幻想色彩的《牡丹亭》、中國古典小說的巔峰之作《紅樓夢》中，都可以看到《莊子》散文藝術精神的靈動表現[27]。《荀子》和《韓非子》在文學史上的影響，較《孟子》、《莊子》稍遜。但在賈誼、晁錯、劉禹錫、王安石等人的創作中，也不乏荀文的風格。《韓非子》在先秦說理散文發展史上，處於集大成的地位，後代說理散文在體式上大都不能出其範圍。其散文風格，在後代許多作家的議論文中，也有表現，如柳宗元、王安石等人的文章，都是學習韓非之文的。

孔、孟、莊、荀、韓非等先秦諸子都是語言大師，先秦說理散文在語言藝術上的高度成功，豐富了漢語的表現力，爲我國文學語言的發展奠定了基礎。舉凡後世常用的語言修辭手法，如比喻、誇張、排比、對偶等，在先秦說理文中，都已有成熟表現，直接影響了後世的語言修辭。後世文學中或平實質樸、或華麗雕琢、或婉約雋永、或放縱恣肆的語言風格，在先秦說理文中都已可見端倪。而先秦說理散文，還爲後代文學創作提供了大量的詞彙和豐富的成語，其中有不少至今仍活在現代語言之中。

注釋

❶孔子，名丘，字仲尼，春秋時魯國陬邑（今山東曲阜東南）人。我國古代儒家學派的創始人，也是最有影響的思想家和教育家。其先是西周宋國貴族，至其曾祖孔防叔始遷魯國。父叔梁紇曾為魯國陬邑之邑宰。孔丘小時貧賤，長大後曾為委吏、乘

田等管理倉庫和牲畜的小吏。十五歲時，孔子立志於學。三十多歲時，已通曉「六藝」，收徒講學，打破了學在官府的慣例，實行有教無類。一生弟子多達三千，高足七十二人。三十五歲離魯適齊，約兩年後返魯。五十一歲時任中都（山東汶上縣西）宰，次年升任司空、大司寇。前後為官約四年。五十五歲時，開始率弟子周遊列國十四年，先後至衛、陳、曹、宋、鄭、蔡等國，六十八歲時，回到魯國，七十三歲卒於魯（事蹟詳見《史記》卷四十七〈孔子世家〉，中華書局一九八二年版，第一九〇五頁）。

孔子本是一個有政治理想的人，但他的仕魯和周遊列國，均以失敗告終。孔子的政治理想是推行禮治德政，其學說的核心是「禮」和「仁」。他一生汲汲於從政行道，都沒能達到目的，退而從事文獻整理和著述。為傳播和保存古代文化典籍做出了重要貢獻。他所創立的儒學思想形成了我國封建時代文化的核心，是我國民族文化精神形態的表現。

《漢書‧藝文志》：「《論語》者，孔子應答弟子時人及弟子相與言而接聞於夫子之語也。當時弟子各有所記，夫子既卒，門人相與輯而論纂，故謂之《論語》。」（《漢書》卷三十，中華書局一九六二年版，第一七一七頁）西漢時，《論語》有今文《齊論語》、《魯論語》和《古文論語》三種本子。西漢末張禹以《魯論語》為基礎，綜合《齊論語》和《古文論語》，為《張侯論》。今本《論語》基本上就是《張侯論》。何晏《論語集解》是現存《論語》的最早注本。此外，朱熹《論語集注》、劉寶楠《論語正義》也很著名。

❷譚家健《《論語》的文學價值和影響》，引中國社會科學院文學研究所計算機室編「《論語》資料庫」統計，《論語》中「也」、「矣」、「乎」、「焉」、「哉」等語氣詞分別出現五百三十二、一百八十一、一百五十八、八十八、六十一次（見《先秦散文藝術新探》，首都師範大學出版社一九九五年版，第四九頁）。

❸老子其人其書，屢見於先秦典籍。《史記》卷六十三亦有四百多字的記述。但老子的生平事蹟仍是撲朔迷離，引起後人許多爭論。有幾點應當是比較確定的：老子，楚國人，姓李，名耳，字聃，曾任周守藏史。孔子曾與老子相會，並向老子問禮，由此推斷老子應與孔子同時，而年歲稍長於孔子。後見周衰，遂去周而行，過函谷關，應關令尹喜之請，著《道德經》五千言，莫知所終（《史記》卷六十三，中華書局一九八二年版，第二一三九頁）。

一般認為，與先秦其他諸子著作多出於一個學派合力編纂不同，《老子》主要由老子自撰，只有少數語句出於後學增補。但近年也有學者認為，《老子》是搜集來的「語」類文獻的彙編，在彙集時老子根據自己的思想進行了精心選擇，甚至有創作的成分（過常寶《先秦散文研究——早期文體及話語方式的生成》，人民出版社二〇〇九年版，第二一二—二二一頁）。《論語》、《墨子》等已見引用《老子》之語，故其成書年代不會晚於戰國初期。《老子》分上下卷，上卷以講「道」開始，下卷以講「德」開端，故又稱《道德經》。一九七四年在長沙馬王堆漢墓發掘出兩種帛書《老子》寫本，則是以「德經」為上卷，「道經」為下卷。王弼《老子注》是千百年來流傳最廣的注本。

❹徐復觀說：「在我國傳統思想中，雖然老莊較之儒家，是富於思辨的形而上學的性格，但其出發點及其歸宿點，依然是落實於現實人生之上。」（《中國藝術精神》，春風文藝出版社一九八七年版，第四〇頁）陳鼓應說：「老子的整個哲學系統的發展，可以說由宇宙論伸展到人生論，再由人生論延伸到政治論。然而，如果我們了解老子思想形成的真正動機，我們當可知道他的形而上學只是為了應合人生與政治的要求而建立的。」（〈老子哲學系統的形成〉，見《老子新論》，上海古籍出版社一九九二年版，第三頁）

❺墨子名翟，魯國人（或說宋國人），生卒年不可確考。《漢書・藝文志》說其「在孔子後」。《後漢書・張衡列傳》李賢注引《衡集》說墨子「當子思時，出仲尼後」（《後漢書》卷五十九，中華書局一九六五年版，第一九一三頁）。孫詒讓《墨子年表》則說他生活在周定王初年（前四六八以後），至安王之季（前三七八以前）（《墨子閒詁・後語》，《諸子集成》第四冊，中華書局一九五四年版，第一三頁）。墨子的行跡，散見於《墨子》及其他先秦典籍中，大約他是一位手工業者出身的「士」。他收徒講學，曾仕於宋，為大夫，遊歷各諸侯國，宣傳其學說。《淮南子・要略》云：「墨子學儒者之業，受孔子之術。」此說出處難考，但可見應是儒者出身，後來在思想理論上與儒家分庭抗禮，創立了有很大影響的墨家學派，世稱顯學。

《墨子》是墨家學說總集，不是墨子自著，而是門人弟子撰述。《漢書・藝文志》記載《墨子》七十一篇，今本只存五十三篇。關於這五十三篇的時代和作者情況頗為複雜。大約〈尚賢〉、〈尚同〉等《墨子》十論二十四篇，是墨子講學的紀錄，集中反映了墨子學說和其說理文的特點，而被稱為《墨辯》的〈經上〉、〈經下〉、〈經說上〉、〈經說下〉、〈大取〉、〈小取〉是後期墨家作品。〈耕柱〉、〈貴義〉、〈公孟〉、〈魯問〉、〈公輸〉係語錄對話彙編。〈親士〉、〈修身〉、〈所染〉、〈悟儀〉、〈七患〉、〈辭過〉、〈三辯〉是弟子們發揮墨子學說的雜論。〈備城門〉等十一篇討論防禦術和守城設施。孫詒讓《墨子閒詁》是今見最好的注本。

❻孟子，名軻，戰國中期鄒（今山東鄒城東南）人。或說其先為魯國貴族孟孫氏，時其家已衰落，幼年家境貧寒。受業於孔子之孫孔伋（子思）的門人，是戰國時期的儒學大師。孟子繼承發展了孔子的學說，主張施仁政，行王道。為推行其政治理想，先後遊說過齊威王、宋王偃、滕文公、梁惠王、齊宣王等。在齊曾一度為客卿，在其他各國也受到禮遇，但他的仁政學說不合戰國時期急遽變化的時代要求，被認為是迂闊而不近情理，未能實行。晚年回到鄒，專心於授徒和著述（見《史記・

孟子荀卿列傳》，中華書局一九八二年版，第二三四三頁）。《孟子》是孟軻及其弟子共同寫定的。《史記．孟子荀卿列傳》載，孟子「退而與萬章之徒序《詩》、《書》，述仲尼之意，作《孟子》七篇」。《漢書．藝文志》則著錄《孟子》十一篇。趙岐《孟子章句．題辭》：「又有外書四篇，〈性善辯〉、〈文說〉、〈孝經〉、〈為政〉，其文不能弘深，不與內篇相似，似非《孟子》本真，後世依仿而託之者也。」（《孟子正義》第九頁，《諸子集成》第一冊，中華書局一九五四年版）今本《孟子》七篇，偽出的四篇已佚。東漢趙岐《孟子章句》是最早的注本。朱熹《孟子集注》和焦循《孟子正義》也很有影響。

❼余英時〈古代知識階層的興起與發展〉對戰國時期士的地位有論述，可參看（見《士與中國文化》，上海人民出版社一九八七年版，第二頁）。

❽有些學者分析《孟子．梁惠王上》「齊桓晉文之事」章時，認為孟子運用比喻推理，是有意避開理論上的困難。這些比喻和類推邏輯結合在一起，不符合同類相比的邏輯法則。認為其推論，與其說是具有邏輯說服力，不如說是利用比喻形象之間的巨大差別而造成的感染力（參見趙明主編《先秦大文學史》，吉林大學出版社一九九三年版，第七九三—七九四頁）。

❾司馬遷稱莊子「著書十餘萬言」（《史記》卷六十三，中華書局一九八二年版，第二一四三頁），《漢書．藝文志》稱「《莊子》五十二篇」。晉時郭象在古本五十二篇的基礎上，刪去十分之三，並為之作注，流傳下來，成為定本，即今本《莊子》。古本唐以後散佚。今本《莊子》和古本《莊子》司馬彪注本，都有內、外、雜篇之分。內、外、雜之劃分，一般認為是郭象所為，或認為是淮南王劉安及其學者門客，或認為是劉向。持此說者認為內七篇的篇名也出於劉向之手。崔大華《莊學研究》對此有辨析（人民出版社一九九二年版，第五二—五五頁），可參看。《莊子》的作者，宋以前一般認為是莊周。從蘇軾開始懷疑《雜篇》中的〈盜蹠〉、〈漁父〉、〈讓王〉、〈說劍〉非莊子所作。此後，歷代關於莊子內、外、雜篇的時代、作者爭論紛紜，一般認為，內篇為莊子所作，時代也早於外、雜篇。也有學者認為，內篇晚於外、雜篇，外、雜篇代表莊子思想，內篇代表後期莊學思想（任繼愈主編《中國哲學發展史（先秦）》，人民出版社一九八三年版，第三八六頁）。還有學者認為，研究《莊子》應以〈逍遙遊〉、〈齊物論〉為依據，打破內、外、雜篇的界限（馮友蘭《中國哲學史新編》，人民出版社一九六五年版，第三六七頁）。劉笑敢主張內篇在前，基本為莊子作，並對其他各說進行了辨析（《莊子哲學及其演變》，中國社會科學出版社一九八八年版，第三二頁），可參看。

❿莊子的生卒年，說法眾多。任繼愈歸納為五種（〈莊子探源〉，載《哲學研究》一九六一年第二期，第五六頁），各種說法

的年代範圍，大體都在西元前三七五年到前二七五年期間。莊子故里，《史記》本傳只說是「蒙人」，蒙屬何國，在何地，亦有多種說法。漢代學者一般認為，蒙在戰國時屬宋國，其地大約在今河南商丘。也有人認為蒙是楚地，即今安徽蒙城，莊子是楚國人。還有莊子是齊人、魯人等說法。通常以漢代學者之說為是。

⓫漆園，《史記》以來，人們多認為是邑名。莊子為漆園吏，是說莊子做過漆園的邑吏。近人亦有認為是漆樹之園的，認為漆園吏就是管理漆樹的小吏（楊寬《戰國史》，上海人民出版社一九八〇年版，第五四頁）。還有學者根據一九七五年湖北雲夢睡虎地出土的秦簡《秦律雜抄》，認為漆園吏是指莊子曾任管理漆園種植和漆器製作的吏嗇夫（崔大華《莊學研究》，人民出版社一九九二年版，第一三頁）。

⓬徐復觀認為，莊子之道與人生體驗相結合而得到了悟時，存在一種藝術精神，而這種藝術精神成就了藝術人生（《中國藝術精神》，春風文藝出版社一九八七年版，第四四、四九頁）。鄭峰明則說莊子的哲理，不只成就了藝術人生，更是所有藝術創作的指標（《莊子思想及其藝術精神之研究》，臺灣文史哲出版社一九八七年版，第一〇六頁）。

⓭本書採用的是有關「三言」的傳統說法。關於「三言」還有多種解釋，如有人認為「寓言」是借道家以外的儒墨之言來宣道，「重言」是增益之言，「卮言」是矛盾之言（孫以楷、甄長松《莊子通論》，東方出版社一九九五年版，第八—九頁）。又有人認為「卮言」即「優語」，「卮言」和「寓言」都是優人的滑稽表演（過常寶《先秦散文研究——早期文體及話語方式的生成》，人民出版社二〇〇九年版，第三一一—三一七頁）。

⓮《莊子・寓言》篇中，自稱「寓言十九，重言十七，卮言日出，和以天倪」。《史記》卷六十三則說莊子「著書十餘萬言，大抵率寓言也」。「十九」和「十七」的比例頗令人疑惑。其實，寓言中也包含重言的。如姚鼐所說：「莊生書凡託為人言者十有其九，就寓言中，其託為神農、黃帝、堯、舜、孔、顏之類，言足為世重者，又十有其七。」（見王先謙《莊子集解》「寓言」篇「重言十七」句注，《諸子集成》第三冊，中華書局一九五四年版，第一八一頁）又，孫以楷、甄長松認為「寓言十九」、「重言十七」，是指《莊子》中莊子自著的內七篇有寓言十九條，重言十七條（《莊子通論》，東方出版社一九九五年版，第一一頁）。

⓯阮忠將《莊子》篇章之法概括為遊龍式、故事式、議論式三類。而認為最重要、最能體現莊子風格的是〈逍遙遊〉一類遊龍式章法（參看阮忠《莊子創作論》，中國地質大學出版社一九九三年版，第七八頁）。

⓰〈逍遙遊〉題旨有多種說法。郭象釋為：「夫小大雖殊，而放於自得之場，則物任其性，事稱其能，各當其分，逍遙一也。豈容勝負於其間哉？」支道林釋為：「夫逍遙者，明至人之心也。莊生建言大道而寄指鵬鷃，鵬以營生之路曠，故失適於體

外，鷄以在近而笑遠，有矜伐於心內。至人乘天正而高興，遊無窮於放浪，物物而不物於物，則遙然不我得，玄感不為，不疾而速，則逍然靡不適。此所以為逍遙也。」（見郭慶藩《莊子集釋》第一頁，《諸子集成》第三冊，中華書局一九五四年版）現代之解說更是紛繁。《莊子研究》收四篇有關〈逍遙遊〉題旨的文章（復旦大學出版社，一九八六年版，第三七二—四三四頁），討論了各種說法，並提出自己的觀點，可參看。

⑰阮忠說：「莊子的理論推導有很濃的主觀色彩，他沒有深入考慮論述在邏輯上的可行，而以直接比附取代客觀的邏輯過程。」（《莊子創作論》，中國地質大學出版社一九九三年版，第八六—八七頁）

⑱郭象注〈秋水〉篇「不期精粗焉」句下（郭慶藩《莊子集釋》第二五三頁，《諸子集成》第三冊，中華書局一九五四年版）。

⑲荀子名況，又稱荀卿、孫卿，生卒年不可確考，約在西元前二九八—前二三八年之間，趙國人。五十歲時，遊稷下學宮（應劭《風俗通》卷七記為十五歲），「最為老師」。曾「三為祭酒」。後至楚，春申君任為蘭陵令，其間曾回趙和入秦。後又回到楚國，春申君死後，荀況廢居蘭陵，著書以終。參見《史記・孟子荀卿列傳》。

⑳《荀子》三十二篇，《漢書・藝文志》、《隋書・經籍志》都記作《孫卿子》。〔唐〕楊倞為之注，始稱《荀子》，從〈勸學〉以下至〈賦〉二十六篇，是荀子自著。〈大略〉以下至〈堯問〉當是荀子門人弟子輯錄。王先謙《荀子集解》、梁啓雄《荀子簡釋》是通行的較為完備的注本。

㉑韓非為韓國公子，口吃，不能道詞，而長於撰述，為荀卿弟子。曾屢次上書諫韓王任用賢人富國強兵，韓王都不能用。「於是韓非疾治國不務修明其法制，執勢以御其臣下，富國強兵而以求人任賢……悲廉直不容於邪枉之臣，觀往者得失之變，故作〈孤憤〉、〈五蠹〉、〈內外儲〉、〈說林〉、〈說難〉十餘萬言。」（《史記》卷六十三，中華書局一九八二年版，第二一四七頁）其書傳到秦國，受到秦王嬴政欣賞，發兵攻韓求韓非，韓非入秦。後受李斯誣陷入獄，被害。

㉒《韓非子》，《漢書・藝文志》載有五十五篇，今本亦是五十五篇。大部分都出於韓非自著，但也有少量竄入的篇章。王先慎《韓非子集解》、陳奇猷《韓非子集釋》等注本可參看。

㉓公木說《韓非子》中有寓言三百四十則，位居諸子寓言之首（公木《先秦寓言概論》，齊魯書社一九八四年版，第一二九頁）。譚家健說為三百十餘則（譚家健《先秦散文藝術新探》，首都師範大學出版社一九九五年版，第一三八頁）。

㉔《韓非子》中的動物寓言很少，只有〈說林上〉的「涸澤之蛇」和〈說林下〉的「蟲有虺者」、「三虱相訟食彘」等。〈十過〉中的「晉平公好音」有點神奇色彩，但還不能說是神話。

㉕引文出自梁啓雄《韓子淺解》下冊（中華書局一九六〇年版，第二七五頁）。梁氏於文末有校釋語云：此文必多脫。《文選・魏都賦》注引《韓子》曰：「王曰：『客為棘刺之母猴，何以理之？』曰：『以削。』王曰：『吾欲觀客之削也。』客曰：『臣請取之。』因逃。」

㉖先秦說理散文（尤其是道家和儒家散文）對中國文學最深刻的影響在思想方面，限於本書體例，容不贅述。

㉗宋效永《莊子與中國文學》（江蘇教育出版社一九九五年版）側重論述了莊學思想和阮籍、陶淵明、謝靈運、李白、白居易、蘇軾、袁宏道、龔自珍等人文學思想的關係。

第五章 屈原與《楚辭》

戰國時期出現的楚辭，在中國文學史具有特殊的意義。它和《詩經》共同構成中國詩歌史的源頭。楚文化特殊的美學氣質，以及屈原不同尋常的政治經歷和卓異的個性精神，造就了光輝燦爛的楚辭文學。屈原是中國文學史上第一位偉大的詩人。

第一節 楚辭產生的文化政治背景

多種文化的交融　・楚文化的美學特點　・楚國的政治形勢

戰國時期，楚國在長江、漢水流域一度領有「地方五千里」的廣袤疆域❶，這裡到處都分布著江湖山巒，物產豐茂❷。在這片土地上生活著羋姓楚貴族和一些被羋姓貴族征服的濮、越、巴、蠻等南方部落集團。羋姓貴族源於中原的祝融部落，他們在夏商時期往南方遷徙，一直到周代初年，始定居於「楚蠻」之地，都丹陽❸。楚國雖然受封於周，但由於地處偏遠，沒有及時加入到周公制禮作樂的文化變革活動中，楚貴族也較多地保持著自身的文化傳統；楚地原住民直到戰國時期尙處在較爲原始的文化狀態之中，楚文化整體上顯得較爲落後，所以一直被中原諸國以蠻夷視之。但是，在春秋戰國時期，中原和楚國有著廣泛而頻繁的文化交流，所以，楚文化的主體部分和中原文化差別較小。

在社會制度和政治思想等方面，楚國和中原有很大的一致性。楚國雖然偏居南方，卻擁有「周之典籍」甚至「周大史」❹，再加上楚國士人自覺學習中原文化❺，所以中原禮樂文化在楚國具有相當高的地位。《國語・楚語上》記載，申叔時建議士亹用《詩》、《書》、《禮》、《易》、《樂》、《春秋》等教育太子，楚國的王公卿士在議事時也經常徵引《詩》、《書》中的話，這和當時中原的文化風氣是一樣的。和中原的文化交流在很大程度上影響了楚國貴族的政治理想、歷史觀念和價值取向。如晉楚邲之戰，楚莊王就認爲用兵的目的不在於炫耀武功，而在於「禁暴」、「安民」，符合中原的禮樂政治觀念。

在習俗文化和審美趣味上，楚國則明顯地表現出不同於中原文化的特點。後人概括楚國的文化爲「信巫鬼，重淫祀」（《漢書・地理志下》），是有一定道理的。這種崇尚巫風的習氣，既是夏商文化的遺習，更是當地土著民族的普遍風氣。巫風的蔓延，自朝廷到民間，無處不在。如楚靈王，史稱其「簡賢務鬼，信巫祝之道」，當吳人來攻，國人告急之時，猶「鼓舞自若」，不肯發兵（《新論・言體論》）。楚懷王亦是「隆祭祀，事鬼神」（《漢書・郊祀志下》），把破秦的希望寄託在鬼神身上，最終爲秦所敗。貴族階層崇信巫祭，現在出土的材料多有證明❻。而在南方土著聚居的「南郢之邑、沅湘之間」，更是巫風濃烈，「其俗信鬼而好祠，其祠，必作歌樂鼓舞以樂諸神」（王逸《楚辭章句・九歌序》）。巫文化對楚國審美風氣的影響是明顯的。楚地的藝術很興盛，而這些藝術很多與祭神有關，充滿了奇異的浪漫色彩。如王逸所記載的廟堂壁畫❼，楚「鳳夔人物帛畫」，刻畫在器物、帛畫上的楚舞造型，以及出土的編鐘等，都富有飄逸、豔麗、深邃等美學特點。

到戰國中期，楚國已經成爲當時領土最大的國家，諸侯國之間兼併激烈，根據當時列國的實力，有人認爲「橫則秦帝，縱則楚王」。但到楚懷王、楚襄王時期，楚國由盛而衰，不僅見欺於秦國，一再喪師割地，連楚懷王本人也被秦劫留而死。在楚國內部，政治越來越黑暗，貴族之間互相傾軋，奸佞專權，排斥賢能，楚國由此走向沒落。屈原正是在這種艱難的政治環境中顯示了自己的崇高品質，創造了名垂千古的文學巨製。

第二節　屈原的生平及創作

・屈原的生平和思想　・「楚辭」的涵義　・楚辭的編纂和屈原作品的眞僞

屈原，名平。根據〈離騷〉「攝提貞於孟陬兮，唯庚寅吾以降」，可推定屈原出生於楚威王元年（前三三九）正月十四日❽。屈原以上古帝王顓頊氏爲先祖，屬楚國公族。據《史記・屈原賈生列傳》，屈原曾任楚懷王左徒❾，他「博聞強志，明於治亂，嫻於辭令」，「入則與王圖議國事，以出號令；出則接遇賓客，應對諸侯」，對內主張舉賢任能，對外主張聯齊抗秦，深得楚懷王的信任。上官大夫靳尚出於妒忌，趁屈原爲楚懷王擬定憲令之時，在懷王面前誣陷屈原，懷王於是「怒而疏屈平」。此後，楚國一再見欺於秦，屈原曾諫請楚懷王殺張儀，又勸諫懷王不要往秦國和秦王相會，都沒有被採納。楚懷王死於秦後，頃襄王即位，屈原再次受到令尹子蘭和上官大夫靳尚的讒害，被頃襄王放逐，終投汨羅而死。

屈原除了在郢都任職外，有兩次飄蕩在外的經歷。一次是漢北，這是屈原在遭到楚懷王疏遠之時，自己離開了郢都。《九章・抽思》云：「有鳥自南兮，來集漢北。」但他在漢北仍不能忘懷君國故都：「唯郢路之遼遠兮，魂一夕而九逝。」另一次是在江南，歷經長江、洞庭湖、沅水、湘水等處，這是屈原遭頃襄王放逐之地。在長期的流放生活中，屈原積聚了深厚的悲痛和思念之情，並通過詩歌表達出來。可以說，他的大部分詩篇都是與漂泊生涯有關的。

根據《史記・屈原賈生列傳》的記載，屈原出於宗族感情，站在維護楚國的立場，主張聯合齊國對抗秦國。這不僅符合楚國的利益，同時也是符合中原傳統文化精神的[10]。因此，屈原對自己的理想和行爲充滿了信心和希望，但卻遭到讒佞小人和昏君的陷害，屈原對此充滿了哀怨、憤激之情，不得已而藉詩歌傾瀉出來。屈原的一生是堅貞不屈的悲劇性的一生，他的〈離騷〉、〈九歌〉、〈天問〉、〈招魂〉、〈九章〉等，都印記著他一生的心跡。

「楚辭」之名，始見於西漢武帝之時[11]，這時「楚辭」已經成爲一種專門的學問，與「六經」並列。〔宋〕黃伯思《翼騷序》云：「屈宋諸騷，皆書楚語，作楚聲，紀楚地，名楚物，故可謂之『楚辭』。」（陳振孫《直齋書錄解題》卷十五《楚辭類》引）這就是說，「楚辭」是指以具有楚國地方特色的樂調、語言、名物而創作的詩賦，在形式上與北方詩歌有較明顯的區別。《楚辭》中的〈九歌〉原爲楚地祭祀巫歌，它雖經屈原加工，但其楚文化特點仍然十分明顯。屈原的楚辭創作在很大程度上受到此類楚地民歌的啓發和影響，也就是說，楚地民歌是楚辭的一個重要源頭[12]。因此，南方祭歌那神奇迷離的浪漫精神，也深深地影響甚至決定了楚辭的表現方法及風格特徵。這是「楚辭」這一名稱所包含的又一層意蘊。由於楚辭和漢代賦作之間的淵源關係，所以屈原作品又有「屈賦」之稱。

西漢末年，劉向輯錄屈原、宋玉等人的作品，編成《楚辭》一書。《漢書・藝文志》記載屈原賦二十五篇，東漢王逸作《楚辭章句》，認爲屈原所作有〈離騷〉、〈九歌〉（十一篇）、〈天問〉、〈九章〉（九篇）、〈遠遊〉、〈卜居〉共二十四篇。至於〈漁父〉、〈大招〉，王逸「疑不能明」，持兩可的態度；還有〈招魂〉一篇，司馬遷在《屈原列傳》中明確說爲屈原所作，卻被王逸歸在宋玉名下。在《楚辭》的研究史上，除了〈離騷〉、〈天問〉、〈九章〉的部分篇章之外，其他諸篇的作者問題都引起過爭論。現在看來，〈大招〉是對〈招魂〉的模擬；〈遠遊〉中有濃重的求仙色彩，甚至採用了後世之典故，顯然出自漢人之手；〈卜居〉、〈漁父〉是後人爲追述屈原事蹟而作。基本可以肯定，這些都不是屈原的作品。此外，《九章》中部分詩篇，如〈思美人〉、〈惜往日〉、〈橘頌〉、〈悲回風〉等[13]，也曾遭到質疑。在證據不是十分充足的情況下，還是肯定《九章》皆爲屈原所作更爲適宜[14]。這樣，基本可以認定，王逸《楚辭章句》目錄中，除去〈遠遊〉、〈卜居〉、〈漁父〉、〈大招〉，屈原的作品共計二十三篇。正是這二十三篇奠定了屈原在文學史上的崇高地位。

第三節 〈離騷〉

・〈離騷〉解題 ・忠君與愛國 ・美政理想與身世之感 ・高潔堅貞的人格形象
・香草美人：象徵和意境 ・形式和語言

〈離騷〉是屈原的代表作，是帶有自傳性質的一首長篇抒情詩。全詩共三百七十多句，近二千五百字。「離騷」二字，古來有數種解釋。司馬遷認爲是遭受憂患的意思，他在《史記・屈原賈生列傳》中說：「〈離騷〉者，猶離憂也。」漢代班固在《離騷・贊序》裡也說：「離，猶遭也；騷，憂也。明己遭憂作辭也。」王逸解釋爲離別的憂愁，《楚辭章句・離騷經序》云：「離，別也；騷，愁也；經，徑也；言己放逐離別，中心愁思，猶依道徑，以風諫君也。」在歷史上影響較大的主要是這兩種[15]。因司馬遷畢竟距屈原的年代未久，且楚辭中多有「離尤」或「離憂」之語，「離」皆不能解釋爲「別」，所以司馬遷的說法最爲可信。〈離騷〉的寫作年代，一般認爲是在屈原離開郢都往漢北之時。《史記・屈原賈生列傳》說屈原因遭上官大夫靳尚之讒而被懷王疏遠，「屈平疾王聽之不聰也，讒諂之蔽明也，邪曲之害公也，方正之不容也，故憂愁幽思而作〈離騷〉」，也認爲〈離騷〉創作於楚懷王疏遠屈原之時。

〈離騷〉反映了屈原對楚國黑暗腐朽政治的憤慨，以及熱愛宗國願爲之效力而不可得的悲痛心情，也抒發了自己遭到不公平待遇的哀怨。全詩纏綿悱惻，感情十分強烈，他的苦悶、哀傷不可遏止地反覆迸發，從而形成了詩歌形式上迴旋複沓的特點。這種迴旋複沓，乍看起來好像無章次文理可循，其實是他思想感情激盪衝突的反映。〈離騷〉大致可分爲前後兩個部分。前一部分從開頭到「豈余心之可懲」。詩人首先自敘家世生平，認爲自己出身高貴，又出生在一個美好的日子裡，因此具有「內美」。他勤勉不懈地堅持自我修養，希望引導君王，興盛宗國，實現「美政」理想。但由於「黨人」的讒害和君王的動搖多變，使自己蒙冤受屈。在理想和現實的尖銳衝突之下，詩人表示「雖體解吾猶未變兮，豈余心之可懲」，顯示了堅貞的情操。後一部分極其幻漫詭奇，在向重華〔舜〕陳述心中憤懣之後，屈原開始「周流上下」，「浮游求女」，但這些行動都以不遂其願而告終。在最後一次的飛翔中，由於眷念宗國而再次流連不行。這些象徵性的行爲，顯示了屈原在苦悶彷徨中何去何從的艱難選擇，突出了屈原對宗國的摯愛之情。

一般認爲，〈離騷〉的主旨是愛國和忠君。司馬遷說：「雖放流，睠顧楚國，繫心懷王，不忘欲返。……一篇之中三致志焉。」（《史記‧屈原賈生列傳》）在〈離騷〉前一部分中，有不少「繫心懷王」的詩句，如「唯草木之零落兮，恐美人之遲暮」、「指九天以爲正兮，夫唯靈修之故也」等。詩中常用婚姻愛情比喻政治，如「曰黃昏以爲期兮，羌中道而改路。初既與余成言兮，後悔遁而有他」等，以這種男女感情不諧來比喻君臣疏遠的狀況。根據中國傳統的倫理習慣，棄婦的哀怨是以對夫君的忠貞爲前提的，所以，這些詩句可以解釋爲屈原的忠君。封建時代，國君在一定程度上被視爲國家的象徵，臣子只有通過國君才能實現自己的興國理想。所以，屈原的忠君是他愛國觀念的一部分。屈原的愛國之情，又是和宗族感情連在一起的。如他對祖先的深情追認，就是一種宗族感情的流露。屈原的愛國感情更表現在對楚國現實的關切之上，懷著使楚國富強的願望，屈原反覆勸誡楚王向先代的聖賢學習，吸取歷代昏君荒淫誤國的教訓，不要只圖眼前的享樂，而不顧嚴重的後果。如「啓〈九辯〉與〈九歌〉兮，夏康娛以自縱」，以及此後數句，列舉了夏啓、羿等由於「康娛自忘」而遭到「顛隕」的命運，警告楚王不要重蹈覆轍。他對那些誤國的奸佞小人也是充滿了仇恨，「椒專佞以慢慆兮，樧又欲充夫佩幃。既干進而務入兮，又何芳之能祗」。君昏臣佞使得楚國處境岌岌可危。對宗國命運的擔憂，發而爲嚴正的批判精神，這是〈離騷〉中非常值得珍視的地方。

在〈離騷〉中，屈原感慨道：「既莫足與爲美政兮，吾將從彭咸之所居。」表示將用生命來殉自己的「美政」理想。他的「美政」理想在一首抒情詩中當然不能詳盡表明，但從〈離騷〉中我們能約略知道一些主要內容，這就是明君賢臣共興楚國。首先，國君應該具有高尚的品德，才能享有國家。〈離騷〉云：「皇天無私阿兮，覽民德焉錯輔。夫維聖哲以茂行兮，苟得用此下土。」其次，應該選賢任能，罷黜奸佞。詩中稱讚商湯、夏禹「舉賢而授能兮，循繩墨而不頗」，並列舉了傳說、呂望、寧戚、伊尹等身處賤位卻得遇明君的事例，藉以諷諫楚王。另外，〈離騷〉批評現實道：「固時俗之工巧兮，偭規矩而改錯。背繩墨以追曲兮，競周容以爲度。」所謂「規矩」、「繩墨」顯示了屈原對制度法令的重視。修明法度也是其「美政」的內容之一。總之，相對於楚國的現實而言，屈原的「美政」理想更加進步，並符合歷史的發展趨向。當然，屈原念念不忘君臣的「兩美必合」、和諧共濟，還與他自己的身世之感有關。《史記‧屈原賈生列傳》說：「屈平正道直行，竭忠盡智以事其君，讒人間之，可謂窮矣。信而見疑，忠而被謗，能無怨乎？」楚王的猜忌和佞臣的離間，導致君臣乖違，事功不成，這是屈原悲慘人生的癥結所在。所以，他在詩中反覆地詠歎明君賢臣，實際上也是對楚國現實政治的尖銳批判，更是對自己不幸身世的深切哀歎，其中飽含著悲憤之情。

〈離騷〉塑造了一個堅貞高潔的抒情主人公的光輝形象：

進不入以離尤兮，退將復修吾初服。製芰荷以為衣兮，集芙蓉以為裳。不吾知其亦已兮，苟余情其信芳。高余冠之岌岌兮，長余佩之陸離。芳與澤其雜糅兮，惟昭質其猶未虧。……佩繽紛其繁飾兮，芳菲菲其彌章。民生各有所樂兮，余獨好修以為常。雖體解吾猶未變兮，豈余心之可懲！

這些香草和裝飾，隱喻了其奮發自勵、蘇世獨立的人格。「路曼曼其修遠兮，吾將上下而求索」，對理想的執著追求，則是其人格的外在顯現。探求的熱情和功業未就的焦慮，發而為對有限時間的珍視：「汩余若將不及兮，恐年歲之不吾與。」、「朝搴阰之木蘭兮，夕攬洲之宿莽。」惡劣的政治環境，使屈原陷入極端艱難的處境之中，但他卻以生命的摯誠來捍衛自己的理想：「余固知謇謇之為患兮，忍而不能舍也。」、「亦余心之所善兮，雖九死其猶未悔！」正是在這強烈自信和無所畏懼的精神的鼓舞下，屈原才能對楚王及腐敗的佞臣集團展開尖銳的批判：「怨靈修之浩蕩兮，終不察夫民心。」、「唯夫黨人之偷樂兮，路幽昧以險隘。」屈原的形象在〈離騷〉中十分突出，他那傲岸的人格和不屈的鬥爭精神，激勵了後世無數的文人，並成為我們的民族精神的一個重要象徵。

〈離騷〉最引人注目的是它的兩類意象：美人、香草。〈離騷〉中的美人一般被認為是聖君的象徵，如「唯草木之零落兮，恐美人之遲暮」；或象徵著賢臣，如「忽反顧以流涕兮，哀高丘之無女」；或是自喻，如「眾女嫉余之蛾眉兮，謠諑謂余以善淫」⑯。〈離騷〉中的美人描寫通常具有夫婦倫理的內涵，而早在西周、春秋時代發展起來的陰陽五行觀念裡，就把君和夫、臣和婦放在同樣的位置，所以夫婦倫理又是政治關係的象徵。屈原的美女形象，有時表達了君臣和諧的理想，有時又表達了不遇明君的悲傷。〈離騷〉中的夫婦之喻，不僅極其生動形象，而且使全詩在情感上哀婉纏綿，如泣如訴，十分感人。

〈離騷〉中充滿了種類繁多的香草，這些香草作為裝飾，支持並豐富了美人形象，它一方面指品德和人格的高潔；另一方面和惡草相對，象徵著政治鬥爭中正義的一方。前者如「扈江離與辟芷兮，紉秋蘭以為佩」，「朝搴阰之木蘭兮，夕攬洲之宿莽」，借用佩服或採摘香草來表達加強自己的修養；後者如「蘭芷變而不芳兮，荃蕙化而為茅。何昔日之芳草兮，今直為此蕭艾也」，「椒專佞以慢慆兮，椒又欲充夫佩幃」，借用香草變質、惡草當道來表達世道的衰敗。總之，〈離騷〉中的香草美人意象構成了一個複雜而巧妙的象徵比喻系統，使得詩歌蘊藉而且生動。

〈離騷〉後半描寫了詩人上下求索的歷程，也充滿了象徵的意義。第一次遠遊歷經多處神界，最後受阻於帝閽。第二次高翔，由於目睹故國而不忍離去。對這兩個情節的理解，一般根據「靈氛」所言「何所獨無芳草兮，爾何懷乎故宇」，認為象徵屈原試圖離開楚國另尋可以實現自己理想之處，但由於對宗國的留戀而終於不能成行。這兩次遠遊中都有十分壯麗的場景，試看這一段的描寫：

朝發軔於蒼梧兮，夕余至乎縣圃。欲少留此靈瑣兮，日忽忽其將暮。吾令羲和弭節兮，望崦嵫而勿迫。路曼曼其修遠兮，吾將上下而求索。飲余馬於咸池兮，總余轡乎扶桑。折若木以拂日兮，聊逍遙以相羊。前望舒使先驅兮，後飛廉使奔屬。鸞皇為余先戒兮，雷師告余以未具。吾令鳳鳥飛騰兮，繼之以日夜。飄風屯其相離兮，帥雲霓而來御。紛總總其離合兮，斑陸離其上下。吾令帝閽開關兮，倚閶闔而望予。時曖曖其將罷兮，結幽蘭而延佇。世溷濁而不分兮，好蔽美而嫉妒。

望舒先驅、飛廉奔屬、鳳凰承旂、蛟龍為梁，在這些神聖形象的支持下，屈原顯得如此從容、自由，他偉岸的人格也更加光輝燦爛，同時也顯出了對自己信念的執著，表現了對世俗的蔑視。因此，這兩次遠遊，既是一種象徵，又是屈原形象的一種折射。而詩中「周流求女」一節，注釋者歷來多有分歧[17]。從〈離騷〉的全詩來看，屈原所痛感的，一是君王昏庸，一是佞臣當政，屈原在現實中同時遭到昏君、佞臣兩者的排斥。也正是在這種絕境之中，屈原才開始「上下求索」的歷程。「求女」失敗之後，靈氛用「兩美必合」鼓勵他往別處尋覓。一次次求女不遂，是屈原的現實遭遇在詩中的投影。所以，「求女」在詩中應該象徵著對明君賢臣的嚮往，也表現了屈原雖在絕望之中，仍不放棄對自己的政治理想孜孜不倦的追求。

「香草美人」作為詩歌象徵手法，是屈原的創造，但它們又是與楚國地方文化緊密相關的。〈九歌〉是巫術祭歌，是楚地「信巫鬼，重淫祀」（《漢書・地理志》）的文化習俗的反映。〈九歌〉的基本情節是「人神戀愛」[18]，往往以人神戀愛的成功來象徵祭祀的成功，而人神交接的艱難，又使〈九歌〉充滿了悲劇色彩；香草作為獻祭或取悅神靈的飾物，在表層意義上是一種追求愛情的象徵，而它的內核又暗示著宗教的諸種情境；〈九歌〉既然描述的是人神之間的事，其中自然就假想了許多駕龍驂螭的飛升情節。屈原顯然是熟悉楚地民間祭祀文化的，民間文化中這些成熟的文學意象，必然會對他的創作產生影響。〈離騷〉中最耐人尋味的「求女」，與〈九歌〉中人神戀愛的情節頗有類似之處。至於香草和飛升的細節，與〈九歌〉中的一些描寫也很相似[19]。這些較為原始的楚地民間文化中的情節、意象不但被屈原藉以描述現實，同時也幫助屈原進入古代神話或原始宗教的情境之中，通過對來自歷史和人類心靈深處的激情的體驗，達到對現實的超越[20]。

相對於《詩經》，〈離騷〉在形式上也有新的特點。《詩經》的形式是整齊、劃一而典重的，而〈離騷〉則是一種新鮮、生動、自由、長短不一的新詩體。這種形式是建立在學習民間文學的基礎之上並由此發展而來的。屈原以前，楚地流行的民歌句式參差不齊，並且採用「兮」字放在句中或句尾，如《越人歌》（《說苑・善說》）。而與〈離騷〉有直接關係的則有〈九歌〉[21]。顯然，〈離騷〉學習借鑑了楚歌的形式特點。不僅如此，〈離騷〉還吸收了大量的楚地方言。黃伯思《翼騷序》云：「屈宋諸騷皆書楚語，作楚聲。」並且還舉「羌、誶、謇、紛、侘、傺」作楚語的例子，舉「頓挫悲壯，或韻或否」作楚聲的例子。〈離騷〉中的楚地方言還有很多，屈原採用這些楚地方言，增強了詩歌的形象性和生動性，同時，對「兮」等語助詞的多種方式的使用，促成了句式的變化，這些句式和委婉輕靈的楚聲相結合，很適合於各種不同情緒和語氣的表達。楚語還使〈離騷〉帶有濃郁的地方色彩，增加了生活氣息。

第四節　〈九歌〉、〈九章〉及其他作品

・〈九歌〉的巫祭文化背景　・纏綿哀婉的風格　・對唱的形式與戲曲的因素
・〈九章〉的記事、抒情與寫景　・〈天問〉和〈招魂〉

〈九歌〉也是《楚辭》中重要的作品，其幽微綿緲的情致和優美的詩歌形式深受後人的喜愛。關於〈九歌〉和屈原的關係，王逸《楚辭章句・九歌》曰：

> 〈九歌〉者，屈原之所作也。昔楚國南郢之邑，沅、湘之間，其俗信鬼而好祠。其祠，必作歌樂鼓舞以樂諸神。屈原放逐，竄伏其域，懷憂苦毒，愁思沸鬱。出見俗人祭祀之禮、歌舞之樂，其詞鄙陋，因為作〈九歌〉之曲，上陳事神之敬，下見己之冤結，託之以風諫。

這一段話大體說明，〈九歌〉原是流傳於江南楚地的民間祭歌，屈原加以改定而保留下來[22]。從現存的〈九歌〉看來，它的民間文化色彩十分濃郁，而屈原的個人身世、思想的痕跡倒並不重，〈九歌〉主要是南方巫祭文化的產物。

〈九歌〉共十一篇，與題目所示「九」不同，歷代學者對此有多種解釋[23]。根據聞一多的觀點，〈九歌〉首尾兩章

（即〈東皇太一〉和〈禮魂〉）分別爲迎、送神曲。中間的九章爲娛神曲，〈九歌〉因中間九章而得名[24]。他又認爲〈九歌〉所祭的神只有東皇太一，中間九章所寫的諸神、鬼皆是陪襯，是「按照各自的身分，分班表演著程度不同的哀豔的，或悲壯的小故事」，以取悅東皇太一。現在看來，〈禮魂〉爲送神曲可確定無疑，古今學者多有闡述。〈東皇太一〉從其神名可知其地位尊於他神，且描述也相對莊重，當是〈九歌〉主祭之神，其他爲陪祭。這九篇在形式上不同於〈東皇太一〉，更少拘束，它符合上古「索祭」之禮[25]。然而，從文學的角度而言，〈九歌〉的菁華卻在於中間九篇。關於這九篇的具體祭法或情節，朱熹《楚辭辯證》說：

> 楚俗祠祭之歌，今不可得而聞矣。然計其間，或以陰巫下陽神，以陽主接陰鬼，則其辭之褻慢淫荒，當有不可道者。

就是說，如果是女神，則以男巫招之；如果是男神，則以女巫招之。主要是藉男女戀情來吸引神靈，表達對神靈的嚮往。這樣，才有這一首首情致搖曳的歌辭。

〈九歌〉中，〈東皇太一〉爲至尊之天神，〈雲中君〉祭雲神豐隆（又名屏翳），〈湘君〉、〈湘夫人〉皆祭湘水之神（楚地以舜妃娥皇、女英附麗在她們身上），〈大司命〉祭主壽命之神，〈少司命〉祭主子嗣之神，〈東君〉祭太陽神，〈河伯〉祭河神，〈山鬼〉祭山神，〈國殤〉祭陣亡將士之魂，屬於人鬼[26]。從內容上說，〈九歌〉以描寫愛情爲主，但也表達了對神靈的讚頌和祭者的虔敬之情，還描述了陣亡將士的勇烈悲壯。如〈東皇太一〉就是一首頌讚之詞，寫得莊嚴富麗，與愛情無涉，顯示了主神和陪祭諸神的區別。〈雲中君〉、〈東君〉等，雖也有流連哀婉之詞，但較多的是對神靈的頌揚，如「暾將出兮東方，照吾檻兮扶桑」、「青雲衣兮白霓裳，舉長矢兮射天狼」（〈東君〉）等，詩中以無限敬仰之情描述了日神普照世界的壯麗氣勢，寫了它爲人類袪除災難的勇力，表達了祭祀者的美好願望。〈國殤〉以一場異常慘烈的戰爭過程，描述了將士們奮勇殺敵，以及面對死亡所表現出的凜然氣概。全詩節奏緊張，氣氛濃烈，化淒涼爲悲壯激越。詩云：「帶長劍兮挾秦弓，身首離兮心不懲。誠既勇兮又以武，終剛強兮不可凌。身既死兮神以靈，子魂魄兮爲鬼雄。」這些詩句不僅是對死者的頌揚，同時也是對生者的激勵，尤其是在楚國不斷兵敗地削的情形下，對這種獻身精神的歌頌實際是深沉的愛國情緒的自然流露。

〈九歌〉中最多最動人的還是對人神情感的摹寫，除〈東皇太一〉、〈國殤〉、〈禮魂〉外，其他各篇皆有這方面的內容。如〈少司命〉「悲莫悲兮生別離，樂莫樂兮新相知」，被王世貞推許爲「千古情語之祖」（《藝苑卮言》卷二）。〈湘君〉和〈湘夫人〉用以迎接湘水神的降臨，通篇描寫了巫與神雙方複雜的情感狀態。「橫流涕兮潺湲，隱思君兮陫側」（〈湘君〉），「沅有茝兮醴有蘭，思公子兮未敢言」（〈湘夫人〉），無論是巫還是神，他們都懷有十分眞摯的愛情，但是別多聚少的經歷又使他們變得很脆弱，所以，在希望和絕望的交織中，愛情表現得如此纏綿哀婉。從那些哀怨而又執著的傾訴之中，我們能深切地體會到人間愛情的種種哀愁和悲傷。〈山鬼〉是一首愛情的絕唱：

> 若有人兮山之阿，被薜荔兮帶女羅。既含睇兮又宜笑，子慕予兮善窈窕。乘赤豹兮從文貍，辛夷車兮結桂旗。被石蘭兮帶杜衡，折芳馨兮遺所思。余處幽篁兮終不見天，路險難兮獨後來。表獨立兮山之上，雲容容兮而在下。杳冥冥兮羌晝晦，東風飄兮神靈雨。留靈修兮憺忘歸，歲既晏兮孰華予。

美麗的山鬼披荔帶蘿，含睇宜笑，只能與赤豹、文狸相伴，強烈的孤獨感使她的愛情變得淒豔迷離，希望渺茫：「風颯颯兮木蕭蕭，思公子兮徒離憂」，描寫一種解不開的愁結，並寄予了深切的同情。〈九歌〉中所流露出的這種不可抑制的憂愁幽思，顯然契合了屈原的心態，所以不妨把《九歌》中所抒發的貞潔自好、哀怨傷感之情緒，看作是屈原長期放逐生活之心情的自然流露。

〈九歌〉具有明顯的表演性。首先它是歌、樂、舞三者合一的，從〈九歌〉中能看到不少對舞樂的描述，如〈東皇太一〉云：「揚枹兮拊鼓，疏緩節兮安歌，陳竽瑟兮浩倡。靈偃蹇兮姣服，芳菲菲兮滿堂。」即是對當時歌、樂、舞同時表演的記錄。其次，〈九歌〉中既有獨唱，又有對唱與合唱[27]，如〈湘君〉、〈湘夫人〉，男女雙方互表心跡，對唱的痕跡十分明顯。無論是歌、樂、舞三者一體，還是巫與神分角色演唱，都具有一定的戲曲因素，是後世戲曲藝術的萌芽。〈九歌〉在描寫人物心理方面十分細膩，除了那些一往情深的傾訴外，還敘寫了一些細節，如〈湘君〉言：「君不行兮夷猶，蹇誰留兮中洲？」由愛之深、思之切，而生焦慮疑惑之心，對痴情心態的描述可謂入木三分。此外，詩人善於用景物來襯托人物的心理狀態。〈湘夫人〉云：「帝子降兮北渚，目眇眇兮愁予。嫋嫋兮秋風，洞庭波兮木葉下。」這一淒清杳茫的秋景，構成了一個優美而惆悵的意境，成功地點染了抒情主人公的心境，被後人稱爲「千古言秋之祖」（明胡應麟《詩藪》內編卷一）。〈山鬼〉中眾多的景物描寫：林深杳冥，白日昏暗，淫雨連綿，猿啾狖鳴，風木悲號，營造了一種壓抑低沉的氣氛，眞切地表現了山鬼的孤獨和絕望之情。〈九歌〉的語言自然清麗，優美而富有韻味，節奏舒緩深沉，不論是寫情還是摹景，都能曲盡其態，有極強的表現力。在傳達悲劇性的意境中，尤能低徊婉轉，韻致悠長。後人讚之曰：「激楚揚阿，聲音凄楚，所以能動人而感神也。」（〔清〕陳本禮《屈辭精義・九歌》）

〈九章〉是屈原所作的一組抒情詩歌的總稱，包括〈惜誦〉、〈涉江〉、〈哀郢〉、〈抽思〉、〈懷沙〉、〈思美人〉、〈惜往日〉、〈橘頌〉、〈悲回風〉九篇作品。「九章」之名大約是西漢末年劉向編訂屈原作品時所加上的。〈九章〉的內容與〈離騷〉基本接近，主要是敘述身世和遭遇。朱熹說：「屈原既放，思君念國，隨事感觸，輒形於聲。後人輯之，得其九章，合爲一卷，非必出於一時之言也。」（《楚辭集注》卷四）其中〈橘頌〉當是屈原早期的作品，藉詠物以述志，以橘之「獨立不遷」、「深固難徙」、「蘇世獨立」的精神，砥礪自己的品質和情操。全篇比興，四言體，顯然是受《詩經》藝術手法的影響。〈抽思〉是屈原在漢北所作，故詩中有「有鳥自南兮，來集漢北」之句。其餘各篇皆是流放江南時所作，抒寫自己憂國傷時的情懷。〈哀郢〉中記述了流亡江南的路線，亦情亦景，憂思綿綿，其中多有身世之感。後半段情緒轉爲激烈，聲調慷慨，盡情地傾訴了自己的悲憤：

> 羌靈魂之欲歸兮，何須臾而忘反。背夏浦而西思兮，哀故都之日遠。登大墳以遠望兮，聊以舒吾憂心。哀州土之平樂兮，悲江介之遺風。……忽若不信兮，至今九年而不復。慘鬱鬱而不通兮，蹇侘傺而含戚。……亂曰：曼余目以流觀兮，冀壹反之何時！鳥飛反故鄉兮，狐死必首丘。信非吾罪而棄逐兮，何日夜而忘之！

其時秦已破郢，楚國處在危急之中，而屈原尚念念不忘故都，情感沉鬱憤慨，實是對楚國即將覆亡的哀歎。這種情緒幾乎貫穿於〈九章〉各篇。〈涉江〉則抒寫了自己義行高潔，而不爲世人所理解的悲哀，並表達了終不變心從俗的決心。詩云：「余幼好此奇服兮，年既老而不衰。帶長鋏之陸離兮，冠切雲之崔嵬。被明月兮珮寶璐。世溷濁而莫余知兮，吾方高馳而不顧。駕青虬兮驂白螭，吾與重華遊兮瑤之圃。登崑崙兮食玉英，與天地兮同壽，與日月兮同光。」汪瑗《楚辭集解》將其與〈惜誦〉相比曰：「前篇其志悲，此篇其志肆。」〈涉江〉表述自己的志向。詩中以奇異的服飾象徵品格的清高脫俗，文氣從容淡雅，舒暢跌宕。此外，〈懷沙〉、〈惜往日〉流露死志，大約作於赴淵前不久，也很感人。總之，〈九章〉較之〈離騷〉具有更多的紀實性，爲我們研究屈原生平思想提供了重要的材料。藝術上主要採取直接鋪敘、反覆抒寫的手法，所表現的情感較爲直接、奔放，浪漫色彩則略遜於〈離騷〉。

〈天問〉是《楚辭》中一首奇特的詩歌。所謂「天問」，就是列舉出歷史和自然界一系列難以理解的現象，對天發問，探討宇宙萬事萬物變化發展的道理㉘。詩中一共提出了一百七十二個問題，大致次序是先問天地之形成，次問人事之興衰，最後歸結到楚國的現實政治㉙，線索基本清楚。〈天問〉雖然記事龐雜，而思想傾向卻很明顯，尤其是在涉及天命和歷史盛衰時，很能顯示屈原的現實政治態度。如蔣驥所云：「其意念所結，每於國運興廢、賢才去留、讒臣女戎之構禍，感激徘徊，太息而不能自已。」（《山帶閣注楚辭・餘論》卷上）王夫之認爲〈天問〉「言雖旁薄，而要歸之旨，則以有道而興，無道則喪」（《楚辭通釋・天問》）。如〈天問〉云：「天命反側，何罰何佑？……皇天集命，唯何戒之？受禮天下，又使至代之。」對殷朝的興亡史發出了自己的感慨，認爲天命反覆無常，朝代的興亡不在天命而在人事。〈天問〉還流露出鮮明的情感色彩，如詩末數句道：「伏匿穴處，爰何云？荊勳作師，夫何長？悟過改更，我又何言？吳光爭國，久余是勝。何環穿自閭社丘陵，爰出子文？吾告堵敖以不長，何試上自予，忠名彌彰？」意謂遭到放逐在山洞裡隱藏，對國事還有什麼話好講！楚王追求功績興師動眾，國家命運如何能夠長久？楚王如能覺悟改正過錯，我對此又何必多說！吳王闔廬與楚長期爭戰，爲何吳國能經常獲勝？爲什麼在村頭丘陵幽會，淫亂私通生出子文？我說堵敖在位不會長久，爲何成王殺了國君自立，忠名更加顯著？一腔怨憤，發洩無餘。在一連串的問號後面，我們能夠感受到屈原那焦慮而急切的情感狀態，感受到他的失望和憤懣，以及孜孜不倦的求索精神。

〈天問〉以一個「曰」字領起，全詩幾乎都由問句組成，這在中國文學史上是罕見的。簡短而一問到底的句式，節奏明快而強烈，能有效地宣泄積蓄已久的激情，這是〈天問〉的特點。全詩基本上以四言句爲主，間以少量的五言、六言、七言；四句爲一組，每組一韻，也有極少數兩句一韻。全詩顯得整齊而不呆板，參差錯落，奇崛生動。

〈招魂〉是在懷王死後，屈原爲招懷王之魂而作㉚。全詩由引言、正文、亂辭三部分組成，內容主要是以宏美的屋宇、奢華的服飾、豔麗的姬妾、精緻的飲食以及繁盛的舞樂，以招徠楚懷王的亡魂。〈招魂〉可能是在招魂儀式中演唱的，但從那「魂兮歸來！反故居些」的呼喚聲中，也可以看到屈原對楚王之死的哀悼惋惜之情，而詩中「外陳四方之惡，內崇楚國之美」（王逸《楚辭章句》）的描述，似乎也與屈原的宗國情緒相一致。詩中顯示了豐富的想像力，採取了鋪陳的手法，根據其地域方位特點，營造出或險惡陰森或華美豪奢的意境，形成鮮明的對比，再加上詞藻繽紛富麗，頗有漢代大賦的氣象。除此而外，詩中亦有優美抒情的描述，如亂辭中所詠：「湛湛江水兮上有楓，目極千里兮傷春心。魂兮歸來哀江南！」

第五節 《楚辭》的流變與屈原的影響

・宋玉等楚辭作家　・屈原人格力量的垂範　・楚辭藝術形式的影響

《史記・屈原賈生列傳》云：「屈原既死之後，楚有宋玉、唐勒、景差之徒者，皆好辭而以賦見稱；然皆祖屈原之從容辭令，終莫敢直諫。」顯然，在屈原之後，還出現了一些深受屈原影響的楚辭作家。唐勒、景差無作品流傳下來㉛，只有宋玉有作品傳世。宋玉的生平與屈原有相似之處㉜，據《漢書・藝文志》載有辭賦十六篇。現在可以基本認定為宋玉所作的，有收入《楚辭》中的〈九辯〉，收入《昭明文選》中的〈風賦〉、〈高唐賦〉、〈神女賦〉、〈登徒子好色賦〉、〈對楚王問〉等㉝。

〈九辯〉是宋玉的代表作，其內容主要是抒發他因不同流俗而被讒見疏、流離失所的悲哀，批判了楚國黑暗的現實政治。作品委婉曲折地表達了對君王的忠誠和自己的怨苦之情，表現了對國家興亡的憂慮。其中頗動人的是對秋景的描寫：

悲哉秋之為氣也！蕭瑟兮草木搖落而變衰。憭慄兮若在遠行，登山臨水兮送將歸，泬寥兮天高而氣清，寂寥兮收潦而水清。憯淒增欷兮薄寒之中人，愴怳懭悢兮去故而就新。坎壈兮貧士失職而志不平，廓落兮羈旅而無友生。惆悵兮而私自憐。燕翩翩其辭歸兮，蟬寂寞而無聲。雁廱廱而南遊兮，鵾雞啁哳而悲鳴。獨申旦而不寐兮，哀蟋蟀之宵征。時亹亹而過中兮，蹇淹留而無成。

詩中刻畫了秋景的種種淒涼寂寞，並將其和自身的惆悵失意、冷落孤獨之情和諧地交織在一起，感人至深。中國文學史上影響深遠的「悲秋」主題，實由此發端。魯迅《漢文學史綱》謂：「〈九辯〉……雖馳神逞想，不如〈離騷〉，而淒怨之情實為獨絕。」〈九辯〉繼承了〈離騷〉的抒情傳統，把個人的身世之悲和對國家命運的關懷連繫在一起，形成悲憤深沉的風格特徵。

〈高唐賦〉、〈神女賦〉對後世也有很大的影響。它們分別寫楚懷王和楚襄王夢遇巫山高唐神女之事，內容相似。而前者以鋪陳高唐的景物風光為主，後者以描摹神女之美為主，都寫得情致縹緲，極富韻味。如寫高唐雨後之景，渲染其百川彙集，水石相激，聲振天際，猛獸因而奔逃，虎豹因而失氣，鷙鳥因而竄伏，魚鱉因而驚恐，把高唐險要、磅礴的氣勢繪聲繪色地表現出來。之後，又摹寫萬木繁茂，芳草叢生，風聲悠揚，眾鳥和鳴。張弛之間，跌宕生姿。又如〈神女賦〉對神女美貌、神態的描寫：

> 貌豐盈以莊姝兮，苞溫潤之玉顏；眸子炯其精朗兮，瞭多美而可觀；眉聯娟以蛾揚兮，朱唇的其若丹；素質幹之醲實兮，志解泰而體閒。既姽嫿於幽靜兮，又婆娑乎人間。宜高殿以廣意兮，翼放縱而綽寬。動霧縠以徐步兮，拂墀聲之珊珊。望余帷而延視兮，若流波之將瀾。奮長袖以正衽兮，立躑躅而不安。澹清靜其愔嫕兮，性沉詳而不煩。時容與以微動兮，志未可乎得原。意似近而既遠兮，若將來而復旋。

此篇不但寫神女容光煥發，體態閒雅，含情脈脈，來去恍惚，也寫她潔身自持，可慕而不可狎。文筆委婉曲折，狀貌傳神，肆意鋪陳，而且曲終奏雅，略陳諷諫之旨，已開漢大賦之先河。

此外，〈風賦〉、〈登徒子好色賦〉、〈對楚王問〉等都是歷代傳誦的名作，無不體物細緻，構思巧妙，極盡鋪陳之能事。宋玉的辭賦是在屈原的直接影響下創作而成的，並在文辭等形式方面有所發展。它們是由楚辭而至漢大賦的一個過渡階段。

屈原對後世有著積極而深遠的影響，司馬遷《史記·屈原賈生列傳》對屈原的人品、辭賦做了崇高的評價[34]：

> 其文約，其辭微，其志潔，其行廉，其稱文小而其指極大，舉類邇而見義遠。其志潔，故其稱物芳。其行廉，故死而不容自疏。濯淖汙泥之中，蟬蛻於濁穢，以浮游塵埃之外，不獲世之滋垢，皭然泥而不滓者也。推此志也，雖與日月爭光可也。

後世文人無不對屈原推崇備至，正如劉勰所說「其衣被詞人，非一代也」（《文心雕龍·辨騷》）。李白詩云：「屈平詞賦懸日月，楚王臺榭空山丘。」（〈江上吟〉），杜甫詩云：「竊攀屈宋宜方駕，恐與齊梁作後塵。」（〈戲為六絕句〉之五），皆表達了對屈原的敬仰之情。

屈原對後世影響最大的，是他那砥礪不懈、特立獨行的節操，以及在逆境之中敢於堅持真理，敢於反抗黑暗統治的精神。屈原的遭遇是中國封建時代正直的文人士子普遍經歷過的，因此，屈原的精神能夠得到廣泛的認同。如西漢賈誼因爲才高受嫉，謫遷長沙，作〈弔屈原賦〉，以屈原自擬。司馬遷向以「立德、立功、立言」自勵，「一心營職，以求親媚於主上」（〈報任安書〉），卻慘遭宮刑，司馬遷從「屈原放逐，著〈離騷〉」（《史記・太史公自序》）的事蹟中汲取了巨大的精神力量，完成了《史記》的撰述。可以說，哪裡有士子之不遇，哪裡就有屈原的英魂，屈原精神成了安頓歷代文人士子的痛苦心靈的家園。陸游報國無門，身老家中，慨然歎曰：「〈離騷〉未盡靈均恨，志士千秋淚滿裳。」（〈哀郢二首〉）「聽兒誦〈離騷〉，可以散我愁。」（〈沙市阻風〉）此外，清人屈大均詩云：「一葉〈離騷〉酒一杯，灘聲空助故城哀。」（〈弔雪庵和尚〉）黃任詩云：「無端哀怨入秋多，讀罷〈離騷〉喚奈何。……千古靈均有高弟，江潭能唱〈大招〉歌。」（〈讀《楚辭》作〉）由此可見，屈原以其卓越的人格力量和深沉悲壯的情懷，鼓舞並感召了後世無數的仁人志士。屈原由於其憂憤深廣的愛國情懷，尤其是他爲了理想而頑強不屈地對現實進行批判的精神，早已突破了儒家明哲保身、溫柔敦厚等處世原則，爲中國文化增添了一股深沉而剛烈之氣，培養了中國士人主動承擔歷史責任的勇氣。這是屈原及其辭賦對民族精神的重大貢獻。

屈賦的藝術成就深爲後人所推崇。魯迅《漢文學史綱要》說屈原的作品「逸響偉辭，卓絕一世」，「其影響於後世之文章，乃甚或在三百篇以上」。與《詩經》相比，楚辭在藝術上達到了一個新的境界，哺育了一代又一代的作家，對中國文學史產生了極其深遠而廣泛的影響。

首先，楚辭創造了一種新的詩歌樣式，這種詩歌形式無論是在句式還是在結構上，都較《詩經》更爲自由且富於變化，因此能夠有效地塑造更加複雜的藝術形象和抒發細膩或激烈的感情。就句式而言，楚辭以雜言爲主，突破了傳統的四言句式。就語言描寫而言，楚辭善於渲染、形容，詞語繁富，很重視外在形式的美感，這爲漢代賦體文學的產生創造了條件。

其次，楚辭突出地表現了浪漫的精神氣質。這種浪漫精神主要表現爲感情的熱烈奔放、對理想的追求，以及抒情主人公形象的塑造、想像的奇幻等。楚辭中另一浪漫特徵表現在它通過幻想、神話等創造了一幅幅雄偉壯麗的圖景。〈離騷〉中那一次次壯觀的天界之遊，望舒先驅，飛廉奔屬，想像極爲大膽奇特，使得屈原的自我形象顯得高大聖潔，激動人心。中國古代神話由於種種原因，傳世較少，而《楚辭》，尤其是〈天問〉是我國神話材料保存得較爲集中的。〈離騷〉、〈九歌〉、〈招魂〉中都有不少神話或神話形象，使得詩歌顯出縹緲迷離、譎怪神奇的美學特徵，爲李白、李賀等後世詩人所學習和繼承。再次，楚辭的象徵手法對後世的文學創作有重大影響。楚辭中典型的象徵性意象可以概括為香草美人，它是對《詩經》比興手法的繼承和發展，內涵更加豐富，也更有藝術魅力。如王逸所說：「善鳥香草，以配忠貞；惡禽臭物，以比讒佞；靈修美人，以媲於君；宓妃佚女，以譬賢臣；虬龍鸞鳳，以託君子；飄風雲霓，以為小人。」（《楚辭章句．離騷經序》）這種以男女君臣相比況的手法成了中國文學史上常見的創作手法。但楚辭中的香草美人意象又與一個深厚的巫祭傳統有關，它包含了原始宗教的情感體驗，如〈九歌〉中所體現的人神交接的艱難，以及苦苦追求的悲劇精神。由於屈原卓越的創造能力，使香草美人意象結合著屈原的生平遭遇、人格精神和情感經歷，從而更富有現實感，也更加充實，贏得了後世文人的認同，並形成了一個源遠流長的香草美人的文學傳統。如張衡〈四愁詩〉效屈原以美人喻君子，曹植〈洛神賦〉「感宋玉對楚王神女之事，遂作斯賦」，李賀詩亦多寄情於香草美人，有淒婉哀絕的〈蘇小小墓〉等。而蒲松齡一生不遇，作《聊齋志異》渲染花妖，自云：「知我者，其在青林黑塞間乎！」（〈聊齋自志〉）這些都明顯受到了楚辭香草美人傳統的影響。

注釋

❶據《戰國策．楚策一》載：「楚地西有黔中、巫郡，東有夏州、海陽，南有洞庭、蒼梧，北有汾陘之塞、郇陽。地方五千里……」所指位置大約包括今之湖北、湖南、安徽、江蘇，以及陝西、河南、四川、貴州的一部分。這大概可以概括楚國興盛時期的地域。

❷《漢書．地理志下》云：「江南地廣，或火耕水耨。民食魚稻，以漁獵山伐為業，果蓏蠃蛤，食物常足。」

❸《史記．楚世家》載：「熊繹當周成王之時，舉文、武勤勞之後嗣，而封熊繹於楚蠻，封以子男之田，姓羋氏，居丹陽。」又《左傳．昭公十二年》載：「昔我先王熊繹闢在荊山，篳路藍縷以處草莽。跋涉山林，以事天子。」可見，熊繹是來到「楚蠻」之地的第一個楚王。

❹《左傳．昭公二十六》年載：「王子朝及召氏之族、毛伯得、尹氏固、南宮嚚奉周之典籍以奔楚。」王子朝是周景王之長庶子，因與敬王爭奪王位失敗，而率人攜帶了所有的「周之典籍」奔楚，造成了周朝文化的一次南移。又《左傳．哀公六年》載：「楚子使問諸周大史。」說明周太史亦有在楚國者。

❺如《孟子．滕文公上》記載：「陳良，楚產也，悅周公、仲尼之道，北學於中國。北方之學者，未能或之先也。」

❻在望山一號墓和天星觀一號墓出土了大量的竹簡，這些竹簡基本都是「筮占和祭祀的記錄」。其中望山一號墓的墓主悼固「是以悼為氏的楚國王族」，而且「是楚悼王的曾孫」，天星觀一號墓的墓主邸陽君番勳的爵位「當是楚國的上卿，官職可能在令尹、上柱國之列」。竹簡所記載的貞問的範圍十分廣泛，包括一般日常生活，如「侍王」、憂患、疾病、遷居等；祭祀的名目也很多，如禱的名目就有選禱、賽禱、罷禱、胸禱等，神靈包括山川天地之神和先王先公等。參見〈望山一號墓的年代與墓主〉（載《中國考古學會第一次年會論文集》，文物出版社一九八〇年版）、〈江陵天星觀一號楚墓〉（載《考古學報》一九八二年第一期）、〈戰國楚竹簡概述〉（載《中山大學學報》一九七八年第四期）。

❼王逸《楚辭章句・天問序》云：「楚有先王之廟及公卿祠堂，圖畫天地山川神靈，琦瑋僑佹，及古賢聖怪物行事。」

❽此從浦江清說（見其〈屈原生年月日的推算問題〉，載《歷史研究》一九五四年第一期）。另有郭沫若認為屈原生日是西元前三四〇年正月初七（見其《屈原研究》，群益出版社一九四六年版），胡念貽推算為西元前三五三年正月二十三日（見其〈屈原生年新考〉，載《文史》第五輯）等等。

❾游國恩據《史記・楚世家》黃歇「以左徒為令尹，封以吳，號春申君」的記載，推斷左徒之職僅次於楚最高行政長官令尹（見其所著《屈原》，中華書局一九八〇年版，第一八頁）。

❿當時中原諸國普遍認為秦是西方外族，而且以法、勢屈撓天下，所以稱其為「虎狼之國」，如《戰國策・趙策三》所載魯仲連言曰：「彼秦者，棄禮義而上首功之國也，權使其士，虜使其民。」這基本反映了正統中原文化對秦國的排斥的態度。

⓫《史記・酷吏列傳》：「莊助使人言買臣，買臣以『楚辭』與助俱幸，侍中，為太中大夫，用事。」這是現在可知最早提及「楚辭」的文獻材料。

⓬這裡並不是肯定〈九歌〉的修訂在〈離騷〉等的創作之前，只是強調〈九歌〉等楚地流傳的民間祭歌影響了屈原的創作。

⓭〈九章〉作者問題自宋代起就有人提出疑問，至近代更得到一些著名的楚辭學者的響應，參見聞一多〈論〈九章〉〉（載《社會科學戰線》一九八一年第一期）、劉永濟《屈賦通箋》（人民文學出版社一九六一年版，第一五一—一五三頁）、朱東潤〈〈離騷〉以外的「屈賦」〉（見《楚辭研究論文集》，作家出版社一九五七年版）、林庚〈說橘頌〉（見《詩人屈原及其作品研究》，上海古籍出版社一九八一年版）等。

⓮參見馬茂元《楚辭選》（人民文學出版社一九五八年版，第一一八—一一九頁）、姜亮夫《重訂屈原賦校注》（天津古籍出版社一九八七年版，第三九三—三九四頁）、湯炳正〈關於《九章》後四篇真偽的幾個問題〉（收入《屈賦新探》，齊魯書社一九八四年版）等。

⑮另有認為「離騷」二字當釋為「牢騷」的，據《漢書・揚雄傳》記載，揚雄曾模仿〈離騷〉作《反離騷》，又模仿〈九章〉各篇作《畔牢愁》。「畔」通「叛」，「牢愁」即「牢騷」。所以《畔牢愁》亦即《反離騷》。又有以〈離騷〉和〈勞商〉「同實而異名」，亦是楚歌曲名（游國恩《楚辭論文集》，古典文學出版社一九五七年版，第二八五頁）。此外，還有以「離騷」為排解憂愁之意（錢鍾書《管錐編》，中華書局一九七九年版，第五八三頁），以「離騷」之「騷」為地名（《李嘉言古典文學論文集》，上海古籍出版社一九八七年版，第七六頁）等等。

⑯屈原作品中的「美人」意象，除文中所闡述的〈離騷〉中的幾種喻義外，在其他作品中有時候也用來比喻心目中理想的人或戀愛對象，如〈少司命〉「望美人兮未來，臨風怳兮浩歌」。

⑰關於〈離騷〉求女，主要有以下數種說法：(1)喻求賢臣、賢士。漢代王逸《楚辭章句》持此說。(2)喻求賢君。宋代朱熹《楚辭集注》持此說。(3)喻求賢后。明末清初錢澄之《屈詁》持此說。(4)喻理想的政治。汪瑗《楚辭集解》持此說。此外在現代還有游國恩的「女性中心說」（《楚辭論文集》，古典文學出版社一九五七年版，第一九一—二〇五頁）、李嘉言的喻求善美說（〈屈原〉，載《中華文史論叢》一九八一年第一輯）等。

⑱「人神戀愛」觀點是由蘇雪林在〈楚辭九歌與中國古代河神祭的關係〉（載《現代評論》八卷二〇四—二〇六期）中首先提出的，此後得到多數學者的認可。

⑲據統計，〈離騷〉中共出現香草十八種，〈九歌〉中共出現香草十六種，兩者有十一種是相同的。〈離騷〉中遠逝的主要乘輿是龍車，〈九歌〉各篇巫神交通的主要手段也是駕乘龍車或龍舟，基本情節相似。

⑳趙沛霖說：「屈原在求女中無拘無縛的反覆追求，升天入地的縱橫想像以及激越奔放的情懷藉著神話形式的自由宣泄等等，都是自覺不自覺地表現出南方原始宗教的自由和狂熱，體現著楚地以巫史文化為特徵的文化心理結構。」（《屈賦研究論衡》，天津教育出版社一九九三年版，第一四五頁）

㉑除此而外，見諸典籍的楚地歌謠則有〈徐人歌〉（《新序・節士》）、〈接輿歌〉（《論語・微子》）、〈滄浪歌〉（《孟子・離婁上》）等，此皆早於或近於屈原之時代，以長短不一和「兮」字句為特點。可見楚歌的形式特徵早已形成。

㉒關於〈九歌〉和屈原的關係，曾有兩種極端的觀點，一是認為純為屈原寄託身世之作，如明代汪瑗認為：「屈子〈九歌〉之詞，亦惟藉此題目，漫寫己之意興，如漢魏樂章、樂府之類。」（《楚辭集解・九歌》）一是認為〈九歌〉純為民間祭歌，與屈原並無關係。如胡適〈讀楚辭〉云：「這九篇大概是最古之作，是當時湘江民族的宗教舞歌。」（《胡適古典文學研究論集》，上海古籍出版社一九八八年版，第三四八頁）此外，還有聞一多等人認為〈九歌〉是屈原所創作的楚國國家祀典的

樂章（見〈什麼是九歌〉，收入《聞一多全集》第一卷，生活・讀書・新知三聯書店一九八二年版）等等。

㉓ 一種觀點認為「九歌」之「九」是虛數，概言其多。還有一些人則設法將十一篇合併為九篇。

㉔ 詳見《聞一多全集》第一卷和第二卷中的〈什麼是九歌〉和〈楚辭校補〉等文章。

㉕ 《禮記・郊特牲》記載：「直祭祝於主，索祭祝於祊。不知神之所在於彼乎？於此乎？或諸遠人乎？祭於祊，尚曰求諸遠者與。」所謂「直祭」即正祭，在廟堂或壇臺等處舉行。「索祭」是在祭祀主神之後對其他散處的神靈加以祭祀，祊即廟門旁，這是神靈地位較低，無廟安身的緣故，所以需要搜尋著去祭祀那些不知所在的神靈。這正與〈九歌〉體制相近，只是〈九歌〉表現得更為簡陋質樸而已。

㉖ 關於各篇所祭神格歷來多有爭議，其中又以〈湘君〉、〈湘夫人〉的神格說法最多。有人認為湘君、湘夫人分別為舜的兩個妃子（韓愈〈黃陵廟碑〉），有人認為湘君為舜，湘夫人為二妃（司馬貞《史記索隱》），也有人認為與舜妃無關的，等等。其中以第二說較為合理。

㉗ 古今學者對於〈九歌〉的唱法也有不同意見。如蔣驥《山帶閣注楚辭・楚辭餘論》就認為〈九歌〉全為主祭者所唱。而陳本禮《楚辭精義・九歌》則認為可分為男巫歌、女巫歌、男女巫合歌甚至還有領唱等不同形式。後一觀點在現代得到普遍的贊同。聞一多作〈九歌古歌舞劇懸解〉（收入《聞一多全集》第一卷）一文特為各篇劃分角色唱段，可參看。

㉘ 王逸《楚辭章句・天問序》釋「天問」二字云：「何不言問天？天尊不可問，故曰『天問』也。」謂「天問」即「問天」之意，洪興祖從而發揮其說。王夫之《楚辭通釋・天問》云：「原以造化變遷，人事得失，莫非天理之昭著；故舉天之不測爽者，以問憯不畏明之庸主具臣，是為『天問』，而非問天。」把「天問」二字釋為借天理以責問庸主具臣。又戴震《屈原賦注・天問》云：「問，難也。天地之大，有非恆情所可測者，設難疑之。」即是說，對天地間的一些難以理解的事情設問求解。前兩種說法，在歷史上都很有影響，但都拘泥儒家解經的方法，求之太甚。以後一說為通達。

㉙ 〈天問〉中有些明顯的次序不順暢之處，可能是由於錯簡導致的，古今都有人對〈天問〉的錯簡問題進行研究，但由於年代久遠，有些文意難明，所以至今未有確切的結論。

㉚ 〈招魂〉到底招誰之魂，古今大致有如下幾種說法：一，屈原自招生魂。二，招懷王生魂。三，招懷王亡魂。四，招將士亡魂。我們認為以屈原作此詩招懷王亡魂最為貼切。

㉛ 一九七二年山東銀雀山漢墓出土竹簡有唐勒對楚王問的賦體文一篇，但已經殘缺。

㉜ 王逸《楚辭章句・九辯序》說宋玉為楚大夫，屈原弟子。《新序・雜事五》說他「因事楚襄王而不見察，意氣不得，形於顏

色」。宋玉〈九辯〉自云「失職」，又說「無衣裘以禦冬」，可能晚景淒涼。

❸後世署名宋玉所作的還有《楚辭》中的〈招魂〉、《古文苑》中的〈笛賦〉、〈大言賦〉、〈小言賦〉、〈諷賦〉、〈釣賦〉、〈舞賦〉等，可以基本判定為偽作。

❹以下引文應為淮南王劉安《离騷經章句》的敘文，後方司馬遷引入《屈原賈生列傳》之中。《离騷經章句》現不存，班固在《离騷序》中曾稱引這些話，並說明為「淮南王安敘《离經傳》」所云。

第二編　秦漢文學

緒　論

秦始皇統一中國，結束了諸侯紛爭的局面，文學也隨之進入一個新的階段。秦漢是中國文學上古期的第二段。然而，大一統中央集權國家的建立，並沒有給文學的發展帶來生機；相反的，由於秦王朝實行極端的文化專制政策，文學創作空前冷落。再加上秦朝時間短暫，所以流傳下來的文學作品屈指可數❶。由呂不韋門客集體撰寫的《呂氏春秋》成書於秦王政八年（前二三九），這部著作體系完整，廣泛吸收諸子百家的觀點，客觀上反映了戰國末年即將實現國家統一的歷史趨勢。

秦代唯一有作品流傳下來的文人是李斯，他的〈諫逐客書〉鋪陳排比，縱橫議論，邏輯性強，富有文采。記載秦始皇巡遊封禪的刻石銘文也多出自李斯之手，除〈琅邪臺〉銘文外，都是三句一韻的詩體，質實雄壯，對後世碑銘文有影響❷。

兩漢王朝總共四百餘年，是中國歷史上的昌盛時期。漢代統治者認眞總結秦朝迅速覆滅的歷史教訓，雖然在政治體制上沿襲秦朝，但在文化政策上有較大調整，採取了一系列有利於文學發展的措施；加之國力增強，社會進步，漢代文學出現了蓬勃發展的局面。無論是作家的文學素養，還是文學作品的數量和種類、思想深度和藝術水準都很值得注意。漢代文學在價值取向、審美風尙、文體樣式等諸多方面爲後世樹立了典範。

第一節　漢代作家群體的生成

・校理、解讀文學典籍的時尚　・獻納辭賦的風氣　・樂府、東觀、鴻都門學的設立

・遊學遊宦的興盛

戰國時期以屈原爲代表的楚地作家的出現，產生了一批把文學創作當作生命寄託以實現人生價值的文人。文壇在經歷了秦代和漢初的沉寂之後，到西漢文帝和景帝時期作家群體再度生成，並且隨著時間的推移生生不已，人才輩出。

作家群體的生成是一個動態的過程，需要多方面的條件，漢代社會爲作家群體的持續生成提供了適宜的氣候和土壤。

漢代的官學和私學都以講授儒家經典——五經爲主，其中就有《詩經》這部文學作品。因此，師生在誦讀五經的過程中，自然受到文學方面的薰陶，提高自身的文學素養。事實上，漢代士人的閱讀範圍並不限於五經，而是廣泛得多，尤其是解讀辭賦的社會風尚，對漢代作家群體的生成起到催化作用。西漢時期，解讀楚辭是一種專門學問。嚴助向武帝推薦他的同鄉朱買臣，「召見，說《春秋》，言楚詞，帝甚說之，拜買臣爲中大夫，與嚴助俱侍中」（《漢書・朱買臣傳》）。朱買臣同時向漢武帝講解《春秋》和楚辭，因此得到提拔。武帝還令淮南王劉安爲〈離騷〉做注解：「初，安入朝，獻所作《內篇》，新出，上愛祕之，使爲〈離騷〉傳。」（《漢書・淮南王傳》）宣帝修武帝故事，「徵能爲楚辭九江被公，召見誦讀」。漢賦和楚辭有很深的淵源關係，這種新文體確立之後，也和楚辭一樣成爲士人貴族的誦讀物。漢宣帝時還有過這樣的事情：王褒等人用誦讀奇文及自己作品的方法爲宣帝的太子、亦即後來的元帝治病解悶，其中的奇文當有楚辭類作品。這種精神療法效果明顯，不但太子得以康復，而且經他宣導在後宮形成了誦讀王褒賦的風氣（事見《漢書・王褒傳》）。到了東漢時期，人們誦讀辭賦的興趣依然很濃，就連貴族婦女也主動參與❸，出現了像王逸《楚辭章句》這樣的專門著作。誦讀辭賦在漢代是一種高雅的活動，是士人文化素養的標誌。雖然誦讀辭賦者並非都成爲辭賦作家，但漢代許多人確實是從誦讀辭賦開始而走上文學創作的道路。揚雄少而好學，「顧嘗好辭賦」（《漢書・揚雄傳》），他誦讀屈原的〈離騷〉、司馬相如的賦，並且加以模擬，他本人也成了漢代重要的作家。王逸著《楚辭章句》行於世，他還創作詩賦等作品多篇。漢代解讀辭賦的社會風尚培養出一代又一代的作家，因此，漢代的文人也以辭賦家居多。

西漢末年，劉向、劉歆父子校理群書，不僅在古典文獻學方面成就卓著，對文學的發展也產生了巨大的影響。

漢代採用推薦和考試相結合的辦法錄用人才，爲作家群體的生成提供了許多機遇。西漢朝廷詔舉賢良方正，州郡舉孝廉、秀才，東漢又增加敦樸、有道、賢能、直言、獨行、高節、質直、清白等科目，廣泛搜羅人才。兩漢選拔人才注重學問品行，也注意到對有文學創作才能者的錄用，許多作家之所以能夠脫穎而出，主要並不是他們經通行修，而是在於他們的文才。漢代不僅中央朝廷、諸侯王，甚至有些身居要職的外戚都以文才取士。儘管以文才錄士在兩漢用人制度中並不居於主導地位，而僅是一種補充手段，但它對兩漢作家群體的生成起到了推動作用。

漢初以招致文士聞名的諸侯王有吳王劉濞、梁孝王劉武、淮南王劉安。「漢興，高祖王兄子濞於吳，招致天下之娛遊子弟，枚乘、鄒陽、嚴夫子之徒興於文、景之際。」（《漢書・地理志》）投奔吳王劉濞門下的文士有枚乘、鄒陽、嚴忌（莊忌），他們都擅長辭賦。後來吳王謀反，枚乘、鄒陽等人見劉濞不聽勸諫，一意孤行，就離開吳地而投奔梁孝王。梁孝王待他們爲上賓，司馬相如也棄官前往梁國，賓主相得，過著文酒高會的生活。參加梁園唱和的文人還有羊勝、路喬如、公孫詭、韓安國等。「而淮南王安亦都壽春，招賓客著書。」（《漢書・地理志》）流傳下來的《淮南子》就是出自劉安的賓客之手。《漢書・藝文志》著錄淮南王賦八十二篇，淮南王群臣賦四十四篇。顯然，淮南王群臣不但著書立說，而且還是一個從事辭賦創作的群體。漢初幾位諸侯王以文才取士，聚集在他們周圍的辭賦家則是以文會友，他們置酒高會，遊賞唱和，漢初作家群體首先在幾位諸侯王那裡生成。

西漢武、宣、元、成諸帝都是文學愛好者，其中武帝還有詩賦傳世。同聲相應，同氣相求，他們出於本身的興趣，大量招攬文士，許多人就是因爲有文才而得以在朝廷任職。因擅長文章辭賦而被錄用的著名作家，武帝朝有司馬相如、東方朔、枚皋，宣帝朝有王褒，成帝朝有揚雄等。有些人雖然不是靠文學創作才能而進入仕途，但是，他們成爲朝廷命官之後，在天子的宣導下也加入了辭賦創作的行列。自武帝起，創作辭賦成爲西漢朝廷一大雅事，許多高官顯宦都參與其間，由此形成了向天子進獻辭賦的制度。東漢光武帝、明帝都不好辭賦，但是，興起於西漢的進獻辭賦之風依然在東漢延續，基本上保持了它的連貫性，許多文人就是因文才出眾而備受青睞❹。

東漢政權長期被外戚把持，那些身居顯位的外戚大量招納賓客，東漢許多著名作家都當過他們的幕僚。杜篤曾任車騎將軍馬防的從事中郎，戰歿於射姑山；傅毅任軍司馬，馬防以師友之禮待之（《後漢書・文苑列傳》）。馬融先後依附大將軍鄧騭、梁冀（《後漢書・馬融列傳》）。在那些顯赫的外戚中，竇憲網羅的文人最多，「永元元年，車騎將軍竇憲復請毅爲主記室，崔爲主簿。及憲遷大將軍，復以毅爲司馬，班固爲中護軍。憲府文章之盛，冠於當世」（《後漢書・文苑列傳》）。當時幾位著名作家都在竇憲幕府供職，成爲歷史上一件盛事。

漢代諸侯王、天子和外戚對文人的招納任用，對廣大士人具有很強的號召力，使得他們把文學創作當成博取功名的一種手段，並借助上層貴族的權勢而聚集起來。漢代作家群體的持續生成，很大程度上得益於此。

兩漢某些文化機構的設立，爲穩定已經生成的作家群體發揮了積極作用。樂府是西漢長期設置的機關，它的職能是搜集各地的歌謠樂曲，同時也組織文人創作詩歌，司馬相如等幾十名作家曾經爲樂府寫過詩賦。後漢的洛陽東觀也是文人薈萃之處，許多著名作家曾在那裡供職。東觀是文人嚮往的地方，「是時學者稱東觀爲老氏臧室、道家蓬萊山」（《後漢書・竇融列傳》）。東觀任職人員的主要工作是校讎經書，不過，既然眾多作家彙集在一起，當然少不了詩文唱和之類的活動。鴻都門學是靈帝光和元年（一七八）在洛陽設立的皇家學校，專門學習辭賦書畫。學生由州郡選送，一度多達千人。靈帝下詔，爲在鴻都門就學的樂松、江覽等三十二人圖像立贊，用以激勵學者。這種專門培養文學和藝術人才的學校，在歷史上是首創，是漢代文學發展史上的一件大事❺。

漢代時斷時續的遊宦風氣，也爲作家群體的生成注入了活力。西漢早期，文士的遊宦活動主要是在諸侯王之間進行的。武帝朝至東漢初期，遊宦之風稍衰。東漢中、後期，遊宦又成爲社會時尚。「自和、安之後，世務遊宦，當途者更相薦引。」（《後漢書・王符列傳》）有些文人通過遊宦進入仕途，相當一部分成爲侍從文人、幕僚文人。而那些不能入仕的文人則是大量的，絕大多數沒有留下自己的姓名，他們或滯留太學，或窮居野處，和侍從文人、幕僚文人鼎足而立，是漢代作家群體的重要組成部分。

第二節　漢代文學的基本態勢

・苞括宇宙、總攬天人、貫通古今的藝術追求　・立功揚名的價值取向和聖主賢臣理想
・對機遇和命運的感慨　・批判與讚頌的更迭　・文人的獨立和依附　・從浪漫到現實
・民間創作和文人創作的相互促進

漢代文學呈現出多元化的發展趨勢。

漢朝經濟的繁榮、國力的強盛、疆域的擴展，使那個時代的作家充滿豪邁的情懷。反映在文學上，就是古往今來、天上人間的萬事萬物都要置於自己的觀照之下，加以藝術地再現。司馬相如說過：「賦家之心，苞括宇宙，總攬人物。」（《西京雜記》卷二）司馬遷稱，他撰寫《史記》的宗旨是「究天人之際，通古今之變，成一家之言」（〈報任安書〉）。司馬相如和司馬遷，一個是辭賦大家，一個是傳記文學巨匠，他們處於文學創作的不同領域，卻不約而同地提出了基本相同的主張，對作品都追求廣大的容量、恢弘的氣勢，欣賞那種使人產生崇高感的巨麗之美。在大賦中，凡是能夠寫入作品的事物，都要囊括包舉，細大無遺，無遠弗屆。在史傳文學中，天文地理、中土域外、經濟文化等面面俱到，遠至黃帝，近至當世，從帝王將相到市井細民，三教九流、諸子百家，各類人物紛至沓來。就是篇幅有限的郊祀歌，也具有相容並包的性質。漢代文學的巨麗之美，體現的是對大一統帝國輝煌業績的充分肯定，它的表現對象、領域和範圍都達到了前所未有的廣度。

漢王朝處於歷史的上升期，其中有相當長一段時間是太平盛世。漢代文人生活在這個特定的歷史階段，普遍具有朝氣蓬勃的進取精神，懷著強烈的建功立業的願望。他們追求人生的不朽，希望能夠青史留名。漢代文人貴於名行，為了實現自己的人生理想，他們可以忍辱負重，赴湯蹈火，甚至不惜犧牲自己的生命。正因為如此，漢代文學作品中貫穿著一種自強不息、積極向上的精神，保持著激揚高昂的格調。西漢盛世的作品自不必言，就是到了東漢王朝的衰落期，文人們念念不忘的依舊是建功立業，揚名後世。雖然從西漢末年開始，謹於去就的思潮有所抬頭，甚至出現一批隱遁之士，並在文學中有所反映，但所占比重不大，不是主要潮流。「逮桓、靈之間，主荒政繆，國命委於閹寺，士子羞於為伍。故匹夫抗憤，處士橫議，遂乃激揚名聲，互相題拂，品核公卿，裁量執政，婞直之風，於斯行矣。」（《後漢書・黨錮列傳》）漢代文人積極的入世精神，好高尚義、輕死重氣的品格，在漢末再一次放出異彩，並產生了許多憤世嫉俗、鋒芒畢露的作品。

古代士人的宦達是和君主的權力連繫在一起的，漢代文學在表現士人的進取精神時，把聖主賢臣的結合作為自己的理想，王褒的〈聖主得賢臣頌〉是這方面的代表作。士人的命運還和所處的時代、形勢密切相關，漢代文學對歷史機遇和個人命運的關係做了形象的展示和精闢的論述，《史記》及許多抒情賦在表現歷史發展必然性和個人命運偶然性兩者的關係方面有較大的深度。對於古代士人來說，在仕途上成功的少，失敗的多，成功者固然有成功的喜悅，失敗者難免有落魄的感慨。在抒發人生的失意和抑鬱之情時，漢代文學也顯示出歷史上升期的特點。這些作品雖然表達了創作主體的幽怨和不滿，但罕有悲觀失望的沒落情調。當然，隨著時間的推移，漢代文人所感慨的內容也在發生著變化。在西漢昌盛時期，失意文人感歎生不逢時，董仲舒的〈士不遇賦〉、司馬遷的〈悲士不遇賦〉，都是以「遇」和「不遇」為主題。而從西漢後期開始，文人的慨歎更多地集中在命運方面，正如揚雄所說「遇不遇命也」（《漢書・揚雄傳》），由西漢昌盛期的重視外在情勢、機遇，轉到對自身命運的關注。到了東漢的衰落期，文人們則由功名未立而嗟歎生命的短促，《古詩十九首》中的一些作品就屬於這種類型。

西漢朝廷是在秦朝滅亡之後，經歷短暫的楚漢相爭而建立起來的。批判秦朝的暴政，總結秦朝迅速滅亡的教訓，對歷史進行高屋建瓴的反思，是漢初文學的重要內容。從賈誼的政論、司馬相如的〈哀二世賦〉，到司馬遷的《史記》，都貫穿著對歷史的批判精神。從武帝開始，思想界由對歷史的批判轉入本朝理論體系的構築，與此相應，文學也由對歷史的批判轉入對現實的關注，歌功頌德、潤色鴻業成為西漢盛世文學的主要使命，大賦是這種使命的得力承擔者。從東漢開始，文學界的批判潮流再度湧動。從王充、王符等人的政論，到酈炎、趙壹、蔡邕、禰衡等人的詩賦，批判精神日益強烈。批判的對象包括神學目的論、讖緯宿命論、鬼神迷信、社會的黑暗腐朽，以及傳統的價值觀、人生觀。漢代文學以歷史的批判發軔，經由昌盛期的歌功頌德，最後又以對現實的批判而告終，完成了一次循環。不過，和前期的歷史批判相比，後期對現實的批判更具有深度、廣度和力度。

和漢代文學所走過的批判—讚頌—批判的發展道路相一致，漢代文人的地位也經歷了一個從獨立到依附、再到獨立的演變過程。漢初的枚乘、莊忌、鄒陽等人遊食諸侯間，爲大國上賓，他們來去自由，具有獨立的人格，兼有文人和縱橫家的品性。從武帝開始，朝廷對文人以倡畜之，侍從文人很大程度上爲迎合天子的口味而創作。東漢時期被外戚招納的幕僚文人，有時也要犧牲自己的人格爲主人唱讚歌，他們和宮廷侍從文人一樣，都是不自由的。這些依附於天子、外戚的作家，多數是文人兼學者的類型，王褒、揚雄、劉向父子、班彪父子都是如此。從西漢末年起，嚮慕人格獨立的精神又在文人隊伍中萌生，揚雄、班固、張衡等人自覺或不自覺地、程度不同地擺脫侍從文人、幕僚文人的依附性，努力按照自己的理想從事創作。東漢後期的趙壹、禰衡等人，任性使氣，耿介孤傲，從他們身上可以更多地看到黨人的影子。從漢初出處從容、高視闊步於諸侯王之間的枚乘、鄒陽等人，到漢末趙壹、禰衡等近乎狂士的文人，漢代文人在經歷了一段屈從、依附之後，又向個性獨立回歸，並且達到更高的層次。

漢代文學和先秦時期的楚地文學有很深的淵源關係，所以，漢代文學從一開始就具有濃郁的浪漫色彩。西漢時期的文人一方面對現實世界予以充分的肯定，另一方面又幻想到神仙世界去遨遊，以分享那裡的歡樂，許多作品出現了人神同遊、人神同樂的畫面，人間生活因和神靈世界溝通而顯得富有生氣。進入東漢以後，文學作品的浪漫色彩逐漸減弱，而理性精神日益增強。把司馬相如、揚雄的辭賦和班固、張衡的同類作品相比，把《史記》和《漢書》相比，都可以看到浪漫和現實的差異。當然，東漢有些文學作品不乏奇幻的想像，甚至也有神靈出現，但從總體上看，東漢文學的浪漫氣息遠遜於西漢。道教的興起和佛教的傳入，並沒有使東漢文學走向虛幻，相反，它按照自己的規律向前發展，作品的現實性得到進一步強化。在辭賦創作中，出現了像班彪的〈北征賦〉、班昭的〈東征賦〉、蔡邕的〈述行賦〉、趙壹的〈刺世疾邪賦〉等現實性很強的作品。文人詩歌創作也罕見虛幻成分，「感於哀樂，緣事而發」的樂府詩發展到頂峰。至於像王充《論衡》那類以「疾虛妄」爲宗旨的政論，在東漢也問世了。

漢代文學的民間創作和文人創作都呈現興旺的景象，二者相互促進，有力地推動了漢代文學的發展。民間創作和文人創作的互滲互動，在漢代詩歌中體現得尤爲明顯。兩漢時期存在採詩制度，通過採集民間歌謠用以充實樂府的樂章，有時也用來考察政治上的得失及民風民俗。五言歌謠大量採入樂府，成爲樂府歌辭。這種新的詩歌樣式對文人有很大的吸引力，他們在自己的創作中有意地加以模仿，於是出現了文人的五言詩，流傳下來的樂府詩中也有文人的作品。民間五言詩在文人五言詩的影響下，又日益走向成熟。除詩歌外，漢代史傳文學也留下了民間創作和文人創作相融會的痕跡，《史記》、《吳越春秋》都把許多民間傳說寫入書中，增加了這兩部作品的傳奇色彩。

第三節 漢代文學與經學的雙向互動

・作家群體中的經師儒士　・鋪張揚厲的文風和繁瑣的解經習氣
・文學的重模擬和經學的固守師法、家法　・文學和經學的從繁到簡
・經學典故、章句與文學創作　・經學著述的文學性

兩漢是經學昌明的時代，自漢武帝罷黜百家、獨尊儒術之後，經學博士相繼設立，經學大師層出不窮，宗經成爲有漢一代的社會風氣。漢代文學和經學有著千絲萬縷的連繫，它們的交流是相互的，經學作用於文學，文學也影響經學，二者彼此滲透，雙向互動，呈現出許多相似的特徵。

西漢的學校教育是在武帝時期經公孫弘宣導後蓬勃發展起來的，朝廷置博士官，立太學，郡國置五經卒史。成帝時太學弟子三千人，東漢後期太學生多達三萬人。除官辦學校外，遍布於各地的私學也大量招收學員。漢代經學教育爲的是培養經師和各級官吏，並不期待就學人員成爲作家，但其中相當一部分人具備了從事文學創作的能力。自公孫弘宣導經學教育之後，「公卿大夫士吏彬彬多文學之士矣」（《漢書・儒林傳》）。漢代多數作家都受過經學教育，他們成爲溝通文學和經學的重要媒介，漢代文學和經學的互滲互動，主要是通過他們得以實現的。

漢代文學以鋪張揚厲著稱，無論是辭賦、詩歌還是散文，也不管是出自文人之手還是樂府民歌，都普遍存在這種傾向，從而形成漢代文學的唯美之潮。漢代文學對紛繁複雜的眾多事物都懷著極大興趣去描繪、去表現，而且漫無節制地鋪陳擴展。進行羅列時不忌堆砌，不避重複，描寫敘述過程中靡麗誇飾、多閎衍之詞，許多作品因此顯得笨拙、呆板。和漢代文學鋪張揚厲風氣相映成趣的是漢代經學的繁瑣解讀習尙，一經說至百餘萬言，解釋經書上的五個字要用二三萬字。更有甚者，秦近君解釋《尙書・堯典》標題兩字之義，竟至十萬言。漢代文學和經學在語言文字的運用上都是不厭其繁，多多益善，鋪天蓋地而來。這使得某些文學作品篇幅過長，如同辭典字書，令人不能卒讀；經學也因其過於細碎繁瑣、牽強附會而無可挽回地衰落下去。

漢代文學作品經常出現神仙世界的畫面，人和神靈可以自由往來，許多作品都流露出長生不死的幻想。漢代文學具有浪漫性，漢代經學也帶有很大的虛幻性。漢代經學以陰陽災異解說時事政治，後來又一度興起讖緯之學，「於是五經爲外學，七緯爲內學，遂成一代風氣」❻。五經之義皆以讖決，用圖讖來附會人事。漢代經學在很大程度上已經神化，是建立在天人感應基礎上的虛妄之學。漢代文學和經學思維機制有相通之處，都以想像溝通天和人，架起現實生活和彼岸神靈世界的橋梁。劉勰稱緯書「無益經典而有助文章」（《文心雕龍・正緯》），這話有一定道理。漢代神祕化的經學爲浪漫文學提供素材和動力，而神祕化的經學也借鑑了浪漫文學的精神和表現手法。

漢代文學重模擬，缺少創造性，許多文人不但模擬前代的作品，而且同時代的文人也相互模仿。這種模擬有題材方面的，也有文體方面的，甚至具體的謀篇布局也多有雷同之處。流行於漢代的大賦、騷體賦、七體、九體、設辭等，都留下了前後蹈襲的痕跡❼。漢代文人在模擬他人作品過程中也有創新，但在整體格局上的因循守舊是顯而易見的。漢代經學重承襲，前漢重師法，後漢重家法，都是強調傳授先師之言。不依先師之言而斷以己意，就會被視爲輕侮道術，受到學界的譴責。漢代經學的傳授方式造成墨守成規、抱殘守缺的惰性，使人受到很大束縛。漢代文學的模擬風氣和經學注重師法家法的習氣互爲表裡，本質是相同的。只有那些在經學上不守章句、不拘師法家法的博通之士，在文學創作上才眞正有所建樹；漢代有創造力的文人，確實也都突破了經學傳授上陳陳相因的傳統。

從總體上看，漢代文學經歷了一個由繁到簡的發展過程。作爲大漢天聲的辭賦，從東漢中期起，大賦呈現衰微趨勢，代之而起的是抒情小賦。正統的史傳文學作品也出現由繁到簡的趨勢。把《漢書》和《史記》相比，班固刪去了司馬遷許多精彩細緻的敘述和描寫，篇幅大爲縮減。從文學樣式上看，短小精練的五言詩從附庸變爲「大國」，最終取代了辭賦的文壇霸主地位。漢代經學的演變和文學類似，從東漢初期起，經學界悄然興起刪繁就簡之風❽，爲的是便於傳授。有的是一刪再刪，解經文字大幅度精簡，是對以往繁瑣之風的有力矯正。

漢代經學與文學存在密切的關聯，許多文人兼有作家和經師的雙重角色。反映在文學創作上，由於受經學的沾溉浸潤，許多文學作品帶有經學因素，其中很重要的一種表現，就是頻繁運用經學典故。這種引經據典的風氣始於西漢初期，大盛於東漢，呈現的是越演越烈的趨勢。但是，文學畢竟有別於經學，文學創作要取得成就，就必須超越經學的樊籬，尤其要擺脫章句之學的束縛。漢代許多著名的文人，都是因不事章句而創作出優秀的作品❾。

漢代文學與經學的雙向互動，使得有些著述兼有文學和經學的特徵。韓嬰的《韓詩外傳》是解讀《詩經》的講義，其中許多歷史傳說和故事富有文學色彩。焦延壽的《易林》是推衍《周易》而成，採用四言詩的形式，共計四千多首，其中不乏詩意盎然的作品。揚雄的《法言》是模仿《論語》而作，在漢代議論文中別具一格。這類著述不是嚴格意義的文學作品，而是兼有文學和經學價值。

第四節　漢代文學樣式的嬗革及分期

・賦的多源性　・辭賦的分工與合流　・從《史記》到《吳越春秋》　・四言詩的衰落　・五、七言詩的孕育　・漢代文學的分期

兩漢是文學體裁發生重大變革的時代，許多重要的文學樣式都在這個階段孕育產生，形成豐富多彩的文學景觀。

賦是漢代文學最具有代表性的樣式，它介於詩歌和散文之間，韻散兼行，可以說是詩的散文化、散文的詩化。漢賦對諸種文體兼收並蓄，形成新的體制。它借鑑楚辭、戰國縱橫之文主客問答的形式、鋪張恣肆的文風，又吸取先秦史傳文學的敘事手法，並且往往將詩歌融入其中。僅從所採用的詩歌形式來看，既有傳統的四言，又有新興的五言和七言。漢賦的文體來源是多方面的，是一種綜合型的文學樣式，它巨大的容量和頗強的表現能力在很大程度上得益於此。枚乘的〈七發〉標誌著新體賦的正式形成，司馬相如的作品代表新體賦的最高成就。西漢後期新體賦的主要作家是揚雄。班固的〈兩都賦〉、張衡的〈二京賦〉，是東漢新體賦的兩篇力作。同時，張衡的〈歸田賦〉突破舊的傳統，開創了抒情小賦的先河。

楚辭體作品的創作在漢代沒有新的發展，許多作品在內容和形式上有意模擬屈原的〈離騷〉、〈九章〉，有些則只是襲取楚辭體的形式。西漢劉向曾編集屈原、宋玉的作品和漢人模擬之作，署名《楚辭》。其中被收錄作品的漢代作家有賈誼、淮南小山、東方朔、嚴忌、王褒、劉向。東漢王逸作《楚辭章句》，又附加了自己的〈九思〉。除此之外，揚雄、馮衍、蔡邕、趙壹等人也有楚辭體作品傳世。漢代盛行解讀楚辭的風氣，許多文人對屈原一往情深❿，因此，許多楚辭類作品都依傍於屈原，和新體賦形成了大體明確的分工：新體賦主要用於正面的讚頌諷諭，而楚辭類作品重在詠物抒情，而且抒發的多是抑鬱之情，格調和〈離騷〉相近。在發展過程中，楚辭類作品逐漸與新體賦合流，總稱爲辭賦，楚辭類作品稱爲騷體賦，有時也以賦命名，賈誼的〈弔屈原賦〉即是其例。

兩漢敘事散文在文體上有較大發展。司馬遷的《史記》以人物爲中心來反映歷史，創立了紀傳體史書的新樣式，也開闢了傳記文學的新紀元。《漢書》繼承《史記》的體例，並且使之更加完善。《吳越春秋》則進一步強化史傳作品的

文學性，是歷史演義小說的濫觴。東漢時期大量出現的碑文，是品核人物風氣推動下走向成熟的新文體。至於馬第伯的〈封禪儀記〉，可視爲現存最早的較爲完整的遊記。漢代政論文承先秦諸子散文的餘緒，在形式上沒有大的突破。以主客問答形式構制的設辭類作品，在風格上和賦相近，後人往往把它歸入賦類。

先秦的主要詩歌樣式是四言，這種體裁在漢代繼續沿用，但已不再居於主導地位。《詩經》在西漢成爲五經之一，它的這種經學地位的確立，反倒成爲四言詩衰落的重要原因之一。西漢四言詩主要有韋孟的〈諷諫詩〉、〈在鄒詩〉，其五世孫韋賢的〈自劾詩〉。東漢四言詩的代表作品是傅毅的〈迪志詩〉。這些四言詩均以追溯家族的輝煌歷史爲主，反映的是經學理念和主流意識型態。

《詩經》崇高地位的確立，使得四言詩這種體式帶有神聖的性質，文人的言志抒懷不再輕易運用這種詩體。四言詩句主要見於辭賦、碑銘，傳記作品中，起著總結和裁斷的作用，實際上成爲這些作品的附庸，不具有獨立自主的地位。只是到了經學衰落的漢末建安時期，四言詩才再次放射出光彩。

漢代產生了新的詩歌樣式——五言詩。這種詩體西漢時期多見於歌謠和樂府詩，在東漢開始大量出現文人五言詩，班固、張衡、秦嘉、蔡邕等人對五言詩的發展起了積極的推動作用，都有這類作品流傳下來。東漢的五言詩已經成熟，敘事詩有〈孔雀東南飛〉這樣的長篇巨製，《古詩十九首》則是五言抒情詩的典範，樂府詩也有許多五言名篇。

西漢時期，七言句子大量出現在鏡銘、識字課本等載體中，有的已是標準的七言詩句。漢代辭賦中往往摻雜七言詩句或七言段落，有些已可視爲首尾完整的七言詩[11]。附屬於漢賦的七言詩通常是句句用韻，反映了早期七言詩的特點，後來曹丕的〈燕歌行〉採用的就是這種詩體。

漢代文學的發展，大體可劃分爲四個時期。

自高祖至景帝，是漢代文學的初創期。多種文體基本上沿襲戰國文學的餘緒，同時又有新的因素萌生，出現了像〈七發〉那樣爲漢賦體制奠定基礎的作品。漢初政論受戰國說詞和辭賦的影響，大都氣勢磅礴，感情激切。楚聲詩歌廣爲傳播，並且用於宮廷祭祀，成爲廟堂之曲。這個時期的代表作家是賈誼和枚乘，他們的辭賦和政論都有較高的成就。

從武帝至宣帝，是兩漢文學的全盛期。代表漢代文學最高成就的新體賦在此期間定型、成熟，出現了以司馬相如爲首的一大批辭賦作家。史傳文學也發展到高峰，不朽的傳記文學名著《史記》由司馬遷撰寫完畢。武帝罷黜百家，獨尊儒術，思想逐漸定於一尊。因此，政論散文也由越世高談轉爲本經立義，在風格上向深廣宏富、醇厚典重方面發展。樂府的強化，使大量民歌被採集、記錄下來，宮廷文人也競相創作樂府詩。

從元帝到東漢和帝，是兩漢文學的中興期。辭賦創作掀起第二次高潮，相繼湧現出揚雄、班固等著名的辭賦作家。班固的《漢書》在此期間問世，成爲繼《史記》之後又一部重要的傳記文學作品。由於經學的日益深入人心，文壇的模擬風氣日趨嚴重。王充的《論衡》卻以其「疾虛妄」的批判精神，和當時陳陳相因的不良傾向形成鮮明的對照。

從安帝到靈帝是漢王朝由盛轉衰的時期，也是漢代文學的轉變期。張衡集中體現了漢代文學的歷史轉變，從他開始，抒情短賦陸續出現，京都大賦也發展到頂點。趙壹、蔡邕、禰衡等人的辭賦更加貼近現實，批判精神很強。五言古詩進入成熟階段，《古詩十九首》代表了文人五言詩的最高成就。作家在詩文中對人的生命、命運及價值的重新發現、思索和追求，詩文的日趨整飭華美，預示著一個文學自覺時代的即將到來。

注釋

❶嚴可均輯《全上古三代秦漢三國六朝文・全秦文》僅一卷，絕大多數為李斯的奏疏和刻石文。逯欽立《先秦漢魏晉南北朝詩》僅錄秦始皇時民歌一首，即〈長城謠〉。

❷關於秦刻石文的論述，可參閱公木的〈李斯秦刻石銘文解說〉，原載《吉林大學學報》一九七八年第一期，後收入張松如主編《先秦詩歌史論》，吉林教育出版社一九九五年版，第四〇三—四一六頁。

❸漢代貴族婦女誦讀《楚辭》，事見《後漢書》卷十〈皇后紀〉：「明德馬皇后諱某，伏波將軍援之小女也。……能誦《易》，好讀《春秋》、《楚辭》，尤善《周官》、董仲舒書。」卷五十五〈章帝八王傳〉：「帝所生母左姬，字小娥。……小娥善史書，喜辭賦。」（《後漢書》，中華書局一九七三年版，第四〇七—四〇九頁、第一八〇三頁）

❹東漢繼續以文取士，《後漢書》卷八十〈文苑列傳〉多有記載。杜篤因誄辭典雅而免刑受賞，劉毅、傅毅、李尤獻文上賦而被朝廷錄用（《後漢書》，中華書局一九七三年版，第二五九五、二六一三、二六一六頁）。

❺關於鴻都門學，見於《後漢書》的有如下記載。卷六十〈蔡邕列傳〉：「初，帝好學，自造《皇羲篇》五十章，因引諸生能為文賦者。本頗以經學相招，後諸為尺牘及工書鳥篆者，皆加引召，遂至數十人。侍中祭酒樂松、賈護，多引無行趣勢之徒，並待制鴻都門下，喜陳方俗閭里小事，帝甚悅之，待以不次之位。」、「光和元年，遂置鴻都門學，畫孔子

七十二弟子像。其諸生皆敕州郡三公舉用辟召，或出為刺史、太守，入為尚書、侍中，乃有封侯賜爵者，士君子皆恥與為列焉。」卷七十七〈酷吏列傳〉：「陽球……奏罷鴻都文學，曰：『伏承有詔敕中尚方為鴻都文學樂松、江覽等三十二人圖像立贊，以勸學者。……案松、覽等皆出於微蔑，斗筲小人，依憑世戚，附託權豪，俯眉承睫，徼進明時。或獻賦一篇，或鳥篆盈簡，而位升郎中，形圖丹青。亦有筆不點牘，辭不辯心，假手請字，妖偽百品，莫不被蒙殊恩，蟬蛻滓濁。是以有識掩口，天下嗟歎。臣聞圖像之設，以昭勸戒，欲令人君動鑑得失。未聞豎子小人，詐作文頌，而可妄竊天官，垂象圖素者也。今太學、東觀足以宣明聖化。願罷鴻都之選，以消天下之謗。』」（《後漢書》，中華書局一九七三年版，第一九九一、一九九八、二四九九頁）

❻皮錫瑞《經學歷史》，中華書局一九八一年版，第一〇九頁。七緯，即《詩》、《書》、《禮》、《樂》、《易》、《春秋》、《孝經》七經之緯。

❼周勳初〈王充與兩漢文風〉一文對漢代文學模擬之風與經學的關係有深入論述，並附列增訂後的〈兩漢模擬作品一覽表〉（見《古代文學理論研究》第二輯，上海古籍出版社一九八〇年版，第一二二—一四〇頁）。

❽東漢經學出現由繁入簡趨勢，《後漢書》多有記載，略舉如下：卷三十二〈樊宏列傳〉：「〔樊〕刪定《公羊嚴氏春秋》章句，世號樊侯學，教授門徒前後三千餘人。」卷三十六〈張霸列傳〉：「〔張〕霸以樊刪《嚴氏春秋》猶多繁辭，乃減定為二十萬言，更名張氏學。」卷三十七〈桓榮列傳〉：「初，〔桓〕榮受朱普學章句四十萬言，浮辭繁長，多過其實。及榮入授顯宗，減為二十三萬言。〔桓〕郁復刪省定成十二萬言，由是有《桓君大小太常章句》。」卷七十九〈儒林列傳〉：「伏恭，字叔齊，琅邪東武人。……初，父黯章句繁多，恭乃省減浮辭，定為二十萬言。」、「鍾興，字次文，河南汝陽人也。……光武召見，問以經義，應對甚明。帝善之，拜郎中，稍遷左中郎將。詔令定《春秋》章句，去其複重，以授皇太子。」（《後漢書》，中華書局一九七三年版，第一一二五、一二四二、一二五六、二五七一、二五七九頁）

❾漢代許多文人不事章句。略舉例如下：《漢書》卷八十七〈揚雄傳〉：「雄少而好學，不為章句，訓詁通而已，博覽無所不見。」（《漢書》，中華書局一九七五年版，第三五一四頁）《後漢書》有如下記載：卷二十八〈桓譚馮衍列傳〉：「桓譚字君山，沛國相人也。……博學多通，遍習五經，皆訓詁大義，不為章句。能文章，尤好古學，數從劉歆、揚雄辨析異疑。」卷四十〈班彪列傳〉：「〔班〕固字孟堅，年九歲，能屬文誦詩賦，及長，遂博貫載籍，九流百家之言，無不窮究。所學無常師，不為章句，舉大義而已。」卷四十九〈王充王符仲長統列傳〉：「王充字仲任，會稽上虞人也。……後到京師，受業太學，師事扶風班彪。好博覽而不守章句。」（《後漢書》，中華書局一九七三年版，第九五五、一三三〇、

一六二九頁）

❿漢代許多文人情繫屈原，略舉事例如下：《史記・屈原賈生列傳》：「太史公曰：『余讀〈離騷〉、〈天問〉、〈招魂〉、〈哀郢〉，悲其志。適長沙，觀屈原所自沉淵，未嘗不垂涕，想見其為人。』」、「賈生即辭，往行，聞長沙卑濕，自以壽不得長。又以適去，意不自得。及渡湘水，為賦以弔屈原。」（《史記》，中華書局一九五九年版，第二五〇三、二四九二頁）《漢書・揚雄傳》：「〔揚雄〕又怪屈原文過相如，至不容，作〈離騷〉，自投江而死，悲其文，讀之未嘗不流涕也。……乃作書，往往摭〈離騷〉文而反之，自岷山投諸江流以弔屈原，名曰《反離騷》；又旁〈離騷〉作重一篇，名曰〈廣騷〉。又旁〈惜誦〉以下至〈懷沙〉一卷，名曰〈畔牢愁〉。」（《漢書》，中華書局一九七五年版，第三五一五頁）《後漢書・梁統列傳》：「〔梁〕竦……後坐兄松事，與弟恭俱徙九真。既徂南土，歷江、湖，濟沅、湘，感悼子胥、屈原以非辜沉身，乃作〈悼騷賦〉，繫玄石而沉之。」卷四八〈應奉列傳〉：「及黨事起，〔應〕奉乃慨然以疾自退。追湣屈原，因以自傷，著《感騷》三十篇，數萬言。」卷六四〈延篤列傳〉：「〔延篤〕後遭黨事禁錮，永康元年，卒於家。鄉里圖其形於屈原之廟。」（《後漢書》，中華書局一九七三年版，第一一七〇、一六〇九、二一〇八頁）

⓫以七言詩融入漢賦者，主要有班固的〈竹扇賦〉、張衡的〈思玄賦〉、馬融的〈長笛賦〉、王延壽的〈夢賦〉，分別見於費振剛、胡雙寶、宗明華輯校《全漢賦》（北京大學出版社一九九三年版，第三五二、三九八、四九八、五三四頁）。其中班固的〈竹扇賦〉所存部分純為七言句。

第一章　秦及西漢散文

從秦到西漢是中國古代散文諸體漸趨完備的時期❶。秦代由於時間短暫，在文學上的建樹很少，可以稱述者，只有在統一六國之前由秦相呂不韋招集門客編成的《呂氏春秋》和李斯的〈諫逐客書〉，前者文風暢達，後者辭采華美。秦統一後出自李斯之手的泰山等地刻石爲我國最早的碑文體。漢興以後，陸賈、賈誼、劉安諸人總結前代歷史教訓和諸子百家之說，其文鋪張揚厲，縱橫捭闔，猶有戰國遺風。董仲舒的策對和劉向的奏議敘錄以如何鞏固中央集權制爲討論重點，雍容典重，宏博深奧，形成漢代議論文的主導風格。西漢敘事散文也出現前所未有的新氣象。除了司馬遷的《史記》之外，還有一批題材比較集中的敘事散文集，屬於專題性敘事散文。西漢的抒情散文，主要見於書信。

第一節　《呂氏春秋》

・成書過程及體例　・平實暢達的文風　・豐富多彩的寓言

《呂氏春秋》是秦相呂不韋（？—前二三五）招集門客輯合百家九流之說編寫而成的❷，成書年代在西元前二三九年左右❸。關於《呂氏春秋》的成書過程，據《史記・呂不韋列傳》所記，當戰國之時，魏有信陵君，楚有春申君，趙有平原君，齊有孟嘗君，都以喜養賓客名聞天下。呂不韋時爲秦相，覺得以秦國之強而自己不如四公子是一種羞恥，就大招門客厚待之，養士至三千人。呂不韋讓他的門客把各自的見識寫下來，集論而爲《呂氏春秋》，並把它公布於咸陽市門，諸侯遊士賓客有能增損一字者即賞給千金。

《呂氏春秋》既爲呂不韋眾門客集體編成，內容自然不免駁雜，所以《漢書・藝文志》把它列爲「雜家」。在該書所取的各家學說中，道家、儒家、陰陽家思想更多些，因而有的人說它是新道家，有的人說它是新儒家，還有的人說它的指導思想是陰陽家❹。但是它與純粹的儒道陰陽各家學說都有不同，在雜取各家爲己所用的過程中，也對各家學說進行了改造，從而構成自己的理論體系。《呂氏春秋》預示了在秦漢大一統王朝即將出現之際，諸子百家思想逐漸從分到合，朝著爲封建大一統建構理論的方向演變。

《呂氏春秋》有嚴密的體系，全書分十二紀，每紀五篇；八覽，每覽八篇；六論，每論六篇。再加一篇序文，共一百六十一篇（今存一百六十篇）。全書條分理順，篇章劃分十分整齊，從結構上就把它組合成了一個所謂「法天地」的完整體系。十二紀按照一年十二個月的順序排列，是時間的縱向流程，古人認爲季節的推移源於天的作用。八覽是由八方、八極等觀念而來，是空間的橫向劃分，來自地理範疇。至於六論，則是由六親、六義等人間事象脫胎而來。

《呂氏春秋》是一部產生於戰國晚期的理論著作，出於眾人之手，風格不完全統一。但是其中有些文章精練短小，文風平實暢達，用事說理頗爲生動，仍然可以稱得上是優秀的文學散文。如〈重己〉篇講自己的生命如何重要，先從人不愛倕之指而愛己之指、人不愛崑山之玉而愛己之玉說起，層層深入，語言樸素懇切。〈貴公〉篇講「聖人之治天下也，必先公」的道理，先提出論點，再以荊人遺弓、桓公問管仲等具體事例說明，敘述生動明快。

《呂氏春秋》在文學上的另一個突出成就是創作了豐富多彩的寓言。據初步統計，全書中的寓言故事共有二百多則。這些寓言大都是化用中國古代的神話、傳說、故事而來，還有些是作者自己的創造，在中國寓言史上具有相當重要的地位。《呂氏春秋》在寓言的創作和運用上很有自己的特色，往往先提出論點，然後引述一至幾個寓言來進行論證。如〈當務〉篇先提出「辨」、「信」、「勇」、「法」四者不當的危害，然後就連用「盜亦有道」、「楚有直躬者」、「齊人之勇」和「太史據法」四個寓言來說明道理。〈察今〉篇爲了說明「因時變法」的主張，後面也連用「荊人涉澭」、「刻舟求劍」和「引嬰兒投江」三個寓言。該書的寓言生動簡練，中心突出，結尾處往往點明寓意，一語破的。

《呂氏春秋》除個別篇目外，各篇字數大體相當。編纂者對各單元及每篇文章均有字數的規定，體現出眾人編書的特點。這種規定使得全書結構勻稱，給人以整齊之感。但是，具體到某些篇目，由於受字數的限制而無法充分展開，對問題的論述不夠深入系統。另外，全書劃分爲一百六十個專題，分類繁多，不同板塊的篇目之間往往出現重複。

第二節　李斯的散文

・辭采繁富的〈諫逐客書〉　・體制獨特的刻石文

在中華民族的歷史上，秦始皇統一中國的赫赫武功很難有幾個封建帝王可以與之相比。可是，這位在政治上具有雄圖大略的一代開國君主，在文學上卻沒有做出成績。相反，他推行嚴酷的文化專制政策，焚書坑儒，徹底毀滅了這個時代的文學激情，抹掉了這個時代的詩性光彩。流傳下來的長城歌謠悲傷淒婉❺，爲後世創作孟姜女哭長城這樣批判秦始皇暴政的故事提供了歷史素材。

秦代唯一可以稱爲作家的人物是李斯（？—前二〇八）❻，他的主要作品是作於秦王政十年（前二三七）的〈諫逐客書〉。他是戰國末楚國上蔡人，遊說秦國獻統一之計，拜爲客卿。適值韓國苦於秦國征伐，乃使水工鄭國說服秦國開鑿水渠，企圖耗費秦國人力而不能攻韓。事被發覺，秦國的宗室大臣認爲，那些外來人大抵都是各諸侯國派來遊說和充當間諜的，建議秦王把一切來自其他諸侯國的客卿都驅逐出境，李斯也在被逐之列，因此他寫了這封信上書秦王。文章先敘述秦自穆公以來皆以客致強的歷史，說明秦若無客的輔助則未必強大的道理；然後列舉各種女樂、珠玉雖非秦地所產卻被喜愛的事實作比，說明秦王不應該重物而輕人：

> 今陛下致崑山之玉，有隨和之寶，垂明月之珠，服太阿之劍，乘纖離之馬，建翠鳳之旗，樹靈鼉之鼓。此數寶者，秦不生一焉，而陛下說之，何也？必秦國之所生然後可，則是夜光之璧不飾朝廷，犀象之器不為玩好，鄭衛之女不充後宮，而駿良不實外廄，江南金錫不為用，西蜀丹青不為采。所以飾後宮、充下陳、娛心意、悅耳目者，必出於秦然後可，則是宛珠之簪、傅璣之珥、阿縞之衣、錦繡之飾不進於前，而隨俗雅化、佳冶窈窕趙女不立於側也。

李斯身爲法家人物，行文卻辯麗可觀。此文辭采華美，排比鋪張，音節流暢，理氣充足，挾戰國縱橫說詞之風，兼具漢代辭賦之麗。末尾作結，指出秦人「逐客以資敵國，損民以益讎」的危害，有極強的理論說服力和藝術感染力。〈諫逐客書〉最精彩的是中間一段，語詞氾濫，意雜詼嘲，語奇字重，兔起鶻落，可謂駢體之祖。李斯雖爲羈旅之臣，然其抗言陳詞，有一種不可抑制的氣勢，成爲後世奏疏的楷模。

秦始皇統一中國之後，曾多次巡遊各地並刻石表功。現存刻石文共有七篇❼，這些刻石文大都出自李斯之手，以四字爲句的韻文寫成。其中除琅邪臺刻石文爲兩句一韻外，其餘嶧山刻石文等六篇皆三句一韻，文辭整飭簡潔，讀來朗朗上口，是秦文學的獨創。

從總體上看，秦刻石文都寫得氣魄雄偉，文字典雅，以渾樸爲體，然而，各篇銘文又各具特色。〈泰山刻石〉其詞莊嚴，其體精深碩大；〈之罘刻石〉、〈東觀刻石〉、〈碣石刻石〉或穎銳，或收斂，變化多端，而且都寫得短小精悍。〈琅邪臺刻石〉則鋪張揚厲，囊括並吞之氣，震蕩於文字中間。〈會稽刻石〉亦篇幅較長，其中考驗事實，稱頌秦政，所言尤詳，全文清峻爲體，前後對比鮮明。刻石文的體制上承西周雅、頌及秦統一前的〈石鼓文〉，但又有所變化和創造。李斯在很大程度上改變了以往頌讚體作品雍容華貴的風格，而貫以法家辭氣。秦刻石文堪稱碑銘之祖，漢魏碑銘，莫不被其遺則。

第三節　賈誼的政論文

・從陸賈到賈誼　・〈過秦論〉的戰國策士遺風　・從賈誼到晁錯

秦王朝雖然在文學上沒有取得大的成就，政治上的失敗卻給西漢初年的思想家提出了一系列發人深思的課題，也使那些才華橫溢的漢初文人有了發揮其聰明才智的廣闊天地。先是陸賈，早在劉邦稱帝之初就在其面前時時稱說詩書，並著文十二篇縱論秦所以失天下、漢所以得天下和古代帝王的興衰成敗之理，號爲《新語》❽。陸賈親眼目睹秦朝的滅亡，書中反覆批判秦朝的弊政，分別見於〈道基〉、〈輔政〉、〈辯惑〉等篇目。以秦爲鑑，是西漢初期議論文的重要宗旨，《新語》開風氣之先。這是一部針對性很強的務實之作，重視它的現實功用，對於當時的厚古薄今，求仙風氣、隱逸避世等多有批判，〈術事〉、〈慎微〉是這方面的代表篇目。這部著作對《詩經》、《春秋》、《論語》等儒家經典多有援引，秉持的是重德慎刑的治國理念。

《新語》多次援引《詩經》，在文體上帶有詩的屬性，押韻的段落甚多。除四言句外，還有三言、五言。用韻語議論，繼承的是《老子》、《文子》等先秦典籍的傳統。《新語》往往採用排比、對照、句型變換等手法，有的篇目鋪張揚厲，有戰國策士之文的遺風。

洛陽才子賈誼（前二〇〇—前一六八），把漢代政論體散文的創作推向一個新的高度❾。《漢書・藝文志》記載賈誼散文共五十八篇，收錄於《新書》。其作品大體可分爲三類，一類是專題政論文，如〈過秦論〉；一類是就具體問題所寫的疏牘文，如〈陳政事疏〉；還有一些是雜論。

戰國策士的語言特點是縱橫捭闔，善於誇張和渲染，以氣勢征服人。賈誼帶著濃郁的戰國策士遺風，善於把秦王朝大起大落的歷史情勢，內化爲作品的氣勢，其具體做法就是通過鮮明的對比，造成巨大的感情落差，這以〈過秦論〉最爲典型。

一是把秦朝興盛期的天下無敵和滅亡時的不堪一擊相對照。秦朝興盛自秦孝公始經歷七君百餘年，而它的滅亡卻只須幾個月的時間，今昔形勢懸殊。賈誼在敘述秦國的興盛時長轡遠馭，從容按節；而在描寫秦朝滅亡時則如機發矢直，急促揮翰。這種對比還有力量方面的渲染，秦國強盛時有雷霆萬鈞之力，摧枯拉朽之功；而它的滅亡卻似土崩瓦解，風吹葉落。順應這種歷史情勢，賈誼的筆調始則如大鵬展翅，扶搖直上，終則似飛雕遇箭，頓墜雲霄。

二是把秦始皇子孫萬代爲天子的願望和秦朝二主而亡的歷史事實相對照。〈過秦論〉寫道：「秦王之心，自以爲關中之固，金城千里，子孫帝王萬世之業也。」秦始皇的願望是出自本能，發自內心，是非常眞誠的。然而，秦朝傳到二世就危機四伏，子嬰只當了四十六天皇帝秦朝就滅亡了，這和秦始皇最初的願望相比，何其懸殊！

三是把陳勝的起義軍和六國諸侯進行對比。〈過秦論〉在敘述秦國與六國諸侯爭鋒的形勢時，極力渲染戰國四公子的尊賢重士、六國謀士和戰將的眾多以及兵力的充足，而對於陳涉起義軍，則大肆突出陳涉出身的低賤、才能的平庸，以及部隊成員素質的低劣、武器的匱乏，根本無法和六國諸侯相比。歷史彷彿是在和人開玩笑。強大的六國被秦國滅掉，陳涉率領九百戍卒首先發難，卻迅速把大一統的秦王朝推翻。同是雍州之地，面對六國諸侯則固若金湯，面對豪傑並起卻脆如雞卵。

賈誼在總結秦朝滅亡的歷史教訓時，找到了自身的才情與歷史形勢的契合點，成功地運用多側面對比的手法，使作品的體勢隨著心律的搏動、歷史形勢的迅速巨變而大起大落。他不是單純地發思古之幽情，而是以古鑑今，密切連繫現實政治，表現出強烈的憂患意識和對現實的積極參與精神。

賈誼針對現實所寫的政論文，其浩蕩的氣勢主要來自兩個方面：一是以數量取勝，二是以感情相驅動。

先看以數量取勝。賈誼〈陳政事疏〉稱：「臣竊唯事勢，可爲痛哭者一，可爲流涕者二，可爲長太息者六。」他把這九件令人傷心的軍國大事逐一羅列，詳加陳述，文字量很大，整個上疏所包含的信息既豐富又密集，形成一條水量充沛的語言符號的長河。

再看由感情驅動所造成的氣勢。賈誼有深重的憂患意識和積極參與現實的精神，二者相結合就形成作品情深意切的特點，使作品具有很強的內在張力。如果說條目和文字數量的眾多形成水量充沛的語言符號的長河，那麼，源於情深意切的內在張力則使這條長河洶湧澎湃，奔騰不息。賈誼在上疏陳政事時是在痛哭，在流涕，在歎息。由這種心境而生成的話語，不是輕描淡寫，而是危言聳聽；不是從容舒緩，而是迫不及待。

賈誼作爲漢初的重要作家，他的政論文確實做到了古今交融，把前代和本朝相貫通，在觀察興衰之理的過程中流露出深沉而悠長的歷史滄桑感。賈誼有政治家的熱情，而缺少歷史學家的冷靜；有詩人的氣質，而不像哲學家那樣耽於玄想。賈誼政論文的藝術價值，恰恰來自他迸發出的政治熱情和詩人的浪漫想像。

晁錯（前二〇〇—前一五四）是賈誼之後影響較大的政論散文家❿。《漢書．藝文志》法家類著錄其文三十一篇，今存比較完整的有八篇，以〈論貴粟疏〉爲代表。

〈論貴粟疏〉是繼賈誼〈論積貯疏〉後寫給文帝的一篇奏疏，文章的中心是闡述重農貴粟、強本抑末的主張。文章一開始，通過古今對比，說明「務農於桑，薄賦斂，廣蓄積」的重要性；接著，將粟米布帛與珠玉金銀的價值和作用加以對比，說明應該「貴五穀而賤金玉」；最後將農民的勤苦貧困生活與商賈的富裕得勢加以對比，說明應該採取措施抑制商人，防止他們兼併農民。通過以上三層的對比分析，把重農、貴粟、抑商三方面的意思闡述得很深透。晁錯的文章善於從歷史事實、當前情況、各種利弊得失等方面做具體分析，立論精闢而切於實際，文風簡潔明快，有商鞅、韓非的遺風。其不足之處是略乏文采。

第四節　《淮南子》及其他散文

・《淮南子》的鋪張揚厲和浪漫風格　・董仲舒、劉向的策對敘錄　・西漢的專題敘事散文集

西漢散文豐富多彩，除賈誼、晁錯的政論外，還有許多重要作家作品。首先要提到的是《淮南子》。此書是漢代皇室貴族淮南王劉安（前一七九？—前一二二）招致門客編成⓫，共二十一篇，十幾萬字，是西漢一部大著述。東漢高誘說此書「其旨近老子，淡泊無爲，蹈虛守靜，出入經道」⓬，大體不差。

作爲一部理論著作，《淮南子》的論說博奧深宏，無所不包，有一套完整的思想體系。但它並非一部抽象論道之書，而是多用歷史、神話、傳說來明事說理，具有很強的文學色彩。如〈原道訓〉廣引禹、舜、共工等歷史傳說和神話故事，來闡明失道而亡、得道而昌之理；〈覽冥訓〉則引用「女媧補天」等十幾個神話、傳說和歷史故事，來說明覽觀幽冥變化的道理，文風新異。

《漢書．藝文志》著錄淮南王賦八十二篇、淮南王群臣賦四十四篇。淮南王劉安及其門客既著書立說，又創作辭賦，由此而來，《淮南子》一書許多篇章採用的是辭賦寫法，是以描寫和敘述的方式論說事理。如〈原道訓〉對於道的描繪、〈本經訓〉對於享樂場面的渲染、〈修務訓〉對於歌舞及雜技表演的展示，以及〈地形訓〉對八方地理景觀的顯

現、〈齊俗訓〉對各地風俗的敘述，都可以和同時期的辭賦相互印證，有的段落是典型的新體賦。

漢大賦的特點是鋪張揚厲，追求巨麗之美。《淮南子》一書同樣如此。《漢書．河間獻王傳》稱：「淮南王好書，所招致率多浮辯。」淮南王劉安及其門客保留戰國策士的遺風，因此，《淮南子》一書帶有縱橫家說詞的特點，鋪陳誇飾，滔滔不絕，有時爲了說明某個道理，往往廣徵博引，反覆論證。書中排比句式極多，並且靈活多變，有長句，有短句，有單句，也有複句。多樣化的排比句式，形成鋪張揚厲的風格，造成波瀾壯闊的氣勢。

《淮南子》一書具有明顯的道家傾向，淮南王劉安曾經爲〈離騷〉作傳，再加上淮南又是先秦道家和楚文化影響很深的地區，因此，《淮南子》一書帶有鮮明的浪漫色彩，許多篇章所出現的藝術境界與《莊子》和〈離騷〉相似。如〈原道訓〉對馮夷、大丙之御的描寫和對恬然無思之人的刻畫，〈覽冥訓〉對女媧功成名就之後遨遊天地的展示，都是極富浪漫色彩的段落，具有超現實性和神祕性。劉熙載稱《淮南子》一書「意出塵外，怪生筆端」、「寓直於誕，寓實於玄」[13]，指的就是它和《莊子》、屈騷的關係。

董仲舒（前一七九—前一〇四）的陰陽災異思想和邏輯嚴密、雍容儒雅的文風[14]，對西漢後期的說理散文創作影響甚大。董仲舒「爲群儒首」，對推尊儒術尤其是今文經學貢獻很大。其主要的說理散文作品，除《春秋繁露》外，《漢書》本傳還載有他做於武帝初年的《天人三策》。這三篇作品行文邏輯嚴密，環環相扣，聯類引證，儒雅雍容，已經沒有了漢初說理散文的縱橫排宕之氣。董仲舒的其他文章則缺乏文學性，除散見於《漢書》中的幾篇奏疏外，《春秋繁露》一書的大多數篇章都比較艱澀枯燥。

劉向（前七九—前八）是西漢後期一位重要的經學家、目錄學家，也是一位很有成就的散文家[15]，一生有著作多種。劉向的說理散文，繼承董仲舒並在引經據典方面有所發展。例如〈條災異封事〉，廣引《詩經》、《周易》、《論語》等經典，推衍《春秋》災異之旨，建議黜奸選賢，論證以人和致天和的思想。還有〈極諫用外戚封事〉建議罷黜外戚王氏，〈諫營昌陵疏〉主張薄葬等，都具有徵經據典的顯著特徵。此類奏疏文的共同特點是結構嚴謹，邏輯清晰，往往先以正論開篇，繼之以反證，然後總結所提出的觀點，最後結合時事以證之。《新序》十卷和《說苑》二十卷是劉向說理散文的代表作，二書都是採集群書中的逸聞軼事按照以類相從的原則編纂而成，寓含勸誡訓教之意。它上承《韓非子》的〈內儲說〉、〈外儲說〉、〈說林〉之體，下開六朝《世說新語》類小說的先河。這兩部書都把各種傳說故事置於政論的框架中，看似政論文體，實則以敘事爲主，其中很多篇章類似後來的小說[16]，在劉向散文中最具文學價值。

劉向在中國古代典籍的整理編輯方面曾做出過突出貢獻。每校畢一書，他都編目記錄，還爲許多書寫了書錄，這其中有些就是很好的文學散文。如〈戰國策書錄〉，不但詳細介紹該書的編校過程、書名的由來，而且還描述春秋戰國之際的政治變化，縱橫策士遊說諸侯局面的形成，以及當時錯綜複雜的歷史。敘事中雜有議論說理，見解深刻，語言簡潔，文筆生動。雖不及賈誼的〈過秦論〉雄峻，然從容渾厚，貫以勁氣，似無意爲文而自能盡意。〈管子書錄〉重點講述管子的人格志向和事業成就，一個古代優秀政治家的形象呼之欲出。〈孫卿書錄〉則重點介紹孫卿遊學各地的經過，在高度讚譽其學問成就的同時又慨歎諸侯不能用其人，人主不能用其說，言詞痛切，感情深沉。

西漢是中國古代政論散文繼先秦之後的又一個繁榮期，除上文所述之外，還有許多著名的作家作品，如桓寬的〈鹽鐵論〉、揚雄的《法言》等。西漢時期還陸續出現一批敘事散文集，這類作品在選材上比較集中，可稱爲專題性敘事散文。

《孔叢子》是孔子後裔孔鮒所作[17]，是一部敘述孔氏家族事蹟的作品，帶有家族傳記的性質。從孔子到孔鮒共九代，《孔叢子》設立專章加以敘述的依次是孔子、子思、子高、子順、子魚，共五代人。該書在總體布局上精心調遣，選擇孔氏家族最有影響的幾位人物作爲敘述對象，主要突出孔子、子思的崇高地位。

《孔叢子》雖然總體上按照時間順序展開，但具體到每位敘述對象，又分門別類地進行，是早期家族傳記特有的形態。

《孔叢子》敘述孔氏家族五代人的事蹟，由於他們所處歷史階段的不同，所展示的風貌也存在差異。孔子、子思是典型的儒者風範，從子高開始，他們身上已經出現戰國士人的習尙，有的近乎辯士，有的像縱橫家。

劉向的《列女傳》是西漢後期的一部敘事散文集[18]，選擇的都是以女性爲主角的歷史傳說和故事。這部書共分七個欄目，每個欄目收錄的是同一類型的角色，遵循的是以類相從的原則。前六個欄目敘述對象是正面角色，最後一個欄目是負面角色。

《列女傳》各篇獨立成文，講述一個完整的故事，並且有固定的模式。全書前面有小序，用四言詩句寫成，對各個欄目分別加以概括。單獨成篇的傳說故事末尾，援引《詩經》的句子加以總結，最後是劉向用四言詩寫的頌，對前文進行複述或做評論。

《列女傳》多取材於先秦典籍，也有民間傳說被納入其中，不少篇目具有傳奇色彩，人物的形貌描寫有時採用誇張筆法。劉向編纂《列女傳》爲的是諷諫後宮，從中可以看出他的女性觀。劉向推崇賢妻良母，褒揚貞順節義，同時又欣賞智慧辨通，書中還貫穿醜女興邦和美女亡國的理念。

《列仙傳》是劉向編輯的一部仙話集[19]，收錄從傳說的神農、黃帝時代到西漢後期的仙話，共七十則。他把這些仙話結集成書時，有文字上的潤色和修改。

《列仙傳》是以早期歷史爲背景的仙話，敘事簡略，其主角往往有官職。以漢代爲背景的仙話多數篇幅較長，主角多是平民百姓。早期仙人多爲自己修煉的結果，後期仙人則往往借助外力實現。

《列仙傳》記載的仙人主要有三種類型：舉體飛升的天仙、長生不死的地仙、雖死而未亡的屍解仙，他們的成仙往往與自身從事的職業有關。劉向在書末敘述編輯《列仙傳》的緣由，他對仙人的有無持半信半疑的態度。

《列仙傳》的文本形態與《列女傳》相似，每則仙話後面有一首四言八句的詩，用以複述前文或發表評論。

劉向還編輯《晏子春秋》[20]，是關於春秋時期齊國晏嬰的故事集。西漢專題性敘事散文集的系列推出，劉向有巨大貢獻。

以剖白個人思想心跡爲主的書信體散文，如鄒陽的〈獄中上梁王書〉、枚乘的〈諫吳王書〉、司馬遷的〈報任安書〉、楊惲的〈報孫會宗書〉等，或痛陳事理，或自抒怨憤，或嬉笑怒罵，敘事抒情均富有感染力，成爲漢代散文史上一枝旁逸斜出的奇葩。

注釋

❶漢代是中國散文文體兼備期。按劉勰《文心雕龍》文體論所列文體，如頌讚、祝盟、銘箴、誄碑、哀悼、雜文、諧隱、史傳、諸子、論說、詔策、檄移、封禪、章表、奏啓、議對、書記等，在漢代已基本全備。後世的文章選本和文體論著作，對文體的分類雖不相同，但漢代的散文仍然可以涵蓋其多數文體。清人姚鼐編《古文辭類纂》，把先秦至清代的古文分為論辨、序跋、奏議、書說、贈序、詔令、傳狀、碑志、雜記、箴銘、頌讚、辭賦、哀祭等十三類，這十三類文體在漢代都已經全備。

❷呂不韋，戰國末衛國濮陽（今屬河南）人，後為秦陽翟（今河南禹州）富商。在趙邯鄲遇見秦公子子楚為人質，認為「奇貨可居」。入秦，為子楚活動，使其歸國嗣位，為莊襄王。因以不韋為相，封文信侯。秦始皇年幼即位，尊不韋為仲父，主政。因事獲罪牽連，罷官，流放蜀地，自殺。《史記》卷八十五有傳。

❸關於《呂氏春秋》的成書時間，該書〈序意〉中「維秦八年……良人問十二紀」一句可為實證，據高誘注，「維秦八年」指的是秦王政八年，即前二三九年，學界多從此說。但是，這其中也有矛盾。一是此書〈序意〉只講〈十二紀〉而未及〈八覽〉、〈六論〉；二是此篇〈序意〉正排在〈十二紀〉之後，〈八覽〉、〈六論〉之前，即全書的中間；三是司馬遷在《史記・自序》中有「不韋遷蜀，世傳《呂覽》」的話。據此，陳奇猷認為《呂氏春秋》的〈十二紀〉成於西元前二三九年，而〈八覽〉、〈六論〉則是在呂不韋遷蜀之後完成，此說備考。可參見陳奇猷《呂氏春秋校釋》（學林出版社一九八四年版）。

❹主張《呂氏春秋》為新道家的，如熊鐵基《秦漢新道家論略》（上海人民出版社一九八四年版）、王範之《呂氏春秋選注》（中華書局一九八一年版）；主張為新儒家的，如張智彥《呂不韋》（見《中國古代著名哲學家評傳》，齊魯書社一九八〇年版）；主張為陰陽家的，如陳奇猷《呂氏春秋校釋》。

❺秦代長城歌謠見於〔晉〕楊泉《物理論》，酈道元《水經注》卷三引：「生男慎勿舉，生女哺用脯。不見長城下，屍骸相支柱。」漢末詩人陳琳在〈飲馬長城窟行〉中已經引用過它。《漢書・賈捐之傳》在追述秦代興兵廣地時也有「長城之歌，至今未絕」的話。可見，這首歌謠應產生於秦代。

❻李斯，戰國末楚上蔡（今屬河南）人。從荀卿學，入秦為秦相呂不韋舍人。因說秦王併六國，拜為客卿。秦始皇統一六國，斯為丞相。定郡縣制，下焚書令，變籀文為小篆。始皇死，與趙高定謀，矯詔殺公子扶蘇，立少子胡亥為帝。後趙高欲專朝政，誣斯謀反，腰斬於咸陽。《史記》卷八十七有傳。

❼秦刻石文現存七篇：〈嶧山刻石〉、〈泰山刻石〉、〈琅邪臺刻石〉、〈之罘刻石〉、〈東觀刻石〉、〈碣石刻石〉、〈會稽刻石〉，《史記・秦始皇本紀》均有記載。徐鉉重摹嶧山碑拓本，見嚴可均輯《全上古三代秦漢三國六朝文・全秦文》卷一（中華書局一九八七年版，第一二一頁）。

❾陸賈，漢初楚人，生卒年不詳。楚漢相爭時以賓客身分佐助劉邦，有辯才。漢初曾兩度出使南越，招諭尉佗。授太中大夫。著《新語》十二篇，大旨為崇王道，黜霸術。《史記》卷九十七、《漢書》卷四十三有傳。

❾賈誼，漢洛陽（今屬河南）人。年十八，以能誦詩書屬文稱於郡中。二十餘，文帝召為博士。提出改革制度的主張，又數上疏陳政事，言時弊，受文帝賞識，遷太中大夫。為大臣所忌，出為長沙王太傅，遷梁懷王太傅而卒，年三十三。《史記》卷八十四、《漢書》卷四十八皆有傳。

❿晁錯，漢潁川（今河南禹州）人。治申商刑名之學。文帝時拜為太子家令，號曰「智囊」。景帝時為內史，後擢為御史大

夫，主張削減諸侯王權力。吳楚七國以誅晁錯為名發動叛亂，景帝懾於外部壓力，將他斬於東市。《史記》卷一百零一、《漢書》卷四十九有傳。

⑪ 劉安，漢文帝弟淮南厲王劉長的長子，襲父封為淮南王。好文學，曾奉漢武帝命作《離騷傳》。又招致賓客方術之士數千，集體編寫《淮南子》（原名《淮南鴻烈》）一書，元狩元年（前一二二），有人告安謀反，下獄自殺。可參見《史記・淮南衡山列傳》。

⑫ 《漢書・藝文志》的「雜家」欄目，收錄《淮南內》二十一篇，《淮南外》三十三篇，前者就是指傳世的《淮南子》一書。該書以道家思想為主，兼採孔、墨、申、韓諸家之說，故列入雜家。

⑬ 劉熙載《藝概・文概》，上海古籍出版社一九七八年版，第一四頁。

⑭ 董仲舒，漢廣川（今河北棗強）人。少治《春秋公羊傳》，景帝時為博士。武帝即位，以賢良對策見重，拜江都相，再出為膠西王相。恐獲罪，告病免官家居。著有《春秋繁露》等書。《史記》卷一百二十一、《漢書》卷五十六均有傳。

⑮ 劉向，原名更生，字子政，高祖弟楚元王（劉交）玄孫。宣帝時任散騎諫大夫，元帝時因反對宦官弘恭、石顯而下獄，成帝時更名向，任光祿大夫。校閱經傳、諸子、詩賦等書籍，寫成《七略別錄》一書，為我國最早的分類目錄學著作。另著《尚書洪範五行傳論》、《五經通義》、《五經要義》，編次《世說》、《列女傳》、《列仙傳》、《新序》、《說苑》，又有賦頌、奏疏等數十篇。《漢書》卷三十六有傳。

⑯ 屈守元稱：「在中國小說史的漫長道路上，《說苑》之類的著作，曾發生過什麼樣的作用，只要實事求是地做點探索，就不難看出中國小說的成長有它自己的特點。選編歷代小說作品，把《說苑》也算進去，並無可非議。把《說苑》看成是帶有一定古代小說集性質的書，這是符合中國小說發展的歷史實際的。」（向宗魯《說苑校證・序言》，中華書局一九八七年版，第三—四頁）

⑰ 《孔叢子》係孔鮒所作。鮒，字子魚，陳勝稱王期間曾任博士，因為言不見用，託目疾而退，著《孔叢子》一書。該書的〈獨治〉、〈答問〉主要敘述孔鮒的事蹟。成書時間當在楚漢相爭期間或西漢初年。漢武帝時期，太常孔臧作為孔子的後裔，又將自己所作的賦及《連叢子》編為一卷，附於書末，即《連叢子》上。至東漢前期，又有記載孔子後裔季彥言行的篇目附於其後，即《連叢子》下。關於《孔叢子》的作者及成書年代，可參閱傅亞庶所著《孔叢子校釋・附錄》（中華書局二○一一年版，第五一五—六三一頁）。

⑱ 《漢書》卷三十六〈楚元王傳〉：「〔劉〕向以為王教由內及外，自近者始。故採取《詩》、《書》所載賢妃貞婦，興國顯

家可法則，及孽嬖亂亡者，序次為《列女傳》，凡八篇，以戒天子。」（《漢書》，中華書局一九七五年版，第一九五七—一九五八頁）

⑲劉向《列仙傳・贊》稱：「余嘗得秦大夫阮倉撰《仙圖》，自六代迄今，有七百餘人。」（《列仙傳》，上海古籍出版社一九九〇年版，第二五頁）劉向所編《列仙傳》有所本，阮倉的《仙圖》是其底本。

⑳《漢書・藝文志》「儒家」欄目收錄《晏子》八篇。劉向《晏子敘錄》稱校定後《晏子》「凡八篇」，與《漢書・藝文志》的記載相合。關於該書編寫者及成書年代，可參閱吳則虞《晏子春秋集釋・序言》（《晏子春秋集釋》，中華書局一九六二年版，第一七—三九頁）。

第二章　司馬相如與西漢辭賦

賦是漢代最具代表性、最能彰顯時代精神的一種文學樣式。它是在遠承《詩經》賦頌傳統，近仿《楚辭》的基礎上，兼收戰國縱橫之文的鋪張恣肆之風和先秦諸子作品的相關因素，最後綜合而成的一種新文體❶。它與漢代詩、文一起，成就了漢代文學的燦爛與輝煌。

第一節　騷體賦及「九體」

・賈誼與漢初騷體賦　・大賦與騷體賦的相輔相成　・依傍屈原的系列九體之作
・〈招隱士〉和〈長門賦〉

漢賦有騷體賦、漢大賦和抒情小賦之分，分別代表漢賦不同發展階段的主流形式。漢初以騷體賦爲主，而賈誼（前二〇〇—前一六八）是騷體賦的代表作家，他也是現今有作品傳世的第一位漢代賦作家。《漢書・藝文志》載他有賦七篇。今見屬其名下的作品包括殘文有四篇❷。其中以〈弔屈原賦〉和〈鵩鳥賦〉最爲著名。〈弔屈原賦〉爲文帝四年（前一七六）賈誼被貶爲長沙王太傅，途經湘水，歷經屈原放逐之地，因致傷悼而作。賦中於同情尊敬之外，兼寓憤恨痛責之心：

> 遭世罔極兮，乃隕厥身。嗚呼哀哉，逢時不祥！鸞鳳伏竄兮，鴟梟翱翔。闒茸尊顯兮，讒諛得志。賢聖逆曳兮，方正倒植。世謂隨夷為溷兮，謂跖蹻為廉。莫邪為鈍兮，鉛刀為銛。吁嗟默默，生之無故兮。斡棄周鼎，寶康瓠兮。騰駕罷牛，驂蹇驢兮；驥垂兩耳，服鹽車兮。章甫薦屨，漸不可久兮。嗟苦先生，獨離此咎兮。

這裡寫出一個是非不分、善惡顛倒的昏暗世界，揭示了造成屈原不幸的社會現實。作者著意列舉種種錯亂反常的現象，並不厭其煩地反覆詠歎，足見感觸之深、憤慨之烈，其間明顯流露出對自己無辜遭貶的怨怒不平。正因同病相憐，所以感同身受，悼人也正是自悼。這就是該賦所表達出來的「忠而被謗」、才無所用的憤慨之聲。賦末不贊同屈原以身殉國的行爲，認爲正確的做法應該是「鳳漂漂其高逝兮，固自引而遠去。襲九淵之神龍兮，沕深潛以自珍」。主張明哲保身，「遠濁世以自藏」；最起碼也應該遊歷九州，擇君而相，懷戀故都是大可不必的。這體現出作者與屈原不同的價值觀和人生觀，但因作者與屈原異代相感，寫得情眞意切，詞清而理哀，於騷體賦中，取冠於兩漢。

〈鵩鳥賦〉作於賈誼謫居長沙時。誼居貶所，一日有鵩鳥入宅，以爲不祥，遂作此賦，藉以闡明自己人生態度，自我寬慰，自我排遣。賦中宣揚順天委命、齊萬物、同生死、等榮辱的老莊哲學：

> 忽然為人兮，何足控摶；化為異物兮，又何足患！……釋智遺形兮，超然自喪；寥廓忽荒兮，與道翱翔。乘流則逝兮，得坻則止；縱軀委命兮，不私與己。其生兮若浮，其死兮若休；澹乎若深淵之靜，泛乎若不繫之舟。

結合賈誼的生平來看，這只是他一時的心境，而非一生的想法。與〈弔屈原賦〉相比，前者多政治慨歎，而後者多人生感悟；前者偏於抒情，而後者偏於析理。無論在精神上還是體制形式方面，賈誼賦都明顯對屈賦有所繼承。他們同有不世之才和爲國盡忠報效之心，又同有不爲所用、遭讒被放的悲慘遭遇，因而辭情風貌多有相類。在體制上，則表現爲沿襲楚騷句式，多用「兮」字，通篇用韻，形式整齊，富於抒情色彩。

賈誼之後，騷體賦繼有人作，即便在漢大賦如日中天，光芒掩罩的武、宣之世，騷賦的創作也從未間斷過，與漢大賦一明一暗，並行不悖。其中如淮南小山的〈招隱士〉、董仲舒的〈士不遇賦〉、司馬遷的〈悲士不遇賦〉，司馬相如的〈大人賦〉、〈哀秦二世賦〉、〈長門賦〉，揚雄的〈太玄賦〉等都是優秀的作品。另外，在賈誼之後，還出現了一系列以悼念屈原爲主題的騷體賦，諸如嚴忌的〈哀時命〉、東方朔的〈七諫〉、王褒的〈九懷〉、劉向的〈九歎〉、王逸的〈九思〉等。尤其是〈九懷〉、〈九歎〉、〈九思〉等作品，一脈相承，九章成篇，體制固定，主題相類，作爲騷體賦的一種體制，雖然規模未大，卻具備了獨有的格局，與大賦中的「七體」互相輝映，是爲「九體」。在這些騷體賦作家中，特別值得一提的是淮南小山和司馬相如。

淮南小山的〈招隱士〉是淮南文學群體中僅存的一篇辭賦，也是兩漢騷體賦中極富意境的一篇❸，其中有這樣一段：

王孫遊兮不歸，春草生兮萋萋。歲暮兮不自聊，蟪蛄鳴兮啾啾。坱兮軋，山曲岪，心淹留兮恫慌忽。罔兮沕，憭兮栗，虎豹穴，叢薄深林兮人上慄。

賦寫隱士所居山林的幽深險惡，依稀有〈九歌〉影像，而以雄奇出之。作品最後呼喚：「王孫兮歸來，山中兮不可以久留。」勸說王孫結束隱士生活，回到人間社會。

司馬相如不僅是大賦名家，也是騷體賦的高手。〈大人賦〉是針對「上好仙」而發，極寫仙境之不可戀而人世之彌足珍，以騷體形式而用大賦手法，造語生動而意存諷諫。至於武帝讀後反而「飄飄有凌雲之氣，似遊天地之間意」（《史記・司馬相如列傳》），則是作者始料未及的。〈哀秦二世賦〉作於相如從武帝獵於長楊宮，上〈諫獵書〉之後，旨在勸武帝居安思危，謹愼持身。這篇短賦情詞懇切，語短意長。〈長門賦〉可看作是兩漢騷體賦中最具情境的一篇❹。賦寫陳皇后被廢，幽居長門宮，苦悶抑鬱，憂鬱淒傷，將宮廷婦女失寵後的那種卑微屈辱而又夢寐望幸的哀怨心情寫得深細入微，感人至深。月夜無眠一段尤爲精彩：

日黃昏而望絕兮，悵獨托於空堂。懸明月以自照兮，徂清夜於洞房。援雅琴以變調兮，奏愁思之不可長。案流徵以卻轉兮，聲幼妙而復揚。貫歷覽其中操兮，意慷慨而自卬。左右悲而垂淚兮，涕流離而從橫。舒息悒而增欷兮，蹝履起而彷徨。揄長袂以自翳兮，數昔日之愆殃。無面目之可顯兮，遂頹思而就床。摶芬若以為枕兮，席荃蘭而茝香。忽寢寐而夢想兮，魄若君之在旁。惕寤覺而無見兮，魂迋迋若有亡。……夜曼曼其若歲兮，懷鬱鬱其不可再更。澹偃蹇而待曙兮，荒亭亭而復明。

這段文字對作品主人公做了一系列動態描寫：她彈琴垂淚，在深宮徘徊，在床上輾轉反側，夢見天子到來卻是虛幻的，醒來後更加失落。這些行爲動作無一不是形影相弔，孤獨寂寞，充滿淒涼和悲傷。

第二節　枚乘和「七體」

・梁園文人群體　・枚乘獨步　・〈七發〉奠定漢大賦體制　・「七體」作品的陸續出現

對於漢代文學的發展，漢初諸侯王比最高統治者具有更直接、更重要、更深遠的作用和影響。文、景時代，皇帝整天忙於經濟發展和政治穩定，無暇顧及文學，而當時的各路諸侯多有富甲一方、實力雄厚者，在既不能開疆拓土，又不甘寂寞無爲的情況下，他們聚攬賓客，大興養士之風。由於當時的社會環境所限，這些賓客除在特定的政治邦交方面發揮一定的作用之外，更多的人則將注意力集中在文學創作上。各路諸侯王也對此大加宣導，因而形成了多個以諸侯王爲中心的文學群體，其中梁孝王最爲突出。梁孝王築有梁園，因其名望既高，又著意延攬士人，當時才俊除枚乘、莊忌、鄒陽自吳王處轉投其門下外，公孫詭、羊勝等人也均聚梁園，形成「彬彬之盛」，而梁園的良好氛圍又在一定程度上激發了這些人的文學才能，梁園文學群體盛極一時。

枚乘（？—前一四〇）❺是梁園文學群體中的傑出代表。其賦《漢書・藝文志》著錄九篇，今存〈梁王菟園賦〉、〈忘憂館柳賦〉及〈七發〉等，前兩篇均見於《古文苑》，〈七發〉見於《文選》，其中最可靠、最具影響力的是〈七發〉。

〈七發〉假託楚太子有疾，吳客前往探病，藉吳客之口指出太子的病實由過度的安逸和物質享受所導致，是「縱耳目之欲，恣支體之安」的結果。此病非針石可治，須博聞強識的有道君子經常啓發誘導，移情換性，才救治得了。緊接著，吳客由近及遠，由室內而至戶外，分說音樂、飲食、車馬、宮苑、畋獵、觀濤諸事，逐步啓發太子，均未奏效。最後，吳客說要請像莊周等人那樣的「方術之士有資略者」，暢談「天下要言妙道」，於是太子據几而起，汗出病癒。關於這篇賦的題旨，劉勰在《文心雕龍・雜文》中稱：「蓋七竅所發，發乎嗜欲，始邪末正，所以戒膏粱之子也。」李善在《文選》注中提出：「〈七發〉者，說七事以起發太子也。」賦中的勸誡之意是極爲明顯的，其中所體現的逸豫亡身而明理救命的道理，所強調的精神健康重要性的問題，即便放諸今日，也是極具價值的。勸誡膏粱子弟，也是勸誡世人。

這篇賦值得注意的有這樣幾個方面：

一是對先秦文學的借鑑。〈七發〉對先秦文學借鑑很多。如吳客在說明物慾之害時的一段話：「且夫出輿入輦，命曰蹷痿之機；洞房清宮，命曰寒熱之媒；皓齒蛾眉，命曰伐性之斧；甘脆肥膿，命曰腐腸之藥。」不但內容，就連其排比手法，均與《呂氏春秋．本生》中的一節極其相似，不過句式要整飭華美得多。賦中大肆鋪寫音樂、飲食、宮室之事則明顯沿襲《楚辭》中的〈招魂〉和〈大招〉，但一重抒情，一重明理，而且一正一反，用意不同。至於觀濤的描寫則與宋玉〈高唐賦〉中寫山洪暴發的一段有神似之處，但枚乘寫得更生動形象，激動人心。其中「觀其所駕軼者，所擢拔者，所揚汩者，所溫汾者，所滌汔者」幾句，又顯然取法《莊子．齊物論》中寫風的部分，但用筆更爲巧妙。這說明漢賦確是綜合前代諸多文學樣式融合而成，也說明漢賦在繼承中有創新，有不同於前代文學的取向和生命活力。

二是逐步盤升手法的運用。賦中諷喻意圖的表達是通過重重超越和逐步盤升來實現的。作者在賦中花費大量筆墨去精心描繪的內容，正是作者最終所要超越和否定的東西。如寫音樂，作者極盡鋪敘之能事，然而太子的一句「僕病未能也」立時將這音樂否定。實際上這也是作者的否定，而且是刻意安排的。鋪張描繪的目的就是要突出這琴曲動人心魄、驚天感物的力量，然後再去否定它，藉以說明再美妙的曲子對太子的病都無濟於事。寫飲食、車馬、宮苑、畋獵、觀濤等的筆法莫不如此。最後對要言妙道的肯定，實際上是對前六事的超越和否定。當然，在前面所述六事中，作者對它們所持的態度並不完全相同。音樂、飲食、車馬、宮苑前四事都是在「宮居而閨處」的範圍內，太子平時就耽樂其間，在作品中是否定的對象。畋獵和觀濤則已越過宮牆，是太子平時所未體驗到的，因此引起他的興趣，作者對於這兩項活動給予肯定，但又最終超越它們。正是在這種重重超越和否定中點明，對於一個人來說，精神上的充實才是祛病之藥，從而揭示出賦的主題。這種超越和盤升手法是漢大賦慣用的技巧，如後來司馬相如的〈子虛賦〉、〈上林賦〉，揚雄的〈甘泉賦〉、〈羽獵賦〉等，其諷喻意圖都是通過這一方式實現的。

三是移步換形和鋪誇手法的運用。賦寫七事，一事一轉，如行山間，人移景變，給人以耳目生新之感，儼然是後世山水遊記的筆法精神。每寫一事又能刻意求奇，反覆渲染，精刻細畫，極盡鋪誇之能事。其中觀濤一段歷來爲人所激賞：

> 其始起也，洪淋淋焉，若白鷺之下翔。其少進也，浩浩溰溰，如素車白馬帷蓋之張。其波湧而雲亂，擾擾焉如三軍之騰裝；其旁作而奔起也，飄飄焉如輕車之勒兵。六駕蛟龍，附從太白。純馳浩蜺，前後駱驛，顒顒卬卬，椐椐強強，莘莘將將。壁壘重堅，沓雜似軍行。……崩壞陁池，決勝乃罷。

這一段運用生動形象的比喻和大膽雄奇的誇張，把潮水描寫成聲勢顯赫的軍陣，從形、聲、態、勢等多方面，描摹曲江大潮的景象，多角度展現潮水與軍陣之間的相似之處。奇觀滿目，濤聲盈耳，煒煒譎詭，對自然景觀的描繪閃耀著生命的光輝，使讀者精神震盪，有如身臨其境。劉勰評其爲「腴辭雲構，誇麗風駭」（《文心雕龍．雜文》）。

〈七發〉對潮水用兩大段文字加以渲染，兩段描寫各由四個環節構成，採用的是四段成章的結構方式。在第二大段，先後用「其始起也」、「其少進也」、「其旁作而奔起也」領起，最末一段用「決勝乃罷」結束。在四段當中，第三段是描寫的重點，文字量最大，而第四段則最爲簡略。這種四段成章的結構模式，可以追溯到《詩經》的四句成章。宋玉的〈高唐賦〉、〈神女賦〉，採用的也是這種章法。後代文章寫作起承轉合的法門，在這些作品中已見端倪。

四是〈七發〉在文學史上的地位。首先它標誌著漢大賦體制的形成。〈七發〉鴻篇巨製，韻散結合；採用設爲問答的形式結纂全篇；筆墨鋪誇，描繪精細；以敘事狀物爲主，詞藻繁富，多用比喻和疊字，這些都是成熟的漢大賦的顯著標誌。其次，枚乘和他的〈七發〉標誌著以地方諸王爲中心的漢賦創作時代的終結和以京都爲中心的創作時代的到來。在枚乘之前，諸如莊忌、淮南小山，包括《漢書．藝文志》中所著錄的幾個侯王的創作基本上都是在地方進行的。賈誼雖身在皇朝，但〈弔屈原賦〉、〈鳥賦〉實則作於流放外地之際，也是易時異地的產物，所以這一時期可以看作是地方中心時期。枚乘之後，司馬相如、揚雄、班固等人則集於京都，在皇帝周圍，形成了以帝王爲核心的新的創作格局，所以這一時期可以看作帝都中心時期，而枚乘及其所作的〈七發〉恰好處於這兩個時期的轉捩點上。

〈七發〉是「七體」的開山之作。自枚乘〈七發〉問世之後，後世仿作並以「七」名篇的代不乏人。即以漢代而言，傅毅有〈七激〉，劉廣世有〈七興〉，崔駰有〈七依〉，李尤有〈七款〉，張衡有〈七辯〉，馬融有〈七厲〉，如此等等，數量眾多。所以蕭統《文選》和劉勰《文心雕龍．雜文》於賦體之外，別立「七體」。

第三節　司馬相如的天子遊獵賦

・文學中心由地方向中央的轉移〈子虛賦〉、〈上林賦〉的創作

・帝國形象、一統觀念和時代精神　・浪漫的巨麗之美

漢武帝即位之後，漢王朝在各個方面均逐漸步入極盛，不但實現了政治和思想上的天下一統，而且也掀開漢代文學發展的新篇章。由於武帝對文學的愛好和對文人的親近，在其周圍逐漸形成一個前所未有的、蔚爲壯觀的文學群體。也

正是從武帝時起，漢代文學活動的中心由地方轉移到中央。其後歷宣、成各世，或仿漢武故事，或大力宣導辭賦創作，都有力地推動了文學的發展，造就一代又一代文人❻。正是在這一時期，蜀地先後走出司馬相如和揚雄這兩位賦壇巨匠。

司馬相如（約前一七九—前一一八），字長卿，蜀郡成都人。少時好讀書，喜擊劍。景帝時以貲爲郎，任武騎常侍，不遂其志，意不自得。後梁王率枚乘、鄒陽等賓客來朝，相如與之一見傾心，遂以病爲由，客遊梁，成爲梁園文學群體中的一員。居數歲，作〈子虛賦〉。

後梁孝王卒，相如歸蜀，往依好友臨邛縣令王吉。以琴音與臨邛富家女卓文君互通情意，結爲伉儷，先貧後富，度過一段閒散生活。武帝即位後，廣徵賢良，偶讀〈子虛賦〉，歎曰：「朕獨不得與此人同時哉！」時狗監楊得意侍於側，遂曰：「臣邑人司馬相如自言爲此賦。」武帝喜召相如。相如表示，〈子虛賦〉乃敘諸侯之事，不足觀，「請爲天子遊獵賦」（《史記．司馬相如列傳》）。於是作〈上林賦〉。武帝大悅，以相如爲郎。後唐蒙行取夜郎、僰中，濫用民力，嚴刑峻法，蜀民驚恐。武帝遣相如赴蜀安民。不久，又拜相如爲中郎將，建節往通西南少數民族諸部，西南諸部皆向中央王朝稱臣。而相如則因被劾受賄而失官。歲餘後，復召爲郎，後又拜孝文園令。時見武帝好神仙，於是上〈大人賦〉以諷。晚年以病免官，居茂陵。武帝元狩五年（前一一八），以消渴疾辭世。病逝後，武帝遣人往索其書，有〈封禪文〉奏上。司馬相如是漢賦創作成就最高的作家。

《漢書．藝文志》著錄相如賦二十九篇，今存五篇。其中〈子虛賦〉、〈上林賦〉是其代表作，也是漢賦中最優秀、影響最深遠、具有典範意義的作品❼。這兩篇賦的創作前後相去十年，但內容相連，一貫而下，結體嚴謹，可做完整的一篇來看。

作品虛構了子虛、烏有先生和亡是公三人，設爲問答，結撰成篇。〈子虛賦〉寫楚臣子虛使於齊，齊王悉發境內車騎，與使者出獵。獵罷，子虛過訪烏有先生，遇亡是公在座。烏有先生問及畋獵情況，子虛便把齊王提問時的對答講述一遍，鋪陳楚王遊獵雲夢的盛況。在子虛看來，齊王的做法，大有炫耀自誇的意味，而他的回答則有捍衛尊嚴，不辱使命的成分。烏有先生聽罷，先是批評子虛「不稱楚王之德厚，而盛推雲夢以爲高，奢言淫樂而顯侈靡」的錯誤做法，而後又極誇齊國地域之遼闊，物產之豐富，國勢之強大。旨在說明齊國不但在重精神、尚道義上要高過楚國，即便在物質上也遠非楚國可比，藉以壓倒楚國。〈上林賦〉緊承烏有先生的言論展開，亡是公在一個新的思想基點上對子虛、烏有乃至齊、楚諸侯進行批評，指出：「不務明君臣之義，正諸侯之禮，徒事爭於遊戲之樂，苑囿之大，欲以奢侈相勝，荒淫相越，此不可以揚名發譽，而適足以貶君自損也。」而後，筆鋒一轉，開始極力描繪天子上林苑的巨麗之美和天子遊獵的空前盛況及浩大聲勢，濃墨重彩，極盡鋪張揚厲之所能。如賦中有這樣一段：

> 於是乎遊戲懈怠，置酒乎顥天之臺，張樂乎膠葛之宇。撞千石之鐘，立萬石之虡。建翠華之旗，樹靈鼉之鼓。奏陶唐氏之舞，聽葛天氏之歌。千人唱，萬人和。山陵為之震動，川谷為之蕩波。巴、渝、宋、蔡，淮南干遮，文成顛歌，族居遞奏，金鼓迭起。鏗鎗闛鞈，洞心駭耳。荊、吳、鄭、衛之聲，韶、濩、武、象之樂，陰淫案衍之音，鄢郢繽紛，激楚結風，俳優侏儒，狄鞮之倡，所以娛耳目、樂心意者，麗靡爛漫於前，靡曼美色於後。

司馬相如在描寫賞樂觀舞場面時，首先誇張渲染高臺上干青雲，舞場廣大曠遠，巨鐘重達十二萬斤，鐘架一百二十萬斤。參加演出的人員多達千名，還有萬人爲之應和。樂器聲和歌聲驚天動地，具有震撼人心的力量。司馬相如盡量將眾多的物類事象納入畫面，從觀臺到場地，從鐘鼓到支架，從旗幟到歌舞，都極力渲染它們龐大的體積、超常的重量、眾多的數量、浩蕩的氣勢，展示的是典型的巨麗之美。

這一節僅寫音樂歌舞，便天南海北古往今來，敷衍出如此多的文字，且不乏氣勢充沛、波瀾壯闊的描寫，足見鋪排之盛。賦末筆鋒一轉，寫天子在酒酣興濃之際，忽若有失，幡然自醒，曰：「嗟乎，此太奢侈。」於是解酒罷獵，發布愛民撫民的詔令，並採取一系列尚德崇義的政治措施。於是出現一幅天下大治的盛世景象：

> 於斯之時，天下大説，向風而聽，隨流而化。卉然興道而遷義，刑錯而不用。德隆於三皇，而功羨於五帝。

賦中的諷諫意圖非常明顯，而頌揚的味道也極爲濃烈。事實上這篇賦的審美價值和社會意蘊已遠遠超出諷頌範疇之外，它在內容和形式上，對漢賦而言，都已具備範式的意義。

從內容上看，這篇賦作有幾個方面值得注意。一是帝國形象的塑造。賦中塑造了一個幅員極爲遼闊、物質極大豐富、國勢極其強大、國泰民安、崇德尚義、天下大治的盛世帝國形象。在這個國度裡，奇花異草、珍禽怪獸、美酒佳餚、巧奪天工的池苑亭臺、氣象萬千的崇樓峻宇，應有盡有；可以搏虎的勇士、曼妙賽仙的佳人、賢良方正的大臣，無不聚於仁政愛民的帝王周圍；諸侯賓服，四海晏然，君民同樂，富庶無邊。這些描繪充分展示了漢王朝的宏大氣象和赫赫聲威，從而奏出漢世最強音。二是一統觀念的弘揚。漢自賈誼以後就不斷有人提出削減諸侯地方勢力，實現中央王朝天下一統的主張，這也是社會發展的必然要求。以文學作品體現這種要求的，司馬相如是第一人。在賦中，作者明顯懷有用中央王朝的強大與諸侯相比，並使之黯然失色、相形見絀的意圖；明顯有用大一統的盛世強國精神與諸侯的競富鬥侈行爲相比，以顯高下迥異、君臣有別的意圖。強大帝國形象的塑造正是對天下一統的頌歌。作者千方百計想突顯的，就是中央王朝的核心地位和絕對權威，並由此實現對大一統觀念的闡釋和宣揚。三是時代精神的體現。這裡所體現的時代精神也即一種民族精神。賦中從多側面，直接或間接地表現出中華民族處於蓬勃上升期的那種昂揚奮進、激勵張揚、氣勢充溢、信心十足的精神風貌。天下大治的理想社會圖景的描繪充分展示了國民的渴望和追求。整篇作品給人以熱情四射、血脈賁張、極欲有所作爲而不可遏止之感，充分體現了這種時代精神的感召力量。

司馬相如這篇賦在藝術上有很高的成就，主要體現在以下幾方面：

一是按時空順序和以類相綴兼用的鋪陳方式。這篇作品總體上按時空順序進行推移，先是寫楚齊兩個諸侯王，然後重點表現天子的遊獵。這中間既遵循時間推移的順序，又有空間的依次拓展。在描寫上林苑的時候，按照東南西北的順序展示各方景觀，顯得有條不紊。這篇作品還有另一種鋪陳方式，那就是以類相綴，把屬於同類的事物連綴在一起。作者在對上林苑各種生物進行鋪陳時，依次出現的是水族、飛禽、花草、走獸，都是按照類別進行劃分和排列。

二是主客問答的結構形式與誇張筆法的融通。子虛、烏有和亡是公的對話，實際上是以辯難的方式進行誇張藝術的表演和比賽，總的趨勢是誇張的強度越來越大，都是後者超越前者。後來者踵事增華、變本加厲，最後把誇張推到極致，使作品呈現逐步盤升的走勢。

三是句法靈活多變，句式長短不一。尤其值得提出的是，作者用大量的三言排比句式描繪天子的狩獵活動，這在中國古代文學作品中首開風氣之先。三言句式比較短，再加上以排比的方式出現，很容易收到緊迫、急促的效果，使作品具有奔騰跳躍的氣勢。賦中所用的三言句，猶如刀劍之類的短兵器，輕便靈活，可以在短時間內連續出擊，營造出緊張而充滿動感的氣氛，從而在一定程度上緩解由於作品篇幅過長而帶來的沉悶感。

總之，司馬相如這篇作品所創造的是一種巨麗之美，是充滿浪漫色彩的壯闊畫面，成爲後世賦家爭相效仿卻又無法企及的楷模。

第四節　揚雄四賦

・揚雄四賦的創作　・理性精神和人文意蘊　・諷諫意圖與實際效果的疏離
・景物描寫的主體趨靠和多維鋪陳　・騷體功能的擴展

揚雄（前五三—一八）是繼司馬相如之後，對漢賦發展產生深遠影響的又一賦家[8]，也是中國文學史上以善於模仿著稱的作家[9]。其賦體創作大致可以四十四歲爲界分爲前後兩期。前期有〈蜀都賦〉、〈甘泉賦〉、〈河東賦〉、〈羽獵賦〉、〈長楊賦〉等作品。〈蜀都賦〉作於居蜀期間，爲後世京都大賦之先聲。餘下四賦是揚雄大賦的代表作品，史稱「四大賦」。這四篇作品模仿司馬相如的痕跡非常明顯，尤其是〈羽獵賦〉和〈長楊賦〉，從形式到內容都與〈子虛賦〉、〈上林賦〉有著千絲萬縷的連繫。它們同以天子遊獵爲題材，極力描寫畋獵場面的壯觀和天子氣象的恢弘、池苑的闊大和物產的富庶。最後均以君王悔悟、戒奢戒侈、勤政愛民作結。手法上均極力誇張渲染，鋪張揚厲，辭采紛披，語言侈麗。但相比之下，揚雄的賦更顯理性特徵。〈子虛賦〉、〈上林賦〉極其熱情洋溢，而〈羽獵賦〉、〈長楊賦〉則顯冷靜沉著；前者醉心於宮室、苑囿、禽獸、珍奇等自然景觀的描繪，後者則較致力於歷史、社會和人文精神的挖掘。這樣不但增強了作品的諷刺力度，而且擴大了描寫範圍，使大賦的內容雖以帝王爲主要對象，卻在一定程度上跳出了宮廷生活的圈子，使作品更有深度。另外，揚雄的作品中還體現出一定的民本思想，非常鮮明地反對擾民、虐民的行爲。如〈羽獵賦〉中有這樣的文字：「昔在二帝三王，宮館臺榭，沼池苑囿，林麓藪澤，財足以奉郊廟、御賓客、充庖廚而已。不奪百姓膏腴穀土桑柘之地。」在〈長楊賦〉中則直言天子大規模的狩獵行爲「頗擾於農人」，指出身爲天子應該「復三王之田，反五帝之虞。使農不輟耰，工不下機，婚姻以時，男女莫違。出愷弟，行簡易。矜劬勞，休力役。見百年，存孤弱。帥與之，同苦樂」。雖然作者的最終目的是爲統治者的長治久安計，但能有此愛民之心，亦屬難能可貴。所有這些都使他的賦有別於司馬相如而顯示出開創精神，這也是揚雄賦的魅力所在。〈甘泉賦〉和〈河東賦〉創作的年代略早，有較強的針對性。賦前都有序文，以明創作主旨。〈甘泉賦〉主要採取「推而隆之」的方法，極力描寫甘泉宮的崇殿華闕，稱它「似紫宮之崢嶸」，藉以說明如此奢華的建築非人力所能爲，非人間所應有，以期對統治者有所警戒。同時，作品還提出「屏玉女而卻宓妃」、「玉女無所眺其清廬兮，宓妃曾不得施其蛾眉，方攬道德之精剛兮，侔神明與之爲資」，委婉地諷刺了成帝寵幸趙昭儀事。但就作品而言，其諷喻主旨並不十分明顯，沒有達到序中所設定的目的。〈河東賦〉是作者隨成帝橫大河、祭后土、祭祀巡遊歸來之後所作，亦寄諷諫之意。

在揚雄的代表作品四大賦中，〈甘泉賦〉的藝術成就最高，對景物的描寫方面有新的發展。

一是採用主體向觀照對象逐步趨靠的方式進行鋪陳。先是寫道：「是時未轃夫甘泉也，乃望通天之繹繹。」這是鋪陳的第一時段，後面用大段文字敘述遠望所見。第二時段是在近處仰望甘泉宮，「仰矯首以高視兮，目冥眴而無見」。從「據軨軒而周流」進入第三時段，是置身甘泉宮內部之後的見聞，是重點的鋪陳對象。第四時段敘述天子在甘泉宮的感受及相關舉措。

二是鋪陳空間的多向維度，展示的是三維六合空間。作者對於天子巡遊甘泉宮的描寫，既有平面拓展，又有立體延伸。在進行平面拓展時，對甘泉宮的景物按照東西北南的順序進行鋪陳；在進行立體延伸時，天子在甘泉宮彷彿上天入地、潛海升空。揚雄在對空間景觀進行鋪陳時，是全方位展開，並且兼有靜態審視和動態描寫。

三是賦予騷體這種文學樣式新的功能。揚雄之前，騷體主要用於言志抒情，而且多是以抑鬱爲基調。揚雄的〈甘泉賦〉採用騷體，用這種文體來表現漢代盛世和天子的聲威，這在歷史上是首創，擴大了騷體的選材範圍，也使這種文體正式融入主流文化。

從揚雄前期作品中可以看出，作家的政治熱情很飽滿，關心朝廷大事，對君主期望很高，作品有較強的現實意義。到了後期，因政治上的失意和生活上的清貧，熱情漸冷，心態也轉向虛靜平和，所作多以關注自身、反思人生爲主，但對現實的暴露與批判也更爲深刻。這一時期的作品有〈解嘲〉、〈太玄賦〉、〈逐貧賦〉和〈酒賦〉等，其中尤以〈解嘲〉和〈逐貧賦〉最爲前人所稱道。

第五節 西漢其他賦家的創作

- 設辭類作品的出現及流脈
- 宣帝朝有關辭賦價值的討論
- 〈洞簫賦〉的生命感應觀念
- 以悲爲美的風尚

西漢賦壇，較爲著名的賦家還有武帝時的東方朔和枚皋，宣帝時的王褒以及與揚雄大略同時的劉向父子。

東方朔（前一五四—？），字曼倩，是文學侍從中很受武帝欣賞的人物[10]。官至太中大夫。其爲人滑稽多智兼帶玩世不恭，自視甚高而終不見用，武帝雖然喜歡他，然不過俳優視之，朔於是作〈答客難〉以抒發懷才不遇之感。賦中對於漢代文士不得志的狀況揭示得非常深刻：

> 故綏之則安，動之則苦。尊之則為將，卑之則為虜。抗之則在青雲之上，抑之則在深泉之下。用之則為虎，不用則為鼠。雖欲盡節效情，安知前後？

這是現存漢代最早以遇與不遇爲主題的設辭類作品，東方朔從幾個方面剖析了士人在太平盛世卻懷才不遇的狀況。後來文人對此賦競相仿效，且多佳作，如揚雄的〈解嘲〉、崔駰的〈達旨〉、班固的〈答賓戲〉、蔡邕的〈釋誨〉，再到郭璞的〈客傲〉，以至韓愈的〈進學解〉等均源出於此。東方朔另有〈非有先生論〉，也是發憤述志的作品。

枚皋（前一五六—？），字少孺，是枚乘的庶子⓫。他是漢代賦壇成果最多的作家。其爲人才思敏捷，帝有所感，輒使賦之，須臾即成，故創作極豐，史載其作品可讀者百二十篇，此外尚有不可卒讀者數十篇。但因爲匆促草就，缺少錘鍊，故後世罕有流傳。作品風貌如何，已不得而知。

王褒（約前八八—約前五五），是宣帝朝成就最突出的賦家⓬，代表作品是〈洞簫賦〉。西漢的詠物賦從賈誼開始就已經陸續出現，他的〈旱玄賦〉、〈簴賦〉（今存殘篇）主要是用騷體寫成。在此之後，梁園文人枚乘、鄒陽、公孫乘、路喬如、羊勝，都有詠物賦傳世。除此之外，淮南王劉安、中山王劉勝以及孔臧，也有詠物賦流傳下來。王褒的〈洞簫賦〉繼承前人詠物賦的傳統，同時又多有超越和創新。他從製造洞簫的原材料竹子入手，表現這種樂器藝術魅力的由來。竹子生命能量的蓄積，經歷了一個艱難困苦的過程。它得到天地精氣的滋潤，同時也飽受各種惡劣自然條件的嚴峻考驗。江水奔騰、濤聲雷鳴、春露秋霜、清冷寒涼，正是在這荒涼險要的環境中，翠竹積蓄了足夠的生命能量，具備特殊的秉性。作品展示了各種自然物之間的感應交流，翠竹是在多種生命機體的共同作用下生成的，它的生命基因包含許多孤寂、哀怨的成分。和它發生感應、爲它輸入生命能量的飛禽走獸以淒切悲哀者居多，有在寒風中鳴叫的秋蟬，有在樹上長啼的猿猴，還有失去伴侶的孤雌寡鶴。翠竹的生命能量主要是在痛苦體驗中積蓄的，製成洞簫之後又由盲人演奏。盲人生命能量的蓄積和翠竹有相似之處，都是在多災多難中凝聚的，因此，盲人樂師很容易和洞簫進行生命溝通，他所吹奏的樂曲是翠竹生命能量的釋放，也是樂師本身抑鬱之情的抒發，是兩種苦難的生命機體共同發出的吶喊。王褒在描寫簫聲時，一方面展示它曲調的多樣性，同時又反覆渲染它悲淒哀怨的基質：「哀悁悁之可懷兮，良醰醰而有味。」體現的是以悲爲美的風尙。在敘述簫聲的審美效應時稱：「故知音者樂而悲之，不知者怪而美之。」美、樂與悲、怪相關聯，王褒是以悲為美，又以悲為樂。

〈洞簫賦〉採用的是鋪陳手法，從兩個方面展開。一是對製造洞簫的原材料翠竹的生存環境加以鋪陳，羅列各種各樣的自然現象，用以突顯翠竹生存狀態的嚴峻。二是對簫聲功能效應的鋪陳，強調它能夠懲惡揚善、移風易俗，並且使人產生特殊的審美感受。這篇作品的鋪陳兼顧客觀自然和社會人文兩方面的因素，形成有明確分工的兩個板塊。

王褒的〈洞簫賦〉對枚乘〈七發〉有關樂器的描寫有所繼承，它是漢代獨立成篇的樂器賦的奠基之作，在他之後出現的漢代樂器賦基本都是以悲為美，並且也是用生命一體化觀念灌注於作品。「簫聲咽」是中國古代文學的一個原型，〈洞簫賦〉有生成開創之功。

繼王褒的〈洞簫賦〉之後，東漢相繼產生一批以樂器為題材的詠物賦。主要有傅毅的〈琴賦〉、馬融的〈長笛賦〉、蔡邕的〈彈琴賦〉。

注釋

❶ 關於漢賦的形成淵源歷代有討論，班固以為源於《詩經》（見《文選》卷一之〈兩都賦‧序〉）。〔晉〕摯虞《文章流別論》踵其說。劉勰也以為賦的初源在於《詩經》，同時又認為與楚辭關係密切（見《文心雕龍‧詮賦》）。今人則有單源和多源之說。單源論者或以為源於《詩經》，或以為源於《楚辭》，或以為源於先秦縱橫之文等等。多源論者以為漢賦是吸收了《詩經》、《楚辭》、縱橫家的文章、先秦俳優的有關因素等等綜合而成的。當以此為是。此說論之詳而有力者為龔克昌，其文見於《漢賦研究》，山東文藝出版社一九八四年初版，一九九〇年新版修訂本。

❷ 賈誼賦流傳下來的有〈鵩鳥賦〉、〈弔屈原賦〉、〈旱雲賦〉、〈簴賦〉，最後一篇是殘篇。

❸ 關於淮南小山及〈招隱士〉，王逸《楚辭章句‧〈招隱士〉章句序》曰：「〈招隱士〉者，淮南小山之作也。昔淮南王安博雅好古，招懷天下俊偉之士，自八公之徒，咸慕其德而歸其仁，各竭才智，著作篇章，分造辭賦，以類相從。故或稱『小山』，或稱『大山』，其義猶《詩》有《小雅》、《大雅》也。小山之徒閔傷屈原……故作〈招隱士〉之賦，以章其志也。」薑書閣認為「小山」、「大山」、「乃是群臣賓客虛構的名字，若今之集體筆名」（《漢賦通義》，齊魯書社一九八九年版，第九八頁）。關於賦的主旨，王夫之認為：「義盡於招隱，為淮南招致山谷潛伏之士，絕無閔屈子而章之之

意。」（《楚辭通釋》，上海人民出版社一九七五年版，第一六五頁）王言甚是。

❹〈長門賦〉本傳失載，世之傳本見於《文選》卷十六。賦前有序云：「孝武皇帝陳皇后時得幸，頗妒，別在長門宮，愁悶悲思。聞蜀郡成都司馬相如天下工為文，奉黃金百斤，為相如、文君取酒，因於解悲愁之辭。而相如為文以悟主上，陳皇后復得親幸。」清光緒十一年（一八八五）上海同文書局仿汲古閣版石印本《史記》卷四十九〈外戚世家〉司馬貞索隱引此序，惟文字略有不同，且曰：「作頌信有之也，復親幸之，恐非實也。」這裡肯定賦為相如所作，而序言則不合史實。顧炎武《日知錄》卷十九載，王楙《野客叢書》曰：「作文受謝，非起於晉、宋。觀陳皇后失寵於漢武帝別在長門宮，聞司馬相如天下工為文，奉黃金百斤，為文君取酒。相如因為文，以悟主上。皇后復得幸。此風西漢已然。」原注：「按陳皇后無復幸之事，此文蓋後人擬作。然亦漢人之筆也。」（見黃汝成《日知錄集釋》，上海古籍出版社一九八五年版，第一四七八頁）今案顧炎武據序之偽以論賦為託名之作，似不足取。司馬貞謂「作頌信有之」，較為近是。至於賦前之序，或即蕭統與其賓客在編輯《文選》時為說明此賦製作緣由而寫。

❺枚乘，字叔，淮陰（今屬江蘇）人，初為吳王濞郎中，濞欲反而乘上書阻諫，不納，遂去而之梁，從孝王遊。六國亂起，乘再諫吳王，不聽，卒見擒滅，乘由是知名。景帝召拜為弘農都尉，因不樂郡吏而以病去官，復遊梁。孝王薨，歸鄉。武帝早聞枚乘高名，及即位，以安車蒲輪徵召，死於道。《漢書》卷五十一有傳。

❻班固〈兩都賦．序〉敘述武、宣時賦壇盛況云：「故言語侍從之臣，若司馬相如、虞丘壽王、東方朔、枚皋、王褒、劉向之屬，朝夕論思，日月獻納，而公卿大臣御史大夫倪寬、太常孔臧、太中大夫董仲舒、宗正劉德、太子太傅蕭望之等，時時間作……故孝成之世，論而錄之，蓋奏御者千有餘篇。」（見《文選》卷一）《漢書》卷六十四〈王褒傳〉云：「宣帝時，修武帝故事，講論六藝群書，博盡奇異之好，徵能為楚辭九江被公，召見誦讀，益召高材劉向、張子僑、華龍、柳褒等，待詔金馬門。」（《漢書》，中華書局一九七五年版，第二八二一頁）

❼關於〈子虛賦〉和〈上林賦〉的篇題、寫作時間、是一篇還是兩篇的問題一直為學術界所關注，而其爭論的根本則在於一還是二的問題。作一篇論者，主要依《史記》和《漢書》本傳中的記載，認為司馬相如曾明言「請為天子遊獵賦」（見《史記》，《漢書》作「請為天子遊獵之賦」），以為此語明確地提出了所為賦名，即〈天子遊獵賦〉，且本傳所收僅為此賦，並無〈子虛賦〉內容。又若真係兩篇，則前後相隔十年，內容思想不得連貫，而此賦渾然一體，分為兩篇，明顯有割裂之痕。龔克昌力主此說（詳見《漢賦研究》，山東文藝出版社一九九〇年版）。作兩篇論者以為前寫諸侯事，後寫天子事，各自首尾完足，且天子遊獵未必是賦名，也可能指作者所要寫的題材。至於串聯前後的亡是公，則有可能是作者為使前後相關

聯，作〈上林賦〉時後加到〈子虛賦〉中去的。主此說者有姜書閣（見《漢賦通義》，齊魯書社一九八八年版）、高光復（見《漢魏六朝四十家賦述論》，黑龍江教育出版社一九八八年版）。

❽揚雄，字子雲，蜀郡成都（今屬四川）人，其為人好學深思，博覽多聞，簡易佚蕩，口吃不能劇談，歷成、哀、平三世，官不過郎。清靜無為，少嗜欲，不汲汲於富貴，不戚戚於貧賤。王莽時，校書天祿閣，官為大夫，他是西漢後期著名的文學家、哲學家、語言學家，有著多方面的成就。《漢書》卷五十七有傳。

❾《漢書》本傳稱揚雄：「往往摭〈離騷〉之文而反之，自岷山投諸江流以弔屈原，名曰《反離騷》，又旁〈離騷〉作重一篇，名曰〈廣騷〉，又旁〈惜誦〉以下至〈懷沙〉一卷，名曰〈畔牢愁〉。」又，「以為經莫大於《易》，作《太玄》；傳莫大於《論語》，作《法言》；史篇莫善於〈倉頡〉，作〈訓纂〉；箴莫善於〈虞箴〉，作〈州箴〉；賦莫深於〈離騷〉，反而廣之；辭賦莫麗於相如，作四賦。皆斟酌其本，相與放依而馳騁云」（《漢書》，中華書局一九七五年版，第三五一五、三五八三頁）。

❿東方朔事蹟見《史記》卷一百二十六〈滑稽列傳〉、《漢書》卷六十五本傳。

⓫《漢書》卷五十一〈枚乘傳〉云：「臯字少孺，乘在梁時取臯母為小妻。乘之東歸也，臯母不肯隨乘，乘怒，分臯數千錢，留與母居。年十七，上書梁共王，得召為郎。三年，為王使，與冗從爭，見讒惡遇罪，家室沒入。臯亡，至長安。會赦，上書北闕，自陳枚乘之子。上得之大喜，召入見，待詔。臯因賦殿中。詔使賦平樂館，善之，拜為郎。……上有所感，輒使賦之。為文疾，受詔輒成，故所賦者多。……凡可讀者百二十篇，其尤嫚戲不可讀者尚數十篇。」又《漢書》卷三十〈藝文志〉云：「枚臯賦百二十篇。」（見《漢書》，中華書局一九七五年版，第二三六六、二三六七、一七四九頁）又《西京雜記》卷三云：「枚臯文章敏疾，長卿製作淹遲，皆盡一時之譽。而長卿首尾溫麗，枚臯時有累句。故知疾行無善跡矣。」（見吉林大學出版社一九九二年影印《漢魏叢書》本，第三〇七頁）

⓬王褒，字子淵，蜀郡資中（今四川資陽）人，其事蹟見《漢書》卷六十四下本傳。

第三章　司馬遷與《史記》

西漢王朝到武帝時期臻於鼎盛，文學創作也出現空前繁榮的局面。在政論散文和辭賦得到長足發展的同時，歷史散文也出現了里程碑式的傑作，這就是由司馬遷撰寫的《史記》。《史記》代表了古代歷史散文的最高成就，魯迅稱它是「史家之絕唱，無韻之離騷」（《漢文學史綱要》）。《史記》是西漢散文由前期向後期轉變時出現的，其風格兼有前期的氣勢磅礴、感情激切和後期的深廣宏富、醇厚典雅的特點；其內容既有前期歷史反思的餘緒，又有後期溝通天地人的嘗試。司馬遷是漢代成就最高的散文家，他那淵博的學識、深邃的思想、不朽的人格，以及揮灑自如的神來之筆，令後代文人仰慕不已，千載之下依然可以想見其雄風。

第一節　司馬遷與《史記》的成書

・家鄉景觀與童年生活　・家學淵源與轉益多師　・博覽群書與漫遊交往　・從立言不朽到發憤著書

司馬遷（前一四五—？）❶，字子長，生於夏陽龍門（今陝西韓城）❷。那裡臨近黃河，北面五十里是著名的龍門山。長河名山，氣勢雄渾，同時又有豐富的歷史文化底蘊。相傳大禹曾在龍門鑿山治水。韓城古稱少梁，春秋時先屬秦，後屬晉，戰國屬魏，後又入於秦，屢爲秦晉、秦魏戰地，不少著名的戰役都發生在那裡。司馬遷的童年是在家鄉度過的，他「耕牧河山之陽」（《史記・太史公自序》），與農夫牧童爲伴，在飽覽故鄉山河名勝的同時，也有機會聽到許多相關的歷史傳說和故事，鄉土文化培育了司馬遷的豪邁靈秀之氣。

司馬遷的父親司馬談（？—前一一〇），曾任太史令，是一位刻苦勤奮的學者。司馬談多方求教，「學天官於唐都，受《易》於楊何，習道論於黃子」（〈太史公自序〉）❸。唐都是天文學家，漢武帝初年曾受詔測定二十八宿的角度和距離，後來又和司馬遷等人一道制定太初曆。楊何是《易》學家，元光元年（前一三四）曾被朝廷徵聘，官至中大夫。黃子，又稱黃生，司馬談向他學習的是道論，亦即當時流行的黃老之學。司馬談知識廣博，他身爲太史令，對諸子百家學說有深入系統的研究，〈太史公自序〉收錄他的〈論六家要指〉一文，文中分析了先秦到漢初六個主要學術流派的得失，精闢深刻，切中肯綮。司馬談在學術觀點上的相容並包而又崇尚道家的傾向，對司馬遷有直接影響。

司馬遷在史官家庭中長大，受到良好的文化薰陶，自幼就養成了讀書的習慣，據〈太史公自序〉的陳述，「年十歲則誦古文」，從十歲開始誦讀用籀文寫就的文獻。漢代通行的是隸書，籀文是先秦古文字，當時已不易讀懂，司馬遷從小就打下堅實的古文基礎。他還轉益多師，向儒學大師孔安國學習古文《尚書》，向董仲舒學習公羊派《春秋》❹。後來擔任太史令，他又利用工作上的方便，翻閱由國家收藏的各種文獻資料。從《史記》提供的線索來看，司馬遷閱讀的範圍是非常廣泛的，上至古老的有關三代的典籍，下至西漢盛世司馬相如等人的辭賦，他都有涉獵。至於諸子百家的著作，春秋戰國到秦漢之際的史料，乃至朝廷的公文檔案，都是他的閱讀對象。司馬遷對於上述文獻不是浮光掠影式地流覽，而是認眞地鑑別眞僞，比較同異。比如，對於九州山川的記載，他認爲《尚書・禹貢》是可靠的，而《山海經》等書則不可信。司馬遷讀過魯恭王壞孔子宅所發現的古文，認爲其中關於孔子弟子的記載基本合乎事實。司馬遷還在閱讀文獻的過程中主動和古人溝通，讀其書，識其人，做到知人論世。他不只一次地廢書而歎，並且產生爲書的作者立傳的衝動。

司馬遷在二十歲時有過漫遊的經歷，到過東南一帶許多地方❺。在會稽（今浙江紹興）探訪大禹的遺址，在長沙水濱憑弔屈原，在登封瞻仰許由的墳墓，在楚地參觀春申君的宮殿。在劉邦發跡的豐沛之地，司馬遷參觀蕭何、曹參、樊噲、夏侯嬰等人故居，聽故老講述楚漢相爭時這些開國功臣的軼聞逸事。在漫遊過程中，司馬遷流露出對傳統文化極其深厚的感情。「適魯，觀仲尼廟堂車服禮器，諸生以時習禮其家，余祇回留之，不能去云。」（《史記・孔子世家》）「余適長沙，觀屈原所自沉淵，未嘗不垂涕，想見其爲人。」（《史記・屈原賈生列傳》）司馬遷有很強的好奇心，喜歡對歷史眞相探根求源。遊覽韓信故里時，他聽當地人講，韓信年輕時就胸懷大志，儘管家境貧寒，仍然把故去的母親安葬在高敞地。司馬遷實地考察韓信母親的墓地，那裡果然地勢開闊，旁可置萬家，證實了傳說的可信。在戰國時魏國的首都大梁（今河南開封），他打聽到所謂的夷門就是城東門，魏公子信陵君枉駕屈尊所請的侯嬴，曾經當過夷門監，即城東門的守護人。長途漫遊使司馬遷直接感受到各地民風習俗的差異，加深了對某些歷史記載的理解。置身齊地領略到民性闊達，有大國之風。過薛地所見多暴桀子弟，而鄒魯多縉紳之士，兩者大相逕庭。司馬遷入仕之後，曾出使西南，遠到昆明。又侍從武帝東達於碣石，見到了大海；西至崆峒（今甘肅平涼），搜集黃帝的傳說；到過北部邊塞，登上了秦時所築的長城；還參加了武帝帶領群臣負薪塞河的活動❻。司馬遷在廣闊的地域留下了自己的足跡，大大地拓展了他的視野，爲《史記》的寫作搜集了許多新鮮的材料，他在遊覽過程中的眞切體驗和親身感受後來也一道寫入書中。

司馬遷在漫遊和朝廷任職期間，有機會接觸到各個階層的人物，從他們那裡得到許多歷史知識。周霸向他講述過項羽的傳說，公孫季功向他講述過荊軻刺秦王的具體情節，朱建之子和他評議過陸賈其人，至於衛青不肯招賢薦士的情況，則是蘇武之父蘇建向他介紹的。除此之外，樊噲之孫樊他廣向他談起過漢初幾位開國功臣發跡的故事，賈誼之孫賈嘉和司馬遷有書信來往，馮唐的兒子馮遂和司馬遷是至交。司馬遷還親眼見過名將李廣、大俠郭解，並和李廣之孫李陵同在朝廷任職❼。上述交遊進一步豐富了《史記》的材料來源，加深了對某些歷史人物的印象和理解，從而使入傳的人物唯妙唯肖，富有生活氣息。

司馬遷的父親曾任太史令，他把修史作爲自己神聖的使命，可惜壯志未酬而與世長辭。元封元年（前一一〇），漢武帝前往泰山舉行封禪大典，司馬談因病滯留洛陽，無法參加。這時，剛剛出使西南返回的司馬遷匆匆趕到洛陽，接受父親的臨終囑託。司馬談固然對於無緣參加封禪大典而無比遺憾，但更使他抱憾終生的還是未能完成修訂史書一事。於是，他把希望寄託在兒子身上，勉勵他完成自己未竟的事業。他拉著司馬遷的手泣不成聲，殷切地說道：「余死，汝必爲太史。爲太史，無忘吾所欲論著矣。」司馬遷俯首流涕，向父親表示：「小子不敏，請悉論先人所次舊聞，弗敢闕。」（〈太史公自序〉）司馬遷在與父親生死訣別之際接受了修史的囑託，修史的決心從此下定。三年後，司馬遷繼任太史令。太初元年（前一〇四），他在參與制定太初曆以後，就開始《太史公書》亦即後來稱爲《史記》的寫作❽。但是，事出意外，天漢三年（前九八），李陵戰敗投降匈奴，司馬遷因向漢武帝解釋事情原委而被捕入獄，並處以宮刑，在形體和精神上給他造成極大的創傷。出獄後，司馬遷任中書令，他忍辱含垢，繼續寫作《史記》。至征和二年（前九一），他在寫給任安的信中稱：「僕竊不遜，近自託於無能之辭，網羅天下放失舊聞，考之行事，稽其成敗興壞之理，凡百三十篇。」（《漢書・司馬遷傳》）❾《史記》一書的寫作至此已經基本完成，從太初元年（前一〇四）正式開始寫作算起，前後經歷十四年。司馬遷大約卒於武帝末年，即西元前八十七年前後❿。

司馬談在向兒子講述自己立志修史的動機時說道：「自獲麟以來，四百有餘歲，而諸侯相兼，史記放絕。今漢興，海內一統，明主賢君忠臣死義之士，余爲太史而弗論載，廢天下之史文，余甚懼焉，汝其念哉！」（〈太史公自序〉）司馬談有感於自孔子作《春秋》之後再無系統的歷史著作出現，戰國至秦漢許多重大歷史事件和英雄人物未能寫入史書，因此，他要編寫一部歷史著作，一方面繼承古代史學傳統，同時也弘揚有漢一代的輝煌。司馬遷開始修史時，也是出於同樣的動機和目的。他在和壺遂討論修史的宗旨時引述父親的觀點，把修史看作是載「明聖盛德」、述「功臣世家賢大夫之業」（〈太史公自序〉）。此時的司馬遷之所以修史，爲的是給西漢及前代歷史做總結，頌揚聖君賢臣的德行功績，是潤色鴻業的自覺行動⓫。經歷李陵之禍以後，司馬遷的形體精神受到摧殘，心情發生很大變化，他的修史動機也有所調整充實。他在列舉周文王、孔子、屈原、左丘明、孫臏、呂不韋、韓非等人著書立說的動因時稱：「此人皆意有所鬱結，不得通其道也。」（〈太史公自序〉）他認爲自己也屬於發憤著書的類型，是在經歷磨難之後通過著書抒發心中的抑鬱和不平。司馬遷由於身陷囹圄、遭受宮刑，不再把修史僅僅看作是對以往歷史的總結、對西漢盛世的頌讚，而是和自己的身世之歎連繫在一起，融入了較重的怨刺成分，許多人物傳記都寓含著作者的寄託，磊落而多感慨。司馬遷修史過程中前後心態的巨大變化，賦予《史記》這部書豐富的內涵，它既是一部通史，又是作者帶著心靈肉體創傷所作的傾訴。

第二節　《史記》的敘事藝術

・溝連天人、貫通古今的結構框架　・歷史和邏輯相統一的敘事脈絡
・因果關係的探索展示　・對複雜事件和宏大場面的駕馭

司馬遷在〈報任安書〉中說，他修史的宗旨是「究天人之際，通古今之變，成一家之言」。爲了達到這個目的，他在綜合前代史書各種體例的基礎上，創立了紀傳體的通史。全書由十二本紀、十表、八書、三十世家、七十列傳組成。雖然這五種體例各有區別，但它們卻是相互配合，構成一個有機的整體。其中十二本紀是綱領，統攝上自黃帝、下至西漢武帝時代三千年的興衰沿革。十表、八書作爲十二本紀的補充，形成縱橫交錯的敘事網絡。三十世家圍繞十二本紀而展開，用司馬遷自己的話來說，世家與本紀的關係，猶如「二十八宿環北拱，三十輻共一轂，運行無窮」（〈太史公自序〉）。如果說本紀是北斗，那麼，世家就是環繞北斗的二十八宿；如果說本紀是車轂，那麼，世家就是彙集於車轂的輻條。至於七十列傳，則是歷史天宇上北斗、二十八宿以外的群星。《史記》由五種體例相互補充而形成的結構框架，溝連天人，貫通古今，在設計上頗具匠心，同時也使它的敘事範圍廣泛，展示了波瀾壯闊的社會生活畫圖。十二本紀按帝王世代順序記敘各朝興衰終始，十表排列帝王侯國間大事，八書是有關經濟、文化、天文、曆法等方面的專門論述，世家主要是貴族之家的歷史，列傳是不同階層、不同類型的人物傳記。《史記》這部紀傳體通史著作，在體例上衝破了以往歷史散文的局限，能夠把更多的內容納入其中，比較全面地反映了社會生活的總體風貌。

《史記》一書最有文學價値的是人物傳記。司馬遷在編排人物傳記時顯示出高超的技巧，使它生動地體現了歷史和邏輯的統一，形成了自己獨特的敘事脈絡。

本紀、世家的傳主基本上都是傳說或歷史上眞實存在的皇帝侯王，根據政治地位決定他們入本紀還是入世家。但情況又不盡然，西漢惠帝雖然當了幾年天子，實際上有職無權，沒起什麼作用，所以本紀中沒有他的地位。項羽是秦漢之際主宰天下的人物，呂后是惠帝朝的發號施令者，他們雖然沒有天子稱號，卻被列入本紀。孔子沒有侯爵，陳勝是自立爲王，二人都列入世家，因爲他們的歷史地位堪與王侯相比。司馬遷的上述安排可謂獨具慧眼，是對歷史事實的充分尊重，也是合乎邏輯的歸納。

《史記》各層次人物傳記的排列基本是以時間爲序，但又兼顧各傳記之間的內在連繫，遵循著以類相從的原則。如：司馬穰苴、孫武、吳起、伍子胥都是軍事家，所以，他們的傳記前後相次。蘇秦、張儀是戰國策士，他們的傳記也緊緊相連。再看西漢人物傳記：韓長孺、李廣、衛青、霍去病都是抗擊匈奴的將領，故韓長孺、李廣傳記後面插入〈匈奴列傳〉，然後是衛青、霍去病的傳記。公孫弘、主父偃都以伐匈奴、通西南夷爲非，曾上書諫止，他們二人傳記列在衛青、霍去病之後，接著是〈西南夷列傳〉。司馬相如曾奉命出使西南，所以，他的傳記在〈西南夷列傳〉之後。通過敘述西漢中央王朝與周邊各民族的交往，使幾位相關人物的傳記以類相從，前後相次，來龍去脈非常清晰。司馬遷對人物傳記次序的巧妙編排，造成《史記》一書婉轉多變的敘事脈絡，在明滅起伏中體現了歷史和邏輯的統一。

《史記》的人物傳記有分傳，有合傳。分傳即人各一傳，合傳是把幾個人的傳記合在一起，寫成一篇傳記。合傳都是以類相從，把某些相同類型的人物放在一起，〈遊俠列傳〉、〈佞幸列傳〉、〈滑稽列傳〉、〈循吏列傳〉、〈酷吏列傳〉、〈貨殖列傳〉等，都是爲專門人物設立的合傳。在人物合傳中，歷史和邏輯的統一有時達到天衣無縫的程度，敘事手法非常高超。〈廉頗藺相如列傳〉首敘廉頗事蹟，很快又引入藺相如，然後敘述兩人的交往恩怨，中間又插入趙奢、李牧傳記，最後以廉頗事終結。這篇傳記敘述的都是趙國將相的事蹟，可謂以類相從，是合乎邏輯的歸納；通過敘述這四位將相的事蹟，又生動地展現了趙國興亡的歷程，具有高度的歷史眞實性。〈張丞相列傳〉是以御史大夫一職連綴諸人，其中的傳主有張蒼、周苛、周昌、趙光、任敖、曹窋，他們都曾任御史大夫，最後又以張蒼任御史大夫終結，勾勒出西漢前期御史大夫任職情況的變遷軌跡，涉及一系列相關的事件。〈酷吏列傳〉敘酷吏十人，錯綜聯絡，總成一篇文字，寧成傳附郅都事，稱寧成治效郅都；張湯傳附趙禹事，義縱傳附寧成事，楊僕傳附王溫舒事。各傳之間血脈貫通，前後回應，全面地反映了始於景帝而盛於武帝的酷吏群體。通過敘述某一類型人物的所作所爲，描繪出特定領域的總體風貌，人物合傳以這種方式集中體現了歷史和邏輯的統一。

《史記》的敘事沒有停留於對表面現象的陳述，而是追根溯源，揭示出隱藏在深層的起決定作用的因素。司馬遷非常重視對事件因果關係的探究，具有敏銳的目光和很強的判斷力。他批判項羽「天之亡我，非戰之罪」的說法，認爲項羽失敗的原因是「自矜功伐，奮其私智」、「欲以力征經營天下」（〈項羽本紀〉）。在分析造成吳起亂箭穿身的悲慘結局的原因時，認爲這緣於他的「刻暴少恩」（〈孫子吳起列傳〉）。以上見解都是很精闢的。當然，司馬遷在探尋因果關係的時候，往往也誤入宿命論的歧途⓬。司馬遷對於事件發展過程中起決定作用的原始動因，在敘事時反覆加以強調，成爲貫穿人物傳記的主線。在敘述李廣事蹟時，突出這位名將的不遇，寫他總是遭受意想不到的挫折和失敗。而對於大將軍衛青，則以「天幸」二字爲敘事主宰。講述衛子夫如何得到武帝寵愛、立爲皇后，以及衛青尙平原公主等事，都突出衛家的幸運。在〈留侯世家〉一文中，又側重於所謂的天意。黃石公授張良兵書是天意，張良稱劉邦成功是天授，自己有機會爲劉邦出謀劃策也是天授。司馬遷本人也深有感慨地說：「高祖離困者數矣，而留侯常有功力焉，豈可謂非天乎！」司馬遷對許多歷史事件、人物命運因果關係的判斷並不完全正確，但是，他對始因的苦苦思索和在行文中的自覺揭示，使得人物傳記血脈貫通，各篇都有自己的靈魂，有統攝全篇的主導思想。

《史記》敘事有詳略之分，一般情況下，司馬遷對於事情發展的起因，往往都詳寫；而對於這種原因所引發的最終結果，往往是略寫。〈李斯列傳〉開頭寫了李斯這樣一件事：「年少時爲郡小吏，見吏舍廁中鼠，食不潔，近人犬，數驚恐之。斯入倉，觀倉中鼠，食積粟，居大廡之下，不見人犬之憂。於是李斯乃歎曰：『人之賢不肖譬如鼠矣，在所自處耳。』」這是一件生活瑣事，卻集中反映了李斯的人生觀、價値觀。他爲了擺脫廁鼠的處境而成爲倉鼠那樣的食利者，於是向荀子學帝王之術。學成之後前往秦國遊說，在和荀子告別時又說道：「故詬莫大於卑賤，而悲莫甚於窮困。」這兩句話說得非常坦率，和他把廁鼠、倉鼠進行對比時所發的感慨一脈相承。苦於貧賤而貪戀富貴，是李斯人生觀、價値觀的核心，這種思想是他人生之夢得以實現的動力，也是葬送他身家性命的禍根。《史記》人物傳記寫了許多生活瑣事，司馬遷之所以對這些生活瑣事詳加敘述，就在於它們在人物的活動中帶有原始動因的性質，是諸多事象得以生成的根源。《史記》各篇都有貫穿始終的主線，和主線相關的事件都是詳寫的對象。〈商君列傳〉一文以任法爲線索，司馬遷認爲這是決定商鞅命運的根本原因，他的成功源於變法用法，他的人生悲劇也由此而引發。文中詳寫商鞅以刑名之學遊說君主，在秦國掌權之後又主持變法，太子犯法他繩之以法，最終又因推行變法而被殺。商鞅在被追捕過程中，因爲由他制定的秦國刑法異常酷烈，竟然無人敢收留他，商鞅自己也喟然歎息：「嗟乎，爲法之敝一至此哉！」而對於商鞅身亡家滅的結果，司馬遷只做簡單的交代，沒有過多的鋪敘。總之，《史記》許多篇章的詳寫與略寫，往往和對因果律的展示密切相關⓭。

司馬遷有很強的駕馭材料的能力，與韓信將兵一樣，是多多益善。無論是頭緒眾多的歷史事件，還是人物錯雜的重大場面，他寫起來都條理清晰，顯得遊刃有餘。如〈陳涉世家〉，把秦末農民起義風起雲湧的形勢、千頭萬緒的事件非常清晰地勾勒出來。西漢前期的重大事件莫過於諸呂之亂和七國之反，這兩個事件分別見於〈呂太后本紀〉、〈孝文本紀〉、〈絳侯周勃世家〉、〈吳王濞列傳〉等篇目。在敘述這兩個事件的原委及經過時，司馬遷對天下大勢瞭如指掌，對事態的輕重緩急明於心而應於手，成功地運用順敘、倒敘、正敘、側敘等手法，使人應接不暇而又無不瞭然。《史記》的場面描寫也很精彩。寫荊軻刺秦王是險象環生、驚心動魄（〈刺客列傳〉）；寫鴻門宴是劍拔弩張，一觸即發（〈項羽本紀〉）；寫灌夫罵座和東廷辯論則或冷或熱，對比鮮明（〈魏其武安侯列傳〉）；寫長樂宮諸侯君臣始朝儀，則秩序井然，莊嚴肅穆（〈劉敬叔孫通列傳〉）。不同場面有不同的氣氛，司馬遷採用白描、鋪陳、渲染等筆法，傳達出了各種宏大場面的實況及自己的獨特感受。《史記》固然時而穿插生活瑣事，但司馬遷更善於寫複雜事件、重大場面，這也是《史記》一書的厚重之處。

第三節 《史記》的人物刻畫

・閭巷之人的入傳　・人物個性與共性的展現　・複雜人格的多維透視和旁見側出筆法

《史記》中的「紀」、「傳」是以人物為中心的紀傳體散文，通過展示人物的活動而再現多彩的歷史畫面。本紀、世家、列傳中的人物來自不同階層，上自帝王將相，下至市井細民，諸子百家、三教九流，應有盡有，所涉人物四千多個，重要人物數百名。《史記》的人物傳記之所以有如此廣大的覆蓋面，和司馬遷進步的歷史觀及開闊的視野密不可分。司馬遷本人恥於「鄙陋沒世而文采不表於後」（〈報任安書〉），希望借助於《史記》一書而揚名後世，實現立言不朽的人生追求。出於這種心態，司馬遷對那些在歷史上雖有卓越表現、終因無人獎掖而難以揚名的布衣平民懷有深切的同情，為他們鳴不平。他在〈伯夷列傳〉中寫道：「伯夷、叔齊雖賢，得夫子而名益彰；顏淵雖篤學，附驥尾而行益顯。……閭巷之人，欲砥行立名者，非附青雲之士，惡能施於後世哉！」司馬遷清楚地看到，一個人知名度的高低，乃至他是否能夠青史留名，固然和他本身的業績有關，同時也和是否有人宣揚提攜密不可分。他在〈遊俠列傳〉中也有類似的論述。在司馬遷看來，戰國四公子（孟嘗君、平原君、信陵君、春申君）或憑藉王者親屬的血緣優勢，或身居卿相之位，有的是二者兼備，他們顯名諸侯，猶如順風而呼，事半功倍。「至如閭巷之俠，修行砥名，聲施於天下，莫不稱賢，是爲難耳。然儒墨皆排擯不載，自秦以前，匹夫之俠，湮滅不見，余甚恨之。」司馬遷對儒墨等學派由於門戶之見排斥這些出自平民的俠客而深感不公。司馬遷在按照慣例爲帝王將相立傳的同時，也把許多下層人物寫入書中，其中包括刺客、遊俠、商人、方士等，使得《史記》所收的人物非常廣泛，並且都刻畫得栩栩如生。

《史記》中的人物形象各具姿態，都有自己鮮明的個性特徵。不但不同類型的人物迥然有別，就是同一類型的人物，形象也罕有雷同。同是以好士聞名的貴公子，信陵君和其他三公子在人格上有高下之別，而孟嘗君、平原君、春申君也各有各的風貌。同爲戰國策士，蘇秦主要是一位發憤者的形象，而張儀身上更多的卻是狡詐權謀。張良、陳平同是劉邦的重要謀士，但司馬遷筆下的張良令人莫測高深，帶有幾分神異；而陳平這位智囊卻富有人情味，沒有張良那種仙風道氣。《史記》同類人物形象之間尚有如此明顯的區別，不同類型人物形象之間更是形成巨大的反差，鮮明的對照，人物的個性在差異、區別中得到充分的顯示。

司馬遷在刻畫人物時，能準確地把握表現對象的基本特徵加以渲染，使許多人物形象的個性非常突出。〈萬石張叔列傳〉突出石奮祖孫三代的謹小愼微，唯命是從。〈樊酈滕灌列傳〉寫到夏侯嬰時，主要敘述他對劉邦一家的精心呵護，他和劉邦家庭的特殊關係，多次提到他的太僕之職。〈李將軍列傳〉在描寫李廣時著意表現他高超的祖傳射藝，他射匈奴射雕者、射白馬將、射追擊者、射獵、射石、射敵方裨將，百發百中，矢能飲羽。《史記》中的人物形象之所以各具丰采，就在於司馬遷充分地展示了他們的個性特徵。

司馬遷在表現人物時，能充分注意到他們的家庭出身、文化教養、社會經歷等各方面的因素，給以恰如其分的表現，不但展現出人物的個性特徵，而且對形成人物個性特徵的原因也有或明或暗的顯示，有時一開始就爲人物性格的發展做了鋪墊。蕭何是刀筆吏出身，故能謹守管鑰，因勢奉法。陳平年輕時貧而好學，所以始終有讀書人的氣質，見識高遠，在皇帝面前對答如流。周勃最初從事雜藝，沒有什麼學問，執政之後就顯露出知識的不足，在文帝面前陷入窘境。樊噲發跡前以屠狗爲業，成爲將軍以後保留那種莽撞豪爽之氣，他大塊吃肉，大杯飲酒，對劉邦、項羽也敢於直言直語、大聲大氣。寫竇嬰是一副老年失勢的窘態，寫田蚡則是少年得志的倡狂。總之，影響人物個性的許多重要因素，司馬遷都充分注意到了，因此，他使《史記》中的人物都按各自的方式說話行事，符合自己的年齡、身分和教養。

《史記》中的人物形象各有各的風貌，各有各的性格，同時，他們身上還表現出許多帶有普遍性的東西，即得到社會廣泛認可、並對後代產生深遠影響的某些共性。這是《史記》在刻畫人物方面取得的重要成就，最容易引起讀者的共鳴。《史記》人物形象的共性是多方面的，主要有以下幾點：一是知恩圖報，以德報德。蘇秦之於宗族、朋友，劉邦之於蕭何，陳平之於魏無知，韓信之於漂母，張蒼之於王陵，都是受人之惠而報人之恩。蘇秦佩六國相印後，「散千金以賜宗族朋友。初，蘇秦之燕，貸人百錢爲資，及得富貴，以百金償之」（〈蘇秦列傳〉）。劉邦爲泗水亭長時，前往咸陽行役，一般的小吏都贈錢三百，唯獨蕭何送給劉邦五百錢。漢初封侯，劉邦爲蕭何益封二千戶，用以報答先前多送二百錢的恩惠（〈蕭相國世家〉）。韓信爲布衣時從人寄食，一位漂母曾接濟他數十日，韓信封楚王之後，「召所從食漂母，賜千金」（〈淮陰侯列傳〉）。魏無知向劉邦引薦陳平，漢初剖符定封，陳平列舉魏無知拔擢之功，魏無知得到劉邦賞賜（〈陳丞相世家〉）。王陵對張蒼有不殺之恩，「及蒼貴，常父事王陵。陵死後，蒼爲丞相，洗沐常先朝陵夫人，上食，然後敢歸家」（〈張丞相列傳〉）。類似這樣知恩圖報的人物在《史記》中有一大批，他們百倍、千倍地報償恩人，以表示自己不忘本、不負人。二是以牙還牙，以怨報怨。這是和知恩圖報、以德報德相對應的一種行爲，伍子胥之於楚平王、李廣之於霸陵尉、主父偃之於昆弟賓客，採取的都是這種做法。伍子胥父兄均被楚平王無辜殺害，伍子胥奔亡吳國，藉吳之力攻入楚都，「乃掘楚平王墓，出其屍，鞭之三百，然後已」（〈伍子胥列傳〉）。李廣免官時夜行而遭霸陵尉呵斥，逼令李廣宿於亭下。李廣拜右北平太守，「廣即請霸陵尉與俱，至軍而斬之」（〈李將軍列傳〉）。主父偃爲齊相，到達齊地之後，向昆弟賓客散發五百金，從此和他們斷絕關係，不許再入家門，用以報復他在貧困時所遭到的冷遇（〈平津侯主父列傳〉）。知恩圖報和以怨報怨是相互連繫的兩個側面，往往在一個人的身上同時體現出來。蘇秦對於借給自己百錢的人以百金相償，而對在危困時幾次要離開自己的隨從則一文不賞（〈蘇秦列傳〉）。范睢奉行的人生哲學是「一飯之德必償，睚眥之怨必報」，因此，對迫害過他的魏齊、須賈，或令其死，或令其辱，而對搭救過他的王稽、鄭安平，都請求秦王委以重任（〈范睢蔡澤列傳〉）。三是士爲知己者死，爲報答知遇之恩而赴湯蹈火，甚至不惜獻出自己的生命。這是知恩圖報的昇華，是它的極端形式。司馬遷在〈刺客列傳〉和〈報任安書〉中兩次提到「士爲知己者死，女爲悅己者容」，他本人是贊成這一信條的。〈刺客列傳〉中的專諸、豫讓、聶政、荊軻等人都是爲知己者死；〈孟嘗君列傳〉中的得粟者、〈魏公子列傳〉中的侯嬴、〈張耳陳餘列傳〉中的貫高，也都是爲知己者而死。《史記》人物形象還普遍存在富貴還鄉的想法，這是他們共同的理想和追求。項羽在焚燒秦都咸陽後一心想東歸，說道：「富貴不歸故鄉，如衣繡夜行，誰知之者？」（〈項羽本紀〉）項羽的這番話很有代表性，道出了絕大多數人的心理。司馬遷也寫了許多人衣錦還鄉的場面，蘇秦、劉邦、司馬相如、主父偃等人的傳記都有這方面的記載。蘇秦富貴還鄉，笑視兄弟妻嫂前倨後恭的變化，抒發對世態炎涼的感慨（〈蘇秦列傳〉）。劉邦當了天子之後回到故鄉，慷慨悲壯高唱〈大風歌〉，坦露對故鄉刻骨銘心的思念之情（〈高祖本紀〉）。

《史記》中的人物既有鮮明的個性，又有普遍的共性，是共性與個性完美的結合。《史記》中有許多人物所做的事情相近，但是怎樣去做，卻是各人有各人的選擇，各人有各人的方式。同是衣錦還鄉，韓信顯得雍容大度，不計私仇；主父偃卻心胸狹小，報復心極強。同是知恩圖報，豫讓、貫高先是忍辱負重，頑強地活下去，關鍵時刻又死得極其壯烈；而侯嬴、田光等義士，卻是痛快地以自殺相謝。人物的共性寓於鮮明的個性之中，二者都得到了充分的表現。

司馬遷在刻畫人物時，採用多維透視的方法，使筆下的人物顯露多方面的性格特徵，有血有肉，生動豐滿。項羽是司馬遷著力最多的一位英雄人物，在他身上就可以發現多重人格。他喑噁叱吒，又言語嘔嘔。他愛人禮士，又妒賢嫉能。他是殘暴的，焚燒咸陽，坑殺俘虜；他又是仁愛的，鴻門宴有惻隱之心，不殺劉邦，還時常慮念百姓疾苦。他有時與部下同甘共苦，分衣推食；有時又非常吝嗇，已經刻好的官印不肯發給功臣，放在手裡反覆把玩。至於和虞姬悲歌唱和的場面，則兼有風雲氣和兒女情。這些相互對立的因素有機地集於項羽一身，使得人物形象具有豐富的內涵和深厚的底蘊，而且非常眞實。對於李斯這個人物，司馬遷反覆刻畫他外似剛愎而內實游移的矛盾狀態：在農民起義風起雲湧的形勢下，他想知難而退，卻又貪戀富貴，下不了決心；在趙高廢立之際，開始像是要以身殉國，經趙高勸之以利害，馬上退縮妥協；對於秦二世的無道，本想犯顏直諫，一旦二世責問，立刻苟且求容。李斯的雙重人格表現得非常充分，一個內心分裂的可悲形象躍然紙上。司馬遷在刻畫人物時，一方面能把握他的基本特徵，同時對其性格的次要方面也能給予充分的重視，多側面地展現人物的精神風貌。

司馬遷全面把握和充分展示自己筆下人物形象的豐富性、複雜性，有的是在一篇傳記中同時寫出人物性格的幾個側面，有的則採用旁見側出的方法，通過多篇傳記完成對某個人物形象的塑造。旁見側出法，又稱互見法，即在一個人物的傳記中著重表現他的主要特徵，而其他方面的性格特徵則放到別人的傳記中顯示。〈高祖本紀〉主要寫劉邦帶有神異色彩的發跡史，以及他的雄才大略、知人善任，對他的許多弱點則沒有充分展示。而在其他人的傳記中，卻使人看到劉邦形象的另外一些側面。〈項羽本紀〉通過范增之口道出劉邦的貪財好色，〈蕭相國世家〉、〈淮陰侯列傳〉表現他猜忌功臣，〈魏豹彭越列傳〉、〈酈生陸賈列傳〉揭露他慢而侮人，詈罵諸侯臣下如奴僕。〈樊酈滕灌列傳〉還披露這樣一件事實，楚漢相爭時，劉邦戰敗逃跑，爲了保全自己的性命，幾次把親生兒女推到車下，後來的惠帝、魯元公主有賴於夏侯嬰的保護才倖免於難。司馬遷對漢高祖劉邦之所以採用旁見側出的寫法，顯然是有所忌諱，不得不如此。信陵君是司馬遷最欣賞的一位人物，在〈魏公子列傳〉中稱公子者凡一百四十七次，寫了他一系列禮賢下士的事蹟，塑造出一個光彩照人的形象。緊接著，在〈范雎蔡澤列傳〉中，有一段和信陵君相關的故事：秦昭王爲給范雎報仇，追捕魏齊甚急。魏齊走投無路，和趙相虞卿一道向信陵君求援。「信陵君聞之，畏秦，猶豫未肯見。」魏齊聽到這個消息自刭身亡，等到信陵君聽從侯嬴的勸告決定接納魏齊時，已經爲時過晚。司馬遷對信陵君愛之過深，他沒有把這個有損於信陵君光輝形象的事情寫入本傳，而是採用旁見側出法加以處理。《史記》人物形象具有多方面的性格特徵，要把相關傳記連繫起來加以觀照才能全面地把握。

第四節　《史記》的風格特徵

・宏廓畫面和深邃意蘊　・濃郁的悲劇氣氛　・強烈的傳奇色彩

《史記》的敘事寫人都圍繞「究天人之際，通古今之變」的宗旨，司馬遷雖然也從瑣碎的生活細事寫起，但絕大多數的人物傳記最終都在宏偉壯闊的畫面中展開，有一系列歷史上的大事穿插其間，他所選擇的題材多是重大的。司馬遷不是一般地描述歷史進程和人物的生平事蹟，而是對歷史規律和人物命運進行深刻的思考，透過表象去發掘本質，通過偶然性去把握必然規律。這就使得《史記》的人物傳記既有宏偉的畫面，又有深邃的意蘊，形成了雄深雅健的風格。

司馬遷善於把筆下的人物置於廣闊的社會背景下加以表現，在敘述一系列重大歷史事件的過程中，展示個人命運偶然性中所體現的歷史必然性。在〈蘇秦列傳〉和〈張儀列傳〉中，司馬遷對於戰國諸侯間微妙複雜的利害關係反覆予以演示，以七國爭雄爲背景展開廣闊的畫面。蘇秦、張儀準確地把握了當時形勢的特點，抓住了機遇，相繼幹出一番驚天動地的事業，成爲那個時代的傾危之士。陳平年輕時就胸懷大志，足智多謀，適逢秦末動亂和楚漢相爭，於是他大顯身手，屢獻奇計。他設計離間項羽和范增，使楚霸王失去「亞父」這位謀士。滎陽被困，他令二千女子夜出東城門迷惑楚軍，劉邦得以出西城門脫險。是他暗示劉邦封韓信爲齊王以穩定形勢，又是他建議劉邦僞遊雲夢澤而藉機擒韓信。劉邦在平城被匈奴圍困七日，又是陳平出奇計化險爲夷。陳平所獻五計，無一不是關係到劉邦的生死存亡、關係到天下的興衰安危。陳平這位謀士的形象，也就在駕馭歷史風雲的過程中日益豐滿。《史記》中的人物形形色色，或卑瑣、或偉岸；有的先榮後辱，有的先辱後榮；有的事業成功，人生幸運，也有的雖然事業成功卻命運悲慘。司馬遷既把他們寫成重大事件的導演、演員，又把他們寫成重大事件的產兒，通過描寫、敘述他們對時勢、潮流的順應與抗拒、對歷史機遇的及時把握與失之交臂，以如椽巨筆勾勒出歷史和人生的壯廓畫面，點出其中蘊涵的哲理。

司馬遷的人生遭遇是不幸的，他的命運是悲劇性的，《史記》也成功地塑造了一大批悲劇人物形象[14]，使全書具有濃郁的悲劇氣氛。

《史記》中的悲劇人物有多種類型。按其在歷史上的地位和作用而論，有些悲劇主人公身上體現的是歷史的必然要求和這個要求的實際上不可能實現之間的矛盾。這類悲劇人物是歷史的先行者，他們的行動具有超前性。儘管他們的主張是正確的，但由於當時的條件還不成熟，他們付出了慘重的代價，有的甚至獻出了生命，推行變法的吳起、商鞅，主張削藩的賈誼、晁錯，都是這類悲劇英雄。還有一類悲劇人物儘管死得非常壯烈，但他們的悲劇性不是體現無法實現的歷史必然要求，而是他們相信舊制度的合理。田橫是司馬遷著力描寫的英雄人物，他兵敗之後不願意投降漢朝而自殺，其隨從和東海五百義士也相繼殉難，湧現出的是一個悲劇群體。從本質上看，田橫所要維持的不過是諸侯稱雄、列國割據的局面，早已失去了存在的合理性。田橫相信已經過時的制度仍然是合理的，並爲之而奮鬥拚搏，這就決定了他必然成爲悲劇人物。《史記》中許多反抗中央朝廷的諸侯王，都屬於這類相信舊制度合理性的悲劇人物。《史記》中的悲劇人物按其品格劃分，又有完美型和缺失型兩類。〈趙世家〉中爲保護趙氏孤兒而付出巨大犧牲的義士公孫杵臼、程嬰，〈刺客列傳〉、〈遊俠列傳〉中的刺客、遊俠，都是具有高尚品格和獻身精神的英雄，他們的所作所爲幾乎無可挑剔，是把身上最有價值的東西毀滅給人看，是完美型的悲劇英雄。還有一些悲劇人物的品格存在明顯的弱點，由這些弱點而導致的失誤最終毀滅了自身。但由於他們終歸是英雄，所以其毀滅也是悲劇性的。這類缺失型悲劇英雄以項羽爲代表，他生前戰功赫赫，死得慷慨壯烈，他的弱點也暴露得非常明顯，只是他自己沒有意識到本身的缺欠。

司馬遷的人生遭遇是不幸的，他的命運是悲劇性的，他爲眾多悲劇人物立傳，寄寓自己深切的同情。他讚揚棄小義、雪大恥，名垂後世的伍子胥，塑造出一位烈丈夫形象。他筆下的虞卿、范雎、蔡澤、魏豹、彭越等人，或在窮愁中著書立說，或歷經磨難而越加堅強，或身被刑戮而自負其材，欲有所用。所述這些苦難的經歷都帶有悲劇性，其中暗含了司馬遷自己的人生感慨。

司馬遷在探討人物悲劇的根源時，流露出對天意的懷疑，以及命運不可捉摸、難以把握之感。他在〈伯夷列傳〉中慨歎：「天道是邪，非邪！」在〈外戚世家〉中反覆強調：「人能弘道，無如命何？」、「豈非命也哉！」對於像蕭何、陳平那樣的幸運兒，司馬遷認爲他們的人生偶然性中體現出歷史的必然性，自身才能、對歷史潮流的順應使他們扮演英雄的角色，命運對於這些人來說不是難解的謎。而從那些悲劇人物身上，司馬遷更多感受到的是歷史和人生的不確定、不公平和難以理解。司馬遷還通過爲悲劇人物立傳，揭示了異化造成的人性扭曲。吳起爲了當上魯國將軍而殺妻，未爲卿相而母死不歸，名韁利鎖把他變成一個刻暴少恩之人，最終也因此亡身，政治上的巨大功績與人性的嚴重異化形成直接衝突。張耳、陳餘早年爲刎頸之交，後來卻反目爲仇，也是利欲把他們拆開。

《史記》富有傳奇色彩。司馬遷喜歡獵奇，把許多傳說故事寫入人物傳記中，造成一種神祕感。寫秦始皇晚年行跡，穿插許多怪異反常的事情，以及神靈的出沒，用以預示秦王朝末日的到來。寫漢高祖發跡，則用劉媼感蛟龍而生子，劉邦醉斬白蛇等傳說以顯示他的靈異。除了類似荒誕不經的傳說之外，《史記》所寫的許多眞人眞事也帶有傳奇色彩。魯仲連爲人排患解難而無所取，超然遠引，終身不復見，是一位奇士。〈留侯世家〉中的張良是位傳奇人物，文中出現的商山四皓同樣來得突兀，恍若神仙。《史記》中的許多故事都疏離常規，出乎人的意料之外，也富有傳奇性。〈外戚世家〉中的薄夫人因遭冷落而大富大貴，竇姬本欲入趙王府而宦官誤賜代王，她陰錯陽差成了皇后。這些宮廷故事也是表現人生命運的不可捉摸，但它釀成的不是悲劇，而是喜劇。〈田單列傳〉的傳主田單是一位智謀之士，這篇傳記寫了一系列的奇謀奇計，尤其是用火牛陣大破燕軍一節，更是精彩絕妙。傳記贊語又附奇士王蠋、奇女君王后的事蹟，可謂奇上加奇。《史記》的傳奇性還源於司馬遷敘事寫人的筆法。司馬遷爲文疏蕩多變，忽起忽落，其來無端，其去無跡，起滅轉接，令人莫測端倪。〈伯夷列傳〉是爲伯夷、叔齊作傳，卻以議論開篇，又引許由、卞隨、務光等人爲伯夷、叔齊做陪襯，幾乎使人不辨賓主。敘伯夷、叔齊事蹟後，在議論中引出顏淵、盜蹠，從正反兩方面說開。結尾點題，指出砥行立名者必附青雲之士才能流傳後世。通篇意到筆隨，縱橫變化，煙雲繚繞，撲朔迷離。《史記》的章法、句法、用詞都有許多獨特之處，它別出心裁，不蹈故常，搖曳迴蕩，跌宕有致，以其新異和多變而產生傳奇效果。

第五節　《史記》的地位和影響

・傳記文學的開端　・先秦文學傳統的繼承融會　・人文精神的弘揚
・後代散文、小說、戲劇與《史記》的淵源關係

《史記》是我國紀傳體史學的奠基之作，同時也是我國傳記文學的開端。中國古代史傳文學在先秦時期就已經初具規模，記言爲《尚書》，記事爲《春秋》，其後又有編年體的《左傳》和國別體的《國語》、《戰國策》。但是，以人物爲中心的紀傳體史學著作，卻是司馬遷的首創。《史記》的出現，標誌中國古代史傳文學的發展已經達到高峰。

《史記》是傳記文學名著，但它具有詩的意蘊和魅力。《史記》指次古今，出入風騷，對《詩經》和《楚辭》均有繼承，同時，戰國散文那種酣暢淋漓的風格也爲《史記》所借鑑，充分體現了大一統王朝中各種文學傳統的融會。

《史記》的影響是極其深遠的，它爲後代文學的發展提供了豐富的營養和強大的動力。

司馬遷作爲偉大的歷史學家和文學家，在《史記》一書中大力弘揚人文精神，爲後代作家樹立起一面光輝的旗幟。《史記》所滲透的人文精神是多方面的，主要有：以立德、立功、立言爲宗旨以求青史留名的積極入世精神，忍辱含垢、歷盡艱辛而百折不撓、自強不息的進取精神，捨生取義、赴湯蹈火的勇於犧牲精神，批判暴政酷刑、呼喚世間眞情的人道主義精神，立志高遠、義不受辱的人格自尊。《史記》中一系列血肉豐滿的人物形象，從不同側面集中體現了上述精神，許多人物成爲後代作家仰慕和思索的對象，給他們以鼓舞和啓迪。

《史記》是傳記文學的典範，也是古代散文的楷模，它的寫作技巧、文章風格、語言特點，無不令後代散文家翕然宗之。從唐宋古文八大家，到明代前後七子、清代的桐城派，都對《史記》推崇備至，他們的文章也深受司馬遷的影響。《史記》在語言上平易簡潔而又富有表現力，把許多詰屈聱牙的古書詞句譯成漢代書面語，還適當地引用口語、諺語，顯得生動鮮活。《史記》語言多是單行奇字，不刻意追求對仗工穩，亦不避諱重複用字，形式自由，不拘一格。正因爲如此，歷史上的古文家在批評駢儷文的形式主義傾向和糾正艱澀古奧文風時，都要標舉《史記》，把它視爲古文的典範。

《史記》的許多傳記情節曲折，人物形象栩栩如生，爲後代小說創作積累了寶貴的經驗。小說塑造人物形象的許多基本手法，在《史記》中都已經開始運用，如：使用符合人物身分、性格的語言，通過具體事件或生活瑣事顯示人物性格，把人物置於矛盾衝突中加以表現。從唐傳奇到明清小說，在人物塑造、情節安排、場面描寫等方面都可以見到《史記》的痕跡。同時，古代作家還從寫法上探討《史記》與小說的關係，得出了許多精闢的結論。

《史記》的許多故事在古代廣爲流傳，成爲後代小說戲劇的取材對象。元代出現的列國故事平話，明代出現的《列國志傳》，以及流傳至今的《東周列國志》，所敘人物和故事有相當一部分取自《史記》。〔明〕甄偉的《西漢通俗演義》，也是大量利用《史記》中的材料。《史記》的許多人物故事相繼被寫入戲劇，搬上舞臺，據傅惜華《元代雜劇全目》所載，取材于《史記》的劇目就有一百八十多種。據李長之統計，在現存一百三十二種元雜劇中，有十六種採自《史記》的故事[15]。後來的京劇也有不少劇碼取材於《史記》。總之，《史記》成爲中國古代小說、戲劇的材料寶庫，它作爲高品質的藝術礦藏得到反覆的開發利用。

注釋

❶關於司馬遷的生年，主要有兩種說法。一種認為他生於漢景帝中元五年（前一四五），見《史記》卷一百三十〈太史公自序〉的張守節《正義》，王國維的〈太史公行年考〉，載於《觀堂集林》卷十一。一種認為司馬遷生於漢武帝建元六年（前一三五），見《史記‧太史公自序》的司馬貞《索隱》，李長之持此說，著〈司馬遷生年為建元六年辨〉（見《司馬遷之人格與風格》，生活‧讀書‧新知三聯書店一九八四年版，第一九—二三頁）。二十世紀五〇年代和八〇年代，國內學術界關於司馬遷的生年有過兩次大討論，具體情況可參閱張大可《史記研究》（甘肅人民出版社一九八五年版，第七四—一〇二頁）。

❷《史記》卷一百三十〈太史公自序〉稱：「遷生龍門。」關於司馬遷的確切出生地，有陝西韓城和山西河津兩種說法。〈太史公自序〉裴駰《集解》引徐廣說：「馮翊夏陽縣。」張守節《正義》：「遷即漢夏陽縣人也，至唐改曰韓城縣。」見日本瀧川資言《史記會注考證》（文學古籍刊行社一九五五年版，第五一九五頁）。北宋治平元年（一〇六四），韓城芝川修建司馬遷的廟宇，通常都認為那裡是司馬遷的出生地。有人認為司馬遷出生在韓城高門村西的龍門寨，見吉春的〈司馬遷生地淺探〉一文（載《人文雜誌》一九八四年第三期）。司馬遷生於山西河津的說法見於黃乃管的〈司馬遷出生在今山西河津縣說〉一文（載《晉陽學刊》一九八三年第六期）。文中引元代王世誠〈河津縣總圖記〉之文：「遷生龍門，居於太和坊。」並稱：「太和坊，就是現河津縣太陽鄉西辛封村。」本書取韓城芝川說。

❸《史記》卷二十七〈天官書〉：「自漢之為天數者，星則唐都，氣則王朔，占歲則魏鮮。」唐都係天文學家，能觀星象。《史記》卷一百二十一〈儒林列傳〉：「自魯商瞿受《易》孔子，孔子卒，商瞿傳《易》，六世至齊人田何，字子莊。而漢興，田何傳東武人王同子仲，子仲傳菑川人楊何，何以《易》元光元年徵，官至中大夫。齊人即墨成以《易》至城陽相，廣川人孟但以《易》為太子門大夫，魯人周霸、莒人衡胡、臨菑人主父偃，皆以《易》至二千石。然要言《易》者本於楊何之家。」楊何是景帝、武帝時期的《易》學大師，許多著名學者出自他的門下。《史記》卷一百二十一〈儒林列傳〉：「清河王太傅轅固生者，齊人也，以治《詩》，孝景時為博士，與黃生爭論景帝前。黃生曰：『湯、武非受命，乃弒也。』」日本瀧川資言《史記會注考證》：「〈太史公自序〉云：『太史公習道論於黃子。』黃生學黃老，黃老之學祖述黃帝，不憲章湯、武。」（見《史記會注考證》，文學古籍刊行社一九五五年版，第四九〇五—四九〇六頁）

❹《漢書‧儒林傳》：「孔氏有古文《尚書》，孔安國以今文字讀之，因以起其家逸書，得十餘篇，蓋《尚書》茲多於是矣。

遭巫蠱，未立於學官。安國為諫大夫，授都尉朝，而司馬遷亦從安國問故，遷書載〈堯典〉、〈禹貢〉、〈洪範〉、〈微子〉、〈金縢〉諸篇，多古文說。」（《漢書》，中華書局一九七五年排印本，第三六〇七頁）孔安國任諫大夫期間，司馬遷曾向他學習古文《尚書》。《史記》卷一百三十〈太史公自序〉稱「余聞董生曰」，引董生論孔子作《春秋》之語，與《春秋繁露．俞序》一文多類似，此處董生當指董仲舒，司馬遷曾得到他的教誨。

❺關於司馬遷青年時代漫遊東南的材料，散見於《史記》的〈五帝本紀〉、〈河渠書〉、〈齊太公世家〉、〈魏世家〉、〈孔子世家〉、〈伯夷列傳〉、〈孟嘗君列傳〉、〈魏公子列傳〉、〈春申君列傳〉、〈屈原賈生列傳〉、〈淮陰侯列傳〉、〈樊酈滕灌列傳〉、〈龜策列傳〉，而以〈太史公自序〉的記載最為詳盡。對司馬遷青年時代東南漫遊路線有多種推測，看法不一。多數學者認為只是一次，程金造則懷疑東南漫遊可能是三次：「〈太史公自序〉此一段文字，所述遊方不同，時事亦當自異。『二十而南遊江、淮，上會稽，探禹穴，窺九疑，浮於沅、湘』，為一方，為連續之事，或為一時。『北涉汶、泗，講業齊、魯之都，觀孔子之遺風，鄉射鄒、嶧』，為一方，為連續之事，或又為一時。『戹困鄱、薛、彭城，過梁、楚以歸。』此又為一時之事。」見程金造《史記管窺》（陝西人民出版社一九九五年版，第一五七頁）。司馬遷青年時期東南漫遊曾到過楚地，〈春申君列傳〉稱：「吾適楚，觀春申君故城宮室，盛矣哉！」楚地，劉大杰釋為姑蘇（今江蘇蘇州），他寫道：「〔司馬遷〕再到姑蘇，參觀了春申君的宮室遺址，為五湖的風光所陶醉。」見其所著《中國文學發展史》（上海古籍出版社一九八二年版，上冊第一六二頁）。案，楚，當指西漢楚國，《漢書》卷二十八〈地理志〉：「楚國，……縣七：彭城、留、梧、傅陽、呂、武原、甾丘。」其地在今江蘇徐州一帶。西漢梁國與楚國相鄰，梁在西，楚在東，故〈太史公自序〉中有「過梁、楚以歸」之語。姑蘇遠在吳地，與梁懸隔，楚地非指姑蘇甚明。《史記．春申君列傳》：「考烈王元年，以黃歇為相，封為春申君，賜淮北地十二縣。後十五歲，黃歇言之楚王曰：『淮北地邊齊，其事急，請以為郡便。』因並獻淮北十二縣，請封於江東，考烈王許之。春申君因城故吳墟，以自為都邑。」春申君初封淮北十二縣，十五年後才遷往蘇州。司馬遷所見春申君故城宮室，位於淮北，是春申君前期所建。

❻司馬遷入仕以後的遊歷地域，見於《史記》的〈五帝本紀〉、〈河渠書〉、〈蒙恬列傳〉、〈太史公自序〉。

❼司馬遷的上述交遊，分別見於《史記》的〈項羽本紀〉、〈刺客列傳〉、〈酈生陸賈列傳〉、〈衛將軍驃騎列傳〉、〈樊酈滕灌列傳〉、〈屈原賈生列傳〉、〈趙世家〉、〈遊俠列傳〉、〈李將軍列傳〉。

❽《史記》在東漢中期以前稱《太史公書》、《太史公記》，或直稱《太史公》。東漢後期始稱《史記》。有關這一問題，陳直〈太史公書名考〉一文考證嚴密，文中共列九證，多有發明，據東海廟碑文字斷定，東漢桓帝永壽元年（一五五），司馬

遷的這部著作已稱為《史記》。陳文原載《文史哲》一九五六年第六期，後收入《歷史研究》編輯部編的《司馬遷與《史記》論集》，陝西人民出版社一九八二年版，第二〇八—二一四頁。

❾司馬遷〈報任安書〉的寫作時間，王國維〈太史公行年考〉定於武帝太始四年（前九三），郭沫若、李長之俱主此說。郭說見於〈〈太史公行年考〉有問題〉一文，原載《歷史研究》一九五五年第六期，後收入《歷史研究》編輯部編的《司馬遷與《史記》論集》（陝西人民出版社一九八二年版，第一八二—一八六頁）。李長之文見於《司馬遷之人格與風格》（生活·讀書·新知三聯書店一九八四年版，第二〇頁）。程金造斷定，〈報任安書〉寫於征和二年（前九一），見《史記管窺》（陝西人民出版社一九九五年版，第一二四—一三六頁）。《史記會注考證·太史公年譜》亦持此說。後一處說法本於清人趙翼，見其所著《廿二史劄記》卷一（商務印書館一九八五年版）：「此書正安坐罪將死之時，則征和二年間事也。」本書取後一種說法。

❿關於司馬遷卒年，有武帝時期和武帝之後兩種說法。見程金造〈司馬遷卒年之商榷〉一文，載《史記管窺》（陝西人民出版社一九九五年版，第一〇五—一二三頁）。

⓫美芝加哥大學余國藩在〈歷史、小說與對中國敘事的解讀〉一文中，將司馬遷寫作《史記》的動機說成是和希羅多德的修史宗旨基本一致：「希羅多德式的記錄方式，以一種自覺的博學手法，描摹了希臘以及其他民族的豐功偉績，用來保留對於過去的記憶，並對抗時間的毀滅性（chrono exitela—希羅多德，第一卷第一節）。這種方式在中國偉大史學家司馬遷（西元前一四五？—九〇？）那裡找到了回應。他在〈自序〉中說『滅功臣世家賢大夫之業不述』，那他就『罪莫大焉』。他對自己的不朽事業做出如下的著名描述：『余所謂述故事，整齊其世傳，非所謂作也。』（《史記》卷一百三十）由是觀之，它所表明的大都不是他本人婉然拒絕的把自己的經歷比作孔子編纂《春秋》的行為，而是希望強調自身寫作的真實性質。」見樂黛雲、陳珏編選《北美中國古典文學研究名家十年文選》（江蘇人民出版社一九九六年版，第三五〇頁）。

⓬日本學者今鷹真〈《史記》中所表現的司馬遷的因果報應思想和命運觀〉一文對於這個問題有深入論述，見徐與海、今鷹真、尚永亮主編的《司馬遷與史記論集》（陝西人民出版社一九九五年版，第二六七—二九〇頁）。

⓭日本學者櫻井龍彥著有〈《史記》的構思和結構——以「物盛則衰」為中心史觀而觀之〉，其中對《史記》敘事詳略有所論述。見徐與海、今鷹真、尚永亮主編的《司馬遷與史記論集》（陝西人民出版社一九九五年版，第五〇頁）。

⓮據韓兆琦計算，《史記》全書寫悲劇人物大大小小約有一百二十個。見韓兆琦等著《史記通論》（北京師範大學出版社一九九〇年版，第一三〇—一三一頁）。

⓯李長之所列現存元雜劇取材於《史記》的十六種劇碼是：《元曲選》中的《楚昭王》、《趙氏孤兒》、《誶范叔》、《賺蒯通》、《伍員吹簫》、《凍蘇秦》、《氣英布》、《馬陵道》，《元槧古今雜劇三十種》中有《周公攝政》、《晉文公火燒介子推》、《蕭何追韓信》，《脈望館鈔本元曲》中有《圯橋進履》、《豫讓吞炭》、《伊尹耕莘》、《卓文君私奔相如》、《澠池會》。還有逸套見於《雍熙樂府》中者二種：《范蠡歸湖》、《漢張良辭朝歸山》，未計入十六種之內。見李長之《司馬遷之人格與風格》（生活·讀書·新知三聯書店一九八四年版，第三〇四頁）。

第四章　兩漢樂府詩

繼《詩經》、《楚辭》之後，兩漢樂府詩成爲中國古代詩歌史上又一壯麗的景觀，作爲一種新的詩體，呈現出旺盛的生命力。兩漢樂府詩以其匠心獨運的立題命意，高超熟練的敘事技巧，以及靈活多樣的體制，成爲中國古代詩歌新的範本。

第一節　樂府和樂府詩

・樂府與太樂　・樂府的興廢　・樂府詩的搜集和分類

兩漢樂府詩是指由朝廷樂府系統或相當於樂府職能的音樂管理機關搜集、保存而流傳下來的漢代詩歌。樂府在西漢哀帝之前是朝廷常設的音樂管理部門，行政長官是樂府令，隸屬於少府，是少府所管轄的十六令丞之一。西漢朝廷負責管理音樂的還有太樂令，隸屬於奉常。樂府和太樂在行政上分屬於兩個系統，起初在職能上有大體明確的分工。太樂主管的郊廟之樂，是前代流傳下來的雅頌古樂❶。樂府執掌天子及朝廷平時所用的樂章，它不是傳統古樂，而是以楚聲爲主的流行曲調。最初用楚聲演唱的樂府詩是《安世房中歌》十七章❷，另外，漢高祖劉邦的〈大風歌〉在祭祀沛宮原廟時用楚聲演唱，也由樂府機關負責管理❸。西漢從惠帝到文、景之世，見於記載的樂府歌詩主要是以上兩種。

西漢樂府的擴充和發展是在武帝時期，《漢書・禮樂志》云：「至武帝定郊祀之禮……乃立樂府，採詩夜誦，有趙、代、秦、楚之謳。以李延年爲協律都尉，多舉司馬相如等數十人造爲詩賦，略論律呂，以合八音之調，作十九章之歌。以正月上辛用事甘泉圜丘，使童男女七十人俱歌，昏祠至明。」樂府的職能在武帝時進一步強化，它除了組織文人創作朝廷所用的歌詩外，還廣泛搜集各地歌謠。許多民間歌謠在樂府演唱，得以流傳下來。文人所創作的樂府歌詩也不再像《安世房中歌》那樣僅限於享宴所用，還在祭天時演唱，樂府詩的地位明顯提高。據《漢書・百官公卿表》記載，武帝時，樂府令下設三丞。又據《漢書・禮樂志》所言，至成帝末年，樂府人員多達八百餘人，成爲一個規模龐大的音樂機構。武帝到成帝期間的一百多年，是樂府的昌盛期。哀帝登基，下詔罷樂府官，大量裁減樂府人員，所留部分劃歸太樂令統轄❹，從此以後，漢代再沒有樂府建制。

東漢管理音樂的機關也分屬兩個系統，一個是太予樂署，行政長官是太予樂令，相當於西漢的太樂令，隸屬於太常卿。一個是黃門鼓吹署，由承華令掌管，隸屬於少府❺。黃門鼓吹之名西漢就已有之，它和樂府的關係非常密切❻。至東漢，由承華令掌管的黃門鼓吹署爲天子享宴群臣提供歌詩❼，實際上發揮著西漢樂府的作用，東漢的樂府詩歌主要是由黃門鼓吹署搜集、演唱，因此得以保存。

魏晉時期，舊的樂府歌辭有的還在繼續沿用，有相當數量的兩漢樂府詩流傳於朝廷內外。六朝有些總集專門收錄樂府古辭，其中主要是兩漢樂府詩。至梁沈約編纂《宋書》，其《樂志》收錄兩漢樂府詩尤爲眾多。宋郭茂倩編《樂府詩集》，把漢至唐的樂府詩搜集在一起，共分爲十二類：郊廟歌辭、燕射歌辭、鼓吹曲辭、橫吹曲辭、相和歌辭、清商曲辭、舞曲歌辭、琴曲歌辭、雜曲歌辭、近代曲辭、雜歌謠辭、新樂府辭。兩漢樂府詩主要保存在郊廟歌辭、鼓吹曲辭、相和歌辭和雜歌謠辭中，而相和歌辭數量最多。

現存兩漢樂府詩的作者涵蓋了從帝王到平民各階層，有的作於廟堂，有的採自民間，像司馬相如這樣著名的文人也曾參與樂府歌詩的創作。《漢書・藝文志》著錄西漢歌詩二十八家，三百十四篇，基本都是樂府詩。現在所能見到的西漢樂府詩，可以認定是西漢的作品有〈大風歌〉、《安世房中歌》十七章、《郊祀歌》十九章、《鐃歌》十八首，以及另外爲數不多的幾首民歌，其他樂府詩都作於東漢。

第二節　豐富多彩的人生畫面

・苦與樂的深刻揭示　・愛與恨的坦率表白　・樂生惡死願望的充分展現

《漢書・藝文志》在敘述西漢樂府歌詩時寫道：「自孝武立樂府而採歌謠，於是有代、趙之謳，秦、楚之風。皆感於哀樂，緣事而發。」兩漢樂府詩都是創作主體有感而發，具有很強的針對性。激發樂府詩作者創作熱情和靈感的是日常生活中的具體事件，樂府詩所表現的也多是人們普遍關心的敏感問題，道出了那個時代的苦與樂、愛與恨，以及對於生與死的人生態度。

兩漢樂府詩的作者來自不同階層，詩人的筆觸深入社會生活的各個層面，因此，社會成員之間的貧富懸殊、苦樂不均在詩中得到充分的反映。相和歌辭中的〈東門行〉、〈婦病行〉、〈孤兒行〉表現的都是平民百姓的疾苦，是來自社會最底層的呻吟呼號。有的家裡「盎中無斗米儲，還視架上無懸衣」，逼得男主人公不得不拔劍而起，走上反抗道路（〈東門行〉）。有的是婦病連年累歲，垂危之際把孩子託付給丈夫；病婦死後，丈夫不得不沿街乞討，遺孤在家裡呼喊著母親痛哭（〈婦病行〉）。還有的寫孤兒受到兄嫂虐待，嘗盡人間辛酸（〈孤兒行〉）。這些作品用白描的筆法揭示平民百姓經濟上的貧窮、勞作的艱難，並且還通過人物的對話、行動、內心獨白，表現他們心靈的痛苦，感情上遭受的煎熬。〈東門行〉的男主人公在做出最終抉擇之後，不得不割捨夫妻之愛、兒女之情，夫婦二人的對話是生離死別的場面。〈婦病行〉中的病婦臨終遺囑傷心刺骨，而丈夫無力贍養遺孤的愧疚、悲哀，也滲透於字裡行間。至於〈孤兒行〉中的孤兒，因不堪忍受非人的待遇，竟然有生不如死的想法，小小年紀便對命運已經完全喪失信心。兩漢樂府詩在表現平民百姓疾苦時，兼顧到表現對象物質生活的飢寒交迫和精神、情感世界的嚴重創傷。尤其可貴的是，詩的作者對於這些在死亡線上掙扎的貧民百姓寄予深切的同情，是以惻隱之心申訴下層貧民的不幸遭遇。

同是收錄在相和歌辭中的〈雞鳴〉、〈相逢行〉、〈長安有狹斜行〉三詩，與〈東門行〉等三篇作品迴然有別，它們展示的是與苦難世界完全不同的景象，把人帶進另一個天地。這三首詩基本內容相同，都是以富貴之家為表現對象；三首詩的字句也多有重複，最初當是出自同一母體。〈相逢行〉的作者猶如一位導遊人員，兩度把人引入侍郎府。第一次見到的是黃金爲門，白玉爲堂，堂上置酒，作使名倡，中庭桂樹，華燈煌煌。第二次見到的是鴛鴦成行，鶴鳴噰噰，兩婦織錦，小婦調瑟。這首詩在渲染主人富有的同時，還點出了他的尊貴身分：「兄弟兩三人，中子爲侍郎。」這是一個既富且貴的家庭，而且富貴程度非同尋常。黃金爲門，白玉爲堂，是富埒王侯的標誌，不是一般的富，而是巨富。侍郎是皇宮的禁衛官或天子左右侍從，是皇帝信任的近臣，其特殊地位不是普通朝廷官員所能相比。〈雞鳴〉和〈長安有狹斜行〉把表現對象的顯赫地位渲染得更加充分，或云：「兄弟四五人，皆爲侍中郎。」或云：「大子二千石，中子孝廉郎。小子無官職，衣冠仕洛陽。」詩中的富貴之家不只是一人居官，而是兄弟幾人同時宦達；所任官職也不限於俸祿爲四百石的侍郎，而是秩達二千石的高官顯宦。〈相逢行〉和〈長安有狹斜行〉二詩，作者是用欣賞的筆調渲染富貴之家，〈雞鳴〉一詩則警告豪門蕩子不要胡作非爲，以免觸犯刑律，帶有勸諫和批判的成分❽。上述三詩對富貴之家氣象的展現，對中國古代文學創作具有示範性，後來許多同類作品都是以此作爲藍本。黃金爲門，白玉爲堂，到《紅樓夢》中演變成賈府的「白玉爲堂金作馬」。至於三婦織錦鼓瑟的段落，則被單獨劃分出去，名爲「三婦豔」，在古代樂府詩中頻繁重複出現，成爲富貴之家的象徵，積澱成一種具有特定涵義的符號。

表現平民疾苦和反映富貴之家奢華的樂府詩同被收錄在相和歌辭中，這就形成對比鮮明、反差極大的兩幅畫面。一邊是飢寒交迫，在死亡線上掙扎；一邊是奢侈豪華，不知人間還有憂愁事。一邊是連自己的妻兒都無法養活，一邊是妻妾成群，錦衣玉食，而且還豢養大群水鳥。這兩組樂府詩最初編排在一起帶有很大的偶然性，它們的客觀效果是引導讀者遍歷天堂地獄，領略到人間貧富懸殊、苦樂不均的兩極世界。

漢代樂府詩還對男女兩性之間的愛與恨做了直接的坦露和表白。愛情婚姻題材作品在兩漢樂府詩中占有較大比重，這些詩篇多是來自民間，或是出自下層文人之手，因此，在表達婚戀方面的愛與恨時，都顯得大膽潑辣，毫不掩飾。鼓吹曲辭收錄的〈上邪〉係鐃歌十八篇之一，是女子自誓之詞：「上邪！我欲與君相知，長命無絕衰。山無陵，江水為竭，冬雷震震夏雨雪，天地合，乃敢與君絕。」這首詩用語奇警，別開生面。先是指天為誓，表示要與自己的意中人結為終身伴侶。接著便連舉五種千載不遇、極其反常的自然現象，用以表白自己對愛情的矢志不移，其中每一種自然現象在正常情況下都是不會出現的，至於五種同時出現，則更不可能。作品由此極大地增強了抒情的力度，內心的情感如火山爆發、如江河奔騰，沒有任何力量能夠遏止。兩漢樂府詩中的女子對於自己的意中人愛得眞摯、熱烈，可是，一旦發現對方移情別戀，中途變心，就會變愛為恨，果斷地與他分手，而絕不猶豫徘徊。另一篇鐃歌〈有所思〉反映的就是未婚女子這種由愛到恨的變化及其表現。女主人公思念的情人遠在大海南，她準備了珍貴的「雙珠玳瑁簪，用玉紹繚之」，想要送給對方。聽到對方有二心，她就毅然決然地毀掉這份禮物，「拉雜摧燒之」，並且「當風揚其灰」，果斷地表示：「從今以往，勿復相思。」她愛得熱烈，恨得痛切，她的選擇是痛苦的，同時又斬釘截鐵，義無反顧。

〈孔雀東南飛〉所寫的是另一種類型的愛與恨。詩的男女主角焦仲卿和劉蘭芝是一對恩愛夫妻，他們之間只有愛，沒有恨。他們的婚姻是被外力活活拆散的，焦母不喜歡蘭芝，她不得不回到娘家。兄長逼她改嫁，太守家又強迫成婚。劉蘭芝和焦仲卿分手之後彼此進一步加深了了解，他們之間的愛越加熾熱，最後雙雙自殺，用以反抗包辦婚姻，同時也表白他們生死不渝的愛戀之情。〈孔雀東南飛〉的作者在敘述這一婚姻悲劇時，愛男女主人公之所愛，恨他們之所恨，傾向是非常鮮明的。兩漢樂府詩還有像〈陌上桑〉和〈羽林郎〉這樣的詩。在這兩篇作品中，男女雙方根本沒有任何感情基礎，是素不相識的陌生人，男方企圖依靠權勢將自己的意願強加於女方。於是，出現了秦羅敷巧對使君、胡姬誓死回絕羽林郎的場面。這兩首詩的作者也是愛恨分明，對秦羅敷和胡姬給予充分的肯定和高度的讚揚，嘲笑、鞭撻好色無行的使君和金吾子。

兩漢樂府詩還表達了強烈的樂生惡死願望。如何超越個體生命的有限性，是古人苦苦思索的重要課題，兩漢樂府詩在這個領域較之前代文學作品有更深的開掘，把創作主體樂生惡死的願望表現得特別充分。

〈薤露〉、〈蒿里〉是漢代流行的喪歌，送葬時所唱，都收錄在相和歌辭中。〈薤露〉全詩如下：「薤上露，何易晞。露晞明朝更復落，人死一去何時歸！」這首詩認爲人的生命短暫，不如草上的露水。露水乾了大自然可以再造，人的生命卻只有一次，死亡使生命有去無歸，永遠消失。〈蒿里〉把死亡寫得更爲淒慘：「蒿里誰家地？聚斂魂魄無賢愚。鬼伯一何相催促，人命不得少踟躕。」這首詩是用有神論的觀念看待人的死亡，寫出了面對死亡時的痛苦心情，是以無可奈何的態度看待魂歸蒿里這個不可抗拒的事實。正常死亡尚且引起如此巨大的悲哀，夭折橫死產生的巨痛更是難以訴說，鐃歌〈戰城南〉表現的是對陣亡將士的哀悼。將士戰死以後的景象是：「水深激激，蒲葦冥冥。梟騎戰鬥死，駑馬徘徊鳴。」作者極力渲染戰場變成墓場之後的蒼涼、淒慘，是一幅近乎死寂的陰森畫面。尤其令人目不忍睹的是，「野死不葬烏可食」，陣亡者暴屍城外，無人掩埋，烏鴉任意啄食。人生之慘，莫過於此。雖然詩中的死者故作豪邁之語，但戰爭對生命的摧殘依然得到淋漓盡致的表現。以上幾首詩在描寫死亡的淒慘悲哀時，表現出對生命的珍惜和留戀，對死亡的疏遠和拒斥，死亡被寫成是無法迴避而強加於人的殘酷事件。

惡死和樂生是連繫在一起的，是一個問題的兩個側面，兩漢樂府詩坦率地傳達了人們對死亡的厭惡之情，同時又以虛幻的形式把樂生願望寄託在與神靈的溝通上。郊祀歌〈日出入〉由太陽的升降聯想到人的個體壽命。太陽每天東出西入，日復一日，年復一年，永遠沒有窮盡。然而，人的個體生命卻是有限的，生爲出，死爲入，一出一入便走完了人生的歷程，從而和反覆出入、永恆存在的太陽形成鮮明的對照。於是，作者大膽地想像，太陽是在另一個世界運行，那裡一年四季的時間坐標與人世不同，因此，太陽才成爲永恆的存在物。詩人期待能夠駕馭六龍在天國遨遊，盼望神馬自天而降，馱載自己進入太陽運行的世界。收錄在雜曲歌辭中的〈豔歌〉描繪出一幅進入天國的理想畫面。詩人幻想自己升上雲霄，來到神界仙鄉，成爲那裡的貴賓。各種神靈都爲他的到來而忙碌，天公河伯、青龍白虎、南斗北極、嫦娥織女都殷勤備至，甚至連流霞清風、垂露奔星也都載歌載舞，張帷扶輪，熱情地爲詩人服務。這首詩表現的是超越個體有限生命，到達彼岸世界之後的至樂，給許多天體對象注入了生命，使天神地祇和詩人聚集一堂。同類詩篇還有相和歌辭中的〈長歌行〉、〈董逃行〉，不過這兩首詩中的長生之鄉不是天國，而是仙山，是靠神藥延年益壽。

兩漢樂府詩在表達長生幻想時，有時還寫神界的精靈來到人間，和創作主體生活在同一世界。郊祀歌〈練時日〉、〈華燁燁〉二詩的神靈都是來自天上，鐃歌〈上陵〉中的仙人來自水中。在描寫神靈蒞臨的時候，樂府詩作者充分發揮想像力，刻畫得非常細緻。〈練時日〉通過對靈之遊、靈之車、靈之下、靈之來、靈之至、靈已坐、靈安留等多方面的依次鋪陳，展示出神靈逐漸向自己趨近的過程和丰采，以及自己得以和神靈交接的喜悅心情。〈華爗爗〉在寫法上和〈練時日〉極其相似。〈上陵〉中的仙人則是桂樹爲船，青絲爲笮，木蘭爲櫂，黃金交錯，顯得超凡脫俗。這些作品表面是寫神靈來到世間，神靈向創作主體趨近，實際是暗示詩人借助神靈的力量獲得長生屬性，即將成爲神仙世界的一員。

兩漢樂府詩無論是寫舉體飛升進入神國仙鄉，還是寫神靈來到人間，都把人和神置於同一層面。神靈不再是高高在上，和創作主體很疏遠，而是人神同遊，彼此親近。兩漢樂府詩是通過人的神仙化、神仙的世俗化，表達作者溝通天人的理想。

兩漢樂府詩在表現人世間的苦與樂、兩性關係的愛與恨時，受《詩經》影響較深，有國風、小雅的餘韻；而在抒發樂生惡死願望時，主要是繼承楚文化的傳統，是《莊》、《騷》的遺響。

第三節　嫻熟巧妙的敘事手法

・生活鏡頭的選取　・故事情節完整曲折　・人物形象各具特色　・敘事詳略得當　・寓言詩的創作

兩漢樂府詩中有敘事詩，也有抒情詩，而以敘事詩的成就更爲突出。《詩經》、《楚辭》多數都是抒情詩，抒情過程中也時而穿插敘事，但敘事附屬於抒情。兩漢樂府敘事詩的出現，標誌中國古代敘事詩的成熟。

兩漢樂府詩都是感於哀樂、緣事而發的，創作主體在選擇敘事對象時，善於發現富有詩意的鏡頭，及時攝入畫面。酒店是人來人往、熙熙攘攘的熱鬧場所，飲食服務自古以來就是社會的窗口行業，尤其是酒店的女主人，更是引人注目的對象，許多故事都發生在她們身上❾。兩漢樂府詩有兩篇作品以酒店婦女爲主角，一篇是收錄在相和歌辭的〈隴西行〉，一篇是辛延年的〈羽林郎〉。〈隴西行〉再現健婦善持門戶的場面，〈羽林郎〉敘述當壚美女反抗強暴的故事。通過描寫她們與顧客的交往及各類人物的舉止言行，藝術地展示了漢代的市井風情。京都是最繁華的地方，兩漢的長安、洛陽達官貴人萃集，他們的宅府往往建在深巷。巷深路狹，車高馬大，經常出現道路擁擠、交通堵塞的現象。因不肯相讓而爭路搶道的事情在漢代時有發生，有的最終引發人命案件❿。爲了避免不必要的誤會和衝突，狹路相逢時弄清對方的身分就顯得十分必要。〈相逢行〉、〈長安有狹斜行〉選擇的都是「夾轂問君家」的特寫鏡頭，通過對方的一番炫耀，道出了車主人的富貴豪華。除此之外，〈陌上桑〉以春日採桑爲背景，相和歌辭〈豔歌行〉擇取女主人爲他鄉遊子縫補衣服，引起丈夫猜忌的情節，都是以常見而又富有情趣的畫面入詩，詩人找到了最佳視點。

兩漢樂府詩作者在選擇常見生活情節時別具慧眼，對於偶然性、突發性事件的捕捉也很有新意。在現實生活中，棄婦遇故夫的機會通常是很少的，而且往往是有意迴避。收錄在古詩類的〈上山採蘼蕪〉實乃樂府詩，寫的就是棄婦與故夫的邂逅。通過男子的一番敘述，得出了「新人不如故」的結論。不管他們的離異是出於男子負心還是迫於外界壓力，這個故事都是發人深思的。相和歌辭〈豔歌何嘗行〉以鵠喻人，寫的是一個突發事件。夫妻同行，妻子突然生病，兩人不得不中途分手，淒淒慘慘，淚落縱橫。這兩首詩強烈的藝術感染力，很大程度上得益於偶然和突發事件本身的性質。

兩漢樂府詩作者在選擇敘事題材時，表現出明顯的尚奇傾向。對於那些來自異域的新鮮事物，詩人總是懷著驚異的目光去搜索、發現它們，並饒有興致地寫入作品。貳師將軍李廣利從大宛獲汗血馬[11]，於是郊廟歌辭有〈天馬〉詩敘述此事；張騫通西域之後引進苜蓿[12]，雜曲歌辭〈蛺蝶行〉就特意提到這種植物。〈隴西行〉有「坐客氈氍毹」之語，客人坐在毛織地氈上，酒店室內裝飾用的是西域產品。雜曲歌辭〈樂府〉直接陳述胡商及其攜帶的物品：「行胡從何方？列國持何來？氍毹五木香，迷迭艾納及都梁。」這些來自西域、東南亞及楚地的奇異物品令中土人士大開眼界，也使詩篇帶上了異域色彩。另外，那些迎神求仙詩，更是崇尚奇異的體現。

兩漢樂府敘事詩多數具有比較完整的情節，而不限於擷取一二個生活片段，那些有代表性的作品都是講述一個有頭有尾、有連續情節的故事。〈婦病行〉有臨終託孤、沿街乞討、孤兒啼索等場面，中間又穿插許多細節。〈孤兒行〉通過行賈、行汲、收瓜、運瓜等諸多勞役，突出孤兒苦難的命運。收錄在古詩中的〈十五從軍征〉也是一首樂府詩，敘述八十高齡的退役老兵返回荒蕪家園的情景，其中有中途和鄉人對話、回家後燒飯作羹、飯菜熟後難以獨自進餐三個場面，前後連貫，血脈相通，並且時見曲折。長篇敘事詩〈孔雀東南飛〉的故事情節更是波瀾起伏，扣人心弦。詩中的矛盾衝突不是單線延伸，而是兩條線索同時展開，相互交錯。一條線索是蘭芝與婆母、兄長的矛盾及衝突。先是蘭芝被遣歸，繼而兄長強迫她答應太守府的求婚，終至蘭芝、仲卿二人自殺，釀成一場悲劇。一條線索是蘭芝、仲卿相互之間同情和理解日益加深的過程。開始是臥室對話，表示彼此不相忘。接著是路口分別，結下盟誓，共約同死，比臥室中的允諾更進一步。最後是赴水懸樹，相繼自殺，他們的愛情昇華到頂點，故事也就基本結束。正因爲兩條線索糾結在一起，所以，情節的展開跌宕起伏，使人時時關注矛盾的發展和男女主人公的命運。

兩漢樂府敘事詩在刻畫人物方面也取得很大成就，塑造出一批栩栩如生的形象，他們各具特點，不相雷同。秦羅敷和胡姬都是反抗強暴的女性，羅敷以機智的言詞戲弄向她求婚的使君，演出一場幽默的喜劇[13]；胡姬則是以生命抗拒羽林郎的調戲，具有悲劇主角的品格。一個聰明多智，一個剛烈堅貞，顯示出兩種不同的氣質和性格。至於〈孔雀東南飛〉中出現的人物群像，更是各各肖其聲情。劉蘭芝的剛強、焦仲卿的忠厚、焦母的蠻橫、劉兄的勢利眼，以及太守府求婚使者的傲慢，無不刻畫得唯妙唯肖，入木三分。詩人在塑造人物形象時，運用了個性化的對話，注意細節描寫，善於利用環境或景物做襯托。

兩漢樂府敘事詩的嫻熟技巧，還體現爲敘事詳略得當，繁簡有法。何者詳敘，何者簡寫，兩漢樂府敘事詩大體遵循以下規則：

詳於敘事而略於抒情。兩漢樂府敘事詩的作者具有比較自覺的敘事意識，在創作實踐中努力把敘事詩和抒情詩區別開來，使二者的形態呈現出明顯的差異。兩漢樂府詩許多敘事名篇，都因敘事詳盡而產生強烈的藝術感染力。除了像〈孔雀東南飛〉這樣長篇的敘事詩中偶爾穿插抒情詩句外，其餘各篇中純粹抒情的句子極其罕見，都是以敘事爲主。〈十五從軍征〉對復員老兵家園荒蕪的景象渲染得非常充分，對老兵還家後的行動也有詳細的敘述，唯獨不用專門文字抒發內心的悲哀，明顯是以敘事爲主。

鋪陳場面、詳寫中間過程而略寫首尾始末。兩漢樂府敘事詩的作者長於、也樂於鋪陳場面。〈陌上桑〉一詩篇幅不長，其中卻有兩段場面描寫的文字，一是眾人觀羅敷，二是羅敷誇耀夫婿，都不吝筆墨，寫得非常細緻。〈孔雀東南飛〉對太守家迎親場面的描寫也是鋪張揚厲，大肆渲染。兩漢樂府敘事詩對事情的中間經過普遍有詳細的敘述，有的還有細節描寫，但對故事的開始和結局的敘述都比較簡單，沒有花費太多的筆墨。有的是突兀而來，戛然而止；有的是開門見山，緩來急收。〈孔雀東南飛〉的開頭結尾採取的是典型的略寫筆法，其餘敘事名篇也大體如此。

詳寫服飾儀仗而略寫容貌形體。兩漢樂府敘事詩在陳述故事、刻畫人物時，對於人的服飾儀仗從各個方面加以展示，採用的是詳寫筆法。從秦羅敷、劉蘭芝到胡姬，從羅敷「夫婿」、侍郎到羽林郎，無論其爲男爲女，都通過詳細描寫服飾儀仗來襯托他們的美麗或富貴。〈婦病行〉、〈孤兒行〉在描寫平民的苦難時，也提到孤兒破爛單薄的衣衫。服飾儀仗成爲兩漢樂府敘事詩中常備的道具，是詳寫的對象。與此相反，兩漢樂府敘事詩對人的容貌形體通常都以略寫的方式處理，惜墨如金。除〈孔雀東南飛〉對劉蘭芝有「指如削蔥根，口如含珠丹」這樣細膩的描寫外，其他敘事詩很少直接展示人物的形貌。這種寫法爲讀者留下了廣闊的天地，他們可以根據自己的體驗和情趣，充分發揮想像，重塑詩中人物。《詩經．衛風．碩人》、相傳出自宋玉之手的〈登徒子好色賦〉，都以詳寫女子容貌見長，和這類作品相比，兩漢樂府詩的敘事技巧對傳統筆法有所超越，顯示出由注重形似向崇尚神似演變的徵兆。

漢代以前，儘管先秦諸子散文中有許多寓言故事，寓言詩卻極爲罕見，只有《詩經．豳風．鴟鴞》可稱得上是嚴格意義的寓言詩。兩漢樂府有多首寓言詩，是漢樂府敘事詩的重要組成部分，以寓言的形式敘事，成爲兩漢樂府詩的一個特點。兩漢樂府寓言詩可劃分爲兩種類型，一種假託動植物之口進行自述，鼓吹曲辭〈雉子班〉，相和歌辭〈烏生〉、〈豫章行〉，雜曲歌辭〈蜨蝶行〉都是屬於這種類型。另一類寓言則是植物和人對話，詩中出現兩個角色。宋子侯的〈董嬌嬈〉虛擬桃李樹和洛陽女子的對話，訴說枝折花落的不平，責備人爲的力量使青春早夭。上述幾首寓言詩的題旨比較接近，各種動植物都敘述自身慘遭戕害的命運，勸告世人謹於持身，愛惜生命。這些寓言詩多有奇特的想像，魚鳥花木也會作人言，而且出人意表。

第四節　異曲新聲與詩體演變

・楚聲與三言、七言體　・北狄、西域樂與雜言體　・從四言到五言

兩漢樂府詩對中國古代詩歌樣式的嬗革起到了積極的推動作用，實現了由四言詩向雜言詩和五言詩的過渡。

在中國古代文學史上，詩歌樣式的變革往往和流行樂曲的聲調有關。兩漢樂府詩最初是配樂演唱的，它之所以在詩體形式上不同於《詩經》的四言句，既是詩歌本身發展的必然結果，也有樂曲的因素發揮作用。

漢高祖劉邦是楚人，喜愛楚聲⓮，他的〈大風歌〉就是用楚聲演唱的。先秦楚地詩歌的代表樣式是〈離騷〉體，通常每句六言或七言，七言句最後一個字往往是語氣詞。這種詩體的句式稍加延伸，去掉語氣詞，就變成七言句。把六言句中間拆開，就變成兩個三言的句子。楚聲也可以演唱四言體詩，劉邦的〈鴻鵠歌〉是四言詩，他用楚地曲調唱給戚夫人聽。不過，用楚聲演唱騷體詩，更合乎楚人的情趣。騷體稍加改造，就變成七言句和三言句，因此，漢代樂府用楚聲演唱的歌詩，就不可避免地出現三言句和七言句，從而導致詩體的演變，這種跡象在漢初就已經出現。《安世房中歌》是用楚聲演唱的，其中第六章是七言和三言相雜：「大海蕩蕩水所歸，高賢愉愉民所懷。大山崔，百卉殖，民何貴？貴有德。」這篇作品是用楚聲演唱的三言七言相雜之詩，是對騷體詩的改造。至於第七、八、九三章，全是整齊的三言詩，是把騷體詩六字句一分爲二的產物。到了武帝時代的《郊祀歌》十九首，純四言詩只有九首，其餘或是三言，或是雜言，尤以三言和七言居多。漢代楚聲的流行，對三言和七言詩句的大量出現起了催化作用。

漢代樂府詩歌的曲調來源是多方面的，除了中土各地的樂曲外，還有來自周邊民族的歌曲，鼓吹曲辭收錄的鐃歌

十八首就是配合北狄西域之樂演唱的。鼓吹曲本是軍中用樂，來自北方和西域⓯。它的曲調和中土音樂有很大差異，因此，配合鼓吹曲演唱的歌詩也就和中土常見的體式明顯不同。現存鐃歌十八首各篇均是雜言，和其他樂府詩迥然有別，是詩歌形式發生的重大變化⓰。

對樂府詩體產生重大影響的樂曲除楚聲和北狄西域樂外，還有中土流行的五言歌謠。僅以西漢而言，惠帝時戚夫人所唱的〈舂歌〉，六句中有五句是五言。李延年爲武帝演唱的「北方有佳人」六句歌詩，有三句是五言，第三句如果不計調節語氣的「寧不知」三字，也是五言句。成帝時長安流傳的歌謠〈尹賞歌〉、〈邪徑敗良田〉，都已經是標準的五言詩。西漢樂府廣泛搜集各種歌謠，其中必有相當比例的五言詩。這些五言歌謠在形式上不同於傳統的四言詩，引起文人濃厚的興趣，並且親自模仿擬作，因此，東漢開始有較多的文人五言詩。從西漢五言歌謠到樂府五言詩，再到文人五言詩，這是早期五言詩發展的基本軌跡。

注釋

❶《漢書・禮樂志》：「漢興，樂家有制氏，以雅樂聲律世世在大樂官，但能紀其鏗鼓舞，而不能言其義。高祖時，叔孫通因秦樂人製宗廟樂。」（《漢書》，中華書局一九七五年版，第一〇四三頁）

❷《漢書・禮樂志》：「又有《房中祠樂》，高祖唐山夫人所作也。周有《房中樂》，至秦名曰《壽人》。凡樂，樂其所生，禮不忘本。高祖樂楚聲，故《房中樂》楚聲也。孝惠二年，使樂府令夏侯寬備其簫管，更名曰《安世樂》。」（《漢書》，中華書局一九七五年版，第一〇四三頁）關於《安世房中歌》的作者，通常認定為唐山夫人。逯欽立不同意此說，他寫道：「此歌《文選補遺》及《廣文選》、《詩紀》均屬唐山夫人。逯案，《漢書》僅謂唐山夫人作樂，樂與辭非一事，此質之漢志可知，似不得即署唐山夫人。」（見《先秦漢魏晉南北朝詩》，中華書局一九八四年版，第一四七頁）

❸《史記・樂書》：「高祖過沛詩三侯之章，令小兒歌之。高祖崩，令沛得以四時歌舞宗廟。孝惠、孝文、孝景無所增更，於樂府習常肄舊而已。」司馬貞索隱：「按，過沛詩，即〈大風歌〉也。……侯，語辭也。詩曰『侯其而』者是也。兮，亦語辭也。沛詩有三兮，故云三侯也。」（瀧川資言《史記會注考證》，文學古籍刊行社一九五五年版，第一六四七—一六四八頁）《漢書・禮樂志》：「初，高祖既定天下，過沛，與故人父老相樂，醉酒歡哀，作『風起』之詩，令沛中僮兒百二十人

習而歌之。至孝惠時，以沛宮為原廟，皆令歌兒習吹以相和，常以百二十人為員。文、景之間，禮官肄業而已。」（《漢書》，中華書局一九七五年版，第一〇四五頁）

❹《漢書・禮樂志》：「是時，鄭聲尤甚。……哀帝自為定陶王時疾之，又性不好音。及即位，下詔曰：『……其罷樂府官。郊祭樂及古兵法武樂，在經非鄭衛之樂者，條奏，別屬他官。』丞相孔光、大司空何武奏：『……大凡八百二十九人，其三百八十八人不可罷，可領屬太樂。其四百四十一人不應經法，或鄭衛之聲，皆可罷。』奏可。」（《漢書》，中華書局一九七五年版，第一〇七二—一〇七四頁）

❺《後漢書・安帝紀》永初元年秋九月：「詔太僕、少府減黃門鼓吹，以補羽林士。」李賢注：「《漢官儀》曰：『黃門鼓吹百四十五人。』」（《後漢書》，中華書局一九七三年版，第二〇八頁）杜佑《通典》卷二十五：「後漢有承華令，典黃門鼓吹，屬少府。」（見《通典》，中華書局一九八八年版，第六九六頁）《唐六典》卷十四注文：「後漢少府屬官有承華令，典黃門鼓吹百三十五人，百戲師二十七人。」（臺灣商務印書館一九八三年影印文淵閣《四庫全書》本第五九五冊，第一四七頁）

❻《漢書・禮樂志》：「是時，鄭聲尤甚。黃門名倡丙強、景武之屬富顯於世。」（《漢書》，中華書局一九七五年版，第一〇七二頁）《漢書・張湯傳》：「知男子李遊君欲獻女，使樂府音監景武強求，不得，使奴康等之其家，賊傷三人。」（《漢書》，中華書局一九七五年版，第二六五五頁）景武既為黃門名倡，又任樂府音監。黃門鼓吹與樂府性質相近，關係密切。《漢書・循吏傳》：「召信臣，字翁卿，九江壽春人也。……竟寧中，徵為少府，列於九卿。奏請上林諸離遠宮館稀幸御者，勿復繕治共張。又奏省樂府、黃門倡優諸戲，及宮館兵弩什器減過泰半。」（《漢書》，中華書局一九七五年版，第三六四一—三六四二頁）樂府、黃門都有倡優諸戲，故皆在減省之列。桓譚《新論》：「漢之三主，內置黃門工倡。」（嚴可均輯《全上古三代秦漢三國六朝文・全後漢文》卷十五，中華書局一九八七年版，第五四八頁）

❼蔡邕《戍邊上章・樂意》：「漢樂四品。……三曰黃門鼓吹，天子所以宴樂群臣，詩所謂『坎坎鼓我，蹲蹲舞我』者也。」（嚴可均輯《全上古三代秦漢三國六朝文・全後漢文》卷七十，中華書局一九八七年版，第八五九頁）

❽〈雞鳴〉詩中「劉玉碧青甓，後出郭門王」二句頗費解，注家多有歧義。逯欽立辨析甚為透徹，可資參考。「逯案，歌中『劉玉碧青甓，後出郭門王』十字，有脫誤。《書鈔》百十二引樂府歌云：『名倡劉碧玉』，疑即此上句原文。今本殆以上句倡字而脫去名倡二字，並倒碧玉為玉碧也。又《新五代史》三十七〈伶官傳〉：『郭門高者，名從謙。門高其優名也』云云。疑此郭門王亦倡人名。上言劉碧玉，下言郭門王，所以眩邯鄲倡樂之佳也。」（見《先秦漢魏晉南北朝詩》，中華書局

一九八四年版，第二五八頁）

❾《漢書．司馬相如傳》：「相如與俱之臨邛，盡賣車騎，買酒舍，乃令文君當壚。」（《漢書》，中華書局一九七五年版，第二五三一頁）《世説新語．任誕》：「阮公鄰家婦有美色，當壚酤酒。阮與王安豐常從婦飲酒，阮醉，便眠其婦側。夫始殊疑之，伺察終無他意。」（見徐震堮《世説新語校箋》，中華書局二〇〇一年版，第三九三頁）

❿《漢書．霍光傳》：「光薨，上始躬親朝政，御史大夫魏相給事中。……後兩家奴爭道，霍氏奴入御史府，欲蹋大夫門，御史為叩頭謝，乃去。」（《漢書》，中華書局一九七五年版，第二九五一頁）《後漢書．班彪列傳》：「固不教學諸子，諸子多不遵法度，吏人苦之。初，洛陽令种兢嘗行，固奴干其車騎，吏椎呼之，奴醉罵。兢大怒，畏憲不敢發，心銜之。及竇氏賓客皆逮考，兢因此捕繫固，遂死獄中。」（《後漢書》，中華書局一九七三年版，第一三八六頁）

⓫《漢書．張騫李廣利傳》：「太初元年，以廣利為貳師將軍，發屬國六千騎及郡國惡少年數萬人以往，期至貳師城取善馬，故號貳師將軍。……宛乃出其馬，令漢自擇之，而多出食食漢軍。漢軍取其善馬數十匹，中馬以下牝牡三千餘匹。」（《漢書》，中華書局一九七五年版，第二六九九—二七〇二頁）

⓬《漢書．西域傳》：「宛王蟬封與漢約，歲獻天馬二匹。漢使採蒲陶、目宿種歸。天子以天馬多，又外國使來眾，益種蒲陶、目宿離宮館旁，極望焉。」顏師古注：「今北道諸州舊安定、北地之境往往有目宿者，皆漢時所種也。」（《漢書》，中華書局一九七五年版，第三八九五頁）

⓭法國學者桀溺在〈牧女與蠶娘——論一個中國文學的題材〉中，把秦羅敷與法國馬卡布津（Marcabru）在一一四〇年前後所寫的牧女詩加以對比：「在我們看來，羅敷的故事和馬卡布津的牧女詩的異同之處可謂一目瞭然，我們只想強調一下一個結合點。兩篇詩文中的主人公都嚴詞拒絕了勾引者的要求。更令人讚歎的是，女主人公表現出了機智坦率和堅貞不渝，在對手發起的舌戰中，她善於以子之矛攻子之盾，從而取得了勝利。」（錢林森編《牧女與蠶娘——法國漢學家論中國古詩》，上海古籍出版社一九九〇年版，第一五九頁）

⓮《漢書．張良傳》：「戚夫人泣涕，上曰：『為我楚舞，吾為若楚歌。』歌曰：『鴻鵠高飛，一舉千里。羽翼以就，橫絕四海。橫絕四海，又可奈何！雖有矰繳，尚安所施！』歌數闋，戚夫人歔欷流涕。」《漢書．禮樂志》：「高祖樂楚聲，故《房中樂》楚聲也。」（《漢書》，中華書局一九七五年版，第二〇三六、一〇四三頁）

⓯崔豹《古今注》中「橫吹，胡樂也。博望侯張騫入西域，傳其聲法於西京，惟得〈摩訶兜勒〉一曲。李延年因胡曲更進新聲二十八解，乘輿以為武樂。後漢以給邊將軍，和帝時萬人將軍得用之。」（四川大學古籍整理研究所編《諸子集成補編》

（十），四川人民出版社一九九七年版，第三一五頁）釋智匠《古今樂錄》：「橫吹，胡樂也。張騫入西域，傳其法於長安，惟得〈摩訶兜勒〉一曲。李延年因之更造新聲二十八解，乘輿以為武樂。後漢以給邊將，萬人將軍得之。」（四川大學古籍整理研究所編《諸子集成補編》（三），四川人民出版社一九九七年版，第七八四頁）杜佑《通典》卷一四一：「胡角者，本以應胡笳之聲，後漸用之橫吹，有雙角，即胡樂也。張騫入西域，傳其法於西京，惟得〈摩訶兜勒〉一曲。李延年因以胡曲更造新聲二十八解，乘輿以為武樂。後漢以給邊將，和帝時萬人將軍得用之。」（《通典》，中華書局一九八八年版，第三五九八頁）郭茂倩《樂府詩集》卷二十一：「橫吹曲，其始亦謂之鼓吹，馬上奏之，蓋軍中之樂也。北狄諸國，皆馬上作樂，故自漢以來，北狄樂總歸鼓吹署。」（《樂府詩集》，中華書局一九七九年版，第三〇九頁）章太炎《國故論衡》中卷稱：「四夷之樂，用於朝會祭祀燕饗，自《周官》韎師、鞮鞻氏見其端。《小雅》曰：『以雅以南。』傳曰：『東夷之樂曰味，南夷之樂曰南，西夷之樂曰朱離，北夷之樂曰禁，以為籥舞。』『朱離』，《後漢書・班固傳》作『兜離』。《白虎通義》省言『兜』。周時『朱』音如『兜』，『兜離』則所謂『摩訶兜勒』者。西域即用梵語，『摩訶』譯言『大』，『兜勒』『兜離』譯言『聲音高朗』。」（《國故論衡》，上海古籍出版社二〇〇三年版，第九三頁）

⑯蕭滌非曰：「吾國詩歌之有雜言，當斷自漢《鐃歌》開始。以十八曲者無一而非長短句，其格調實為前此詩歌之所未有也。《詩經》中雖間有其體，然以較《鐃歌》之變化無常，不可方物，乃如小巫之見大巫焉。此當由於《鐃歌》為北狄西域之新聲，故與當時楚聲之《安世》、《郊祀》二歌全然異其面目。而音樂對詩歌之影響，亦即此可見。」（見《漢魏六朝樂府文學史》，人民文學出版社一九八四年版，第四九頁）

第五章　東漢辭賦

辭賦創作在西漢已經臻於鼎盛，湧現出一批文壇巨匠。如何延續以往的輝煌，並且對前人有所超越，是東漢文人無法迴避的問題。東漢辭賦創作起點甚高，並且繼續保持旺盛的勢頭，辭賦依然是那個時期居於主導地位的文學樣式。東漢文人多方探索，創作出許多優秀的辭賦作品，和西漢辭賦比肩而立，同被稱爲大漢天聲。

同時，東漢文壇同西漢相比，變化很大。東漢士人失去了作爲文學侍從參與上層統治集團重大活動的條件，環境和地位的變化給予他們廣泛接觸社會的機會，現實生活的動盪不定也給他們以極大的震撼。他們所關注的熱點已經跨出宮廷苑囿，從更廣闊的範圍尋找有價值的題材。於是，各個時期較突出的社會問題，往往成爲他們創作的直接或間接誘因。

與題材方面的變化相適應的，還有創作宗旨的變化。在司馬相如時代，賦的諷喻效果同賦家的主觀願望之間就存在著差距，以至於後來引起揚雄的批評。到了東漢，諷喻不僅不起作用，甚至還可能招來災難❶，這就迫使辭賦家們考慮如何看待和處理賦的社會功用問題。

另一方面，社會現實的黑暗以及統治集團所採取的「黨錮」等高壓政策，使士人普遍受到壓抑。物不得其平則鳴，他們越來越多地運用賦這種文學樣式抒發自己的不平。於是，東漢文壇上出現了一批感情激切的抒情賦。

世風的變化不僅導致賦的創作在題材選擇和宗旨的設定方面出現新的取向，在賦的藝術風格和表現形式方面也與以前有了較大的差異。昔日以汪洋恣肆爲主調的風格和豪放昂揚的氣勢，逐漸被深邃冷峻、平正典雅的風格替代；散句單行的語言，演變爲駢儷對偶的句式。賦的風貌經歷了較大的變化。

第一節　班固、張衡的京都賦

・京都賦的緣起　・〈兩都賦〉提出的一系列問題　・勸百諷一結構模式的突破
・空間方位調遣的別具匠心　・〈二京賦〉與〈兩都賦〉的同異　・瑰穎獨標的〈魯靈光殿賦〉

自西漢晚期至東漢早期，受社會生活和文化思想變化的影響，作家創作意識發生轉變。漢賦儘管在體制和手法上仍未脫前期模式和類比之習，但在思想內容和審美情趣方面卻明顯出現新的跡象和發展趨勢，其鮮明標誌之一便是京都賦的崛起。京都賦濫觴於揚雄的〈蜀都賦〉，但因其所寫內容僅限於地方大邑，且無深刻蘊涵，故未造成巨大影響，但已爲賦的創作開闢出新的道路。而後東漢初杜篤的〈論都賦〉，描繪西京的險要地勢，說明應定都長安的原因。其後有傅毅的〈洛都賦〉、〈反都賦〉，班固的〈兩都賦〉，張衡的〈二京賦〉、〈南都賦〉，直至西晉左思的〈三都賦〉等，從而匯成京都賦創作潮流。這些作品中，就漢代而論，影響深遠，規模宏大，成就突出，可爲代表的是班固的〈兩都賦〉和張衡的〈二京賦〉。這兩大賦作一先一後，一脈相承，而又各具特色，互相輝映。

東漢光武帝定都洛陽，而非長安，這件事成爲當時一大議論焦點，也引起文學家們的普遍關注。杜篤的〈論都賦〉即爲此而作❷。班固（三二—九二）的〈兩都賦〉也是在這種情況下創作出來的❸，但所持觀點相反。班固在賦前的序中說明了創作的目的：一則因「海內清平，朝廷無事，京師修宮室，浚城隍，起苑囿，以備制度」；一則因「西土耆老，咸懷怨思，冀上之睠顧，而盛稱長安舊制，有陋洛邑之議」，故作〈兩都賦〉「以極眾人所眩曜，折以今之法度」。賦中肯定定都洛陽的正確性，並極力宣揚崇文尚禮、「法度」爲重的思想。這篇賦奠定了班固在辭賦史上的地位，也確立了京都賦的創作格局，成爲後世效仿的典範。

〈兩都賦〉分爲〈西都賦〉和〈東都賦〉兩篇，實爲上、下篇。賦作於漢明帝時期，作品藉「西都賓」和「東都主人」兩個虛擬人物的對答結撰全篇。在〈西都賦〉中，作者主要通過西都賓之口，盛讚西都長安的富庶和繁華。賦從西京的歷史淵源、形勢險要入筆，歷舉都市之繁華、士女之優遊、達官貴人之麇集、遊俠豪強之競逐，以及郊畿之富饒、宮殿之雄偉、苑囿之著名、出遊之雄壯、射獵之盡情等，濃墨重彩，逐一鋪寫。其中關於宮殿的描寫主要集中於昭陽宮、神明臺和井干樓三處。昭陽宮一段尤爲精彩：

> 昭陽特盛，隆乎孝成，屋不呈材，牆不露形。裛以藻繡，絡以綸連。隋侯明月，錯落其間。金釭銜璧，是為列錢。翡翠火齊，流燿含英。懸黎垂棘，夜光在焉。於是玄墀釦砌，玉階彤庭。碝磩彩致，琳瑉青熒。珊瑚碧樹，周阿而生。紅羅颯纚，綺組繽紛。精曜華燭，俯仰如神。

這一段描寫，將昭陽宮的富麗堂皇寫到了極致。整個殿宇到處鑲金嵌玉，流光溢彩，奇珍異寶，琳琅滿目，裝飾精美，馥郁芬芳，豪華而至斯，堪稱空前絕後，人世難尋。餘者如寫京都的繁榮景象、出獵的壯觀場面，都能精描細繪，妙筆紛呈，有聲有色，令人神馳目眩，應接不暇。

在漢大賦中，極力鋪張描繪的事物多是作者要否定的東西，〈兩都賦〉也是這樣。作者極寫西都之繁華奢侈，目的在於樹立一個批判的靶子，以爲立論的根本。所以在西都賓盡情炫耀一番之後，東都主人喟然而歎曰：「痛乎，風俗之移人也。子實秦人，矜誇館室，保界河山，信識昭襄而知始皇矣！惡睹大漢之云爲乎？」在批判了西都賓的淺陋之後，作者又藉東都主人之口，盛讚東都洛陽的文治武功和法度之美，這些構成了〈東都賦〉的主體框架。過渡之後，賦從批判王莽亂政入筆，歷敘光武帝的豐功偉績，漢明帝的賢德英明，接下來鋪寫增建宮室、開發苑囿、春蒐冬狩、祈天祀地、安撫諸邦、宴饗臣僚、修治禮儀、德被四海等等，最後以帝王下明詔，昭節儉作結。作者在這一系列鋪寫中，處處有意突出東都的一切均符合法度，不逾禮制，以與西都相對比，彰顯自己的創作意圖。爲了申明主題，作者於煞尾處連用五個排比句，以居高臨下、萬馬奔騰之勢來駁斥對方，闡述己意：

> 且夫僻界西戎，險阻四塞，修其防禦，孰與處乎土中，平夷洞達，萬方輻湊？秦嶺九嵕，涇渭之川，曷若四瀆五嶽，帶河泝洛，圖書之淵？建章甘泉，館御列仙，孰與靈臺明堂，統和天人？太液昆明，鳥獸之囿，曷若辟雍海流，道德之富？遊俠逾侈，犯義侵禮，孰與同履法度，翼翼濟濟？

這裡明顯挾帶著戰國縱橫雄辯之士的氣魄和聲威，義正詞嚴，理直氣壯。接著指出對方「徒習秦阿房之造天，而不知京洛之有制；識函谷之可關，而不知王者之無外」，順理成章，言之有據，一語中的，完全不給對方以喘息的機會和反駁的餘地，作者的觀點也因此而得以確定。

以上對比都是東都主人針對西都賓的誇耀而發，是在把兩漢進行對比的過程中抑雍揚洛。每段話的前一部分指的是西都，後一部分指的是東都。班固從幾個方面指出東都對西都的超越。東都以其處於天下的中心地帶，超越西京的偏居一隅。東都以其具有豐富文化內涵的自然人文景觀，超越西京險峻的山川。東都以其昌盛清明的政治，超越西京的樓堂館舍、仙宮神室。東都以其禮樂教化，超越西京苑囿池沼。東都以其法度禮儀，超越西京的任性使氣、遊俠犯禁。東都以其合乎體制的皇家建築，超越西京的違制逾禮。東都以其普天之下莫非王土的大一統氣概，超越西京閉關自守的狹隘心理。〈兩都賦〉通過主客之間的辯難，涉及一系列重大問題：國都的確定是一勞永逸，還是根據需要可以遷移？國都應位於天下的中心，還是偏居一隅？是恃險守國，還是以德治國？是崇尙儉約，還是以奢侈爲樂？對於這些問題，〈兩都賦〉都給出了明確的答案。

班固的〈兩都賦〉在藝術上基本是取法司馬相如和揚雄，但同時又有突破和創新。一是打破了「勸百諷一」的結構模式。下篇〈東都賦〉通篇是諷喻、誘導，形成了「勸」與「諷」的均衡布局，雖然下篇中仍有不少勸的內容，但這勸的內容裡已經融滲了作者嚴正的治國主張和政治見解，而非單純的鋪誇溢美。二是詳略有致，別具匠心。爲了表現倡法度、反奢侈的主題，作者在上篇中將筆墨集中在西都形勝、物富人豐、崇樓峻宇、苑囿池臺、浩蕩出遊、射禽獵獸等方面，在下篇則歌頌文治武功，宣揚修明法度，鋪寫興禮作樂。至於物產、樓臺、畋獵，上篇詳而下篇略。如此繁簡得當，層次分明，有力地突顯了創作主旨。

〈兩都賦〉在按空間方位進行鋪陳時別具匠心，極見功力。班固假託西都賓之口誇耀長安，首先出現的不是帝都之城，而是長安周圍的地理形勢。在對帝都周圍的險關要塞進行敘述之後，才轉入對長安城本身的描寫，採用的是由遠及近、由外向內的敘事順序。然而，〈兩都賦〉的鋪陳並沒有到此爲止，而是按照和先前相反的順序繼續進行敘事，由城內向城外擴展，先是近郊，後是遠郊。至此，〈兩都賦〉在按空間順序進行鋪陳時，完成了由遠及近、又由近及遠的往復回環。可是，班固對西都做的鋪陳仍然沒有停止，還在往下進行。下一階段的鋪陳是以城內宮殿爲起點，依次是天子之宮、后妃之宮，接著是朝廷各官署，最終以天子遊獵結束，鋪陳的範圍由城內宮殿延伸到郊外的離宮別館。可見，〈兩都賦〉在按空間方位進行鋪陳時，採用的是回環往復的筆法，第一次由外到內，然後又由內到外，第二次再由內到外，如此循環兩次，完成全部鋪陳。在對長安城外景觀進行鋪陳時，展示的是總體風貌，是宏觀審視；而對城內所做的鋪陳，則有大量的具體描寫，比較深入細緻。整篇作品顯得井然有序，錯落有致。

除〈兩都賦〉外，班固還有〈答賓戲〉、〈幽通賦〉等作品和〈終南山賦〉、〈覽海賦〉等殘篇傳世。

張衡（七八—一三九）❹的〈二京賦〉是有感於「天下承平日久，自王侯以下莫不逾侈」，於是模仿班固的〈兩都賦〉而創作的。「精思傅會，十年乃成。」賦模仿〈兩都賦〉分〈西京賦〉與〈東京賦〉兩篇，藉「憑虛公子」與「安處先生」的對答結撰成篇。〈西京賦〉寫憑虛公子誇耀西京的繁盛富麗，從地勢的險要有利入手，然後逐次鋪寫沃野的廣闊無邊、宮殿的華美壯麗、制度的輝煌、國力的雄厚、街市的繁榮、物產的豐饒，以及上林苑威武盛大的畋獵壯舉、昆明池優美曼妙的嬉戲奇觀，其間還穿插了商賈、遊俠、角觝百戲、嬪妃邀寵等方面的描寫。生動而形象、細緻而全面地再現了西京繁榮富庶、窮奢極侈的都市景觀和恢弘巨麗、雄壯無比的盛世氣魄。但同樣於極度的鋪誇描繪中見出其荒謬的一面，見出作者的批判意圖。〈東京賦〉寫安處先生陳述聖賢之道以否定西京的奢靡風氣，從總結秦亡漢興的歷史教訓入手，逐步闡明關險不足恃、物豐不可憑，只有遵循聖賢之道、勤於朝政、體恤民情，「進明德而崇業，滌饕餮之貪慾」，遵節儉，尚樸素，使「海內同悅」，才是立國之本，強國之道。賦中在對東京諸般事物的描繪上，極力彰顯東漢君主崇尚懿德、修飭禮教、儉而不陋的風範，客觀描繪與主觀說理兩相結合，有力地闡明了作者的創作意圖和政治主張。

〈二京賦〉中的理性精神和充實的社會內容結合得非常完美，不但超過司馬相如和揚雄，也超過了班固。作者力求在作品的體制、規模上超越前人，鋪寫面面俱到。〈二京賦〉作爲京都賦長篇之極軌，在思想和藝術上具有不可忽視的價值，對京都賦的發展起到推波助瀾的作用。

因爲求全求備，〈二京賦〉在舊有的格局中注入了一些新鮮的內容，並展現了作者獨有的藝術才華。其中有兩點特別值得珍視，一是令人歎爲觀止的民俗事象。〈西京賦〉中有一段關於角觝戲表演的描寫，精彩紛呈，活靈活現：

> 臨迴望之廣場，程角觝之妙戲。烏獲扛鼎，都盧尋橦。沖狹燕濯，胸突銛鋒。跳丸劍之揮霍，走索上而相逢。華嶽峨峨，岡巒參差，神木靈草，朱實離離。總會仙倡，戲豹舞羆；白虎鼓瑟，蒼龍吹篪。女娥坐而長歌，聲清暢而蜲蛇；洪崖立而指麾，被羽毛之襳襹。度曲未終，雲起雪飛，初若飄飄，後遂霏霏。……

這裡扛鼎、爬竿、輕功、氣功、鑽刀圈、走高索、跳丸擊劍、歌舞清唱等等，寫來如在目前。雖然景象紛繁但敘述有條不紊，且簡潔傳神，顯示出高超的描寫技巧。所寫內容雜多，卻能依次鋪開，轉換自然，行文跳曳生姿、靈活多變。其後馴獸、魔術表演的描寫更是如真似幻、引人入勝，這等筆力是前此諸家所沒有的。二是充滿詩情畫意的景物描寫。張衡具有多方面的文學才能，不僅擅賦，而且工詩，其詩風神獨具，〈二京賦〉寫景之處尤耐玩味，雖未擺脫羅列之習，但已迥非詞藻生硬的堆砌，其間隱隱顯出蓊鬱蔥蘢的盎然生機，較之〈子虛賦〉、〈上林賦〉等賦中奇花異草的客觀摹寫前進了一大步。例如：「濯龍芳林，九谷八溪。芙蓉覆水，秋蘭被涯。渚戲躍魚，淵游龜蠵。永安離宮，修竹冬青。陰池幽流，玄泉洌清。鵯鶋秋棲，鶻鵰春鳴。雎鳩麗黃，關關嚶嚶。」這段文字，筆觸輕靈，意境清新，格調明麗，韻味雋永，開創漢賦前所未有之境，充滿情趣，富於美感。

班固的〈兩都賦〉和張衡的〈二京賦〉是京都賦的典範，屬於同類作品。張衡在創作〈二京賦〉時，雖然對〈兩都賦〉多有借鑑，但是作爲一名有創作個性的文人，他努力對前人有所超越，並在許多方面實現了自己的願望。班固〈兩都賦〉的題旨比較複雜，涉及東都和西京的許多差異；張衡〈二京賦〉的題旨則相對集中，主要突出東京和西都儉與奢的差異。班固、張衡雖然同是以京都爲表現對象，但張衡在選材時盡量避免和〈兩都賦〉過多重複，有自己的側重面。〈兩都賦〉在描寫長安景觀時採用回環往復的筆法，出現兩次循環；張衡的〈二京賦〉則簡化了一些程序，只經歷從外到內，再由內到外的一次推移。

〈兩都賦〉和〈二京賦〉的相通之處也是顯而易見的。他們都用理性的態度描寫京都，在民俗事象與朝政禮儀的處理上持相同的態度。作品中出現的民俗事象是符合生活實際的，卻不符合他們的理想。東都的朝政禮儀是理想化的，但有誇大失實之處。他們筆下出現的民俗事象有很高的審美價值，但得不到作者的認可，兩篇京都賦都有審美判斷和道德判斷相疏離和矛盾的傾向。

這兩篇作品均採用主客問答的方式，主客角色的設定包括多方面的意義：主方代表對歷史的超越，客方則因循守舊。主方處於中心，代表主流話語，客方則處於邊緣，和主流話語相悖。主方象徵尊重客觀事實，客方則信耳而遺目，陷入虛妄。班固、張衡都是採用上述方式抑客揚主。

東漢大賦中與京都題材相關且較具特色的作品還有王延壽的〈魯靈光殿賦〉❺。這是一篇專寫宮殿之雄偉壯麗的作品。其間明顯對揚雄以來京都賦中有關宮殿的描繪多有借鑑。靈光殿爲西漢魯恭王劉餘所建，是東漢時期歷經戰亂而保存完好的少有的建築之一。延壽遊魯，既驚其歷劫難而未毀，復訝其巍峨壯美而巧奪天工，於是由外而內，由主及次，對整個宮殿進行了細緻而精彩的摹繪。一方面盛讚其宏大崇高、豪華精巧，一方面暗寓天佑漢室、福祉綿長的頌祝之意。這篇賦詞藻華美，刻畫傳神，層次井然，氣勢飛動，劉勰稱其「瑰穎獨標」、「善圖物寫貌」（《文心雕龍．才略》）。後人誦讀頗盛，王延壽也因此而得入「辭賦英傑」的行列。

〈魯靈光殿賦〉從總體上看明顯分爲兩個板塊，前一個板塊鋪陳宮殿的本體特徵，後一個板塊敘述宮殿的功能效應，是二元分立的格局。

王延壽在對靈光殿的本體特徵進行鋪陳描寫時，依次展示宮殿的巍峨高大、色彩的斑斕、旋室的幽深、構架的複雜和奇特。然後列舉宮殿雕刻和圖畫的豐富多彩：有猛虎廝殺的場面，有虬龍躍躍欲飛的景象；有飛鳥舒翼、白鹿翹首、狡兔蜷伏、熊羆蹲踞。楹柱高處有胡人長跪的圖像，棟間窗上則是神仙玉女棲息的畫面。走進靈光殿，彷彿置身於飛禽走獸出沒、胡人神仙雜居的世界。

賦的後一部分渲染靈光殿的功能效應，王延壽筆下的靈光殿確實通靈，由於它的存在，使得周圍不斷出現各種吉祥事象：醴泉騰湧，甘露降臨，桂樹芝草等具有長生功能的植物茂盛地生長，散發著芳香。由於殿內刻畫眾多神靈，靈光殿雖然歷經滄桑巨變而巋然獨存，簡直是一個奇蹟。

王延壽擅長描寫神異怪誕之物，〈魯靈光殿賦〉充分體現出他的這種審美崇尚。他對宮殿本體特徵所做的鋪陳，對宮殿功能效應所做的渲染，雖然總體上分置於兩個板塊之中，但它們有著內在的連繫，貫穿靈異怪誕之氣，統一於尚奇尚怪的審美風尚，是一個有機的整體。

第二節　述行賦和抒情小賦

・抒發歷史滄桑感的述行賦　・衰世、亂世和治世之歎　・空間位移、時間順序和感情脈絡的契合

・抒情小賦的出現　・漢末小賦的批判精神和感傷情調

從西漢後期開始，相繼出現一批紀實性的述行賦。這些賦的作者都有深厚的史學功底，是史學家兼作家，又都有過漫遊的經歷，而且他們途經的地點又多是前朝故地，有豐富的歷史文化積澱。由此而來，漢代紀實性述行賦在融會古今、抒發歷史滄桑感方面有許多新的開拓。漢代紀實性述行賦所出現的地域是連貫的、密集的，所表現的思想感情也相對集中，每篇作品都有各自投射的焦點。由於述行賦作者的遭遇和所處歷史階段客觀形勢的差異，這些作品所抒發的感受又不盡相同，按其性質可劃分為治世之作、衰世之作和亂世之作。衰世歎治亂，亂世歎興亡，治世歎存沒，它們各有自己的基調和主題。

劉歆（？—二三）❻的〈遂初賦〉是漢代紀實性述行賦的開山之作。哀帝期間，西漢五原郡屬并州，治所在今內蒙古包頭西五原。劉歆從長安出發，東經洛陽，往北越過太行山，一路向北，出雁門關經雲中，西折到達五原。劉歆經歷

的主要是三晉舊地，因此，每到一處，他都自然地聯想起晉國的掌故，作品中所列舉的晉平公以後的一系列事件，和西漢哀帝朝的情況極其相似，都是社會衰落期出現的病症，因此，〈遂初賦〉具有明顯的借古諷今的性質，是衰世文人的慨歎，關注的是社會治亂問題。

班彪（三—五四）❼的〈北征賦〉是亂世歎興亡之作，作於避難期間。他從長安出發，向西北經池陽、雲陽、栒邑、義渠、泥陽、彭陽，到達當時安定郡治所高平（今寧夏固原）。〈北征賦〉敘述的是從長安到高平的見聞及感受。班彪途經的多是周秦舊地，因此，沿路聯想到的也主要是周秦掌故。班彪北行時正遭逢亂世，西漢王朝已經滅亡，新的王朝尚未建立，所以，寫入賦中的故實都圍繞著國家興亡這個中心，這和劉歆專注於治亂的興奮點有所不同。

班彪〈北征賦〉所述行程是從長安至安定，作者的行程是由近及遠，而追溯歷史則是由遠及近，首敘先周，接著是秦，最後是西漢。時空順序交錯，呈逆向對應，兩條線索非常清楚，又相互纏繞。

創作〈東征賦〉的班昭（？—一二〇）❽是班彪之女，博學高才，精通歷史。賦的開頭稱：「唯永初之有七兮，余隨子乎東征。」班昭是在東漢安帝永初七年（一一三）隨子東行，當時已是老年。東漢安帝朝雖然比不上以前的明、章、和三朝，但仍然可以算是承平之世，班昭〈東征賦〉詠歎的中心也明顯有別於衰世和亂世的同類作品。

班昭從洛陽出發，一路東行，先後經過偃師、成皋、滎陽、卷縣、原武、陽武、封丘、平丘，向北經蒲城到長垣，她是在今河南北部行走。班昭行經的都是成周故地，那裡的歷史文化蘊藏極其豐富，不過，班昭途中所想起的歷史故實，多與人的功名存沒相關。班昭是從孔子、子路、蘧伯玉等前代聖賢那裡感受到了什麼是人生的不朽，這就是「身既沒而名存」。她在把古代和現實溝通時，其注意力集中在人生價值的實現上，這是承平之世人們普遍關注的問題和努力實現的目標。

班昭的〈東征賦〉在匡地追思孔子，在蒲城憶念子路，並提及蘧伯玉，作者把對三位先賢的景仰之情依次道來。從匡地到蒲邑，班昭追念先賢的感情波動是由強到弱，呈遞減趨勢，和行程的時空推移相呼應。

蔡邕（一三二—一九二）❾的〈述行賦〉也是一篇哀世歎治亂的作品。這篇作品寫於桓帝延熹二年（一五九），當時桓帝與宦官單超等合謀誅殺把持朝政二十餘年的梁冀，五位宦官同日封侯。從此，他們貴盛擅權，作威作福，實際上掌握著朝廷的命運。五侯之一的徐璜聽說蔡邕善彈琴，令朝廷把他徵調到京師，這是蔡邕非常不情願的。於是，他從陳留出發，到偃師就託病不前，最後返回陳留。陳留到偃師，經過的都是先朝故地，歷史遺跡甚多。蔡邕每到一地就聯想起相關的掌故，把自己的悲憤寄寓在歷史事實的陳述之中。蔡邕〈述行賦〉列舉的系列事件有一個主線，都是圍繞君臣關係展開，其中多數是臣下背離、反叛君主。這正是東漢桓帝朝面臨的尖銳矛盾，即外戚、宦官把持朝廷政權。蔡邕基於這種現實，懷著深重的憂患意識，選取相關的歷史事件寫入作品，用以喚起社會的關注。天下治亂是蔡邕創作〈述行賦〉時優先考慮的問題。

蔡邕的〈述行賦〉也有明晰的感情脈絡，不過感情波動的曲線不是由強到弱，而是由弱到強。從大梁到中牟，再到管邑、虎牢，作者聯想到的歷史都是君臣之間的交惡或相得，這些矛盾和危機均發生在中央朝廷以外，因此，追述的語氣較爲平和，沒有什麼激切的詞語。到達偃師以後的情況就不同了，一方面，作者聯想到的古代掌故頗多，呈密集型浮現；同時，所列舉的政治危機都出現在中央朝廷內部，危險性更大，其中有太康失政，東周王朝的兩次內訌，幾乎鬧到喪失天下的地步。由此而來，作者的感情也越加沉痛、激憤。這與其說行程越來越遠的緣故，不如說由於距離京城越來越近而產生的反應，是外界和心靈壓力的增大而使感情變得更加強烈。時空推移和感情的強化趨勢一致，是另一種類型的對應關係。

楚辭是漢賦的重要源頭之一。楚辭長於抒情言志，漢代騷體賦繼承楚辭的這種特點，除依傍屈原的「九體」之外，又陸續產生一批帶有自傳性質的騷體賦。即以東漢爲例，有馮衍❿的〈顯志賦〉，這篇作品精神上與屈原相近，形式上卻稍有不同，情境上則差異很大。班固的〈幽通賦〉也是一篇抒情言志爲主的作品，它和張衡的〈思玄賦〉一起，爲抒情小賦的最終勃興起到了很大的推動作用。

眞正宣告抒情小賦的誕生並充分展示其迷人魅力的作品是張衡的〈歸田賦〉，它以非凡的藝術創造而在賦壇上獨領風騷。

永和三年（一三八），張衡親眼目睹朝廷的腐敗，深感官場的黑暗汙濁、權貴的驕奢淫逸、奸黨的排斥異己，於是上書「乞骸骨」，並寫了這篇〈歸田賦〉以明心志。賦中他描畫了一幅明麗祥和、充滿生機、情趣盎然的田園風景：

> 於是仲春令月，時和氣清，原隰鬱茂，百草滋榮。王雎鼓翼，鶬鶊哀鳴，交頸頡頏，關關嚶嚶。於焉逍遙，聊以娛情。

這是一個讓人心馳神往、意醉神迷的境界。置身其中，只覺靈臺明淨，臟腑清純，新鮮的空氣和清脆的鳥鳴充溢繚繞，舒展自適的身心與萬物相融。在這裡，他不但可以獲得觀覽自然景物時那種賞心悅目的舒暢和喜樂平安，還可以輕鬆自由地射獵垂釣，開懷長嘯。他的居所遠離紛亂的塵囂，他可以在那裡彈琴誦書，揮毫奮藻，暢陳己見，品味人生。作者於種種描繪抒寫中著意追求一種順情適性、自我身心與外在環境和諧融洽的人生境界。

〈歸田賦〉作於厭倦仕途之後，作者所探尋和營造的理想的生活空間、所追求的精神家園均有與仕途官場決裂、還我本眞的味道。而這篇作品的藝術魅力恰恰集中體現在這一個「眞」字上。全賦從始至終抒發的都是眞感受、眞情懷、眞渴望、眞志向，體現了一個耿介多才的士大夫於心身俱疲、對現實失望之後的眞實想法和眞切心願。作者非常高明地將諸多情愫濃縮到這篇體制短小的賦中，表現出來卻顯得從容閒淡。〈歸田賦〉的語言清新曉暢，揮灑自如，與內容意脈相通，和諧一體，中間雖頗含駢偶成分，但恰到好處，毫無板滯雕飾之感，爲後世的駢體賦開創了一個良好範例。總之，無論就內容講，還是就藝術形式講，〈歸田賦〉都有很高的價值；無論從張衡的全部創作看，還是從漢賦的發展過程看，〈歸田賦〉都有很高的地位。

東漢末年，趙壹的〈刺世疾邪賦〉⓫和禰衡的〈鸚鵡賦〉⓬也是抒情小賦的名篇。〈刺世疾邪賦〉是針對漢末昏暗邪惡的社會現實而發，題目本身已如刀似槍，閃爍鋒芒；賦中對汙濁現實的批判更是尖銳深刻，針針見血。賦的開篇就說聖明理想的時代早已一去不復返，自春秋以後，社會越來越黑暗，漢王朝也同樣混濁腐敗，同樣每況愈下，無論「德政」、「賞罰」都已無法挽救其命運。然後列舉小人得志、賢者失位、是非顚倒、人情虛僞等種種醜惡齷齪的現象，並進一步指出其根源乃是「實執政之匪賢」，將批判的矛頭直指當時的最高統治者，這種勇敢的批判精神和愛恨分明的態度，也只有趙壹才具備。賦中公然表示「寧飢寒於堯舜之荒歲，不飽暖於當今之豐年」，竟由刺世而至與世道決絕，如此激切沉痛的語言，也只有趙壹寫得出。此賦刺世疾邪，剛猛無畏，肆意騁情，痛快淋漓，對時政揭露批判的力度和深度都是空前的，有如一篇筆鋒犀利的討伐檄文。小賦語言簡練質樸，剛勁有力；形式短小靈活，因意命筆，意盡而止，絕不拖泥帶水；開門見山，直抒胸臆，慷慨陳詞，全無掩飾，極具個性特徵，帶有東漢黨人的那種鋒芒。〈鸚鵡賦〉雖是一篇詠物賦，但詠物即是詠人，因物入情，物我合一。賦中藉鸚鵡之奇姿妙質、聰明慧辯以自喻，復以其因材致禍、身困籠檻以自況。其間極力描寫鸚鵡的拋鄉棄子之悲、生離死別之恨、折翼困窘之痛和前景堪虞之憂，字裡行間充滿了世事變幻、難以自主的彷徨與無奈，隱隱透出作者寄人籬下、身不由己、任人擺布卻只能聽天由命的慘淒心境。賦中稱：「嗟祿命之衰薄，奚遭時之險巇？豈言語以階亂，將不密以致危？」完全是夫子自道，賦末八句表感恩報德之心，實含血淚凝聚之痛。小賦心理描寫細膩委婉，苦情哀絕，採用擬人化的手法，人鳥一境。句式工整，言詞華美，比喻的運用和側面烘托的手法也很出色，是借物言志賦的上乘之作。

漢代的抒情賦通常都是理勝於情，東漢的紀行賦和述志賦也不例外。和西漢抒情賦稍有不同的是，西漢賦家把「悲士不遇」作爲抒情的主題，感慨自己未能遭逢歷史的機遇。而東漢的抒情賦則以知命爲解脫⑬，反映出對人生的理性態度，同時流露出個人無力把握自己命運的惆悵。

東漢抒情賦不時出現隱逸傾向，與此同時，積極參與現實，關心國家命運的思想情感也在湧動。馮衍的〈顯志賦〉仍沉湎於自身不幸的傾訴，而對當時亂離之際的民生苦難卻基本沒有涉及。班彪的〈北征賦〉在「遊子悲其故鄉」的同時，又「哀生民之多故」，把自身的坎坷和百姓的疾苦連繫在一起。班昭的〈東征賦〉同樣表現出對時政民生的關注。至於蔡邕的〈述行賦〉，主要著眼點在於國家和人民，而不是自己的遭際。東漢抒情賦也由早期的自怨其生轉到爲社會伸張正義。趙壹的〈刺世疾邪賦〉和蔡邕〈述行賦〉在精神實質上是一致的，作者不僅僅是申訴自己的不幸，而是自覺爲社會伸張正義，表現出強烈的參與現實的入世精神。

漢代的辭賦創作是以抒情賦發軔，代表作品是賈誼的〈弔屈原賦〉和〈鵩鳥賦〉。東漢後期的辭賦，抒情賦成爲主流。就此而論，漢代的辭賦是以抒情賦起始，又以抒情賦終結，它的軌跡是畫了一個圓圈。不過，賈誼的抒情賦均爲騷體，明顯是繼承楚辭而來。東漢後期的抒情賦則是既有騷體，又有散體，還有四言詩體，在作品樣式上呈現的是多元化的格局。

注釋

❶東漢作家因批評時政而招致不幸者，可見《後漢書・馬融列傳》：「是時鄧太后臨朝，騭兄弟輔政，而俗儒世士，以為文德可興，武功宜廢，遂寢蒐狩之禮，息戰陳之法，故猾賊縱橫，乘此無備。融乃感激，以為文武之道，聖賢不墜，五才之用，無或可廢。元初二年，上〈廣成頌〉以諷諫。」、「頌奏，忤鄧氏，滯於東觀，十年不得調。因兄子喪自劾歸，太后聞之怒，謂融羞薄詔除，欲仕州郡，遂令禁錮之。」《後漢書・文苑列傳》：「崔琦，字子瑋……河南尹梁冀聞其才，請與交。冀行多不軌，琦數引古今成敗以戒之，冀不能受。乃作〈外戚箴〉。」、「琦以言不從，失意，復作〈白鵠賦〉以為風。梁冀見之，呼琦問曰：『百官內外，各有司存，天下云云，豈獨吾人之尤，君何激刺之過乎？』」、「後除為臨濟長，不敢之職，解印綬去，冀遂令刺客陰求殺之。客見琦耕於陌上，懷書一卷，息輒偃而詠之。客哀其志，以實告琦，曰：『將軍令

吾要子，今見君賢者，情懷忍忍，可亟自逃，吾亦於此亡矣。』琦得脱走，冀後竟捕殺之。」（見《後漢書》，中華書局一九七三年版，第一九五四、一九七〇、二二六八、二二六九、二二六二、二二六三頁）

❷《後漢書・文苑列傳》：「杜篤，字季雅，京兆杜陵人也。……篤少博學，不修小節，不為鄉人所禮。居美陽，與美陽令遊，數從請託，不諧，頗相恨。令怒，收篤送京師。會大司馬吳漢薨，光武詔諸儒誄之。篤於獄中為誄，辭最高，帝美之，賜帛免刑。篤以關中表裡山河，先帝舊京，不宜改營洛邑，乃上奏〈論都賦〉。」（見《後漢書》，中華書局一九七三年版，第二五九五頁）

❸班固，字孟堅，扶風安陵（今陝西咸陽）人。少有才名，在其父班彪增補《史記》、撰《後傳》的基礎上重修漢史。被人告發私改國史，下獄。其弟班超上書力辯，明帝甚奇之，除蘭臺令史，遷為郎，奉詔撰寫《漢書》。大將軍竇憲出征匈奴，征固為中護軍。竇憲敗，固坐免官，旋被捕，死於獄中。除所著《漢書》外，尚有《白虎通義》、〈兩都賦〉、〈幽通賦〉等著作和詩文傳世。傳附《後漢書・班彪列傳》後。

❹張衡，字平子，南陽西鄂（今河南南陽）人。少善屬文，精於天文曆算。入京師，觀太學，遂通五經，貫六藝。安帝時徵拜郎中，再遷為太史令。後為侍中，出為河間相。有〈二京賦〉、〈思玄賦〉、〈南都賦〉、〈歸田賦〉、〈塚賦〉、〈髑髏賦〉等傳世。《後漢書》卷五十九有傳。

❺《後漢書・文苑列傳》：「王逸，字叔師，南郡宜城人也。……順帝時為侍中，著《楚辭章句》行於世。……子延壽，字文考，有俊才。少遊魯國，作〈靈光殿賦〉。後蔡邕亦造此賦，未成，及見延壽所為，甚奇之，遂輟翰而已。曾有異夢，意惡之，乃作〈夢賦〉以自厲。後溺水死，時年二十餘。」（見《後漢書》，中華書局一九七三年版，第二六一八頁）

❻劉歆事蹟見《漢書・楚元王傳》。

❼班彪，字叔皮，扶風安陵（今陝西咸陽）人。西漢末年動亂之際，先依天水隗囂避難，後又為河西大將軍竇融的從事。光武帝時先後在司徒府任職、為望都長。班彪才高而好述作，專心於史籍之間。繼採前史遺事，傍貫異聞，在《史記》基礎上作《後傳》數十篇，為其子班固撰寫《漢書》做了充分的準備。所著賦、論、書、記、奏事計九篇，有〈北征賦〉、〈覽海賦〉、〈王命論〉等作品傳世。《後漢書》卷四十上有傳。

❽《後漢書・列女傳》：「扶風曹世叔妻者，同郡班彪之女也，名昭，字惠班，一名姬。博學高才。世叔早卒，有節行法度。兄固著《漢書》，其八表及〈天文志〉未及竟而卒，和帝詔昭就東觀臧書閣踵而成之。帝數召入宮，令皇后諸貴人師事焉，號曰大家。每有貢獻異物，輒詔大家作賦頌。……時《漢書》始出，多未能通者，同郡馬融伏於閣下，從昭受讀，後又詔融

兄續繼昭成之。」、「所著賦、頌、銘、誄、問、注、哀辭、書、論、上書、遺令、凡十六篇。子婦丁氏為撰集之，又作〈大家贊〉焉。」（見《後漢書》，中華書局一九七三年版，第二七八四—二七八五，二七九二頁）有〈東征賦〉、〈七戒〉等作品傳世。

❾蔡邕，字伯喈，陳留（今河南杞縣）人。少博學，喜好辭章、數術、天文、書法，妙操音律。校書東觀，遷議郎，將五經文字書於碑，使工鐫刻，立於太學門外，是為熹平石經。因上書論朝政得失，獲罪，流放朔方。遇赦後，畏宦官迫害，亡命江湖十餘年。靈帝卒，董卓為司空，強辟邕為侍御史，遷尚書，拜左中郎將。及董卓被誅，邕亦下獄死。所著詩、賦、銘、碑、連珠及其他文章數百篇。其賦今存〈述行賦〉、〈青衣賦〉等。《後漢書》卷六十下有傳。

❿馮衍，字敬通，京兆杜陵（今陝西西安）人。幼年聰穎，長而博學。王莽末年，任更始將軍廉丹掾。後從劉玄起兵，玄死，降於光武帝劉秀，任曲陽令，轉遷司隸從事。後免官，歸故里。明帝時，又遭讒毀，潦倒而死。著有賦、詩、銘、說等五十篇。《後漢書》卷二十八有傳。

⓫趙壹，字元叔，漢陽西縣（今甘肅天水）人。體貌甚偉，恃才傲物，為鄉黨所擯斥。屢次抵罪，幾至死，友人援救方得免。光和元年（一七八），舉郡上計吏，至京師。得到司徒袁逢、河南尹羊陟的賞識，共稱薦之，名動京師，士大夫想望其丰采。西歸，州郡爭致禮命，十辟公府，均不就，終老於家。著賦、頌、箴、誄、書、論及雜文十六篇。其〈窮鳥賦〉、〈刺世疾邪賦〉今存。《後漢書．文苑列傳》有傳。

⓬禰衡，字正平，平原郡（今山東臨邑德平鎮）人。為人恃才傲物，不畏強暴，好侮慢權貴。先罵曹操，後辱劉表，終為江夏太守黃祖所殺，年二十六歲。《後漢書．文苑列傳》有傳。

⓭東漢抒情賦多以知命為解脫，如崔篆〈慰志賦〉：「庶明哲之末風兮，懼《大雅》之所譏。遂翕翼以委命兮，受符守乎良維。」、「聊優遊以永日兮，守性命以盡齒。」班彪〈北征賦〉：「夫子固窮，遊藝文兮。樂以忘憂，惟聖賢兮。達人從事，有儀則兮。行止屈伸，與時息兮。」馮衍〈述志賦〉：「嘉孔丘之知命兮，大老聃之貴玄。」班固〈幽通賦〉：「所貴聖人之至論兮，順天性而斷誼。」、「天造中昧，立性命兮。復心弘道，惟賢聖兮。」班昭〈東征賦〉：「貴賤貧富，不可求兮。正身履道，以俟時兮。修短之運，愚智同兮。靖恭委命，惟吉凶兮。」趙壹〈刺世疾邪賦〉：「且各守爾分，勿復空馳驅。哀哉復哀哉，此是命矣夫。」（分別見於費振剛、胡雙寶、宗明華輯校《全漢賦》，北京大學出版社一九九三年版，第二五〇、二五六、二六二、三四五、三四六、三六六、五五五頁）

第六章　《漢書》及東漢散文

東漢散文在西漢的基礎上又有新的發展。史傳散文中，班固的《漢書》和趙曄的《吳越春秋》都有很高的文學價値；政論散文相繼出現了以王充《論衡》、王符《潛夫論》爲代表的一批積極參與現實的作品。另外，遊記、碑文等新的散文樣式也嶄露頭角，開始成爲文體大家族的一員。從總的趨勢看，東漢散文向著駢儷化的方向發展，同時，不少語體散文作家也著意追求通俗易懂、淺顯明快的文章風格，在一定程度上對浮華文風有所矯正。

第一節　《漢書》

・西漢士人宦海沉浮的藝術再現　・家族興衰史的展示　・李陵、蘇武的悲劇人物形象
・精密的筆法　・對起始事件的交代　・篇末的軼聞逸事

班固編撰的《漢書》是我國第一部紀傳體斷代史❶，在敘事寫人方面取得很大成就，它是繼《史記》以後出現的又一部史傳文學典範之作，因此，歷史上經常把司馬遷和班固並列、《史記》和《漢書》對舉。

《史記》最精彩的篇章是楚漢相爭和西漢初期的人物傳記，《漢書》的菁華則在於對西漢盛世各類人物的生動記敘。《漢書・公孫弘卜式兒寬傳》對於武帝和宣帝朝湧現的各類人才做了概述❷，其中提到的絕大多數人物都在《漢書》中有一席之地，分別爲他們立傳。通過敘述這些歷史人物的事蹟，全面地展現了西漢盛世的繁榮景象和那個時代的精神風貌。《史記》所寫的秦漢之際的傑出人物是在天下未定的形勢下雲蒸龍變，建功立業，此時湧現出一批草莽英雄，其中最引人注目的是戰將和謀士。《漢書》所寫的西漢盛世人物則不同，他們是在四海已定、天下一統的環境中成長起來的，其中固然不乏武將和謀士，但更多的是法律之士和經師儒生。和秦漢之際的戰將謀士相比，西漢盛世的法律經術文學之士的閱歷雖然缺少傳奇色彩，但許多人的遭遇卻是富有戲劇性的。他們有的起於芻牧，有的擢於奴僕，但通過賢良文學對策等途徑平步青雲，扶搖直上，其中有許多軼聞逸事。公孫弘年六十餘才以賢良徵爲博士，奉命出使匈

奴，因奏事不合天子之意，不得不移書言病，免職歸鄉。後再次徵選賢良文學，菑川國又推薦他應召。鑑於以往的教訓，公孫弘根本沒有信心，百般推託。出人意外的是，對策之後公孫弘名列榜首，「召入見，容貌甚麗，拜爲博士，待詔金馬門」（《漢書・公孫弘傳》）。後來又屢屢升遷，數年後便拜相封侯。公孫弘後期的人生奇蹟，和他先前的仕途受挫形成巨大的反差，對比非常鮮明。朱買臣拜會稽太守一事也富有情趣：

> 初，買臣免，待詔，常從會稽守邸者寄居飯食。拜為太守，買臣衣故衣，懷其印綬，步歸郡邸。直上計時，會稽吏方相與群飲，不視買臣。買臣入室中，守邸與共食。食且飽，少見其綬。守邸怪之，前引其綬，視其印，會稽太守章也。守邸驚，出語上計掾吏。皆醉，大呼曰：「妄誕耳！」守邸曰：「試來視之。」其故人素輕買臣者入〔內〕視之，還走，疾呼曰：「實然！」坐中驚駭，白守丞，相推排陳列中庭拜謁。買臣徐出戶。（《漢書・朱買臣傳》）

朱買臣是會稽吳（今江蘇蘇州）人，他在免官之後曾到會稽駐京機構所在地寄住，窮愁潦倒，來京辦事的會稽老鄉也看不起他。朱買臣拜爲會稽太守之後，他隱瞞眞相，故作矜持，而會稽同鄉則前倨後恭，醜態百出，演出了一場滑稽劇。《漢書》展示了官場上形形色色的世態人情，生動地再現了西漢盛世各類士人宦海浮沉的情境，他們的成功和失敗構成一幅幅耐人尋味的畫面。

除「世家」外，《史記》的人物傳記基本都是以寫單個人爲主，很少全面敘述家族的興衰史。在《史記》的漢初功臣傳記中，只有〈絳侯周勃世家〉寫了周勃、周亞夫父子的事蹟，其他人的傳記基本是止於其身。西漢盛世培育了一大批官僚世家，他們不是一代爲官，而是幾代人相承，長盛不衰。《漢書》記敘了許多世襲官僚家族的歷史，如〈霍光金日磾傳〉、〈張湯傳〉、〈杜周傳〉、〈韋賢傳〉、〈蕭望之傳〉、〈馮奉世傳〉、〈翟方進傳〉等，傳主都不是單獨一個人，而是記敘幾代人的事蹟。通過描述這些家族的興衰史，對西漢社會的變遷做了多方面的展示。《史記》對酷吏的揭露極爲深刻，張湯、杜周是酷吏的典型代表，在他們身上充分體現了西漢社會刑法的嚴酷、吏士的殘暴。班固也批判酷吏，《漢書》亦設〈酷吏列傳〉。可是，《漢書》的〈張湯傳〉、〈杜周傳〉在揭露張湯、杜周文法刻深，寡恩少義的同時，對他們的子孫張賀、張安世、張延壽、張千秋，杜延年、杜緩、杜欽等人的美德懿行多有稱揚，從而在一定程度上緩解了人們對張湯、杜周這兩位酷吏的反感，使他們的形象更接近於生活實際。

《史記》具有濃郁的悲劇色彩，有大量悲劇人物的傳記。《漢書》中悲劇人物的數量不如《史記》那樣眾多，但〈李廣蘇建傳〉中李陵和蘇武的傳記，卻和《史記》的許多名篇一樣，寫得酣暢淋漓，悲劇氣氛很重。李陵是位悲劇人物，傳記有條不紊地敘述了外界條件的不利把他一步步推向絕境的過程：先是路博多拒絕派兵接應陷入重圍的李陵孤軍，使李陵兵敗，不得已投降；接著是西漢朝廷輕信傳言，誤認爲李陵訓練匈奴兵以拒漢軍，一怒之下將李陵的家口全部處死，從而使李陵斷絕了返漢的念頭。班固對李陵飽含同情，不吝筆墨詳寫李陵孤軍深入、浴血奮戰的場面，並對李陵派人刺殺充當匈奴兵教練的李緒一事予以肯定。《漢書》交代造成李陵悲劇結局的客觀條件，同時又深入地刻畫出這位悲劇人物的矛盾心理和行動上的搖擺猶豫。兵敗被困時，他先是決心以死報國，口稱：「兵敗，死矣。」、「吾不死，非壯士也。」可是，在生死抉擇的關鍵時刻，他卻投降了匈奴。他在匈奴地域會見漢朝使者時有心歸漢，卻又害怕再遭困辱，下不了決心。他受匈奴單于的指派去勸降蘇武，遭到蘇武拒絕後又自責自省，認爲自己罪孽深重。他先後兩次爲蘇武置酒，一次是勸降，一次是餞行，李陵或是「泣下沾衿」、或是「泣下數行」，每次都悲痛欲絕。李陵有著太多的恩怨和遺憾，他的悲劇結局既是客觀形勢所迫，又是性格因素所造成。蘇武的形象近乎完美無缺，然而，他卻要遭受種種苦難和折磨，是另一種類型的悲劇人物。和李陵相比，蘇武性格剛強，意志堅定，幾次面對生與死的考驗，他都臨危不懼，大義凜然。他不肯屈節辱命，引佩刀自決；他怒視義律的劍鋒，面不改色；他能忍受寒冷和飢餓的嚴峻考驗，「杖漢節牧羊，臥起操持，節旄盡落」。蘇武對西漢朝廷只有感恩之心，沒有相怨之意。李陵告訴蘇武，他的兄弟蘇嘉、蘇賢因侍奉天子有失而相繼自殺，蘇武妻改嫁、兒女生死不明。聽到這些不幸的消息後，蘇武回答說：「武父子亡功德，皆爲陛下所成就，位列將，爵通侯，兄弟親近，常願肝腦塗地。今得殺身自效，雖蒙斧鉞湯鑊，誠甘樂之。臣事君，猶子事父也，子爲父死，亡所恨。」蘇武的這番話表明他對封建倫理道德的恪守，但從中也折射出他在家破人亡之際所保持的平靜心態。班固正是通過多方面描寫蘇武在艱難困苦絕境中所表現出的鎮定自持，塑造出一個光彩照人的英雄形象。

和《史記》疏蕩往復的筆法不同，《漢書》重視規矩繩墨，行文謹嚴有法❸。

首先，《漢書》筆法精密，在平鋪直敘過程中寓含褒貶、預示吉凶，分寸掌握得非常準確。霍光和金日磾是西漢中期的兩位重臣，他們對西漢王朝的穩定和發展起過舉足輕重的作用。《漢書．霍光金日磾傳》以精細的筆法刻畫出二人的莊重謹慎。「光爲人沉靜詳審……每出入下殿門，止進有常處。郎僕射竊識視之，不失尺寸，其資性端正如此。」連腳步的尺寸都掌握得很準確，霍光爲人處事的小心謹慎由此可見一斑。班固對於金日磾亦有類似敘述：「日磾自在左右，目不忤視者數十年。賜出宮女，不敢近。上欲納其女後宮，不肯。其篤愼如此，上尤奇異之。」通過目不忤視數十年、不敢近所賜宮女、不肯送女進宮三件事情，把金日磾的篤愼表現得很充分。霍光、金日磾都以謹愼著稱，然而，兩人的謹愼程度又存在差異。霍光的謹愼止於自身而已，對於其家屬則缺少必要的約束。金日磾則不同，他不但自己盡量杜絕細小的過失，而且對於後代嚴格管教，把任何可能引起麻煩的事端消滅在萌芽狀態，書中有如下記載：

> 日磾子二人皆愛，為帝弄兒，常在旁側。弄兒或自後擁上項，日磾在前，見而目之。弄兒走且啼曰：「翁怒。」上謂日磾：「何怒吾兒為？」其後弄兒壯大，不謹，自殿下與宮人戲。日磾適見之，惡其淫亂，遂殺弄兒。弄兒即日磾長子也。上聞之大怒，日磾頓首謝，具言所以殺弄兒狀。上甚哀，為之泣，已而心敬日磾。

漢武帝視金日磾之子如己子，然而，金日磾並不因爲弄兒受到天子的寵愛而放任自流，相反，倒是管教得更加嚴厲，甚至不惜把和宮女相戲的親生骨肉殺死，以絕後患。霍光死後才三年，霍氏便遭滅族之罪。金日磾本是匈奴休屠王太子，作爲俘虜留在漢地，最終成爲股肱之臣。其子孫歷經武、宣盛世，一直到哀、平之際，七世爲內侍，在歷史上傳爲美談。對於霍、金兩個家族的不同結局，班固運用精細的筆法準確地揭示了事情的前因後果。當然，霍氏的覆亡也是強臣震主所致，對此，書中另有明確的交代❹。

其次，《漢書》不但對於事情的來龍去脈能夠清晰地加以敘述，而且對於那些帶有起始性質的事件，都要特別加以強調，以引起讀者的注意。比如，西漢舊例通常是以列侯爲相，先封侯，後拜相。公孫弘卻屬例外，他是無爵位而拜相，於是，武帝封他爲平津侯。《漢書．公孫弘傳》在敘述此事後寫道：「其後以爲故事，至丞相封，自弘始也。」這是在明確的告訴人們，先拜相後封侯的做法是從公孫弘開始的，在此以前絕無僅有。類似的提示語在《漢書》中還有多處❺，顯得非常醒目。它有助於讀者準確把握漢代各種制度的演變，強化了敘事的力度。

再次，《漢書》的謹嚴有法，還在於它對某些材料的位置安排有自己的特殊規定，並且在全書一以貫之。《漢書》和《史記》一樣，也寫了許多人物的軼聞逸事，有的甚至是生活瑣事。對於這類事情，司馬遷或把它放在傳記的前面，或者穿插在中間，也有的放在末尾，沒有固定的位置。《漢書》則不同，凡屬傳聞類的生活小故事幾乎全部置於篇末，很少有例外者。於定國曾任丞相，封西平侯，其子於永官至御史大夫。《漢書．于定國傳》的末尾是這樣一段文字：

始，定國父于公，其閭門壞，父老方共治之。于公謂曰：「少高大閭門，令容駟馬高蓋車。我治獄多陰德，未嘗有所冤，子孫必有興者。」至定國為丞相，永為御史大夫，封侯傳世云。

于定國傳記的前面有關於其父治獄的記載，上面所引文字完全可以放在于公治獄一段中，但班固卻偏偏置於篇末，顯然是精心安排，有意爲之。這種篇末講述傳主早年生活故事的寫法在《漢書》其他傳記中經常可以看到❻，這與其說是追述往事，不如說是爲所寫的人物做一生的總結。這種追敘、補敘的手法，使作品避免平鋪直敘，增加了波瀾起伏。總之，《漢書》有精細的筆法，有自己固定的敘事規則，以謹嚴取勝，從而形成和《史記》迴然有別的風格。

第二節　《吳越春秋》

・曲折多變的故事情節　・荒幻離奇的浪漫色彩
・性格刻畫和外貌描寫　・《吳越春秋》和《越絕書》的異同及其與吳越文化的關係

《吳越春秋》是成書於東漢的一部歷史散文，趙曄撰❼。其書今存十卷，主要敘述吳越爭霸的故事，前五卷以吳爲主，後五卷以越爲主。

《吳越春秋》在體例上兼有編年體和紀傳體史書的特點，是歷史演義小說的雛形。全書所敘重要事件都明確標示年代，但實際並不準確，多有訛誤。《吳越春秋》敘事完整，全書以吳越爭霸爲主線，具體到各章又都有自己的重點，保持相對獨立性；各章之間前後貫通，一脈相承，講述的故事具有連續性。

《吳越春秋》的故事情節曲折多變，引人入勝。書中許多故事在正史中有記載，但作者把它們寫入本書時不是原封不動地襲用，而是依據傳說或發揮想像，增加許多生動的細節。比如，對於伍子胥奔亡過程中的渡江、乞食二事，《史記・伍子胥列傳》總共用了一百餘字加以敘述，其中乞食一事尤爲簡略。到了《吳越春秋》中，這兩件事所占篇幅甚多，長達六七百字。其中渡江一節增加了躲避偵探、漁父唱歌、蘆中待餐的情節，乞食一節出現擊綿女形象，並對她的身世節操加以詳細交代。在《史記・伍子胥列傳》中，漁父和擊綿女的結局如何，司馬遷沒有點明；而在《吳越春秋》中，這兩個人相繼自殺，爲的是保守機密，保護伍子胥，同時擊綿女還是爲了保全自己的節操。《吳越春秋》中的許多情節，是通過移植連綴而把本來互不相關的故事糅合在一起，但依然給人以眞實感，產生震撼人心的力量。

《吳越春秋》的許多故事荒幻離奇，具有濃郁的浪漫色彩。《吳越春秋》是在正史的基礎上演繹而成，其中許多人物和事件在歷史上確實存在，有其現實基礎；另一方面，《吳越春秋》又吸收了許多神話傳說和民間故事，它的荒幻離奇主要源於此。在追溯吳越兩國祖先時，分別講述了姜嫄履大人跡生后稷和夏禹娶塗山氏的傳說。在吳王占夢事件中，公孫聖因直言不諱被殺，臨死前他稱自己將在深山散爲聲響。後來吳王兵敗，在秦餘杭山呼喚公孫聖的名字，三呼三應。書末又稱，伍子胥、文種相繼被殺後，「伍子胥從海上穿山，脅而持種去，與之俱浮於海。故前潮水潘侯者，伍子胥也；後重水者，大夫種也」。這是以浪漫的想像寄託對伍子胥、文種的同情，他們生而爲英雄，死而爲神靈，是用溝連人神的方式爲全書作結。卷九的袁公與處女比試劍術場面，袁公飛上樹變爲白猿，運用恍惚迷離的筆法貫通物我，模糊了人與獸的界限。類似的超越時空、出入生死的情節在《吳越春秋》中大量存在的，開志怪小說的先河。

《吳越春秋》注重人物形象的刻畫，書中的幾位主要人物如伍子胥、范蠡、勾踐等人都寫得很成功，個性非常突出，尤以伍子胥的形象最爲豐滿。他奔亡吳國之後，前期小心謹慎，後期成了託孤老臣之後，則直言強諫，出語激切，寫出了人物性格的發展。《吳越春秋》特別注重對於人物形象的外貌描寫，以此突出人物的個性特徵。伍子胥「身長一丈，腰十圍，眉間一尺」，是位偉岸的男子漢大丈夫。刺殺吳王僚的專諸「碓顙而深目，虎膺而熊背」，是不怕艱險的勇士模樣。寫伯嚭則是「鷹視虎步」，以此突出他的專功擅殺之性。類似的外貌描寫在此之前尚不多見，它對後代小說的人物形象刻畫有很大影響。

東漢的另一部歷史散文《越絕書》的許多內容和《吳越春秋》相同❽，二者可以相互印證。區別在於，《越絕書》各篇之間不是連貫的故事，而是獨立成篇，顯得比較鬆散。除講述歷史故事外，中間還有地理、占氣等方面的專章，給人以駁雜之感。

《吳越春秋》和《越絕書》都以吳越爭霸爲主要線索，又都是出自吳越文士之手，因此，它們都具有鮮明的吳越文化的特點。吳越之民重劍輕死，信巫淫祀❾，這兩部歷史散文中曲折的故事情節、荒幻的神話傳說、強烈的復仇意識和崇武尚勇的義俠形象，無不和吳越文化的歷史傳統密切相關，這兩部作品是吳越文化的重要載體。

第三節　《新論》、《論衡》和《潛夫論》

・桓譚對歷史現實的考量評論　・《新論》的對比和比喻　・《論衡》的選材
・王充的論辯方式　・《潛夫論》的批判精神和文風特徵　・東漢碑文和遊記

東漢初期政論文的代表著作是桓譚的《新論》❿。這部著作由十六篇專論組成，其中〈本造〉、〈閔友〉、〈琴道〉各一篇，其餘均分爲上、下篇，總計二十九篇，是一部體系完整的著作。

《新論》內容廣博，涉及當時許多熱點問題。桓譚在西漢成帝朝即爲郎，至光武帝時期歷經七朝，飽覽世道滄桑，書中往往用對比的方式論述國家的興亡、政治上的得失。〈求輔〉、〈言體〉篇反覆把王莽和劉邦進行對比，用以說明西漢所以興盛，新莽迅速滅亡的道理。他讚揚劉邦的雄才大略，批判王莽的獨斷專行和不識大體，對他以「王翁」稱之，表達的是藐視、厭惡之情。〈識通〉篇對西漢幾位天子在治國理政方面的得失加以評論，指出他們的通和蔽。

《新論》還用實證和比喻的方式，揭露方士巫術的虛幻，指出長壽成仙之想的荒誕，主要見於〈辨惑〉和〈袪蔽〉篇。他把人的生命比作燃燒的蠟燭，形體如同蠟燭，精神如同燭光。蠟燭有燃盡熄滅之時，人有死亡之期，二者皆無法避免。他還以樹喻人。榆在樹木中是生命力頑強者，它尚且無法抗拒枯槁，人的血肉之軀不可能長盛不衰。這些比喻鮮活生動，有很強的說服力。

桓譚與揚雄、劉歆皆有交往，並進行學術探討。他熟練地運用政論文這種樣式，使得漢代學者型政論文繼劉向、揚雄之後又有新的發展。

在東漢的政論散文中，王充（二七—九六？）的《論衡》從內容到表述方式都別具一格⓫。

王充出自細族孤門，加之仕途坎坷，因此形成了自覺的批判意識，一生志在糾正世俗的虛謬。《論衡》是他的發憤之作，正如該書〈對作〉篇所說：「是故《論衡》之造也，起眾書並失實，虛妄之言勝眞美也。故虛妄之言不黜，則華文不見息；華文放流，則實事不見用。故《論衡》者，所以詮輕重之言，立眞僞之平，非苟調文飾辭，爲奇偉之觀也。」王充撰寫《論衡》的目的是要使語言的表達輕重得體，合乎實際，提出辨別眞僞的標準，該書在一定程度上確實起到了這種作用。

《論衡》全書八十五篇，現存八十四篇，缺〈招致〉篇。從開始的〈逢遇〉篇到〈物勢〉篇共十四篇，選材角度較新。漢代的政論散文多從治國修身篤學等方面切入，這個傳統在西漢初年賈誼那裡就已經奠定。後來揚雄的《法言》、桓譚的《新論》基本都是這方面的內容。王充對揚雄、桓譚都很推崇，但《論衡》上述十四篇專論在內容的設計上卻頗具匠心，不與前人雷同。王充不是泛論修身齊家治國平天下的道理，而是選取當時理論界的熱點問題分別加以闡述，其中包括人的遭遇、命運、天性、才氣、骨相等頗有深度的議題，都是圍繞著人類自身的困擾而展開，流露出他對於人的終極關懷。

最能代表王充疾虛妄宗旨的是「九虛」、「三增」、〈論死〉、〈訂鬼〉諸篇⑫，該書〈對作〉篇稱：「若夫九虛、三增、論死、訂鬼，世俗所久惑，人所不能覺也。」這些篇章所論述的都是世俗迷妄已久、沉溺最深的問題，涉及的範圍非常廣泛，其中包括史書虛妄誇大的記載、天人感應之說、靈魂不死觀念等。王充不但把批判的矛頭指向世俗的虛妄之說，而且對聖賢之言、經典之文也多有辯駁，指出其誇大失實、不盡可信之處。

《論衡》一書是論辯性著作，是一部「實論」型散文。作者用事實說話，援引歷史和現實生活中的事例批駁各種虛妄之論。在此過程中，或同類相證，或巧用比喻，或從生活經驗出發，或進行邏輯推理，從必然性、偶然性、可然性等多方面展開論述，具有很強的說服力。爲了論證得透徹充分，每篇都反覆詰難，多方發揮，文風雄辯，然而儒者病其蕪雜。

《論衡》一書的文字比較接近漢代口語，既準確精練，又通俗易懂，和當時那種「深覆典雅，指意難睹」的賦頌迥然不同。《論衡》的用詞樸實無華，不重雕琢，在當時獨樹一幟。王充的行文不模擬前人，根據內容的需要組織文辭，富有創新精神。

《論衡》一書的詞語通俗易懂，所用的句式卻頗爲整齊，有時還出現駢儷化傾向。如〈講瑞〉篇如下一段：

> 種類無常。故曾晳生參，氣性不世；顏路出回，古今卓絕。馬有千里，不必麒麟之駒；鳥有仁聖，不必鳳皇之雛。山頂之溪，不通江湖，然而有魚，水精自為之也；廢庭壞殿，基上草生，地氣自出之也。

這段話已經是比較標準的早期駢驪文形態，如果不是精心調遣，不可能有如此整齊相對應的句式。〈宣漢〉篇讚揚東漢王朝經略四方所取得的成就，把對照和排比手法結合在一起，或用四言句，或用六言句，排列得錯落有致。《論衡》在句式的安排上頗講規則，是對當時駢儷化潮流的順應。

《論衡》一書以疾虛妄爲宗旨，但是，由於歷史條件和認識上的原因，其中也有許多局限。王充對神學目的論持否定態度，不承認有意志上帝的存在，但仍然認爲人的貴賤壽夭、國家的治亂安危都受時數的支配；他不認爲人可以長生不死，卻相信觀察骨相氣色的相面術；他不承認有雷公龍神存在，但對民間的求雨術卻表示認同。王充的理論建立在樸素直觀的基礎上，一旦論述的對象超出他的生活經驗，就難免在求實上出現不徹底性。

王符的《潛夫論》和王充的《論衡》都成書於東漢中期⓭，也是一部憤世嫉俗之作，對當時社會上各種醜惡現象及不合理的制度多有指斥，切中時弊。在議論政治上的得失時，往往採用正反對照和排比的筆法，有很強的說服力和感染力。〈考績〉篇寫道：

群僚舉士者，或以頑魯應茂才，以桀逆應至孝，以貪饕應廉吏，以狡猾應方正，以諛諂應直言，以輕薄應敦厚，以空虛應有道，以嚚闇應明經，以殘酷應寬博，以怯弱應武猛，以愚頑應治劇。名實不相副，求貢不相稱。

漢代用人制度有詔舉賢良、方正、孝廉、秀才、有道、賢能、直言、敦樸、質直、清白等科目，王符認爲群僚舉士名不副實，於是把應舉科目和所舉之人的品格才能用對比鮮明的反義詞逐一加以標示，句法整齊，揭露得非常深刻。桓、靈時童謠云：「舉秀才，不知書。舉孝廉，父別居。寒素清白濁如泥，高第良將怯如雞。」（《抱朴子·審舉》）這首童謠和王符的上述話語有異曲同工之妙，只是王符是用相反的概念構成強烈對比，童謠則是使鮮明的形象和徒有的虛名造成巨大反差。〈務本〉篇寫道：「今賦頌之徒，苟爲饒辯屈蹇之辭，競陳誣罔無然之事，以索見怪於世。」王符批判靡麗浮華的文風，《潛夫論》一書的文字皆樸實無華，準確簡練。書中雖不時顯露批判的鋒芒，但以溫雅弘博見長，不爲卓絕詭激之論，和王充的《論衡》稍有不同。王充、王符以及後來的仲長統，並稱東漢政論散文三大家，而又各有自己的特點⓮。

東漢政論散文繼承了西漢的傳統，但文章氣勢不如西漢。而敘事散文和西漢相比，在樣式上則有所突破，出現了成熟的碑文和遊記。

東漢碑文和秦代刻石銘文有淵源關係，但東漢碑文不像秦刻石銘文那樣凝重呆板，而是不時有清麗之作。崔瑗的〈河間相張平子碑〉用簡潔的文字展示張衡的學問品格⓯，文采斐然。蔡邕的碑文在東漢最爲著名，成就尤高⓰。三胡碑雖然都是爲胡廣而撰，但能變化體勢，不相重複。他的碑文能寫出人的各自特徵。楊秉是危世抗節之臣，爲他寫的碑文直錄其事，富有生氣。楊賜有清操懿德，深通《尚書》，碑文也就本於經術，氣象淵靜。蔡邕所作碑文用典甚多，所用典故往往能與碑主的社會角色、所治經典相契、達到水乳交融的程度。〈郭有道碑〉和〈陳太丘碑〉是蔡邕碑文的代表作，歷來受人稱道。碑主郭泰、陳寔都是漢末名士，郭泰終身不仕，陳寔先仕後隱。這兩篇碑文沒有敗筆，時見道氣，讀其文如見碑主其人。東漢後期盛行品鑑人物的風氣，蔡邕身為士林領袖，也參與了對名士的評議，他有時是從人物鑑賞的角度撰寫碑文的。

馬第伯的〈封禪儀記〉是現今所能見到的最早的遊記[17]。該文記敘建武三十二年（五六）的封禪活動，雖然是按時間順序依次寫來，但其中時有精彩的景物描寫，攀登泰山的艱險場面也寫得很傳神。這篇遊記對泰山的人文景觀、封禪儀式也多有交代，具有較高的文獻價值，後來的《洛陽伽藍記》、《水經注》在筆法上和這篇作品有很多相似之處。

注釋

❶《漢書》對前代著述多有借鑑，對此，聶石樵指出：「一部《漢書》在歷史史實方面多取自《史記》，而在思想體系方面則源於劉歆。有名之《漢書》十志，即多本自劉歆。」、「如其武帝以前之史事，多採自《史記》，然絕非抄襲原文，而是經過整理和加工，做了許多補充。」、「《漢書》於武帝以後之史事，則是以班彪之《後傳》為根據，綜合各家對《史記》之補續，綴集所聞而成。」（見其《先秦兩漢文學史稿‧兩漢卷》，北京師範大學出版社一九九四年版，第三二八、三三三頁）書中考證頗為詳實，可參閱。

❷文中有如下概述：「漢之得人，於茲為盛。儒雅則公孫弘、董仲舒、兒寬，篤行則石建、石慶，質直則汲黯、卜式，推賢則韓安國、鄭當時，定令則趙禹、張湯，文章則司馬遷、相如，滑稽則東方朔、枚皋，應對則嚴助、朱買臣，曆數則唐都、洛下閎，協律則李延年，運籌則桑弘羊，奉使則張騫、蘇武，將率則衛青、霍去病，受遺則霍光、金日磾，其餘不可勝紀。……孝宣承統，纂修洪業，亦講論六藝，招選茂異。而蕭望之、梁丘賀、夏侯勝、韋玄成、嚴彭祖、尹更始以儒術進，劉向、王褒以文章顯，將相則張安世、趙充國、魏相、丙吉、于定國、杜延年，治民則黃霸、王成、龔遂、鄭弘、召信臣、韓延壽、尹翁歸、趙廣漢、嚴延年、張敞之屬，皆有功績見述於世。」（《漢書》卷五十八，中華書局一九七五年版，第二六三四頁）

❸《漢書》的謹嚴細密，古人多有論述，擇其要者如下：劉知幾《史通》卷一：「如《漢書》者，究西都之首末，窮劉氏之廢興，包舉一代，撰成一書。言皆精練，事甚該密。故學者尋討，易為其功。」（浦起龍《史通通釋》，上海古籍出版社一九七八年版，第二二頁）劉熙載《藝概》卷一：「班孟堅文，宗仰董生、匡、劉諸家，雖氣味已是東京，然爾雅深厚，其所長也。蘇子由稱太史公『疏蕩有奇氣』，劉彥和稱班孟堅『裁密而思靡』，疏密二字，其用不可勝窮。」（見《藝概》，上海古籍出版社一九七八年版，第一五頁）

❹《漢書·霍光傳》：「宣帝始立，謁見高廟，大將軍光從驂乘，上內嚴憚之，若有芒刺在背。後車騎將軍張安世代光驂乘，天子從容肆體，甚安近焉。及光身死而宗族竟誅，故俗傳之曰：『威震主者不畜，霍氏之禍萌於驂乘。』」（《漢書》，中華書局一九七五年版，第二九五八頁）

❺分別見於《漢書》下列傳記中：卷五十六〈董仲舒傳〉：「立學校之官，州郡舉茂材孝廉，皆自仲舒發之。」卷六十五〈東方朔傳〉：「是後，公主貴人多逾禮制，自董偃始。」卷七十〈鄭吉傳〉：「漢之號令班西域矣，始自張騫而成於鄭吉。」卷七十四〈丙吉傳〉：「公府不案吏，自〔丙〕吉始。」卷七十九〈馮野王傳〉：「郡國二千石病賜告不得歸家，自此始。」（見《漢書》，中華書局一九七五年版，第二五二五、二八五七、三〇〇六、三一四五、三三〇四頁）

❻分別見於《漢書》下列傳記：卷六十四下〈終軍傳〉、卷七十二〈王吉傳〉、卷七十五〈夏侯勝傳〉（見《漢書》，中華書局一九七五年版，第二八一九、二八二〇、三〇六六、三一五九頁）。

❼趙曄生平事蹟載於《後漢書·儒林傳》：「趙曄字長君，會稽山陰人也。少嘗為縣吏，奉檄迎督郵，曄恥於廝役，遂棄車馬去。到犍為資中，詣杜撫受韓詩，究竟其術。積二十年，絕問不還，家為發喪製服。曄卒業乃歸。州召補從事，不就。舉有道，卒於家。曄著《吳越春秋》、《詩細歷神淵》。蔡邕至會稽，讀《詩細》而歎息，以為長於《論衡》。邕還京師，傳之，學者咸誦習焉。」（《後漢書》，中華書局一九七三年版，第二五七五頁）

❽關於《越絕書》的作者，明代有些學者根據該書《越絕篇敘外傳記》中的一段隱語推測，這部書出自袁康、吳平二人之手，學術界多取此說，然亦有持異議者。陳橋驛的《點校本越絕書·序》對於書的作者有詳細考論，可參閱（見《越絕書》，上海古籍出版社一九八五年樂祖謀點校本）。

❾吳越民風習俗，漢代有如下記載：《史記·封禪書》：「是時既滅兩越，越人勇之乃言：『越人俗鬼，而其祠皆見鬼，數有效。』……乃令越巫，越祝祠，安臺，無壇。」（《史記》，中華書局一九七五年版，第一三九九—一四〇〇頁）《漢書·地理志》：「吳粵之君皆好勇，故其民至今好用劍，輕死易發。」（《漢書》，中華書局一九七五年版，第一六六七頁）應劭《風俗通義》卷九：「會稽俗多淫祀，好卜筮，民一以牛祭。巫祝賦斂受謝，民畏其口，懼被祟，不敢拒逆。是以財盡於

鬼神，產匱於祭祀，或貧家不能以時祀，至竟言不敢食牛肉；或發病且死，先為牛鳴。其畏懼如此。」（見吳樹平《風俗通義校釋》，天津人民出版社一九八〇年版，第三三八頁）

⑩《後漢書．桓譚列傳》：「初，桓譚著書言當世行事二十九篇，號曰《新論》。上書獻之，世祖善焉。〈琴道〉一篇未成，肅宗使班固續成之。」（《後漢書》，中華書局一九七三年版，第九六一頁）《新論》一書久佚，今有《四部備要》本行世。另嚴可均輯《全上古三代秦漢三國六朝文．全後漢文》卷十三至十五有輯本，最為完備。

⑪王充事蹟見於《後漢書．王充王符仲長統列傳》：「王充字仲任，會稽上虞人也，其先自魏郡元城徙焉。充少孤，鄉里稱孝。後到京師，受業太學，師事扶風班彪。……著《論衡》八十五篇，二十餘萬言，釋物類同異，正時俗嫌疑。」李賢注引袁山松書：「充所作《論衡》，中土未有傳者，蔡邕入吳始得之，恆祕玩以為談助。其後王朗為會稽太守，又得其書。及還許下，時人稱其才進。或曰：『不見異人，當得異書。』問之，果以《論衡》之益，由是遂見傳焉。」（《後漢書》，中華書局一九七三年版，第一六二九頁）

⑫「九虛」、「三增」指《論衡》下列篇目：〈書虛〉篇、〈變虛〉篇、〈異虛〉篇、〈感虛〉篇、〈福虛〉篇、〈禍虛〉篇、〈龍虛〉篇、〈雷虛〉篇、〈道虛〉篇、〈語增〉篇、〈儒增〉篇、〈藝增〉篇。

⑬《後漢書．王符列傳》：「王符字節信，安定臨涇人也。少好學，有志操，與馬融、竇章、張衡、崔瑗等友善。……自和、安之後，世務遊宦，當途者更相薦引，而符獨耿介不同於俗，以此遂不得升進。志意蘊憤，乃隱居著書三十餘篇，以譏當時失得。不欲彰顯其名，故號曰《潛夫論》。」（《後漢書》，中華書局一九七三年版，第一六三〇頁）王符生卒年不可確考，約生於安、和之際，卒於桓、靈之間。

⑭劉熙載《藝概》卷一〈文概〉：「王充、王符、仲長統三家文，皆東京之矯矯者。分按之：大抵《論衡》奇創，略近《淮南子》；《潛夫論》醇厚，略近董廣川；《昌言》俊發，略近賈長沙。」（《藝概》，上海古籍出版社一九七八年版，第一六頁）

⑮載於嚴可均輯《全上古三代秦漢三國六朝文．全後漢文》卷四十五（中華書局一九八七年影印本，第七一九頁）

⑯蔡邕碑文收錄於嚴可均輯《全上古三代秦漢三國六朝文．全後漢文》卷七十五至卷七十九（中華書局一九八七年影印本，第八七九—八九九頁）。〔清〕李兆洛所編《駢體文鈔》卷二十四選蔡邕碑文十四篇，頗有代表性（見《萬有文庫》本，商務印書館一九三七年版第四六九—四八二頁）。

⑰載於嚴可均輯《全上古三代秦漢三國六朝文．全後漢文》卷二十九（中華書局一九八七年影印本，第六三二—六三四頁）。馬第伯爵里未詳。

第七章　東漢文人詩

進入東漢以後，文人詩歌創作出現新的局面，五言取代傳統的四言成爲新的詩歌樣式，完整的七言詩篇也開始產生。東漢文人詩多數獨立成篇，還有一些附在賦的結尾，作爲賦的一部分而保存到今天。趙壹的〈刺世疾邪賦〉以秦客與魯生的唱和結尾。張衡的〈思玄賦〉、馬融的〈長笛賦〉、王延壽的〈夢賦〉，結尾都是附以七言詩，或稱爲「繫」，或稱爲「亂」。這些七言詩句句押韻，一韻到底，反映的是早期七言詩的特點。賦末附詩，始見於東漢，後代多有仿效。東漢文人五言詩，有的作者明確，也有相當一部分未著錄作者姓名，或雖標出作者姓名但存疑頗多，後二者就是文學史上的「古詩」和「蘇李詩」❶。

第一節　班固、張衡、秦嘉的詩

・班固詩與張衡詩：質樸和典麗　・秦嘉詩：文人五言詩的成熟

現存東漢文人最早的完整五言詩是班固的〈詠史〉，其內容是西漢緹縈救父一事❷。這首詩先敘太倉令有罪，被押送到長安城。次寫緹縈聞父言而沉痛，遂詣闕陳詞。然後寫漢文帝生惻隱之心，下令廢除肉刑。結尾是班固的感慨，讚揚緹縈勝過男兒。〈詠史〉詩按時間先後依次道來，以敘事爲主，而不是像後代有些詠史詩那樣重在議論抒情。班固以寫紀傳體史書的手法創作〈詠史〉詩，用詞質樸，渲染修飾成分很少。此詩當是班固晚年下獄時所作，其中寄託著自己的感慨。

班固的五言詩除〈詠史〉外，還有收錄在《太平御覽》中的幾句佚詩❸。桓譚《新論・琴道》篇經班固續修而成，其後半部分也有類似五言詩句組成的段落❹。這幾篇作品的風格和〈詠史〉基本相同，都以敘事爲主，寫得質實樸素。

班固的〈竹扇賦〉今存殘篇❺，是一首完整的七言詩，原來當是繫於賦尾。這首七言詩敘述竹扇的製作過程，它的形制、功用，遣詞造句質樸無華，淺顯通俗。

班固是東漢較早創作五、七言詩的文人，他對這兩種新興詩體持認同態度，並進行了有益的嘗試。班固很大程度上是以史學家的筆法寫五、七言詩，都以敘事為主，即使像〈詠史〉這樣最適合於抒情言理的作品，依然重在陳述史實。他的五、七言詩和繫於〈東都賦〉的五首四言及騷體詩有質、文之別，前者質樸，後者典雅。究其原因，就在於班固對四言和騷體這兩種傳統的詩歌形式掌握得很嫻熟，運用起來得心應手，故能充分體現文人本色；而他對於五、七言詩則比較生疏，還處於類比階段，作品風格也相應樸素質實。

張衡是在班固之後繼續創作五、七言詩的著名文人，並且取得重要成就。他的〈同聲歌〉是一篇很有特色的作品，在東漢文人五言詩中別具一格。這首詩通篇假託新婚女子口氣自述。先敘自己新婚之夜又驚又喜的心情，「情好新交接，恐慄若探湯」。把新婚女子的好奇、膽怯寫得非常傳神。最精彩的是中間部分，新婦不直說自己如何勤勞能幹，而是聲稱從調理飲食到助祭神靈這些事情她都願意承擔。她不明說自己對丈夫如何愛戀，而是做了如下表白：「思為莞蒻席，在下蔽匡床。願為羅衾幬，在上衛風霜。」新婦對丈夫體貼入微，關懷備至，通過形象的比喻，把自己美好的心願婉轉地傳達給對方。結尾部分展示自己的美好體態和新婚之樂，較之前面更加大膽、坦率。〈同聲歌〉明顯借鑑了民歌的表現手法，措詞奇妙，興寄高遠。

張衡的〈四愁詩〉是經過改造的騷體，是騷體整齊化之後而形成的七言詩。全詩皆為七言句，除每章首句中間有「兮」字外，其餘都是標準的七言詩句。全詩四章，按東南西北順序依次展開。美人贈給他金錯刀、金琅玕、貂襜褕、錦繡段，詩人想以英瓊瑤、雙玉盤、明月珠、青玉案作為回報。然而，不是山高水深，就是路險天寒，使他無法前往美人所在之處，難以如願以償，內心煩亂憂傷。這首詩有政治上的寄託，得〈離騷〉之神韻，是後代七言歌行的先聲。附於張衡〈思玄賦〉結尾的也是一首七言詩。這篇作品抒發人生有限而河清之世難待的苦悶，詩人想「超逾騰躍絕世俗」，但是「天不可階仙夫稀」，不得不返回現實世界繼續求索。

張衡的五、七言詩在技巧上較之班固有明顯提高，他運用這兩種新的詩歌樣式已經得心應手。班固、張衡對樂府詩都有所繼承，但繼承的方面不同。樂府詩或樸素質實，或縟麗華美。班固五、七言詩繼承的是前一種風格，張衡的五、七言詩則沿著縟麗華美的方向發展。班固的五、七言詩以敘事為主，張衡的五、七言詩則長於抒情。自張衡始，東漢文人五、七言詩形成了以抒情為主的基本走勢。

秦嘉（？—一六四）的〈贈婦詩〉三首❻，是東漢文人五言抒情詩成熟的標誌。秦嘉、徐淑夫婦經歷過纏綿悱惻的生離死別，他們的詩文贈答也成為文學史上流傳的佳話❼。

秦嘉〈贈婦詩〉在時間上具有連續性。第一首寫秦嘉即將赴京之際遣車迎婦，徐淑因病不能返回面別，使秦嘉伏枕輾轉，徹夜難眠。第二首寫秦嘉想要前往徐淑處面敘款曲，終因交通不便等原因未能成行。第三首寫啓程赴京時以禮物贈遺徐淑，遙寄款誠。秦嘉在抒發難以排遣的離愁別緒時，把夫婦情愛放到彼此的人生經歷中加以審視，點出少與多、早與晚這兩對矛盾：「人生譬朝露，居世多屯蹇。憂艱常早至，歡會常苦晚。」、「傷我與爾身，少小罹煢獨。既得結大義，歡樂苦不足。」秦嘉拋別病妻遠赴京城，使他們遲到和本來就深感不足的歡樂被生生剝奪，變得歡樂越少，憂愁更多；艱難再次提前降臨，歡會的日子不知推遲到何時。三首詩都有對車駕的描寫，用來襯托詩人百感交集的複雜心情。「遣車迎子還，空往復空返」，傳達的是失望之情；「良馬不回鞍，輕車不轉轂」，表現的是臨路悵惘、徘徊不定；「肅肅僕夫征，鏘鏘揚和鈴」，暗示車鈴催促啓程，流露出無可奈何之情。

秦嘉的〈贈婦詩〉是一組藝術成就較高的抒情詩，是漢代文人五言抒情詩的成熟之作。從班固到秦嘉，經過一個世紀左右的發展，東漢文人五言詩的創作進入繁榮期。

第二節　酈炎、趙壹、蔡邕的五言詩

・詩壇新風的出現　・懷才不遇的感慨　・對比鮮明的批判　・全身遠害的憂患意識　・衰世文學

桓帝以前，東漢文人詩歌經歷了由敘事向抒情、由模仿民歌到作家獨創的轉折，但詩歌的基調一直未見太大的變化，保持前後的連續性。班固、張衡、秦嘉的五、七言詩均無過分激烈的言詞，更沒有驚世駭俗之語，表現的是溫柔敦厚的中和之美。東漢末年則不然，主要活動在靈帝時期的幾位著名詩人都有不幸的遭遇，他們的詩歌也呈現出和班固、張衡、秦嘉等人迥然有別的風貌。他們通過自己的控訴、吶喊，開創了詩壇的新風氣。東漢文人詩的最後階段，是以對現實的猛烈批判而告終。

酈炎（一五〇—一七七）的作品今存五言體〈見志詩〉二首[8]，抒發懷才不遇的感慨，傳達出遭受壓抑的不平之氣。第一首詩通篇坦露自己高遠的志向，他要「舒吾陵霄羽，奮此千里足」，做出一番驚天動地的事業。詩人不相信命運，認爲通塞由己，無須占問。他以陳平、韓信這些起於微賤而終成大業的歷史人物自勵，有一種縱橫物表、不受任何羈絆的氣勢。第二首詩的格調不如前篇高昂，顯得有些低沉。詩人的志向是高遠的，而在現實生活中的處境卻是坎坷的，非但得不到重用，反而連續遭受摧殘，這使他想起年輕有爲而被朝廷宿臣壓制排斥的賈誼。他以美玉和千里馬自況，慨歎遇不到卞和、伯樂。這兩首詩前後形成鮮明對照，由此出現巨大的感情落差，前面是氣沖霄漢，後面則情緒低沉。兩首〈見志詩〉成功地運用比喻和象徵手法，具有深刻的意蘊。前首詩以修翼、遠趾、陵霄羽、千里足等詞語構成連綿意象，把自己比作一飛衝天的巨鳥和馳騁千里的駿馬。第二首則以靈芝困於洪波、蘭榮摧於嚴霜象徵志士遭受壓抑，詞多託寓，感慨頗深。

趙壹的〈疾邪詩〉二首均是五言，附在〈刺世疾邪賦〉之後，以秦客、魯生對唱的形式出現，二人各申己志。第一首詩以「河清不可俟，人命不可延」開頭，表示他對東漢王朝的徹底絕望。在這種情緒支配下，兩首詩通過鮮明的對比，暴露黑暗，指斥時弊。「文籍雖滿腹，不如一囊錢」這是批判賄賂公行，取士用人看重錢財而輕視學問。「伊優北堂上，抗髒倚門邊」這是揭露取士用人不注重品德，致使諂媚之徒受重用，耿直的人士被擯棄，前者升堂而坐，後者倚門而立。「勢家多所宜，咳唾自成珠。被褐懷金玉，蘭蕙化為芻。」這是控訴權勢成為價值判斷的唯一尺度，從而出現善惡顛倒，正義和眞理被扭曲的反常現象。趙壹的〈疾邪詩〉所表達的感情在東漢文人詩中最為激烈，他不是普通的哀怨，而是充滿憤怒；他不是一般的憤世嫉俗，而是刺世疾邪，具有東漢黨人的婞直之風。

蔡邕的〈翠鳥詩〉是亂世文人全身遠害心態的寫照。在這首寓言詩中，蔡邕為翠鳥構想出一個有限、然而可以託身的空間。庭前的若榴樹生著綠葉紅花，翠鳥在這裡能夠振翅修容。牠是從獵人追捕下逃脫出來的倖存者，願意把自己的生命託付給若榴樹的主人。翠鳥暫時找到了棲身之地，但仍然是寄人籬下，並且對以往被人追捕的遭遇心有餘悸。這首詩是蔡邕自身經歷的形象反映，從中可以看出漢末文人身處衰世的惶恐之情。

酈炎、趙壹、蔡邕的上述五言詩都作於靈帝時期，具有典型的衰世文學的特徵。蔡邕的〈翠鳥詩〉流露出深重的憂患意識，詩人缺乏起碼的安全感，提心吊膽地生活。酈炎、趙壹的四首詩都以揭露、批判社會的黑暗和腐朽為宗旨，表現出沉重的壓抑感和強烈的抗爭意識，漢代作家獨立的人格再次放射出光芒。詩人的境遇是不幸的，因此，他們對社會的批判也更能切中時弊，觸及要害。酈炎、趙壹的作品不再像前期文人詩那樣蘊藉含蓄，緩緩道來，而是大聲疾呼，鋒芒畢露。後來建安文學梗概多氣、志深筆長的特點，在靈帝時期的文人五言詩中已顯露端倪。

第三節　《古詩十九首》

・遊子思婦的萬般情懷　・人生哲理的揭示　・痛苦的體驗和獨特的感受
・起興發端藝術　・審美境界和語言技巧

《古詩十九首》出自漢代文人之手，但沒有留下作者的姓名⑨。《古詩十九首》作為一個整體收錄在《文選》卷二十九，它代表了漢代文人五言詩的最高成就。《古詩十九首》不是作於一時一地，它的作者也不是一人，而是多人。《古詩十九首》的好幾篇作品在意境和用語上與秦嘉的〈贈婦詩〉多有相似之處，二者產生的年代不會相去太遠，最遲不晚於桓帝時期⑩。

《古詩十九首》除了遊子之歌，便是思婦之詞，抒發遊子的羈旅情懷和思婦閨愁是它的基本內容。二者相互補充，圍繞著同一個主題，是一個問題的兩個方面。《古詩十九首》所表現的遊子思婦各種複雜的思想情感，在中國古代具有普遍性和典型意義，千百年來引起讀者的廣泛共鳴。

《古詩十九首》的作者絕大多數是漂泊在外的遊子，他們身在他鄉，胸懷故土，心繫家園，每個人都有無法消釋的思鄉情結。〈涉江採芙蓉〉的主人公採擷芳草想要贈給遠方的妻子，並且苦苦吟歎：「還顧望舊鄉，長路漫浩浩。同心而離居，憂傷以終老。」〈明月何皎皎〉的作者在明月高照的夜晚憂愁難眠，攬衣徘徊，深切地感到：「客行雖云樂，不如早旋歸。」天涯芳草，他鄉明月，都沒有給遊子帶來心靈的慰藉，相反，倒是激發起難以遏制的思鄉之情。遊子思鄉，這是人類普遍的情感，在農業文明時代體現得更為明顯。不過，在以往的史傳文學作品中，人們經常見到的是富貴以後流露出的鄉情，衣錦還鄉的熱烈場面。《古詩十九首》的作者多是失意士子，他們在窮困潦倒之際所彈奏的思鄉曲，語悴情悲，充滿天涯淪落人的淒楚，引來的是同情和憐憫。遊子思鄉作品在《詩經》中有多篇，《詩經》中遊子的思念對象有他們的妻子，但更多的是想到父母雙親，桑梓情中滲透親子之愛；《古詩十九首》的思鄉焦點則集中在妻子身上，思鄉和懷內密不可分，鄉情和男女戀情是融會在一起的。

《古詩十九首》的作者多數是宦遊子弟，他們之所以離家在外，為的是能夠建功立業，步入仕途。對此，詩人反覆予以申訴。〈今日良宴會〉寫道：「何不策高足，先據要路津。無為守貧賤，轗軻常苦辛。」這是要在仕途的激烈競爭中捷足先登，占領顯要的職位，擺脫無官無職的貧賤境地。〈回車駕言邁〉亦稱：「盛衰各有時，立身苦不早。」、

「奄忽隨物化，榮名以爲寶。」這位作者已經不僅僅滿足於仕途上的飛黃騰達，而且還追求自身的不朽價值，通過揚名後世使生命具有永恆的意義。兩漢樂府詩除了敘事詩外，也有一定數量的抒情詩，並且在格調上和《古詩十九首》相近。但是，像上述兩首詩這樣表現積極用世精神的作品很難找到。把士人建功立業、揚名後世的理想用如此坦率的語言表達出來，在《古詩十九首》之前的詩歌作品中尚不多見。

游宦的成功率很低，多數人無法實現自己的願望。作爲仕途上的失敗者，各種想法也就隨之產生，他們要在其他方面尋找慰藉，用以保持心態的平衡。《古詩十九首》作者的人生意識是清醒的，他們不相信成仙術，頭腦裡沒有長生不死的彼岸世界，只想在現實中過得更快活、更自在。於是，他們「蕩滌放情志」（〈東城高且長〉），去追求燕趙佳人。〈驅車上東門〉也寫道：「服食求神仙，多爲藥所誤。不如飲美酒，被服紈與素。」這是說要以美酒華服來消磨人生，同樣表露得非常坦率。由於仕途的挫折，這些士子人生追求的層次由高向低跌落，從努力實現人生不朽到滿足於耳目口腹之慾，他們是在尋求某種補償，話語雖達觀，深層的悲哀仍然可以感受到。

《古詩十九首》所展示的思婦心態也是複雜多樣的。盼望遊子早歸，這在《古詩十九首》眾多的思婦詩中沒有一首例外。然而，盼歸而不歸，思婦的反應卻大不相同。有的非常珍視自己的婚姻，對遊子的愛戀極深，遠方捎回書信，她會置之懷中，「三歲字不滅」（〈孟冬寒氣至〉）；遠方寄回一端綺，她會裁製成象徵夫妻恩愛的合歡被（〈客從遠方來〉）。有的覺察到「遊子不顧返」的苗頭，思婦日感衰老、消瘦，只好寬慰自己「努力加餐飯」（〈行行重行行〉）。也有的思婦在春光明媚的季節經受不住寂寞，發出「空床難獨守」（〈青青河畔草〉）的感歎。這些思婦詩的作者未必都是女性，大部分可能是遊子揣摹思婦心理而作，但都寫得情態逼眞，如同出自思婦之手。這些作品的共同特點是重在表現思婦獨處的精神苦悶，她們擔心遊子喜新厭舊，擔心自己的眞情不被對方省察，擔心外力離間。《古詩十九首》中思婦和遊子的形象都是孤獨的，不過，和遊子相比，思婦顯得更加孤獨。遊子有良宴聚會、有賞歌聽曲的機會，還可以驅車出遊，而思婦卻只能徘徊院庭，空室長歎，她們難言的寂寞經常是靠淚水沖洗。

《古詩十九首》所出現的遊子思婦，徘徊於禮教與世俗之間，他們既有合乎傳統禮教的價值取向，又有世俗的人生選擇；時而有違禮之言，但見不到違禮之行，不及於亂。遊子即使決心「蕩滌放情志」（〈東城高且長〉），一旦眞的面對燕趙佳人，又「沉吟聊躑躅」（〈燕趙多佳人〉）。妙齡女子先是埋怨對方的迎娶過遲，但隨即又表白：「君亮執高節，賤妾亦何爲。」（〈冉冉孤生竹〉）如果說遊子從立功揚名轉向佳女美酒體現了古代失路士人的普遍趨勢，那麼，徘徊於禮教與世俗之間的做法，則是東漢士林風氣的折射⓫。

《古詩十九首》展示了遊子思婦的複雜心態，它所傳達的思想感情在古代具有代表性和典型意義。同時，這些作品還透徹地揭示出許多人生哲理，詩的作者對人生眞諦的領悟使這些詩篇具有深邃的意蘊，詩意盎然而又不乏思辨色彩。《古詩十九首》涉及以下關係：

永恆與有限的關係。人生有限的感慨，自古便已有之。《古詩十九首》和以往文學作品的不同之處，是把人生的短暫寫得特別充分，特別突出，給人以轉瞬即逝之感。在表現這一主題時，詩人採用兩種手法，一是寫物長人促，人和物的異質，以外物的永恆反襯人生的有限。所謂「人生非金石，豈能長壽考」（〈回車駕言邁〉）就是把人和金石視爲異質，以金石的堅固反襯人的壽命短暫。〈青青陵上柏〉、〈驅車上東門〉都是把永恆之物和有限的人生相對照。《古詩十九首》有時也寫物我同構，外物和人的壽命都是有限的。多首詩篇出現的節序之感，都是推物及人，點出人生的短暫。

人的心態與生命週期的關係。〈行行重行行〉和〈冉冉孤生竹〉皆爲女詞，其中都有「思君令人老」之語，前者是思婦的歎息，後者是待嫁女子的怨艾。這兩位主人公都因婚姻變故而有遲暮之感，流露出青春易逝的惋惜。她們不是隨著歲月的流逝自然衰老，而是思念使得芳華早逝，這就更令人悲哀。「思君令人老」是痛苦的人生體驗，在它背後隱藏著許多潛臺詞。《古詩十九首》中男主人公的羈旅情懷，也不時有早衰、速老的感慨。抑鬱、思念使他們的生命週期縮短，衰老的速度加快，詩人已經清醒地意識到這一點。

憂鬱與歡樂的關係。人的憂和樂相反相成，經常糾纏在一起。《古詩十九首》的作者揭示了憂與樂的這種關係，並提出一種消極的解脫方式。「生年不滿百，常懷千歲憂」，這是嘲笑有些人活得太累，人生有限而憂愁無限，難免如負重物，壓得喘不過氣來。詩人提出的解脫辦法是及時行樂：「爲樂當及時，何能待來茲。」（〈生年不滿百〉）今朝有酒今朝醉，甚至要秉燭夜遊。詩人是從精神解脫的高度看待及時行樂，對物質條件並不十分注重。良宴聚會，新聲逸響固然「歡樂難具陳」（〈今日良宴會〉），就是鬥酒相娛樂，也不覺得菲薄。即使是「驅車策駑馬」，也不妨到洛陽、南陽這樣繁華的都市遊戲一番（〈青青陵上柏〉）。他們是得樂且樂，化憂爲樂，甚至是以憂爲樂。

來去親疏的關係。「去者日以疏，來者日以親」（〈去者日以疏〉），這是詩人見到古墓犁爲田、松柏摧爲薪所產生的感觸，也是對人際關係富有哲理的概括[12]。詩人是從去來相繼、新陳代謝所形成的歷史長河中看待親疏的推移變化，揭示出時間之流給人帶來的角色轉換。其實，不僅生者與生者相親，生者與死者疏遠，就是在生者之間亦有來去親疏之異，相親而來，相棄而去，友則相親，棄則相疏，此亦人情世態之常理。〈西北有高樓〉、〈明月皎夜光〉等詩篇對此做了形象的表現。

《古詩十九首》的作者多爲羈旅他鄉的遊子，漂泊不定的生活使他們在諸多方面有自己獨特的感受：

敏銳的節序感。《古詩十九首》的作者對季節的變化特別敏感，這些作品中明確標示出季節的有六篇，其他以物候暗示節序的詩篇亦爲數不少。上述兩項加在一起，占據十九首詩的絕大部分。那些或明或暗標示節序的物象不是孤立地置於作品中，而是作爲激發詩人情感的對象出現，同時也是表達情感的載體。詩人以感傷的情調回應季節的變化，不同季節的多種物候都被輕煙薄霧般的愁思所籠罩。蕭瑟的秋風固然引起遊子的蒼涼之感，就是「東風搖百草」的春天，在他們心中產生的也不是歡快喜悅，而是「所遇無故物」（〈回車駕言邁〉）的失落和孤獨。至於閨房思婦，更因春天的到來而牽動愁腸。

微妙的空間感。《古詩十九首》所展開的空間方位是多維的，詩人把自己置於不同的空間方位，產生許多微妙的感受。「相去萬餘里，故人心尚爾」（〈客從遠方來〉），這是遠距離的心靈溝通，是天涯咫尺。「盈盈一水間，脈脈不得語」（〈迢迢牽牛星〉），這是近距離的感情交流受阻，是咫尺天涯。詩的作者多是行旅之人，飽嘗長途跋涉的艱辛，所謂「回車駕言邁，悠悠涉長道」（〈回車駕言邁〉），就是通過展現空間距離的遙遠，抒發未能及時建功立業的惆悵，道路的漫長暗示宦遊的渺茫前程。詩人旅居他鄉，四處漂泊，他們本身是離家而去的遠行客，對於人生也按照自己的生存方式加以描述：「人生天地間，忽如遠行客。」（〈青青陵上柏〉）這是以遠距離的行走比喻人生的歷程，人生短暫感和距離遙遠感交織在一起，時空貫通而又相互背反。

深切的世態炎涼感。《古詩十九首》的多數作者寓居他鄉，飽經憂患，他們需要同情和說明，對人間冷暖的感受特別深切。〈西北有高樓〉的作者被樓上飄下來的歌聲所吸引，心有所感：「不惜歌者苦，但傷知音稀。」他把歌者設想成一個失意之人，自命爲歌者的知音，和對方同病相憐，實際是慨歎知音難遇。〈明月皎夜光〉是有感於朋友間的友誼不牢固而發：「昔我同門友，高舉振六翮。不念攜手好，棄我如遺跡。」富貴易交，嚴重傷害了那些仕宦無門的遊子，他們本已脆弱的神經實在難以承受這樣的打擊，撫今追昔帶來的只有悲傷和怨憤。

《古詩十九首》是古代抒情詩的典範，它長於抒情，卻不徑直言之，而是委曲婉轉，反覆低徊。許多詩篇都能巧妙地起興發端，很少一開始就抒情明理。用以起興發端的有典型事件，也有具體物象。〈涉江採芙蓉〉、〈庭中有奇樹〉選擇的都是採擇芳條鮮花以贈情侶的情節，只不過一者是遠在他鄉的遊子，一者是獨守閨房的思婦。以物象起興發端多選擇和時序相關的景觀，抒情主人公或遇春草，或臨秋風，有的眼望明月，有的耳聽蟲鳴，由這些具體物象引發出種種思緒。以事件起興發端的詩篇，往往順勢推衍成一個故事。〈孟冬寒氣至〉和〈客從遠方來〉都以女主人公收到遠方寄來的物品發端，然後寫她們對遊子的信件和禮物如何珍視，或精心收藏，或巧加裁製。以具體物象起興發端的詩篇，則由這些物象構成優美的藝術境界⑬。《古詩十九首》以寫景敘事發端，極其自然地轉入抒情，水到渠成，而且又抑揚有致。

《古詩十九首》中許多詩篇以其情景交融、物我互化的筆法，構成渾然圓融的藝術境界。〈凜凜歲雲暮〉和〈明月何皎皎〉展示的都是典型的意境，抒情主人公一爲思婦，一爲遊子。思婦在歲暮給遠方遊子寄去衣被，自己也思緒如潮。她在夢中見到了朝思暮想的「良人」，並且攜手同車而歸。然而，未及同床共枕，遊子便倏忽離去。思婦醒後回憶夢境，徙倚感傷，一灑相思之淚。〈明月何皎皎〉則是以夜晚獨宿爲背景，抒發遊子的思鄉之情。這兩首詩基本是寫實之作，構成的意境卻是如幻如夢，朦朧而又深沉。〈西北有高樓〉的抒情主人公先是聽見高樓飄來的樂曲，接著品味曲中的慷慨和悲哀，最後幻想「願爲雙鴻鵠，奮翅起高飛」。從空中逸響寫起，又以奮翅高飛結束，詩中多想像之詞，構成的是恍惚空靈的境界。〈明月皎夜光〉以月光星象發端，又以南箕北斗和牽牛星徒有其名爲喻而結束，中間穿插富貴易交一事，整首詩都給人一種寒涼淒清之感，作者的造境技巧是非常高明的。《古詩十九首》的抒情主人公絕大多數都在詩中直接出現，〈迢迢牽牛星〉是個例外，全詩通篇描寫牽牛織女隔河相望而無法相聚的痛苦，把本來無情的兩個星宿寫得如同人間被活活拆散的恩愛夫妻。詩中無一句言及自身苦衷，但又無一語不滲透作者的離情別緒。

《古詩十九首》的語言達到爐火純青的程度，鍾嶸《詩品》卷上稱它「驚心動魄，可謂幾乎一字千金」。《古詩十九首》不做艱深之語，無冷僻之詞，而是用最明白曉暢的語言道出眞情至理。淺淺寄言，深深道款，用意曲盡而造語新警，從而形成深衷淺貌的語言風格。《古詩十九首》的語言又是濃縮的、積澱已久的，具有高度的概括性和豐富的表現力。詩中有許多名言警句，簡潔生動，哲理深而詩意濃。《古詩十九首》的語言如山間甘泉，如千年陳釀，既清新而又醇厚，這得益於詩的作者對於各種語言融會消化能力。詩中有許多日常用語，雖造語平淡卻有韻味。詩中化用了許多古代典故，卻不給人以晦澀生硬之感。至於〈青青河畔草〉、〈迢迢牽牛星〉兩詩疊字的巧妙運用，〈客從遠方來〉詩中雙關語的自然融入，又頗得樂府民歌的神韻。

《古詩十九首》在各方面均取得突出成就，古人對它給予很高的評價。劉勰《文心雕龍·明詩》談到包括《古詩十九首》在內的「古詩」時稱：「觀其結體散文，直而不野，婉轉附物，怊悵切情，實五言之冠冕也。」古代作家喜愛《古詩十九首》，並自覺地學習、借鑑它的藝術風格和創作手法，甚至加以模擬，曹植、陸機、陶淵明、鮑照等人都有這方面的作品傳世。

注釋

❶鍾嶸《詩品》卷上「古詩」條稱：「其體源出於《國風》。陸機所擬十四首，文溫以麗，意悲而遠，驚心動魄，可謂幾乎一字千金。其外『去者日以疏』四十五首，雖多哀怨，頗為總雜，舊疑是建安中曹、王所製。」（見陳延傑《詩品注》，人民文學出版社一九八〇年版，第一七頁）鍾嶸所見古詩計五十九首，其中包括《古詩十九首》。今所存古詩除《古詩十九首》外，其餘完整者不足二十首，其中有的還是樂府詩。託名西漢蘇武、李陵贈答的五言古詩，《文選》卷二十九「雜詩」類收錄七首，《古文苑》卷四收十首，此外，《北堂書鈔》及《文選》注引李詩殘篇二首。逯欽立《先秦漢魏晉南北朝詩》對古詩和蘇李詩搜羅頗為完備，見該書「漢詩」卷十二（中華書局一九八四年版，第三二九—三四四頁）。有關古詩和蘇李詩的作者，學術界爭論已久。目前流行的看法是，它們都是漢末佚名五言詩，產生的年代和《古詩十九首》大體相當，藝術水準、風格亦相近。

❷緹縈救父事發生在西漢文帝十三年（前一六七），《漢書・刑法志》記載甚詳（見《漢書》，中華書局一九七五年版，第一〇九七—一〇九八頁）。關於〈詠史〉詩的討論，可參見趙敏俐〈論班固的《詠史詩》和文人五言詩發展成熟問題〉（《北方論叢》一九九四年第一期）。

❸班固佚詩，《太平御覽》卷三四四收錄兩句：「寶劍直千金」、「延陵輕寶劍」。卷八一五收錄四句：「長安何紛紛，詔葬霍將軍。刺繡被百領，縣官給衣衾。」（見《太平御覽》，中華書局一九八五年影印本，第一五八三、三六二六頁）班固五言詩多述古事，他的〈詠史〉原來可能是由多篇組成，並不止於一首。

❹〈琴道〉篇類似五言詩的段落：「高臺既已傾，曲池又已平。墳墓生荊棘，狐兔穴其中。」見嚴可均輯《全上古三代秦漢三國六朝文・全後漢文》卷十二至十五（中華書局一九八七年版，第五五三頁）。

❺班固〈竹扇賦〉殘存部分是一首完整的七言詩，共十二句，見嚴可均輯《全上古三代秦漢三國六朝文・全後漢文》卷三十四（中華書局一九八七年版，第六〇七頁）。

❻陳延傑《詩品注》卷中敘秦嘉生平事蹟：「秦嘉，字士會，隴西人。桓帝時，仕郡上計。入洛，除黃門郎，病卒於津鄉

亭。」（人民文學出版社一九八〇年版，第三一頁注❶）秦嘉入洛具體時間，史無明言，然大體可以推斷出來。《後漢書・楊震列傳》敘楊秉事蹟：「時郡國計吏多留拜為郎，秉上言三署見郎七百餘人，帑臧空虛，浮食者眾。而不良守相，欲因國為池，澆濯釁穢。宜絕橫拜，以塞覬覦之端。自此終桓帝世，計吏無復留拜者。」（《後漢書》，中華書局一九七三年版，第一七七二頁）楊秉上言是在延熹五年（一六二）冬他代劉矩為太尉之後，書中所言甚明。由此可知，秦嘉入洛除黃門郎當在延熹五年（一六二）冬季之前，因此，他的〈贈婦詩〉的寫作時間最晚不遲於一六二年。秦嘉卒年，陸侃如推斷約在延熹八年（一六五）（見其所著《中古文學繫年》，人民文學出版社一九八五年版，第二二三頁），陸說和事實接近。秦嘉卒於津鄉亭，津鄉在荊州南郡，即今湖北江陵，《水經注》卷三十四所記甚詳（見中華書局據《四部備要》本印《王氏合校水經注》第四五九頁）《後漢書・孝桓帝紀》載延熹七年（一六四）事：「冬十月壬寅，南巡狩。……戊辰，幸雲夢，臨漢水。」（《後漢書》，中華書局一九七三年版，第三一三頁）《資治通鑑》卷五十五對桓帝南巡亦有記載：「十月壬寅，帝南巡。……戊辰，幸雲夢，臨漢水。還幸新野。時公卿貴戚，車騎萬計。徵求費役，不可勝極。」（見《資治通鑑》，上海古籍出版社一九八七年重印世界書局縮印本，第三七一頁）桓帝南巡車騎萬計，秦嘉當以黃門郎隨從。津鄉乃雲夢澤所在之處，東漢為軍事重地，岑彭曾駐軍津鄉（見《後漢書》，中華書局一九七三年版，第六五九－六六〇頁）。桓帝南巡，亦當停駐津鄉。秦嘉隨行，因病卒於津鄉亭，時當延熹七年（一六四）。

❼秦嘉、徐淑夫婦贈答詩，逯欽立《先秦漢魏晉南北朝詩》「漢詩」卷六收錄最為齊全（中華書局一九八四年版，第一八五－一八八頁）。徐淑的〈答夫秦嘉書〉、〈又報嘉書〉、〈為誓書與兄弟〉，收錄於嚴可均輯《全上古三代秦漢三國六朝文・全後漢文》卷九十六（中華書局一九八七年版，第九九〇－九九一頁）。

❽《後漢書・文苑列傳》：「酈炎，字文勝，范陽人，酈食其之後也。炎有文才，解音律，言論給捷，多服其能理。靈帝時，州郡辟命，皆不就。……炎後風病慌忽。性至孝，遭母憂，病甚發動。妻始產而驚死，妻家訟之，收繫獄，炎病不能理對。熹平六年，遂死獄中，時年二十八。」（《後漢書》，中華書局一九七三年版，第二六四七－二六四九頁）

❾《文選》卷二十九「雜詩」類首列《古詩十九首》，《玉臺新詠》卷一錄《枚乘雜詩九首》，其中八首出自《古詩十九首》。鍾嶸《詩品》卷上則將包括《古詩十九首》在內的五十九首漢代五言詩統稱為古詩。《古詩十九首》中是否有枚乘之作，歷來學者多持懷疑態度。

❿關於《古詩十九首》和秦嘉〈贈婦詩〉關係及寫作時間，可參見李炳海〈《古詩十九首》寫作年代考〉（《東北師大學報》一九八七年第一期）。

⓫《後漢書‧桓譚馮衍列傳》：「桓譚，字君山，沛國相人也。父成帝時為太樂令，譚以父任為郎，因好音律，善鼓琴。博學多通，遍習五經，皆詁訓大義，不為章句。……性嗜倡樂，簡易不修威儀，而喜非毀俗儒，由是多見排抵。」《後漢書‧馬融列傳》：「融才高博洽，為世通儒，教養諸生，常有千數。……善鼓琴，好吹笛，達生任性，不拘儒者之節。居宇器服，多存侈飾。常坐高堂，施絳紗帳，前授生徒，後列女樂。弟子以次相傳，鮮有入其室者。」（《後漢書》，中華書局一九七三年版，第九五五、一九七二頁）

⓬朱筠論〈去者日已疏〉云：「起二句是『子在川上』道理。茫茫宇宙，去、來二字概之；穰穰人群，親、疏二字括之。去者自去，來者自來。今之來者，得與未去者相親：後之來者，又與今之來者相親。昔之去者，已與去者相疏；今之去者，又與將去者相疏。日復一日，真如逝波。」（見朱筠口授、徐昆筆述〈古詩十九首說〉，收錄於隋樹森《古詩十九首集釋》，中華書局一九五七年版，第一〇二頁）

⓭法國學者桀溺在〈論《古詩十九首》〉中寫道：「《古詩十九首》的魅力之一，就是那些突然出現在詩中的新鮮小故事：孤獨佳人的美夢、故人送來的書箚綺絹、折枝採花，等等。不過當我們將這類小故事與樂府中的加以比較，我們就會看到，有的似乎受到樂府的啓發，如第十八首『客從遠方來』，有的甚至模仿樂府而成，如第九首『庭中有奇樹』，而它們都以樸實無華的風格給我們留有強烈的印象。無論景物被描寫得何等生動逼真，它只不過是感情的一種標誌，而這種描寫本身只是一種圖解的表現方法。」（錢林森編《牧女與蠶娘——法國漢學家論中國古詩》，上海古籍出版社一九九〇年版，第二一〇頁）

第二卷

第三編　魏晉南北朝文學

緒論

從魏晉開始，歷經南北朝，包括唐代前期，是中國文學中古期的第一段。綜觀這段文學，是以五七言古近體詩的興盛爲標誌的。五古在魏晉南北朝進入高潮，七古和五七言近體在唐代前期臻於鼎盛。

魏晉南北朝期間，文學發生了巨大的變化，文學的自覺和文學創作的個性化，在這些變化中是最有意義的，正是由此引發了一系列其他的變化和發展。這期間宮廷起著核心的作用，以宮廷爲中心形成文學集團。集團內部的趨同性，使文學在一段時間內呈現出一種群體性的風格，另一段時間又呈現爲另一種風格，從而使文學發展的階段性相當明顯。文學集團內出現了一些傑出的作家，如曹植、阮籍、庾信，但成就最高的陶淵明卻不屬於任何集團，他以超然不群的面貌高踞於眾人之上。魏晉南北朝文學對兩漢文學的繼承與演化，在五言古詩和辭賦方面痕跡最明顯。文人在學習漢樂府的過程中將五言古詩推向高峰；抒情小賦的發展及其所採取的駢儷形式，使漢賦在新的條件下得到發展。

第一節　文學的自覺與文學批評的興盛

・文學自覺的標誌　・從人物品評到文學品評　・從文體辨析到總集的編纂
・文學理論體系的建立　・新的文學思潮

魏晉南北朝的文學理論和文學批評，相對於文學創作異常地繁榮，〔魏〕曹丕《典論・論文》、〔西晉〕陸機《文賦》、〔梁〕劉勰《文心雕龍》、〔梁〕鍾嶸《詩品》等論著，以及〔梁〕蕭統《文選》、〔陳〕徐陵《玉臺新詠》等文學總集的出現，形成了文學理論和文學批評的高峰。

文學理論與批評的興盛是與文學的自覺連繫在一起的。文學的自覺是一個相當漫長的過程，它貫穿於整個魏晉南北朝，是經過大約三百年才實現的❶。所謂文學的自覺有三個標誌：第一，文學從廣義的學術中分化出來，成爲獨立的一個門類。漢朝人所謂文學指的是學術，特別是儒學，《史記・孝武本紀》：「而上向儒術，招賢良，趙綰、王臧等以文學爲公卿，欲議古立明堂城南，以朝諸侯。」這裡所說的文學顯然是指學術。到了南朝，文學有了新的獨立於學術的地位，宋文帝立四學，文學與儒學、玄學、史學並立；（宋）范曄《後漢書》單列〈文苑列傳〉，與《儒林列傳》等並立，都是重要的標誌。此外又有文筆之分，《文心雕龍・總術》：「今之常言，有文有筆，以爲無韻者筆也，有韻者文也。」這代表了一般的認識。梁元帝蕭繹《金樓子・立言篇》對文筆之分有進一步的說明：「至如不便爲詩如閻纂，善爲章奏如伯松，若此之流，泛謂之筆。吟詠風謠，流連哀思者，謂之文。……至如文者，唯須綺縠紛披，宮徵靡曼，脣吻遒會，情靈搖蕩。」蕭繹所說的文筆之別已不限於有韻無韻，而強調了文之抒發感情、以情動人的特點，並且更廣泛地注重語言的形式美。他所說的「文」已接近今天所說的文學了。第二，對文學的各種體裁有了比較細緻的區分，更重要的是對各種體裁的體制和風格特點有了比較明確的認識。文體辨析可以上溯至《漢書・藝文志》，至於《東觀漢記》以及蔡邕的《獨斷》、劉熙的《釋名》等反映了早期的文體辨析的意識❷。更爲明晰而自覺的文體辨析則始自曹丕的《典論・論文》，他將文體分爲四科，並指出它們各自的特點是「奏議宜雅」、「書論宜理」、「銘誄尚實」、「詩賦欲麗」。《文賦》進一步將文體分爲十類，對每一類的特點也有所論述。特別值得注意的是，他將詩和賦分成兩類，並指出「詩緣情而綺靡，賦體物而瀏亮」的特點。（西晉）摯虞的《文章流別論》，就現存佚文看來，論及十二種文體，對各種文體追溯其起源，考察其演變，並舉出一些作品加以討論，比曹丕和陸機又進了一步。（東晉）李充《翰林論》連繫風格來辨析文體，是對文體風格的進一步探討。到了南朝，文體辨析更加深入系統了，（梁）任昉的《文章緣起》分爲八十四題，雖不免瑣碎，但由此可見文體辨析的細緻程度。至於《文心雕龍》和《文選》對文體的區分既系統，對文體的討論也很深入。《文心雕龍》上篇主要的篇幅就是討論文體，共分三十三大類。其〈序志〉說：「原始以表末，釋名以章義，選文以定篇，敷理以舉統。」對每種文體都追溯其起源，敘述其演變，說明其名稱的意義，並舉例加以評論。《文選》是按文體編成的一部文學總集，當然對文體有詳細的辨析，這在下文還要講到。如果對文學只有一種混沌的概念而不能加以區分，還不能算是對文學有了自覺的認識，所以文體辨析是文學自覺的重要標誌。第三，對文學的審美特性有了自覺的追求。文學之所以成爲文學，離不開審美的特性。所謂文學的自覺，最重要的或者說最終還是表現在對審美特性的自覺追求上。上面提到過，「詩賦欲麗」的「麗」、「詩緣情而綺靡」的「綺靡」、「賦體物而瀏亮」的「瀏亮」，便已經是審美的追求了。到了南朝，四聲的發現及其在詩歌中的運用，再加上對用事和對偶的講究，證明他們對語言的形式美有了更自覺的追求，這對中國文學包括詩歌、駢文、詞和曲的發展具有極其重要的影響。而《文心雕龍》以大量篇幅論述文學作品的藝術特徵，涉及情采、聲律、麗辭、比興、誇飾、練字等許多方面，更是文學自覺的標誌。

漢代末年在察舉制度下，士族中已經流行鄉黨評議的風氣，如許劭與從兄許靖「俱有高名，好共核論鄉黨人物，每月輒更其品題，故汝南俗有月旦評焉」❸。此外，郭太也以善於鑑人而名聞天下❹。魏文帝曹丕實行九品中正制以後，人物品評的風氣更加興盛。〔魏〕劉邵（或作「劭」、「卲」）的《人物志》總結了鑑察人物的理論和方法，特別重視人的材質，形成才性之學。〔宋〕劉義慶《世說新語》的〈識鑑〉、〈賞譽〉、〈品藻〉、〈容止〉等門，記載了許多品評人物的生動事例。人物品評在漢末多帶有預言成敗的意味，偏重在識鑑人才、拔擢俊彥，所以品評的重點在政治、道德方面。魏晉以後的人物品評有一個新的趨勢，就是在預言性和政治、道德的評議外，增加了許多審美的成分，對已享有盛名的人物用形象的語言、比喻象徵的手法加以品題。如《世說新語》中的這些品題：「公孫度目邴原：『所謂雲中白鶴，非燕雀之網所能羅也。』」（〈賞譽〉）「王戎云：『太尉神姿高徹，如瑤林瓊樹，自然是風塵外物。』」（〈賞譽〉）「時人道阮思曠：『骨氣不及右軍，簡秀不如眞長，韶潤不如仲祖，思致不如淵源，而兼有諸人之美。』」（〈品藻〉）「有人歎王恭形茂者，云：『濯濯如春月柳。』」（〈容止〉）《世說新語》中品題人物常見的審美概念有：清、神、朗、率、達、雅、通、簡、眞、暢、俊、曠、遠、高、深、虛、逸、超等，其中最常見的是：眞、深、朗三者。而用作比喻的又不乏自然物象，如千丈松、松下風、玉樹、玉山、雲中白鶴、龍躍雲津、鳳鳴朝陽等。人物審美的興盛，對文藝審美起了催化的作用。有的文學審美範疇來自人物審美，如「風骨」、「骨氣」、「風神」、「清虛」、「清通」、「高遠」、「情致」、「才情」等。而人物流品的劃分，也直接影響著文藝批評，鍾嶸《詩品》、庾肩吾《書品》、謝赫《古畫品錄》，就是明證❺。

劉勰《文心雕龍》的出現標誌著中國文學理論和文學批評建立了完整的體系。《文心雕龍》共五十篇，包括總論五篇，文體論二十篇，創作論十九篇，批評論五篇，最後一篇〈序志〉是全書的自序。它的內容博大精深，主要的貢獻在以下兩個方面：一，論述了文學發展的外部原因和內部規律。關於外部原因，它認爲：「文變染乎世情，興廢繫乎時序。」（〈時序〉）將文學的變化與社會的風俗、政治的興衰連繫起來。關於內部規律，它總結爲「通」和「變」（〈通變〉），也就是繼承和創新兩方面的交互作用。劉勰在〈明詩〉等篇中論述了一些文體在歷代的演變過程，〈才略〉則評論了歷代的作家，這些論述已成爲後人研究文學史的重要參考，至今仍有不可替代的參考價值。二，總結了許多寶貴的文學創作經驗，揭示了創作活動的奧祕，從而形成具有中國特色的創作論。關於創作論，陸機在《文賦》裡就有深入的探討了，特別是對馳騁想像，捕捉形象，發揮獨創性，以達到「意稱於物」這個過程，描述得相當精彩。在

《文心雕龍》中「創作論」這一部分是全書的菁華，書中有許多精闢的概括，如「神思」、「體性」、「風骨」、「定勢」、「情采」、「隱秀」等，涉及形象思維、藝術想像、藝術風格、藝術構思等許多重要的問題，具有很高的理論價值。

總集的編纂是文體辨析的自然結果。蕭統的《文選》是現存最早的文學總集，選錄了先秦到梁代共一百三十人的作品，另有古樂府三首和《古詩十九首》，共七百餘篇。此書的編排方法是先將文體分爲賦、詩、騷、七、詔、冊、令、教、文等三十七大類❻，然後在一些大類之下再按題材分爲若干小類，如賦又分爲「京都」等許多小類。其中詩占了將近十三卷的篇幅，共三百三十四首，是各類中數量最多的。從蕭統所選詩歌可以看出，他帶有較大的寬容性，他選詩最多的三位詩人是：陸機五十二首、謝靈運四十首、江淹三十一首，以今天的眼光看來他們不一定是最優秀的。在標舉第一流的詩人這方面，蕭統的眼光並不是第一流的；但在推崇被忽視的優秀詩人這方面，他卻有極高的眼光。陶淵明入選八首，鮑照入選十八首，他們在《文選》中得到這樣高的地位，說明蕭統是一位很有文學眼光的選家。《文選》自唐代以來贏得文人的廣泛重視，並逐漸形成「文選學」，它在文學史和文獻學上的地位是值得重視的。

從魏晉南北朝時期的文學理論和文學批評的論著中，可以看到一種新的文學思潮，這就是努力將文學從學術中區分出來，進而探尋文學的特點、文學本身的分類、文學創作的規律，以及文學的價值。在漢代，儒家詩教占統治地位，強調詩歌與政治教化的關係，詩歌被視爲「經夫婦、成孝敬、厚人倫、美教化、移風俗」（《詩大序》）的工具。至於詩歌本身的特點和規律並沒有引起應有的重視。魏晉以後，詩學擺脫了經學的束縛，整個文學思潮的方向也是脫離儒家所強調的政治教化的需要，尋找文學自身獨立存在的意義。這時提出了一些嶄新的概念和理論，如風骨、風韻、形象，以及言意關係、形神關係等，並且形成了重意象、重風骨、重氣韻的審美思想。詩歌求言外之意，音樂求弦外之音，繪畫求象外之趣，各類文藝形式之間互相溝通的這種自覺的美學追求，標誌著一個新的文學時代的到來❼。

魏晉南北朝的文學創作，就是在與這種新的文藝思潮的互動中展開的，它既受這種文藝思潮的影響，也爲之提供了賴以產生的實踐依據。這個時期文學創作的一個顯著特點是：服務於政治教化的要求減弱了，文學變成個人的行爲，抒發個人的生活體驗和情感。賦，從漢代的大賦演化爲魏晉南北朝的抒情小賦，便是很有代表性的一個轉變。五言古詩在漢末蓬勃興起，文人的個人抒情之作《古詩十九首》被後人奉爲圭臬。此後曹植、王粲、劉楨、阮籍、陸機、左思、陶淵明、謝靈運、鮑照、謝朓、庾信，雖然選取的題材不同、風格不同，但走的都是個人抒情的道路，他們的創作也都是個人行爲。其中有些政治抒情詩，抒寫政治生活中的憤懣不平，也並不帶有政治教化的目的。至於梁陳宮體詩，雖然出自宮廷文人之手，也只是供宮廷娛樂之用而已。詩人們努力的方向在於詩歌的形式美，即聲律、對偶、用事等語言的技巧，以及格律的完善。正是在這種趨勢下，中國的古詩得以完善，新體詩得以形成，並爲近體詩的出現做好了各方面的準備。唐詩就是在此基礎上達到了高峰。

第二節　動亂中文人的命運與文人的風尚

・亂世與亂世文學　・文人多遭殺戮的命運　・藥與酒：生死主題、求仙主題、隱逸主題

如果將整個魏晉南北朝時期都稱作亂世，也許並不過分。漢末的戰亂，三國的紛爭，西晉統一不久發生的「八王之亂」，西晉的滅亡與晉室的東遷，接下來北方十六國的混戰，南方東晉王敦、桓玄等人的作亂，北方北齊、北魏、北周等朝代的一次次更迭帶來的鬥爭，南方宋、齊、梁、陳幾個朝代的更迭帶來的爭鬥，以及梁末的侯景之亂，再加上東晉、南朝的北伐，北朝的南攻，在三百多年裡，幾乎沒有多少安寧的時候。戰亂和分裂，成爲這個時期的特徵。戰爭使很多人喪生，伴隨著戰亂而來的饑饉、瘟疫以及人口的大規模遷徙，不知又奪走了多少人的生命❽。這種狀況在文學作品中可以得到印證，曹操的〈蒿里行〉說：「白骨露於野，千里無雞鳴。生民百遺一，念之斷人腸。」、「千里無雞鳴」說出人煙的荒涼，「生民百遺一」說出人口的銳減。陶淵明的〈歸園田居〉其四說：「徘徊丘壟間，依依昔人居。井灶有遺處，桑竹殘朽株。借問採薪者，此人皆焉如。薪者向我言，死沒無復餘。」此詩寫到整個村莊的滅絕。

魏晉南北朝文學是典型的亂世文學。作家們既要適應戰亂，又要適應改朝換代，一人前後屬於兩個朝代甚至三個朝代的情況很多見。敏感的作家們在戰亂中最容易感受人生的短促、生命的脆弱、命運的難卜、禍福的無常，以及個人的無能爲力，從而形成文學的悲劇性基調，以及作爲悲劇性基調之補償的放達，後者往往表現爲及時行樂或沉迷聲色。

這種悲劇性的基調又因文人的政治處境而帶上了政治的色彩。許多文人莫名其妙地捲入政治鬥爭而遭到殺戮，如孔融、楊修、禰衡、丁儀、丁廙、嵇康、陸機、陸雲、張華、潘岳、石崇、歐陽建、孫拯、嵇紹、牽秀、郭璞、謝混、謝靈運、范曄、袁淑、鮑照、吳邁遠、袁粲、王融、謝朓等。還有一些死於西晉末年的戰亂之中，如杜育、摯虞、棗嵩、王浚、劉琨、盧諶等。

在這種情況下，文學創作很自然地形成一些共同的主題，這就是生死主題、遊仙主題、隱逸主題。這些主題往往以

藥和酒爲酵母引發開來，藥和酒遂與這個時期的文學結下了不解之緣❾。

生死主題主要是感慨人生的短促、死亡的不可避免，以及表現如何對待生、如何迎接死的思考。在漢樂府和《古詩十九首》中已有不少感歎生死的詩歌，〈薤露〉、〈蒿里〉之作，以及「人生非金石，豈能長壽考」等詩句，可以說是這類主題的直接源頭。魏晉以後生死主題越發普遍了，曹丕的〈與吳質書〉很眞切地表現了當時帶有普遍性的想法：「昔年疾疫，親故多離其災。徐、陳、應、劉，一時俱逝，痛可言邪！……少壯眞當努力，年一過往，何可攀援？古人思秉燭夜遊，良有以也。」他因疾疫造成眾多親故死亡而深感悲痛，由此想到少壯當努力成就一番事業，又想秉燭夜遊及時行樂。生與死是一個帶有哲理意味的主題，如果結合人生的眞實體驗可以寫得有血有肉，如：「對酒當歌，人生幾何？譬如朝露，去日苦多。」（曹操〈短歌行〉）「有生必有死，早終非命促。」、「死去何所道，託體同山阿。」（陶淵明〈擬挽歌辭〉）「春草暮兮秋風驚，秋風罷兮春草生。綺羅畢兮池館盡，琴瑟滅兮丘壟平。自古皆有死，莫不飲恨而吞聲。」（江淹〈恨賦〉）如果陷入純哲學的議論又會很枯燥，如東晉的玄言詩。對待人生的態度無非四種：一是提高生命的品質，及時勉勵建功立業；二是增加生命的長度，服食求仙，這要借助藥；三是增加生命的密度，及時行樂，這須借助酒；第四種態度，就是陶淵明所採取的不以生死爲念的順應自然的態度。從陶詩看來，他不再是一個自歎生命短促的渺小的生靈，他具有與「大化」合一的身分和超越生死的眼光，因此他的這類詩歌便有了新的面貌。

遊仙主題與生死主題關係很密切，主要是想像神仙的世界，表現對那個世界的嚮往以及企求長生的願望。《楚辭》中的〈離騷〉、〈遠遊〉已開了遊仙主題的先河，不過那主要是一種政治的寄託。魏晉以後，游仙主題作爲生死主題的補充，企求長生的意思變得濃厚了。如曹操的〈氣出唱〉、〈精列〉，曹植的〈遊仙〉、〈升天行〉、〈仙人篇〉，張華的〈遊仙詩〉，何劭的〈遊仙詩〉，已經構成一個遊仙的系列。特別是郭璞的多首〈遊仙詩〉，使遊仙主題成爲魏晉南北朝文學中不可忽視的一個主題了。

隱逸主題包括嚮往和歌詠隱逸生活的作品，也包括招隱詩、反招隱詩，形成這個時期的一種特殊的文學景觀。隱逸思想早在《莊子》書中就體現得很強烈了，隱逸主題可以追溯到《楚辭》中淮南小山的〈招隱士〉。漢代張衡的〈歸田賦〉，可以視爲表現這類主題的早期作品。到了魏晉以後，沿襲〈招隱士〉的作品有左思和陸機的〈招隱詩〉、王康琚的〈反招隱詩〉。沿襲〈歸田賦〉的作品有潘岳的〈閒居賦〉。而陶淵明的大量描寫隱逸生活和表現隱逸思想的作品，則使這類主題達到登峰造極的地步，所以鍾嶸《詩品》說他是「古今隱逸詩人之宗」。至於其他許多人的作品中，表達隱逸思想的地方就不勝枚舉了。隱逸主題的興起與魏晉以後士人中希企隱逸之風的興盛有直接關係，而這種風氣又與戰亂的社會背景和玄學的影響有關⑩。

第三節　門閥制度與門閥觀念下的文學創作

・士族與庶族的對立　・寒士的不平　・文學家族　・宗族與倫理

早在東漢後期，士大夫中就出現了一些世家大族，他們累世公卿，專攻一經，門生、故吏遍天下，在察舉、徵辟中得到優先，是一個在政治、經濟和文化上占據了特殊地位的階層。士族的勢力在曹操掌權時一度受到抑制，到了魏和西晉重新興起。魏文帝曹丕建立九品中正制，因爲中正官把持在士族手中，從而形成「上品無寒門，下品無士族」（《晉書・劉毅傳》）的局面。士族子弟經過中正品第入仕，形成世代相傳的貴胄；而寒門庶族幾乎失去了入仕的機會。進入東晉，士族門閥的勢力更加強盛，特別是一些高級士族控制了中央政權，形成「王與馬，共天下」（《晉書・王敦傳》）的局面。這種門閥政治是士族與皇權的共治，是在東晉特定條件下出現的皇權政治的變態。到了南朝，士族勢力衰微，遂又回到皇權政治⑪。

門閥制度阻塞了寒士的仕進之路，一些才高的寒士自然心懷不平，士族和庶族的對立成爲這個時期的一個重要特點，寒士的不平反映在文學創作中，就成爲這個時期文學的一個特色。其實寒士的不平早在戰國時代的文學作品中就有所反映了，《楚辭》宋玉〈九辯〉所謂「坎壈兮貧士失職而志不平」，算是他們最早的呼喊。《古詩十九首・今日良宴會》：「人生寄一世，奄忽若飆塵。何不策高足，先據要路津？無爲守貧賤，轗軻長苦辛。」則反映了寒士希望改變其地位的要求。魏晉南北朝時期，在門閥制度下，寒士的不平更爲強烈，在詩中的呼喊之聲也就更爲高亢。左思〈詠史〉其二：「鬱鬱澗底松，離離山上苗。以彼徑寸莖，蔭此百尺條。」形象地反映了「上品無寒門，下品無士族」的社會情況。其六寫出自己這一介寒士的高傲：「貴者雖自貴，視之若埃塵。賤者雖自賤，重之若千鈞。」其五最後兩句：「振衣千仞岡，濯足萬里流。」則充分表現了寒士的氣概。鮑照也將寒士的不平傾瀉到詩中，如：「對案不能食，拔劍擊柱長歎息。丈夫生世會幾時，安能蹀躞垂羽翼！」（〈擬行路難〉其六）

文學家族的大量出現也是值得注意的現象。例如：三曹（曹操及其子曹丕、曹植）；阮瑀及其子阮籍；嵇康及其子嵇紹、紹從子嵇含；三張（張載及其弟張協、張亢），二陸（陸機、陸雲兄弟），兩潘（潘岳及其從子潘尼）；傅玄及其子傅咸；謝安及其孫謝混，謝混及其族子謝靈運、謝瞻、謝晦、謝曜，謝靈運及其族弟謝惠連，其同族的謝朓；蕭衍及其子蕭綱、蕭繹。文學家族的大量出現與門閥制度有直接的關係，文學乃至文化集中在少數世家大族手中，與政治權力一起世代相傳。文學家族在魏晉兩代尤盛，南朝以後逐漸減少，這與南朝門閥勢力逐漸衰微的趨勢是一致的。

重視門第的風氣在文學作品中還表現為對宗族關係和倫理觀念的強調。在魏晉南北朝的詩中，有一些追述或炫耀自己宗族門第的作品，在那些表現倫理關係或規誡子弟的詩中也往往帶有追述先祖功德的內容，以及紹續家風、重振家業的願望和使命感⑫，而且多用典雅的四言形式寫成。例如：王粲〈為潘文則作思親詩〉，曹植〈責躬〉，潘岳〈家風詩〉，陸機〈與弟清河雲詩〉，陸雲〈答兄平原詩〉，左思〈悼離贈妹詩〉，潘尼〈獻長安君安仁詩〉、〈贈司空掾安仁詩〉，謝混〈誡族子〉，陶淵明〈命子詩〉、〈贈長沙公詩〉等。有趣的是進入南朝以後，隨著士族的沒落，這類詩幾乎不見了，謝靈運的〈述祖德〉五言詩二首算是例外。

第四節　玄學對文學的滲透

・擺脫兩漢經學的束縛　・自然與眞　・言意與形神　・魏晉風流：穎悟曠達眞率之美
・從玄言到理趣

魏晉時期形成一種新的世界觀和人生觀，它的理論形態就是魏晉玄學。魏晉玄學的形成和老莊思想有明顯的關係，東晉以後又吸取了佛學的成分，步入新的階段。這是一種思辨的哲學，對宇宙、人生和人的思維都進行了純哲學的思考。它和兩漢的神學目的論、讖緯宿命論相比，是一個很大的進步。魏晉玄學提供了一種新的解釋經籍的方法，對於打破漢代煩瑣經學的統治也起了積極的作用。從兩漢經學到魏晉玄學，是中國思想史的一大轉折。

玄學有幾個重要的論題：崇有與貴無、名教與自然、言意之辨、形神之辨、名理之辨。對文學和藝術有直接影響的是崇尚自然的一派、言不盡意的一派和得意忘言的一派。

「自然」一詞不見於《論語》、《孟子》，是老莊哲學特有的範疇⑬。其所謂「自然」，不是近代所謂與人類社會相對而言的自然界，而是一種狀態，即非人為的、本來如此的、天然而然的。玄學家郭象在《莊子注》中對老莊的自然之義有進一步的發揮。老莊認為有一個先天地萬物而生的道，郭象則認為連這樣一個道也不存在，之所以有萬物，萬物之所以如此，並不是由道產生的，也不是道使然的，是它們自然地如此。而「我」也是自然而然的，不取決於任何什麼，也不依賴於任何什麼，因而完全獨立。只要順應自然的狀態和變化，無所待，無所使，自然而然，就可以進入自由自如的境界。「眞」，也不見於《論語》和《孟子》，是道家特有的哲學範疇⓮。老子把「眞」視爲道的精髓、修身的極致。《莊子》對「眞」有一個界定：「眞者，精誠之至也。……眞者，所以受於天也，自然不可易也。故聖人法天貴眞，不拘於俗。愚者反此，不能法天而恤於人；不知貴眞，祿祿而受變於俗，故不足。」（〈漁父〉）這就是說：「眞」是一種至淳至誠的精神境界，這境界是受之於天的，性分之內的，自然而然的。聖人不過是謹愼地守住這個精神境界，不受外物的干擾而已。不受禮教約束的、沒有世俗僞飾的、保持其天性的人，就是「眞人」。這樣看來，「眞」和「自然」有相通的地方，它們不僅屬於抽象理念的範疇，又屬於道德的範疇。玄學中崇尚自然的思想，其影響所及就是進一步確立了以「自然」與「眞」爲上的審美理想。「自然」和「眞」，在魏晉南北朝的文學創作和文學批評中雖然還未占據主導地位，但是體現著這種美的陶淵明的出現，以及嵇康、阮籍、鍾嶸、劉勰、蕭統等人關於「自然」和「眞」的論述，卻對此後整個中國文學產生了極其深遠的影響⓯。嵇康和阮籍本身就是玄學家；陶淵明不僅是詩人也是哲人，他的思想和玄學有很深的關係。陶淵明的作品是魏晉玄學滲入文學之中所結出的碩果。後人極力推崇陶淵明，並把其作品的自然和眞視爲文學的極致，證明了玄學對文學產生的積極影響。

言意之辨討論的內容是言詞和意旨之間的關係，其中言不盡意論和得意忘言論對文學創作和文學鑑賞產生了重大的影響。以荀粲爲代表的言不盡意論，認爲言可達意，但不能盡意，指出了言意之間的連繫和差別，以及言詞在表達意旨時的局限。以王弼爲代表的得意忘言論，認爲象的功用是存意，言的功用是明象，只要得到象就不必拘守原來用以明象的言，只要得到意就不必拘守原來用以存意的象。如果不忘象就不能眞正得到意，不忘言就不能眞正得到象。要想眞正得到意必須忘象，要想眞正得到象必須忘言。言不盡意論對創作論有所啓發，得意忘言論對鑑賞論有所啓發。語言是人類偉大的創造，然而它同人類豐富的感情、心理相比，同大千世界相比，又是蒼白無力的。文學創作欲求達意，最好的方法是：既訴諸言內，又寄諸言外，充分運用語言的啓發性和暗示性，以喚起讀者的聯想，讓他們自己去體味那字句之外雋永深長的情思和意趣，以達到言有盡而意無窮的效果。陸機在《文賦》中已經注意到文學創作中的言意關係：「恆患意不稱物，文不逮意，蓋非知之難，能之難也。」此後，陶淵明〈飲酒〉其五說：「山氣日夕佳，飛鳥相與還。此中有眞意，欲辯已忘言。」劉勰《文心雕龍・神思》說：「是以意授於思，言授於意，密則無際，疏則千里。或理在方寸而求之域表，或義在咫尺而思隔山河。」、「至於思表纖旨，文外曲致，言所不追，筆固知止。至精而後闡其妙，至變而後通其數，伊摯不能言鼎，輪扁不能語斤，其微矣乎！」鍾嶸在《詩品》中每以滋味論詩，他說：「使味之者無極，聞之者心動，是詩之至也。」滋味，固可求諸言內，更須求諸言外。言有盡而意無窮，這個道理對詩人和讀者都很重要。中國詩歌的藝術精髓說到底就在於此。而這正是受了魏晉玄學的啓發而得到的⑯。

新的社會思潮改變著士大夫的人生追求、生活習尚和價值觀念。儒家的道德教條和儀禮規範已失去原有的約束力，一種符合人類本性的、返歸自然的生活，成爲新的追求目標。身外的功業榮名既然受到懷疑，便轉而肯定自身的人格。身後的一切既然那麼渺茫，便抓緊即時的人生滿足。他們以一種新的眼光看待世界，以一種新的情趣體驗人生，成爲和漢儒不同的新的一代。

這一代新人所追求的那種具有魅力和影響力的人格美，就是魏晉風流。這是「玄」的心靈世界的外現，也是那個亂世之下痛苦內心的折射。魏晉風流是在亂世的環境中對漢儒爲人準則的一種否定，維繫漢王朝統治的經學隨著漢王朝的崩潰而失去了昔日的控制力，在崇尚風流的魏晉士人看來，漢儒提倡的名教是人生的執和障。而魏晉風流就是要破執除障，打開人生的新的窗戶，還自我以本來的面目。構成魏晉風流的條件是玄心、洞見、妙賞、深情⑰。魏晉風流表現在外的特點則可以概括爲：穎悟、曠達、眞率。如果再加以概括，則可以說是追求藝術化的人生，或者說是用自己的言行、詩文、藝術使自己的人生藝術化。這種藝術必須是自然的，是個人本性的自然流露⑱。魏晉風流與文學有密切的關係。從表面看來，阮籍、嵇康、王羲之、陶淵明等著名的文學家同時也是魏晉風流的代表人物，他們的作品從不同的方面體現了魏晉風流的特點；《世說新語》這部名著就是魏晉風流的故事集。從深層看來，魏晉風流下那種對人生藝術化的自覺追求，那種對個性化的嚮往，那種自我表現的要求，那種無拘無束的氛圍，正是文學成長的良好氣候。魏晉風流不僅對魏晉這兩代文學產生了影響，也對魏晉以後整個中國古代文學產生了深遠的影響。它已成爲一個美好的影像，映在後人的心裡，不斷激發出文學的靈感。

然而，魏晉玄學作爲一種思辨性的哲學是不宜直接轉化爲文學的，一個直接轉化的例子就是占據了東晉詩壇達百年之久的玄言詩。嚴格地說玄言詩不算詩，因爲那只是在詩的軀殼中放入玄理而已，沒有詩之所以成爲詩的最重要的東西。可是，玄言詩畢竟沉澱了至少一種可貴的東西，那就是理趣。有的玄言詩不只是抽象的說理，而是借助山水風景形成象喻，或者藉著參悟山水風景印證老莊的道理，這樣就有了理趣。王羲之等人的蘭亭詩和王羲之的《蘭亭集・序》，本是醞釀於一次山水遊賞的雅集，證明玄理和山水的融合已是必然趨勢。不過在這些詩裡山水的描寫並不多，理之趣也並不濃。此後陶淵明和他的鄰里們的斜川之遊而留下的〈遊斜川〉詩便是一首頗富理趣的山水詩了。而在陶淵明的其他許多詩中，將玄理融入日常生活，或者說從日常生活中體悟出玄理，已成爲他的藝術特色。到了謝靈運手中，玄言的成分縮小爲詩的尾巴，山水描寫變成詩的主體，於是玄言詩轉向山水詩而獲得新的生命。

詩歌雖不宜成爲玄理的枯燥注疏，但也需要理趣以構成點睛之筆，這理趣被宋代詩人發揮到極致。從文學發展的角度看來，玄言詩自有其不可完全抹煞的歷史地位。

第五節　佛教與佛經翻譯對文學的影響

・佛教的傳入與佛經的大量翻譯　・文人與佛教　・佛教對文學的影響：想像世界的豐富　・故事性的加強、四聲的發現、詞彙的擴大、文學觀念的多樣化

大約西元前六世紀到西元前五世紀，釋迦牟尼在古印度創立了佛教。「昔漢哀帝元壽元年（前二），博士弟子景盧受大月氏國王使伊存口受《浮屠經》……」（《三國志・魏書・烏丸鮮卑東夷傳》裴松之注引《魏略・西戎傳》），這是中國佛教初傳的歷史坐標。大約東漢明帝永平八年（六五），傳說明帝夢見金神，於是遣使臣到天竺（今印巴次大陸一帶）求法。永平十年（六七），史傳天竺僧人竺法蘭、迦葉摩騰以白馬馱《四十二章經》及佛像到達洛陽，明帝以禮相迎。東漢桓帝建和元年（一四七），大月氏僧支讖到洛陽弘佛，後譯出《道品行經》等，大乘佛教經典得以系統傳入中國。建和二年（一四八）安息國僧人安世高到洛陽弘法，數年後譯出《人本欲生經》等，小乘佛教經典得以系統傳入中國。此後，在漢末和魏晉南北朝時期，佛經大量譯成中文，出現了支謙、康僧會、竺法護、道安、鳩摩羅什、法顯、佛陀跋陀羅、曇無讖、求那跋陀羅、菩提流支、眞諦等眾多的翻譯家。其中竺法護共譯佛經一百五十九部，鳩摩羅什共譯佛經三十五部，成績尤爲卓著（據〔梁〕僧祐《出三藏記集》統計）。在北魏末共流通佛經四百十五部，一千九百一十九卷。這些佛經中有許多是印度或西域僧侶與漢人共同翻譯的，在翻譯過程中彼此切磋，不僅是思想的交流，也是語言文字的交流。許多佛經的譯本具有文學性，如鳩摩羅什譯《維摩詰經》、佛陀跋陀羅譯《華嚴經》。除以上所舉譯經的名僧外，慧遠和達摩在政治上和文化上的影響也十分重大。

佛教的傳入和佛經的大量翻譯，在當時引起了震動，其震動所波及的領域（思想、政治、經濟、文學、繪畫、建築、音樂、風俗等）和階層（從帝王到平民）極其廣泛。僅從佛寺的修建情況，就可以看出佛教影響之大。今存的古寺名剎中有許多是建於魏晉南北朝時期的，如甘露寺、靈隱寺、雲岡石窟、少林寺、寒山寺等等[19]。梁朝有寺二千八百四十六座，僧尼八萬二千七百餘人；僅建康（今南京）一地就有大寺七百餘座。北魏末，寺院三萬餘座，僧尼約二百餘萬人（見〔唐〕法琳《辯證論》卷三、〔唐〕道世《法苑珠林》卷一二〇）。北齊一朝，在僧官管轄下的僧尼

就有二百多萬人，寺院四萬餘座（見〔唐〕道宣《續高僧傳》卷八〈法上傳〉）。這麼多的古寺名剎、石窟摩崖，充分證明了魏晉南北朝時期佛教的盛況。再從佛教與政治的關係方面來看，南朝歷代帝王大都崇信佛教，梁武帝尤其篤信，曾四次捨身入寺。東晉名僧慧遠與許多權要都有來往。北朝雖然有禁佛事件，但總的看來歷代帝王還是扶植佛教的。由此可以看出，佛教已經爲魏晉南北朝文學造成一種新的文化氛圍和文化土壤。

文人與佛教的密切關係也值得注意。相傳曹植曾爲月氏人支謙詳定所譯《太子瑞應本起經》。又遊東阿魚山，忽聞巖岫裡有誦經聲，清通深亮，即效而則之。「今之梵唱，皆植依擬所造」，世稱魚山梵唄（《異苑》卷五）。謝安「寓居會稽，與王羲之及高陽許詢、桑門支遁遊處，出則漁弋山水，入則言詠屬文」（《晉書・謝安傳》）。支遁（字道林）也是一位詩人，今存詩十八首。他與許詢、孫綽、王羲之等都有交往[20]。慧遠在廬山與謝靈運、劉遺民、宗炳等許多文人有很深的交往。謝靈運是一位篤信佛教並懂梵文的文學家，他受竺道生影響著〈辨宗論〉，應慧遠之請撰〈佛影銘〉，又撰〈慧遠法師誄〉、〈曇隆法師誄〉、〈維摩詰經中十譬贊〉。〔梁〕慧皎《高僧傳》卷七〈慧睿傳〉載：「陳郡謝靈運篤好佛理，殊俗之音多所達解，乃諮睿以經中諸字並眾音異旨，於是著《十四音訓敘》，條列梵漢，昭然可了，使文字有據焉。」《十四音訓敘》是他參加佛經的「改治」，向慧睿請教後所撰[21]。張野也是「學兼華梵」（《蓮社高賢傳・張野傳》）。齊竟陵王蕭子良於齊武帝永明五年（四八七）在建康召集文士、名僧討論佛儒，吟詩作文，並造經唄新聲。這件事對沈約等人開創永明體詩歌無疑起了催化的作用，而沈約本人也是篤信佛教、精通內典的。劉勰也曾「依沙門僧祐，與之居處，積十餘年」（《梁書・劉勰傳》）。編撰《玉臺新詠》的徐陵與智者大師交往密切。江總曾從法則受菩薩戒，後又曾棲止龍華寺。楊衒之所撰《洛陽伽藍記》記述北魏洛陽佛寺，是這個時期重要的散文作品。

關於佛教對文學的影響，還可以從以下五個方面考察[22]：

一、想像世界的豐富。佛教傳入以前中國傳統的思想中只有今生此世，既無前世也無來世，孔子說：「未知生，焉知死？」（《論語・先進》）莊子說：「死生，命也；其有夜旦之常，天也。」（《莊子・大宗師》）佛教帶來了三世（前世、今世、來世）的觀念，因果、輪迴的觀念，以及三界、五道的觀念。這樣就把思維的時間和空間都擴大了，隨之而來的就是人的想像世界也擴大了。人活著不但要考慮今世，還要考慮前世，尤其是來世，今世的善惡是因，種下了來世的幸與不幸的果。用因果報應的觀念解釋人世間的許多現象，遂有了《幽明錄》（劉義慶）、《冥祥記》（王琰）、《冤魂志》（顏之推）等筆記小說。維摩與觀音的形象在這時建立起來，並對後代的文學產生了廣泛的影響，也很值得注意。

二、故事性的加強。佛經中記載的大量故事，隨著佛經的翻譯傳入中國，並且流傳到民間，加強了中國文學的故事性。有的故事是直接來自佛經的，在這時的小說裡改寫爲中國本土的故事，如〔梁〕吳均《續齊諧記》裡所記「鵝籠書生」的故事。有的是印證佛教思想的中國本土產生的故事，如上述《幽明錄》等書中大量的記載。南北朝時期，記載因果報應之類故事的小說大量出現，顯然與佛教有關。唐代的俗講與變文，導致了中國白話小說的產生，則更證明了佛教的深遠影響。

三、反切的產生和四聲的發現。關於反切產生的年代歷來有不同的說法，以顏之推所謂漢末說最爲可信：「孫叔言創《爾雅音義》，是漢末人獨知反語。」（《顏氏家訓・音辭》）這正是佛教傳入中國以後的事。在翻譯佛經的過程中，梵語的拼音法啓發人們去分析漢語的聲音結構，分析出漢語的聲母和韻母，於是產生了反切㉓。而反切欲求準確，就自然會發展到對漢字聲調的注意。四聲的發現，據文獻記載，始自南朝宋代的周顒㉔。但北齊李季節在《音韻決疑・序》中已經說道：「平上去入，出行閭里，沈約取以和聲之，律呂相和。」㉕則似乎在此前民間已有四聲之辨了。陳寅恪〈四聲三問〉認爲四聲的發現與佛經的轉讀有關，雖然有學者質疑，其細節是否確切尚待進一步考證，但從大的文化背景看來，這兩件事情還是有一定連繫的㉖。

四、詞彙的擴大。隨著佛經的大量翻譯，反映佛教概念的詞語也大量進入漢語，使漢語詞彙豐富起來。其中有的是用原有的漢字翻譯佛教的概念，使之具有了新的意義，如「因緣」、「境界」等。有的是外來語的音譯詞，如「佛陀」、「菩薩」、「沙門」、「菩提」等。

五、文學觀念的多樣化。魏晉南北朝本是文學觀念脫離儒家強調的政教中心說，發生重大變化的時期。這與玄學有很大關係，而佛教中關於眞與空的觀念，關於心性的觀念，關於境界的觀念，關於象和象外的觀念，以及關於形神的討論，也豐富了文學觀念㉗。

第六節　魏晉南北朝文學的發展歷程

・建安、正始文學　・兩晉文學　・南北朝文學　・魏晉南北朝文學在中國文學史上的地位

在中國文學史上，魏晉南北朝文學是從漢末建安開始的。建安是漢獻帝的年號（一九六－二二〇），但這時政權實際上掌握在曹操手中，漢朝已經名存實亡。而且，正是在這二十幾年間文學發生了重要的變化，出現了許多影響著後代

的新趨勢和新因素。因此，以建安作爲這個時期文學的開始是恰當的。關於魏晉南北朝文學的終結，當然應以隋文帝統一中國（五八九）爲標誌。從西元一九六年到西元五八九年，魏晉南北朝文學共經歷了三百九十四年。

建安文學實際上包括了建安年間和魏朝前期的文學，這時的文壇以曹氏父子爲中心，在他們周圍集中了王粲、劉楨等一批文學家。與兩漢的儒生相比，這是在動亂中成長的一代新人。既有政治理想和政治抱負，又有務實的精神、通脫的態度和應變的能力；他們不再拘守於儒學，表現出鮮明的個性。他們的創作反映了動亂的時代。政治理想的高揚、人生短暫的哀歎、強烈的個性、濃郁的悲劇色彩，這些特點構成了「建安風骨」這一時代風格。「建安風骨」被後世的詩人們追慕著，並成爲反對淫靡柔弱詩風的一面旗幟。至於蜀國和吳國的文學則處於沉寂的局面。正始是魏齊王曹芳的年號（二四〇—二四八），在文學史上習慣用正始文學泛指魏朝後期的文學。這時正是魏晉易代之際，司馬氏掌握了大權，殘暴地屠殺異己，形成恐怖的政治局面。在哲學史上，正始是魏晉玄學的開創期，主要代表人物是何晏和王弼。在文學史上，正始文學的主要代表是嵇康和阮籍，他們本身也是玄學家。他們對抗司馬氏的殘暴統治，崇尚自然，反對名教，他們的作品揭露了禮教的虛僞，表現了政治重壓下的苦悶與抗議。西晉武帝太康（二八〇—二八九）前後，文壇呈現繁榮的局面，鍾嶸《詩品．序》說：「太康中，三張、二陸、兩潘、一左，勃爾復興，踵武前王，風流未沫，亦文章之中興也。」總的看來，太康詩風以繁縟爲特點，喪失了建安詩歌的那種風力，但在語言的運用上做了許多有益的探索。左思的〈詠史〉詩抗議門閥制度，抒發寒士的不平，與建安詩風一脈相承。

西晉滅亡以後，在南方經歷了東晉、宋、齊、梁、陳這五個朝代，在北方經歷了十六國和北朝許多的變動，最後由北周平北齊，隋又取代北周並平定了南方的陳而統一全國。這中間經歷了從西元三一七年到五八九年，共二百七十二年的分裂。東晉南北朝文學就是在這樣一個南北分裂、戰亂頻仍、朝代不斷更迭的大背景下發展的。其中有的朝代比較長，如東晉（三一七—四二〇）歷時一〇三年；有的朝代很短，如齊代（四七九—五〇二）只有二十三年。

西晉末年，在士族清談玄理的風氣下，產生了玄言詩，東晉玄佛合流，更助長了它的發展，以致玄言詩占據東晉詩壇數十年之久。在晉宋易代之際，出現了一位偉大的詩人陶淵明。他在日常生活中發掘出詩意，並開創了田園詩這個新的詩歌園地。他將漢魏古樸的詩風帶入更純熟的境地，並將「自然」提升爲美的至境。他是整個魏晉南北朝時期成就最高的，也是對後來的文學發展產生了巨大影響的人物。晉宋之間文學發生了重要的轉折，宋初由玄言詩轉向山水詩，謝靈運是第一個大力寫作山水詩的人。山水詩的出現擴大了詩歌題材，豐富了詩的表現技巧，是中國詩史上的一大進步。

宋代的鮑照在七言樂府上所做出的突破，南北朝民歌給詩壇帶來的清新氣息，也都具有重要意義。齊梁兩代有兩個值得注意的文學現象。其一是詩體發生了重大變革，周顒發現漢語的四聲，沈約將四聲的知識運用到詩歌的聲律上，並與謝朓、王融共同創立了「永明體」。他們試圖建立比較嚴格的、聲調和諧的詩歌格律，並且在詞藻、用事、對偶等方面做了許多新的探索。這就爲唐朝近體詩的形成做了必要的準備，「永明體」從而成爲從古體詩向近體詩過渡的一種重要形式。其二是在皇帝和太子周圍聚集了一批文人，形成三個文學集團，分別以南齊竟陵王蕭子良，梁代蕭衍、蕭統以及蕭綱爲中心。創作活動的群體參與，容易導致取材和風格的趨同性，也可以在互相切磋中提高藝術技巧㉘。梁陳兩代，浮靡輕豔的宮體詩成爲詩歌創作的主流，它主要是以豔麗的詞句表現宮廷生活，多有詠物的題材，女性也像宮廷的其他器物一樣成爲吟詠的對象。這種創作風氣一直延續到初唐，到「四傑」和陳子昂手中才有了根本的改變。

南北的對峙和文化發展的不平衡，導致南北文風的不同，南方清綺，北方質樸。這在南北朝民歌中表現得很清楚。但南北對峙並沒有斷絕南北的文化交流，關於文人的來往，文獻的傳播，都有記載可尋。北朝的詩歌模仿南朝的痕跡相當明顯。梁代末年，庾信的北上促進了南北文風的交流，而他也成爲南北朝文學的集大成者。北朝散文不乏佳作，如《水經注》、《洛陽伽藍記》和《顏氏家訓》。北魏末年與北齊時期文學的成就，已引起南朝文人的注意。北方文化對南方文學也有影響，特別是在音樂和佛學這兩方面尤爲明顯㉙。隋朝統一中國後，南北文化的交流繼續擴大深入，到了盛唐終於出現了一個文學的新高峰。

在中國文學史上，魏晉南北朝是一個醞釀著新變的時期，許多新的文學現象孕育著、萌生著、成長著，透露出新的生機。一種活潑的、開拓的、富於創造力的文學衝動，使文壇出現一幕接一幕新的景觀，魏晉南北朝文學的魅力就在於此。這種新變總的看來可以概括爲以下三點：文學進入自覺的階段，文學創作趨於個性化；玄學的興起和佛教的傳入爲文學創作帶來新的因素；語言形式美的發現及其在文學上的運用。就文體的發展看來：五言古詩繼承漢樂府的傳統，增強了詩人的個性，得到長足的發展並達到鼎盛；一種詩化的散文即駢文的興盛，成爲這個時期重要的文學現象，中國文學增添了一種新的、抒情性很強的、可以充分發揮漢語語言形式美的文體；在漢代盛極一時的大賦，演變而爲抒情小賦，並因駢文的興盛而增加了駢儷的成分，駢文、駢賦在梁陳兩代進入高峰；七言古詩在這時確立起來，並取得可喜的成就；南北朝民歌的新鮮氣息，刺激著詩人進行新的嘗試，再加上其他因素，到了唐代絕句便繁榮起來；小說在這時已初具規模，奠定了中國小說的基礎，並出現了一批著名的志怪小說和志人小說。以三九四年的時間醞釀這些新變，雖然顯得長了一些，但和漢代大約四百年文學的收穫相比，不能不說魏晉南北朝的文學成就是相當可觀的。如果沒有這段醞釀，就沒有唐詩的高潮，也就沒有唐代文學的全面繁榮了。

注釋

❶魯迅〈魏晉風度及文章與藥及酒之關係〉：「他（案：指曹丕）說詩賦不必寓教訓，反對當時那些寓訓勉於詩賦的見解，用近代的文學眼光看來，曹丕的一個時代可以說是『文學的自覺時代』，或如近代所說是為藝術而藝術（Art for Art's Sake）的一派。」（見《而已集》，《魯迅全集》第三卷，人民文學出版社二〇〇五年版，第五二六頁）此後凡論及魏晉文學輒徵引此說。誠如魯迅所說，建安是文學自覺的時代，但曹丕的一篇《典論・論文》畢竟不足以構成一個文學自覺時代的所有條件。詳細探討起來，構成文學的自覺，須有許多條件，不是一個人或者短短的一段時間能夠完成的。本書分析了文學自覺的三個標誌，認為這是在整個魏晉南北朝時期才得以實現的。

❷參見傅剛〈論漢魏六朝文體辨析觀念的產生與發展〉，《文學遺產》一九九六年第六期，第二四—三三頁。

❸《後漢書・許劭傳》，中華書局一九六五年點校本，第二二三五頁。

❹《後漢書・郭太傳》，中華書局一九六五年點校本，第二二二五—二二三二頁。

❺參見王能憲《世說新語研究》第三章，江蘇古籍出版社一九九二年版，第一一三—一七三頁。

❻《文選》分類向有三說：一，三十七類說，據尤袤刻本和《四部叢刊》影宋本目錄，缺「移」、「難」二類；二，三十八類說，據胡克家《文選考異》引陳景雲說，黃侃《文選平點》從之，駱鴻凱《文選學》亦明標；三，三十九類說，據唐寫本《文選集注》、（南宋）陳八郎本五臣注《文選》、朝鮮刻本（明正德年間）五臣注《文選》、《郡齋讀書志》、《山堂考索》。關於這個問題，參見游志誠《《昭明文選》學術論考・論《文選》之難體》，臺灣學生書局一九九六年版，第一四一—一四九頁；傅剛〈論《文選》難體〉，《浙江學刊》一九九六年第六期，第八六—八九頁。

❼此處論點及文字均取自袁行霈《中國文學史綱要》（二），北京大學出版社一九八六年新一版，第四—五頁。

❽據不完全的文獻資料統計分析，東漢人口的峰值超過六千萬，而西元二二〇年三國開始的前後人口處於谷底，僅二千二三百萬。三國末期為三千萬。這是中國歷史上人口下降幅度最大的幾次之一。西晉武帝太康元年（二八〇）為一千六百多萬。東晉滅亡時大約一千七百多萬，此後雖略有上升，但長期維持在二千萬左右。參見葛劍雄《中國人口發展史》，福建人民出版社一九九一年版，第一一七—一三八頁。另參考段紀憲《中國歷代人口社會與文化發展》第二章〈中國人口歷史演變〉，中國科學技術出版社一九九五年版，第一二—九二頁；袁祖亮《中國古代人口史專題研究》，中州古籍出版社一九九四年版，第四八頁。

❾參見魯迅〈魏晉風度及文章與藥及酒之關係〉，見《而已集》，《魯迅全集》第三卷，人民文學出版社二〇〇五年版，第五二三—五五三頁；王瑤〈文人與藥〉、〈文人與酒〉，見《中古文學史論集》，上海古籍出版社一九八二年版，第一—四八頁。

❿參見王瑤〈論希企隱逸之風〉，見《中古文學史論集》，上海古籍出版社一九八二年版，第四九—六八頁；羅宗強《玄學與魏晉士人心態》（浙江人民出版社一九九〇年版）亦有多處論述。生死、隱逸、求仙這三種主題的集中出現，其原因是多方面的，這裡不是全面探討它們出現的原因，只是從社會動亂這個角度說明它們出現的社會背景。

⓫關於門閥政治與皇權政治，參見田餘慶《東晉門閥政治》，北京大學出版社一九八九年版。

⓬如潘岳〈家風詩〉：「義方既訓，家道穎穎。豈敢荒寧，一日三省。」陸機〈與弟清河雲詩〉：「綿綿洪統，非爾孰崇？」陸雲〈答兄平原詩〉：「世業之頹，自予小子。仰愧靈丘，銜憂沒齒。」謝混〈誡族子詩〉：「數子勉之哉，風流由爾振。」程章燦在其〈論士族宗親倫理對六朝文學題材的影響〉一文中曾討論過這個問題，見《古典文獻研究》（一九九三—一九九四），南京大學出版社一九九五年版。

⓭⓮參見袁行霈〈陶淵明的哲學思考〉，《國學研究》第一卷，北京大學出版社一九九三年版。

⓯參見容肇祖《魏晉的自然主義》第一章第三節「述王弼的思想」，東方出版社一九九六年據一九三五年商務印書館版編校再版本，第一五—二七頁；袁行霈《中國文學概論》第五章第三節「老莊自然主義與中國文學」，高等教育出版社二〇〇六年版，第一〇四—一〇九頁；袁行霈、孟二冬、丁放《中國詩學通論》第二章第三節「自然之道與詩歌審美」，安徽教育出版社一九九四年版，第一六三—二一二頁。

⓰關於言意之辨與古代文藝理論，這個題目先由湯用彤在《魏晉玄學論稿》一書（中華書局一九六二年版）中提出，但是書中只有題目沒有論述。後來袁行霈受到這個題目的啓發，撰成〈魏晉玄學中的言意之辨與中國古代文藝理論〉一文，在一九七九年三月的中國古代文學理論學術討論會上宣讀，並發表於《古典文學理論研究》第一輯，上海古籍出版社一九七九年版，第一二五—一四七頁。此文後收入其《中國詩歌藝術研究》一書，更名為〈言意與形神——魏晉玄學中的言意之辨與中國古代文藝理論〉，北京大學出版社一九八七年版，第七五—一〇五頁。這裡所論言意之辨對魏晉南北朝文學的影響，即是概括袁文而成。

⓱參見馮友蘭〈論風流〉，原載《哲學評論》一九四四年第九卷第三期；後收入《三松堂學術論集》，北京大學出版社一九八四年版，第六〇九—六一七頁。

⑱參見袁行霈〈陶淵明與魏晉風流〉，見《魏晉南北朝文學與思想》，臺灣文史哲出版社一九九一年版，第五七一—五九七頁；又見《中國典籍與文化論叢》第一輯，中華書局一九九三年版，第一—二三頁。

⑲甘露寺，在今江蘇省鎮江市東北的北固山後峰上。寒山寺，在今江蘇省蘇州市閶門外楓橋鎮。麓山寺，在今湖南省長沙市湘江西岸的嶽麓山半腰。靈隱寺，在今浙江省杭州市西湖西北的靈隱山麓。少林寺，在今河南省登封市西北的嵩山少室山北麓。懸空寺，在今山西省渾源縣城南五公里的恆山下金龍口西崖峭壁上。麥積山石窟，在今甘肅省天水市東南約三十公里的山中。炳靈寺石窟，在今甘肅省永靖縣西南三十五公里，黃河北岸積石山中。雲岡石窟，在今山西省大同市西十六公里的武周山南麓。龍門石窟，在今河南省洛陽市南十三公里的伊河兩岸。

⑳《世說新語・文學》：「王逸少作會稽，初至，支道林在焉。孫興公謂王曰：『支道林拔新領異，胸懷所及，乃自佳，卿欲見不？』王本自有一往雋氣，殊自輕之。後孫與支共載往王許，王都領域，不與交言。須臾支退，後正值王當行，車已在門。支語王曰：『君未可去，貧道與君小語。』因論《莊子・逍遙遊》。支作數千言，才藻新奇，花爛映發。王遂披襟解帶，留連不能已。」這是名僧與名士一起談玄的一個有名的例子。見余嘉錫《世說新語箋疏》，中華書局一九八三年版，第二二三—二二四頁。

㉑參見王邦維〈謝靈運《十四音訓敘》輯考〉，《國學研究》第三卷，北京大學出版社一九九五年版，第二七五—三〇〇頁。

㉒關於佛教對文學的影響，鄭振鐸在《插圖本中國文學史》中卷第十五章〈佛教文學的輸入〉中已有較詳細的論述（作家出版社一九五七年重印本，第一八八—一九四頁）。他說：「中世紀文學史裡的一件大事，便是佛教文學的輸入。從佛教文學輸入以後，我們的中世紀文學所經歷的路線，便和前大不相同了。我們於有了許多偉大的翻譯的作品以外，在音韻上，在故事的題材上，在典故成語上，多多少少的都受有佛教文學的影響。最後，且更擬仿著印度文學的『文體』而產生出好幾種弘偉無比的新的文體出來。」

㉓參見何九盈《中國古代語言學史》第三章第七節〈反切與四聲〉，廣東教育出版社一九九五年版，第九〇—一〇五頁。

㉔〔梁〕劉滔曰：「宋末以來，始有四聲之目，沈氏乃著其譜論，云起自周顒。」見王利器校注本《文鏡祕府論》天卷〈四聲論〉所引，中國社會科學出版社一九八三年版，第八〇頁。

㉕《文鏡祕府論》天卷〈四聲論〉所引，中國社會科學出版社一九八三年版，第一〇四頁。

㉖〈四聲三問〉，原刊於《清華學報》第九卷第二期，後收入《金明館叢稿初編》，上海古籍出版社一九八〇年版，第三二八—三四一頁。此後有贊成陳說的也有提出質疑的，舉其要者有：羅常培《漢語音韻學導論》（中華書局一九五四年

版）；逯欽立〈四聲考〉，見《漢魏六朝文學論集》（陝西人民出版社一九八四年版）；羅根澤《中國文學批評史》（中華書局上海編譯所一九六二年版）；郭紹虞〈永明聲病說〉（《照隅室古典文學論集》上，上海古籍出版社一九八三年版）；周法高〈說平仄〉（《歷史語言所集刊》第十三本）；俞敏〈後漢三國梵漢對音譜〉，見其《中國語文學論文選》（日本光生館一九八四年版）；饒宗頤〈印度波尼仙之圍陀三聲論略——四聲外來說平議〉，見其《梵學集》，上海古籍出版社一九九三年版。

㉗參見孫昌武《佛教與中國文學》，上海人民出版社一九八八年版；蔣述卓《佛經轉譯與中古文學思潮》，江西人民出版社一九九〇年版。有人認為宮體詩與佛教有關，如馬積高〈論宮體詩與佛教〉，見《求索》一九九〇年第六期；汪春泓〈論佛教與梁代宮體詩的產生〉，見《文學評論》一九九一年第五期。許雲和〈梵唄、轉讀、伎樂供養與南朝詩歌關係試論〉一文認為伎樂供養作為禮佛的儀式之一，對南朝文學「淫豔」之風有影響，見《文學遺產》一九九六年第三期。

㉘參見閻采平《齊梁詩歌研究》第二章第三節，北京大學出版社一九九四年版，第七四—九〇頁。

㉙參見曹道衡〈東晉南北朝時代北方文化對南方文學的影響〉，《中古文學史論文集》，中華書局一九八六年版，第九八—一一五頁。曹氏在《南朝文學與北朝文學研究》一書中，對南朝文學與北朝文學各自的特點、與起與發展的社會背景，又有更深入系統的論述，江蘇古籍出版社一九九八年版。

第一章　從建安風骨到正始之音

建安時代，「三曹」、「七子」並世而出，爲中國詩歌打開一個新的局面，並確立了「建安風骨」這一詩歌美學的典範❶。曹操古直悲涼，曹丕便娟婉約，曹植文采氣骨兼備。曹氏父子的創作，完成了樂府民歌向文人樂府詩乃至徒詩的轉變，爲五言詩的發展開闢了道路。以曹氏父子爲中心，王粲、劉楨等「建安七子」競逞才藻，各造新詩，都有鮮明的文學個性。

正始時期司馬氏專權，政治險惡，作家陷於極度苦悶之中。阮籍的〈詠懷〉詩，用比興的手法，隱晦曲折地抒發感慨、批判現實，形成了與建安文學不同的風貌。

第一節　曹操與曹丕

・學習漢樂府結出的碩果　・曹操的文壇領袖地位　・曹丕與七言詩

曹操是漢末傑出的政治家、軍事家和文學家❷。他多才多藝，對書法、音樂、圍棋都相當精通❸。於戎馬倥傯之餘，不廢吟詠，創作了不少出色的詩歌。曹丕《典論・自敘》稱曹操「雅好詩書文籍，雖在軍旅，手不釋卷」。王沈《魏書》說他「文武並施，御軍三十餘年，手不捨書，晝則講武策，夜則思經傳，登高必賦，及造新詩，被之管弦，皆成樂章，才力絕人」（《三國志・魏書・武帝紀》）。他曾搜羅人才，對幾乎失傳的漢代音樂、歌舞進行了整理❹。曹操的詩，現存二十餘首，都是樂府詩，其內容和寫作方法都與漢樂府「感於哀樂，緣事而發」（《漢書・藝文志》）的精神一脈相承。其中一部分詩反映了漢末戰亂的現實和人民遭受的苦難，如〈蒿里行〉寫的是初平元年（一九〇）關東義軍聯合討伐董卓的歷史事件：

> 關東有義士，興兵討群凶。初期會盟津，乃心在咸陽。軍合力不齊，躊躇而雁行。勢利使人爭，嗣還自相

戕。淮南弟稱號，刻璽於北方。鎧甲生蟣虱，萬姓以死亡。白骨露於野，千里無雞鳴。生民百遺一，念之斷人腸。

詩歌如實地描寫了義軍由聚而散的情形，對袁紹等人各懷私心、畏葸不前之態進行了揭露和批評。詩末六句對長期的戰亂給社會和百姓造成的災難、痛苦，深表關懷和同情，其中也體現了曹操作為傑出的政治家欲救民於水火的胸懷和抱負。這些詩歌，由於反映現實深刻眞實，因而被後人稱為「漢末實錄」（鍾惺《古詩歸》卷七）。

曹操的樂府詩較多描寫他本人的政治主張和統一天下的雄心壯志。前者如〈度關山〉，提出「立君牧民，為之軌則」，主張以法治理國家；同時還提倡要省刑薄賦，貴尙節儉。又如〈對酒〉描繪了他理想中太平盛世的圖景：「太平時，吏不呼門。王者賢且明，宰相股肱皆忠良。咸禮讓，民無所爭訟。三年耕有九年儲，倉穀滿盈。……人耄耋，皆得以壽終。恩澤廣及草木昆蟲。」後者如〈短歌行〉：

對酒當歌，人生幾何！譬如朝露，去日苦多。慨當以慷，憂思難忘。何以解憂？惟有杜康。青青子衿，悠悠我心。但為君故，沉吟至今。呦呦鹿鳴，食野之蘋。我有嘉賓，鼓瑟吹笙。明明如月，何時可掇？憂從中來，不可斷絕。越陌度阡，枉用相存。契闊談讌，心念舊恩。月明星稀，烏鵲南飛。繞樹三匝，何枝可依？山不厭高，海不厭深，周公吐哺，天下歸心。

充分表達了詩人求賢若渴的心情、寬廣的胸懷以及統一天下的壯志。

〈步出夏門行．觀滄海〉是我國現存第一首較為完整的山水詩，寫出了大海孕大含深、動盪不安的性格：

東臨碣石，以觀滄海。水何澹澹，山島竦峙。樹木叢生，百草豐茂。秋風蕭瑟，洪波湧起。日月之行，若出其中；星漢燦爛，若出其裡。幸甚至哉，歌以詠志。

詩歌以雄健的筆力，生動飽滿地描繪了滄海的形象。大海那吞吐日月、含孕群星的氣魄，也正是詩人博大襟懷的寫照。

曹操詩是學習漢樂府結出的碩果。他採用樂府古題寫時事❺，比如漢樂府的〈薤露〉和〈蒿里〉本是挽歌，曹操卻用來描寫當時的社會現實。又如〈陌上桑〉本寫羅敷的故事，曹操改爲寫求仙；〈秋胡行〉本寫秋胡戲妻，曹操用來抒發欲乘時努力，早成霸業而前路坎坷、時勢艱難的感慨。他的詩繼承漢樂府的傳統，既反映現實，又有很深的感慨，語言古樸率眞，所以胡應麟說曹操〈短歌行〉等詩「漢人樂府本色尚存」（《詩藪・內編》卷一）[6]。他的詩於悲涼之中含跌宕慷慨之氣，鍾嶸說「曹公古直，甚有悲涼之句」（《詩品》卷下）；陳祚明評其詩「跌宕悲涼，獨臻超絕」（《采菽堂古詩選》卷五）；馮班評其爲「慷慨悲涼」（《鈍吟雜錄》）。如其〈步出夏門行・龜雖壽〉：

> 神龜雖壽，猶有竟時。騰蛇乘霧，終為土灰。老驥伏櫪，志在千里；烈士暮年，壯心不已。盈縮之期，不但在天；養怡之福，可得永年。幸甚至哉，歌以詠志。

接連用「神龜」、「騰蛇」和「老驥」三個比喻，從正反兩面引出「烈士暮年，壯心不已」的主題，情懷慷慨，眞氣迴盪。宋人敖器之《詩評》說：「魏武帝如幽燕老將，氣韻沉雄。」是對曹操詩歌風格的確切評價。就藝術形式而言，曹操的四言詩也爲已經板滯僵化了的四言體注入了活力。

曹操是建安文壇的領袖，他不僅以自己的創作開風氣之先，而且還以其對文學的宣導，爲建安文學的繁榮和發展做出了貢獻。誠如曹植〈與楊德祖書〉所說：「昔仲宣獨步於漢南，孔璋鷹揚於河朔，偉長擅名於青土，公幹振藻於海隅，德璉發跡於大魏，足下高視於上京。當此之時，人人自謂握靈蛇之珠，家家自謂抱荊山之玉。吾王於是設天網以該之，頓八紘以掩之。今悉集茲國矣。」曹植的話絲毫沒有誇大，「建安七子」除孔融之外，都是建安年間先後歸附曹操的。其餘如女詩人蔡琰，書法家梁鵠，音樂家杜夔、李堅，學者邯鄲淳、仲長統，詩人繁欽等，也都爲曹操所用。曹操將天下英才悉集帳下，爲他們提供了施展文學才華的機會。這些文人以飽滿的熱情，創作出許多優秀作品，與曹氏父子共同開創了「建安文學」的繁榮局面[7]。

曹丕，字子桓，曹操次子[8]。現存詩約四十首，主要分爲三類：

第一類爲宴遊詩，如寫夜遊銅雀園的〈芙蓉池作詩〉，紀遊玄武池的〈於玄武陂作詩〉等。這些詩多寫遊賞之樂，模山範水比較細緻，文辭富麗，常用對偶，在我國山水詩的發展史上有一定地位。第二類是抒情言志之作。如〈黎陽作詩〉三首，寫曹軍南征之事，既描寫行軍的艱苦，更突出了「救民塗炭」和志在「靖亂」的決心。〈煌煌京洛行〉則舉出古人成敗的各種事例，供後人借鑑，與他《典論》中的某些篇章用意相同。第三類寫征人思婦的相思離別及思鄉之情，最能體現曹丕詩的水準。如〈於清河縣見挽船士新婚與妻別〉、〈代劉勳妻王氏雜詩〉、〈雜詩〉二首等。最著名的作品是〈燕歌行〉其一：

> 秋風蕭瑟天氣涼，草木搖落露為霜。群燕辭歸雁南翔，念君客遊思斷腸。慊慊思歸戀故鄉，何為淹留寄他方？賤妾煢煢守空房，憂來思君不敢忘，不覺淚下沾衣裳。援琴鳴弦發清商，短歌微吟不能長。明月皎皎照我床，星漢西流夜未央。牽牛織女遙相望，爾獨何辜限河梁？

此詩寫一女子在不眠的秋夜思念淹留他鄉的丈夫，情思委曲，深婉感人。〈燕歌行〉是我國現存第一首成熟的七言詩，對後代歌行體詩的發展產生了重大的影響。

清人沈德潛說：「子桓詩有文士氣，一變乃父悲壯之習矣。要其便娟婉約，能移人情。」（《古詩源》卷五）便娟，是輕盈美麗的樣子，見《楚辭・大招》。婉約，是柔美的樣子。曹丕的新變主要表現在兩個方面：一是個人情感的抒發。曹操是亂世英雄，所抒之情大都與歷史使命感和平定天下的抱負有關，曹丕卻更努力於個人情感的表達。他敏感而多情，在眾賓歡坐的宴會上，他會突然體會到「樂極哀情來，寥亮摧肝心」（〈善哉行〉）；而琴瑟滿堂，女娥長歌時，他又會因「為樂常苦遲」（〈大牆上蒿行〉）而心悲；同樣，日暖花開，谷水潺湲的自然景物，給他帶來的卻是「月盈則沖，華不再繁」（〈丹霞蔽日行〉）的憂慮。他著名的作品〈雜詩〉，借用了《古詩十九首》的題材，然而他那「棄置勿復陳，客子常畏人」的體驗，甚至超過了漢末遊子自身的切膚之痛。他對人生中淒涼情感的體驗，是超出於同時代其他詩人的。二是文人化藝術表現手法的使用與藝術風格的形成，這主要表現在語言的工麗和藝術形式的創造上。曹丕善於選用清詞麗句，配以和諧的音韻，表達他纖麗的情思。在藝術形式上，曹丕也勇於創新，他雖然僅存約四十首詩，卻是三言、四言、五言、六言、七言、雜言諸體具備。其中長篇雜言歌行〈大牆上蒿行〉，長達七十五句，三百六十餘字，三字至九字句都有，極盡縱橫開闔之能事。王夫之說：「長句長篇，斯為開山第一祖。鮑照、李白，領此宗風，遂為樂府獅象。」（《船山古詩評選》卷一）

曹丕留守鄴城時，常與文士們相聚宴遊，詩酒競豪。他在〈與吳質書〉中回憶當時的盛況說：「昔日遊處，行則連輿，止則接席，何曾須臾相失？每至觴酌流行，絲竹並奏，酒酣耳熱，仰而賦詩。當此之時，忽然不自知樂也。」曹丕與這些文人詩酒唱和，繼承了漢初吳王劉濞、梁孝王劉武等召集文人雅集唱和的傳統並發揚光大，使得鄴下文人的唱和活動產生較大影響，已具備了文人集團的性質。

第二節 曹植

・政治悲劇與詩歌才華的展現　・骨氣奇高、辭采華茂　・五言詩的發展　・後世詩人的認同

曹植，字子建，曹丕弟❾。

曹植的創作以建安二十五年爲界，分爲前後兩期。

曹植前期詩歌主要是歌唱理想和抱負，洋溢著樂觀、浪漫的情調，對前途充滿信心。如〈白馬篇〉：

> 白馬飾金羈，連翩西北馳。借問誰家子？幽并遊俠兒。少小去鄉邑，揚聲沙漠垂。宿昔秉良弓，楛矢何參差。控弦破左的，右發摧月支。仰手接飛猱，俯身散馬蹄。狡捷過猴猿，勇剽若豹螭。邊城多警急，虜騎數遷移。羽檄從北來，厲馬登高堤。長驅蹈匈奴，左顧凌鮮卑。棄身鋒刃端，性命安可懷？父母且不顧，何言子與妻！名編壯士籍，不得中顧私。捐軀赴國難，視死忽如歸。

此詩讚賞幽并遊俠兒的高超武藝和愛國精神，寄託了詩人對建功立業的渴望和憧憬。他的〈薤露行〉則以「願得展功勤，輸力於明君。懷此王佐才，慷慨獨不群」和「孔氏刪詩書，王業粲已分。騁我徑寸翰，流藻垂華芬」自許，表現出他對政治與文學兩方面的高度自信。曹植前期與鄴下文人酬贈之詩如〈贈徐幹〉、〈贈丁儀〉、〈贈王粲〉、〈送應氏〉等也值得重視，這一類詩主要是寫友情的。

曹植後期詩歌，主要是表達由理想與現實的矛盾所激起的悲憤。其內容可分爲四類：

第一類是對自己和朋友遭遇迫害的憤懣。如〈野田黃雀行〉：

> 高樹多悲風，海水揚其波。利劍不在掌，結友何須多？不見籬間雀，見鷂自投羅？羅家得雀喜，少年見雀悲。拔劍捎羅網，黃雀得飛飛。飛飛摩蒼天，來下謝少年。

如同天眞的童話，詩中以鷂和羅網代表惡勢力，黃雀象徵受害者，少年則代表曹植的理想。寫出了惡勢力的強大，朋友的無辜受害以及自己的無能爲力。詩以幻想結束，表達了作者的願望。而這方面的典型作品則是〈贈白馬王彪〉，詩序云：「黃初四年五月，白馬王、任城王與余俱朝京師，會節氣。到洛陽，任城王薨。至七月，與白馬王還國。後有司以二王歸藩，道路宜異宿止，意毒恨之。蓋以大別在數日，是用自剖，與王辭焉，憤而成篇。」全詩共分七章，以感情活動爲線索，集中抒發了詩人多年來屢受迫害而積壓在心頭的憤慨。詩中痛斥小人挑撥曹丕與他們的手足之情，對任城王的暴卒表示深切的悼念。這首詩在抒情中穿插以敘事、寫景，將詩人後期備受迫害的感受凝聚起來，鮮明感人，是文學史上有名的長篇抒情詩。

第二類用思婦、棄婦託寓身世，表白心跡。如〈浮萍篇〉、〈美女篇〉、〈種葛篇〉、〈雜詩〉（「西北有織婦」、「南國有佳人」）等。這類詩歌或歎盛年無偶，或自述無辜被棄，其主旨在於抒發自己的失意。郭茂倩《樂府詩集》卷六十三評〈美女篇〉云：「美女者，以喻君子。言君子有美行，願得明君而事之。若不遇時，雖見徵求，終不屈也。」〈七哀〉很有代表性：

> 明月照高樓，流光正徘徊。上有愁思婦，悲歎有餘哀。借問歎者誰？言是宕子妻。君行逾十年，孤妾常獨棲。君若清路塵，妾若濁水泥。浮沉各異勢，會合何時諧？願為西南風，長逝入君懷。君懷良不開，賤妾當何依？

劉履評此詩曰：「比也。……子建與文帝同母骨肉，今乃浮沉異勢，不相親與，故特以孤妾自喻，而切切哀慮之也。」（《選詩補注》卷二）此詩命意曲折，感情淒婉，含蓄蘊藉，意味深長。

第三類是述志詩。曹植用世之心，在黃初以後屢屢訴諸詩賦，〈雜詩〉（「僕夫早嚴駕」）就是這方面的代表作。詩中說：「僕夫早嚴駕，吾行將遠遊。遠遊欲何之，吳國爲我仇。將騁萬里途，東路安足由。」表示願爲伐吳效力，但報國無門：「江介多悲風，淮泗馳急流。願欲一輕濟，惜哉無方舟。」詩末說：「閒居非吾志，甘心赴國憂。」充滿慷慨之音。

第四類是遊仙詩。曹植在現實世界中處處碰壁，深感時光流逝，功業無成，幻想在神仙世界中得到解脫，於是寫下了許多遊仙詩，如〈仙人篇〉、〈五遊詠〉、〈遊仙詩〉、〈遠遊篇〉、〈升天行〉等。詩中所描繪的神仙境界，皆明淨、高潔，實際上是詩人理想世界的象徵。如〈遠遊篇〉：

> 遠遊臨四海，俯仰觀洪波。大魚若曲陵，乘浪相經過。靈鼇戴方丈，神嶽儼嵯峨。仙人翔其隅，玉女戲其阿。瓊蕊可療飢，仰首吸朝霞。崑崙本吾宅，中州非我家。將歸謁東父，一舉超流沙。鼓翼舞時風，長嘯激清歌。金石固易弊，日月同光華。齊年與天地，萬乘安足多。

曹植〈辨道論〉說神仙之說爲「虛妄」，他們父子兄弟「咸以爲調笑，不信之矣」；〈贈白馬王彪〉也說：「虛無求列仙，松子久吾欺。」可見曹植的遊仙詩，並非眞信神仙，實際上是其憂生之心、憂患之詞[10]。

曹植的詩確如鍾嶸《詩品》所說：「骨氣奇高，辭采華茂，情兼雅怨，體被文質。」他既不同於曹操的古直悲涼，又不同於曹丕的便娟婉約，而能兼有父兄之長，達到風骨與文采的完美結合，成爲當時詩壇最傑出的代表。

曹植是第一位大力寫作五言詩的文人。他現存詩歌九十餘首，其中有六十多首是五言詩。他的詩歌，既體現了《詩經》「哀而不傷」的莊雅，又蘊涵著《楚辭》窈窕深邃的奇譎；既繼承了漢樂府反映現實的筆力，又保留了《古詩十九首》溫麗悲遠的情調。曹植的詩又有自己鮮明獨特的風格，完成了樂府民歌向文人詩的轉變。「這是一個時代的事業，卻通過了曹植才獲得完成」[11]。曹植對詩歌的發展做出了傑出的貢獻，後人給予他極高的評價。鍾嶸《詩品》說：「陳思之於文章也，譬人倫之有周孔，鱗羽之有龍鳳，音樂之有琴笙，女工之有黼黻。」謝靈運說：「天下才有一石，曹子建獨占八斗，我得一斗，天下共分一斗。」（宋無名氏《釋常談》卷中引）張戒《歲寒堂詩話》說：「韓退之之文，曹子建、杜子美之詩，後世所以莫能及也。」曹植五言詩對後世詩壇影響很大，誠如胡應麟指出的那樣：「〔子建〕〈鰕䱇篇〉，太沖〈詠史〉所自出也；〈遠遊篇〉，景純〈遊仙〉所自出也；『南國有佳人』等篇，嗣宗諸作之祖；『公子敬愛客』等篇，士衡群製之宗。諸子皆六朝巨擘，無能出其範圍。」（《詩藪・內編》卷二）曹植的詩歌受到後人的推崇，主要原因有以下三點：一是由於文采富豔，二是因爲他對五言詩的發展具有重大影響，三是他不幸的身世引起後世文人的認同。作爲失意文人的典型，其坎坷的命運，使無數文人深表同情。劉勰說「文帝以位尊減才，思王以勢窘益價」（《文心雕龍・才略》），也含有這個意思。古代不少詩人皆以王佐之才自命，卻大都身世淪落，而以詩詞名世，他們的命運與曹植相似，所以對曹植多有一種認同感[12]。

第三節 王粲、劉楨及蔡琰

・「七子之冠冕」王粲
・仗氣愛奇的劉楨
・陳琳、阮瑀等
・蔡琰與〈悲憤詩〉

曹丕《典論・論文》稱孔融、陳琳、王粲、徐幹、阮瑀、應瑒、劉楨爲「七子」。七子中孔融年輩較長，且在建安十三年（二〇八）被殺，因此實際上只有六人參加了鄴下時期的文學活動[13]。其中王粲、劉楨的成就最突出，鍾嶸《詩品》列之於上品。

王粲，字仲宣[14]，今存詩二十三首。他於建安十三年歸順曹操，此前的作品或紀漢末戰亂，或寫其流落荊州時的羈旅之情和壯志難酬的感慨，代表詩作是〈七哀詩〉三首，尤以第一首最爲著名：

> 西京亂無象，豺虎方遘患。復棄中國去，委身適荊蠻。親戚對我悲，朋友相追攀。出門無所見，白骨蔽平原。路有飢婦人，抱子棄草間。顧聞號泣聲，揮涕獨不還。「未知身死處，何能兩相完？」驅馬棄之去，不忍聽此言。南登霸陵岸，回首望長安。悟彼下泉人，喟然傷心肝。

此詩寫初平三年（一九二）董卓部將李傕、郭汜作亂長安時，王粲避難荊州途中的所見所聞。「出門無所見，白骨蔽平原」，概括了戰亂後生靈塗炭的慘象；「路有飢婦人」六句，具體地描寫一位飢婦人拋棄親生骨肉的場面，揭露了戰亂給人民帶來的災難。清代吳淇評此詩說：「蓋人當亂離之際，一切皆輕，最難割者骨肉，而慈母於幼子尤甚。寫其重者，他可知矣。」（《六朝選詩定論》卷六）沈德潛說此詩爲「杜少陵〈無家別〉、〈垂老別〉諸篇之祖」（《古詩源》卷五），足見其影響之大。〈七哀詩〉其二寫山川景物之荒涼、飛禽走獸之有家可歸，反襯自己滯留他鄉的痛苦，也十分眞切感人。歸曹後，王粲比較重要的作品是〈從軍詩〉五首，主要描寫詩人幾次隨曹操出征的感受。詩歌再現了漢末戰亂後農村田園荒蕪、滿目瘡痍的景象；歌頌了曹操的英明神武，同時也表達了自己追隨曹操爲國效力的意願。

王粲還有一些在鄴下時期與曹丕、曹植兄弟及其他文人唱和的作品，如〈公宴詩〉等。這些作品雖然是「憐風月、狎池苑」之作，但在詩歌題材的開拓、詩歌技巧的探索等方面，都有積極的意義[15]。

王粲的詩感情深沉，慷慨悲壯。謝靈運說他：「家本秦川，貴公子孫，遭亂流寓，自傷情多。」（《擬魏太子鄴中集・王粲詩序》）「自傷」是王粲的感情特徵，貴公子孫的出身，遭亂流寓的遭遇，使他格外地感物興懷、憂世悲己。這是他寫詩的出發點，他的作品雖有對百姓的同情和伸展抱負的願望，但這些都是從個人身世的感傷中展開的。因此，「發愀愴之詞」（鍾嶸《詩品》上）便成爲他的主要特點。王粲的詩歌取得了很高的成就，劉勰許爲「七子之冠冕」（《文心雕龍・才略》）；方東樹評之爲「蒼涼悲慨，才力豪健，陳思而下，一人而已」（《昭昧詹言》卷二）。他的詩對後世也頗有影響，鍾嶸《詩品》說潘岳、張協、張華、劉琨、盧諶等著名詩人皆源出於他，連魏文帝曹丕也「頗有仲宣之體」。

劉楨，字公幹⑯，存詩二十餘首。在當時甚有詩名，曹丕即稱其「五言詩之善者，妙絕時人」（〈與吳質書〉）。他性格豪邁，狂放不羈。其詩一如其人，劉勰說：「公幹氣褊，故言壯而情駭。」（《文心雕龍・體性》）鍾嶸說他：「仗氣愛奇，動多振絕。眞骨凌霜，高風跨俗。」（《詩品》上）

劉楨的詩一類是贈答詩，一類是遊樂詩。

他的贈答詩中，最著名的是〈贈從弟〉三首。這三首詩分別用蘋藻、松樹、鳳凰比喻堅貞高潔的性格，既是對其從弟的讚美，也是詩人的自我寫照。元人劉履說：「初言蘋藻可充薦羞之用，次言松柏能持節操之堅，而末章復以儀鳳期之，則其望愈深而言愈重也。」（《選詩補注》卷二）其中第二首最佳：

> 亭亭山上松，瑟瑟谷中風。風聲一何盛，松枝一何勁。冰霜正慘凄，終歲常端正。豈不罹凝寒？松柏有本性。

寫得豪邁凌厲，頗有「挺立自持」（陸時雍《詩鏡總論》）的氣概。與王粲不同，鍾嶸說劉楨的詩「雕潤很少」（《詩品》上），曹丕說劉楨的風格是「壯而不密」（曹丕《典論・論文》），所論並不全面，表面上看，劉楨詩不以文采見長，實際上，其詩頗有氣骨，也不乏辭采。同樣面對動亂的社會，遭遇坎坷的人生，他更多的是表現個人憤慨不平的情感，因此他的作品中總是充盈著慷慨磊落之氣。正如他自己所說，風霜逼迫越嚴，越能體現松柏堅貞挺拔的本性。這種精神和氣骨造就了劉楨詩歌俊逸而奇麗的風格。此外，劉楨的〈贈徐幹〉詩，哀歎命運多舛，抒發憤懣與不平；〈贈五官中郎將〉四首，著重表現他與曹丕之間深厚的友誼，情詞眞切而又十分得體，也都是比較著名的作品。

劉楨的遊樂詩包括〈公宴詩〉、〈鬥雞詩〉、〈射鳶詩〉等。〈公宴詩〉用華麗的詩筆盡情寫山水之美與遊賞之樂。〈鬥雞詩〉是寫鬥雞娛樂的作品，並無深意，但他能以極其精練的語言，傳達出鬥雞之神采，同樣體現了作者豪邁不羈的性格：「利爪探玉除，瞋目含火光。長翹驚風起，勁翮正敷張。輕舉奮勾喙，電擊復還翔。」

劉楨的詩純以氣勢取勝，無論是抒情還是詠物，無論是寫山水還是狀禽鳥，都顯示出其目無千古、踔厲奮發的氣概，元好問《論詩三十首》其二說：「曹劉坐嘯虎生風，四海無人角兩雄。」就是欣賞他這種壯氣。

另外，「建安七子」中陳琳、阮瑀、徐幹、應瑒等人⑰，也都有一些比較著名的作品。陳琳和阮瑀雖以章表書記見稱于時⑱，但詩歌創作亦較突出。如陳琳的〈飲馬長城窟行〉，假託秦代築長城之事，描寫繁重的徭役給廣大人民帶來的痛苦和災難，頗具現實意義。

> 飲馬長城窟，水寒傷馬骨。往謂長城吏：「慎莫稽留太原卒！」、「官作自有程，舉築諧汝聲。」、「男兒寧當格鬥死，何能怫鬱築長城！」長城何連連，連連三千里。邊城多健少，內舍多寡婦。作書與內舍：「便嫁莫留住。善侍新姑嫜，時時念我故夫子。」報書往邊地：「君今出語一何鄙！」、「身在禍難中，何為稽留他家子？生男慎莫舉，生女哺用脯。君獨不見長城下，死人骸骨相撐拄！」、「結髮行事君，慊慊心意間。明知邊地苦，賤妾何能久自全？」

全篇以對話的方式寫成，語言質樸，感情深摯，格調蒼勁而悲涼，十分接近樂府民歌的風格。因此，也有人認爲此詩並非陳琳所作，而是一首漢樂府民歌⑲。阮瑀的〈駕出北郭門行〉，描寫一孤兒遭受後母虐待的情狀，從側面反映出漢末世風日下的社會現實：

> 駕出北郭門，馬樊不肯馳。下車步踟躕，仰折枯楊枝。顧聞丘林中，噭噭有悲啼。借問啼者出：「何為乃如斯？」、「親母捨我歿，後母憎孤兒。飢寒無衣食，舉動鞭捶施。骨消肌肉盡，體若枯樹皮。藏我空室中，父還不能知。上塚察故處，存亡永別離。親母何可見，淚下聲正嘶。棄我於此間，窮厄豈有貲！」傳告後代人，以此為明規。

其風格與漢樂府民歌〈孤兒行〉頗爲接近。徐幹詩今存四首，都是五言詩。其中〈室思詩〉爲擬思婦詞，共分六章，描寫思婦憂愁苦悶的心緒，文辭淒厲深婉，感情哀怨纏綿，堪稱佳作。而「思君如流水，何有窮已時」二句，尤爲後人推重。另一首〈情詩〉在情調與風格上也都與此詩相似。徐幹的〈答劉公幹詩〉，表現他與劉楨的誠篤友情：

> 與子別無幾，所經未一旬。我思一何篤，其愁如三春。雖路在咫尺，難涉如九關。陶陶朱夏德，草木昌且繁。

詩語高簡渾樸，頗能反映建安時人通脫眞率的精神面貌。鍾惺、譚元春評曰：「質甚、清老。」（《古詩歸》卷七）

應瑒今存詩六首，其中〈贈趙淑麗〉可能是贈給其妻的，〈別詩〉二首，說者多以爲所別者爲曹植等友人，實際上可能也是別妻之作。另外三首都是參加曹氏父子文學活動時所作，較出色的是〈侍五官中郎將建章臺集詩〉：

> 朝雁鳴雲中，音響一何哀！問子遊何鄉？戢翼正徘徊。言我寒門來，將就衡陽棲。往春翔北土，今冬客南淮。遠行蒙霜雪，毛羽日摧頹。常恐傷肌骨，身隕沉黃泥。簡珠墮沙石，何能中自諧。欲因雲雨會，濯翼凌高梯。良遇不可值，伸眉路何階。公子敬愛客，樂飲不知疲。和顏既已暢，乃肯顧細微。贈詩見存慰，小子非所宜。且為極歡情，不醉其無歸。凡百敬爾位，以副飢渴懷。

此詩前半以雁自比，抒寫懷才不遇、期遇知音的悲傷情懷，後半直抒胸臆，說自己得到曹丕（公子）的禮遇，受寵若驚。前半較精彩，後半才力較弱，流於俗套。陳祚明評云：「德璉〈侍集〉一詩，吞吐低徊，宛轉深至，意將宣而復頓，情欲盡而終含。務使聽者會其無已之衷，達於不言之表，此申訴懷來之妙術也。」（《采菽堂古詩選》卷七）

蔡琰，字文姬，蔡邕之女。董卓之亂中，被擄至南匈奴，嫁左賢王，生二子，後被曹操用金璧贖歸，再嫁董祀。其詩今存三首，其中五言體的〈悲憤詩〉較可信[20]。此詩長達五百四十字，共分三段，第一段寫董卓作亂，自己被俘，以及俘虜們所受的虐待。以敘事爲主，夾以抒情。第二段寫胡地生活及被贖歸時與兒子分別時的苦況，第三段寫回鄉後的生活，這兩段是以抒情爲主，夾以敘事。其中第二段寫得最爲沉痛：

> 邊荒與華異，人俗少義理。處所多霜雪，胡風春夏起。翩翩吹我衣，肅肅入我耳。感時念父母，哀歎無窮

己。有客從外來，聞之常歡喜。迎問其消息，輒復非鄉里。邂逅徼時願，骨肉來迎己。己得自解免，當復棄兒子。天屬綴人心，念別無會期。存亡永乖隔，不忍與之辭。兒前抱我頸，問「母欲何之？人言母當去，豈復有還時？阿母常仁惻，今何更不慈？我尚未成人，奈何不顧思？」見此崩五內，恍惚生狂痴。號泣手撫摩，當發復回疑。兼有同時輩，相送告離別。慕我獨得歸，哀叫聲摧裂。馬為立踟躕，車為不轉轍。觀者皆歔欷，行路亦嗚咽。

這首詩重點描寫自己親身經歷的慘絕人寰的遭遇，從中可以看出漢末戰亂中廣大人民特別是婦女的不幸命運。詩人通過細節描寫，具體生動地表現各種場面和人物的內心活動，使人如臨其境，如見其人。〈悲憤詩〉深受漢樂府敘事詩的影響，可以和〈孔雀東南飛〉比美，杜甫的〈北征〉等詩顯然受到它的影響㉑。

第四節 建安詩歌的時代特徵

・政治理想的高揚 ・人生短暫的慨歎 ・強烈的個性表現 ・濃郁的悲劇色彩

東漢末年的動亂，既使建安文人飽受亂離之苦，也激起他們的政治熱情，建功立業、揚名後世，成爲他們共同的追求。曹操「挾天子以令諸侯」，以天下爲己任，其政治理想最具代表性，對同時代的文人有很大影響。曹丕博通經史百家，又善騎射，好擊劍，頗有「救民塗炭」之志。曹植懷抱「戮力上國，流惠下民」的壯志，而不甘以文士自居。王粲、陳琳、徐幹、阮瑀、劉楨等人，都有卓犖不凡的氣質。王粲的〈從軍詩〉自抒壯志云：「服身事干戈，豈得念所私。」、「被羽在先登，甘心除國疾。」陳琳《詩》云：「建功不及時，鐘鼎何所銘。」、「庶幾及君在，立德垂功名。」劉楨〈贈從弟〉其三則曰：「何時當來儀，將須聖明君。」建安文人政治熱情的普遍高揚，造成了當時詩歌「雅好慷慨」、「志深筆長」、「梗概多氣」（《文心雕龍・時序》）的特點。「慷慨」一詞，爲建安詩人所慣用，如曹操〈短歌行〉：「慨當以慷，憂思難忘。」曹丕〈於譙作詩〉：「慷慨時激揚。」陳琳〈詩〉：「慷慨詠墳經。」吳質〈思慕詩〉：「慷慨自俛仰，庶幾烈丈夫。」曹植〈薤露行〉：「慷慨獨不群。」〈箜篌引〉：「秦箏何慷慨。」〈贈徐幹詩〉：「慷慨有悲心，興文自成篇。」〈情詩〉：「慷慨對嘉賓，淒愴內傷悲。」〈棄婦詩〉「慷慨有餘音，要妙悲且清」等。還有「悲風」這個意象，在建安詩歌中也常出現，如曹操〈苦寒行〉：「樹木何蕭瑟，北風聲正悲。」阮瑀〈詩〉：「臨川多悲風。」曹丕〈燕歌行〉二首其二：「悲風淒厲秋氣寒。」曹植〈野田黃雀行〉「高樹多悲風」；〈雜詩〉「高臺多悲風」、「江介多悲風」、「弦急悲風發」；〈贈丁儀王粲〉「悲風鳴我側」等。建安詩歌這種悲涼慷慨的精神，具有鮮明時代特色。

人生苦短的慨歎，是建安詩歌的另一個主題。當時社會動亂，生靈塗炭，疾疫流行，人多短壽。如曹丕享年四十歲，曹植享年四十一歲，王粲、徐幹、應瑒、劉楨、陳琳皆死於建安二十一、二十二年的疾疫，孔融、楊修、丁儀、丁廙先後被曹操、曹丕殺害。這種情況對文人刺激很大。面對短促而又多艱的人生，建安詩人採取了三種不同的態度：第一種是單純的悲歎，如「天地無期竟，民生甚侷促」（劉楨〈詩〉）；「人生一世間，忽若暮春草」（徐幹〈室思詩〉）；「良時忽一過，身體爲土灰」（阮瑀〈七哀詩〉）；「常恐時歲盡，魂魄忽高飛」（阮瑀〈詩〉）。第二種是慨歎歲月短促、功名未立，卻仍努力追求。曹操的〈短歌行〉就是這方面的典型。又如曹植的〈贈徐幹〉：「驚風飄白日，忽然歸西山。圓景光未滿，衆星燦以繁。志士營世業，小人亦不閒。」第三類是努力突破天命的限制，在有生之年追求更高的人生價值，這在曹操的〈龜雖壽〉等詩中得到充分體現。後兩種思想體現了建安詩人積極的人生觀，對後世有志之士有很大的激勵作用。

建安時代是文學開始走向自覺的時代，也是詩人創作個性高揚的時代。傅玄上晉武帝疏說：「近者魏武好法術而天下貴刑名，魏文慕通達而天下賤守節。」（《晉書・傅玄傳》）建安詩人多高自標置，以文才武略自負，在進行詩歌創作時，便不肯踵武前賢或效法同輩，而是另闢蹊徑，努力展現自己獨特的風貌。如曹操詩古直悲涼，氣韻沉雄；曹丕詩便娟婉約，有文士氣；曹植詩「骨氣奇高，辭采華茂，情兼雅怨，體被文質」（鍾嶸《詩品》）；王粲和劉楨的詩：「仲宣躁銳，故穎出而才果；公幹氣褊，故言壯而情駭」（劉勰《文心雕龍・體性》）。在詩體的運用上，也各具匠心。曹操的四言詩獨擅一時；曹丕的〈燕歌行〉二首被譽爲七言之祖；曹植、王粲、劉楨、蔡琰則以五言詩名世。在詩歌語言方面，曹操、阮瑀、陳琳諸人較爲樸質，曹丕、王粲等人則較秀美；曹植既有風骨，又富文采，成爲那個時代最傑出的代表。鮮明的個性色彩，是建安詩歌獨具魅力的標誌。

由於「世積亂離，風衰俗怨」（劉勰《文心雕龍・時序》），建安詩歌帶有濃郁的悲劇色彩。其詩「或述酣宴，或傷羈戍，志不出於滔蕩，辭不離於哀思」（劉勰《文心雕龍・樂府》），曹操詩「悲涼」（鍾嶸《詩品》），曹植詩「頗有憂生之嗟」（謝靈運《擬魏太子鄴中集・平原侯植詩序》），王粲詩「發愀愴之詞」（鍾嶸《詩品》），劉楨詩「感慨深至」（方東樹《昭昧詹言》卷二）。建安詩人處於時代與個人雙重悲劇的交匯點上，都敢於正視苦難的社會與人生，勉勵自己及他人惜時如金，及早建功立業，贏得不朽的名聲㉒。

以上所舉各點，就是「建安風骨」這一美學範疇的主要內涵㉓。

第五節　阮籍、嵇康與正始詩歌

・從建安風骨到正始之音　・阮籍〈詠懷〉：政治抒情組詩的出現　・苦悶與曠達
・淵永的滋味與隱約曲折的風格　・嵇康與應璩的詩

曹魏後期，政局混亂，曹芳、曹髦等皇帝既荒淫無度又昏庸無能，司馬懿父子掌握朝政，廢曹芳、弒曹髦，大肆誅殺異己。此時文人的命運與建安時大不相同。擁曹的何晏、夏侯玄等人被殺，嵇康拒絕與司馬氏合作，亦慘遭殺害。阮籍本有濟世志，但不滿於司馬氏的統治，故以酣飲和故作曠達來逃避迫害，最後鬱鬱以終。山濤本來與阮籍、嵇康等人爲友，同在「竹林七賢」之列，後來投靠司馬氏。正始時期的詩人，政治理想落潮，普遍出現危機感和幻滅感。此時的詩歌也與建安詩壇風貌迥異，反映民生疾苦和抒發豪情壯志的作品減少了，抒寫個人憂憤的詩歌增多了，故阮籍詩「頗多感慨之詞」（鍾嶸《詩品》），嵇康詩亦「多抒感憤」（陳祚明《采菽堂古詩選》卷八）。由於正始玄風的影響，詩歌逐漸與玄理結合，詩風由建安時的慷慨悲壯變爲詞旨淵永、寄託遙深。李善〈上文選注表〉曰：「虛玄流正始之音，氣質馳建安之體。」嚴羽《滄浪詩話・詩體》說：「以時而論，則有……正始體。」注云：「魏年號，嵇、阮諸公之詩。」

阮籍的代表作是〈詠懷詩〉八十二首㉔。這些詩非一時一地所作，是其政治感慨的記錄。這些詩抒感慨，發議論，寫理想，開創了中國文學史上政治抒情組詩的先河，對後世產生了重大影響㉕。

阮籍的〈詠懷詩〉充滿苦悶、孤獨的情緒，其詩或者寫時光飛逝、人生無常，如：「懸車在西南，羲和將欲傾。流光耀四海，忽忽至夕冥。朝爲咸池暉，濛汜受其榮。」（其十八）「朝陽不再盛，白日忽西幽。去此若俯仰，如何似九秋。」（其三十二）或者寫樹木花草由繁華轉爲憔悴，比喻世事的反覆，如：「嘉樹下成蹊，東園桃與李。秋風吹飛藿，零落從此始。繁華有憔悴，堂上生荊杞。」（其三）或者寫鳥獸蟲魚對自身命運之無奈，如孤鳥、寒鳥、孤鴻、離獸等意象經常出現在詩中，特別是春生秋死的蟋蟀、蟪蛄，成爲詩人反覆歌詠的對象。或者直接慨歎人生的各種深創巨痛，如少年之忽成醜老，功名富貴之難保、以色事人之不可靠。由於從自然到人事都充滿苦難，阮籍心中的苦悶難以排遺。〈詠懷詩〉其一說：

> 夜中不能寐，起坐彈鳴琴。薄帷鑑明月，清風吹我襟。孤鴻號外野，翔鳥鳴北林。徘徊將何見？憂思獨傷心。

此詩末尾兩句可視爲全部〈詠懷詩〉的總綱。清人方東樹說：「此是八十一首發端，不過總言所以詠懷不能已於言之故。」（《昭昧詹言》卷三）又如其十七：

> 獨坐空堂上，誰可與歡者？出門臨永路，不見行車馬。登高望九州，悠悠分曠野。孤鳥西北飛，離獸東南下。日暮思親友，晤言用自寫。

這首詩寫獨坐無人，出門無人，登高無人，所見僅爲孤鳥、離獸，恓惶無主之情溢於紙上。在這種局面之中，詩人進而感到壯志、理想都成了泡影。

〈詠懷詩〉其十九以佳人喻理想，寫詩人心雖悅之而無由交接，表現了理想不能實現的痛苦。其八十命意亦相似，只是又多了一層生命短促之悲。其七十九寫鳳凰的悲劇，鳳凰立身高潔，志向遠大，但羽翼爲秋風所傷，已無法飛翔，「但恨處非位，愴恨使心傷」，簡直是阮籍的自況。〈詠懷詩〉中遷逝之悲、禍福無常之感觸目皆是，正體現了他憂憤深廣的情懷。阮籍詩中悲哀、淒愴、涕下、諮嗟、辛酸、蹉跎、憂傷、憤懣、怨尤、悲悼等詞語十分常見，充分反映了他極度苦悶的心情。

面對汙濁的社會與短暫的人生，阮籍無法找到眞正的出路，只好故作曠達，在生活中，他做出許多驚世駭俗的事情[26]；在詩歌中，他也爲自己設計了精神的出路，這就是遊仙和隱居。阮籍的〈詠懷詩〉有不少篇章寫遊仙和隱居，有些則是仙隱結合。他在詩中常常讚美巢由、夷齊、邵平、四皓等隱士，諷刺蘇秦、李斯等人因貪戀利祿而導致殺身之禍。阮籍讚美神仙隱逸，只是排遣苦悶的一種方式，他其實是頗有濟世之志的。《晉書》本傳說他「本有濟世志，屬魏晉之際，天下多故，名士少有全者，籍由是不與世事，遂酣飲爲常」。所以，他在寫憤懣與出世之情的同時，也表現出對時局的關注和自己的懷抱。如〈詠懷詩〉其三十一，批評曹魏政權荒淫腐朽，指出其必定滅亡的命運：

駕言發魏都，南向望吹臺。簫管有遺音，梁王安在哉？戰士食糟糠，賢者處蒿萊。歌舞曲未終，秦兵已復來。夾林非吾有，朱宮生塵埃。軍敗華陽下，身竟為土灰。

有的詩則揭露禮法之士的虛僞，如其六十七：

洪生資制度，被服正有常。尊卑設次序，事物齊紀綱。容飾整顏色，磬折執圭璋。堂上置玄酒，室中盛稻粱。外厲貞素談，戶內滅芬芳。放口從衷出，復說道義方。委曲周旋儀，姿態愁我腸。

有的詩則抒發自己的壯志，如其三十九：

壯士何慷慨，志欲威八荒。驅車遠行役，受命念自忘。良弓挾烏號，明甲有精光。臨難不顧生，身死魂飛揚。豈為全軀士？效命爭戰場。忠為百世榮，義使令名彰。垂聲謝後世，氣節故有常。

阮籍詩的風格隱約曲折，「言在耳目之內，情寄八荒之表」，「厥旨淵放，歸趣難求」（鍾嶸《詩品》），這主要是由其時代與身世決定的。他同情曹魏，不滿於司馬氏，但身仕亂朝，常恐遭禍，故處世極爲謹愼，「發言玄遠，口不臧否人物」（《晉書．阮籍傳》）。作詩亦不敢直言，常常藉比興、象徵的手法來表達感情、寄託懷抱。或借古諷今，或藉遊仙諷刺世俗，或藉寫美人香草寓寫懷抱。李善《文選注》分析這種情況說：「嗣宗身仕亂朝，常恐罹謗遇禍，因茲發詠，故每有憂生之嗟。雖志在刺譏，而文多隱避，百代之下，難以情測。」但就詩歌精神而言，阮籍的〈詠懷詩〉與建安風骨仍是一脈相承的，如嚴羽《滄浪詩話．詩評》說：「黃初之後，唯阮籍〈詠懷〉之作，極爲高古，有建安風骨。」

嵇康的詩，現存五十餘首㉗。有四言、五言、七言和雜言，而以四言成就較高。何焯《文選評》曰：「四言不爲《風》、《雅》所羈，直寫胸中語，此叔夜高於潘、陸也。」他的四言詩是繼曹操之後又一批成功之作。嵇康的詩，以表現其追求自然、高蹈獨立、厭棄功名富貴的人生觀爲主要內容。其中〈幽憤詩〉作於其蒙冤繫獄時，可視爲其絕命詩。詩中自述平生的遭遇和理想抱負，對自己無辜受冤表示極大憤慨。詩末說：「採薇山阿，散發巖岫。永嘯常吟，頤性養壽。」表示對自由生活的嚮往。這首詩詞鋒爽利，語氣清峻，可與其〈與山巨源絕交書〉合讀。其四言〈贈秀才入軍〉詩共十八章，內容是想像其兄嵇喜在軍中的生活，但那灑脫的情趣卻是屬於嵇康的。如第九章：

> 良馬既閑，麗服有暉。左攬繁弱，右接忘歸。風馳電逝，躡景追飛。凌厲中原，顧盼生姿。

想像其兄日後在軍中的戎馬騎射生活，形象鮮明，靈動生姿。與曹植〈白馬篇〉相比，既有遊俠兒的英武豪俠氣概，又多了一種灑脫神情。又如第十四章：

> 息徒蘭圃，秣馬華山。流磻平皋，垂綸長川。目送歸鴻，手揮五弦。俯仰自得，遊心太玄。嘉彼釣叟，得魚忘筌。郢人逝矣，誰與盡言。

想像其兄在行軍休息時遊獵彈琴、神情悠然的高超境界，也表現了自己的寂寞懷念之情。語言自然天成，形象而又傳神。「目送歸鴻，手揮五弦」是嵇康理想人格的寫照，也是向來爲人稱道的妙句。

嵇康的五言詩數量上不及其四言詩，其中〈遊仙詩〉、〈答二郭〉三首、〈贈秀才詩〉（五言）、〈述志詩〉二首皆較有特色，多寫其鄙棄世俗、回歸自然、高蹈隱逸之志。

嵇康詩的風格，劉勰《文心雕龍》評爲：「嵇志清峻。」（〈明詩〉）又說：「叔夜俊俠，故興高而采烈。」（〈體性〉）突出了嵇康詩風與其人格性情之間的密切關係。嵇康〈與山巨源絕交書〉自稱「剛腸疾惡，輕肆直言，遇事便發」，他的詩亦如此。鍾嶸《詩品》評其詩爲「峻切」，也是相同的意思。

應璩是建安詩人應瑒之弟，以《百一詩》聞名後世，其內容相當廣泛，主旨是對曹爽的規勸。態度平和，正是儒家所提倡的溫柔敦厚的風人之旨。語言質樸，以言事與說理見長，形象則有所不足[28]。

注釋

❶建安（一九六—二二〇）是漢獻帝的年號，建安文學指曹氏三祖（曹操、曹丕、曹叡）時代的文學創作，大致包括漢獻帝和魏文帝、明帝時期的文學。嚴羽《滄浪詩話・詩體》說：「以時而論，則有『建安體』（漢末年號，曹子建父子及鄴中七子之詩）、『黃初體』（魏年號，與建安相接，其體一也）。」、「建安文學」實應包括此二體在內。

❷曹操（一五五—二二〇），字孟德，小字阿瞞，沛國譙（今安徽亳州）人。其父曹嵩是大宦官曹騰的養子，故其出身為清流所鄙視。他少年時生活放蕩，機敏有權術，靈帝時任議郎，獻帝時參加討董卓，建安元年（一九六）迎漢獻帝至許昌，受封大將軍及丞相，後來又進封魏王，建安二十五年病卒。其子曹丕代漢自立後，追封他為魏武帝。

❸張華《博物志》：「漢世，安平崔瑗、瑗子寔，弘農張芝、芝弟昶並善草書，而太祖亞之。桓譚、蔡邕善音樂，馮翊山子道、王九真、郭凱等善圍棋，太祖皆與埒能。」（《三國志・魏書・武帝紀》裴注引）

❹《晉書・樂志上》：「漢自東京大亂，絕無金石之樂，樂章亡缺，不可復知。及魏武平荊州，獲漢雅樂郎杜夔，能識舊法，以為軍謀祭酒，使創定雅樂。時又有散騎侍郎鄧靜、尹商善詠雅樂，歌師尹胡能歌宗廟郊祀之曲，舞師馮肅、服養曉知先代諸舞，夔悉總領之。遠詳經籍，近採故事，考會古樂，始設軒懸鐘磬。」

❺以樂府舊題寫時事，並非創自曹操，東漢明帝時東平王劉蒼〈武德舞歌詩〉及和帝時人王渙所作〈雁門太守行〉，都是按舊譜填新詞者，實為曹氏父子擬古樂府之先聲。說見羅根澤《樂府文學史》第二章〈兩漢之樂府〉，北平文化社一九三一年版。

❻胡應麟《詩藪・內編》卷二說：「魏武〈度關山〉、〈對酒〉等篇，古質蒼莽，然比之漢人〈東西門行〉，音律稍艱，韻度微乏，其體大類〈雁門太守行〉。〈氣出唱〉三首類〈董逃〉，〈秋胡行〉二首類〈滿歌〉。」指出曹操詩與漢樂府之間的關係。

❼本書認為曹操是建安文壇的領袖，穆克宏繼承余冠英的說法，認為曹丕才是建安文壇的領袖，丁放曾撰文辨析，穆先生又有進一步的討論。參見穆克宏〈袁編《中國文學史》魏晉南北朝部分的幾個問題〉（《福建師範大學學報》二〇〇四年第二期）；丁放〈關於「正始之音」涵義等問題的辨析——兼答穆克宏先生〉（《北京大學學報》二〇〇七年第二期）；穆克宏〈關於「正始之音」等問題辨析之辨析〉（《福建師範大學學報》二〇〇八年第一期）。另可參徐公持《魏晉文學史》（人民文學出版社一九九九年版）第二八—二九頁的相關論述。

❽曹丕（一八七—二二六），字子桓，曹操次子。建安十六年任五官中郎將、副丞相，二十二年被立為太子，二十五年曹操卒，他繼位為魏王兼丞相。同年十月，代漢自立，建立魏國，定年號為黃初。黃初七年病死於洛陽，謚文，故世稱魏文帝。

❾曹植（一九二—二三二），字子建，曹丕同母弟，天資過人，才華橫溢，本來有希望當太子，但他恃才傲物，任性而行，終於敗給工於心計的曹丕，曹操死後，曹植飽受萁豆相煎之苦，在其兄曹丕、其侄曹叡（魏明帝）的壓迫與防範下，過著名為藩侯、實為囚徒的生活，最後鬱鬱以終，年僅四十一歲。

❿清人朱乾《樂府正義》卷五說：「讀曹植〈五遊〉、〈遠遊篇〉，悲植以才高見忌，遭遇艱厄。灌均之譏，儀、廙受誅，安鄉之貶，幸耳。時諸侯王皆寄地空名，國有老兵百餘人以為守衛，隔絕千里之外，不聽朝聘，設防輔監國之官，以伺察之。法既峻切，過惡日聞，惴惴然朝不知夕。所謂『九州不足步，中州非我家』，皆其憂患之詞也。至云『服食享遐紀，延壽保無疆』，則其憂生之心為已蹙矣。」

⓫見林庚《中國文學簡史》，北京大學出版社一九八八年版，第一二〇頁。

⓬歷代學者多對曹植評價極高，但也有少數人持異議，如明人王世貞《藝苑卮言》提出曹植的樂府詩不如曹操和曹丕，原因是曹植「材太高、辭太華」。王夫之《薑齋詩話》卷下認為子建詩建立門户，詩歌面貌雷同，水準不及其兄曹丕。

⓭參見王瑤〈曹氏父子與建安七子〉，收入《中古文學史論》，北京大學出版社一九八六年版。高敏〈略論「建安七子」說的分歧和由來〉，《鄭州大學學報》一九八〇年第一期。徐公持《魏晉文學史》，人民文學出版社一九九九年版。

⓮王粲（一七七—二一七），字仲宣，山陽高平（今山東鄒城）人。「建安七子」之一。曾祖王龔為漢太尉，祖父王暢為漢司空。他本人少有異才，先依劉表，不被重用，後歸曹操，官至侍中。史稱他「善屬文，舉筆便成，無所改定，時人常以為宿構，然正復精意覃思，亦不能加也」（《三國志．魏書．王粲傳》）。

⓯曹操於建安九年（二〇四）攻占鄴城，作為自己的大本營，招納天下文人學士，彬彬之盛，極於一時，史稱「鄴下時期」。鄴下文學以曹丕、曹植兄弟為中心，以王粲、劉楨、徐幹等人為骨幹，詩酒唱酬，開展多種形式的文學活動，對文人五言詩的發展做出了貢獻。唐代盧照鄰說「新聲起於鄴中」（〈樂府雜詩．序〉），即就此而言。參見傅剛〈鄴下文學論略〉，載《建安文學新論——全國第三屆建安文學討論會論文集》，中州古籍出版社一九九二年版。

⓰劉楨（？—二一七），字公幹，東平（今山東東平）人。「建安七子」之一，為曹操丞相掾屬。

⓱陳琳（？—二一七），字孔璋，廣陵射陽（今江蘇淮安東南）人。漢靈帝末年，任大將軍何進主簿。董卓作亂洛陽，陳琳避難至冀州，入袁紹幕，典文章，曾撰〈為袁紹檄豫州文〉，歷數曹操罪狀。官渡一戰，陳琳為曹軍俘獲。曹操愛其才而不

咎，署為司空軍師祭酒，使與阮瑀同管記室。後徙為丞相門下督。建安二十二年（二一七），與劉楨、應瑒、徐幹等同染疾而亡。阮瑀（？—二一二），字元瑜，陳留尉氏（今屬河南）人。少時曾受學於蔡邕。建安初，避役隱居，曹操聞其名而召為司空軍師祭酒，管記室。後徙為丞相倉曹掾屬。徐幹（一七〇—二一七），字偉長，北海郡（今山東昌樂附近）人。少年勤學，潛心典籍。建安初，曹操召受司空軍師祭酒掾屬，又轉五官將文學。數年後，因疾辭職。應瑒（？—二一七），字德璉，汝南（今屬河南）人。先被辟為曹操丞相掾屬，後轉為平原侯庶子，又轉五官中郎將文學。

⑱曹丕《典論・論文》：「〔陳〕琳、〔阮〕瑀之章表書記，今之雋也。」〈與吳質書〉：「孔璋章表殊健，微為繁富。」：「元瑜書記翩翩，致足樂也。」

⑲如沈德潛評此詩說：「無問答之痕，而神理井然，可與漢樂府競爽矣。」（《古詩源》卷六）陳祚明也說：「孔璋〈飲馬〉一篇，可與漢人競爽。辭氣俊爽，如孤鶴唳空，翮堪凌霄，聲聞於天。」（《采菽堂古詩選》卷七）關於此詩作者的爭議，可參見費秉勳〈〈飲馬長城窟行〉本辭探實〉，載《人文雜誌》一九八〇年第三期；傅如一〈樂府古辭〈飲馬長城窟行〉考索〉，載《文學遺產》一九九〇年第一期；徐公持《魏晉文學史》第一編第五章注釋⑤。

⑳蔡琰詩的真偽問題，向來爭議較大，《胡笳十八拍》的真偽，可參考中華書局出版的《胡笳十八拍討論集》。宋人蘇軾認為〈悲憤詩〉是後人偽作（見《仇池筆記》），宋人蔡居厚則認為不是偽作（見《蔡寬夫詩話》）。近人張長弓〈蔡琰悲憤詩辨偽〉（載《東方雜誌》四十卷七期）證其偽，余冠英〈論蔡琰悲憤詩〉（見其所著《漢魏六朝詩論叢》）定為真，論列均頗詳。

㉑清人施補華《峴傭說詩》云：「〈奉先詠懷〉及〈北征〉是兩篇有韻古文，從文姬〈悲憤詩〉擴而大之也。」

㉒王達津《建安文學的特色》一文認為，建安時代文學的特色：一是清峻；二是慷慨尚氣；三是漸尚通脫；四是文中產生詼諧嘲戲的言語；五是文人依靠割據雄主，氣揚采飛，很有戰國縱橫家風氣；六是質性自然、華麗壯大、音調協和（見《藝譚》編輯部編《建安文學研究文集》，黃山書社一九八四年版，第一—九頁）。

㉓對於「建安風骨」的理解，王運熙〈從《文心雕龍・風骨》談到建安風骨〉一文說：「我認為建安風骨是指建安文學（特別是五言詩）所具有的鮮明爽朗、剛健有力的文風，它是以作家慷慨飽滿的思想感情為基礎所表現出來的藝術風貌，不是指什麼充實健康的思想內容。」（見王運熙著《文心雕龍探索》，上海古籍出版社一九八六年版，第一〇八頁）王拾遺〈略論「建安風骨」〉一文說：「人們通常所讚賞的『建安風骨』，是指那些反映現實深刻，風格剛健清新的詩篇，並不是指建安時期的所有詩歌。因為其中還占有比重不小的『憐風月，狎池苑，述恩榮，敘酣宴』之作，這類歌功頌德、頹廢放浪的詩

篇，由於內容蒼白，不得不追求詞藻的華麗，留給後世某些消極的影響，也是不容否定的。」（見《藝譚》編輯部編《建安文學研究文集》，黃山書社一九八四年版，第九三頁）張可禮〈如何理解「建安風骨」？〉一文說：「古代講的『建安風骨』……強調的是建安文學明朗剛健、古樸自然的藝術表現。現在學術界流行的所謂古代提出的『建安風骨』，『是對整個建安時代文學的面貌的概括』的說法，與古人講的『建安風骨』的涵義，是方圓不合的。」（見張可禮著《建安文學論稿》，山東教育出版社一九八六年版，第二九一—二九二頁）

㉔阮籍（二一〇—二六三），字嗣宗，陳留尉氏（今河南尉氏）人，阮瑀子。「竹林七賢」之一，封關內侯，徙散騎常侍。後為東平相、步兵校尉。他生當魏晉易代之際，對司馬氏集團採取逃避態度，但心中異常苦悶，作〈詠懷詩〉以寄其意。

㉕其後如左思〈詠史〉，陶淵明〈雜詩〉、〈飲酒〉，庾信〈擬詠懷〉，陳子昂、張九齡〈感遇〉，李白〈古風〉等，均受其沾溉而蔚為大觀。

㉖關於阮籍放達的故事，見《世說新語》及其注釋、《晉書・阮籍傳》。

㉗嵇康（二二四—二六三），字叔夜，譙國銍（今安徽宿州）人。與阮籍齊名，為「竹林七賢」之一。與魏宗室通婚，官中散大夫，世稱嵇中散。因聲言「非湯武而薄周孔」，且不滿當時掌握政權的司馬氏集團，遭鍾會構陷，為司馬昭所殺。

㉘參見袁行霈〈鍾嶸《詩品》陶詩源出應璩說辨析〉，載《國學研究》第二卷，北京大學出版社一九九四年版。

第二章　兩晉詩壇

兩晉詩壇上承建安、正始，下啓南朝，呈現出一種過渡的狀態。西晉與東晉又各有特點，西晉詩壇以陸機、潘岳爲代表，講究形式，描寫繁複，辭采華麗，詩風繁縟，藝術性強。左思的〈詠史〉詩，喊出了寒士的不平，在當時獨樹一幟。郭璞的〈遊仙詩〉藉遊仙寫其坎壈之懷，文采富豔。東晉詩壇被玄風籠罩，以王羲之、孫綽、許詢爲代表的玄言詩人，作品缺少詩意，「理過其辭，淡乎寡味」，雖在當時被視爲正宗，卻無生命力。東晉末年的偉大詩人陶淵明，開創了描寫田園生活的風氣，成爲魏晉古樸詩風的集大成者。

第一節　陸機、潘岳與太康詩風

・政治漩渦中詩人們的浮沉　・逞才成爲創作的目標　・繁縟：太康詩風的特徵

陸機、潘岳是西晉詩壇的代表❶，所謂太康詩風就是指以陸、潘爲代表的西晉詩風❷。

晉武帝司馬炎代魏之後不久，天下重歸於一統。當時「民和俗靜，家給人足」（《晉書・武帝紀》），社會相對安定，經濟比三國紛爭時有較大發展。士人們重新燃起從政熱情，願爲新朝效力，陸機、陸雲自吳入洛，就是一個例證。原曹魏政權中的文人，轉投司馬氏政權者，爲數更多。統治集團爲鞏固政權的需要，也盡力拉攏文人。但由於西晉王室內部矛盾十分複雜，文人們在政治鬥爭的漩渦中幾經浮沉，演出了一幕幕人生的悲劇。

張華因爲支援武帝伐吳得到封賞，確立了他此後在朝中的重要地位。陸機兄弟太康間入洛陽，經張華延譽，得到任用。後來，張華被武帝岳父權臣楊駿所忌，不得參與朝政。惠帝時，賈謐專權，當時文人多投其門下，潘岳、石崇、左思、陸機、陸雲、劉琨諸人皆在其中，有「二十四友」之稱❸。潘岳與石崇爭事賈謐，構陷潛懷太子，尤爲人詬病。此後，政治矛盾日趨白熱化，戰爭一觸即發。對於這種情形，詩人們雖有所認識，卻未能急流勇退。張華晚年，其子勸其退位，不從，說要「靜以待之，以候天命」（《晉書・張華傳》）。潘岳得勢時，其母勸他要「知足」，「而岳終不能改」（《晉書・潘岳傳》）。顧榮、戴若思看到天下將亂，勸陸機還吳，陸機不從（事見《晉書・陸機傳》）。這種處世態度，導致了詩人們在「八王之亂」中多被殺戮的悲劇命運。永康元年（三〇〇）趙王司馬倫廢賈後，誅賈謐，拉攏張華參與其事，張華拒絕，被殺。潘岳、石崇、歐陽建等人亦於同年為趙王倫所害。太安二年（三〇三）司馬穎等起兵討長沙王司馬，陸機率二十萬大軍為前鋒，兵敗受讒，被司馬穎殺害。「八王之亂」本無是非可言，陸、潘等詩人為之喪命，是混亂年代造成的悲劇，也是他們熱衷功名的後果。

西晉詩人多以才華自負，他們努力馳騁文思，以展現自己的才華。正如陸機《文賦》說，是「辭程才以效伎」，「收百世之闕文，採千載之遺韻。謝朝華於已披，啓夕秀於未振」。為了逞才，他們對當時最能表現才華的辭賦都十分重視❹，辭賦創作既為他們帶來巨大的聲譽，又使他們在藝術技巧方面得到很好的訓練。而他們的文才也的確十分突出❺。

由於時代的原因，潘、陸諸人不可能唱出建安詩歌的慷慨之音，也不會寫出阮籍那種寄託遙深的作品，他們的努力表現在兩個方面：一是擬古，二是追求形式技巧的進步，並表現出繁縟的詩風。

模擬《詩經》、漢樂府和《古詩十九首》，成為當時的風氣。陸機的〈贈馮文羆遷斥丘令詩〉八章、〈與弟清河雲詩〉十章，潘岳的〈關中詩〉十六章、〈北芒送別王世胄詩〉五章等，均為四言體的名篇，這些詩學習《詩經》，但文辭趨向華美。在《樂府詩集》的《相和歌辭》中，大多數曲調都有陸機的擬作。其中陸機的其他樂府詩也往往成為後來擬作同題樂府詩的樣本❻。陸機的〈擬古詩〉十二首，基本上都是擬《古詩十九首》的，在內容上皆沿襲原題，格調上變樸素為文雅，顯示出詩歌文人化的傾向，其總體水準不及原作。然而陸機有時能夠擬得唯妙唯肖，有些地方還另有特色，已屬難能可貴，所以鍾嶸《詩品・序》將陸機擬古也列為「五言之警策」。

在詩歌技巧方面，陸機、潘岳諸人進行了多方面的努力，形成了與漢魏古詩不同的藝術風貌——繁縟。正如沈約《宋書・謝靈運傳論》所說：「降及元康，潘、陸特秀；律異班、賈，體變曹、王；縟旨星稠，繁文綺合。」其實，陸機在《文賦》中已經強調了這一點：「或藻思綺合，清麗芊眠。炳若縟繡，淒若繁弦。」這幾句話正好可以用來評價他自己的詩風。「繁縟」，本指繁密而華茂，後用以比喻文采過人❼。分而言之，繁，指描寫繁複、詳盡，不避繁瑣。縟，指色彩華麗。《說文》曰：「縟，繁彩也。」《晉書・夏侯湛潘岳張載傳論》說：夏侯湛「時標麗藻」，「縟彩雕煥」；「機文喻海，韞蓬山而育蕪；岳藻如江，濯美錦而增絢」；「岳實含章，藻思抑揚」；「尼標雅性，夙聞辭令」；「載、協飛芳，棣華增映」。指出夏侯湛、陸機、潘岳、張載、張協等人詩歌繁縟的特徵。

與漢魏古詩相比，太康詩風「繁縟」的特徵表現在以下幾個方面：

一、語言由樸素古直趨向華麗藻飾

陸機的〈擬古詩〉，可作爲華麗藻飾的代表。試舉《古詩．西北有高樓》與陸機擬作比較如下：

古詩．西北有高樓

西北有高樓，上與浮雲齊。交疏結綺窗，阿閣三重階。上有弦歌聲，音響一何悲！誰能為此曲？無乃杞梁妻。清商隨風發，中曲正徘徊。一彈再三歎，慷慨有餘哀。不惜歌者苦，但傷知音稀。願為雙鴻鵠，奮翅起高飛。

擬西北有高樓　陸機

高樓一何峻，迢迢峻而安。綺窗出塵冥，飛陛躡雲端。佳人撫琴瑟，纖手清且閒。芳氣隨風結，哀響馥若蘭。玉容誰能顧，傾城在一彈。佇立望日昃，躑躅再三歎。不怨佇立久，但願歌者歡。思駕歸鴻羽，比翼雙飛翰。

這兩首詩內容相同，每兩句所描繪的具體情景相似，結構也一致。可是風格有樸素與華麗之別。陸機、潘岳其他的詩作，以及張華的〈情詩〉、〈輕薄篇〉、〈美女篇〉等，與此類似。

二、描寫由簡單趨向繁複

試以〈猛虎行〉爲例，〈猛虎行〉古辭爲：「飢不從猛虎食，暮不從野雀棲。野雀安無巢，遊子爲誰驕。」魏文帝、明帝的擬作也很簡單（見《樂府詩集》卷三十一），陸機的擬作大大地豐富了原作的內容，文辭委婉曲折，而以繁複取勝：

渴不飲盜泉水，熱不息惡木陰。惡木豈無枝，志士多苦心。整駕肅時命，杖策將遠尋。飢食猛虎窟，寒棲野雀林。日歸功未建，時往歲載陰。崇雲臨岸駭，鳴條隨風吟。靜言幽谷底，長嘯高山岑。急弦無懦響，亮節難為音。人生誠未易，曷云開此衿？眷我耿介懷，俯仰愧古今。

這首詩寫自己在外行役的經歷，雖然壯志難酬，仍不改「耿介」之懷。情、理結合自然，描寫景物細緻而生動，是陸詩中的上乘之作。

又如潘岳的代表作〈悼亡詩〉三首，其一寫喪妻後的悲痛之情：

荏苒冬春謝，寒暑忽流易。之子歸窮泉，重壤永幽隔。私懷誰克從，淹留亦何益。僶俛恭朝命，回心反初役。望廬思其人，入室想所歷。幃屏無彷彿，翰墨有餘跡。流芳未及歇，遺掛猶在壁。悵怳如或存，周惶忡驚惕。如彼翰林鳥，雙棲一朝隻。如彼游川魚，比目中路析。春風緣隟來，晨霤承簷滴。寢息何時忘，沉憂日盈積。庶幾有時衰，莊缶猶可擊。

詩中敘亡妻葬後，自己準備赴任時的所見所感，筆觸細膩，低徊哀婉。其二、其三雖然描寫的具體情景有所變化，但總的意思與第一首相近，顯得重複。所以，清人陳祚明說：「安仁情深之子，每一涉筆，淋漓傾注，宛轉側折，旁寫曲訴，刺刺不能自休。夫詩以道情，未有情深而語不佳者；所嫌筆端繁冗，不能裁節，有遜樂府古詩含蘊不盡之妙耳。」（《采菽堂古詩選》卷十一）

三、句式由散行趨向駢偶

例如陸機的名作〈赴洛道中作〉二首：

總轡登長路，嗚咽辭密親。借問子何之，世網嬰我身。永歎遵北渚，遺思結南津。行行遂已遠，野途曠無人。山澤紛紆餘，林薄杳阡眠。虎嘯深谷底，雞鳴高樹巔。哀風中夜流，孤獸更我前。悲情觸物感，沉思鬱纏綿。佇立望故鄉，顧影淒自憐。

遠遊越山川，山川修且廣。振策陟崇丘，安轡遵平莽。夕息抱影寐，朝徂銜思往。頓轡倚嵩岩，側聽悲風響。清露墜素輝，明月一何朗。撫枕不能寐，振衣獨長想。

這兩首詩寫自己被召入洛時留戀家鄉之情和前途未卜的憂慮。除首尾之外，幾乎都是偶句。其駢偶化的程度不但爲漢詩所未見，而且也大大超過了曹植、王粲的詩作。另如陸機的〈招隱〉詩、〈悲哉行〉及一些擬古詩也多偶句。潘岳的〈金谷集作詩〉、〈河陽縣作詩〉二首、〈在懷縣作詩〉二首以及張協的〈雜詩〉等，也大量運用偶句。陸、潘諸人爲了加強詩歌鋪陳排比的描寫功能，將辭賦的句式用於詩歌，豐富了詩歌的表現手法。他們詩中山水描寫的成分大量增加，排偶之句主要用於描寫山姿水態，爲謝靈運、謝朓諸人的山水詩起了先導的作用。

總之，追求華辭麗藻、描寫繁複詳盡及大量運用排偶，是太康詩風「繁縟」特徵的主要表現。從文學發展的規律來看，由質樸到華麗，由簡單到繁複，是必然的趨勢。正如蕭統所說：「蓋踵其事而增華，變其本而加厲，物既有之，文亦宜然。」（《文選・序》）陸、潘發展了曹植「辭采華茂」的一面，對中國詩歌的發展是有貢獻的，對南朝山水詩的發展及聲律、對仗技巧的成熟，有促進的作用。

第二節　左思、張協與劉琨

・詠史詩的淵源與特徵　・寒士的不平與抗爭　・典以怨的詩風與建安風骨的再現
・張協兄弟的詩　・劉琨的詩

左思曾以〈三都賦〉名震京都❽，但奠定其文學地位的，卻是其〈詠史〉詩八首❾。

以「詠史」爲詩題，始於東漢的班固。班固的〈詠史〉詩，直書史實，鍾嶸評爲「質木無文」（《詩品・序》）。曹魏時，王粲、阮瑀有〈詠史詩〉，曹植有〈三良詩〉，與左思同時的張協也有〈詠史〉詩。

左思的詠史詩，既受前人的影響，又有一定創新。明代胡應麟說：「太沖〈詠史〉，景純〈遊仙〉，皆晉人傑作。〈詠史〉之名，起自孟堅，但指一事。魏杜摯〈贈丘儉〉，疊用八古人名，堆垛寡變。太沖題實因班，體亦本杜，而造語奇偉，創格新特，錯綜震盪，逸氣干雲，遂爲古今絕唱。」（《詩藪・外編》卷二）對詠史詩的流變及左思〈詠史詩〉的價值，概括得相當準確。清人何焯則認爲左思的〈詠史〉詩是變體：「詠史者不過美其事而詠歎之，隱括本傳，不加藻飾，此正體也。太沖多自抒胸臆，乃又其變。」（《義門讀書記》卷四十六）從詠史詩的發展先後順序來看，以「隱括本傳」者爲正體，以「自抒胸臆」者爲「變體」，並不爲錯，然而左思之「變體」，成就遠遠超過了前人的正體⑩。

左思〈詠史〉詩的內容主要是寒士之不平及對士族的蔑視與抗爭。西晉時，士族把持朝政，庶族寒士很難進入政權中心，「上品無寒門，下品無勢族」（《晉書・劉毅傳》）。左思出身寒微，雖然爲文「詞藻壯麗」，卻無晉身之階。大約在左思二十歲時，其妹左棻因才名被晉武帝納爲美人，左思全家遷往洛陽，不久，他被任命爲祕書郎。但畢竟出身寒門，終不被重用。在門閥制度的重壓下，他壯志難酬，寫了〈詠史〉八首以抒懷。其中有的表達對門閥制度的不滿及對豪右的蔑視，有的肯定寒士自身的價值，有的慨歎寒士生活的困頓。如其二：

> 鬱鬱澗底松，離離山上苗，以彼徑寸莖，蔭此百尺條。世冑躡高位，英俊沉下僚。地勢使之然，由來非一朝。金張藉舊業，七葉珥漢貂。馮公豈不偉，白首不見招。

世冑占據高位，寒士屈沉下僚，這是門閥制度造成的，並且由來已久。第七首慨歎主父偃、朱買臣、陳平、司馬相如四位賢才的厄運。這些人都有大才，又都出身寒微，作者寫他們未遇時，有窮困致死、身塡溝壑之憂，感歎「英雄有迍邅，由來自古昔。何世無奇才，遺之在草澤」。這是對古代門閥制度的控訴。

〈詠史〉其四前半極寫王侯貴族的豪奢生活，後半寫辭賦家揚雄生前之寂寞及死後的不朽聲譽，以反襯貴族之速朽。其六云：

> 荊軻飲燕市，酒酣氣益震。哀歌和漸離，謂若傍無人。雖無壯士節，與世亦殊倫。高眄邈四海，豪右何足陳！貴者雖自貴，視之若埃塵。賤者雖自賤，重之若千鈞。

詩中讚揚了荊軻、高漸離等卑賤者慷慨高歌、睥睨四海的精神，表達了對豪門權貴的蔑視。作於平吳之前的第一首云：「長嘯激清風，志若無東吳。鉛刀貴一割，夢想騁良圖。左眄澄江湘，右盼定羌胡。」自信可爲國立功，但其終極目標卻是「功成不受爵，長揖歸田廬」。第三首藉著讚揚段干木和魯仲連，肯定寒士能爲國排憂解難，又不圖封賞，歌頌他們視功名富貴如浮雲的態度。最能表現左思氣概的是第五首：

> 皓天舒白日，靈景耀神州。列宅紫宮裡，飛宇若雲浮。峨峨高門內，藹藹皆王侯。自非攀龍客，何為欻來遊？被褐出閶闔，高步追許由。振衣千仞岡，濯足萬里流。

這首詩先寫宮廷和王侯第宅之豪華，接下來用「自非攀龍客，何爲欻來遊」將前面的渲染一筆抹倒，對功名富貴表示了極度的鄙棄。他說自己只願做一位像許由那樣的高士。此詩末尾「振衣千仞岡，濯足萬里流」二句，是這組詩中的最強音。

鍾嶸《詩品》置左思於上品，評其詩曰：「文典以怨，頗爲精切，得諷諭之致。」他的詩多引史實，故曰「典」。借古諷今，對現實政治持批評態度，故曰「怨」。而借古諷今又能做到深刻恰當，故曰「精切」。他的詩能起到諷諭作用，故曰「得諷諭之致」⓫。鍾嶸《詩品》還說左思的詩「出於公幹」，公幹即建安詩人劉楨。在論及陶淵明時則說「又協左思風力」，「風力」與「風骨」義近。鍾嶸標舉「左思風力」，含有左思再現了建安風骨的意思，這是很有道理的。

左思的〈詠史〉八首，開創了詠史詩藉詠史以詠懷的新路，成爲後世詩人效法的範例，這是他對中國詩歌史的獨特貢獻，所以前人評云：「創成一體，垂式千秋。」（陳祚明《采菽堂古詩選》卷十一）

張載、張協、張亢兄弟與潘、陸諸人齊名⓬。其中張亢不以詩名，張載被鍾嶸《詩品》列入下品。詩名較盛的是張協，《詩品》列入上品，評曰：「文體華淨，少病累。又巧構形似之言。雄於潘岳，靡於太沖。風流調達，實曠代之高手。辭采蔥蒨，音韻鏗鏘。」其特點是既有文采又較少蕪累。與張華、潘岳、陸機等人熱衷功名，身逢亂世，捲入政治漩渦，最終被殺不同，張氏兄弟頭腦較爲清醒：「載見世方亂，無復進仕意，遂稱疾篤告歸，卒於家。」（《晉書・張載傳》）張協「少有俊才，與載齊名。……於時天下已亂，所在寇盜。協遂棄絕人事，屏居草澤，守道不競，以屬詠自娛。」（《晉書・張協傳》）張協現存的十餘首詩，多數作於歸隱之後，其代表作是〈雜詩〉十首。其一寫遊子思婦之情，以季節景物的變化加以襯托，如：「離居幾何時，鑽燧忽改木。房櫳無行跡，庭草萋以綠。青苔依空牆，蜘蛛網四屋。」很有表現力。其四寫歲暮年衰、憂時避世之情：「輕風摧勁草，凝霜竦高木。密葉日夜疏，叢林森如束。」堪稱「蔥蒨」。其九以大半篇幅寫隱居生活，而結穴爲「養眞尙無爲，道勝貴陸沉」。

張載現存〈贈司隸傅咸詩〉、〈登成都白菟樓詩〉等十餘首詩，以〈擬四愁詩〉和〈七哀詩〉二首較有名，如〈七哀詩〉其一：

北芒何壘壘，高陵有四五。借問誰家墳？皆云漢世主。恭文遙相望，原陵鬱膴膴。季世喪亂起，賊盜如豺虎。毀壞過一抔，便房啓幽户。珠柙離玉體，珍寶見剽虜。園寢化為墟，周墉無遺堵。蒙籠荊棘生，蹊徑登童豎。狐兔窟其中，蕪穢不復掃。頹隴並墾發，萌隸營農圃。昔為萬乘君，今為丘中土。感彼雍門言，淒愴懷往古。

《文選》卷二十三李善注引魏文帝《典論》曰：「喪亂以來，漢氏諸陵，無不發掘，乃至燒取玉柙金鏤，體骨並盡。」此詩所寫內容，比魏文帝的記載更爲具體。「昔爲萬乘君，今爲丘中土。感彼雍門言，淒愴懷往古」四句，用桓譚《新論》雍門周諷孟嘗君人生苦短，富貴不能長久事，感慨尤爲深沉。

張氏兄弟的詩，現在所存不多，在當時卻頗負盛名，劉勰曰：「孟陽、景陽，才綺而相埒，可謂魯、衛之政，兄弟之文也。」（《文心雕龍・才略》）[13]

劉琨早年生活豪縱[14]，且慕老、莊，後來參加衛國鬥爭，思想感情發生變化，聞雞起舞的故事，最能見其性格。〈扶風歌〉是劉琨的代表作之一。永嘉元年（三〇七）他任并州刺史，募兵千餘人，歷盡艱辛才到達任所晉陽，詩寫途中經歷和激憤、憂慮之情：

朝發廣莫門，暮宿丹水山。左手彎繁弱，右手揮龍淵。顧瞻望宮闕，俯仰御飛軒。據鞍長歎息，淚下如流泉。繫馬長松下，發鞍高嶽頭。烈烈悲風起，泠泠澗水流。揮手長相謝，哽咽不能言。浮雲為我結，歸鳥為我旋。去家日已遠，安知存與亡？慷慨窮林中，抱膝獨摧藏。麋鹿遊我前，猿猴戲我側。資糧既乏盡，薇蕨安可食？攬轡命徒侶，吟嘯絕巖中。君子道微矣，夫子故有窮。惟昔李騫期，寄在匈奴庭。忠信反獲罪，漢武不見明。我欲竟此曲，此曲悲且長。棄置勿重陳，重陳令心傷。

劉琨被段匹磾所拘時寫了〈答盧諶〉和〈重贈盧諶〉，是劉琨的絕命詩。《晉書・劉琨傳》說二詩「託意非常，攄暢出憤」，後一首感慨尤深。

劉琨的詩感情深厚，風格雄峻，亦與建安風骨一脈相承⑮。

第三節　郭璞的遊仙詩

・遊仙詩溯源　・乖遠玄宗與坎壈詠懷　・文采富豔寄託高遠

詩歌以「遊仙」名篇始於曹植，但以遊仙為題材則可上溯到戰國時期。清人朱乾《樂府正義》卷十二將早期的遊仙詩分為兩類：「遊仙諸詩嫌九州之侷促，思假道於天衢，大抵騷人才士不得志於時，藉此以寫胸中之牢落，故君子有取焉。若始皇使博士為〈仙眞人詩〉，遊行天下，令樂人歌之，乃其惑也，後人尤而效之，惑之惑也。詩雖工，何取哉？」朱乾認為前一類遊仙詩出於屈原之〈遠遊〉，〈遠遊〉中「悲時俗之迫厄兮，將輕舉而遠遊」二句是此類詩之主旨。後一類起於秦代，《史記・秦始皇本紀》：「三十六年，使博士為〈仙眞人詩〉。」原詩已佚，其內容當不出求仙訪藥、追求長生之類。繼承前一類的有曹操的〈氣出唱〉三首、〈精列〉等詩，曹植的〈五遊詠〉、〈遠遊篇〉、〈仙人篇〉、〈遊仙詩〉等，還包括阮籍〈詠懷〉以及嵇康的某些詩，寫遊仙不過是抒其憤世之情。繼承後一類的有漢樂府〈吟歎曲・王子喬〉、〈董逃行〉、〈長歌行〉等，都以求仙為主旨⑯。

郭璞的遊仙詩⑰，今存十九首，其中有九首為殘篇⑱。鍾嶸《詩品》說郭璞的〈遊仙詩〉「辭多慷慨，乖遠玄宗」，「坎壈詠懷」，這是很確切的評價。但是，由於當時玄言詩盛行，其〈遊仙詩〉又多寫隱逸生活，所以許多評論家將其詩與玄言詩連繫起來⑲，這種說法其實並不符合郭璞的為人和創作實際。玄言以老莊為思想基礎，老莊主張無為、逍遙。老莊的隱逸，是一種自我保全、超世絕俗的生活方式。郭璞不然，《晉書・郭璞傳》說他「好經術」，其立身行事始終接近儒家。《晉書》所載他的一些奏疏，持論皆以儒家經典為本。他身處西晉末年的戰亂，雖屈沉下僚，卻始終留意仕進。他因「才高位卑，乃著〈客傲〉」（《晉書・郭璞傳》）。所以他的〈遊仙詩〉寫隱居高蹈，乃是仕宦失意的反映，而非如道家之鄙棄仕途；他所抒發的不是莊子的那種逍遙精神，而是儒家「達則兼濟天下，窮則獨善其身」的精神⑳。他的遊仙是其仕途偃蹇、壯志難酬時的精神寄託，是抒發其苦悶情懷的一種特殊方式。

〈遊仙詩〉的第一、二首，集中寫其隱逸之情，如其一：

京華遊俠窟，山林隱遁棲。朱門何足榮，未若託蓬萊。臨源挹清波，陵岡掇丹荑。靈溪可潛盤，安事登雲梯？漆園有傲吏，萊氏有逸妻。進則保龍見，退為觸藩羝。高蹈風塵外，長揖謝夷齊。

此詩寫仕宦之求不如高蹈隱逸，山林之樂勝於求仙。隱居高蹈，可以保持品德完好和自身的自由；退回塵世，則會陷入進退維穀的境地。最能顯示其「坎壈」之懷的是第五首：

逸翮思拂霄，迅足羡遠遊。清源無增瀾，安得運吞舟？珪璋雖特達，明月難暗投。潛穎怨青陽，陵苕哀素秋。悲來惻丹心，零淚緣纓流。

〈遊仙詩〉也有幾首是寫神仙世界的，但多別有懷抱，如第三首含有諷刺權貴勢要之意；第六首寓有警戒統治者災禍將至之意。正如陳祚明所說：郭璞「〈遊仙〉之作，明屬寄託之詞，如以『列仙之趣』求之，非其本旨矣」（《采菽堂古詩選》卷十二）。

西晉後期至東晉初年，詩道不振，孫楚、潘尼、曹攄、棗腆諸人之詩，玄理漸多，平淡寡味，故鍾嶸說其「理過其辭，淡乎寡味」（《詩品・序》）。而郭璞〈遊仙詩〉則以文采富麗見稱於時。王隱《晉書》說郭璞「文藻粲麗」（《世說新語・文學》劉注引）；劉勰《文心雕龍・才略》曰：「景純豔逸……仙詩亦飄飄而凌雲矣。」鍾嶸《詩品》評郭璞「始變永嘉平淡之體」。「平淡」，即淡乎寡味，郭璞的詩與這類作品相反，無論是寫隱逸還是寫神仙，都無枯燥的說理，而是以華美的文字，將隱士境界、神仙境界及山川風物都寫得十分美好，具有形象性，這在當時是高出儕輩、獨領風騷的，故劉勰說其「足冠中興」，鍾嶸評為「中興第一」。

郭璞藉遊仙寫其坎壈之懷，繼承了《詩》、《騷》的比興寄託傳統。朱自清說：「後世的比體詩可以說有四大類。詠史，遊仙，豔情，詠物。」、「遊仙之作以仙比俗，郭璞是創始的人。」（《詩言志辨・比興・賦比興通釋》）的確，郭璞以遊仙寫失意之悲，與左思藉詠史抒牢騷不平，有異曲同工之妙。

第四節　王羲之與蘭亭唱和

・《蘭亭集・序》與蘭亭詩　・蘭亭詩的主題及審美價值　・文人雅集、詩酒唱和及其對後代的影響

王羲之是東晉著名文士㉑，爲人率直、灑脫。他雖出身高門，卻淡薄宦情，好隱居，與清談名士交遊，以山水吟詠爲樂。《晉書・王羲之傳》說他：「雅好服食養性，不樂在京師，初渡浙江，便有終焉之志。會稽有佳山水，名士多居之，謝安未仕時亦居焉。孫綽、李充、許詢、支遁等皆以文義冠世，並築室東土，與羲之同好。」王羲之與朋友們徜徉於會稽的明山秀水之間，詩酒風流，逍遙度日。其中最有名的一次聚會，便是晉穆帝永和九年（三五三）三月三日的蘭亭之會㉒。聚會的起因源於「修禊」這一習俗。古人於三月上旬巳日，在東流水洗濯，祓除不祥。後來發展爲暮春之初在水邊宴飲嬉遊，祓除不祥的意義反而退居其次，蘭亭之會就是如此。此次聚會名流薈萃，規模宏大，與會者多達四十餘人。聚會的目的主要是欣賞山水，飲酒賦詩。爲了增加趣味，採取流觴賦詩的方法，流觴所至，即席賦詩。作詩的規矩當是每人作四、五言詩各一首。此次聚會，王羲之、謝安、孫綽等十一人成四、五言詩各一首；郗曇等十五人各成詩一首；謝瑰、卞迪等十六人詩不成，罰酒三巨觥㉓。共成詩三十七首，編爲《蘭亭集》。

蘭亭之會在後世享有盛名的重要原因之一，是王羲之寫了一篇《蘭亭集・序》㉔。其文曰：

> 永和九年，歲在癸丑，暮春之初，會於會稽山陰之蘭亭，修禊事也。群賢畢至，少長咸集。此地有崇山峻嶺，茂林修竹，又有清流激湍，映帶左右，引以為流觴曲水，列坐其次。雖無絲竹管弦之盛，一觴一詠，亦足以暢敘幽情。
>
> 是日也，天朗氣清，惠風和暢，仰觀宇宙之大，俯察品類之盛，所以遊目騁懷，足以極視聽之娛，信可樂也。
>
> 夫人之相與，俯仰一世，或取諸懷抱，晤言一室之內，或因寄所託，放浪形骸之外。雖趣捨萬殊，靜躁不同，當其欣於所遇，暫得於己，快然自足，不知老之將至。及其所之既倦，情隨事遷，感慨繫之矣。向之所欣，俯仰之間，已為陳跡，猶不能不以之興懷。況修短隨化，終期於盡。古人云：「死生亦大矣！」豈不痛哉！
>
> 每覽昔人興感之由，若合一契，未嘗不臨文嗟悼，不能喻之於懷。固知一死生為虛誕，齊彭殤為妄作，後之

視今，亦猶今之視昔，悲夫！故列敘時人，錄其所述，雖世殊事異，所以興懷，其致一也。後之覽者，亦將有感於斯文。

此序的前半記述這次盛會概況，寫山川之美、酒吟詠之樂，後半由眼前之樂想到人生之短促，以感慨作結，令人遐思無限。

蘭亭詩的內容，或抒寫山水遊賞之樂，表現山水審美的情趣；或由山水直接抒發玄理。寫遊賞的樂趣，包括山水之美、飲酒之樂、臨流賦詩之雅興，其中心內容是在美好的自然與人文環境中得到審美愉悅。如王羲之：「欣此暮春，和氣載柔。詠彼舞雩，異世同流。」、「雖無絲與竹，玄泉有清聲。雖無嘯與歌，詠言有餘馨。」孫統：「時禽吟長澗，萬籟吹連峰。」還有一些詩是寫在山水陶冶中忘記憂愁。如王玄之：「松竹挺岩崖，幽澗激清流。蕭散肆情志，酣暢豁滯憂。」王徽之：「散懷山水，蕭然忘羈。」王蘊之：「散豁情志暢，塵纓忽已捐。」這一部分內容，大致相當於王羲之《蘭亭集．序》前半部分的意思。在山水遊覽中體認玄理的作品，如王羲之：「仰望碧天際，俯磐綠水濱。寥朗無厓觀，寓目理自陳。……群籟雖參差，適我無非新。」這是從山水遊賞中體悟到大自然生生不息的力量。謝安：「萬殊混一理，安復覺彭殤。」則是抒發萬物渾一、不辨彭殤的玄理。

蘭亭詩無論是寫山水還是寫玄理，藝術水準都不高，但標誌著詩人已開始留意山水審美，並從山水中體悟玄理。這種嘗試預示著山水詩將要興起。蘭亭雅集對中國文人生活情趣有重大影響，同時對詩歌流派的形成也有推動作用。

蘭亭雅集明顯受到西晉元康六年（二九六）石崇金谷雅集的影響[25]，二者的活動方式幾乎完全相同，王羲之有意效法石崇。「王右軍得人以《蘭亭集．序》方《金谷詩．序》，又以己敵石崇，甚有得色。」（《世說新語．企羨》）當然，蘭亭雅集的影響遠遠超過金谷雅集。

第五節　孫綽、許詢與玄言詩

・東晉文人的心態　・玄釋合流　・心隱與適意：因循自然與玄理的闡發

玄言詩興盛於東晉，一方面是魏晉玄學及清談之風興盛的結果，另一方面也與東晉政局及由此而形成的士人心態有關。

西元三一八年，司馬睿在建康即帝位，建立了東晉王朝。此時北方五胡交戰，兵連禍結，並時時覬覦江南。東晉王朝建立之初，曾數次北伐，均告失敗。北方既不可恢復，江南又山清水秀，南渡士人就在此安居下來。起源於中朝的清談之風，也被過江諸人帶至東晉，並且風氣日熾。是否善於談玄，成爲分別士人雅俗的標準。東晉歷史上兩位最重要的宰輔王導和謝安，皆善玄談，處理朝政也務在清靜。「時王導輔政，主幼時艱，務存大綱，不拘細目」（《晉書・庾亮傳》）；「爲政務在清靜」（《晉書・王導傳》）。謝安「德政既行，文武用命，不存小察，弘以大綱」（《晉書・謝安傳》）。這種心態對東晉文人影響很大。玄言詩的興盛，便是在這種心態下老莊玄理與山水之美相混合的產物㉖。

東晉玄言詩的代表人物是孫綽和許詢㉗。對此，《續晉陽秋》、《宋書・謝靈運傳論》、鍾嶸《詩品》皆有一致的看法。東晉玄言詩的發展，與佛教的流行大有關係，故玄釋合流，成爲東晉孫、許等人玄言詩的重要特點。玄釋合流，在當時相當普遍，如王導、謝安、簡文帝、孫綽、許詢、王羲之、殷浩等人與名僧支道林、竺法深、釋道安、竺法汰等過從甚密，佛學與玄學受到同樣的尊重。名士如孫綽、許詢皆精通佛理，名僧支遁等又深於老莊之學，玄佛互相滲透。《世說新語・文學》記載支遁在瓦官寺講《小品》，竺法深、孫綽等皆共聽。又載：「支道林、許掾諸人共在會稽王（即後來的簡文帝）齋頭。支爲法師，許爲都講。支通一義，四坐莫不厭心。許送一難，眾人莫不抃舞。但共嗟詠二家之美，不辯其理之所在。」另外，名士孫綽曾作〈道賢論〉，以「竹林七賢」配七位名僧㉘。孫綽那篇自詡爲「擲地作金石聲」的〈遊天臺山賦〉，即將玄言與佛理融合爲一，如「散以象外之說，暢以無生之篇。悟遣有之不盡，覺涉無之有間。泯色空以合跡，忽即有而得玄。釋二名之同出，消一無於三幡」。亦玄亦佛，老釋參用。

玄釋合流，給東晉玄言詩人的思想和生活帶來很大影響。思想上，支遁注〈逍遙遊〉之新義，爲眾人所接受。東晉士人在這種思想指導下，又處於較爲安定富足的生活環境中，沒有採取老莊以至阮籍、嵇康那樣鄙棄功名、追求自然的生活方式，而是追求「心隱」，無論在朝在野，只求適意而已。以幽雅從容的風度，過著風流瀟灑的生活。當時方內名士與方外高僧無不追求這種生活方式，而這一生活的主體，便是山水、清談和詩酒風流。東晉玄言詩便是在這一背景下產生、發展的。

東晉玄言詩的特點，鍾嶸《詩品・序》說：「永嘉時，貴黃老，稍尚虛談，於時篇什，理過其辭，淡乎寡味。爰及江表，微波尚傳，孫綽、許詢、桓、庾諸公詩，皆平典似道德論，建安風力盡矣。」從現存玄言詩來看的確淡乎寡味，缺乏形象。玄言詩人雖多與名僧交往，但玄釋合流，主要體現在思想和生活方式上，而且是老莊至魏晉的玄言占主導地位，在現存的玄言詩中，佛學的痕跡並不濃厚，即使在名僧支遁的詩中，也是以抒發老莊玄理爲主。玄言詩中也有形象性較強的作品，大都藉山水以抒情，試以孫綽〈秋日詩〉爲例：

> 蕭瑟仲秋月，飂戾風雲高。山居感時變，遠客興長謠。疏林積涼風，虛岫結凝霄。湛露灑庭林，密葉辭榮條。撫菌悲先落，攀松羨後凋。垂綸在林野，交情遠市朝。澹然古懷心，濠上豈伊遙。

此詩寫仲秋時分萬木蕭條的景物和作者的感慨。「撫菌」句用《莊子・逍遙遊》「朝菌不知晦朔」語義，寫悲秋之感，寓人生短促之意。「攀松」句用《論語・子罕》「歲寒，然後知松柏之後凋」語意，寫自己的節操志向。「垂綸」二句直抒厭棄市朝之情。末二句用《莊子・秋水》的典故，說自己這種逍遙林野的生活，跟莊子的濠上之遊已沒有什麼區別。

支遁的〈詠懷詩〉五首也是典型的玄言詩，第一、二首直敘老莊哲理，語言枯燥，內容玄虛；後三首有遊仙詩的意味，形象與玄理也未能統一。第四首中所說「近非域中客，遠非世外臣」，正是東晉士人「心隱」生活的絕妙寫照。釋道安的弟子慧遠及其道友、文友，開始以佛理入詩，如慧遠的〈廬山東林雜詩〉，在寫山水遊樂的同時，抒發佛理。劉程之、王喬之、張野各有一首〈奉和慧遠遊廬山詩〉。其餘如張翼有〈贈沙門竺法〉三首、〈答庾僧淵詩〉，王齊之有〈念佛三昧詩〉四首，或詠佛理，或寫佛境，也受到玄言詩的影響[29]。

東晉玄言詩本身的藝術價值並不高，但它對後世的影響卻相當深遠，如謝靈運的山水詩，白居易諸人的說理詩，宋明理學家之詩，都或多或少受其薰染。玄言詩在東晉百年間占據主導地位，畢竟是中國文學史上不可忽視的一環。玄言詩爲詩歌說理所積累的正反面經驗值得注意。

注釋

❶ 陸機（二六一—三〇三），字士衡，吳郡華亭（今上海松江）人，一說為吳郡吳縣（今江蘇蘇州）人。出身士族，祖遜，父抗，皆三國吳重臣。少時曾任吳牙門將，吳亡，退居舊里，閉門勤讀。太康（二八〇—二八九）年間，陸機、陸雲兄弟至洛陽，為著名詩人張華所愛重，名動一時，時稱「二陸」。歷仕太子洗馬、著作郎、中書郎等職，後成都王薦為平原內史，世

稱陸平原。太安二年（三〇三），成都王司馬穎舉兵伐長沙王，以機為後將軍、河北大都督；戰敗受譖，為穎所殺。原有集，已佚。南宋徐民瞻得遺文十卷，與陸雲集合刻為《晉二俊文集》，明代陸無大據以翻刻，即今通行之《陸士衡集》。中華書局刊有點校本《陸機集》。今存詩一百零七首，文一百二十七篇（包括殘篇）。《晉書》有傳。

潘岳（二四七—三〇〇），字安仁，滎陽中牟（今屬河南）人。少以才穎見稱，鄉邑號為神童。曾任河陽令、著作郎、散騎侍郎、給事黃門侍郎等職。諂事貴戚賈謐，預賈謐「二十四友」之列。及趙王倫專政，中書令孫秀誣其謀反，族誅。原有集，已佚。明人輯有《潘黃門集》。今存詩十八首，另存文六十一篇。《晉書》有傳。

❷鍾嶸《詩品・序》：「太康中，三張、二陸、兩潘、一左，勃爾復興，踵武前王，風流未沫，亦文章之中興也。」即舉張協、張載、張亢兄弟，陸機、陸雲兄弟，潘岳、潘尼叔侄以及左思作為西晉詩壇之代表人物。《詩品・序》又云：「陸機為太康之英，安仁、景陽為輔。」宋人嚴羽《滄浪詩話・詩體》有「太康體」，注云：「晉年號，左思、潘岳、三張、二陸諸公之詩。」《宋書・謝靈運傳論》則云：「降及元康，潘、陸特秀，律異班、賈，體變曹、王。」元康（晉惠帝年號，二九一—二九九）也可視為西晉詩壇的代稱。

❸《晉書・賈謐傳》：「謐好學，有才思。既為〔賈〕充嗣，繼佐命之後，又賈後專恣，謐權過人主……開合延賓，海內輻湊，貴遊豪戚及浮競之徒，莫不盡禮事之。或著文章稱美謐，以方賈誼。渤海石崇……皆傅會於謐，號曰二十四友，其餘不得預焉。」

❹陸機今存賦近五十篇，《文賦》、〈豪士賦〉等皆負重名。潘岳的賦，《文選》收錄八篇，〈秋興賦〉、〈閒居賦〉、〈寡婦賦〉等皆為名篇。左思的〈三都賦〉，亦負盛名。

❺如張華見到陸機、陸雲兄弟，驚歎曰：「伐吳之役，利獲二俊。」（《晉書・陸機傳》）他還說陸機為文，「才」患「太多」（《世說新語》劉注引《續文章志》）。鍾嶸說：「陸才如海，潘才如江。」（《詩品上》）劉勰稱陸機「才優」（《文心雕龍・熔裁》）。其他詩人亦以才見稱，如「左思奇才」（《文心雕龍・才略》）；張載「有才華」（《文選》注引臧榮緒《晉書》）：張協詩「雄於潘岳，靡於太沖。風流調達，實曠代之高手」（鍾嶸《詩品上》）；潘尼「有清才」（《文選》注引《文章志》）；夏侯湛「有盛才，文章巧思，名亞潘岳」（《世說新語・文學》引《文士傳》）；成公綏「少有俊才」（《文選・嘯賦》注引臧榮緒《晉書》）。

❻參見曹道衡〈陸機的思想及其詩歌〉，載《中國社會科學院研究生院學報》一九九六年第一期。

❼曹植〈七啓〉：「步光之劍，華藻繁縟。」寫寶劍被裝飾得五彩斑斕，非常華麗。《文心雕龍・體性》：文體有八，五曰繁

縟。「繁縟者，博喻釀采，煒燁枝派者也。」指出繁縟為詩文風格之一，其特點是文采華麗，枝葉眾多。

❽ 左思生卒年不可確考，劉文忠認為「左思大約生於西元二五二年或稍前一點」，見其《左思評傳》（收入山東教育出版社《中國曆代著名文學家評傳》第一卷）。徐公持《魏晉文學史》從之。姜劍雲則據左棻〈感離詩〉，指出：「左氏兄妹間的年齡差距當是比較大的。估計左思與潘岳、潘尼，年相彷彿。」（見姜劍雲《太康文學研究》，中華書局二〇〇三年版，第九七頁）左思，字太沖，齊國臨淄（今屬山東）人。出身寒微，不好交遊，貌醜口訥而博學能文。《晉書》本傳謂其構思十年，寫成〈三都賦〉，「豪貴之家，競相傳寫，洛陽為之紙貴」。泰始八年（二七二）左右，曾任祕書郎。惠帝時依附賈謐，為「二十四友」之一。謐被誅，乃退隱，專攻典籍。晚年舉家遷冀州，數年後病終。原有集，已佚，後人輯有《左太沖集》。今存賦兩篇，詩十四首。《晉書》有傳。

❾ 《文心雕龍．才略》曰：「左思奇才，業深覃思，盡銳於〈三都〉，拔萃於〈詠史〉。」謝靈運則曰：「左太沖詩，潘安仁詩，古今難比。」（鍾嶸《詩品》引）鍾嶸《詩品》將左思列在上品，足見其地位之高。

❿ 劉學鍇將魏晉南北朝的詠史詩分為三類：一類以歌詠歷史人物的品行事蹟為主，又有偏於抒情議論和偏於敘事兩種，前者以王粲等詠三良為代表，後者如左延年、傅玄的〈秦女休行〉等；一類以歌詠歷史事件為主，如阮籍〈詠懷．駕言發魏都〉等；一類係藉詠史以抒懷，左思〈詠史〉八首為其代表。以上三類，簡括是詠人、詠事、詠懷。見劉學鍇〈李商隱詠史詩的主要特徵及其對古代詠史詩的發展〉，載《文學遺產》一九九三年第一期。

⓫ 參見袁行霈著《中國文學史綱要》（二），第二章第三節，北京大學出版社一九八六年版。

⓬ 張載、張協生卒年均無考。陸侃如先生推測張載約生於西元二五〇年、張協約生於二五五年。見其《中古文學繫年》，人民文學出版社一九八五年版，第六六六頁、七〇八頁。張載曾任著作郎、太子中舍人、弘農太守、中書侍郎等職，約於三〇六年以後病卒於家。（參陸侃如說）張協曾任公府、祕書郎、中書侍郎，當卒於永嘉（三〇七—三一三）中。

⓭ 參見徐公持《魏晉文學史》、姜劍雲《太康文學研究》中有關張協、張載的論述。

⓮ 劉琨（二七一—三一八），字越石，中山魏昌（今河北無極）人。少時豪縱，後任并州刺史等職，多次與劉聰、石勒作戰，兵敗，投奔幽州刺史段匹，因故為段所殺。原有集，已佚。明人輯有《劉中山集》。今存詩四題十一首。

⓯ 關於劉琨的詩，參見袁行霈《中國文學史綱要》（二），第二章第三節。劉國石〈評劉琨〉，《史學集刊》二〇〇二年第四期；馬世年〈劉琨詩考論〉，《甘肅社會科學》二〇〇三年第二期。

⓰ 郭璞之前的遊仙詩，張海明〈魏晉玄學與遊仙詩〉（見《文學評論》一九九五年第六期）一文論述較詳，可以參看。

⑰郭璞（二七六—三二四），字景純，河東聞喜（今屬山西）人。博洽多聞，好經術，擅辭賦，通陰陽曆算、卜筮之術。東晉初官著作佐郎，後為王敦記室參軍。以勸阻敦起兵，被殺。追贈弘農太守。好古文奇字，釋《爾雅》、《方言》、《山海經》、《穆天子傳》等。《隋書・經籍志》記載有「晉弘農太守《郭璞集》十七卷」。今不存。明人輯有《郭弘農集》。今存辭賦十篇，較完整的詩十八首。《晉書》有傳。

⑱據逯欽立《先秦漢魏晉南北朝詩》。鍾嶸《詩品》還存「奈何虎豹姿」、「戢翼棲榛梗」兩個斷句。

⑲《世說新語・文學》引《續晉陽秋》曰：「故郭璞五言，始會合道家之言而韻之。」《文心雕龍・明詩》云：「江左篇製，溺乎玄風，嗤笑徇務之志，崇盛忘機之談。……所以景純仙篇，挺拔而為俊矣。」《南齊書・文學傳論》云：「江左風味，盛道家之言，郭璞舉其靈變。」

⑳郭璞在王敦謀反事件中的態度，最能見其氣節。《晉書・郭璞傳》載：王敦將反，溫嶠、庾亮請郭璞卜筮，郭沉吟未答，溫、庾又讓郭卜二人之吉凶，郭曰「大吉」，這實際上是暗示溫、庾必然成功。溫、庾因此受到鼓舞，力勸明帝討伐王敦。而王敦將舉兵時，也讓郭璞占卦，璞曰：「無成。」王敦不滿，又使璞卜自己的壽命，璞曰：「思向卦，明公起事，必禍不久。若住武昌，壽不可測。」王敦聽後大怒曰：「卿壽幾何？」郭璞回答說：「命盡今日日中。」王敦聽到這一回答，怒不可遏，遂殺郭璞。在這一關係到國家安危和個人生死的事件中，郭璞雖以術士的面目出現，表現出來的卻是儒家「殺身成仁，捨生取義」的精神，這與道家全身遠禍的思想大相逕庭。

㉑王羲之（三〇三—三六一，另說三二一—三七九），字逸少，琅琊臨沂（今屬山東）人，居會稽山陰（今浙江紹興）。司徒王導從子。官至右軍將軍，會稽內史，世稱王右軍。工書法，早年從衛夫人學，後改變初學，草書學張芝，正書學鍾繇，並博採眾長，自成一家，後世尊為「書聖」。《晉書》有傳。

㉒《水經注》卷四十浙江水注：「浙江又東與蘭溪合，湖南有天柱山，湖口有亭，號曰蘭亭，亦曰蘭上里，太守王羲之、謝安兄弟數往造焉。」《紹興府志》謂蘭亭之會在蘭渚山，山「在山陰西南二十七里處，即《越絕書》勾踐種蘭渚田，及王羲之修禊處」。

㉓蘭亭之會的人數，《世說新語・企羨》引〈臨河敘〉云四十一人，未說是否包括羲之本人。宋人施宿等撰《會稽志》卷十引〈天章碑〉，列四十二人名字。唐末張彥遠《法書要錄》卷三所列人名中有支遁，為〈天章碑〉所無。此據〈天章碑〉。

㉔此帖用蠶繭紙、鼠尾筆書，凡二十八行，三百二十四字，有重文者，字體悉異。關於《蘭亭集・序》，宋人認為其中「一死生為虛誕，齊彭殤為妄作」二句非羲之思想，據此判定《蘭亭集・序》的文本及書法皆非羲之所作。清人李文田認為「夫人

之相與」以下一百六十七字為後人「妄增」。郭沫若即力主此說，認為：「世傳《蘭亭序》既不是王羲之寫的。」商承祚則從書法史的角度力證《蘭亭集・序》非偽。高二適也肯定《蘭亭集・序》非後人偽作。關於這些爭論，可參考宋人桑世昌〈蘭亭考〉、文物出版社《蘭亭論辯》，顧農〈《蘭亭集・序》真偽問題的再思考〉，文載《文學遺產》二〇〇八年第一期，認為傳世諸本皆真，諸本之異係書寫時刪節不同所致。

㉕「金谷」為石崇別墅名，在洛陽郊外。《水經注》卷十六：「金谷水，出太白原東南，流歷金谷，謂之金谷水。東南流經晉衛尉卿石崇之故居。」據石崇《金谷詩・序》，雅集的時間為元康六年（二九六），石崇的身分是征虜將軍。事由是送征西大將軍祭酒王詡還長安。當時，「眾賢」、「晝夜遊宴」，「遂各賦詩，以敘中懷。或不能者，罰酒三斗」。參與其會者共三十人，以蘇紹年長（五十歲）為首。又，潘岳今存《金谷集詩》，杜育存《金谷詩》殘句，可見二人亦躬逢其盛。

㉖關於玄釋合流，參見湯用彤〈魏晉玄學論稿〉（《湯用彤學術論文集》，中華書局一九八三年版）；羅宗強《玄學與魏晉士人心態》（浙江人民出版社一九九一年版）。

㉗孫綽（三一四—三七一），字興公，太原中都（今山西平遙）人，家於會稽。少以文才著稱。初為章安令，轉永嘉太守，後至廷尉卿，領著作。東晉玄言詩的代表作家。亦能賦，其〈遂初賦〉、〈遊天臺山賦〉頗有名。原有集，已佚。明人輯有《孫廷尉集》。《晉書》有傳。

許詢（生卒年不詳），字玄度，高陽（今河北蠡縣）人。司徒府召為掾屬，不就。曾為道士，隱居永興（今浙江蕭山），早卒。長於五言詩，與孫綽同為東晉著名玄言詩人。原有集，已佚。今存詩數首，多係殘篇。其事蹟見於《晉書》及《世說新語》等書。

㉘以法户配山濤，以帛法祖配嵇康，以法乘配王戎，以竺道潛配劉伶，以支遁配向秀，以于法蘭配阮籍，以于道邃配阮咸。

㉙參見王鍾陵《中國中古詩歌史》第八編《大量引入玄理的東晉詩》之第三章〈應給予雙向評價的玄言詩〉，江蘇教育出版社一九八八年版。

第三章　陶淵明

東晉建立後數十年間，詩壇幾乎被玄言詩占據著。從建安、正始、太康以來，詩歌藝術正常發展的脈絡中斷了，玄言成分的過度膨脹，使詩歌偏離了藝術，變成老莊思想的枯燥注疏❶。陶淵明出現，詩歌才重新煥發藝術的生機，並且增添了許多新的因素。陶詩沿襲魏晉詩歌的古樸作風而進入更純熟的境地，像一座里程碑標誌著古樸的詩歌所能達到的高度。陶淵明又是一位創新的先鋒，他成功地將「自然」提升為一種美的至境，將玄言詩注疏老莊所表達的玄理改為日常生活中的哲理，使詩歌與日常生活相結合，並開創了田園詩這種新的題材。他的清高耿介、灑脫恬淡、質樸眞率、淳厚善良，他對人生所作的哲學思考，連同他的作品一起，為後世的士大夫築了一個「巢」，一個精神的家園。一方面可以掩護他們與虛僞、醜惡劃清界限，另一方面也可使他們得以休息和逃避。他們對陶淵明的強烈認同感，使陶淵明成為一個令人永不生厭的話題。

第一節　陶淵明的人生道路與思想性格

・以辭彭澤令為界的前期與後期　・仕與隱的選擇　・貧與富的交戰
・安貧樂道與崇尚自然　・魏晉風流的代表

陶淵明（三六五？—四二七）❷，又名潛，字元亮❸，號五柳先生，潯陽柴桑（今江西九江附近）人。陶淵明生活在晉宋易代之際十分複雜的政治環境之中，他的曾祖父陶侃曾任晉朝的大司馬，祖父做過太守，父親大概官職更低一些，而且在陶淵明幼年就去世了。在重視門閥的社會裡，陶家的地位無法與王、謝等士族相比，但又不同於寒門。陶侃出身寒微，被譏為「小人」❹，又被視為有篡位野心的人，可以想見，他的後人在政治上的處境是相當尷尬的。

陶淵明在柴桑的農村裡度過少年時代，「少無適俗韻，性本愛丘山」（〈歸園田居〉其一），「少年罕人事，遊好在六經」（〈飲酒〉其十六），便是那時生活的寫照。他常說因家貧而不得不出仕謀生，這固然是實情，但也不能排除一般士人具有的那種想要建功立業的動機。「猛志逸四海，騫翮思遠翥」（〈雜詩〉其五）就透露了這一消息。陶淵明二十九歲曾任江州祭酒，不久即辭職，後來江州召爲主簿，他未就任。

晉安帝隆安二年（三九八），陶淵明到江陵，入荊州刺史兼江州刺史桓玄幕❺。當時桓玄掌握著長江中上游的軍政大權，野心勃勃圖謀篡晉，陶淵明便又產生了歸隱的想法，在隆安五年（四〇一）所寫的〈辛丑歲七月赴假還江陵夜行塗口〉中說：「詩書敦宿好，林園無世情。如何舍此去，遙遙至西荊！」這年冬因母孟氏卒，便回潯陽居喪了。此後政局發生了急遽的變化，安帝元興元年（四〇二），桓玄以討尚書令司馬元顯爲名，舉兵東下攻入京師。元興二年（四〇三）桓玄篡位，改國號曰楚。元興三年（四〇四）劉裕起兵討伐桓玄，入建康，任鎮軍將軍，掌握了國家大權，給晉王朝帶來一線希望。於是陶淵明又出任鎮軍將軍劉裕的參軍❻，在赴任途中寫了〈始作鎮軍參軍經曲阿作〉。他的心情矛盾，一方面覺得時機到來了，希望有所作爲：「時來苟冥會，婉孌憩通衢。」另一方面又眷戀著田園的生活：「聊且憑化遷，終返班生廬。」這時劉裕正集中力量討伐桓玄及其殘餘勢力，陶淵明在劉裕幕中恐難有所作爲，到了第二年即安帝義熙元年（四〇五），他便改任建威將軍江州刺史劉敬宣的參軍。這年八月又請求改任彭澤縣令，在官八十餘日，十一月就辭官歸隱了。這次辭去縣令的直接原因，據《宋書》本傳記載：「郡遣督郵至，縣吏白：『應束帶見之。』潛歎曰：『吾不能爲五斗米折腰，拳拳事鄉里小人邪！』即日解印綬去職。」而他辭官時所作的〈歸去來兮辭〉說出了更深刻的原因：「歸去來兮，請息交以絕遊，世與我而相違，復駕言兮焉求！」陶淵明徹底覺悟到世俗與自己崇尚自然的本性是相違背的，他不能改變本性以適應世俗，再加上對政局的失望，於是堅決地辭官隱居了❼。

辭彭澤令是陶淵明一生前後兩期的分界線，此前他不斷在官僚與隱士這兩種社會角色中做選擇，隱居時想出仕，出仕時要歸隱，心情很矛盾。此後他堅定了隱居的決心，一直過著隱居躬耕的生活，但心情仍不平靜：「日月擲人去，有志不獲騁。念此懷悲淒，終曉不能靜。」（〈雜詩〉其二）他在詩裡一再描寫隱居的快樂，表示隱居的決心，如「且共歡此飲，吾駕不可回」（〈飲酒〉其九）；「託身已得所，千載不相違」（〈飲酒〉其四）。這固然是他眞實的感受，但也可以視爲他堅定自己決心的一種方法，在後期他並非沒有再度出仕的機會，但是他拒絕了。東晉末年曾徵他爲著作佐郎，不就。劉裕篡晉建立宋朝，他更厭倦了政治，在〈述酒〉詩裡隱晦地表達了他對此事的想法。到了晚年他貧病交加，「江州刺史檀道濟往候之，偃臥瘠餒有日矣。道濟謂曰：『賢者處世，天下無道則隱，有道則至。今子生文明之世，奈何自苦如此？』對曰：『潛也何敢望賢，志不及也。』道濟饋以粱肉，麾而去之。」（蕭統《陶淵明傳》）

宋文帝元嘉四年，陶淵明去世前寫了一篇〈自祭文〉，文章最後說：「人生實難，死如之何？嗚呼哀哉！」這成爲他的絕筆。死後，朋友們給他以諡號曰「靖節先生」。他的好友顏延之爲他寫了誄文，這篇誄文是研究陶淵明的重要資料。《宋書》、《晉書》、《南史》都有他的傳記。

陶淵明的作品在他生前流傳不廣，〔梁〕蕭統加以搜集整理，編了《陶淵明集》，並爲之寫序、作傳。蕭統所編陶集雖然已經佚失，但此後的陶集，如已佚的北齊陽休之本、北宋宋庠本、北宋僧思悅本，以及今存的一些宋代刻本：如汲古閣藏十卷本、曾集刻本，都是在此基礎上重編而成的。陶淵明的作品今存詩一百二十一首，賦、文、贊、述等十二篇，另有一些作品的眞僞還不能肯定。陶淵明熟諳儒家學說，詩文中引用儒家經典很多，僅《論語》就有三十七處❽。他有儒家的入世精神，也像儒家那樣重視個人的道德修養，但不拘守儒家經典的章句，顯得通脫而不拘泥。他說：「好讀書，不求甚解。每有會意，便欣然忘食。」（〈五柳先生傳〉）這與漢儒的態度很不相同。他讚揚孔子，但又有將孔子道家化的傾向❾。他深受老莊思想的影響，在詩文中有七十篇用了《老》、《莊》的典故，共七十七處之多；魏晉玄學對他也有影響❿。但他並不沉溺於老莊和玄談，他是一個很實際的、腳踏實地的人，作縣吏就有勸農之舉，作隱士又堅持力耕，與虛談廢務、浮文妨要的玄學家很不同。他住在廬山腳下，距離慧遠的東林寺很近，他的朋友劉遺民與慧遠關係密切；陶淵明的詩中偶爾也可見到類似佛教的詞語，但他絕非佛教徒，並且與慧遠保持著距離。佛教是對人生的一種參悟，陶淵明參悟人生而與佛教暗合的情形是有的，但他是從現實的人生中尋找樂趣，不相信來世，這與佛教迥異⓫。在不懼怕死亡這一點上，他和一些高僧雖然近似，但思想底蘊仍有很大的差異。他是抱著「縱浪大化中，不喜亦不懼」（〈形影神〉）的態度對待死亡，與佛教之嚮往極樂世界大相逕庭。他所思考的都是有關宇宙、歷史、人生的重大問題，如什麼才是眞實的，歷史上的賢良爲什麼往往沒有好的結果，人生的價值何在，怎樣的生活才完美，如何對待死亡等。他的思想既融會了儒道兩家之說，又來自他本人的生活實踐，具有獨特的觀點、方式和結論，而思考的結論又付諸實踐，身體力行。

安貧樂道與崇尚自然是陶淵明思考人生所得出的兩個主要結論，也是他人生的兩大支柱。

「安貧樂道」是陶淵明的爲人準則。他所謂「道」，偏重於個人的品德節操方面，體現了儒家思想。如「匪道曷依，匪善奚敦」（〈榮木〉）。「好爵吾不縈，厚饋吾不酬。……朝與仁義生，夕死復何求」（〈詠貧士〉其四）。他特別推崇顏回、黔婁、袁安、榮啓期等安貧樂道的貧士，希望自己像他們那樣努力保持品德節操的純潔，絕不爲追求高官厚祿而玷汙自己。他並不是一般地鄙視出仕，而是不肯同流合汙。他希望建功立業，又要功成身退，像疏廣對疏受所說的「知足不辱，知止不殆」（〈老子〉）。他也考慮貧富的問題，安貧和求富在他心中常常發生矛盾，但是他能用「道」來求得平衡：「貧富常交戰，道勝無戚顏。」（〈詠貧士〉其五）而那些安貧樂道的古代賢人也就成爲他的榜樣：「何以慰吾懷，賴古多此賢。」（〈詠貧士〉其二）他的晚年很貧窮，到了挨餓的程度，但是並沒有喪失其爲人的準則。

崇尚自然是陶淵明對人生的更深刻的哲學思考。「自然」一詞不見於《論語》、《孟子》，是老莊哲學特有的範疇。老莊所謂「自然」不同於近代所謂與人類社會相對而言的客觀的物質性的「自然界」，它是一種狀態，非人爲的、本來如此的、自然而然的。世間萬物皆按其本來的面貌而存在，依其自身固有的規律而變化，無須任何外在的條件和力量。人應當順應自然的狀態和變化，抱樸而含眞。陶淵明希望返歸和保持自己本來的、未經世俗異化的、天眞的性情。所謂「質性自然，非矯厲所得」（〈歸去來兮辭序〉），說明自己的質性天然如此，受不了繩墨的約束。所謂「久在樊籠裡，復得返自然」（〈歸園田居〉其一），表達了返回自然、得到自由的喜悅。在〈形影神〉裡，他讓「神」辨自然以釋「形」、「影」之苦。「形」指代人企求長生的願望，「影」指代人求善立名的願望，「神」以自然之義化解它們的苦惱。形影神三者還分別代表了陶淵明自身矛盾著的三個方面，三者的對話反映了他人生觀裡的衝突與調和。陶淵明崇尚自然的思想以及由此引導出來的順化、養眞的思想，已經形成比較完整而一貫的哲學[12]。

總之，陶淵明的思想可以這樣概括：通過泯去後天的經過世俗薰染的「僞我」，以求返歸一個「眞我」。陶淵明看到了社會的腐朽，但沒有力量去改變它，只好追求自身道德的完善。他看到了社會的危機，但找不到正確的途徑去挽救它，只好求救於人性的復歸。這在他自己也許能部分地達到，特別是在他所創造的詩境裡，但作爲醫治社會的藥方卻是無效的[13]。

陶淵明是魏晉風流的一位代表，魏晉風流是魏晉士人所追求的一種人格美，或者說是他們所追求的藝術化的人生，即用自己的言行、詩文使自己的人生藝術化。以世俗的眼光看來，陶淵明的一生是很「枯槁」的，但以超俗的眼光看來，他的一生卻是很藝術的。他的〈五柳先生傳〉、〈歸去來兮辭〉、〈歸園田居〉、〈時運〉等作品，都是其藝術化人生的寫照。他求爲彭澤縣令和辭去彭澤縣令的過程，對江州刺史王弘的態度，撫弄無弦琴的故事，取頭上葛巾漉酒的趣聞[14]，也是其藝術化人生的表現。而酒，則是其人生藝術化的一種媒介。可以說陶淵明是魏晉風流的傑出代表[15]。

第二節　陶淵明的田園詩及其他

・陶詩題材的分類　・中國文學的新題材：田園詩　・詠懷詩與詠史詩對前人的繼承與發展
・行役詩中表現的苦悶　・贈答詩中表現的深情

陶詩的題材主要可以分爲五類：田園詩、詠懷詩、詠史詩、行役詩、贈答詩⑯。田園詩和山水詩往往並稱，但這是兩類不同的題材。田園詩會寫到農村的風景，但其主體是寫農村的生活、農夫和農耕。山水詩則主要是寫自然風景，寫詩人主體對山水客體的審美，往往和行旅連繫在一起。陶淵明的詩嚴格地講只有〈遊斜川〉一首是山水詩，他寫得多的是田園詩。田園詩是他爲中國文學增添的一種新的題材，以自己的田園生活爲內容，並眞切地寫出躬耕之甘苦，陶淵明是中國文學史上的第一人。

他的田園詩有的是通過描寫田園景物的恬美、田園生活的簡樸，表現自己悠然自得的心境。或春遊、或登高、或酌酒、或讀書，或與朋友談心，或與家人團聚，或盥濯於簷下，或采菊於東籬，以及在南風下張開翅膀的新苗、日見茁壯的桑麻，無不化爲美妙的詩歌。如「山滌餘靄，宇曖微霄。有風自南，翼彼新苗」（〈時運〉），寫山村的早晨，晨霧漸漸消失，南風使新苗長上了翅膀。「鄰曲時時來，抗言談在昔。奇文共欣賞，疑義相與析」（〈移居〉其一）寫鄰居和自己一起談史論文的情形，那種眞率的交往令人羨慕。再如〈歸園田居〉其一：

> 少無適俗韻，性本愛丘山。誤落塵網中，一去三十年。羈鳥戀舊林，池魚思故淵。開荒南野際，守拙歸園田。方宅十餘畝，草屋八九間。榆柳蔭後簷，桃李羅堂前。曖曖遠人村，依依墟里煙。狗吠深巷中，雞鳴桑樹顛。戶庭無塵雜，虛室有餘閒。久在樊籠裡，復得返自然。

守拙與適俗，園田與塵網，兩相對比之下，詩人歸田後感到無比愉悅。南野、草屋、榆柳、桃李、遠村、近煙、雞鳴、狗吠，眼之所見耳之所聞無不愜意，這一切經過陶淵明點化也都詩意盎然了。「曖曖遠人村，依依墟里煙」，一遠一近，「狗吠深巷中，雞鳴桑樹顛」，以動寫靜，簡直達到了化境。

他的田園詩有的著重寫躬耕的生活體驗，這是其田園詩最有特點的部分，也是最爲可貴的部分。《詩經》中有農事詩，那是農夫們一邊勞動一邊唱的歌。至於士大夫親身參加農耕，並用詩寫出農耕體驗的，陶淵明是第一位。陶淵明之後的田園詩眞正寫自己勞動生活的也不多見。〈歸園田居〉其三是這方面的代表作：

種豆南山下，草盛豆苗稀。晨興理荒穢，帶月荷鋤歸。道狹草木長，夕露沾我衣。衣沾不足惜，但使願無違。

這是一個從仕途歸隱田園從事躬耕者的切實感受，帶月荷鋤、夕露沾衣，實景實情生動逼眞。而在農耕生活的描寫背後，隱然含有農耕與爲官兩種生活的對比，以及對理想人生的追求。〈庚戌歲九月中於西田獲早稻〉寫出人生的理念：

人生歸有道，衣食固其端。孰是都不營，而以求自安。開春理常業，歲功聊可觀。晨出肆微勤，日入負耒還。山中饒霜露，風氣亦先寒。田家豈不苦，弗獲辭此難。四體誠乃疲，庶無異患干。盥濯息簷下，斗酒散襟顏。遙遙沮溺心，千載乃相關。但願長如此，躬耕非所歎。

陶淵明認爲，衣食是人生之道的開端，而不勞動何以自安？詩裡寫到勞動的艱辛，寫到一天勞動之後回家休息時得到的快慰，都很眞切。「田家豈不苦，弗獲辭此難」，寫出農民普遍的感受。「四體誠乃疲，庶無異患干」，寫出一個從仕途歸隱躬耕的士人的特殊感受。

有些田園詩是他寫自己的窮困和農村的凋敝。如〈怨詩楚調示龐主簿鄧治中〉：「炎火屢焚如，螟蜮恣中田。風雨縱橫至，收斂不盈廛。夏日長抱饑，寒夜無被眠。造夕思雞鳴，及晨願烏遷。」〈歸園田居〉其四：「徘徊丘隴間，依依昔人居。井灶有遺處，桑竹殘朽株。借問采薪者，此人皆焉如。薪者向我言，死沒無復餘。」通過這些詩可以隱約地看到在戰亂和災害之中農村的面貌。

詠懷詩和詠史詩內容有相近之處，詠史也是詠懷，不過是借史實爲媒介而已。他的詠懷詩有些是以組詩的形式寫成的，如〈飲酒〉、〈擬古〉、〈雜詩〉。他的詠史詩所詠的對象偏重於古代的人物，如「三良」、「二疏」、荊軻，以及〈詠貧士〉所寫的古代貧士。〈讀山海經〉也可歸入這一類。這些詠懷、詠史之作，明顯地繼承了阮籍、左思詩歌的傳統，又有陶淵明自己的特點。這就是圍繞著出仕與歸隱這個中心，表現自己不與統治者同流合汙的品格。其中有對自己生平的回顧，如〈飲酒〉其十九；有對社會的抨擊，如〈飲酒〉其二十。不乏惋惜也不乏激憤，如〈詠荊軻〉。從

〈雜詩〉其二可以看出陶淵明的憂憤是深而且廣的：

白日淪西阿，素月出東嶺。遙遙萬里輝，蕩蕩空中景。風來入房戶，夜中枕席冷。氣變悟時易，不眠知夕永。欲言無予和，揮杯勸孤影。日月擲人去，有志不獲騁。念此懷悲淒，終曉不能靜。

這首詩寫一個不眠的秋夜，用環境的清冷襯托出自己心情的孤獨，又以時光的流逝引出有志未騁的悲淒，是陶淵明詠懷詩中的代表作。

陶淵明的行役詩都是他宦遊期間的作品⑰，它們有一個共同的主題就是悲歎行役的辛苦，表達對仕宦的厭倦，反覆訴說對田園的思念和歸隱的決心。悲歎行役的辛苦原是此前行役詩共同的內容，後兩者則是陶淵明所特有的，而且越到後來這兩種情緒就越強烈⑱，那種失去自由的無奈之感成爲這類詩的基調。試看以下例句：「目倦川途異，心念山澤居。望雲慚高鳥，臨水愧游魚。」（〈始作鎭軍參軍經曲阿作〉）「久遊戀所生，如何淹在茲。」（〈庚子歲五月中從都還阻風於規林二首〉其二）「詩書敦宿好，林園無世情。如何舍此去，遙遙至西荊。」（〈辛丑歲七月赴假還江陵夜行塗口〉）「伊余何爲者，勉勵從茲役。」（〈乙巳歲三月爲建威參軍使都經錢溪〉）

陶淵明的贈答詩頗能見其對友人的敦厚之情。贈答是古已有之的傳統題材，傳爲蘇李贈答的詩歌以敘離情見長，曹植的〈贈白馬王彪〉以抒幽憤著名，劉楨的〈贈從弟〉表現了高潔的品格，嵇康的〈贈秀才入軍〉展示了灑脫的情趣。陶淵明的贈答詩又有他自己的特點：以其眞摯的感情、家常的內容、雋永的意味、既不火熱也不冷淡的語調，爲自己塑造了一位仁者的形象。如：「靄靄停雲，濛濛時雨。八表同昏，平路伊阻。靜寄東軒，春醪獨撫。良朋悠邈，搔首延佇。」（〈停雲〉）「飄飄西來風，悠悠東去雲。山川千里外，言笑難爲因。良才不隱世，江湖多賤貧。脫有經過便，念來存故人。」（〈與殷晉安別〉）〈答龐參軍〉是其贈答詩中最深沉的一首：

相知何必舊，傾蓋定前言。有客賞我趣，每每顧林園。談諧無俗調，所說聖人篇。或有數斗酒，閒飲自歡然。我實幽居士，無復東西緣。物新人惟舊，弱毫多所宣。情通萬里外，形跡滯江山。君其愛體素，來會在何年。

詩裡有歡聚的回顧，有離別的傷感，也有殷勤的叮嚀，語重而情深。

在以上五類題材之外，陶淵明還有一些以發揮哲理爲主要內容的作品，如〈形影神〉、〈連雨獨飲〉、〈擬挽歌辭〉也可以歸入這一類。這類詩可以視爲玄言詩，但與東晉流行的玄言詩有所不同，並非「柱下之旨歸」或「漆園之義疏」（劉勰《文心雕龍・時序》），而是將生活中的體驗提煉到哲學的高度。魏晉人注重門閥，陶詩中有的寫到宗族關係或對兒子加以訓誡，如〈命子〉、〈責子〉、〈贈長沙公〉等，可見陶淵明也還是重視家族的榮譽和門第的[19]。

第三節 陶詩藝術及其淵源

・自然：陶詩的總體藝術特徵 ・日常生活的詩化 ・情景事 ・理的渾融平淡中見警策 ・樸素中見綺麗 ・陶詩的藝術淵源

自然，不僅是陶淵明的人生旨趣，也是其詩歌的總體藝術特徵。他作詩不存馳譽之心，生活中有了感觸就訴諸筆墨，既無矯情也不矯飾。他說：「常著文章自娛，頗示己志。忘懷得失，以此自終。」（〈五柳先生傳〉）又說：「既醉之後，輒題數句自娛，紙墨遂多。」（〈飲酒序〉）由此可見他的創作態度。陶詩的聲吻和節奏，舒緩而沉穩，給人以藹如之感。陶詩多用內省式的話語，坦誠地記錄了他內心細微的波瀾，沒有奪人的氣勢，沒有雄辯的力量，也沒有軒昂的氣象，卻如春雨一樣慢慢地滲透到讀者的心中。他的詩不追求強烈的刺激，沒有濃重的色彩，沒有曲折的結構，純是自然流露，一片神行。但因其人格清高超逸，生活體驗眞切深刻，所以只要原原本本地寫出來就有感染力。正如宋人黃徹所說：「淵明所以不可及者，蓋無心於非譽、巧拙之間也。」（《䂬溪詩話》卷五）[20]

陶詩的一大特點也是他的一種開創，就是將日常生活詩化，在日常生活中發現重要的意義和久而彌淳的詩味。在他以前，屈原、曹操、曹植、阮籍、陸機等都著重寫社會政治的題材，陶淵明則著重寫普通民眾的普通生活，用家常話寫家常事，寫得詩意盎然。

具體地說，陶詩的藝術特色可以概括爲：

一、情、景、事、理的渾融。陶淵明描寫景物並不追求物象的形似，敘事也不追求情節的曲折，而是透過人人可見之物、普普通通之事，表達高於世人之情，寫出人所未必能夠悟出之理。陶詩重在寫心，寫那種與景物融而爲一的、對人生了悟明徹的心境。他無意於模山範水，也不在乎什麼似與不似，只是寫出他自己胸中的一片天地。陶詩發乎事，源乎景，緣乎情，而以理爲統攝。在南風下張開翅膀的新苗，伴隨他鋤草歸來的月亮，依依升起的炊煙，不嫌他門庭荒蕪重返舊巢的春燕，在中夏貯滿了清陰的堂前林，床上的清琴，壺中的濁酒，以及在他筆下常常出現的青松、秋菊、孤雲、飛鳥，都已不是尋常的事物，它們既是客觀的又是體現了詩人主觀感情與個性的，既是具象的又是理念的。且看〈飲酒〉其五：

結廬在人境，而無車馬喧。問君何能爾，心遠地自偏。采菊東籬下，悠然見南山。山氣日夕佳，飛鳥相與還。此中有真意，欲辯已忘言。

前四句講了「心」與「地」也就是主觀精神與客觀環境之間的關係，只要「心遠」，不管在什麼地方都不會受塵俗喧囂的干擾。「采菊東籬下，悠然見南山」，偶一舉首，心與山悠然相會，自身彷彿與南山融爲一體了。那日夕的山氣、歸還的飛鳥，在自己心裡構成一片美妙的風景，其中蘊藏著人生的眞諦。這種心與境的瞬間感應，以及通向無限的愉悅，是不可落於言筌的。正如《古學千金譜》所說：「籬有菊則采之，采過則已，吾心無菊。忽悠然而見南山，日夕而見山氣之佳，以悅鳥性，與之往還。山花人鳥，偶然相對，一片化機，天眞自具。既無名象，不落言筌，其誰辨之。」㉑〈擬挽歌辭〉其三也是情景事理四者渾融的佳作：

荒草何茫茫，白楊亦蕭蕭。嚴霜九月中，送我出遠郊。四面無人居，高墳正嶕嶢。馬為仰天鳴，風為自蕭條。幽室一已閉，千年不復朝。千年不復朝，賢達無奈何。向來相送人，各自還其家。親戚或餘悲，他人亦已歌。死去何所道，託體同山阿。

這首詩先寫親友爲自己送葬的情事，「荒草」、「白楊」烘托出悲涼的氣氛。然後說人皆有死，誰也不能避免，而一個人的死去對活著的人來說並無太大的影響，不必過於執著。最後兩句以理語作結，統攝了全詩。死亡是人的一大困惑，這個困惑被陶淵明勘破了。

陶詩中的「理」不是抽象的哲學說教，而是在生活中親自體驗到的，其中包含著生活的情趣。陶詩表現了他對宇宙、歷史和人生的認識，是探求其奧祕和意義的結晶，而這一切又是用格言一樣既有情趣又有理趣的語言表現的，取得了言有盡而意無窮的效果。如：「人生歸有道，衣食固其端。」（〈庚戌歲九月中於西田獲早稻〉）「落地爲兄弟，何必骨肉親。」（〈雜詩〉其一）「氣變悟時易，不眠知夕永。」（〈雜詩〉其二）「及時當勉勵，歲月不待人。」（〈雜詩〉其一）「不覺知有我，安知物爲貴。」（〈飲酒〉其十四）「人生似幻化，終當歸空無。」（〈歸園田居〉其四）「籲嗟身後名，於我若浮煙。」（〈怨詩楚調示龐主簿鄧治中〉）「連林人不覺，獨樹衆乃奇。」（〈飲酒〉其八）這些詩句言淺意深，富有啓示性。清人潘德輿說陶淵明「任舉一境一物，皆能曲肖神理」（《養一齋詩話》），是中肯之論。

二、平淡中見警策，樸素中見綺麗。前人往往用「平淡樸素」概括陶詩的風格，然而陶詩不僅僅是平淡，陶詩的好處是在平淡中見警策；陶詩不僅僅是樸素，陶詩的好處是在樸素中見綺麗。陶詩所描寫的對象往往是最平常的事物，如村舍、雞犬、豆苗、桑麻、窮巷、荊扉，而且一切如實說來，沒有什麼奇特之處。然而一經詩人筆觸，往往出現警策。陶詩很少用華麗的辭藻、誇張的手法，只是白描，樸樸素素。如「種豆南山下」、「今日天氣佳」、「青松在東園」、「秋菊有佳色」、「悲風愛靜夜」、「春秋多佳日」，都是明白如話。然而平淡之中可見綺麗，又如〈擬古〉其三：

> 仲春遘時雨，始雷發東隅。衆蟄各潛駭，草木縱橫舒。翩翩新來燕，雙雙入我廬。先巢故尚在，相將還舊居。自從分別來，門庭日荒蕪。我心固匪石，君情定何如？

春天來了，燕子雙雙回到自己的草廬。一年來自己的門庭日見荒蕪，但仍然堅持著貧窮的隱居生活。有些朋友並不理解自己的態度，一再勸說出仕，可是燕子卻翩翩而來，絲毫也不嫌棄牠們的舊巢以及自己這個貧士。似乎燕子在問詩人：我的心是堅定的，你的心也像我一樣堅定嗎？這首詩好像一個美麗的童話，淺顯平淡卻有奇趣。類似的例子還有不少，例如：「衆鳥欣有託，吾亦愛吾廬。」（〈讀山海經〉其一）「平疇交遠風，良苗亦懷新。」（〈癸卯歲始春懷古田舍〉其二）兩個「亦」字，物我情融，耐人尋味。又如：「山澗清且淺，可以濯吾足。漉我新熟酒，隻雞招近局。日入室中暗，荊薪代明燭。」（〈歸園田居〉其五）一條山澗、一隻雞、一根荊薪，這些平平常常的事物一經詩人點化便有了生活情趣，顯示出他對鄰人的親切，以及農村淳樸的風俗。「傾耳無希聲，在目皓已潔」（〈癸卯歲十二月中作與從弟敬遠〉），平淡的十個字便寫出了雪的輕柔之美。關於陶詩的這個特點，蘇軾概括爲「質而實綺，癯而實腴」（〈與蘇轍書〉），十分精闢[22]。

陶詩的語言不是未經錘煉的，只是不露痕跡，顯得平淡自然。正如元好問所說：「一語天然萬古新，豪華落盡見眞淳。」（〈論詩絕句〉）例如：「及時當勉勵，歲月不待人。」（〈雜詩〉其一）「日月擲人去，有志不獲騁。」（〈雜詩〉其二）「藹藹堂前林，中夏貯清陰。」（〈和郭主簿〉其一）「待」字、「擲」字、「貯」字，這三個動詞都是常見的，看似平淡卻很精彩，不可更易。

關於陶詩的藝術淵源，鍾嶸《詩品》曰：「其源出於應璩，又協左思風力。」其後多有反對此說的，今人則多表示贊同。從今存應璩詩以及關於應璩的傳記資料看來，他與陶淵明很不一樣，與其說陶詩源於應璩，不如說源於漢、魏、晉諸賢，應璩一人不足以籠罩他。如果一定要說得具體些，可以說陶詩源於《古詩十九首》，又紹阮籍之遺音而協左思之風力。魏晉詩歌在他那裡達到了一個新的高峰㉓。

第四節　陶淵明的散文與辭賦

・〈五柳先生傳〉中的自我形象　・〈歸去來兮辭〉與文學中的回歸主題　・〈桃花源記〉的理想模式

陶淵明在文學史上的地位和影響，有賴於他的散文和辭賦的，實不下於他的詩歌。特別是〈五柳先生傳〉、〈桃花源記〉和〈歸去來兮辭〉，這三篇最見其性情和思想，也最著名。

〈五柳先生傳〉只有一百二十多字的本文和四十多字的贊語，卻爲自己留下一篇神情畢現的傳記。《晉書・陶潛傳》曰：「潛少有高趣，嘗著〈五柳先生傳〉以自況。……時人謂之實錄。」在陶淵明之前，司馬遷寫過〈自序〉，王充寫過〈自紀〉，但那分別是《史記》和《論衡》的自序，帶有自傳性質而已。阮籍寫過〈大人先生傳〉，雖然藉著大人先生表達了自己的志趣，但並不是自傳。陶淵明的〈五柳先生傳〉取正史紀傳體的形式，但不重在敘述生平事蹟，而重在表現生活情趣，帶有自敘情懷的特點，這種寫法是陶淵明的首創。此後，王績的〈五斗先生傳〉、白居易的〈醉吟先生傳〉都是深受其影響的。〈五柳先生傳〉在一百多字的篇幅中，以極其簡潔的筆墨表達了不同流俗的性格，清楚地劃出一條與世俗的界限，從而塑造了一個清高灑脫、怡然自得、安貧樂道的隱士形象。五柳先生遂成爲寄託中國古代士大夫理想的人物形象。

〈歸去來兮辭〉是一篇脫離仕途回歸田園的宣言。文中所寫歸途的情景，抵家後與家人團聚的情景，來年春天耕種的情景，都是想像之詞，於逼眞的想像中更可看出詩人對自由的嚮往。文中不乏華彩的段落，其跌宕的節奏，舒暢的聲吻，將詩人欣喜欲狂的情狀呈現於讀者面前。對於後人來說，一切的回歸，一切的解放，都可以藉著這篇文章來抒發，因此它也就有了永恆的生命力。歐陽修說：「晉無文章，唯陶淵明〈歸去來兮辭〉一篇而已。」（元李公煥《箋注陶淵明集》卷五引）雖未必是嚴謹的評論，但此文之高妙實在是無與倫比的。

〈桃花源記〉的故事和其他仙境故事有相似之處，描寫了一個美好的世外仙界[24]。不過應當強調的是，陶淵明所提供的理想模式有其特殊之處：在那裡生活著的其實是普普通通的人，一群避難的人而不是神仙，只是比世人多保留了天性的眞淳而已，他們的和平、寧靜、幸福，都是通過自己的勞動取得的。古代的許多仙話描繪的是長生和財寶，桃花源裡既沒有長生也沒有財寶，只有一片農耕的景象。陶淵明歸隱之初想到的還只是個人的進退清濁，寫〈桃花源記〉時已經不限於個人，而是想到整個社會的出路和廣大人民的幸福。陶淵明邁出這一步與多年的躬耕和貧困的生活體驗有關。雖然桃花源只是空想，但能提出這個空想是十分可貴的[25]。

第五節　陶淵明的符號意義

・詩人陶淵明的被發現　・士大夫的精神家園　・不爲五斗米折腰
・酒與菊　・中國文化的一個符號

陶淵明在當時只以隱士著稱，他的文學創作沒有得到高度的評價，這是因爲他平淡自然的風格與當時崇尙的華麗文風不合[26]。蕭統是第一位發現陶淵明文學價值的人，既推崇其人格也推崇其文學[27]。到了宋朝，特別是經過蘇軾、朱熹的弘揚，以及湯漢對其作品的詮釋，陶淵明才眞正確立了他在文學史上的崇高地位[28]，這地位一直保持到今天，並獲得了世界的聲譽[29]。

陶淵明是中國士大夫精神上的一個歸宿，許多士大夫在仕途上失意以後，或厭倦了官場的時候，往往回歸到陶淵明，從他身上尋找新的人生價值，並藉以安慰自己。白居易、蘇軾、陸游、辛棄疾等莫不如此。於是，不爲五斗米折腰也就成了中國士大夫精神世界的一座堡壘，用以保護自己出處選擇的自由。而平淡自然也就成了他們心目中高尙的藝術境地[30]。

由於陶淵明的吟詠，酒和菊已成爲他的象徵。古代文人愛酒的不少，但能識酒中之深味的，從飲酒中體悟人生眞諦的，陶淵明是爲數不多的幾個人之一[31]，酒和陶淵明的生活及其文學緊密地連繫在一起。阮籍飲酒有以醉逃禍和借酒澆愁的意味，陶淵明則是追求酒所助成的物我兩忘的境界。陶淵明寫菊其實並不多，一共六處，但因「采菊東籬下，悠然見南山」這兩句詩太著名了，菊便成了他的化身，成了中國文學裡象徵著高情遠致的意象。在酒和菊之外，象徵陶淵明的還有「孤雲」：「萬族各有託，孤雲獨無依。曖曖空中滅，何時見餘暉。」（〈詠貧士〉其一）陶淵明生前是孤獨的，他的詩文是一個孤獨者的自白，他生命的光輝在他死後才逐漸放射出來，「千秋萬歲名，寂寞身後事」（〈夢李白〉其二），杜甫的這兩句詩用在陶淵明身上是再恰當不過了。

長久以來，士人們誦讀陶集，追和陶詩，創作以陶淵明爲素材的繪畫[32]，在對陶淵明的反覆言說和描繪中，他不再僅僅是一個單純的詩人，而逐漸成爲士大夫抒發人生理想、寄託生命情懷的一個載體。不妨說，陶淵明是一片被後人不斷耕耘的精神高地，這片高地有來自陶淵明原型的基本架構，後人又可以按照自己的理解和期望來栽種各式各樣的花木，後代的士大夫參與了對陶淵明的塑造，把自己從他作品中讀出的人生體悟置入其中。把握陶淵明的文化符號性，不僅可以更全面地了解陶淵明其人，更可以此爲切入點，對中國文化、特別是士大夫文化獲得感性的認識。

陶淵明不僅在中國古代社會具有重要的文化意義，同時具有當代性和世界性的價值，他的「自然」或許正是療救現代文明種種積弊的良藥。同樣，即使是在繁華的紐約、巴黎、東京，人們對於田園風光的熱愛，對於「自然」的嚮往，並不因國界而有所分別，美國十九世紀著名作家梭羅曾在麻薩諸塞州康科特城瓦爾登湖畔自築的木屋生活了兩年，自給自足，以表示對過分追求物質享受的現代社會的不屑。他將自己的經歷寫成一部書《瓦爾登湖》，其中流露出的對於自然的嚮往與陶淵明暗合。陶淵明對於「自然」這一生命境界的深刻理解，與西方文學的浪漫主義思潮以及海德格爾（MartinHeidegger）的哲學思考有共同之處：他們都對於純澈、澄明的自然美執著追求，他們也都觸及了被物欲籠罩心靈的人類的命運這一永恆的哲學問題。在物質文明愈加發達的今天，陶淵明的詩歌對於我們反思人類的精神世界，重新建立人與自然、人與社會、人與自我之間的和諧關係，具有啓示意義。

注釋

❶ 關於玄言詩的全面評價，見本書第二章〈兩晉詩壇〉。

❷ 陶淵明的卒年，在顏延之〈陶徵士誄〉中有明確記載，為宋文帝元嘉四年丁卯（四二七），向無異議。關於其享年，〈陶徵

士誄〉只說「春秋若干」，而無明確記載。與此相關，其生年也就成了問題。沈約《宋書・陶潛傳》說「享年六十有三」，歷來多採此說，至今仍占主流地位，王瑤、逯欽立及各種教科書均採此說（逯原采古直五十二歲說，後改從六十三歲說）。但早在宋朝張縯就提出質疑，認為如果按陶淵明本人的〈遊斜川〉推算，應是七十六歲，但未肯定（見其就吳仁傑《陶靖節先生年譜》所作的《辨證》）。民國年間，梁啓超、古直根據其作品考證，分別主張享年五十六和五十二。梁說見其《陶淵明》一書所附《陶淵明年譜》，商務印書館一九二三年出版。古說見其《陶靖節年譜》，中華書局一九三五年《層冰堂五種》本。目前贊成梁說的，中國內地有李文初（見其《陶淵明論略》，廣東人民出版社一九八六年版），臺灣有李辰冬（見其《陶淵明評論》，臺北東大圖書公司一九九一年版）、方祖燊（見其《陶潛詩箋注校正論評》，臺北臺灣書店一九八八年刊行）、陳怡良（見其《陶淵明之人品與詩品》，臺北文津出版社一九九三年出版）等。朱自清認為陶淵明的享年「只可姑存然疑而已」，（見其《陶淵明年譜中之問題》，收入《朱自清古典文學論集》，上海古籍出版社一九八一年出版），此外還有幾種不同的說法。袁行霈《陶淵明享年考辨》重申七十六歲說，並對各家之說有所辨析，見《文學遺產》一九九六年第一期，江蘇古籍出版社出版，後收入其《陶淵明研究》，北京大學出版社一九九七年出版，第二一一頁。亦可參考其《陶淵明年譜匯考》，見上書第二四三頁。袁說又見其《陶淵明集箋注》，中華書局二〇〇三年版。

❸關於陶淵明的名字，記載不同。顏延之〈陶徵士誄〉稱：「有晉徵士潯陽陶淵明。」沈約《宋書・隱逸傳》稱：「陶潛字淵明，或云淵明字元亮。」蕭統《陶淵明傳》稱：「陶淵明字元亮，或云潛字淵明。」佚名氏《蓮社高賢傳》稱：「陶潛字淵明。」《南史・隱逸傳》稱：「陶潛字淵明，或云字深明，名元亮。」《晉書・隱逸傳》稱：「陶潛字元亮。」

❹見《晉書・陶侃傳》，中華書局一九七四年排印本，第一七六九頁。

❺關於陶淵明入桓玄幕的動機及其與桓玄的關係，張芝《陶淵明傳論》一書有詳細考證，上海棠棣出版社一九五三年版。

❻關於陶淵明任鎮軍參軍一事，一說不是任劉裕的參軍，而是任劉牢之的參軍，時間也略早，詳見吳仁傑《陶靖節年譜》、陶澍《陶靖節年譜考異》，今人亦有從之者。但劉牢之並未做過鎮軍將軍，此說不可信。朱自清《陶淵明年譜中之問題》有詳細考辨，見《朱自清古典文學論集》，上海古籍出版社一九八一年版，第四七三頁。

❼關於陶淵明的隱逸論述甚多，如王瑤〈論希企隱逸之風〉（原刊於《文藝復興》中國文學專號，後收入《中古文人生活》一書，上海棠棣出版社一九五一年出版。又收入《中古文學史論》，北京大學出版社一九八六年出版），張芝〈論陶淵明的政治態度〉（見其《陶淵明傳論》，上海棠棣出版社一九五三年版），逯欽立〈讀陶管見・歸隱與躬耕自資〉（原載《吉林師大學報》一九六四年第一期，收入其《漢魏六朝文學論集》，吳雲整理，陝西人民出版社一九八四年版），〔日〕石川忠久《陶淵明とその時代》第二章〈陶淵明の歸田〉、第三章〈隱士陶淵明〉（日本東京研文一九九四年版）。

❽朱自清《陶詩的深度》根據古直《陶靖節詩箋定本》統計，「陶詩用事，《莊子》最多，共四十九次，《論語》第二，共三十七次，《列子》第三，共二十一次」（見《朱自清古典文學論集》，上海古籍出版社一九八一年版，第五六八頁）。梁啓超《陶淵明之文藝及其品格》說陶淵明是「儒家出身」，「一生得力處、用力處都在儒學」。對陶淵明的品格，他在肯定陶淵明沖遠高潔之外，又強調陶淵明是「極熱烈、極有豪氣的人」，「纏綿悱惻最多情的人」，「極嚴正——道德責任心極重的人」（見其《陶淵明》，商務印書館一九二三年版，第七頁）。

❾朱自清《陶詩的深度》曰：「『真』和『淳』都是道家的觀念，而淵明卻將『復真』、『還淳』的使命加在孔子身上，此所謂孔子學說的道家化，正是當時的趨勢。」原注：參考馮友蘭《中國哲學史》下冊六〇二至六〇四面。

❿關於引用《老》、《莊》的次數，據〔日〕大矢根文次郎《陶淵明研究》第一篇第四章《陶淵明の思想》，日本東京早稻田大學出版部一九六七年版，第一三四頁。關於玄學思想對陶淵明的影響，可參看袁行霈《陶淵明崇尚自然的思想與陶詩的自然美》（見《古典文學論叢》第二輯，陝西人民出版社一九八二年版，後收入其《陶淵明研究》一書）。

⓫關於陶淵明對佛教的態度，陳寅恪說：「蓋其生平保持陶氏世傳之天師道信仰，雖服膺儒術，而不歸命釋迦也。」（見其《陶淵明之思想與清談之關係》，燕京大學哈佛燕京社一九四五年刊印，收入《金明館叢稿初編》，上海古籍出版社一九八〇年版，第一〇八頁）逯欽立《〈形影神〉詩與東晉之佛道思想》一文就〈形影神〉詩論曰：「此詩乃反對慧遠的報應說和形盡神不滅說。」（見其《漢魏六朝文學論集》）朱光潛說：「淵明是一位絕頂聰明的人，卻不是一個拘守系統的思想家或宗教信徒。……在這整個心靈中我們可以發現儒家的成分，也可以發現道家的成分，不見得有所謂內外之分……。此外，淵明的詩裡不但提到『冥報』而且談到『空無』（『人生似幻化，終當歸空無』）。我並不敢因此就斷定淵明有意地援引佛說，我只是說明他的意識或下意識中可能有一點佛家學說的種子。」（見其《詩論》第十三章，正中書局一九四八年初版，《朱光潛全集》第三卷，安徽教育出版社一九八七年版，第二五四頁。范子燁對陶淵明與道教和佛教的關係也有論述，見其《悠然望南山》，東方出版中心二〇一〇年出版）。

⓬關於陶淵明崇尚自然的思想，胡適《白話文學史》上（新月書店一九二八年出版）、容肇祖《魏晉的自然主義》（一九九六年東方出版社據商務印書館一九三五年刊本編校再版）、陳寅恪《陶淵明之思想與清談之關係》均有論述。此處大意據袁行霈〈陶淵明的哲學思考〉一文（《國學研究》第一輯，北京大學出版社一九九三年出版，後收入其《陶淵明研究》一書）。

⓭陶淵明的思想與性格具有複雜性，對此前人多有論述，已如上引。此外，朱光潛在〈陶淵明〉一文中說：「他和我們一般人一樣，有許多矛盾和衝突；和一切偉大詩人一樣，他終於達到了調和靜穆。」（《詩論》，見《朱光潛全集》第三卷，安徽教育出版社一九八七年版，第二五六頁）魯迅說：「就是詩，除論客所佩服的『悠然見南山』之外，也還有『精衛銜微木，

將以填滄海，形天舞干戚，猛志固常在』之類的『金剛怒目式』。」（〈題未定草〉六，見其《且介亭雜文二集》，《魯迅全集》第六卷，人民文學出版社二〇〇五年版，第四三六頁）「自己放出眼光看過較多的作品，就知道歷來的偉大的作者是沒有一個『渾身是「靜穆」的』。陶潛正因為並非『渾身是「靜穆」』，所以他偉大。」（〈題未定草〉七，同上，第三四四頁）〔日〕岡村繁《陶淵明——世俗與超俗》則強調了他在超然背後隱藏著的利害得失之心（日本放送出版協會一九七四年出版）。

⑭見《宋書·陶潛傳》、蕭統《陶淵明傳》。

⑮參見馮友蘭〈論風流〉（《三松堂學術論文集》，北京大學出版社一九八四年版，第六〇九頁）；袁行霈〈陶淵明與魏晉風流〉（《魏晉南北朝文學與思想學術研討會論文集》，臺北文史哲出版社一九九一年版，第五七一—五九七頁，《中國典籍與文化論叢》第一輯轉載，中華書局一九九三年版，後收入其《陶淵明研究》一書）。

⑯關於陶詩題材內容的分類，廖仲安大致分為詠懷詩和田園詩兩類，見其《陶淵明》，中華書局一九六三年版，第六七頁。鍾優民分為詠懷、田園、哲理三類，見其《陶淵明論集》，湖南人民出版社一九八二年版，第八二頁。

⑰「行役」一詞取自陶淵明〈庚子歲五月中從都還阻風於規林〉其二：「自古歎行役，我今始知之。」

⑱可參看齊益壽〈陶淵明的宦遊詩〉，收入《毛子水先生九五壽慶論文集》，臺灣幼獅文化事業公司一九八七年出版：王國瓔〈陶詩中的宦遊之歎〉，《文學遺產》一九九五年第六期。

⑲〈命子〉詩，《冊府元龜》作〈訓子〉，歷數自陶唐以來陶家祖先的業績，於陶侃尤詳。

⑳王叔岷承襲鍾嶸之說又加以擴充，將陶詩分成四類：質直、風力、華靡、溫厚，前三者就其五言詩而言，第四就其四言詩而言。（見其《陶淵明詩箋證稿》附錄二〈陶淵明及其詩〉，臺北藝文印書館一九七五年刊行，第五四六頁）孫靜用真、淳、樸概括陶詩藝術風格（見其〈真、淳、樸——陶淵明的美學觀及其藝術風格〉一文，《光明日報》一九八三年三月二十二日）。

㉑王漁洋祕本、朱燮增釋《古學千金譜》卷十八，清乾隆五十五年治怒齋刊本。

㉒見蘇轍〈東坡先生和陶淵明詩引〉。張志烈、馬德富、周裕主編《蘇軾全集校注》，收入《蘇軾佚文彙編》卷四，河北人民出版社二〇一〇年版，第八六五三頁。朱光潛對蘇軾的話有詳細的發揮：「陶詩的特點在平、淡、枯、質，又在奇、美、腴、綺。這兩組恰恰相反的性質如何能調和在一起呢？把它們調和在一起，正是陶詩的奇蹟。……陶詩的特色正在不平不奇，不枯不腴，不質不綺，因為它恰到好處，適得其中，也正因為這個緣故，它一眼看去卻是亦平亦奇，亦枯亦腴，亦質亦綺。」（見《詩論》，《朱光潛全集》第三卷，安徽教育出版社一九八七年版，第二六五頁）

㉓參見袁行霈《鍾嶸〈詩品〉陶詩源出應璩說辨析》，《國學研究》第二輯，北京大學出版社一九九四年版，後收入其《陶淵明研究》一書。

㉔參見葛兆光〈從出世間到人世間〉，《文學史》第三輯，北京大學出版社一九九六年版，第一五頁。

㉕陳寅恪〈桃花源記旁證〉認為，它不僅是寓意之文也是紀實之文，真實之桃花源在北方，其居人所避之秦乃苻秦，其紀實部分乃依據義熙十三年劉裕率師入關時戴延之等所聞見之材料而作成，其寓意部分乃牽連混合劉之入衡山采藥故事加以點綴而成，〈擬古〉其二可以互相參證。原載《清華學報》第十一卷第一期，一九三六年出版，後收入《金明館叢稿初編》。

㉖顏延之〈陶徵士誄〉盛讚其人品，而對其文學只有一句評論曰：「文取指達。」鍾嶸《詩品》將他列入中品。

㉗蕭統〈陶淵明集序〉曰：「其文章不群，辭彩精拔；跌宕昭彰，獨超眾類；抑揚爽朗，莫之與京。橫素波而傍流，干青雲而直上。語時事則指而可想，論懷抱則曠而且真。」見《梁昭明太子文集》卷四，《四部叢刊》影印宋刊本。

㉘朱熹對陶淵明讚頌備至，如：「晉宋間人物，雖曰尚清高，然個個要官職，這邊一面清談，那邊一面招權納貨。淵明卻真個是能不要，此其所以高於晉宋人也。」（黎靖德編《朱子語類》卷三十四，明刊本）「陶淵明詩，人皆說是平淡，據某看他自豪放，但豪放得來不覺耳。」（黎靖德編《朱子語類》卷一百四十）南宋湯漢《陶靖節先生詩注》四卷，是現存最早的注本。他據韓駒對〈述酒〉詩的評論詳加考釋，認為此詩是為劉裕篡晉而作。此說影響很大。

㉙一九五八年十二月至一九六〇年三月，《光明日報》的《文學遺產》副刊展開了對陶淵明的大討論，有一種意見認為陶淵明基本上是反現實主義的，無論在當代還是對後代都起著引人走向消極道路的促退作用；有人則對他抱肯定態度。經過討論，對陶淵明抱肯定態度的占了上風。《文學遺產》編輯部將這次討論中的重要論文編成《陶淵明討論集》，中華書局一九六一年出版。關於陶淵明在國外的影響，據不完全的統計，其作品有日、韓、俄、德、英、法等文字的譯本或選本，另有大量研究論著。

㉚韋鳳娟〈論陶淵明的境界及其所代表的文化模式〉一文認為，屈原代表了載道文化，陶淵明代表了閒情文化。陶淵明所代表的這種文化模式深刻地契合了具有高度文化修養的封建士大夫獨特的文化心理，宋元以來成為他們的認同對象，備受推崇。見《文學遺產》一九九四年第二期，江蘇古籍出版社出版。

㉛關於魏晉文人與酒之關係，魯迅〈魏晉風度及文章與藥及酒之關係〉一文有精闢的論述，見《而已集》。王瑤《文人與酒》曰：「所謂酒中趣即是自然，一種在冥想中超脫現實世界的幻覺。」（見其《中古文學史論》）

㉜參看袁行霈《陶淵明影像》，中華書局二〇〇九年出版。

第四章　南北朝民歌

由於南北朝長期處於對峙的局面，在政治、經濟、文化以及民族風尚、自然環境等方面又存在著明顯的差異，因而南北朝民歌也呈現出不同的情調與風格。南朝民歌清麗纏綿，更多地反映了人民眞摯純潔的愛情生活；北朝民歌粗獷豪放，廣泛地反映了北方動亂不安的社會現實和人民的生活風習。南朝民歌中的抒情長詩〈西洲曲〉和北朝民歌中的敘事長詩〈木蘭詩〉，分別代表著南北朝民歌的最高成就。

第一節　南朝民歌與吳、楚風情

・吳歌與西曲　・水鄉景物與市井氣息　・女性的吟唱　・清麗纏綿的情調
・修辭特點　・〈西洲曲〉

南朝民歌大部分保存在（宋）郭茂倩所編《樂府詩集・清商曲辭》裡。主要有吳歌和西曲兩類。吳歌共三百二十六首，西曲共一百四十二首。《樂府詩集》卷四十四引《晉書・樂志》說：「吳歌雜曲，並出江南。東晉已來，稍有增廣。其始皆徒歌，既而被之管弦。蓋自永嘉渡江之後，下及梁、陳，咸都建業（今江蘇省南京市），吳聲歌曲起於此也。」又卷四十七引《古今樂錄》說：「按西曲歌出於荊、郢、樊、鄧之間，而其聲節送和與吳歌亦異，故依其方俗而謂之西曲云。」可見這些民歌本來是徒歌，由樂府機構採集以後才入樂的，吳歌與西曲雖同屬南朝民歌，但由於產生在不同的地區，所以在音樂的聲節和歌唱方式上也有差異。從時間上來說，吳歌產生於東晉及劉宋的居多，西曲產生於宋、齊、梁、陳的居多。清商曲辭中還有神弦歌一類，共十八首，是民間祀神的樂章。清商曲辭外，在雜曲歌辭和雜歌謠辭中，也保存有少量南朝民歌。

現存南朝民歌絕大多數是情歌。《樂府詩集》卷六十一引《宋書・樂志》說：「自晉遷江左，下逮隋、唐，德澤浸微，風化不競，去聖逾遠，繁音日滋。豔曲興於南朝，胡音生於北俗。哀淫靡曼之辭，迭作並起，流而忘反，以至陵夷。原其所由，蓋不能制雅樂以相變，大抵多溺於鄭、衛，由是新聲熾而雅音廢矣。」造成這一現象的原因是多方面的。南朝和漢代一樣設有樂府機構❶，負責採集民歌配樂演唱，現存南朝民歌就是由這些樂府機構採集而保存下來的。漢代統治者採集民歌尚有「觀風俗，知薄厚」（《漢書・藝文志》）的目的，而南朝統治者採集民歌則主要是爲了滿足其縱情聲色的需要。《南齊書・蕭惠基傳》載：「自宋大明以來，聲伎所尚，多鄭衛淫俗。雅樂正聲，鮮有好者。」漢魏之世的雅樂至西晉已漸散亡，及宋武帝平關中，曾將散落在北方的雅樂帶回江南❷，但這些雅樂的曲、辭皆已陳舊，不能滿足需要。而此時在南方民間已經產生了大量的新聲歌曲，於是統治者便進行採集、潤色與擬作。

宋後廢帝時戶口不滿百萬，而「太樂雅鄭，元徽時校試，千有餘人」（《南齊書・崔祖思傳》）；齊高帝「幸華林宴集，使各效伎藝：褚彥回彈琵琶，王僧虔、柳世隆彈琴，沈文季歌〈子夜來〉，張敬兒舞」（《南史・王儉傳》）；齊武帝「後宮萬餘人，宮內不容，太樂、景第、暴室皆滿，猶以爲未足」（《南史・豫章文獻王嶷傳》）；齊東昏酷愛俗樂，爲了滿足他自己的嗜慾，「下揚、南徐二州橋桁塘埭丁，計功爲直，斂取見錢，供太樂主衣雜費」（《南齊書・東昏紀》）；「普通末，〔梁〕武帝自算擇後宮《吳聲》、《西曲》女妓各一部，並華少，賚〔徐〕勉，因此頗好聲酒」（《南史・徐勉傳》）；此外，梁武帝蕭衍、梁簡文帝蕭綱、梁元帝蕭繹等，更有大量的充滿豔情色彩的擬作❸。

南朝民歌中多清麗纏綿的情歌，與江南幽美的自然環境和充裕的經濟條件也有著直接的關係。

南朝民歌產生於長江中下游地區，那裡山清水秀，鳥語花香。本自多情的青年男女，在這樣的環境中，不免發懷春之情，正如民歌中所唱的那樣：

初陽正二月，草木鬱青青。躡履步前園，時物感人情。（〈讀曲歌〉）

朱光照綠苑，丹華粲羅星。哪能閨中繡，獨無懷春情？（〈子夜四時歌・春歌〉）

長江流域物產豐盛，商業發達，而最爲富庶的地區又首推荊、揚二州。李延壽在《南史・循吏傳》的序論中描寫宋、齊盛世之時說：「方內晏安，甿庶蕃息，……凡百戶之鄉，有市之邑，歌謠舞蹈，觸處成群，蓋宋世之極盛也。……永明繼運……十許年中，百姓無犬吠之驚，都邑之盛，士女昌逸，歌聲舞節，袨服華妝。桃花淥水之間，秋月春風之下，無往非適。」南朝民歌大部分就是城市中的產物，它們多半出自商賈、妓女、船戶和一般市民之口，主要反映城市中下層居民的生活和思想感情❹。

現存的吳聲歌中，以〈子夜歌〉（凡四十二首）、〈子夜四時歌〉（凡七十五首）、〈華山畿〉（凡二十五首）和〈讀曲歌〉（凡八十九首）最爲重要。吳聲歌曲多爲女性的吟唱，其內容或表現對於愛情的渴望，如：

始欲識郎時，兩心望如一。理絲入殘機，何悟不成匹。（〈子夜歌〉）

或表現既得愛情的歡樂，如：

打殺長鳴雞，彈去烏臼鳥，願得連冥不復曙，一年都一曉。（〈讀曲歌〉）

或表現相思的痛苦，如：

寒鳥依高樹，枯林鳴悲風。為歡憔悴盡，哪得好顏容？（〈子夜四時歌・冬歌〉）

或表現堅貞不渝的愛情，如：

淵冰厚三尺，素雪覆千里。我心如松柏，君情復何似？（〈子夜四時歌・冬歌〉）

華山畿，君既為儂死，獨生為誰施。歡若見憐時，棺木為儂開。（〈華山畿〉）

或表現對於負心男子的怨恨，如：

常慮有貳意，歡今果不齊。枯魚就濁水，長與清流乖。（〈子夜歌〉）

或表現婚姻不自由的苦悶，如：

非歡獨慊慊，儂意亦驅驅。雙燈俱時盡，奈許兩無由。（〈讀曲歌〉）

這些作品以清新淺近的語言，表現眞摯細膩的感情，風格豔麗柔弱、哀怨纏綿，眞實地再現了江南女子在愛情問題上的複雜心態，並有濃郁的生活氣息。

西曲產生於長江中游和漢水兩岸的城市，以江陵爲中心。由於地區的差別和歌者的身分不同，它多寫水邊船上旅客商婦的離別之情，所反映的生活面比吳歌稍廣，而且更多地表現了勞動人民的愛情生活，其突出的特點是結合勞動來描寫愛情。因此在情調上與吳歌的閨閣氣息有所不同，風格也較爲開朗明快。如：

布帆百餘幅，環環在江津。執手雙淚落，何時見歡還？（〈石城樂〉）

聞歡下揚州，相送楚山頭。探手抱腰看，江水斷不流。（〈莫愁樂〉）

一幕幕離別場景，一曲曲送別哀歌，給讀者留下深刻的印象。〈那呵灘〉中兩首男女對唱的情歌，尤爲感人：

聞歡下揚州，相送江津灣。願得篙櫓折，交郎到頭還。

篙折當更覓，櫓折當更安。各自是官人，哪得到頭還。

女子的歌唱傳達出眞切的情思和天眞的願望；男子的對答則表現出身不由己的遺憾和悲哀。〈拔蒲〉二首清新而含蓄：

青蒲銜紫茸，長葉復從風。與君同舟去，拔蒲五湖中。

朝發桂蘭渚，晝息桑榆下。與君同拔蒲，竟日不成把。

清新幽美的環境，清脆婉轉的歌喉，洋溢著一種輕鬆、和諧的氣氛。末二句與《詩經·周南·卷耳》中「采采卷耳，不盈頃筐。嗟我懷人，置彼周行」的詩句有異曲同工之妙。

南朝民歌的形式特點是體制小巧，大都為五言四句，語言清新自然，正如〈大子夜歌〉所說「慷慨吐清音，明轉出天然」，「不知歌謠妙，聲勢出口心」。清妙的歌謠隨口唱來，不雕飾，不做作，便將內心深處細膩纏綿的情感眞切地表現出來。大量運用雙關語是南朝民歌，尤其是吳歌的顯著特點，雙關語大致可分為兩類：一類是同音異字的，如：以「藕」雙關「偶」，以「蓮」雙關「憐」，以「絲」雙關「思」，以「碑」雙關「悲」，以「籬」雙關「離」等；另一類是同音同字的，如：以布匹之「匹」雙關匹偶之「匹」，以藥名或曲名之「散」雙關聚散之「散」，以關門之「關」雙關關念之「關」，以黃連之「苦」雙關相思之「苦」等。這些巧妙的雙關語的運用，不僅使得語言更加活潑，而且在表情達意上也更加含蓄委婉。

除吳歌和西曲之外，在《雜曲歌辭》中還有一篇抒情長詩〈西洲曲〉：

> 憶梅下西洲，折梅寄江北。單衫杏子紅，雙鬢鴉雛色。西洲在何處？兩槳橋頭渡。日暮伯勞飛，風吹烏臼樹。樹下即門前，門中露翠鈿。開門郎不至，出門採紅蓮。採蓮南塘秋，蓮花過人頭。低頭弄蓮子，蓮子青如水。置蓮懷袖中，蓮心徹底紅。憶郎郎不至，仰首望飛鴻。鴻飛滿西洲，望郎上青樓。樓高望不見，盡日欄杆頭。欄杆十二曲，垂手明如玉。捲簾天自高，海水搖空綠。海水夢悠悠，君愁我亦愁。南風知我意，吹夢到西洲。

這首民歌可能經過文人的加工潤色，內容是寫一個青年女子的相思之情，中間穿插著不同季節的景物變化和女主人公的活動、服飾及儀容的點染描繪，一層深過一層地展示人物內心的情思，將那種無盡的相思表現得極為細膩纏綿而又委婉含蓄。全詩基本上是四句一換韻，又運用了連珠格的修辭法，從而形成了回環婉轉的旋律。這種特殊的聲韻之美，造成一種似斷似續的效果，這同詩中續續相生的情景結合在一起，聲情搖曳，餘味無窮。所以沈德潛說此詩：「續續相生，連跗接萼，搖曳無窮，情味愈出。」（《古詩源》卷十二）這首詩是南朝民歌中藝術性最高的一篇。

第二節　北朝民歌與北朝各民族的風習

・北方的景色與以鮮卑爲主的各民族風習　・社會題材的多方面表現
・直率樸素、剛健豪放　・〈木蘭詩〉

北朝民歌大部分保存在《樂府詩集・橫吹曲辭》的《梁鼓角橫吹曲》中，此外在《雜曲歌辭》和《雜歌謠辭》中也有一小部分，共七十首左右。《樂府詩集》卷二十一云：

> 橫吹曲，其始亦謂之鼓吹，馬上奏之，蓋軍中之樂也。北狄諸國，皆馬上作樂，故自漢已來，北狄樂總歸鼓吹署。其後分為二部，有簫笳者為鼓吹，用之朝會、道路，亦以給賜。漢武帝時，南越七郡，皆給鼓吹是也。有鼓角者為橫吹，用之軍中，馬上所奏者是也。

可見「橫吹曲」原是在馬上演奏的一種軍樂，因演奏的樂器有鼓有號角，所以叫「鼓角橫吹曲」。北朝民歌多半是北魏以後的作品，隨著南北文化的交流，北方的歌曲陸續傳到南方，齊、梁以後也常用於宮中娛樂，並由梁代的樂府機關保留下來，所以叫「梁鼓角橫吹曲」❺。

北朝民歌原來大都是北方少數民族的歌唱，如〈折楊柳歌辭〉說：「我是虜家兒，不解漢兒歌。」便是證明，其中又以鮮卑語的歌辭居多❻。這些歌辭後來被翻譯成漢語，如〈敕勒歌〉，「其歌本鮮卑語，易爲齊言，故其句長短不齊」（《樂府詩集》卷八十六《雜歌謠辭》引《樂府廣題》）。其中也有一部分是北人直接用漢語創作的❼，有些則是經過了南方樂工的加工潤色，同時也不能排除其中還雜有少數北方漢人的作品。所以北朝民歌是北方各民族共同創造的文化碩果❽。

北朝民歌的數量雖不多，但內容卻廣泛地反映了社會生活的各個方面。以鮮卑族爲主的北方各民族跟南方人民的生活環境有所不同，再加上北方民族特殊的風俗習慣和性格氣質，因此北朝民歌的情調和風格就跟南朝民歌有了顯著的差別。

《北史・魏本紀一》載：「魏之先出自黃帝軒轅氏。黃帝子曰昌意，昌意之少子受封北國，有大鮮卑山，因以爲號。其後世爲君長，統幽都之北，廣漠之野，畜牧遷徙，射獵爲業，淳樸爲俗，簡易爲化，不爲文字，刻木結繩而已。」儘管他們後來逐漸南侵，且受到漢文化的影響，但他們的生活環境和習俗仍舊不同於南方。因此在北朝民歌中，表現北方的景色和風俗，最富有地方色彩。史載北齊時代斛律金（四八八—五六七）所唱的〈敕勒歌〉❾，反映北方的游牧生活，出色地描繪了北國草原的遼闊壯美：

敕勒川，陰山下。天似穹廬，籠蓋四野。天蒼蒼，野茫茫，風吹草低見牛羊。

短短二十七字將蒼茫浩瀚的草原風光描繪了出來，境界恢宏博大、雄渾壯闊，可謂千古絕唱。「敕勒」也是當時少數民族的名稱，又稱高車。《北史．高車傳》說：魏太武帝征服高車後，「皆徙置漠南千里之地。乘高車，逐水草，畜牧蕃息，數年之後，漸知粒食，歲致獻貢。由是國家馬及牛、羊遂至於賤，氈皮委積」。詩中所描繪的正是這番景象。又如：「放馬大澤中，草好馬著膘」（〈企喻歌辭〉）；「放馬兩泉澤，忘不著連羈」（〈折楊柳歌辭〉）；「上馬不捉鞭，反折楊柳枝。蹀坐吹長笛，愁殺行客兒」（〈折楊柳歌辭〉）；「孟陽三四月，移鋪逐陰涼」（〈琅琊王歌辭〉）。這些都反映了北方游牧民族的生活，從中可以想見那遼闊的原野和豐澤的水草，牧民們趕著馬群，過著遷徙不定而又優遊自足的生活。〈隴頭歌辭〉形象地描繪出北方旅人艱苦的生活：

隴頭流水，流離山下。念吾一身，飄然曠野。
朝發欣城，暮宿隴頭。寒不能語，舌捲入喉。
隴頭流水，鳴聲幽咽。遙望秦川，心肝斷絕。

行人的孤獨飄零，山路的險峻難行，北地的刺骨嚴寒，以及思念家鄉的悲痛情緒，無不躍然紙上。

北方民族以畜牧爲業，善於騎射，他們鍛鍊出了雄健強悍的體魄、粗獷豪邁的個性和豪俠尚武的精神：

男兒欲作健，結伴不須多。鷂子經天飛，群雀兩向波。（〈企喻歌辭〉）
健兒須快馬，快馬須健兒。𨁽跋黃塵下，然後別雄雌。（〈折楊柳歌辭〉）

新買五尺刀，懸著中梁柱。一日三摩挲，劇於十五女。（〈琅琊王歌辭〉）

不僅男兒具有這種英雄豪俠式的行為舉止，甚至女子也不讓鬚眉，木蘭即是其中的典型。又如《魏書．李安世傳》所載〈李波小妹歌〉：「李波小妹字雍容，褰裙逐馬如卷蓬，左射右射必疊雙。婦女尚如此，男子哪可逢！」也同樣反映出豪俠尚武的精神。

頻繁的戰爭是北朝社會一個嚴重而突出的問題，因而北朝民歌中反映戰爭的詩也較多。如〈企喻歌辭〉中的後三首、〈紫騮馬歌辭〉中的第三首、〈慕容垂歌辭〉三首、〈隔谷歌〉二首以及〈隴上歌〉（《雜歌謠辭三》）等，均屬此類題材的作品。〈隴上歌〉對戰爭的描寫較為具體：

隴上壯士有陳安，軀幹雖小腹中寬，愛養將士同心肝。驦驄父馬鐵鍛鞍，七尺大刀奮如湍，丈八蛇矛左右盤，十蕩十決無當前。戰始三交失蛇矛，棄我驦驄竄岩幽，為我外援而懸頭。西流之水東流河，一去不還奈子何！❿

戰爭必然給人民帶來無限深重的災難：「男兒可憐蟲，出門懷死憂。屍喪狹谷中，白骨無人收。」（〈企喻歌辭〉）「兄在城中弟在外，弓無弦，箭無括。食糧乏盡若為活？救我來！救我來！」（〈隔谷歌〉）這些發自內心的悲吟與呼號，真實地反映出當時廣大人民悲慘的命運。

北朝民歌中還有不少反映羈旅行役和流亡生活的懷土思鄉之作，如上文所舉〈隴頭歌辭〉和〈折楊柳歌辭〉即是。又如：

琅琊復琅琊，琅琊大道王。鹿鳴思長草，愁人思故鄉。（〈琅琊王歌辭〉）

高高山頭樹，風吹葉落去。一去數千里，何當還故處？（〈紫騮馬歌辭〉）

深刻地反映出他們顛沛流離的苦況和思念家鄉的心情。還有些民歌則反映了窮苦人民飢寒交迫的生活以及不合理的社會現實。如：「雨雪霏霏雀勞利，長嘴飽滿短嘴飢。」（〈雀勞利歌辭〉）「快馬常苦瘦，剿兒常苦貧。黃禾起羸馬，有錢始作人。」（〈幽州馬客吟歌辭〉）其中充滿勞苦之人的憤激與不平。其語言之樸素無華，情調之坦率爽朗，風格之剛健豪放，均與南朝民歌形成鮮明的對比。

北朝民歌中有不少反映愛情與婚姻題材的作品，這些歌曲坦率直截，與南朝情歌纏綿婉轉的情調是大不相同的。如：

側側力力，念君無極。枕郎左臂，隨郎轉側。（〈地驅歌樂辭〉）

腹中愁不樂，願作郎馬鞭。出入擐郎臂，蹀坐郎膝邊。（〈折楊柳歌辭〉）

至於「月明光光星欲墮，欲來不來早語我」（〈地驅樂歌〉）；「天生男女共一處，願得兩個成翁嫗」（〈捉搦歌〉）則更爲大膽潑辣。反映婚姻問題的，多半是女子希望早嫁，如：「老女不嫁，蹋地喚天」（〈地驅歌樂辭〉）；「小時憐母大憐婿，何不早嫁論家計」（〈捉搦歌〉）；「阿婆不嫁女，哪得孫兒抱」（〈折楊柳枝歌〉）；「阿婆許嫁女，今年無消息」（〈折楊柳枝歌〉）。這些歌唱直率而樸素，毫無忸怩羞澀之態，與南朝民歌相比，也同樣有直與曲、剛與柔之別。

《梁鼓角橫吹曲》中的長篇敘事詩〈木蘭詩〉，是北朝民歌中最爲傑出的作品。關於此詩的作者及產生的時代問題，自北宋以來即眾說紛紜⓫。目前學術界一般認爲，〔陳〕釋智匠《古今樂錄》已著錄此詩，故其產生時代不會晚於陳代。此詩最初當於北朝民間傳唱，在長期的流傳過程中，可能經過隋唐文人的潤色加工⓬。

〈木蘭詩〉成功地塑造了木蘭這個不朽的藝術形象⓭。木蘭是一個閨中少女，又是一個金戈鐵馬的巾幗英雄，在祖國需要的時候，她挺身而出，代父從軍，女扮男裝，馳騁沙場十多年，立下汗馬功勞，勝利歸來之後又謝絕官職，返回家園，表現出淳樸與高潔的情操。她愛親人，也愛祖國，把對親人和對祖國的愛融合到了一起。木蘭的形象是人民理想的化身，她集中了中華民族勤勞、善良、機智、勇敢、剛毅和淳樸的優秀品質，這是一個深深扎根在中國北方廣大土地上的有血有肉、有人情味的英雄形象，在男尊女卑的封建社會裡尤其可貴。

〈木蘭詩〉在藝術表現手法上很有特點：

首先，是描寫有繁有簡，剪裁精當而結構嚴謹。作者根據人物刻畫的需要，在廣闊的生活背景下展示木蘭的形象。從時間上說，長達十多年之久；從地域上說，從家鄉到戰場，從朝廷到故鄉，空間十分廣闊。如此豐富的內容本來很費筆墨，但詩歌處理得很好，突出出征前、征途中、戰場上和歸來後幾個場面，描寫有詳有略。其詳處運墨如潑，如出征前備置鞍馬的鋪排描寫，便烘托出一種躍躍欲試的神情和忙忙碌碌的氣氛；征途中也同樣是不惜筆墨，表現木蘭溫柔、善良的心性和對父母的拳拳深情；歸來後的一大段描寫更是鋪排特甚、不厭其詳，從而製造出一種熱烈而歡樂的氣氛，充滿濃郁的人情味和生活氣息；而戰場上的描寫則以「朔氣傳金柝，寒光照鐵衣。將軍百戰死，壯士十年歸」數語一帶而過，可謂惜墨如金，然而戰場上的肅殺氣氛、將士們的浴血奮戰以及木蘭的英風豪氣，無不涵蓋其中⓮。

其次，通過人物的行動和氣氛的烘托來刻畫人物的心理、性格，將敘事與抒情完美地結合在一起。這是一首敘事詩，但抒情的成分卻很濃重。作者雖然沒有正面寫木蘭的相貌和武藝，也沒有寫她的思想、性格與情感，然而這一切都十分傳神地呈現在讀者面前。

此外，詩中複遝、排比、對偶、問答的句式；疊字、比喻、誇張的運用；或敘事、或摹聲、或寫景，如百川歸海，均服務於木蘭形象的塑造。其中既有樸素自然的口語，又有對仗工整、精妙絕倫的律句。雖然可能經過後世文人的加工潤色，但全詩生動活潑，清新剛健，仍不失民歌本色，不愧是千百年來膾炙人口的優秀詩篇。

注釋

❶王運熙《漢魏兩晉南北朝樂府官署沿革考略》於此有考論，可參閱。見其《樂府詩論叢》，古典文學出版社一九五八年版。

❷《宋書・樂志一》：「晉氏之亂也，樂人悉沒戎虜，及胡亡，鄴下樂人頗有來者。謝尚時為尚書僕射，因之以具鐘磬。太元中，破苻堅，又獲樂工楊蜀等，閑練舊樂，於是四廂金石始備焉。」

❸見逯欽立輯校《先秦漢魏晉南北朝詩・梁詩》卷一、卷二十、卷二十五。

❹蕭滌非《漢魏六朝樂府文學史》第五編第一章〈論南朝新聲樂府發達之原因〉，人民文學出版社一九八四年版，第一九八—一九九頁。

❺按北方民歌傳入南方後，曾由梁朝的樂府官署加以保存。至陳朝時，釋智匠在他的《古今樂錄》中將這些作品冠以「梁鼓角橫吹曲」之名，後來《舊唐書》及《樂府詩集》等書的作者皆沿襲前人，仍冠以「梁」。又許多文學史著作中，常把《樂府

詩集》中的「梁鼓角橫吹曲」稱為「北朝樂府民歌」，其實並不確切，事實上現存的歌辭中，有不少是十六國時代的作品，有些樂曲可能在晉代就有演唱，而北魏、北周的樂歌並不很多，有些不一定在北朝音樂機關演唱過，因此沿用「梁鼓角橫吹曲」或稱「北朝民歌」或許更確切些。關於這一點，楊生枝《樂府詩史》第五章〈北朝——樂府漸興期〉（青海人民出版社一九八五年版）及曹道衡《中古文學史論文集‧關於北朝樂府民歌》（中華書局一九八六年版）均有考辨。

❻《舊唐書‧音樂志二》說：「北狄樂，其可知者鮮卑、吐谷渾、部落稽三國，皆馬上樂也。鼓吹本軍旅之音，馬上奏之，故自漢以來，北狄樂總歸鼓吹署。後魏樂府始有北歌，即《魏史》所謂《真人代歌》是也。代都時，命掖庭宮女晨夕歌之。……今存者五十三章，其名目可解者六章……其不可解者，咸多可汗之辭。按今大角，此即後魏世所謂《簸邏回》者是也，其曲亦多可汗之辭。北虜之俗，呼主為可汗。吐谷渾又慕容別種，知此歌是燕、魏之際鮮卑歌，歌辭虜音，竟不可曉。梁有《鉅鹿公主歌辭》，似是姚萇時歌，其辭華音，與北歌不同。梁樂府鼓吹又有《大白淨皇太子》、《小白淨皇太子》、《企喻》等曲。隋鼓吹有《白淨皇太子》曲，與北歌校之，其音皆異。」

❼詳見孫楷第〈梁鼓角橫吹曲用北歌解〉，載《輔仁學志》第十三卷第一—二合期。

❽參見袁行霈著《中國文學史綱要》（二）第四章第二節，北京大學出版社一九八三年版，第四九頁。

❾見《北史‧齊本紀上六》、《樂府詩集‧雜歌謠辭四》引《樂府廣題》。按斛律金所唱的這首歌，並非他自己的創作。據元代人乃賢的《金臺集》序作者李好文的考證，此歌的作者當是賀六渾。斛律金只是唱了這首當時為很多人所熟悉的歌曲。說見楊生枝《樂府詩史》第四〇五頁。

❿《樂府詩集》卷八十五：「《晉書‧載記》曰：『劉曜圍陳安於隴城，安敗，南走陝中。曜使將軍平先、丘中伯率勁騎追安。安與壯士十餘騎於陝中格戰，安左手奮七尺大刀，右手執丈八蛇矛，近交則刀矛俱發，輒害五六，遠則雙帶鞬服，左右馳射而走。平先亦壯健絕人，與安搏戰，三交，奪其蛇矛而退，遂追斬於澗曲。安善於撫接，吉凶夷險，與眾同之。及其死，隴上為之歌。曜聞而嘉傷，命樂府歌之。』」

⓫〈木蘭詩〉的作者及產生的時代問題，大致可以分為唐代説和唐代以前説兩種，羅根澤《魏晉南北朝文學史》（南京大學教務處出版，一九五七年版，第九四—九五頁）、蕭滌非《漢魏六朝樂府文學史》（人民文學出版社一九八四年版，第二八八—二九三頁）於此均有詳細的介紹與考論。

⓬王運熙認為：「現存〈木蘭詩〉文句在智匠編《古今樂錄》時當已經成為定型，它並沒有經過唐人的潤色修改。」（見其《樂府詩論叢》，古典文學出版社一九五八年版，第一二〇頁）

⑬關於木蘭其人，余冠英《樂府詩選》注說：「木蘭，女子名，姓氏里居不詳（後世記載紛紜都不足取信，有人說木蘭姓魏，有人說姓朱，又有人說姓花，也有人說『木蘭』是姓，不是名。有人說她是譙郡人，有說是宋州人，又有黃州、商州等說）。」（人民文學出版社一九五三年版，第一一九頁）

⑭這段內容和文字均參考袁行霈著《中國文學史綱要》（二）第四章第二節，北京大學出版社一九八三年版，第五一頁。

第五章　謝靈運、鮑照與詩風的轉變

南朝是中國詩史上詩風轉變的重要時期。清沈德潛《說詩晬語》卷上說：「詩至於宋，性情漸隱，聲色大開，詩運一轉關也。」與魏晉詩人不同，南朝詩人更崇尚聲色，追求藝術形式的完善與華美，這在一定程度上掩蓋了眞實的性情。梁蕭子顯所說「若無新變，不能代雄」（《南齊書・文學傳論》）表達了這種新變的追求。謝靈運所開創的山水詩，把自然界的美景引進詩中，使山水成爲獨立的審美對象。他的創作不僅把詩歌從「淡乎寡味」的玄理中解放了出來，而且加強了詩歌的藝術技巧和表現力，並影響了一代詩風。鮑照的樂府詩唱出了廣大寒士的心聲，他在詩歌藝術上的探索與創新也有十分積極的意義。

第一節　謝靈運所開啓的新風與山水詩的興盛

・從山水中尋找人生的哲理與趣味　・山水成爲獨立的審美對象　・從寫意到摹象
・從啓示性到寫實性　・謝靈運的山水詩及其地位　・山水詩在南朝的興盛

山水詩的出現，不僅使山水成爲獨立的審美對象，爲中國詩歌增加了一種題材，而且開啓了南朝一代新的詩歌風貌。繼陶淵明的田園詩之後，山水詩標誌著人與自然進一步的溝通與和諧，標誌著一種新的自然審美觀念和審美趣味的產生❶。

早在《詩經》和《楚辭》的時代，詩中就出現了山水景物，但那往往只是作爲生活的襯景或比興的媒介，而不是作爲一種獨立的審美對象。到了漢末建安時期，曹操的〈觀滄海〉才算是中國詩歌史上第一首完整的山水詩。西晉左思的〈招隱詩〉和郭璞的遊仙詩都寫到山水的清音和美貌❷。這類詩雖然數量不多，但它們畢竟在客觀上爲後來的山水詩提供了藝術經驗。山水詩如同遊仙詩和玄言詩一樣，與魏晉之後隱逸之風有著十分密切的關係❸，在中國士大夫的傳統觀念中，山林隱逸總是與社會仕途對立的。孔子所謂「用之則行，舍之則藏」（《論語・述而》）的觀念，對後來士大夫的影響相當深刻。自漢代以來，遁跡岩穴即被視爲一種清高，同時也是通向仕途的捷徑。到了魏晉，由於社會動亂、政治黑暗，隱逸之風大熾，士大夫階層大都以山林爲樂土，他們往往把自己理想的生活和山水之美結合起來，因此山水描寫的成分在詩裡就逐漸多了起來。晉宋時代，尤其是南渡之後，江南的經濟有了較大的發展，士族地主階層的物質生活條件更加優越，他們大造別墅，在秀美的山水之間過著登臨吟嘯的悠閒生活，而作爲生活環境的山水景物也就很自然地反映在詩中。劉勰《文心雕龍．明詩》說：「宋初文詠，體有因革，莊老告退，而山水方滋。」山水詩的產生與當時盛行的玄學和玄言詩有著密切的關係。當時的玄學把儒家提倡的「名教」與老莊提倡的「自然」結合在一起，引導士大夫從山水中尋求人生的哲理與趣味。眞正的玄言家是很懂得「山水以形媚道」（宗炳〈畫山水序〉語，見《歷代名畫記》卷六）之理的，因此在玄學發展的過程中，山水審美的意識也漸增，借山水體玄成爲當時一種普遍的風氣[4]。在玄言詩裡也常常寓玄理於山水之中，或借山水以抒情，因而出現了不少描寫自然山水的佳句，可以說玄言詩本身就孕育了山水詩。晉宋之際，隨著自然山水審美意識的不斷濃厚，山水繪畫及理論也應運而生[5]。這對於山水詩的產生，無疑也有著促進的作用。此外，五言詩的成熟以及江南民歌中描寫自然景物的藝術經驗，也爲山水詩的產生做好了文學上的準備[6]。

在山水詩產生與發展的過程中，楊方、李顒、庾闡、殷仲文和謝混等人，都曾有過一定的貢獻[7]。但眞正大力創作山水詩，並在當時及對後世產生巨大影響的則是謝靈運[8]。

謝靈運出身於士族高門，才學出眾，很早就受到族叔謝混的賞識，與從兄謝瞻、謝晦等皆爲謝氏家族中一時之秀。他本來在政治上很有抱負，但他生活的那個年代正是晉宋易代、政局混亂、社會動盪的時期。宋初劉裕採取壓抑士族的政策，謝靈運也由公爵降爲侯爵，在政治上一直不得意，這自然使他心懷憤恨。《宋書》本傳說他「自謂才能宜參權要，既不見知，常懷憤憤」；「少帝即位，權在大臣，靈運構扇異同，非毀執政」。故自出任永嘉太守之後，無論是在任還是隱居，他總是縱情山水，肆意遨遊，且「所至輒爲詩詠，以致其意」，一方面以此舉對抗當政，發洩不滿，同時也在山水清音之中得到心靈的慰藉。與此相關，好佛的謝靈運早就有師事慧遠的願望，他的思想也深受慧遠的影響。他在〈辨宗論〉裡就主張「去物累而頓悟」，其〈遊名山志序〉說：「夫衣食，生之所資；山水，性之所適。今滯所資之累，擁其所適之性耳。……豈以名利之場，賢於清曠之域耶！」只有徜徉於山水之間，才能體道適性，捨卻世俗之物累。

謝靈運的山水詩大部分是他任永嘉太守以後所寫。這些詩以富麗精工的語言，生動細緻地描繪了永嘉、會稽、彭蠡湖等地的自然景色。其主要特點是鮮麗清新，如《南史．顏延之傳》載：「延之嘗問鮑照己與靈運優劣，照曰：『謝五言如初發芙蓉，自然可愛；君詩若鋪錦列繡，亦雕績滿眼。』」此外，湯惠休說「謝詩如芙蓉出水，顏如錯采鏤金」

（鍾嶸《詩品》卷中引）；鍾嶸說謝詩「名章迥句，處處間起；麗典新聲，絡繹奔會」（《詩品》卷上）；蕭綱也說「謝客吐語天拔，出於自然」（〈與湘東王書〉）。一方面，與顏詩的「鋪錦列繡」、「雕繢滿眼」相比，謝詩顯得「自然」；另一方面，當人們讀厭了那些「淡乎寡味」的玄言詩，而一接觸到謝詩中那些山姿水態與麗典新聲時，自然會感到鮮麗清新、自然可愛。關於謝詩的「自然」，唐釋皎然在《詩式》卷一〈不用事第一格〉中說：謝詩的「自然」，既不同於李陵、蘇武那種「天與眞性，發言自高，未有作用」的自然，也不同於曹植等人那種「語與興驅，勢逐情起，不由作意，氣格自高」的自然，而是「爲文眞於情性，尙於作用，不顧辭采而風流自然」。所謂「作用」，就是經營安排、琢磨鍛鍊，以此而能達於自然，這正是謝詩勝人之處，也是他開啓新詩風的關鍵所在。明代王世貞說：謝靈運詩「至穠麗之極而反若平淡，琢磨之極而更似天然，則非佘子所可及也」（《讀書後》卷三〈書謝靈運集後〉）。

沈德潛還曾將謝詩與陶詩作過比較：「陶詩合下自然，不可及處，在眞在厚。謝詩經營而返於自然，不可及處，在新在俊。陶詩勝人在不排，謝詩勝人正在排。」（《說詩晬語》卷上）從詩歌發展史的角度看，魏晉和南朝屬於兩個不同的階段：魏晉詩歌上承漢詩，總的詩風是古樸的；南朝詩歌則一變魏晉的古樸，開始追求聲色。而詩歌藝術的這種轉變，就是從陶謝的差異開始的。陶淵明是魏晉古樸詩歌的集大成者，謝靈運卻另闢蹊徑，開創了南朝的一代新風。具體說來，從陶到謝，詩歌藝術的轉變主要表現在兩個方面[9]：

首先是從寫意到摹象。

在謝靈運之前，中國詩歌以寫意爲主，摹寫物象只占從屬的地位。陶淵明就是一位寫意的能手，他的生活是詩化的，感情也是詩化的，寫詩不過是自然的流露，因此他無意於模山範水，只是寫與景物融合爲一的心境。謝靈運則不同，山姿水態在他的詩中占據了主要的地位，「極貌以寫物」（劉勰《文心雕龍・明詩》）和「尙巧似」（鍾嶸《詩品》上）成爲其主要的藝術追求。他盡量捕捉山水景物的客觀美，不肯放過寓目的每一個細節，並不遺餘力地勾勒描繪，力圖把它們一一眞實地再現出來。如其〈入彭蠡湖口〉：

客遊倦水宿，風潮難具論。洲島驟迴合，圻岸屢崩奔。乘月聽哀狖，浥露馥芳蓀。春晚綠野秀，巖高白雲屯。千念集日夜，萬感盈朝昏。攀崖照石鏡，牽葉入松門。三江事多往，九派理空存。靈物恡珍怪，異人祕精魂。金膏滅明光，水碧輟流溫。徒作千里曲，弦絕念彌敦。

對自然景物的觀察與體驗十分細緻，刻畫也相當精妙，描摹動態的「迴合」、「崩奔」、月下哀狖的悲鳴之聲、「綠野秀」與「白雲屯」那鮮麗的色彩搭配，無不給人以深刻的印象。其〈於南山往北山經湖中瞻眺〉一詩，於山水景物的描摹更加細緻入微：

> 朝旦發陽崖，景落憩陰峰。舍舟眺迴渚，停策倚茂松。側徑既窈窕，環洲亦玲瓏。俛視喬木杪，仰聆大壑淙。石橫水分流，林密蹊絕蹤。解作竟何感，升長皆豐容。初篁苞綠籜，新蒲含紫茸。海鷗戲春岸，天雞弄和風。撫化心無厭，覽物眷彌重。不惜去人遠，但恨莫與同。孤遊非情歎，賞廢理誰通？

開闊的洲渚，茂密的松林，蜿蜒的蹊徑，淙淙的流水，嫩綠的初篁，鮮紫的新蒲，自娛的群鳥，像是把景物分解成一個又一個鏡頭，向讀者展示眼前的一切。詩中所描繪的景物的確是清新自然的，然其刻畫描摹之功，不經過一番苦心琢磨和精心錘煉是達不到的。

謝靈運的那些垂範後世的佳句，無不顯示著高超的描摹技巧，如，「白雲抱幽石，綠筱媚清漣」（〈過始寧墅〉）；「曉霜楓葉丹，夕曛嵐氣陰」（〈晚出西射堂〉）；「雲日相輝映，空水共澄鮮」（〈登江中孤嶼〉）；「林壑斂暝色，雲霞收夕霏」（〈石壁精舍還湖中作〉）；「春晚綠野秀，巖高白雲屯」（〈入彭蠡湖口〉）；「池塘生春草，園柳變鳴禽」（〈登池上樓〉）；「野曠沙岸淨，天高秋月明」（〈初去郡〉）；「密林含餘清，遠峰隱半規」（〈遊南亭〉）；「近澗涓密石，遠山映疏木」（〈過白岸亭〉）等，語言工整精練，境界清新自然，猶如一幅幅鮮明的圖畫，從不同的角度向人們展示著大自然的美。尤其是「池塘生春草」更是意象清新，天然渾成，深得後人激賞[10]。

謝詩不像陶詩那樣以寫意爲主，注重物我合一，表現出整體的自然美，而是更注重山水景物的描摹刻畫，這些山水景物又往往是獨立於詩人性情之外的，因此他的詩歌也就很難達到陶詩那種情景交融、渾然一體的境界。同時在結構上，謝靈運的山水詩也多是先敘出遊，次寫見聞，最後談玄或發感喟，如同一篇篇旅行日記，而又常常拖著一條玄言的尾巴。如其著名的〈登池上樓〉：

> 潛虯媚幽姿，飛鴻響遠音。薄霄愧雲浮，棲川怍淵沉。進德智所拙，退耕力不任。徇祿反窮海，臥痾對空

林。衾枕昧節候，褰開暫窺臨。傾耳聆波瀾，舉目眺嶇嶔。初景革緒風，新陽改故陰。池塘生春草，園柳變鳴禽。祁祁傷豳歌，萋萋感楚吟。索居易永久，離群難處心。持操豈獨古，無悶徵在今。

又如〈石壁精舍還湖中作〉：

昏旦變氣候，山水含清暉。清暉能娛人，遊子憺忘歸。出谷日尚早，入舟陽已微。林壑斂暝色，雲霞收夕霏。芰荷迭映蔚，蒲稗相因依。披拂趨南徑，愉悅偃東扉。慮澹物自輕，意愜理無違。寄言攝生客，試用此道推。

這些都體現了謝詩典型的風格。

其次是從啓示性到寫實性。

陶淵明的詩十分注重言外的效果，發揮語言的啓示性以調動讀者的聯想和想像，去體會那些只可意會而不可言傳的東西。陶詩中的物象描寫常採用白描的手法，雖然只是淡淡的幾筆，但在平淡的外表下卻蘊涵著熾熱的感情和濃郁的生活氣息。如他筆下的青松、秋菊、孤雲、歸鳥等意象，無不滲透著詩人的性情與人格，甚至成爲詩人的化身和人格的象徵。而謝靈運的詩歌語言則更注重寫實性，他充分發揮了語言的表現力，增強了語言描寫實景實物的效果。他憑著細緻的觀察和敏銳的感受，運用準確的語言，對山水景物作精心細緻的刻畫，力求眞實地再現自然美，因而他筆下的物象就更多地帶有獨立性和客觀性。他寫風就是風，寫月就是月，寫山就要描盡山姿，寫水就要繪盡水態，而且寫來也鮮麗清新、自然可愛，我們從以上所列舉的其諸多名章佳句中已可明顯地感受到這一點。《文心雕龍・明詩》說：「儷采百字之偶，爭價一句之奇；情必極貌以寫物，辭必窮力而追新。」儘管劉勰對此持批評態度，卻正好概括了謝靈運詩歌語言的特點。

陶淵明對言不盡意的道理似乎深有體會，他常常遇到語言表達的苦惱，他說「擁懷累代下，言盡意不舒」（〈贈羊長史〉）；「此中有眞意，欲辯已忘言」（〈飲酒〉其五）。所以他採取的辦法是以不辯爲辯，啓發讀者自己去體會和補充。而謝靈運所採取的辦法卻不同，他作詩的態度本來就十分認眞[11]，又要盡量捕捉自然景物的客觀美。也許由於語言自身的局限和不足，當他面對千姿百態、變化無窮的自然景物時，也同樣有著語言表達的苦惱，所以他才有「空翠難強名」（〈過白岸亭〉）的慨歎。但他還是要充分發揮語言的寫實性，努力地探索新的表現方法，創造新的語彙，運用各種技巧去描摹或形容它們，並從不同的角度再現大自然的美，顯示出其高度的駕馭語言的能力。如果沒有這種執著的探索與創新精神，他的詩也就不會給人以耳目一新之感。

但由於過分追求新奇，也就不可避免地會出現「語多生撰，非注莫解其詞，非疏莫通其義」（清吳淇《選詩定論》卷十四）之弊。清汪師韓《詩學纂聞．謝詩累句》曾指摘謝詩中「不成句法」、「拙劣強湊」、「了無生氣」之處達五十餘條，雖不免過分，但有些的確是符合實際的[12]。然而儘管如此，謝靈運的詩正如鍾嶸所說：「譬猶青松之拔灌木，白玉之映塵沙，未足貶其高潔也。」（《詩品》卷上）謝靈運的詩不僅在當時引起轟動，而且對後世也有著深遠的影響[13]。唐釋皎然譽之爲「詩中之日月」，「上躡風騷，下超魏晉」（《詩式》卷一〈不用事第一格．文章宗旨〉），雖未免過譽，但謝靈運畢竟爲山水詩的建立和發展作出了突出的貢獻。

從陶淵明到謝靈運的詩風轉變，正反映了兩代詩風的嬗遞[14]。如果說陶淵明是結束了一代詩風的集大成者的話，那麼謝靈運就是開啓了一代新詩風的首創者。在謝靈運大力創作山水詩的過程中，爲了適應表現新的題材內容和新的審美情趣，出現了「情必極貌以寫物，辭必窮力而追新」和「性情漸隱，聲色大開」的新特徵。這一新的特徵乃是伴隨著山水詩的發展而出現的創新現象。這新的特徵成爲「詩運轉關」的關鍵因素，它深深地影響著南朝一代詩風，成爲南朝詩風的主流。而且這種詩風對後來盛唐詩風的形成，也有著十分積極的意義。

自謝靈運之後，山水詩在南朝成爲一種獨立的詩歌題材並日漸興盛，較早受到謝靈運影響的是其從弟謝惠連[15]。在靈運隱居始寧時，惠連曾與他朝夕相處，遊宴賦詩。其詩雖不如靈運精警，但遣詞構句頗似靈運，有較明顯的模仿痕跡。如其〈三月三日曲水集詩〉、〈泛南湖至石帆詩〉、〈泛湖歸出樓中望月詩〉、〈七月七日夜詠牛女〉以及大部分樂府詩就都是如此，只是牢騷不平之氣比靈運多些。鍾嶸〈詩品序〉說：「惠連〈擣衣〉之作，斯皆五言之警策者也，所謂篇章之珠澤，文采之鄧林。」《詩品》卷中又說他：「才思富捷，恨其蘭玉夙凋，故長轡未騁。〈秋懷〉、〈擣衣〉之作，雖復靈運銳思，亦何以加焉！又工爲綺麗歌謠，風人第一。」如〈秋懷〉中的「皎皎天月明，奕奕河宿爛。蕭瑟含風蟬，寥唳度雲雁。寒商動清閨，孤燈曖幽幔」；〈擣衣〉中的「白露滋園菊，秋風落庭槐。肅肅莎雞羽，烈烈寒螿啼。夕陰結空幕，霄月皓中閨」等句，皆筆調輕靈，詞語綺麗。

在當時詩壇上聲望很高的顏延之[16]也寫過不少山水詩，他與謝靈運齊名，當時並稱爲「顏謝」[17]。其實他的成就遠不及謝靈運，鍾嶸《詩品》將他列入中品，並說：「其源出於陸機。尚巧似。體裁綺密，情喻淵深。動無虛散，一句一字，皆致意焉。又喜用古事，彌見拘束。雖乖秀逸，是經綸文雅才；雅才減若人，則蹈於困躓矣。」、「尚巧似」是他與謝靈運詩的共同特徵，然而比謝詩更加錘煉雕飾，凝練規整，且喜搬弄典故，堆砌辭藻，而缺乏情致。如其〈應詔觀北湖田收詩〉、〈車駕幸京口三月三日侍遊曲阿後湖作詩〉、〈始安郡還都與張湘州登巴陵城樓作詩〉等，就是典型的例子，因此他的詩被鮑照稱爲「若鋪錦列繡，亦雕繢滿眼」，被湯惠休稱爲「如錯采鏤金」。

此外，在南朝著名的詩人中，鮑照、謝脁、王融、沈約、何遜、陰鏗等人，皆不乏優秀的山水之作，而其中以謝脁的成就最爲突出。

第二節　鮑照及其創新

・寒士的呼聲　・俊逸、凌厲、險俗的風格　・對七言詩的貢獻

出身寒微的鮑照[18]是一位極有抱負的才士，他不甘於自己低下的地位，迫切地想憑藉自己的才智，在上層社會找到一席之地。《南史》本傳載：照嘗謁臨川王劉義慶，「未見知，欲貢詩言志，人止之曰：『卿位尚卑，不可輕忤大王。』照勃然曰：『千載上有英才異士沉沒而不聞者，安可數哉！大丈夫豈可遂蘊智能，使蘭艾不辨，終日碌碌，與燕雀相隨乎！』於是奏詩」。但在豪門士族的壓抑下，他蹀躞垂翼、有志難伸，自步入仕途後就一直沉淪下僚，常常是在貧病交迫之中艱難度日，正如鍾嶸所說的「才秀人微，故取湮當代」（《詩品》卷中）。不幸的身世遭際促成了他的文學成就，後人將他與謝靈運、顏延之並稱爲元嘉三大家。

鮑照的文學成就是多方面的，他的詩、賦、駢文皆不乏名篇，但成就最高的還是詩歌。他將滿腔的悲愁苦悶之情與怨憤不平之氣發而爲詩，因而其詩歌的突出內容，就是表現其建功立業的願望和抒發寒門之士備遭壓抑的痛苦，其中充滿對門閥社會的不滿情緒與抗爭精神，代表著寒士的強烈呼聲。如〈擬行路難〉十八首其四：

> 瀉水置平地，各自東西南北流。人生亦有命，安能行歎復坐愁！酌酒以自寬，舉杯斷絕歌路難。心非木石豈無感？吞聲躑躅不敢言。

全詩突出一個「愁」字，所歎者愁，酌酒爲消愁，悲歌爲瀉愁，不敢言者更添愁。正如沈德潛所說，此詩「妙在不曾說破，讀之自然生愁」（《古詩源》卷十一）。在平淡的外表下蘊涵著深沉而又激越奔放的感情。又如〈擬行路難〉其六：

> 對案不能食，拔劍擊柱長歎息。丈夫生世會幾時，安能蹀躞垂羽翼？棄置罷官去，還家自休息。朝出與親辭，暮還在親側。弄兒床前戲，看婦機中織。自古聖賢盡貧賤，何況我輩孤且直！

首四句情緒慷慨，激憤難抑。他拔劍擊柱，仰天長歎，悲憤滿懷，因爲有志難伸。中六句以輕鬆的口吻表現罷官後的天倫之樂，在輕鬆的背後，隱含著失志後無可奈何的悲哀。末二句故作曠達之語，既有孤寒之士的人生隱痛，也有諷刺權貴的意味。又如〈行京口至竹里〉：

> 高柯危且竦，鋒石橫復仄。復澗隱松聲，重崖伏雲色。冰閉寒方壯，風動鳥傾翼。斯志逢凋嚴，孤遊值曛逼。兼途無憩鞍，半菽不遑食。君子樹令名，細人效命力。不見長河水，清濁俱不息。

行役的艱辛困苦使詩人倍感夙志的凋零和社會的不公，士族「君子」與寒門「細人」的地位如此懸殊，詩人也只能忍氣吞聲，承受著內心的煎熬。有時，鮑照還以深婉含蓄的手法將這種難以抑制的激憤之情傳達出來，如〈梅花落〉採用比興的手法借物喻人，將正直而有才華的寒士比作「霜中能作花，露中能作實」的梅；將那些虛有其表而無節操與才能的權貴比作「搖蕩春風媚春日，念爾零落逐寒風，徒有霜華無霜質」的雜樹。兩相對比之下，已將對現實的不合理及其不滿的情緒流露了出來。此外，像〈代放歌行〉、〈山行見孤桐〉、〈賣玉器者詩〉、〈詠史〉、〈學劉公幹體〉其五、〈擬古〉其二等，也都表現了門閥制度的不合理和詩人懷才不遇的慷慨之情。

與同時代的詩人相比，出身貧寒而又沉淪下僚的鮑照，對社會下層的生活有更廣泛的接觸和更深刻的感受。這在他的詩歌中有深刻的反映，這些詩歌也同樣傳達出寒士們慷慨不平的呼聲。

描寫邊塞戰爭、反映征夫戍卒的生活，是鮑照詩歌內容的一個重要方面，其中也滲透著詩人自己的慷慨不平。如〈代出自薊北門行〉：

> 羽檄起邊亭，烽火入咸陽。征騎屯廣武，分兵救朔方。嚴秋筋竿勁，虜陣精且強。天子按劍怒，使者遙相望。雁行緣石徑，魚貫度飛梁。簫鼓流漢思，旌甲被胡霜。疾風衝塞起，沙礫自飄揚。馬毛縮如蝟，角弓不可張。時危見臣節，世亂識忠良。投軀報明主，身死為國殤。

著重表現將士們誓死報國的決心和詩人建功立業的願望，與「梗概多氣」的建安詩風頗爲接近。又如〈代苦熱行〉，以奇峭而誇張的語言，極度形容征戰環境之險惡，以突出士兵們「生軀蹈死地」而榮薄賞微的悲哀，對當政者流露出極度的不滿。〈代東武吟〉寫一位征戰一生，窮老歸來的士兵：「少壯辭家去，窮老還入門，腰鐮刈葵藿，倚杖牧雞豚。昔如韝上鷹，今似檻中猿。徒結千載恨，空負百年怨。」怨恨之情溢於言表。

描寫遊子、思婦和棄婦的詩，在鮑照的詩中也占相當的比例，這些詩歌的共同特點是哀怨淒愴，細緻感人。如〈擬行路難〉其十三描寫征夫思念家人故鄉的情懷：「我初辭家從軍僑，榮志溢氣干雲霄。流浪漸冉經三齡，忽有白髮素髭生。今暮臨水拔已盡，明日對鏡復已盈。但恐羈死爲鬼客，客思寄滅生空精。每懷舊鄉野，念我舊人多悲聲。」其十二則描寫了思婦對遊子的思念：「執袂分別已三載，邇來寂淹無分音。朝悲慘慘遂成滴，暮思繞繞最傷心。膏沐芳餘久不御，蓬首亂鬢不設簪。」反映了普通百姓的悲哀。同上第二首（「洛陽名工鑄爲金博山」）和第九首（「剉檗染黃絲」）是描寫棄婦的詩，也同樣哀婉感人，頗有漢代樂府民歌的韻味。而其〈代白頭吟〉在棄婦詩中則另創一格：

直如朱絲繩，清如玉壺冰，何慚宿昔意？猜恨坐相仍。人情賤恩舊，世議逐衰興，毫髮一為瑕，丘山不可勝。食苗實碩鼠，點白信蒼蠅。鳧鵠遠成美，薪芻前見陵。申黜褒女進，班去趙姬升。周王日淪惑，漢帝益嗟稱。心賞猶難恃，貌恭豈易憑。古來共如此，非君獨撫膺。

一變〈白頭吟〉原詩淒楚哀怨的情調[19]，對世道人心作更爲深刻的揭示與譏刺。詩中更深層的涵義未嘗不是詩人不幸身世的自況，寓有對執政者的譏刺和對腐朽官僚的斥責。

反映統治者橫徵暴斂和百姓的疾苦，在鮑照的詩中也占有突出的地位。如〈擬古〉其六就具有代表性：

束薪幽篁裡，刈黍寒澗陰。朔風傷我肌，號鳥驚思心。歲暮井賦訖，程課相追尋。田租送函谷，獸稿輸上林。河渭冰未開，關隴雪正深。笞擊官有罰，呵辱吏見侵。不謂乘軒意，伏櫪還至今。

詩中既揭露了統治者的橫徵暴斂，也表達出對人民疾苦的同情。鮑照的這些詩歌顯然與《詩經》「國風」及漢魏樂府民歌的傳統精神是一脈相承的。

此外，鮑照的詩歌在山水描寫方面也頗有特色。他的山水詩以五言古詩爲主，在風格上與他的七言樂府不同，以深秀幽奇、嚴整厚重爲主要特點。如〈登廬山〉：「千巖盛阻積，萬壑勢回縈。巃嵷高昔貌，紛亂襲前名。洞澗窺地脈，聳樹隱天經。松磴上迷密，雲竇下縱橫。」又〈登廬山望石門〉：「高岑隔半天，長崖斷千里，氛霧承星辰，潭壑洞江汜。嶄絕類虎牙，巑岏象熊耳。埋冰或百年，韜樹必千祀。」又〈從庾中郎遊園山石室〉：「荒途趣山楹，雲崖隱靈室。岡澗紛縈抱，林障還重密。昏昏磴路深，活活梁水疾。幽隅秉晝燭，地牖窺朝日。怪石似龍章，瑕壁麗錦質。」都很能體現鮑照山水詩的特點。這些詩講究對句的工整和詞語的雕琢，景致深秀而幽奇，但與他的那些俊逸而朗暢的七言樂府詩相比，不免顯得滯重。

鮑照詩歌的藝術風格俊逸豪放，奇矯凌厲，但在當時卻被目爲「險俗」或「險急」[20]。首先，從詩歌的思想內容與情調來看，鮑照以寒士的身分抒發了貧寒之士的強烈呼聲，表現爲昂揚激越之情、慷慨不平之氣和難以抑制的怨憤。他描寫邊塞戰爭、征夫戍卒以及遊子、思婦和棄婦的生活，反映普通百姓及不幸家庭的悲哀，同情百姓的疾苦，揭露統治者橫徵暴斂和官僚政治的腐朽等，都是很有特色的。其次，從詩歌的藝術形式、表現技巧以及風格特徵等方面來看，鮑照的詩歌尤其是樂府詩，多得益於漢魏樂府和南朝民歌的藝術經驗。他現存的二百首詩中樂府占八十多首，其中有三言、五言、七言、雜言等多種形式，有的是學習漢魏樂府，這些作品的題前多冠一「代」或「擬」字；有的是學習南朝民歌，如〈吳歌〉三首、〈采菱歌〉七首、〈幽蘭〉五首、〈中興歌〉十首等。學習民歌，在當時曾被文壇盟主顏延之等人輕視[21]，鮑詩也被視爲「俗」。鮑照在這些俗體調的詩中又以跳蕩雄肆、酣暢淋漓的筆力，「慷慨任氣，磊落使才」（劉熙載《藝概．詩概》），盡情發洩孤寒之士慷慨不平的激憤之情，因而被視爲「險」或「險急」。然而文學史的事實證明，鮑照詩歌的成就遠遠超出了以顏延之爲代表的「錯采鏤金」式的「士大夫之雅致」。他的詩以凌厲之勢和「發唱驚挺」的獨特魅力，不僅在當時標舉獨出，征服了同時代的許多讀者和詩人[22]，而且也深得後代詩人與詩論家的讚許。如唐代詩人杜甫就曾以「俊逸鮑參軍」（〈春日憶李白〉）來稱美李白；宋代敖器之說「鮑明遠如饑鷹獨出，奇矯無前」（《詩評》）；明代陸時雍說「鮑照才力標舉，凌厲當年，如五丁鑿山，開人世之所未有。當其得意時，直前揮霍，目無堅壁矣。駿馬輕貂，雕弓短劍，秋風落日，馳騁平岡，可以想此君意氣所在」（《詩鏡總論》）；清代劉熙載說「『孤蓬自振，驚沙坐飛』，此鮑明遠賦句也，若移以評明遠之詩，頗復相似」，又說「明遠遒警絕人」（《藝概．詩概》），這些都足以說明鮑照詩歌俊逸豪放、奇矯凌厲的藝術風格在中國詩史上的突出地位。

特別值得稱道的是，鮑照模擬和學習樂府，經過充分地消化吸收和鎔鑄創造，不僅得其風神氣骨，自創格調，而且還發展了七言詩，創造了以七言體爲主的歌行體㉓。他以豐富的內容充實了七言體的形式，並且變逐句押韻爲隔句押韻，同時還可以自由換韻，從而爲七言體詩的發展開拓了寬廣的道路。

注釋

❶林庚認為：「山水詩是繼神話之後，在文學創作上大自然的又一次的人化。」（見其《中國文學簡史》，北京大學出版社一九八八年版，第一七二頁）袁行霈認為：「山水詩的產生，標誌著人對自然美的認識加深了。大自然已經從作為陪襯的生活環境或作為比興的媒介物變成具有獨立美學價值的欣賞對象。山水詩啓發人們從一個新的角度，即美學的角度去親近大自然，發現和理解大自然的美，這無論在文學史上或美學史上都是具有積極意義的。」（見袁行霈編選《中國山水詩選・序言》，中州書畫社一九八三年版，第二頁。又見其所著《中國詩歌藝術研究（增訂本）・中國山水詩的藝術脈絡》，北京大學出版社一九九六年版，第三六二—三六三頁）傅剛認為：「山水詩的成立，改變了詩歌言志傳統，……打破了儒家功用主義態度，為詩歌走向純審美的藝術化鋪平了道路，南朝詩歌所具有的美學特徵，正是隨著山水詩的建立而產生的。」（見其《魏晉南北朝詩歌史論》，吉林教育出版社一九九五年版，第二八九頁）

❷日本學者小尾郊一認為：山水詩是由「招隱」詩蛻變而成，山水詩的源頭濫觴於「招隱」詩。（見其《中國文學中所表現的自然與自然觀》，邵毅平譯本，上海古籍出版社一九八九年版）

❸王瑤〈論希企隱逸之風〉一文，對魏晉文人希企隱逸之風有詳論。（見其《中古文學史論》，北京大學出版社一九八六年版）

❹如《世說新語・言語》載，晉簡文帝司馬昱「入華林園，顧謂左右曰：『會心處，不必在遠。翳然林水，便自有濠、濮間想也。覺鳥獸禽魚，自來親人』」。又〈文學〉門記阮孚評論郭璞「林無靜樹，川無停流」的詩句說：「泓崢蕭瑟，實不可言，每讀此文，輒覺神超形越。」孫綽在〈太尉庾亮碑〉中也說：「公雅好所託，常在塵垢之外。雖柔心應世，蠖屈其跡，而方寸湛然，故以玄對山水。」

❺如戴逵「畫古人、山水極妙」，傳有〈吳中溪山邑居圖〉（《歷代名畫記》卷五）。逵子勃，畫有父風，「孫暢之云：『山水勝顧。』」傳有〈九州名山圖〉、〈風雲水月圖〉等（同上）。性好山水的宗炳，不僅「凡所遊履，皆圖之於室」（《宋

書・宗炳傳》），而且撰有著名的〈畫山水序〉，認為「山水以形媚道，而仁者樂」，並主張「以形寫形，以色貌色」，「豎畫三寸，當千仞之高，橫墨數尺，體百里之迥」（《歷代名畫記》卷六）。王微也有「山水之好，一往跡求，皆得彷佛」，並撰有〈敘畫〉，更強調繪畫要寫山水之神（同上）。

❻關於山水詩的產生的問題，二十世紀六〇年代初在學術界曾展開過討論，其中具有代表性的意見有：朱光潛〈山水詩與自然美〉（載《文學評論》一九六〇年第六期），曹道衡〈也談山水詩的形成與發展〉（載《文學評論》一九六一年第二期），林庚〈山水詩是怎樣產生的〉（載《文學評論》一九六一年第三期）。

❼如楊方的《合歡詩》五首其四，李顒的《經渦路作詩》、《涉湖詩》等，就都是典型的山水遊記之詩。範文瀾認為：「寫山水之詩起自東晉初庾闡諸人。」（《文心雕龍注・明詩》，人民文學出版社一九七八年版，第九二頁）如庾闡的《登楚山詩》、《觀石鼓詩》等，均屬山水遊覽之作。殷仲文和謝混在山水描寫和轉變玄言風氣方面，早已為前人所注意，如檀道鸞《續晉陽秋》說玄言詩的發展，「至義熙中，謝混始改」。沈約《宋書・謝靈運傳論》說：「仲文始革孫、許之風，叔源大變太元之氣。」蕭子顯《南齊書・文學傳論》也說：「江左風味，盛道家之言，郭璞舉其靈變，許詢極其名理。仲文玄氣，猶不盡除；謝混情新，得名未盛。」謝混的《遊西池》於山水景物描寫尤為鮮明清新。

❽謝靈運（三八五—四三三），祖籍陳郡陽夏（今河南太康一帶），出生於會稽始寧（今浙江上虞南）。祖父謝玄，靈運十八歲襲封康樂公。入宋，靈運由公爵降為侯，曾任永嘉太守、侍中、臨川內史等職。元嘉十年，在廣州被殺。原有集，已散佚，明人輯有《謝康樂集》。逯欽立《先秦漢魏晉南北朝詩》輯錄其詩二卷；黃節有《謝康樂詩注》；顧紹柏有《謝靈運集校注》。《宋書》、《南史》有傳。

❾本節關於陶謝詩歌藝術的比較，論點與行文均引用袁行霈〈陶謝詩歌藝術的比較〉，見其《中國詩歌藝術研究》。陶淵明的詩例茲不再舉，請參見袁文及本編第三章。

❿如宋吳可〈學詩詩〉：「學詩渾似學參禪，自古圓成有幾聯？春草池塘一句子，驚天動地至今傳。」（乾隆刻本《詩人玉屑》卷一）金元好問〈論詩絕句〉：「池塘春草謝家春，萬古千秋五字新。」（《四部叢刊》本《遺山先生文集》卷十一）

⓫鍾嶸《詩品》卷中引《謝氏家錄》云：「康樂每對惠連，輒得佳句。後在永嘉西堂，思詩竟日不就，寤寐間忽見惠連，即成『池塘生春草』。故常云：『此語有神助，非吾語也。』」姑且不論所記本事的真實程度如何，但至少說明謝靈運寫詩的態度是相當認真的。又《南史・顏延之傳》載：「延之與陳郡謝靈運俱以辭采齊名，而遲速縣絕。文帝嘗各敕擬樂府〈北上篇〉，延之受詔便成，靈運久之乃就。」這並不意味著謝之才思劣於顏，只能證明靈運作詩的態度十分認真。

⑫ 例如：「鼻感改朔氣，眼傷變節榮」（〈悲哉行〉）；「天柱特兼長」（《廬陵王墓下作》）；「連統塍埒並」（《白石岩下徑行田》）；「延州權去朝」（《入東道路》）；「極目睞左闊，回顧眺右狹」（《登上戍石鼓山》）；「水流理就濕，火炎同歸燥」（〈相逢行〉）；「否桑未易系，泰茅難重拔」（《折楊柳行》）；「洊至宜便習，兼山貴止托」（《富春渚》）；「羈心積秋晨，晨積展遊眺」（《七裡瀨》）；「火逝首秋節，明經弦月夕。月弦光照戶，秋首風入隙」（《七夕詠牛女》）等。

⑬ 如《宋書》本傳說他「每有一詩至都邑，貴賤莫不競寫，宿昔之間，士庶皆遍，遠近欽慕，名動京師」。顧紹柏說：「像唐代的王維、孟浩然、韋應物、柳宗元、孟郊，宋代的楊萬里、范成大這些以寫山水田園詩著稱的詩人，受靈運的影響自不必說，就是在詩歌領域有著多方面成就的大詩人如李白、杜甫、白居易、蘇軾、辛棄疾、陸游等，無不受到靈運山水詩的熏陶。……元、明、清乃至近世，凡是模山範水的人，大約頭腦裡免不了要出現靈運的影子。」見《謝靈運集校注・前言》，中州古籍出版社一九八七年版，第三五—三六頁。

⑭ 袁行霈說：「陶淵明和謝靈運詩歌藝術的不同，不僅是他們個人的差異，也是時代風尚的差異。從陶淵明到謝靈運的轉變，反映了兩代詩風的嬗遞。正如沈德潛《說詩晬語》所說：『詩至於宋，性情漸隱，聲色大開，詩運一轉關也。』中國古典詩歌的發展，先後經歷了重性情的階段和重聲色的階段。一旦性情和聲色完美地統一起來，就形成了詩歌的高潮，這就是盛唐時代的到來。」（見《中國詩歌藝術研究（增訂本）・陶謝詩歌藝術的比較》，第一六六—一六七頁）

⑮ 謝惠連（三九七—四三三）（按：《補疑年錄》及《歷代名人年譜》均作生於晉太元十九年（三九四），卒於宋元嘉七年（四三〇）；《中國大百科全書・中國文學》作「四〇七—四三三」。此據《三疑年錄》並參《宋書・謝方明傳》），祖籍陳郡陽夏（今河南太康一帶）。十歲能文，深得謝靈運賞識，曾任彭城王劉義康的法曹參軍。其〈雪賦〉為六朝抒情詠物小賦的代表作，其詩學謝靈運，後人把他和謝靈運、謝朓合稱「三謝」。原有集，已散佚，明人輯有《謝法曹集》。逯欽立《先秦漢魏晉南北朝詩》錄存其詩三十一首，殘詩三首。傳附《宋書》、《南史》之《謝方明傳》。

⑯ 顏延之（三八四—四五六），字延年，琅邪臨沂（今屬山東）人。少孤貧，好讀書，性直而放達，於仕途每犯權要。官至金紫光祿大夫。原有集，已散佚，明人集有《顏光祿集》。逯欽立《先秦漢魏晉南北朝詩》錄存其詩三十首，殘詩五首。《宋書》、《南史》有傳。

⑰ 鍾嶸〈詩品序〉：「謝客為元嘉之雄，顏延年為輔。」《宋書・謝靈運傳論》：「爰逮宋氏，顏、謝騰聲。靈運之興會標舉，延年之體裁明密，並方軌前秀，垂範後昆。」《南齊書・文學傳論》：「顏、謝並起，乃各擅奇。」

⑱鮑照（約四一四—四六六），字明遠，東海（今江蘇漣水北）人。出身寒微，曾從事農耕。先後擔任過太學博士、中書舍人、海虞令、秣陵令、永嘉令等官職。最後擔任臨海王劉子頊前軍參軍，子頊起兵失敗，照為亂兵所殺。有《鮑參軍集》。今存詩約二百首。其〈蕪城賦〉及〈登大雷岸與妹書〉等亦皆有名。傳附《宋書》、《南史》之〈臨川烈武王劉道規傳〉。

⑲《文選》卷二十八李善注：「《西京雜記》曰：『司馬相如將娉茂陵一女為妾，文君作〈白頭吟〉以自絕，相如乃止。』沈約《宋書》：『古辭〈白頭吟〉曰：淒淒重淒淒，嫁娶不須啼。願得一心人，白頭不相離。』」

⑳鍾嶸《詩品》卷中說他：「然貴尚巧似，不避危仄，頗傷清雅之調。故言險俗者，多以附照。」又蕭子顯《南齊書・文學傳論》也說：「今之文章，作者雖眾，總而為論，略有三體：……次則發唱驚挺，操調險急，雕藻淫豔，傾炫心魂。亦猶五色之有紅紫，八音之有鄭、衛。斯鮑照之遺烈也。」

㉑深受鮑照影響的湯惠休亦善學樂府民歌，其情調及詩風與鮑照接近，故時人多將他與鮑照相提並論。如鍾嶸《詩品》、蕭子顯《南齊書・文學傳論》。鮑照、湯惠休對顏延之的「鋪錦列繡，雕繢滿眼」和「錯采鏤金」式的「士大夫雅致」表示不滿，致使顏「終身病之」。《南史・顏延之傳》載：「延之每薄湯惠休詩，謂人曰：『惠休製作，委巷中歌謠耳，方當誤後生。』」

㉒如鍾嶸〈詩品序〉說「次有輕薄之徒，笑曹、劉為古拙，謂鮑照羲皇上人，謝朓今古獨步。而師鮑照終不及『日中市朝滿』，學謝朓劣得『黃鳥度青枝』，徒自棄於高明，無涉於文流矣」。《詩品》卷中說他「得景陽之詭，含茂先之靡嫚。骨節強於謝混，驅邁疾於顏延。總四家而擅美，跨兩代而孤出。……故言險俗者，多以附照」。又同上卷下引鍾憲所說「大明、泰始中，鮑、休美文，殊已動俗」。蕭子顯《南齊書・文學傳論》也將他的詩列為對詩壇有重大影響的「三體」之一。雖多持批評態度，但也恰好從反面說明了鮑照在當時的地位和影響。

㉓羅根澤認為：「七言詩自曹丕以後，並沒有得到多大發展。除了曹叡（魏明帝）、陸機、謝靈運和謝惠連等仿作了〈燕歌行〉以外，只有晉宋兩代的〈白紵舞歌詩〉和宋劉鑠的〈白紵曲〉，再有就是與一般七言詩不太同的傅玄、張載的〈擬四愁詩〉，總計不到十幾首。鮑照不但一個人就寫了〈代白紵舞歌辭〉四首、〈代白紵詩〉二首，還寫了〈擬行路難〉十九首。……雖然鮑照所作有許多是歌行體，但歌行體本來就以七言體為主，因此我們可以說七言體由曹丕創造，但發達的是鮑照；歌行體則不但發展的是鮑照，創造的也是鮑照。當然這種詩體雖由鮑照創造發展，但並沒有成熟，成熟的時期是在唐代。」（《魏晉南北朝文學史》上海文藝出版社一九八〇年版，第四四頁）

第六章　永明體與齊梁詩壇

中國古代詩歌一向講究聲律之美，但它有一個由自然聲律到人爲總結、規定並施之於詩歌創作的發展演變過程。魏晉至南朝，隨著詩歌創作的逐步繁榮，注重語言的形式美和音樂美是當時詩歌發展的一個重要趨勢。尤其是「永明體」的產生，更使得中國古典詩歌在完善藝術形式美的進程中向前邁進了一大步，爲後來律詩的形成奠定了基礎。齊梁以後，作爲創作主體的詩人們在格局上發生了新的變化：先後形成了幾個以皇家爲中心的詩人集團，因此這一時期群體的藝術風貌比較鮮明。梁陳兩代以帝王爲代表的宮廷詩人，將民間情歌從市井引入宮廷，並進行大量的模仿創作，他們更多的是對女性的審美觀照，和對宮室、器物以及服飾等方面的描寫，通過豔麗的辭藻和聲色的描摹來滿足一種娛樂的需求。就總體狀況而言，南朝詩歌更偏重於對藝術形式和藝術技巧的創新，爲後世積累了豐富的藝術經驗，並爲唐詩藝術的完善奠定了基礎。

第一節　沈約、謝朓與永明體

・永明體的興起　・聲律：詩歌創作中新的追求　・沈約的詩歌　・謝朓的詩歌　・陰鏗、何遜等

齊梁陳三代是新體詩形成和發展的時期。所謂新體詩，是與古體詩相對而言，其主要特徵是講究聲律和對偶。因爲這種新體詩最初形成於南朝齊永明（齊武帝蕭賾年號，四八三—四九三）年間，故又稱「永明體」。對偶的詩句，《詩經》中已有，魏晉以來漸漸增多，宋齊之際，詩人更著意追求，形成了「儷采百字之偶」（劉勰《文心雕龍・明詩》）的風氣。新體詩產生的關鍵是聲律論的提出。《南齊書・陸厥傳》載：

> 永明末，盛為文章。吳興沈約、陳郡謝朓、琅邪王融以氣類相推轂。汝南周顒，善識聲韻。約等文皆用宮商，以平上去入為四聲，以此制韻，不可增減，世呼為「永明體」。

可見，發現四聲並將它運用到詩歌創作之中而成爲一種人爲規定的聲韻，這就是永明體產生的過程。四聲是根據漢字發聲的高低、長短而定的。音樂中按宮商角徵羽的組合變化，可以演奏出各種優美動聽的樂曲；而詩歌則可以根據字詞聲調的組合變化，使聲調按照一定的規則排列起來，以達到鏗鏘、和諧，富有音樂美的效果。即所謂「一簡之內，音韻盡殊，兩句之中，輕重悉異」（沈約《宋書．謝靈運傳論》），或「五字之中，音韻悉異，兩句之內，角徵不同」（《南史．陸厥傳》）。

在永明體產生的過程中，沈約所起的作用是不可忽視的。《南史．沈約傳》載沈約撰《四聲譜》，「以爲在昔詞人，累千載而不悟」，然而關於「此祕未睹」之說，陸厥與沈約曾有過爭論❶，後來鍾嶸對此也有過異議❷，其實問題的關鍵即在於是否將聲律的知識自覺地運用到實際創作之中。

在齊梁聲律論產生之前，詩賦創作並非不講聲韻，但那時講的是自然的聲韻，而且又多與音樂有關。從詩歌自身的發展來看，隨著文人五言詩創作的不斷繁榮，五言古詩已逐步脫離樂府而獨立發展成爲不入樂的徒歌，即鍾嶸所說「不備管絃」（〈詩品序〉）的五言詩，那麼擺脫對於樂律的依附而創造符合詩之聲律的要求，已經成爲必然之勢。與此同時，隨著佛教的傳入和佛經翻譯的逐漸繁榮，也進一步促進了我國音韻學的發生與發展。漢末發明的反切注音之法即與此有關，這對後來音韻學的發展是關鍵的一步。此外，三國時孫炎的《爾雅音義》、魏李登的《聲類》、晉代呂靜的《韻集》，這些韻書的研究成果，推動了當時人們對於聲韻學的認識。

晉代陸機和南朝宋范曄就已經提出了文學語言要音聲變化和諧的要求❸，但他們所講的都還屬於自然的聲韻，直到齊梁聲律論提出，才人爲地總結並規定了一套五言詩創作的聲律韻調。而聲律論的提出又以四聲的發現爲前提，如《南史》所載：「（周顒）始著《四聲切韻》行於時」（《周顒傳》）；「（沈約）撰《四聲譜》，以爲……，獨得胸襟，窮妙其旨，自謂入神之作」（《沈約傳》）；「時有王斌者，……著《四聲論》行於時」（《陸厥傳》）；「齊永明中，王融、謝朓、沈約，文章始用四聲，以爲新變，至是轉拘聲韻，彌爲麗靡，復逾往時」（《庾肩吾傳》）。四聲得以在這個時期發現，原因是多方面的，如傳統音韻學的自然發展、詩賦創作中聲調音韻運用的經驗積累等，均對四聲的發明有促進的作用。而更爲重要的原因，則是與當時佛經翻譯中考文審音的工作有著直接的關係❹。沈括在《夢溪筆談》卷十四就曾指出過：「音韻之學，自沈約爲四聲，及天竺梵學入中國，其術漸密。」與此同時，沈約等人將四聲的區辨同傳統的詩賦音韻知識相結合，研究詩句中聲、韻、調的配合，並規定了一套五言詩應避免的聲律上的毛病，即「病犯」，也就是後人所記述的「八病」❺。

合理地調配運用詩歌的音節，使之具有和諧流暢的音韻美是完全有必要的，但如果要求過分苛細，則勢必會帶來一定的弊病。從現存的一些資料中，可以看出沈約等人對聲律的要求是相當精細繁瑣並十分嚴格的，甚至沈約本人也說：「宮商之聲有五，文字之別累萬。以累萬之繁，配五聲之約，高下低昂，非思力所學，又非止若斯而已。十字之文，顚倒相配，字不過十，巧歷已不能盡，何況復過於此者乎？……韻與不韻，復有精粗，輪扁不能言之，老夫亦不盡辯此。」（《南史．陸厥傳》載沈約答陸厥書）就其創作實踐而言，李延壽說：「約論四聲，妙有詮辯，而諸賦亦往往與聲韻乖。」（同上）連沈約自己也難以達到要求❻，可見其難度之大了。永明體對聲律的苛細要求，無疑會給詩歌創作帶來一些弊病，前人已多有指出。然而前人的評價一般只是充分注意了永明體給詩壇帶來的消極因素的一面，而文學史發展的事實證明，四聲的發現和永明體的產生，使詩人具有了掌握和運用聲律的自覺意識，它對於增加詩歌藝術形式的美感、增強詩歌的藝術效果是有積極意義的。永明體的詩人即不乏優秀之作，更何況後來格律詩的成熟也正是以此爲基礎的❼。可以想見，如果沒有四聲的發明和永明體的出現，唐代的詩歌恐怕也就不會那樣輝煌。

在永明體的詩人之中，沈約在當時甚有名望❽，詩歌成就也較爲突出。鍾嶸《詩品》以「長於清怨」概括沈約詩歌的風格。這種特徵主要表現在他的山水詩和離別哀傷詩之中。

與同時代的二謝等人相比，沈約的山水詩並不算多，但也同樣具有清新之氣，不過其中又往往透露出一種哀怨感傷的情調。如〈登玄暢樓〉詩：

危峰帶北阜，高頂出南岑。中有陵風榭，回望川之陰。岸險每增減，湍平互淺深。水流本三派，臺高乃四臨。上有離群客，客有慕歸心。落暉映長浦，煥景燭中潯。雲生嶺乍黑，日下溪半陰。信美非吾土，何事不抽簪？

寫景清新而又自然流暢，尤其是對於景物變化的捕捉與描摹，使得詩歌境界具有一種動態之勢。詩人以登高臨眺之所見來烘托「離群客」的孤獨形象，從而將眼前之景同「歸心」融爲一處。又如其〈秋晨羈怨望海思歸〉詩：

分空臨澥霧，披遠望滄流。八桂曖如畫，三桑眇若浮。煙極希丹水，月遠望青丘。

全詩境界闊大高遠，給讀者展示出水天一色、煙波浩淼的海天景色。結合詩題來看，海天的空曠遼遠，正反襯出「羈怨」之情與「思歸」之念，此類詩歌在齊梁山水詩中亦不失爲上乘之作。此外，像「日映青丘島，塵起邯鄲陸。江移林岸微，岩深煙岫復」（〈循役朱方道路〉）；「山嶂遠重疊，竹樹近蒙籠。開襟濯寒水，解帶臨清風」（〈遊沈道士館〉）；「長枝萌紫葉，清源泛綠苔。山光浮水至，春色犯寒來」（〈泛永康江〉）等描寫山水的詩句，皆令人耳目一新。

沈約的離別詩也同樣有「清怨」的特點，如最爲後人所稱道的〈別范安成〉：

生平少年日，分手易前期。及爾同衰暮，非復別離時。勿言一樽酒，明日難重持。夢中不識路，何以慰相思？

將少年時的分別同如今暮年時的分別相對比，已經蘊涵了深沉濃郁的感傷之情，末二句又用戰國時張敏和高惠的典故（見《文選》李善注引《韓非子》），更加重了黯然離別的色彩。全詩語言淺顯平易，但情感表達得真摯、深沉而又委婉，在藝術技巧上具有獨創性。沈德潛評此詩：「一片眞氣流出，句句轉，字字厚，去『十九首』不遠。」（《古詩源》卷十二）沈約的悼亡懷舊之詩，「清怨」的色彩更加突出，如〈悼亡〉詩：

去秋三五月，今秋還照梁。今春蘭蕙草，來春復吐芳。悲哉人道異，一謝永銷亡。簾屏既毀撤，帷席更施張。遊塵掩虛座，孤帳覆空床。萬事無不盡，徒令存者傷。

詩的前半以大自然的永恆來反襯人生易逝、一去不返的悲哀，後半將悲傷的情感同淒涼的環境融爲一處，情狀交現，悲愴靡加。除離別哀傷之作外，沈約的抒懷之作如〈登高望春〉、〈古意〉、〈傷春〉、〈秋夜〉，以及樂府詩〈臨高臺〉、〈有所思〉、〈夜夜曲〉等，在沈約集中皆爲上乘之作，而且也都具有「清怨」的風格特徵。

永明體的代表詩人謝朓❾不僅在「竟陵八友」中最爲突出，而且也是齊梁時期最爲傑出的詩人。他雖然出身於世家大族，但由於沉浮於政治漩渦之中，目睹仕途的險惡和現實的黑暗，因此常常在詩中表現仕宦的憂懼和人生的苦悶。如〈暫使下都夜發新林至京邑贈西府同僚〉：

大江流日夜，客心悲未央。徒念關山近，終知返路長。秋河曙耿耿，寒渚夜蒼蒼。引領見京室，宮雉正相望。金波麗鳷鵲，玉繩低建章。驅車鼎門外，思見昭丘陽。馳暉不可接，何況隔兩鄉。風煙有鳥路，江漢限無梁。常恐鷹隼擊，時菊委嚴霜。寄言罻羅者，寥廓已高翔。

謝朓當時在荊州任隨王府文學，深得隨王蕭子隆的賞識，但因遭讒言而被召還都。這首詩就是自荊州赴京邑建業途中所作，發端二句氣勢磅礴，情思浩蕩，堪稱絕唱。中間「徒念」至「江漢」一大段將寫景、敘事與抒情結合在一起，既表達了對西府的眷戀之情，也突出了其悲涼的心境。末四句以比興的手法，深婉地傳達出憂懼憤慨的情緒。謝朓對當時動盪不安的局勢深有感觸：「蒼江忽渺渺，驅馬復悠悠。京洛多塵霧，淮濟未安流。豈不思撫劍，惜哉無輕舟。」（〈和江丞北戍琅邪城〉）這與曹植詩的慷慨之氣頗爲接近。

謝朓最突出的貢獻，是對山水詩的發展和對新詩體的探索。在山水詩方面，他繼承了謝靈運山水詩細緻、清新的特點，但又不同於謝靈運那種對山水景物作客觀描摹的手法，而是通過山水景物的描寫來抒發情感意趣，達到了情景交融的地步。從而避免了大謝詩的晦澀、平板及情景割裂之弊，同時還擺脫了玄言的成分，形成一種清新流麗的風格。如他的名作〈晚登三山還望京邑〉：

灞涘望長安，河陽視京縣。白日麗飛甍，參差皆可見。餘霞散成綺，澄江靜如練。喧鳥覆春州，雜英滿芳甸。去矣方滯淫，懷哉罷歡宴。佳期悵何許，淚下如流霰。有情知望鄉，誰能鬒不變？

詩人以自然流暢的語言，將眼前層出不窮、清麗多姿的自然景觀編織成一幅色彩鮮明而又和諧完美的圖畫，使讀者感受到春天的色彩、春天的聲音和春天的氣息。而這明媚秀麗的景物又與詩人思鄉的情思自然融合，顯得深婉含蓄，具有很強的藝術感染力。李白在〈金陵城西樓月下吟〉詩中就讚歎道：「月下沉吟久不歸，古來相接眼中希。解道澄江靜如練，令人長憶謝玄暉。」足見其感人之深。謝朓的〈之宣城郡出新林浦向板橋〉也是一篇上乘之作：

江路西南永，歸流東北騖。天際識歸舟，雲中辨江樹。旅思倦搖搖，孤遊昔已屢。既歡懷祿情，復協滄洲趣。囂塵自茲隔，賞心於此遇。雖無玄豹姿，終隱南山霧。

詩中以歸流、歸舟與旅思、孤遊之間的相互映襯與生發，突出地表達了詩人倦於羈旅行役之思和幽居遠害之想。其語言之清新、構思之含蓄、意境之渾融，無不給人以深刻的印象。此外，他的〈新亭渚別范零陵雲〉、〈遊敬亭山〉、〈遊山〉、〈將遊湘水尋句溪〉、〈直中書省〉、〈觀朝雨〉等詩，也都是情景妙合的佳作。

謝朓曾說「好詩圓美流轉如彈丸」（《南史・王曇首傳》附〈王筠傳〉），他的詩歌創作就體現了這一審美觀念。要達到「圓美流轉」，語言的清新流暢與聲韻的鏗鏘婉轉是十分重要的因素。謝朓是「永明體」的積極參與者，他將講究平仄四聲的永明聲律運用於詩歌創作之中，因此他的詩音調流暢和諧，讀起來琅琅上口，鏗鏘悅耳。如其〈遊東田〉：

戚戚苦無悰，攜手共行樂。尋雲陟累榭，隨山望菌閣。遠樹曖阡阡，生煙紛漠漠。魚戲新荷動，鳥散餘花落。不對芳春酒，還望青山郭。

不僅情景相生，錯落有致，充滿詩情畫意，令人心馳神往，而且在聲調與語言的運用上也很有特色：語言清新曉暢而又富於思致，音韻鏗鏘而又富於變化，尤其是「戚戚」、「阡阡」、「漠漠」等雙音詞的運用，更增強了形象性和音韻美。流動的音聲之美同詩中充滿動態美的山水景色相配合，使畫面更加細膩秀美、清麗自然，給人以身臨其境之感。而其中所蘊涵的深長細微的詩思與情致，也同樣使人「覺筆墨之中，筆墨之外，別有一段深情妙理」（沈德潛《古詩源》卷十二）。正如沈約在〈傷謝朓〉詩中所說：「吏部信才傑，文鋒振奇響。調與金石諧，思逐風雲上。」就是對謝朓詩歌這一突出特徵的肯定與讚美。

同謝靈運一樣，謝朓也是一位善於鎔裁警句的好手，他筆下的警句對仗工整，和諧流暢，清新雋永，體現了「新體詩」的特點。如上引詩中的「餘霞散成綺，澄江靜如練」；「大江流日夜，客心悲未央」；「天際識歸舟，雲中辨江樹」等，皆爲其警絕之句。此外，「朔風吹飛雨，蕭條江上來」（〈觀朝雨〉）；「寒城一以眺，平楚正蒼然」（〈宣城郡內登望〉）；「蒼翠望寒山，崢嶸瞰平陸」（〈冬日晚郡事隙〉）；「餘雪映青山，寒霧開白日。曖曖江村見，離離海樹出」（〈高齋視事〉）；「窗中列遠岫，庭際俯喬林。日出眾鳥散，山暝孤猿吟」（〈郡內高齋閒望答呂法曹〉）等，皆似一幅幅蕭疏淡遠的水墨畫，高雅閒淡而又富於思致。難怪鍾嶸說他：「奇章秀句，往往警遒。足使叔源失步，明遠變色。」（《詩品》卷中）

謝朓的一些短詩也很出色，如〈玉階怨〉：「夕殿下珠簾，流螢飛復息。長夜縫羅衣，思君此何極！」又〈王孫遊〉：「綠草蔓如絲，雜樹紅英發。無論君不歸，君歸芳已歇。」此外〈同王主簿有所思〉、〈銅雀悲〉、〈金谷聚〉等篇，也都屬此類作品。這些小詩不僅語言清新，音調和諧，情致含蓄，而且還富於南朝民歌的氣息，十分耐人尋味。同時它們對後來五言絕句的形成和發展也有一定影響。

謝朓是永明體的代表詩人，他不僅在當時就享有盛名，而且對後來唐詩的繁榮也有著相當深刻的影響，甚至像李白和杜甫那樣的詩歌巨匠也為之傾倒。李白在〈金陵城西樓月下吟〉詩中已對謝朓作過高度評價。此外他還說：「蓬萊文章建安骨，中間小謝又清發。」（〈宣州謝朓樓餞別校書叔雲〉）「我吟謝朓詩上語，朔風颯颯吹飛雨。謝朓已沒青山空，後來繼之有殷公。」（〈酬殷明佐見贈五雲裘歌〉）杜甫也說：「禮加徐孺子，詩接謝宣城。」（〈陪裴使君登岳陽樓〉）「謝朓每篇堪諷誦，馮唐已老聽吹噓。」（〈寄岑嘉州〉）這些既說明謝朓對唐代詩人的深刻影響，也足以顯示他在中國詩史上的重要地位。

另一位積極參與創制「永明體」的王融❿也是頗有才華的詩人。鍾嶸說他「有盛才，詞美英淨」（《詩品》卷下）。《南齊書》本傳也說：「融文辭辯捷，尤善倉卒屬綴，有所造作，援筆可待。」王融詩歌的主要特點是構思含蓄而有韻致，寫景細膩而清麗自然，語言華美而平易流暢，在某種程度上表現出與謝朓相近似的風格。如他的〈臨高臺〉：

> 遊人欲騁望，積步上高臺。井蓮當夏吐，窗桂逐秋開。花飛低不入，鳥散遠時來。還看雲棟影，含月共徘徊。

寫景清新細膩，造語清新精巧，並表現出一種含婉不露的情韻。又如其〈同沈右率諸公賦鼓吹曲〉二首其一〈巫山高〉：

> 想像巫山高，薄暮陽臺曲。煙霞乍舒卷，蘅芳時斷續。彼美如可期，寤言紛在矚。憮然坐相思，秋風下庭綠。

將想像中巫山煙霞的舒卷變幻、縹緲芳香的時斷時續，同自己惆悵的相思之情自然妙合，給讀者留下無盡的遐想。由於他的詩具有「詞美英淨」的特點，後人常把他的詩同謝朓的詩相混，可見他們的詩風確有共同之處。

在南朝作家中，如范雲、江淹、何遜、吳均、陰鏗等人都深受「永明體」的影響，而其中詩歌成就較爲突出的，則是梁朝的何遜和陳朝的陰鏗。

何遜在當時甚有詩名⓫，曾深得沈約、蕭繹等人的讚賞（見《梁書・何遜傳》、《南史・何承天傳》附〈何遜傳〉）。何遜詩歌的內容反映社會生活面較狹窄，多寫對遊宦生活的厭倦，以及由此產生的羈旅鄉愁，其中有少量詠懷言志之作，如〈暮秋答朱記室〉、〈揚州法曹梅花盛開〉、〈初發新林〉、〈贈諸舊遊〉、〈秋夕歎白髮〉、〈贈族人秣陵兄弟〉等作品，就比較集中地抒寫了詩人孤高傲俗的品格、建功立業的志向和失志不平的鬱憤。

何遜的詩善於用平易曉暢的語言寫景抒情，辭意雋美，意境清幽，在風格上與謝朓比較接近。其中表現最多、寫得最好的是那些酬答、傷別之作。如〈相送〉：

客心已百念，孤遊重千里。江暗雨欲來，浪白風初起。

淒寒蒼茫的背景映襯著孤獨漂泊、滿面愁容的抒情主人公形象。尤其是「江暗」二句，對景物的變化捕捉得很細膩。又如其〈臨行與故遊夜別〉：

歷稔共追隨，一旦辭群匹。復如東注水，未有西歸日。夜雨滴空階，曉燈暗離室。相悲各罷酒，何時更促膝！

通過淒厲、幽暗的環境渲染來突出淒苦、悲涼的離愁別緒，表達出對友人的一片眞摯之情。何遜尤擅長於狀物傳神，他對於自然景物的描繪，體物細膩，意態橫生，畫面鮮麗。同時，語言清新省淨而又精彩，尤其注重審音鍊字、工偶精對，這是對「永明體」的進一步發展，因而他的不少詩篇已初具唐代律詩的規模。如〈慈姥磯〉：

暮煙起遙岸，斜日照安流。一同心賞夕，暫解去鄉憂。野岸平沙合，連山遠霧浮。客悲不自已，江上望歸舟。

不僅境界清遠，情景相生，而且對仗工整，音韻和諧，讀來頗有韻味。「野岸平沙合，連山遠霧浮」一聯，已直逼唐詩氣象。這首詩除首尾聲律外，其餘都已符合五律的要求。至於他的那些常爲後人所稱道的寫景諸聯，如「露濕寒塘草，月映清淮流」（〈與胡興安夜別〉）；「草光天際合，霞影水中浮」（〈春夕早泊和劉諮議落日望水〉）；「薄雲巖際出，初月波中上」（〈入西塞示南府同僚〉）；「水底見行雲，天邊看遠樹」（〈曉發〉）；「游魚亂水葉，輕燕逐風花」（〈贈王左丞〉）等，都是體物細帖、對仗精工、婉麗新巧的寫景佳句。宋代洪邁的《萬首唐人絕句》，曾誤把何遜〈閨怨〉等十四首五言詩作爲唐人絕句收入，可見何遜詩已酷似近體詩了。

何遜的詩歌在藝術形式和技巧等方面的有益探索，不僅進一步發展了「永明體」，爲律詩走向成熟作出了貢獻，而且在狀物抒情、意境創造以及藝術風格等方面的成就與特點，也使得他在齊梁之際成爲獨樹一幟的優秀詩人。

與何遜齊名的陳代詩人陰鏗⓬，詩作內容亦較狹窄，多表現離愁別緒和羈旅思鄉之情，然其詩風清麗，以寫景見長，尤善於描寫江上景色，如畫般地展現了長江中下游一帶的風物。如「江陵一柱觀，潯陽千里潮。風煙望似接，川路恨成遙」（〈和登百花亭懷荊楚〉）；「洞庭春溜滿，平湖錦帆張。沅水桃花色，湘流杜若香。穴去茅山近，江連巫峽長。帶天澄迥碧，映日動浮光」（〈渡青草湖〉）；「夜江霧裡闊，新月迥中明。溜船唯識火，驚鳧但聽聲」（〈五洲夜發〉），可謂境界開闊，清麗自然。而將如此清新如畫的境界與濃郁的離愁別緒或羈旅思鄉之情相交融，更是陰鏗詩的佳處。如其〈江津送劉光祿不及〉：

> 依然臨送渚，長望倚河津。鼓聲隨聽絕，帆勢與雲鄰。泊處空餘鳥，離亭已散人。林寒正下葉，釣晚欲收綸。如何相背遠，江漢與城闉。

寫送別而未及，只得佇立江邊悵望，鼓聲漸遠，帆影漸淡，行人漸少，秋意漸濃，天色漸晚。淒寒蕭瑟的環境烘托出詩人依戀與惆悵相交織的心情。又如〈晚出新亭〉：

> 大江一浩蕩，離悲足幾重？潮落猶如蓋，雲昏不作峰。遠戍惟聞鼓，寒山但見松。九十方稱半，歸途詎有蹤？

將奔騰浩蕩的大江同詩人那不能平靜的心境相映襯，顯得境界渾茫，情思浩蕩，既抒發了離愁，又寓有倦歸之意。陰鏗的詩善於鍛鍊字句，對仗工整，講究聲律，很多作品都可視爲唐代五律的濫觴。杜甫就曾讚美李白：「李侯有佳句，往往似陰鏗。」（〈與李十二白同尋范十隱居〉）他自己也是「頗學陰何苦用心」（〈解悶〉十二首其七）。

「永明體」的產生，標誌著中國古典詩歌的一大進步。經過許多詩人的不斷探索，在詩的格律聲韻、對仗排偶、遣詞用句，以及構思、意境等方面，都較古體詩更爲工巧華美、嚴整精練。當然，由於過分追求形式的華美，再加上聲病的限制，未免產生「文貴形似」（劉勰《文心雕龍・物色》）之偏和「文多拘忌，傷其眞美」（鍾嶸〈詩品序〉）之弊。不過他們的優秀之作畢竟爲當時的詩壇注入了新的氣息，樹立了新的美學風範，他們所積累的豐富的藝術經驗，也爲後來律詩的成熟及唐詩的繁榮奠定了基礎。

第二節　齊梁詩人集團

- 門閥制度下的家族文學　・士族優勢的衰落與皇權中心的形成　・以宮廷爲中心的詩人集團的形成
- 詩人集團的三個中心：南齊竟陵王蕭子良，梁代蕭衍、蕭統，蕭綱
- 詩人集團的活動方式及其對創作的影響

東晉至劉宋之際，是由門閥政治向恢復皇權政治過渡的重要時期⑬，自曹魏實行九品中正制以來，隨著豪門士族經濟實力的擴大和政治地位的鞏固與提高，他們給社會政治和文化生活所帶來的影響也就越來越深刻。東晉時期門閥士族的勢力可謂達到了鼎盛，他們不僅享有各種特權，而且還可與皇權共治，其甚者乃至於憑陵皇室，專擅朝政。

門閥士族的形成與維持、發展，首要的條件無疑是經濟實力，然而文化條件也是其中相當重要的因素，有時甚至能起決定的作用。不少名門望族世代習文以維持聲譽，因而家族內部對於子弟的文化教育十分重視，並由此而形成了諸多以家族爲中心的文學集團，如當時最爲顯赫的王、謝二家。王氏家族不但權勢崇隆，爵位相繼，而且七代之中文才相續，難怪被王筠視爲家族的榮耀（見《梁書・王筠傳》）。至於謝家，那更是「芝蘭玉樹」般的、典型的家族文學集團。從《世說新語》、《宋書》及《南史》等書所載大量有關謝家的文學活動中可以看出，謝氏家族有意識地經常組織兒女在一道「講論文義」，相助相長，而且也的確培養出不少著名的文學家。如謝混、謝靈運、謝惠連以及後來的謝莊、謝朓等，都曾對文學的發展作出過突出的貢獻。

劉裕建立新政權之後，門閥政治已向皇權政治回歸，昔日豪門士族的優勢漸衰，而以皇權爲中心和以諸王勢力爲代表的新貴則逐漸形成。因此以門閥家族爲中心的文學集團也逐步向以宮廷和諸王勢力爲中心的文學集團轉變，從而使文壇的格局產生了新的變化，也使得南朝時期文學現象出現了新的特徵。

劉宋一代雖然未能形成像後來齊、梁時代那樣大規模的以皇室成員爲中心的文學集團，但向後者過渡的痕跡已較爲明顯，宋武帝劉裕就經常詔命並親自主持文士宴集賦詩，《宋書》及《南史》多有記載。此外如宋孝武帝劉駿、宋明帝劉彧也都喜宴集賦詩，招攬文才。在諸王文學團體中，以臨川王劉義慶所主持的文學團體最具規模。《宋書・劉義慶傳》載：義慶「愛好文藝，才詞雖不多，然足爲宗室之表。……招聚文學之士，近遠必至。太尉袁淑，文冠當時，義慶在江州，請爲衛軍諮議參軍；其餘吳郡陸展、東海何長瑜、鮑照等，並爲辭章之美，引爲佐史國臣」。像這樣一些名流薈萃的文學活動，在當時具有繁榮文學的作用。

至齊、梁之世，以皇室成員爲中心的文學集團對文學，尤其是詩歌發展的影響更深刻。其中規模最大、影響最著者，主要有三大文學集團：南齊竟陵王蕭子良文學集團，梁代蕭衍、蕭統文學集團，蕭綱文學集團⑭。

竟陵王蕭子良⑮禮才好士，傾意賓客，故一時天下文士紛紛歸附其雞籠山西邸⑯，形成彬彬之盛的局面。其中文學成就較爲突出、在當時名聲最高的無疑是「竟陵八友」。《梁書・武帝本紀》：「竟陵王子良開西邸，招文學，高祖（即後來的梁武帝蕭衍）與沈約、謝朓、王融、蕭琛、范雲、任昉、陸倕等並遊焉，號曰『八友』。」沈約、謝朓、王融已見前論，他們和周顒等人在創制「永明體」和推動新詩風的發展方面，功不可沒。蕭衍預「八友」之列，其詩才在當時即已顯露，史稱其「下筆成章，千賦百詩，直疏便就，皆文質彬彬，超邁今古」（同上），雖不無溢美，然就一代帝王來說，實屬難得。范雲詩文兼善，鍾嶸《詩品》卷中云：「范詩清便宛轉，如流風回雪。」《梁書》本傳稱他八歲能詩，「操筆便就，坐者歎焉」，且「善屬文，便尺牘，下筆輒成，未嘗定稿，時人每疑其宿構」。蕭琛朗悟而有才辯（見《梁書》本傳）。任昉、陸倕則以文筆見稱於世，故蕭綱說：「近世謝朓、沈約之詩，任昉、陸倕之筆，斯實文章之冠冕，述作之楷模。」（〈與湘東王書〉）在蕭子良的組織下，西邸文士的活動是相當豐富多采的，既不限於詩賦，也不限於文學，或組織文士雅集，或組織學術講論，或組織人員抄撰各類著作，或在邸園舉行佛事活動（見《南齊書・竟陵文宣王子良傳》）。不過詩歌創作仍然是這個集團最重要的文學活動，其特點是集體賦詩，有時帶有競賽的意味，場面十分熱烈。如《南史・王僧孺傳》附〈虞羲傳〉載：

> 竟陵王子良嘗夜集學士，刻燭為詩，四韻者則刻一寸，以此為率。（蕭）文琰曰：「頓燒一寸燭，而成四韻詩，何難之有？」乃與（丘）令楷、江洪等共打銅鉢立韻，響滅則詩成，皆可觀覽。

蕭子良文學集團的成員除了有大量的應教、奉和以及相互間的唱和之詩外，同題共詠也是常見的創作活動。如《南齊書·樂志》載：「〈永平樂歌〉⑰者，竟陵王子良與諸文士造奏之。人為十曲。道人釋寶月辭頗美，上常被之管絃，而不列於樂官也。」這次的集體創作，除謝朓、王融今各存十曲外，餘皆不存。此外，今存如王融、沈約、范雲、虞炎、劉繪等人的〈餞謝文學離夜詩〉，王融、沈約、謝朓等人的〈同詠樂器〉，王融、柳惲、虞炎、謝朓等人的〈同詠坐上所見一物〉，王融、范雲的〈四色詩〉等，皆屬同題共詠之作。在《謝朓集》中，還存有〈阻雪連句遙贈和〉詩，即為謝朓、江革、王融、王僧孺、謝昊（本集作「異」）、劉繪、沈約等人聯句而成。由此可見竟陵王蕭子良文學集團詩歌創作活動之一斑。

以梁武帝蕭衍和昭明太子蕭統為中心的文學集團⑱，對梁代文學的繁榮起過重要的促進作用。蕭衍早年預西邸文士之列，不僅對文學創作有濃厚的興趣，而且文學修養亦頗為出眾。自即皇帝位後，尤能重用文士，宣導並鼓勵文學創作。如《梁書》所載：「高祖聰明文思，光宅區宇，旁求儒雅，詔采異人，文章之盛，煥乎俱集。每所御幸，輒命群臣賦詩，其文善者，賜以金帛，詣闕庭而獻賦頌者，或引見焉。其在位者，則沈約、江淹、任昉，並以文采妙絕當時。至若彭城到沆、吳興丘遲、東海王僧孺、吳郡張率等，或入直文德，通燕壽光，皆後來之選也。」（〈文學傳序〉）「自高祖即位，引後進文學之士，（劉）苞及從兄孝綽、從弟孺、同郡到溉、溉弟洽、從弟沆、吳郡陸倕、張率並以文藻見知，多預燕坐，雖仕進有前後，其賞賜不殊。」（〈劉苞傳〉）「高祖招文學之士，有高才者，多被引進，擢以不次。」（〈劉峻傳〉）這些記載都足以說明梁武帝蕭衍對於文士和文學創作的重視。同時還可以看出圍繞梁武帝身邊的文士，多是由齊入梁的作家，其骨幹也多為往日西邸文士。至於梁武帝招群臣宴集賦詩、品評文藝的文學活動，史書所載甚富，難以一一列舉。在梁武帝的大力宣導與推激下，文學創作尤其是詩歌創作，在當時風氣甚熾。

蕭統由於受到父風的影響和他自身的愛好，招聚文學詞章之士，進行詩賦創作和學術研討，便成為他東宮生活的重要內容之一。如《梁書》本傳所載：「性寬和容眾，喜慍不形於色。引納才學之士，賞愛無倦。恆自討論篇籍，或與學士商榷古今，間則繼以文章著述，率以為常。於時東宮有書幾三萬卷，名才並集，文學之盛，晉、宋以來未之有也。」圍繞在蕭統身邊活動的文士，的確有彬彬之盛的局面⑲。然而絕大多數文士所參與的，更多的只是學術方面的活動，眞正在文學創作尤其是詩歌創作方面能嶄露頭角的，只有劉孝綽和王筠⑳。劉孝綽以辭章深得前輩沈約、任昉、范雲等名流的賞識。《梁書》本傳稱：「高祖雅好蟲篆，時因宴幸，命沈約、任昉等言志賦詩，孝綽亦見引。嘗侍宴，於坐為詩七首，高祖覽其文，篇篇嗟賞，由是朝野改觀焉」；「時昭明太子好士愛文，孝綽與陳郡殷芸、吳郡陸倕、琅邪王筠、彭城到洽等，同見賓禮。太子起樂賢堂，乃使畫工先圖孝綽焉」；「孝綽辭藻爲後進所宗，世重其文，每作一篇，朝成暮遍，好事者咸諷誦傳寫，流聞絕域」。所云不無溢美之辭，然其名聲在當時的確甚高。王筠長於詩，其才華與劉孝綽同樣見重當世，並深得當世詞宗沈約的讚賞（見《梁書．王筠傳》）。正因爲劉、王二人詩才爲一時之秀，所以尤得蕭統的青睞。《梁書．王筠傳》載：「（王筠）累遷太子洗馬，中舍人，並掌東宮管記。昭明太子愛文學士，常與筠及劉孝綽、陸倕、到洽、殷芸等遊宴玄圃，太子獨執筠袖撫孝綽肩而言曰：『所謂左把浮丘袖，右拍洪崖肩。』其見重如此。」

從總的情況來看，以蕭統爲中心的文學集團，在詩歌創作方面的活動不及當時其他文學集團繁榮，成就也不高，而在學術方面的活動較多且成就突出，尤其是《文選》三十卷的編纂，對文學創作的影響相當深遠。蕭統等人所提出的「麗而不浮，典而不野，文質彬彬」等文學主張㉑，在當時也有積極的意義。

梁代後期，以蕭綱爲中心的文學集團的詩歌創作最爲繁榮，其影響亦更爲深遠。蕭綱聰明博學㉒，詩才在家族中當推第一，然其詩則傷於輕靡。史載其「雅好題詩，其序云：『余七歲有詩癖，長而不倦。』然傷於輕豔，當時號曰『宮體』」（《梁書．簡文帝本紀》），這個文學集團最突出的特徵，就是大力創作宮體詩。由於特殊的身分和地位，蕭綱也像蕭衍、蕭統一樣，「引納文學之士，賞接無倦，恆討論篇籍，繼以文章」（同上），因而在他身邊也自然形成了一個人數衆多的文學集團㉓。不過蕭綱文學集團的形成有一個不斷發展的過程，大致說來，可以分爲前後兩個時期：爲晉安王居藩時期與入主東宮爲太子時期。

蕭綱四歲封晉安王，七歲爲雲麾將軍，領石頭戍軍事，量置佐吏，此時就是蕭綱「有詩癖」之始。而其「詩癖」的養成及其後來「宮體」詩的形成，又與此時入幕的徐摛和張率有直接的關係㉔。徐摛爲蕭綱侍讀，而他「屬文好爲新變，不拘舊體」（《梁書．徐摛傳》），其「新變」之體其實就是宮體詩㉕。「摛文體既別，春坊盡學之，『宮體』之號，自斯而起」（同上），可見他能給年少的蕭綱帶來怎樣的影響。更何況他除出任新安太守一任外，就一直沒有離開蕭綱幕府，直到蕭綱即位。張率「年十二，能屬文，常日限爲詩一篇」（《梁書．張率傳》），與陸倕、任昉友善，曾得沈約讚賞（同上），天監初，他曾被敕「使抄乙部書，又使撰婦人事二十餘條，勒成百卷……以給後宮」（同上），可見他早就具備寫作宮體詩的基本條件。而且其今存詩中不乏豔情的內容。他「在府十年，恩禮甚篤」（同上），對於蕭綱的影響也是可想而知的。蕭綱十一歲爲宣惠將軍、丹陽尹時，有庾肩吾等人入幕㉖；十八歲爲南徐刺史時，又有王規等人入幕，從而使蕭綱文學集團初具規模。從普通四年（五二三）至中大通二年（五三〇），蕭綱在雍州刺史任上七年，此間其幕府中除徐、庾外，又有劉孝儀、劉孝威等人入幕，其文學集團已自然形成，並且詩歌創作也日漸繁榮。至蕭綱入主東宮以後，文學才士更是濟濟一堂，《梁書·庾肩吾傳》：「初，太宗在藩，雅好文章士，時肩吾與東海徐摛，吳郡陸杲，彭城劉遵、劉孝儀，儀弟孝威，同被賞接。及居東宮，又開文德省，置學士，肩吾子信、摛子陵，吳郡張長公、北地傅弘、東海鮑至等充其選。」爲詩本自「傷於輕靡」的蕭綱入主東宮後，宮體詩的創作更適往時，《隋書·經籍志四》說：「梁簡文之在東宮，亦好篇什，清辭巧制，止乎衽席之間；雕琢蔓藻，思極閨闈之內。後生好事，遞相放習，朝野紛紛，號爲『宮體』。」而其左右文士，尤其是徐、庾父子所起的推波助瀾的作用不可低估。《北史·庾信傳》載：「父肩吾，爲梁太子中庶子，掌管記。東海徐摛爲右衛率。摛子陵及信並爲抄撰學士。父子在東宮，出入禁闥，恩禮莫與比靈斯。既文並綺豔，故世號爲『徐庾體』焉。當時後進，競相模範，每有一文，都下莫不傳誦。」可見史臣所言「宮體所傳，且變朝野」（《南史·梁本紀下·傳論》）云云，絕非虛語。

齊梁時期文學集團的詩歌創作活動，方式大體一致。從現存詩歌來看，應制、應教、同題共賦、相互唱和的作品居多，而且爭勝鬥豔的色彩較爲濃厚。由於生活範圍和生活方式的限制，他們的視野大都停留在皇宮苑囿、帝王府第或藩鎮使府之內，因而詩歌題材單調狹窄，內容脫離社會生活。爲了迎合帝王的口味，文學集團內部的詩歌創作很少有眞正的吟詠性情之作，因而這種創作方式所帶來的結果便是審美趣味和藝術風格的大體一致，湮沒了詩人的個性色彩。這也是那個時期難以產生大詩人的一個根本原因。至於庾信之成爲「窮南北之勝」（倪璠〈注釋庾集題辭〉）的傑出詩人，那是他由南入北、飽嘗國破家亡之痛以後的事了。

第三節　從市井到宮廷

·南朝民歌從市井進入宮廷　·流行音樂的變化對詩風的影響　·宮體詩：對女性的審美觀照
·女性生活、容貌、體態、服飾與器物的描寫　·愛情心理的刻畫　·辭藻與聲色　·感官的刺激

宮廷距市井是遙遠的，但南朝皇室皆行伍出身，來自社會下層，入主皇宮後在過著奢侈糜爛宮廷生活的同時，仍留戀、學習市井之風習。而南朝以來流行的市井歌詞及文人歌詩，尤多側豔之風，其對梁陳宮體詩的形成影響相當深刻㉗。南朝設有樂府機構，曾採集大量的民歌配樂演唱，以滿足統治者縱情聲色的需要，統治者及宮廷文人也有潤色或擬作新聲歌曲的習慣，而那些發自男女戀情的歌唱，正適合於統治者的生活情調，自然更能得到他們的青睞。這樣一來，南朝

民歌便從市井進入了宮廷。經過統治者及宮廷文人的潤色修改、擬作和進一步的創作發展，宮體豔情詩到了南朝梁、陳之世便達到了高潮㉘。梁武帝蕭衍、梁簡文帝蕭綱、梁元帝蕭繹，徐、庾父子及陳後主等人，都是突出的代表。

漢魏之世的雅樂隨著西晉的滅亡已漸散亡，東晉以後江南流行的音樂主要是由民間新興的清商曲，這種新清商曲被視爲「鄭衛淫俗」之樂㉙。宮廷的音樂在吸收市井間流行歌曲的同時，在歌詞的內容和情調上受其影響也是十分自然的。「宮體」之稱雖始於蕭綱入主東宮之時，然而自鮑照、湯惠休、沈約、梁武帝蕭衍以及劉孝綽、王僧孺等人的豔體詩已肇其端，只是到了梁、陳之世才發展到了一個極端。關於什麼是「宮體詩」曾有過不同的說法㉚，就其內容而言，主要是以宮廷生活爲描寫對象，具體的題材不外乎詠物與描寫女性。可以說，他們對女性的審美觀照，同對器物的審美觀照的心理是一樣的，因而在情調上傷於輕豔，風格上比較柔靡緩弱。在描寫女性的詩歌當中，絕大部分是將目光停留在女性的生活圈內，包括她們的容貌、體態、服飾及器物等方面。如：

可憐稱二八，逐節似飛鴻。懸勝河陽伎，暗與淮南通。入行看履進，轉面望鬟空。腕動苕華玉，衫隨如意風。上客何須起，啼烏曲未終。（蕭綱〈詠舞〉二首其二）

春花競玉顏，俱折復俱攀。細腰宜窄衣，長釵巧挾鬟。洛橋初度燭，青門欲上關。中人應有望，上客莫前還。（庾肩吾〈南苑看人還〉）

蛾月漸成光，燕姬戲小堂。胡舞開春閣，鈴盤出步廊。起龍調節奏，卻鳳點笙簧。樹交臨舞席，荷生夾妓航。竹密無分影，花疏有異香。舉杯聊轉笑，歡茲樂未央。（蕭繹〈夕出通波閣下觀妓〉）

麗宇芳林對高閣，新妝豔質本傾城。映戶凝嬌乍不進，出帷含態笑相迎。妖姬臉似花含露，玉樹流光照後庭。（陳叔寶〈玉樹後庭花〉）

這類詩歌共同的藝術特點是注重詞藻、對偶與聲律。宮體詩中有少數作品表現宮中淫蕩的生活，如蕭綱的〈詠內人晝眠〉、〈和徐錄事見內人作臥具〉、〈率而爲詠〉、〈和湘東王名士悅傾城〉等。蕭綱曾說：「立身之道，與文章異，立身先須謹重，文章且須放蕩。」（〈誡當陽公大心書〉）儘管人們對「放蕩」一詞的理解不同㉛，但表現淫蕩生活內容的作品在梁陳宮體詩中是存在的。詠物之作在宮體詩中所占的比重相當大，這些詩的共同特點是內容貧乏，單純詠物而毫無寄託，只講究詞藻與對偶。如蕭綱詩：

浮雲舒五色，瑪瑙映霜天。玉葉散秋影，金風飄紫煙。（〈詠雲〉）
纖條寄喬木，弱影掣風斜。標春抽曉翠，出霧掛懸花。（〈詠藤〉）
萎蕤映庭樹，枝葉凌秋芳。故條雜新實，金翠共含霜。攀枝折縹幹，甘旨若瓊漿。無暇存雕飾，玉盤餘自嘗。（〈詠橘〉）

均以濃重華麗的詞藻和工整的對偶形式，纖細地描摹物形物態，顯得瑣屑而無生氣。蕭綱之外宮體詩的另一位代表人物徐摛，今存詩僅五首，已很難知其全貌，不過這五首詩中的四首皆爲詠物詩，其情調、風格，與蕭綱完全一致。其他宮體詩人的作品大抵亦皆如此，不脫輕豔之風，這種風氣一直影響到隋及初唐。

然而就藝術形式而言，宮體詩仍有其貢獻，最突出的一點就是宮體詩發展了吳歌西曲的藝術形式，並繼續了永明體的藝術探索而更趨格律化。《梁書・庾肩吾傳》云：「齊永明中，文士王融、謝朓、沈約文章始用四聲，以爲新變，至是轉拘聲韻，彌尚麗靡，復逾於往時。」雖是批評的口吻，但也說明宮體詩在格律化方面比沈約等人的永明體有了進一步的發展。如蕭綱的〈采菱曲〉：「菱花落復含，桑女罷新蠶。桂棹浮星艇，徘徊蓮葉南。」徐摛的〈詠筆〉：「本自靈山出，名因瑞草傳。纖端奉積潤，弱質散芳煙。直寫飛蓬牒，橫承落絮篇。一逢提握重，寧憶仲升捐。」已基本合律。這類詩在宮體詩中所占的比例是相當大的，這說明宮體詩對後來律詩的形成有著重要的推動作用。至於宮體詩語言的風華流麗、對仗的工穩精巧以及用典隸事等方面的藝術探索和積累，也同樣爲唐代詩人提供了足資借鑑的藝術經驗。

注釋

❶《南齊書・陸厥傳》載陸厥與沈約書云：「……但觀歷代眾賢，似不都諳此處，而云『此祕未睹』，近於誣乎？……自魏文屬論，深以清濁為言，劉楨奏書，大明體勢之致，岨峿妥帖之談，操末續顛之說，興玄黃於律呂，比五色之相宣，苟此祕未睹，茲論為何所指邪？故愚謂前英已早識宮徵，但未屈曲指的，若今論所申。」又載沈約答陸厥書云：「自古詞人，豈不知宮羽之殊、商徵之別。雖知五音之異，而其中參差變動，所昧實多，故鄙意所謂『此祕未睹』者也。以此而推，則知前世文士便未悟此處。」

❷鍾嶸〈詩品序〉云：「昔曹、劉殆文章之聖，陸、謝為體貳之才，鋭精研思，千百年中，而不聞宮商之辨，四聲之論。或謂前達偶然不見，豈其然乎？嘗試言之：古曰詩頌，皆被之金竹，故非調五音，無以諧會。若『置酒高堂上』、『明月照高樓』，為韻之首。故三祖之詞，文或不工，而韻入歌唱。此重韻之義也，與世之言宮商異矣。今既不備管絃，亦何取於聲律耶？」

❸見陸機〈文賦〉、范曄〈獄中與諸甥侄書〉。

❹參見陳寅恪〈四聲三問〉，原刊《清華學報》九卷二期，後收入《金明館叢稿初編》（上海古籍出版社一九八〇年版，第三二八—三二九頁）。

❺按當時「永明體」對於病犯的具體要求，從現存沈約等人的資料中已不可得知。後世所記述的「永明體」、「八病」的名稱分別為：平頭、上尾、蜂腰、鶴膝、大韻、小韻、旁紐、正紐。然現存最早的資料中，惟鍾嶸〈詩品序〉言及「蜂腰、鶴膝」二病；初唐李延壽《南史・陸厥傳》進而有「平頭、上尾、蜂腰、鶴膝」四病之稱。隋王通《中説・天地篇》始有「四聲八病」之稱；初唐盧照鄰〈南陽公集序〉亦有「八病爰起，沈隱侯永作拘囚」之語，但「八病」的具體內容仍不詳。此後盛唐殷璠的《河岳英靈集・集論》、中唐皎然的《詩式・明四聲》以及封演的《封氏聞見記・聲律》亦皆言及「八病」，而無詳論。中唐時期日本僧人遍照金剛的《文鏡祕府論・西卷》載有「文二十八種病」，其前八種即為：平頭、上尾、蜂腰、鶴膝、大韻、小韻、旁紐、正紐，並有具體的解釋，但並未説明這「八病」為何人所創。明確地將上述「八病」的創始權歸屬於沈約名下的，則是宋代以後的事了。如北宋李淑《詩苑類格》：「沈約曰：『詩病有八：平頭、上尾、蜂腰、鶴膝、大韻、小韻、旁紐、正紐。惟上尾、鶴膝最忌，餘病亦通。』」（王應麟《困學紀聞》卷十引）南宋魏慶之《詩人玉屑》卷十一所引亦同此説。嚴羽《滄浪詩話・詩體》亦云：「有四聲，有八病。」自注：「四聲設於周顒，八病嚴於沈約。八病謂平頭、上尾、蜂腰、鶴膝、大韻、小韻、旁紐、正紐之辨。」然而南宋阮逸對此説便已產生了懷疑，他在注王通的《中説・天地篇》中説：「四聲韻起自沈約，八病未詳。」到清代紀昀所撰《沈氏四聲考》卷下就更明確地説：「按齊梁諸史，休文但言四聲五音，不言八病，言八病自唐人始。所列名目，惟《詩品》載蜂腰、鶴膝二名，《南史》載平頭、上尾、蜂腰、鶴膝四名，其大韻、小韻、正紐、旁紐之説，王伯厚但據李淑《詩苑類格》，不知淑又何本，似乎輾轉附益者也。」又説：「宋人所説八病，微有不同，然皆不詳所本，大抵以意造之也。」（見《畿輔叢書》）近現代以來，有不少學者認為「八病」即創始於沈約，較有代表性的意見如郭紹虞《永明聲病説》（見《照隅室古典文學論集》上編）、羅根澤《魏晉南北朝文學史》、劉大傑等編著《中國文學批評史》等。

❻郭紹虞不同意此說，他認為沈約的詩之所以多不合八病的規定，有四種原因：（一）當時的詩有新體舊體二種，沈約所撰也有新舊體之別，故當區別對待。（二）新體初起尚未確定，偶有出入原不足怪。（三）八病之中有輕有重，其避忌有嚴有不嚴。（四）當時的新體詩正在試驗期間，其體屢變，直至永明之際方才漸趨固定。而沈約所作本有早年晚年之別，故亦當區別對待。（〈永明聲病說〉，見《照隅室古典文學論集》上編）

❼劉躍進總結「永明體」的特徵是：句式漸趨於定型，以五言四句、八句為多，律句大量湧現，平仄相對的觀念比較明確，但是還沒有形成「黏」的概念。此外，用韻由疏而密，押平聲韻居多，押仄聲韻很嚴，至於通韻，很多已接近唐人。見其所著《門閥士族與永明文學》，生活．讀書．新知三聯書店一九九六年版。

❽沈約（四四一—五一三），字休文，吳興武康（今屬浙江德清）人。歷仕宋、齊、梁三朝，官至尚書令，封建昌縣侯，卒諡隱，故後人亦稱他為「隱侯」。所撰《宋書》流傳至今，又有《四聲譜》、《齊紀》、《沈約集》等，已佚。明人輯有《沈隱侯集》。所存詩作除郊廟樂章外，有一百四十餘篇。《宋書》有〈自序〉，《梁書》、《南史》有傳。

❾謝朓（四六四—四九九），字玄暉，陳郡陽夏（今河南太康）人。出身於豪門士族，與謝靈運同宗，故稱「小謝」。曾任宣城太守，故有「謝宣城」之稱。官至尚書吏部郎。東昏侯永元元年（四九九），始安王蕭遙光謀奪帝位，謝朓不預其謀，反遭誣陷，下獄而死。原有集，已散佚，明人張溥輯有《謝宣城集》（見《漢魏六朝百三名家集》），錄存其詩一百七十首。逯欽立《先秦漢魏晉南北朝詩》錄存其詩二卷。《南齊書》、《南史》有傳。

❿王融（四六七—四九三），字元長，琅邪臨沂（今屬山東）人。出身於士族。少而聰慧，博涉有文才。曾上書齊武帝求自試，官祕書丞，尋遷丹陽丞，中書郎。入竟陵王蕭子良幕，任寧朔將軍軍主。因謀立蕭子良，事敗下獄，賜死。原有集，已散佚。明人輯有《王寧朔集》，逯欽立《先秦漢魏晉南北朝詩》錄存其詩七十餘首。《南齊書》、《南史》有傳。

⓫何遜（？—約五一八），字仲言，東海郯（今山東郯城縣）人。天監中為建安王蕭偉水曹行參軍兼記室。又曾任安成王蕭秀參軍兼尚書水部郎。後為廬陵王蕭續記室。病逝於江州，世稱「何水部」或「何記室」。原有集，已散佚，明人輯有《何記室集》。中華書局有排印本《何遜集》，齊魯書社有《何遜集校注》（李伯齊校注）。今本集所收詩並佚詩共一百一十餘首。《梁書》有傳，又附見《南史．何承天傳》。

⓬陰鏗（生卒年不詳），字子堅，武威姑臧（今甘肅武威）人。幼聰慧，五歲能誦詩賦。及長，博涉經史，尤善五言詩。梁時任湘東王蕭繹法曹參軍；入陳為始興王陳伯茂府中錄事參軍，以文才為陳文帝賞識，累遷招遠將軍、晉陵太守、員外散騎常侍。原有集，逯欽立《先秦漢魏晉南北朝詩》錄存其詩三十四首。傳附見《陳書．阮卓傳》及《南史．陰子春傳》。

⓭關於門閥政治與門閥士族，參見田余慶《東晉門閥政治》，北京大學出版社一九八九年版。

⓮關於齊梁三大文學集團，以及上文所述王、謝二家文學活動的說法，均取自閻采平《齊梁詩歌研究》，北京大學出版社一九九四年版，第四六頁。

⓯蕭子良（四六〇—四九四），字雲英，南朝齊南蘭陵（今江蘇常州西北）人。齊武帝蕭賾次子，封竟陵王，官至太傅。曾集文士於雞籠山西邸，抄五經百家成《四部要略》千卷。今存〈梧桐賦〉及書啓等二十餘篇。明人集有《南齊竟陵王集》。《南齊書》、《南史》有傳。

⓰雞籠山西邸，以其在建康西邊的雞籠山下，故稱。南朝宋文帝於元嘉十五年（四三八）曾於此開儒學館，使雷次宗聚徒教授之。蕭子良於永明五年（四八七）移居此處。先後參與西邸文學活動的文士，有姓名可考者除「竟陵八友」外，尚有何昌、謝顥、劉繪、張融、周顒、柳惲、孔休源、江革、范縝、謝璟、何胤、釋寶月、王摛、張充、王思遠、陸慧曉、賈淵、王亮、宗夬、范岫、王僧孺、虞羲、丘國賓、蕭文琰、丘令楷、江洪、劉孝孫、徐寅、陸杲、王智深、沈瑀、王峻等數十人之多。閻采平《齊梁詩歌研究》、胡大雷《中古文學集團》於此皆有考論，可參閱。汪春泓認為，寒士等「遊集」於西邸，主要是因遭到以王儉為代表的政治勢力排斥的緣故，見其〈論王儉與蕭子良集團的對峙對齊梁文學發展之影響〉（《文學遺產》二〇〇六年第三期）。

⓱此處的〈永平樂歌〉當作〈永明樂歌〉，《樂府詩集》卷七十五即作〈永明樂歌〉。郭茂倩云：「按，此曲永明中造，故曰〈永明樂〉。」

⓲蕭衍（四六四—五四九）即南朝梁武帝，字叔達，南蘭陵（今江蘇省常州西北）人。南齊時歷官寧朔將軍、雍州刺史，鎮守襄陽。和帝中興二年（五〇二），乘齊內亂，起兵奪取帝位，建立梁朝，在位四十八年。太清二年（五四八），蕭正德勾結東魏降將侯景叛亂，攻入建康，蕭衍被囚臺城，次年餓死。蕭衍博學能文，工書法，通樂律，又篤信佛教，著述頗富，原有集，已散佚，明人輯有《梁武帝集》。逯欽立《先秦漢魏晉南北朝詩》錄存其詩九十餘首。《梁書》、《魏書》及《南史》皆有傳。

蕭統（五〇一—五三一），字德施，梁武帝蕭衍長子。武帝天監元年（五〇二）立為皇太子，未及即位而卒，謚昭明，世稱昭明太子。蕭統信佛能文，曾招集文士編集《文選》三十卷，對後代文學影響頗深。原有集，已散佚，後人輯有《昭明太子集》。《梁書》及《南史》有傳。

⓳據《梁書》、《陳書》、《南史》等記載，參與蕭統文學集團活動的文士有：劉孝綽、王筠、陸倕、到洽、殷芸、明山賓、

陸襄、張緬、謝舉、王訓、王規、王錫、張率、劉勰、徐勉以及張充、王瑩、張稷、柳澄、王暕、何思澄、劉景、顧協、鍾嶸、劉杳、杜之偉、劉陟、到沆、劉苞、庾仲容等。參見胡大雷《中古文學集團》。

⑳劉孝綽（四八一—五三九），字孝綽，本名冉，小字阿士，彭城（今江蘇徐州）人。父劉繪、舅父王融都是南齊有名的學者和詩人。他早年即以能詩而得任昉等人的賞識，入梁，任昭明太子蕭統的屬官，頗受禮遇，曾受命編集蕭統的詩文集並作序。累官至祕書監。大同五年，卒於官，年五十九。原有集，已散佚，明人輯有《劉祕書集》，今存詩六十餘首。《梁書》、《南史》有傳。

王筠（四八一—五四九），字元禮，一字德柔，琅邪臨沂（今屬山東）人。少擅才名，七歲能屬文，博通好學。累官太子詹事。原有集，今存詩五十餘首。《梁書》、《南史》有傳。

㉑蕭統在〈文選序〉中一方面強調文學「增華」的趨勢是歷史的必然，同時又強調儒家詩教之「風雅之道」，合而言之曰「事出於沉思，義歸乎翰藻」。又其〈答湘東王求文集及〈詩苑英華〉書〉亦云：「夫文典則累野，麗亦傷浮，能麗而不浮，典而不野，文質彬彬，有君子之致，吾嘗欲為之，但恨未逮耳。」（《全梁文》卷二十）劉孝綽〈昭明太子集序〉云：「深乎文者，兼而善之，能使典而不野，遠而不放，麗而不淫，約而不儉，獨擅眾美，斯文在斯。」（同上卷六十）此外，曾被昭明太子「深愛接之」的劉勰，在《文心雕龍》中也提出過相類似的主張，如其論「情采」、「風骨」、「體性」以及「通變」等，皆可與蕭、劉之見相表裡。

㉒蕭綱（五〇三—五五一），即梁簡文帝，字世纘。梁武帝第三子，天監六年（五〇七）封晉安王，中大通三年（五三一）立為皇太子，太清三年（五四九）即帝位，大寶二年（五五一）為侯景所害。存世的作品，明人輯為《梁簡文集》，逯欽立《先秦漢魏晉南北朝詩》錄存其詩為二百八十餘首。《梁書》、《南史》有傳。蕭綱等人的文學活動，參見吳光興〈論蕭綱的文學活動及其宮體文學思想〉（《文學遺產》二〇〇六年第四期），還可參見吳光興《蕭綱蕭繹年譜》（社會科學文獻出版社二〇〇六年版）。

㉓據《梁書》、《陳書》、《南史》等載，曾任職於蕭綱屬下或參與蕭綱文學集團文學活動的文士，先後有：徐摛、張率、庾肩吾、劉尊、蕭子雲、司馬褧、孔休源、劉之遴、王規、劉潛、劉孝威、陸杲、陸罩、蕭子顯、江伯搖、孔敬通、申子悅、徐防、王宥、孔鑠、鮑至、紀少瑜、周弘正、徐陵、鍾嶸、蕭序、蕭愷、張長公、傅弘、江總、沈文阿、鄭灼、謝嘏、徐伯陽、徐懋、蕭暐、蕭正立、蕭推、蕭靜、姚察、陳休先、張譏、王元規、張正見、戚兗等。參見閻采平《齊梁詩歌研究》、胡大雷《中古文學集團》。

㉔徐摛（四七四—五五一），字士秀，一字士績，東海郯（今山東郯城）人。徐陵之父。起家太學博士，遷左衛司馬。天監中為晉安王侍讀。王為皇太子，轉家令。出為新安太守。還為中庶子，除太子左衛率。簡文帝即位，授左衛將軍，不拜，卒，年七十八。逯欽立《先秦漢魏晉南北朝詩》錄存其詩五首。《梁書》、《南史》有傳。張率（四七五—五二七），字士簡，吳郡（今江蘇蘇州）人。仕齊歷官至尚書殿中郎。入梁為相國主簿，歷官至太子家令、黃門郎。出為新安太守。大通元年卒，年五十三。逯欽立《先秦漢魏晉南北朝詩》錄存其詩二十四首。《梁書》、《南史》有傳。

㉕曹道衡、沈玉成認為：前人根據《梁書·徐摛傳》把宮體詩形成的時間定在中大通三年（五三一）蕭綱繼蕭統立為太子以後，這個說法並不確切。宮體的形成要早於蕭綱入主東宮，徐摛和庾肩吾就是宮體詩的開創者，只是隨著蕭綱的入東宮才正式獲得了「宮體」這一名稱。見《南北朝文學史》第十三章第一節《宮體詩的出現》，人民文學出版社一九九一年版，第二三七—二四〇頁。

㉖庾肩吾（四八七—五五三？），字子慎，一字慎之。南陽新野（今屬河南）人。庾信父。初為晉安王蕭綱常侍，與劉孝威等人稱為高齋學士。蕭綱即帝位，官度支尚書。與徐摛皆為宮體詩的代表作家，又工書法，有《書品》。原有集，已散佚，明人輯有《庾度支集》，逯欽立《先秦漢魏晉南北朝詩》錄存其詩九十餘首。《梁書》、《南史》有傳。

㉗參見劉師培《中國中古文學史》第五課〈宋齊梁陳文學概略·總論〉，人民文學出版社一九八四年版，第九〇—九一頁。

㉘商偉在〈論宮體詩〉一文中說：「宮體詩是市井間浮華風氣同宮廷中奢侈享樂的生活會合的產物，是市井的流行歌曲在宮廷中惡性發展的結果。」又說：「貴族是按照自己的興趣來學習吳歌西曲的，因此一開始就表現出明顯的選擇性。而宮廷的生活氣氛又使得被吸收進來的文學發生了相當的變化，從而形成了以表現宮廷生活為主的宮體詩。」（載《北京大學學報》一九八四年第四期，第六六—七四頁）又：汪春泓認為，佛教的興盛與梁代宮體詩的產生有著更為直接的關係，見〈論佛教與梁代宮體詩的產生〉（載《文學評論》一九九一年第五期，第四〇—五六頁）。

㉙如《南齊書·蕭惠基傳》載：「自宋大明（孝武帝）以來，聲伎所尚，多鄭衛淫俗。雅樂正聲，鮮有好者。」梁裴子野《宋略·樂志敘》描述南朝宋以來的音樂歌舞也說：「亂代先之以忿怒，亡國從之以哀思。優雜子女，蕩目淫心，充庭廣奏，則以魚龍靡慢為瑰瑋；會同饗覲，則以吳趨楚舞為妖妍。纖羅霧縠侈其衣，疏金鏤玉砥其器。在上班賜寵，群臣從而風靡。王侯將相，歌伎填室；鴻商富賈，舞女成群。競相誇大，互有爭奪，如恐不及。莫為禁令，傷風敗俗，莫不在此。」（《全梁文》卷五三）《南史·徐勉傳》載梁武帝曾挑選「後宮吳歌、西曲女伎各一部」賜予徐勉，說明其宮中即有專門演唱吳歌、

西曲的女伎。

㉚參看周振甫〈什麼是「宮體詩」〉（載《文史知識》一九八四年第七期，第一〇—一四頁）。曹道衡、沈玉成總結宮體詩的特點是：「一、聲韻、格律，在永明體的基礎上踵事增華，要求更為精緻；二、風格，由永明體的輕綺而變本加厲為穠麗，下者則流入淫靡；三、內容，較之永明體時期更加狹窄，以豔情、詠物為多，也有不少吟風月、狎池苑的作品。凡是梁代普通以後的詩符合以上特點的，就可以歸入宮體詩的範圍；而從另一方面說，歷來被目為宮體詩人的詩也並不全是宮體詩。」（《南北朝文學史》，人民文學出版社一九九一年版，第二四一頁。）

㉛如游國恩等主編《中國文學史》第二編第五章認為：蕭綱所說「立身之道，與文章異，立身先須謹重，文章且須放蕩」，是提倡一種描摹色情的理論主張，他們通過淫聲媚態的宮體詩以滿足變態性心理的要求。王瑤認為：蕭綱所謂「文章且須放蕩」，是想把放蕩的要求來寄託在文章上，用屬文來代替縱慾和荒淫（〈隸事·聲律·宮體——論齊梁詩〉，見《中古文學史論集》，上海古籍出版社一九八二年版，第一四一—一四二頁），越昌平不同意此說，他認為「放蕩」一詞的涵義非美淫快浮苔，而是不主故常、不拘成法的意思（〈「文章且須放蕩」辨〉，見《古代文學理論研究》第九輯，上海古籍出版社一九八四年版，第九二—九八頁）

第七章 庾信與南朝文風的北漸

中國幅員遼闊，本來就易於出現文化的地域性差異，政權的分立，民族因素的介入，更進一步導致文化發展的不平衡。自東晉以後，南北政權持續對峙，表現在文學上，一方面是南方清綺的文風極盛，並對滯後的北方文學產生較大的影響；另一方面，北方文學質樸的氣質在南北接觸的過程中，也顯示了某種優勢。庾信是由南入北的最著名的詩人，他飽嘗分裂時代特有的人生辛酸，卻結出「窮南北之勝」（倪璠〈注釋庾集題辭〉）的文學碩果，他的文學成就昭示著南北文風融合的前景。

第一節 北朝文化與文學

·北魏孝文帝與北朝文壇的復蘇　·仿古與趨新：西魏、北周文壇概況

自西晉滅亡，晉室南渡，文化重心也隨之南移。北方文學在十六國與北魏前期極度衰微，《魏書·文苑傳》概括為：「永嘉之後，天下分崩，夷狄交馳，文章殄滅。」北朝文學的復蘇與興盛，與少數民族政權接受漢族文化的進程是同步的，北方各地接受南方文學影響的先後與程度則有所不同。

北朝文壇的復興實始於北魏孝文帝太和改革之後，在此之前，「稍僭華風」的太武帝時代，崔浩、高允等人的創作❶使荒蕪的文壇顯現轉機，他們堪稱北朝文學的先驅❷。孝文帝太和十九年（四九五）遷都洛陽後，厲行漢化，使中原文化得以延續。《隋書·文學傳》指出：「暨永明、天監之際，太和、天保之間，洛陽、江左，文雅尤盛。」洛陽文學的繁盛與孝文帝等最高統治者重視文教有關。《魏書·文苑傳》指出：「逮高祖馭天，銳情文學，蓋以頡頏漢徹，掩踔曹丕，氣韻高豔，才藻獨構。衣冠仰止，咸慕新風。肅宗歷位，文雅大盛，學者如牛毛，成者如麟角。」這裡對孝文帝雖不無溢美，卻透露了當時文風崇尚漢魏的基本傾向。無論是常景寄寓心志的〈贊四君詩〉四首❸，還是陽固的〈刺讒詩〉、〈疾幸詩〉❹，或是盧元明意主刺世的〈劇鼠賦〉等❺，都表現出情詞典正的特點。

在「文雅大盛」的風氣下，開始出現值得稱道的文學名家或名著。北魏出類拔萃的文人是溫子昇[6]，曾被梁武帝譽爲「曹植、陸機復生於北土」（《魏書》本傳）。他的文章傳世較多，擅長於碑版之文，行文多用排比對偶，雕飾而不浮豔，近於東漢文章的氣格[7]。他也善於寫詩，在藝術上最爲成熟的是〈擣衣〉：

長安城中秋夜長，佳人錦石擣流黃。香杵紋砧知近遠，傳聲遞響何淒涼。七夕長河爛，中秋明月光。蠮螉塞邊絕候雁，鴛鴦樓上望天狼。

滿城的月光與遠近遞響的杵聲，交織成極有情感容量的圖景，李白「長安一片月，萬戶擣衣聲」（〈子夜吳歌〉）的妙句，或許是化用其意而來。全詩情景交融，聲調協暢，難怪沈德潛評之爲「直是唐人」（《古詩源》卷十四）。

北魏分裂爲東西魏後不久，東魏爲北齊所替代，西魏爲北周所替代，雙方在文化的發展上形成一定的差異。以鄴都爲中心的東魏與北齊政權，占據的是北魏時代文化最爲發達的黃河中下游地區，崇文之風領先於位居關隴的西魏與北周，其標誌是人才濟濟，《北齊書·文苑傳》形容爲「鄴都之下，煙霏霧集」，北齊後主高緯立文林館爲一時盛事[8]。活躍於北齊文壇的文士中，有一部分來自南方，其中以顏之推、蕭愨最著名[9]。顏之推因西魏攻陷江陵而被擄至關中，後歷砥柱之險東奔北齊，其直接動機是寄希望於北齊處理南北關係的政策而能返梁，而從他一生對待北齊的態度又可看出他對北齊這個高層次文化區域的依戀[10]。他的文學觀趨於折中南北，主張「以理致爲心腎，氣調爲筋骨，事義爲皮膚，華麗爲冠冕」（《顏氏家訓·文章》）。他在《顏氏家訓》一書中所體現的倫理與審美相融合的文風，不僅具有開創性，而且一直占據著家訓體散文的最高地位。蕭愨的代表作是〈秋思〉：

清波收潦日，華林鳴籟初。芙蓉露下落，楊柳月中疏。燕幃緗綺被，趙帶流黃裾。相思阻音息，結夢感離居。

最值得注意的還是北方本土文士的脫穎而出。由魏入齊的邢邵[11]，與溫子昇同爲文士之冠，世稱「溫邢」；子昇卒後，又與魏收並稱「邢魏」[12]。由於南方文學對北方影響力的擴大，北地才士開始自覺仿效南朝名家。據《顏氏家訓·文章》記載，「邢（邵）賞服沈約而輕任昉，魏（收）愛慕任昉而毀沈約」，邢魏兩人之間發生的任沈優劣之爭，使得「鄴下紛紜，各有朋黨」。《北齊書·魏收傳》亦載邢魏二人互譏事：「收每議陋邢邵文。邵又云：『江南任昉，文體本疏，魏收非直模擬，亦大偷竊。』收聞乃曰：『伊常於《沈約集》中作賊，何意道我偷任昉。』」由此可見他們學習南朝文學的情況。邢邵《蕭仁祖集序》中指出：「昔潘陸齊軌，不襲建安之風；顏謝同聲，遂革太元之氣。自漢逮晉，情賞猶自不諧，江北江南，意制本應相詭。」承認文學的進化，肯定地域的差異，如此正面聲稱趨新立異，反映出他的特識。因爲求新，所以對南朝風尚仿效心切；因爲求異，所以仿效時有選擇性。邢邵代表了北齊文人於模仿之中求新求變的共同趨向。他的〈思公子〉言短情長，風格近於齊梁：

綺羅日減帶，桃李無顏色。思君君未歸，歸來豈相識？

而他的〈冬日傷志篇〉則剛健樸茂，有魏晉的風調：

昔時惰遊士，任性少矜裁。朝驅瑪瑙勒，夕銜熊耳杯。折花步淇水，撫瑟望叢臺。繁華夙昔改，衰病一時來。重以三冬月，愁雲聚復開。天高日色淺，林勁鳥聲哀。終風激簷宇，餘雪滿條枚。遨遊昔宛洛，踟躕今草萊。時事方去矣，撫己獨傷懷。

撫今追昔，寄慨遙深，南朝人曾稱他爲「北間第一才士」（《北史》本傳），這與他的作品內涵較深、表現力較豐富有關。魏收頗有文才，工於詩賦。他曾說：「會須作賦，始成大才士。」其賦作已佚，而存世的詩篇多仿效南朝風格，如〈挾琴歌〉：

春風宛轉入曲房，兼送小苑百花香。白馬金鞍去未返，紅妝玉箸下成行。

對閨怨這一南朝流行的題材，寫得旖旎輕婉，富於修飾性，顯示出詩歌語言的造詣。但作者對這位春閨思婦的刻畫，仍有平面化與一般化之感，未能達到齊梁詩人同類題材的上乘水準。

西魏建都長安，占據關隴地區，這個政權所憑藉的人才與地利遠在東魏之下。爲了與東魏、梁朝抗衡，西魏政權的實際操縱者宇文泰在推行政治、經濟等改革的同時，也注意文風的改革。據《周書・蘇綽傳》載：「自有晉之季，文章競爲浮華，遂成風俗。太祖欲革其弊，因魏帝祭廟，群臣畢至，乃命綽爲《大誥》，奏行之。」蘇綽撰寫的《大誥》[13]，文體完全模仿《尚書》，這種文體的推行是宇文氏政權關隴文化本位政策的產物[14]。關中是周朝的發源地，宇文泰託古改制時，利用這層地緣關係，採用周官古制，帶有濃厚的復古色彩。反映在文學觀上，就是提倡去華存質，師法上古。《周書．王褒庾信傳論》指出，蘇綽「建言務存質樸，遂糠秕魏晉，憲章虞夏」，這與宇文泰的政治構想中「擯落魏晉，憲章古昔」（《周書．文帝紀論》）的主張是一致的。

《大誥》的頒行，依憑政治上的維繫力量，一時頗有文體影響上的實效，《周書．蘇綽傳》稱「自是之後，文筆皆依此體」，但這一風尚歷時不過十數年而已，至周明帝時，詔書已復返魏晉常體，史書稱之爲「矯枉非適時之用，故莫能常行焉」（《周書．王褒庾信傳論》、《北史．文苑傳》）。蘇綽利用儒學思想資源謀求改革文體，這一復古思路有一定的積極意義。此後，隋代李諤上疏請求端正文體，唐代陳子昂乃至韓愈、柳宗元的復古主張，都可以從蘇綽那裡追溯發端。

西魏攻陷江陵，庾信滯留北方，王褒等一批江左文士被遷入關[15]，成爲牢籠一代的文壇主將，齊梁文風也隨之北傳，並煥發出南北交融的新氣象。

北周文壇審美水準的大幅提升在皇族之內有鮮明體現，宇文泰長子宇文毓（明帝，五五七—五六〇在位）、第四子宇文邕（武帝，五六〇—五七八在位）都雅好文學，庾信、王褒等人深受禮遇。據《周書．王褒傳》載，明帝之時，「褒與庾信才名最高，特加親待。帝每遊宴，命褒等賦詩談論，常在左右」。明帝本人的〈過舊宮詩〉，有「霜潭漬晚菊，寒井落疏桐」等對偶工麗之句。自明帝立麟趾殿，組織學者校編經史群書，庾信、王褒、宗懍、蕭撝、蕭大圜、顏之儀等南人都參與其事[16]，發揮所長。武帝作《象經》，命王褒爲之作注，「引據該洽，甚見稱賞」（《周書．王褒傳》），可見南朝文士博涉群書的學養在關中也起了作用，影響所及，宇文泰第七子趙王招「博涉群書，好屬文，學庾信體，詞多輕豔」；宇文泰幼子滕王逌「少好經史，解屬文」（《周書．文閔明武宣諸子傳》）。這表示北周本土文學開始接上魏晉以來在江左發展的軌跡，由於庾信和王褒文才卓越，兩人的影響力遠遠超過其他北遷的文士。

王褒入北以後，以撰寫應用性的駢文而著名，尤其是武帝「建德以後，頗參朝議，凡大詔冊，皆令褒具草」（《周書》本傳），而傾吐個人心情的篇翰則不如庾信豐富。不過，王褒也寫有頗具抒情性的詩文，如〈渡河北〉：

秋風吹木葉，還似洞庭波。常山臨代郡，亭障繞黃河。心悲異方樂，腸斷隴頭歌。薄暮臨征馬，失道北山阿。

詩境闊大，情調沉鬱。再如〈贈周處士〉中「巢禽疑上幕，驚羽畏虛彈。飛蓬去不已，客思漸無端」〈與周弘讓書〉中「嗣宗窮途，楊朱歧路；征蓬長逝，流水不歸」等句，向南方故人傾訴羈旅異鄉的憂懼和南歸無望的感傷，筆力厚重，情辭相稱。

第二節　南北文風的交融

・政治對峙與文化多元　・南北文風交融的途徑

就文學發展的不平衡狀況而言，是南方優越，北方滯後，這與文學人才的分布有關。永嘉之亂以後，北方人口大規模流徙，其中流向南方的最多，流向東北的次之，流向西北的又次之，這是構成南北各方文化實力懸殊的基本因素。當時有識之士對各地優異人才的出現深爲敏感，例如蘇綽的從兄蘇亮「初舉秀才，至洛陽，遇河內常景。景深器之，退而謂人曰：『秦中才學可以抗山東者，將此人乎！』」（《周書・蘇亮傳》）可以感到區域之間抗衡意識的濃厚。而在南北各政權之間，隨著對峙形勢的進一步形成，文化方面的競爭更加明顯。奠定北齊政權的高歡曾對「江東復有一吳兒老翁蕭衍者，專事衣冠禮樂，中原士大夫望之以爲正朔所在」感到憂慮（《北齊書・杜弼傳》），而憂慮也是一種重視，可見南北文化彼此都構成一定的激勵與影響。

爲適應各自政權的需要，北方漢化的少數民族政權對文化傳統的選擇利用不盡相同，這就導致各個政權在文化上的差異。北魏遷都洛陽後的禮樂政刑措施採自漢魏以及西晉制度甚多，在審美心理與文章氣格上也崇尚漢魏或西晉，《周書・王褒庾信傳論》表述爲「聲實俱茂，詞義典正，有永嘉之遺烈焉」而奠定北周統治地位的宇文泰，「提劍而起，百度草創，施約法之制於競逐之辰，修治定之禮於鼎峙之日」（《周書・蘇綽傳論》），他所樹爲榜樣而加以發揚光大的，是周朝的禮治。

政權對峙與文化多元突顯出文學的地域性特徵，《北史・文苑傳》概括地指出：「江左宮商發越，貴於清綺；河朔詞義貞剛，重乎氣質。」這是南北文風差異的基本情況[17]。不過這一時期南北文化的接觸與交流仍然是廣泛而深刻的，通過使臣往來、士人流寓等途徑，導致人才與文化交流，並逐漸促進了南北文風的交融。

從中國歷史上看，列國使臣的職能主要表現爲才辯與文學修養。相對來說，在風雲變幻、利害衝突之際，使臣的辯才顯得更重要。而在謀求交好、互觀風俗之時，使臣的文學修養能帶來特殊效果。在南北朝後期，作爲一種風氣，具備文雅之才已成為南北聘使人選的必要素養。《北史・李諧傳》記載東魏與蕭梁之間「既南北通好，務以俊義相矜，銜命接客，必盡一時之選，無才地者不得與焉」。雙方才俊之士的直接交往，在很大程度上促成了文學上的相互學習與競爭。

南北雙方對聘使的觀感與期待，往往反映各方文化實力乃至文化心理的變動。在宋、齊與北魏時期，南方使臣入北後較易受到北人的稱美，北方使臣南來時羨慕南方文化，而在梁、陳與東魏、北齊時期，南北使臣彼此各有爭鋒，北人的才學漸與南人抗衡[18]。外交場合也有詩文酬酢，《北史・李諧傳》記載梁武帝蕭衍會見東魏使臣李諧等人後，對手下臣僚感歎道：「朕今日遇勍敵，卿輩常言北間都無人物，此等何處來？」已經變輕視為重視。《北史・薛道衡傳》載：「陳使傅聘（北）齊，以（薛）道衡兼主客郎接對之。贈詩五十韻，道衡和之，南北稱美。」除了這種直接的詩歌贈和，聘使往往還帶回對方名家的作品，如北方溫子昇的作品被南方使者張皋抄回，梁武帝看後大為讚賞（《魏書・溫子昇傳》）。陶淵明集有北齊陽休之本，這也是南朝文學傳入北朝並受到重視的一個有力證據[19]。

因割據政權之間的戰事而羈留使者，擄掠人才，或因政治傾軋而逃奔敵國，這種楚才晉用的方式，在客觀上也造成南北之間的交流。前後流寓北方的南人，較有詩才的有奔至後秦的韓延之，至北魏的王肅、蕭琮，至東魏的蕭祇，至北齊的荀仲舉等。徐陵出使東魏[20]，因侯景之亂而羈留鄴城達七年之久，從裴讓之〈公館宴酬南使徐陵詩〉等史料可知他與當地文士多有詩文酬答與品評，南返後仍書信不斷，《南史》本傳稱他在世時「每一文出，好事者已傳寫成誦，遂傳於周、齊，家有其本」，北朝李昶（小名那）〈答徐陵〉讚其「調移齊右之音，韻改西河之俗」，對南北文學交流貢獻非淺。徐陵後期創作亦受惠於這段經歷，於早歲體裁綺密之外，更添意致縱橫之態，尤可於其〈與王僧辯書〉、〈報尹義尚書〉等書信見之。西魏與北周所占據的關隴一帶，本來在學術和文藝方面較為落後，但正如《周書・藝術傳》所說：「及克定鄢郢，俊異畢集。」南方的許多才士及著作流入關中，加速了南朝文學的北傳。江陵陷落後歸於西魏朝廷之書，其中就有《梁武帝集》四十卷、《簡文集》九十卷（《周書・蕭大圜傳》），這些集部新書的傳入，對於關中文壇應有一定的影響。宇文氏政權注意任用南人，不惜強留，庾信、王褒等被扣留，不復南返，這是分裂時代才有的特殊人生。不過如此刻骨銘心的苦楚遭遇，竟嫁接出兼具南北之長的文學碩果，這似乎是歷史給予的一種補償。

第三節　庾信文章老更成

・前期詩藝的養成　・鄉關之思的內容與表現　・承前啓後的地位

庾信（五一三—五八一），字子山，南陽新野（今屬河南）人。他的一生以四十二歲出使西魏並從此流寓北方爲標誌，可分爲前後兩期。他在南朝度過的前期生活，正逢梁代立國最爲安定的階段，在他的〈哀江南賦〉中描述爲「五十年中，江表無事」。庾信在文壇上脫穎而出，始於蕭綱立爲太子時的東宮抄撰學士任上。《周書・庾信傳》載：

> 時（庾）肩吾為梁太子中庶子，掌管記；東海徐摛為左衛率，摛子陵及信，並為抄撰學士。父子在東宮，出入禁闥，恩禮莫與比隆。既有盛才，文並綺豔，故世號為「徐庾體」焉。當時後進，競相模範。每有一文，京都莫不傳誦。

所謂「徐庾體」是指徐、庾父子置身東宮時所作的風格綺豔流麗的詩文，就其文學淵源而言，是沿著永明體講究聲律、詞藻的方向，進一步「轉拘聲韻，彌尚麗靡」（《梁書・庾肩吾傳》）。

庾信前期的詩文有供君王消遣娛樂的性質，思想內容輕淺單薄，他在梁時的作品，特別是十九至三十六歲在東宮任職期間的詩賦，主要是奉和、應制之作，題材基本上不出花鳥風月、醇酒美人、歌聲舞影、閨房器物的範圍。如〈和詠舞〉、〈奉和初秋〉、〈鴛鴦賦〉等題，屬於蕭綱率領周圍文人同題共作的篇章[21]。這種富於遊藝氣氛的創作活動，要求作者適應宮廷的趣味，在應酬捷對中顯露個人的學養與文才。庾信「幼而俊邁，聰敏絕倫」，加上「博覽群書，尤善《春秋左氏傳》」（《周書》本傳），使他很快獲得與徐陵齊名的稱譽。

但是宮廷文學侍臣的角色，不易表達個人的信念或情操，例如庾信有〈奉和同泰寺浮圖〉一詩，與蕭綱〈望同泰寺浮圖〉相唱和，詩中所表白的對佛教的傾心其實是著眼於皇太子的心情，不應據此而得出庾信信佛的簡單判斷[22]，這一情形也適用於同時的其他東宮文學侍從。

由於蕭綱等人力主新變，影響所及，促使當時的創作爭奇鬥巧，打破陳規，開啓了唐詩、律賦發展的道路。庾信前期的創作在這方面頗有貢獻，如〈烏夜啼〉：

促柱繁絃非〈子夜〉，歌聲舞態異〈前溪〉。御史府中何處宿，洛陽城頭哪得棲。彈琴蜀郡卓家女，織錦秦川竇氏妻。詎不自驚長淚落，到頭啼烏恆夜啼。

這首詩七言八句，聲調鏗鏘，已基本符合律詩的平仄。再如〈燕歌行〉拓展了七言古詩的體制，不但篇幅變長以便鋪敘，而且配合感情的起伏，變逐句押韻爲數句一轉韻。他早期對詩歌形式的多方面探索值得珍視，明楊愼指出：「庾信之詩，爲梁之冠冕，啓唐之先鞭。」（《升庵詩話》卷三）清劉熙載也指出：「庾子山〈燕歌行〉開初唐七古，〈烏夜啼〉開唐七律，其他體爲唐五絕、五排所本者，尤不可勝舉。」（《藝概・詩概》）

庾信在梁朝積累起來的文學經驗，除了美感形式上的經營，還包括美感內容上的體認。蕭繹說：「吟詠風謠，流連哀思者，謂之文。」（《金樓子・立言》）庾信前期已具有「流連哀思」的審美趣味，以綺豔之辭抒哀怨之情。庾信後期的生活經歷，使這種美學追求得到充分實現的土壤，從而達到高於同時代人的藝術境界。

沉醉於五十年太平景象的梁朝政權，因侯景之亂而瀕於破碎。梁元帝試圖在江陵復振卻很快毀於西魏。庾信以使臣身分出使長安，因江陵陷落而不得南歸，歷仕西魏及北周，先後官驃騎大將軍、開府儀同三司等職。據《周書》本傳記載，他「雖位望通顯，常有鄉關之思」。他以鄉關之思發爲哀怨之辭，蘊涵豐富的思想內容，充滿深切的情感，筆調勁健蒼涼，藝術上也更爲成熟。杜甫在〈戲爲六絕句〉中說：「庾信文章老更成，凌雲健筆意縱橫。」又在〈詠懷古蹟〉中評論其「暮年詩賦動江關」，正是指他後期作品的這種特色。

感傷時變、魂牽故國，是其「鄉關之思」的一個重要方面。庾信遭逢亡國之變，內心受到巨大震撼，「正是古來歌舞處，今日看時無地行」（〈代人傷往〉其二），這種滄桑之感使他更深刻地意識到個人命運與國家命運之間，如同「一馬之奔，無一毛而不動；一舟之覆，無一物而不沉」（〈擬連珠〉其十九）。因此，他在抒發個人的亡國之痛時，也能以悲憫的筆觸反映人民的苦難，並歸咎於當權者內部的傾軋與荒嬉。久居北方的庾信渴望南歸，魂牽夢繞於故國山河，看到渭水，眼前便幻化出江南風景：「樹似新亭岸，沙如龍尾灣。猶言吟溟浦，應有落帆還。」（〈望渭水〉）忽見南方的檳榔輸入到北方，更是勾起思鄉的惆悵：「綠房千子熟，紫穗百花開。莫言行萬里，曾經相識來。」（〈忽見檳榔〉）接到南方故人的來信，禁不住悲慨萬端：

玉關道路遠，金陵信使疏。獨下千行淚，開君萬里書。（〈寄王琳〉）

《四庫全書總目．庾開府集箋注提要》稱讚庾信寓北之作「華實相扶，情文兼至，抽黃對白之中，灝氣舒卷，變化自如」。從這首詩中，也可以看出作者化精巧為渾成的高超藝術。

歎恨羈旅、憂嗟身世，是其「鄉關之思」的另一重要方面。庾信文儒傳家，「門有通德」（〈小園賦〉），仕北以後無法排解名節玷汙的煎迫，將內心的驚辱形容為「倡家遭強聘，質子值仍留」（〈擬詠懷〉其三）責備自己仕於敵國為「遂令忘楚操，何但食周薇」（〈謹贈司寇淮南公〉）他的羈旅之恨與憂生之嗟是交織在一起的。他以「涸鮒常思水，驚飛每失林」（〈擬詠懷〉其一）的意象致慨於個人生存的軟弱。庾信自謂〈哀江南賦〉「不無危苦之辭，唯以悲哀為主」，倪璠作注解時藉以發揮道：「子山入關而後，其文篇篇有哀，淒怨之流，不獨此賦而已。」（〈注釋庾集題辭〉）可謂深契其後期文學的精神特質。庾信的〈擬詠懷〉二十七首，以五言組詩的體制，從多種角度抒發淒怨之情，直承阮籍〈詠懷〉組詩的抒情傳統，尤稱傑作。如其七：

> 榆關斷音信，漢使絕經過。胡笳落淚曲，羌笛斷腸歌。纖腰減束素，別淚損橫波。恨心終不歇，紅顏無復多。枯木期填海，青山望斷河。

借流落胡地、心念漢朝的女子，比喻自己仕北的隱恨與南歸的渴望，眞摯感人。又如其十八：

> 尋思萬户侯，中夜忽然愁。琴聲遍屋裡，書卷滿床頭。雖言夢蝴蝶，定自非莊周。殘月如初月，新秋似舊秋。露泣連珠下，螢飄碎火流。樂天乃知命，何時能不憂？

既有不能為國建勳的失意之悲，更有韶華已逝、瞬息衰秋的失志之慟，因而無法給自己留下排遣或超脫的餘地。此詩中「殘月」四句寫景，句式巧拙相間，且能投射自己獨有的心境，可見詩人蒼渾而不失明麗的風調。

由南入北的經歷使庾信的藝術造詣達到「窮南北之勝」的高度，這在中國文學史上具有重要的典範意義。庾信汲取齊梁文學聲律、對偶等修辭技巧，並接受北朝文學的渾灝勁健之風，從而開拓和豐富了審美意境，為唐代新的詩風的形成做了必要的準備。

注釋

❶崔浩（三八〇？—四五〇），字伯淵，清河東武城（今山東武城）人。仕北魏任給事祕書、著作郎、博士祭酒、相州刺史、左光祿大夫、太常卿、司徒等職。襲父爵白馬公，後進爵東郡公，以修國史忤旨，遭夷族。今存文九篇。《魏書》、《北史》有傳。

高允（三九〇—四八七），字伯恭，渤海蓨（今河北景縣）人。性好文學，博通經史天文術數。仕北魏任中書博士、中書令、太常卿、散騎常侍等職。文成、獻文帝時，軍國書檄，多出其手。卒後贈侍中、司空公、冀州刺史。原有集，已散佚，明人輯有《高令公集》，今存詩四首，文十三篇。《魏書》、《北史》有傳。

❷參見曹道衡、沈玉成《南北朝文學史》第十八章第二節〈北朝文學的發展和分期〉，人民文學出版社一九九一年版，第三四五頁。

❸常景（？—五五〇），字永昌，河內溫（今屬河南）人。北魏時官至車騎將軍、右光祿大夫、祕書監，東魏時加儀同三司。博學多通，雅好文章，所著文集數百篇，多亡佚。曾擬劉琨〈扶風歌〉十二首，已佚，今存詩四首，文五篇（其中一篇已殘）。《魏書》、《北史》有傳。

❹陽固，字敬安，北平無終（今天津薊縣）人。仕北魏任給事中、侍御史、尚書考功郎。卒後贈輔國將軍、太常少卿。原有集，已散佚，今存詩二首，文三篇（其中一篇已殘）。《魏書》、《北史》有傳。

❺盧元明，字幼章，范陽涿（今河北涿州）人。北魏末年封城陽縣子，遷中書侍郎。東魏初兼吏部郎中，副李諧使梁，還拜尚書右丞，轉散騎常侍，又兼黃門郎、本州大中正。原有集，已散佚，今存詩一首（殘句），文一篇。《魏書》、《北史》有傳。

❻溫子昇（四九五—五四七），字鵬舉，太原（今屬山西）人。家於濟陰冤句（今山東菏澤西南）。北魏時任南主客郎中、侍讀兼舍人、散騎常侍、中軍大將軍等職，東魏時任大將軍府諮議參軍等職，因被懷疑預知元瑾等謀亂，下獄死。原有集，已散佚，明人輯有《溫侍讀集》，今存詩十一首，文二十七篇。《魏書》、《北史》有傳。

❼劉師培〈南北文學不同論〉曰：「溫子昇長於碑版，敘事簡直，得張（衡）、蔡（邕）之遺規。」見《劉中叔遺書》，江蘇古籍出版社一九九七年版，第五六一頁。

❽文林館對於探求詩藝有所推動。《隋書・經籍志》著錄有《文林館詩府》八卷，顏之推〈觀我生賦〉自注還提到文林館組織

撰寫《續文章流別》一書，可見既有屬於實際創作的活動，也有屬於文學批評的工作。

❾ 顏之推（五三一—五九一？），字介，琅邪臨沂（今屬山東）人。初仕梁，為湘東王常侍。元帝即位，遷散騎常侍，後奔齊，歷任黃門侍郎、平原太守。齊亡入周，為御史上士。隋文帝開皇中，太子召為學士。一生著書甚多，有《顏氏家訓》、《集靈記》、《冤魂志》等。原有集，已佚，今存詩五首，文二篇。《北齊書》、《北史》有傳。

蕭慤（生卒年不詳），字仁祖，南蘭陵（今江蘇武進西北）人。梁朝宗室上黃侯蕭曄之子。天保中入北齊，武平中任太子洗馬。後主時，任齊州錄事參軍，待詔文林館。後歷周入隋，任記室參軍。原有集，已佚，今存詩十七首。《北齊書》有傳。

❿ 參見黃永年〈論北齊的文化〉，《陝西師範大學學報》一九九四年第四期，第三三頁。

⓫ 邢邵（四九六—五六一？），字子才，河間鄚（今河北任丘東北）人。初仕於魏，歷任著作佐郎、中書侍郎等職。北齊時官至太常卿兼中書監，攝國子祭酒，授特進。原有集，已佚，明人輯有《邢特進集》，今存詩八首，文二十九篇。《魏書》、《北齊書》、《北史》有傳。

⓬ 魏收（五〇六—五七二），字伯起，巨鹿下曲陽（今河北晉縣西）人。初仕北魏，為太學博士，後遷散騎侍郎，兼修國史。東魏時，為中書侍郎，轉祕書監。北齊時，官至尚書右僕射，授特進。以文才知名，與溫子昇、邢邵並稱「北地三才」。撰有《魏書》一百三十卷。原有集，已佚。明人輯有《魏特進集》。今存詩十六首（包括殘句），文十五篇。《北齊書》、《北史》有傳。

⓭ 蘇綽（四九八—五四六），字令綽，京兆武功（今屬陝西）人。官至西魏大行臺度支尚書，領著作，兼司農卿。他盡其智能，協助宇文泰改革時政，曾制計賬、户籍之法，又作《六條詔書》。今存文二篇。《周書》、《北史》有傳。

⓮ 宇文泰的關隴文化本位政策，其要義在於「陽傳《周禮》經典制度之文，陰適關隴胡漢現狀之實」，在文化精神上自成系統。參見〈陳寅恪魏晉南北朝史講演錄〉，萬繩楠整理，黃山書社一九八七年版，第三一六—三一七頁。

⓯ 王褒（五一三？—五七六？），字子淵，琅邪臨沂（今屬山東）人。仕梁任太子舍人等職，襲爵南昌縣侯。梁元帝即位，拜侍中，累遷吏部尚書、右僕射。西魏攻陷江陵後，北入長安，仕西魏、北周，官至太子少保、小司空。原有集，已佚，明人輯有《王司空集》，今存詩四十八首，文二十六篇。《周書》、《北史》有傳。

⓰ 參與麟趾殿而有姓名可考者共十三人，其中韋孝寬和楊寬是北朝武將，其餘十一人都是江陵陷落後來到北方的文人學士。這個比例可以說明南朝學者對北周學術傳統影響之大。參見（美）丁愛博〈北朝的帝國學術機構〉，邢丙譯，《海外中國學專輯》，上海師範大學學報編輯部一九八六年版，第一三三—一四〇頁。

⓱《顏氏家訓・文章》記載：「王籍〈入若耶溪〉詩云：『蟬噪林逾靜，鳥鳴山更幽。』江南以為文外斷絕，物無異議。簡文吟詠，不能忘之；孝元諷味，以為不可復得，至《懷舊志》載於《籍傳》。范陽盧詢祖，鄴下才俊，乃言：『此不成語，何事於能？』魏收亦然其論。」對王籍詩的不同評價，頗能說明南北審美觀及文風之差異。

⓲參見胡大雷《中古文學集團》第十一章〈南北使者的文學相會——南北文風相融的進程之一〉，廣西師範大學出版社一九九六年版，第二〇一—二〇二頁；徐寶余《庾信研究》第一章第一節〈南北朝文化交流的形式與範圍〉，學林出版社二〇〇三年版，第六一—一〇頁。

⓳據陽休之《陶潛集序錄》，他讚賞蕭統的八卷本「編次有體，次第可尋」。按史載陽休之於北魏末年隨賀拔勝奔梁，孝靜帝天平二年（五三五）返歸東魏（《北齊書》本傳），其時距蕭統歿僅四年。他所知見陶集，或為親抵建康時所獲。

⓴徐陵（五〇七—五八三），字孝穆，東海郯人（今山東郯城）人。徐摛之子。梁武帝時任東宮學士，常出入禁闥，為當時宮體詩人，與庾信齊名，世號「徐庾體」。入陳後歷任尚書左僕射、中書監等職，文檄詔策多出其手，有「文宗」之譽，卒諡章。原有集，已散佚，明人輯有《徐僕射集》。許逸民校箋《徐陵集校箋》錄存其詩文一百三十篇。另有《玉臺新詠》十卷存世。《陳書》、《南史》有傳。

㉑據現存資料，庾信與東宮文學集團其他成員同題共作之詩十六篇，賦四題，銘二題，具體篇目詳〔日〕清水凱夫〈庾信文學〉，見《六朝文學論文集》，韓基國譯，重慶出版社一九八九年版，第二七四—二七五頁。

㉒參見〔日〕興膳宏《初唐詩人與宗教》，曹虹等譯，見《中國典籍與文化論叢》第二輯，中華書局一九九五年版，第三三〇頁。

第八章　魏晉南北朝的辭賦、駢文與散文

魏晉南北朝的文壇出現了新的格局，並開拓出個性化與美文化的多元發展前景。在各種文體中，辭賦創作的時代特徵最爲突出，與漢賦的對比也最爲鮮明。講究對偶、聲律和藻飾之美成爲風氣，文章的句式結構逐漸發生變化，其結果是駢文的出現和成熟。賦體受詩的影響，也趨於注重聲偶，有些賦其實就是駢文。北朝文壇雖整體上受駢化的影響，但仍有別具風格的散體名篇大放異彩，從而構成對隋唐文壇發展的多重影響。

第一節　別開生面的魏晉文壇

・「以氣質爲體」與「以情緯文」　・曹操的教令　・曹丕兄弟的書箚
・〈登樓賦〉與抒情小賦的繁盛　・論辯文的勃興

沈約將建安文風的特點歸納爲「以氣質爲體」（《宋書・謝靈運傳論》），氣質體現爲個性❶。文學不再是經學的附庸，褪去了政教的色彩，更注重個性的表現。曹丕提出「文以氣爲主」（《典論・論文》）的命題，適時地反映了當時人對文學特性的認識與追求，這種文學取向具有劃時代的意義。正如陸機所謂「吐滂沛乎寸心」（〈文賦〉），樂觀、悲觀、慷慨、頹放、自得、內疚，各種沉潛的或稍縱即逝的感悟傾注於筆端，因而這個時期的文學從總體上說，較之於兩漢，更具有一代人精神史料的價值。建安文學的時代風貌首先在詩歌中得到集中體現，即如劉勰所言「慷慨以任氣，磊落以使才」（《文心雕龍・明詩》），這是無疑的，不過，辭賦、書信、詔令等其他文體的創作，也流露出一種新鮮生動的氣息，既表現爲對舊體裁的改造，也表現爲強化應用文的文學性，從而下開其後文章創體增類、標能競才的風尚。

正如劉勰用「氣爽才麗」一語評論魏之三祖（《文心雕龍・樂府》），「氣爽」與「才麗」的結合，其實也是建安群才的共同特點。沈約指出：「至於建安，曹氏基命，二祖陳王，咸蓄盛藻，甫乃以情緯文，以文被質。」（《宋書・

謝靈運傳論》）其中曹植在表現「盛藻」方面尤爲突出，其〈前錄自序〉稱：「故君子之作也，儼乎若高山，勃乎若浮雲，質素也如秋蓬，摛藻也如春葩。」以「春葩」自喻文采斐然。伴隨著「詩賦欲麗」說（《典論・論文》）的提出，「麗」的審美要求不局限於詩賦，也影響到書表銘頌論說等其他體裁，從而大大加速了東漢以來文章漸趨駢化的進程。就建安文章而言，由於注重「氣質」，故對藻飾的講求尚能情辭相稱，這也爲後世確立了「以情緯文，以文被質」的典範。

在建安各體文章中，曹操的教令甚具異彩，饒有通脫之風。詔令之體，屬於廟堂之制❷，在兩漢時期，這種體制的文辭莊重典雅❸。曹操所作諸令，不但思想無所顧忌，而且行文風格也不拘常例。作於建安十五年（二一〇）的〈讓縣自明本志令〉，自述身世志願，懇切坦率，其中並不諱言自己功高蓋世：「今孤言此，若爲自大，欲人言盡，故無諱耳。設使國家無有孤，不知當幾人稱帝，幾人稱王。」又說到自己不願放棄兵權，以博謙退的美名，原因就在於「誠恐己離兵爲人所禍也。既爲子孫計，又己敗則國家傾危，是以不得慕虛名而處實禍」。明張溥評之爲「未嘗不抽序心腹，慨當以慷」（《漢魏六朝百三家集・魏武帝集題辭》）。再如其〈求賢令〉標舉「唯才是舉」，〈舉賢勿拘品行令〉甚至提出對「不仁不孝而有治國用兵之術」的人也「勿有所遺」。正因稱心而言，字裡行間流動著一股率眞之氣，所以就容易帶有個人色彩，這對於公文性質的詔誥而言，不啻是一種文學性的改造。

同樣在應用性的文體中顯露出文學魅力的是曹丕、曹植的書劄，其寫作的動因似並無具體事由，內容多爲抒發當下的悲歡契闊之情，裁書敘心，因而較之前代書劄更能隨境生趣，搖曳多姿。如曹丕〈與朝歌令吳質書〉曰：

> 每念昔日南皮之遊，誠不可忘。既妙思六經，逍遙百氏；彈棊間設，終以六博；高談娛心，哀箏順耳；馳騁北場，旅食南館；浮甘瓜於清泉，沉朱李於寒水。白日既匿，繼以朗月，同乘並載，以遊後園。輿輪徐動，參從無聲。清風夜起，悲笳微吟。樂往哀來，愴然傷懷。余顧而言，斯樂難常，足下之徒，咸以為然。今果分別，各在一方。元瑜長逝，化為異物。每一念至，何時可言！方今蕤賓紀時，景風扇物，天氣和暖，眾果具繁。時駕而遊，北遵河曲，從者鳴笳以啓路，文學托乘於後車。節同時異，物是人非，我勞如何！

追念昔遊，感傷離別，抒情如詩，寫景如畫。再如曹植〈與吳季重書〉曰：

前日雖因常調，得為密坐，雖燕飲彌日，其於別遠會稀，猶不盡其勞積也。若夫觴酌凌波於前，簫笳發音於後，足下鷹揚其體，鳳歎虎視，謂蕭曹不足儔，衛霍不足侔也。左顧右盼，謂若無人，豈非吾子壯志哉！過屠門而大嚼，雖不得肉，貴且快意。當斯之時，願舉泰山以為肉，傾東海以為酒，伐雲夢之竹以為笛，斬泗濱之梓以為箏，食若填巨壑，飲若灌漏卮。其樂固難量，豈非大丈夫之樂哉！然日不我與，曜靈急節，面有逸景之速，別有參商之闊。思欲抑六龍之首，頓羲和之轡，折若木之華，閉濛汜之谷。天路高邈，良久無緣，懷戀反側，如何如何！

不但慷慨任氣，而且文采煥然。在曹植傳世文章中，與書體相近的表文❹，如〈求自試表〉、〈求通親親表〉等也是情文並茂，劉勰評爲：「陳思之表，獨冠群才。觀其體贍而律調，辭清而志顯，應物製巧，隨變生趣，執轡有餘，故能緩急應節矣。」（《文心雕龍．章表》）建安時期善爲書表之文的還有陳琳、阮瑀、繁欽、吳質、應璩等人。被曹丕稱爲「章表書記，今之雋也」（《典論．論文》）的陳琳與阮瑀，他們享有盛名的代表作分別是〈爲袁紹檄豫州〉與〈爲曹公作書與孫權〉，也充分展示出「應物製巧，隨變生趣」的文才。曹丕說「元瑜書記翩翩，致足樂也」（〈與吳質書〉）這個「樂」字，透露出創作與鑑賞雙方對作品文學性的矚目。繁欽〈與魏文帝箋〉、吳質〈答東阿王書〉、應璩〈與侍郎曹長思書〉都增加了用典和駢偶的成分，顯得文采斐然。如應璩是這樣描述自己離群索居的情狀的：

德非陳平，門無結駟之跡；學非揚雄，堂無好事之客。才劣仲舒，無下帷之思；家貧孟公，無置酒之樂。悲風起於閨闥，紅塵蔽於機榻。幸有袁生，時步玉趾，樵蘇不爨，清談而已，有似周黨之過閔子。夫皮朽者毛落，川涸者魚逝，春生者繁華，秋榮者零悴，自然之數，豈有恨哉？聊為大弟，陳其苦懷耳。

可見其用事之密集，句式之工麗。從總的趨勢上看，建安之文亦有從辭清志顯到藻飾漸繁的過程，這也預示著此後美文的發展。不過即以書體而言，建安諸家尙情任氣、眞摯自然的作風此後猶不乏繼武者，如嵇康〈與山巨源絕交書〉就說自己不堪禮法的約束，有「必不堪者七，甚不可者二」，以表示自己堅絕不願做官的意志。他「非湯武而薄周孔」，「剛腸疾惡，輕肆直言」，充滿自由與抗議的氣息。另外陸雲、劉琨、王羲之等人的書劄短章也感切於心，筆致清拔。

辭賦在魏晉時期出現了新局面，其標誌是抒情小賦的湧現，從而拓展了辭賦的表現領域與表現風格。沿著東漢以來情理賦發展的方向，魏晉之際的辭賦創作顯示出抒情化、小品化的特色❺。隨著情感表現領域的擴大，作者的表現力也在個性化的基礎上得到進一步的加強。與東漢班固、張衡等賦家兼擅散體大賦與騷體辭賦不同，這一時期的作家往往集詩人與小賦作者於一身，這也標誌著詩賦交相影響的深化。王粲的詩賦爲「七子之冠冕」（《文心雕龍・才略》），其代表作是〈登樓賦〉：

> 登茲樓以四望兮，聊暇日以銷憂。覽斯宇之所處兮，實顯敞而寡仇。挾清漳之通浦兮，倚曲沮之長洲；背墳衍之廣陸兮，臨皋隰之沃流。北彌陶牧，西接昭丘，華實蔽野，黍稷盈疇。雖信美而非吾土兮，曾何足以少留！

王粲在荊州劉表幕下不受重用，鬱鬱寡歡，他對荊州所產生的「雖信美而非吾土」的離異之感，實與壯志難酬的悲憤之情融爲一體。與東漢的情理賦相比，〈登樓賦〉善於自然地切入當下最眞實的情境，而並不刻意地顯示對道家或儒家思想的歸宿感，即景抒情，情境交融，因而更易於感人。

由於主體意識和抒情因素的強化，魏晉時期湧現出一批體物寫志的佳作。如曹植寫〈洛神賦〉，構思與手法雖受宋玉〈神女賦〉的啓發，但主題發生了變化。〈神女賦〉借再現襄王夢中豔遇的經歷，意在諷諭君王不可貪戀美色，而〈洛神賦〉描繪對洛神的追求與幻滅過程，借以抒發作者個人政治上的失意和理想的破滅，這是對傳統題材加以轉換的一個典範。因政治險惡而倍感命運多舛的文人們，有的在賦中吐露一腔悲憤，如向秀〈思舊賦〉以極爲凝練含蓄的語言，對慘死於司馬氏屠刀下的友人追念感懷，並對迫害賢良的當政者寓有怨憤譴責之意；有的在賦中嬉笑譏諷，如阮籍〈獼猴賦〉刻畫貪求利慾者「人面獸心」的醜態，他還在頗具賦體風貌的〈大人先生傳〉內，將虛僞的禮法之士譏爲「何異夫虱之處褌中」，這一辛辣的比喻從《莊子・徐無鬼》的「豕虱」之喻變化而來，其對封建禮法的批判之意則更爲尖銳。再如魯褒的題爲論而體亦如賦的〈錢神論〉，痛詆寡廉鮮恥的惡俗；有的在賦中尋求超脫放達，如劉伶〈酒德頌〉通過「大人先生」與「貴介公子」、「縉紳處士」的對峙，表達對名教禮法的蔑視，陶潛〈歸去來兮辭〉展現回歸內在自我的高曠之風。這些作品篇幅幾乎都不長，卻意緒綿邈，給人以新鮮清暢的感受。

辭賦生機的煥發還表現在大賦的體式功能得到一定的調動，魏晉以來，大賦仍有表現嚴正重大題材的習慣，不過與漢代不同的是，它已不限於國家政治生活之一端（如左思〈三都賦〉、潘岳〈藉田賦〉），某些個人行蹤或信仰得以表現，如潘岳〈西征賦〉以及南北朝時期謝靈運〈山居賦〉、梁武帝〈淨業賦〉、梁元帝〈玄覽賦〉、顏之推〈觀我生賦〉等。漢大賦多有以「亂」、「詩」、「歌」等形式繫之文末的，但一般說來，這類文字的聲情之美游離於主體結構之外，而魏晉以後的大賦則有意識地在主體結構中汲取詩意，不少中長篇作品的命題就取自詩騷或抒情小賦。被劉勰認爲是「策勳於鴻規」的潘岳（《文心雕龍・詮賦》）在這方面頗具匠心，如其〈秋興賦〉之於宋玉〈九辯〉，〈閒居賦〉之於張衡〈歸田賦〉，〈西征賦〉之於班彪父女的〈北征賦〉、〈東征賦〉都是如此。後世庾信〈哀江南賦〉題目取自《楚辭・招魂》「魂兮歸來哀江南」。杜甫也常以賦題爲詩，如其〈秋興〉和〈北征〉，一爲聯章，一爲長篇❻，這種拓展文體的方法，可以在此找到發源的因素。

魏晉學術一改漢代儒術獨尊的局面，刑名、老莊之學興盛，道佛二教亦各有發展，從而形成繼春秋戰國以後又一個思想活躍期，各種思想交鋒爭辯，成爲一時風尚。談辯之風也影響於文章，出現以思理見長的作品。單篇說理之文雖起於漢代，但受特定時代學術風氣的激盪，論辯文至魏晉才出現高潮，這表現在兩個方面：一是主題廣泛，主要有研尋哲理、衡論宗教、品藻人物、針砭風俗、討論禮制等內容；二是名家輩出，並形成具有時代特徵的風力，劉勰舉出傅嘏論才性同❼，以及王粲〈去伐論〉、嵇康〈聲無哀樂論〉、夏侯玄〈本無論〉、王弼〈易略例〉、何晏〈無爲論〉與〈無名論〉爲代表，評爲「並師心獨見，鋒穎精密，蓋人倫之英也」（《文心雕龍・論說》）。章太炎《國故論衡・論式》讚賞魏晉論辯文「守己有度，伐人有序，和理在中，孚尹旁達，可以爲百世師」。其中嵇康的成就最爲傑出，他的論辯文多涉及當時重要的玄學論題。《晉書》本傳稱他「好老莊」，「善談理，又能屬文」。如其〈養生論〉闡發形神交相養之理，曰：

夫服藥求汗，或有弗獲，而愧情一集，渙然流離。終朝未餐，則囂然思食；而曾子銜哀，七日不飢。夜分而坐，則低迷思寢；內懷殷憂，則達旦不瞑。勁刷理鬢，醇醴發顏，僅乃得之；壯士之怒，赫然殊觀，植髮衝冠。由此言之，精神之於形骸，猶國之有君也。神躁於中，而形喪於外，猶君昏於上，國亂於下也。夫為稼於湯之世，偏有一溉之功者，雖終歸燋爛，必一溉者後枯。然則一溉之益，固不可誣也。而世常謂一怒不足以侵性，一哀不足以傷身，輕而肆之，是猶不識一溉之益，而望嘉穀於旱苗者也。是以君子知形恃神以立，神須形以存，悟生理之易失，知一過之害生。故修性以保神，安心以全身，愛憎不棲於情，憂喜不留於意，泊然無感，而體氣和平。

他的論辯文獨高一世的原因在於析理縝密，辭喻豐博，兼宗名法之家與道家論理之特長，做到精核而不失之苛察，通貫而不失之虛浮，從而將論辯文推到新的高度❽。

第二節　南朝美文的衍化

・世重文翰　・元嘉三大家　・范曄史論　・《文心雕龍》的駢文藝術　・齊梁新變之風
・詩體賦與寫景文

南朝文壇沿著魏晉以來文章追新逐麗的趨向繼續發展，並帶有階段性的特點。在劉宋時代，文學本身的情采魅力再度煥發，扭轉了東晉後期文學一度附庸於玄學的偏向，因而抒情體物的華章美文繁盛起來，但就文章駢化的整體過程看，宋時文風猶上接東晉，密麗而不乏疏朗之致。至齊梁以後，踵事增華，變本加厲，美文的影響力還波及北方。

宋文帝時立玄儒文史四學，文學的獨立性地位更加明確。劉勰論文學與時推移，指出「宋初訛而新」（《文心雕龍・通變》）的特徵。文采的美富在傅亮筆下已甚明顯❾，劉宋建國之初，所有「表策文誥，皆亮辭也」（《宋書》本傳），可稱一時大手筆。如〈爲宋公至洛陽謁五陵表〉曰：

> 近振旅河湄，揚旌西邁。將居舊京，威懷司雍。河流遄疾，道阻且長。加以伊洛榛蕪，津途久廢。伐木通徑，淹引時月。始以今月十二日，次故洛水浮橋。山川無改，城闕為墟。宮廟隳頓，鐘虡空列。觀宇之餘，鞠為禾黍。廛里蕭條，雞犬罕音。感舊永懷，痛心在目。

句式整齊而未傷靈動，孫德謙《六朝麗指》就以此爲駢散合一的典範之文而予以高度評價❿。

有「元嘉三大家」之稱的謝靈運、顏延之和鮑照，文才不減詩才，技巧高妙，冠絕一世。謝靈運在詩歌創作中「才高詞盛，富豔難蹤」（鍾嶸〈詩品序〉）在賦與文的創作中也是如此。他以山水爲題材的〈嶺表賦〉、〈長溪賦〉、〈山居賦〉諸作，狀物寫景的巧似，選字修辭的清新，與其山水詩的成就互爲呼應。如〈嶺表賦〉中有「顧後路之傾巘，眺前磴之絕岸；看朝雲之抱岫，聽夕流之注澗」等句，以「絕岸」對「傾巘」，相當精切；而雲「抱岫」和水「注澗」的意象也構成靜態和動態的生動對照，「抱」字還出現在他的詩中，有「白雲抱幽石」（〈過始寧墅〉）的名句。〈山居賦〉以漢大賦的規模鋪寫個人的隱居生活，在文體上的創新之處是以散體筆調作自注，其中有些描摹山水風景的注文靈動親切，自然有味，對後世散體山水遊記的興起，不無導源滋養之功。

顏延之的駢文以典麗縝密見長，用典繁博，修辭巧麗，代表作有〈赭白馬賦〉、〈三月三日曲水詩序〉、〈陶徵士誄〉、〈宋文元皇后哀策文〉等。〈赭白馬賦〉的序及正文幾乎全爲偶句，反映了駢賦技巧的進一步純熟，但與魏晉的動物賦相比，有雕繢過甚而性情隱沒之憾。六朝時期誡子書十分發達，這一形式的文字因其特定的目的，本屬諄諄叮嚀，無須藻飾，然而顏延之的〈庭誥〉通體駢儷，文風整飭，如關於怎樣建立家庭人倫關係曰：「欲求子孝必先慈，將責弟悌務爲友。雖孝不待慈，而慈固植孝；悌非期友，而友亦立悌。」於此可見各體文章駢化之深。他爲特立獨行的陶淵明所撰誄文，其中敘淵明立身行事道：

弱不好弄，長實素心。學非稱師，文取指達。在眾不失其寡，處言愈見其默。……灌畦鬻蔬，為供魚菽之祭；織絢緯蕭，以充糧粒之費。心好異書，性樂酒德，簡棄煩促，就成省曠。殆所謂國爵屏貴，家人忘貧者歟！

語雖駢偶，卻不失自然蕭疏的風神。

鮑照以奇峭之風運妍麗之辭，所作〈蕪城賦〉與〈登大雷岸與妹書〉是這種奇麗風格的代表。〈蕪城賦〉通過廣陵今昔盛衰的強烈對比，表達對戰亂的厭惡和對民生的悲歎，極富抒情力度，如寫蕪城今昔巨變曰：

若夫藻扃黼帳，歌堂舞閣之基；璿淵碧樹，弋林釣渚之館；吳蔡齊秦之聲，魚龍爵馬之玩；皆薰歇燼滅，光沉響絕。東都妙姬，南國麗人，蕙心紈質，玉貌絳唇，莫不埋魂幽石，委骨窮塵。豈憶同輿之愉樂，離宮之苦辛哉！

時空的交錯迭映更增迷亂絕望的悲情，因而歸結爲：「千齡兮萬代，共盡兮何言！」〈登大雷岸與妹書〉雖爲家書，其實是期待文人共賞之作[11]，因而作者借此著意顯示才情，其中精彩的對句頗多，如「途登千里，日逾十晨；嚴霜慘節，悲風斷肌」；「滔滔何窮，漫漫安竭？創古迄今，舳艫相接」；「寒蓬夕卷，古樹雲平」，莫不窮形盡態，感慨橫生。鮑照狀物寫情的成就對齊梁之文也頗有影響。

史傳文學的遞嬗之跡也反映了南朝美文的衍化進程，魏晉以來，史部著作的數目大量增加，門類異彩紛呈[12]。秉承「良史莫不工文」的傳統（章學誠《文史通義・文德》），加上講究文采的風氣漸盛，史家對顯耀文才的用心有所強化。蕭統《文選》立「史論」與「史述贊」類，對於史書「贊論之綜緝辭采、序述之錯比文華」者加以選錄（〈文選序〉），正是史傳文學意識提升的一個反映。這一時期著史而享有盛名的，莫過於晉陳壽《三國志》和劉宋范曄《後漢書》⓭。陳壽，史稱其「善敘事，有良史之才」（《晉書》本傳），劉勰說他「文質辨洽，荀、張比之於遷、固，非妄譽也」（《文心雕龍・史傳》）。他的敘事議論，高簡有法，質而不野，如所撰〈諸葛亮傳〉「評曰」的一段文字：「諸葛亮之爲相國也，撫百姓，示儀軌，約官職，從權制，開誠心，布公道。盡忠益時者，雖仇必賞；犯法怠慢者，雖親必罰；服罪輸情者，雖重必釋；游辭巧飾者，雖輕必戮。」在修辭上排比振盪，卻無刻意求工之嫌。范曄撰《後漢書》，有心合史職與文才於一體，尤其是紀傳的論贊部分，意旨明通，辭采潤澤，聲律協暢，富於篇翰之美，顯示出以駢文論史的高超水準。

以「深得文理」而著稱的劉勰《文心雕龍》一書⓮，其行文本身也表現出卓爾不凡的駢文才力。《文心雕龍》成書於齊末。在劉勰之前，東晉葛洪的《抱朴子》一書中已有駢偶成分，但不完全，劉勰汲取魏晉以來以駢詞偶語論事析理的經驗，從而使駢文說理的藝術得到淋漓盡致的發揮。他的文學實踐既可直接印證其折衷通變的文學思想，而他的理論建樹也植根於其創作心得。如〈物色〉篇論心物之關係曰：

> 春秋代序，陰陽慘舒，物色之動，心亦搖焉。蓋陽氣萌而玄駒步，陰律凝而丹鳥羞，微蟲猶或入感，四時之動物深矣。若夫珪璋挺其惠心，英華秀其清氣，物色相召，人誰獲安？是以獻歲發春，悅豫之情暢；滔滔孟夏，鬱陶之心凝；天高氣清，陰沉之志遠；霰雪無垠，矜肅之慮深。歲有其物，物有其容；情以物遷，辭以情發。一葉且或迎意，蟲聲有足引心。況清風與明月同夜，白日與春林共朝哉！

命意遣辭，洞悉創作的精微過程，亦頗有文采。全書各篇末均有贊，爲八句四言韻語，尤能顯示文才，如此篇贊曰：「山遝水匝，樹雜雲合。目既往還，心亦吐納。春日遲遲，秋風颯颯。情往似贈，興來如答。」既有理趣，亦富詩意，難怪紀昀對之十分欣賞，評曰：「諸贊之中，此爲第一。」（《紀曉嵐評注文心雕龍》卷十）劉勰著書時抱有能爲「時流所稱」的熱切願望，他著意顯耀駢文之才，也受到當時文壇駢化潮流的一定影響。

齊梁時期，文學的「新變」意識更加突出，對於文章體貌深有影響，這主要表現在如下三個方面：

一是永明聲律說興起。《南史・庾肩吾傳》曰：「齊永明中，文士王融、謝朓、沈約文章始用四聲，以爲新變。」

其「新變」的意義是揭示四聲協調的規則，並自覺運用到詩文創作上，從而變以往自然的巧合爲人工的聲律，開啓詩文格律化的道路。永明聲律說對詩體轉變的影響特著，形成了所謂「永明體」，而對文章的韻律之美也起著強化的作用，文章寫作更注重聲調諧和。《梁書・王筠傳》記載王筠評沈約文一事：「約制〈郊居賦〉，構思積時，猶未都畢，乃要筠示其草，筠讀至『雌霓（五激反）連蜷』，約撫掌欣抃曰：『僕嘗恐人呼爲霓（五雞反）。』次至『墜石磓星』及『冰懸埳而帶坻』，筠皆擊節稱賞。約曰：『知音者希，眞賞殆絕，所以相要，政在此數句耳。』」即爲一例。

二是文筆之辨的深入。對於文筆的辨別，發生於宋齊時期。顏延之認爲：「筆之爲體，言之文也；經典則言而非筆，傳記則筆而非言。」（劉勰《文心雕龍・總術》引錄）肯定「筆」的文學性，並將經典與文筆分別對待，反映了文學的自覺意識。至於文與筆如何區分，正如劉勰所述：「今之常言，有文有筆，以爲無韻者筆也，有韻者文也。」（同上）有韻與否是當時通行的一個標準。不過隨著宋齊以來美文的衍化，原來無韻的文體也或多或少地顯出韻律上的經營，筆與文既有區別又有溝通。梁時蕭繹重新提出對「文」的界定：「至如文者，唯須綺縠紛披，宮徵靡曼，脣吻遒會，情靈搖蕩。」（《金樓子・立言》）這對原來文筆之辨的純形式標準有所超越，而且由於追究的是「文」的實質，因而是相容文筆而言，如任昉、陸倕之筆就被視爲上乘之「文」（同上）。

三是不拘常體的呼聲。蕭子顯在《南齊書・文學傳論》中提出：「若無新變，不能代雄。」他本人在創作上也有探求新變的具體實踐。其〈自序〉稱：「少來所爲詩賦，則〈鴻序〉一作，體兼眾制，文備多方，頗爲好事所傳。」這裡反映出處理文體的靈活姿態。張融更尖銳地宣稱：「夫文豈有常體，但以有體爲常，政當使常有其體。」（〈門律自序〉）「常體」往往意味著從前代作品中歸納出的定式，而他所欣賞的卻是「不阡不陌，非途非路」以及「不文不句」的創作方式。這種意識也是以齊梁文學較善於創變爲背景的。

齊梁文章善於在題材與風格的處理上翻新出奇，各競新巧。在齊梁前期筆力健爽的作家，以江淹和任昉爲代表[15]。江淹的〈別賦〉與〈恨賦〉構思新穎，是南朝抒情小賦的名篇。〈別賦〉描寫了富貴、任俠、從軍、去國、夫妻、方外、戀情等各種離別情景，〈恨賦〉描繪了帝王、列侯、名將、美人、才士、高人等各種人的遺憾，既充分發揮賦體空間結構的優勢，又能以情感主線加以貫穿，因而有縱橫排宕的氣勢。賦中的藻飾恰到好處，如〈別賦〉中寫戀人之別曰：

> 下有芍藥之詩，佳人之歌，桑中衛女，上宮陳娥。春草碧色，春水淥波，送君南浦，傷如之何！至乃秋露如珠，秋月如珪，明月白露，光陰往來。與子之別，思心徘徊。

文字清淺婉麗，汲取了《詩經》風詩的情韻。江淹賦中也有修辭奇警之處，如〈恨賦〉中「孤臣危涕，孽子墜心」一聯，《文選》李善注曰：「心當云危，涕當云墜，江氏愛奇，故互文以見義。」

任昉擅長辭筆，史傳稱他「頗慕傅亮，才思無窮，當時王公表奏，無不請焉」（《南史》本傳）。雖多出於應酬，但措辭得體，駢文技法高超，與一代詞宗沈約並稱，有所謂「沈詩任筆」之譽。〈奏彈劉整〉一文在他的作品中非常別致，文中錄用劉寅妻的訴辭，全爲當時口語，而作者的按語則屬於理圓事密的駢文，構成雅俗合體的形態，使人耳目一新。另如孔稚珪的〈北山移文〉⑯，借鍾山神靈之口，使用賦體手法，生動地刻畫出一位假隱士的嘴臉並予以嘲諷，在當時俳諧性的雜文中很有代表性。

作爲齊梁文章新變的成果，還要提到以五、七言相雜成文的詩體賦。沈約〈愍衰草賦〉中已將「風急崤道難，秋至客衣單」等大段五言詩句穿插於賦體，這種詩化的體式在庾信〈春賦〉、〈對燭賦〉與徐陵〈鴛鴦賦〉、蕭愨〈春賦〉等作品中表現得更突出，篇中五、七言詩句的比例更高。如庾信〈春賦〉首段曰：

宜春苑中春已歸，披香殿裡作春衣。新年鳥聲千種囀，二月楊花滿路飛。河陽一縣並是花，金谷從來滿園樹。一叢香草足礙人，數尺遊絲即橫路。

末段曰：

三日曲水向河津，日晚河邊多解神。樹下流杯客，沙頭渡水人。鏤薄窄衫袖，穿珠帖領巾。百丈山頭日欲斜，三晡未醉莫還家。池中水影懸勝鏡，屋裡衣香不如花。

聲情搖曳，唇吻遒會。另外作爲詩賦或詩文的交互影響，宮體詩的風調也進入辭筆之中，有些賦在題材的處理方式上就已宮體詩化了，如蕭綱既作有〈詠舞〉、〈詠獨舞〉等詩篇，也有〈舞賦〉，都寫得輕豔靡麗。這種文風發展到極致，以徐陵〈玉臺新詠序〉爲代表：

至若寵聞長樂，陳後知而不平；畫出天仙，閼氏覽而遙妒。至如東鄰巧笑，來侍寢於更衣；西子微顰，將橫陳於甲帳。陪遊馺娑，騁纖腰於結風；長樂鴛鴦，奏新聲於度曲。妝鳴蟬之薄鬢，照墮馬之垂鬟；反插金鈿，橫抽寶樹。……驚鸞冶袖，時飄韓掾之香；飛燕長裾，宜結陳王之珮。雖非圖畫，入甘泉而不分；言異神仙，戲陽臺而無別。真可謂傾國傾城，無對無雙者也。

譚獻對此篇的評語是：「無一字不工，四六之上駟。峭蒨麗密。」（李兆洛《駢體文鈔》譚獻評本）全序的靡麗風情與〈玉臺新詠〉一書的「豔歌」性質也相當合拍。

寫景文的成就也引人注目，這時期文人筆下的山川景物往往富於情韻。如丘遲〈與陳伯之書〉收到「強將投戈」的奇效⑰，其原因在於不僅曉之以理，而且動之以情。其中最動情的一段爲：

暮春三月，江南草長，雜花生樹，群鶯亂飛。見故國之旗鼓，感平生於疇日，撫弦登陴，豈不愴悢！所以廉公之思趙將，吳子之泣西河，人之情也。將軍獨無情哉？

對江南風物寥寥數筆的勾勒，足以撩動對方的鄉土情思。再如吳均〈與宋元思書〉曰⑱：

風煙俱淨，天山共色，從流飄蕩，任意東西。自富陽至桐廬，一百許里，奇山異水，天下獨絕。水皆縹碧，千丈見底；游魚細石，直視無礙。急湍甚箭，猛浪若奔。夾岸高山，皆生寒樹，負勢競上，互相軒邈，爭高直指，千百成峰。泉水激石，泠泠作響；好鳥相鳴，嚶嚶成韻。蟬則千轉不窮，猿則百叫無絕。鳶飛戾天者，望峰息心；經綸世務者，窺谷忘反。橫柯上蔽，在晝猶昏；疏條交映，有時見日。

史稱其「文體清拔有古氣，好事者或之，謂爲『吳均體』」（《梁書》本傳）。由於其辭筆工麗而不拘忌的特點，江南山水的清秀之美得到傳神寫照。像這樣在書信體中以描摹山水爲歸趣的作品，前代也不多見，「吳均體」的「古氣」是對齊梁翰藻的一種變化，和對以謝靈運爲代表的山水文學的一種回應。同樣爲人所樂於誦讀的短劄，還可舉陶弘景的〈答謝中書書〉⑲：

山川之美，古來共談。高峰入雲，清流見底。兩岸石壁，五色交暉；青林翠竹，四時俱備。曉霧將歇，猿鳥亂鳴；夕日欲頹，沉鱗競躍。實是欲界之仙都，自康樂以來，未復有能與其奇者。

筆調清新自然，可謂延續了謝靈運吐言天拔的一面，這在雕縟成風的南朝文壇，尤爲可貴。

第三節　《水經注》與《洛陽伽藍記》

・《水經注》：不以南北爲鴻溝　・「集六朝地志之大成」盡自然之趣
・《洛陽伽藍記》：學術與文學上的個性　・故都伽藍的雙重象徵性　・整飭與散行兼美的文風

南朝和北朝在分裂的狀態下，文學的發展形成一定的差異，從總體上看，南方文壇標新立異，北方文壇受其籠罩。使北方文壇地位大爲改觀的，除了一些由南入北的作家如庾信、王褒、顏之推以外，《水經注》與《洛陽伽藍記》所代表的北方本土作家的文學業績，貢獻甚大。

酈道元的《水經注》約成書於北魏延昌、正光間（五一二—五二五）[20]。雖然生於南北分裂的時代，一生未能親履南方之地，但作者潛心撰著此書，寓有希望祖國大一統的理念[21]。書中不以南北爲鴻溝，還表現出對東晉以後南方地志的廣泛參考和吸取，竟以北人的身分而成爲這方面的一個集大成者，在文化史與文學史上都是卓絕不凡的。

清陳運溶指出：「酈注精博，集六朝地志之大成。」（〈荊州記序〉）從著述源流看，晉宋地志中的山水描寫與語言風格是《水經注》的先導。東晉袁山松的《宜都山川記》，被酈氏引用達八次之多，在〈江水〉中所引述的記西陵峽的一段如下：

山松言：常聞峽中水疾，書記及口傳，悉以臨懼相戒，曾無稱有山水之美也。及余來踐躋此境，既至欣然，始信耳聞之不如親見矣。其疊崿秀峰，奇構異形，固難以辭敘。林木蕭森，離離蔚蔚，乃在霞氣之表。仰矚俯映，彌習彌佳，流連信宿，不覺忘返，目所履歷，未嘗有也。既自欣得此奇觀，山水有靈，亦當驚知己於千古矣。

由於作者與山水互爲「知己」，因而能對「山水之美」作親切生動的描述。「知己」說對於「山水之美」作爲審美對象的確立，意義重大㉒。晉宋地志中優美的山水散文片段往往隨物賦形，令人有親臨其境之感。

酈道元還深受北方山水之美的陶冶，如描寫巨馬河流經自己的家鄉：

> 巨馬水又東，酈亭溝水注之。水上承督亢溝水於迺縣東，東南流歷紫淵東。余六世祖樂浪府君，自涿之先賢鄉，爰宅其陰。西帶巨川，東翼茲水，枝流津通，纏絡墟圃，匪直田漁之贍可懷，信為遊神之勝處也。（〈巨馬河〉）

又如寫早年隨其父旅居過的青州臨朐：

> 巨洋水自朱虛北入臨朐縣，熏冶泉水注之。水出西溪，飛泉側瀨，於窮坎之下，泉溪之上，源麓之側，有一祠……水色澄明，而清泠特異。淵無潛石，淺鏤沙文，中有古壇，參差相對，後人微加功飾，以為嬉遊之處。南北邃岸凌空，疏木交合。先公以太和中作鎮海岱，余總角之年，侍節東州，至若炎夏火流，閒居倦想，提琴命友，嬉娛永日，桂棹尋波，輕林委浪，琴歌既洽，歡情亦暢，是焉棲寄，實可憑衿。（〈巨洋水〉）

他從山水之美中得到「暢情」、「遊神」的體驗，說明他的心靈與自然之趣相通。《水經注》中關於江南水道風景的描摹，文學意味更為濃郁，如〈江水〉中的一段：

> 自三峽七百里中，兩岸連山，略無闕處，重巖疊嶂，隱天蔽日，自非停午夜分，不見曦月。至於夏水襄陵，沿泝阻絕，或王命急宣，有時朝發白帝，暮到江陵，其間千二百里，雖乘奔御風，不以疾也。春冬之時，則素湍綠潭，回清倒影。絕巘多生怪柏，懸泉瀑布，飛漱其間，清榮俊茂，良多趣味。每至晴初霜旦，林寒澗肅，常有高猿長嘯，屬引淒異，空谷傳響，哀轉久絕。故漁者歌曰：「巴東三峽巫峽長，猿鳴三聲淚沾裳。」

這段文字雖取自劉宋盛弘之《荊州記》（見《藝文類聚》卷七、《太平御覽》卷五十三），但酈道元的集萃之功仍是意義非凡的。明末張岱在其〈跋寓山注〉二則其二指出：「古人記山水手，太上酈道元，其次柳子厚。」（《琅嬛文集》

卷五）晉宋地志作為山水散文的胚胎，在南朝並沒有引發出文學上驚人的成就，卻在北方的酈道元那裡得到總結和發展。《水經注》清朗疏樸的文風，對於唐以後古文家的遊記文影響極大。

楊衒之的《洛陽伽藍記》一書㉓，也是史學與文學兼擅的傑作。

佛教傳入中土以後，對社會文化的影響日漸深遠。從四世紀以來，都會州郡尤其是人文薈萃的京城的佛寺建築及相關活動，已有文字記載。《洛陽伽藍記》一書儘管不乏前導，實際上卻因其富於創意和個人才情，而成為現存文史典籍中寺塔記的典範之作。楊衒之在自序中追敘北魏極盛時代的洛陽佛寺道：

於是招提櫛比，寶塔駢羅；爭寫天上之姿，競摹山中之影；金刹與靈臺比高，廣殿共阿房等壯。豈直木衣綈繡，土被朱紫而已哉！

及至東魏孝靜帝武定五年（五四七），時值北魏分裂為東西二魏已十三年，他因行役重覽洛陽，眼前的景象則是：

城郭崩毀，宮室傾覆，寺觀灰燼，廟塔丘墟。牆被蒿艾，巷羅荊棘，野獸穴於荒階，山鳥巢於庭樹。遊兒牧豎，躑躅於九逵；農夫耕老，藝黍於雙闕。麥秀之感，非獨殷墟；黍離之悲，信哉周室。

作者在這裡流露出濃厚的北魏舊臣的意識，故都伽藍不僅是北魏佛教隆盛的象徵，而且是北魏國運的象徵。經歷了巨大歷史變故的作者在「重覽洛陽」之際，立志要讓消逝了的梵鐘之聲在文字中遺響後世，字裡行間流露出恍若隔世的悲懷，這構成了全書潛在的情感主旋律。即以對全城最為壯觀的永寧寺為例，作者一方面對胡太后「營建過度」有所不滿；另一方面借西域僧人的遊觀讚美，寓有對北魏全盛時的國力與中原文化的自豪之情：

時有西域沙門菩提達摩者，波斯國胡人也。起自荒裔，來遊中土，見金盤炫目，光照雲表，寶鐸含風，響出天外，歌詠讚歎，實是神功。自云：「年一百五十歲，歷涉諸國，靡不周遍，而此寺精麗，閻浮所無也。極佛境界，亦未有此。」口唱南無，合掌連日。

全書另有兩處述及「極佛境界」或「佛國」，語氣看似客觀，其實都蘊涵著同樣的自豪感。一為卷三「景明寺」條記佛教行像活動的盛大，「時有西域沙門見此，唱言佛國」；一為卷五所錄《宋雲行紀》中烏場國王問宋雲曰：「彼國出聖人否？」宋雲具說周孔莊老之德，次序蓬萊山上銀闕金堂等，烏場國王感歎道：「若如卿言，即是佛國，我當命終，願生彼國。」作者對故都「寺觀灰燼，廟塔丘墟」的傷懷，與對北魏人間「佛國」般的繁盛的追念是交織在一起的。永寧寺的毀滅也是極為扣人心弦的，它還成為王朝消亡的佛教靈徵：

永熙三年二月，浮圖為火所燒。……火初從第八級中平旦大發，當時雷雨晦冥，雜下霰雪，百姓道俗，咸來觀火，悲哀之聲，振動京邑。時有三比丘赴火而死。火經三月不滅。有火入地尋柱，周年猶有煙氣。其年五月中，有人從東萊郡來云：「見浮圖於海中，光明照耀，儼然如新，海上之民，咸皆見之。俄然霧起，浮圖遂隱。」至七月中，平陽王為侍中斛斯椿所挾，奔於長安。十月而京師遷鄴。

作者筆下的洛陽佛教勝蹟，既是一種宗教景觀，也是一種人文景觀。對於本書內容的豐富性，明代毛晉作出了精要概括：「鋪揚佛宇，而因及人文。著撰園林、歌舞、鬼神、奇怪、興亡之異，以寓其褒譏，又非徒以記伽藍也。」（綠君亭本《洛陽伽藍記》跋）無論是歷史人事或民俗志怪的內容，作者都能栩栩如生地加以刻畫，善於寄寓褒貶之意。如卷四「開善寺」條敘及王子坊時，對北魏皇族間的豪侈與貪慾揭露無遺，河間王元琛以富豪自驕，甚至說「不恨我不見石崇，恨石崇不見我」。而貪斂無厭的章武王元融，因妒羨元琛之富而「還家臥三日不起」。當胡太后賜百官任意取絹時，「朝臣莫不稱力而去，唯融與陳留侯李崇負絹過任，蹶倒傷踝。侍中崔光只取兩匹。太後問：『侍中何少？』對曰：『臣有兩手，唯堪兩匹。所獲多矣。』朝貴服其清廉」。再如卷二「龍華寺」條提到逃歸北魏的南人蕭綜與壽陽公主之事：兩人初婚時，「公主容色美麗，綜甚敬之，與公主語，常自稱下官……，及京師傾覆，綜棄州北走。時爾朱世隆專權，遣取公主至洛陽，世隆逼之，公主罵曰：『胡狗，敢辱天王女乎！』世隆怒，遂縊殺之」。在不動聲色之中，譏刺蕭綜為貪生之輩，而對公主的剛烈寄予褒意。

作者在語言表達上有心吸納漢晉辭賦作品，尤其是京都大賦狀物寫景的經驗，也是其文學匠心所在。如卷三「高陽王寺」條描寫高陽王元雍的府邸：「白壁丹楹，窈窕連亙，飛簷反宇，轇轕周通。」這裡的「飛簷反宇」一語將靜止的建築作動態的形容，為採擷東漢張衡〈西京賦〉「反宇業業，飛簷巘巘」之語而來。同卷「景明寺」條描述佛誕日法會盛況曰：「於時金花映日，寶蓋浮雲，幡幢若林，香煙似霧。梵樂法音，聒動天地。百戲騰驤，所在駢比。名僧德眾，負錫爲群；信徒法侶，持花成藪。車騎填咽，繁衍相傾。」、「車騎填咽，繁衍相傾」句就以西晉左思〈吳都賦〉「冠蓋雲蔭，閭閻闐噎」、〈蜀都賦〉「輿輦雜遝，冠蓋混並，累轂疊跡，叛衍相傾」諸句淬取而來。諸如此類的遞承之跡說明，楊衒之對漢晉都大賦，由於其寫作積澱可歸爲他所引以自重的中原文化傳統，加上其描寫對象主要是帝室皇居的空間之美，與本書有某種一致性，必多有青睞與鑽味。當他正面記敘某一貴族豪侈生活或某項京城盛典之際，筆端似有意帶上了漢大賦式的氣韻，這對傳遞出特定對象誇飾的本質，無疑是相得的。《四庫全書總目．洛陽伽藍記提要》以「穠麗秀逸」四字品評此書的行文之美，從全書看，作者擅長整飭的四言句法，應是其中最爲「穠麗」之處，由於他的文學手段與其寫作的精神指向之間互相勾貫，本書也避免了不必要的藻采積滯之累，從中可以體現「秀逸」之氣。

注釋

❶劉永濟《十四朝文學要略》卷二之八〈建安文學之殊尚〉曰：「雖四曹競爽，互有短長。七子聯珠，各懷偏至。而大抵所歸，皆主氣質。」中華書局二〇〇七年版，第一五二－一五四頁

❷徐師曾《文體明辨序說．令》曰：「其文與制詔無大異，特避天子而別其名耳。」

❸吳訥《文章辨體序說．詔》曰：「兩漢詔辭深厚爾雅。」

❹劉勰《文心雕龍．書記》曰：「戰國以前，君臣同書，秦漢立儀，始有表奏。」

❺稻畑耕一郎認為：這一時期「賦的表現基點已從囊括宇宙、鳥瞰世界，轉為以表現者自我為出發點感受到的天地。賦的表現形式也就因而得以更多地抒發個人內心的細膩感情」。參見〈賦的小品化初探〉（下），陳植鍔譯，《杭州大學學報》一九八〇年第三期，第三四頁。

❻杜甫的〈秋興〉由八首詩組成，是杜甫於唐代宗大曆元年（七六六）秋流寓夔州時所作。組詩以身居巫峽，心念長安為線索，脈絡貫通，首尾呼應，組織嚴密，格律精工，是杜甫晚年律體詩的代表作。〈北征〉是杜甫於唐肅宗至德二載（七五七）秋作，全詩敘寫由鳳翔回家途中的經歷、感想，以及到家後的情事，並提出了自己對時局的看法，為杜詩長篇佳作之一。

❼范文瀾釋曰：「傅嘏論才性同，文佚。本傳注引《傅子》曰：『嘏既達治好正，而有清理識要，好論才性，原本精微，嘏能及之。』」見《文心雕龍注》，人民文學出版社一九五八年版，第三三八頁。

❽劉永濟《十四朝文學要略》卷二之九〈魏晉之際論著文之盛況〉曰：「至阮嗣宗與嵇叔夜，雖同稱好莊老，而嵇生之論如〈難張遼叔宅無吉凶攝生論〉、〈答張遼叔釋難宅無吉凶攝生論〉、〈聲無哀樂論〉等文，析理周密，可稱附會辭義之文。阮生之〈達莊論〉，旨遠辭麗，而精核遜康，似嵇兼名法，阮純老莊。故李充翰林推嵇生為論宗。」第一六六頁。

❾傅亮（三七四—四二六），字季友，北地靈州（今寧夏靈武）人。傅咸玄孫。歷仕晉、宋兩朝，宋時官至尚書令，為宋文帝劉義隆所殺。原有集，已散佚，明人輯有《傅光祿集》，詩存四首，文二十八篇。《宋書》、《南史》有傳。

❿孫德謙《六朝麗指》曰：「文章之分駢散，余最所不信，何則？駢體之中，使無散行，則其氣不能疏逸，而敘事亦不清晰。嘗欲選輯六朝人文，取其通體不用聯語者匯成一編，以示人規範。今錄一篇於此，傅季友〈為宋公至洛陽謁五陵表〉……，此篇竟同散文，幾無偶句，但究不得不以駢文視之。蓋所貴乎駢文者，當玩味其氣息，故六朝時雖以駢偶見長，於此等文尤宜取法。」

⓫參見〔日〕古田敬一、福井佳夫《中國文章論・六朝麗指》第三章〈六朝書簡文小考〉，（東京）汲古書院一九九〇年版，第四三六頁。

⓬參見周一良〈魏晉南北朝史學發展的特點〉，原載《中國文化與中國哲學》一九八七年號，生活・讀書・新知三聯書店一九八八年版；後收入《魏晉南北朝史論集》，北京大學出版社二〇一〇年版，第三四四—三四五頁。

⓭陳壽（二三三—二九七），字承祚，巴西安漢（今四川南充）人。少好學，師事譙周，在蜀漢時曾為觀閣令史。入晉後，歷任著作郎、治書侍御史。晉滅吳後，集合三國時官私著作，著成《三國志》。書以三國並列，亦屬首創。范曄（三九八—四四五），字蔚宗，順陽（今河南內鄉西南）人。曾任尚書吏部郎，出為宣城太守，後遷左衛將軍、太子詹事，掌管禁旅，參與機要。宋文帝元嘉二十二年末，因孔熙先等謀迎立彭城王義康一案牽涉，被殺。曾刪取各家《後漢書》之作，著《後漢書》，成紀傳九十卷。

⓮沈約評語，見《梁書》本傳。劉勰（四六六？—五二一？），字彥和，原籍東莞莒縣（今屬山東），世居京口（時稱南東莞，今江蘇鎮江）。少孤，家貧不婚娶，依沙門僧祐。梁武帝時，歷任奉朝請、東宮通事舍人等職，深為蕭統所重。晚年出家為僧，改名慧地。撰有文學理論著作《文心雕龍》五十篇。

⓯張溥《漢魏六朝百三家集・江醴陵集題辭》曰：「余每私論江、任二子，縱橫駢偶，不受羈靮。若使生逢漢代，奮其才果，

上可為枚叔、谷雲，次亦不失馮敬通、孔北海。」

⓰孔稚珪（四四七—五〇一），字德璋，會稽山陰（今浙江紹興）人。仕齊，官至太子詹事，加散騎常侍。博學能文，原有集，已散佚，明人輯有《孔詹事集》。《南齊書》、《南史》有傳。

⓱丘遲（四六四—五〇八），字希範，吳興烏程（今浙江湖州）人。初仕齊，官殿中郎，入梁，官至司空從事中郎（一作司徒從事中郎）。原有集，已散佚，明人輯有《丘司空集》。《梁書》、《南史》有傳。

⓲吳均（四六九—五二〇），字叔庠，吳興故鄣（今浙江安吉）人。仕梁為奉朝請。通史學，工文，亦能詩。原有集，已散佚，明人輯有《吳朝請集》，別有小說《續齊諧記》。《梁書》、《南史》有傳。

⓳陶弘景（四五六—五三六），字通明，丹陽秣陵（今江蘇南京）人。齊時官至奉朝請，後去官，隱居於句曲山，設帳授徒，自號「華陽隱居」。梁武帝即位，屢加禮聘，不肯出。帝有大事，無不諮詢，時人稱為山中宰相。卒諡貞白先生。原有集，已散佚，明人輯有《陶隱居集》。《梁書》、《南史》有傳。

⓴酈道元（四六九？—五二七），字善長，范陽涿縣（今河北涿州）人。仕北魏至安南將軍、御史中尉。孝明帝孝昌三年以讒出為關右大使，為雍州刺史蕭寶寅所害。《魏書》、《北史》有傳。

㉑參見陳橋驛《酈道元評傳》第三章，南京大學出版社一九九四年版，第三三—四二頁。

㉒參見王立群〈晉宋地記與山水散文〉，《文學遺產》一九九〇年第一期，第五九頁。

㉓楊衒之，生卒不詳，其生平史料極少，僅知他為北平（今天津薊縣一帶）人，北魏孝莊帝永安中（五二八—五二九）為奉朝請，北魏末任祕書監，著書時任東魏撫軍府司馬。

第九章　魏晉南北朝小說

中國古代小說有兩個系統，即文言小說系統和白話小說系統。魏晉南北朝時期只有文言小說，這時的小說可以統稱為筆記體小說，採用文言，篇幅短小，記敘社會上流傳的奇異故事、人物的逸聞軼事或其隻言片語。在故事情節的敘述、人物性格的描寫等方面都已初具規模，作品的數量也已相當可觀。但就作者的主觀意圖而言，還只是當成眞實的事情來寫而缺少藝術的虛構，它們還不是中國小說的成熟形態。中國文言小說成熟的形態是唐傳奇，白話小說成熟的形態是宋元話本。

第一節　小說的起源與魏晉南北朝小說的興盛

・關於「小說」　・小說的起源　・魏晉南北朝小說的興盛

「小說」一詞最早見於《莊子・外物》：「飾小說以干縣令，其於大達亦遠矣。」❶以「小說」與「大達」對舉，是指那些瑣屑的言談、無關政教的小道理。後來作為一種文學體裁的小說與《莊子》所說的「小說」涵義雖不完全相同，但在古代，小說這種文學體裁始終被視為不登大雅之堂的東西。在這一點上，二者仍然是接近的。

東漢班固據《七略》撰《漢書・藝文志》，把小說家列於諸子略十家的最後，這是小說見於史家著錄的開始。諸子略共四千三百二十四篇，小說就占了一千三百八十篇，是篇數最多的一家。班固據《七略・輯略》說：「小說家者流，蓋出於稗官，街談巷語、道聽塗說者之所造也。孔子曰：『雖小道，必有可觀者焉。致遠恐泥，是以君子弗為也。』然亦弗滅也。閭里小知者之所及，亦使綴而不忘，如或一言可采，此亦芻蕘狂夫之議也。」❷這是史家和目錄學家對小說所作的具有權威性的解釋和評價。他認為小說本是街談巷語，由小說家採集記錄，成為一家之言。這雖是小道，亦有可取之處。班固明確地指出小說起自民間傳說，這對認識中國小說的起源有重要的意義。

追溯中國小說的起源，有以下幾個方面：

首先是神話傳說。儘管古代文獻對神話傳說的記載十分簡略，我們仍然可以從中看到故事情節和人物性格這兩種重要的小說因素。神話傳說原先在口頭流傳，有的被採入正史，遂逐漸凝固；有的繼續在口頭流傳並不斷豐富發展，分化出一些新的神和英雄，增添了新的故事情節。這些繼續活在人們口頭上的傳說一旦記錄下來，就成爲具有濃厚小說意味的逸史。從神話傳說到小說的這根鏈條中，逸史是關鍵的一環❸，甚至不妨說逸史是中國小說直接的源頭。逸史中最接近小說或竟可視爲早期小說的，莫過於《穆天子傳》和《燕丹子》。前者對周穆王周行天下之事多有細節描寫，其中的西王母與《山海經》中的記敘相比，減少了神性，增加了人性。後者寫燕太子丹派荊軻刺殺秦王，與《戰國策》和《史記》相比，不僅增加了細節描寫而且突出了燕丹這個復仇者的形象。〔明〕胡應麟稱此書爲「古今小說雜傳之祖」（《四部正訛》），不爲無見。

其次是寓言故事。例如《孟子》、《莊子》、《韓非子》、《戰國策》等書中都有不少人物性格鮮明的寓言故事，它們已經帶有小說的意味。《韓非子》中保存寓言故事最多的〈內儲說〉、〈外儲說〉、〈說林〉，明白地用「說」來標目，也透露出兩者之間的關係。顯然，寓言故事可以看作小說的源頭之一。

第三是史傳。如《左傳》、《戰國策》、《史記》、《三國志》，描寫人物性格，敘述故事情節，或爲小說提供了素材，或爲小說積累了敘事的經驗。唐代傳奇小說多取人物傳記的形式，《三國志演義》徑直標明是史傳的演義，都證明了史傳是小說的一個源頭。在傳統的目錄學著作中，有些書或歸入子部小說家類或歸入史部雜傳類，這兩類書缺少嚴格的區別，這也從一個側面說明史傳對小說的影響之深。

《漢書·藝文志》著錄的十五家小說，均已亡佚，今存題爲漢人所著的小說，其實都是魏晉南北朝時期僞託漢人的作品，如託名東方朔的《神異經》和《十洲記》，託名班固的《漢武帝故事》❹。題爲魏晉南北朝時期的小說很多，重要的如〔三國魏〕邯鄲淳《笑林》、〔西晉〕張華《博物志》、〔東晉〕干寶《搜神記》、〔宋〕劉義慶《幽明錄》、《世說新語》、〔北齊〕王琰《冥祥記》、〔梁〕沈約《俗說》、〔梁〕殷芸《小說》等❺，包括後人的輯本，共約五十種，足見其興盛的情況。

第二節 志怪與志人

・志怪與志人 ・志怪小說興盛的背景 ・志怪小說的內容 ・志人小說興盛的背景
・志人小說的內容 ・魏晉南北朝小說的特色

魏晉南北朝小說可以分爲志怪小說和志人小說兩類[6]。

志怪小說記述神仙方術、鬼魅妖怪、殊方異物、佛法靈異，雖然許多作品中表現了宗教迷信思想，但也保存了一些具有積極意義的民間故事和傳說。志人小說記述人物的逸聞軼事、言談舉止，從中可以窺見當時社會生活的一些面貌。

志怪小說的興盛與當時的社會背景有很大關係，宗教迷信思想的盛行是其興盛的土壤[7]。古人迷信天帝，大事都要向天帝請示，所以常有祈禱、占卜、占夢等活動，巫覡就是從事這類活動的人，社會上流傳的許多巫術靈驗的故事就成爲志怪小說的素材。方士是戰國後期從巫覡中分化出來的，他們鼓吹神仙之說，求不死之藥。秦漢以來方術盛行，關於神仙的故事層出不窮，這也成爲志怪小說的素材。此外，東漢晚期建立的道教，東漢傳入中國的佛教，在魏晉以後廣泛傳播，產生了許多神仙方術、佛法靈異的故事，也成爲志怪小說的素材，至於這些素材被搜集記錄下來，則帶有自神其教的目的。志怪小說的作者有的就是宗教徒，如《神異記》的作者王浮是道士，《冥祥記》的作者王琰是佛教徒。有的雖不是宗教徒，也往往帶著搜奇記異的興趣來記錄這類故事。志怪小說適應了宗教宣傳的需要，也提供了閒談的資料，因而得以流傳。

志怪小說按內容可分爲三類：

一、地理博物。如託名東方朔的《神異經》、張華的《博物志》。

二、鬼神怪異。如曹丕的《列異傳》、干寶的《搜神記》、託名陶潛的《搜神後記》、王嘉的《拾遺記》、吳均的《續齊諧記》[8]。

三、佛法靈異。如王琰的《冥祥記》、顏之推的《冤魂志》[9]。

志怪小說中值得注意的是那些曲折地反映了社會現實、表達了人民的愛憎以及對美好生活嚮往的作品。如《搜神記》中的〈三王墓〉敘述楚國巧匠干將、莫邪爲楚王鑄劍，反被楚王殺害，其子長大後爲父報仇的故事：

楚干將、莫邪為楚王作劍，三年乃成。王怒，欲殺之。劍有雌雄。其妻重身當產，夫語妻曰：「吾為王作劍，三年乃成。王怒，往必殺我。汝若生子是男，大，告之曰：『出戶望南山，松生石上，劍在其背。』」於是即將雌劍往見楚王。王大怒，使相之：「劍有二，一雄一雌，雌來雄不來。」王怒，即殺之。

莫邪子名赤比，後壯，乃問其母曰：「吾父所在？」母曰：「汝父為楚王作劍，三年乃成。王怒，殺之。去時囑我：『語汝子：出戶望南山，松生石上，劍在其背。』」於是子出戶南望，不見有山，但睹堂前松柱下，石砥之上，即以斧破其背，得劍。日夜思欲報楚王。

王夢見一兒，眉間廣尺，言欲報仇。王即購之千金。兒聞之，亡去。入山行歌。客有逢者，謂：「子年少，何哭之甚悲耶？」曰：「吾干將、莫邪子也，楚王殺吾父，吾欲報之。」客曰：「聞王購子頭千金。將子頭與劍來，為子報之。」兒曰：「幸甚！」即自刎，兩手捧頭及劍奉之，立僵。客曰：「不負子也。」於是屍乃仆。

客持頭往見楚王，王大喜。客曰：「此乃勇士頭也，當於湯鑊煮之。」王如其言。煮頭三日三夕，不爛。頭踔出湯中，瞋目大怒。客曰：「此兒頭不爛，願王自往臨視之，是必爛也。」王即臨之。客以劍擬王，王頭隨墮湯中，客亦自擬己頭，頭復墮湯中。三首俱爛，不可識別。乃分其湯肉葬之，故通名三王墓。今在汝南北宜春縣界。

《搜神記》中的〈韓憑妻〉敘述宋康王霸占韓憑的妻子何氏，韓憑被囚自殺，何氏亦自殺，韓憑夫婦墓間生出相思樹，一對鴛鴦恆棲樹上，交頸悲鳴。《冤魂志》中的〈弘氏〉寫地方官迎合朝廷旨意，搶掠弘氏材木，並將他處死。弘氏鬼魂報仇，以致誣害他的官吏死去，用他的材木在皇帝陵上所建寺廟也被天火燒毀。這三篇作品表現了人民對暴政的反抗。

又如，《搜神記》中的〈董永〉寫董永的孝心感動了天帝，天帝派織女下凡與他結婚，幫他償債：

漢董永，千乘人。少偏孤，與父居。肆力田畝，鹿車載自隨。父亡，無以葬，乃自賣為奴，以供喪事。主人知其賢，與錢一萬，遣之。

永行三年喪畢，欲還主人，供其奴職。道逢一婦人曰：「願為子妻。」遂與之俱。主人謂永曰：「以錢與君矣。」永曰：「蒙君之惠，父葬收藏。永雖小人，必欲服勤致力，以報厚德。」主曰：「婦人何能？」永曰：「能織。」主曰：「必爾者，但令君婦為我織縑百匹。」於是永妻為主人家織，十日而畢。女出門，謂永曰：「我，天之織女也。緣君至孝，天帝令我助君償債耳。」語畢，凌空而去，不知所在。

《搜神後記》中的〈白水素女〉寫天河裡的白水素女下凡幫助貧窮而善良的青年農民謝端成家立業。《幽明錄》中的〈劉晨阮肇〉寫劉晨和阮肇入天臺山，與二女子結爲夫婦，半年後出山，「親舊零落，邑屋改易，無復相識。問訊得七世孫，傳聞上世入山，迷不得歸」。這些故事富有想像力，對後世的文學不乏影響。又如，《搜神記》中的〈紫玉〉寫吳王夫差的小女紫玉與韓重相愛，吳王不許，紫玉氣結而死，韓重與紫玉之魂相會，盡夫婦之禮。《列異傳》中的〈談生〉寫人鬼戀愛，〈續齊諧記〉中的〈青溪廟神〉寫人神戀愛，都曲折地反映了封建社會中，女子對愛情生活的嚮往。又如《博物志》中八月浮槎的故事，表現了探索大自然奥祕的願望：

舊説云：天河與海通。近世有人居海渚者，年年八月有浮槎去來，不失期。人有奇志，立飛閣於槎上，多齎糧，乘槎而去。十餘日中猶觀星月日辰，自後茫茫忽忽亦不覺晝夜。去十餘日，奄至一處，有城郭狀，屋舍甚嚴。遙望宮中多織婦，見一丈夫牽牛渚次飲之。牽牛人乃驚問曰：「何由至此？」此人具說來意，並問此是何處。答曰：「君還至蜀郡，訪嚴君平則知之。」竟不上岸，因還如期。後至蜀，問君平，曰：「某年月日有客星犯牽牛宿。」計年月，正是此人到天河時也。

《搜神後記》中，阿香推雷車布雨的故事也很有趣：

永和中，義興人姓周，出都，乘馬，從兩人行。未至村，日暮。道邊有一新草小屋，一女子出門，年可十六七，姿容端正，衣服鮮潔。望見周過，謂曰：「日已向暮，前村尚遠，臨賀詎得至？」周便求寄宿，此女為燃火作食。向一更中，聞外有小兒喚阿香聲，女應諾，尋云：「官喚汝推雷車。」女乃辭行，云：「今有事當去。」夜遂大雷雨。向曉，女還。周既上馬，看昨所宿處，只見一新塚，塚口有馬尿及餘草。周甚驚惋。後五年，果作臨賀太守。

志人小說的興盛與士族文人之間品評人物和崇尚清談的風氣有很大關係⑩，這類志人小說既是品評人物和崇尚清談的結果，又反過來促進了這種風氣的發展。從志人小說在當時受到社會重視的情況，也可以看出它們的編纂是適應了社會的需要。裴啓的《語林》一寫成，遠近許多人爭著傳抄⑪，梁武帝曾敕命殷芸撰《小說》⑫，都是很好的例證。

志人小說今傳較少，按其內容也可分爲三類：

一、笑話。〔魏〕邯鄲淳《笑林》，對世態有所諷刺。如寫楚人有擔山雞者，欺人曰鳳凰，以訛傳訛，連楚王也輕信了。漢世老人，家富無子而性吝嗇，餓死後田產充官。《笑林》開後世俳諧文字之端。

二、野史。〔東晉〕葛洪僞託劉歆所作《西京雜記》⑬，記述西漢的人物軼事，也涉及宮室制度、風俗習慣、衣飾器物，並帶有怪異色彩。其中有的故事後來很流行，如王昭君、毛延壽故事，司馬相如、卓文君故事。

三、逸聞軼事。這是志人小說的主要部分，有〔東晉〕裴啓《語林》、〔東晉〕郭澄之《郭子》⑭、〔梁〕沈約《俗說》、〔梁〕殷芸《小說》等。〔宋〕劉義慶《世說新語》是成就和影響最大的一部。

魏晉南北朝小說篇幅短小、敘事簡單，只是粗陳故事梗概，而且基本上是按照傳聞加以直錄，沒有藝術的想像和細節的描寫。雖有人物性格的刻畫但還不能展開，所以還只是初具小說的規模，而不是成熟的小說作品。在中國小說史上，魏晉南北朝的志怪小說和志人小說是不可缺少的一環，在人物刻畫、細節描寫，以及敘事語言的運用等方面，它們都爲唐傳奇的寫作積累了經驗。一些唐傳奇的故事取自這個時期的小說，如〈離魂記〉與《幽明錄》中的〈龐阿〉，〈柳毅傳〉與《搜神記》中的〈胡母班〉，〈枕中記〉與《幽明錄》中的〈焦湖廟祝〉，都有繼承關係。唐以後的文言小說中始終有志怪一類，《聊齋志異》是這類小說的頂峰。模仿《世說新語》的小說達幾十種之多⑮，這也說明了魏晉南北朝小說的影響。

第三節　《世說新語》

・《世說新語》的編撰　・《世說新語》與名士風流　・《世說新語》的文學成就

《世說新語》又稱《世說》、《世說新書》，卷帙門類亦有不同⑯，今存最早刊本爲宋紹興八年董弅所刻三卷本，共三十六門。其上卷爲「德行」、「言語」、「政事」、「文學」四門，這正是孔門四科（見《論語・先進》），說明此書的思想傾向有崇儒的一面。但綜觀全書多有談玄論佛以及蔑視禮教的內容，其思想傾向並不那麼單純。

《世說新語》的編撰者劉義慶（四〇三—四四四）是宋武帝劉裕的侄子，襲封臨川王，官至尚書左僕射、中書令。他尊崇儒學，晚年好佛，「爲性簡素，寡嗜慾，愛好文義。……招集文學之士，近遠必至」。（《宋書・劉道規傳》附〈劉義慶傳〉）。他所招集的文學之士很可能參加了《世說新語》的編撰，不過起主導作用的當然還是劉義慶本人。其中不少故事取自《語林》、《郭子》，文字也間或相同⓱。〔梁〕劉孝標爲之作注，引用古書四百餘種，補充了不少史料，許多已經散佚的古書借此保存了佚文，頗爲後人珍重。

《世說新語》的內容主要是記錄魏晉名士的逸聞軼事和玄虛清談，也可以說這是一部魏晉風流的故事集，從而也起到了名士「教科書」的作用。按照馮友蘭的說法，風流是一種人格美，構成眞風流有四個條件：玄心、洞見、妙賞、深情⓲，當然這種人格美是以當時士族的標準來衡量的。在《世說新語》的三卷三十六門中，上卷四門：德行、言語、政事、文學；中卷九門：方正、雅量、識鑑、賞譽、品藻、規箴、捷悟、夙慧、豪爽，這十三門都是正面的褒揚，如：

管寧、華歆共園中鋤菜，見地有片金，管揮鋤與瓦石不異，華捉而擲去之。又嘗同席讀書，有乘軒冕過門者，寧讀如故，歆廢書出看。寧割席分坐曰：「子非吾友也。」（〈德行〉）

通過與華歆的對比，褒揚管寧淡泊名利。又如：

公孫度目邴原：「所謂雲中白鶴，非燕雀之網所能羅也。」（〈賞譽〉）

這既是對邴原的褒揚，也是對公孫度善於譽人的褒揚。至於下卷二十三門，情況就比較複雜了，有的褒揚之意比較明顯，如容止、自新、賢媛。有的看似有貶意，如任誕、簡傲、儉嗇、忿狷、溺惑，但也不盡是貶責。有的是貶責，如「讒險」中的四條，以及「汰侈」中的一些條目。也有許多條目只是寫某種眞情的流露，並無所謂褒貶。既是眞情的流露，也就是一種風流的表現，所以編撰者津津有味地加以敘述。例如：

王子猷嘗暫寄人空宅住，便令種竹。或問：「暫住何煩爾？」王嘯詠良久，直指竹曰：「何可一日無此君？」（〈任誕〉）

這種任誕只是對竹的一種妙賞，以及對竹的一往情深，或者在對竹的愛好中寄託了一種理想的人格。又如：

晉文王功德盛大，座席嚴敬，擬於王者。惟阮籍在坐，箕踞嘯歌，酣放自若。（〈簡傲〉）

這箇傲正是阮籍的可愛之處。總之，編撰者只是將那些饒有興趣的、可資談助的逸聞軼事、言談舉止，採集來彙編成書，態度倒是比較客觀寬容的。

《世說新語》是研究魏晉風流的極好史料，其中關於魏晉名士的種種活動如清談、品題，種種性格特徵如棲逸、任誕、簡傲，種種人生的追求，以及種種嗜好，都有生動的描寫。綜觀全書，可以得到魏晉時期幾代士人的群像，通過這些人物形象，可以進而了解那個時代上層社會的風尚。

《世說新語》在藝術上有較高的成就，魯迅先生曾把它的藝術特色概括為「記言則玄遠冷雋，記行則高簡瑰奇」（《中國小說史略》）。《世說新語》及劉孝標注涉及各類人物共一千五百多個[19]，魏晉兩朝主要的人物，無論帝王、將相，或者隱士、僧侶，都包括在內。它對人物的描寫有的重在形貌，有的重在才學，有的重在心理，但都集中到一點，就是重在表現人物的特點，通過獨特的言談舉止寫出了獨特人物的獨特性格，使之氣韻生動、活靈活現、躍然紙上。如〈儉嗇〉：「王戎有好李，賣之恐人得其種，恆鑽其核。」僅用十六個字就寫出了王戎貪婪吝嗇的本性。又如〈雅量〉記述顧雍在群僚圍觀下棋時，得到喪子噩耗，竟強壓悲痛，「雖神氣不變，而心了其故。以爪掐掌，血流沾褥」。一個細節就生動地表現出顧雍的個性。《世說新語》刻畫人物形象，表現手法靈活多樣，有的通過同一環境中幾個人的不同表現形成對比，如〈雅量〉中記述謝安和孫綽等人泛海遇到風浪，謝安「貌閒意說」，鎮靜從容，孫綽等人卻「色並遽」、「喧動不坐」，顯示出謝安臨危若安的「雅量」。有的則抓住人物性格的主要特徵作漫畫式的誇張，如〈忿狷〉中繪聲繪色地描寫王述吃雞蛋的種種蠢相來表現他的性急：「王藍田性急。嘗食雞子，以箸刺之，不得，便大怒，舉以擲地。雞子於地圓轉未止，仍下地以屐齒踵之，又不得，瞋甚，復於地取內口中，齧破即吐之。」有的運用富於個性的口語來表現人物的神態，如〈賞譽〉中王導「以麈尾指坐」，叫何充共坐說：「來，來，此是君坐！」生動地刻畫出王導對何充的器重。《世說新語》雖然沒有虛構，但一定有所提煉，這番提煉就是小說的寫作藝術。例如關於鍾會和嵇康的兩段故事：

鍾會撰《四本論》，始畢，甚欲使嵇公一見。置懷中，既定，畏其難，懷不敢出，於戶外遙擲，便回急走。（〈文學〉）

鍾士季精有才理，先不識嵇康。鍾要於時賢儁之士，俱往尋康。康方大樹下鍛，向子期為佐鼓排。康揚槌不輟，旁若無人，移時不交一言。鍾起去，康曰：「何所聞而來？何所見而去？」鍾曰：「聞所聞而來，見所見而去。」（〈簡傲〉）

鍾會對嵇康既仰慕又畏懼的心理以及嵇康簡傲的態度，刻畫得入木三分。

又如：

顧和始為揚州從事，月旦當朝。未入頃，停車州門外。周侯詣丞相，歷和車邊，和覓虱，夷然不動。周既過，反還，指顧心曰：「此中何所有？」顧搏虱如故，徐應曰：「此中最是難測地。」周侯既入，語丞相曰：「卿州吏中有一令僕才。」（〈雅量〉）

顧和的雅量，周凱的賞鑑，通過覓虱不動、既過反還，以及兩人的對話生動地表現了出來。

《世說新語》的語言簡約含蓄，雋永傳神，透出種種機智和幽默。正如胡應麟《少室山房筆叢》卷十三所說：「讀其語言，晉人面目氣韻，恍惚生動，而簡約玄澹，眞致不窮。」有許多廣泛應用的成語便是出自此書，例如難兄難弟、拾人牙慧、咄咄怪事、一往情深等。

《世說新語》對後世有十分深刻的影響，不僅模仿它的小說不斷出現，而且不少戲劇、小說也都取材於它[20]。日本江戶時代（一六〇三—一八六八）以來，《世說新語》的和刊本以及仿照《世說新語》體例而寫成的「和世說」相繼問世，可見《世說新語》在日本影響巨大。[21]

注釋

[1]《莊子集釋》引成玄英疏：「干，求也。縣，高也。夫修飾小行，以求高名令問聞者，必不能大通於至道。」見中華書局《諸子集成》本，一九八六年版第三冊，第四〇〇頁。

❷中華書局一九八三年排印本第六冊，第一七四五頁。

❸參見袁行霈《〈漢書·藝文志〉小說家考辨》，《文史》第七輯，中華書局一九七九年版，第一八九頁。

❹《神異經》一卷，舊題（漢）東方朔撰。書仿《山海經》，但於山川道理敘述簡略，於異物奇聞則較詳備。《四庫全書總目》卷一四二謂：「觀其詞華縟麗，格近齊梁，當由六朝文士影撰而成。」

《十洲記》一卷，舊題（漢）東方朔撰。記祖洲、瀛洲等十洲風物，大抵恍惚支離，文字亦淺薄，蓋出自六朝方士之手。

《漢武帝故事》二卷，舊題（漢）班固撰。司馬光曰：「《漢武故事》，語多誕妄，非班固書，蓋後人為之，託固名耳。」（《通鑑考異》卷一）

❺《笑林》三卷，（三國魏）邯鄲淳撰。原書已佚，魯迅《古小說鉤沉》（人民文學出版社一九五一年版）輯錄二十九條。書中所收的都是一些短小的笑話，「舉非違，顯紕繆」（《中國小說史略》），開後世俳諧文字之端。

《博物志》十卷，（西晉）張華撰。張華（二三二—三〇〇），字茂先，官至司空。據王嘉《拾遺記》說，張華原作四百卷，奏於晉武帝，奉帝命芟截疑問，分為十卷。其書今存，「乃類記異境奇物及古代瑣聞雜事，皆刺取故書，殊乏新異」（《中國小說史略》，人民文學出版社一九七三年版，第三一頁）。疑為後人綴輯復成，已非張華原書。

《搜神記》今本二十卷，（東晉）干寶撰。干寶字令升，新蔡（今河南新蔡）人，東晉元帝時以著作郎領國史，後任太守、散騎常侍等官。著有《晉記》二十卷，時稱「良史」。他「性好陰陽數術」，迷信鬼神：《搜神記》的主旨即「發明神道之不誣」（《搜神記·自序》），是儒家思想、方術、巫術和道教迷信的大雜燴，但也保存了不少優秀的民間傳說和故事。書中所記的故事有抄撮舊籍的，有採自近世的，其六、七兩卷全抄《續漢書·五行志》。

《幽明錄》三十卷，（宋）劉義慶撰。已佚，《古小說鉤沉》輯錄二百六十五條。所記多鬼神怪異之事，有重見於《搜神記》等書者，然其故事性比較強，敘述描寫委婉入情，顯示了小說藝術的進步。

《冥祥記》十卷，（北齊）王琰撰。原書久佚，《古小說鉤沉》輯錄一百三十一條。王琰在〈自序〉中說，他幼時在交阯曾從高僧賢法師受五戒，並得到觀世音菩薩金像一座，虔心供養。後來金像兩次顯靈，「循復其事，有感深懷，沿此徵覿，綴成此記」。書中記述的都是善惡報應的故事，主旨在勸人崇奉佛教，是一部自神其教的宗教宣傳品。

《俗說》三卷，（梁）沈約撰。原書已佚，《古小說鉤沉》輯錄五十二條，內容與《世說新語》類似。

《小說》三十卷，至隋僅存十卷，明初尚存，（梁）殷芸撰。原書已佚，《古小說鉤沉》輯錄一百三十五條。此書是採集群書而成，以時代為次序，而將帝王之事放在卷首。內容自周漢到南齊，規模很大。

❻志怪與志人小說的分類最早由魯迅提出，他於一九二四年七月在西安暑期講學時有《中國小說的歷史的變遷》講稿，其中第二講即為〈六朝時之志怪與志人〉，見《中國小說史略・附錄》。

❼魯迅說：「中國本信巫，秦漢以來，神仙之說盛行，漢末又大暢巫風，而鬼道愈熾；會小乘佛教亦入中土，漸見流傳。凡此，皆張皇鬼神，稱道靈異，故自晉迄隋，特多鬼神志怪之書。」見《中國小說史略》第五編〈六朝鬼神志怪書（上）〉。

❽《列異傳》三卷，舊題（三國）魏文帝曹丕撰。原書已佚，《古小說鉤沉》輯錄五十條，主要記述鬼物怪異之事。曹丕卒於魏黃初七年（二二六），而《列異傳》「文中有甘露年間事，在文帝後，或後人有增益，或撰人是假託，皆不可知。兩《唐書》皆云張華撰，亦別無佐證，殆後有悟其牴牾者，因改易之。惟裴松之《三國志注》，後魏酈道元《水經注》皆已徵引，則為魏晉人作無疑也」（《中國小說史略》）。

《搜神後記》（又名《搜神續記》）十卷，舊題（晉）陶潛撰。《隋志》入史部雜傳類，兩《唐書》均不錄，《四庫全書》入子部小說家類。案此書是否為陶潛所撰，後人多有懷疑。如明代沈士龍跋曰：「至於《後記》，多後人附益，絕非元亮本書。如元亮卒於元嘉四年，而有十四、十六等年事。《陶集》多不稱宋代年號，以干支代之，何得書永初、元嘉？又諸葛長民與宋武，比肩晉臣也，陶不必謂伏誅。凡此數事，皆不可不與海內淹贍曉辨之也。」（見《津逮祕書》本，卷首）《四庫全書總目》卷一四二謂此書：「其為偽託，固不待辨。然其書文詞古雅，非唐以後人所能。《隋書・經籍志》著錄，已稱陶潛，則贗撰嫁名，其來久矣。」清人周中孚《鄭堂讀書記・搜神後記》云：「當由隋以前人所依託。」（見商務印書館《鄭堂讀書記》本，卷六六）魯迅亦云：「陶潛曠達，未必拳拳於鬼神，蓋偽託也。」（《中國小說史略》）然亦有不同意此說者，如李劍國《唐前志怪小說史》即認為上述說法「並無確據，不可信」（南開大學出版社一九八四年版，第三四四頁）。

《拾遺記》十卷，題〔晉〕隴西王嘉撰。王嘉，字子年，隴西安陽人，苻秦時方士，《晉書》有傳。此書原有十九卷二百二十篇，苻秦末年經戰亂佚闕，梁代蕭綺綴拾殘文，改編為十卷，並為之「錄」，即加上論贊。明代胡應麟《少室山房筆叢》卷三十三云：「蓋即綺撰，而託之王嘉者。」今書前九卷自庖羲、神農至東晉，記載神話、傳說及名人異事，末卷記崑崙等九座仙山。

《續齊諧記》一卷，〔梁〕吳均撰。此書乃續宋東陽無疑的《齊諧記》。吳均是南朝梁著名作家，《續齊諧記》無論敘述故事或刻畫人物都有較高的藝術技巧。

❾《冤魂志》三卷，宋人著錄又稱《還魂志》，〔北齊〕顏之推撰。顏之推字子介，臨沂（今山東臨沂）人，著有《顏氏家訓》。《冤魂志》中的故事，多見於舊籍，引經史以證報應，合儒釋二教為一體。

❿魯迅說：「漢末士流，已重品目，聲名成毀，決於片言，魏晉以來，乃彌以標格語言相尚，惟吐屬則流於玄虛，舉止則故為疏放，……終乃汗漫而為清談。渡江以後，此風彌甚，……世之所尚，因有撰集，或者掇拾舊聞，或者記述近事，雖不過叢殘小語，而俱為人間言動，遂脫志怪之牢籠也。」見《中國小說史略》第七編〈世說新語與其前後〉。

⓫《語林》十卷，〔東晉〕裴啓撰。裴啓，字榮啓，河東人，處士。曾搜集「漢魏以來迄於今時言語應對之可稱者，謂之《語林》」（《世說新語》注引《續晉陽秋》）。此書當時頗為盛行，《世說新語・文學》：「裴郎作《語林》，始出，大為遠近所傳。時流年少，無不傳寫，各有一通。」後因記載謝安的話失實，為謝安所輕詆，從此不再流行，至隋已佚失，《古小說鉤沉》輯錄一百八十條。

⓬《隋書・經籍志三》子部小說家類著錄《小說》十卷，注云：「梁武帝敕安右長史殷芸撰。梁目，三十卷。」

⓭《西京雜記》二卷，舊題（漢）劉歆撰，或題（晉）葛洪撰。案《隋書・經籍志二》史部舊事類著錄《西京雜記》二卷，不著撰者。兩《唐書》著錄並題葛洪撰。《西京雜記》書末葛洪跋云：「劉歆著有《漢書》一百卷，班固撰《漢書》幾乎全取於此，其所不取者二萬字左右，今抄出為二卷，名曰《西京雜記》。」據考證，蓋即葛洪所著而偽託劉歆者。或引《酉陽雜俎》謂係〔梁〕吳均撰。余嘉錫《四庫提要辨證》卷十七於此有詳論。

⓮《郭子》三卷，〔東晉〕郭澄之撰。郭澄之字鍾靜，太原陽曲人，東晉末曾任南康相，後隨劉裕，官至相國府從事中郎，封南封侯。《郭子》今亡佚，《古小說鉤沉》輯錄八十四條。

⓯如唐代有王方慶《續世說新書》（今佚），劉肅《大唐新語》（一名《唐世說新語》）十三卷；宋代王讜《唐語林》八卷，孔平仲《續世說》十二卷；元代楊瑀《山居新語》四卷，吾丘衍《山中新語》；明代何良俊《語林》三十卷、《叢說》三十八卷、《世說新語補》四卷，張時徹〈說林〉二十四卷，焦竑《明世說》八卷，李紹文《明世說新語》八卷，孫令弘《集世說》六卷；清代有李清《女世說》四卷，吳肅公《明語林》十四卷，章撫功《漢世說》十四卷，章繼泳《南北朝世說》二十卷，王晫《今世說》八卷，黃汝琳《世說補》二十卷，夏昌祺《雪窗新語》二卷，嚴蘅《女世說》一卷。上引均見袁行霈、侯忠義編《中國文言小說書目》，北京大學出版社一九八一年版。直到民國初年還有易宗夔《新世說》。

⓰案《世說新語》的卷帙與門類，歷代記載及現存傳本均不一致。卷帙有十卷、八卷、六卷之不同；門類有三十六門、三十八門、三十九門等異說。王能憲《世說新語研究》（江蘇古籍出版社一九九二年版）第一章《〈世說新語〉成書考辨》於此有詳論。

⓱魯迅《中國小說史略》第七編〈世說新語與其前後〉認為：「然《世說》文字，間或與裴、郭二家書（案指裴啓《語林》、

郭澄之《郭子》）所記相同，殆亦猶《幽明錄》、《宣驗記》然，乃纂輯舊文，非由自造。」

⑱見馮友蘭〈論風流〉，原載《哲學評論》第九卷第三期，後收入《三松堂學術文集》，北京大學出版社一九八四年版，第六〇九—六一七頁。

⑲說見余嘉錫《世說新語箋疏・凡例》，中華書局一九八三年版。

⑳如元代關漢卿《玉鏡臺》，秦簡夫《剪髮待賓》；明代楊慎（或題許時泉）《蘭亭會》等，就都是根據《世說新語》中的故事改編的。《三國演義》中有些情節如楊修解「黃絹幼婦」之辭、望梅止渴、七步成詩等，也取自《世說新語》。

㉑如服部南郭《大東世語》，寬延三年（一七五〇）刊行；蜀山先生編、文寶亭散木補《假名世說》，文政七年（一八二四）刊行。

第四編　隋唐五代文學

緒論

隋文帝開皇九年（五八九）統一全國，結束了二百七十餘年南北分裂的政治局面。但隋朝只維持了不到三十年，隋煬帝大業十三年（六一七），關隴貴族集團的代表人物李淵、李世民在風起雲湧的農民起義戰爭中起兵太原。翌年（六一八）五月，李淵即帝位於長安，改國號曰唐，並先後平定了其他武裝力量，於武德七年（六二四）統一了全國。唐代成爲我國歷史上政治軍事強大、文化經濟繁榮的一個朝代。後人把強盛繁榮的唐代與漢代並列，稱爲「漢唐盛世」。

魏晉南北朝是文學自覺的時代，文學的藝術特質得到充分的發展，文學創作積累了豐富的經驗，爲唐代文學的繁榮提供了很好的基礎。從永嘉南渡開始的漫長歲月裡，文學一直在南北分裂的局面中發展，帶著明顯的地域色彩。唐人的貢獻，就是在魏晉南北朝文學的基礎上，合南北文學之兩長，創造了有唐一代輝煌的文學。

以安史之亂爲分水嶺，唐代文學可以分爲前後兩期。前期上承魏晉南北朝文學，屬於中國文學中古期的第一段；後期下啓兩宋文學，屬於中古期的第二段。

第一節　開放的文化環境與唐代文學的繁榮

・國力的強大與中外文化的交融　・士人的人生信仰、文化的繁榮對文學的影響

唐代文學的繁榮與唐代社會的發展有密切的關係，唐太宗貞觀四年（六三〇）打敗突厥，原屬東突厥的各屬國歸屬唐朝，推尊唐太宗爲天可汗，唐朝遂取代勢力強大的突厥而成爲東亞盟主。貞觀八年（六三四）大敗吐谷渾，貞觀十四年（六四〇）平定高昌，高宗顯慶二年（六五七）打敗西突厥。唐朝勢力之強大，延續一百餘年，直至唐玄宗開元、天寶年間而達到高峰。天可汗的實際存在，達百二十餘年之久❶。唐朝建立不久，經濟就從隋末的大破壞中恢復過來，並迅速得到發展，至天寶中上升達於頂點❷，國力的強大，爲文化的發展創造了極爲有利的環境。

唐朝的立國者對外來文化採取相容的政策，去華夷之防，容納外來的思想與文化。唐太宗說過：「自古皆貴中華，賤夷狄，朕獨愛之如一。」（《資治通鑑》貞觀二十一年五月條）太宗這種一視華夷的思想，爲他的後繼者所繼承，直到玄宗朝，李華還說：「國朝一家天下，華夷如一。」（李華〈壽州刺史廳壁記〉）從國家政權到生活方式，都體現了這種華夷如一的思想。

唐代建立者一視華夷的心態與他們的出身有關，李氏爲鮮卑化的漢人❸。這個家族不僅有著鮮卑血統，而且長期居住北邊，受到胡族文化的深刻影響。北朝漢胡文化的融合在唐代加速了進程，唐代統治集團的這種思想傾向，安史之亂以後有所改變，嚴華夷之防的思想在韓愈的維護道統的主張之後，有所抬頭。但是道統論的提倡對於宋以後的正統思想的重新主導思想領域和內斂心態的形成，可能起先導作用，而對於中唐以後的整個社會生活卻並無實際的影響，中外文化的交融並未稍衰。整個唐代廣泛接受外來文化的影響，從文學藝術到生活趣味、風俗習慣，都可以看到這種影響。由於大量外族移民入住，商旅往來，宗教的傳播，西域各族、各國的生活習俗、文化也廣泛地影響著長安、洛陽、揚州等大都會，南北絲綢之路沿線地區，以及像廣州這樣的海上交通重要城市。這些地區，從飲食、衣著、樂舞到生活趣味，均雜取中西❹。唐人婚俗也頗受北朝鮮卑婚俗的影響，敦煌發現的寫本書儀殘卷記載唐代民間婚禮的主要儀式在女家舉行，這都是與中原固有習俗不同的❺。更值得注意的一點，是唐代婦女有較高的社會地位，男女較爲平等，婦女在行爲上也較不受約束。中外文化交融所造成的這種較爲開放的風氣，對於文學題材的拓廣，文學趣味、文學風格的多樣化，都有重要的意義。

唐代前期，士人對人生普遍持一種積極的、進取的態度。國力的日漸強大爲士人展開了一條寬闊的人生道路，唐人入仕，較之前代有更多途徑。開科取士，唐沿隋舊，而更加發展成熟。唐人開科，分常選與制舉。常選有秀才、明經等十二科，其中明經又分爲七；制舉的確切數目已難了解，但據唐宋人的記載，當有八九十種之多❻。科舉之外，尚有多種入仕途徑，如入地方節鎮幕府等。入仕的多途徑爲寒門士人提供了更多的機會，一批較接近廣闊社會生活的寒門士人進入文壇，使文學離開宮廷的狹窄圈子，走向市井，走向關山與塞漠，這對文學的發展也是意義重大的。由於國力強大，士人有著更爲恢宏的胸懷、氣度、抱負與強烈的進取精神。他們中的不少人，自信與狂傲往往集於一身。《舊唐書．王翰傳》說王翰「神氣豪邁，……發言立意，自比王侯」。陳子昂也有同樣的氣概：「方謁明天子，清宴奉良籌。再取連城璧，三陟平津侯。不然拂衣去，歸從海上鷗。」（〈答洛陽主人〉）李白更是這樣一位自視甚高的人，他自比管仲、諸葛亮、呂望、謝安，要立蓋世之功，然後像范蠡那樣，功成身退，「釣周獵秦安黎元，小魚䲗兔何足言」

（〈留別于十一兄逖、裴十三遊塞垣〉）。高適、岑參、王昌齡、祖詠等，無不如此。「萬里不惜死，一朝得成功。畫圖麒麟閣，入朝明光宮。」（高適〈塞下曲〉）「丈夫三十未富貴，安能終日守筆硯？」（岑參〈銀磧山西館〉）「黃沙百戰穿金甲，不破樓蘭終不還。」（王昌齡〈從軍行〉）「少小雖非投筆吏，論功還欲請長纓。」（祖詠〈望薊門〉）唐代士人功名心特重，這種積極進取的精神反映到文學上來，便是文學（特別是詩）中的昂揚情調。安史亂後，宦官專權，藩鎮割據，士人的心態也發生了變化，昂揚入世的進取精神讓位於失落與消沉的情緒。文學的格調亦漸至晚唐而漸見纖弱。

唐人恢宏的胸懷氣度與對待不同文化的相容心態，創造了有利於文化繁榮的環境。史學、書法、繪畫、雕塑、音樂、舞蹈都有很大的發展。

唐初設立史館，出於以史爲鑑的目的，修《梁書》、《陳書》、《北齊書》、《周書》、《隋書》五史。後又以太宗御撰的名義修《晉書》和以私修官審的形式修《南史》和《北史》。八史的修撰，提供了豐富的修史經驗，不久便有劉知幾的《史通》出來，廣泛地論述史學問題，反映了一種求實的思想傾向，這種思想傾向與文學潮流的發展同步。初唐的文學潮流逐步向著反僞飾、求眞情的方向發展，並從此一步步地擺脫南朝文風的影響。史學上的求實與文學上的求眞，同是崇實思潮的產物，史家對於文學問題的論述，更直接影響著文學的走向，如《隋書·文學傳論》、《北齊書·文苑傳贊》、《周書·王褒庾信傳論》和各史中的作家傳、傳論中精彩的文學見解，與初唐詩風朝著合南北文學之兩長，旨深、調遠、辭巧，聲律風骨兼備的方向發展不無關係。

唐代繪畫、書法、雕塑的繁榮也影響到文學，我國書法至晉而風韻標舉，臻於化境。此後北朝雄健而南朝俊秀，至隋而漸合南北之兩長，然法未大變，唐人始大變法度。初唐書法名家輩出，歐陽詢、虞世南、褚遂良、薛稷、陸柬之、孫過庭諸人，如群星彙聚，形成我國書法史的又一高峰。他們雖仍以二王爲法，但已漸趨求變，顏眞卿出，一變晉人之神韻入於法度之中，結體端莊，用筆厚重，而遒麗自在其中，終於拓展了我國書法發展的一條新途徑。最能傳神地體現唐代士人昂揚精神風貌的，是張旭和懷素草書，兩人均每於醉後走筆狂書，龍蛇遊走而莫測其神妙。賀知章「每興酣命筆，忽有好處，與造化相爭，非人工所能到」（竇蒙〈述書賦〉）書法中的這種自由縱恣的氣象，與盛唐詩人特別是李白歌詩的精神風貌，甚爲相似。唐代繪畫在我國繪畫史上也進入了一個新時期，此期繪畫已分科。人物畫家有閻立本、尉遲乙僧、吳道子、張萱、周昉、韓滉等。吳道子也擅長山水畫，而韓滉也以畫牛馳名後世。山水畫家如李思訓、王維、張璪、鄭虔等人，都是我國繪畫史上聲名顯赫的人物。花鳥動物畫家如曹霸、韓幹、韋偃的馬，邊鸞的花鳥，也都名盛一時。唐代壁畫最盛，畫於宅院、寺廟、道觀、殿宇、公庭、驛廨。吳道子一生對壁畫貢獻至巨，他畫在兩都寺觀牆壁的壁畫就有四百餘間。當時畫壁畫者不僅有繪畫名家，也有工匠，且數量巨大。武宗滅法時，天下寺廟、招提、蘭若四萬四千餘所，多有壁畫，而毀於滅法之中，殘存者數量仍甚可觀，僅成都大聖慈寺九十六院，至宋代尚存有壁畫八千五百二十四間❼。唐代佛教藝術的高度成就，還可從各地現今遺存的佛教壁畫和佛教造像中看到❽。書法、繪畫、雕塑的高度成就也影響著文學，從唐詩中可以明顯地看到這一點。唐人詠畫、題畫詩，《全唐詩》中著錄有一百八十九首，許多重要詩人如李白、杜甫、王昌齡、岑參、高適、王維都有題畫、詠畫詩。在唐代，詩畫的融通有了更大的發展，畫論詩論交融滲透、相互影響，繪畫不僅成為詩的題材，也影響詩的藝術表現技巧。唐詩中色彩表現的豐富細膩，意境的畫意，傳神的技巧，都與繪畫藝術的高度發展有著密切的關係❾。

音樂和舞蹈的繁榮與文學發展也有著密切的連繫，在唐代，燕樂的發展產生了一種詩歌的新形式：詞。燕樂用詩於歌唱，從絕句開始，後來才因調填詞❿。其實古體當時也可用於歌唱⓫，詩與樂向來關係密切，而這種關係在唐代更加發展。有人統計，《樂府詩集》中二千二百三十九首樂府詩，合樂的占一千七百五十四首。《唐詩記事》所記一千一百五十詩家中，詩作與音樂有關的共二百家。《全唐文》中有關音樂之作有二百四十一篇。（見楊旻瑋《唐代音樂文化之研究》）《全唐詩》中涉及樂舞的就更多了。這些作品對樂聲與舞容的精妙描寫，充分說明唐代樂舞的高度繁榮，為唐詩表現領域的拓展帶來了十分深刻的影響。

第二節　漫遊、入幕、讀書山林之風、貶謫與唐文學

・唐代士人的漫遊之風　・幕府生活與文學　・唐人讀書山林的風氣　・貶謫生活對於文學的影響

唐代士人開闊的胸懷、恢宏的氣度、積極進取的精神，影響到唐文學的風貌。他們的生活也與唐代文學的發展有關，其中最重要的是漫遊、讀書山林之風、入幕和貶謫生活對於文學的影響。

東晉之後，山水遊賞常反映到詩文中來，但從山水遊賞擴大到漫遊，並且成為一時風尚，則是到唐代才開始的。唐代士人在入仕之前，多有漫遊的經歷，漫遊的處所一是名山大川，一是通都大邑。名山大川的遊歷反映了唐代詩人對於自然的嚮往，「此行不為鱸魚膾，自愛名山入剡中」（李白〈初下荊門〉）凡佳山水，必有詩人足跡，蘇南、浙西至匡廬、洞庭一線，有中國最秀美的山水，尤其是剡中與洞庭更是許多詩人流連忘返的處所。山水遊賞，開闊視野，親近自

然，陶冶了情趣，提高了山水審美的能力，促進了唐代山水田園詩的發展。

漫遊名山大川，除了山水遊賞之外，可能還與神仙道教信仰有關。「五嶽尋仙不辭遠，一生好入名山遊」（李白〈廬山謠寄盧侍御虛舟〉）唐代的不少重要士人都有神仙信仰，名山訪道成爲一種時尚，這種風氣也在唐詩中留下了印記。

漫遊的又一重要去處是邊塞，邊塞詩是唐詩的一個重要題材。唐人寫邊塞詩，不一定到過邊塞，但優秀的邊塞詩則多是到過邊塞的詩人的作品。到過邊塞的詩人，一是入節鎭幕府，一是邊塞漫遊。前者如高適、岑參、李益；後者如王昌齡⓬，以及李白、王之渙等人。邊塞漫遊爲唐詩帶來慷慨壯大的氣勢情調和壯美的境界。

漫遊還有一個去處是通都大邑，如長安、洛陽、揚州、金陵等地，這是當時最爲繁華的都市。歌吹宴飲，任俠使氣，干謁投贈，結交友朋，這也極大地拓展了文學的題材，豐富了唐文學的表現領域。

唐代士人入仕的途徑很多，科舉之外，入幕是一重要途徑。不少士人都有過幕府生活的經歷，王翰、高適、王維、李白、岑參、杜甫、蕭穎士、李華、梁肅、元結都曾在幕府生活過。中唐以後，入幕更是許多士人的主要仕途經歷。杜牧在幕府十年，這段時間的生活成了他一生憶念的內容，深深地滲入他的詩中。李商隱的仕途主要就在幕府，據不完全統計，中唐以後，曾入幕的重要作家爲數當在七十人以上⓭。幕府宴飲，樂伎唱詩，唱和送別，戎幕閒談，對於詩的創作和詞的產生，對於小說的發展，都有影響。

唐人生活中另一對文學的發展產生影響的，就是讀書山林的風氣。唐代的一些士人在入仕之前，或隱居山林，或寄宿寺廟、道觀以讀書。陳子昂曾讀書於金華山的玉京觀；李白出夔門之前，隱於大匡山讀書；岑參十五隱於嵩陽；劉長卿少曾讀書嵩山；曾讀書嵩山的還有孟郊、崔曙、張謂、張諲等；顏眞卿未仕時，常在福山讀書講學；李端、杜牧、溫庭筠、杜荀鶴、李中都曾讀書廬山；閻防、薛據、許稷曾讀書於終南山；徐商讀書中條山中；符載等數人讀書青城山；李紳讀書於無錫惠山寺等⓮。唐代寒門士人得以應舉，他們讀書的一條途徑就是寺廟、道觀。唐代寺廟經濟發達，可爲貧寒的士人提供免費的膳食與住宿，且又藏書豐富，爲士人讀書提供方便。讀書山中，不僅讀經史，也作詩賦⓯。山林的清幽環境對於士人情趣的陶冶，審美趣味的走向都會有影響。讀書山林又往往在青年時期，這種影響常常隨其終身，在他們的詩中反映出來。唐詩中那種清幽明秀格調，或與此有關。

唐代特別是中唐以後文人的貶謫生活也豐富了唐文學，使唐文學從生活面到情調意境，都呈現出更爲豐富多采的面貌。文人貶謫而形諸歌吟，自屈原而後，歷代不斷，但唐前未見有唐人如此多而且如此好的貶謫作品。李白貶夜郎途中，王昌齡標之貶，劉長卿的兩次貶謫，都有很好的詩。貶謫的悲憤不平，孤獨寂寞，淒楚憂傷，和對於生命的執著，對於理想的追求，構成了貶謫文學豐富多樣的內涵。這樣豐富多樣的內涵，特別明顯地反映在元和詩人的貶謫作品中[16]。韓愈、柳宗元、劉禹錫、元稹、白居易諸人都有這方面非常優秀的作品。

漫遊、讀書山林、入幕與貶謫生活，從不同的層面豐富了唐文學的內涵，構成了唐文學多采的情思格調。

第三節 佛、道兩家對唐文學的影響

・唐代儒、釋、道的融合 ・佛教對文學的影響 ・道家、道教對文學的影響

唐代近三百年間，思想取兼容的態度，以儒為主，兼取百家。唐初修《五經正義》已含有統一儒學解釋權之意[17]。從立國之本說，儒學是基礎，而在思想領域則是儒、釋、道並存。唐王室以老子為祖先，莊子、列子、文子都被封為真人，《老子》、《莊子》、《列子》、《文子》被列為經，開元年間更設道舉科，四子列入考試科目。太宗支持玄奘譯經，玄宗既親注《孝經》，又親注《道德經》和《金剛經》，頒行天下，這都是兼取三家思想的明證。三家都捲入政爭之中，政治地位時有起伏，而思想地位則始終平等。儒、釋、道思想的交融，可以說是唐代思想的基本特點。

在政權運作（如法律依據、社會結構與社會倫理等）方面，在人才選拔與使用方面，儒家思想占統治地位。士人入仕，致君堯舜，建功立業，持儒家入世的進取的精神。而在人生信仰、社會思潮、生活情趣與生活方式方面，則就時時雜入釋、道。這些方面的影響，極大地影響了唐文學的發展。

佛教在唐代有很大的發展，天臺、三論、法相、華嚴、禪宗等教派，在佛教中國化方面，都已經到了相當成熟的階段，禪宗尤其如此，它已經深深契入中國文化之中。佛教對於唐文學的影響，主要通過影響士人的人生理想、生活情趣反映到作品中來。唐代的很多作家，如王績、沈佺期、宋之問、張說、孟浩然、王維、岑參、常建、李頎、杜甫、李白、韋應物、元稹、白居易、劉禹錫、李賀、許渾、皮日休、陸龜蒙、羅隱、吳融、黃滔、韓偓、杜荀鶴等人的作品中，都有佛教影響的印記。有的在詩中直接講佛理，如「會理知無我，觀空厭有形」（孟浩然〈陪姚使君題惠上人房〉）；「始覺浮生無住著，頓令心地欲皈依」（李頎〈宿瑩公禪房聞梵〉）；「有起皆有滅，無暌不暫同」（白居易〈觀幻〉）；有的表現的是一種禪趣，一點禪機，如「君問窮通理，漁歌入浦深」（王維〈酬張少府〉）；「行到水窮處，坐看雲起時」（王維〈終南別業〉）。禪宗講體的自性，是言語道斷、心行處滅的，借著具體的物象來表現難以言

傳的一點禪機。這是一種更深層的影響，也是一種更爲重要的影響，它給唐詩帶來一種新的品質。唐詩中空寂的境界，明淨和平的趣味，淡泊而又深厚的含蘊，就是從這裡來的，這是佛教對於唐文學的積極的影響。

佛教對唐文學的更爲直接的影響，是唐代出現了大量的詩僧。清人編《全唐詩》，收僧人詩作者一百十三人，詩二千七百八十三首。這些僧人的詩，有佛教義理詩、勸善詩、偈頌，但更多的是一般篇詠，如遊歷、與士人交往、贈答等。僧詩中較爲重要的有王梵志詩、寒山詩。王梵志詩今存三百九十首，似非出於一人之手⓲，寫世俗生活的部分，多底層的貧困與不幸；表現佛教思想的，大體勸人爲善，語言通俗，當時似廣泛流傳民間。寒山詩包括世俗生活的描寫、求仙學道和佛教內容，其中表現禪機禪趣的詩有著廣泛而深遠的影響。除僧詩外，士人與佛教的廣泛連繫，與僧人的廣泛交往，也大量地反映到詩中。《全唐詩》中有此類詩二千二百七十三首，二者相加，占《全唐詩》總數的百分之十點三，就是說，十首唐詩中就有一首與佛教有關。

佛教在唐代的廣泛影響直接拓廣了文學的體裁，俗講與變文就是這時出現的新文體。這種文體的主要特徵在便於講唱，內容爲佛經，而形式則與當時的民間說話一樣，帶著通俗文學的性質。

道家和道教對唐文學也產生廣泛的影響，道家思想對於唐代文人來說，主要是使他們返歸自然，多一點對於自然的親和力。唐人寫了一些以〈逍遙遊〉爲母題的賦，但都把大鵬作爲抒發宏偉氣概、表現非凡抱負的形象。他們離開了莊子物我兩忘、萬物齊一的根本精神，於無爲中求有爲，從無爲走向進取。道教對於唐人人生信仰的影響更大些，這主要表現在神仙思想的影響上，唐代作家如王勃、盧照鄰、陳子昂、宋之問、張九齡、李頎、王昌齡、岑參、白居易、李商隱等人，都有神仙信仰。唐詩裡有許多神仙世界的描寫，李白筆下的泰山、天姥山、蓮花山的神仙幻境，李賀筆下五彩斑斕的神仙世界，李商隱筆下的聖女、嫦娥、龍宮貝闕的形象，都是道教影響的顯例。連以寫實著稱的白居易也在〈長恨歌〉的結尾幻想了一個神仙世界。神仙思想還極大地豐富了唐傳奇的想像力，使其情節更富於浪漫色彩。

在唐代作家中，很少有單獨受到或儒或道或佛一家影響的。他們大都儒釋道的思想都有，只是成分多少，或隱或顯的問題。儒家思想的影響給唐文學帶來了進取的精神，佛教的影響豐富了唐詩的心境表現，道教的影響則豐富了唐詩的想像。對於唐文學的發展來說，它們都有積極的作用。

第四節 唐代文學的風貌及其在中國文學史上的地位

・唐代文學的繁榮 ・唐詩的發展軌跡 ・唐代散文的文體文風革新 ・唐賦的發展 ・新文體的出現與繁榮 ・唐文學在中國文學史上的地位

唐代是這樣一個朝代：它曾經是我國歷史上最爲輝煌的一個時期，一百多年的開拓發展，國力的強盛，經濟的繁榮，思想的相容並包，文化上的中外融合，創造了對文化發展極爲有利的環境。盛世造就的士人的進取精神、開闊胸懷、恢宏氣度，極大地豐富了文學的創造力，也給文學帶來了昂揚的精神風貌，創造了被後代一再稱道的盛唐氣象。同時它也經歷過安史之亂這樣一場空前戰禍，在士人面前展開了殺戮破壞、顛沛流離、災難深重的生活。大繁榮與大破壞都經歷過了，然後是力圖中興而始終未能的振作。多樣多采的生活爲文學的發展準備了豐厚的土壤，爲文學家提供了極爲豐富的題材，擴大了他們的視野，給了他們激情，讓他們不得不歌吟。

但這只是唐文學繁榮的客觀條件，從文學發展自身說，唐文學的繁榮乃是魏晉南北朝文學發展的必然結果。

唐文學的繁榮表現在詩、文、小說、詞的全面發展上。詩的發展最早，在唐文學中也占有最爲重要的地位。當詩發展到它的高峰時，散文開始了它的文體文風改革，就文體文風改革的規模和影響說，此前還沒有任何一個時期可以與它相比，小說也開始走向繁榮。而當散文、小說、詩相繼進入低潮時，詩的另一種體式——詞，又登上文壇，煥發光彩。終有唐一代，幾乎找不到一個文學沉寂的時期。

唐文學的繁榮還表現在作者眾多而大師輩出。《全唐文》收作者三千餘人，《全唐詩》收作者二千二百餘人，據不完全統計，唐人小說今天可以找到的還有二百二三十種[19]。唐代出現的傑出詩人數量之多，爲我國詩歌史上所僅見。

唐代文學的最高成就是詩，它可以說是一代文學的標誌。唐太宗獎掖詩歌創作，與宮廷詩人唱和；唐中宗立文學館，以著名詩人爲學士，「於是天下以文華相尙」。開元以後，禮部試進士加試詩賦各一，對詩歌創作的重視也起了促進的作用。詩在士人的日常生活中也被用以交往，或彼此唱和，或群作唱和，此亦唐詩繁榮之一側面[20]。唐詩的發展存在著不同的段落[21]，最初的九十年左右，是唐詩繁榮到來的準備階段。就表現領域說，逐漸從宮廷臺閣走向關山與塞漠，作者也從宮廷官吏擴大到一般寒士。就情思格調說，北朝文學的清剛勁健之氣與南朝文學的清新明媚相融合，走向既有風骨又開朗明麗的境界。就詩的形式說，在永明體的基礎上，唐人做了兩個工作，一是把四聲二元化，一是解決了黏式律的問題，從律句律聯到構成律篇，擺脫永明詩人種種病犯說的束縛，創造了一種既有格律約束又留有廣闊創造空間的新體詩——律詩。到了開元十五年前後，無論是情思格調、意境興象，還是聲律形式，都已經爲唐詩繁榮的到來準備了充分的條件[22]。繼之而來的便是開元、天寶盛世，唐詩的全面繁榮，這個時期出現了山水田園詩人王維、孟浩然，把山水田園的靜謐明秀的美表現得讓人心馳神往。出現了邊塞詩人高適、岑參，把邊塞生活寫得瑰奇壯偉、豪情慷慨。還有王昌齡、李頎、崔顥、王之渙等一大批名家。當然最重要的是偉大詩人李白，以其絕世的才華，豪放飄逸的氣質，把詩寫得如行雲流水而又變幻莫測，情則滾滾滔滔，美如清水芙蓉。後人對此期唐詩有許多的評論，概括地說就是骨氣端翔，興象玲瓏，無工可見，無跡可求，而含蘊深厚，韻味無窮。

正當唐詩發展到它的高峰的時候，唐代社會也從它繁榮的頂峰走向動亂與衰敗。天寶後期，社會矛盾激化，部分詩人開始寫生民疾苦。天寶十四載（七五五）冬，安祿山反於范陽，史稱安史之亂。這場歷時八年的戰爭席捲北方半個中國，經百餘年積累起來的社會繁榮毀於一旦。安史之亂成了唐代社會由盛而衰的分水嶺，這一社會大變動也引起了文學的變化。詩歌中開元、天寶盛世繁榮期那種興象玲瓏、骨氣端翔的境界韻味已逐漸淡化，理想色彩、浪漫情調也逐漸消退。代表這一時期的最偉大的詩人就是詩聖杜甫，他直面這場歷經八年的大戰亂，以動地的歌吟，表現戰火中的人間災難、生民血淚，把強烈深沉的抒情融入敘事手法中，以敘事手法寫時事，從題材到寫法都不同於盛唐詩了。這可以說是唐詩發展中的一種轉變。此後大曆詩人出來，因社會的衰敗而心緒徬徨，詩中出現了寂寞情思，夕陽秋風，氣骨頓衰。待到貞元、元和年間，士人渴望中興，與政治改革同時，詩壇上也出現了革新的風氣，詩歌創作出現了又一個高潮。韓愈、孟郊、李賀等人受到杜甫奇崛、散文化、鍊字的影響，更加怪變，怪怪奇奇，甚至以醜爲美，形成韓孟詩派。白居易、元稹，還有張籍、王建，則從樂府民歌吸取養料，把詩寫得通俗易懂，形成元白詩派。這些中唐詩人在盛唐詩那樣高的水準上，在盛極難繼的局面中，以他們的革新精神和創新勇氣，又開拓出一片詩歌的新天地。長慶以後，中興成夢，士人生活走向平庸，心態內斂，感情也趨向細膩，詩歌創作進入一個新階段，題材多狹窄，寫法多苦吟。在這一片詩的退潮中，杜牧、李商隱異軍突起，聚顯光芒。特別是李商隱以其善感的靈心、細膩豐富的感情，用象徵、暗示、非邏輯結構的手法，表現朦朧情思與朦朧境界，把詩歌表現心靈深層世界的能力推向了無與倫比的高峰，創造了唐詩最後的輝煌。

唐代還存在一個以王梵志、寒山爲代表的白話詩派。這個詩派以僧人爲主，人數眾多，以佛教思想諷世勸俗，基本上是一個佛教詩派。從詩風說，承接民歌和佛教白話文體的傳統，以口語寫作，敘述和議論，通俗易懂，受眾主要在民間。這個詩派在當時和後代，都有深刻影響[23]。

唐代文學的繁榮，除詩之外就是散文的成就。唐詩的發展變化，除元稹、白居易曾提出過諷諫說和主功利的詩歌主張之外，總的趨勢是朝著詩歌自身藝術特質的探討、發揮與完善的方向發展的。不同時期的不同風貌，有社會生活的誘因，但表現方法、表現技巧的不同，不同藝術趣味的追求，則更多的是詩歌自身的原因。初唐律詩的逐步走向成熟，盛唐詩歌意境創造的完美，盛極難繼之後中唐詩人的革新，晚唐李商隱對於詩歌表現技巧所能達到的神妙幽微境界的探討，都出自詩歌自身發展的需要，並非出於政治功利的目的。但是散文的發展與詩的發展不同，它的新變主要是出於政治功利的動機。

開元、天寶盛世詩已經完全褪盡南朝詩風的影響，達到藝術的頂峰，而散文文體文風有意識的改革才剛剛開始。唐初近百年間，奏疏章表雖已多有散體，但駢體仍占主要地位。天寶後期，李華、蕭穎士、獨孤及、梁肅、柳冕出來提倡古文，明確提出本乎道、以五經爲源泉、重政教之用的主張。但他們重政教之用的主張並未與當時的政治現實結合起來，而是帶著空言明道的性質。到了韓愈、柳宗元出，提出文以明道，把文體文風改革與貞元、元和間的政治革新連繫在一起，成爲儒學復興思潮的一部分，才形成巨大的聲勢，散體才取代駢體，占據文壇。這就是後人所稱道的「古文運動」。

韓愈、柳宗元在散文文體文風改革上的成功，一是文以致用，從空言明道走向參預政治，參預現實生活，爲散文的表現領域開出一片廣闊天地，這就使它不僅在文體上，而且在文風上與六朝駢文區別開來。二是它雖言復古而實爲創新，它不僅吸收秦漢各家散體文之所長，而且充分吸收六朝駢文的成就。「韓、柳文實乃寓駢於散，寓散於駢；方散方駢，方駢方散；即駢即散，即散即駢」[24]這極大地豐富了散文的藝術表現技巧，把散文的創作推進到一個全新的階段。

韓、柳之後，散體文的寫作走向低潮，晚唐雖仍有皮日休、陸龜蒙、羅隱等人的犀利的雜文，但駢體又重新得到發展，這其中的原因甚爲複雜。因古文的提倡與政治改革連繫過於緊密，政治改革失敗，古文也便隨之低落。又由於韓門弟子過於追求險怪，古文的寫作路子越走越窄，這也阻礙了它的發展。

唐代除詩之外，賦的發展在我國的文體演變中亦有其意義。唐賦除少數幾篇大賦之外，多爲小賦，體式多樣，有詩體賦、文賦、騷體賦、駢賦和大量的律賦。《全唐文》收賦一千六百餘篇，其中限韻律賦就有九百一十二篇，律賦爲唐賦之一特色，它的發展與考試制度和詩的律化都有關係，開元以後進士科加試的賦多爲律賦。唐賦的另一特點是題材廣泛，除律賦爲命題之作外，其他賦體有寫景、詠物、詠史、懷舊、論理等；以賦論畫、論書；以賦贈別。中晚唐還有不少諷刺小賦，如范鳴鶴〈燈蛾賦〉，李商隱〈蝨賦〉、〈虱賦〉，陸龜蒙〈後虱賦〉，王周〈蚋子賦〉等。唐賦又一可注意者爲諸種文體之融合，有通篇四言似詩似銘者，有七言流暢似歌行者，有文賦而雜以駢句者，有駢賦集抒情議論於一身者。賦之破體爲我國文體發展之一現象。唐賦的意義，反映了我國諸種文體互相滲透融合之一階段。

社會的發展變化提供了新的文化土壤，新的讀者群的出現有了新的需要，而文學自身的發展也提供了可能，於是出現了新的文體。唐代在魏晉南北朝志怪小說和雜史雜傳的基礎上，誕生了傳奇小說。佛教在民間廣泛傳播，布道化俗，出現了俗講和變文。而由於燕樂的盛行，燕飲歌吹的需要，出現了一種新的詩歌體式——詞。傳奇、變文、詞，是唐文學中的新體裁，是唐文學在文體上的新發展。

傳奇小說的出現，從文體內部說，是六朝志怪和雜史雜傳演變發展的產物；從基礎說，則是現實生活中娛樂的需要。宴飲之餘、幕府之暇、途路無聊、友朋夜話，各徵異說，共爲戲談，劇談說話成一時風氣。加之俗講、轉變盛行的影響，遂使六朝已有的小說雛形充分發展，演變而爲傳奇。傳奇小說異於六朝小說的地方，一是它的作意，就是魯迅所說的「始有意爲小說」。二是它一般有較爲完整的情節結構。三是它有較爲完整的人物塑造。唐傳奇題材多樣化，富於人生情趣，以史傳筆法敘述虛構故事，既同於史傳，又異於史傳，散體文言，時插入詩賦，與散文的發展，與詩歌的發展，都有著微妙的連繫。它與詩歌的發展不同步，唐詩的高峰在開元、天寶之際，此時傳奇初興。傳奇的興盛期在中唐，和散文的文體文風改革高潮差不多同步。它也和散體文一樣，在晚唐逐漸衰落。唐傳奇的出現，標誌著我國文言小說作爲一種文體的成熟。

唐代出現的又一影響深遠的新文體是詞，這一新文體的出現，主要因爲娛樂的需要。詞隨燕樂起，選詩配樂、依調塡辭，都爲了歌唱。它最初來自民間，俗曲歌舞、酒令著辭，用於日常宴飲、歌樓伎館。中唐以後，城市經濟發展，詞也得以迅速興起，文人加入詞作的行列。到了晚唐五代，詞在西蜀和南唐得到高度繁榮，西蜀《花間》詞人綺靡側豔，視野不離男女情愛，目的無非歡娛消遣。南唐詞人拓大了詞的境界，轉向內心纏綿情致的抒寫，特別是南唐後主李煜亡國之後的詞作，把詞這一善於表現綿邈情懷的文體發揮得淋漓盡致，把它推向了很高的藝術境界。

唐代文學是我國封建社會上升到高峰並由高峰開始下降時期的產物，從總的風貌看，它更富於理想色彩，更抒情而不是更理性，更外向而不是更內斂。從文學自身的發展說，它是藝術經驗充分積累之後的一次大繁榮，又爲文學的進一步發展開拓出新的領域，爲下一次的繁榮做了準備。唐詩吸收了它之前詩歌藝術的一切經驗，更加發揚創造，達到了難以企及的高峰。唐詩是難以模仿，無法代替的，在唐代完成的律詩，成了我國後來詩歌發展的主要體式。唐代的偉大詩人如李白、杜甫，幾乎成了我國詩歌的代名詞。唐代散文的文體文風改革，爲後來宋代的作家所發揚，深遠地影響著我國後來散文的發展。唐傳奇使我國的文言小說走向成熟，也在人情味、情節構造、人物塑造上影響著宋代的話本小說。晚唐五代詞的成就則是詞這種重要文體在以後得以發展的很好的開端。

注釋

❶對於天可汗的性質，學界有不同看法，它是最高宗主權的稱號，還是一個正式的政治體制，尚難論定。參看羅香林〈唐代天可汗制度考〉，《唐代文化史》，臺灣商務印書館一九五五年版；李樹桐〈唐代四裔賓服的文化因素〉，《唐史研究》，臺灣中華書局一九七九年版；汪籛《唐太宗與貞觀之治》，求實出版社一九八一年版；崔瑞德編《劍橋中國隋唐史》第四章，中國社會科學出版社一九九〇年版。

❷隋末因戰爭的大破壞，經濟凋敝。貞觀初，經濟開始恢復，逐漸走向繁榮。「四年，斗米四五錢，外户不閉者數月，馬牛被野，人行數千里不齎糧。民物蕃息」（《新唐書・食貨志一》）「又頻致豐稔，米斗三四錢，行旅自京師至於嶺表，自山東至於滄海，皆不齎糧，而取給於路。入山東村落，行旅經過者，必厚加供待，或發時有贈遺。此皆古昔未有也」（《貞觀政要》卷一）「（天寶五載）是時，海內富實，斗米之價錢十三，青、齊間斗才三錢，絹一匹錢二百，道路列肆，具酒食以待行人，店有驛驢，行千里不持尺兵」（《新唐書・食貨志一》）。

❸高祖之母獨孤氏、太宗之母紇陵氏、皇后長孫氏，都是鮮卑族人。陳寅恪〈統治階級之氏族及其升降〉對此有詳細論述，見其《唐代政治史述略稿（手寫本）》，上海古籍出版社一九八八年版。

❹參見向達《唐代長安與西域文明》，生活・讀書・新知三聯書店一九五七年版，第一—一六頁。

❺李樹桐〈唐代婦女的婚姻〉，《唐史研究》，臺灣中華書局一九七九年版；呂一飛《胡族習俗與隋唐風韻》，書目文獻出版社一九九四年版。

❻參見傅璿琮《唐代科舉與文學》，陝西人民出版社一九八六年版。

❼參見黃苗子《古美術雜記》，香港大光出版有限公司一九八二年版。

❽參見段文傑《敦煌石窟藝術論集》中關於莫高窟藝術的論述，甘肅人民出版社一九八八年版。

❾參見陳華昌《唐代詩與畫的相關性研究》，陝西人民出版社一九九三年版。

❿參見丘瓊蓀《燕樂探微》，上海古籍出版社一九八九年版；任半塘《唐聲詩》，上海古籍出版社一九八二年版；王昆吾《隋唐五代燕樂雜言歌辭研究》，中華書局一九九六年版。

⓫李賀〈花遊曲序〉：「寒食日，諸王妓遊。賀入座，因採梁簡文詩調，賦〈花遊曲〉，與妓彈唱。」詩為五古，可證。見王琦〈李長吉歌詩匯解〉卷三，《李賀詩歌集注》，上海古籍出版社一九七七年版，第二〇四頁。

⓬關於王昌齡是否到過邊塞，學界一直未能論定。一九八七年，傅璿琮、李珍華撰《王昌齡事蹟新探》，此一問題才得以解決。見傅著《唐詩論學叢稿》，黑龍江人民出版社一九九二年版。

⓭參見戴偉華《唐方鎮文職僚佐考》，天津古籍出版社一九九四年版。

⓮參見嚴耕望《唐人讀書山林寺院之風尚》，《歷史語言研究所集刊》第三十本（下冊），一九五九年版。

⓯李騭《題惠山寺序》：「太和五年四月，予自江東將西歸涔陽，路出錫邑，因肄業于惠山寺。居三歲，其所諷念《左氏春秋》、《詩》、《易》，及司馬遷、班固史，屈原〈離騷〉，莊周、韓非書、記，及著歌詩數百篇。」陳尚君輯校《全唐詩補編》上冊，中華書局一九九二年版，第四三九頁。

⓰參見尚永亮《元和五大詩人與貶謫文學考論》，臺灣文津出版社一九九三年版。

⓱《隋書・儒林傳序》：「江左《周易》則王輔嗣，《尚書》則孔安國，《左傳》則杜元凱。河洛《左傳》則服子慎，《尚書》、《周易》則鄭康成。《詩》則並主於毛公，《禮》則同尊於鄭氏。」《舊唐書・儒學傳序》：太宗「又以儒學多門，章句繁雜，詔國子祭酒孔穎達與諸儒撰定《五經》義疏，凡一百七十卷，名《五經正義》，令天下傳習」。可見《五經正義》之編纂目的，在於統一儒學的解釋。《新唐書・孔穎達傳》說，《五經正義》包貫異家為詳博，修成之後，曾加增損。同傳又稱：穎達「明服氏《春秋傳》、鄭氏《尚書》、《詩》、《禮記》、王氏《易》」可見他兼取南北經學。晁公武《郡齋讀書志》卷二：「自晉室東遷，學有南北之異，南學簡約，得其英華；北學深博，窮其枝葉。至穎達始著義疏，混南北之異。」

⓲此採項楚說，見其《王梵志詩校注》，上海古籍出版社一九九一年版。

⓳參見李劍國《唐五代志怪傳奇敘錄》，南開大學出版社一九九三年版，第一頁。

⓴參見賈晉華《唐代集會總集與詩人群研究》，北京大學出版社二〇〇一年版。

㉑參見羅宗強《隋唐五代文學思想史》，上海古籍出版社一九八六年版，第八七—八九頁。

㉒殷璠《河嶽英靈集敘》：「開元十五年後，聲律風骨始備矣。」

㉓參見項楚等著《唐代白話詩派研究》，學習出版社二〇〇七年版。

㉔顧隨《詩文叢論》，天津人民出版社一九九五年版，第二五八頁。

第一章 南北文學的合流與初唐詩壇

中國地域廣闊，南北山川不同而人文環境有別。西晉永嘉南渡之後，士族南遷，江南文化得到了迅速發展，南朝文學成爲中國文學發展的主流。當起於北方的隋、唐政權重新統一中國後，如何融合南北文學之所長，並在此基礎上創造新文學，就成爲文學進一步發展首先必須解決的問題了。這個問題的解決，經歷了隋和初唐一百二十餘年的漫長探索過程。

第一節 隋代文學

・統一國家的建立　・南北文學的合流

北周大定元年（五八一），相國隋王楊堅受周禪即帝位，改元開皇，國號隋，是爲隋文帝。開皇九年（五八九），隋師渡江入建康，南朝的最後一位皇帝陳後主投降，陳亡。中國經歷了二百七十餘年的南北分裂，至此重新統一。

隋代文學的作者基本上由兩部分人組成：一是北齊、北周舊臣，如盧思道、楊素、薛道衡等；二是由梁、陳入隋的文人，如江總、許善心、虞世基、王冑、庾自直等。前者是北朝詩風的代表，後者把南朝詩風直接帶入隋朝。由於南朝的文學比較發達，在詩歌體式和表現形式方面，爲北方作家提供了可資借鑑的作品。如盧思道（五三二—五八三）採用以「思婦—征夫」爲內容的南朝歌行體，寫出了反映邊塞軍旅生活的名作〈從軍行〉：

朔方烽火照甘泉，長安飛將出祁連。犀渠玉劍良家子，白馬金羈俠少年。平明偃月屯右地，薄暮魚麗逐左賢。谷中石虎經銜箭，山上金人曾祭天。天涯一去無窮已，薊門迢遞三千里。朝見馬嶺黃沙合，夕望龍城陣雲起。庭中奇樹已堪攀，塞外征人殊未還。白雪初下天山外，浮雲直上五原間。關山萬里不可越，誰能坐對芳菲月？流水本自斷人腸，堅冰舊來傷馬骨。邊庭節物與華異，冬霰秋霜春不歇。長風蕭蕭渡水來，歸雁連連映天沒。從軍行，軍行萬里出龍庭。單于渭橋今已拜，將軍何處覓功名？

與梁、陳文人的歌行體落筆常在「思婦」一邊不同，此詩將描寫的重心轉到了「征夫」身上，以關塞苦寒生活為背景，抒寫北地邊塞生活的眞情實感，多貞剛之氣，有蒼勁骨力，體現了北方詩人重氣質的特色。

盧思道入隋後寫的作品並不多，不及楊素和薛道衡❶。楊素是隋朝的開國重臣，親歷征戰，對邊塞風霜行役的軍旅生活體驗尤深，在詩中表現得也更為眞切。他的〈出塞〉其二云：

漢虜未和親，憂國不憂身。握手河梁上，窮涯北海濱。據鞍獨懷古，慷慨感良臣。歷覽多舊跡，風日慘愁人。荒塞空千里，孤城絕四鄰。樹寒偏易古，草衰恆不春。交河明月夜，陰山苦霧辰。雁飛南入漢，水流西咽秦。風霜久行役，河朔倍艱辛。薄暮邊聲起，空飛胡騎塵。

平實的敘說中流動著粗獷深沉的悲涼情思，眞摯而濃烈，有一種北歌的慷慨嗚咽之音，這是楊素詩的一貫風格。他的〈贈薛播州詩十四章〉雖為思念友人薛道衡的述懷之作，也有一種眞摯悲涼的情思和深雄雅健的氣質，直訴別離悲情，不加藻飾而感人至深。史稱其「詞氣宏拔，風韻秀上，亦為一時盛作」（《隋書・楊素傳》）在當時，薛道衡的某些作品也具這種樸實俊爽的風格，他與楊素唱和的〈出塞〉詩云：「絕漠三秋暮，窮陰萬里生。寒夜哀笛曲，霜天斷雁聲。連旗下鹿塞，疊鼓向龍庭。」蒼涼悲愴的情調中，洋溢著征戰者勇往直前的氣概。

北方文人在學習南朝文學的表現手法時，詩風也發生了變化。如盧思道的〈棹歌行〉、〈美女篇〉、〈夜聞鄰妓〉、〈後園宴詩〉等，著意描寫女性的體態服飾和媚眼纖腰，難免由此而流於輕豔。薛道衡的名作〈昔昔鹽〉，因其中的佳句「暗牖懸蛛網，空梁落燕泥」而見稱於世，詩中所寫乃南朝詩常見的閨怨題材，清辭麗句，委婉細膩，情調和趣味偏於齊梁風格。

在隋文帝時代，北、南兩種詩風是同時並存的，甚至在同一作家的創作中體現出來，但到隋煬帝楊廣即位之後，身邊聚集了一批南朝文士，隋代文學就明顯地向重文采的南朝詩風方面發展了。虞世基是南朝文士中較有名望的一位，曾寫過〈出塞二首〉等較好的作品，隋煬帝即位後，他成為深受器重的文學侍從，所作應制詩〈四時白紵歌〉、〈奉和望海詩〉等，著意於辭采的華美和對仗的工整。當時煬帝身邊的許多文士，如王冑、庾自直、諸葛潁等，作詩亦復如此，雕琢堆砌而乏生氣，故鮮有可觀之作留存。

相比之下，倒是隋煬帝本人所作的樂歌中有一些清麗明快之作，如〈春江花月夜〉二首其一：

暮江平不動，春花滿正開。流波將月去，潮水帶星來。

詩題出自宮體，情調卻類於南朝民歌，能寫出清麗明淨的江南風物之美，這使隋煬帝創作的樂府詩高出他身邊文臣的應詔奉和之作。他常以此自負，處天子之尊卻附庸風雅，以文學領袖自居，常聚集文人宴飲賦詩，沿襲梁、陳貴族文人以詩爲娛的生活方式，使詩歌創作轉向詠物和詠宮廷生活瑣事，很快就走向了貴族文學的末路。

終隋一朝，南、北文學的合流僅限於詩風的相互影響，呈現出明顯的合而不同的過渡性質。

至於隋代的散文，處於駢體已很難發展而散體未能振起的階段。隋初有李諤的〈上隋高帝革文華書〉，反對追求駢偶的文華藻飾，提倡復古：

江左齊梁，其弊彌甚，貴賤賢愚，惟務吟詠，遂復遺理存異，尋虛逐微，競一韻之奇，爭一字之巧，連篇累牘，不出月露之形，積案盈箱，惟是風雲之狀。世俗以此相高，朝廷據茲擢士，祿利之路既開，愛尚之情愈篤，於是閭里童昏，貴遊總丱，未窺六甲，先制五言。至如羲皇、舜、禹之典，伊、傅、周、孔之說，不復關心，何嘗入耳！以傲誕為清虛，以緣情為動績，指儒素為古拙，用詞賦為君子。故文筆日繁，其政日亂，良由棄大聖之軌模，構無用以為用也。

隋文帝聽其言，企圖用政治力量來改革六朝以來的浮靡文風，但收效甚微。有隋三十餘年的散文，依然維持著南北朝散文發展的局面，並未稍有變革，這一時期寫得好的文章，幾乎都是駢體文。連李諤本人批評駢文的上書也是用的駢體，就足以說明問題。駢體文在六朝已被徐陵、庾信做到了頂點，此後的作者多效顰學步而每況愈下，故即使以駢體而言，隋文也顯得平庸，無足稱道。

第二節　初唐詩壇

・貞觀詩風及上官體　・王績與「四傑」　・杜審言與沈、宋及五律的定型

在南北朝文學由對立走向融合的歷史進程中，初唐的貞觀時期是一個重要的發展階段。

主掌貞觀詩壇的是唐太宗李世民（五九八—六四九）及其身邊的北方文人和南朝文士❷。北方文人以關隴士人爲主，入唐後多爲史臣，他們的文學主張受儒家崇古尚質的詩教說影響較大，對南朝齊、梁文風持批判態度，但沒有因此而否定詩的聲辭之美，從而爲唐詩在藝術上的發展和新變留下了餘地。魏徵《隋書・文學傳序》說：

> 江左宮商發越，貴於清綺，河朔詞義貞剛，重乎氣質。氣質則理勝其詞，清綺則文過其意。理深者便於時用，文華者宜於詠歌。此其南北詞人得失之大較也。若能掇彼清音，簡茲累句，各去所短，合其兩長，則文質彬彬，盡善盡美矣。

這種對南、北文學不同藝術特色的清醒認識，和「各去所短，合其兩長」的文學主張的提出，是貞觀時期唐太宗及其史臣們在總結歷史經驗時形成的對文學發展方向的一種共識❸。所謂「貴於清綺」是對追求聲律辭藻的南朝詩風的概括，偏重於詩的聲辭之美而言，宜於詠歌是其所長，緣情綺靡而流於輕豔纖弱則爲其所短。「重乎氣質」指北朝詩歌特有的貞摯樸厚的情感力量和氣勢，貞剛壯大是其所長，而表現形式的簡古質樸或理勝其詞則是一種缺憾。如何用南朝文學的聲辭之美，來表現新朝的恢宏氣象和剛健開朗的健康情思，這是初唐詩人面臨的難題，也是南、北詩風融合的關鍵。

初唐的詩歌創作主要是以唐太宗及其群臣爲中心展開的，一開始多述懷言志或詠史之作，剛健質樸，而貞觀詩風的新變則起於對六朝聲律辭采的模仿和拾掇。在太宗的詩裡，常常壯大懷抱與華采並存，其作於貞觀四年（六三◯）的〈經破薛舉戰地〉詩，言「昔年懷壯氣，提戈初仗節。心隨朗日高，志與秋霜潔」氣格剛健豪邁，但詩中「浪霞穿水淨，峰霧抱蓮昏」一聯，帶著六朝雕琢辭采的痕跡，與全詩的氣格頗不協調❹。他的一些詩，如〈采芙蓉〉、〈詠雨〉、〈詠雪〉等，則完全是南朝風調。楊師道和李百藥是具有貞剛氣質的北方文人，早年作詩善於吸收南朝詩歌的藝術技巧，較少合而未融的弊病。楊師道的〈隴頭水〉、〈奉和聖制春日望海〉，李百藥的〈詠蟬〉，都是寫得較爲成功

的作品。但他們後來成為唐太宗器重的宮廷詩人，把詩作為唱和應酬的工具而琢磨表現技巧，儘管在聲律、辭藻的運用方面日趨精妙，但在風格趣味方面卻已日益貴族化和宮廷化❺。

貞觀詩風的宮廷化傾向，與受南朝文化的影響有很大的關係。太宗李世民是個愛好文藝的君主，現存的太宗詩裡，感時應景、吟詠風月的多達五十多首。上有所好，下必甚焉，虞世南等人所編的《北堂書鈔》、《文思博要》和《藝文類聚》等類書，成為宮廷詩人的作詩工具，以便於應制詠物時摭拾辭藻和事典，把詩寫得華美典雅。這原為南朝文士作詩的積習，在虞世南和許敬宗等人的創作中均有所反映，尤其是許敬宗的詩，對仗雖工而流於雕琢，文采雖麗而少生氣，缺乏美的情思意味。

但在貞觀詩壇的後期，介於貞觀、龍朔之間，出現了一位重要詩人上官儀，形成一種詩風「上官體」❻。上官儀（六〇八？—六六四），陝州（今河南陝縣）人，貞觀初進士及第，召授弘文館直學士，高宗朝官至三品西臺侍郎，地位很高而名噪一時。

上官儀在貞觀年間所作的應制詩就以屬對工切和寫景清麗婉轉而顯得很突出，如〈早春桂林殿應詔〉中的「風光翻露文，雪華上空碧」一聯，體現出詩人出色的寫景技巧。再如〈奉和山夜臨秋〉：

> 殿帳清炎氣，輦道含秋陰。凄風移漢築，流水入虞琴。雲飛送斷雁，月上淨疏林。滴瀝露枝響，空濛煙壑深。

此詩雖為奉和之作，但詩人有意擺脫從類書掇拾辭藻的陳規舊習，注重對景物的細緻體察，自鑄新詞以狀物色。通過物色的動態變化，寫出情思的婉轉，從而構成情隱於內而秀發於外的詩境。這種筆法精細而秀逸渾成的詩作，把五言詩的體物寫景技巧大大地推進了一步，成為人們模仿取法的一種新的詩體。《舊唐書》本傳說：上官儀「工於五言詩，好以綺錯婉媚為本。儀既貴顯，故當時多有效其體者，時人謂為『上官體』」。

上官體的「綺錯婉媚」具有重視詩的形式技巧、追求詩的聲辭之美的傾向。上官儀提出的「六對」、「八對」之說❼，以音義的對稱效果來區分偶句形式，已從一般的詞性字音研究擴展到聯句的整體意象的配置❽。在他的作品裡，有不少通過精妙對法來寫景傳神的佳句，如〈奉和秋日即目應制〉：「落葉飄蟬影，平流寫雁行。」〈入朝洛堤步月〉：「鵲飛山月曙，蟬噪野風秋。」緣情體物，密附婉轉而綺錯成文。音響清越，韻度飄揚，有天然媚美之致，體現了一種較為健康開朗的創作心態和雍容典雅的氣度，成為代表當時宮廷詩人創作最高水準的典型範式。在唐詩發展史上，他上承楊師道、李百藥和虞世南，又下開「文章四友」和沈佺期、宋之問。

上官儀對詩歌體制的創新，主要在體物圖貌的細膩、精巧方面。他以高度純熟的技巧沖淡了齊梁詩風的浮豔雕琢，但詩的題材內容還局限於宮廷文學應制詠物的範圍之內，缺乏慷慨激情和雄傑之氣。由於宮廷詩人大都功成名就，志得意滿，生活接觸面也比較狹窄，所以詩歌的變革只能由處於社會中下層的一般士人來承擔。

初唐的一般士人中，王績（五八九—六四四）是詩風較爲獨特的一位❾。他是隋朝大儒王通的弟弟，在隋、唐之際曾三仕三隱，心念仕途卻又自知難以顯達，故歸隱山林田園，以琴酒詩歌自娛，自謂「此日長昏飲，非關養性靈。眼看人盡醉，何忍獨爲醒」（〈過酒家〉五首其二）。他的詩歌創作是其冷眼旁觀世事時，化解心中不平的方式，創造出一種寧靜淡泊而又樸厚疏野的詩歌境界。其代表作爲〈野望〉：「東皋薄暮望，徙倚欲何依。樹樹皆秋色，山山唯落暉。牧人驅犢返，獵馬帶禽歸。相顧無相識，長歌懷采薇。」以平淡自然的話語表現自己日常的生活情感，寫得相當眞切、樸素。

這種平淡自然的隱逸詩風，易代之際多有，並不構成初唐詩發展的一個環節。在當時，眞正能反映社會中下層一般士人的精神風貌和創作追求的，是被稱爲「初唐四傑」的王勃（六五〇—六七六）、楊炯（六五〇—六九四）、盧照鄰（六三四？—六八三）和駱賓王（六二三—六八四？）❿。

「四傑」大都生於唐貞觀年間，盧、駱生年較早，其年輩比王、楊爲長。四人創作個性不同，所長亦異，其中盧、駱長於歌行，王、楊長於五律。他們屬於一般士人中確有文才而自視很高的詩人，官小而才大，名高而位卑，心中充滿了博取功名的幻想和激情，鬱積著不甘居人下的雄傑之氣。「四傑」的創作活動集中在唐高宗至武后時期，他們以才子齊名出現於文壇，懷著變革文風的自覺意識，有一種十分明確的審美追求：反對纖巧綺靡，提倡剛健骨氣。楊炯在〈王勃集序〉中說：「嘗以龍朔初載，文場變體，爭構纖微，競爲雕刻。糅之金玉龍鳳，亂之朱紫青黃，影帶以徇其功，假對以稱其美，骨氣都盡，剛健不聞。思革其弊，用光志業。」強調作詩要有剛健骨氣，是針對「爭構纖微」的上官體的流弊而言的，這是當時詩風變革的關鍵，也是以「四傑」爲代表的一般士人的詩風與宮廷詩風的不同所在。

「四傑」作詩重視抒發一己情懷，詩中開始出現了一種壯大的氣勢，有一種慷慨悲涼的感人力量。如王勃〈遊冀州韓家園序〉所說：「高情壯思，有抑揚天地之心；雄筆奇才，有鼓怒風雲之氣。」這種壯思和氣勢在他們創作的較少受格律束縛的古體和歌行中，表現得尤爲充分。特別是盧、駱的七言歌行，氣勢宏大，視野開闊，寫得跌宕流暢，神采飛揚，較早地開啓了新的詩風。如盧照鄰的〈行路難〉：

君不見長安城北渭橋邊，枯木橫槎臥古田。昔日含紅復含紫，常時留霧亦留煙。春景春風花似雪，香車玉輿恆闐咽。若個遊人不競攀，若個倡家不來折！倡家寶襪蛟龍帔，公子銀鞍千萬騎。黃鶯一一向花嬌，青鳥雙雙將子戲。千尺長條百尺枝，月桂星榆相蔽虧。珊瑚葉上鴛鴦鳥，鳳凰巢裡雛鵷兒。巢傾枝折鳳歸去，條枯葉落任風吹。一朝憔悴無人問，萬古摧殘君詎知？

詩人從渭水橋邊枯木橫槎所引發的聯想寫起，備言世事艱辛和離別傷悲，蘊涵著強烈的歷史興亡之歎，其眼光已不局限於宮廷而轉向市井，其情懷已不局限於個人生活而進入滄海桑田的感慨。此詩的後半部以「人生貴賤無始終，倏忽須臾難久持」的議論爲轉折，跨越古今，思索歷史和人生，夾以強烈的抒情。將世事無常和人生有限的傷悲抒寫得淋漓盡致，胸懷開闊，氣勢壯大。

盧照鄰的〈長安古意〉也寫得很出色，借對古都長安的描寫，慨世道之變遷而傷一己之湮滯。駱賓王〈帝京篇〉的描寫內容和抒情結構亦復如此，而思路更爲開闊。詩人從當年帝京長安的壯觀與豪華寫起，首敘形勢之恢宏、宮闕之壯偉；次述王侯、貴戚、遊俠、倡家之奢侈無度，但很快就進入議論抒情，評說古今而抒發感慨：

古來榮利若浮雲，人生倚伏信難分。始見田竇相移奪，俄聞衛霍有功勳。未厭金陵氣，先開石槨文。朱門無復張公子，灞亭誰畏李將軍。相顧百齡皆有待，居然萬化咸應改。桂枝芳氣已銷亡，柏梁高宴今何在？春去春來苦自馳，爭名爭利徒爾為。……已矣哉，歸去來。馬卿辭蜀多文藻，揚雄仕漢乏良媒。三冬自矜誠足用，十年不調幾邅回。汲黯薪逾積，孫弘閣未開。誰惜長沙傅，獨負洛陽才！

以濃烈的感情貫注於對歷史人生的思索之中，從而使詩的抒情深化，帶有更強的思想力量，形成壯大的氣勢。作者在詩中還直接抒發了自己沉淪下僚而「十年不調」的強烈不滿，這種憤憤不平使詩的內在氣勢更加激越昂揚。宮廷詩人應制詠物時以頌美爲主的寫詩傾向，至此完全轉向了獨抒懷抱。

盧照鄰、駱賓王的創作個性，在七言歌行體中得到了較爲充分的表現。七言歌行是七言古詩與駢賦相互滲透和融合而產生的一種詩體，在發展過程中又吸收了南朝樂府和近體詩的一些影響。以五、七言爲主而夾雜少量三言的體式，本身就有一種流動感，駢賦中間的蟬聯句式，往往能使全篇的氣勢爲之一振。所以「四傑」裡的盧、駱、王等人往往用它來鋪寫和抒情，夾以議論，情之所至，筆亦隨之，篇幅或長或短，句式參差錯落，工麗整練中顯出流宕和氣勢。這是一種更適合於表現他們所追求的剛健骨氣的抒情載體，不僅實現了描寫場景和題材由宮廷走向市井的轉變，而且出現了壯大的氣勢和力量。

相對於歌行體而言，當時漸趨於成熟的五言律，因追求對偶的整齊和聲律的諧調，常表現出一種感情的相對穩定。但是「四傑」所寫的五言律，尤其是王勃和楊炯的五律，也透露出一種非常自負的雄傑之氣和慷慨情懷，這主要反映在他們的羈旅送別之作和邊塞詩中。「四傑」的送別詩於傷別之外，尚有一種昂揚的抱負和氣概，使詩的格調變得壯大起來。如王勃的〈送杜少府之任蜀川〉：

城闕輔三秦，風煙望五津。與君離別意，同是宦遊人。海內存知己，天涯若比鄰。無為在歧路，兒女共沾巾。

這是「四傑」送別詩裡最有名的一首，雖意識到羈旅的辛苦和離別的孤獨，但沒有傷感，沒有惆悵，只有真摯的友情和共勉，心境明朗，感情壯闊，有一種好男兒志在四方的氣概。五言律在宮廷詩人手裡多用於唱和和詠物，而到了王、楊時代，創作題材已從臺閣移至江山與塞漠⓫。如楊炯的〈從軍行〉：

烽火照西京，心中自不平。牙璋辭鳳闕，鐵騎繞龍城。雪暗凋旗畫，風多雜鼓聲。寧為百夫長，勝作一書生。

邊塞是當時士人幻想建功立業的用武之地，儘管「四傑」中的王、楊、盧都從未到過邊塞，然而他們在詩中表現的立功邊塞的志向和慷慨情懷卻顯得十分強烈。這種激揚文字的書生意氣，是構成其詩歌「骨氣」的重要因素，也是「四傑」詩風與宮廷詩風迴然有異的內在原因。但「四傑」詩風亦屬「當時體」，並沒有完全擺脫當時流行的宮廷詩風的影響，他們的一些作品講究對偶聲律，追求辭采的工麗和韻調的流轉，不免有雕琢繁縟之病。楊炯是「四傑」中以五律見長的詩人，其現存的十四首五言律，完全符合近體的黏式律⓬，不能不說是一種有意的追求。在促成五言律的定型化方面，他與杜審言以及沈、宋等臺閣詩人所起的作用是相同的。

唐高宗、武后時期，以主文詞爲特點的進士科的勃興，爲一般士人中有文才者的升遷創造了條件。與「四傑」同時或稍後的一批初唐著名詩人，如杜審言、李嶠、宋之問、沈佺期等⓭，都是由進士科及第而先後受到朝廷重用的士人作家。他們入朝做官時寫的那些分題賦詠和寓直酬唱的「臺閣體」詩，雖在內容上與以前的宮廷詩人的作品無太大差別，但在詩律和詩藝的研練方面卻有很大進展，為唐代近體詩的定型作出了貢獻。

杜審言、李嶠與蘇味道、崔融並稱「文章四友」，四人中以杜審言最有詩才。胡應麟《詩藪》說：「初唐無七言律，五言亦未超然。二體之妙，杜審言實為首倡。」杜審言現存的二十八首五言律，除一首失黏外，其餘的完全符合近體詩的黏式律。他在五律方面的成就已超過了楊炯，使五言律的創作首先達到了較高的藝術水準。杜審言最有名的五律是他早年在江陰任職時寫的〈和晉陵陸丞早春遊望〉：

> 獨有宦遊人，偏驚物候新。雲霞出海曙，梅柳渡江春。淑氣催黃鳥，晴光轉綠蘋。忽聞歌古調，歸思欲沾巾。

把江南早春清新秀美的景色寫得極為真切，由此引起的濃厚的思鄉之情全融入明秀的詩境中，顯得極為高華雄渾。尤其是頸聯的「雲霞出海曙，梅柳渡江春」，生動地寫出了春的氣息，給人以華妙超然之感。

李嶠的詩歌創作重技巧而乏情思，藻麗有餘而雄渾不足，總的說來不如杜審言，這與他一生仕宦顯達而較少挫折不無關係。李嶠的詩以工整的五言律為主，在這方面下過很深的工夫，他的一百二十多首五言詠物詩，多為奉命或應制之作，缺乏生意，多無可取，但大都合律，且十分講究修辭技巧，在當時五言律的發展過程中起到推動作用。

五律的定型是由宋之問和沈佺期最後完成的，他們的生年晚於李嶠和杜審言，因文才受到賞識而選入朝中做官，是武后時期有代表性的臺閣詩人。置身宮禁而優遊卒歲的館閣生活，使他們的詩歌創作多限於應制酬唱和詠物、贈別，點綴昇平，標榜風雅，難免有詞藻文飾、內容貧乏之弊。因他們有較為充裕的時間琢磨詩藝，在詩律方面精益求精，回忌聲病，約句準篇。一聯之中，輕重悉異，還要求上一聯的對句與下一聯的出句平仄相黏，並把這種黏對規律貫穿全篇，從而使一首詩的聯與聯之間平仄相關，通篇聲律和諧[14]。元稹〈唐故工部員外郎杜君墓係銘序〉說：「唐興，官學大振，歷世之文，能者互出。而又沈、宋之流，研練精切，穩順聲勢，謂之為律詩。」這是最早有關「律詩」定名的記載，故沈、宋之稱，也就成為律詩定型的標誌。

以遵守黏對規則為聲律格式的五言律的定型，在唐代近體詩的演變過程中實具有關鍵性的意義。它不僅完成了由永明體的四聲律到唐詩平仄律的過渡，有易於識記和掌握運用之便，而且具有推導和連類而及的作用，是一種可以推而廣之的聲律法則。在五言律趨於定型後，杜、李、沈、宋等人即成功地把這種律詩的黏對法則應用於七言體詩歌，於中宗景龍年間完成了七言律詩體式的定型⓯。

各種律詩體式的定型爲詩歌藝術的發展創造了有利條件，儘管沈、宋等人在任職館閣期間所寫的應制五律和七律鮮有可觀者，但磨練出了一套律詩的聲律技巧，一旦他們因政治變故而遭謫貶，有了不吐不快的眞情實感之後，就容易寫出情韻俱佳的優秀作品。杜審言寫得最好的五律是在中宗復位時，他因曾依附武后男寵二張（張昌宗、張易之）而被流放峰州後創作的。與此同時，宋之問和沈佺期也因相同的緣由而被流放嶺南，他們同樣也寫出了較好的作品。如宋之問的五律〈度大庾嶺〉：

> 度嶺方辭國，停軺一望家。魂隨南翥鳥，淚盡北枝花。山雨初含霽，江雲欲變霞。但令歸有日，不敢恨長沙。

未到貶所而先想歸期，一種含淚吞聲的感愴情思表現得眞切細膩，見不到文飾痕跡，而詩律和對仗卻十分的工整。他的〈渡漢江〉亦復如此：

> 嶺外音書斷，經冬復歷春。近鄉情更怯，不敢問來人。

這是一首寫得十分精彩的五絕，具有聲情並茂、意在言外的藝術感染力，與後來盛唐詩人的作品已相去不遠了。

在當時，七言律寫得較好的是沈佺期，他的成名作是寫思婦的七律〈古意呈補闕喬知之〉，辭采華麗，聲韻流轉，黏連對仗的技巧很高，但有拼湊痕跡，其藝術感染力遠不如他於流貶途中寫的〈遙同杜員外審言過嶺〉：

> 天長地闊嶺頭分，去國離家見白雲。洛浦風光何所似，崇山瘴癘不堪聞。南浮漲海人何處，北望衡陽雁幾群。兩地江山萬餘里，何時重謁聖明君。

與他流放嶺南所作的五言律相同，此詩表達一種無可奈何的傷感心境，無意修飾卻寫得有情有景，聲律調諧流暢而蘊涵深厚，是早期七言律的成熟之作，被後人稱爲初唐七律的樣板。

總之，經過杜、李、宋、沈等人的不懈努力，從武后至中宗景龍年間，唐代近體詩的各種聲律體式已定型，並出現了一批較爲成功的作品。

第三節　陳子昂與唐詩風骨

・陳子昂詩歌復古傾向的得與失　・陳子昂詩歌的昂揚情調　・陳子昂的詩歌主張與唐詩風骨的關係

陳子昂是一位對唐詩發展有重大影響的詩人。唐高宗顯慶四年（六五九），他出生於梓州射洪（今屬四川）一個富有的庶族地主家庭，從小養成了豪家子弟任俠使氣的性格。青年時期，他折節讀書，二十一歲時入長安遊太學，次年赴洛陽應試，落第西歸，在家鄉過了一段學仙隱居的生活。永淳元年（六八二），他再次赴洛陽應試，得中進士，釋褐將仕郎。由於兩次上諫疏直陳政事，受到武則天的賞識，他被擢爲祕書省正字，官至右拾遺。他曾慷慨從軍，隨喬知之北征同羅、僕固，躍馬大漠，後又隨武攸宜軍出擊契丹，因言事被降職，憤而解職還鄉。回鄉後，他被縣令段簡誣陷入獄，於久視元年（七〇〇）去世，年僅四十二歲。

作爲在武后時期才登上詩壇而嶄露頭角的詩人，陳子昂與沈、宋等人同屬於受重視的新進庶族士人，有著相同的被起用的社會政治文化背景。然而當館閣詩人醉心於應制詠物、尋求詩律的新變時，陳子昂的詩歌創作卻表現出明顯的復古傾向，即恢復古詩比興言志的風雅傳統，這使他的詩呈現出與當時朝中流行的館閣體完全不同的精神風貌。

復歸風雅是陳子昂振起一代詩風的起點，集中體現爲他創作的三十八首〈感遇〉詩。這些詩非一時一地之作，但基本上都作於詩人入仕之後，其中有很多首與作者的政治活動有直接的關係，具有強烈的政治傾向。如武后時期重用酷吏，大開告密之門，朝臣中往往有因一言失愼而被殺者，以致人人自危。陳子昂在〈諫刑書〉和〈諫用刑書〉裡對此加以勸諫，認爲濫殺無辜將釀成禍亂。他的〈感遇〉其四：「樂羊爲魏將，食子殉軍功。骨肉且相薄，他人安得忠？」就是指斥這種現象的。〈感遇〉其十二：「呦呦南山鹿，罹罟以媒和。」則是用諷諭手法表達對酷吏用誘鹿方式羅織冤獄的憤慨和憂慮。當然他是從「達則匡救於國」的忠義立場進行創作的，被杜甫稱爲「千古立忠義，感遇有遺篇」。

在〈感遇〉詩裡，有一部分是表現作者俠肝義膽的述懷言志之作，將匡時濟世的人生抱負化爲慷慨悲歌的情思，具有昂揚壯大的感情氣勢。如〈感遇〉其三十五：

本為貴公子，平生實愛才。感時思報國，拔劍起蒿萊。西馳丁零塞，北上單于臺。登山見千里，懷古心悠哉。誰言未忘禍，磨滅成塵埃。

此詩作於詩人第一次隨軍北征期間，親臨沙場，有感於心、情動於中而形於言。這種興寄方式已突破了古詩美刺比興的傳統局限，直接建安詩人的慷慨多氣，雖在表現形式上帶有受阮籍〈詠懷〉詩影響的痕跡，但沒有興寄無端的苦悶，而是蘊藏著壯偉情懷，展現出不甘平庸、積極進取的精神風貌⑯。從「四傑」開始的那種渴望建功立業的昂揚情調，在陳子昂的這類興寄之作裡更顯激越，帶有壯懷激烈、拔劍而起的豪俠之氣。

爲實現自己建功立業的理想，陳子昂於神功元年（六九七）隨建安郡王武攸宜北征契丹，軍次漁陽。由於建議未被採納而鉗默下列，因登薊北城樓，他有感於從前此地曾有過的君臣際遇的往事，寫了題爲〈薊丘覽古贈盧居士藏用〉的組詩，慨歎時光流逝，古人的不朽功業已成陳跡，而往時的種種際遇難見於今世，有種抱負無法實現的悲憤。在寫這組詩的同時，他寫下了千古絕唱〈登幽州臺歌〉：

前不見古人，後不見來者。念天地之悠悠，獨愴然而涕下。

在天地無窮而人生有限的悲歌中，迴盪著目空一切的孤傲之氣，形成反差強烈的情感跌宕。自悠悠天地而言，將與英雄業績同其長久，而自己人生有限，一旦抱負落空，只能空留遺恨而已，於是產生了愴然涕下的巨大悲哀。這種一己的悲哀裡蘊涵著得風氣之先的偉大孤獨感⑰，透露出英雄無用武之地、撫劍四顧茫茫而慷慨悲歌的豪俠氣概。

壯偉之情和豪俠之氣最能體現陳子昂詩歌創作的個性丰采，也是他宣導的風雅興寄中能反映一個時代士人精神風貌的新內容，一種被稱爲唐詩風骨的東西。提倡風骨和興寄，對於當時詩風的變革有積極的推動作用，陳子昂較早地在創作中體認到了這一點，並有十分明確的理論表述。他在〈與東方左史虬修竹篇序〉裡說：

文章道弊五百年矣。漢魏風骨，晉宋莫傳，然而文獻有可徵者。僕嘗暇時觀齊、梁間詩，采麗競繁，而興寄都絕，每以永歎。思古人，常恐逶迤頹靡，風雅不作，以耿耿也。一昨於解三處，見明公〈詠孤桐篇〉，骨氣端翔，音情頓挫，光英朗練，有金石聲。遂用洗心飾視，發揮幽鬱。不圖正始之音，復睹於茲；可使建安作者，相視而笑。

在這篇詩序裡，陳子昂第一次將漢魏風骨與風雅興寄連繫起來，反對沒有風骨、沒有興寄的作品。這樣，復歸風雅的目的就不只是美刺比興，而是要有悲涼慷慨之氣的建安風骨，寄託濟世的功業理想和人生意氣，這就與片面追求藻飾的齊梁詩風徹底地劃清了界限。其次，他提出了一種「骨氣端翔，音情頓挫，光英朗練」的詩美理想，要求將壯大昂揚的情思與聲律和辭采的美結合起來，創造健康而瑰麗的文學。

陳子昂的詩歌創作和理論主張影響了有唐一代，他對風骨的追求，他提出的詩美理想，對於唐詩的變革具有關鍵性的意義。這為後來唐代文學的進一步發展所證實，成為盛唐詩歌行將到來的序曲。

第四節　張若虛與唐詩興象

・張若虛、劉希夷所創造的詩歌意境美　・張若虛、劉希夷對盛唐詩興象玲瓏之美的影響

經過九十餘年的發展，初唐詩歌在題材範圍的擴大、體物寫景技巧的成熟、聲律的完善和風骨的形成等諸多方面，已為唐詩藝術的繁榮奠定了基礎。與此同時，在詩歌意境的創造方面，張若虛和劉希夷的詩歌提供了成功的經驗。

張若虛是初、盛唐之交的一位詩人，大致與陳子昂等人同時登上詩壇。由於史傳無確載，其生平事蹟不詳，只知他是揚州人，做過兗州兵曹，與賀知章、張旭和包融齊名，被稱為「吳中四士」。他的詩僅存兩首，但一篇〈春江花月夜〉就奠定了他在唐詩史上的大家地位。

這是一首長篇歌行，採用的是樂府舊題，但作者已賦予了它全新的內容，將畫意、詩情與對宇宙奧祕和人生哲理的體察融為一體，創造出情景交融、玲瓏透澈的詩境。詩人先從春江月夜的寧靜美景入筆：

> 春江潮水連海平，海上明月共潮生。灩灩隨波千萬里，何處春江無月明！江流宛轉繞芳甸，月照花林皆似霰；空裡流霜不覺飛，汀上白沙看不見。

月色中，煙波浩渺而透明純淨的春江遠景，展示出大自然的神奇美妙。詩人在感受這美麗景色的同時，沉浸於對似水年

華的體認之中，情不自禁地由江天月色引發出對人生的思索：

> 江天一色無纖塵，皎皎空中孤月輪。江畔何人初見月？江月何年初照人？人生代代無窮已，江月年年只相似；不知江月待何人，但見長江送流水。

由時空的無限遐想到了生命的無限，感到神祕而親切，表現出一種更深沉、更寥廓的宇宙意識⓲。詩人似乎在無須回答的天眞提問中得到了滿足，然而也迷惘了，因爲光陰畢竟如流水，一去難復返。所以從「白雲一片去悠悠，青楓浦上不勝愁」開始，轉而敘寫人間遊子思婦的離愁別緒，明淨的詩境中，融入了一層淡淡的憂傷。這種從優美而來的憂傷，隨月光和江水流淌於心上，徐緩迷人。當全詩以「不知乘月幾人歸，落月搖情滿江樹」收束時，仍有一種令人回味不盡的綿邈韻味。

相類似的詩境創造在劉希夷的詩裡亦能見到，他的代表作〈代悲白頭翁〉觸景生情，以落花起興：「洛陽城東桃李花，飛來飛去落誰家？洛陽女兒好顏色，坐見落花長歎息。今年花落顏色改，明年花開復誰在？」在深微的歎息聲中，有一種朦朧的生命意識的覺醒，由對自然的周而復始與青春年華的轉瞬即逝的領悟，詩人寫出了千古傳誦的名句：「年年歲歲花相似，歲歲年年人不同。」花相似而人不同的意象，深藏著詩人對生命短促的悼惜之情。這種帶有青春傷感的情思貫穿全篇，並通過對紅顏美少年與鶴髮白頭翁的對比描寫而愈顯濃烈，創造出興象鮮明而韻味無窮的詩境。

張若虛和劉希夷在詩歌意境創造上取得的進展，如將眞切的生命體驗融入美的興象，詩情與畫意相結合，濃烈的情思氛圍，空明純美的詩境等，表明唐詩意境的創造已進入爐火純青的階段，爲盛唐詩的到來做了藝術上的充分準備。興象玲瓏、不可湊泊的盛唐詩隨之出現，也就是十分自然的了。

注釋

❶盧思道（五三二—五八六），字子行，范陽（治今河北涿州）人，在北齊曾官司空行參軍長兼員外散騎侍郎，直中書省。齊亡入周，授儀同三司。未幾，參與鄉人祖英伯作亂，當死，因才得免罪。楊堅為丞相，思道任武陽太守。開皇六年卒。盧思

道今存詩二十七首，多數作於北齊、北周，嚴格說來應屬北朝詩人。楊素今存詩六首，皆為入隋後作。薛道衡（五四〇—六〇九）今存詩二十首，半數以上為入隋所作。

❷《全唐詩》收唐太宗詩九十八首。

❸《貞觀政要・文史》記太宗對房玄齡說：「比見前、後漢史載錄揚雄〈甘泉〉、〈羽獵〉，司馬相如〈子虛〉、〈上林〉，班固〈兩都〉等賦，此皆文體浮華，無益勸誡，何假書之史冊？」但他也高度評價陸機的華美文采。姚思廉既批評宮體「傷於輕豔」，又讚賞徐陵的文章「頗變舊體，緝裁巧密」。魏徵稱讚江淹、沈約等人的文章「縟彩郁於雲霞，逸響振於金石，英華秀發，波瀾浩蕩，筆有餘力，詞無竭源」（《隋書・文學傳序》）。令狐德棻等人在《周書・王褒庾信傳論》中也提出文以氣為主，要調遠、旨深、理當、辭巧的主張。他們這些主張的實質，就是合南北文學之兩長，這是其時君臣對文學的共識。

❹唐太宗寫得較好的一些詩，如〈春日望海〉、〈遼東山夜臨秋〉和〈詠風〉等，也都存在這種弊病。

❺李百藥的〈火鳳詞二首〉和〈寄楊公〉，在聲律形式上已符合五律的「黏對」要求，可內容情調卻近於梁代宮體詩。

❻上官儀今存詩二十首。

❼上官儀有《筆劄華梁》二卷，已佚。日僧空海《文鏡祕府論》引錄有其中部分內容。宋李淑《詩苑類格》引有其中的「六對」、「八對」說。王夢鷗《初唐詩學著述考》（臺灣商務印書館一九七七年版）對此有考辨；張伯偉《全唐五代詩格校考》（陝西人民教育出版社一九九六年版）以《文鏡祕府論》所引為據，對殘文進行校考，可參閱。

❽王夢鷗在〈有關唐代新體詩成立的兩種殘書〉裡，對此有細緻論述，見著者《古典文學論新探》一書，臺北正中書局一九八四年版。

❾王績字無功，號東皋子，絳州龍門（今山西河津）人。今人韓理洲有會校本《王無功文集》，上海古籍出版社一九八七年版。

❿四傑生卒年由於史料缺乏，歧見甚大。王勃，絳州龍門（今山西河津）人，有《王子安集》；楊炯，華州華陰（今陝西華陰）人，有《盈川集》；盧照鄰，幽州范陽（今北京大興）人，有《幽憂子集》；駱賓王，婺州義烏（今浙江義烏）人，有《駱臨海集》。

⓫參見聞一多《唐詩雜論・四傑》，收入《聞一多全集》，上海開明書店一九四八年版。

⓬劉寶和〈律詩不完成於沈、宋〉對此有論述，見《中州學刊》一九八四年第三期。

⓭杜審言（六四六？—七〇八）字必簡，襄陽（今屬湖北）人，今存詩四十三首。李嶠（六四五—七一四？），趙州贊皇（今河北贊皇）人，今存詩二百餘首。宋之問（六五六？—七一二），虢州弘農（今河南靈寶）人，今存詩近二百首。沈佺期

（六五六？—七一六），相州內黃（今河南內黃）人，今存詩一百五十餘首。

⓮ 現存宋之問的十五首應制五言律，沈佺期的十二首應制五言律，全都符合這種近體詩的黏對規則而無一例外。

⓯ 見趙昌平《初唐七律的成熟及其風格溯源》，見《中華文史論叢》一九八六年第四期。何偉棠《永明體到近體》，廣東高等教育出版社一九九四年版。

⓰ 參見葛曉音〈論初、盛唐詩歌革新的基本特徵〉，《中國社會科學》一九八五年第二期。

⓱ 「得風氣之先的偉大孤獨感」的觀點，是李澤厚在《美的歷程》（文物出版社一九八一年版）中首先提出來的。

⓲ 參見聞一多《唐詩雜論・宮體詩的自贖》。程千帆《程千帆詩論選集・張若虛〈春江花月夜〉的被理解與被誤解》，山西人民出版社一九九〇年版。羅宗強、郝世峰主編《隋唐五代文學史》上冊，第二編第二章，高等教育出版社一九九〇年版。

第二章　盛唐的詩人群體

唐開元、天寶年間，經濟繁榮，國力強盛，湧現出大批稟受山川英靈之氣而天賦極高的詩人，他們「既閒新聲，復曉古體；文質半取，風騷兩挾；言氣骨則建安為傳，論宮商則太康不逮」（殷璠〈河嶽英靈集序〉）。初唐以來講究聲律辭藻的藝術追求與抒寫慷慨情懷匯而為一，詩人作詩筆參造化，韻律與抒情相輔相成，氣協律而出，情因韻而顯，如殷璠所說的「神來、氣來、情來」，達到了聲律風骨兼備的完美境界，這成為盛唐詩風形成的標誌。

開元十五年（七二七）前後，是盛唐詩風形成的關鍵時期。武后時興起的重視文詞的進士科，至此進一步演變為「以詩賦取士」，而且鄉貢入試者的比例大大超過國子監生徒，為各地有才華的寒俊文士打開了入仕的希望之門❶，加之喜延納才士的張說和張九齡先後為相，長安成為四方鄉貢文士的聚散地。過去那種由宮廷侍從文人集團主持詩壇的局面，為各種鬆散的才子型詩人群體間的爭奇鬥妍所取代，詩歌創作「既多興象，復備風骨」，並形成不同風格的群體，創造出各種詩歌之美。

第一節　王維等創造靜逸明秀之美的詩人

・張九齡的貢獻　・王維的詩　・孟浩然的詩　・以王、孟為中心的其他詩人

在王維、孟浩然詩人群落出現之前，有一位詩人值得注意，他就是張九齡。

張九齡（六七八—七四〇），字子壽，韶州曲江（今廣東韶關）人，是繼張說之後的一代名相和文壇領袖。他用提攜才士的方式促進了唐詩盛世的到來，以清雅沖淡的詩風開盛唐山水田園詩派，成為王維等創造靜逸明秀之美詩人們的先導。

在唐開元年間，張說、張九齡先後為相，同屬執政壇和文壇牛耳的領軍人物。張說歷仕武則天、中宗、睿宗和玄宗四朝，「掌文學之任凡三十年。為文俊麗，用思精密，朝廷大手筆，皆特承中旨撰述，天下詞人，咸諷誦之」（《舊唐

書・張說傳》）。張說與蘇頲並稱「燕、許大手筆」，屬於初唐後期以文章名世的文壇宗師，而張九齡則是盛唐前期引領風騷的詩壇盟主，其文學成就主要體現在詩歌創作上。張九齡在京為官所作的五言排律，以應制和應酬之作為主，沿襲初唐臺閣詩人和張說的作風，綺麗有餘而情韻不足。但開元十五年因受張說牽連出為洪州刺史，以及開元二十五年遭貶荊州長史，使他的詩歌創作風格發生重大變化，其託物興感以言情和因山水以抒情的「曲江體」詩，已具有盛唐詩的清婉明秀之美。如翁方綱《石洲詩話》所說：「曲江公委婉深秀，遠出燕、許諸公之上，阮、陳而後，實推一人，不得以初唐論。」張九齡貶謫荊州後創作的〈感遇〉組詩，運用《風》、《騷》的比興手法，託比禽鳥，寄興草木，環譬託喻而情致深婉，其形象性和情韻都較陳子昂的同題之作更勝一籌。

除講究興寄蘊藉的感遇詩，在性情與聲色融合的山水詩創作方面，張九齡也有出色的表現。他外放洪州刺史後寫的紀行體詩，將詠懷與山水描寫結合起來，能含清拔於秀麗，寓風骨於物色。如〈西江夜行〉：「遙夜人何在？澄潭月裡行。悠悠天宇曠，切切故鄉情。外物寂無擾，中流澹自清。念歸林葉換，愁坐露華生。猶有汀洲鶴，宵分乍一鳴。」通過對旅途中所見所聞的景色的描繪，感慨人生出處進退之不易，表現清雅的情操和高尚人格。其〈湖口望廬山瀑布泉〉云：

萬丈洪泉落，迢迢半紫氛。奔飛流雜樹，灑落出重雲。日照虹蜺似，天清風雨聞。靈山多秀色，空水共氤氳。

這是張九齡山水詩裡較著名的作品，描繪廬山瀑布的天然壯麗和恢宏氣勢，空濛的山水景色烘托出大自然的神奇，能激發人美好的情感和意趣。他在〈題畫山水障〉裡說：「良工適我願，妙墨揮岩泉。變化合群有，高深侔自然。……言象會自泯，意色聊自宣。對玩有佳趣，使我心渺綿。」無論山水畫或山水詩，都是人對自然的欣賞和感悟，妙在心情與物色的冥和。其〈同綦毋學士月夜聞雁〉云：「月思關山笛，風號流水琴。空聲兩相應，幽感一何深。」用自然的聲色表現深遠的情感，構成興象玲瓏的明秀詩境。

張九齡的山水詩創作受「二謝」（謝靈運、謝朓）的影響比較大，他的一些山水詩帶有紀遊性質，敘述行程中的見聞和感悟。如〈臨泛東湖〉：「乘流坐清曠，舉目眺悠緬。林與西山重，雲因北風卷。晶明晝不逮，陰影鏡無辨。晚秀復芬敷，秋光更遙衍。萬族紛可佳，一遊豈能展。」詩歌的結構方式和寫形圖貌的筆法，與大謝的山水詩別無二致。但他又像謝朓一樣擅長寫「望」中景色，以營造寄情深遠的意境氛圍。如〈送竇校書見餞得雲中辨江樹〉：「江水天連色，無涯淨野氛。微明岸傍樹，凌亂渚前雲。舉棹形徐轉，登艫意漸分。渺茫從此去，空復惜離群。」物色與人情達到了水乳交融的地步，與小謝詩的清麗圓美如出一轍。再如〈望月懷遠〉：

> 海上生明月，天涯共此時。情人怨遙夜，竟夕起相思。滅燭憐光滿，披衣覺露滋。不堪盈手贈，還寢夢佳期。

不對月夜美景做窮形盡相的描繪，而著重寫月色撩人，月光使遠方的情人夜不能寐，相思之情溢於言表，像海水一樣廣闊浩瀚，海上的無邊月色與渺茫的情思相融合，構成韻味無窮的清婉詩境。由於多寫水景和月色，張九齡的詩具有一種「清澹」的風格意境，這種詩美對以王維、孟浩然爲傑出代表的盛唐山水田園詩派有直接的影響。胡應麟認爲：「陳子昂獨開古雅之源，張子壽首創清澹之派。盛唐繼起，孟浩然、王維、儲光羲、常建、韋應物本曲江之清澹，而益以風神者也。」（《詩藪・內編》）這是就當時山水詩的流派風格而言。

張九齡對唐詩發展的貢獻也體現在其文學交往中，他曾於開元二十二年舉薦王維爲右拾遺，又在鎮荊州時辟孟浩然爲從事，他們的密切交往和深厚情誼在詩歌創作中也有反映。王維〈獻始興公〉詩云：「所不賣公器，動爲蒼生謀。賤子跪自陳，可爲帳下不？感激有公議，曲和非所求。」對張九齡的提攜深表感激。孟浩然也在〈臨洞庭上張丞相〉、〈荊州上張丞相〉、〈陪張丞相登嵩陽樓〉等詩裡，多次表達渴望汲引的心情和知遇之恩。

王維是盛唐山水田園詩的代表作家，祖籍太原祁（今山西祁縣），後其父徙家於蒲州（今山西永濟），生於武后長安元年（七〇一）。從十五歲起，他遊學長安數年，並於開元九年（七二一）擢進士第，釋褐太樂丞，但因事獲罪，貶濟州司倉參軍。此後他開始了亦官亦隱的生涯，曾先後隱居淇上、嵩山和終南山，並在終南山築輞川別業以隱居。可他也向宰相張九齡獻詩以求汲引，官拜右拾遺，又一度赴河西節度使幕，爲監察御史兼節度判官，還曾以侍御史知南選。天寶十四載（七五五）安史亂起，至德元年（七五六）叛軍攻陷長安，他被迫接受僞職。次年兩京收復時，他因此被定罪下獄，但旋即得到赦免，不僅官復原職還逐步升遷，官至尚書右丞。不過王維晚年已無意於仕途榮辱，退朝之後，常焚香獨坐，以禪誦爲事。他於上元二年（七六一）卒於輞川別業，年六十一❷。

與當時許多想建功立業以揚名不朽的才士一樣，王維早年對功名亦充滿熱情和嚮往，有一種積極進取的生活態度。他在〈少年行〉中說：「孰知不向邊庭苦，縱死猶聞俠骨香。」其〈送張判官赴河西〉詩則云：「沙平連白雪，蓬捲入黃雲。慷慨倚長劍，高歌一送君。」聲調高朗，氣魄宏大。王維赴河西節度使幕時到過塞外，他出塞前後寫的詩，如

〈從軍行〉、〈觀獵〉、〈出塞作〉、〈送元二使安西〉等，洋溢著壯大明朗的情思和氣勢。其〈使至塞上〉云：

單車欲問邊，屬國過居延。征蓬出漢塞，歸雁入胡天。大漠孤煙直，長河落日圓。蕭關逢候騎，都護在燕然。

以英特豪逸之氣融貫於出色的景物描寫之中，形成雄渾壯闊的詩境。那無盡的長河、廣闊地平線上的落日、大漠孤堡上的烽煙，透露出詩人走馬西來天盡頭的豪邁氣概。

眞正奠定王維在唐詩史上大師地位的，是其抒寫隱逸情懷的山水田園詩。他精通音樂又擅長繪畫，在描寫自然山水的詩裡，創造出「詩中有畫，畫中有詩」的靜逸明秀詩境，興象玲瓏而難以句詮。如〈山居秋暝〉：

空山新雨後，天氣晚來秋。明月松間照，清泉石上流。竹喧歸浣女，蓮動下漁舟。隨意春芳歇，王孫自可留。

在清新寧靜而生機盎然的山水中，感受到萬物生生不息的生之樂趣，精神昇華到了空明無滯礙的境界，自然的美與心境的美完全融為一體，創造出如水月鏡花般不可湊泊的純美詩境。

空明境界和寧靜之美，是王維山水田園詩藝術的結晶。因心境空明，他對自然的觀察極為細緻，感受非常敏銳，像畫家一樣，善於在動態中捕捉自然事物的光和色，在詩裡表現出極豐富的色彩層次感，如：

日落江湖白，潮來天地青。（〈送邢桂州〉）

泉聲咽危石，日色冷青松。（〈過香積寺〉）

荊溪白石出，天寒紅葉稀。山路元無雨，空翠濕人衣。（〈山中〉）

白雲回望合，青靄入看無。分野中峰變，陰晴眾壑殊。（〈終南山〉）

日落昏暗，愈顯江湖之白色；潮來鋪天，彷彿天地也瀰漫潮水之青色。一是色彩的相襯，一是色彩的相生。日色本為暖色調，因松林青濃綠重的冷色調而產生寒冷的感覺，這是條件色的作用。紅葉凋零，常綠的林木更顯蒼翠，這翠色充滿空間，空濛欲滴，無雨而有濕人衣之感，這也是條件色的作用。至於「白雲回望合，青靄入看無」，則淡遠迷離，煙雲變滅，如水墨暈染的畫面❸。王維以他畫家的眼睛和詩人的情思，寫物態天趣，寧靜優美而神韻縹緲。

王維很早就歸心於佛法，精研佛理，受當時流行的北宗禪的影響較大，晚年思想又接近南宗禪，撰寫了《能禪師碑》❹。他在〈哭殷遙〉詩中說：「憶昔君在時，問我學無生。」直至晚年，他在〈秋夜獨坐〉中還說：「欲知除老病，唯有學無生。」、「無生」之說，出於佛典裡的大乘般若空觀，是「寂滅」和「涅槃」的另一種表述方式，流行於唐代士人中的《維摩詰經》裡，就有「無生無滅是寂滅義」的說法。學無生的具體方法是坐禪，即靜坐澄心，最大限度地平靜思想和情緒，讓心體處於近於寂滅的虛空狀態。這能使個人內心的純粹意識轉化為直覺狀態，如光明自發一般，產生萬物一體的洞見慧識和渾然感受，進入物我冥合的「無我」之境。

這種以禪入定、由定生慧的精神境界，是中國人接觸佛教大乘教義後體悟到的一種心靈狀態，對王維等山水詩人的創作影響極大，當他們從坐禪的靜室中走出來，即習慣於把寧靜的自然作為凝神觀照而息心靜慮的對象，從而使山水詩的創作別具慧眼，由早期的寫氣圖貌和巧為形似之言，進入「搜求於象，心入於境，神會於物，因心而得」（王昌齡《詩格》語）的意境創造。六朝以來用玄學意味體會自然的山水審美意識，演進為以禪趣為主而超入禪境，禪境常通過詩境來表現。如王維的〈終南別業〉：

中歲頗好道，晚家南山陲。興來每獨往，勝事空自知。行到水窮處，坐看雲起時。偶然值林叟，談笑無還期。

水窮盡處，自然也就是深山空靜無人處，人無意而至此，雲無心而出岫，可謂思與境偕，神會於物。詩人著重寫無心，寫偶然，寫坐看時無思無慮的直覺印象，那淡泊無心、自然閒適的「雲」，是詩人心態的形象寫照。對境觀心而道契玄微，靜極生動、動極歸靜、動靜不二的禪意，滲入山情水態之中，化作天光雲影，空靈而自然。

與坐禪的體驗相關聯，王維多喜歡寫獨坐時的感悟，將禪的靜默觀照與山水審美體驗合而為一，在對山水清暉的描繪中，折射出清幽的禪趣。如其〈秋夜獨坐〉：

獨坐悲雙鬢，空堂欲二更。雨中山果落，燈下草蟲鳴。白髮終難變，黃金不可成。欲知除老病，惟有學無生。

在一片靜寂中傾聽天籟，以動寫靜，喧中求寂，超以象外而入於詩心，顯示出心境的空明與寂靜。他在〈過感化寺曇興上人山院〉裡說：「野花叢發好，谷鳥一聲幽。夜坐空林寂，松風直似秋。」以果落、蟲鳴、鳥聲反襯山林的靜謐，寄寓詩人的幽獨情懷，表現的是詩人靜觀寂照時感受到的自然界的輕微響動。

王維晚年的歸隱確已達到了他在〈裴右丞寫眞贊〉裡說的「氣和容眾，心靜如空」的「無我」境界。他在〈山居即事〉中說：「寂寞掩柴扉，蒼茫對落暉。」這是其獨自隱居山中時的心態寫照。由於生性好靜而自甘寂寞，他能把獨往獨來的歸隱生活寫得很美，其〈酬張少府〉說：「晚年唯好靜，萬事不關心。自顧無長策，空知返舊林。松風吹解帶，山月照彈琴。君問窮通理，漁歌入浦深。」無心於世事而歸隱山林，與松風山月爲伴，不僅沒有絲毫不堪孤獨的感覺，反而流露出自得和閒適。

人若能享受孤獨，寂寞也就是一種美了。著名的《輞川集》二十首，是王維晚年隱居輞川別業寫的一組小詩，將詩人自甘寂寞的山水情懷表露得極爲透澈，在明秀的詩境中，讓人感受到一片完全擺脫塵世之累的寧靜心境，似乎一切情緒的波動和思慮都被淨化掉了，只有難以言說的自然之美。如：

空山不見人，但聞人語響，返景入深林，復照青苔上。（〈鹿柴〉）

獨坐幽篁裡，彈琴復長嘯。深林人不知，明月來相照。（〈竹里館〉）

木末芙蓉花，山中發紅萼。澗戶寂無人，紛紛開且落。（〈辛夷塢〉）

一則說「不見人」，再則云「人不知」，復又說「寂無人」，在常人看來該是何等的孤獨寂寞！而王維則不然，因他所欣賞的正是人在寂寞時方能細察到的隱含自然生機的空靜之美。那空山青苔上的一縷夕陽、靜夜深林裡的月光、自開自落的芙蓉花，所展示的無一不是自然造物生生不息的原生狀態，不受人爲因素的干擾，沒有孤獨也沒有惆悵，只有一片空靈的寂靜，而美的意境就產生於對這自然永恆的空、靜之美的感悟之中。

在當時與王維齊名而同樣以寫自然山水見長的詩人是孟浩然，他的生、卒年均早於王維，但成名卻在王維之後。

孟浩然（六八九－七四〇），襄陽人，是盛唐詩人中終身不仕的一位作家。四十歲以前，他隱居於距鹿門山不遠的漢水之南，曾南游江、湘，北去幽州，一度寓寄洛陽，往遊越中。開元十六年（七二八），他入長安應舉，結交王維、張九齡等人，開始遍交詩壇群彥。次年賦詩祕省，以「微雲淡河漢，疏雨滴梧桐」一聯名動京師卻不幸落第。隨後他南下吳越，寄情山水。開元二十五年（七三七）入張九齡荊州幕，酬唱尤多，三年後不達而卒❺。

在他人眼中，孟浩然是位地道的隱逸詩人。李白說：「吾愛孟夫子，風流天下聞。紅顏棄軒冕，白首臥松雲。」（〈贈孟浩然〉）其實孟浩然並非無意仕進，與盛唐其他詩人一樣，他懷有濟時用世的強烈願望，其〈臨洞庭湖贈張丞相〉詩云：

八月湖水準，涵虛混太清。氣蒸雲夢澤，波撼岳陽城。欲濟無舟楫，端居恥聖明。坐觀垂釣者，徒有羨魚情。

這首詩是贈張說的（一說贈張九齡），「臨淵羨魚」而坐觀垂釣，把希望通過貴人援引而一登仕途的心情表現得很迫切，有一種不甘寂寞的豪逸之氣。故詩寫得境界宏闊、氣勢壯大，尤其是「氣蒸雲夢澤，波撼岳陽城」一聯，是非同凡響的盛唐之音。

孟浩然稟性孤高狷潔，雖始終抱有濟時用世之志，卻又不願折腰曲從，張九齡可舉薦王維卻無法舉薦他。當他求仕無門，而且應舉落第後，就高吟「不才明主棄，多病故人疏」放棄仕宦而走向山水，以示不同流俗的清高。他在〈夏日南亭懷辛大〉中說：

山光忽西落，池月漸東上。散髮乘夕涼，開軒臥閒敞。荷風送香氣，竹露滴清響。欲取鳴琴彈，恨無知音賞。感此懷故人，中宵勞夢想。

抒發自己獨自乘涼時的感慨，一句「恨無知音賞」，表明了詩人清高自賞的寂寞心緒。以山水自適的情懷融入池月清光、荷風暗香和竹露清響的興象中，頓覺清曠爽朗。淨化了的情思用提純的景物表現，有一種單純明淨的美❻。

由於生活環境和性格氣質的不同，在詩的寫法和藝術風格方面，孟浩然與王維是有區別的。他的山水田園詩更貼近自己的日常生活，「余」、「我」等字樣常出現在詩裡。如〈過故人莊〉：「故人具雞黍，邀我至田家。綠樹村邊合，青山郭外斜。」又如〈與諸子登峴山〉：「人事有代謝，往來成古今。江山留勝跡，我輩復登臨。」出現在孟浩然詩裡的景物描寫，常常就是他生活環境的一部分，帶有即興而發、不假雕飾的特點。如〈春曉〉：

春眠不覺曉，處處聞啼鳥。夜來風雨聲，花落知多少？

寫自己春曉時的感覺，不經意的猜想中透露出明媚宜人的大好春光，似有惋惜之情卻又無跡可尋。詩語自然純淨而采秀內映，相較而言，似比王維的詩更顯淳樸，更接近陶淵明詩豪華落盡見眞淳的境界。

孟浩然一生多次出遊，而且偏愛水行，在乘舟漫遊吳越水鄉的過程中寫了不少山水詩。遇景入詠時，他常從高遠處落筆，自寂寞處低回，隨意點染的景物與清淡的情思相融，形成平淡清遠而意味無窮的明秀詩境。如〈宿建德江〉：

> 移舟泊煙渚，日暮客愁新。野曠天低樹，江清月近人。

再如〈耶溪泛舟〉：

> 落景餘清輝，輕橈弄溪渚。澄明愛水物，臨泛何容與。白首垂釣翁，新妝浣紗女。相看似相識，脈脈不得語。

前一首寫日暮泊舟時的「客愁」，寂寞惆悵的孤獨心緒，因野曠天低、江清月近而愈顯清遠無際。後一首表現傍晚泛舟時的散淡逸興，老翁少女相對視，落落大方，情純意潔，脫盡凡俗之氣，語句平淡，淡得幾乎看不到作詩的痕跡，而詩味卻很醇厚。如果說王維的山居歌詠長於表現空山的寧靜之美的話，那麼孟浩然的乘舟行吟之作，則給人以洗削凡近之感，情思的淨化、語言的清淡，和詩境的明秀融爲一體，將自然純淨的山水之美透澈地表現了出來。

自然平淡是孟浩然山水詩的風格特點。儘管他的詩中也有刻畫細緻、用字精審的工整偶句，如「天邊樹若薺，江畔舟如月」（〈秋登蘭山寄張五〉）；「風鳴兩岸葉，月照一孤舟」（〈宿桐廬江寄廣陵舊遊〉）。但非有意於模山範水，只是一時興到之語。觀其全詩，以氣運筆，一氣渾成，無雕琢之跡，妙在自然流走、沖淡閒遠，不求工而自工。

王維和孟浩然在盛唐詩壇享有盛譽，影響很大。崔興宗稱王維爲「當代詩匠」（〈酬王維〉詩序），王士源說孟浩然的五言詩「天下稱其盡美矣」（〈孟浩然集序〉）。當時以王、孟爲中心，還有一批詩風與他們相近的詩人，如裴迪、儲光羲、劉眘虛、張子容、常建等❼。

裴迪曾與王維一起隱居終南山，在生活情趣和創作風格方面受王維的影響很深。他的《輞川集》二十首就是兩人的唱和之作。如〈華子岡〉：

落日松風起，還家草露稀。雲光侵履跡，山翠拂人衣。

這是他寫得較好的一首詩，雖遠不能與王維的同題之作相比，但力求把詩寫得明淨一些的創作傾向，還是比較明顯的。

儲光羲的生活經歷較為曲折，他登進士第後任安宜等地縣尉，不久辭官歸鄉，曾與王維等人隱居終南山多年，旋又出仕，在安史之亂中被叛軍俘虜，接受偽職，後因此而被貶竄南方，卒於貶所。他的詩留存下來的比較多，〈同王十三維偶然作十首〉、〈田家雜興八首〉、〈田家即事〉等，是其直接寫田園生活的代表作。在這些詩中，由於作者想表達的是返璞歸眞、養性怡情的思想，言玄理的成分較多，藝術上並不成功。儲光羲寫得較好的詩是〈雜詠〉五首、〈江南曲〉四首等表達隱逸情趣的作品。如〈雜詠〉五首裡的〈釣魚灣〉：

垂釣綠灣春，春深杏花亂。潭清疑水淺，荷動知魚散。日暮待情人，維舟綠楊岸。

由杏花春水和潭荷游魚構成的明秀小景，融進詩人的敏銳感受和怡靜心情，確有一種「格高調逸，趣遠情深」（殷璠《河嶽英靈集》）的韻味。在風格的自然淡遠方面，與孟浩然的詩十分接近。

劉眘虛和張子容也是詩風與孟浩然相近的詩人，他們都是孟浩然的朋友，彼此之間常有唱和，同氣相求，同聲相應。如劉眘虛的〈暮秋揚子江寄孟浩然〉：

木葉紛紛下，東南日煙霜。林山相晚暮，天海空青蒼。暝色況復久，秋聲亦何長。孤舟兼微月，獨夜仍越鄉。寒笛對京口，故人在襄陽。詠思勞今夕，江漢遙相望。

一種綿長的思友之情寄寓於水長天闊的遙望之中，詩境澄淡清遠。

張子容也有類似的詩作，如〈除夜樂城逢孟浩然〉、〈送孟浩然歸襄陽〉二首等，寫得較好的是〈泛永嘉江日暮回舟〉：

無雲天欲暮，輕鷁大江清。歸路煙中遠，回舟月上行。傍潭窺竹暗，出嶼見沙明。更值微風起，乘流絲管聲。

寫行舟江上時所見的景色，詩境清逸淡雅，與孟浩然的詩相似，但氣味較薄而終遜一籌。

與王、孟詩風相近的詩人中，常建的創作成就最高。他中進士後曾當過一段時間的縣尉，但大部分時光隱居於終南山和武昌江渚。他寫歸隱生活的山水田園作品，多孤高幽僻的隱逸風調，其靈慧秀雅和空明寂靜與王維詩十分相近。如〈題破山寺後禪院〉：

> 清晨入古寺，初日照高林。竹徑通幽處，禪房花木深。山光悅鳥性，潭影空人心。萬籟此都寂，但餘鐘磬音。

把深山古寺的清幽和山光潭影的空明寫得極爲眞切，通於微妙至深的禪境。心無纖塵的幽遠情思融入萬籟俱寂的寧靜之中，而清潤悠揚的鐘磬聲又顯出了靜中之動，傳達出生氣遠出的縹緲韻味。

這種表裡澄澈而具神韻的明秀詩境，不僅使山水虛靈化了，也情致化了。如常建在〈江上琴興〉一詩中所說：「江上調玉琴，一弦清一心。泠泠七弦遍，萬木澄幽陰。能使江月白，又令江水深。始知梧桐枝，可以徽黃金。」清心澄慮，靜觀山水而生情，情具象而爲景，景中有情，情中有景，交融互滲而構成晶瑩美妙的詩境。

第二節　王昌齡、崔顥等創造清剛勁健之美的詩人

・王翰、王昌齡、李頎、崔顥、祖詠等人的創作

與王維、孟浩然等山水詩人同時出現於盛唐詩壇的，有一群具有北方陽剛氣質的豪俠型才士。他們較熱衷於人世間的功名富貴，動輒以公侯卿相自許，非常自信和自負，頗有橫絕一世、駿發踔厲的狂傲氣概。儘管他們入仕後的境遇與所追求的人生理想反差甚大，頗多失意之感，但仍不失雄傑之氣。他們的詩歌創作具有豪爽俊麗而風骨凜然的共同風貌，創造出了清剛勁健之美。

這群個性鮮明的豪俠詩人多爲進士出身的寒俊文士，文學活動主要在開元、天寶年間。王翰是他們當中進士及第較早的一位，他是並州晉陽（今山西太原）人，生卒年不詳，於睿宗景雲元年（七一〇）登進士第，爲人狂傲而放縱。在進士登第後赴吏部銓選時，他將海內文士分爲九等，於吏部東街張榜公布：第一等中僅有三人，除了被譽爲「一代文宗」的張說和大名士李邕之外，剩下一人就是他自己，自負得近於狂妄。他入仕後生活放蕩，日與才士豪俠遊樂，縱酒

蓄妓，因此被貶為道州司馬，最終卒於任上。

王翰狂放不羈的行為心態在盛唐士人中具有典型性，與赤裸裸地追求功名相關，懷有及時富貴行樂思想。他在〈古蛾眉怨〉中說：「人生百年夜將半，對酒長歌莫長歎。情知白日不可私，一死一生何足算！」以放縱為風骨，在後人看來難免輕狂，但反映出當時士人特有的那種極其坦蕩的心情和豪健的氣格。所以王翰詩多一氣流轉的壯麗俊爽之語，代表作為〈涼州詞〉二首其一：

> 葡萄美酒夜光杯，欲飲琵琶馬上催。醉臥沙場君莫笑，古來征戰幾人回？

以豪飲曠達寫征戰，連珠麗辭中蘊涵著清剛頓挫之氣，極為勁健。王翰存詩不多，但僅此一首七絕也足以名世了。

王昌齡的七絕比王翰寫得好，不僅質量高，數量也多。他是京兆萬年（今陝西西安）人，約生於天授元年（六九〇），早年居灞上，曾北遊河隴邊地。開元十五年（七二七）登進士第，補祕書省校書郎。七年後中博學宏詞科，為汜水尉，因「不護細行，屢見貶斥」（《舊唐書》本傳）。開元二十七年（七三九）獲罪謫嶺南，翌年北歸，任江寧丞。約於天寶初又被貶龍標尉。安史之亂時，被亳州刺史閭丘曉殺害❽。

從其〈少年行〉、〈長歌行〉等作品中可以看出，王昌齡是個慕俠尚氣、縱酒長歌的性情中人。他在〈鄭縣宿陶大公館贈馮六元二〉中說：「儒有輕王侯，脫略當世務。」不乏睥睨一世的狂放氣概。他的一再被貶，與不護細行、放縱不羈很有關係。但因出身孤寒和受道教虛玄思想的影響，他身上有種一般豪俠之人缺乏的深沉，觀察問題較為敏銳，帶有透視歷史的厚重感。他作詩不是全憑情氣，也很講究立意構思，其作品除豪爽俊麗外，還有「緒密思清」的特點❾。如〈出塞〉二首其一：

> 秦時明月漢時關，萬里長征人未還。但使龍城飛將在，不教胡馬度陰山。

全詩的主調是最末一句表現出來的衛國豪情，悲壯渾成，給人以大氣磅礴之感。詩人從秦漢的明月關山落筆，上下千年，同此悲壯，萬里征人，迄無還日，不僅寫出了沉思歷史時對勇於獻身邊關者的同情和民族自豪感，還隱含著對現實中將非其人的諷刺。如此豐富的內容和深厚的情感壓縮在短短四句詩中，意脈細密曲折而情氣疏宕俊爽，堪稱大手筆。

在王昌齡的邊塞詩裡，用樂府舊題寫的五言古詩和七言絕句各有十首，但為後世傳誦的均為七絕。因其性格豪爽，故七言長於五言，而思致縝密，講究做法，又宜於短章而不宜長篇。為補反映複雜內容時短章的局限，他創作出了以相關聯的多首七絕詠邊事的連章組詩，即著名的〈從軍行〉七首。按順序從中挑出幾首，可串連起來誦讀：

烽火城西百尺樓，黃昏獨坐海風秋。更吹羌笛關山月，無那金閨萬里愁。（其一）
琵琶起舞換新聲，總是關山舊別情。撩亂邊愁聽不盡，高高秋月照長城。（其二）
青海長雲暗雪山，孤城遙望玉門關。黃沙百戰穿金甲，不破樓蘭終不還。（其四）
大漠風塵日色昏，紅旗半捲出轅門。前軍夜戰洮河北，已報生擒吐谷渾。（其五）

前兩首寫深長的邊愁，羌笛吹奏的〈關山月〉曲中的別情，用「換新聲」勾連，又被琵琶撩亂，託之以高天秋月照長城的蒼涼景色，蒼涼中又瀰漫一重壯闊的情思氛圍。後兩首寫追求邊功的豪情，不破敵立功「終不還」的壯志，因夜戰擒敵而實現，壯烈情懷與勝慨英風合並而出，出於人之常情的離愁別怨與英雄氣概相結合，聲情更顯悲壯激昂。前後章法井然，意脈貫穿，清而剛，婉而健，有氣骨，為七絕連章中的神品。

除早年出手不凡的邊塞詩外，王昌齡後來創作的送別詩和以女性生活為題材的作品也很出色。由於他被貶後心境有所變化，與王維、孟浩然等山水詩人交往密切，相互影響，加之受南方自然風物的薰陶，晚年詩風偏於清逸明麗，但仍有一種清剛爽朗的基調。如〈芙蓉樓送辛漸〉二首其一：

寒雨連江夜入吳，平明送客楚山孤。洛陽親友如相問，一片冰心在玉壺。

借送友以自寫胸臆，用「冰心在玉壺」自喻高潔，意蘊涵蓄而風調清剛。再如〈採蓮曲〉二首其二：

荷葉羅裙一色裁，芙蓉向臉兩邊開。亂入池中看不見，聞歌始覺有人來。

帶有南方民歌的味道，清麗自然，但有爽勁之氣為底蘊，故能脫於流俗。作者其他寫女性的作品，如〈長信秋詞五首〉、〈閨怨〉等，亦復如此。

王昌齡是專攻七絕的高手，無論寫什麼題材，表達什麼感情，格調或高昂開朗，或清剛蒼涼，或雄渾跌宕，或爽麗自然，總有一種剛健之美在。他的七絕留存下來七十餘首，寫得幾乎首首皆好。

盛唐豪俠型詩人創造的清剛勁健之美，基於北方士人的陽剛氣質，但又帶有南國的清虛情韻，是南北詩風交融的產物。這於王昌齡的作品裡已有體現，在崔顥、李頎、祖詠等同類詩人的創作中，表現得更爲明顯。他們入仕前後都有一段北走幽燕河隴、南游荊楚吳越的經歷，這種南北漫遊往往成爲其詩風形成或轉折的重要契機。

崔顥是汴州（今河南開封）人，約生於武後長安四年（七〇四），於開元十一年（七二三）登進士第。由於他早年好賭博飲酒，擇妻以貌美爲準，稍不如意即離棄，被稱爲「有俊才，無士行」（《舊唐書》本傳）。殷璠《河嶽英靈集》說：「顥年少爲詩，名陷輕薄。晚節忽變常體，風骨凜然。一窺塞垣，說盡戎旅。」崔顥詩歌的「忽變常體」是從他及第前兩年的南遊開始的，其標誌是由漢水行至湖北武昌時創作的〈黃鶴樓〉詩：

昔人已乘黃鶴去，此地空餘黃鶴樓。黃鶴一去不復返，白雲千載空悠悠。晴川歷歷漢陽樹，芳草萋萋鸚鵡洲。日暮鄉關何處是，煙波江上使人愁。

詩的前半段抒發人去樓空的感慨，後半段落入深重的鄉愁，所用事典「鸚鵡洲」是連接前後的關捩。相傳此洲是漢末狂生禰衡被殺後的葬身處，一代名士的丰采早已被萋萋芳草湮蓋了，如今以禰衡爲同調的詩人也因狂放而名陷輕薄，遊歷至此，怎能不頓生空茫之感，有不如歸去之歎呢？此詩雖爲律詩變體，卻被譽爲唐人七律的壓卷之作，蓋因作者以搖曳生姿的古歌行體入律，前四句豪爽俊利，顯出大氣磅礴的狂放氣質。雄渾的氣勢令李白讀之罷筆。「晴川」、「芳草」這一對仗工整的律聯，不僅使流走的氣勢得以頓蓄，也因「鸚鵡洲」一典的隱喻使全詩意脈貫通，潛氣內轉，餘勢鼓蕩，溢爲尾聯的唱歎。這種亦古亦律、大巧若拙的結構體制，便於表現高唱入雲的雄健氣格，也使聲諧句對的律句更顯清拔隱秀，形成寄情高遠的超妙詩境。

南方的人文景觀和自然風物使崔顥的狂俠習氣得到洗練，作詩的豪爽筆調中添了一層清麗空遠的韻味。他南遊至吳越一帶時，寫有〈長干曲〉四首，其一爲：

君家何處住？妾住在橫塘。停船暫借問，或恐是同鄉。

《長干曲》爲樂府古辭，崔顥寫來清新活潑而帶有一定情節性，這對於他北歸後寫作〈邯鄲宮人怨〉等樂府歌行敘事詩是有影響的。他的樂府歌行能將豪宕頓挫之氣勢寄寓於明麗俊逸的敘事之中，具有清勁爽麗的特點。

崔顥詩中最具凜然風骨的作品，是他於開元後期北上入河東軍幕時創作的邊塞詩，如〈贈王威古〉、〈古遊俠呈軍中諸將〉等。詩人有意在詩中顯示豪俠氣概，如「仗劍出門去，孤城逢合圍。殺人遼水上，走馬漁陽歸」。能反映他此時夙願得償之感的是〈雁門胡人歌〉：

高山代郡東接燕，雁門胡人家近邊。解放胡鷹逐塞鳥，能將代馬獵秋田。山頭野火寒多燒，雨裡孤峰濕作煙。聞道遼西無鬥戰，時時醉向酒家眠。

此詩寫邊境之狀如在目前，似斷而能續的歌行流轉體調，保持了作者豪爽俊麗的一貫風格。由於是寫戎旅生活，更多了一些反映狂生本色的陽剛意氣。

李頎的創作經歷與崔顥頗相像，他是嵩陽（今河南登封）人，在當地有東川別業❿，於開元二十三年（七三五）登進士第。在及第後作的〈緩歌行〉中，他說：「男兒立身須自強，十年閉戶潁水陽。業就功成見明主，擊鐘鼎食坐華堂。二八蛾眉梳墮馬，美酒清歌曲房下。」歌唱當時寒俊士人所憧憬的功名富貴和享樂生活，將初入仕的「尊榮」誇張到了極點，其狂想近於天眞。然而官只一小小縣尉的現實，很快就擊碎了他的美夢，未滿秩而去官，歸隱東川⓫。他寫有一些給他帶來聲譽的邊塞詩，其中較著名的是〈古從軍行〉：

白日登山望烽火，黃昏飲馬傍交河。行人刁斗風沙暗，公主琵琶幽怨多。野雲萬里無城郭，雨雪紛紛連大漠。胡雁哀鳴夜夜飛，胡兒眼淚雙雙落。聞道玉門猶被遮，應將性命逐輕車。年年戰骨埋荒外，空見蒲桃入漢家。

起調雄渾曠放，一片神行，中以一、二聯攬寫大景物而意氣磅礴，再結之以感慨萬分的唱歎，剛健有力。與崔顥詩不同的是，詩中缺乏鮮亮的色調，鋪天蓋地的野雲、紛紛雨雪、哀鳴胡雁等陰冷的意象，蘊涵著狂生末路的鬱勃不平之氣，透出一種極蒼涼的悲愴情懷。

李頎信奉道教神仙之說，與著名道士張果有交往，失意南遊時，他對南方風物中的幽奇景象和靈怪事物尤爲傾心，使其作品在雄渾剛健中帶有玄幽之氣。如〈愛敬寺古藤歌〉，先寫古藤橫空直上的龍虎英姿，繼而筆鋒一轉，集中描寫古藤遭雷擊後倒垂黑枝的幽奇意象，所謂「風雷霹靂連黑枝，人言其下藏妖魑。空庭落葉乍開合，十月苦寒常倒垂」在前後意象強烈對比的反差中，迴旋跌宕著矯健之氣。再如〈聽董大彈胡笳弄兼寄語房給事〉裡，對演奏胡笳的描寫：

> 董夫子，通神明，深山竊聽來妖精。言遲更速皆應手，將往復旋如有情。空山百鳥散還合，萬里浮雲陰且晴。嘶酸雛雁失群夜，斷絕胡兒戀母聲。川為淨其波，鳥亦罷其鳴。烏孫部落家鄉遠，邏娑沙塵哀怨生。幽音變調忽飄灑，長風吹林雨墮瓦。迸泉颯颯飛木末，野鹿呦呦走堂下。

用眾多通神明的幽奇意象形容胡笳聲的酸楚哀怨，言其能逐飛鳥、遏行雲，靈感鬼神，悲動夷國，有一種震盪心神的強勁力量。

這首足以代表李頎詩歌創作成熟風格的七言歌行作於天寶五載（七四六），在此前後，他還創作了一些頗負盛名的送別詩，傳神地寫出了盛唐士人的精神面貌和性格特徵。如〈別梁鍠〉：「梁生倜儻心不羈，途窮氣蓋長安兒。回頭轉眄似雕鶚，有志飛鳴人豈知。……一言不合龍額侯，擊劍拂衣從此棄。朝朝飲酒黃公壚，脫帽露頂爭叫呼。」把一代豪俠那種雄武坦蕩、縱酒狂叫的形象生動地描繪了出來。又如〈送陳章甫〉：「腹中貯書一萬卷，不肯低頭在草莽。東門酤酒飲我曹，心輕萬事如鴻毛。醉臥不知白日暮，有時空望孤雲高。」在唐代詩人中，李頎是第一位以詩成功地刻畫人物性格的詩人，所寫人物的狂傲精神正是詩人自身心態的反映，與詩風的豪爽俊麗和雄健磊落高度吻合。

祖詠也是當時值得一提的詩人，他是洛陽人，開元十三年（七二五）登進士第，與王維有唱和，後因仕途失意，移居汝墳，爲王翰的座上客。他也曾南遊江南，北上薊門，其成名作是應試時寫的〈終南望餘雪〉：「終南陰嶺秀，積雪浮雲端。林表明霽色，城中增暮寒。」以蒼秀之筆寫出了終南山景色的清寒，詩僅四句，意盡而止。祖詠的代表作當爲北上時創作的〈望薊門〉：

> 燕臺一望客心驚，簫鼓喧喧漢將營。萬里寒光生積雪，三邊曙色動危旌。沙場烽火連胡月，海畔雲山擁薊

城。少小雖非投筆吏，論功還欲請長纓。

寫要塞薊城的險要，令人望之心驚，但卻觸動了詩人要立功塞上的豪情。調高語壯，氣格雄健，不失為盛唐正聲。

第三節　高適、岑參等創造慷慨奇偉之美的詩人

・高適、岑參、王之渙等人的創作

以邊塞為題材的詩在唐代極為流行，盛唐時蔚為壯觀。作為盛唐邊塞詩的傑出代表，高適的詩歌在反映現實的深度方面超過同時的許多詩人，應時而生的追求不朽功名的高昂意氣，與冷峻直面現實的悲慨相結合，使他的詩有一種慷慨悲壯的美。

高適（七〇〇—七六五），字達夫，郡望渤海蓨（今河北景縣），早年生活困頓，隨父旅居嶺南。開元中他曾入長安求仕，並於開元十八年（七三〇）至開元二十一年（七三三）間北上薊門，漫遊燕趙，希望能從軍立功邊塞，但毫無結果。後寓居宋中近十年，貧困落拓。天寶八載（七四九），他因人舉薦，試舉有道科中舉，授封丘尉。三年後棄官入河西節度使哥舒翰幕府，為掌書記。安史亂起後，他從玄宗至蜀，拜諫議大夫。自此官運亨通，做過淮南節度使和蜀、彭二州刺史。代宗即位後，他入朝為刑部侍郎、轉左散騎常侍，進封渤海縣侯。

在動輒自比王侯的盛唐詩人中，高適是唯一做到高官而封侯者。《舊唐書》本傳說：「有唐以來，詩人之達者，唯適而已。」但他仕途暢達的最後十年作詩並不多，大部分作品是安史之亂以前寫的。在高適早年的詩作裡，頗多不遇的悲慨，其〈宋中別周梁李三子〉說：「曾是不得意，適來兼別離。如何一樽酒，翻作滿堂悲。」在〈宋中〉十首其一中，他對歷史上梁孝王廣攬人才之事不再有而感慨不已：「梁王昔全盛，賓客復多才。悠悠一千年，陳跡唯高臺。寂寞向秋草，悲風千里來。」高適詩中頗多這種寓壯氣於蒼涼之中的慷慨悲歌，如〈古大梁行〉：「暮天搖落傷懷抱，倚劍悲歌對秋草。」又〈送蔡山人〉：「斗酒相留醉復醒，悲歌數年淚如雨。」悲歌聲裡，跳動著一顆不甘寂寞、急於用世的雄心。

高適是個非常自負、功名心極強的詩人，性情狂放不羈，好交結遊俠。想通過立功邊塞而封侯的理想和熱情，促使他不畏艱險，兩次北上薊門，所謂「北上登薊門，茫茫見沙漠。倚劍對風塵，慨然思衛霍」（〈淇上酬薛三據兼寄郭少

府微〉）想像漢代大將衛青、霍去病那樣在邊塞立功封侯。儘管這種願望當時落了空，但對邊塞生活的實地體驗和冷靜觀察，使他能在第一次北上歸來後，於開元二十六年（七三八）創作出了極負盛名的邊塞詩力作〈燕歌行〉：

> 漢家煙塵在東北，漢將辭家破殘賊。男兒本自重橫行，天子非常賜顏色。摐金伐鼓下榆關，旌旆逶迤碣石間。校尉羽書飛瀚海，單于獵火照狼山。山川蕭條極邊土，胡騎憑陵雜風雨。戰士軍前半死生，美人帳下猶歌舞。大漠窮秋塞草腓，孤城落日鬥兵稀。身當恩遇恆輕敵，力盡關山未解圍。鐵衣遠戍辛勤久，玉箸應啼別離後。少婦城南欲斷腸，征人薊北空回首。邊庭飄颻哪可度，絕域蒼茫更何有。殺氣三時作陣雲，寒聲一夜傳刁斗。相看白刃血紛紛，死節從來豈顧勳？君不見沙場征戰苦，至今猶憶李將軍。

這首詩表達的思想感情是極爲複雜的，既有對男兒自當橫行天下的英雄氣概的表彰，也有對戰爭給征人家庭帶來痛苦的深切同情，一方面是對戰士浴血奮戰而忘我的崇高精神的頌揚，另一方面則是對將領帳前歌舞作樂的不滿。作者對當時邊塞用兵而將非其人的情形是有看法的，亦不諱言征戰的艱苦，但不失奮發激昂的高亢基調，苦難與崇高的對照更增添了出塞征戰的慷慨悲壯。故此詩雖多用偶對卻不以文采華麗見長，而是縱橫頓宕，以沉雄質氣和渾厚骨力取勝。

高適的邊塞詩多數寫於薊北之行和入河西幕府期間，是據詩人親臨邊塞的實際生活體驗寫成的。除七言歌行外，在表現形式上多採用長篇詠懷式的五言古詩，將作者個人的邊塞見聞、觀察思考和功名志向糅爲一體，蒼涼悲慨中帶有理智的冷靜，但基調是慷慨昂揚的。特別是他被哥舒翰聘用，入河西幕府後，精神很振奮，其〈送李侍御赴安西〉詩云：「功名萬里外，心事一杯中。虜障燕支北，秦城太白東。離魂莫惆悵，看取寶刀雄。」壯志滿懷，雄心勃發，寫得極粗獷豪放。在〈塞下曲〉中，他描繪了從戎征戰時「萬鼓雷殷地，千旗火生風」的壯觀場面後，直言道：

> 萬里不惜死，一朝得成功。畫圖麒麟閣，入朝明光宮。大笑向文士，一經何足窮。古人昧此道，往往成老翁。

這種熱烈嚮往邊功的慷慨豪情往往使他的詩顯得壯大雄渾、骨氣端翔。不過戰爭的艱苦往往超出想像，這也是詩人能冷靜感受到的，如〈武威作〉二首其一：「匈奴終不滅，塞下徒草草。唯見鴻雁飛，令人傷懷抱！」故慷慨激昂中亦時見悲涼。

殷璠在《河嶽英靈集》裡稱讚高適，說他「詩多胸臆語，兼有氣骨」。高適作詩以質實的古體見長，律詩好的不多，但他寫的一些與從軍邊塞相關的絕句亦有氣質沉雄、境界壯闊的特點。如〈別董大〉：「千里黃雲白日曛，北風吹雁雪紛紛。莫愁前路無知己，天下誰人不識君。」再如〈塞上聽笛〉：「雪淨胡天牧馬還，月明羌笛戍樓間。借問梅花何處落，風吹一夜滿關山。」這樣的詩，若沒有親臨邊塞的生活體驗，是不容易寫出來的。

以邊塞詩著稱的盛唐詩人中，與高適一樣有入幕經歷而詩風相近的是岑參。杜甫在〈寄彭州高三十五使君適虢州岑二十七長史參三十韻〉中說：「高岑殊緩步，沈鮑得同行。意愜關飛動，篇終接混茫。」高、岑並稱始於此。後來嚴羽在《滄浪詩話》中也說：「高、岑之詩悲壯，讀之使人感慨。」

岑參（約七一五—七七〇），祖籍南陽，出生於江陵（今湖北荊州）。他的曾祖父、伯祖父和堂伯父都曾做過宰相，父親做過兩任州刺史，但這些都是往日的光榮了。他幼年喪父，家道中衰，全靠自己刻苦學習，於天寶三載（七四四）登進士第，授右內率府兵曹參軍。天寶八載（七四九），他棄官從戎，首次出塞，赴龜茲（今新疆庫車），入安西四鎮節度使高仙芝幕府。兩年後返回長安，與高適、杜甫等結交唱和。天寶十三載（七五四），他又再度出塞，赴庭州（今新疆吉木薩爾），入北庭都護府封常清幕中任職約三年。後來他到靈武，經杜甫等推薦，任右補闕，又歷起居舍人、虢州長史等職。永泰元年（七六五）出為嘉州刺史，因蜀中兵亂，他兩年後方赴任。次年秩滿罷官，流寓成都，卒於客舍。

兩次出塞深入西北邊陲，是岑參一生中最有意義的壯舉。與高適一樣，他是個熱衷於進取功名的詩人，有著強烈的入世精神。時逢朝廷大事邊功，高仙芝、哥舒翰、封常清等，都是以守邊博得爵賞的著名將領，這為當時的士人展示了一條封侯的捷徑。岑參在〈送郭雜言〉中說：「功名須及早，歲月莫虛擲。」〈銀山磧西館〉又說：「丈夫三十未富貴，安能終日守筆硯？」追求功業而羨慕富貴是盛唐士人的普遍心理，也是岑參不滿於在內地的卑官任上虛度時日而慷慨從軍的主要思想動機。

岑參第一次出塞就寫了不少邊塞詩，如〈武威送劉判官赴磧西行軍中作〉、〈早發焉耆懷終南別業〉、〈敦煌太守後庭歌〉、〈磧中作〉、〈武威送劉單判官赴安西行營便呈高開府〉等，但不知由於何種原因，在當時未引起注意⓬。

再次出塞給岑參提供了成為邊塞詩大師的又一次機會，這次入幕的幕主封常清，是他上一次出塞時的幕友，上下和同僚的關係都很融洽。儘管邊塞生活比較艱苦，自然環境惡劣，岑參的心情卻樂觀開朗，充滿了昂揚進取精神，昔日幕友的成功對他也是一種激勵。他這一時期所寫的詩多為獻給封常清的頌揚之作，以及幕友間的道別之作，思想性並不強，卻都是其邊塞詩的代表作。因這些作品充分體現了岑參長於寫感覺印象的藝術才能和好奇的個性，將西北荒漠的奇異風光與風物人情，用慷慨豪邁的語調和奇特的藝術手法，生動地表現出來，別具一種奇偉壯麗之美。如〈走馬川行奉送出師西征〉：

君不見，走馬川行雪海邊，平沙莽莽黃入天！輪臺九月風夜吼，一川碎石大如斗，隨風滿地石亂走。匈奴草黃馬正肥，金山西見煙塵飛，漢家大將西出師。將軍金甲夜不脫，半夜軍行戈相撥，風頭如刀面如割。馬毛帶雪汗氣蒸，五花連錢旋作冰，幕中草檄硯水凝。虜騎聞之應膽懾，料知短兵不敢接，車師西門佇獻捷。

雪夜風吼、飛沙走石，這些邊疆大漠中令人望而生畏的惡劣氣候環境，在詩人印象中卻成了襯托英雄氣概的壯觀景色，是一種值得欣賞的奇偉美景。如沒有積極進取精神和克服困難的勇氣，是很難產生這種感覺的，只有盛唐詩人才能有如此開朗胸襟和此種藝術感受。再如〈白雪歌送武判官歸京〉：

北風卷地白草折，胡天八月即飛雪。忽如一夜春風來，千樹萬樹梨花開。散入珠簾濕羅幕，狐裘不暖錦衾薄。將軍角弓不得控，都護鐵衣冷難著。瀚海闌干百丈冰，愁雲慘澹萬里凝。中軍置酒飲歸客，胡琴琵琶與羌笛。紛紛暮雪下轅門，風掣紅旗凍不翻。輪臺東門送君去，去時雪滿天山路。山回路轉不見君，雪上空留馬行處。

此詩寫得大氣磅礴，奇情逸發，最令人稱絕的是「梨花開」的意象。此意象在作者第一次出塞時寫的詩裡就出現過，但均為寫實，如〈登涼州尹臺寺〉：「胡地三月半，梨花今始開。」而此次所寫乃是雪花似梨花的感覺。這不僅體現了戍邊將士不畏嚴寒的樂觀精神，也使邊地風光更顯神奇壯麗。

在這一時期，岑參還寫了〈輪臺歌奉送封大夫出師西征〉、〈熱海行送崔侍御還京〉、〈天山雪歌送蕭治歸京〉、〈火山雲歌送別〉、〈田使君美人舞如蓮花北旋歌〉等一系列優秀作品。在立功邊塞的慷慨豪情的支配下，詩人印象中的軍旅生活、邊塞風物、異域風情，全都變得神奇瑰麗起來，並熱情地加以歌頌。這些作品突破了以往征戍詩寫邊地苦寒和士卒勞苦的傳統格局，極大地豐富、拓寬了邊塞詩的描寫題材和內容範圍⓭，形式接近樂府，但完全不用樂府古題而自立新題。藝術表現上，借鑑了高適等人七言歌行縱橫跌宕、舒卷自如的體勢而加以創新，用韻十分靈活，有基本上一韻到底的，也有兩句換韻或三句換韻的，視所寫內容而定。聲韻或輕快平穩，或急促勁折，音節宏亮而意調高遠，不僅意奇、語奇，還兼有調奇之美。殷璠《河嶽英靈集》論岑參詩說：「參詩語奇體俊，意亦奇造。」其時岑參第二次赴邊塞的詩作尚未問世，他就看出了岑詩的這些特點，而這些特點在岑參後來寫的邊塞詩裡，得到了更爲充分的表現。

岑參擅長的體裁是七言歌行和七言絕句，他以邊塞生活爲題的七絕也多佳作，如〈逢入京使〉：

故園東望路漫漫，雙袖龍鐘淚不乾。馬上相逢無紙筆，憑君傳語報平安。

表達赴邊塞時對家鄉和親友的思念，情眞意切。雖只是用家常話寫眼前景致，卻道出人人胸臆中語，反映了詩人感情生活及詩風深沉細膩的一面，遂成爲客中絕唱。

在以寫邊塞題材著稱的盛唐詩人裡，岑參是留存作品最多的。他前後兩次出塞創作的邊塞詩多達七十餘首，尤其是後一次出塞，寫出了同類題材中最優秀的作品，其藝術成就在某些方面已超過了高適，無愧高岑並稱的榮譽。

與高適、岑參詩風相近的詩人有王之渙、陶翰等。

王之渙（六八八—七四二），字季凌，絳州（今山西絳縣）人，曾寓居薊門，故被稱爲薊門人。他少有俠氣，常擊劍悲歌，後折節攻文，以門蔭調補冀州衡水主簿。遭誣構而拂衣去官，遍遊大河南北，交謁名公。開元末復出仕，補文安郡文安縣尉。他爲人「慷慨有大略，倜儻有異才」⓮開元中，他與高適、王昌齡交往唱和，三人齊名。王之渙僅存六首詩，有兩首極爲著名。一首是〈登鸛雀樓〉：「白日依山盡，黃河入海流。欲窮千里目，更上一層樓。」⓯詩境壯闊雄渾，反映出盛唐士人高遠開朗的胸襟，比王灣〈次北固山下〉的「海日生殘夜，江春入舊年」更顯氣勢昂揚。另一首爲〈涼州詞〉二首其一：

黃河遠上白雲間，一片孤城萬仞山。羌笛何須怨楊柳，春風不度玉門關。

於壯觀中寓蒼涼，慷慨雄放而氣骨內斂，深情蘊藉，意沉調響，其沉雄渾厚處與高適詩相近。此詩當時即被配樂傳唱，流傳甚廣，但黃河距涼州甚遠，似無關涉，故有的傳本第一句爲「黃沙遠上白雲間」，由此引起後人的無數爭論⓰。

陶翰是潤州丹陽（今屬江蘇）人，生卒年不詳，於開元十八年（七三〇）登進士第，次年又登博學宏詞科，授華陰丞。天寶中入朝任大理評事等，官至禮部員外郎。他作詩以五言爲主，寫有一些邊塞詩，多古意蒼勁的悲壯風格。如〈出蕭關懷古〉中的「孤城當瀚海，落日照祁連。愴矣苦寒奏，懷哉式微篇。更悲秦樓月，夜夜出胡天」。再如〈古塞下曲〉：

> 進軍飛狐北，窮寇勢將變。日落沙塵昏，背河更一戰。騂馬黄金勒，雕弓白羽箭，射殺左賢王，歸奏未央殿。欲言塞下事，天子不召見。東出咸陽門，哀哀淚如霰。

用古調抒寫身經百戰的將士不獲封賞的悲慨，明顯帶有受傳統征戍詩影響的痕跡。未入幕到過邊塞的詩人寫作邊塞題材時常常如此，其作品的現實內涵和藝術創意自然不能與高適、岑參等親臨沙場的詩人的作品相比，但在慷慨悲壯的詩歌風格方面，確有一些相近的地方。

注釋

❶詳見傅璿琮《唐代科舉與文學》第三章、第十四章，陝西人民出版社一九八六年版；趙昌平〈開元十五年前後——論盛唐詩的形成與分期〉，《中國文化》第二期。

❷此據清人趙殿成所撰《王右丞年譜》舊説。近年來，關於王維的生卒年的考證頗多新説，如西元六九二—七六一説和西元六九九—七六一説，還有人考證王維享年七十左右，但都嫌證據不足，難以推翻舊説。詳見陳鐵民《王維生年新探》，《文史》第三十輯。

❸參見金學智〈王維詩中的繪畫美〉，《文學遺產》一九八四年第一期。

❹關於王維與禪宗的關係，可參閱陳允吉《唐音佛教辨思錄·論王維山水詩中的禪宗思想》，上海古籍出版社一九八八年版；孫昌武《佛教與中國文學》第二章，上海人民出版社一九八八年版。

❺關於孟浩然的生平事蹟及交遊，詳見陳貽焮〈孟浩然事蹟考辨〉，《唐詩論叢》，湖南人民出版社一九八二年版；王達津〈孟浩然生平續考〉，《唐詩叢考》，上海古籍出版社一九八六年版。

❻淨化和提純問題，參見羅宗強《隋唐五代文學思想史》第三章第二節，上海古籍出版社一九八六年版。

❼裴迪，生卒年不詳，關中（今陝西）人，一說聞喜（今屬山西）人，天寶中，與王維、崔興宗隱居終南山。儲光羲（約七〇六—約七六〇），潤州延陵（今江蘇丹陽）人，開元十四年（七二六）登進士第，曾任安宜、汜水、下邽尉。開元二十一年前後辭官歸鄉，後入秦，隱終南山。劉眘虛，生卒年不詳，字全乙，江東（今浙江一帶）人，開元十一年登進士第，與孟浩然、王昌齡友善。張子容，生卒年不詳，襄陽（今屬湖北）人。早年隱居襄陽，與孟浩然友善。先天元年（七一二）登進士第，開元中謫為東城尉，又曾官晉陵尉。常建，生卒年和籍貫均不詳。開元十五年（七二七）登進士第，任盱眙尉。天寶中，曾寓居鄂渚。

❽詳見傅璇琮、李珍華〈王昌齡事蹟新探〉，《文學遺產》一九八八年第六期。

❾《新唐書・文藝傳》：「昌齡工詩，緒密而思清。」

❿據姚奠中〈李頎里居生平考辨和詩歌成就〉，《山西大學學報》一九八三年第一期。

⓫李頎生平，參見傅璇琮《唐代詩人叢考・李頎考》，中華書局一九八〇年版。譚優學《唐詩人行年考・李頎考》，四川人民出版社一九八一年版。

⓬殷璠《河嶽英靈集》選錄盛唐時期有代表性的詩人的作品，時間下限是天寶十二載（七五三）。其中收有高適的〈燕歌行〉、〈營州歌〉、〈塞上聞笛〉等有關邊塞的作品，而所錄岑參作品七首，無一首邊塞詩。

⓭參見戴偉華〈對文人入幕與盛唐高岑邊塞詩幾個問題的考察〉，《唐代文學研究》第六輯，廣西師範大學出版社一九九六年版。

⓮靳能〈唐故文安郡文安縣太原王府君墓誌銘並序〉，轉引自傅璇琮主編《唐才子傳校箋》，中華書局一九八九年版。

⓯〈登鸛雀樓〉詩，芮挺章《國秀集》作朱斌詩。《吳郡志》卷二二引唐張著《翰林盛事》作朱佐日詩。《文苑英華》卷三一二作王之渙詩。陳尚君箋《唐才子傳》（傅璇琮主編《唐才子傳校箋》第五冊，中華書局一九八九年版，第八四—八五頁）謂《國秀集》之說可從，認為「之渙作此詩，為晚出之說，未可盡信」。按：《國秀集》之〈序〉與選目斷限，均存疑點，選者似於所選詩人詩作不甚了然。而從此詩的風格與情調看，則與之渙〈涼州詞〉頗為相似。

⓰盛唐邊塞詩中的地名與方位多有與地理實際不相符者，因以邊塞生活為主題的詩篇，往往需要以空闊遼遠的環境為背景。詳見程千帆〈論唐人邊塞詩中地名的方位、距離及其類似問題〉，《南京大學學報》一九七九年第三期。

第三章　李白

李白是盛唐文化孕育出來的天才詩人，其非凡的自負和自信，狂傲的獨立人格，豪放灑脫的氣度，充分體現了盛唐士人的精神風貌。盛唐詩歌的氣來、情來、神來，在李白的樂府歌行和絕句中，發揮得淋漓盡致。他的詩歌創作充滿了發興無端的澎湃激情和神奇想像，既有氣勢浩瀚、變幻莫測的壯觀奇景，又有標舉風神情韻而自然天成的明麗意境。李白的魅力，就是盛唐的魅力❶。

第一節　李白的生平、思想與人格

・李白的生平　・李白的思想與人格

李白（七〇一－七六二）❷，字太白，號青蓮居士，祖籍隴西成紀（今甘肅秦安），他的家世和出生地至今還是個謎。李陽冰《草堂集序》、范傳正〈唐左拾遺翰林學士李公新墓碑〉、《新唐書》本傳，都說他是涼武昭王李暠九世孫，這樣他就與唐皇室屬於同一世系，但這一說法存在許多矛盾❸。不知由於何種原因，李白先世謫居條支或碎葉，李白就出生在那裡❹，大約在他五歲時，隨家從碎葉遷居蜀之綿州昌隆縣（今四川江油），他父親「以逋其邑，遂以客爲名」。何以要隱瞞名字？因何遷居蜀中？都成了千古之謎。不過這可能是一個富有的、有文化教養的家庭，李白說他「五歲誦六甲，十歲觀百家」；「常橫經籍書，制作不倦」（〈上安州裴長史書〉）；「十五觀奇書，作賦凌相如」（〈贈張相鎬〉二首其二）。可知他早期曾受過良好的教育。

他的少年時代受到道教的深刻影響，蜀中是道教氣氛濃郁的地方，青城、峨嵋的好幾位著名道士是開元年間很受朝廷重視的人物。李白家附近的紫雲山是道教聖地，青城山是道教十大洞天之一，環境對他的神仙道教信仰影響至大。他說「家本紫雲山，道風未淪落」（〈題嵩山逸人元丹丘山居〉）他說他「十五遊神仙，仙遊未曾歇」（〈感興〉八首其五），道教的影響，幾乎伴隨他一生。

大約在十八歲時，他隱居大匡山讀書，從趙蕤學縱橫術，在以後的歲月裡，還可以看到李白思想中縱橫家的某些印記。在大匡山的幾年，他往來旁郡，遊劍閣、梓州。二十歲遊成都，謁見益州長史蘇頲，受到賞識。他後來說的「十五好劍術，遍干諸侯」，可能也指此事。蜀中又是一個有著任俠風氣的地方，俠士風概對李白也有影響。劉全白〈唐故翰林學士李君碣記〉說他「少任俠，不事產業，名聞京師」。魏顥〈李翰林集序〉甚至說他「少任俠，手刃數人」。他自己也說：「結髮未識事，所交盡豪雄……託身白刃裡，殺人紅塵中。」❺（〈贈從兄襄陽少府皓〉）他的青少年時期就是在隱居與漫遊、神仙道教信仰和任俠中度過的。

開元十二年（七二四），李白遊峨嵋山。秋，他從峨嵋山沿平羌江（青衣江）東下至渝州，寫下了〈峨嵋山月歌〉：

峨嵋山月半輪秋，影入平羌江水流。夜發清溪向三峽，思君不見下渝州。

在這首詩裡開始出現了李白日後詩中的那種濃烈、奔瀉而出的感情，那種奔放的氣勢。第二年春，他東出夔門，「仗劍去國，辭親遠遊」❻（〈上安州裴長史書〉）。他東遊洞庭、登廬山，至金陵、揚州，往遊越中。然後西遊雲夢，經襄陽，作客汝海，不久便在湖北安陸定居下來，與故宰相許圉師的孫女結婚，從此「酒隱安陸，蹉跎十年」（〈秋於敬亭送從侄遊廬山序〉）。以安陸爲中心，開始他的干謁與漫遊的生活，歷江夏、襄陽、洛陽，北上太原，南下隋州，又回到洛陽。他後來有〈憶舊遊寄譙郡元參軍〉詩，記此數年間之行蹤。這幾年，他以一種迫切強烈的心情，上書安州裴長史、韓朝宗，希求薦用。「高冠佩雄劍，長揖韓荊州」（〈憶襄陽舊遊贈濟陰馬少府巨〉）。韓朝宗以善舉賢才名聞當時，但他也未能薦舉李白。干謁失敗之後，他大約在開元二十四、二十五年前後，西入長安求仕，結果是大失所望❼。他在長安看到的是官場的黑暗，心中充滿憤慨與不平。〈古風〉中的好幾首作於此時。如其八：

咸陽二三月，宮柳黃金枝。綠幘誰家子？賣珠輕薄兒。日暮醉酒歸，白馬驕且馳。意氣人所仰，冶遊方及時。子雲不曉事，晚獻〈長楊〉辭。賦達身已老，草《玄》鬢若絲。投閣良可歎，但為此輩嗤。

〈蜀道難〉、〈梁甫吟〉、〈行路難〉都集中地表現了這個時期的憤激不平情緒。〈行路難〉云：

大道如青天，我獨不得出。羞逐長安社中兒，赤雞白狗賭梨栗。彈劍作歌奏苦聲，曳裾王門不稱情。

「閶闔九門不可通，以額扣關閽者怒」（〈梁甫吟〉）。他帶著失敗的心情離開長安，再次漫遊，從梁、宋而洛陽、襄陽，然後舉家遷居山東任城，與孔巢父等隱於徂徠山，號竹溪六逸。

或者由於他的名聲，或者還有人薦舉，天寶元年（七四二），機會終於來臨，李白奉召入京，供奉翰林❽。這是他一生中最為得意的時期，玄宗「降輦步迎，如見綺皓。以七寶床賜食，御手調羹以飯之。……置於金鑾殿，出入翰林中，問以國政，潛草詔誥，人無知者」（李陽冰〈草堂集序〉）。他自己也說：「一朝君王垂拂拭，剖心輸丹雪胸臆。忽蒙白日回景光，直上青雲生羽翼。幸陪鸞駕出鴻都，身騎青龍天馬駒。王公大人借顏色，金章紫綬來相趨。」（〈駕去溫泉宮後贈楊山人〉）但不久就為朝中權貴所讒毀，他在仕途上再次遭受打擊，天寶三載以「賜金放還」的名義被迫離開長安。這次他的憤慨更為深廣：「玉不自言如桃李，魚目笑之卞和恥。楚國青蠅何太多？連城白璧遭讒毀。」（〈鞠歌行〉）他沿黃河東下來到洛陽，在洛陽與杜甫相遇，結下了千古傳頌的深厚友誼。兩人同遊梁、宋，在那裡又遇高適，懷古登臨，縱酒射獵。之後他在齊州請北海高天師授道籙，再次舉行入道儀式❾。他寄家東魯，南下吳越，北上薊門，近十年的漫遊都帶著複雜的心情，既悲憤不平又依然關心國家命運。在幽州，他預感到安祿山行將叛亂，憂慮不安。安史亂起，他正在廬山，永王李璘奉玄宗普安郡制置詔，出兵東南，經九江，李白以為報國的時機已到，入永王幕，慷慨從軍。而此時肅宗李亨已即位靈武，以叛亂罪討伐李璘，李白也因反叛罪蒙冤入獄，長流夜郎❿。乾元二年（七五九），他在流放途中遇赦放回，流寓南方。上元二年（七六一）聞知李光弼出征東南，他又想從軍報國，無奈半道病還，往當塗依縣令李陽冰，於次年病逝於當塗，年六十二歲⓫。

盛唐士人積極入世、進取的人生態度，在李白身上被理想化了。李白是個功名心很強的人，有著強烈的「濟蒼生」、「安社稷」的儒家用世思想。寄希望於風雲際會，始終幻想著「平交王侯」，「一匡天下」而「立抵卿相」，建立蓋世功業之後功成身退，歸隱江湖。他仰慕傳說中作過小販、屠夫，八十歲在渭水邊上遇文王，九十歲封為齊侯，建立了不世功業的呂望；仰慕築過牆、後來建立偉大功勳的傅說；仰慕隱於高陽酒肆、後來不費一兵一卒就為劉邦取得七十二座城池的酈食其；仰慕魯仲連、寧戚、范蠡。而事實上他所面對的現實與他所仰慕的這些帶著傳奇色彩的人物所處的環境已經完全不同⓬。他的過於理想化的人生設計，在現實人生中當然要不斷遭致失敗，這使他常常陷於悲憤、不平、失望之中。但由於他始終嚮往著這樣的理想，他又始終保持著自負、自信和豁達、昂揚的精神風貌，他是把盛唐士人的入世進取的精神高度地昇華了，帶進了一個理想化的境界。

神仙道教信仰在李白思想中占有重要地位，在他的近千首詩中有一百多首與神仙道教有關。他正式入道，「名在方士格」。他煉丹服食是非常認眞的，充滿對於神仙境界的幻想，當他仕途失意的時候便進一步走向道教。但有時他又對神仙世界持懷疑態度：「仙人殊彷彿，未若醉中眞。」道家和道教信仰給了他一種極強的自我解脫的能力，他的不少詩表現出人生如夢、及時行樂的思想，而其實是渴望任隨自然、融入自然，在內心深處深藏著對於人生自由的嚮往。在他的人格裡有一種與自然的親和力，山水漫遊，企慕神仙，終極目的是要達到一種不受約束的逍遙的人生境界。他的狂傲不羈的性格，飄逸灑脫的氣質，都來源於這樣的思想基礎。賀知章曾稱他爲「謫仙人」，他也以「謫仙人」自居⑬。他也接觸佛教，由於他道家、道教思想之深厚，他在接觸佛教時，往往混道、釋，仙、佛爲一體。李白作品中，有五十來篇與釋家題材有關，主要涉及寺院風景、與僧侶交往，以及佛贊詩序幾方面。在這些有關釋家題材的詩中，他往往混進了道家、道教觀念，進入清淨的佛寺，他忽然想到莊子隨物轉化的思想；與僧人交往，他忽然想像僧人將登仙境：「平明別我上山去，手攜金策踏雲梯，騰身轉覺三天近，舉足迴看萬嶺低。」（〈別山僧〉）與僧人談佛理，他說「黃金獅子承高座，白玉麈尾談重玄」（〈峨嵋山月歌送蜀僧晏入中京〉），在佛座而談道家的重玄之道。在他的思想中，道家、道教與佛家的某些思想是相通的，因此在他的潛意識裡常常二者混一。⑭

李白明朗、自信、壯大、奔放的感情，也基於對不受約束的自由人生的嚮往。李白人格最突出的特點，便是獨立不羈，不受任何約束。這是魏晉開始的人的覺醒發展至巔峰的產物，是盛唐精神高度昇華的產物。

第二節　李白的樂府與歌行

・古風　・古題樂府的創新與個性特色　・行雲流水的抒情方式　・李白歌行的價值

李白是個非常自負的詩人，在〈古風〉五十九首其一中，他有感於「大雅久不作，吾衰竟誰陳」，對「自從建安來，綺麗不足珍」的詩風提出批評，說「我志在刪述，垂輝映千春。希聖如有立，絕筆於獲麟」。〈古風〉五十九首這組詩中有幾篇原作〈詠懷〉、〈感興〉、〈感遇〉，後人編集，把這些詩歸入古風之中，可見這組詩的內容主要承接阮籍〈詠懷〉、陳子昂〈感遇〉的傳統，或言抱負，或詠古傷今，或諷刺寫實。其十五寫不遇：

> 燕昭延郭隗，遂築黃金臺。劇辛方趙至，鄒衍復齊來。奈何青雲士，棄我如塵埃！珠玉買歌笑，糟糠養賢才。方知黃鶴舉，千里獨徘徊。

其二十四表達對其時朝廷權貴的不滿：

> 大車揚飛塵，亭午暗阡陌。中貴多黃金，連雲開甲宅。路逢鬥雞者，冠蓋何輝赫！鼻息干虹蜺，行人皆怵惕。世無洗耳翁，誰知堯與跖？

有的借遊仙以寫現實，如其十九，借言登華山而見玉女，接著便寫安史之亂的景象：「俯視洛陽川，茫茫走胡兵。流血塗野草，豺狼盡冠纓。」

在寫法上，李白古風與阮籍〈詠懷〉、陳子昂〈感遇〉也有相似處，一些篇章歸趣隱約，頗費猜度。

繼承漢魏樂府感於哀樂、緣事而發的優良傳統，李白的樂府詩大量地沿用樂府古題，或用其本意，或翻案另出新意，能曲盡擬古之妙[15]。宋人郭茂倩《樂府詩集》收有李白樂府詩一百四十九首，其中百分之八十以上爲古題樂府，少數新樂府辭格調也多近古樂府。其創新意識主要表現在兩個方面：一方面是借古題寫現事，具有鮮明的時代精神。如〈上之回〉、〈丁都護歌〉、〈出自薊北門行〉、〈俠客行〉等，均屬於緣事而發之作，與〈古風〉詩一樣，表達的是作者對現實生活的感受，具有深刻的寓意和寄託。再一方面則是用古題寫己懷，因舊題樂府蘊涵的主題和曲名本事，在某一點引發了作者的感觸和聯想，用它來抒寫自己的情懷[16]。

這後一方面的樂府詩，因偏重於主觀抒情，更能體現李白詩歌創作發興無端、氣勢壯大的個性特色。其妙處常在可解與不可解之間，既可以說它有寄託，也可以說它只是抒寫感慨。如〈蜀道難〉的古辭寓有功業難成之意，正是這一點，觸動了李白初入長安追求功業未成時的悲憤。他用這一古題抒發自己的感慨，於詩中再三嗟歎「蜀道之難，難於上青天」：

> 上有六龍回日之高標，下有衝波逆折之回川。黃鶴之飛尚不得過，猿猱欲度愁攀援。青泥何盤盤，百步九折縈巖巒。捫參歷井仰脅息，以手撫膺坐長歎。問君西遊何時還？畏途巉巖不可攀。但見悲鳥號古木，雄飛雌從繞

> 林間。又聞子規啼夜月，愁空山。蜀道之難，難於上青天！使人聽此凋朱顏。

對於蜀道高峰絕壁、萬壑轉石的險難的渲染，也是詩人對於世道艱險的渲染。再如〈將進酒〉：

> 君不見黃河之水天上來，奔流到海不復回。君不見高堂明鏡悲白髮，朝如青絲暮成雪。人生得意須盡歡，莫使金樽空對月。天生我材必有用，千金散盡還復來。烹羊宰牛且為樂，會須一飲三百杯。岑夫子、丹丘生，將進酒，杯莫停。與君歌一曲，請君為我傾耳聽。鐘鼓饌玉不足貴，但願長醉不願醒。古來聖賢皆寂寞，惟有飲者留其名。陳王昔時宴平樂，斗酒十千恣歡謔。主人何為言少錢，徑須沽取對君酌。五花馬，千金裘，呼兒將出換美酒，與爾同銷萬古愁。

此詩的樂府舊題含有以飲酒放歌爲言之意，李白由此引發，抒發「天生我材必有用」的豪壯氣概，把借酒銷愁寫得激情澎湃，具有大河奔流的氣勢和力量，不僅把原曲的主題發揮到淋漓盡致，還充分展示出詩人狂放自信的人格丰采。

李白這一類樂府詩雖說是擬古，卻處處有「我」在，呈現出他人無法模擬的個性特色。如〈行路難〉：

> 金樽清酒斗十千，玉盤珍羞直萬錢。停杯投箸不能食，拔劍四顧心茫然。欲渡黃河冰塞川，將登太行雪滿山。閒來垂釣碧溪上，忽復乘舟夢日邊。行路難，行路難，多歧路，今安在？長風破浪會有時，直掛雲帆濟滄海。

從語調到氣勢都是李白式的，以第一人稱的抒懷和議論表達主觀感受，完全打破了傳統樂府用賦體敘事的寫法。詩人在選擇樂府舊題抒寫己懷時，常根據這個題目在古辭中的寓意和情感傾向，進行創造性的生發和聯想，運用大膽的誇張和巧妙的比喻突出主觀感受，以縱橫恣肆的文筆形成磅礴的氣勢。

李白把自己的個性氣質融入樂府詩的創作中，便形成了行雲流水的抒情方式，有一種奔騰迴旋的動感。這種動感見之於字句音節時，常表現爲句式的參差錯落和韻律的跌宕舒展，在雜言體的樂府中尤爲明顯。李白樂府的代表作，如〈蜀道難〉、〈將進酒〉、〈梁甫吟〉和〈行路難〉等，大都是以五、七言爲主的雜言體。這種雜言體樂府在體制和格調方面，與唐代盛行的歌行體幾乎沒有什麼實質性的差別。李白的樂府詩創作，實已完成了從漢魏古體到唐體的根本性轉變。

李白歌行的創作成就比樂府高，但兩者之間的界限不容易劃清[17]。一般將李白古詩中以歌、行、吟、謠等爲題的縱情長歌，作爲其歌行的代表作，諸如〈襄陽歌〉、〈扶風豪士歌〉、〈西嶽雲臺歌送丹丘子〉、〈少年行〉、〈古朗月行〉、〈江上吟〉、〈玉壺吟〉、〈梁園吟〉、〈夢遊天姥吟留別〉、〈廬山謠寄盧侍御虛舟〉等。

在這些作品裡，抒情的意味更濃，詩人以主觀情感和意向爲軸心展開篇章，飛騰想像，虛實相間，筆勢大開大合，有時順流直下，有時大跨度跳躍，想怎麼寫就怎麼寫。如〈玉壺吟〉：「烈士擊玉壺，壯心惜暮年。三杯拂劍舞秋月，忽然高詠涕泗漣。」又如〈夢遊天姥吟留別〉：「我欲因之夢吳越，一夜飛度鏡湖月。湖月照我影，送我至剡溪。……且放白鹿青崖間，須行即騎訪名山。安能摧眉折腰事權貴，使我不得開心顏！」這種李白式的抒情，似暴風急雨，驟起驟落；如行雲流水，一瀉千里，像是從胸中直接奔湧噴吐出來。其〈宣州謝朓樓餞別校書叔雲〉云：

> 棄我去者，昨日之日不可留；亂我心者，今日之日多煩憂。長風萬里送秋雁，對此可以酣高樓。蓬萊文章建安骨，中間小謝又清發。俱懷逸興壯思飛，欲上青天攬明月。抽刀斷水水更流，舉杯銷愁愁更愁。人生在世不稱意，明朝散髮弄扁舟。

此詩作於李白二入長安、被以「賜金放還」的名義廢逐之後，高傲自負而不爲世所容，一種難以抑制的悲憤之情如火山爆發。強烈的不平和憤懣並未減弱其不可一世、自命不凡的氣概，悲感之極而以豪逸出之，更加慷慨激昂。

李白的歌行完全打破詩歌創作的一切固有格式，空無依傍，筆法多變，達到了任隨性情之所之而變幻莫測、搖曳多姿的神奇境界。不僅感情一氣直下，而且還以句式的長短變化和音節的錯落，顯示其迴旋振盪的節奏旋律，造成詩的氣勢，突出詩的力度，呈現出豪邁飄逸的詩歌風貌。李白獨特的藝術個性及其非凡的氣魄和生命激情，在他的歌行中全都展露出來，充分體現了盛唐詩歌氣來、情來而蓬勃向上的時代精神，具有壯大奇偉的陽剛之美。唐文宗曾下詔：「以（李）白歌詩，裴旻劍舞、張旭草書爲三絕。」（《新唐書・李白傳》）因這三者都是盛唐藝術追求浪漫個性的典型代表。

第三節　李白的絕句

・明快的語言所表達的無盡情思　・清新俊逸的爽朗風神　・樂府民歌對李白絕句的影響

李白詩歌的美是多樣的，除大氣磅礴、雄奇壯美的風格外，還有自然明快的優美情韻，這主要體現在他那些隨口而發、頗多神來之筆的絕句裡。

李白是唐人中五絕與七絕都寫得極好的人。明人胡應麟說：「太白五七言絕，字字神境，篇篇神物。」（《詩藪・內編》卷六）他的五言絕句往往有一種明快格調，以明白曉暢的語言表現出無盡的情思韻味。如〈獨坐敬亭山〉：

眾鳥高飛盡，孤雲獨去閒。相看兩不厭，只有敬亭山。

這是一首寫片刻超然意趣的佳作，一人獨坐時的寂寞心情與寂靜的山景忽然冥會，感受到與自然相親近的溫暖，人與山剎那間靈性相通、渾然一體了。詩人將這種心領神會的感受信口說出，彷彿毫不費力，但在相看兩不厭的人與山的冥會中，似有未曾說出且不必說出的無限情思在其中。再如〈勞勞亭〉：

天下傷心處，勞勞送客亭。春風知別苦，不遣柳條青。

借春風有情來寫離別之苦，說春風吹過而柳色未青，似乎有意不讓人折柳枝送別。話語極爲明白易曉，景物很簡單，情思也只是靈心一閃的感悟，蘊涵卻委曲深長。

絕句體制短小，適於寫一地景色、一時情調，可它離首即尾，易流於淺露，所以絕句貴在含蓄。但若刻意錘煉，又易流於斧鑿，所以絕句又貴在自然天成。李白的五言絕句能以簡潔明快的語言，表達出無盡的情思，做到了既自然，又含蓄，眞實簡練而蘊涵豐富，這是絕句的最高境界。

李白的絕句境界清新而內蘊飄逸瀟灑，他的爽朗的性格、自由自適的氣質反映到他的絕句裡，就形成了清新飄逸的情思韻味。如〈陪族叔刑部侍郎曄及中書賈舍人至遊洞庭〉五首其二：

南湖秋水夜無煙，耐可乘流直上天？且就洞庭賒月色，將船買酒白雲邊。

把一個水、月、白雲連成一體的琉璃世界，和在這個世界裡產生的奇妙想像寫得那樣明淨秀美，如入神仙境界。其五：

帝子瀟湘去不還，空餘秋草洞庭間。淡掃明湖開玉鏡，丹青畫出是君山。

美的湖，美的傳說，空靈、明淨，如畫的境界表現出一種超脫於塵世之外的皎潔明淨的心境。李白的七絕以山水詩和送別詩爲多，也寫得最出色。他有一種與天地自然融爲一體的氣質，以其天眞純樸的童心與山水冥合。無論寫景言情，都具有一氣流貫的俊逸丰神和爽朗情韻。如：

日照香爐生紫煙，遙看瀑布掛前川。飛流直下三千尺，疑是銀河落九天。（〈望廬山瀑布〉）

天門中斷楚江開，碧水東流至此回。兩岸青山相對出，孤帆一片日邊來。（〈望天門山〉）

朝辭白帝彩雲間，千里江陵一日還。兩岸猿聲啼不住，輕舟已過萬重山。（〈早發白帝城〉）

故人西辭黃鶴樓，煙花三月下揚州。孤帆遠影碧空盡，惟見長江天際流。（〈黃鶴樓送孟浩然之廣陵〉）

類似的七絕佳作在李白詩中不勝枚舉，這些作品多寫詩人在大自然懷抱和日常生活中獲得的審美感悟及片刻情思，屬興到神會、一揮而就的自然天成之作。那剎那的感覺，那無窮的韻味，所表現的是自然的美和普遍的人性、人情，平易眞切，極富生活情趣，有一種「清水出芙蓉，天然去雕飾」的美。

李白的絕句，特別是七言絕句，帶有以古入律、自由發揮的特點，融入了樂府歌行開合隨意而以氣貫穿的表現手法。許學夷《詩源辯體》說：「太白七言絕句，多一氣貫成者，最得歌行之體。」

李白絕句受樂府民歌的影響極爲明顯，在他一百五十九首絕句（五絕七十九首，七絕八十首）裡，擬樂府民歌的作品約四十五首，占了近三分之一[18]。其中有很多膾炙人口之作，如〈靜夜思〉的「床前明月光，疑是地上霜。舉頭望明月，低頭思故鄉」。一時感悟，明快說出，道出了濃郁的思鄉之情中最動人的那一點，遂引起千載之下人們的普遍共鳴。再如〈秋浦歌〉十七首其十五：「白髮三千丈，緣愁似個長。不知明鏡裡，何處得秋霜。」雖然誇張卻十分自然眞切，興到語絕，令人歎服。

此外，像〈玉階怨〉、〈越女詞〉五首、〈巴女詞〉、〈襄陽曲〉四首等，也都是李白擬樂府作品裡的絕句佳作，多具有清新純樸的民間氣息和活潑生動的民歌情調。

絕句是李白感情世界的瞬間呈現，其開朗的性格、率眞的情感，以及灑脫的氣質，全都靈光一閃地反映出來，脫口即成絕唱。在盛唐詩人中，王維、孟浩然長於五絕，王昌齡等七絕寫得好，兼長五絕與七絕而並至極境的，只有李白一人。

第四節 李白詩歌的藝術個性

・主觀色彩 ・想像特色 ・意象類型與詞語色調

在盛唐詩人中，李白是藝術個性非常鮮明的一位，在中國詩歌史上，他的作品的藝術個性也是獨一無二的。

李白的詩歌創作帶有強烈的主觀色彩，主要表現爲側重抒寫豪邁氣概和激昂情懷，很少對客觀物象和具體事件做細緻的描述。李白作詩常以奔放的氣勢貫穿，講究縱橫馳騁，一氣呵成，具有以氣奪人的特點。如〈上李邕〉：「大鵬一日同風起，摶搖直上九萬里。假令風歇時下來，猶能簸卻滄溟水。」以大鵬自喻，並非莊子式的逍遙以自適的大鵬，而是奮飛以引起震動驚怪的大鵬。在這不凡的浩大氣勢裡，體現的是自信與進取的志向和傲世獨立的人格力量，李白詩之所以驚動千古者在此。如他在〈江上吟〉詩中所說：「興酣落筆搖五嶽，詩成笑傲凌滄洲。」

灑脫不羈的氣質、傲世獨立的人格、易於觸動而又爆發強烈的感情，形成了李白詩抒情方式的鮮明特點。它往往是噴發式的，一旦感情興發就毫無節制地奔湧而出，宛若天際的狂飆和噴溢的火山。如〈鳴皋歌送岑徵君〉抒寫對於政治黑暗、是非顛倒的憤慨：

> 雞聚族以爭食，鳳孤飛而無鄰。蝘蜓嘲龍，魚目混珍。嫫母衣錦，西施負薪。若使巢、由桎梏於軒冕兮，亦奚異於夔龍蹩躠於風塵？

悲憤不平，慷慨激昂，用抑揚頓挫的語調和節奏變換，追摹情緒衝動時情感噴發奔湧的起伏跌宕，讓人直接感受到心靈的震撼。又如〈答王十二寒夜獨酌有懷〉，一開始便如行雲流水般把濃烈激越的情懷抒寫出來，接著便是抑制不住的感情浪潮的噴發：

> 君不能狸膏金距學鬥雞，坐令鼻息吹虹霓。君不能學哥舒，橫行青海夜帶刀，西屠石堡取紫袍。吟詩作賦北窗裡，萬言不值一杯水。世人聞此皆掉頭，有如東風射馬耳。魚目亦笑我，謂與明月同。驊騮拳跼不能食，蹇驢得意鳴春風。《折楊》、《皇華》合流俗，晉君聽琴枉清角。巴人誰肯和《陽春》，楚地由來賤奇璞。黃金散盡交不成，白首為儒身被輕。一談一笑失顏色，蒼蠅貝錦喧謗聲。

這種情感表達方式，完全是李白式的。

與噴發式感情表達方式相結合，李白詩歌的想像變幻莫測，往往發想無端，如：「西嶽崢嶸何壯哉！黃河如絲天際來。……巨靈咆哮擘兩山，洪波噴流射東海。」（〈西嶽雲臺歌送丹丘子〉）「黃河落天走東海，萬里寫入胸懷間。」（〈贈裴十四〉）「君不見高堂明鏡悲白髮，朝如青絲暮成雪。」（〈將進酒〉）「白髮三千丈，緣愁似箇長。」（〈秋浦歌〉十七首其十五）「猿聲催白髮，長短盡成絲。」（〈秋浦歌〉十七首其四）「狂風吹我心，西掛咸陽樹。」（〈金鄉送韋八之西京〉）眞是想落天外，匪夷所思。

他的奇特的想像，常有異乎尋常的銜接，隨情思流動而變化萬端。一個想像與緊接著的另一個想像之間跳躍極大，意象的銜接組合也是大跨度的，離奇惝怳，縱橫變幻，極盡才思敏捷之所能。

與作詩的氣魄宏大和想像力豐富相關聯，李白詩中頗多吞吐山河、包孕日月的壯美意象。他對體積巨大的壯觀事物似乎尤爲傾心，大鵬、巨魚、長鯨，以及大江、大河、滄海、雪山等，都是他喜歡吟詠的對象，李白將它們置於異常廣闊的空間背景下加以描繪，構成雄奇壯偉的詩歌意象。如〈廬山謠寄盧侍御虛舟〉中的「登高壯觀天地間，大江茫茫去不還。黃雲萬里動風色，白波九道流雪山。」雄奇壯美的意象組合給人以一種崇高感。又如〈渡荊門送別〉：「山隨平野盡，江入大荒流。月下飛天鏡，雲生結海樓。」意象亦極爲闊大壯觀。

但是李白詩裡亦不乏清新明麗的優美意象，如：「人行明鏡中，鳥度屛風裡。」（〈清溪行〉）「綠水淨素月，月明白鷺飛。」（〈秋浦歌〉其十三）「竹色溪下綠，荷花鏡裡香。」（〈別儲邕之剡中〉）「玉階生白露，夜久侵羅襪。卻下水晶簾，玲瓏望秋月。」（〈玉階怨〉）這些由清溪、明月、白鷺、竹色、白露等明淨景物構成的清麗意象，極大地豐富了李白詩歌的藝術蘊涵。因此李白詩的意象，便有壯美與優美兩種類型。

李白在〈望終南山寄紫閣隱者〉一詩中說：「有時白雲起，天際自舒卷。心中與之然，託興每不淺。」他對白色的透明體有一種本能的喜歡，最感親切的東西是月亮，其〈月下獨酌〉云：「舉杯邀明月，對影成三人。月既不解飲，影徒隨我身。暫伴月將影，行樂須及春。我歌月徘徊，我舞影零亂。」月的形象在李白詩中反覆出現。在李白詩裡，用得最多的色彩字是「白」，其次是金、青、黃、綠、紫等[19]。如「小時不識月，呼作白玉盤」（〈古朗月行〉）。他天性開朗，喜歡明麗的色調，不喜歡灰暗色。李白詩歌的語言風格具有清新明快的特點，明麗爽朗是其詞語的基本色調。他那些脫口而出、不加雕飾的詩，常呈現出透明純淨而又絢麗奪目的光彩，反映出其不肯苟同於世俗的高潔人格。

第五節　李白的地位與影響

・李白的地位　・李白的影響

李白是時代的驕子，一出現就震驚了詩壇。他氣挾風雷的詩歌創作及其天才大手筆，當時就征服了眾多的讀者，朝野上下許爲奇才，享有崇高的聲譽和地位。如蘇頲說：「此子天才英麗，下筆不休。」（李白〈上安州裴長史書〉）杜甫對李白更是推崇備至，他在〈春日憶李白〉中說：「白也詩無敵，飄然思不群。清新庾開府，俊逸鮑參軍。」由衷地讚美李白不凡的詩思，認爲他的詩具有「清新」、「俊逸」的風格特點，天下無人可比。杜甫在〈寄李十二白二十韻〉裡又說：「昔年有狂客，號爾謫仙人。筆落驚風雨，詩成泣鬼神。聲名從此大，汩沒一朝伸。文采承殊渥，流傳必絕倫。」指出李白詩歌有蓋世絕倫的神奇藝術感染力，其巨大的聲名將流傳後世。他在〈飲中八仙歌〉中說：「李白一斗詩百篇，長安市上酒家眠。天子呼來不上船，自稱臣是酒中仙。」對李白的縱恣天才讚歎不已。李白的同時人任華說李白「新詩傳在宮人口，佳句不離明主心。」（〈雜言寄李白〉）在中晚唐詩人眼中，李白、杜甫有著極高的地位，韓愈和李商隱對李白都推崇不已。宋以後，杜甫地位極高，然論詩者皆並稱李杜。

李白對後世的巨大影響，首先是他詩歌中所表現的人格力量和個性魅力。他那「天生我材必有用」的非凡自信，那「安能摧眉折腰事權貴」的獨立人格，那「戲萬乘若僚友，視同列如草芥」的凜然風骨，那與自然冥一的瀟灑丰神，曾經吸引過無數士人。在中國古代封建社會，那種個體人格意識受到正統思想壓抑的文化傳統中，李白狂放不受約束的純眞的個性丰采，無疑有著巨大的魅力。他詩歌的豪放飄逸的風格、變化莫測的想像、清水芙蓉的美，對後來的詩人有很大的吸引力，蘇軾、陸游等大家都曾受到他的影響。由於他以才力寫詩，憑氣質寫詩，他的詩風事實上是無法學習的。在中國詩歌史上，李白有不可更替的不朽地位。

注釋

❶詳見袁行霈〈李白詩歌與盛唐文化〉，《文學遺產》一九八六年第一期。

❷李白生卒年有數說，參見舒大剛〈再論李白生卒年問題〉，《四川大學學報》二〇〇五年第五期。

❸《新唐書．宗室世系表》沒有李白這一支家族的名字，唐玄宗曾下詔甄序皇室族屬，李白也未曾入籍，於是學界遂產生種種異說。陳寅恪提出李白為胡人（〈李白氏族之疑問〉，《清華學報》第十卷第一期，一九三五年一月）。詹鍈（〈李白家世考異〉，收入其論文集《李白詩論叢》，作家出版社一九五七年版）、〔日〕松浦友久（〈李白出生地和家世──以異族說的再研究為中心〉，《中國李白研究》一九九〇年下卷）證成其說。胡懷琛提出李白是「突厥化的中國人」（〈李太白通突厥文及其他〉，《逸經》第十一期，一九三六年八月）。周勳初從李白家人的名字寓意、夷夏觀念、喪葬習俗、異端思想諸方面，也對李白的文化背景提出了種種疑問（《詩仙李白之謎》，臺灣商務印書館一九九六年版）。此外，尚有李白是隋末涼王李軌之後、隴西李氏丹陽房始祖李倫之後、李陵之後、李建成之後、李抗之後、太祖李虎侄子達摩之後、太宗曾侄孫諸說。參見郁賢皓、倪培翔《建國以來李白研究概述》，《李白學刊》第二輯，上海三聯書店一九八九年版；周勳初上引著作第一二─一二五頁。

❹李白的出生地有條支說、中亞碎葉說、焉耆碎葉說、長安說、蜀說等，參見上述所引郁賢皓、倪培翔、周勳初等人的文章。

❺李白在詩中不只一次地讚賞任俠殺人的事，如〈贈從兄襄陽少府皓〉：「託身白刃裡，殺人紅塵中。當朝揖高義，舉世欽英風。」〈白馬行〉：「殺人如剪草，劇孟同遊遨。」〈結客少年場行〉：「笑盡一杯酒，殺人都市中。」〈俠客行〉「十步殺一人，千里不留行。」等。周勳初《詩仙李白之謎》認為，唐代律令已頗完備，手刃數人之後不受追究，原因何在，仍值得研究，他認為此事似發生在法令的執行較為寬鬆的蜀中才有可能。

❻李白出峽時間有七二四年、七二五年、七二六年諸說，此處取七二五年說。參見王琦《李太白年譜》、黃錫珪《李太白年譜》、詹鍈《李白詩文繫年》、安旗《李白年譜》。

❼關於李白入長安問題，學術界有一入長安說、二入長安說、三入長安說，以二入長安說較為有據。而二入長安說中，第一次入長安在何時，學術界也有不同說法。此一問題尚難以論定，此處據〈憶襄陽舊遊寄譙郡元參軍〉詩所敘行程推算。

❽李白因何奉召入京，史料有不同說法，魏顥〈李翰林集序〉說是由於玉真公主的推薦。李陽冰〈李翰林集序〉說是因聲名甚大，為玄宗所知。《舊唐書．文苑傳》、《新唐書．文藝傳》都說是由於吳筠的推薦。郁賢皓〈吳筠推薦李白說辨疑〉

（《南京師範學院學報》一九八一年第一期）已論吳筠推薦說之不足信。魏顥與李陽冰為李白同時人，一為朋友，一為族叔，誰說的更為可信，不易判斷，若證以李白〈為宋中丞自薦表〉，則李陽冰說似更可信。

❾李白舉行入道儀式可能不只一次。參見羅宗強〈李白的神仙道教信仰〉，《中國李白研究》一九九一年集，江蘇古籍出版社一九九三年版。

❿玄宗奔蜀途中，在普安郡下制置詔，命李璘軍至九江，璘並非叛亂。而李亨即位靈武，以叛亂罪討伐李璘，乃是兄弟間的帝位之爭。李白不知不覺地卷入了這場宮廷鬥爭中，貶非其罪。

⓫李白是否卒於七六二年，有不同看法，有人認為今存李詩中尚有七六二年後之作，可研究。

⓬參見周勳初《詩仙李白之謎》。

⓭參見周勳初《詩仙李白之謎》。

⓮參見李小榮〈李白釋家題材作品略論〉，《文學遺產》二〇〇五年第二期。

⓯可參閱：詹鍈《李白樂府探源》，見其《李白詩論叢》，作家出版社一九五七年版；王運熙《略談樂府詩的曲名本事與思想內容的關係》，見其《漢魏六朝唐代文學論叢》，上海古籍出版社一九八一年版；郁賢皓〈論李白樂府的特質〉，《李白學刊》第一輯，上海三聯書店一九八九年版。

⓰參見羅宗強、郝世峰主編《隋唐五代文學史》上冊第七章第二節，高等教育出版社一九九〇年版。

⓱如胡應麟《詩藪・內編》說：「七言古詩，概曰歌行。」又說：「唐人李、杜、高、岑，名為樂府，實則歌行。」這實際上是對樂府和歌行未加區別。但若把不用樂府舊題的七言古詩稱為歌行，將採用樂府題的一律算作樂府，則又與唐人的創作實際不甚相符。〔日〕松浦友久認為，歌行應有三個特點：1.用擬古樂府題。2.不以特定曲調為「歌吟」前提。3.其歌辭：A.詩題為歌、行、吟、詞、曲、引等；B.節奏七言、雜言；C.措辭用蟬聯體、雙擬對等修辭手法。見其〈李白詩歌抒情藝術研究〉，劉維治譯，上海古籍出版社一九九六年版，第九四—九六頁。關於這個問題的討論，至今學術界還無定說。參見羅宗強、郝世峰主編《隋唐五代文學史》上冊，高等教育出版社一九九〇年版。

⓲此據清人王琦《李太白全集》注本的分類加以統計。

⓳在李白詩中，這些字的出現頻率為：「白」四百六十三次，「金」三百三十三次，「青」二百九十一次，「黃」一百八十三次，「綠」一百二十八次，「紫」一百二十八次。參見〔日〕中島敏夫〈對李白詩中色彩字使用的若干考察〉，《中日李白研究論文集》，中國展望出版社一九八六年版。對這個問題，〔日〕松浦友久《李白詩歌抒情藝術研究》有詳細論述，可參看。

第四章　杜甫

杜甫生活在唐代社會由盛轉衰的歷史轉折時期，他的詩歌形象眞實地反映了安史之亂前後的社會風貌，比較一下盛唐詩歌和中唐詩歌，就可以發現它們之間的巨大差別。在中唐詩歌中，盛唐詩那種濃烈的理想色彩消退了，人間的艱辛代替了理想色彩，中年的思慮送走了少年情懷，中唐詩有一種更加生活化的傾向。盛唐詩人追求的是境界的渾融，而到了中唐，我們才看到了有意識的字錘句煉。盛唐存在著審美趣味相近的不同的詩人群落，而到中唐，我們卻看到了有相近理論主張的不同的詩歌流派。從盛唐到中唐是一個巨大的轉變，杜甫就是銜接這個轉變的偉大詩人。

第一節　社會動亂與詩人杜甫

・自天寶中期開始的社會衰敗與安史之亂　・元結和《篋中集》作家　・杜甫坎坷的一生
・詩歌題材的大轉變　・杜詩的詩史性質　・敘事技巧在杜甫手中達到高度成熟

唐玄宗後期，沉溺於聲色，揮霍無度且又沉迷於道教和密宗佛教，很少過問朝政，朝廷大權先後落入權相李林甫和楊國忠手中。自開元二十四年（七三六）張九齡罷相到天寶十一載（七五二），李林甫專權十六年；天寶十三載（七五四）之後，楊國忠又獨攬大權。李、楊屢起大獄，朝政在傾軋與清洗中一塌糊塗，權相與擁有兵權的邊鎮節度使之間也矛盾激烈，政權內部已呈分崩之勢。天寶後期，大量農民成爲失去土地的流民，在社會繁榮背後隱藏著貧困與不公。唐代社會在經歷開元盛世的繁榮之後，正在醞釀著大的動亂，而玄宗卻一無所知❶。

終於在天寶十四載（七五五），爆發了歷時八年的安史之亂❷。這年十一月，擁有重兵的范陽節度使安祿山發所部兵及同羅、奚、契丹、室韋兵共十五萬，反於范陽。翌年五月，潼關失守，玄宗倉皇奔蜀，戰火所經之處，州縣殘破，萬室空虛，半個北中國瘡痍滿目。從安史之亂起到乾元三年（七六〇），五年間，全國人口從五千二百八十八萬銳減至一千六百九十九萬，可看出這場戰爭給唐代社會帶來的巨大破壞。

這場巨大的災難給唐詩帶來了不小的轉變，還在天寶年間，一部分失意士人就已經在詩中反映了社會的不公與人生的悲慘艱辛，他們就是元結《篋中集》中所收的作者。《篋中集》收沈千運、趙微明、孟雲卿、張彪、元季川、于逖、王季友詩二十四首❸，加上其他文集所收，這七人留下來的詩共四十六首。他們詩中沒有盛唐詩中那種慷慨豪雄情調，而以悲憤寫人生疾苦。「朝亦常苦飢，暮亦常苦飢。飄飄萬餘里，貧賤多是非。」（孟雲卿〈悲哉行〉）「徘徊宋郊上，不見平生親。獨立正傷心，悲風來孟津。大方載群物，生死有常倫。虎豹不相食，哀哉人食人。」（同上〈傷時〉）「忽忽望前事，志願能相乖。衣馬久羸弊，誰信文與才。善道居貧賤，潔服蒙塵埃。」（張彪〈北遊還酬孟雲卿〉）他們是最先感受到衰敗景象到來的一群詩人，冷眼旁觀，走向寫實。元結把他們的詩作編在一個集子裡，給了很高的評價，他的詩歌觀念與他們是一致的。

元結（七一九—七七二），字次山，天寶十二載（七五四）登進士第。安史亂起之後，先後避難於碙（今湖北大冶）、瀼溪（今江西瑞昌）。後曾奉詔募兵抗拒叛軍，又曾任道、容二州刺史。他最有名的詩是〈舂陵行〉、〈賊退示官吏〉、〈系樂府〉十二首。〈系樂府〉中的〈貧婦詞〉、〈去鄉悲〉、〈農臣怨〉諸篇，寫生民疾苦。〈舂陵行〉以同情心寫安史之亂以來，道州一帶州縣殘破，民不聊生，而賦稅逼迫：「軍國多所需，切責在有司。有司臨郡縣，刑法競欲施。供給豈不憂，征斂又可悲。州小經亂亡，遺人實困疲。大鄉無十家，大族命單羸。朝餐是草根，暮食仍木皮。出言氣欲絕，意速行步遲。追呼尚不忍，況乃鞭撲之。」〈賊退示官吏〉亦寫賦稅之禍害甚於盜賊，杜甫讀此詩後，給予很高評價：「道州憂黎庶，詞氣浩縱橫。兩章對秋月，一字偕華星。」元結與《篋中集》的詩人們，一變盛唐詩人詩中的理想色彩而轉向寫人生悲苦。元結寫有〈二風詩論〉、〈系樂府序〉、〈劉侍御月夜宴會序〉，主張詩應有規諷寄託，有益政教。

杜甫（七一二—七七〇），字子美，京兆杜陵（今陝西西安西南）人，生於鞏縣，是晉朝名將杜預之後，祖父杜審言是初唐著名詩人。奉儒守素的家庭文化傳統對他忠君戀闕、仁民愛物的思想有巨大影響。他的青年時代是在盛唐社會中度過的，過了一段南北漫遊、裘馬輕狂的生活。二十歲南下吳越，二十四歲回到洛陽，舉進士不第❹，翌年東遊齊趙，三十歲時回到洛陽，築室偃師，在那裡成婚，往來偃師、洛陽間。三十三歲在洛陽遇到剛被「賜金放還」的李白，建立了千古傳頌的友誼，兩人同遊梁、宋。遇高適，三人酣飲縱遊，慷慨懷古。不久又北上齊魯，過歷下，登泰山，抒發「會當凌絕頂，一覽眾山小」（〈望嶽〉）的情懷。和許多盛唐詩人一樣，他有巨大抱負，自謂能立登要路，致君堯舜，但這個幻想在天寶五載（七四六）到長安之後便破滅了。到長安的第二年，他參加了由李林甫操縱的一次考試，落入騙局❺。落第之後回到偃師，後來又來到長安，獻賦上書，干謁贈詩❻，希求汲引，但都落空，十載長安，歷盡辛酸。「賣藥都市，寄食友朋。」（〈上三大禮賦表〉）❼「朝扣富兒門，暮隨肥馬塵。殘杯與冷炙，到處潛悲辛。」（〈奉贈韋左丞〉）這十載長安使杜甫歷盡人生辛酸，他看到了生民疾苦，仁民愛物的情懷在這顛沛辛酸的生活裡不唯未曾衰退，反而更加強烈了。這對於他的詩歌創作來說意義巨大，就在這段時間，他寫下了〈兵車行〉、〈前出塞〉九首、〈秋雨歎〉和〈自京赴奉先縣詠懷五百字〉等反映天寶後期動亂行將到來的社會風貌的名作。

安史亂起之後，杜甫落入叛軍手中，被押解到陷落的長安。在陷落的長安，他寫下了那些千古名作，如〈春望〉：

國破山河在，城春草木深。感時花濺淚，恨別鳥驚心。烽火連三月，家書抵萬金。白頭搔更短，渾欲不勝簪。

〈哀江頭〉：

少陵野老吞聲哭，春日潛行曲江曲。江頭宮殿鎖千門，細柳新蒲為誰綠？

他聽到肅宗已經即位靈武，便歷盡艱辛，奔赴鳳翔行在。他被授予左拾遺的官職。這個時期，他寫了〈羌村〉三首、〈北征〉等名作。因疏救房琯，他於乾元元年（七五八）被貶為華州司功參軍。這期間，他寫了「三吏」、「三別」。乾元二年（七五九）秋，他終於棄官，攜家入蜀，於歲末抵達成都，開始了他晚年飄泊西南的生活。

他在成都有一段時間生活相對安定，後來因劍南兵馬使徐知道反，成都混亂，他移家梓州，來往旁縣，中間又曾在閬州小住。永泰元年（七六五）五月，離成都經渝州出峽，在雲安短期養病之後，於次年春末遷居夔州（今重慶奉節）。大曆三年（七六八）春，他離夔州，漂泊江陵、公安、岳陽、潭州，大曆五年（七七〇）冬，卒於自潭州赴岳州途中舟上，年五十九❽。杜甫暮年窮困潦倒，疾病纏身，十分淒涼。

安史之亂帶來了無數災難，也給詩歌創作帶來了變化，戰亂生活題材很自然地進入詩歌創作中。李白是盛唐詩人中寫及戰亂最多的，有〈奔亡道中〉、〈永王東巡歌〉、〈南奔書懷〉等，他寫參與這場戰爭的感受、抱負、態度和不被理解的心情，但還沒有轉向寫底層百姓的苦難。寫百姓苦難的，是安史亂起前後進入創作高潮的詩人們。李嘉祐寫戰後凋殘景象：「處處征胡人漸稀，山村寥落暮煙微。門臨莽蒼經年閉，身逐嫖姚幾日歸。貧妻白髮輸殘稅，餘寇黃河未解圍。」（〈題靈臺縣東山村主人〉）「白骨半隨河水去，黃雲猶傍郡城低。平陂戰地花空落，舊苑春田草未齊。」（〈宋州東登望題武陵驛〉）最早而且最全面反映這場大戰亂所造成的大破壞、大災難的，是杜甫。他全面反映了這場戰亂的社會生活，他的詩被後人稱爲「詩史」。

他的詩被稱爲「詩史」，在於具有史的認識價值，常被人提到的重要的歷史事件，在他的詩中都有反映。至德元年（七五六）唐軍陳陶斜大敗，繼又敗於青阪，杜甫有〈悲陳陶〉、〈悲青阪〉；收復兩京，杜甫有〈收京〉三首、〈喜聞官軍已臨賊境二十韻〉；九節度兵圍鄴城，看來勝利在即，杜甫寫了〈洗兵馬〉，其中提到勝利的消息接踵而至，提到回紇軍助戰、在長安受到優待的事，提到平叛諸將的功業，反映了此一事件在當時造成的普遍心理。後來九節度兵敗鄴城，爲補充兵員而沿途徵兵，杜甫有「三吏」、「三別」。宦官市舶使呂太一反於廣州，杜甫後來寫了〈自平〉。杜甫的有些詩還可補史之失載，如〈三絕句〉中寫到的渝州、開州殺刺史的事，未見史書記載。從杜詩可見安史亂後蜀中的混亂情形。

但是杜詩的「詩史」性質，主要的還不在於它提供了史的事實，史實只提供事件，而杜詩則提供比事件更爲廣闊、更爲具體也更爲生動的生活畫面。他寫這場戰亂中人的活動，是從一個人、一個家庭寫起的。寫他們的遭遇，寫他們的內心的悲酸。如〈無家別〉：

> 寂寞天寶後，園廬但蒿藜。我里百餘家，世亂各東西。存者無消息，死者為塵泥。賤子因陣敗，歸來尋舊蹊。久行見空巷，日瘦氣慘淒。但對狐與狸，豎毛怒我啼。四鄰何所有？一二老寡妻。

寫到故鄉荒涼，老母病死，歸來無家，而尚得再次從軍，令人不忍卒讀。他把戰火中的人的內心世界一一展開，令人千載之下，爲之動情。

他寫戰亂中貧困生民的辛酸境遇，給予無限的同情。如〈又呈吳郎〉：

> 堂前撲棗任西鄰，無食無兒一婦人。不為困窮寧有此？只緣恐懼轉須親。即妨遠客雖多事，便插疏籬卻甚真。已訴征求貧到骨，正思戎馬淚沾巾。

青壯戰死，故無食無兒；賦斂不息，故貧到骨。由貧困淒涼而推及戰亂，有無限悲慨。「哀哀寡婦誅求盡，慟哭秋原何處村？」（〈白帝〉）他以仁者情懷記敘這場戰亂，這是有血有肉的歷史，詩史的更確切的意義就在這裡。❾他寫人，也寫己。在那個動盪的時代，自己的所遇所感所思，自己的理想與失落、歡喜與悲愴，一一見之於詩。從這個意義上說，杜詩也是一部心史。

杜詩的詩史性質決定了寫作方法的變化，盛唐詩創造玲瓏興象以抒情，杜詩用敘事手法寫時事。詩的敘事手法起源甚早，《詩經》、樂府都用過。唐代詩人中李白的〈贈張相鎬〉、李頎的〈別梁鍠〉都用了敘述手法。李白的詩，敘自己的行藏；李頎的詩，實寫梁鍠的性格。而大量使用敘述手法，以五、七言古體寫時事，即事名篇，把敘事手法發展到一個新的高峰，則是杜甫的創造。

杜詩敘事，既敘事件經過，又用力於細部描寫。這些細部描寫，或人或物或心情，精心刻畫，從細微處見出眞實，展開畫面，把人引入某種氛圍、某種境界。〈北征〉敘從鳳翔行在往鄜州省家的一路所見：「菊垂今秋花，石戴古車轍。青雲動高興，幽事亦可悅。山果多瑣細，羅生雜橡栗。或紅如丹砂，或黑如點漆。雨露之所濡，甘苦齊結實。」、「我行已水濱，我僕猶木末。鴟鴞鳴黃桑，野鼠拱亂穴。夜深經戰場，寒月照白骨。」寫到家情境：「況我墮胡塵，及歸盡華髮。經年至茅屋，妻子衣百結。慟哭松聲回，悲泉共幽咽。平生所嬌兒，顏色白勝雪。見耶背面啼，垢膩腳不襪。床前兩小女，補綻才過膝。海圖拆波濤，舊繡移曲折。天吳及紫鳳，顚倒在短褐。」、「粉黛亦解包，衾裯稍羅列。瘦妻面復光，痴女頭自櫛。學母無不為，曉妝隨手抹。移時施朱鉛，狼藉畫眉闊。生還對童稚，似欲忘飢渴。問事競挽須，誰能即嗔喝？」沒有直接寫戰爭災難，而亂離與貧困一一顯現。他寫的都是不起眼的平常細事，但正是這些細小的描寫，從一個視角展現了廣闊的歷史畫面，也正是這些細小的描寫，使杜詩的敘事方式有別於前此的敘事詩。它從概括描寫走向寫具體事件的片段，因寫細節而更少概括描寫常有的誇張，更多眞實感。故事鋪排被沖淡了，而生活色彩則得到極大的加強。〈兵車行〉、〈羌村〉三首、「三吏」、「三別」、〈彭衙行〉、〈贈衛八處士〉等詩無不如此。

杜詩敘事，融入強烈的抒情，多數的敘事詩，他其實是作為抒情詩來寫的。例如〈羌村〉三首，記回鄜州省家事，寫重逢如何悲喜交集，寫與家人、鄰里如何在這悲喜中相見，仍然是細部描寫，「柴門鳥雀噪，歸客千里至」；「鄰人滿牆頭，感慨亦歔欷」；「群雞正亂叫，客至雞鬥爭。驅雞上樹木，始聞叩柴荊」。但這些細部描寫要表現的是悲喜交集的心境，是一腔蘊蓄已久、渴望宣泄的感情：悲哀、同情、無可奈何，都交錯在一起。

父老四五人，問我久遠行。手中各有攜，傾榼濁復清。苦辭酒味薄，黍地無人耕。兵革既未息，兒童盡東征。請為父老歌，艱難愧深情。歌罷仰天歎，四座淚縱橫。

客觀的眞實的敘述與主觀的強烈的抒情，融爲一體。他的一些詩，很難分出是抒情還是敘事，有時還雜以議論，融抒情、敘事、議論於一體。長篇如此，短篇也如此，有賦的鋪排、散文的句法，也有抒情詩的意境創造。記述的是時事，反映的是歷史的眞實畫面，而抒發的是一己情懷。這在中國詩歌史上是空前的，是詩歌表現方法的一種轉變，是杜詩異於盛唐詩的地方。

第二節　杜甫的律詩

・拓寬了律詩的表現範圍和表現手法　・以律詩寫組詩　・渾融的境界與出神入化的技巧

律詩在杜詩中占有極重要的地位❿。杜甫寫時事的詩多是古體，因古體便於敘事。他在古體上的成就，無疑是巨大的。但他的律詩，在詩歌藝術上的成就卻更爲輝煌。

杜甫律詩的成就，首先在於擴大了律詩的表現範圍。他不僅以律詩寫應酬、詠懷、羈旅、宴遊，以及寫山水，而且用律詩寫時事。以古體寫時事，較少受限制，杜甫多數寫時事的詩都是古體；用律詩寫時事，字數和格律都受限制，難度更大，而杜甫卻能運用自如。他這部分寫時事的律詩，較少敘述而較多抒情與議論，如〈秋笛〉、〈即事〉（「聞道花門破」）、〈王命〉、〈征夫〉等。爲擴大律詩的表現力，他以組詩的形式，表現一些較難表現、較寬泛的內容，五律和七律都有這樣的組詩。五律中的〈秦州雜詩〉二十首是一例，浦起龍已指出這是組詩，二十首集中地表現了他在秦州時的心境。寫於客居夔州時的〈洞房〉、〈宿昔〉、〈能畫〉、〈鬥雞〉、〈歷歷〉、〈洛陽〉、〈驪山〉、〈提封〉，雖未標出總題目，但就內容言，實是組詩。〈洞房〉爲八詩緣起：

洞房環珮冷，玉殿起秋風。秦地應新月，龍池滿舊宮。繫舟今夜遠，清漏往時同。萬里黃山北，園陵白露中。

由繫舟峽江，因秋夜景色而引發對宮掖淒涼的聯想，由今日宮掖之淒涼，而憶及往日宮中行樂之種種情形，於是有〈宿昔〉、〈能畫〉、〈鬥雞〉諸篇，極寫當年宮中之行樂。第五首〈歷歷〉是轉折，由安史亂前轉向亂後：「歷歷開元事，分明在眼前。無端盜賊起，忽已歲時遷。」第六首〈洛陽〉寫洛陽陷落，叛軍進逼長安，玄宗出走。第七首〈驪山〉寫驪山已無昔日繁華，寂寞淒涼，不勝今昔之感。第八首〈提封〉爲總結，反思、議論：

> 提封漢天下，萬國尚同心。借問懸車守，何如儉德臨。時征俊乂入，莫慮犬羊侵。願戒兵猶火，恩加四海深。

希望皇帝能行儉德，用賢人，戒兵火，加恩四海，則世事尚有可爲。八首詩前後照應，情思脈絡連貫，而表現的範圍則是一首律詩所難以表達的。

杜甫以律詩寫組詩最爲成功的是七律，如〈詠懷古跡〉五首、〈諸將〉五首，特別是〈秋興〉八首，可以說是杜甫律詩中的登峰造極之作。這組詩寫於滯留夔州時期，此時安史之亂雖已結束，而外族入侵，藩鎮叛亂，戰爭仍然不斷。摯友已先後離開人世，詩人自己仍漂泊滄江，且疾病纏身。山城秋色引發他的故園之思和對於京華歲月的懷念，回顧一生，感慨萬端。八首詩就是在這一思想脈絡上展開，一層深入一層[11]。第一首：

> 玉露凋傷楓樹林，巫山巫峽氣蕭森。江間波浪兼天湧，塞上風雲接地陰。叢菊兩開他日淚，孤舟一繫故園心。寒衣處處催刀尺，白帝城高急暮砧。

江峽秋色牽動滯留夔府孤城的寂寞心緒，也牽動故園之思，由叢菊兩開引發留夔兩載辛酸歲月的感慨，引發對於故園的思念。正沉浸於回憶與思念之中，忽又爲白帝城的四處砧聲所驚斷，於是有第二首。第二首又從現實開始，進入感慨與回憶：

> 夔府孤城落日斜，每依北斗望京華。聽猿實下三聲淚，奉使虛隨八月槎。畫省香爐違伏枕，山樓粉堞隱悲笳。請看石上藤蘿月，已映洲前蘆荻花。

從落日啼猿、孤城悵望中產生的身世飄零之感，引發對於往日曾叩近侍的回憶，又是感慨萬千。正沉浸在回憶與感慨裡，忽又被山城悲笳驚醒，回到現實中來。時光流逝，已經月上中天，歎時光而傷淪落，於是有第三首：

> 千家山郭靜朝暉，日日江樓坐翠微。信宿漁人還泛泛，清秋燕子故飛飛。匡衡抗疏功名薄，劉向傳經心事違。同學少年多不賤，五陵衣馬自輕肥。

這一首從時光流逝歎抱負落空，引發對於朝廷用非其人的不滿，於是有第四首：

> 聞道長安似弈棋，百年世事不勝悲。王侯第宅皆新主，文武衣冠異昔時。直北關山金鼓震，征西車馬羽書馳。魚龍寂寞秋江冷，故國平居有所思。

這一首是對於國家命運的憂念，意謂政局變更，邊境戰火不斷，國家前途可憂，而自己窮老荒江，無法報國，空有憂思而已。後四首一次又一次地反覆著憶往昔、感盛衰、傷淪落、歎身世。這八首詩要表現的是一種深沉複雜的感情，交錯著感慨、回憶、思念與對於時局的看法。要用一首詩來把這些複雜的、低徊不盡的感情表達出來不容易做到，或者說不容易表現得淋漓盡致，而用組詩則可以做到這一點。以律詩寫組詩，極大地擴大了律詩的表現力，這是杜甫在律詩發展史上的貢獻。

杜甫把律詩寫得縱橫恣肆，極盡變化之能事，合律而又看不出聲律的束縛，對仗工整而又看不出對仗的痕跡。如〈聞官軍收河南河北〉：

> 劍外忽傳收薊北，初聞涕淚滿衣裳。卻看妻子愁何在，漫捲詩書喜欲狂。白日放歌須縱酒，青春作伴好還鄉。即從巴峽穿巫峽，便下襄陽向洛陽。

全詩把一種驟然到來的狂喜心情表現得淋漓盡致，用「忽傳」、「初聞」、「卻看」、「漫卷」這些動詞，加強了突然性和隨意性色彩；用「即從」、「便下」、「穿」、「向」等詞連接四個地名，造成風馳電掣的氣勢。表達的方式彷彿散文一般，感情流暢，連貫性、整體感極強，毫不受律體的束縛。他在寓居夔州以後所作的詩，這方面的成就更是達到爐火純青的地步，被楊倫稱爲「杜集七言律第一」的〈登高〉⓬，就是這樣的一首詩：

風急天高猿嘯哀，渚清沙白鳥飛回。無邊落木蕭蕭下，不盡長江滾滾來。萬里悲秋常作客，百年多病獨登臺。艱難苦恨繁霜鬢，潦倒新停濁酒杯。

風急、猿嘯、鳥飛、木落，伴以滾滾而來的江水，整個境界捲入到急速的流動之中。然後是一聲深深的歎息。他用了那麼多在動作上連貫性極強的動詞，造成全詩的流動感和整體感，使人讀來有一氣渾成之感。但細究起來，全詩在聲律句式上又有極精密的考究，八句皆對，首聯句中也對，嚴整的對仗被形象的流動感掩蓋起來了，嚴密變得疏暢。首聯上句第一字仄聲換成平聲，下句第一字平聲換成仄聲，一開始便用輕重的變化增加了兩個節奏。「猿嘯」處本應是二仄聲，他爲了使「天高」與猿聲連著表現一種高揚淩厲的情調，用了一個平聲字「猿」，三個平聲連續上揚，「嘯」仄下沉，兩頭均有一個急速的起伏，最後一個「哀」字，揚而不返。這首句在通過對平仄的精心安排來表現聲象上，眞是精彩極了。

杜甫律詩的最高成就，可以說就是在於把這種體式寫得渾融流轉，無跡可尋，寫來若不經意，使人忘其爲律詩。如〈江村〉：

清江一曲抱村流，長夏江村事事幽。自去自來堂上燕，相親相近水中鷗。老妻畫紙為棋局，稚子敲針作釣鉤。多病所需惟藥物，微軀此外更何求？

以親切隨便的語氣說出，不露對仗與聲律安排的痕跡。〈春夜喜雨〉：

好雨知時節，當春乃發生。隨風潛入夜，潤物細無聲。野徑雲俱黑，江船火獨明。曉看紅濕處，花重錦官城。

上四句用流水對，把春雨神韻一氣寫下，無聲無息不期然而來，末聯寫一種驟然回首的驚喜，格律嚴謹而渾然一氣⓭。〈旅夜書懷〉也是這類千古傳誦的名篇⓮。

杜甫自己說：「晚節漸於詩律細。」（〈遣悶呈路十九曹長〉）又說：「老去詩篇渾漫與。」（〈江上值水如海勢聊短述〉）這正是他對律詩的主要追求。「詩律細」不僅在於聲律的精心安排，也在於從嚴謹中求變化，變化莫測而不離規矩。有時他爲了表達某種感情的需要而寫拗體⑮，晚年七律拗體更多。這種拗體與七律初期出現的某些不合律現象是不同的，它是成熟之後的通變，表現爲變化中的完整。

杜甫律詩的又一成就在句與字的錘煉，加大字與句的容量；常用倒裝、疊字，使句式富於變化。他鍊字，用力之處在表現神情韻味。劉熙載說「少陵鍊神」，就是指這一點。他的用字常常達到一字之下，他人難以更改的地步。他善於用動詞使詩句活起來，用副詞使詩疏暢而富於轉折，特別是「自」字，他實在是用得好極了。他還善於用顏色字以強化某種情感色彩，用疊字以創造氛圍，用雙聲疊韻以使詩的聲調更加和諧悅耳，用俗字口語使詩讀來更加親切⑯。鍊字，是他的自覺追求。他說過：「爲人性僻耽佳句，語不驚人死不休。」（〈江上值水如海勢聊短述〉）他是用很大的精力在鍊字上的。

第三節　杜詩的藝術風格

・杜詩的主要風格：沉鬱頓挫　・杜詩風格的另一面：蕭散自然　・杜詩風格與杜甫處境、心境的關係

杜詩的主要風格特徵是沉鬱頓挫，沉鬱頓挫風格的感情基調是悲慨。杜甫是一位繫念國家安危和生民疾苦的詩人，動亂的時代，個人的坎坷遭遇，一有感觸，則悲慨滿懷。他的詩有一種深沉的憂思，無論是寫生民疾苦、懷友思鄉，還是寫自己的窮愁潦倒，感情都是深沉闊大的。他的詩蘊涵著一種厚積的感情力量，每欲噴薄而出時，他的仁者之心、他的儒家涵養所形成的中和處世的心態，便把這噴薄欲出的悲愴抑制住了，使它變得緩慢、深沉，變得低徊起伏。長篇如此，短章也如此。例如〈自京赴奉先縣詠懷五百字〉，先敘抱負之落空，仕既不成，隱又不遂，中間四句一轉，感情起伏，待到鬱勃不平之氣要爆發出來，卻又撇開個人的不平，轉入對驪山的描寫。由驪山上的奢靡生活寫到「朱門酒肉臭，路有凍死骨」，不平憤懣之情似乎又是要噴薄而出了，但是沒有，感情迴旋，變成了「榮枯咫尺異，惆悵難再述」的深沉歎息。「入門聞號咷，幼子餓已卒。吾寧舍一哀，里巷亦嗚咽。所愧爲人父，無食致夭折。」悲痛欲絕的感情看來似乎要難以自制了，但又沒有噴薄而出，「默思失業徒，因念遠戍卒。憂端齊終南，澒洞不可掇。」個人的悲痛變成了對於百姓苦難的深沉憂思，留下了無窮韻味。〈夢李白〉二首也是這種回環反覆表達感情的很好例子，夢中見其來，

又疑其眞來；分明他已眞來，又疑其何以能逃出牢籠，定非眞來；說他並非眞來，又分明見其月色下的憔悴顏色。眞眞幻幻，表現的是濃到如酒的情誼，深沉低徊，波浪起伏。〈北征〉、〈洗兵馬〉、〈壯遊〉、〈同谷七歌〉、〈送鄭十八虔貶臺州司戶〉，還有前面提到的〈秋興〉八首都是這樣的例子。沉鬱頓挫，是杜詩的主要風格，沉鬱，是感情的悲慨壯大深厚；頓挫，既指聲調的抑揚起伏，如善用拗體，也指感情表達的波浪起伏、反覆低徊。

除了沉鬱頓挫之外，杜詩還有其他的風格。胡震亨說杜甫的詩「精粗巨細，巧拙新陳，險易淺深，濃淡肥瘦，靡不畢具」（《唐音癸籤》卷六），就是說的杜詩風格的多樣性。風格的多樣正是偉大作家藝術上高度成熟的標誌，在杜詩的多樣風格中，蕭散自然是又一重要特色。閒適情趣，安靜明秀的境界，細膩的景物描寫，形成蕭散自然的特色。這類詩不少，如〈水檻遣心〉二首其一：

> 去郭軒楹敞，無村眺望賒。澄江平少岸，幽樹晚多花。細雨魚兒出，微風燕子斜。城中十萬戶，此地兩三家。

魚鳥自得其樂，在一片寧靜的氛圍裡，生一份閒適愉悅情思。「水流心不競，雲在意俱遲。」（〈江亭〉）「仰面貪看鳥，回頭錯應人。」（〈漫成〉二首其一）「野船明細火，宿鷺起圓沙。」（〈遣意〉二首其二）「芹泥隨燕嘴，花蕊上蜂鬚。」（〈徐步〉）「仰蜂粘落絮，行蟻上枯梨。」（〈獨酌〉）這些都是蕭散心境、閒適情趣的產物。這類風格最有代表性的，是〈江畔獨步尋花七絕句〉，其三：

> 江深竹靜兩三家，多事紅花映白花。報答春光知有處，應須美酒送生涯。

其五：

> 黃四娘家花滿蹊，千朵萬朵壓枝低。留連戲蝶時時舞，自在嬌鶯恰恰啼。

其七：

不是愛花即欲死，只恐花盡老相催。繁枝容易紛紛落，嫩蕊商量細細開。

這組詩把蕭散自然的情懷抒寫得從容和優雅，讓人神往。〈絕句漫興〉九首也是如此。

杜詩的不同風格的形成，與杜甫不同時期的不同境遇，或者同一時期的不同心境似有關係。當他生活坎坷，顛沛流離，或處於戰亂之中時，他的家國之思，身世之感便自然湧出，悲歌慷慨。這時的詩往往便表現爲沉鬱頓挫，長安困頓、陷落賊中、華州鄜州時期、隴蜀道上、夔州以後的詩，多數是這類風格。當他生活稍爲安定時，他就寫一些蕭散自然的詩，成都草堂的一段時間，就有不少這類作品。

第四節　杜詩的地位與影響

・集六朝、盛唐詩歌之大成　・對後代詩人的影響

元稹〈唐故檢校工部員外郎杜君墓系銘並序〉說：「至於子美，蓋所謂上薄風騷，下該沈、宋，言奪蘇、李，氣吞曹、劉，掩顏、謝之孤高，雜徐、庾之流麗，盡得古今之體勢，而兼人人之所獨專矣。」元稹是說杜甫兼有各家之所長。宋人秦觀也有類似的看法：「於是杜子美者，窮高妙之格，極豪逸之氣，包沖淡之趣，兼俊潔之姿，備藻麗之態，而諸家之所不及焉。然不集眾家之長，杜氏亦不能獨至於斯也。」（〈論韓愈〉）他是從杜甫兼備各種風格說的。如果從更廣闊的視野說，杜甫的集大成，首先是他身上集中了中國文化傳統裡的一些最重要的品質，即仁民愛物、憂國憂民的情懷，在他的詩裡，我們可以感受到與屈原相似的深沉憂思。屈原與杜甫當然有許多不同，但兩人在詩中表現的憂國憂時卻同樣至誠。在杜甫的詩裡，我們可以感受到仁政思想的傳統精神，可以感受到司馬遷的實錄精神，面對史實而不回護，正視歷史。這些當然不是詩歌傳統自身，但它卻決定了杜詩的基本品質，說明這些品質的淵源所自。

就詩歌傳統自身言，杜詩的敘事與議論顯然受到《詩經・小雅》的影響，而其悲歌慷慨的格調顯然又與〈離騷〉相近。它的緣事而發，則來自樂府傳統，它濃烈的抒懷，細膩的感情，與建安詩歌有關。在詩的表現方法、表現形式上，他吸收的就更爲廣泛而多樣。敘述夾議論，有「小雅」的因素，有賦的鋪排技巧，有樂府的影響，也有史筆的痕跡。他的五言古詩廣泛接受魏晉南北朝詩人的影響，如王粲、曹植、阮籍、謝靈運、陶淵明等。五七言律詩則可以說吸收了這兩種體式發展過程中的一切經驗，五律則主要學杜審言。而最重要的，是充分吸收盛唐詩人創造興象、創造意境的經

驗，把它融入敘事的技巧裡，敘事而又有著意境的美。

即使只從語言或意象上說，也可找出杜甫與前輩詩人的各種連繫。例如他的〈杜鵑〉、〈石龕〉詩，顯然受到漢樂府相和歌辭相和曲〈江南〉的影響。〈晚登瀼上堂〉「江流靜猶湧」，來自陰鏗「大江靜猶浪」（〈和傅郎歲暮還湘州〉）。〈宿江邊閣〉「薄雲巖際宿，孤月浪中翻」，來自何遜「薄雲巖際出，初月浪中生」（〈入西塞示南府同僚〉）。〈豔曲〉「江清歌扇底，影曠舞衣長」，來自庾信「綠珠歌扇底，飛燕舞衫長」（〈和趙王看妓〉）。〈將適吳楚留別章使君留後兼幕府諸公〉「昔如縱壑魚，今如喪家狗」，〈有懷臺州鄭十八司戶〉「昔如水上鷗，今如罝中兔」，來自鮑照「昔如韝上鷹，今如檻中猿」（〈代東武吟〉）。〈前出塞〉九首其六「驅馬天雨雪」，來自鮑照「北風驅雁天雨霜」（〈代白紵曲〉二首其一）。〈小寒食舟中作〉「雲白山青萬餘里，愁看直北是長安」，來自沈佺期「兩地江山萬餘里，幾時重謁聖明君」（〈遙同杜員外審言過嶺〉）。〈小寒食舟中作〉「春水船如天上坐」，來自沈佺期「人如天上坐，魚似鏡中懸」（〈釣竿篇〉）。〈漫成〉二首其一「仰面貪看鳥，回頭錯應人」，來自沈佺期「只爲看花鳥，時時誤失籌」（〈幸梨園亭觀打毬應制〉）。意象的啓發引起聯想，產生類似的詩句，從中可以看出杜甫對於前人詩歌成就的熟悉與有意的吸取。他非常推崇曹植和建安詩人，推崇陶淵明和謝靈運、謝朓、鮑照、庾信，特別是陰鏗、何遜，說自己「頗學陰何苦用心」。對於陳子昂、初唐四傑、孟浩然、王維、李白，他更是推崇備至。他主張轉益多師，正是這一點，使他成爲集大成者。

從唐詩的發展看，杜甫是一位承先啓後的人物。杜詩是唐詩發展的一個轉折，由於杜詩兼備眾體而又自鑄偉辭，積累了極其豐富的藝術經驗，有許多的層面，這也就爲後來者的進一步發展提供了各種可能。中唐以後，白居易、元稹繼承了杜甫緣事而發、寫生民疾苦的一面，且受到杜甫五言排律夾敘夾議的影響；韓愈、孟郊、李賀則受到杜甫的奇崛、散文化和鍊字的影響，鍊字在晚唐更發展成苦吟一派；李商隱的七律得力於杜甫七律的組織嚴密而跳躍性極大的技法。他們都學杜甫的一枝一節，而開拓出新的詩派。宋以後，杜甫的地位更高，他在詩史上的影響，歷千年而不衰。

杜甫的更爲重要的影響是在思想情操方面，他的繫念國家安危，同情生民疾苦，爲歷代士人所崇仰，在士人人格的形成上，有不可估量的影響。北宋愛國將領李綱在〈重校正杜子美集序〉中說杜詩「平時讀之，未見其工，迨親更兵火喪亂之後，誦其詩如出乎其時，犁然有當於人心，然後知其語之妙也」。南宋愛國將領文天祥兵敗被俘，有《集杜詩》二百首，〈序〉說：「凡我意所欲言者，子美先爲代言之。」這種影響衣被後人，直至現代而不衰[17]。

注釋

❶《資治通鑑》卷二一八記玄宗奔蜀，至咸陽，「有老父郭從謹進言曰：祿山包藏禍心，固非一日；亦有詣闕告其謀者，陛下往往誅之。……自頃以來，在廷之臣以言為諱，惟阿諛取容，是以闕門之外，陛下皆不得而知」。中華書局一九五六年版，第六九七二—六九七三頁。

❷安祿山於七五七年初為其子安慶緒所殺，七五九年，祿山部將史思明又殺安慶緒。這場叛亂後期，叛軍領袖為史思明，史稱這場叛亂為「安史之亂」。

❸沈千運，生卒年不詳，吳興（今浙江湖州）人，屢舉不第，約卒於至德、乾元間。孟雲卿，河南（今河南洛陽）人，代宗永泰初登進士第，授校書郎，後流寓江南。張彪，生卒年不詳，家貧，赴舉不第，奉母隱於嵩山。王季友，河南（今河南洛陽）人，寶應中曾為華陰尉，廣德初，官司議郎，翌年入江西觀察使洪州刺史李勉幕，大曆二年（七六七）還京歸隱。于逖，汴州浚儀（今河南開封）人，曾居大梁，終身不仕，與李白、高適、李頎均有交往。趙微明，生卒年不詳，天水（今屬甘肅）人，終生隱居。元季川，元結從弟，終身不仕。

❹此從陳貽焮說，見其《杜甫評傳》上卷，上海古籍出版社一九八二年版，第五四頁。鄺健行認為，此次應試落第，是府試而不是禮部試。見其〈杜甫府試下第試論〉，《唐代文學研究》第六輯，廣西師範大學出版社一九九六年版，第三五二—三六三頁。

❺元結《喻友》、《新唐書・李林甫傳》、《資治通鑑》卷二一五〈唐紀〉三一，對此均有記載，大略謂是年徵天下有一藝者赴京就選，李林甫恐草野之士對策時斥言其奸惡，遂使無一人及第，乃上表稱「野無遺賢」。

❻向來學者們認為杜甫落第之後即滯留長安，開始了他長安十載的生活。陳鐵民據新出土韋濟墓誌，證杜甫落第之後，曾回陸渾山莊隱居，至天寶九載才又到長安。見其〈由新發現的韋濟墓誌看杜甫天寶中的行止〉，《文學遺產》一九九二年第四期，第五一—五四頁。杜甫在長安曾獻〈三大禮賦〉，受到玄宗的重視，但最後並未授予官職，還曾贈詩韋濟、張垍諸人，希求汲引，也都落空。

❼楊承祖認為杜甫《上三大禮賦表》中所說的「賣藥都市，寄食友朋」，乃用韓伯休賣藥洛陽市中，口不二價典，非謂真賣藥。見《唐代研究論集》，新文豐出版公司一九八二年版。此可備一說。然細察〈表〉文之前後語意，證以杜甫此期詩文，謂「賣藥都市，寄食友朋」確有其事，亦可通。

❽杜甫死因有多種說法，可參閱陳貽焮《杜甫評傳》下卷，上海古籍出版社一九八八年版，第一三一三—一三二九頁。

❾對「詩史」的理解，歷代各有不同，可參張暉《中國「詩史」傳統》，生活．讀書．新知三聯書店二〇一二年版。

❿據浦起龍《讀杜心解》統計，杜甫一千四百五十八首詩中，五律六百二十六首，七律一百五十一首，五言排律一百十七首，七言排律八首，共占杜詩總數的百分之五十五，如果加上絕句，則占百分之七十以上。

⓫高友工、梅祖麟從音型、節奏、句法、語法性歧義、複雜意象以及不和諧的措詞，對這一組詩做了細緻的分析。見《唐詩的魅力》，上海古籍出版社一九八九年版，第一—三一頁。可參閱。

⓬此詩受到歷代詩評家的極高評價。胡應麟《詩藪．內編》卷五論此詩，說是「沉深莫測，而精光萬丈，力量萬鈞。通章章法、句法、字法，前無昔人，後無來學。……然此詩自當為古今七言律第一，不必為唐人七言律第一也」。上海古籍出版社一九五八年版，第九五頁。

⓭此詩末聯上下句第一字平仄互調。這種末聯上下句第一字平仄互調的現象，據陸志韋統計，在杜甫的六百餘首五律中，共出現九十六次，這說明五律末聯第一字平仄不穩是一種實際存在的合理現象。見其〈試論杜甫律詩的格律〉，《文學評論》一九六二年第四期。

⓮此詩末聯作平平平仄仄，平仄仄平平。據陸志韋〈試論杜甫律詩的格律〉統計，末聯的這種句式，在杜甫的五律中共五埂三例。頸聯上句第一字平仄原本不稱，此處作平聲也是許可的，應該說，這仍是一首格律嚴格的五律。陸志韋統計，杜甫六百餘首五律，每字「合格」的只有七首，其他詩人五律每字合格的也只占極少數。不能用平仄每字合格來衡量其聲律是否嚴格。

⓯王嗣奭《杜臆》：「公胸中有抑鬱不平之氣，每以拗體發之。」

⓰參見馮鍾芸〈論杜詩的用字〉，《杜甫研究論文集》第一輯，中華書局一九六二年版，第一九九—二一六頁。周春《杜詩雙聲疊韻譜括略》，《叢書集成》初編影藝海珠塵本。羅宗強、郝世峰主編《隋唐五代文學史》中冊，高等教育出版社一九九四年版，第六六一—六八頁。

⓱參見廖仲安〈記抗戰時期三位熱愛杜詩的現代作家和學者〉，《杜甫研究學刊》一九九七年第一期。

第五章　大曆詩風

大曆年間是盛唐詩風向中唐詩風演變的過渡期。大曆詩風指的是大曆至貞元年間，活躍於詩壇上的一批詩人的共同創作風貌。這些詩人的青少年時期大多數在開元太平盛世度過，受過盛唐文化的薰陶，由安史之亂引發的近十年的空前戰亂，使他們的心理狀態產生了明顯的變化，他們失去了盛唐士人昂揚的精神風貌。他們的詩不再有李白那種非凡的自信和磅礴氣勢，也沒有杜甫那種反映戰亂社會現實的激憤和深廣情懷，儘管有少量作品存留盛唐餘韻，也寫民生疾苦，但大量作品表現出一種孤獨寂寞的冷落心境，追求清雅高逸的情調。詩歌創作由雄渾的風骨氣概轉向淡遠的情致，轉向細緻省淨的意象創造，以表現寧靜淡泊的生活情趣，雖有風味而氣骨頓衰，遂露出中唐面目。

第一節　士人心態的轉變與大曆詩歌的冷落寂寞情調

・韋應物部分詩歌的盛唐餘韻和他的清雅閒淡詩風　・劉長卿與大曆十才子詩中的冷落寂寞情調

安史之亂是唐王朝由極盛走向衰落的標誌，它像一股突起的凜冽寒風，霎時就把人們刮進了萬木凋零的蕭瑟秋季，在士人心裡投下了濃雲密布的巨大陰影。在此之前，生活於和平環境中的士人，存有強烈的由文事立致卿相的功名願望，戰爭爆發後，武將有用武之地，而文士被排擠到社會邊緣，再也看不到錦繡前程了。追憶往昔，恍如隔世，目睹現實，頗多生不逢時之感，熱切的仕進慾望爲消極避世的隱逸情懷所取代，詩中頗多無奈的歎息和冷落寂寞的情調。戰亂毀掉了這一代士人青年時期意氣風發的生活，帶來希望幻滅的黯淡現實。盛唐那種昂揚奮發的精神、樂觀情緒和慷慨氣勢，已成回憶。孤寂、冷漠和散淡，瀰漫於整個詩壇。

作爲大曆時期能自成一家的著名詩人，韋應物詩歌創作風格的變化是頗能說明問題的。他是京兆萬年（今陝西西安）人，約生於開元二十五年（七三七），父親韋鑾和伯父韋鑑都是有名的畫家。他少年時期任俠負氣，十五歲時成爲唐玄宗的三衛近侍。安史之亂起後，他曾入太學折節讀書，於廣德元年（七六三）出任洛陽丞。在他早期所寫的一部分作品裡，不乏昂揚開朗的人生意氣，其〈餞雍聿之潞州謁李中丞〉說：「酒酣拔劍舞，慷慨送子行。驅馬涉大河，日暮懷洛京。前登太行路，志士亦未平。」〈寄暢當〉云：「丈夫當爲國，破敵如摧山。何必事州府，坐使鬢毛斑。」這種氣勢壯大的詩作，明顯地帶有剛健明朗的盛唐餘韻。

韋應物的絕大部分詩歌，作於因秉公執法而被迫辭去洛陽丞一職之後，尤以大曆中再度出仕任京兆府功曹，至罷滁州刺史的十餘年間的吏隱詩作見稱於世。在他後期的作品裡，慷慨爲國的昂揚意氣消失了，代之以看破世情的無奈和散淡。所謂「今來蕭瑟萬井空，唯見蒼山起煙霧。可憐蹭蹬失風波，仰天大叫無奈何」（〈溫泉行〉）。所謂「鄉村年少生離亂，見話先朝如夢中」（〈與村老對飲〉）。令人眷戀的盛世已去而不返，一切有如夢境，詩人對從政已感失望，感情退回到個人生活的天地裡，欣賞山水之美和閒靜樂趣，從中尋求慰藉。

於是，嚮往隱逸的寧靜，有意效法陶淵明的沖和平淡，成爲韋應物詩歌創作的主導傾向。氣貌高古，清雅閒淡，自成一家之體。其〈寄全椒山中道士〉說：「今朝郡齋冷，忽念山中客。澗底束荊薪，歸來煮白石。欲持一瓢酒，遠慰風雨夕。落葉滿空山，何處尋行跡？」眞摯的情感出之以恬淡之語，詩境明淨雅潔而意味深長。韋應物的許多詩都有這種韻味，寫得最好的是〈滁州西澗〉：

> 獨憐幽草澗邊生，上有黃鸝深樹鳴。春潮帶雨晚來急，野渡無人舟自橫。

以極簡潔的景物描寫，傳神地寫出了閒適生活的寧靜野逸之趣，在寧靜的詩境中，有一重冷落寂寞的情思氛圍。如其〈詠聲〉詩所云：「萬物自生聽，太空恆寂寥。還從靜中起，卻向靜中消。」這種歸結於靜穆空寂的詩歌情調，表現出某種冷漠遁世的心理傾向，與其他大曆詩人的創作是相同的。

在反映這一時期士人的孤獨冷漠心態方面，劉長卿的詩歌似更具代表性。他是洛陽人，字文房，生年一直難以確定。經當代學者考證，他約生於開元十四年（七二六），主要創作活動在安史之亂以後，是位地道的大曆詩人❶。由於家境較爲貧寒，他早年矢志苦讀，而命運多舛，應舉十年不第，大概於天寶十一載（七五二）方登進士第。入仕後又因剛直犯上，負謗入獄，兩遭謫貶，一生的大部分時光是在逆境中度過的。長期的悒鬱寡歡，使他的詩歌於冷落寂寞的情調中，又平添了一些惆悵衰颯的心緒，顯得凄清悲涼。

即使是早期作品，劉長卿的詩也沒有慷慨意氣，而是帶有一種凄涼的心緒。到了後來就進一步沉積爲進退失據、孤寂無助的茫然失落感，莫明的惆悵充斥於胸臆。其〈送李錄事兄歸襄鄧〉云：「十年多難與君同，幾處移家逐轉蓬。白首相逢征戰後，青春已過亂離中。」面對戰亂後到處殘破凋零的景象，詩人不勝滄海桑田、人生變幻之感，對國家的命運和自己的前途都喪失了信心。

時運不濟的感傷和惆悵，在劉長卿的詩中是層層遞進的，人生失意的淒涼之感，融入黯淡蕭瑟的景物描寫中，尤顯濃重深長。其〈負謫後登干越亭作〉說：「天南愁望絕，亭上柳條新。落日獨歸鳥，孤舟何處人。……青山數行淚，滄海一窮鱗。」眞是孤苦淒楚之極。再如〈重送裴郎中貶吉州〉：

猿啼客散暮江頭，人自傷心水自流。同作逐臣君更遠，青山萬里一孤舟。

同病相憐，不勝愁別，傷感得不能再傷感，孤獨得不能再孤獨。一種由悲劇命運支配的孤寂惆悵的生存體驗，與特定時代的衰敗蕭索景象相結合，彙聚成生不逢時的冷漠寂寥情調，在劉長卿詩裡反覆出現，以至於詩歌意象的構成也帶有某種類型化的傾向。

劉長卿的才智並不很出眾，思銳而才窄，敏於感受，而由於這種孤寂、落寞心境的支配，其詩十首以上語意即顯重複，可在當時和後代的影響卻很大。他的五言詩寫得最好，曾自許爲「五言長城」，早年愛寫篇幅較大的敘事性的五古五排，但意脈似不甚連貫。後來他用較短的五古和五律、五絕寫離別與山水景物，頗多意象省淨而極富韻味的優秀之作。如〈江中對月〉：「空洲夕煙斂，望月秋江裡。歷歷沙上人，月中孤渡水。」詩境清幽冷寂，饒有澹逸閒雅之趣。他的五絕，最爲著名的是〈逢雪宿芙蓉山主人〉：

日暮蒼山遠，天寒白屋貧。柴門聞犬吠，風雪夜歸人。

文字省淨優美而意境幽遠，然而瀰漫著一層難以言說的冷漠寂寥的情思，透露出濃重的衰颯索寞之氣。

這一時期，在創作中以抒寫冷漠寂寥情懷爲主的其他重要詩人，便是「大曆十才子」。

「十才子」之名，最初見於中唐詩人姚合編的《極玄集》，即李端、盧綸、吉中孚、韓翃、錢起、司空曙、苗發、崔峒、耿湋、夏侯審。他們的生平大都不詳，因大曆初年在長安參加重要的唱和活動而爲世人所矚目❷。他們的創作成就高低不一，所長亦各異。如錢起才能很全面，其詩各體皆工，被公認爲十才子之冠，與劉長卿並稱「錢劉」。李端才思敏捷，善於作應酬的送行詩。盧綸曾到過邊塞，其〈塞下曲〉云：「月黑雁飛高，單于夜遁逃。欲將輕騎逐，大雪滿弓刀。」不乏昂揚氣勢，帶有盛唐餘韻。此外，十才子都有反映戰亂生活的詩，雖是冷眼旁觀的客觀紀錄，有的也寫得較爲深刻。

「十才子」齊名的一個重要原因，還在於主要創作傾向和詩風的相近。他們的生活態度在錢起的〈縣中池竹言懷〉一詩中表現得很典型，所謂「官小志已足，時清免負薪。卑棲且得地，榮耀不關身。自愛賞心處，叢篁流水濱」。不再像前輩盛唐詩人那樣充滿兼濟理想，眞正的興趣也不在政事，而是集情趣於山水，寄心緒於景物。除了應酬唱和之作外，他們的詩主要寫日常生活細事、自然風物和羈旅愁思，抒發寂寞清冷的孤獨情懷，表現超然世外的隱逸風調。如：

世事悠揚春夢裡，年光寂寞旅愁中。勸君稍盡離筵酒，千里佳期難再同。（錢起〈送鍾評事應宏詞下第東歸〉）

暮雨瀟瀟過鳳城，霏霏颯颯重還輕。聞君此夜東林宿，聽得荷池幾度聲。（李端〈聽夜雨寄盧綸〉）

出關愁暮一沾裳，滿野蓬生古戰場。孤村樹色昏殘雨，遠寺鐘聲帶夕陽。（盧綸〈與從弟瑾同下第後出關言別〉）

釣罷歸來不繫船，江村月落正堪眠。縱然一夜風吹去，只在蘆花淺水邊。（司空曙〈江村即事〉）

春城無處不飛花，寒食東風御柳斜。日暮漢宮傳蠟燭，輕煙散入五侯家。（韓翃〈寒食日即事〉）

這一類作品是「十才子」詩裡較爲優秀的成熟之作，藝術表現上以謝朓爲宗，追求清雅閒淡，講究格律詞藻，工於白描寫景。技巧趨於細膩雕琢，大都寫得精緻工整，雖沒有劉長卿詩那種濃重的孤獨寂寞感，但總表現出一種冷落蕭瑟的氣象，帶有大曆詩特有的情思韻味。

第二節　大曆詩歌的意象類型

・大曆詩歌的詞語色彩　・大曆詩歌的意象類型分析

大曆詩歌的產生主要出於兩大詩人群體：一是以長安和洛陽爲中心的錢起等「十才子」詩人，作品多爲題贈送別之作；再就是長期在江南任職的地方官詩人，如劉長卿、韋應物、李嘉祐、戴叔倫等，作品大都描寫山水風景❸。就題材內容而言，他們的詩歌並沒有比前人提供更多的新東西，其清雅閒淡的藝術追求，深受盛唐王孟詩風的影響，有一脈相承的關係。然而在與詩的風格情調和寫作技巧密切相關的詞語色彩和意象構成方面，大曆詩歌也有自己鮮明的特色。

由於大曆詩人多生不逢時之感，意氣消沉，受其特定心境和意緒支配的詩歌的詞語選擇，往往帶有淒清、寒冷、蕭瑟乃至黯淡的色彩。在這方面，劉長卿表現得尤爲突出。他是個最喜歡吟詠秋風、夕陽的詩人，諸如「寒渚一孤雁，夕陽千萬山」（〈秋杪干越亭〉）；「山含秋色近，鳥度夕陽遲」（〈陪王明府泛舟〉）；「萬里通秋雁，千峰共夕陽」（〈移使鄂州次峴陽館懷舊居〉）；「帆帶夕陽千里沒，天連秋水一人歸」（〈青溪口送人歸岳州〉）；「秋草獨尋人去後，寒林空見日斜時」（《長沙過賈誼宅》）。秋風的冷色調與夕陽返照的黃昏，構成了劉長卿詩歌獨特的底色，形成淒清、蕭索的秋之色調，讓人感到寒冷的黯淡秋光，映照出詩人心靈中一個王朝的秋天❹。

類似秋風、落葉、夕照、寒雁等冷淡色調的詞語，在大曆詩人的作品中俯拾即是。如韋應物〈自鞏洛舟行入黃河即事寄府縣僚友〉：「寒樹依微遠天外，夕陽明滅亂流中。」李嘉祐〈承恩量移宰江邑臨鄱江悵然之作〉：「惆悵閒眠臨極浦，夕陽秋草不勝情。」錢起〈谷口書齋寄楊補闕〉：「竹憐新雨後，山愛夕陽時。」戴叔倫〈李大夫見贈因之有呈〉：「江清寒照動，山迴野雲秋。」盧綸〈至德中途中書事卻寄李僩〉：「路繞寒山人獨去，月臨秋水雁空驚。」暗淡清冷的詞語色彩，使大曆詩整體上給人以淒涼衰颯的風格印象。

與詞語選擇密切相關的是意象的運用，在大曆詩中，詩人寂寞冷落的情思多通過象徵性意象或描述性意象表達出來，形成了兩種意象類型。

象徵性的意象在劉長卿的詩裡用得較多，因爲他是個偏重於主觀感受的詩人，一般不對特定景物作工細的描寫，意象的運用有強烈的情緒化傾向。劉長卿詩中用得最多的一個意象是「青山」，自謝朓的名篇〈遊東田〉裡有「不對芳春酒，還望青山郭」的用法後，此一意象遂帶有故鄉居所的象徵意義，在劉長卿的詩裡也是如此。如「荷笠帶夕陽，青山獨歸遠」（〈送靈澈上人〉）；「落日孤舟去，青山萬里看」（〈卻赴南邑留別蘇臺知己〉）；「惆悵暮帆何處落，青山無限水漫漫」（〈送子婿崔眞父歸長城〉）。「青山」似乎成了詩人坎坷愁苦的人生之旅中的歸宿地，一種內心深處嚮往的安寧的居所。

此外，具有隱逸、高潔意蘊的「白雲」意象，象徵漂泊不定生活的「孤舟」意象，隱喻衰敗消沉的「夕陽」意象，以及「芳草」、「落葉」、「滄洲」、「寒山」等，在劉長卿詩裡的出現頻率也相當高，其情緒化的象徵隱喻功能遠大於描述性和寫實性。象徵性意象的特點是富於暗示性，意蘊豐富，運用時有彈性，較為方便，但也極易形成某種情緒類型的固定符號，像貼標籤一樣反覆使用後，成爲程式化的表達，陳熟老化而失去新鮮感。劉長卿的詩之所以讓人覺得煉飾老到平穩而不新奇，甚至有語意雷同的毛病，與其喜用象徵性意象不無關係。

相較而言，其他大曆詩人更多地偏愛使用描述性意象，採用白描手法寫詩，以求意象的創新❺。如錢起〈湘靈鼓瑟〉裡的「曲終人不見，江上數峰青」；司空曙〈喜外弟盧綸見寄〉中的「雨中黃葉樹，燈下白頭人」；韓翃〈酬程延秋夜即事見贈〉裡的「星河秋一雁，砧杵夜千家」；耿湋〈晚夏即事臨南居〉中的「樹色迎秋老，蟬聲過雨稀」；李端〈過谷口元贊所居〉裡的「重露濕蒼苔，明燈照黃葉」。這些詩句均具有追求精確和具體的寫實傾向，往往是從極細微處感受體認，再逼眞地描繪出帶有清幽韻味的小境界。其意象多由生活中常見的山峰、寒雨、落葉、燈影、蟬聲、蒼苔等組成，刻畫精致細巧。

在詩中運用具體的描述性意象，能保證作品的新鮮感，但要求詩人對客觀世界有仔細的觀察，細緻入微地明辨物象，然後眞切傳神地寫出來。故大曆詩人的寫景更多面向現實物色，甚至連日常生活中隨處可見的蟻穴、蜂巢等細瑣事物，也成爲觀察描寫對象。他們的眼光能深入盛唐詩人忽略的細微角落，發現一些前人沒寫過的瑣細幽美的自然物象和生活小情趣，開闢出新的詩境。

但一味地採用白描手法作詩而偏重於描述性意象，也會使詩的境界流於淺近狹小。大曆十才子的詩雖善於運用細微清幽的自然意象，以一、兩聯詩句就勾勒出「詩中有畫」的優美境界，但往往構不成通篇渾融一氣的意境。而且不少詩作過於講究描寫技巧而顯雕琢，以致常常是有佳句而無佳篇。

第三節　顧況與李益

・顧況詩歌的俗與奇　・李益的邊塞詩

在大曆詩風的主流之外，這一時期還有兩位獨具特色的詩人——顧況和李益。他們都出生於開、天盛世，而卒於中唐。或者由於他們的獨特經歷，他們的詩與大曆詩風淡泊寂寞的主流情調有著不同的風貌，顯示出異於同輩的藝術個性。

顧況，蘇州人，生卒年不詳❻，至德二載（七五七）登進士第，曾爲校書郎、著作佐郎；貞元初，貶饒州司戶，曾至嶗山受道籙，以後行蹤即不可考❼。顧況留下來的詩中，樂府和古詩占多數，他的詩無論古體還是今體，都受著江南民歌的明顯影響，格調通俗明快，語言則有如白話，如〈苔蘚山歌〉：

野人夜夢江南山，江南山深松桂閒。野人覺後長歎息，帖蘚黏苔作山色。閉門無事任盈虛，終日欹眠觀四如：一如白雲飛出壁，二如飛雨岩前滴，三如騰虎欲咆哮，四如懶龍遭霹靂。嶮峭嵌空潭洞寒，小兒兩手扶欄杆。

寫黏苔蘚作山水，和小兒一起觀看的那種樂趣，樸實而妙趣橫生。顧況的絕句受民歌影響更爲明顯，如〈江上〉：

江清白鳥斜，蕩槳罥蘋花。聽唱菱歌晚，回塘月照沙。

又如〈山中〉：

野人愛向山中宿，況在葛洪丹井西。庭前有個長松樹，夜半子規來上啼。

〈聽子規〉：

棲霞山中子規鳥，口邊血出啼不了。山僧夜後初入定，聞似不聞山月曉。

但顧況的詩又常常俗中有奇，有怪奇的想像、怪奇的比喻，如〈鄭女彈箏歌〉：

鄭女八歲能彈箏，春風吹落天上聲。一聲雍門淚承睫，兩聲赤鯉露鬐鬣，三聲白猿臂拓頰。

類似這樣怪異的詩句，給人以刻意求奇的印象，如〈華山西崗遊贈隱元叟〉寫山林：「群峰郁初霽，潑黛若鬟沐。天風鼓唅呀，撼搖千灌木。」〈露青竹鞭歌〉寫駿馬：「曲江昆明洗刷牽，四蹄踏浪頭枿天。蛟龍稽顙河伯虔，拓羯胡雛腳手鮮。」顧況詩俗的一面影響了張籍、王建和元白詩派，怪奇的一面影響了韓孟詩派。在詩的表現技巧的探索、詩美的新的追求上，顧況是一位值得重視的人物。

在大曆詩壇，以邊塞詩獨樹一幟而藝術成就很高的詩人是李益。

李益，字君虞，隴西狄道人，生於天寶五載（七四六）。大曆四年（七六九）登進士第，大曆五年（七七〇）登主文譎諫科，授河南府參軍；轉華州鄭縣主薄；爲渭南尉。建中初，入朔方節度使，繼之入鄜仿、邠寧、幽州節度使幕。元和初，應召入京，爲河南少尹；歷祕書監、兼集賢殿學士；自右庶子爲左庶子；由右散騎常侍爲左散騎常侍。大和初，以禮部尚書致仕；大和三年卒，享年八十四。❽由於有十多年的軍旅生涯，李益的邊塞詩寫得極好，尤其是七絕，常常是壯烈、慷慨之中帶一點傷感和悲涼，如〈夜上受降城聞笛〉：

回樂峰前沙似雪，受降城下月如霜。不知何處吹蘆管，一夜征人盡望鄉。

詩寫月下登上西受降城，望回樂峰，沙漠在月色裡是一片清冷的雪白，腳下的西受降城，同樣是一片如霜的月色，就在這荒涼清冷的邊塞之夜引發了思鄉之情。這首詩最精彩的地方，便是寫那不知從何處傳來的蘆笛聲，在荒涼、清冷、寂寞的邊地氛圍裡，悠悠揚揚、嗚嗚咽咽的笛聲，把由此引發的思鄉之情表現得更加濃烈。「一夜征人盡望鄉」一句，是誇張之詞，但又確切地表現了此時邊關將士久戍思歸的心境。全詩從大處著眼，大概括，大描寫，重在寫情思氛圍。〈從軍北征〉也類似這種寫法：

天山雪後海風寒，橫笛偏吹〈行路難〉。磧裡征人三十萬，一時回首月中看。

一樣寫由樂聲引起的思鄉之情，末句寫法也相似，卻無重複之感，原因就在於其中蘊涵著濃烈的鄉愁和悲涼的情調。〈夜上西城聽涼州曲〉二首也有此種情調：

行人夜上西城宿，聽唱〈涼州〉雙管逐。此時秋月滿關山，何處關山無此曲！

鴻雁新從北地來，聞聲一半卻飛回。金河戍客腸應斷，更在秋風百尺臺。

金河縣也就是東受降城❾，〈涼州曲〉也稱〈涼州〉、〈涼州詞〉，多用來抒寫邊關情懷。秋月、秋風與邊聲，全由氣氛烘托出來，其中有一重難以擺脫的感傷。這種感傷情調也表現在李益的其他一些詩裡，如〈春夜聞笛〉：

寒山吹笛喚春歸，遷客相看淚滿衣。洞庭一夜無窮雁，不待天明盡北飛。

〈揚州萬里送客〉：

青峰江畔白蘋洲，楚客傷離不待秋。君看隋朝更何事，柳楊南渡水悠悠。

李益還有一些寫得質實深情的詩，如〈喜見外弟又言別〉：

十年亂離後，長大一相逢。問姓驚初見，稱名憶舊容。別來滄海事，語罷暮天鐘。明日巴陵道，秋山又幾重。

李益的詩帶著盛唐詩的一些特色，可以看作是盛唐詩藝術上的一種殘留現象。而他詩中的感傷悲涼情調，應與大曆時期的時代風貌有關。

注釋

❶詳見蔣寅《大曆詩人研究》下編第一章，中華書局一九九五年版。

❷李端：字正己，趙郡人，約生於開元中，大曆五年（七七〇）登進士第，任祕書省校書郎，興元初終杭州司馬。盧綸：字允言，范陽人，約生於天寶年間，卒於貞元中。吉中孚：原是道士，大曆間召為祕書郎，後為萬年縣尉。錢起：字仲文，吳興人，約生於開元中，天寶九載（七五〇）登進士第，釋褐為祕書省校書郎，曾為藍田縣尉，後入朝任郎官之職，約卒於建中年間。司空曙：字文初，廣平人，約生於開元中，貞元初尚在韋皋幕中。耿湋：字洪源，河東人，生年不可考，寶應二年（七六三）登進士第，授盩厔（今改名周至）縣尉。後官至左拾遺。韓翃、苗發、崔峒、夏侯審四人的生卒年均不可考，生平事蹟亦不詳。關於「十才子」唱和活動的考證，可參閱儲仲君〈大曆十才子的創作活動探索〉，《文學遺產》一九八三年第三期。

❸詳傅璿琮《唐代詩人叢考・李嘉祐考》，中華書局一九八〇年版。

❹參見儲仲君〈秋風、夕陽的詩人——劉長卿〉，《唐代文學研究》，廣西師範大學出版社一九九二年版。

❺詳見蔣寅《大曆詩風》第七章，上海古籍出版社一九九二年版。

❻趙昌平《關於顧況生平的幾個問題》（《蘇州大學學報》一九八四年第一期）認為，顧況約生於開元十五年（七二七）前後，而卒於元和十五年（八二〇）以後，享年九十四歲左右。

❼顧況生平，參見傅璿琮主編《唐才子傳校箋》第一冊趙昌平撰「顧況」條，中華書局一九八九年版。

❽崔鄾〈李益墓誌銘〉，見王勝明〈新發現的崔鄾佚文〈李益墓誌銘〉及其文獻價值〉，《文學遺產》二〇〇九年第五期。

❾參見譚優學《下著〈李益年譜稿〉之商榷》，《中華文史論叢》一九八〇年第三輯，上海古籍出版社一九八〇年版。

第六章　韓孟詩派與劉禹錫、柳宗元等詩人

唐詩經過大曆年間一度中衰之後，在唐德宗至唐穆宗的四十餘年時間裡又漸趨興盛，並於唐憲宗元和年間達到高潮。這個時期，名家輩出，流派分立，詩人們著力於新途徑的開闢、新技法的探尋以及詩歌理論的闡發，創作出大量極富創新意味的各體詩歌，展示了唐詩大變於中唐的蓬勃景觀。而韓孟詩派就是進行這種新變的第一詩人群體。

第一節　韓孟詩派及其詩歌主張

・韓孟詩派的形成　・「不平則鳴」與「筆補造化」　・崇尚雄奇怪異之美

韓孟詩派及其詩風的形成有一個過程，早在貞元八年（七九二），四十二歲的孟郊赴長安應進士舉，二十五歲的韓愈作〈長安交遊者一首贈孟郊〉及〈孟生詩〉相贈，二人始有交往，由此爲日後詩派的崛起奠定了基礎。此後，詩派成員又有兩次較大的聚會：一次是貞元十二年至十六年（七九六—八〇〇）間，韓愈先後入汴州董晉幕和徐州張建封幕，孟郊、張籍、李翺前來遊從；另一次是元和元年到六年（八〇六—八一一）間，韓愈先任國子博士於長安，與孟郊、張籍等相聚，後分司東都洛陽，孟郊、盧仝、李賀、馬異、劉叉、賈島陸續到來，張籍、李翺、皇甫湜也時來過往，於是詩派全體成員得以相聚。這兩次聚會，對韓孟詩派群體風格的形成至爲重要。第一次聚會時，年長的孟郊已基本形成了自己的獨特詩風，從而給步入詩壇未久的韓愈以明顯影響。到第二次聚會時，韓愈的詩歌風格已完全形成，他獨創的新體式和達到的成就已得到同派詩人的公認和仿效，孟郊則轉而接受韓愈的影響[1]。通過這兩次聚會，詩派成員酬唱切磋，相互獎掖，形成了審美意識的共同趨向和藝術上的共同追求。

作爲一個詩派，韓、孟等人有明確的理論主張，首先是「不平則鳴」說。在〈送孟東野・序〉中，韓愈指出：

> 大凡物不得其平則鳴。……人之於言也亦然。有不得已者而後言，其歌也有思，其哭也有懷。凡出乎口而為

聲者，其皆有弗平者乎！

「不平」，謂感情之激盪不平之鳴，其鳴各異，或激昂、或悲憤、或淒清、或歡愉。這篇序文是專爲一生困厄潦倒、懷才不遇的孟郊作的，文中以「善鳴」推許孟郊，可見其更重視窮愁哀怨者之「鳴其不幸」。在〈荊潭唱和詩‧序〉中，韓愈進一步指出：「夫和平之音淡薄，而愁思之聲要妙；歡愉之辭難工，而窮苦之言易好也。是故文章之作，恆發於羈旅草野；至若王公貴人，氣滿志得，非性能而好之，則不暇以爲。」這裡的「和平之音」和「愁思之聲」雖都可視作「不平」之鳴，而且所謂「歡愉之辭難工」並不是說不能工，「窮苦之言易好」也不是說一定好，但從文學創作規律來講，因前者出於王公貴人之手，其生命狀態多平易流滑，便很難表現出「鳴」的深度，而後者飽經困苦磨難，其生命力與阻力激烈碰撞所導致的「不平」之鳴便易於驚動俗聽，傳之久遠。

「不平則鳴」說的另一要點在於特重詩歌的抒情功能。本來作爲詩文大家的韓愈是更重視文的，他說自己是「餘事作詩人」（〈和席八十二韻〉），並明確認爲與他那些「約六經之旨」、「扶樹教道」的文相比，其詩只是抒寫「感激怨懟奇怪之辭」（〈上宰相書〉），以「舒憂娛悲」（〈上兵部李侍郎書〉）而已。然而，也正由於韓愈沒有把詩與文等量齊觀，才使詩歌得以保持其「舒憂娛悲」、「感激怨懟」的美學品性。「感激怨懟」就是「不平」，「舒憂娛悲」就是將此「不平」不加限制、痛痛快快地抒發出去，所謂「鬱於中而泄於外」（〈送孟東野‧序〉），指的便是這種情況。由此看來，韓愈提倡「不平則鳴」，就是提倡審美上的情緒宣泄，尤其是「感激怨懟」情緒的宣泄，可以說是抓住了文學的抒情特質。

韓孟詩派的另一個重要觀點是「筆補造化」，用李賀的話來說，就是「筆補造化天無功」（〈高軒過〉）。用詩筆補造化之不足，既要有創造性的詩思，又要對物象進行主觀裁奪。孟郊非常欣賞「手中飛黑電，象外瀉玄泉。萬物隨指顧，三光爲迴旋」（〈送草書獻上人歸廬山〉）的書法藝術創造，由此而及於詩，他認爲雖「形拘在風塵」，但可以「心放出天地」，用一己之心去牢籠乾坤，繩律「萬有」（〈奉報翰林張舍人見遺之詩〉）。在〈贈鄭夫子魴〉中，他這樣說道：

天地入胸臆，吁嗟生風雷。文章得其微，物象由我裁。宋玉逞大句，李白飛狂才。苟非聖賢心，孰與造化該？

將天地納入「胸臆」之中，「由我」來盡情地裁奪，這是何等大的氣魄！而只有發揮創造性的詩思，才能「裁」物象，「該」造化，吁嗟之間而生風雷之象。

與孟郊相比，韓愈更重視心智、膽力和對物象的主觀裁奪，他一再說：「研文較幽玄，呼博騁雄快」（〈雨中寄孟刑部幾道聯句〉）；「雕刻文刀利，搜求智網恢」（〈詠雪贈張籍〉）；「規模背時利，文字覷天巧」（〈答孟郊〉）。研討詩文而至於「幽玄」，搜求「智網」復輔以「雕刻」，造端命意、遣詞造句則要力避流俗，覷尋「天巧」，足見韓愈的創作取向。韓愈還屢屢強調寫作要「能自樹立，不因循」（〈答劉正夫書〉），要大膽創新，「勇往無不敢」（〈送無本師歸范陽〉）。在他看來，「若使乘酣騁雄怪，造化何以當鐫劖！」（〈酬司門盧四兄雲夫院長望秋作〉）隨主觀情思而裁奪造化，這也就是「筆補造化」。司空圖評韓詩云：「韓吏部歌詩累百首，其驅駕氣勢，若掀雷抉電，奔騰於天地之間，物狀奇變，不得不鼓舞而徇其呼吸也。」（〈題柳柳州集後序〉）韓詩這種風格的形成，不能不說與其特富創新意識的詩歌理念以及中唐的文化趨向有著緊密的關聯❷。

韓孟詩派在倡導「筆補造化」的同時，還特別崇尚雄奇怪異之美。在〈調張籍〉一詩中，韓愈這樣寫道：

> 李杜文章在，光焰萬丈長。……想當施手時，巨刃磨天揚。……我願生兩翅，捕逐出八荒。精神忽交通，百怪入我腸。刺手拔鯨牙，舉瓢酌天漿。

此詩與當時一些崇杜抑李論者迥異其趣，給予李、杜詩以同樣的高度讚譽，這讚譽的落腳點不在李杜詩的思想內容，而在其詩「巨刃磨天揚」那奇特的語言、雄闊的氣勢和藝術手法的創新。所以，韓愈與李杜精神之「交通」處便是「百怪入我腸」，他欲追蹤李杜，所取法也正在於此。所謂「拔鯨牙」、「酌天漿」，將其膽之大、力之猛、思之怪、境之奇發揮到極致，完全是一派天馬行空、超越世俗的氣象。這是一種全新的審美取向，韓愈不僅在自己的創作實踐中努力實踐它，而且用以審視、評價、讚許同派及相關友人的詩作。他說孟郊的詩是「冥觀洞古今，象外逐幽好。橫空盤硬語，妥帖力排奡。」（〈薦士〉）說賈島的詩是「狂詞肆滂葩，低昂見舒慘。奸窮怪變得，往往造平淡。」（〈送無本師歸范陽〉）說張籍的詩是「文章自娛戲，金石日擊撞。龍文百斛鼎，筆力可獨扛。」（〈病中贈張十八〉）說自己與孟郊、張籍等人的詩是「險語破鬼膽，高詞媲皇墳。」（〈醉贈張祕書〉）其著眼點都在力量的雄大、詞語的險怪和造境的奇特。儘管上述某些評論並不符合詩人們的創作實際，卻突顯了韓愈的美學思想，儘管在論詩時韓愈也注意到了「妥帖」、「平淡」的一面，但由於他主張的重心在雄奇險怪，便往往顧不上平淡妥帖了。

與韓愈相同，韓孟詩派其他成員也大都具有崇尚雄奇怪異的審美取向，如孟郊聲言自己爲詩「孤韻恥春俗」（〈奉報翰林張舍人見遺之詩〉）；盧仝自謂：「近來愛作詩，新奇頗煩委。忽忽造古格，削盡俗綺靡。」（〈寄贈含曦上人〉）劉叉宣稱「詩膽大如天」（〈自問〉）、「生澀有百篇」（〈答孟東野〉）；李賀更是傾心於幽奇冷豔詩境的構造，既「筆補造化」，又師心作怪。雖然這些詩人因自身經歷所限，視野不夠宏闊，取材偏於狹窄，大都在苦吟上下工夫，以致雄奇不足而怪異有餘，詩境也多流於幽僻蹇澀，但他們卻以自己的美學追求和創作實踐有力地回應了韓愈的主張，強化了以怪奇爲主的風格特點。

從「不平則鳴」到裁物象、覷天巧、補造化，到明確提出雄奇怪異的審美理想，韓孟詩派形成了一套系統的詩歌創作理論。它突破了過於重視人倫道德和溫柔敦厚的傳統詩教，由重詩的社會功能轉向重詩的抒情特質，轉向重創作主體內心的展露和藝術創造力的發揮，這在詩歌理論史上是一個值得重視的現象。

第二節　韓愈、孟郊等人詩歌的意象類型與技巧創新

・韓愈、孟郊、盧仝、劉叉等人詩中的怪奇之美　・詩歌的散文化傾向

韓愈（七六八—八二四），字退之，河陽（今河南孟州）人，自言郡望昌黎，故後人多稱韓昌黎。他三歲而孤，由兄韓會、嫂鄭氏撫育成人。貞元八年（七九二）登進士第，先後任汴州觀察推官、四門博士、監察御史等。貞元十九年（八〇三）因上書言關中旱饑，觸怒權要，被貶爲陽山（今屬廣東）令。元和十四年（八一九）又因反對憲宗拜迎佛骨，被貶爲潮州刺史。穆宗時，他任國子監祭酒、兵部侍郎，又轉吏部侍郎。有《昌黎先生集》，存詩四百餘首。

韓愈多長篇古詩，其中不乏揭露現實矛盾、表現個人失意的佳作，如〈歸彭城〉、〈齪齪〉、〈縣齋有懷〉等，大都寫得平實順暢。他也有寫得清新、富於神韻、近似盛唐人的詩，如〈晚雨〉、〈盆池〉五首，尤其是〈早春呈水部張十八員外〉二首其一：

天街小雨潤如酥，草色遙看近卻無。最是一年春好處，絕勝煙柳滿皇都。

但是，韓愈最具獨創性和代表性的作品，則是那些以雄大氣勢見長和怪奇意象著稱的詩作。他「少小尚奇偉」（〈縣齋有懷〉）、「搜奇日有富」（〈答張徹〉），天生一種雄強豪放的資質，性格中充溢著對新鮮奇異、雄奇壯美之事之景之情的追求衝動，而他一再倡導的「養氣」說，更使他在提高自我修養的同時，增添了一股敢作敢爲、睥睨萬物的氣概，發而爲詩，便氣豪勢猛，聲宏調激。試看他的〈盧郎中雲夫寄示送盤谷子詩兩章歌以和之〉：

> 昔尋李愿向盤谷，正見高崖巨壁爭開張。是時新晴天井溢，誰把長劍倚太行！衝風吹破落天外，飛雨白日灑洛陽。……

開篇即豪興遄飛，格局闊大。以「長劍倚太行」比喻從天井關飛流而下的瀑布，而這飛瀑被狂風吹拂，竟直灑洛陽！其勢其景，迅捷壯觀，遣詞造句，遠超凡俗，用詩中的話來說，就是「字向紙上皆軒昂」。再看他的〈石鼓歌〉：

> 張生手持石鼓文，勸我試作石鼓歌。少陵無人謫仙死，才薄將奈石鼓何！周綱凌遲四海沸，宣王憤起揮天戈。大開明堂受朝賀，諸侯劍佩鳴相磨。搜於岐陽騁雄俊，萬里禽獸皆遮羅。鐫功勒成告萬世，鑿石作鼓隳嵯峨。……

蒼勁雄渾，硬語盤空，將石鼓形成的一段遠古歷史鮮活地展現出來；而「憤起揮天戈」、「劍佩鳴相磨」等動作性詞語的嵌用，更使詩作氣酣力猛，飛動縱橫，有不可一世之概。若與李白的長篇歌行比，則一流暢飄逸，一粗豪險怪。

韓愈一生用世之心甚切，是非觀念極強，性格剛直，昂然不肯少屈，這一方面使他在步入官場後的一次次政治漩渦中屢受打擊，另一方面也導致其審美情趣不可能淡泊平和，而呈現出一種怨憤鬱躁、情激調變的怪奇特徵❸。韓愈詩風向怪奇一路發展，大致始於貞元中後期，至元和中期已經定型。貞元、元和之際的陽山之貶，一方面是巨大的政治壓力極大地加劇了韓愈的心理衝突，另一方面將荒僻險怪的南國景觀推到詩人面前，二者交相作用，乃是造成韓愈詩風大變的重要條件。他在這一時期寫的〈宿龍宮灘〉、〈郴口又贈〉二首、〈龍移〉、〈岳陽樓別竇司直〉、〈八月十五夜贈張功曹〉、〈謁衡岳廟遂宿岳寺題門樓〉等詩中，使用最多的是那些激盪、驚布、幽險、凶怪的詞語，諸如「激電」、「驚雷」、「怒濤」、「大波」、出沒的「蛟龍」、悲號的「猩鼯」、森然可怖的「妖怪」、「鬼物」，都輻輳筆端，構成了一個個驚心動魄的意象。〈永貞行〉云：「湖波連天日相騰，蠻俗生梗瘴癘烝。江氛嶺祲昏若凝，一蛇兩頭見未曾。怪鳥鳴喚令人憎，蠱蟲群飛夜撲燈。雄虺毒螫墮股肱，食中置藥肝心崩。」貶所環境的極度險惡，引起詩人內心的驚恐震盪，而無罪遭貶的身世際遇更使詩人心如湯沸，百憂俱來，長期處於「數杯澆腸雖暫醉，皎皎萬慮醒還新」（〈感春〉四首其四）的苦悶之中，並由此形成一種思維趨勢，搜羅奇語，雕鏤詞句，創造前人未曾使用過的險怪意象。元和元年，已經離開貶所回到京城的韓愈更傾心於怪奇詩境的構造，而相對忽視了對內心世界和自我的表現。他與孟郊等人一起創作了不少聯句詩❹，這些詩作以競賽爲主要目的，一聯就是上百韻，各自逞奇炫怪，誇示才學，以致寫出了大量「晝蠅食案繁，宵蚋肌血渥」（〈納涼聯句〉）、「靈麻撮狗虱，村稚啼禽猩」（〈城南聯句〉）之類令人難以卒讀的詩句。在此後的幾年中，韓愈基本上沿著這條道路發展，以世俗、醜陋之事之景入詩，寫落齒，寫鼾睡，寫恐怖，寫血腥，形成了以俗爲美、以醜爲美的特點。而從文化影響的角度看，這種特點以及韓孟詩派所追求的怪奇風格，與當時不少寺廟繪制的充滿「奇蹤異狀」的各種佛教壁畫，也有一定程度的關聯❺。

在詩歌表現手法上，韓愈也做了大膽的探索和創新，用寫賦的方法作詩，鋪張羅列，濃彩塗抹，窮形盡相，力盡而後止。〈南山〉詩是這方面的代表作。全詩一百零二韻，長達一千多字，連用七聯疊字句和五十一個帶「或」字的詩句，鋪寫終南山的高峻，四時景象的變幻。再如那首著名的〈陸渾山火一首和皇甫湜用其韻〉，極寫一場山火的強猛酷烈：

> 山狂谷很相吐吞，風怒不休何軒軒。擺磨出火以自燔，有聲夜中驚莫原。天跳地踔顛乾坤，赫赫上照窮崖垠。截然高周燒四垣，神焦鬼爛無逃門。三光弛隳不復暾，虎熊麋豬逮猴猿。水龍鼉龜魚與黿，鴉鴟雕鷹雉鵠鶤，燖炰煨爊孰飛奔。……

風捲著火，火藉著風，轟轟烈烈，漫山遍野地燃燒開來，直燒得天昏地暗、乾坤顛倒、神焦鬼爛、日月無光、水陸動物無處藏身。這裡，詩人賦予山火一種狂野暴烈的力量，並極盡形容描繪之能事，創造出「山狂谷很」、「天跳地踔」等怪奇意象，光怪陸離、猙獰震盪。這是一種超乎常情的創造，怪怪奇奇，戛戛獨造，乃是韓愈在詩歌藝術上的主要追求目標❻。

孟郊的詩風也有明顯的怪奇傾向，但因他才力不及韓愈雄大，而淪落不遇的生活經歷也在一定程度上限制了他的視野，遂使得他的怪奇詩風向幽僻冷澀一路發展，從而表現出不同於韓詩的別一種風貌。

孟郊（七五一—八一四），字東野，武康（今浙江德清）人。性格狷介孤傲，不諧流俗，雖有很強的功名心，卻因不善變通而少所遇合，直到四十六歲才進士及第，五十歲任溧陽尉。晚年做過水陸轉運從事、試協律郎。一生沉落下僚，鬱鬱寡歡，飢餓、窮蹙、疾病、羈旅、失子、衰老，接踵而來，使他受盡了艱苦生活的磨難。有《孟東野詩集》，存詩五百餘首。

在孟郊的作品中，有一些關注社會、反映下層民眾生活的詩作，如〈殺氣不在邊〉、〈感懷〉、〈寒地百姓吟〉等，但數量更多的是抨擊黑暗世俗、強烈表現自我悲慨和貧寒生活的詩作。如：「玉京十二樓，峨峨倚青翠。下有千朱門，何門薦孤士！」（〈長安旅情〉）「食薺腸亦苦，強歌聲無歡。出門即有礙，誰謂天地寬！」（〈贈崔純亮〉）「楚屈入水死，詩孟踏雪僵。直氣苟有存，死亦何所妨！」（〈答盧仝〉）這些作品，寫事抒情真切感人，用詞造語古拙直率，頗具漢魏風貌。李翱評價說：「郊爲五言詩，自前漢李都尉、蘇屬國及建安諸子、南朝二謝，郊能兼其體而有之。」（〈薦所知於徐州張僕射書〉）

孟郊作詩以苦吟著稱，注重造語鍊字，追求構思的奇特超常，如「風葉亂辭木，雪猿清叫山。」（〈送殷秀才南遊〉）「鏡浪洗手綠，剡花入心春。」（〈送淡公〉十二首其二）「聲翻太白雲，淚洗藍田峰。」（〈遠愁曲〉）都經過精心的錘鍊，所以能盡去枝葉，精當洗練，在人意中而又出人意表。〈遊終南山〉詩前四句寫山的景象是：「南山塞天地，日月石上生。高峰夜留景，深谷晝未明。」著一「塞」字，即將終南山拔地倚天、吞吐日月的雄姿展現出來。〈怨詩〉寫思婦之怨是：「試妾與君淚，兩處滴池水。看取芙蓉花，今年爲誰死！」用蓮花被淚水浸死的假想之詞來表現人物怨情之深，涉想奇絕。韓愈說他作詩「劌目鉥心，刃迎縷解。鉤章棘句，掐擢胃腎。神施鬼設，間見層出」（〈貞曜先生墓誌銘〉），是很貼切的。

孟郊寫得最多、也最引人注目的，是那些充滿幽僻、清冷、苦澀意象的詩作，這些詩作大都表現淒愴寒苦的生活，詩境仄狹，風格峭硬。諸如「日短覺易老，夜長知至寒」（〈商州客舍〉）、「天色寒青蒼，北風叫枯桑。……調苦竟何言，凍吟成此章」（〈苦寒吟〉），以「寒」字爲中心，極力突出對生活的特殊感受。蘇軾所謂「郊寒島瘦」（〈祭柳子玉文〉）之「郊寒」一語，可以說是對孟詩特點的最好概括。在這類詩作中，組詩〈秋懷〉十五首堪稱代表：

孤骨夜難臥，吟蟲相唧唧。老泣無涕洟，秋露為滴瀝。……（其一）

秋月顏色冰，老客志氣單。冷露滴夢破，峭風梳骨寒。……（其二）
……商蟲哭衰運，繁響不可尋。秋草瘦如發，貞芳綴疏金。……（其七）
冷露多瘁索，枯風饒吹噓。秋深月清苦，蟲老聲粗疏。……（其九）

這裡，「吟蟲」、「秋露」、「秋月」、「秋草」、「冷露」、「峭風」等意象組合在一起，渲染出濃郁的淒冷寒寂、幽僻蕭索的氛圍，強烈地刺激著「孤骨」病老，使他生發出無可底止的哀痛。不僅於此，組詩還運用視覺、觸覺、聽覺、味覺等藝術通感，嵌入「峭」、「剸」、「瘦」、「折」、「刀劍」、「乾鐵」等外形尖利、瘦硬的字詞，將刺激的程度進一步強化：「一尺月透戶，仡栗如劍飛。老骨坐亦驚，病力所尚微。」（其三）「商葉墮乾雨，秋衣臥單雲。病骨可剸物，酸呻亦成文。」（其五）「棘枝風哭酸，桐葉霜顏高。老蟲乾鐵鳴，驚獸孤玉咆。」（其十二）「霜氣入病骨，老人身生冰。……瘦坐形欲折，晚飢心將崩。」（其十三）形容身體病弱，瘦骨爲聳，可以像鐵器一樣拿來割物，甚至坐下去這瘦骨似乎也會折斷。這種誇張雖近乎怪誕，但在藝術上卻更爲眞切地展現了這位「哀哀孤老人」的形銷骨立和淒涼晚景。

大概是受韓愈影響，孟郊也創造了一些以醜爲美、意象險怪的詩作。如「餓犬齰枯骨，自吃饞飢涎」（〈偷詩〉）、「怪光閃眾異，餓劍唯待人」（〈峽哀〉十首其四）等。但與韓詩相比，此類孟詩數量不多，影響也不大。眞正對後世產生較大影響並被人傳誦不已的，倒是那首古樸平易的小詩〈遊子吟〉：

慈母手中線，遊子身上衣。臨行密密縫，意恐遲遲歸。誰言寸草心，報得三春暉！

除孟郊之外，韓孟詩派較重要的成員還有盧仝、馬異、劉叉等人。

盧仝，號玉川子，一生未仕，生活寒苦，性格狷介，頗類孟郊，但其狷介之性中更有一種雄豪之氣，又近似韓愈。在他現存的一百零三首詩中，長言短句，錯雜其間，詼諧幽默，所在多有。受韓、孟影響，盧仝作詩多用怪奇、醜陋意象，如「山魈吹火蟲入碗，鴆鳥咒詛鮫吐涎」（〈寄蕭二十三慶中〉）、「揚州蝦蜆忽得便，腥臊臭穢逐我行」（〈客請蝦蟆〉）等。因一意求險逐怪，他的有些長詩顯得非常滯澀難讀，其〈月蝕詩〉最具代表性。此詩據蝦蟆食月的神話寫月蝕全過程，融會各種天文傳說，前後穿插，橫出銳入，人、鬼、神、獸、妖競相出場，混淆不分，極怪異荒誕之能事，至被人評爲「辭語奇險」（陳岩肖《庚溪詩話》卷下）、「以怪名家」（劉克莊《後村詩話》續集卷二）。盧仝有時也能寫出含蓄蘊藉、情致宛然的佳作，〈有所思〉歷來易爲人所忽視，以思念「美人」爲主線，層進層深，波瀾迭起，末二句以「相思一夜梅花發，忽到窗前疑是君」收束全篇，詞意新警，言盡意遠。

馬異與盧仝交好，作詩亦以險怪稱，其〈答盧仝結交詩〉語言勁峭，設喻奇巧，較具代表性。但因其詩僅存四首，難以見其詩風全貌。

劉叉自稱彭城子，又自稱「老叉」、「野夫」，任俠重義，曾飲酒殺人，後流徙齊魯，始折節讀書。他與韓、孟、盧仝等人均有交往，有次逕將韓愈爲人寫墓誌所得潤筆拿走，並聲言：「此諛墓中人所得耳，不若與劉君爲壽。」（見李商隱《劉叉傳》）劉叉詩風與其爲人頗爲吻合，粗豪硬朗，勁氣直達。在他現存的二十七首詩中，〈偶書〉寫得最有聲色：「日出扶桑一丈高，人間萬事細如毛。野夫怒見不平處，磨損胸中萬古刀。」但最具代表性的，要算他用來展示自我節操、激憤濁世和表現民生疾苦的兩個長篇：〈冰柱〉和〈雪車〉。〈冰柱〉有一段寫夜雪凝成冰柱的情景：「天人一夜剪瑛琭，詰旦都成六出花。南畝未盈尺，纖片亂舞空紛拏。旋落旋逐朝暾化，簷間冰柱若削出交加。或低或昂，小大瑩潔，隨勢無等差。始疑玉龍下界來人世，齊向茅簷布爪牙。又疑漢高帝，西方來斬蛇。人不識，誰爲當風杖莫邪。」極力鋪排，韻散交集，奇譎奔放，勁氣直下，很有些韓詩的特點。宋人蘇軾對此頗爲欣賞，有詩云：「老病自嗟詩力退。寒吟〈冰柱〉憶劉叉。」（〈雪後書北臺壁〉二首其二）

與韓愈關係密切、詩風相近的還有樊宗師、皇甫湜等人，但他們主要以文名家，詩作流傳下來的甚少，皇甫湜存詩三首，樊宗師存詩一首，都明顯具有險怪傾向。皇甫湜的〈石佛谷〉、〈出世篇〉二詩或著意刻畫、用詞雕琢，或想像怪奇、雄豪恣橫，最能看出孟郊、韓愈的影響。惜乎他的其他一些作品，如韓愈提到的〈陸渾山火〉等均已亡佚，否則其怪奇詩風應會得到更充分的印證。

韓孟詩派除了追求詩歌的雄奇怪異之美外，還大膽創新，以散文化的章法、句法入詩，融敘述、議論爲一體，寫出了不少「既有詩之優美，復具文之流暢，韻散同體，詩文合一」（陳寅恪《金明館叢稿初編・論韓愈》）的佳作。韓愈是這方面的突出代表，作爲古文大家，他熟諳古文章法，而他的尚奇精神和豪放性格也使他不慣於詩律的束縛，所以採用表現手法上較爲自由的散文筆調入詩，痛快暢達地敘事抒情，乃是其詩散文化形成的一個要因❼。且看他那首有名的〈山石〉：

> 山石犖确行徑微，黃昏到寺蝙蝠飛。升堂坐階新雨足，芭蕉葉大梔子肥。僧言古壁佛畫好，以火來照所見稀。鋪床拂席置羹飯，疏糲亦足飽我飢。夜深靜臥百蟲絕，清月出嶺光入扉。天明獨去無道路，出入高下窮煙霏。山紅澗碧紛爛漫，時見松櫪皆十圍。當流赤足踏澗石，水聲激激風吹衣。人生如此自可樂，豈必局束為人鞿？嗟哉吾黨二三子，安得至老不更歸！

全詩單行順接，不用偶句，不事雕琢，按照時間順序，直書所歷所見，遊蹤在有條不紊的敘述中一一展現出來。在結構安排上，一方面以濃麗的色彩來點染景物，一方面以清淡的筆觸來抒發情懷，濃淡相間，自然清朗，一種擺脫塵世牢籠，完全放鬆的自由感、一種掙開格律束縛的精神充溢於字裡行間，似散文，卻又極富詩意。

韓愈不僅以散文的章法結構詩篇，而且還在詩中大量使用長短錯落的散文句法，盡力消融詩與文的界限。五言詩如〈符讀書城南〉之「乃一龍一豬」，〈瀧吏〉之「固罪人所徙」，〈謝自然詩〉之「在紡織耕耘」，〈南山詩〉之「時天晦大雪」；七言詩如〈送區弘南歸〉之「嗟我道不能自肥」、「子去矣時若發機」，〈陸渾山火〉之「溺厥邑囚之崑崙」、「雖欲悔舌不可捫」，都有意拗峭句法，使語勢、節奏滯澀不暢，與傳統五言詩之上二下三型、七言詩之上四下三型節奏迥然不同。又如〈嗟哉董生行〉：

> 淮水出桐柏山，東馳遙遙，千里不能休。淝水出其側，不能千里，百里入淮流。壽州屬縣有安豐，唐貞元時，縣人董生召南隱居行義於其中。……

不受韻律、節奏、對稱的約束，完全打破了詩歌圓轉流利、和諧對稱的特點，在形式上表現爲新穎、生僻、怪奇，散文傾向也更爲明顯。

在以文入詩的同時，韓愈還無視古典詩歌重形象、重比興、重趣味的傳統，屢屢在詩中大發議論，直接表述對人生、社會的看法，形成了以議論入詩的特點。〈薦士〉、〈醉贈張祕書〉、〈汴泗交流贈張僕射〉等詩都穿插有議論，其〈謝自然詩〉「余聞古夏后」以下三十六句，〈贈侯喜〉「是時侯生與韓子」以下十四句幾乎全是議論。這些議論有的飽含憂怨，語義勁直，下筆不能自已；有的則純屬說教，用哲理取代了形象，讀來枯燥無味。至如〈山石〉、〈八月十五夜贈張功曹〉等詩篇的議論，抒情色彩濃厚且凝煉簡潔，灑脫率放，足以振起全詩，自然是不可欠缺的。

在反對傳統、銳意創新的路子上，韓愈做出了突出的貢獻，也取得了應有的成就。他以宏大的膽氣駕馭詩篇，賦予詩歌以前所未有的力度和超現實色彩；他雕鏤詞句，尚險求奇，營造出大量他所獨有的險怪意象；他以文入詩、以議論入詩，開一代詩風，這些無不展示出他在中唐詩壇所具有的獨特地位。清人葉燮《原詩》指出：「韓愈爲唐詩之一大變，其力大，其思雄，崛起特爲鼻祖。」事實上，韓愈的「崛起」及其對唐詩的「大變」，不僅在當時引人矚目，而且對後世尤其是宋人的詩歌創作也產生了深遠的影響。對韓愈詩風的新變及其在詩歌發展史上的是非得失，成爲後代詩論家關注的一個問題。

第三節 李賀詩歌的藝術表現與怪奇特徵

・李賀的苦悶情懷　・淒豔詭激的詩風與意象營構

繼孟郊、韓愈之後，元和詩壇又出現了天才詩人李賀。

李賀（七九〇—八一六），字長吉，生於福昌昌谷（今河南宜陽），是沒落的唐宗室後裔，父李晉肅曾當過縣令，僅因「晉肅」之「晉」與「進士」之「進」同音，「肅」與「士」音近，李賀便以有諱父名而被人議論攻擊，不得參加進士考試。後蔭舉做了個從九品的奉禮郎，不久即託疾辭歸，卒於故里，年僅二十七歲。《李長吉歌詩》存詩二百五十餘首，除少量僞作外，可確定爲他本人所作的有二百四十首左右。

從年輩上看，李賀晚生於孟郊三十九年，比韓愈也小二十二歲，但他成名甚早，少年時代即「以長短之製名動京華」（王定保《唐摭言》）。十八歲那年，他帶著自己的詩歌去拜謁韓愈，韓愈唯讀了第一篇〈雁門太守行〉即大爲驚賞，邀與相見（張固《幽閒鼓吹》）。然而，詩歌的成就並沒能改變李賀不幸的命運，作爲宗室後裔，他自視甚高，在詩中一再以「皇孫」、「宗孫」、「唐諸王孫」稱呼自己，希望致身通顯，獲得較高的地位和享受。但因其家族早已敗落，家境頗爲貧寒，他的這種希望只能成爲一種幻想，並由此生出沉重的失落感和屈辱感[8]。他自幼體質羸弱，長得「細瘦」，而且是「通眉」、「巨鼻」、「長指爪」，可他卻每每以「壯士」自稱，寫出一些意氣昂揚的詩作：「男兒何不帶吳鉤，收取關山五十州。請君暫上凌煙閣，若個書生萬戶侯！」（〈南園〉）他有理想，有抱負，但這理想抱負很快便被無情的現實粉碎，使他的精神始終處於極度抑鬱、苦悶之中。他早熟、敏感，但這早熟敏感卻令他比常人加倍地品嘗到了人生的苦澀。在現實的重壓下，他呈現出種種早衰的症狀和心態：「壯年抱羈恨，夢泣生白頭。」（〈崇義里滯雨〉）「日夕著書罷，驚霜落素絲。」（〈詠懷〉二首其二）「長安有男兒，二十心已朽。」（〈贈陳商〉）「我當二十不得意，一心愁謝如枯蘭。」（〈開愁歌〉）人生的短暫倏忽引起李賀的無比驚懼，而懷才不遇的苦痛又時時衝擊著他多病的身心。〈秋來〉這樣寫道：

桐風驚心壯士苦，衰燈絡緯啼寒素。誰看青簡一編書，不遣花蟲粉空蠹？思牽今夜腸應直，雨冷香魂弔書客。秋墳鬼唱鮑家詩，恨血千年土中碧！

流年似水，功名不就，恨血千年，知音何在！帶著沉重的悲哀和苦痛，帶著對生命和死亡的病態的關切，李賀開始對人生、命運、生死等最基本也是最重要的問題進行思考。他寫鬼怪，寫死亡，寫遊仙，寫夢幻，用各種形式來抒發、表現自己的苦悶。

在短短二十七年的生涯中，李賀將其卓犖的才華和全部精力都投入詩歌創作，騎驢覓詩，苦吟成性，嘔心瀝血，廢寢忘食（李商隱〈李長吉小傳〉），把作詩視為生命之所繫。這一方面導致他對社會不可能有較深刻的理性認識，而時時耽於幻想，另一方面則使得他的詩作融入了極為濃郁的傷感意緒和幽僻怪誕的個性特徵，表現重點也從韓愈的粗猛豪橫、孟郊的冷峭枯寂轉向虛幻意象的營造，由此形成了與韓、孟頗有差異的淒豔詭激的詩風。

翻開李賀詩集，那奇特的造語、怪異的想像和幽奇冷豔的詩境便會迎面撲來，宛如進入了一個別樣的世界。「秋野明，秋風白，塘水漻漻蟲嘖嘖。……石脈水流泉滴沙，鬼燈如漆點松花。」（〈南山田中行〉）「南山何其悲，鬼雨灑空草。……月午樹立影，一山唯白曉。漆炬迎新人，幽壙螢擾擾。」（〈感諷〉五首其三）「百年老鴞成木魅，笑聲碧火巢中起。」（〈神弦曲〉）「呼星召鬼歆杯盤，山魅食時人森寒。」（〈神弦〉）……在這些詩句中，作者寫荒蕪的山野，寫慘澹的黃昏，寫陰森可怖的墓地，而活動於這些場所的則是忽閃忽滅的鬼燈、螢光、百年老鴞、食人山魅，令人讀後深感其「險怪如夜壑風生，暝岩月墮」（謝榛《四溟詩話》卷四）。

李賀深受屈原、李白及漢樂府民歌的影響，多以樂府體裁馳騁想像，自鑄奇語，表現其苦悶情懷。他對冷豔淒迷的意象有著特殊的偏愛，並大量使用「泣」、「啼」等字詞使其感情化，由此構成極具悲感色彩的意象群。諸如「冷紅泣露嬌啼色」（〈南山田中行〉）、「露壓煙啼千萬枝」（〈昌谷北園新筍〉四首之二）之類詩句，在其詩集中俯拾即是。對於物象的色彩和情態，李賀也極盡描繪渲染之能事，寫紅，有「冷紅」、「老紅」、「愁紅」、「笑紅」；寫綠，有「凝綠」、「寒綠」、「頹綠」、「靜綠」。他的〈長平箭頭歌〉寫一久埋地下又沾人血的古銅箭頭是「漆灰骨末丹水砂，淒淒古血生銅花」。黑處如漆灰，白處如骨末，紅處如丹砂，而淒淒古血經蝕變竟生出斑駁的「銅花」！設色奇絕，涉想亦奇絕。他的〈將進酒〉寫宴飲的酒具和酒色是「琉璃鍾，琥珀濃，小槽酒滴眞珠紅。」琉璃、琥珀，色澤已十分晶瑩瑰麗了，更益之以「眞珠紅」酒的色感，一下將瑰麗的色澤推向極端。詩中寫由美人歌舞而聯想到的情景是「況是青春日將暮，桃花亂落如紅雨」。將「桃花亂落」與「紅雨」亂落兩種不同的景象綰合在一起，營造出同一色彩疊加而成的「落紅」意象，藉以表現青春將暮的哀感。

爲了強化詩歌意象的感染力，李賀還以獨特的思維方式和精選的動詞、形容詞來創造視覺、聽覺與味覺互通的藝術效果。在他筆下，風有「酸風」，雨有「香雨」，簫聲可以「吹日色」（〈難忘曲〉），月光可以「刮露寒」（〈春坊正字劍子歌〉），形容夏日之景色，是「老景沉重無驚飛」（〈河南府試十二月樂詞〉），表現將軍之豪勇，是「獨攜大膽出秦門」（〈呂將軍歌〉）……通過這些不同感官相互溝通轉換所構成的意象，藝術直覺和細微感受倍加鮮明地展現出來。與此同時，李賀也多用質地銳利、脆硬、獰惡的物象，輔之以「剪」、「斫」、「古」、「死」、「瘦」、「血」、「獰」等字詞營造一種瘦硬、堅脆、狠透、刺目的意象。如「斫取青光寫楚辭」（〈昌谷北園新筍〉四首其二）、「一雙瞳人剪秋水」（〈唐兒歌〉）、「荒溝古水光如刀」（〈勉愛行二首送小季之廬山〉其二）、「青狸哭血寒狐死」（〈神弦曲〉）、「金虎蹙裘噴血斑」（〈梁臺古意〉）、「花樓玉鳳聲嬌獰」（〈秦王飲酒〉）等，或驚心刺目，或幽淒冷豔，大都是一種怪奇、畸形的審美型態。這種審美型態的產生既源於李賀偏執、狹隘的精神世界和審美取向，也得力於李賀對字詞的精心錘鍊。似乎可以說，藝術思維的逸出常軌，遣詞造句的刺激狠透，修辭設色的慘澹經營，意象結構的古怪生新，乃是李賀詩歌意象創造的基本特點。

李賀詩中的怪奇特徵，還主要得力於他迥異於常人的想像乃至幻想。他可以從一方端州紫硯，聯想到「端州石工巧如神，踏天磨刀割紫雲」（〈楊生青花紫石硯歌〉）的驚險，也可以由傳說中的瑤臺仙草，幻化出「王子吹笙鵝管長，呼龍耕煙種瑤草」（〈天上謠〉）的奇景，他想像天上的銀河流雲會發出響聲，「銀浦流雲學水聲」（同上），他還能從箜篌的樂音想像到「崑山玉碎鳳凰叫，芙蓉泣露香蘭笑」，而這樂音的美妙動聽竟使得「江娥啼竹素女愁」，「老魚跳波瘦蛟舞」（〈李憑箜篌引〉）。李賀的想像不僅出人意表，而且跳躍性很大，有時完全聽憑直覺的引導，一任自己的想像超時空地自由流動。〈夢天〉即是這方面的範例：

老兔寒蟾泣天色，雲樓半開壁斜白。玉輪軋露濕團光，鸞珮相逢桂香陌。黃塵清水三山下，更變千年如走馬。遙望齊州九點煙，一泓海水杯中瀉。

前四句借助奇特的幻想，從人間飛躍到天上，進入撲朔迷離的月宮，在廣袤的空間裡遨遊，後四句又陡作轉折，從仙界折返塵世，注目人世的千載滄桑。詩句忽開忽合，忽起忽落，時空交雜錯落，意緒游移無端。求生的意志、對天國的嚮往與人生的短促、現實的困厄構成一對尖銳的矛盾，困擾著詩人的心靈，使他的精神常常處於亢奮與消沉交替起伏的狀態，因而其想像變化倏忽，活躍異常。李賀不少詩歌，特別是遊仙詩都具有這種特點，表面上看，這一特點與現代意識流的創作方法確有相通之處，但從深層來看，卻直接導源於李賀獨特的心理狀態，換言之，李賀詩歌總體上都可視作苦悶的象徵❾。

晚唐的杜牧在《李賀集·敘》中認爲李賀詩是「《騷》之苗裔」，而且「時花美女，不足爲其色也；荒國陊殿，梗莽丘壟，不足爲其恨怨悲愁也；鯨呿鼇擲，牛鬼蛇神，不足爲其虛荒誕幻也。」準確揭示了李詩的特點。若與韓愈、孟郊相比，李賀更重視內心世界的挖掘，更多的幻想，更突出詩人的氣質，對晚唐詩風產生了更爲直接的影響，但缺陷也顯而易見：內容過於狹窄，情緒過於低沉，一意追求怪異，難免走向神祕晦澀和陰森恐怖。

第四節 劉禹錫、柳宗元等人的詩歌風貌

·劉、柳的政治遭遇與心理激憤　·劉詩的雄直勁健和民歌情調　·冷峭簡淡的柳詩及其他

劉禹錫、柳宗元是中唐詩壇兩位重要詩人，他們交情甚篤，才華相當，而且「二十年來萬事同」，政治遭遇非常接近，由此奠定了他們的詩歌思想內容的共同基礎。

劉禹錫（七七二—八四二），字夢得，洛陽人。柳宗元（七七三—八一九），字子厚，河東（今山西永濟）人。貞元九年（七九三），二人同登進士第，十年後，又一起由地方調入京城，劉爲監察御史，柳爲監察御史裡行。順宗永貞元年（八〇五），劉、柳以極高的政治熱情參加了王叔文爲首的革新集團，劉任屯田員外郎，柳任禮部員外郎，在短短四五個月中，推行了一系列改革措施，使政局爲之一新。但在以宦官爲首的保守勢力的聯合反擊下，革新運動很快即慘遭失敗，劉禹錫被貶朗州（今湖南常德）司馬；柳宗元被貶永州（今屬湖南）司馬，十年後又分別遷官於更爲遙遠的連

州（今屬廣東）和柳州（今屬廣西）。長期的貶謫生涯，沉重的政治壓抑和思想苦悶，使柳宗元享年不永，四十七歲即卒於柳州貶所。有《柳河東集》，存詩一百六十餘首。劉禹錫後又轉徙夔州、和州刺史，晚年遷太子賓客，分司東都，與白居易唱和，世稱「劉白」。有《劉賓客集》，存詩八百餘首。

與當時活躍在文壇中心的韓、孟、元、白諸人有很大不同，劉禹錫、柳宗元一生的大部分時間都是在窮僻荒遠的貶所度過的，所以抒寫內心的苦悶、哀怨，表現身處逆境而不肯降心辱志的執著精神，便成了他們詩歌創作的主要內容。如劉禹錫的〈酬楊八庶子喜韓吳興與予同遷見贈〉：

> 直道由來黜，浮名豈敢要？三湘與百越，雨散又雲搖。遠守慚侯籍，征還荷詔條。悴容惟舌在，別恨幾魂銷！

柳宗元的〈登柳州城樓寄漳汀封連四州〉：

> 城上高樓接大荒，海天愁思正茫茫。驚風亂颭芙蓉水，密雨斜侵薜荔牆。嶺樹重遮千里目，江流曲似九回腸。共來百越文身地，猶自音書滯一鄉。

詩裡沒有故作哀愁的無病呻吟，有的是巨大人生感恨形成的刻骨淒愴，憔悴的容顏、銷魂的別恨、遙無際涯的愁思、肝腸寸斷的哀怨，印證著貶謫詩人的人生苦難，充溢著他們摻和著血淚的悲傷意緒。清人賀裳評劉、柳詩謂：「劉詩……非徒言動如生，言外感傷時事，使千載後人猶為之欲哭欲泣。」、「柳五言詩猶能強自排遣，七言則滿紙涕淚。」（《載酒園詩話又編》）可謂恰切地道出了人們讀劉、柳詩的共同感受。

劉禹錫及其詩風又頗具獨特性，他性格剛毅，饒有豪猛之氣，在憂患相仍的謫居年月裡，確實感到了沉重的心理苦悶，吟出了一曲曲孤臣的哀唱。但他始終不曾絕望，寫下〈元和十年自朗州承召至京戲贈看花諸君子〉、〈重遊玄都觀絕句〉以及〈百舌吟〉、〈聚蚊謠〉、〈飛鳶操〉、〈華佗論〉等詩文，諷刺、抨擊政敵，由此導致一次次的政治壓抑和打擊，但這壓抑打擊卻激起他更為強烈的憤懣和反抗。他說：「我本山東人，平生多感慨。」（〈謁柱山會禪師〉）這種「感慨」不僅增加了其詩耐人涵詠的韻味，而且極大地增加了詩的深度和力度。

劉禹錫的詩，無論短章長篇，大都簡潔明快，風情俊爽，有一種哲人的睿智和詩人的眞情滲透其中，極富藝術張力和雄直氣勢。諸如：「朔風悲老驥，秋霜動鷙禽。……不因感衰節，安能激壯心」（〈學阮公體〉三首其二）、「馬思邊草拳毛動，雕眄青雲睡眼開。天地肅清堪四望，爲君扶病上高臺。」（〈始聞秋風〉）這類詩句，寫得昂揚激越，具有一種振衰起廢、催人向上的力量。至於其七言絕句，也是別具特色，如：「莫道讒言如浪深，莫言遷客似沙沉。千淘萬漉雖辛苦，吹盡狂沙始到金。」（〈浪淘沙詞〉九首其八）「塞北梅花羌笛吹，淮南桂樹小山詞。請君莫奏前朝曲，聽唱新翻〈楊柳枝〉。」（〈楊柳枝詞〉九首其一）就詩意看，這兩篇作品均簡練爽利，曉暢易解，但透過一層看，便會領悟到一種傲視憂患、獨立不移的氣慨和迎接苦難、超越苦難的情懷，一種奔騰流走的生命活力和面向未來的樂觀精神，一種堅毅高潔的人格內蘊。再如〈秋詞〉二首其一：

自古逢秋悲寂寥，我言秋日勝春朝。晴空一鶴排雲上，便引詩情到碧霄。

全詩一反傳統的悲秋觀，頌秋，讚秋，賦予秋一種導引生命的力量，表現了對自由境界的無限嚮往之情。

劉禹錫最爲人稱道的是詠史懷古的詩作，這些詩語言平易簡潔，意象精當新穎，在古今相接的大跨度時空中，具有沉思歷史和人生的滄桑感、雋永感。如〈西塞山懷古〉、〈荊州道懷古〉、〈金陵懷古〉、〈姑蘇臺〉、〈金陵五題〉等作品，無不沉著痛快，雄渾老蒼。就中尤以〈西塞山懷古〉爲著：

王濬樓船下益州，金陵王氣黯然收。千尋鐵索沉江底，一片降幡出石頭。人世幾回傷往事，山形依舊枕寒流。今逢四海為家日，故壘蕭蕭蘆荻秋。

詩詠晉事而飽含現實意味，「似議非議，有論無論，筆著紙上，神來天際，氣魄法律，無不精到。」（薛雪《一瓢詩話》）充溢著一種悲涼而不衰颯、沉重而不失堅韌的精神氣脈，以及縱橫千古、涵蓋一切的氣象，讀來令人感慨遙深。據說此詩原是劉禹錫與白居易等四人的同題競賽之作，劉詩先成，白覽劉詩而爲之「罷唱」，並不無遺憾地說道：「四人探驪龍，子先獲珠，所餘鱗爪何用耶！」（計有功《唐詩記事》）

「巴山楚水淒涼地，二十三年棄置身。」（〈酬樂天揚州初逢席上見贈〉）在長期的謫居生涯中，劉禹錫受民間俚歌俗調的浸染，還創作了不少富有民歌情調、介於雅俗之間的優秀詩作，清新質樸，眞率自然。如〈竹枝詞〉二首其一：

楊柳青青江水平，聞郎江上唱歌聲。東邊日出西邊雨，道是無晴卻有晴。

用諧音雙關語表現女子對情人的微妙感情，既具濃郁的生活氣息，又有很高的藝術品味。

與劉禹錫詩相比，柳宗元詩又別具風貌。簡言之，劉詩昂揚，柳詩沉重；劉詩外擴，柳詩內斂；劉詩氣雄，柳詩骨峭；劉詩風情朗麗，柳詩淡泊簡古。

柳詩的這些特點，首先緣於他獨特的心性氣質。從本質上說，柳宗元是位性格激切，甚至有些褊狹的執著型詩人。他思想深刻，有著極敏銳的哲學洞察力但卻不具備解決自身困境的能力。面對沉重的人生憂患，他讀佛書，遊山水，並幻想歸田，希望獲得超越，但他激切孤直的心性似乎過於根深柢固了，他對那場導致自己終身沉淪的政治悲劇始終難以忘懷，因而很難超拔出來。在謫居永州的十年中，他「悶即出遊」，而且也有「時到幽樹好石，暫得一笑」的時候，但緊隨這「一笑」之後而來的卻是那百憂攻心的「已復不樂」（〈與李翰林建書〉）。這種憂樂交替、以憂爲主的心態，使得柳宗元的大量紀遊詩作染上一層濃郁的幽清悲涼色彩。蘇軾評柳詩謂：「憂中有樂，樂中有憂，蓋妙絕古今矣。然老杜云：『王侯與螻蟻，同盡隨丘墟。』儀曹何憂之深也？」（胡仔《苕溪漁隱叢話》前集卷十九引）所謂「憂中有樂，樂中有憂」和「憂之深」，道破了柳詩的奧祕。試看其〈南澗中題〉：

> 秋氣集南澗，獨遊亭午時。回風一蕭瑟，林影久參差。始至若有得，稍深遂忘疲。羈禽響幽谷，寒藻舞淪漪。去國魂已遊，懷人淚空垂。孤生易為感，失路少所宜。索寞竟何事？徘徊只自知。誰為後來者，當與此心期！

從「始至若有得」四句看，「獨遊」的心境是愉悅的，但這種愉悅又是有條件的：愉悅之前，便先已存有沉重的失意之感；愉悅之中，失意之感雖暫時下沉到潛意識層次卻並未消失；而在愉悅之後，這種失意之感便越發濃烈地湧上心頭。何況他所遊之南澗是秋氣畢集，回風蕭瑟，林影參差晃動，氣氛幽寂清冷，而所聞之聲響又是羈禽的幽谷哀鳴！所有這些作爲觸發他內心悲感的媒介，不能不使他愉悅未終便憂從中來，生發出「去國魂已遊，懷人淚空垂」的深沉至極的淒愴感受，此種淒愴感受，又爲景物營造出一個砭人肌骨的清冷境界。

柳詩的特色還緣於自覺的美學追求。在〈答韋中立論師道書〉中，柳宗元明確提出了「奧」、「節」、「清」、

「幽」、「潔」諸點寫作標準，其內在指向都與清冷峭拔有關。在創作實踐中，柳宗元對具有淒冷意味和峭厲之感的意象也特別偏愛，大量使用諸如「殘月」、「枯桐」、「深竹」、「寒松」、「零露」、「寒光」、「幽谷」等詞語。在色彩選用上，也偏重於青、翠、碧等冷色調，如僅就其〈界圍岩水簾〉、〈再至界圍岩水簾遂宿岩下〉兩詩所用詞語看，即有「青碧」、「凝碧」、「青枝」、「陰草」、「翠羽」、「寒光」等，使得詩境陰暗幽冷。至於柳詩中使用的形象尖利的詞語，更是所在多有，如「砉然勁翮剪荊棘」（〈籠鷹詞〉）、「左右六翮利如刀」（〈跂烏詞〉）、「林邑東回山似戟」（〈得盧衡州書因以詩寄〉）、「海畔尖山似劍芒，秋來處處割愁腸」（〈與浩初上人同看山寄京華親故〉）、「奇瘡釘骨狀如箭……文心攪腹戟與刀」（〈寄韋珩〉）等，無不尖利峻刻。當黯淡的冷色調與詞語的尖利峭硬結合在一起的時候，無論是作品的基調還是作者的感受，都勢必呈現出冷峭的風格特徵。這種特徵在那首被譽為唐人五言絕句最佳者的〈江雪〉中，得到了集中表現：

千山鳥飛絕，萬徑人蹤滅。孤舟蓑笠翁，獨釣寒江雪。

一個「絕」，一個「滅」，見出環境極度的清冷寂寥；一個「寒」，一個「雪」，更給這清冷寂寥之境增添了濃郁的嚴寒肅殺之氣。這裡有冷，也有峭，是峭中含冷，冷以見峭，二者的高度結合形成了迥異流俗、一塵不染的冷峭格調和詩境，而柳宗元那憂憤、寂寞、孤直、激切的心性情懷，正通過這冷峭格調和詩境表現出來，閃現著一種深沉凝重而又孤傲高潔的生命情調。

當然，柳宗元的詩風還有淡泊紆徐的一面，前人多將柳詩與陶淵明、韋應物的詩風連繫在一起，認為：「柳子厚詩在陶淵明下，韋蘇州上……所貴乎枯淡者，謂之外枯而中膏，似淡而實美，淵明、子厚是也。」（《東坡題跋・評韓柳詩》）從風格之淡泊古雅一點上看，部分柳詩與陶、韋詩確有近似之處[10]，亦即都能以其接近自然、不事藻繪的風貌給人以清新淡雅之感，如柳宗元的〈漁翁〉一詩：

漁翁夜傍西巖宿，曉汲清湘燃楚竹。煙銷日出不見人，欸乃一聲山水綠。回看天際下中流，巖上無心雲相逐。

造語平實，設色淡雅，情致悠閒，境曠意遠，確是一首淡泊入妙的好詩。然而從總體看，柳與陶、韋的詩風又是頗有差異的，陶詩淡泊而近自然，最能反映心境的平和曠達；韋詩淡泊而近清麗，令人讀後怡悅自得；而柳詩則於淡泊中寓憂怨，儘管詩人曾有意識地將此憂怨淡化，但痕跡卻未能全然抹去，遣詞造句上多所經營，致使不少詩作仍於隱顯明暗之間傳達出冷峭的信息。

與柳宗元、劉禹錫交好而在詩歌創作上有一定成就的還有呂溫。呂溫（七七二—八一一），字和叔，曾從陸質治《春秋》，向梁肅學古文，並與劉、柳一起參加了王叔文集團的革新運動，三年後被貶道州。今存詩約百首，整體水準雖遠遜劉、柳，但也有少數篇章寫得激切憤發，頗有豪氣。如〈讀勾踐傳〉：

丈夫可殺不可羞，如何送我海西頭？更生更聚終須報，二十年間死即休。

在道州貶所，他說自己「壯心感此孤劍鳴，沉火在灰殊未滅」（〈道州月歎〉），沉痛中不失堅勁；在調赴衡州所作〈衡州送李十一兵曹赴浙東〉一詩中，他這樣寫道：「慷慨視別劍，淒清泛離琴。前程楚塞斷，此恨洞庭深。文字久已廢，循良非所任。期君碧雲上，千里一揚音。」全詩充滿難以言說的悲恨，但仍有「慷慨」之氣在。末聯寄希望於友人，將詩意從消沉中振起，可以說是難能可貴的。

此期貶謫詩人還須一提的是李德裕。李德裕（七八七—八四九），字文饒，趙郡（今河北趙縣）人，是中唐名相，在政治、軍事上頗有建樹。但一生陷於黨爭，且身爲魁首，故多次受到打擊，晚年被貶崖州（今海南省海口市瓊山區南），卒於貶所。有《李文饒文集》，又作《會昌一品集》，存詩一百四十餘首。

李德裕的詩文見解較爲通達，他認爲文學作品「譬諸日月，雖終古常見而光景常新。」（〈文章論〉）從他現存詩作看，基本不觸及政治，多寫個人生活情感，而其中較有價值的作品大都寫於被貶之後。「嶺頭無限相思淚，泣向寒梅近北枝。」（〈到惡溪夜泊蘆島〉）「獨上高樓望帝京，鳥飛猶是半年程。青山似欲留人住，百匝千遭繞郡城。」（〈登崖州城作〉）這些詩毫無雕琢，情感眞切，於平實的描寫和造境中寓有濃郁的思鄉情懷，表現了老年政治家英雄末路時的無限蒼涼之感。〈謫嶺南道中作〉是李德裕的代表作品：

嶺水爭分路轉迷，桄榔椰葉暗蠻溪。愁沖毒霧逢蛇草，畏落沙蟲避燕泥。五月畬田收火米，三更津吏報潮雞。不堪腸斷思鄉處，紅槿花中越鳥啼。

赴貶所途中，異於北國的物候習俗舉目可見，既給詩人帶來了新奇驚異之感，也越發激起他的思鄉之情。全詩寫景抒情交替使用，而又融合無跡，末句景語直承「不堪腸斷思鄉處」，轉折跌宕而情不能已，最是神來之筆。

注釋

❶ 關於韓、孟間關係及其詩風的相互影響，可參看尚永亮〈論孟郊詩的風格及其形成原因〉，《陝西師範大學學報》一九八五年第二期。賈晉華〈論韓孟集團〉，《唐代文學研究》第五輯，廣西師範大學出版社一九九四年版。賈文就韓孟集團形成過程所論尤詳。

❷ 參見孟二冬〈韓孟詩派的創新意識及其與中唐文化趨向的關係〉，《中國社會科學》一九八九年第六期。川合康三〈詩創造世界嗎？——中唐詩與造物〉，《終南山的變容（中唐文學論集）》，劉維治、張劍、蔣寅譯，上海古籍出版社二〇〇七年版。

❸ 參看余恕誠〈變奏的心源——韓詩大變唐詩的若干剖析〉，《江淮論壇》一九九〇年第三期。

❹ 聯句是詩人唱和的一種，由兩個或兩個以上的詩人在同一場合吟詠的詩句或章節連屬而成，故也稱連句。聯句起於漢〈柏梁詩〉，至韓、孟而極盛。今韓集有十餘篇聯句，作於元和元年的即有〈會合聯句〉、〈納涼聯句〉、〈同宿聯句〉、〈秋雨聯句〉、〈城南聯句〉、〈鬥雞聯句〉、〈征蜀聯句〉、〈有所思聯句〉、〈遣興聯句〉、〈贈劍客李園聯句〉共十篇，多是韓、孟二人逞才爭勝的產物。

❺ 關於韓愈、李賀諸人詩風受到佛教密宗影響的問題，清末民初學者沈曾植在《海日樓札叢》中曾說：「吾嘗論詩人興象與畫家景物感觸相通。密宗神祕於中唐，吳（道子）、盧（棱伽）畫皆依為藍本，讀昌黎、昌谷詩，皆當以此意會之。」並認為應將韓愈〈陸渾山火〉詩「作一幀西藏曼荼羅畫觀」。今人陳允吉教授在此基礎上做了更詳細的論證，指出佛法自南亞傳入中土，至唐代極盛於時，唐代寺廟壁畫中有很多是描繪佛經故事演變的鬼神動物畫、地獄變相圖以及密宗曼荼羅畫，這些充滿「奇蹤異狀」、「牛鬼蛇神」等怪異形象的畫作，在形成韓愈及孟郊、盧仝、李賀諸人尚怪詩風的過程中，發揮過重要作用。參見陳允吉〈論唐代寺廟壁畫對韓愈詩歌的影響〉，《復旦學報》一九八三年第一期；〈「牛鬼蛇神」與中唐韓孟盧李詩的荒幻意象〉，《復旦學報》一九九六年第三期。

❻ 韓詩寫作跨度自貞元初至長慶末近四十年，其早期詩風較古樸平易，約於三十歲開始出現奇險傾向，至四十歲左右達到高

潮。五十歲以後，詩中奇險成分開始降低，平易暢達的成分逐漸增多（參見莫礪鋒〈論韓詩的平易傾向〉，《唐宋詩歌論集》，鳳凰出版社二〇〇七年版）。由此可以認為，韓詩雖在整體上經歷了一個由平淡至奇險復歸於平淡的過程，但奇險風格卻是其最具獨特性的標誌，也是作者在藝術上的主要追求目標。

❼近今學者歸納前人看法，認定韓愈以文為詩的方式大致有以下數端：一，句式散文化，不用對偶句，使用大量虛字。二，以文章氣脈入詩，布局構思有文章脈絡，如〈孟東野失子詩〉之布局與賦體相似，相當於〈進學解〉、〈送窮文〉一類文字。三，以古文章法、句法為詩。四，以議論入詩。五，詩多賦體。六，詩兼散文體裁。參見臺灣大學羅聯添〈論韓愈古文的幾個問題〉，《唐代文學研究》第三輯，廣西師範大學出版社一九九二年版。

❽參見陳允吉〈李賀：詩歌天才與病態畸零兒的結合〉，《復旦學報》一九八八年第六期。

❾參看袁行霈〈苦悶的詩歌與詩歌的苦悶——論李賀的創作〉，《中國詩歌藝術研究》，北京大學出版社一九八七年版。

❿柳宗元這類與陶、韋詩風相近的古詩，在元和四、五年後逐漸增多。此前詩中情感以悲憤哀怨為主，格調多激切勁峭，此後則呈現出一定程度的苦悶消解傾向，格調漸趨紆徐淡泊。此外在長達十四年的貶謫生涯中，柳詩創作還發生了從古體到近體、由長篇到短篇的顯著變化：永州時期，以五、七古為主要載體的獨白詩在數量上占據優勢地位，而到了詔返、再遷和柳州期，獨白詩急遽減少，酬贈詩大量增加，其載體也幾乎成為清一色的近體詩，就中尤以七絕、七律為多。考其原因，前期之所以多古體、多獨白，蓋與子厚貶後不敢、不能與人交往的主客觀條件有關，與他內心極度複雜的情感必欲發洩、而古體詩則是這種發洩和獨白方式的最佳載體相關，也與他謫居期內追慕陶、謝、韋，自覺地追求古淡詩風有關。而後期之所以多近體、多酬贈，既緣於其生存處境和心理態勢的變化，緣於其官職提升後交往面的擴大，也緣於詩人近體詩藝的日趨成熟及其詩體喜好的轉向。參見尚永亮〈柳宗元古近體詩與表述類型之關聯及其創作動因〉，《文學遺產》二〇一一年第三期。

第七章　白居易與元白詩派

與韓孟詩派同時稍後，中唐詩壇又崛起了以白居易、元稹爲代表的元白詩派。這派詩人重寫實、尚通俗，走了一條與韓孟詩派完全不同的創作道路。清人趙翼說：「中唐詩以韓、孟、元、白爲最。韓、孟尚奇警，務言人所不敢言；元、白尚坦易，務言人所共欲言。」（《甌北詩話》卷四）表面看來，二者似背道而馳，但實質卻都是創新，取途雖殊而歸趨則同。

第一節　重寫實、尚通俗的詩歌思潮與張籍、王建、元稹的詩歌創作

・杜甫寫實傾向的承傳與時代風尚及民歌的影響　・張籍、王建的通俗化詩風與寫實表現
・元稹的詩歌創作

元白詩派的重寫實、尚通俗是中唐文化轉型時期文學世俗化的新思潮❶，其遠源可以追溯到三百篇中的「風」詩和漢魏樂府民歌那裡，其近源則是安史之亂以來一批具有寫實傾向的詩人創作，尤其是偉大詩人杜甫的創作。杜甫一生飽經憂患，深入地接觸了下層社會，創作了大量反映戰亂和民生苦難的優秀篇什，如有名的〈兵車行〉、〈悲陳陶〉、〈哀江頭〉及「三吏」、「三別」等。這些詩作有兩點最值得注意：一是繼承了古樂府的形式，自擬新題，緣事而發，寫眞實時事、親身見聞；二是以樸實眞切的語言乃至口語入詩，力求通俗淺顯，「樸野氣象如畫」（王嗣奭《杜臆》卷四）。明人胡震亨引焦竑批評杜詩說：「杜公往往要到眞處、盡處，所以失之。」、「雅道大壞，由老杜啓之也。」（《唐音癸籤》卷六）這些批評正好反證了杜甫將詩歌引向通俗、寫實方面所做的突出貢獻。

杜甫詩中的寫實性和通俗化傾向，在與他同時或稍後的元結、顧況等人手中得到了不同程度的表現和繼承，而到了貞元、元和年間，則有了強烈的回響。元稹、白居易都對杜甫的寫實之作全力推崇，白居易說得更爲具體：「杜詩最多，可傳者千餘首……然撮其〈新安吏〉、〈石壕吏〉、〈潼關吏〉、〈塞蘆子〉、〈留花門〉之章，『朱門酒肉臭，

路有凍死骨』之句，亦不過三四十首。杜尚如此，況不逮杜者乎？」（〈與元九書〉）這裡，白居易將其全部注意力都投向了杜甫的寫實諷時之作，對於杜的其他作品以及「不逮杜」的作家作品則評價偏低，說明白居易繼承杜甫寫實傳統的意識是非常明確的。元稹除了注目於杜甫的詩歌內容，還對杜詩的通俗化傾向寄予一瓣心香：「憐渠直道當時語，不著心源傍古人。」（〈酬孝甫見贈〉十首之二）「當時語」即當時民間的俗語言。在詩中使用「當時語」，既然有老杜在前導源，則後繼者便有了堅實的依據，於是張籍、王建、白居易、元稹等人紛紛起而效仿，致力於通俗曉暢、指事明切的樂府詩的創作，白居易作詩甚至要求老嫗能解（釋惠洪《冷齋夜話》），一時間蔚為風氣。

在這一詩歌通俗化的過程中，張、王、元、白等人還自覺地向民歌學習，寫下了不少頗具民歌風味的歌詩。如張籍的〈白鼉鳴〉、〈雲童行〉、〈春別曲〉，王建的〈神樹詞〉、〈古謠〉、〈祝鵲〉，白居易的〈竹枝〉、〈楊柳枝〉、〈何滿子〉等，都平實淺易，自然明快，充滿鄉土市井氣息。白居易〈楊柳枝二十韻〉自注：「〈楊柳枝〉，洛下新聲也。」說明他是在依當時新的曲調塡詞；〈聽彈湘妃怨〉「似道蕭蕭郎不歸」句下自注：「江南新詞云：『暮雨蕭蕭郎不歸』」，幾乎是不加變動地將民歌原辭納入詩中。此外，他們的樂府詩創作也受到來自民歌的不小影響。陳寅恪指出：「樂天之作新樂府，乃用毛詩，樂府古詩，及杜少陵詩之體制，改進當時民間之歌謠。……實則樂天之作，乃以改良當日民間口頭流行之俗曲為職志。」（《元白詩箋證稿・新樂府》）這樣一種接近民間取法民歌的群體性努力，反映了此期詩人已形成通俗化審美的自覺追求，而當這種自覺追求與他們對杜詩寫實傾向的自覺承傳聚合一途，並受到尙俗時風的強烈鼓蕩時，自然而然便會迅猛發展，在詩壇形成軒然大波。白居易〈餘思未盡加為六韻重寄微之〉有云：「詩到元和體變新。」李肇《國史補・敘時文所尙》指出：元和以後，詩章則「學淺切於白居易，學淫靡於元稹。」由此看來，詩歌的通俗化實在已是當時眾人所趨的時代風尙了。

張籍、王建是中唐時期較早從事樂府詩創作的詩人，時號「張王」。張籍（七六六？—八三〇？）❷，字文昌，蘇州人。貞元十五年（七九九）登進士第，曾任太常太祝，久未升遷，長慶初，因韓愈推薦而為國子博士，後轉水部員外郎、國子司業，人稱張水部或張司業。有《張司業集》，存詩四百八十餘首。

張籍一生交遊甚廣，與同時詩人如王建、孟郊、韓愈、白居易、元稹、劉禹錫等人都有交往，就中與韓愈關係最為密切。但從性格上講，張籍更近於白居易的平易通脫，而不同於韓愈的激切峻刻。韓愈和白居易都有論張籍詩風的詩，韓稱其「古淡」（〈醉贈張祕書〉），白則稱賞其諷諫之義：「尤工樂府詩，舉代少其倫。……風雅比興外，未嘗著空文。」（〈讀張籍古樂府〉）

張籍有樂府詩九十首❸，有古題，也有新題，取材非常廣泛，農民、樵夫、牧童、織婦、船工、兵士，都成了表現對象，商人的奢侈牟利、官府的橫徵暴斂、戰爭的殘酷破壞、邊將的邀寵無能，在詩中也有眞切反映。但張籍樂府中寫得最集中、最深刻的，還是農民的生活和苦難，如〈野老歌〉：

老農家貧在山住，耕種山田三四畝。苗疏稅多不得食，輸入官倉化為土。歲暮鋤犁傍空室，呼兒登山收橡實。西江賈客珠百斛，船中養犬長食肉。

詩語極平易，卻簡略地勾勒了老農一年的苦辛。官府的殘酷、老農的淒苦、社會的不公，都從「化爲土」三字和「船中養犬長食肉」的對比中自然傳達出來，不著意於諷諭而諷諭之義已見，這正是張籍樂府之一特色。

張籍的樂府詩一般選題不大，都是些「俗人俗事」，但挖掘甚深，往往由一人一事一語見出社會的縮影。如其〈牧童詞〉共十句，前八句寫牧牛情景，盎然如畫，末兩句以牧童喝牛之語說道：「牛牛食草莫相觸，官家截爾頭上角！」平淡隨意中傳達出一個觸目驚心的社會現實：官家對農民欺壓掠奪，連牛角都不放過，而牧童動輒用「官家」嚇唬牛，正說明百姓們對統治者已是何等的恐畏和反感。又如〈征婦怨〉藉「夫死戰場子在腹」來表現戰爭給人民造成的苦難，〈促促詞〉通過「家中姑老子復小，自執吳綃輸稅錢」的情景，反映農婦的艱辛及其對遠行丈夫的思念，都是似淺實深的例子。

張籍樂府還擅長刻畫人物的心理活動，如取材於吏人生活的〈烏夜啼．引〉寫「吏人得罪囚在獄」後，接寫其妻：「少婦起聽夜啼烏，知是官家有赦書。下床心喜不重寐，未明上堂賀舅姑。」宛如一幕由悲轉喜的活劇，人物心態靈活跳脫，聲情畢現。那首有名的〈節婦吟〉則借男女情愛寫自己的政治態度，入情入理，一波三折，最後以「還君明珠雙淚垂，恨不相逢未嫁時」結束，將人物在兩美難全之際，複雜微妙的心理活動展示出來，極貼切傳神。

張籍的近體也多追求一種平易而意蘊深厚的風格，如〈秋思〉：

洛陽城裡見秋風，欲作家書意萬重。復恐匆匆說不盡，行人臨發又開封。

一個「又開封」，與前句的「復恐」緊相關合，將「萬重」意緒無從表達又恐表達不盡的複雜心態婉轉表現出來，耐人尋味。宋人張戒說張籍詩「專以道得人心中事爲工……思深而語精」（《歲寒堂詩話》卷上），王安石評價張詩「看似尋常最奇崛，成如容易卻艱辛」（〈題張司業詩〉），都很有見地。張籍的不少優秀詩作表面看來非常平易、本色，無絲毫雕琢痕跡，但其中又確確實實融入了作者在布局造語上的大量心血。只是所有這些工夫，在詩成之後都已渾化無跡了。

王建（七六六？—？），字仲初，潁川（今河南許昌）人。出身寒微，初爲官時已年近五十。曾任縣丞、太府寺丞等小官、閒官，大和年間，官終陝州司馬。有《王司馬集》，存詩五百三十餘首。

王建與張籍有同窗之誼，詩風也近似，所作古題樂府約三十首，新題樂府一百七十五首，其中有不少描寫農民日常生活，表現其喜怒哀樂，生活氣息濃厚。如〈田家行〉：

> 男聲欣欣女顏悅，人家不怨言語別。五月雖熱麥風清，簷頭索索繰車鳴。野蠶作繭人不取，葉間撲撲秋蛾生。麥收上場絹在軸，的知輸得官家足。不望入口復上身，且免向城賣黃犢。田家衣食無厚薄，不見縣門身即樂。

詩寫收穫季節的農村場景和農家心境，極平和恬淡，洋溢著一種愉悅氣息。比起張籍〈野老歌〉中的「老農」來，這裡的農民生活要相對好一些，因爲遇到了一個好年景，打下的糧食、紡織的絲線雖不指望「入口復上身」，但交納租稅卻已足夠。「田家衣食無厚薄，不見縣門身即樂。」這就是農民的唯一要求和希望。王建用質樸自然的詩句將這極微薄的要求和希望表述出來，同時也將歡樂表層掩抑下的農民的悲哀和忍耐十分真切地表現出來。

王建與張籍雖都以寫實見長，但相比之下，張詩主觀色彩強，情感充溢，古質委婉，時具遠韻；王詩更具容觀性，長於描寫，多用俗語，較近本色，在表現方法上也往往含蓄、隱曲一些。如〈織錦曲〉以精細的筆觸描寫織錦女勞作的艱辛，結尾寫道：「莫言山積無盡日，百尺高樓一曲歌。」勞動的果實自己不能享有，而全被統治者拿去，主人公內心的怨恨、哀傷可想而知，但王建不予說破，含情全在暗示之中。〈簇蠶詞〉前半極力鋪寫、渲染農民對好年景的期望和豐收時的喜悅，至後半氣氛陡變：「三日開箔雪團團，先將新繭送縣官。已聞鄉里催織作，去與誰人身上著？」通過前後樂與悲的鮮明對比，已清晰地反映了詩人的不平和憤怒，尾句只輕輕一問，便於不動聲色中將題旨表露出來。

除了上述表現農民生活的作品外，王建還寫了不少邊塞題材的詩作，如〈遼東行〉、〈送衣曲〉、〈飲馬長城窟〉等，大都聲調低沉，已很不同於盛唐邊塞詩的昂揚振作了。王建又有反映宮女生活、以白描見長的〈宮詞〉百首❹，其中不乏構思巧妙、清新可誦的篇章：

樹頭樹底覓殘紅，一片西飛一片東。自是桃花貪結子，錯教人恨五更風。

王建和張籍的詩歌曾得到後世的廣泛好評，明人高棅指出：「大曆以還，古聲愈下。獨張籍、王建二家體制相似，稍復古意。或舊曲新聲，或新題古意，詞旨通暢，悲歡窮泰，慨然有古歌謠之遺風。」（《唐詩品匯・七言古詩敘目》）清人翁方綱也說：「張、王樂府，天然清削，不取聲音之大，亦不求格調之高，此眞善於紹古者。較之昌谷，奇豔不及，而眞切過之。」（《石洲詩話》卷二）可以說，在扭轉大曆風調，繼承漢魏樂府和杜詩傳統，將詩歌創作導向重寫實、尚通俗之路的過程中，張籍、王建的貢獻是不可忽視的，他們的努力，對元稹、白居易的新樂府創作有著直接的影響。

元稹（七七九—八三一），字微之，洛陽人。貞元九年（七九三）明經及第，十年後與白居易同以書判拔萃科登第，元和元年（八〇六）又與白居易一起以制科入等，授左拾遺，後轉監察御史。元稹生性激烈，少柔多剛，參政意識和功名慾望甚強。屢屢上書論事，指摘時弊，或實地糾劾，懲治猾吏，也因此而多次遭貶，先後爲江陵士曹參軍、唐州從事、通州司馬、虢州長史，元和末年回朝，歷任膳部員外郎、祠部郎中、知制誥等，並於長慶二年升任宰相❺。因與裴度發生衝突，爲相僅四個月即被罷爲同州刺史。此後又任過浙東觀察使、武昌軍節度使等職，五十三歲得暴疾卒於武昌任所。有《元氏長慶集》，存詩八百三十餘首。

元稹的樂府詩創作受到張籍、王建的影響，但他的「新題樂府」卻直接緣於李紳的啓迪。元和四年（八〇九），他讀了李紳寫的二十首「新題樂府」後，寫下十二首和詩。李紳的原作今已無存，現只能從他的和作來推測其面目了。元稹的和詩雖都是寫實之作，如〈上陽白髮人〉寫宮女的幽禁之苦；〈五弦彈〉借「弦」與「賢」的諧音，寫任用賢才之事；〈法曲〉對「胡音胡騎與胡妝，五十年來競紛泊」的習俗表示不滿，……但其中不少篇章卻殊少情致，概念化傾向很強，且敘事繁亂，往往「一題含括數意」（陳寅恪《元白詩箋證稿・古題樂府》）。

比起上述新題樂府來，元稹於元和十二年（八一七）與劉猛、李餘相和，所作十九首〈樂府古題〉要好一些。這些作品或「雖用古題，全無古意」，或「頗同古意，全創新詞」，都是「寓意古題，刺美見事」（〈樂府古題・序〉）的諷諭之作。其中〈織婦詞〉、〈田家詞〉較具代表性。〈織婦詞〉寫織婦爲繳納緊迫的租稅而從事艱苦勞動，頭白了還不能嫁人，以至於羨慕簷前蜘蛛「能向虛空織網羅」。〈田家詞〉反映了農民生活的苦難：「一日官軍收海服，驅牛駕車食牛肉。歸來收得牛兩角，重鑄鋤犁作斤劚。姑舂婦擔去輸官，輸官不足歸賣屋。」結尾更出之以反語：「願官早勝仇早復，農死有兒牛有犢，誓不遣官軍糧不足。」在這些古題樂府中，元稹改進了新題樂府的不足，每首只述一意，使得題旨集中明確，多用三五七言相間雜的句式，甚至以十一字爲句（如〈董逃行〉「爾獨不憶年年取我身上膏」），參差錯落，稍多風致。但就總體水準看，語言仍嫌滯澀，〈人道短〉諸篇全出以議論，枯燥乏味。

元稹的代表作是寫於元和十三年（八一八）的〈連昌宮詞〉，這是一首敘事長詩，通過連昌宮的興廢變遷，探索安史之亂前後唐代朝政治亂的因由。詩的前半從「連昌宮中滿宮竹，歲久無人森似束」的荒涼景象寫起，引出「宮中老翁」對此宮昔盛今衰的追述。後半藉作者與老人的一問一答，探討「太平誰致亂者誰」的大問題，最後歸結爲「老翁此意深望幸，努力廟謨休用兵」的題旨。全詩以敘述爲主，雜以議論，表現了明顯的勸誡規諷之意，但不能因此就說這是一首諷諭詩。從藝術構思和創作方法上看，此詩將史實與傳聞糅合在一起，輔之以想像、虛構，把一些與連昌宮本無關聯的人物、事件集中在連昌宮中展開描寫，既渲染了詩的氛圍，也使得詩情更加生動曲折。陳寅恪認爲：「〈連昌宮詞〉實深受白樂天、陳鴻〈長恨歌〉及〈傳〉之影響，合併融化唐代小說之史才詩筆議論爲一體而成。」（《元白詩箋證稿》第三章）元稹另有一首〈行宮〉：「寥落古行宮，宮花寂寞紅。白頭宮女在，閒坐說玄宗。」雖僅寥寥二十字，卻包孕豐富，情致宛然，與〈連昌宮詞〉有異曲同工之妙。

作爲一位典型的才子型作家，元稹不僅性敏才高，而且風流多情。他年輕時曾有過豔遇，創作了《鶯鶯傳》傳奇和〈會眞詩三十韻〉，此後又寫下了大量豔情詩，內容多是對自身經歷的追憶，如〈春曉〉：

> 半欲天明半未明，醉聞花氣睡聞鶯。狌兒撼起鐘聲動，二十年前曉寺情。

又如〈離思〉五首其四：

> 曾經滄海難為水，除卻巫山不是雲。取次花叢懶回顧，半緣修道半緣君。

這些小詩語言淺易，格調輕快而又低徊繾綣，一往情深。另外，元稹曾在妻子韋叢死後寫下不少悼亡詩❻，抒發哀思和懷念，其中最爲人稱道的是〈遣悲懷〉三首。這三首詩全是對亡妻生前身後瑣事的描摹，卻寄寓著一種人生的至情，其中一些詩句尤其飽含哀思，動人肺腑。如云：「昔日戲言身後意，今朝都到眼前來。」、「誠知此恨人人有，貧賤夫妻百事哀。」、「唯將終夜長開眼，報答平生未展眉。」清人蘅塘退士指出：「古今悼亡詩充棟，終無能出此三首範圍者，勿以淺近忽之。」（《唐詩三百首》）堪稱的評。

在中唐詩壇，元稹與白居易交誼最深，二人曾寫下了大量唱和詩作。關於這方面的情形，我們將在第三節中加以介紹。

第二節　白居易的詩歌主張及其諷諭詩

・白居易的生平及其詩歌主張　・諷諭詩與〈新樂府〉創作的得與失

白居易（七七二—八四六），字樂天，原籍太原，後遷居下邽（今屬陝西渭南），生於新鄭（今屬河南）。十一二歲時，因避戰亂而遷居越中，後又往徐州、襄陽等地，過著顛沛流離的生活。貞元十六年（八〇〇）進士及第，三年後中書判拔萃科，授祕書省校書郎。元和元年（八〇六），為應制舉，他與元稹閉戶累月，研討其時社會政治的各種問題，撰成《策林》七十五篇，其中不少條目與白居易日後的政治態度和詩歌見解都有關聯。是年，制科入等，授盩厔尉，次年爲翰林學士。

元和三年至五年，授左拾遺、充翰林學士。這一時期，白居易以極高的參政熱情，「有闕必規，有違必諫」（〈初授拾遺獻書〉），屢次上書，指陳時政，倡言蠲租稅、絕進奉、放宮女、抑宦官，在帝前面折廷諍。與此同時，他還創作了〈秦中吟〉、〈新樂府〉等大量諷諭詩，鋒芒所向，權豪貴近爲之色變。

元和五年（八一〇），白居易改官京兆府戶曹參軍，仍充翰林學士。元和六年四月至九年冬，因母喪回鄉守制。生活環境的改變，使白居易有餘暇對往昔的作爲和整個人生進行認眞的思考，他早就存在著的佛、道思想逐漸占了上風，對政治的熱情開始減退。所謂「直道速我尤，詭遇非吾志。胸中十年內，消盡浩然氣」（〈適意〉二首其二），正可看作他心理變化的佐證。元和十年（八一五），白居易回朝任太子左贊善大夫，因宰相武元衡被盜殺而第一個上書請急捕賊，結果被加上越職言事以及一些莫須有的罪名，貶爲江州（今江西九江）司馬。這次被貶，對白居易內心的震動是不可言喻的。他以切膚之痛去重新審視險惡至極的政治鬥爭，決計急流勇退，避禍遠害，走「獨善其身」的道路。這一年，他寫下了著名的〈與元九書〉，明確、系統地表述了他的人生哲學和詩歌主張。

元和十三年底，白居易遷忠州刺史，元和十五年穆宗繼位後，被召回朝，先後任主客郎中、知制誥、中書舍人。

長慶二年（八二二），出刺杭州，此後又歷任蘇州刺史、祕書監、刑部侍郎、河南尹、太子少傅等職。武宗會昌二年（八四二），以刑部尚書致仕，閒居洛陽履道里，自號「醉吟先生」、「香山居士」。會昌六年（八四六），年七十五卒。有《白氏長慶集》，存詩二千八百餘首。

白居易是中唐時期極可注意的大詩人，他的詩歌主張和詩歌創作，以其對通俗、寫實的突出強調和全力表現，在中國詩史上占有重要的地位。在〈與元九書〉中，他明確說：「僕志在兼濟，行在獨善。奉而始終之則爲道，言而發明之則爲詩。謂之諷諭詩，兼濟之志也；謂之閒適詩，獨善之義也。」由此可以看出，在白居易自己所分的諷諭、閒適、感傷、雜律四類詩中，前二類體現著他「奉而始終之」的兼濟、獨善之道，所以最受重視。而他的詩歌主張，也主要是就早期的諷諭詩的創作而發的。

早在元和初所作《策林》中，白居易就表現出重寫實、尚通俗、強調諷諭的傾向：「今褒貶之文無核實，則懲勸之道缺矣；美刺之詩不稽政，則補察之義廢矣。……俾辭賦合炯戒諷諭者，雖質雖野，採而獎之。」（六十八〈議文章〉）詩的功能是懲惡勸善，補察時政，詩的手段是美刺褒貶，炯戒諷諭，所以他主張：「立採詩之官，開諷刺之道，察其得失之政，通其上下之情。」（六十九〈採詩〉）他反對離開內容單純地追求「宮律高」、「文字奇」，更反對齊梁以來「嘲風月、弄花草」的豔麗詩風。在〈新樂府序〉中，他明確指出作詩的標準是：「其辭質而徑，欲見之者易諭也；其言直而切，欲聞之者深誡也；其事核而實，使採之者傳信也；其體順而肆，可以播於樂章歌曲也。」這裡的「質而徑」、「直而切」、「核而實」、「順而肆」，分別強調了語言須質樸通俗，議論須直白顯露，寫事須絕假純真，形式須流利暢達，具有歌謠色彩。也就是說，詩歌必須既寫得真實可信又淺顯易懂，還便於入樂歌唱，才算達到了極致。

白居易對詩歌提出的上述要求，全部目的只有一個，那就是補察時政。所以他緊接著說：「總而言之，爲君、爲臣、爲民、爲物、爲事而作，不爲文而作也。」（〈新樂府．序〉）在〈與元九書〉中，他回顧早年的創作情形說：「自登朝來，年齒漸長，閱事漸多，每與人言，多詢時務；每讀書史，多求理道，始知文章合爲時而著，歌詩合爲事而作。」爲時爲事而作，首要的還是「爲君」而作。他也說，「但傷民病痛，不識時忌諱。」（〈傷唐衢〉二首其二）並創作了大量反映民生疾苦的諷諭詩，但總體指向卻是「唯歌生民病，願得天子知。」（〈寄唐生〉）因爲只有將民情上達天聽，皇帝開壅蔽、達人情，政治才會趨向休明。

由重寫實、尚通俗、強調諷諭，到提倡爲君爲民而作，白居易提出了系統的詩歌理論。這一理論是對儒家傳統詩論的直接繼承，也是杜甫寫時事的創作道路的進一步發展。但因其將「爲君」而作視爲詩歌的主要目的，從而極度突出了詩歌的現實功利色彩，將詩歌導入了狹窄的路途；因過分重視詩的諷刺功用，以致一定程度地將詩等同於諫書、奏章，使不少詩的形象性為諷刺性的說理、議論所取代；因評詩標準過狹過嚴，導致歷史上不符合此一標準的大量優秀作家、作品被排斥在外。所有這些，對當時和後世都產生了若干不良影響。

白居易的諷諭詩有一百七十餘首，這些詩大都作於貶謫之前，在寫實和尙俗一點上，與張籍、王建等人一脈相通，而且在反映現實的深廣度和尖銳性上，有更進一步的發展。

〈觀刈麥〉是元和元年詩人為盩厔尉時寫下的一篇較早的作品，詩從「田家少閒月，五月人倍忙」寫起，中段細述農人「足蒸暑土氣，背灼炎天光」的艱辛和「家田輸稅盡，拾此充飢腸」的哀痛，最後以「念此私自愧，盡日不能忘」結束，於眞切自然的描寫中見出「田家」的巨大不幸，作者的反躬自責也顯得分外深刻。他如〈村居苦寒〉前半寫「北風利如劍，布絮不蔽身」的貧民，後半寫「褐裘復絁被，坐臥有餘溫」的自己，兩相對照，發為「念彼深可愧，自問是何人」的感慨。〈宿紫閣山北村〉通過自己的親身見聞，眞實地表現了神策軍「奪我席上酒，掣我盤中飧」的蠻橫強暴，最後以「主人愼勿語，中尉正承恩」的諷刺之語結束，筆鋒直指作為神策軍統領的宦官。

上述作品只是白居易諷諭詩的一小部分，卻大體展示了此類詩作的兩個基本傾向，即對下層民眾苦難生活的深刻反映，對上層達官貴人腐化生活和欺壓人民之惡行的尖銳揭露。這種反映和揭露在有名的〈秦中吟〉和〈新樂府〉中更是得到了淋漓盡致的表現。

〈秦中吟〉是組詩，共十首，「一吟悲一事」（〈傷唐衢〉二首其二），集中暴露了官場的腐敗、權貴們的驕橫奢侈及其對勞苦民眾的多重欺壓。如〈重賦〉直斥統治者對百姓的殘酷剝奪：「奪我身上暖，買爾眼前恩！」〈傷宅〉揭露達官貴人為富不仁，「廚有臭敗肉，庫有貫朽錢」卻「忍不救飢寒」。〈歌舞〉寫「朱輪車馬客，紅燭歌舞樓。歡酣促密坐，醉暖脫重裘」的遊樂，尾句出之以「豈知閿鄉獄，中有凍死囚」的激憤之語；〈買花〉通過一位「田舍翁」偶來買花處的所見所感，發為「一叢深色花，十戶中人賦」的痛切針砭；〈輕肥〉則將矛頭指向宦官集團的那些內臣、大夫、將軍：

> 意氣驕滿路，鞍馬光照塵。借問何為者，人稱是內臣。朱紱皆大夫，紫綬悉將軍。誇赴軍中宴，走馬去如雲。樽罍溢九醞，水陸羅八珍。果擘洞庭橘，膾切天池鱗。食飽心自若，酒酣氣益振。是歲江南旱，衢州人食人！

這是兩個宛如天壤之別的階層：一方腦滿腸肥，花天酒地；另一方則天災人禍，竟至「人食人」！這鮮明的對比很容易使人想起杜甫的「朱門酒肉臭，路有凍死骨」來。

〈新樂府〉五十首，作於元和四年，至元和七年大體改定❼。這是一組有著明確政治目的、經過嚴密組織構建的系統化詩作，內容頗爲廣泛，涉及王化、治亂、禮樂、任賢、時風、邊事、宮女諸多方面，但其中寫得好而且有價值的，仍然是反映民生疾苦和下層情事、揭露弊政和權貴醜惡的那些篇章。如果將這些詩作與元稹的「新題樂府」做一對比，則其成就顯然高出許多。首先，一篇專詠一事，篇題即所詠之事，篇下小序即該篇主旨。如〈上陽白髮人〉，「愍怨曠也」；〈紅線毯〉，「憂蠶桑之費也」；〈秦吉了〉，「哀冤民也」；〈賣炭翁〉，「苦宮市也」……這種安排使得中心突出，意旨明確，避免了一題數意、端緒繁雜的弊病。其二，不少篇章形式靈活，多以三字句起首，後接以七字句，富有民歌詠歎情調❽。在語言運用上，力避典雅的書面語，而用口頭語或俗語穿插其間，如〈秦吉了〉開篇這樣寫道：「秦吉了，出南中，彩毛青黑花頸紅。耳聰心慧舌端巧，鳥語人言無不通。」淺顯流利，讀來琅琅上口。詩的後半以秦吉了喻諫官，以雞燕喻百姓，以鳳凰喻君主：「秦吉了，人云爾是能言鳥，豈不見雞燕之冤苦？吾聞鳳凰百鳥主，爾竟不爲鳳凰之前致一言，安用噪噪閒言語！」用寓言形式進行諷刺批判。其三，一些優秀詩篇善於生動地描繪人物，感情濃烈，如〈上陽白髮人〉中間一段寫那位白頭宮女因被妒而「潛配上陽宮」後的生活：

> 宿空房，秋夜長，夜長無寐天不明。耿耿殘燈背壁影，蕭蕭暗雨打窗聲。春日遲，日遲獨坐天難暮。宮鶯百囀愁厭聞，梁燕雙棲老休妒。鶯歸燕去長悄然，春往秋來不記年。惟向深宮望明月，東西四五百回圓。

這段描寫與〈長恨歌〉中唐明皇思念楊妃的一段描述頗爲相近。又如〈井底引銀瓶〉中女主人公對少時生活情景的一段回憶：

> 憶昔在家為女時，人言舉動有殊姿：嬋娟兩鬢秋蟬翼，宛轉雙蛾遠山色。笑隨戲伴後園中，此時與君未相識。妾弄青梅憑短牆，君騎白馬傍垂楊。牆頭馬上遙相顧，一見知君即斷腸。

淺俗明快又富情韻，字裡行間洋溢著一股青春氣息。由於這對青年男女沒有經過父母之命、媒妁之言即結合在一起，最終導致愛情悲劇。詩的最後發爲議論：「寄言痴小人家女，愼勿將身輕許人。」但由於敘寫時感情超越於「止淫奔」的題旨之外，透露出強烈的悲劇氣氛，所以仍然引發讀者的同情。

在〈新樂府〉五十首中，包容以上諸點而取得突出成就的，應首推那篇批判宮市和宦官、爲貧苦百姓鳴不平的〈賣炭翁〉。這首詩藉賣炭老翁由「伐薪燒炭」到進城「賣炭」再到炭被搶走的遭遇，深刻地揭露了宮市擾民害民、宦官強取豪奪的野蠻行徑。其中「可憐身上衣正單，心憂炭賤願天寒」兩句尤爲精警，先用「可憐」二字傾注無限同情，繼以一「憂」一「願」來寫賣炭老人的艱難處境和細微複雜的心理活動，眞實貼切。詩中未發一句議論，全用形象說話，卻發人深思。此外，〈新豐折臂翁〉和〈杜陵叟〉也是以老翁爲表現對象的詩作，前者寫一位六十年前爲逃兵役而「偷將大石捶折臂」的老人的不幸遭遇，藉此對不義戰爭進行了譴責；後者以沉重的筆觸，描寫了天災人禍襲擊下農村的凋敝和農民的慘狀，並藉詩中人之口痛切呼喊：「剝我身上帛，奪我口中粟，虐人害物即豺狼，何必鉤爪鋸牙食人肉！」聲宏調激，帶著強烈的批判。這兩首詩就藝術成就來講雖不及〈賣炭翁〉，但在人物描寫和反映現實的深度上，同樣具有不容忽視的價值。

當然，白居易的〈新樂府〉又是有不少缺憾的。其一，〈新樂府〉的創作目的是「首句標其目，卒章顯其志」（〈新樂府．序〉），爲了做到這一點，作者往往不惜以喪失藝術性爲代價，給詩篇添加一個議論的尾巴；有時則畫蛇添足，做不必要的重複。其二，有些詩篇所寫事件，詩人本無深感，只是爲了湊足五十篇之數而作，所以寫得枯燥乏味，不耐咀嚼，如〈七德舞〉、〈法曲歌〉、〈二王后〉、〈採詩官〉等，大都是議論和說教的堆積。同時由於過多注重詩的現實功利目的，作者常用理念去結構詩篇，眞情實感相對不足，比起杜甫那些深切體察民瘼、一任情感自然流露而又意蘊豐厚的樂府佳作來，〈新樂府〉中不少作品確有一間之隔。其三，在語言使用上，因一意追求淺顯務盡而失之於直露無隱，有時一件簡單的事理也要反覆陳說，致使詩作不夠精練含蓄。

白居易以〈新樂府〉爲代表的諷諭詩在當時的影響並不大，以至「時人罕能知者」（元稹《白氏長慶集．序》），在後世則毀譽參半。但無論如何，白居易通過自己的努力，創造了一種新的詩體和新的風格，並以「不懼權豪怒，亦任親朋譏」（〈寄唐生〉）的勇氣，對當時的社會醜惡進行了最大膽的指斥和抨擊，這一點是永遠值得人們欽敬的。

第三節　〈長恨歌〉、〈琵琶行〉與元、白唱和詩

．〈長恨歌〉、〈琵琶行〉的藝術成就　．中唐詩人的交往之風和唱和詩高潮

貞元、元和之際，伴隨著傳奇小說的蓬勃發展，詩壇也出現了一些帶有故事性、抒情性的長篇敘事詩，如元稹的〈琵琶歌〉、〈連昌宮詞〉，李紳的〈悲善才〉，劉禹錫的〈泰娘歌〉等。被白居易歸入「感傷」類的〈長恨歌〉和〈琵琶行〉乃是這些作品中最優秀的兩篇。

《長恨歌》作於元和元年，主要根據唐明皇和楊貴妃的故事傳說來結構全篇，但也受到佛教變文乃至道教仙化故事的影響，同時其中還有作者因與自己所愛女子不能結合而產生的深摯戀情、憾恨之情的投射❾，因而在一定程度上已脫離了歷史原貌，成為一篇以詠歎李、楊愛情為主，充滿感傷情調的「風情」詩。敘事過程一再使用想像和虛構手法，濃烈的抒情貫穿於敘事的全過程，為情而作，非為事而作，使得全詩風情搖曳，生動流轉，極富藝術感染力。

詩的開篇部分寫玄宗好色廢政，楊妃恃寵而驕，終至引發安史之亂。這既是對歷史事實的基本概括，也是詩題「長恨」的因由，其中或許包含有一定的諷刺意圖，但作者並沒將這一意圖貫徹下去。自「黃埃散漫風蕭索」，玄宗逃蜀、楊妃身亡始，詩情即為沉重哀傷的悲劇氛圍所籠罩，周詳的敘事一變而為宛曲的抒情，極力鋪寫玄宗在蜀中的寂寞悲傷、還都路上的追懷憶舊、回宮以後睹物思人的種種感觸，並藉四季景物的變換和孤寂的環境襯托他蒼涼傷感的情懷：

> 歸來池苑皆依舊，太液芙蓉未央柳。芙蓉如面柳如眉，對此如何不淚垂。春風桃李花開日，秋雨梧桐葉落時。西宮南內多秋草，落葉滿階紅不掃。梨園弟子白髮新，椒房阿監青娥老。夕殿螢飛思悄然，孤燈挑盡未成眠。遲遲鐘鼓初長夜，耿耿星河欲曙天。鴛鴦瓦冷霜華重，翡翠衾寒誰與共？悠悠生死別經年，魂魄不曾來入夢。

這段描寫回環往復，層層渲染，眞切而不黏著，流利而又雋永，幾乎字字珠璣。詩的最後一段，筆鋒再轉，寫臨邛道士鴻都客為玄宗上天入地尋覓楊妃，而楊妃竟在縹緲迷離的仙境出現——「玉容寂寞淚闌干，梨花一枝春帶雨」。以極省淨的語言和恰當的比喻，勾勒出楊妃的天生麗質和丰采神韻，與詩開篇部分「回眸一笑百媚生」、「侍兒扶起嬌

無力」的形象比，這裡的楊妃已脫盡撩人性情的世俗情味，而成爲一個淨化了的理想女神了。作者寫她超凡脫俗的美，更賦予她忠於愛情的至善品性——既託道士將當年的定情物帶給玄宗，又重申盟誓：「但教心似金鈿堅，天上人間會相見。……在天願作比翼鳥，在地願爲連理枝。」然而，「比翼鳥」、「連理枝」的願望雖然美好，此生卻已無法實現，那麼剩下來的，只有永難消解的「長恨」了。所以，作者最後懷著對美人不幸的深切同情，對美的毀滅的沉重感傷，點出全詩的主題：

天長地久有時盡，此恨綿綿無絕期！

《唐宋詩醇》謂：「結處點清『長恨』，爲一詩結穴，戛然而止，全勢已足，更不必另作收束。」在這點題之筆裡，刻骨的相思變成了不絕的長恨，特殊的事件獲得了廣泛的意義，李、楊的愛情得以昇華，普天下的痴男怨女則從中看到自己的面影，受到心靈的震撼。詩以「長恨」命題的意義，詩在藝術上的巨大魅力似乎正在於此，所以〈長恨歌〉對後世產生了深遠的影響。中唐以後，寫李、楊事件的詩極多，唯此詩被反覆敷演爲小說、戲劇，元代白樸的《梧桐雨》，清代洪昇的《長生殿》，都是其中著名之作。

〈琵琶行〉作於元和十一年江州貶所，與〈長恨歌〉有所不同的是，這首詩由歷史題材轉到了現實題材，通過親身見聞，敘寫了「老大嫁作商人婦」的琵琶女的淪落命運，並由此關合到自己被貶的遭際，發爲「同是天涯淪落人」的深沉感慨。因爲有切身體驗，所以感情就來得特別深摯，因爲是在貶所月夜的江面巧遇琵琶女，所以詩情就來得特別的哀婉、蒼涼。誠如《唐宋詩醇》所謂：「滿腔遷謫之感，借商婦以發之，有同病相憐之意焉。比興相緯，寄託遙深。」

在表現手法上，〈琵琶行〉除了用秋天的楓葉荻花和三次江月的精彩描寫來烘托人物感情外，主要通過人物的動作、神態來展示其性格、心理。如「尋聲暗問彈者誰，琵琶聲停欲語遲。」、「千呼萬喚始出來，猶抱琵琶半遮面。」都十分貼切地表現了彈奏者既因羞澀又因難言之痛而不願見人的情態；從「轉軸撥弦三兩聲」到「低眉信手續續彈」，以逐層遞進的動作描寫來展示人物進入角色、開始回味往事時的神情和心緒，非常形象、逼眞。至於其中對琵琶樂聲的一段描寫更是精彩之至，詩人連續使用急雨、私語、珠落玉盤、花下鶯鳴、冰下流泉、銀瓶乍破水漿迸、鐵騎突出刀槍鳴等一系列精妙的比喻，把樂聲從急驟到輕微，從流利、清脆到幽咽、滯澀，再到突然激揚的過程極形象地摹寫出來，而隨著樂聲的抑揚起伏，彈奏者動盪變化的感情也溢出行墨之外。在這裡，白居易既寫樂聲和彈奏技藝，又寫音樂旋律中所包蘊的心理內涵，將這三者融會在一起，構成整個演奏過程聲情變化的完美表現，這在以前的文學作品中是不多見的，而且比起同時代韓愈的〈聽穎師彈琴〉、李賀的〈李憑箜篌引〉等名作來，也以其描寫的細膩、眞切、自然流暢和情感的潛流暗轉、突放突收而別具特色。在曲子接近終結時，作者這樣寫道：

曲終收撥當心畫，四弦一聲如裂帛。東船西舫悄無言，惟見江心秋月白。

在一聲「裂帛」般的音響之後，一切都歸於靜寂，唯有秋月映照江心。置身斯時斯境，同懷天涯淪落之感的作者與彈者心境如何，不難想見，而由此剎那間寧靜所構成的音響空白，也給讀者留下了涵泳回味的廣闊空間。

〈琵琶行〉與〈長恨歌〉是白居易寫得最成功的作品，其藝術表現上的突出特點是抒情因素的強化。與此前的敘事詩相比，這兩篇作品雖也用敘述、描寫來表現事件，卻把事件盡量簡化，只用一個中心事件和兩三個主要人物來結構全篇，諸如頗具戲劇性的馬嵬事變，作者寥寥數筆即將之帶過，而在最便於抒情的人物心理描寫和環境氣氛渲染上，則潑墨如雲，務求盡情。即使〈琵琶行〉這種在樂聲摹寫和人物遭遇敘述上著墨較多的作品，也是用情把聲和事緊緊連結在一起，聲隨情起，情隨事遷，使詩的進程始終伴隨著動人的情感力量。除此之外，這兩篇作品的抒情性還表現在以精選的意象來營造恰當的氛圍、烘托詩歌的意境上。如〈長恨歌〉中「行宮見月傷心色，夜雨聞鈴腸斷聲。」〈琵琶行〉中「楓葉荻花秋瑟瑟」、「別時茫茫江浸月」等類詩句，或將淒冷的月色、淅瀝的夜雨、斷腸的鈴聲組合成令人銷魂的場景，或以瑟瑟作響的楓葉、荻花和茫茫江月構成哀涼孤寂的畫面，其中透露的淒楚、感傷、悵惘意緒爲詩中人物、事件統統染色，也使讀者面對如此意境、氛圍而心靈搖蕩，不能自已。

當然，〈長恨歌〉和〈琵琶行〉在藝術表現上還有其他一些特點，如語言明白曉暢而又精純確當，「無不達之隱，無稍晦之詞。」（趙翼《甌北詩話》卷四）在運用想像、虛構、比喻等手法上也獨擅勝場。所有這些，使得這兩篇作品在意境的深遠、聲情的瀏亮、色彩的鮮明、內容的豐富上都遠過前人，以至於詩成不久即被人廣爲傳誦，連唐宣宗李忱也寫詩稱賞：「童子解吟長恨曲，牧兒能唱琵琶篇。」（〈弔白居易〉）

中唐詩人間的交往唱和之風，早在貞元年間即已初露端倪。當時應進士舉者「多務朋遊，馳逐聲名。」（《舊唐書・高郢傳》）形成了「侈於遊宴」的「長安風俗」（李肇《國史補》卷下）。而文人遊宴多要作詩唱和，有時即使不遊宴，也要以詩唱酬，或聯絡感情，或展示才學。這方面較有代表性的，當首推一代文宗權德輿及其領導的文人集團。權德輿（七五九—八一八），字載之，歷任要職並做過兩年宰相，兼有政聲和文名，「貞元、元和間爲縉紳羽儀」（《新唐書》本傳）。在他現存的三百八十多首詩中，不乏清新可誦、近似盛唐之音的佳作，但其後期詩歌大都是與聚集在他周圍的一批臺閣詩人酬唱應答、在體式技巧上競異求新之作[10]，諸如〈奉和李給事省中書情寄劉苗崔三曹長因呈許陳二閣老〉、〈酬崔舍人閣老冬至日宿値省中奉簡兩掖閣老並見示〉等，從冗長的標題即可看出詩人們的交往概況。這些詩的內容並不充實，藝術性也不強，但卻對貞元末年的詩壇風尚頗有影響。到了元和年間，又出現了比一般唱和更進一步的以長篇排律和次韻酬答來唱和的形式，而元稹和白居易便是這種形式的創始者。

元稹、白居易在相識之初即有酬唱作品，此後他們分別被貶，一在通州，一在江州，雖路途遙遙，仍頻繁寄詩，酬唱不絕，所謂「通江唱和」，也就成爲文學史上一個令人注目的現象。元、白此期的唱和詩多長篇排律，次韻相酬，短則五六十句，長則數百句。如白居易有〈東南行一百韻〉寄元稹，元稹即作〈酬樂天東南行詩一百韻〉回贈。這種次韻詩的創作難度是很大的，既要嚴守原詩之韻，又要自抒懷抱，還要寫上數百句，搞得不好就會顧此失彼，但才力大者則可借此爭奇鬥勝，施展才情。誠如元稹在〈上令狐相公詩啓〉中所言：「居易雅能爲詩，就中愛驅駕文字，窮極聲韻，或爲千言，或爲五百言律詩，以相投寄。小生自審不能過之，往往戲排舊韻，別創新詞，名爲次韻相酬，蓋欲以難相挑耳。」這樣做的結果，一方面鍛鍊了詩人的才智、技巧，豐富了詩歌的種類，另一方面也因過於重視形式技巧，詩人的眞情實感反被沖淡乃至淹沒。相比之下，倒是二人那些寄懷酬答的短篇小詩來得更爲眞摯耐讀，清新有味。如白居易〈舟中讀元九詩〉：

> 把君詩卷燈前讀，詩盡燈殘天未明。眼痛滅燈猶暗坐，逆風吹浪打船聲。

元稹〈酬樂天舟泊夜讀微之詩〉：

> 知君暗泊西江岸，讀我閒詩欲到明。今夜通州還不睡，滿山風雨杜鵑聲。

元、白這類以次韻酬唱爲主的短篇長章在當時流傳頗廣，以致「巴蜀江楚間洎長安中少年，遞相仿效，競作新詞，自謂爲『元和詩』。」（元稹《白氏長慶集·序》）這裡的「元和詩」，實即元稹在其他場合提到的「元和體」。「元和體」除了上述次韻相酬的長篇排律外，還包括元、白那些流連光景、淺切言情的「小碎篇章」，其中包括元稹的豔體詩⓫。

中唐詩人的交往、唱和眞正形成高潮，是在元和之後的大和至會昌年間⓬。這一時期由於黨爭激烈、政局動盪，不少當年曾積極參與政治的文人紛紛退出政壇，東都洛陽便成了他們的閒散之地，而白居易乃是其中的核心人物之一。他時而與劉禹錫、裴度等人「爲文章、把酒，窮晝夜相歡，不問人間事」（《新唐書・裴度傳》），時而與遠近詩友賡答酬唱，就中與劉禹錫、令狐楚、崔玄亮等人的唱和尤多，詩的內容則以敘寫閒情雅趣、思念問候爲主，很少再有昔日的政治熱情了。此外，劉禹錫與令狐楚、崔玄亮、李德裕也頻頻唱酬，一時間蔚爲風氣。僅以此期編成的酬唱集來看，就有劉、白的《劉白唱和集》，白、劉、裴的《汝洛集》，劉與令狐楚的《彭陽唱和集》，與李德裕的《吳蜀集》，白與洛下諸多文士官吏唱和的《洛下遊賞宴集》等。這裡需要一提的是令狐楚和崔玄亮。令狐楚（七六六—八三七），曾任宰相，長慶以後，歷任節度使之職，存詩五十餘首。崔玄亮與白居易同爲貞元十六年（八〇〇）進士，曾歷任監察御史、州刺史等，存詩二首。現錄二人唱和詩各一首，以見一斑。令狐楚〈春思寄夢得樂天〉：

> 花滿中庭酒滿樽，平明獨坐到黃昏。春來詩思偏何處？飛過函關入鼎門。

崔玄亮〈和白樂天〉：

> 病餘歸到洛陽頭，拭目開眉見白侯。鳳詔恐君今歲去，龍門欠我舊時遊。幾人樽下同歌詠，數盞燈前共獻酬。相對憶劉劉在遠，寒宵耿耿夢長洲。

第四節　白居易的閒適詩

・閒適詩的內容和情調　・閒適詩對後代的影響

閒適詩和諷諭詩是白居易特別看重的兩類詩作，二者都具有尙實、尙俗、務盡的特點，但在內容和情調上卻很不相同。諷諭詩志在「兼濟」，與社會政治緊相關聯，多寫得意激氣烈；閒適詩則意在「獨善」，「知足保和，吟玩性情。」（〈與元九書〉）從而表現出淡泊平和、閒逸悠然的情調。如詩人步入仕途不久所作、列在白集「閒適」第一篇的〈常樂里閒居偶題十六韻〉一詩，即表現出對「帝都名利場」的厭倦、對現有生活的滿足。詩末四句這樣寫道：

窗前有竹玩，門外有酒沽。何以待君子，數竿對一壺。

另一首作於盩厔（今改作周至）尉時的〈官舍小亭閒望〉也有類似的詩句：

亭上獨吟罷，眼前無事時。數峰太白雪，一卷陶潛詩。人心各自是，我是良在茲。

以淡泊知足之心對清爽自然之景，境界不算大，格調也不甚高，但自得自適之情卻別有一番意趣。這種知足保和的心境，越到晚年表現得越突出：「世間好物黃醅酒，天下閒人白侍郎。」（〈嘗黃醅新酎憶微之〉）閒適生活與詩酒人生、佛道心境全都表現在閒適詩裡：「七篇《眞誥》論仙事，一卷《壇經》說佛心。」（〈味道〉）「綠蟻新醅酒，紅泥小火爐。晚來天欲雪，能飲一杯無？」（〈問劉十九〉）

白居易的知足保和源於他對政治的厭倦和佛、老思想的影響，他煉丹服藥，誦經坐禪，釋、道二家在他的人生態度、生活情趣中都留下了甚深的印記，並使其形成在當時和後世均頗有影響的「中隱」觀念。當然也源於他根深柢固的淺俗思想，他的很多閒適詩都熱衷於鋪敘身邊瑣事，將衣食俸祿掛在嘴邊。在大和八年所作的〈序洛詩〉中，他這樣說：「自（大和）三年春至八年夏，在洛凡五週歲，作詩四百三十二首。除喪朋哭子十數篇外，其他皆寄懷於酒，或取意於琴，閒適有餘，酣樂不暇，苦詞無一字，憂歎無一聲，豈牽強所能致耶！」這一時期的詩作，多「稱心而出，隨筆抒寫」（趙翼《甌北詩話》卷四），從內容到形式都是淺之又淺，俗之又俗。蘇軾說「元輕白俗」（〈祭柳子玉文〉），所謂白之俗，主要就表現在這裡。

白居易另有不少記遊寫景的「閒適」之作，如〈遊悟眞寺一百三十韻〉長達一千三百字，被後人評爲可與韓愈〈南山〉詩「匹敵」（《唐宋詩醇》），敘述遊蹤條理分明，步驟井然，有明顯的散文化傾向，摹景寫情既形象生動，又自然散朗。寫山風是：「風從石下生，薄人而上摶。衣服似羽翮，開張欲飛騫。」寫日落月出是：「西北日落時，夕暉紅團團。千里翠屏外，走下丹沙丸。東南月上時，夜氣青漫漫，百丈碧潭底，寫出黃金盤。」寫遊山之意是：「我本山中人，誤爲時網牽。……今來脫簪組，始覺離憂患。及爲山水遊，彌得縱疏頑。」詩情畫意瀰漫其間，令人有身臨其境之感。再如他被貶之後寫的〈題潯陽樓〉、〈讀謝靈運詩〉、〈宿簡寂觀〉、〈詠意〉等詩，都能以審美的眼光和清新的筆調，觀照自然，抒寫心愫，排遣憂愁，超然物外，表現出「逸韻諧奇趣」的特點。他的〈大林寺桃花〉雖僅短短四句，卻理趣悠長，活潑可愛：

> 人間四月芳菲盡，山寺桃花始盛開。長恨春歸無覓處，不知轉入此中來。

白居易的閒適詩還有不少說理議論的篇章，所說之理又多爲出世逃禪、知足保和之類，初讀之下尚覺清爽，數篇之後，便覺陳陳相因，了無新意，正如他自己所說：「詩成淡無味，多被衆人嗤。上怪落聲韻，下怪拙言詞。」（〈自吟拙什因有所懷〉）但白居易詩也有說理說得好的，如組詩〈效陶潛體十六首〉便將議論與敘述、描寫結合起來，以飲酒爲契機，表現詩人「便得心中適，盡忘身外事。更復強一杯，陶然遺萬累。」的眞實情態，較之一般純發議論的說理詩，自不可一概而論⓭。

白居易的閒適詩在後代有很大影響，其淺切平易的語言風格、淡泊悠閒的意緒情調，都曾屢屢爲人稱道。但相比之下，這些詩中所表現的那種退避政治、知足保和的「閒適」思想，以及歸趨佛老、效法陶淵明的生活態度，因與後世文人的心理較爲吻合，所以影響更爲深遠。如白居易有「相爭兩蝸角，所得一牛毛」（〈不如來飲酒〉七首其七）、「蝸牛角上爭何事，石火光中寄此身」（〈對酒〉五首其二）的詩句，而「後之使蝸角事悉稽之」（吳曾《能改齋漫錄》卷八）。即以宋人所取名號論，「醉翁、迂叟、東坡之名，皆出於白樂天詩云」（龔頤正《芥隱筆記》）。宋人周必大指出：「本朝蘇文忠公不輕許可，獨敬愛樂天，屢形詩篇。蓋其文章皆主辭達，而忠厚好施，剛直盡言，與人有情，於物無著，大略相似。謫居黃州，始號東坡，其原必起於樂天忠州之作也。」（《二老堂詩話》）凡此種種，都展示出白居易及其詩的影響軌跡。

注釋

❶葉燮《己畦集》卷八《百家唐詩．序》：「至貞元、元和之間，竊以為古今文運、詩運至此時為一大關鍵也。」陳寅恪《金明館叢稿初編．論韓愈》：「唐代之史可分前後兩期，前期結束南北朝相承之舊局面，後期開啓趙宋以降之新局面，關於政治社會經濟者如此，關於文化學術者亦莫不如此。」有關唐代文學由雅入俗的變化，可參看林繼中〈由雅入俗：中晚唐文壇大勢〉（《人文雜志》一九九〇年第三期）一文及其《文化建構文學史綱》第二章〈世俗地主知識化運動中的文學〉，海峽文藝出版社一九九三年版。

❷關於張籍的生年，各家說法不一。卞孝萱〈張籍簡譜〉（《安徽史學通訊》一九五九年四、五期合刊）定為大曆初。聞一多《唐詩大系》定為大曆三年。潘競翰〈張籍繫年考證〉（《安徽師範大學學報》一九八一年第二期）定為大曆七年。今姑依舊說，暫定為大曆元年。

❸其中古題三十八首，新題五十二首。參見張修蓉《中唐樂府詩研究》，臺灣文津出版社一九八五年版，第一三—一四頁。

❹關於〈宮詞〉百首，宋胡仔《苕溪漁隱叢話》、趙與時《賓退錄》、明楊慎《升庵詩話》、朱承爵《存餘堂詩話》均提出其中雜有他人作品或後人妄補者。吳企明〈王建宮詞辨證稿〉（見《唐音質疑錄》，上海古籍出版社一九八六年版）對此有考辨，可參看。

❺元稹回朝升官及其後期品節，史書多有非議，說他結交宦官：「及得還朝，大改前志，由徑以徼進達。」（《舊唐書．錢徽傳》）陳寅恪《元白詩箋證稿》（上海古籍出版社一九七八年版）、卞孝萱《元稹年譜》（齊魯書社一九八〇年版）、王拾遺《元稹傳》（寧夏人民出版社一九八五年版）等論元稹品節大抵與傳統意見相同。近十年來，出現了一些新的觀點，如冀勤〈說元稹的政治品格〉（《光明日報》一九八六年七月二十九日），吳偉斌〈也談元稹「變節」真相〉（《復旦學報》一九八六年第二期）、〈《元稹獻詩升職》別議〉（《北方論叢》一九八九年第一期）、〈元稹與長慶元年科試案〉（《中州學刊》一九八九年第二期）、尚永亮〈元稹品節片論〉（《唐都學刊》一九九二年第二期）等文均針對古人、今人對元稹的批評，從不同角度予以辨正，認為元稹不曾「變節」，他雖然「巧」過，但這「巧」又不能簡單地與「不肖」等同，在對待朝政弊端和社會惡習等大的問題上，元稹是嚴正的、不徇私情的。

❻陳寅恪《元白詩箋證稿》第四章謂今存《元氏長慶集》悼亡詩中，有關韋氏者三十三首。

❼這裡有三個問題需要說明：一是〈新樂府〉創作的起因。元稹有〈和李校書新題樂府十二首．序〉，稱：「余友李公垂貺余

〈樂府新題〉二十首，雅有所謂，不虛為文。余取其病時之尤急者，列而和之，蓋十二而已。」李紳二十首新樂府已佚。明人胡應麟《詩藪》、清人汪立銘編訂《白香山詩集》、近人陳寅恪《元白詩箋證稿》對於白居易之繼李、元而作〈新樂府〉，均有論述。可參看羅宗強《隋唐五代文學思想史》第七章〈中唐文學思想〉。二是〈新樂府〉的作年。陳寅恪認為當作於元和四年，並據白詩「舊句時時改，無妨悅性情」，疑其至元和七年猶有改定之處。（《元白詩箋證稿》第五章〈新樂府〉，上海古籍出版社一九八二年版）近有日本學者又據白居易元和八年所作〈效陶潛體〉十六首其六「我有樂府詩，成來人未聞」、元和十年所作〈讀張籍古樂府〉「願播內樂府，時得聞至尊」的詩句以及元稹為白集作序而無一語提及〈新樂府〉等材料認為：〈新樂府〉五十章是元和七年冬天在下邽完成的，在白氏服除回京後曾給李紳看過，李是最早看到五十章全部的人物，而且這些詩直到《白氏長慶集》問世的長慶四年才發表（下定雅弘〈白居易〈新樂府〉五十章——兼論其成立時期〉，《讀白氏文集》，東京勉誠社一九九六年版）三是「新樂府運動」的提法。自從胡適在《白話文學史》中提出「新樂府運動」的概念，新中國成立後，各種文學史都認為在中唐詩壇存在一場由白居易領導，元稹、張籍、王建等參加的「新樂府運動」。一九八二年，吳庚舜〈略論唐代樂府詩〉（《文學遺產》一九八二年第三期）提出「唐代究竟有沒有『新樂府運動』」的疑問，從一九八四年年底開始，裴斐、王啓興、羅宗強、周明、王運熙、黃耀堃等學者先後撰文，認為中唐並不存在一個有領導、有綱領的「新樂府運動」。就中羅宗強〈「新樂府運動」種種〉（《光明日報》一九八五年十一月十九日）、周明〈論唐代無新樂府運動〉（《唐代文學研究》，廣西師範大學出版社一九九〇年版）、王運熙〈諷諭詩和新樂府的關係和區別〉（《復旦學報》一九九一年第六期）、香港學者黃耀堃〈音樂與諷刺——新樂府考〉（《唐代文學研究》第五輯，廣西師範大學出版社一九九四年版）諸文尤有說服力。其主要觀點為：當時從事新樂府創作的人數很少、時間很短、作品有限，很難說構成一個運動：「新樂府」作為一種詩體的概念是不科學的，其內涵和外延都不確切，人們很難用這個概念對唐代的某一詩歌運動下一個界說分明的定義：新樂府與諷諭詩既有連繫又有區別，諷諭詩具有諸種樣式，新樂府體只是其中的一種重要樣式，不能將二者混為一談，不宜使用「新樂府運動」這一名稱。

❽此二點陳寅恪在《元白詩箋證稿》第五章〈新樂府〉中有詳細論述。

❾關於〈長恨歌〉所受影響、創作動因及其主題，近年一些學者提出不少新說，其中較有說服力亦較有影響的有以下幾點：一，認為〈長恨歌〉中的大部分情節都是在摹襲和附會〈歡喜國王緣〉變文這一藍本的基礎上形成的（陳允吉〈從〈歡喜國王緣〉變文看〈長恨歌〉故事的構成〉，載《復旦學報》一九八五年第三期）二，白居易早年曾與少女湘靈相戀，後雖忍痛分手，但在元和初創作〈長恨歌〉時對湘靈仍未忘懷，曾寫下〈寄湘靈〉、〈寒閨夜〉、〈生離別〉、〈潛別離〉、〈感

情〉等詩作，其〈冬至夜懷湘靈〉所謂「豔質無由見，寒衾不可親。何堪最長夜，俱作獨眠人？」正可視作〈長恨歌〉的先聲，而〈長恨歌〉中對專一愛情的歌頌，實為白氏借他人酒杯以自澆塊壘（參看日人近藤春雄《長恨歌、琵琶行研究》，東京明治書院一九八一年版。鍾來因〈〈長恨歌〉的創作心理與創作契機〉，載《江西社會科學》一九八五年第三期。戴武軍〈白居易婚前戀情詳考〉，載《山東師範大學學報》一九九一年第三期。王一娟〈從創作心理看〈長恨歌〉的主題〉，載《山西大學學報》一九九一年第三期）。三，關於〈長恨歌〉的主題，除一直爭論不已的諷諭說、愛情說外，還有「風情」說、多重主題說等幾種，可參看一九九〇—一九九二年度《唐代文學研究年鑑》（廣西師範大學出版社）之〈白居易研究〉中的有關綜述。

❿參見蔣寅〈權德輿與貞元後期詩風〉（《唐代文學研究》第五輯，廣西師範大學出版社一九九四年版）。

⓫對「元和體」有不同解釋，唐人已如此。當以元稹《白氏長慶集·序》、〈上令狐相公詩啓〉對元和詩的解釋為準。李肇《國史補》、王讜《唐語林》、張洎《張司業詩集·序》對「元和體」的解釋是不準確的。可參看陳寅恪《元白詩箋證稿》附論，上海古籍出版社一九七八年版。羅宗強《隋唐五代文學思想史》第七章，上海古籍出版社一九八六年版。尚永亮等〈「元和體」原初內涵考論〉，《文學評論》二〇〇六年第二期。

⓬參見賈晉華《唐代集會總集與詩人群研究》上編五《〈汝洛集〉、〈洛中集〉及〈洛下遊賞宴集〉與大和至會昌東都閒適詩人群》，北京大學出版社二〇〇一年版。

⓭關於白居易閒適詩之說理性的淵源和特點，可參看日本學者松浦友久〈白居易和陶淵明——以詩的說理的繼承性為中心〉一文（載一九八七年《唐代文學研究年鑑》，陝西師範大學出版社一九八八年版）。

第八章　散文的文體文風改革

在唐代，散文的發展變化與詩歌的發展變化並不同步，當詩歌已經高度繁榮的時候，散文的文體文風改革才開始。文體文風的改革，自內容言，是明道載道，把散文引向政教之用，和當時的政治形勢有密切的關係；自形式言，是由駢體而散體，是散文自身發展的一種要求。這是一次有目的、有理論主張、有廣泛參與者並且有深遠影響的文學革新，今人習慣上把它稱爲「古文運動」。

第一節　政治改革與文體文風改革

・中唐士人的中興願望　・儒學思潮和政治改革　・文體與文風改革

西魏的蘇綽和隋的李諤都提出過文體復古的主張，但都未曾產生多少實際的影響。初唐陳子昂提倡風雅興寄，在唐代影響很大，但其時並未形成文體文風改革的普遍風氣。文體的由駢而散，在開元時期已有相當的發展，而作爲一種改革思潮出現，則是在安史之亂以後。歷時八年的安史之亂使盛唐時代強大繁榮、昂揚闊大的氣象一去不返，代之而起的是藩鎮割據、佛老蕃滋、宦官專權、民貧政亂，以及吏治日壞、士風浮薄等一系列問題，整個社會已處於一種表面穩定實則動盪不安的危險狀態。

面對嚴峻的局面，一部分士人懷著強烈的憂患意識，慨然奮起，思欲變革，以期王朝中興。元稹說他目睹混亂的政局：「心體悸震，若不可活，思欲發之久矣。」（〈敘詩寄樂天書〉）韓愈稱：「大賢事業異，遠抱非俗觀。報國心皎潔，念時涕汍瀾。」（〈齪齪〉）連那位以窮愁悲吟著名的孟郊也發爲「壯士心是劍，爲君射斗牛。朝思除國難，暮思除國仇」（〈百憂〉）的高唱。陸贄、王叔文、呂溫、韓愈、柳宗元、劉禹錫、裴垍、李絳、裴度等都在貞元、元和之際挺身而出，參政議政，研討治國方略，表現出改革現實的強烈願望。

與強烈的中興願望相伴而來的，是復興儒學的思潮。唐初修《五經正義》，重章句之學，而疏於義理之探討，這對於儒學的發展與致用是有礙的。當時劉知幾和王元感曾提出過批評，卻未能改變此種守章句的學風。安史亂後，隨著社會形勢的急遽變化，儒學開始出現一種新傾向，就是重大義而輕章句。獨孤及、柳冕、權德輿等都持這種主張，而這種新傾向的代表是啖助、趙匡、陸質的《春秋》學派，他們對《經》的理解是越過傳注而回歸《經》本義。這就從章句之學回到義理的探討上來，促成了儒學的復興和致用。

韓愈、柳宗元將復興儒學思潮推向高峰。《舊唐書・韓愈傳》說：「大曆、貞元之間，文字多尙古學，效揚雄、董仲舒之述作，而獨孤及、梁肅最稱淵奧，儒林推重。愈從其徒遊，銳意鑽仰，欲自振於一代。」韓愈最突出的主張是重新建立儒家的道統，越過西漢以後的經學而復歸孔、孟。他以孔孟之道的繼承者和捍衛者自居，聲言：「使其道由愈而粗傳，雖滅死而萬萬無恨。」（〈與孟尚書書〉）當然，韓愈弘揚儒家道統的基本著眼點，不是想在理論上有大的建樹，也不是想當孟子之後儒學的第一傳人，而在於「適於時，救其弊」（〈進士策問〉其二），解救現實危難。在韓愈看來，當時最大的現實危難乃是藩鎮割據和佛老蕃滋，前者導致中央皇權的極大削弱，後者作爲儒家思想的對立面，以紫亂朱，使得人心不古，同時寺廟廣占良田，僧徒不納賦稅，嚴重影響了國家的財政收入，因而都在掃蕩之列。圍繞這一核心，韓愈撰寫了以〈原道〉爲代表的大量政治論文，明君臣之義，嚴華夷之防，對藩鎭尤其是佛、老進行了不遺餘力的抨擊。

柳宗元也是重新闡發儒家義理的重要理論家，與韓愈有所不同的是，他對所謂儒家「道統」沒有多大興趣，也不排斥佛教，他更重視的乃是源於啖、趙學派不拘空名、從宜救亂的經世儒學。柳宗元、呂溫等人都曾師事陸質，受到他的直接影響。呂溫在〈與族兄皐請學《春秋》書〉中說：「所曰《春秋》者，非戰爭攻伐之事，聘享盟會之儀也。必可以尊天子、討諸侯、正華夷、繩賊亂者，某願學焉。」柳宗元在〈送徐從事北遊・序〉中說：「得位而以《詩》、《禮》、《春秋》之道施於事，及於物，思不負孔子之筆舌。能如是，然後可以爲儒。儒可以說讀爲哉？」這些觀點鮮明地體現了柳宗元等人通經以致用的治學特點。

由通經致用到改革現實，是此一時期的一大變局。早在肅宗、德宗朝，李泌、陸贄等人的整頓綱紀，楊炎、劉晏等人的財政稅法改革已肇其端緒，此後杜佑以「富國安人之術爲己任」，針對時弊提出節省開支、裁減冗員的主張。永貞元年亦即貞元二十一年（八〇五），以王叔文爲首，柳宗元、劉禹錫、呂溫等爲中堅的一批進步士人，發起了一場旨在打擊宦官集團的政治革新運動，實施了一系列改革措施，使貞元弊政廓然一清，「自天寶以至貞元，少有及此者」（王鳴盛《十七史商榷》卷七四）。這場運動在多種政治勢力的聯合打擊下雖然很快就失敗了，但它致力於王朝中興的內在精神，卻直接影響到此後元和一朝的政治方向。元和一朝，繼續推行了永貞時期的一些改革措施，如禁止供奉、減免賦稅、精簡冗官，並在一定範圍內抑制了宦官的權勢❶，與此同時，傾全力解決藩鎮問題。唐憲宗先是採納宰相杜黃裳「以法度整頓諸侯」（《舊唐書．杜黃裳傳》）的意見，大舉出兵，在不長時間內即討平西川、夏綏、鎮海諸處叛亂，後又倚重宰相裴度，經過長期戰爭，平定了淮西叛亂，迫使成德、盧龍諸藩相繼歸順朝廷。「當此之時，唐之威令，幾於復振。」（《新唐書．本紀第七》）可以說，上述財稅、政治、軍事等方面的變革，既有力地促使唐王朝走向中興，也極大地鼓舞了民心士氣，而所有這一切，又無不與廣大士人志在改變現狀的強烈要求緊相關聯。

中興的願望促成了儒學的復興，促成了政治改革。正是在這樣的背景下，文體文風的改革得到了發展。換言之，是經世致用的需要促成了文體文風改革高潮的到來。

韓愈、柳宗元明確提出「文以明道」的主張。韓愈一再說自己「修其辭以明其道」（〈爭臣論〉），「愈之為古文，豈獨取其句讀不類於今者邪？思古人而不得見，學古道則欲兼通其辭。通其辭者，本志乎古道者也」（〈題歐陽生哀辭後〉），「然愈之所志於古者，不唯其辭之好，好其道焉耳。」（〈答李秀才書〉）其主要目的，除了致力於建立儒家道統外，便是用「道」來充實文的內容，使文成為參預現實政治的強有力的輿論工具。柳宗元最初「以輔時及物為道」（〈答吳武陵論非國語書〉），將全副精力都投入更具實效性的政治改革運動中去，待到改革失敗、被貶南荒之後，才不得已而主張以文來明其「道」。他說：「然而輔時及物之道，不可陳於今，則宜垂於後。」（同上）「然聖人之言，期以明道，學者務求諸道而遺其辭。……道假辭而明，辭假書而傳，要之，之道而已耳；道之及，及乎物而已耳。」（〈報崔黯秀才論為文書〉）由此可見，出於相同的政治目的，韓、柳二人不約而同地走向了以文明道、反對不切實際的文體文風的路途。他們將文體文風的改革作為其政治實踐的組成部分，賦予文以強烈的政治色彩和鮮明的現實品格，去其浮靡空洞而返歸質實真切，創作了大量飽含政治激情、具有強烈針對性和感召力的古文傑作。李漢《昌黎先生集．序》記載當時的情況是「時人始而驚，中而笑且排」，但「先生益堅，終而翕然隨以定」。由此可見，韓愈力倡古文，寧為流俗所非也絕不改弦易轍的膽力和氣魄。在這一過程中，韓愈還對從事古文寫作的人予以大力扶持和稱讚，在他周圍聚集了張籍、李翺、李漢、皇甫湜、樊宗師、侯喜等一大批古文作者，聲勢頗為強盛。柳宗元當時身在南方貶所，創作古文的聲勢和影響雖不及韓愈，但也影響不小。據《舊唐書》本傳載：「江嶺間為進士者，不遠數千里皆隨宗元師法，凡經其門，必為名士。著述之盛，名動於時。」至此，由儒學復興和政治改革所觸發、以復古為新變的文體文風改革高潮便到來了。

第二節 倡導古文的理論主張與雜文學觀念的復歸

・唐代的駢文 ・從蕭穎士、梁肅、柳冕到韓愈、柳宗元的古文理論
・古文理論的政教目的 ・雜文學觀念對散文發展的深遠影響

文體文風的改革高潮既緣於前述儒學思潮和政治改革的觸發，也與文章發展的內部規律密切相關。以駢文而論，它發端於先秦，形成於魏晉，至南北朝大盛，此後一直延續不衰。作爲一種美文學，駢文十分重視對偶、聲律、用典和辭采，重視美感。它的出現突破了早期散文過於古樸簡單的格局，日益精緻華美，從散文的藝術特質說，這無疑是一種進步，但是發展到後來，弊端也隨之而生。如對偶唯求其工，四六句型限制了內容的充分表達；用典唯求其繁，不少篇章晦澀難懂；一意追求華麗詞藻，內容空虛浮泛。華美的形式往往成了表達思想、反映現實的障礙。

駢文是唐代前期普遍使用的文章樣式，大量的章、奏、表、啓、書、記、論、說多用駢體寫成，從貞觀初至開元末的一百一十餘年間，如今可看到的策文全是駢體。不過，唐代駢文也出現了一些新的變化，自初唐「四傑」始，不少作品已於工整的對偶、華麗的詞藻之外，展示出流走活潑的生氣和注重骨力的剛健風格，如王勃的〈滕王閣序〉、駱賓王的〈代李敬業傳檄天下文〉，其落霞孤鶩之景，一抔六尺之情，英思壯彩，珍詞秀句，已爲人千古傳誦；楊炯的《王勃集．序》、盧照鄰的〈釋疾文〉等也都文情並茂，燦然可觀。進入盛唐以後，駢體文風有了更大的改變，首先是「燕許大手筆」張說、蘇頲在駢文寫作中運散入駢，展示出雍容雄渾的氣勢；接著是大詩人李白將詩的筆法情調注入文中，破板滯爲流動，變用典爲白描，如其〈春夜宴從弟桃李園序〉開篇數句：「夫天地者，萬物之逆旅也；光陰者，百代之過客也。而浮生若夢，爲歡幾何？古人秉燭夜遊，良有以也。」說理抒情簡潔明快，如行雲流水。駢文發展到中唐陸贄手裡，已達變化的極致，他的奏議較徹底地去除了此前駢文的麗辭浮藻，不用典，不徵事，而代之以充分的散體文氣，「眞意篤摯，反覆曲暢，不復見排偶之跡」（《四庫全書簡明目錄》卷十五）。其〈論裴延齡奸蠹書〉長達六千餘字，言事詳備，說理深刻，既紆曲宛轉，又曉暢易懂。他的〈奉天改元大赦制〉是代避難奉天的德宗皇帝擬寫的罪己詔，文中以痛切之詞，直書君過，文筆犀利，情感激烈。詔書下達之日，「雖武人悍卒，無不揮涕激發。」（權德輿《唐贈兵部尚書宣公陸贄翰苑集．序》）可以說，陸贄的奏議在使駢文平易化、應用化的過程中，具有突出的貢獻，「而義理之精，足以比隆濂、洛，氣勢之盛，亦堪方駕韓、蘇」（曾國藩《鳴原堂論文》）。

駢文去贅典浮詞，逐漸走向平易流暢，反映出文風的變化和散文領域中要求改革的願望。這種願望也表現在理論批評上，從初唐以來，不斷有人對駢體文風提出批評，如楊炯指斥龍朔文風是「爭構纖微，競爲雕刻」、「骨氣都盡，剛健不聞」（《王勃集·序》），陳子昂也明確提出應繼承「漢魏風骨」，反對「采麗競繁，而興寄都絕」（〈與東方左史虬修竹篇序〉）的作品。天寶中期以後，元結、李華、蕭穎士和繼之而起的獨孤及、梁肅、柳冕、權德輿等人，或友朋遊從，或師生相繼，形成了若干個文人群落❷。他們以復古宗經相號召，以古文創作爲旨歸，從文體的角度宣導改革。

蕭穎士、李華都宣導宗經，因宗經而自然走向文學上的復古。獨孤及在宗經之外，主張「先道德而後文學」（梁肅《常州刺史獨孤及集·後序》引），對「飾其辭而遺其意」、「天下雷同，風驅雲趨」的「儷偶章句」予以抨擊（《趙郡李公中集·序》）。其門人梁肅強調文章要有利於教化，並在此基礎上提出了文氣說：「文本於道，失道則博之以氣，氣不足則飾之以辭。蓋道能兼氣，氣能兼辭，辭不當則文斯敗矣。」（《補闕李君前集·序》）這一主張的重心是在強調文章的內容、氣勢和骨力，是對當時空洞浮靡文風的一種批判。它的提出，對其弟子韓愈的文氣說顯然具有直接影響。

比起上述諸人，柳冕的理論主張更爲系統，更爲集中，也更爲絕對。他有大量的論文專篇，所說的意思概括來講有兩點。一是以文明道，極力突出文章的教化功用：「文章之道，不根教化，別是一枝耳。當時君子，恥爲文人。」（〈謝杜相公論房杜二相書〉）二是由教化論出發，對文學史上與教化無關的文學性作品一概否定：「屈宋以降，則感哀樂而亡雅正；魏晉以還，則感聲色而亡風教；宋齊以下，則感物色而亡興致。教化興亡，則君子之風盡。」（〈與滑州盧大夫論文書〉）究其實質，仍然是要由文返質，宣導復古。

從李華、蕭穎士到獨孤及、梁肅，再到柳冕，圍繞文體文風的改革進行了反覆的理論探討，他們那些一味強調教化乃至否定一切文學性作品的態度，顯然是偏頗的。他們的理論主張缺乏實踐性品格，帶著空言明道的性質，因而不可能給創作帶來與現實緊密結合的鮮活的生命力。但他們提出的宗經復古、以道領文、充實文章內容而反對浮靡文風等觀點，在當時卻具有積極意義。也許是受到這些理論家們改革文體文風主張的影響，寶應二年（七六三），楊綰和賈至都提出了廢詩賦、去帖經而重義旨的科舉改革意見，建中元年（七八〇），令狐峘知貢舉，制策和對策開始用散體。自此以後，歷年策問皆散多而駢少❸，這說明文體的改革已爲朝野所普遍接受，它的進一步發展和完成只待韓愈、柳宗元等人的最後努力了。

在繼承前人的基礎上，韓愈、柳宗元提出了更爲明確、更具有現實針對性的古文理論。概括來講有如下內容：其一，在倡導「文以明道」的同時，充分意識到「文」的作用，爲寫好文章而博採前人遺產。韓愈多次提到：「愈之志在古道，又甚好其言詞。」（〈答陳生書〉）「沉潛乎訓義，反覆乎句讀，礱磨乎事業，而奮發乎文章。」（〈上兵部李侍郎書〉）柳宗元也說：「言而不文則泥，然則文者固不可少耶！」（〈答吳武陵論非國語書〉）這種重道亦重文的態度，已與他們之前的古文家有了明顯的區別。由此出發，他們進一步主張廣泛學習經書以外的各種文化典籍，對《莊》、《騷》、《史記》、相如之賦、子雲之賦等「百氏之書，未有聞而不求，得而不觀者」（韓愈〈答侯繼書〉），並藉此「旁推交通而以爲之文也」（柳宗元〈答韋中立論師道書〉）。即使對他們一再指斥的「駢四儷六，錦心繡口」（柳宗元〈乞巧文〉）的駢文，也未全予否定，而注意吸取其有益成分。這種文學觀較之此前古文家將屈、宋以後文學一併排斥的極端態度來，無疑有了長足的進展。其二，爲文宜「自樹立，不因循」，貴在創新。韓愈認爲：學習古文辭應「師其意不師其辭」，「若皆與世浮沉，不自樹立，雖不爲當時所怪，亦必無後世之傳也。」（〈答劉正夫書〉）在〈答李翊書〉中，韓愈概括了他追求創新的三個階段：開始學習古人時，雖欲力去「陳言」，卻感到頗爲不易；接下來漸有心得，對古書有所去取，「當其取於心而注於手也，汩汩然來矣」；如此堅持下去，對古人之言「迎而距之，平心而察之」，最後達到隨心所欲、「浩乎其沛然」的自由境界。可以認爲，宣導復古而能變古，反對因襲而志在創新，乃是韓愈古文理論超越前人的一大關鍵。柳宗元提倡創新的力度雖不及韓愈，但也一再反對「漁獵前作，戕賊文史」（〈與友人論爲文書〉），這正說明他與韓愈的主張是一致的。其三，韓愈論文非常重視作家的道德修養和文章的情感力量，認爲這是寫好文章的關鍵。他一再指出：「夫所謂文者，必有諸其中，是故君子慎其實。」（〈答尉遲生書〉）「養其根而俟其實，加其膏而希其光；根之茂者其實遂，膏之沃者其光曄。」（〈答李翊書〉）「有諸其中」、「養其根」，都是指道德修養，有了良好的道德修養，文章才能充實，才能光大。在此基礎上，韓愈還發展了孟子的「養氣說」和梁肅的「文氣說」，提出一條爲文的普遍原則：「氣盛則言之短長與聲之高下者皆宜。」（〈答李翊書〉）「氣」是修養的結果，其中既有「仁義之途」、「詩書之源」等因素的貫注，又有源於個性秉賦和社會實踐的精神氣質、情感力量，而且在某種程度上講，後者的比重要更大一些。當這種「氣」極度充盈噴薄而出時，文章就會寫得好，就有動人的力量。由此出發，韓愈進一步強調「鬱於中而泄於外」的「不平之鳴」（〈送孟東野．序〉），主張「喜怒窘窮、憂悲愉佚、怨恨思慕、酣醉無聊」等「勃然不釋」（〈送高閑上人．序〉）之情的暢快宣泄。與韓相同，柳宗元也主張人的氣質「獨要謹充之」，情感要「引筆行墨，快意累累」（〈覆杜溫夫書〉）地盡興抒發，並認爲：「君子遭世之理，則呻呼踴躍以求知於世。……於是感激憤悱，思奮其志略以效於當世，必形於文字，伸於歌詠。」

（〈婁二十四秀才花下對酒唱和詩·序〉）這裡的「感激憤悱」與韓愈的「不平則鳴」有著內在的同一性，作爲一種高度重視個人情感的理論主張，二者均具有不容忽視的價值和意義。

韓、柳理論主張的核心是「文以明道」說，他們倡導的文體文風改革也是以這個口號爲主要標誌的。從這一主張與現實政治緊相關聯的實踐性品格看，無疑是有積極意義的。但就這一主張尤其是韓愈「明道」說的內涵來看，卻沒有比它之前的理論家提供更多的東西，而且它一旦脫離了產生的具體環境，作爲一種普遍理論存在時，便會成爲一種束縛，成爲宣傳封建倫理道德觀念的理論依據，這常使得文章缺乏真情實感，充滿道學氣。

韓、柳雖然規定了「明道」是爲文的目的，「爲文」只是明道的手段，但其古文理論的菁華卻在於對「文」的論述，也就是說，他們論「道」只關係到寫什麼，而論「文」則重在解決怎麼寫，怎樣才能寫好，相比之下，後者無疑凝聚了他們更多的心力。時人批評韓愈「多尚駁雜無實之說」（張籍〈與韓愈書〉）、「不以文立制，而以文爲戲」（〈寄李翱書〉），後世一些道學家也對韓愈大爲不滿，指責他「第一義是去學文字，第二義方去窮究道理」（《朱子語類》卷一三七），是把道德與文章「倒學了」（《河南程氏遺書》卷十八），正反證了韓愈對「文」的重視和對「道」的逸出。如果我們從文學發展史的角度來考察，便會發現，韓、柳的古文理論之所以重「道」亦重「文」，甚至有時重「文」超過重「道」，實在是受到了自唐代以來逐漸復歸了的雜文學觀念的影響，同時也是雜文學觀念在特定時期的集中表現。

所謂「雜文學」是相對於純文學而言的。純文學指非功利、重抒情的美文，混美文與非美文爲一的，我們稱爲雜文學。我國早期文學與非文學是不分的，魏晉之後，文學逐漸獨立成科，但美文與非美文也還沒有分開。南朝宋文帝立四學，其中的文學依然指文章之學，與我們今天所說的文學不同。齊梁之際，有文、筆問題的討論，各人看法不同，但一種要把美文與非美文區別開來的意向卻清晰可見，這主要反映在蕭繹的《金樓子·立言篇》裡，他把是否有濃烈的感情和聲律、辭采之美作爲區分文、筆的標準，蕭統編《文選》亦將非抒情又乏文采的史傳、諸子排除在外。這是一種新的文學觀念，就文學自身的演進而言，這一觀念更重視文學的特質，意在把「文學」從雜的境地純化出來。

到了唐代，這一觀念仍有相當影響，如初唐人編寫的《梁書》、《陳書》、《周書》、《北齊書》等，在提到「文」、「筆」時都分得很清楚。盛唐以後，這種觀念逐漸消退，隨著文體文風改革呼聲的增高，文、筆之分又爲文、筆未分之前的「文章」概念所取代。自陳子昂說「文章道弊五百年」之後，用「文章」包括一切文體的用法便成了古文家的習慣。在李陽冰、賈至、任華、獨孤及、梁肅、柳冕等人筆下，「文章」一詞頻頻出現，從而泯滅了魏、晉以來日趨擴大化了的不同文體間的差別。表面看來，以「文章」取代「文筆」只是一個簡單的詞語變化，但在這一現象的底層卻反映了唐人文學觀念的重大變革，亦即雜文學觀念的復歸。這種似舊實新的觀念，將南朝人想從「文」中排除出去的大量應用文體重又收羅進來，施以新的寫法，從而極大地提高了古文的地位。

韓愈、柳宗元在文壇的崛起及其宣導的文體文風改革，除了現實政治等方面的原因外，正與這種雜文學觀念的影響緊密相關。他們大量使用「古文」、「文章」之類詞語，將經、史、子乃至碑、銘、雜說等一切有韻無韻之文統統包羅在內，並在理論上予以宣導，在寫作實踐中賦予這些應用文體以文學的特質。「二公者，實乃站於純文學之立場，求取融化後起詩賦純文學之情趣丰神以納於短篇散文之中，而使短篇散文亦得侵入純文學之閫域而確占一席之地。」（錢穆《雜論唐代古文運動》）雜文學事實上已起了某些變化。

從雜文學始，到「文」、「筆」之分的討論，最後以「文章」合一終，散文的發展似乎在繞了一個大圓圈後又回到了它的原點。這一現象，就文學自身的演進來說，無疑是一種倒退，但就雜文學觀念在特定時期重建的意義而言，則是一種進步。因爲這一觀念蘊涵著以復古爲新變的充實內容，給予當時和此後的散文發展以深遠影響。需要說明的是，雜文學觀念的復歸並沒有影響到唐代詩歌的發展，因爲在唐人那裡，詩、文的界限並不混淆，有時一些人則用「詩筆」來區分詩、文兩種體類，如「杜詩韓筆」、「孟詩韓筆」之類。這裡的「詩」純指詩歌，「筆」則與「文章」同義，包括詩以外的各種文體。

第三節 韓愈、柳宗元散文的藝術成就

・自初唐起散體文的緩慢發展過程　・韓、柳的開拓　・韓愈的論說文、雜文與碑誌
・柳宗元的雜文與山水遊記

散體文的創作高峰是在中唐時期，但這個高峰是建立在此前散體文不斷發展的基礎之上的。

唐初三四十年的文風仍延江左之舊，但在一些總結歷史、議論時政的文章裡，已較少浮詞贅典了。李綱、孫伏伽、房玄齡、岑文本、顏師古等人的奏疏，大都質實可讀。魏徵的〈論時政疏〉、〈論治道疏〉、〈十漸疏〉等，雖爲駢體卻多雜散語單句，用筆簡勁，一掃浮華，顯示了文風轉變的契機。而王績的〈答馮子華處士書〉、〈無心子傳〉、〈醉鄉記〉、〈五斗先生傳〉等，用語更爲明白曉暢，情感也眞切自然。

陳子昂的出現，在唐代前期文風的轉變上起了關鍵作用。他提倡風雅興寄和漢魏風骨，使「天下翕然，質文一變。」（盧藏用《陳子昂文集．序》）他的一些章表奏疏，多用間有駢句的散體寫成，絕去雕飾，「疏樸近古」（《四庫全書總目》卷一四九）。有名的〈諫靈駕入京書〉以激切的言詞諫阻高宗靈駕西歸，說理嚴密，氣勢逼人，文風頗似此後陸贄的奏議。從陳子昂開始，直至開元末，寫散體文的人數開始增多，散體文的表現領域也日趨擴大。如姚崇的〈十事要說〉、張說的〈並州論邊事表〉以及大量碑誌，皆行文錯落有致，明白曉暢。張說還在碑誌的敘事中雜以議論，使得內容沉實厚重，這對後來韓愈碑誌的寫法是有影響的。

這一時期最有生氣的散體之作，是那些出自詩人之手的書信和抒情小文。李白和王維是其中的典型代表，他們將詩人的激情和意緒注入文中，使文既具有詩的特點又不失文的本色，形成了盛唐時期特有的「詩人之文」。李白〈與韓荊州書〉開篇即放言說道：「白聞天下談士相聚而言曰：『生不用封萬戶侯，但願一識韓荊州。』何令人之景慕一至於此耶！」本為干謁之作，卻說得灑脫磊落、氣宇軒昂，展示出狂放不羈的詩人性格。《四六法海》評云：「太白文蕭散流利，乃詩之餘。」正指出了其文的特色所在。他如李白〈上安州裴長史書〉、〈暮春江夏送張祖監丞之東都．序〉，王維〈山中與裴秀才迪書〉，崔顥的〈薦樊衡書〉、〈薦齊秀才書〉，王昌齡的〈上李侍郎書〉，或言情寫懷，簡潔生動，或摹景繪色，妙造自然，與此前重說理、議論之文判然有別。

天寶中期以後，文章由駢而散已成不可阻擋之勢，元結、李華等人已寫出很好的散體文。如李華的〈著作郎廳壁記〉、〈御史中丞廳壁記〉，元結的〈述命〉、〈述時〉、〈訂古〉、〈七不如篇〉，都能以簡潔眞切、不事華藻取勝。特別是元結，其〈菊圃記〉、〈右溪記〉諸篇，觀察深刻，寫景細緻，於平易中寄寓感慨，發為議論，精警動人，已開後來柳宗元山水遊記之先河。隨著建中元年科舉策問開始使用散體，文體改革的聲勢益發高漲，獨孤及和他的學生梁肅、高參、崔元翰、唐次、陳京、齊抗等，都積極地加入了這一潮流，權德輿、柳冕等人也大量使用散體的形式來寫作，影響所及，以致出現了陸贄那種已十分接近散體的駢體奏議，這說明在經過緩慢的發展之後，散體文已被普遍接受。

不過，除少數作者之外，這時的散體文似乎還不具備與駢體文一爭高下的實力，其主要原因在於缺乏藝術上的獨創性，再加上大都是對先秦兩漢文體文風的模仿，語言和表現方法顯得陳舊，生氣不足而因襲有餘。清人趙翼所謂「是愈之先，早有以古文名家者。今獨孤及文集尚行於世，已變駢體為散文，其勝處有先秦兩漢之遺風，但未自開生面耳」（《二十二史劄記》卷二〇），指的便是這種情況。此一情形的改變以及文體文風改革的成功，是在韓愈、柳宗元手中完成的。韓、柳的出現，使得散體文的創作生面別開，氣象一變，蘇軾認為韓愈「文起八代之衰」（〈韓文公廟碑〉），這是很深刻的看法。

韓、柳在散體文創作上有著眾多的開拓，但主要表現在兩個方面。

其一，在勇於創新的基礎上建立新的散文美學規範。如前所述，他們在文學觀念上否定了六朝的「文筆」之分，把散文引入了雜文學的發展路途；但在創作實踐中卻頗為重視辭采、語言和技巧，突破了一切文體的界限和陳規舊制，把大部分應用文寫成了藝術性很強的文學散文。從辭采來說，韓、柳既一致反對「繡繪雕琢」、「類乎俳優者之詞」的駢文末流，又在自己的文章中盡量吸收駢文的優長，用不少整齊有力的四字句夾雜於散體文句之間，造成長短錯落、音調鏗鏘的聲情效果，用韓愈的話說，就是「引物連類，窮情盡變，宮商相宣，金石諧和」（〈送權秀才・序〉）。清人劉開曾指出：「夫退之起八代之衰，非盡掃八代而去之也，但取其精而汰其粗，化其腐而出其奇。其實八代之美，退之未嘗不備有也。」（〈與阮芸臺宮保論文書〉）這說明韓愈在破壞的同時，又十分重視散文的重建。從語言來看，韓愈既力倡「去陳言」，又強調「文從字順」（〈南陽樊紹述墓誌銘〉）和「體備」、「詞足」（〈答尉遲生書〉），其雕琢詞語、匠心密運的程度絲毫不亞於駢文作家。他的散文語言準確、生動、凝煉、獨創，時而運用或長或短的連瑣句造成一氣直下的渾灝氣勢，時而兼收前人語言和時下詞語，鎔鑄成精警獨到、別具一格的新詞，如「蠅營狗苟」、「不塞不流，不止不行」、「嶄然見頭角」、「入主出奴」、「弱肉強食」、「痛定思痛」、「大放厥詞」等，都是前人筆下所無的新穎活潑的詞語。柳宗元也力主博採眾長而自鑄偉詞，在寫作時「抑之欲其奧，揚之欲其明，疏之欲其通，廉之欲其節，激而發之欲其清，固而存之欲其重」（〈答韋中立論師道書〉），對遣詞造語和文勢的營造給予了極高的重視，並對一些常用助字的性質和作用予以辨析：「所謂乎、歟、耶、哉、夫者，疑辭也；矣、耳、焉、也者，決辭也。」（〈覆杜溫夫書〉）其主要目的乃在於嚴格語言文辭的使用標準，避免歧義。從技巧來看，韓愈善於用變化多端的構思方法組織文章，善於通過比喻、排比、細節描寫來豐富文章的形象性和感染力，他的文章既「一波未平，一波已作，出入變化，不可紀極」，又自有抑揚起伏開闔照應的規律可尋，「法度不可亂」（劉熙載《藝概・文概》引《姜白石詩說》語）。從而在無法與有法之間，創立了一種與上古文判然有別的新的散文規範和秩序。

其二，韓、柳將濃郁的情感注入散文之中，大大強化了作品的抒情特徵和藝術魅力，把古文提高到了真正的文學境地。讀韓、柳的散文會感到一股股迎面撲來的情感浪潮，會感到令人神搖魄動的鮮活靈魂和生命力。韓文如長江大河，澎湃流轉，作者橫絕奔放的氣魄借其滔滔雄辯而溢諸行墨之間。更重要的是，韓愈在應用文中感懷言志，以感激怨懟奇怪之辭，發其窮苦愁思不平之聲，既變「筆」爲「文」，又使「文」具備了源於現實的情感力度。與韓文相比，柳文則如崇山峻嶺，簡古峭拔，立意精警。他的書信充溢著椎心泣血的身世之悲；他的遊記滲透了人與自然的親和之情；他的不少論說文則具有「筆筆鋒刃，無堅不摧」（林雲銘《古文析義》）的特點，令人讀來，如親眼目睹他「雋傑廉悍，議論證據今古，出入經史百子，踔厲風發」（韓愈〈柳子厚墓誌銘〉）的慷慨激切的英姿，而又領略到很強的藝術之美。要之，唐代散文到了韓、柳這裡，可以說是豎起了一道明確的界碑，此前文多平庸、蒼白，較少感染力；至韓、柳而面目爲之一變，於渾厚堅實中寓有一氣貫注的精神氣脈和情感力量，展現出異常鮮明的個性特徵❹。

韓、柳二人先後創作了八百多篇散文，舉凡政論、書啓、贈序、雜說、傳記、祭文、墓誌、寓言、遊記乃至傳奇小說，應有盡有。這裡擇其要者予以介紹。

韓愈的論說文從內容上可分爲兩類，一類重在宣揚道統和儒家思想，如〈原道〉、〈原性〉、〈原人〉等，過去的評論家曾給以較高的評價，認爲是「大有功名教之文」（吳楚材《古文觀止評注》卷七）。但今天看來，因其思想循道統論之軌跡且少文學色彩，故價值並不高。另一類也或多或少存在著明道傾向，但重在反映現實，揭露矛盾，作不平之鳴，而且不少篇章還有一種反流俗、反傳統的力量，並在行文中夾雜著強烈的感情傾向，因而值得重視。

在這類論說文中，〈師說〉最有代表性，它針對當時士大夫階層恥於從師、輕視學習的社會風氣，開篇便提出「古之學者必有師」的中心論點，接著層層深入，借用古今、幼長、下層藝人與上層官僚等多方位的對比，從正反兩方面申說「必有師」的道理，提出了嶄新的師道思想：

> 是故無貴無賤，無長無少，道之所存，師之所存也。
> 是故弟子不必不如師，師不必賢於弟子，聞道有先後，術業有專攻，如是而已。

這一觀點強調能者爲師，既賦予「師」以「傳道、授業、解惑」的具體職責，又打破了傳統師法森嚴的壁壘，把老師與弟子的關係社會化了。柳宗元讀此文後說韓愈「抗顏爲師」，以致被世俗目爲「狂人」，可見此文所蘊涵的勇力膽魄及其對流俗的衝擊力量。

韓愈是一位善辯之士，而善辯又主要來源於他的膽壯氣盛，二者結合在一起，遂使得他的議論文字往往驚世駭俗，極具震懾人的氣勢。〈原毀〉、〈諱辯〉、〈爭臣論〉、〈論佛骨表〉，都是抒發憤慨不平、對社會現實深刻批判的佳作，大氣磅礴、筆力雄健、排宕頓挫、感情激烈是其共同特點。〈諱辯〉是爲李賀鳴不平的文字，針對當時社會輿論認爲李賀必須避父名之諱、不得參加進士考試一事，韓愈以極大的義憤尖銳指出：

> 父名晉肅，子不得舉進士；若父名仁，子不得為人乎？

凌厲斬截，筆無藏鋒，在蓄積已久勃然噴發的情感浪潮推動下，文章援引古事，證以今典，追源溯流，橫出銳入，步步進逼，有力地抨擊和嘲笑了「避諱」的不合情理和提倡「避諱」者的可笑可憐亦復可惡。如果說〈諱辯〉重在譏俗，那麼〈論佛骨表〉便重在刺上，二者的相同之處在於都充溢著強烈的情感力量，相異處則在於後者有被殺頭的危險，因而蘊涵著常人絕難達到的勇力和膽魄。其中一段這樣寫道：

> 今無故取朽穢之物，親臨觀之，巫祝不先，桃茢不用，群臣不言其非，御史不舉其失，臣實恥之。乞以此骨付之有司，投諸水火，永絕根本。

這是就唐憲宗從鳳翔法門寺迎佛骨入大內奉養一事而上的諫表，當滿朝上下如醉如狂，奉佛骨如神明之際，韓愈敢於直斥佛骨爲「朽穢之物」，並對憲宗親臨觀之的行爲表示「恥之」，這需要何等的氣魄和膽量！

有爲而發，不平則鳴，本無意於塑造形象，而其自我形象在波濤翻捲的情感激流和氣勢奪人的滔滔雄辯中得以自然展現，這是韓愈論說文的一大特點，也是它近於文學性散文的主要原因。與此相比，韓愈的雜文更爲自由隨便一些，或長或短，或莊或諧，文隨事異，各當其用。如〈進學解〉、〈送窮文〉重在發牢騷、洩怨氣，前者寫韓愈這位爲人師者「恆兀兀以窮年」的勤勉和困厄，後者藉五個窮鬼對主人的譏笑和侮弄，嘲罵當時社會。在寫法上，兩篇作品均採用問答對話體，將敘事、議論、抒情熔於一爐，嬉笑怒罵，怪怪奇奇，不無「以文爲戲」的特點[5]；而賦的鋪排和駢偶的雜用，更給文章增添了濃郁的文采，令人讀來別有一種新穎奇妙之感。

韓愈雜文中最可矚目的是那些嘲諷現實、議論犀利的精悍短文，如〈雜說〉、〈獲麟解〉、〈伯夷頌〉等，形式活潑，不拘一格，有很高的文學價值，對後世也頗有影響。其中最爲人稱道的是〈雜說四〉：

世有伯樂，然後有千里馬。千里馬常有，而伯樂不常有。……策之不以其道，食之不能盡其材，鳴之而不能通其意，執策而臨之曰：「天下無馬。」嗚呼！其真無馬邪？其真不知馬也！

文章通篇以馬喻人，表現作者對人才受壓抑的悲憤，構思精巧，寄慨遙深。

韓愈不少序文言簡意賅，形式多樣，表達對現實社會的各種感慨，如〈送李愿歸盤谷．序〉用「足將進而趑趄，口將言而囁嚅」描摹奔走權門者的複雜心態，〈送石處士．序〉用「若河決下流而東注，若駟馬駕輕車就熟路，而王良、造父為之先後也，若燭照數計而龜卜也」來形容文士之機敏善辯，都極形象生動。〈送董邵南．序〉歷來被人稱賞，起首一句「燕趙古稱多感慨悲歌之士」，劈空而來，一股鬱勃俠烈之氣溢於毫端，全文僅一百五十一字，但其中籠罩著的悲愴情調和言而未盡的深長意緒卻給人以強烈的震撼。至於那篇歷來為人稱譽的〈祭十二郎文〉則圍繞家庭、身世和生活瑣事，盡情抒寫作者對亡侄的傷痛，纏綿悱惻，淒切無限。其中敘「承先人後者，在孫唯汝，在子唯吾，兩世一身，形單影隻」的孤苦境況，寫「一在天之涯，一在地之角，生而影不與吾形相依，死而魂不與吾夢相接，……彼蒼者天，曷其有極」的無窮悵恨，無一語不從至性中流出，令人讀後為之淚下。

除了上述文體和特點外，韓愈還在傳記、碑誌中表現出狀物敘事的傑出才能，其傳記文〈張中丞傳．後敘〉記敘張巡、許遠守睢陽事，雜以議論和抒情，其中寫南霽雲向賀蘭進明求援一段最為精彩：

霽雲慷慨語曰：「雲來時，睢陽之人不食月餘日矣，雲雖欲獨食，義不忍；雖食，且不下咽。」因拔所佩刀，斷一指，血淋漓，以示賀蘭。一座大驚，皆感激為雲泣下。

僅寥寥數語，人物聲貌如見，其剛烈忠義之性格也在拔刀斷指的動作描寫中鮮明地展現出來。〈毛穎傳〉則用傳記體為毛筆立傳，以戲謔滑稽的形式來諷刺現實；〈石鼎聯句詩．序〉更出之以傳奇家的筆墨，將道士軒轅彌明與劉師服、侯喜聯詩的情景給予戲劇化的表現，這兩篇作品已與當時流行的傳奇小說頗為近似了。

至於韓愈的碑誌則彷彿是一組組生動形象的人物畫，歷來為人所稱賞。碑誌早在漢代已開始流行，其主要特點是在不太長的篇幅內歷敘傳主德行、事蹟，而多有諛美之詞，久而久之便形成空洞呆板的格套，令人讀來生厭。韓愈所寫七十五篇碑志中也有一小部分是「諛墓之文」，被人詬病，但在寫法上卻能不拘格套，別出手眼，或正寫，或反寫，或讚美，或諷刺，尤重細節描寫，藉一二瑣事即將傳主的性格、心態巧妙地展現出來，使之成為一篇篇生動的人物傳記，從而一舉打破了傳統碑誌死氣沉沉的局面。韓愈碑誌的不拘格套從一些篇章的起筆即可看出，如〈唐河中府法曹張君墓碣銘〉開篇即云：「有女奴抱嬰兒來，致其主夫人之語曰：『妾，張圓之妻劉也……』」〈考功員外盧君墓銘〉一上來寫道：「愈之宗兄故起居舍人君以道德文學伏一世，其友四人，其一……」這種寫法與先敘墓主姓名籍貫譜系的碑誌慣例截然不同，而是著意於出奇變化，很有些破空而來的味道。在人物刻畫上，韓愈諸碑誌更是「一人一樣，絕妙」（李塗《文章精義》）。如〈殿中少監馬君墓誌〉記傳主幼時相貌：

眉眼如畫，髮漆黑，肌肉玉雪可念。……娟好靜秀，瑤環瑜珥，蘭茁其芽。

宛然一幅活靈活現的人物寫真。〈國子助教河東薛君墓誌銘〉選取薛公達一生的三件突出事例予以描述，力狀傳主「氣高」、「務出於奇」和「不同俗」的性格特徵。其中寫他以競射而技冠全軍一段最為精彩：

一軍盡射，莫能中。君執弓，腰二矢，指一矢以興，揖其帥曰：「請以為公歡。」遂適射所，一座皆起，隨之。射三發，連三中，的壞不可復射。中輒一軍大呼以笑，連三大呼笑，帥益不喜，即自免去。

類似這種已極近小說筆法的文字在韓愈碑誌中並不鮮見，〈試大理評事王君墓誌銘〉就是較突出的一篇：

初，處士將嫁其女，懲曰：「吾以齟齬窮，一女，憐之，必嫁官人，不以與凡子。」君（王適）曰：「吾求婦氏久矣，惟此翁可人意，且聞其女賢，不可以失。」即謾謂媒嫗：「吾明經及第，且選，即官人。侯翁女幸嫁，若能令翁許我，請進百金為嫗謝。」，諾許白翁。翁曰：「誠官人邪？取文書來！」君計窮吐實。嫗曰：「無苦。翁大人不疑人欺，我得一卷書，粗若告身者，我袖以往，翁見未必取視，幸而聽我。」行其謀。翁望見文書銜袖，果信不疑，曰：「足矣。」以女與王氏。

敘寫騙婚經過極形象生動，充滿戲劇色彩。侯翁的迂直、媒嫗的狡猾、王適的違俗不羈，都借助靈動的文字跳出紙外。

這種寫法在韓愈之前似未有過，在韓愈之後也甚罕見，它只出現在韓愈筆下，成爲對墓誌的一大創造。

韓愈碑誌不唯敘墓主事蹟，時亦藉以發議論，寓諷刺，表現強烈的愛憎之情。如〈柳子厚墓誌銘〉以大段議論之詞表述他對浮薄世風和乘人之危落井下石者的極度憤慨，對柳宗元與劉禹錫在危難中相扶持的義烈之風的由衷敬慕；〈集賢院校理石君墓誌銘〉、〈殿中侍御史李君墓誌銘〉、〈唐故監察御史衛府君墓誌銘〉等，則以議論的形式對那些假隱士以及服藥「祈不死」者進行諷刺。諸如此類已將重心轉向揭露現實社會弊端的寫法，在此前墓誌中也是不多見的。

明人吳訥說墓誌銘文「古今作者，唯昌黎最高。行文敘事，面目首尾，不再蹈襲」（《文章辨體．序說》），堪稱的評。但受墓誌格局的限制，韓愈碑誌仍屬一種實用文體，上述諸篇生動的文學性描寫也只是墓主生平行事的一個片段，從總的方面來看，尚不能將之歸入文學散文的範疇。

當韓愈積極活動於政治文化中心、奮筆爲文的時候，柳宗元正置身偏遠的貶所，從別一角度冷靜地思考著各類哲學、政治、社會、人生問題，寫出了〈貞符〉、〈封建論〉、〈時令論〉、〈斷刑論〉、〈天說〉等一系列哲學論文[6]，也寫出了一批閃耀著思想火花而又意味雋永的短篇雜文。

柳宗元的雜文有兩個顯著特徵：一是正話反說，藉問答體抒發自己被貶被棄的一懷幽憤，〈答問〉、〈起廢答〉、〈愚溪對〉等均屬此類作品。在〈愚溪對〉中，作者通過虛擬的夢境，寫了他與溪神的一段辯論，將其哀怨全部包容於「智者用，愚者伏，用者宜邇，伏者宜遠」的反語之中。在該文的姊妹篇《愚溪詩．序》中，作者更將所遇到的溪、丘、泉、溝、池、堂、亭、島統統冠以「愚」名，先說它們「無以利世，而適類於予」，進而申言：「今余遭有道，而違於理，悖於事，故凡爲愚者莫我若也。」這種看似平靜的正話反說，正深刻地透露出作者對混濁世事的強烈不滿。另一個特徵是巧借形似之物，抨擊政敵和現實。如〈罵尸蟲文〉、〈宥蝮蛇文〉、〈憎王孫文〉、〈斬曲幾文〉等，或以動物的陰險邪惡來比喻奸毒小人，或以物體的欹形詭狀來象徵現實社會，對「諂下謾上，恆其心術，妒人之能，幸人之失」的醜惡行徑和「末代淫巧」之世予以指斥批判，語言辛辣，筆無藏鋒，嬉笑怒罵，痛快淋漓。

柳宗元的寓言文大都結構短小而極富哲理意味，〈三戒〉藉麋、驢、鼠的故事寫三件應該警戒的事情。其中〈永某氏之鼠〉寫群鼠在舊房主縱容下橫行無忌、幹盡壞事，最後被新房主徹底消滅；〈臨江之麋〉寫一隻慣受主人寵愛的小鹿常與家犬嬉戲，以犬爲同類，後一出家門，立即被外面的狗吃掉；〈黔之驢〉的故事已廣爲人知，被貴州山中小老虎吃掉的那隻蠢笨的驢子已成爲某些外強中乾者的絕妙象徵，而「黔驢之技」、「龐然大物」也作爲富有形象性的成語流傳下來。這三則寓言用筆精到而細節刻畫非常生動，其意在於諷刺那些「不知推己之本，而乘物以逞，或依勢以干非其類，出技以怒強，竊時以肆暴，然卒殆於禍」（〈三戒序〉）者，但作爲一種人生哲理，它的意義還要廣泛得多。〈羆說〉寫一「能吹竹爲百獸之音」的獵人，雖吹出羆、虎的聲音嚇退了虎和貙，但當最凶猛的羆到來時，他已無獸音可吹，只好被羆所食。故事有力地諷刺了那些無眞實本領、虛張聲勢欺世惑眾而終必敗滅者。〈蝜蝂傳〉先以簡潔的文字勾勒出蝜蝂的形象：

> 蝜蝂者，善負小蟲也。行遇物，輒持取，卬其首負之。背愈重，雖困劇不止也。其背甚澀，物積因不散，卒躓仆不能起。人或憐之，為去其負。苟能行，又持取如故。又好上高，極其力不已，至墜地死。

接著發爲議論，將諷刺矛頭直指「日思高其位，大其祿」而智若小蟲的貪得無厭者，用語精警，立意深刻，給人留下深長的思考和回味。

柳宗元的傳記文與抒情文也頗有佳者，如〈捕蛇者說〉通過對蔣氏三代經歷的描寫，深刻揭示了蔣氏寧可死於毒蛇、也不願承擔賦稅的內心痛苦，表現了「孰知賦斂之毒有甚是蛇者乎」的主題，全文「含無限悲傷淒婉之態」（《古文觀止》卷九）。〈段太尉逸事狀〉描寫了正直官吏段秀實的幾件典型事例，作者曾自許此作「比畫工傳容貌尚差勝」（〈與史官韓愈致段秀實太尉逸事書〉）。他如〈童區寄傳〉、〈宋清傳〉、〈種樹郭橐駝傳〉等，也都是此類文章的優秀者。〈祭呂衡州溫文〉是柳氏抒情文中最動人的一篇，該文以沉痛的筆墨來抒發對亡友呂溫的哀悼之情，一開篇就是「嗚呼天乎，君子何厲，天實仇之！生人何罪，天實仇之！」以對天的責問領起全文，氣勢凌厲。文中反覆呼天搶地，指責「蒼蒼之無信，漠漠之無神」，或敘或議，或駢或散，隨著感情的起伏變化而跌宕有致，蕩氣迴腸。文末以「幽明茫然，一慟腸絕」收束全篇，但見淚痕，不睹文字，其藝術成就完全可與韓愈的〈祭十二郎文〉相媲美。

山水遊記是柳宗元散文中的精品，也是作者悲劇人生和審美情趣的結晶。身世遭遇和環境的壓迫，造成心理的變異，長歌當哭，強顏爲歡，聊爲優遊，樂而復悲。鬱憤填膺時，憎山惡山，以山水爲「狴牢」（〈囚山賦〉）；一人獨遊時，又與之同病相憐，並藉山水之「幽幽」、「窅窅」以「處休」、「觀妙」（〈永州龍興寺東丘記〉）。由意在宣泄悲情到表現自然，將悲情沉潛於作品之中，形成了柳氏山水遊記「淒神寒骨」之美[7]。

翻閱這些主要寫於永州貶所的記遊之作會突出地感覺到，其中呈現的大都是奇異美麗卻遭人忽視、爲世所棄的自然山水。在描寫過程中，作者有時採用直接象徵手法，藉「棄地」來表現自己雖才華卓犖卻不爲世用而被遠棄遐荒的悲劇命運，如〈小石城山記〉對小石城山的被冷落深表惋惜和不平，〈鈷鉧潭西小丘記〉直接抒寫對「唐氏之棄地」的同情，都具有「借題感慨」（林雲銘《古文析義》初編卷五）的特點，既重自然景物的眞實描摹，又將情感不露痕跡地融注其中，令人於意會中領略作者的情感指向。如「永州八記」中最爲人稱道的〈至小丘西小石潭記〉❽：

從小丘西行百二十步，隔篁竹，聞水聲，如鳴珮環，心樂之。伐竹取道，下見小潭，水尤清洌。全石以為底，近岸卷石底以出。為坻，為嶼，為嵁，為岩，青樹翠蔓，蒙絡搖綴，參差披拂。

潭中魚可百許頭，皆若空游無所依。日光下澈，影布石上，佁然不動，俶而遠逝，往來翕忽，似與游者相樂。

潭西南而望，斗折蛇行，明滅可見。其岸勢犬牙差互，不可知其源。坐潭上，四面竹樹環合，寂寥無人，淒神寒骨，悄愴幽邃。以其境過清，不可久居，乃記之而去。

這是一篇不可多得的記遊文字，寫景狀物繪聲繪色，生動傳神，可以見出作者觀察之細，用筆之妙。開篇未見小潭，先聞水聲，因聞水聲，轉覓小潭，即表現出行文的曲折變化。篇中寫水之清卻於水著墨不多，而是藉石之底、魚之游、日光之影來表現，可謂匠心獨具。至於篇末對清冷寂寥之境的描摹和氣氛的渲染，更隱然展示出被貶者淒楚悲苦的心態，令人讀後爲之怦然心動。

柳宗元的山水遊記是眞正的藝術性的文學，美的文學。他善於選取深奧幽美型的小景物，經過精心刻畫，展現出高於自然原型的藝術之美。用他的話說，就是「美不自美，因人而彰」。即通過發掘、加工和再創造，將那些罕見的勝境傳給世人，以免「貽林澗之愧」（〈邕州柳中丞作馬退山茅亭記〉）。他要用自己的全副精力和才情去「漱滌萬物，牢籠百態」（〈愚溪詩．序〉），藉以安頓他那顆悲哀苦悶的靈魂，並從中獲得些許淒美的怡悅。在他筆下，自然山水是那麼純淨，那麼奇特，那麼多采多姿，那麼富有靈性！水，有澗水，有潭水，也有溪水。這些水或平布石上，「流若織文，響若操琴」（〈石澗記〉）；或奔流而下，「流沫成輪，然後徐行」（〈鈷鉧潭記〉）；或因地勢、流速的差異，呈現出「平者深黑，峻者沸白」（〈袁家渴記〉）的特點。石，有橫亙水底之石，有負土而出之石，園林之石「或列或跪，或立或仆，竅穴逶邃，堆阜突怒」（〈永州韋使君新堂記〉）；山野之石則「渙若奔雲，錯若置棋，怒者虎鬥，企者鳥厲」（〈永州崔中丞萬石亭記〉），形貌態勢各各不同。至於林木山風更是生氣勃勃，氣象萬千，「每風自四山而下，振動大木，掩苒眾草，紛紅駭綠，蓊勃香氣，沖濤旋瀨，退貯溪谷，搖揚葳蕤，與時推移」（〈袁家渴記〉）。

這裡有動有靜，有形有色，有疾有緩，有點有面，刻畫細緻而不瑣碎，語言精練而極富變化，文勢則嚴整勁峭而不乏參差舒緩，用劉熙載的話說，就是：「如奇峰異嶂，層見疊出」，「柳州記山水……無不形容盡致，其自命為『牢籠百態』，固宜。」（《藝概．文概》）

柳宗元的山水遊記上承酈道元《水經注》的成就，而又有了突破性的提高，它不是對山水的純客觀描寫，而是在描寫中貫注了一股濃烈的寂寥意緒，藉對山水的傳神寫照來表現一種永恆的悲憫情懷。在〈鈷鉧潭西小丘記〉中，他這樣寫道：

> 枕席而臥，則清泠之狀與目謀，瀯瀯之聲與耳謀，悠然而虛者與神謀，淵然而靜者與心謀。

深邃幽寂的環境適足以安放作者淒苦的心地，使他在自然美中獲得暫時的忘卻，以虛靜的心神，達到與自然的合一，展現出一種如雪天瓊枝般的清冷晶瑩之美。

第四節　晚唐古文的衰落與駢文的復興

・古文的衰落　・晚唐小品　・李商隱等人的駢文

在韓愈、柳宗元宣導文體文風改革並從事散體文創作的同時，中唐文壇還活躍著一大批古文作家。他們或自出機杼，或受韓、柳影響，紛紛投入散體文的寫作。如劉禹錫早在貞元十年之前，即已寫了不少散體之作，被貶之後所作益多，他的文章富於才辯，批判性甚強。白居易、元稹之文以平易暢達為特色，在元和、長慶年間自樹一幟。其他如李觀、張籍、呂溫、裴度、歐陽詹等人都預身其列，知名當世。一時間作手如林，雲蒸霞蔚，古文聲勢大振。然而，隨著韓愈及其同道們的相繼謝世，古文領域已沒有力能扛鼎的領袖人物了，剩下的一些韓門弟子如李翺、皇甫湜、孫樵等人，則片面地發展了韓愈提倡的創新主張，追求奇異怪僻，使得散體文創作的道路越走越窄，逐漸喪失了內在的生命力。儘管在宣宗、懿宗年間及以後的文壇上，還有杜牧、劉蛻等少數作家敢於藐視末俗，繼續創作散體文，並取得了一定成就，但古文漸趨衰落的大趨勢卻是難以逆轉的了。

在古文走向衰落的過程中，晚唐小品卻異軍突起，大放光彩。這是韓、柳雜說、寓言小品等類文體在新形勢下的繼續和發展，也是晚唐日趨尖銳的各種社會矛盾下的產物。晚唐小品有三個基本特點：一是篇幅短小精悍，「隨所著立名，而無一定之體」（吳訥《文章辨體序說・雜著》）。二是多爲刺時之作，有的放矢，批判性強。三是情感熾烈，生氣貫注。其代表作家有皮日休、陸龜蒙、羅隱等人。

皮日休（八三四？—八八三？），字逸少，後改襲美，復州竟陵（今湖北天門）人，早年隱居襄陽鹿門。咸通八年（八六七）登進士第，曾官太學博士、毗陵副使。乾符末年，捲入黃巢起義軍中，巢入長安，任日休爲翰林學士，後不知所終❾。他膽識過人，聲稱要「上剝遠非，下補近失」（《皮子文藪・序》），往往發前人所未發或不敢發，使得他的小品文如彈丸脫手，字字見血。如〈讀司馬法〉開篇明義：「古之取天下也以民心，今之取天下也以民命。」進而指出：「由是編之爲術，術愈精而殺人愈多，法益切而害物益甚。」〈原謗〉則激切聲言：「後之王天下有不爲堯舜之行者，則民扼其吭，捽其首，辱而逐之，折而族之，不爲甚矣。」這裡表現的對統治者的強烈不滿和叛逆情緒，在明代以前的文人中似乎還找不出第二位。

陸龜蒙（？—八八一？），字魯望，姑蘇（今江蘇蘇州）人，舉進士不第，曾做過蘇湖二郡從事，後隱居甫里，自號甫里先生。他的小品文主要收在《笠澤叢書》中，現實針對性強，議論也頗精切，如〈野廟碑〉藉描述土木偶像的形象和評議鬼神的罪過，來揭露、抨擊庸儒官吏，說他們「平居無事，指爲賢良，一旦有天下之憂，當報國之日，則恇撓脆怯，顛躓竄踣，乞爲囚虜之不暇」。〈記稻鼠〉上承《詩經・魏風・碩鼠》的主題，指出老百姓要對付大貪官和小貪官兩種老鼠，則「不流浪轉徙、聚而爲盜，何哉」！這裡展示的已經是晚唐人民在沉重壓抑下忍無可忍、準備揭竿而起的先聲了。

羅隱（八三三—九〇九），字昭諫，餘杭（今屬浙江）人，曾十舉進士而不第，後依鎮海軍節度使錢鏐，歷任錢塘令、著作令等職。其文集名《讒書》，多爲「憤悶不平之言，不遇於當世而無所以泄其怒之所作」（方回《讒書・跋》），用他自己的話說，就是「著私書而疏善惡，斯所以警當世而誡將來也」（《讒書・重序》）。羅隱好諧謔，遇感輒發，文多取寓言形式，要言不煩，一針見血。〈說天雞〉是一篇短小精練的寓言，藉兩種「天雞」外觀和技能的不同，巧妙地諷刺了那些「峨冠高步」卻無甚德能的達官貴人，表述了不能以貌取人的道理。〈英雄之言〉則直斥劉邦、項羽盜取國家，與強盜無異，毫不留情地剝下了他們「救民塗炭」的僞裝。他如〈蒙叟遺意〉、〈越婦言〉、〈辨害〉等，或寓言託意，或借古諷今，無不文筆犀利，情緒憤激，堪稱小品佳作。

晚唐小品以其鮮明的時代特徵受到後人的喜愛和稱讚，魯迅指出：「唐末詩風衰落，而小品放了光輝。但羅隱的

《讒書》幾乎全部是抗爭和憤激之談；皮日休和陸龜蒙自以為隱士，別人也稱之為隱士，而看他們在《皮子文藪》和《笠澤叢書》中的小品文，並沒有忘記天下，正是一塌胡塗的泥塘裡的光彩和鋒芒。」（〈小品文的危機〉）這段話似可作為晚唐小品的定評。

由於晚唐社會矛盾日趨突出，文人分化更加明顯，有的仍熱衷於政治，有的置身局外，冷眼旁觀，但更多的人則走上消極頹廢一途，胸襟既狹，視野復窄，寄情聲色之樂，追求形式之美，於是駢文捲土重來，取早已內力不濟的古文而代之。整個文壇再度為駢體文風所籠罩，文學史至此也發生了又一次大的回環，呈現出復歸式演進的形貌。

晚唐令狐楚、李商隱、溫庭筠、段成式等人都擅長駢體文，其中李、溫、段三人齊名，時號「三十六體」（三人在其從兄弟中皆排行第十六，故有此稱）。他們大力提倡以四字、六字相間為句的四六文，重詞藻、典故、聲韻、偶對，向唯美方向發展，並將駢文廣泛應用到書信、公文、表奏等各種文體中，不少作品無異於文字遊戲。在創作技巧和文風上，他們的駢文則有了一些新的變化，大都雕鏤精工，用典深僻，辭采繁縟，偶對切當，風格更為華麗濃豔，就中以李商隱的駢文最具代表性。

李商隱早期致力於古文寫作，其〈李賀小傳〉、〈劉叉〉等傳記散文生動傳神，簡潔雋永，後因投入駢文大家令狐楚門下，遂通習四六之文，並以此著稱。他所作駢文除具上述駢四儷六、重形式美的特點外，還呈現出既宛轉流暢又典麗清峻的丰神。《四庫全書簡明目錄》說「李商隱駢偶之文，婉約雅飭，於唐人為別格」，大致不錯。如他的〈為濮陽公檄劉稹文〉、〈為濮陽公陳情表〉、〈上河東公啓〉等文，皆屬對精工而不害文意，或以析理精微見長，或以婉曲達情取勝，時於駢句中雜以散句，轉換自如，文氣飛揚，聲韻鏗鏘，燦然可誦。相比之下，李商隱「尤善為誄奠之辭」（《舊唐書》本傳），他的〈奠相國令狐公文〉、〈祭外舅贈司徒公文〉、〈祭裴氏姊文〉等都寫得很有特色。他的〈祭小侄女寄寄文〉通篇不用一典，只用白描手法縷述小女瑣事，情眞意切，凄婉動人。如文章開篇即痛切抒懷：

> 爾生四年，方復本族；既復數月，奄然歸無。於鞠育而未申，結悲傷而何極！來也何故？去也何緣？念當稚戲之辰，孰測死生之位！

文章中幅更點染景物，烘托氣氛，對逝者反覆致意：

白草枯荄，荒塗古陌，朝飢誰飽？夜渴誰憐？爾之悽悽，吾有罪矣！

寥寥數語，簡潔眞切，憐惜自責之情溢於行墨之外。論者謂「義山駢文，斷以此篇爲壓卷之作」（姜書閣《駢文史論·唐駢哀變第十三》），信然。

當然，李商隱還有不少章、表、書、啓類作品，「以傑裂爲工，以纖妍爲態」（朱鶴齡《新編李商隱文集·序》），一味用典，文意晦澀，過於重視辭采，缺乏動人的情感力量。這種文風在北宋初期曾風靡一時，形成所謂「西崑體」，直至詩文革新主將歐陽修等出來後，柔靡的文風才爲之一變。

注釋

❶參看岑仲勉《隋唐史》上冊，中華書局一九八二年版，第三三五—三三六頁。

❷李華周圍有蕭穎士、賈至、獨孤及、韓雲卿、韓會、李紓、崔祐甫等人；蕭穎士周圍有尹徵、王恆、盧冀、盧士式、賈邕、趙匡、閻士和、柳並等人；獨孤及周圍有梁肅、朱巨川、高參、崔元翰、陳京、唐次、齊抗等人；此外，還有元結、顧況、柳冕、權德輿等人。

❸參見羅宗強《隋唐五代文學思想史》（上海古籍出版社一九八六年版）第二一一九頁的有關論述及其〈唐代古文運動的得與失〉（《道家道教古文論談片》，文津出版社一九九四年版）

❹關於韓柳對古文的開拓及其散文特點，可參看《新唐書·文藝上》「唐有天下三百年，文章無慮三變」的論述，以及陳幼石《韓柳歐蘇古文論》第一、二、五章，上海文藝出版社一九八三年版。葛曉音《漢唐文學的嬗變》上編〈論唐代的古文革新與儒道演變的關係〉、〈古文成於韓柳的標誌〉，北京大學出版社一九九〇年版。羅宗強、郝世峰《隋唐五代文學史》第七編第四、五兩章，高等教育出版社一九九三年版。

❺關於韓愈「以文為戲」及其對唐代散文的影響，近年學者多所關注。有人認為「終韓愈一生，對人的各種情念都是肯定的」；「戲」在本質上「有著像韓愈自己說的那種不受拘束的、自由奔放的生命力的橫溢」，這乃是「韓愈文學創作的核心」（川合康三《終南山的變容》，上海古籍出版社二〇〇七年版）。有人認為，唐代散文「並非以明道為惟一的使命，抒

情、狀景乃至遊戲之文淡化了『道』而突出了『藝』的一面，促進了散文風格的多樣化」（阮忠〈唐代散文「道」、「藝」論〉，《海南師範學院學報》二〇〇一年第三期）。

❻中唐時期的「論」體文，韓愈少而柳宗元、劉禹錫多，其原因蓋在此一文體「與韓愈的思想氣質不很接近」，而與柳、劉「偏於反思的思想性格不無關係」。而與六朝之論體偏重玄理辨析相比，柳、劉之論體文多著眼現實政治、倫理等問題，行文中也增強了文氣的騰越和情緒的表達，物理色彩有所削弱而感情傳達的因素開始增強（參見劉寧《漢語思想的文體形式》，華東師範大學出版社二〇一二年版，第五七—七七頁）。

❼參見尚永亮《元和五大詩人與貶謫文學考論》下篇三，臺北文津出版社一九九三年版。

❽「永州八記」包括〈始得西山宴遊記〉、〈鈷鉧潭記〉、〈鈷鉧潭西小丘記〉、〈至小丘西小石潭記〉、〈袁家渴記〉、〈石渠記〉、〈石澗記〉、〈小石城山記〉。前四記作於元和四年（八〇九）秋，後四記作於元和七年（八一二）秋。「八記」之外，元和八年又作〈遊黃溪記〉，至柳州後則有〈柳州東亭記〉、〈柳州山水近治可遊者記〉，但藝術成就較「八記」稍遜。

❾關於皮日休之死有三說：一，作讖文觸犯黃巢，為巢所殺。二，巢兵敗，為唐王朝所害。三，逃到會稽，依錢鏐，死於南方。參看《唐才子傳校箋》第三冊卷八皮日休條，中華書局一九九〇年版。《中國著名文學家評傳・皮日休》，山東教育出版社一九八五年版。

第九章　唐傳奇與俗講變文

在詩歌發展取得輝煌成就，散文文體文風進行了影響深遠的改革的同時，唐代在其他文體的發展上也取得了重大的進展。小說出現了新的體式——唐傳奇。唐傳奇的出現，標誌著我國文言小說發展到了成熟的階段。它的發展與散文的文體文風改革大致同步，中唐達於極盛，至晚唐而稍衰。除唐傳奇之外，此時還出現了俗講和變文等通俗文體。俗講和變文不僅擴大了文學的傳播與影響，而且在文學漸漸由雅而俗的發展過程中，有不容忽視的意義。

第一節　唐傳奇及其嬗變

・由發軔到高潮再到低潮的發展過程　・〈李娃傳〉、〈鶯鶯傳〉、〈霍小玉傳〉等作品的基本內容

唐傳奇是指唐代流行的文言小說，作者大都以記、傳名篇，以史家筆法，傳奇聞異事❶。「傳奇」之名，似起於晚唐裴鉶小說集《傳奇》❷，宋人尹師魯也將「用對語說時景，世以為奇」的范仲淹〈岳陽樓記〉稱為「傳奇體」。發展到後來，傳奇才逐漸被認為是一種小說的體裁，如元代陶宗儀《輟耕錄》即將唐傳奇與宋、金戲曲、院本等並列，明代胡應麟《少室山房筆叢》更將所分六類小說的第二類亦即〈鶯鶯傳〉、〈霍小玉傳〉等定名為「傳奇」，於是傳奇作為唐人文言小說的通稱❸，便約定俗成地沿用下來。

唐傳奇的發展大致經歷了三個時期。初、盛唐時代為發軔期，也是由六朝志怪到成熟的唐傳奇之間的一個過渡階段，作品數量少，藝術表現上也不夠成熟。在現存的幾篇主要作品中，王度的〈古鏡記〉以古鏡為線，將十二個小故事連綴在一起，記此鏡伏妖等靈異事蹟。無名氏的〈補江總白猿傳〉寫梁將歐陽紇之妻被白猿掠去，紇入山歷險，殺死白猿，救回妻子，後其妻生子類猿，長大後「文學善書，知名於時」。有人以為這是影射唐書法家歐陽詢的。從故事內容看，這兩篇作品還明顯殘存著搜奇志怪的傾向，但在人物刻畫和結構安排上卻已有了較大提高，描寫也更為生動。〈遊仙窟〉是唐人傳奇中字數最多的一篇，也是此期傳奇作品中藝術成就較高的一篇。作者張鷟，字文成，高宗調露初進

士，卒於開元中。該文以第一人稱自述奉使河源，途中投宿神仙窟，與女主人十娘、五嫂宴飲歡樂的情事，所謂「神仙窟」不過是妓院的代稱而已。文中詩文交錯，韻散相間，於華麗的文風中雜有俚俗氣息，已經頗具後來成熟期傳奇作品的體貌了。這篇小說在作者生前即已傳入日本，後在國內失傳，直至近代學者從日本抄回，國內始有傳本。

中唐時代是傳奇發展的興盛期，從唐代宗到宣宗這一百年間，名家名作蔚起，唐傳奇的大部分作品都產生在這個時期。這一現象，一方面固然是小說本身由低級向高級不斷演進的結果，另一方面也得益於蓬勃昌盛的各體文學在表現手法上所提供的豐富借鑑，如詩歌的抒情寫意、散文的敘事狀物、辭賦的虛構鋪排等藝術技巧在傳奇作品中屢見不鮮，而詩歌向傳奇的滲入尤爲明顯，使得諸多傳奇作品都具有詩意化特點。元稹、白居易、白行簡、陳鴻、李紳等人更以詩人兼傳奇家的身分，將歌行與傳奇配合起來，用不同體裁、不同方式來描寫同一事件（如元稹的〈鶯鶯傳〉、白行簡的〈李娃傳〉、陳鴻的〈長恨歌傳〉，都有與之相配的長篇歌行），從而既提高了傳奇的地位，也擴大了傳奇的影響。而傳奇在敘事上，則與古文的興盛有一定關係，此期不少傳奇作家本身就是享有盛名的古文大家，韓愈寫過〈毛穎傳〉、〈石鼎聯句詩．序〉，柳宗元寫過〈河間傳〉、〈李赤傳〉，這些在構思和技巧上已近於傳奇小說的作品均具有古文的筆法和風格❹。

傳奇在中唐的繁榮還與此期特殊的社會文化風尚緊相關聯，中唐時期，通俗的審美趣味由於變文、俗講的興盛而進入士人群落，傳奇在很大程度上已爲人們接受和欣賞，已經有了廣大的接受群。這一接受群是伴隨著貞元、元和之際由雅入俗的浪潮而日趨壯大的。元稹〈酬翰林白學士代書一百韻〉詩云：「翰墨題名盡，光陰聽話移。」句下自注：「樂天每與予遊，從無不書名屋壁。又嘗於新昌宅（聽）說《一枝花》話，自寅至巳未畢詞也。」元、白一大早即起來聽說「話」，以至長達四個時辰，足見當時士大夫階層的好尚。這種好尚反映了一種新的審美要求，一種與傳統心理迥然不同的期待視野，正是爲了滿足這種審美要求和期待視野，以重敘事、重情節爲特徵的傳奇才會在中唐時代如雨後春筍般地湧現出來。

中唐傳奇所存完整作品約四十種，題材多取自現實生活，涉及愛情、歷史、政治、豪俠、夢幻、神仙等諸多方面，就中以愛情小說的成就最爲突出。

陳玄祐的〈離魂記〉是傳奇步入興盛期的標誌性作品。該作約產生於大曆末年，寫的是張倩娘爲追求自由愛情，衝破封建家庭的阻撓，靈魂離軀體而去，終得與情人結合，後返歸故里，與在閨房病臥數年的倩娘身軀「翕然而合爲一體」。小說運用浪漫手法，幻設奇妙情節，讚揚婚姻自主，譴責背信負約，對自由愛情的主題做了突出的渲染描繪。

〈任氏傳〉是繼之出現的又一愛情佳作。作者沈既濟，德清（今屬浙江）人，唐德宗時做過史館修撰，《舊唐書》本傳稱他「博通群籍，史筆尤工」。這篇小說可能作於建中二年（七八一），寫貧士鄭六與狐精幻化的美女任氏相愛，鄭六妻族的富家公子韋崟知此事後，白日登門，強施暴力，任氏堅拒不從，並責以大義，表現了對愛情的忠貞。後鄭六攜任氏赴外地就職，任氏在途中爲獵犬所害。小說情節曲折豐富，對任氏形象的刻畫尤爲出色，生動地表現了她多情、開朗、機敏、剛烈的個性特徵，與六朝那些簡單粗陋的狐女故事相比，〈任氏傳〉在使異類人性化、人情化方面取得了開創性的成就。

與前二作相比，李朝威的〈柳毅傳〉寫人神相戀故事而「風華悲壯」（舊題湯顯祖輯《虞初志》卷二載湯顯祖評語），別具特色。其中男主角柳毅的形象最爲豐滿，性格豪俠剛烈，當他於涇陽邂逅遠嫁異地、被逼牧羊的洞庭龍女，得知她的悲慘遭遇後，頓時「氣血俱動」，毅然爲之千里傳書。當錢塘君將龍女救歸洞庭、威令柳毅娶她時，柳毅昂然不屈，嚴詞拒絕。其自尊自重的凜然正氣，贏得了龍王的敬佩，並在幾經曲折後，最終與龍女成婚。除柳毅外，小說中其他幾個人物形象也都頗爲鮮明生動，如龍女的溫柔、多情和勇於追求自由愛情的堅定、執著，錢塘君的勇猛暴烈和知錯即改，洞庭君的忠厚仁義、疾惡如仇，均給人以深刻印象。要之，〈柳毅傳〉通過形神兼具的人物形象塑造和波瀾起伏的情節描寫，將靈怪、俠義、愛情三者成功地結合在一起，展現出奇異浪漫的色彩和清新俊逸的丰神，堪稱不可多得的佳作。

從貞元中期到元和末的二十年間，小說領域又崛起了白行簡、元稹、蔣防三位傳奇大家，他們創作的〈李娃傳〉、〈鶯鶯傳〉、〈霍小玉傳〉完全擺脫了神怪之事，而以生動的筆墨、動人的情感來全力表現人世間的男女之情，取得了極大的成功。

白行簡（七七六—八二六），白居易之弟，字知退，元和二年（八〇七）進士及第，後歷任左拾遺、司門員外郎、主客郎中等職。〈李娃傳〉約作於貞元十一年（七九五），寫滎陽生赴京應試，與名妓李娃相戀，資財耗盡後被鴇母設計逐出，流浪街頭，做了喪葬店唱挽歌的歌手。一次他與其父滎陽公相遇，痛遭鞭笞，幾至於死，後淪爲乞丐，風雪之時爲李娃所救，二人同居。在李娃的護理和勉勵下，滎陽生身體恢復，發憤讀書，終於登第爲官，李娃也被封爲汧國夫人。這是一篇以大團圓方式結局的作品，因爲產生的時代較早，自不可與後來明清戲劇、小說中陳陳相因的大團圓收尾一概而論。但由於作者對這種以滎陽生浪子回頭、其婚姻重新得到封建家庭認可的團圓方式抱著肯定和欣賞的態度，實際上便在一定程度上否定了小說前半部那段背離傳統、感人至深的男女戀情，削弱了作品的思想性和藝術效果。

小說的菁華在前半部，尤其表現在對李娃形象的塑造上。李娃年僅二十，是一個被人侮辱、身分低賤的妓女，一出場就以妖豔的姿色吸引了滎陽生，並大膽讓滎陽生留宿，「詼諧調笑，無所不至」，表現得溫柔多情。但她深知自己的地位與貴介公子的滎陽生是難以匹配的，所以當滎陽生在妓院蕩盡錢財時，她又主動參與了鴇母騙逐滎陽生的行動，儘管她內心深處仍對滎陽生情意綿綿。此後滎陽生流落街頭、乞討爲生，李娃對這位已「枯瘠疥癘，殆非人狀」的昔日情人不禁生出強烈的憐惜之情和愧悔之心，「前抱其頸」，「失聲長慟」，並毅然與鴇母決絕，傾全力照顧、支持滎陽生，使他得以功成名遂。但直到此時，她也沒對滎陽生抱不切實際的幻想，而是十分理智地提出分手，給對方以重新選擇婚姻的充分自由。這種過人的清醒、明智、堅強和練達，構成李娃性格中最有特色的閃光點。

與〈李娃傳〉的由悲到喜不同，元稹的〈鶯鶯傳〉由喜到悲，淒婉動人地描寫了鶯鶯與張生相見、相悅、相歡，而以張生「始亂終棄」作結的愛情悲劇的全過程，細緻地展現了鶯鶯具有鮮明個性特徵和深刻社會內涵的典型性格，塑造了一個衝破封建禮教樊籬、爭取愛情自由的叛逆女性。故事發生在貞元年間，男主角張生時遊蒲州，居普救寺，巧遇暫寓於此的表親崔家母女。其時蒲州發生兵變，張生設法保護了崔家，崔夫人設宴答謝，並命女兒出拜張生。可是她一再拖延，「久之乃至」，既「雙臉銷紅」，又「凝睇怨絕」，一幅羞澀而不情願的模樣，表現出一個名門少女所特有的端莊、嫻靜而又嬌羞、矜持的性格特點。張生驚其美豔，轉託婢女紅娘送去兩首〈春詞〉逗其心性，鶯鶯當晚即作〈明月三五夜〉一詩相答，暗約張生在西廂見面；但當張生如約來後，她卻「端服嚴容」，大談了一通「非禮勿動」的道理。這說明鶯鶯具有兩重性格：既有青春的躁動、對愛情的渴望，又在道德禮教的自抑下一再猶豫徘徊。而深入一層來看則可發現，鶯鶯對於被拋棄的結局又是有預感的，她既渴望愛情，又對愛情沒有把握，從而構成了她在行爲上的一再矛盾和反覆。一方面對情愛的渴望導致其禮教之防十分脆弱，另一方面對結局的擔憂又使她在每次熱情迸發之後表現出對張生的冷淡。鶯鶯與張生由相遇到結合的過程，既是一個情、禮衝突最後以情勝禮的過程，也是一個集渴望、擔憂於一體，充滿內心矛盾的過程。在這一過程的終點，她恢復了青春少女的本性，主動去找張生，自薦枕席，體驗到了自由戀愛的愉悅，然而接踵而來的打擊又使她跌入被拋棄的痛苦深淵。張生赴京應考，滯留不歸，鶯鶯雖給張生寄去長書和信物，但張生終與之決絕，並在與友朋談及此事時斥鶯鶯爲「必妖於人」的「尤物」，自詡爲「善補過者」。傳文末尾對張生這種絕情的展示，於作者或有爲張生「文過飾非」之嫌，而在客觀藝術效果上卻起到了對愛情不專一行爲的批判，產生了真正打動人心的悲劇力量。

這篇小說作於貞元二十年（八〇四），其時元稹二十六歲。因傳中所敘情事與元稹經歷大致吻合，很多人便認爲這是元稹的自傳❺。這種看法似不妥，傳中諸多精湛的心理、細節描寫，虛構的成分更多，把它作爲文學創作來理解，才不至於損害它的審美價值，縮小它的思想意義。

〈霍小玉傳〉是繼〈鶯鶯傳〉之後的又一部愛情悲劇，也是中唐傳奇的壓卷之作。作者蔣防，字子微（一作子徵），義興（今江蘇宜興）人，長慶年間歷任右補闕、司封員外郎，加知制誥，後被貶遷汀州、連州、袁州等地，約卒於大和年間。蔣防善詩文，但他之所以留名於文學史卻主要緣於〈霍小玉傳〉這篇傑作。小說中的霍小玉是作者描寫最生動、最有光彩的人物形象，她原爲霍王之女，只因其母是霍王侍婢，地位低下，小玉終被眾兄弟趕出王府，淪爲妓女。她與出身名門望族的隴西才子李益歡會之初，即已從以往的遭遇預感到自己「一旦色衰，恩移情替」的命運，因此「極歡之際，不覺悲至」，只求與李益共度八年幸福生活，而後任他「妙選高門，以諧秦晉」，自己則甘願出家爲尼。然而，殘酷的現實很快粉碎了她的幻想，使她連這樣一點微小的希望也難以實現。曾發誓要與小玉「死生以之」的李益一回到家就背信棄約，選聘甲族盧氏爲妻。小玉相思成疾，百般設法以求一見，李益總是避不見面。最後一黃衫豪士「怒生之薄行」，將李益強拉到小玉處，小玉悲憤交集，怒斥李益：

> 我為女子，薄命如斯；君是丈夫，負心若此！韶顏稚齒，飲恨而終；慈母在堂，不能供養；綺羅弦管，從此永休。徵痛黃泉，皆君所致。李君李君，今當永訣！我死之後，必為厲鬼，使君妻妾，終日不安！

這段義正詞嚴的血淚控訴和強烈的復仇意緒，表現了一個備受欺凌的弱女子臨終前最大程度的憤怒和反抗。至此，小玉性格中的溫柔多情、清醒冷靜已爲堅韌剛烈所取代，但這堅韌剛烈中卻滲透了無比的淒怨。小說寫她說完這段話後，「乃引左手握生臂，擲杯於地，長慟號哭數聲而絕。」這是悲劇的終點，也是悲劇的高潮，它展示給人們的不只是一個多情女子的香消玉殞，不只是李益之流的卑鄙無恥，而且是整個等級制度的醜惡和封建禮教的殘酷。

這是一篇妙於敘述和描寫的優秀作品，作者善於選擇能反映人物性格和心態的典型場景，用飽含感情色彩的語言加以精細的描寫和刻畫，從李益與霍小玉的初會、兩次立誓到李的背約、二人的最後相見，無不婉曲深細，妙筆傳神。即使對李益這一負心人物，作者也沒作簡單化處理，而是通過對具體情事的敘述描寫，著力於揭示他在個人意志和家長權威對立中的內心矛盾和痛苦，寫出他由重情到薄情、絕情，絕情後仍復有情的兩重性格，既令人感到真實可信，又增強了作品的藝術感染力。此外，小說在語言的運用、氣氛的渲染、枝節的穿插等方面都頗有獨到之處，誠如明人胡應麟所

說：「唐人小說紀閨閣事，綽有情致，此篇尤爲唐人最精彩之傳奇，故傳誦弗衰。」（《少室山房筆叢》）

除了上述以愛情爲題材的作品外，中唐傳奇還有一些藉寓言、夢幻以諷刺社會的佳作，其中〈枕中記〉和〈南柯太守傳〉最具代表性。〈枕中記〉與前述〈任氏傳〉同出沈既濟之手，寫自歎貧困而又熱衷功名的盧生在邯鄲道上遇道士呂翁，並在呂翁授予的青瓷枕上入夢，夢中娶高門女，又中進士，出將入相，享盡了人間的榮華富貴，醒來方知是大夢一場，而店主所蒸黃粱猶自未熟。〈南柯太守傳〉的作者李公佐，字顓蒙，隴西人，曾撰有〈廬江馮媼傳〉、〈古岳瀆經〉、〈謝小娥傳〉等傳奇，而〈南柯太守傳〉最爲著名。該傳奇作於貞元十八年（八〇二），命意與〈枕中記〉相類，寫遊俠淳于棼夢遊「槐安國」，做了駙馬，又任南柯太守，因有政績而位居臺輔。公主死後，遂失寵遭讒，被遣返故里，一夢醒來，才發現適才所遊之處原爲屋旁古槐下一蟻穴。這兩篇作品藉夢境凝縮了唐代士子的情志慾望，又藉夢境的破滅說明功名富貴的虛幻，由此對汲汲於名利富貴的士子予以諷刺，對官場的黑暗予以揭露。儘管作品的框架是虛構的，整個主旨也不無佛道思想的影響，但所反映的內容卻具有眞實性，描寫筆法細緻逼眞，批判的鋒芒異常冷峻，從而達到眞幻錯雜、由幻到實、「假實證幻，餘韻悠然」（魯迅《中國小說史略》第九篇）的藝術效果，而「黃粱美夢」、「南柯一夢」也成爲人們耳熟能詳的典實，後世傳衍者不衰。

此期還有不少以歷史故事爲題材的傳奇作品，如〈長恨歌傳〉、〈開元昇平源〉、〈東城老父傳〉、〈弃力士外傳〉、〈上清傳〉、〈安祿山事蹟〉等，其中以陳鴻的〈長恨歌傳〉較爲突出。陳鴻，字大亮，貞元二十一年（八〇五）進士及第，與白居易爲友。元和元年冬白居易爲盩厔尉時與陳鴻、王質夫遊仙遊寺，作〈長恨歌〉，又使陳鴻作傳，即〈長恨歌傳〉。此傳情節安排與〈長恨歌〉略同，但批判意圖甚爲明顯，用作者的話說，就是要「懲尤物，窒亂階，垂於將來」。不過，在具體描寫過程中，作者卻將重心放在唐玄宗與楊貴妃死別之後的相思之情上，不時以抒情性的筆墨來勾勒場景，渲染氣氛，如「每至春之日、冬之夜，池蓮夏開，宮槐秋落，梨園弟子，玉琯發音，聞〈霓裳羽衣〉一聲，則天顏不怡，左右歔欷」，「於時雲海沉沉，洞天日曉，瓊戶重闔，悄然無聲」，都簡當而富有情韻，顯然受到白居易〈長恨歌〉的影響。

唐傳奇在經過發軔期的準備、興盛期的火爆之後，終於在晚唐由盛轉衰。雖然此期作品數量仍然不少，並出現了不少傳奇專集，如袁郊的《甘澤謠》、皇甫枚的《三水小牘》、裴鉶的《傳奇》、薛用弱的《集異記》、李復言的《續玄怪錄》等，但這些作品大都篇幅短小，內容單薄，或搜奇獵異，或言神志怪，思想和藝術成就都失去了前一個時期的光彩。不過，隨著中唐以後遊俠之風的盛行，湧現出了一批描寫豪俠之士及其俠義行爲的傳奇作品，內容涉及扶危濟困、除暴安良、快意恩仇、安邦定國等方面，於中突出豪俠人格的堅韌剛毅和卓犖不群，武功的出神入化，功業的驚世駭俗，由此展現出一種高蹈不羈奔騰流走的生命情調。前述傳奇集中《甘澤謠》之〈紅線〉，《傳奇》之〈聶隱娘〉、〈崑崙奴〉，《集異記》之〈賈人妻〉等，都是較有代表性的作品，而傳為杜光庭所作的〈虬髯客傳〉❻，更是晚唐豪俠小說中成就最著的一篇。

〈虬髯客傳〉以楊素寵妓紅拂私奔李靖的愛情故事為線索，寫二人在赴太原途中與隋末豪俠虬髯客相逢，結為至交。虬髯客志向甚大，欲謀帝位，但見到李世民後，為其英氣所折服，遂與李靖、紅拂慨然辭別，退避海上，另謀出路。這是三位極具英雄氣概的人物，他們不像一般俠士那樣繫心於個人恩怨，也不以非凡的武功見長，卻能居亂世而縱觀天下，以其對時勢的清醒認識和對未來的明智抉擇展示出大俠的膽氣和精神境界。在作品中，作者通過人物的對話、行動和精彩的細節描寫，對他們的性格做了突出的刻畫，李靖的沉著冷靜和才智、紅拂慧眼識英雄而敢於奔就的膽識，特別是虬髯客的雄大氣魄和爽直慷慨，無不鮮活生動，光彩照人。後世把他們譽為「風塵三俠」，實在是很貼切的。

現存的大部分唐傳奇作品都收在宋初編的《太平廣記》一書裡。

第二節 唐傳奇的表現藝術

・作意與虛構性 ・情節結構、人物描寫、修辭

唐代傳奇的藝術成就斐然可觀，與傳錄異事、粗陳梗概而無甚作意的六朝小說相比，傳奇作者更注重作品的審美價值，注重小說愉悅性情的功用，由此形成「作意好奇」（胡應麟《少室山房筆叢》卷三六）、「始有意為小說」（魯迅《中國小說史略》）的特點。考察唐人傳奇的寫作動因，或是友朋相遇，「晝宴夜話，各徵其異說」（〈任氏傳〉），或是「會於傳舍，宵話徵異，各盡見聞」（〈盧江馮媼傳〉），最後由長於敘事者整理成篇，錄而傳之，這是唐人小說產生的基本模式。這種創作模式可以馳騁想像，逞才使氣，不拘格套，其目的即在於將奇詭動人的故事傳示與人，既博得知音同道的歎惋，又藉以展露文筆才華，用傳奇家沈既濟的話來說，就是「著文章之美，傳要妙之情」（〈任氏傳〉）。當然，唐傳奇也有表現節烈、宣揚神道、諷刺政敵，或在篇末論贊中強調懲勸意味的，但這只是部分作品的部分特點。從總體看，唐人傳奇以愉悅性情為旨歸，更加關注個體生命和個體情感，全方位地展示紛紜複雜的人世生活，讓諸色人等在作品中躍動，藉以寄寓個人的志趣愛好和理想追求，已成大勢所趨。誠如魯迅《中國小說史略》所言：

「傳奇者流，源蓋出於志怪，然施之藻繪，擴其波瀾，故所成就乃特異。其間雖亦或託諷諭以紓牢愁，談禍福以寓懲勸，而大歸則究在文采與意想，與昔之傳鬼神明因果而外無他意者，甚異其趣矣。」

因是「有意爲小說」，而歸趣則在「文采與意想」，所以傳奇作家對各種傳說聞見除藝術加工外，還在其基礎上進行杜撰，亦即有聞加工，無聞虛構，從而使小說所傳之「奇」，成爲有意爲之之奇、大加渲染發揮後之奇。那些以神怪、異夢爲題材的作品講的本就是虛幻無稽之事，虛構想像自然成爲其基本手法，即使以歷史和現實生活爲題材的作品，如〈長恨歌傳〉、〈霍小玉傳〉等，作者也並不拘泥於史實、傳聞，而是根據創作的需要，因文生事，幻設情節，多方描繪環境，巧妙編織對話，深深探尋人物的內心隱祕，有目的地進行再創作。需要注意的是，在結構布局上，傳奇往往採用史傳的表現方法，明確交代故事發生的時間、地點，甚至標注年號，故意給讀者造成心理上的眞實感覺，但這種結構布局不過是一個外在的框架，而在故事展開過程中，則絕不受其限制，既大量使用虛構想像以求奇，又致力於細節描寫以求眞，在眞假實幻之間，創造出情韻盎然、文采斐然的藝術品，從而在小說這一文體的獨立歷程上邁出了關鍵性的一步。宋人洪邁說：「唐人小說不可不熟，小小情事，淒婉欲絕，洵有神遇而不自知者，與詩律可稱一代之奇。」（《唐人說薈・凡例》）明代桃源居士說：「唐人小說摛詞布景，有翻空造微之趣。」（《唐人小說・序》）這些評論都說明唐傳奇具有不拘囿於現實生活紀錄，而善於藉虛構來營造眞切感人之情境的特點。

現存傳奇的篇幅一般不長，短的僅有幾百字，長的也沒有超過一萬字，但在藝術構思上大都奇異新穎、富於變化，使有限的文字生出無限的波瀾，以曲折委婉的情節引人入勝。如〈李娃傳〉、〈鶯鶯傳〉、〈柳毅傳〉幾篇描寫愛情的佳作都善於選擇一個有典型意義的事件，展開矛盾衝突，但其構思方式和情節結構卻各不相同。〈李娃傳〉情節跌宕起伏，充滿戲劇性的變化，最後以大團圓結局，頗具世俗氣息。〈鶯鶯傳〉則以「始亂終棄」爲線索，敘述描寫中不時雜以短小精當的詩作，穿針引線，醒目提神，強化了作品的抒情性和悲劇效果。至於〈柳毅傳〉的構思和情節又以離奇變幻、巧妙曲折爲特色。在柳毅爲龍女傳書的使命已經完成，準備離開龍宮之際，突然插入錢塘君逼婚一節，使得波瀾再起。柳毅回家後兩次所娶之妻均夭折，最後與盧氏成婚，而當謎底揭開後，方知這位盧氏正是龍女的化身。情節安排環環相扣，一轉再轉，既出人意外，又在情理之中。

不少傳奇作者還是人物寫生的好手，他們不僅善於以精湛的細節描寫來揭示人物的心理活動，用對比、襯托手法來表現人物的性格特點，而且尤工於白描式的肖像摹寫，往往三言兩語即飛筆傳神。如鶯鶯初見張生時，是「常服睟容，不加新飾，垂鬟接黛，雙臉銷紅而已。」而李娃與滎陽生初次相會時，卻是「回眸凝睇，情甚相慕」，至再會時，更整裝易服而出，「明眸皓腕，舉步豔冶」。兩人雖同是妙齡女郎，但一爲大家閨秀，一爲娼門妓女，舉止、情態判然不同。霍小玉也很美，但美到什麼程度呢？作者未做正面描寫，而是從李益的感覺著筆：「小玉自堂東閣子中而出，生即拜迎，但覺一室之中，若瓊林玉樹，互相照耀，轉盼精彩射人。」筆致空靈飄逸，令人於詩化的境界中感受到不可方物的女性美。

在語言、辭采等修辭手法的使用中，唐傳奇也取得了突出的成就：敘述事件簡潔明快，人物對話生動傳神，詞彙豐富，句式多變。有些作品雖施以藻繪，卻無繁縟之弊而有明麗之美，一些佳作更善於用詩化語言營造含蓄優美的情境，「莫不宛轉有思致」（洪邁《容齋隨筆》卷一五）。在描寫景物、渲染氣氛時，或簡筆勾勒，或濃墨重染，極富藝術表現力和感染力。如〈柳毅傳〉中寫錢塘君聽到侄女受辱，激憤難耐，化作原形衝天而去的一段：

> 語未畢，而大聲忽發，天坼地裂，宮殿擺簸，雲煙沸湧。俄有赤龍長千餘尺，電目血舌，朱鱗火鬣，項掣金鎖，鎖牽玉柱，千雷萬霆，激繞其身，霰雪雨雹，一時皆下。乃擘青天而飛去。

聲勢威力之巨，駭人耳目，誠如舊題湯顯祖輯《虞初志》所評：「文如項羽戰巨鹿，勇猛絕倫。」

第三節　俗講與變文

・俗講與講經文　・轉變與變文

二十世紀初，敦煌藏經洞近五萬卷遺書的發現❼，爲研究我國中古時期，特別是唐五代的社會政治、經濟、史地、民族、宗教、哲學、文學、藝術、語言、科技、中外文化交流等，提供了極其珍貴的文獻❽。由此產生了一門國際性的綜合學科——敦煌學❾。敦煌遺書中有大量的文學作品❿，講經文與變文，就是其中重要的兩類作品。

佛教傳入中土，僧徒爲弘道揚教，除譯經建寺、齋會講經外，更利用音樂、繪畫、雕塑、建築、文學等手段，廣泛布道化俗。佛家講經，因聽講者不同，有僧講與俗講之別⓫。俗講乃僧徒依經文爲俗眾講佛家教義、「悅俗邀布施」的一種宗教性說唱活動⓬。

俗講與我國固有的說唱傳統有關，但它更主要的來源是六朝以來佛家的一種講道化俗手段：「轉讀」與「唱導」。

轉讀，或稱詠經、唱經，指講經時抑揚其聲，諷誦經文。梁慧皎《高僧傳．經師論》謂：「天竺方俗，凡是歌詠法言，皆稱爲唄。至於此土，詠經則稱爲轉讀，歌贊則號爲梵唄。」[13]可見轉讀是隨佛經傳入，改梵爲漢適應漢語聲韻特點而產生的一種讀經方法。到了唐代，轉讀經師吸收民間聲腔，趨附時好，專以取悅俗眾爲務，轉讀遂向大眾娛樂的方向發展。同時，講經中的另一種方式唱導，也有了相當的發展。唱導是宣唱法理、開導眾心。唱導師往往通過「語地獄」、「徵昔因」、「覈當果」、「談怡樂」、「敘哀戚」等故事性內容講說佛法，以使聽者「闔眾傾心」，「人人稱佛」（梁．慧皎《高僧傳》卷十三「唱導．論」）。這樣，轉讀與唱導，以及偈頌歌讚的梵唄，融講說、詠唱爲一體，有說有唱，遂形成唐代的俗講。

唐代俗講相當盛行。日僧圓仁《入唐求法巡禮行記》卷三載，武宗會昌元年（八四一）僅京都長安一次就有七座寺院同時開講，自「正月十五日起首，至二月十五日罷」[14]，俗講法師有海岸、體虛、文溆等多人。其中文溆尤爲著名。趙璘《因話錄》卷四角部載：

> 有文淑（溆）僧者，公為聚眾談說，假託經論，所言無非淫穢鄙褻之事。不逞之徒，轉相鼓扇扶樹。愚夫冶婦，樂聞其說，聽者填咽寺舍，瞻禮崇奉，呼為「和尚教坊」。[15]

普通民眾對俗講趨之若鶩，以致「仍聞開講日，湖上少漁船」；「遠近持齋來諦聽，酒坊魚市盡無人」[16]。連皇帝也曾「幸興福寺觀沙門文溆俗講」[17]。朝野上下，風靡一時。

俗講由佛家講經衍出，講者盡爲僧徒，即所謂俗講僧。他們有主詠經的都講，主講解的法師，主吟偈贊的梵唄等。俗講有一定儀軌，維那鳴鐘集眾；法師、都講上堂升高座，作梵，唸菩薩；說押座；開題，說莊嚴、懺悔、受三歸、請五戒、稱佛名等。正式講經，先由都講詠經原文若干，法師即就經文敷陳講解，繼以唱辭。一段完了，例以套語催經；於是都講再詠經若干，次又由法師解說。如此反覆，直至講畢，以解座文結束。俗講的底本就是講經文，敦煌遺書中尚保存有十來種。最爲完好者爲《長興四年中興殿應聖節講經文》，此外尚有《金剛般若波羅蜜經講經文》、《佛說阿彌陀經講經文》、《妙法蓮華經講經文》[18]、《雙恩記》等，都是散韻結合，說唱兼行。說爲淺近文言或口語，唱爲七言，間用三三句式六言或五言。其上往往有平、斷、側、吟之類的詞語，標示聲腔唱法。

講經文取材全爲佛經，思想內容不外佛教的無常、無我、苦空、業惑、生死輪回、因果報應，修持戒定慧，以求涅槃解脫等等教義。其中一些作品，以生動的故事情節，敘事、描繪、抒情等手法，廣譬博喻，縱橫騁說，把深奧的教義轉化爲生活展示，往往突破宗教藩籬，映照出現實世界，以其濃郁的生活氣息，新奇別致的內容，張弛起伏的情節，通俗生動的語言，引人入勝。如《妙法蓮華經講經文》（伯二三〇五號）旨在說明供養人間師僧，即是敬奉佛菩薩，卻用一位國王毅然拋棄人世的榮華富貴，屢遭種種磨難仍甘於爲仙人供給走使，執著追求大乘眞理的故事來表現。情節波瀾起伏，故事娓娓動聽。又如《維摩詰講經文》，現存兩個系統的七種八卷片段，規模宏偉，想像豐富，甚有文學色彩。其中對於魔女的描寫，極鋪陳渲染之能事，詞藻華麗，帶有駢文的節奏聲韻之美。

俗講在宋以後即無記載，但民間「說話」伎藝中有「說經」一家演說佛書⑲，或即爲俗講之嫡傳，惜無話本流傳。後世樂曲系、詩贊系說唱諸藝，如宋的陶眞、鼓子詞、諸宮調，元的詞話，明清彈詞、鼓詞、寶卷等，都可以溯源到俗講。那種一段散文敘述，一段韻文歌詠，說唱故事的體制，更可以看出俗講的影響。

唐五代時與俗講同時流行的民間說唱伎藝尚有「轉變」。轉變，就是說唱變文⑳，當時極爲盛行，上自宮廷，下至鬧市，都有演出㉑，且出現了演出的專門場所「變場」㉒。

變文，或簡稱「變」，乃轉變的底本，在敦煌說唱類的作品中保存較多。現知明確標名「變文」或「變」者有八種：《破魔變文》、《降魔變文》、《大目乾連冥間救母變文並圖一卷並序》、《八相變》、《頻婆娑羅王后宮彩女功德意供養塔生天因緣變》、《漢將王陵變》、《舜子變》（又題《舜子至孝變文》）、《前漢劉家太子變一卷》（又題《前漢劉家太子傳》）。此外，尚有題殘佚，據其體制也應屬變文一類者如《伍子胥變文》、《李陵變文》、《王昭君變文》、《張議潮變文》、《張淮深變文》、《目連變文》等數種。上述作品，除《舜子變》基本爲六言韻語、體近賦文，《劉家太子變》全爲散說、體近話本外，其餘共同特點是：（一）說唱相間，散韻組合演述故事。說爲表白宣講，多用俗語或淺近駢體；唱爲行腔詠歌，多爲押偶句韻的七言詩。這種體制雖與講經文相似，但變文一般不引原經文，唱辭末句也無催經套語，不標「平」、「斷」、「側」，這說明唱腔與講經文也不同。（二）說白與吟唱轉換時，每有慣用的過階語做提示，如「……處若爲陳說」，「……時有何言語」之類。有人說這是演唱前指示圖畫的套語。講經文沒有這類過階語。（三）變文演出，或輔以圖畫。這從《大目乾連冥間救母變文並圖一卷並序》的標目以及吉師老《看蜀女轉昭君變》詩「畫卷開時塞外雲」句可知。伯四二五四卷《降魔變文》正面爲圖六幅，背面抄與畫圖內容相應的唱辭六段，是轉變配有畫圖的證明。這種文圖相配形式，是後世小說「全相」、「繪圖」本的濫觴。

轉變與變文中「變」字的涵義與淵源，一直是中外學者試圖解釋而至今尚無定論的問題㉓。這一問題的解決，有待新資料的發現。不過有一點是值得注意的，變文是說唱藝術，適應普通民眾的審美趣味，當然有民族文藝的基礎。我國古代有講故事、唱歌謠，散韻夾用的敘事傳統。這從《逸周書・太子晉》、東漢趙曄《吳越春秋》中可見大概。當然也有佛教文學的影響。佛教傳入，改梵爲華，保存相當多的原典語彙、文法與風格；「十二部經」內又有長行（契經）散文直說義理，重頌（應頌）以詩重述長行之義，伽陀偈（偈、諷頌、孤起頌）不依長行而以詩直說教義等文體，通過六朝以來佛教通俗化的傳教方式，如唱導、轉讀、贊唄等，深入民間，這對正在形成中的轉變與變文，無疑起了催生的作用。

現存敦煌變文，以題材分，大體有四類：一是宗教性變文，如《八相變》、《降魔變文》、《破魔變文》、《大目乾連冥間救母變文》、《頻婆娑羅王后宮彩女功德意供養塔生天因緣變》等。這類變文通過佛經故事的說唱，宣傳佛家的基本教義。但它們與講經文不同。它們不直接援引經文，常選佛經故事中最有趣味的部分，鋪陳敷衍，渲染發揮，較少受佛經的拘束。二是講史性變文，如《伍子胥變文》、《李陵變文》、《王昭君變文》、《漢將王陵變》等。它們大都以一個歷史人物爲主，擷取軼事趣聞，吸收民間傳說加以渲染。「大抵史上大事，即無發揮；一涉細故，便多增飾，狀以駢麗，證以詩歌，又雜諢詞，以博笑噱。」[24]《伍子胥變文》現存四個殘卷，拼合後尚有一萬六七千字。它敘述伍子胥的故事，楚平王無道，殺害伍奢，奢子子胥亡命入吳，佐吳王滅楚復仇，後來子胥忠諫獲罪，又被吳王夫差殺害。它讚美了伍子胥機智勇敢、臨難不懼、憂國憂民、恩怨分明的品格。在這類歷史題材的變文中，取材於漢代的故事爲多。如據《史記・陳丞相世家》演繹的《漢將王陵變》，據《漢書・李廣蘇建傳附李陵傳》編寫的《李陵變文》，據《漢書・元帝紀》、《西京雜記》和民間傳說編成的《王昭君變文》等。這類變文多表現對故國的眷戀與對鄉土的思念。在晚唐五代內憂外患、河西地區淪於吐蕃統治的形勢下，傳唱這些故事，是寄寓著無限感慨的。第三類是民間傳說題材的變文，如《舜子至孝變文》、《劉家太子變》等。這類變文雖假借歷史人物，但所講故事卻了無歷史根據。最後一類取材於當地當時重大事件與人物，這就是《張議潮變文》與《張淮深變文》，雖僅兩篇且殘缺過甚，但仍可看出當時民間藝人如何通過變文說唱，熱情謳歌張議潮叔侄及其率領下的歸義軍民艱苦卓絕，英勇奮戰，抵禦異族侵擾，保境安民的英雄業績。

敦煌變文以民眾喜聞樂見的形式，豐富的想像，曲折的情節，生動的形象，活潑的語言引人入勝。變文作爲轉變的底本，本不是案頭讀物，它是供藝人說唱用的。根據說唱的需要，說表與唱誦結合，敘事與代言並用，融文學、音樂、表演爲一體。以聲傳情，以情帶聲，聲情並茂地演述故事，是它最突出的藝術特點。

變文的想像極爲豐富，往往使一些比較簡略粗疏的故事，通過擴充細節，誇張渲染，馳騁想像，大大充實豐富起來。如《史記・伍子胥列傳》記子胥逃亡途中遇漁父一節，僅六十一字，在《吳越春秋・王僚使公子光傳第三》中擴展爲四百零九字，而《伍子胥變文》卻用了二千五百字。《史記》、《吳越春秋》中「至江」二字，《變文》中加以發揮：「行至江邊遠盼，唯見江潭廣闊，如何得渡！蘆中引領，回首寂然。不遇汎舟之賓，永絕乘楂之客。唯見江烏出岸，白露（鷺）鳥而爭飛；魚鱉縱橫，鷗鴻紛泊。又見長洲浩汗，漠浦波濤，霧起冥昏，雲陰靉靆。樹摧老岸，月照孤山，龍震鱉驚，江沌作浪。若有失鄉之客，登岫嶺以思家；乘查（楂）之賓，指參辰而爲正。岷山一住，似虎狼盤旋，潰潰如鼓角之聲，並無船百可渡。」（據潘重規編著《敦煌變文集》第八四二—八四三頁，中國文化大學中文研究所一九八四年印行。又，王重民等編校《敦煌變文集》第一二—一三頁，人民文學出版社一九五七年版）刻畫江邊荒涼蕭索、人物內心焦慮不安的情境，加強了倉皇逃亡途中，伍子胥的慌恐、緊張和英雄末路的悲憤之情。在藝術結構上，變文大都能注意故事的有頭有尾、脈絡清晰，同時又注意情節波瀾起伏，留下懸念，以吸引聽眾。如《降魔變文》寫舍利佛與勞度叉鬥聖一節，六師先後化出寶山、水牛、毒龍等物，舍利佛從容鎮定，變出金剛、獅子和鳥王，一一戰勝魔道。情節連峰疊嶂，扣人心弦，讓人想起後世《西遊記》中鬥法的描寫，可見變文在精神上如何哺育了後世的神魔小說。優秀的變文作品，能在故事的矛盾衝突中刻畫出生動的人物性格。伍子胥的智謀勇毅，王陵母的大義凜然，張議潮叔侄的衛國忠心，都是在情節的曲折展開中刻畫的。變文的語言無論是口語或是淺顯的駢體，大都能做到通俗易懂，生活氣息濃厚，又雜用俚語方言、諺語成語，新鮮活潑，流暢明快，琅琅上口，悅耳動聽。在修辭上，還常用比興、誇張、排比、對偶、反覆、問對、諧音、隱語等手法，加強語言的形象性和表現力。

變文散韻結合演唱故事的體制，影響到唐人傳奇。宋元以後，各類說唱文學和戲曲文學，若追根溯源，也都與變文有某些血緣關係。變文中的一些故事情節，往往爲後世小說、戲劇所吸收，如《伍子胥變文》故事，在後世《吳越春秋連像評話》、《春秋列國志傳》等演義中，皆成爲大關目。《漢將王陵變》故事，在元雜劇《陵母伏劍》、明小說《劍嘯閣批評西漢演義》中，也都有演述。《王昭君變文》故事，自元馬致遠《漢宮秋》雜劇、張時起《昭君出塞》雜劇、明無名氏《和戎記》、《青塚記》等傳奇，至近代的話劇《王昭君》，不下二十四五部的作品，都可以看到它的影響。《大目乾連冥間救母變文》，在宋代已搬演爲雜劇，至明初，有鄭之珍編《目連救母行孝戲文》一百出，萬曆間佚名《目連救母勸善記》戲文一百零二折，清張照編《勸善金科》十本二百四十出；而民間目連戲，更爲流行，由於魯迅〈女弔〉、〈無常〉二文的評述而廣爲人知。而日本平安時代（七九四—一一九二）的物語文學，也曾受到俗講變文的影響，逐漸成熟起來㉕。

注釋

❶參見王夢鷗〈唐人小說概述〉，靜宜文理學院中國古典小說研究中心主編《中國古典小說研究專集》（三），聯經出版事業公司一九八一年版。

❷《新唐書・藝文志》：裴鉶，《傳奇》三卷。

❸「傳奇」主要指唐代文言小說，但後世也將宋元南戲、明清戲劇統稱為「傳奇」。

❹關於古文創作與傳奇的關係，論者意見並不一致。陳寅恪曾舉韓愈〈石鼎聯句詩並序〉等為例，謂其「文備眾體，蓋同時史才、詩筆、議論俱見也。要之，韓愈實與唐代小說之傳播具有密切關係。」（見〈韓愈與唐代小說〉，原刊於《哈佛亞細亞學報》一九三六年四月，程千帆譯，見《閒堂文藪》，《程千帆全集》第七卷，河北教育出版社二〇〇一年版，第三七頁）。「退之之古文乃用先秦、兩漢之文體，改作唐代當時民間流行之小說，欲藉之一掃腐化僵化不適用於人生之駢體文。」（〈論韓愈〉，《金明館叢稿初編》，生活・讀書・新知三聯書店二〇〇一年版，第三三〇—三三一頁）與陳說不同，王運熙主為：「中唐時代古文運動領袖韓愈、柳宗元和少數跟古文運動有關的人士也作小說，只是說明這時代寫小說成為一種風尚，韓、柳在此風尚影響下，也不免染指一番。一般來說，他們的小說注重寓意，文辭簡古，不能成為傳奇的代表作品。因為傳奇重故事情節，文辭細膩濃豔，它與古文的風格是對立的。」（〈試論唐傳奇與古文運動的關係〉，《漢魏六朝唐代文學論叢》（增補本），復旦大學出版社二〇〇二年版，第二五五頁）余恕誠、吳懷東也認為：「中唐古文運動試圖用儒家的道德觀念文學觀念來規範文學，與帶有濃厚世俗味乃至市民色彩的小說精神是不合的，而單純強調用古文改造民間小說的理論，與由詩、賦等文類的文學精神影響導致小說文體獨立的事實，也是不相符的。」（《唐詩與其他文體之關係》，中華書局二〇一二年版，第二一一頁）

❺張生是否元稹自寓？元稹對張生取何態度？這是近年來〈鶯鶯傳〉研究爭論的焦點。早在宋代，王性之、趙德麟即提出了張生為元稹自寓的說法。趙令時《侯鯖錄》卷五〈辨傳奇鶯鶯事〉：「則所謂傳奇者，蓋微之自敘，特假他事以自避耳。」近人魯迅、陳寅恪、孫望、卞孝萱等亦力主此說，認為傳奇所述事即為元稹自傳，魯迅《中國小說史略》更認為「篇末文

過飾非，遂墮惡趣。」對上述權威觀點，不少論者紛紛撰文商榷，吳偉斌〈「張生即元稹自寓說」質疑〉（《中州學刊》一九八七年第二期）、〈再論張生非元稹自寓〉（《貴州文史叢刊》一九九〇年第二期）、〈論〈鶯鶯傳〉〉（《揚州師範學院學報》一九九一年第一期）等文認為：張生絕非元稹自寓，在張生形象中確有元稹的影子在內，但影子只能是影子，不等於元稹本人。「僅僅根據作家塑造出來的小說人物之行蹤勾勒作家生平，甚至編入年譜，寫入傳記，並以此抨擊作家的人品，顯然是難於服人的。」吳文同時否定了「篇末文過飾非，遂墮惡趣」的觀點，認為作者將其辯護詞（張生的「忍情」說）寫進小說，用意則在剝開張生的畫皮。劉明華〈也說元稹的不白之冤〉（《讀書》一九八八年第五期）、黃忠晶〈對陳寅恪先生〈讀鶯鶯傳〉的質疑〉（《江漢論壇》一九八九年第八期）、謝柏樑〈元稹〈鶯鶯傳〉非文過飾非〉（《中國文學研究》一九九一年第二期）等文或否定自寓說，或認為張生的「忍情」說絕非元稹的觀點，作者的意圖是要寫出一段綿綿無盡的哀怨惆悵，〈鶯鶯傳〉袒示了張生的缺點，顯露了悲劇結局，避免了大團圓俗套，是一部真正的悲劇。

❻杜光庭，字賓至（或作賓聖、聖賓），縉雲（一作長安）人，唐咸通中應舉不第，入天臺山學道。著作甚多，其《神仙感遇傳》中有〈虬鬚客〉一篇，但文字樸陋，與今傳本〈虬髯客傳〉頗有不同。或以為〈虬鬚客〉即今傳本之節錄（程毅中《唐代小說史話》），或以為今傳本為〈虬鬚客〉在宋初之修飾本（汪辟疆《唐人小說．虬髯客傳敘錄》）。又，關於〈虬髯客傳〉之作者亦有異說：宋人洪邁《容齋隨筆》卷一二、《宋史．藝文志》均以杜光庭為〈虬髯客傳〉作者；重刊《說郛》本、《五朝小說》及《唐人說薈》、《龍威祕書》本則均題張說撰。根據唐傳奇之發展進程及張說之身分、地位、文風等來考察，後說成立的可能性不大。

❼藏經洞為敦煌莫高窟第十七號窟之俗稱。其發現時間有兩說：一為清光緒二十五年（一八九九），一為次年（一九〇〇）。洞內文物發現伊始，大部分遭西方列強掠奪。據初步統計，除國內收藏劫餘一萬餘卷外，英國收藏約一萬三千六百卷，法國收藏約三千卷，俄國收藏約一萬二千卷，日本收藏約六百卷。其他美、德、印度、丹麥等國，也各有少量收藏。可參見榮新江著《海外敦煌吐魯番文獻知見錄》，江西人民出版社一九九六年版。

❽敦煌遺書，據其記年，上起前秦甘露元年（三五九），下迄北宋景德三年（一〇〇六）。以漢文寫本（極少量為刻本）為主，此外還有古藏文、粟特文、于闐文、梵文、焉耆—龜茲文等民族文字寫本。內容百分之九十以上為佛教經籍及道教、景教、摩尼教典籍，次為儒家經、史、子、集四部書，社會歷史方面則有法制文書、官府文書、田制文書、戶籍、手實、差科簿等。

❾敦煌學之稱，首見於陳寅恪之〈陳垣《敦煌劫餘錄》序〉（《歷史語言研究所集刊》第一本第二分，一九三〇年版），指以

敦煌石窟藝術、遺書、敦煌史地及其他遺存文物和史料為對象的綜合學科研究。

❿敦煌文學，指保存於敦煌莫高窟的、以唐五代宋初寫卷為主的文學作品及與此相關的文學現象。大體有說唱類，如變文、講經文、因緣、押座文、話本、詞文、故事賦等；曲詞類，如曲子詞、佛曲、俚曲小調等；詩賦類，除一般詩賦外，還包括王梵志詩、韋莊〈秦婦吟〉等；小說類，如〈靈驗記〉、〈感應記〉、〈入冥記〉等；文類如論、說、文、錄、書、啓、碑、銘、表、疏等；雜著類，如書儀、童蒙讀物、齋文等。

⓫詳見湯用彤〈康復扎記——何謂俗講〉，《新建設》一九六一年第六期。

⓬元胡三省注《資治通鑑・唐紀・敬宗紀》寶曆二年六月「觀沙門文溆講」：「釋氏講說，類談空有，而俗講者又不能演空有之義，徒以悅俗邀布施而已。」據「標點資治通鑑小組」標點，中華書局一九五六年排印本。以下引用此著，皆據此版本，不另注。

⓭據湯用彤校注本，中華書局一九九二年版。

⓮據顧承甫、何泉達點校本，上海古籍出版社一九八六年版。

⓯上海古籍出版社一九八三年版，第二次印刷。

⓰見《全唐詩》卷四九七、卷五〇二姚合〈贈常州院僧〉、〈聽僧雲端講經〉詩，中華書局一九六〇年排印本，第五六五〇頁、五七一二頁。

⓱《資治通鑑・唐紀・敬宗紀》寶曆二年條。

⓲以上原題殘佚，皆擬名。

⓳灌圃耐得翁《都城記勝・瓦舍眾伎》條，《東京夢華錄【外四種】》本，古典文學出版社一九五七年版，第九六頁。

⓴變文的研究，自一九三〇年代以來，一般都把從敦煌遺書中發現的所有故事，說唱類作品，如講經文、變文、因緣、押座文、詞文、話本、故事賦等，統稱之為變文，如《敦煌變文集》即是。但自六〇年代以後，有的學者根據其體制、淵源、流變等等之不同，僅將其中明確標名為「變文」之作及符合其特徵的某些佚題之作，稱為「變文」。於是目前學界於變文一稱出現了兩種概念，前者屬廣義之稱，後者為狹義之稱。本節所論，乃據後者。

㉑唐郭湜〈高力士外傳〉載，玄宗自蜀重返長安後，以太上皇身分安置西內，每日「或講經論議，轉變說話。雖不近文律，終冀悅聖情」（《開元天寶遺事十種》，上海古籍出版社一九八五年版）。又，《太平廣記》卷二六九「宋昱韋儇」條引《譚賓錄》載「或於要路轉變」云云。

㉒唐段成式《酉陽雜俎》前集卷五「怪術」篇載，定水寺僧詆李秀才為：「望酒旗，玩變場者，豈有佳者乎！」據方南生校點本，中華書局一九八一年版，第五五頁。

㉓各種解釋，歸納不外兩類：一是本土說。此說又有源自清商舊樂「變歌」，源自我國特有賦體，源自漢語「變易」、「改變」之義諸說。一是外來說。即主張「變」之一語，自古印度傳入，與佛教密宗相關。主此說者又有源自梵語音譯或意譯、源自佛教之「變相」、「變現」諸說。這些見解都有益於問題的深入探討，但音譯說至今未能找出梵文字源；清商舊樂說，僅以「變」字之偶同，尚乏中間環節；譯經或變相說，又忽略了中國古代說唱傳統的存在，故皆未能為研究者所共同接受。此一問題之解決，還有待於新資料的發現與更深入的探討。各家之說，詳見周紹良、白化文編《敦煌變文論文錄》有關論著，上海古籍出版社一九八二年版。

㉔見《魯迅全集》第九卷《中國小說史略》第十二篇〈宋之話本〉，人民文學出版社二〇〇五年版，第一一九頁。

㉕見華東師大東方文化研究中心編譯《岡村繁全集》第七卷〈日本漢文學論考〉等，上海古籍出版社二〇〇九年版。

第十章　晚唐詩歌

中唐詩歌高潮到唐穆宗長慶時期逐漸低落，長慶以後，唐王朝危機進一步加深，士人心態發生巨大變化。詩歌適應時代變遷，有了新的內容和藝術表現形式，於是唐詩風貌再次出現明顯轉變，由中唐進入晚唐。

第一節　杜牧與晚唐懷古詠史詩

・社會衰敗中士人的心理變化　・懷古詠史詩中的悲涼情緒　・杜牧的詩歌創作　・許渾等人的創作

從唐敬宗和唐文宗時期開始，唐帝國出現明顯的衰敗傾覆之勢。司馬光在《資治通鑑》中說：「於斯之時，閽寺專權，脅君於內，弗能遠也；藩鎮阻兵，陵慢於外，弗能制也；士卒殺逐主帥，拒命自立，弗能詰也；軍旅歲興，賦斂日急，骨肉縱橫於原野，杼軸空竭於里閭。」（《唐紀》六十）指出宦官專權，藩鎮割據，驕兵難制，戰亂屢起，賦稅沉重，民間空竭。這一切，加上統治集團的腐敗，使唐王朝陷入了無法挽救的危機之中。由於朝廷控制的州縣減少，官位緊缺，朝中清要職位又爲朋黨及有權勢者所據，一般士人在仕途上進身機會很少。由於科場風氣敗壞，許多出身寒微拙於鑽營的有才之士，在考場上長期受困，甚至終身不第。少數士人即使幸而中舉入仕，也很難像中唐的韓愈、白居易等人那樣，憑他們的文才進入政治機構上層。面對王朝末世的景象和自身黯淡的前途，士人心理狀態發生很大變化，一些人儘管仍然眷念朝廷，關心時政，懷抱希望，但也往往以失望告終。國事無望，抱負落空，身世沉淪，使晚唐詩人情懷壓抑，悲涼空漠之感常常觸緒即來。晚唐寫現實政治與社會生活題材的詩比重下降，所表現的熱情也明顯減退，士人的情感由正面面向社會轉向關注歷史變遷，追求官能享受，咀嚼閒散生活的滋味，懷古詠史、愛情閨閣，以及吟詠士人日常生活的詩大量增加。

抑鬱悲涼，在晚唐詩歌的多種題材作品中都有體現，而懷古詠史類作品中顯現得較早，也較突出❶。

晚唐詩人用一切皆無法長駐的眼光，看待世事的盛衰推移，普遍表現出傷悼的情調。這種悼古傷今，從劉禹錫在長慶末期和寶曆年間寫的〈西塞山懷古〉、〈金陵五題〉、〈臺城懷古〉等篇開始，形成一股勢頭，隨後有杜牧、許渾、溫庭筠、李商隱等人的大量創作。

杜牧（八〇三—八五二），字牧之，京兆萬年（今陝西西安）人。大和二年進士及第，曾長期在沈傳師江西觀察使府、宣歙觀察使府和牛僧孺淮南節度使府為幕僚。會昌年間，先後任黃州、池州、睦州刺史。大中二年被召入京為司勳員外郎、史館修撰，轉吏部員外郎。大中四年，出為湖州刺史，次年入為考功郎中、知制誥，大中六年遷中書舍人，歲暮卒於長安。杜牧祖父杜佑，任德宗、順宗、憲宗三朝宰相，留心經世致用之道，著《通典》二百卷，是我國第一部典章制度的通史。「家集二百編，上下馳皇王。」（〈冬至日寄小侄阿宜詩〉）杜牧深以家學傳統為榮，並受其影響。他注意「治亂興亡之跡，財賦兵甲之事，地形之險易遠近，古人之長短得失」（〈上李中丞書〉），曾寫了〈原十六衛〉、〈罪言〉、〈戰論〉、〈守論〉和《孫子》注，並多次上書給當政者議論政治軍事方略。他希望在政治上有所建樹，但仕途並不順利，未能有所作為。他一生的主要成就還是在文學上，詩歌、散文在晚唐都占有重要地位。

杜牧主張：「凡為文以意為主，氣為輔，以辭采章句為之兵衛。」（〈答莊充書〉）又說：「某苦心為詩，本求高絕，不務奇麗。」（〈獻詩啓〉）其詩立意高遠，內容充實。他不滿晚唐柔靡詩風，甚至有意「以拗峭矯之」❷。但所謂「不務奇麗」則需要具體分析，其近體詩有不少風華流美之作，仍具有晚唐詩歌「麗」的特徵。只不過杜牧詩一般顯得明麗疏朗，稍異於溫庭筠的「豔麗」和李商隱的「密麗」。大體上，杜牧的政治抱負和開闊的心胸影響於其詩歌創作的是豪邁、爽快、明朗、勁健的風格，出身教養影響於其詩的是風流瀟灑的神態，晚唐的世風和文風影響於其詩的是在重視立意的同時仍注意對文采和情韻的追求。豪邁不羈和情思纏綿相結合、清麗俊爽而又綽約含蓄是其詩藝術上的主要特色。

杜牧今存詩四百餘首❸，抒寫理想抱負、關心國計民生、慨歎壯志難酬占相當比重。他揭露安史之亂以後藩鎮割據、長期戰亂、國弱民困、災難深重的情景：「如何七十年，汗赩含羞恥？……凶門爪牙輩，穰穰如兒戲。……夷狄日開張，黎元愈憔悴。……骨添薊垣沙，血漲滹沱浪。秪雲徒有徵，安能問無狀。」（〈感懷詩〉一首）面對國家的政治危機，他表達了自己的懷抱：「豈為妻子計，未去山林藏。平生五色線，願補舜衣裳。弦歌教燕趙，蘭芷浴河湟。腥羶一掃灑，凶狠皆披攘。生人但眠食，壽域富農桑。」（〈郡齋獨酌〉）

主張削平藩鎮，抗擊吐蕃侵擾，發展農業，使老百姓安居樂業，認為自己在這些方面能為國家做出貢獻。他在古體詩中直抒胸臆，而一些近體詩則比較含蓄：

> 元載相公曾借箸，憲宗皇帝亦留神。旋見衣冠就東市，忽遺弓劍不西巡。牧羊驅馬雖戎服，白髮丹心盡漢臣。惟有涼州歌舞曲，流傳天下樂閒人。（〈河湟〉）

通過慨歎元載被殺、憲宗已死，暗示當下朝廷已無人再注意收復河湟，統治者只知享受來自涼州的歌舞，而對白髮丹心懷念故國的淪陷區人民卻棄之不顧。

> 金河秋半虜弦開，雲外驚飛四散哀。仙掌月明孤影過，長門燈暗數聲來。須知胡騎紛紛在，豈逐春風一一回。莫厭瀟湘少人處，水多菰米岸莓苔。（〈早雁〉）

以北方驚飛南來的早雁，比喻因遭受回鶻侵擾而流亡的邊地百姓。在抒發對人民同情的同時，隱含對朝廷未能禦侮安民的不滿。

杜牧懷古詠史詩約四十首，另外，其詩集中有不少不屬於懷古詠史的作品，也在即景抒情中注入了深沉的歷史感慨。如〈九日齊山登高〉把「塵世難逢開口笑」的感受推向整個歷史：「古往今來只如此，牛山何必獨沾衣。」從而帶上濃厚的悼古傷今意味。杜牧在懷古詠史詩中常常抒寫對於歷史上繁榮昌盛局面消逝的惆悵情緒：

> 長空澹澹孤鳥沒，萬古銷沉向此中。看取漢家何事業，五陵無樹起秋風。（〈登樂遊原〉）
>
> 千秋佳節名空在，承露絲囊世已無。惟有紫苔偏稱意，年年因雨上金鋪。（〈過勤政樓〉）

前一首感歎盛大煊赫的西漢王朝只剩下荒陵殘塚，後一首寫唐玄宗時代作爲盛世標誌的勤政樓[4]，被遺忘冷落，獨任苔蘚滋蔓。兩首詩雖然一慨歎漢代，一詠本朝，但抒發的都是對於現實衰頹已經無可挽救的感觸。杜牧的這種感觸又經常帶有盛衰興亡不可抗拒的哲理意味。如〈題宣州開元寺水閣，閣下宛溪，夾溪居人〉：

> 六朝文物草連空，天淡雲閒今古同。鳥去鳥來山色裡，人歌人哭水聲中。深秋簾幕千家雨，落日樓臺一笛風。惆悵無因見范蠡，參差煙樹五湖東。

傷悼六朝繁華消逝，同時又以「今古同」三字把今天也帶入歷史長河。「人歌人哭」，一代代人都消沒在永恆的時間裡，連范蠡的清塵也寂寞難尋了，留下的只有天淡雲閒，草色連空。這正是對於盛衰推移，一切都無法長存的認同和感慨。此詩筆意超脫，一方面在廣闊遠大的時空背景上展開詩境，一方面又以麗景寫哀思，很能體現杜牧律詩含思悲淒、流情感慨的特色。

杜牧的懷古詠史詩也有不少是借題發揮，表現自己的政治感慨與識見，如〈赤壁〉：

折戟沉沙鐵未銷，自將磨洗認前朝。東風不與周郎便，銅雀春深鎖二喬。

議論帶情韻以行，藉慨歎周瑜因有東風之便取得成功，抒發自己懷才不遇的心情。這類詩雖主要意思不在懷古，但由於是由古代歷史或遺蹟觸發的感慨，一般仍帶有傷悼往事的情緒。

杜牧的寫景紀行一類詩也頗多佳作：

遠上寒山石徑斜，白雲生處有人家。停車坐愛楓林晚，霜葉紅於二月花。（〈山行〉）

樓倚霜樹外，鏡天無一毫。南山與秋色，氣勢兩相高。（〈長安秋望〉）

兩首詩都表現了富有畫意和明朗勁健的特點。霜葉紅於春花，固然頗帶哲理，為前人所未道；而「南山與秋色，氣勢兩相高」亦有「竟體超拔，俯視一切」（潘德輿評語）的氣概。

杜牧古近體詩均有很高的造詣，七絕名篇尤多，向為人所稱道。如：

千里鶯啼綠映紅，水村山郭酒旗風。南朝四百八十寺，多少樓臺煙雨中。（〈江南春〉）

煙籠寒水月籠沙，夜泊秦淮近酒家。商女不知亡國恨，隔江猶唱〈後庭花〉。（〈泊秦淮〉）

青山隱隱水迢迢，秋盡江南草木凋。二十四橋明月夜，玉人何處教吹簫？（〈寄揚州韓綽判官〉）

即景抒情之中帶上歷史的慨歎或縹緲的幻想與追憶，含蓄蘊藉，言有盡而意無窮。

除上舉各種類型的作品外，杜牧還有寫自己輕狂放蕩的詩，如：「十年一覺揚州夢，贏得青樓薄倖名。」（〈遣懷〉）這些詩或多或少掩蓋了他的主要傾向，但畢竟是失意無聊之作，在杜牧詩集中數量並不多。與杜牧同時並與之齊名爲「小李杜」的李商隱有〈杜司勳〉詩云：「高樓風雨感斯文，短翼差池不及群。刻意傷春復傷別，人間唯有杜司勳。」強調的是風雨飄搖的環境氣氛，「傷春傷別」的情感內容，有助於我們連繫杜牧的代表性作品，深入認識杜牧詩歌的主導傾向和時代特徵。

許渾（七九一？—？），今存詩四百餘首❺，以五律、七律爲主，無一古體。許渾詩在詞語、對仗、格律上都極爲圓穩工整，形成「整密」（胡應麟《詩藪．外編》卷四）的風格。他與杜牧有詩唱和，並受到杜牧推重。但其詩多表觀閒適退隱的思想，內容比較貧乏，不少作品意境上給人雷同之感，缺少警策，在當時的著名詩人中，創新精神不如李商隱、杜牧、溫庭筠。他的懷古詠史詩在集中所占比重雖然不大，卻是較爲出色的部分。其〈咸陽城東樓〉云：

> 一上高城萬里愁，蒹葭楊柳似汀洲。溪雲初起日沉閣，山雨欲來風滿樓。鳥下綠蕪秦苑夕，蟬鳴黃葉漢宮秋。行人莫問當年事，故國東來渭水流。

咸陽爲秦漢京城❻，「鳥下」二句意謂秦苑、漢宮繁華歲月均已過去，唯有飛鳥鳴蟬點綴在秋風夕陽、綠蕪黃葉之間。末句云渭水東流，自古及今，一去不返，暗喻秦、漢已成陳跡。這首詩本來就是在廣遠的時空背景上展開的，結尾更推進爲對人世盛衰和歷史進程的縱覽，因而弔古就含有明顯的傷今意味和對於歷史的空漠感。他的另一首名作〈金陵懷古〉，結聯「英雄一去豪華盡，唯有青山似洛中」，涵蓋範圍更廣，集中地抒發了對繁華昌盛終將消盡的無可奈何心情。

與杜牧有交遊的趙嘏（八〇六？—八五二？）❼，以「殘星幾點雁橫塞，長笛一聲人倚樓」知名❽，其〈經汾陽舊宅〉詩云：「門前不改舊山河，破虜曾輕馬伏波。今日獨經歌舞地，古槐疏冷夕陽多。」無限低徊，也是抒發盛衰無常之感。

比杜牧、許渾年輩略晚的劉滄❾，所作〈秋日過昭陵〉結聯云：「哪堪獨立斜陽裡，碧落秋光煙樹殘。」在他之前，唐人把唐太宗的陵墓寫得這樣淒涼的不多。胡震亨云：「劉滄詩長於懷古，悲而不壯，語帶秋意，衰世之音也歟？」（《唐音癸籤》卷八）晚唐小家的懷古詠史詩，除意在諷刺者外，凡慨歎昔盛今衰的，多半是這種情調。

第二節　苦吟詩人

・賈島、姚合等苦吟詩人　・徘徊吟哦的心境與殫精竭慮的態度與方法

在晚唐社會與文學的大背景下，有相當一部分詩人以苦吟的態度作著「清新奇僻」的詩⑩，代表人物是賈島（七七九—八四三）和姚合（七七五？—八五五？）⑪。賈、姚二人詩名起於元和後期，但賈卒於會昌、姚卒於大中年間，已入晚唐。其詩代表晚唐一種最普遍的創作風尚，追隨者很多⑫，所以將兩家歸入晚唐詩人中較為合理。

賈島、姚合及其追隨者，詩歌內容都比較狹窄，很少反映社會問題。賈島所寫，有科考碰壁的失意和怨憤，有貧窮窘困生活的哀歎，有對於清寂之境和佛禪境界的感受，以及與僧人、隱士的交往，大都不出個人生活範圍。姚合詩的題材與賈島接近，而對瑣細的日常生活情景寫得更多。在風格上，賈島因有過禪房生活體驗，又曾受韓愈、孟郊的影響，詩中冷僻的成分多一些，而姚合仕途較為順利，詩風相對顯得清穩閒適。同是寫小縣府署的庭院，賈島詩：「言心俱好靜，廨署落暉空。歸吏封宵鑰，行蛇入古桐。」（〈題長江廳〉）姚合詩：「鼓絕門方掩，蕭條作吏心。露垂庭際草，螢照竹間禽。」（〈縣中秋宿〉）⑬賈詩闃寂陰森，姚詩幽細中略帶情致，相比之下，賈詩比姚詩更覺幽冷奇峭。

賈島、姚合等人在創作態度上的共同表現是苦吟。傳說賈島在長安街上醞釀吟誦「秋風吹渭水，落葉滿長安」一聯時，唐突了京兆尹劉棲楚；斟酌「鳥宿池邊樹，僧敲月下門」一聯時，衝犯了京兆尹韓愈。具體情節雖不一定可靠，但賈島等人確實苦吟成癖⑭。晚唐時期，有大批長期困於考場的士子，也有許多人雖然入仕，卻處於低下閒冷的地位。他們有點像大曆時代的文人，需要通過作詩獲取精神上的補償⑮，求科名者則更需要把五律當日常功課訓練⑯。這樣，這些在社會上被冷落的文人，就把大量的時間和精力投放在作詩上，對自己的貧窮、窘困和閒散，多方面地加以審視、發掘、體驗，「以刻琢窮苦之言為工」（胡仔《苕溪漁隱叢話》前集），抒寫他們的無奈。於是，通過對情與景深刻的挖掘與琢磨，做到工整中見清新奇僻，就成了一種新的風尚，有別於韓、孟的奇險和元、白的流易⑰。

晚唐苦吟詩人對社會生活關心不夠，閱歷範圍狹窄，入詩的事料相對貧乏。他們的詩思往往不是自然湧現，而是一開始就著意為之。「莫笑老人多獨出，晴山荒景覓詩題。」（姚合〈寄周十七起居〉）「物外搜羅歸大雅，毫端剪削有餘功。」（方幹〈贈李郢端公〉）表現出為作詩而刻意搜尋。他們撇開以情感充沛、氣勢貫注為特點的歌行之類體裁，把力量傾注在近體（尤其是五律）上⑱。近體可以在音律、對偶、字句上見工夫，可以澄心靜氣地推敲鍾鍊。由於

苦吟，晚唐人確實創造了不少佳句。賈島的「鳥宿池邊樹，僧敲月下門」，通過動靜相襯，使境界更見幽迥。〈送無可上人〉「獨行潭底影，數息樹邊身」一聯，上句寫人在潭邊散步，與水底的身影相映襯；下句寫走走停停，一再憩息於樹邊，境界之清幽寂寞、人之孤獨、身體之疲倦衰弱，以及對景物環境之欣賞流連等，均可想見。雖是「兩句三年得」⑲，尚不負苦吟之功。姚合的詩比賈島稍嫌貧弱，但亦能於樸中見巧。如「馬隨山鹿放，雞雜野禽棲」（〈武功縣中作〉三十首其一），用簡練樸實的語言，寫出山縣荒涼之景。在生活素材的提煉和景物組合上，既巧爲用心，又能出之以平淡自然。除賈、姚外，其他苦吟詩人也有一些佳句。如：「樹搖幽鳥夢，螢入定僧衣。」（劉得仁〈秋夜宿僧院〉）「聽雨寒更盡，開門落葉深。」（無可〈秋寄賈島〉）「空將未歸意，說向欲行人。」（周賀〈長安送人〉）「島嶼分諸國，星河共一天。」（李洞〈送雲卿上人遊安南〉）這些詩句雖然著意寫成，卻頗爲工整、精警。不用典故，不鑲嵌奇字，以看似平常的語言，取得了很好的藝術效果。

賈、姚一派的缺點是詩境狹窄，有句無篇。生活閱歷有限，詩料不離琴、棋、僧、鶴、茶、酒、竹、石等物⑳。內容不足而一味苦吟，不免傷耗元氣，減損詩美，露出小家習氣。「姚、賈縛律，俱窘篇幅」（劉克莊《程垣詩·序》），之所以受縛於格律，侷促不伸，關鍵還是由於缺乏博大深廣的情懷。晚唐詩人常常刻苦造就一些工整的句子，但由於才力不足，通篇看去，仍顯餒弱。方回云：「晚唐詩多先鍛鍊頸聯、頷聯，乃成首尾以足之。」（《瀛奎律髓》卷十三）先有句，後有篇，難免前後不夠勻稱，缺少完整的意境。

賈、姚一派詩人的心態，與封建王朝末世一些政治上無出路的士人比較吻合。這些士人將生活情趣轉移到吟詠日常感受以及與親友唱和上，因而賈島、姚合等人便很容易成爲追摹的對象。不僅五代時仍有不少詩人效法賈、姚，南宋的永嘉四靈和江湖詩派，亦以宗法晚唐成爲一時風尚。

第三節　愛情題材與豔麗詩風

・士人的閨閣情懷與詩歌的愛情題材、豔麗詩風　・溫庭筠、韓偓等詩人

晚唐時期，閨閣情懷在文士精神生活中占有重要地位。並稱「溫李」的溫庭筠與李商隱，以愛情題材的詩歌和豔麗詩風，在詩苑中開闢出新的境界。晚於他們的韓偓、吳融、唐彥謙等，則是其詩風的繼承者。

晚唐士人寄情閨閣，既是由於在科舉和仕途上缺少出路，轉而從男女情愛方面尋找補償和慰藉，亦由於晚唐時代禮

教鬆弛，享樂淫逸之風盛行，狎妓冶遊，成爲時尚。士人們神馳於綺樓錦檻、紅燭芳筵，陶醉於仙姿妙舞、軟語輕歌。詩歌不僅多寫婦女、愛情、閨樓繡戶，而且以男女之情爲中心，跟其他題材內容相融合。如不少詠物詩，所詠的花、柳、蜂、蝶等，實際上是女子的化身。一些敘事詩，像杜牧的〈杜秋娘詩〉、韋莊的〈秦婦吟〉，均藉表現女主人公的命運遭遇，引起讀者關注，進而在敘述中融入廣闊的社會歷史生活內容。某些情況比較複雜的題材，在表現主題上本來可以有多種選擇，此時也更傾向於表現情愛。如關於唐玄宗、楊貴妃的題材，寫起來往往容易涉及政治，但晚唐人卻偏重於寫情愛。張祜（七九二？—八五四？）詩集中取材與楊貴妃有關的絕句達十三首之多，沒有一首往政治方面去寫，這些都表現了晚唐詩歌在題材內容上的取向。

由於題材本身具有綺豔性質，加以奢靡之風對於美學趣味的影響，晚唐情愛詩在色彩、詞藻等方面，具有豔麗的特徵。尤其是溫庭筠的許多詩，豔麗中還帶有較濃厚的世俗乃至市井色彩，鮮明地表現出晚唐的時尚。

溫庭筠（八〇一？—八六六）[21]，是晚唐時期走在文學潮流前面，詩、詞、駢文、小說兼擅的作家。他出身於沒落的士大夫家庭，作風浪漫。史稱其「士行塵雜」，「與新進少年狂遊狹邪」（《新唐書》本傳），可算是士人中典型的浪子，這對他的詩詞創作都有很深的影響。溫庭筠與李商隱同爲晚唐綺豔詩風的重要代表，他現存詩三百三十餘首，總體風格屬於華美巧麗的一路，可大致分爲兩類：一類以樂府詩爲代表，風格穠豔繁密；另一類以近體律絕爲代表，清麗流美。溫庭筠的樂府詩多達七十餘首，在唐代樂府詩作者中堪稱重鎮。內容有一部分屬於懷古詠史、紀遊寫景，但主要是寫閨閣、宴遊，如〈春愁曲〉：

> 紅絲穿露珠簾冷，百尺啞啞下纖綆。遠翠愁山入臥屏，兩重雲母空烘影。涼簪墜髮春眠重，玉兔熅香柳如夢。錦疊空床委墮紅，颸颸掃尾雙金鳳。蜂喧蝶駐俱悠揚，柳拂赤闌纖草長。覺後梨花委平綠，春風和雨吹池塘。

頭兩句寫閨中春愁，從破曉時的外景到女子空床獨眠，到以風雨送春之景，暗示春光虛度、美人遲暮。側重環境氣氛的渲染，側重視覺彩繪與膩香脂粉的溫馨描寫，華美綽約，上承齊梁宮體和李賀的澀豔，又在細密、隱約和遣詞造境上具有某些詞的特徵。

溫詩不只限於寫情愛，他的近體詩情愛題材所占比重較小，風格清麗，不同於他樂府詩的穠豔。其中不乏抒情寄憤、感慨深切之作。如〈過陳琳墓〉、〈經五丈原〉、〈蘇武廟〉等篇，歷來傳誦。「詞客有靈應識我，霸才無主始憐君。」抒寫與陳琳異代同心之感，頗有英雄失路之慨。能夠見出溫庭筠在放蕩一面之外，還有執著的頗想有所作爲的一面。他有許多羈旅情思、旅途風物的詩，寫得清麗工細。如〈商山早行〉：

晨起動征鐸，客行悲故鄉。雞聲茅店月，人跡板橋霜。槲葉落山路，枳花明驛牆。因思杜陵夢，鳧雁滿回塘。

頷聯全用代表典型景物的名詞組合，「狀難寫之景，如在目前」，而且突出了「早行」的特點，「見道路辛苦，羈旅愁思」（歐陽修《六一詩話》），頗得歐陽修的稱賞。

韓偓（八四二—九一四？），以寫綺豔的香奩詩著名㉒，但實際上他的感時述懷之作，在唐末詩壇上頗具光彩。韓偓存詩總共三百三十餘篇。任翰林學士期間和貶離朝廷之後，有不少詩篇涉及時事。如〈故都〉、〈感事三十四韻〉等詩，寫朱溫強迫昭宗遷都洛陽和廢哀帝自立等一系列重大歷史事件，堪稱反映一代興亡的詩史。「天涯烈士空垂涕，地下強魂必噬臍」（〈故都〉）、「鬱鬱空狂叫，微微幾病癲」（〈感事三十四韻〉），哀感沉痛，在當時詩人中是很突出的。韓偓有《香奩集》㉓，收詩百篇，多數是早年的作品。嚴羽謂其「皆裾裙脂粉之語」（《滄浪詩話．詩體》）。其中大致有三種類型：一是像〈席上有贈〉、〈詠手〉、〈詠浴〉之類，淫狎輕靡，跟齊梁宮體一脈相承。二是與時事有關，多少帶一些寄託的，爲數較少㉔。三是寫男女之情而能保持一定品位的。如「繞廊倚柱堪惆悵，細雨輕寒花落時」（〈繞廊〉）、「若是有情怎不哭，夜來風雨葬西施」（〈哭花〉），可謂麗不傷雅，情濃意摯。韓偓還善於借助環境，以含蓄之筆寫閨閣情緒。如〈已涼〉：

碧闌干外繡簾垂，猩色屏風畫折枝。八尺龍鬚方錦褥，已涼天氣未寒時。

通過闌干、繡簾、屏風、圖畫、墊席、錦褥，烘托閨房密室的氣氛，再點出已涼未寒的天氣，不言情而情自然蘊涵其中。

與韓偓同年中進士，又一起任過翰林學士的吳融（？—九〇三？），詩歌內容和風格也有些接近韓偓。〈情〉詩云：「依依脈脈兩如何？細似輕絲渺似波。月不長圓花易落，一生惆悵爲伊多。」思路頗細，兼有情致。唐彥謙（？—八九三？），少師溫庭筠爲詩，但從他用七絕寫的〈無題〉十首和多數律詩看，亦同時追摹李商隱。「下疾不成雙點淚，斷多難到九回腸」（〈離鸞〉），風格和寫法即介乎溫、李之間㉕。他以用典精巧和含蓄蘊藉受到宋代楊億、黃庭堅，乃至明代楊愼的肯定，但比起李商隱要淺弱得多。像〈穆天子傳〉：「王母淸歌玉琯悲，瑤臺應有再來期。穆王不得重相見，恐爲無端哭盛姬。」顯然是受了李商隱〈瑤池〉的影響，而在詩味雋永方面遠遠不如。大體說來，寫男女情愛一類題材，到韓偓、吳融、唐彥謙等人，已遜於前一階段的李商隱、溫庭筠。而他們之後的五代時期，士大夫的閨閣情懷，主要藉詞表現，同類題材的五、七言詩，則無論從數量和品質上看，都明顯地走向衰落了。

第四節　隱士情懷與淡泊詩風

・陸龜蒙、皮日休的詩酒唱和與隱士情懷　・司空圖等人的避世心態與淡泊詩境

自咸通後期開始，唐王朝進入動亂階段，文人在仕途上不僅較前更難有所作爲，且常有性命之虞。「從此當歌唯痛飲，不須經世爲閒人。」（司空圖〈有感〉二首其二）環境險惡，一些人把功名看得淡了，平安閒放、終老煙霞，成爲生活上的追求目標。精神上則盡量做到不受外界干擾，一切淡然處之，努力保持內心的閒適、恬靜。陸龜蒙、皮日休、司空圖等人的詩歌，突出地表現了這種避世心態與淡泊情思。

陸龜蒙（？—八八一）、皮日休（八三四？—八八三？）二人並稱「皮陸」㉖。陸龜蒙通《春秋》等儒家經典，自稱有「致君術」、「活國方」（〈村夜〉二篇），但又認爲「命既時相背，才非世所容」（〈自和次前韻〉），還是選擇了退隱的道路。《新唐書・隱逸傳》說陸龜蒙：「不喜與流俗交，雖造門不肯見。不乘馬，升舟設蓬席，齎束書、茶灶、筆床、釣具往來。時謂『江湖散人』，或號『天隨子』、『甫里先生』。」他的〈江湖散人歌傳〉自云：「散人者，散誕之人也。心散，意散，形散，神散。既無羈限，爲時之怪民。」可見他以散淡自處，努力放神於自然，無拘束地過著自得其樂的生活。他存詩六百首，大部分是閒散隱逸之作。皮日休本來推崇儒學，很有用世之心，在詩歌理論方面，曾有過類似白居易的諷諭美刺之說。其《正樂府》十篇，針對現實，有美有刺。名篇〈橡媼歎〉，寫老農婦一年收成被貪官汙吏剝削殆盡，只得拾橡栗充飢，可以令人聯想起白居易的〈賣炭翁〉等作品。但這類題材在其現存四百多首詩中不到十分之一。似乎也像白居易在欲行「兼濟之志」時寫樂府詩，過後則大寫閒適詩一樣，皮日休咸通十年入蘇州幕府，結識隱居其地的陸龜蒙，詩歌創作就起了變化。兩人詩酒唱和，題詠風物，寫了六百多首詩，編爲《松陵唱和集》，在唐末詩壇別成江湖隱逸一派。

皮、陸二人抒寫的是中唐以後文人那種較爲近俗的閒情逸興，帶有瀟灑遊戲的成分㉗。與前代詩人相比，缺少陶淵明那種對社會人生的嚴肅思考，也缺少王維的禪悟和對自然美的深刻感受。與晚唐詩人相比，皮、陸和賈島、姚合的追隨者相對接近一些，但前者詩中體現的是「物外一以散」（陸龜蒙〈江湖散人歌〉）的情懷，詩境閒適，後者帶著窮愁失意的情緒，多寫荒僻幽冷之境，彼此實有區別。至於藝術，姚、賈一流努力把五律作得工整規範，皮、陸則炫耀其翻新的本領㉘，更是大異其趣。

皮陸唱和，在淡於世事的同時，特別關注個人生活，多攝取日常和身邊的器具、景物、人事爲詩料。〈漁具詩〉、〈樵人十詠〉、〈酒中十詠〉、〈添酒中六詠〉、〈茶具十詠〉等，連篇累牘地唱和，無非是酒、茶、漁釣、賞花、玩石等瑣物、碎事和各種閒趣。兩人又逞強爭勝，誇巧鬥靡，一題之下，成詩數十首，都是類似的情味，不免既繁雜而又單調，甚至給人空虛無聊之感。倒是一些似乎不大經意的小詩，寫得較有情味，如〈春夕酒醒〉的唱和詩，皮日休原唱寫酒醉醒來後見到燒殘的紅燭，猶如一枝珊瑚，從氣氛到境象都很不錯㉙，而陸龜蒙的和詩又別開生面：

幾年無事傍江湖，醉倒黃公舊酒壚。覺後不知明月上，滿身花影倩人扶。

不寫紅燭等物，不爲原唱所拘，逕自用閒放自然的筆調，寫詩人放達瀟灑的情懷和風度。「無事傍江湖」的處境中，推出一副「滿身花影倩人扶」的悠然醉態，把詩人那種帶世俗色彩的「江湖散人」形象表現得很逼眞。既有韻致，又具皮、陸一派寫日常閒適生活的特有情調。

司空圖（八三七—九〇八），所處的時代稍後於皮、陸㉚，屢經動亂艱危，其避世思想的產生，跟戰亂有著更爲直接的連繫。「家山牢落戰塵西，匹馬偷歸路已迷」（〈丁未歲歸王官谷〉）、「亂來已失耕桑計，病後休論濟活心」（〈丁巳重陽〉）。戰亂中遁歸鄉里，雖意識到了士大夫濟世活國的責任問題，但仍要隱居，其避亂自全的思想是很清楚的。爲了在退隱中獲得心境的平靜，司空圖還進一步泯滅心中的是非和不平：「有是有非還有慮，無心無跡亦無猜。不平便激風波險，莫向安時稔禍胎。」（〈狂題〉十八首其十六）像這樣自勸自誡，在詩中一再出現。他不可能像皮、陸那樣津津有味地誇述漁樵隱逸之趣。蒿目時艱，苟全一身，其避世情懷內含濃重的悲涼，詩境一般比較淒冷。如〈重陽阻雨〉：「重陽阻雨獨銜杯，移得山家菊未開。猶勝登高閒望斷，孤煙殘照馬嘶回。」不願去高處看亂離衰敗景象。由節候的淒冷，進而推向內心的淒冷，形成冷寂淡漠的詩境。司空圖是晚唐詩論家，強調「韻外之致」、「味外之旨」（〈與李生論詩書〉）。而從他的創作看，所追求的韻致也往往是淡冷清雅的，其所舉以自矜的詩句，如「草嫩侵沙短，冰輕著雨消」（〈早春〉）、「人家寒食月，花影午時天」（殘句）、「棋聲花院閉，幡影石壇高」（殘句）、「孤嶼池痕春漲滿，小欄花韻午晴初」（〈歸王官谷次年作〉）等㉛，所具有的韻致都偏於清幽，可見司空圖的淡泊詩境總是帶有一絲孤冷，絕無皮、陸那種瀟灑。

第五節　亂離之感與時世諷諭

・鄭谷、韋莊的亂離詩　・羅隱的諷世詩

唐末詩人置身昏暗動亂時代，前逢黃巢軍起義，後值軍閥大混戰，他們對社會災難、民生疾苦均有所關注。不僅像聶夷中的〈詠田家〉、杜荀鶴的〈山中寡婦〉和〈亂後逢村叟〉等篇，歷代傳誦，就連上一節論晚唐人隱士情懷和淡泊詩風，舉以爲代表的陸龜蒙、皮日休、司空圖等，也有相當一部分作品反映了戰亂與民瘼，這是我們在對這些作家做全面考察時不應忽略的。此外，唐末至五代初，還有幾位重要詩人對時局的反映相當痛切，頗具時代特色。

鄭谷（八五一？—九一〇？）㉜，早年遭逢戰亂，曾奔亡巴蜀，淹留巫峽，流寓荊楚吳越。「十年五年歧路中，千里萬里西復東」（〈倦客〉）。入仕以後，在唐王朝行將滅亡前的強藩互鬥中，又多次「奔走驚魂」。鄭谷現存詩三百餘首，有近百首寫其奔亡流徙，涉及時局。如「荊州未解圍，小縣結茅茨」、「傳聞殊不定，鑾輅幾時還」（〈峽中寓止〉二首），涉及光啓年間秦宗權軍隊長期圍困荊州、僖宗因受強藩威脅出逃等事。「十口飄零猶寄食，兩川消息未休兵」（〈漂泊〉），把家口飄零與兩川戰亂連繫起來描寫，揭示國無寧日，民不聊生。「訪鄰多指塚，問路半移原」（〈訪姨兄渭口別墅〉），令人想見戰亂後新塚累累，陵谷變遷的慘痛景象。鄭谷除奔逃、訪舊之類作品一再反映時亂之外，其送別懷友詩也多涉及亂離。〈久不得張喬消息〉云：「天末去程孤，沿淮復向吳。亂離何處甚，安穩到家無？樹盡雲垂野，檣稀月滿湖。傷心繞村落，應少舊耕夫。」牽掛友人和感念時局的心情交融在一起，清婉淺切，很能代表鄭谷的詩風。同時因亂離懷友，詩中又有一種悲涼的氣韻。

韋莊（八三六？—九一〇）㉝，廣明元年在長安應舉，值黃巢軍攻占京城，被困。其後寫了長篇敘事詩〈秦婦吟〉㉞，藉一曾被黃巢軍擄掠、後逃至洛陽的女子之口，敘述黃巢軍攻占長安後之情景，以及一路逃難之見聞。對農民軍固然有所詆毀，但對官軍的強盜行徑亦做了無情揭露。詩中像「內庫燒爲錦繡灰，天街踏盡公卿骨」等一系列描寫，觸目驚心，還是相當眞實地再現了當時的情況。此詩長達一千六百六十六字，宏偉嚴整，沉痛憤鬱，反映歷史巨變和黎民百姓所遭受的災難，堪稱韋莊詩歌的代表作。韋莊的抒情詩，傷時之作亦占有很大比重。對時代喪亂和社會問題的表現，較鄭谷具體。如〈汴堤行〉：「欲上隋堤舉步遲，隔雲烽燧叫非時。才聞破虜將休馬，又道征遼再出師。朝見西來爲過客，暮看東去作浮屍。綠楊千里無飛鳥，日落空投舊店基。」雖似略帶一點懷古的意味，實則描寫了烽火連天，一片傷亡殘破的現實圖景。又如〈聞再幸梁洋〉：「才喜中原息戰鼙，又聞天子幸巴西。」寫戰鼓剛剛住聲，皇帝又因爆發新戰爭而再次出逃。針對這種無休無止的戰亂，韋莊在〈憫耕者〉中說得更痛切：「何代何王不戰爭，盡從離亂見清平。如今暴骨多於土，猶點鄉兵作戍兵。」莊弟韋藹謂其：「流離漂泛，寓目緣情。子期懷舊之辭，王粲傷時之制。或離群軫慮，或反袂興悲。」（《浣花集・序》）由於有這種身世和抑鬱懷抱，韋莊詩能在通俗平易中見感慨深沉，非當時一般平淺成篇之作可比。

與鄭谷、韋莊對時局側重於傷感不同，羅隱（八三三—九〇九）㉟在晚唐社會中一再碰壁，懷才不遇，不免偏於激憤，其詩多通俗快露、諷諭時世之作。從諷慨中也反映了社會的昏暗與動亂。〈黃河〉：「莫把阿膠向此傾，此中天意固難明。解通銀漢應須曲，才出崑崙便不清。高祖誓功衣帶小，仙人占斗客槎輕。三千年後知誰在，何必勞君報太平！」藉諷黃河，以見時世混濁，太平無望。因爲多諷刺而少溫厚，羅詩略嫌粗疏。其絕句在韻度上又稍遜律詩，但諷刺更爲尖銳。如〈帝幸蜀〉㊱：「馬嵬山色翠依依，又見鑾輿幸蜀歸。泉下阿蠻應有語，這回休更怨楊妃。」藉爲楊妃洗刷，冷嘲熱諷，同時反映了黃巢軍攻占長安，唐僖宗逃亡的歷史事件。

唐末傷時諷世的作家作品，數量不少，但與極其動亂的社會情況相對照，其時詩歌對現實的反映還是不夠的。詩人們一般是從自己的命運遭遇出發，把現實社會的動亂作爲背景表現，而較少正面直接地反映慘澹的社會人生。他們在動亂中惶惶不安，四處漂泊，自顧不暇。即使得到暫時的安定，也是或潛身窮鄉僻壤，或依託僅據有一隅之地的地方霸主。他們難以再有那種強烈的社會責任感和使命感，也難以再有那種博大之氣和飽滿的熱情。詩境一般比較淺狹，而且籠罩著末世的淒涼黯淡情緒，表現出痛苦絕望的心理。鄭谷的〈慈恩寺偶題〉被金聖歎稱爲「唐人氣盡之作」㊲。韋莊的〈秦婦吟〉中藉金天神「我今愧恧拙爲神」，「危時不助神通力」的自責，暗示當時的大動亂乃劫數難逃。在〈咸通〉中，回首亂前，極寫官僚貴族的奢侈淫樂，末聯云：「人意似知今日事，急催弦管送年華。」於樂盡哀來的慨歎中，同樣有一種認同天意或劫數難違的末世心理。羅隱的〈中秋夜不見月〉云：「陰雲薄暮上空虛，此夕清光已破除。只恐異時開霽後，玉輪依舊養蟾蜍。」也是藉諷慨月中有蟾蜍陰影，永遠不得有眞正的光明皎潔，表示他對清平世界不抱幻想。與其〈黃河〉詩之不望有河清之日一樣，都基於對時代由失望痛苦到近於絕望的心理。哀莫大於心死，詩人在對時代失去最後一點信心與希望的時候，詩境便再也難有大的開拓，唐詩也就自然降下了帷幕。

注釋

❶懷古詩和詠史詩是有區分而又很接近的兩類詩。大體上説，懷古詩是就能夠引起古今相接情緒的時地與事物興發感慨。詠史詩則無須實際事物做媒介，作者直接以史事為對象撫事寄慨。由於兩者都是詠「古」，又時有交叉，界限並不很嚴。

❷沈德潛《唐詩別裁集》卷十五：「晚唐詩多柔靡，牧之以拗峭矯之。」

❸中華書局上海編輯所一九六二年排印本《樊川詩集注》（唐代杜牧撰，清代馮集梧注），包括《樊川詩集》、《樊川詩補遺》、《樊川別集》、《樊川外集》、《樊川集遺收詩補錄》，共收詩五百十七首。其中只有《樊川詩集》四卷絕大部分為杜牧詩。其餘《別集》、《外集》、《補錄》等，大量雜入許渾、張祜、趙嘏等人作品總計百首左右。中華書局二〇〇八年出版了吳在慶撰《杜牧繫年校注》，在吸收歷代學者考證的基礎上，對可能屬於前人誤收的作品，均有交代説明，可參考。

❹《唐會要》卷三十：「開元二年七月二十九日，以（玄宗）與慶里舊邸為興慶宮。……後於西南置樓，西面題曰花萼相輝之樓，南面題曰勤政務本之樓。……十六年正月三日始移仗於興慶宮聽政。」千秋節是以唐玄宗生日所定的節日。《唐會要》卷二十九：「開元十七年八月五日，左丞相源乾曜、右丞相張説等上表以是日為千秋節。著之甲令，布於天下，咸令休假。……士庶以絲結承露囊，更相遺問。」

❺許渾，字用晦，祖籍安州安陸，寓居潤州丹陽（今江蘇丹陽），遂為丹陽人。大和六年進士，曾任監察御史及睦、郢二州刺史等職。其卒年可參看羅時進〈許渾卒年再考辨〉，載《學術月刊》一九九六年第八期。

❻漢代將咸陽改為長安，但仍在原地。

❼趙嘏，字承祐。楚州山陰（今江蘇淮安）人。遊蹤曾及河東、塞北、嶺南。會昌四年進士及第，大中六年左右為渭南尉。清編《全唐詩》存其詩二卷。

❽《唐摭言》卷七〈知己〉：「杜紫微（牧）覽趙渭南卷〈早秋〉詩云：『殘星幾點雁橫塞，長笛一聲人倚樓。』吟味不已，

因目報為『趙倚樓』。」按，趙嘏〈長安晚秋〉詩云：「雲物淒清拂曙流，漢家宮闕動高秋。殘星幾點雁橫塞，長笛一聲人倚樓。紫豔半開籬菊靜，紅衣落盡渚蓮愁。鱸魚正美不歸去，空戴南冠學楚囚。」

❾ 劉滄，生卒年不詳，字蘊靈，汶陽（今山東寧陽）人。大中八年登進士第，時已白髮蒼蒼。調華原尉，遷龍門令。

❿ 胡應麟〈清源寺中戲效晚唐人五言近體二十首・序〉：「賈簿、姚監輩實始以清新奇僻闡別派於五言。」

⓫ 賈島，字閬仙，幽都（今北京西南）人。早年為僧。元和年間以詩文投謁張籍、韓愈，返俗應舉，然終生未中第。晚年任長江縣（今四川蓬溪縣西）主簿，遷普州（今四川安岳）司倉參軍，卒於任所。存詩約四百首。

姚合，吳興（今浙江湖州）人，元和十一年進士及第。曾任武功縣主簿，晚年任祕書少監。存詩約五百首。

⓬ 李嘉言在《長江集新校》附錄〈賈島交友考〉中統計，晚唐學賈島者二十二人：馬戴、周賀、張祜、劉得仁、方幹、李頻、張喬、鄭谷、林寬、張蠙、姚合（按：賈島、姚合是互相學習的關係，將姚列入學賈的行列中，不夠恰當。且學賈者一般兼學姚）、顧非熊、喻鳧、許棠、唐求、李洞、司空圖、尚顏、曹松、于鄴、裴說、李中。晚唐五代有崇拜賈島如神者，如《唐摭言》載：李洞以銅做賈島像，戴之巾中，嘗持數珠唸賈島佛。《郡齋讀書志》載：南唐孫晟，嘗畫賈島像，置於屋壁，晨夕事之。

⓭ 兩詩均為五律，此處只截取前四句。

⓮ 「秋風吹渭水」一聯為〈憶江上吳處士〉頷聯。「鳥宿池邊樹」一聯為〈題李凝幽居〉頷聯。兩次吟詩衝犯京兆尹的傳說，參看傅璇琮主編《唐才子傳校箋》第二冊賈島條所做之考辨。賈島等人苦吟成癖，在其詩中隨處可見。如賈島云：「溝西吟苦客」（〈雨夜同厲玄懷皇甫荀〉）、「苦吟誰喜聞」（〈秋暮〉）、「風光別我苦吟身」（〈贈劉評事〉）。姚合云：「欲識為詩苦，秋霜苦在心。」（〈心懷霜〉）方幹云：「吟成五個字，用破一生心。」（〈閒居遣興〉）苦吟對晚唐詩人來說，包括創作中的苦心經營，也包括詩境的清苦。

⓯ 賈島、姚合一派詩人與大曆詩人在思想和藝術上均有連繫，參看李嘉言《長江集新校》附錄〈賈島交友考〉，上海古籍出版社一九八三年版。

⓰ 參看聞一多〈賈島〉。

⓱ 賈島因與韓愈、孟郊交遊，作詩奇僻，常被列入韓孟詩派中。但韓、孟的創作活動主要在貞元、元和時期，賈島的創作活動主要在元和後期至開成時期。韓、孟致力於古體詩創作，賈島擅長五律。賈島從元和後期起，實際上自成一家。參看聞一多〈賈島〉。

⑱以賈島為例，集中四百零二首詩，五律占二百三十二首。

⑲宋魏泰《臨漢隱居詩話》云：「賈島云：『獨行潭底影，數息樹邊身。』其自注云：『兩句三年得，一吟雙淚流。知音如不賞，歸臥故山秋。』不知此二句有何難道，至於三年乃成，而一吟淚下也。」

⑳方回《瀛奎律髓》卷十云：「（姚合詩）所用料不過花、竹、鶴、僧、琴、藥、茶、酒，於此幾物，一步不可離，而氣象小矣。」又同書卷四七云：「晚唐詩料於琴、棋、僧、鶴、茶、酒、竹、石等物，無一篇不犯。」

㉑溫庭筠，本名岐，字飛卿，祖籍山西太原。幼年和青年時代生活在蘇州，離開蘇州後，常以長安附近的「鄠（今户縣）郊別墅」為寓居之地。他曾多處漫遊，寄身幕府。雖一再應舉，卻因行為放蕩，且好譏嘲權貴，始終未能登第。僅任過縣尉和國子監助教等職，坎坷終身。溫庭筠的生年有眾多異說，我們取貞元十七年（八〇一）之說，詳參陳尚君〈溫庭筠早年事蹟考辨〉、劉學鍇《溫庭筠全集校注》附錄〈溫庭筠繫年〉。

㉒韓偓，字致堯，一說字致光，小名冬郎，京兆萬年（今陝西西安）人。十歲吟詩，即受到姨父李商隱的賞識。龍紀元年進士及第，在朝時極為唐昭宗所信任，做過兵部侍郎、翰林學士承旨。因反對朱溫篡唐，遭到貶斥，天祐年間，全家入閩避難，卒於南安。

㉓關於《香奩集》作者問題，參看傅璿琮主編《唐才子傳校箋》第四冊韓偓條。

㉔《香奩集》中〈思錄舊詩於卷上淒然有感因成一章〉有云：「自泣自吟無人會，腸斷蓬山第一流。」再證以集中某些詩句，如「動天金鼓逼神州，惜別無心學墜樓」（〈代小玉家為蕃騎所虜後寄故集賢裴公相國〉），可以見出有些篇確與時事有關，甚至有所寄託。

㉕李商隱〈無愁果有愁北齊歌〉「秋娥點滴不成淚。」〈和張秀才落花有感〉、「回腸九回後，猶有剩回腸」，所引唐彥謙兩句，即從李詩化出，但李詩多數意緒深隱，唐彥謙則相對顯豁，接近溫庭筠。

㉖陸龜蒙，見第八章第四節。皮日休，見第八章第四節。

㉗參看袁行霈〈在沉淪中演進〉，載《中華文史論叢》第四十八輯。

㉘皮、陸古體詩效韓愈的博奧和險澀。酬唱繼元、白次韻等做法而變本加厲。兩人又各有《雜體詩》一卷，其中有雜言詩、回文詩、四聲詩、疊韻雙聲詩、離合體詩、古人名詩、問答詩等。

㉙皮日休〈春夕酒醒〉：「四弦才罷醉蠻奴，酃醁餘香在翠爐。夜半醒來紅蠟短，一枝寒淚作珊瑚。」

㉚司空圖，字表聖。其籍貫有河中虞鄉（今山西永濟）和泗州（今江蘇泗洪）兩說。咸通十年登進士第，入仕後，先是黃巢軍

攻入長安，圖退居河中，後是僖宗被宦官脅迫奔寶雞，圖扈從不及，由中書舍人任上歸隱中條山王官谷。後梁開平二年，聞唐哀帝被殺，不食而卒。今存詩三百餘首。

㉛司空圖在〈與李生論詩書〉中列舉自己得意的詩句二十四聯，此處所引為其中四聯。

㉜鄭谷，字守愚，袁州宜春（今江西宜春）人。光啓三年進士及第，仕至都官郎中，晚年歸隱宜春。

㉝韋莊，字端己，京兆杜陵（今陝西西安）人。乾寧元年進士及第，在朝官至左補闕。天復元年入蜀依王建。唐亡，王建在蜀中稱帝，韋莊任宰相。

㉞〈秦婦吟〉，全詩久失傳，清光緒二十六年（一九〇〇）重新發現於敦煌石窟。

㉟羅隱，見第八章第四節。

㊱〈帝幸蜀〉，清編《全唐詩》題下注：一作狄歸昌詩。

㊲鄭谷〈慈恩寺偶題〉：「往事悠悠成浩歎，勞生擾擾竟何能。故山歲晚不歸去，高塔晴來獨自登。林下聽經秋苑鹿，江邊掃葉夕陽僧。吟餘卻起雙峰念，曾看庵西瀑布冰。」金聖歎云：「一『成浩歎』妙，便攝盡過去。二『竟何能』妙，便攝盡未來。三、四承之，不惟不是高興，兼亦不是遣興：不惟無勝可攬，兼亦無涕可揮，此為唐人氣盡之作也。」（《貫華堂選批唐才子詩》卷九）

第十一章　李商隱

唐代詩歌經過盛唐和中唐充分開拓後已難乎爲繼，晚唐一般詩人的作品創造性不大，題材、境界較爲狹小，但也有一二例外，這便是李商隱和杜牧的詩歌創作。尤其是李商隱，他在對中唐已經開始上升的愛情與綺豔題材的開拓、在向心靈世界深入等方面，把詩歌的藝術表現力提高到了一個新的高度，卓然成爲大家。

第一節　李商隱的生平與詩歌內容

・李商隱的人生遭遇及其靈心善感的氣質　・李商隱的思想詩歌內容：晚唐時代生活與時代心理的寫照

李商隱（八一二—八五八）❶，字義山，號玉溪生，又號樊南生。原籍懷州河內，從祖父起，遷居鄭州❷。父親李嗣曾任獲嘉（今河南獲嘉）縣令。商隱三歲時，父親受聘爲浙東（後轉浙西）觀察使幕僚。他隨父由獲嘉至江浙度過童年時代。李家從商隱曾祖父起，父系中一連幾代都過早病故。商隱十歲，父親卒於幕府，孤兒寡母扶喪北回鄭州，「四海無可歸之地，九族無可倚之親」（〈祭裴氏姊文〉），雖在故鄉卻實同外來的逃荒者。這種孤苦不幸，使他較早地體驗到了人世的艱辛，同時也促使他謀求通過科舉振興家道，在「懸頭苦學」中獲得高度的文化藝術修養，鍛鍊了他執著的追求精神。

文宗大和三年（八二九），李商隱謁令狐楚，受到賞識。令狐楚將他聘入幕府，親自指點，教寫今體文❸，楚子令狐綯又在開成二年（八三七）幫助他中進士。但就在這一年底，令狐楚病逝，李商隱於次年春入涇原節度使王茂元幕，王茂元愛商隱之才，將最小的女兒嫁給他。當時朋黨鬥爭激烈，令狐父子爲牛黨要員，王茂元被視爲親近李黨的武人❹。李商隱轉依王茂元，在牛黨眼裡是「背恩」的行爲，從此爲令狐綯所不滿。黨人的成見，加以李商隱個性孤介，他一直沉淪下僚，在朝廷僅任九品的祕書省校書郎、正字，以及閒冷的六品太學博士，爲時都很短。從大和三年踏入仕途，到大中十二年去世，三十年中有二十年輾轉於各處幕府。東到兗州，北到涇州，南到桂林，西到梓州，遠離家室，漂泊異地。他最後一次赴梓州做長達五年的幕職之前，妻子王氏又不幸病故，子女寄居長安，更加重了精神痛苦。時世、家世、身世，從各方面促成了李商隱易於感傷的、內向型的性格與心態。他所秉賦的才情，他的悲劇性和內向型的性格，使他靈心善感，而且感情異常豐富細膩。國事家事、春去秋來、人情世態，以及與朋友、與異性的交往，均能引發他豐富的感情活動。「庾信生多感，楊朱死有情。」（〈送千牛李將軍〉）「多感」、「有情」，及其所帶有的悲劇色彩，在他的創作中表現得十分突出。

李商隱童年時代受業於一位精通五經、恪守儒家忠孝之道的堂叔，十五六歲時曾在玉陽山學道❺。晚年「喪失家道，鬱鬱不樂」，藉佛理解脫煩惱，思想中儒佛道的成分兼而有之。他有「匡國」用世之心，也有過「願打鐘掃地，爲清涼山行者」的出世念頭。他重視自身的價值與創造，〈上崔華州書〉云：

> 始聞長老言：「學道必求古，為文必有師法。」常悒悒不快。退自思曰：夫所謂道，豈古所謂周公、孔子者獨能耶？蓋愚與周、孔俱身之耳。是以有行道不繫今古，直揮筆為文，不愛攘取經史，諱忌時世。百經萬書，異品殊流，又豈能意分出其下哉！

他反對機械復古，認爲道並非周、孔所獨能，自己和周、孔都體現著道。爲文不必援經據典，不必忌諱，應揮筆獨創，不甘居古人之下。從這種頗具鋒芒的議論中，可見其思想的自主與自信。

李商隱是關心現實和國家命運的詩人，他的直接反映時事政治的詩、借古喻今的詠史詩，以及少數詞意隱約但可肯定是針對現實政治而發的詩，總數不下百首❻，在其現存的約六百首詩中，占了六分之一，比重相當高。著名的長詩〈行次西郊作一百韻〉，一開頭就展示了京西郊區「農具棄道旁，飢牛死空墩。依依過村落，十室無一存」的荒涼殘破景象。接著藉村民口訴，展示社會癥結。長詩體勢磅礴，既有唐王朝衰落歷史過程的縱向追溯，亦有各種社會危機的橫向解剖，構成長達百餘年的社會歷史畫卷。藩鎮的割據叛亂、宦官的專權殘暴、邊患的嚴重威脅、統治集團的驕奢淫逸、賦稅的苛重、人民生活的窮困、治安的混亂、財政的危機等，都在長詩中得到揭示，而這些方面，李商隱在其他一些詩中也一再予以關注。

文宗大和九年（八三五）冬，甘露事變發生，李商隱於次年寫了〈有感〉二首、〈重有感〉、〈曲江〉等詩，抨擊宦官篡權亂政，濫殺無辜，表現了對唐王朝命運的憂慮。當時懾於宦官的氣焰，包括白居易、杜牧等詩人在內，還沒有誰能像李商隱這樣寫出有膽識的作品。李商隱的朋友劉蕡因反對宦官而被貶死，他在酬贈、哭弔劉詩中，反覆爲劉蕡鳴不平：「江風吹浪動雲根，重碇危檣白日昏。」（〈贈劉司戶蕡〉）「上帝深宮閉九閽，巫咸不下問銜冤。」（〈哭劉蕡〉）把劉蕡冤貶死的遭遇放在政局動盪、宦官肆虐、皇帝昏聵的政治環境下加以描寫，同時把比興象徵手法引入以現實政治爲題材的作品中。

李商隱反對藩鎮破壞國家統一，一方面他贊成朝廷對藩鎮用兵，歌頌在平叛中立功的將相，另一方面，對於朝廷存在的問題，他也尖銳批評。如針對伐叛中暴露的軍政腐敗現象，追究根源，認爲關鍵在於宰輔不得其人。將反對藩鎮割據和批判朝政結合起來，在思想深度上超出以前的同類作品。

李商隱的詠史詩歷來受到推重，而從內容上看，則絕大部分屬於藉詠史以諷時的政治詩。如〈隋宮〉：

紫泉宮殿鎖煙霞，欲取蕪城作帝家。玉璽不緣歸日角，錦帆應是到天涯。於今腐草無螢火，終古垂楊有暮鴉。地下若逢陳後主，豈宜重問〈後庭花〉？

寫隋煬帝的逸遊和荒淫，從已然推想到未然，從生前預擬死後，在含蓄微婉的抒情中昭示歷史教訓，寓含對當代統治者的警戒諷刺。

唐代後期，許多皇帝不重求賢重求仙，希企長生，李商隱一再藉詠史予以冷嘲熱諷。〈賈生〉：「宣室求賢訪逐臣，賈生才調更無倫。可憐夜半虛前席，不問蒼生問鬼神。」藉賈誼宣室夜召一事，加以發揮，慨歎賢才被視同巫祝，諷刺皇帝不顧蒼生但信鬼神。〈瑤池〉：「瑤池阿母綺窗開，黃竹歌聲動地哀。八駿日行三萬里，穆王何事不重來？」在傳說的基礎上虛構出西王母盼不到周穆王重來的場景，含意深長地說明了求仙無益，神仙也不能使遇仙者免於死亡。

安史亂後，唐王朝由極盛走向衰敗，李商隱對玄宗的失政特別感到痛心，他的一些相關詠史之作，諷刺也特別尖銳。如〈馬嵬〉：

海外徒聞更九州，他生未卜此生休。空聞虎旅傳宵柝，無復雞人報曉籌。此日六軍同駐馬，當時七夕笑牽牛。如何四紀為天子，不及盧家有莫愁！

詩中每一聯都包含鮮明的對照，再輔以虛字的抑揚，在嘲諷的同時寓有深沉的感慨。他的〈龍池〉詩更爲尖銳地揭露玄宗霸占兒媳的醜行，連本朝皇帝也不留情面，不稍諱飾。

除政治抒情詩外，李商隱詩集中更多的是吟詠懷抱、感慨身世，以及有關男女愛情的作品。其中一些詠懷詩表現了他的用世精神。如「永憶江湖歸白髮，欲回天地入扁舟」（〈安定城樓〉），希望做一番扭轉乾坤的大事業，然後歸隱江湖。「賈生遊刃極，作賦又論兵」（〈城上〉），借歷史人物喻自己的才能抱負和追求。但無論怎樣執著，生逢末世，現實總是不斷讓他感到抱負成虛。「中路因循我所長，古來才命兩相妨」（〈有感〉），實際上是有才無命，命薄運厄，在個人命運背後有社會時運。「春日在天涯，天涯日又斜。鶯啼如有淚，爲濕最高花」（〈天涯〉），以「最高花」自喻，慨歎時代之黯淡沒落和自身之淪落。正因爲生性多情善感，而一生又是「淪賤艱虞多」（〈安平公詩〉），所以李商隱詩大量抒發的是一種人生感慨。它基於詩人自我體驗，但又往往反映了世人對命運遭際、人情世態種種帶有普遍性的體驗。

除在直接寫懷抱身世詩中抒發人生感慨外，李商隱的詠物詩也多託物寓慨。如：「流鶯漂蕩復參差，度陌臨流不自持。巧囀豈能無本意，良辰未必有佳期。風朝露夜陰晴裡，萬戶千門開閉時。曾苦傷春不忍聽，鳳城何處有花枝？」（〈流鶯〉）藉流鶯飄蕩流轉，傷己之無所依託，於輕倩流美中寓淒婉之思。而與〈流鶯〉寓感相近的〈蟬〉詩則出語憤激：「五更疏欲斷，一樹碧無情。」慨歎蟬悲鳴傳恨，欲斷仍嘶，卻無人同情。詩人寫蟬即以自寓，達到人與物一體的境界，抒寫了羈宦漂泊，舉目無親的人生與世情感慨。

李商隱抒情之作中，最爲傑出的是以「無題」爲中心的愛情詩。這些詩是李商隱詩歌獨特的藝術風貌的代表，以其深情綿邈與藝術獨創性，在文學史上占有重要地位。我國古代不少愛情詩的作者，往往以一種玩賞的態度來對待女子及其愛情生活。李商隱的愛情觀和女性觀是比較進步的，他以一種平等的態度，從一種純情的而不是色慾的角度來寫愛情、寫女性。他曾在〈別令狐綯拾遺書〉中對女子被深閉幽閨缺乏婚姻自主權，寄以極大的同情[7]。他的愛情詩，情摯意眞，深厚纏綿。如〈無題〉：

相見時難別亦難，東風無力百花殘。春蠶到死絲方盡，蠟炬成灰淚始乾。曉鏡但愁雲鬢改，夜吟應覺月光寒。蓬山此去無多路，青鳥殷勤為探看。

首聯就說盡了離情別恨。頷聯春蠶、蠟炬，到死成灰。比喻中寓象徵，至情至性，已經超越愛情而具有執著人生的永恆意義。頸聯於細意體貼關注中見兩心眷眷，兩情依依。尾聯是近乎無望中的希望，更見情之深摯。他把愛情純化、昇華得如此明淨而又纏綿悱惻，在古代詩歌中是罕見的。李商隱還寫了「十四藏六親，懸知猶未嫁」（〈無題〉），那種被「貯之幽房密寢」，無權過問自己婚事的懷春女子；寫了「身無彩鳳雙飛翼，心有靈犀一點通」（〈無題〉二首其一），那種顯然難得結合，卻已經目成心許的愛情；寫了那種終生難忘，遭受間阻，而又無法排遣、不易言說的戀情。這些描寫，都或多或少有悖於封建禮教對於女性和愛情的態度，並往往在愛情體驗中融入身世之感。

李商隱以他的詩，表現了美好的理想、情操，表現了人性中純正、高尚的一面，同時，也曲折地顯現了他那個時代政治環境氣氛與士人的精神面貌。

第二節 朦朧多義與對心靈世界的開拓

・中唐後期以來的詩歌走向 ・詩歌情調的幽美 ・朦朧與親切可感 ・詩歌內涵的多義性及其成因

李商隱詩歌在藝術上具有多方面成就，名篇如〈有感〉二首（五排）典重沉鬱；〈韓碑〉（七古）雄健高古；〈籌筆驛〉（七律）筆勢頓挫；〈驕兒詩〉（五古）類似人物寫生；〈鄠杜馬上念漢書〉（五律）具有古詩排之筆勢；〈偶成轉韻七十二句贈四同舍〉（七古）豪放健舉中見感慨深沉等，都各具面貌，極見功力。但從詩史的演進角度看，他以近體律絕（主要是七律、七絕）寫成的抒情詩，特別是無題詩，以及風格接近無題的〈錦瑟〉、〈重過聖女祠〉、〈春雨〉等篇，其藝術成就和創新意義，尤其值得重視。李商隱在文學史上的地位，在很大程度上取決於這類作品所產生的巨大而持久的影響。

李商隱之前，韓孟、元白兩大詩派興盛於中唐。到了晚唐，韓愈、白居易那一類詩歌的情感內容與士人的心態已逐漸隔膜，韓詩的怪奇而壯大、白詩的平易少含蓄的筆法，已不適用於表達纖細情感的需要。中唐後期，李賀的瑰麗詭譎開啟了晚唐重心靈、重自我的趨向。之後，詩歌創作中出現三種值得注意的走向：一，情愛和綺豔題材增長[8]，齊梁聲色又漸漸潛回唐代詩苑。二，追求細美幽約。三，重主觀、重心靈世界的表現。三者從不同的側面表現出來，又有其內在連繫。李商隱正是受這一走向推動，在表現包括愛情體驗在內的心靈世界方面做了重大開拓，同時創造了「綺密瑰妍」（敖器之《詩評》）的詩美。

李商隱的抒情詩，情調幽美。他致力於情思意緒的體驗、把握與再現，用以狀其情緒的多是一些精美之物。表達上又採取幽微隱約、迂迴曲折的方式，不僅無題詩的情感是多層次的，就連其他一些詩也常常一重情思套著一重情思，表現得幽深窈渺，如〈春雨〉：

> 悵臥新春白袷衣，白門寥落意多違。紅樓隔雨相望冷，珠箔飄燈獨自歸。遠路應悲春晼晚，殘宵猶得夢依稀。玉璫緘扎何由達？萬里雲羅一雁飛。

爲所愛者遠去而「悵臥」、「寥落」、「意多違」的心境，是一層情思；進入尋訪不遇，雨中獨歸情景之中，又是一層情思；設想對方遠路上的悲淒，是一層情思；回到夢醒後的環境中來，感慨夢境依稀，又一層情思；然後是書信難達的惆悵。思緒往而復歸，盤繞迴旋，雨絲、燈影、珠箔等意象，美麗而又細薄迷濛，加上情緒的黯淡迷惘，詩境遂顯得淒美幽約。

李商隱不像一般詩人，把情感內容的強度、深度、廣度、狀態等，以可喻、可測、可比的方式，盡可能清晰地揭示出來。爲了表現複雜矛盾甚至悵惘莫名的情緒，他善於把心靈中的朦朧圖像化爲恍惚迷離的詩的意象。這些意象分明有某種象徵意義，而究竟要象徵什麼，又難以猜測，由它們結構成詩，略去其中的邏輯關係的明確表述，遂形成如霧裡看花的朦朧詩境，詞意縹緲難尋。如〈錦瑟〉：

> 錦瑟無端五十弦，一弦一柱思華年。莊生曉夢迷蝴蝶，望帝春心託杜鵑。滄海月明珠有淚，藍田日暖玉生煙。此情可待成追憶，只是當時已惘然。

這首詩所呈現的是一些似有而實無，雖實無而又分明可見的一個個意象：莊生夢蝶、杜鵑啼血、良玉生煙、滄海珠淚。這些意象所構成的不是一個有完整畫面的境界，而是錯綜糾結於其間的悵惘、感傷、寂寞、嚮往、失望的情思，是瀰漫著這些情思的心象。詩的境界超越時空限制，眞與幻、古與今、心靈與外物之間也不再有界限存在。究竟寫什麼？只首尾兩聯隱約暗示是追憶華年所感，而傳達所感的內容則是五個在邏輯上並無必然連繫的象喻和用以貫串這五個象喻的迷惘感傷情緒。喻體本身不同程度地帶有朦朧的性質，而本體又未出現，詩就自然構成多層次的朦朧境界，難以確解❾。

李商隱詩的朦朧並不導致接受上的隔膜，雖朦朧而情思意象仍能讓人覺得親切可感，讀者儘管難以明瞭〈錦瑟〉詩的具體思想內容，但那可供神遊的詩境卻很容易在腦子裡浮現。所以，〈錦瑟〉雖號稱難懂，卻又家喻戶曉，廣為傳誦。〈重過聖女祠〉中的名句：「一春夢雨常飄瓦，盡日靈風不滿旗」，寫聖女「淪謫得歸遲」的淒涼孤寂處境，境界幽緲朦朧，被認為「有不盡之意」（呂本中《紫薇詩話》）。荒山廢祠，細雨如夢似幻，靈風似有而無的境界恍然在目，而那種似靈非靈，既帶有朦朧希望，又顯得虛無縹緲的情思意蘊卻引人遐想，親切可感中帶著種種朦朧的暗示。

「無題」一類境界朦朧的詩歌，在內涵上往往具有多義性⑩。一篇〈錦瑟〉，聚訟紛紜，多種箋解似皆有可通。所謂「味無窮而炙愈出，鑽彌堅而酌不竭」⑪，反映了可供多方面體味和演繹的多義性的特點。

多義在中國古典詩歌中本來很常見⑫，比興、象徵、用典、暗示，情在言外，旨冥句中，都可以造成多義。但一種多義是易解可解的，一種多義則難解、不可確解。李商隱屬於後者。前者往往表現為在一些意象中帶象徵意義或在表層意義下掩藏著深層意義，雖然多義，但多屬外延的擴展，層次的加深。而李商隱的多義，往往是給讀者提供多種解讀的可能，構成解讀上的複義。多重意旨之間可以是比較接近的，也可能是差距很遠的歧解。

多義性的成因來自多方面，從文字表述，亦即語言符號層面看，李商隱詩的意象、典故，以及詞語意象之間的連繫組合方式，都有可能導致朦朧。詩歌意象在一般詩人筆下，客觀性較強，能以通常的方式去感知。李詩意象則多富非現實的色彩，諸如珠淚、玉煙、蓬山、青鳥、彩鳳、靈犀、碧城、瑤臺、靈風、夢雨等，均難以指實。這類意象，被李商隱心靈化了，是多種體驗的複合。它們的產生主要不是取自外部世界，而是源於內心，內涵遠較一般意象複雜多變。

李詩大量用典，典故由於內涵的濃縮性等原因，如果用得好，能在有限的字句中，包含豐富的、多層次的內容。李商隱又擅長對典故的內涵加以增殖改造，用典的方式也別開生面。他往往不用原典的事理，而著眼於原典所傳達或所喻示的情思韻味。「莊生曉夢迷蝴蝶」，原典不過藉以闡發萬物原無差別的齊物我的思想，李商隱卻拋開原典的哲理思索，由原典生發的人生如夢引入一層濃重的迷惘感傷情思。「望帝春心託杜鵑」也由原典之悲哀意蘊而引入傷春的感愴，這些典故不是用以表達某種具體明確的意義，而是藉以傳遞情緒感受。對於讀者，情緒感受所引發的聯想和共鳴可以是模糊朦朧、多種多樣的。李商隱一生坎坷，對事物的矛盾和複雜性有充分的感受，結合他的體驗和認識，常常把典事生發演化成與原故事相悖的勢態，由正到反，正反對照，形成張力，把人思想活動的角度和空間大大擴展了。如〈嫦娥〉：

雲母屏風燭影深，長河漸落曉星沉。嫦娥應悔偷靈藥，碧海青天夜夜心。

嫦娥得成月中仙子，本爲常人所羨⑬，李商隱卻設想嫦娥會因爲天上孤寂而後悔偷吃了靈藥。注家對詩旨猜測紛紛⑭，說明這一典故經過反用之後，那種高遠清寂之境和永恆的寂寞感，溝通了不同類型人物某種近似的心理，從而使詩可以從不同角度加以解讀。還有些典故雖不是反用，但詩人做了別有會心的生發，如：「夢澤悲風動白茅，楚王葬盡滿城嬌。未知歌舞能多少，虛減宮廚爲細腰。」（〈夢澤〉）從「歌舞能多少」尋問爲迎合邀寵而節食減膳的效益，於是引發出「深慨宮中希寵美人的愚昧與麻木」等多種解說，以及「普天下揣摹逢世才人讀此同聲一哭」等聯想⑮，產生了多義性的效果。

李詩的多義性與詞語意象組合也很有關係。詩人心理負荷沉重，精神內轉，內心體驗纖細敏感，當心靈受到外界某些觸動時，會有形形色色的心象若隱若顯地浮現。發而爲詩，其意象往往錯綜跳躍，不受現實生活中時空與因果順序限制。這種意象轉換跳躍所造成的省略和間隔，導致讀者在通過藝術聯想將其有序化的時候，見仁見智，產生歧義歧解。如〈無題〉：

紫府仙人號寶燈，雲漿未飲結成冰。如何雪月交光夜，更在瑤臺十二層？

意象和句子之間跳躍性很大。詩人在追求不遂的失落之中，可能出現類似詩中的意亂情迷的心象與幻覺。雲漿未飲，旋即成冰，是追求未遂的幻化之象。「如何」二句是與所追求的對象渺遠難即之感，中間的跳躍變化透露對方變幻莫測，難以追攀。這一切可以是多種誘因（如愛情、交友、仕宦）導致的心事迷茫的感受，但究竟是何種誘因，讀者在像蒙太奇一樣閃爍變幻的意象面前，不能明確直接地得知，只能發揮各自的藝術聯想，因而在解讀時自然會出現多義⑯。

李詩多義性更爲深層也是更爲根本的原因，是由於把心靈世界作爲表現對象，李商隱許多詩歌所寫的不只一時一事，乃是整個心境。種種情緒互相牽連滲透，難辨難分。其心理狀態，被以繁複的意象表現出來的時候，便無法明確地用某時、某地、某事詮釋清楚。〈錦瑟〉詩開頭即點出「無端五十弦」，可見其意緒紛紜，而這又絕不是一時一事就能使作者陷入那樣一種心境之中的。以某種具體事件解之，不免掛一漏萬，顧此失彼。〈錦瑟〉如此，無題詩也有類似現象。詩人表現的是縈繞於心間的一種莫名的愁緒，其來龍去脈自己都未必能完全清晰地理出頭緒，詩也就加不上合適的題目而以「無題」名之。其中多數篇章只能看作是以愛情體驗爲中心的整個心境的體現。如〈無題〉四首其一：

> 來是空言去絕蹤，月斜樓上五更鐘。夢為遠別啼難喚，書被催成墨未濃。蠟照半籠金翡翠，麝熏微度繡芙蓉。劉郎已恨蓬山遠，更隔蓬山一萬重！

全篇寫「夢爲遠別」醒來後思念對方的心境，但那種殷切期待中只迎來「空言」和「絕蹤」的失望，那種已隔蓬山，更復遠離的間阻之感，作者除了在愛情中體嘗，在事業追求過程中和與朋友交往過程中，不也曾一次又一次地反覆體驗過嗎？因此，詩中所表現的那種交織著希望與失望的淒迷心境，也就並非單純由愛情失意所引起。

李商隱有些詩雖有一時一事的觸動，但著力處仍然在於寫心境。〈樂遊原〉：「向晚意不適，驅車登古原。夕陽無限好，只是近黃昏。」詩由登古原遙望夕陽觸發，引起的是整個心靈的投注，百感茫茫，一時交集。詩中的情感只有這「意不適」三字可以概括，而其原因和內涵則幾乎匯聚其畢生經歷的感受和體驗。

既然所表現的往往不限於具體情事，而是複雜的感情世界與多種人生體驗，因而關於李商隱詩的種種歧解，便可能在更高的層次上融合[17]。溝通眾說中某些合理成分，從詩境的多面性、多層次性著眼，或許更能接近原作。對於無題詩，一般讀者可以不必根究其「本事」，而應通過把握其總體情感內涵，去領略詩意與詩美。

第二節 淒豔渾融的風格

・淒豔渾融風格的分析　・李商隱詩與齊、梁詩歌以及與李賀、杜甫詩歌的對照
・李商隱對詩歌發展的推進

李商隱詩歌風格淒豔，豔，有來自六朝的文學淵源，但李商隱詩豔而不靡。在他那裡，豔與愛情生活的不幸，身世遭遇的坎坷，乃至與對唐王朝命運的憂思相連繫，表現出「哀感頑豔」（張采田評語）的特色。

> 玉盤迸淚傷心數，錦瑟驚弦破夢頻。（〈回中牡丹為雨所敗〉二首其二）
>
> 已是寂寥金燼暗，斷無消息石榴紅。（〈無題〉二首其一）

楓樹夜猿愁自斷，女蘿山鬼語相邀。（〈楚宮〉）

雄龍雌鳳杳何許，絮亂絲繁天亦迷。（〈燕臺詩四首・春〉）

這些都是把感傷情緒注入朦朧瑰麗的詩境，融多方面感觸於精密華麗之中，形成淒豔之美。

李商隱詩不僅把淒與豔融合在一起，而且由淒豔通於渾融。李詩不重意象的外部連繫，同時又多用美麗的詞藻與事典，這本來容易給人鑲金嵌玉、支離餖飣的感覺，難得在這種形式中表現出深渾的大氣候，但實際上李詩卻是「沉博絕麗」（朱鶴齡評語），豔而能渾，在藝術上表現出博大的氣象和完整性。這是由於：一、李商隱擁有自己的意象群，所用的意象在色調、氣息、情意指向上有其一致性。二、李詩技法純熟，聲調的和諧、虛字的斡旋控馭，事典的巧妙組織，近體在形式上的整齊規範，都增加了詩脈的圓融暢適。三、情感的統一，那種孤獨、飄零、悵然、無奈、寥落、傷感的情緒，濃郁而又深厚，瀰漫在許多詩中，使詩的各部分得以融合、貫通，渾然一體。如〈春雨〉全篇浸沉在孤獨悵觸的情緒中，從這種情緒出發，借助於飄灑迷濛的細雨融入迷茫的心境，依稀的夢境以及紅樓、燈影、雲羅、孤雁等物象，詩境遂顯得淒豔而渾融。短篇如〈夜雨寄北〉藉思鄉的愁緒將此地與異地、現時與未來、實景與假想、巴山獨對夜雨與剪燭聚首西窗等不同時地與場景，融合在一起。雖四句之間跳躍極大，但卻是「水精如意玉連環」（何焯評語）的渾融境界。

李商隱所開創的風格和境界是晚唐詩歌的重大收穫，他總結吸取前代詩歌藝術經驗加以提高，同時在詩歌中吸收了駢文、賦、小說等文體的養分和技法[18]，代表晚唐而又高於晚唐。通過將李商隱和前代某些階段詩歌與詩人對照，可以進一步看到他在創作上的取徑和成就：

一、李商隱與齊、梁詩歌。李詩中愛情和綺豔題材比重很大，講究詞藻聲律、對仗用典，與齊、梁詩有淵源關係。但齊、梁詩主要興趣在描寫閨閣樓榭與女子的容貌、體態、服飾，重聲色而乏性情。李商隱的愛情詩[19]側重於感情領域的表現，擺脫了以滿足感官慾望爲特徵的庸俗情調，以其深情綿邈把這一題材的詩境推向高峰。試看〈無題〉二首其一：

昨夜星辰昨夜風，畫樓西畔桂堂東。身無彩鳳雙飛翼，心有靈犀一點通。隔座送鉤春酒暖，分曹射覆蠟燈紅。嗟余聽鼓應官去，走馬蘭臺類轉蓬。

抒寫對昨夜一夕相値、旋成間隔的意中人的深切懷想。在「身」不由自主的情況下，那種靈犀一點的心心相印，該是多麼珍貴。突出了間隔中的契合、苦悶中的欣喜、寂寞中的慰藉。這與齊、梁詩把女子作爲性愛賞玩的對象去寫是不同的。

二、李商隱與阮籍。論詩歌的象徵性和多義性，李商隱與魏晉之交的阮籍有相似之處⑳。但在寫法上，阮籍把複雜的心理導向玄思，以虛擬象徵之境，隱約暗示詩旨。李商隱主情，心象與物象相融合，構成象喻，表現豐富複雜的情緒與心靈景觀，顯得更爲眞切生動㉑。

三、李商隱與李賀。李賀寫詩開啓了走向幽奧隱微的途徑，但李賀詩夾雜著生而未化的成分。李商隱精心結撰，才思綿密，既有沉鬱之致，又精美妥帖。李賀所寫的物象，往往具有特別的硬度和鋒芒㉒。又多用顏色字，瑰麗炫目。李商隱則是雖美豔而又較少給人色彩刺激，脫離了李賀的詞詭調激，歸於溫潤純熟。

四、李商隱與杜甫。王安石說：「唐人知學老杜而得其藩籬者，唯義山一人而已。」（蔡居厚《蔡寬夫詩話》引）李商隱優秀詩歌所達到的渾融境界，在藝術上可以和杜甫詩歌的渾成境界遙相呼應。李詩之渾融，除上文所指出的意象、技法、情感等原因外，他之通於杜甫，更在於其詩「穠麗之中，時帶沉鬱」（施補華《峴傭說詩》）。李商隱跟杜甫一樣，內心深處有一股鬱結很深的沉潛之氣，發而爲詩，在情思的沉鬱上十分相近。由於內在充實，通體完整，兩人詩歌都達到了「渾」的境地。不同的是，杜甫較李商隱外向，詩思經常盤旋在社會江山朝市之間，詩境與社會與自然直接溝通。「篇終接混茫」，所接的是外部世界。李商隱轉向內心，內在浩浩茫茫，無涯無際，撲朔迷離，也有一種渾淪之狀，成爲唐詩中達於渾化層次的一種新境界。

李商隱給在盛唐和中唐已經有過充分發展的唐詩以重大的推進，使其再次出現高峰。這表現在以下幾個方面：

一、對心靈世界做出了前人未曾有過的深入開拓與表現。任何詩歌都這樣那樣地表現著心靈世界，李商隱的獨特貢獻，在於他對心靈世界的豐富層次，它的變化的複雜奧妙，它的清晰的和不清晰的難以言說的領域，做了前所未有的細膩、傳神的展示。圍繞表現心靈世界，他在對於詩歌語言潛在能力的發掘㉓，比興象徵手法和典故運用等方面，亦有許多獨到的探索。

二、開拓了一個全新的藝術表現的領域：非邏輯的、跳躍的意象組合，朦朧情思與朦朧境界的創造，把詩境虛化。這樣的非寫實的藝術表現手法，不僅極大地擴大了詩的容量，且留給讀者以更大的聯想空間。

三、在無題詩、詠史詩、詠物詩三種類型詩歌的發展上做出重要貢獻。他所創寫的無題詩㉔，在詩歌中成爲一種富有特色的新體式。他的詠史詩㉕情韻深長，善於突破「史」的局限，眞正進入「詩」的領域，將詠史詩的創作往更具典型性、抒情性的境界推進。他的詠物詩㉖託物寓懷，表現詩人獨特的境遇命運、人生體驗和精神意緒，在物與我、形與神、情與理等類關係處理上做出了新貢獻。

四、在體裁方面，他的七律、七絕，深婉精麗，充分發揮了這兩種詩體在抒寫情感、表現心理方面的潛能㉗。清代吳喬云：「唐人能自闢宇宙者，唯李、杜、昌黎、義山。」（《西崑發微・序》）李商隱確實是繼李白、杜甫、韓愈之後，再次爲詩國開疆闢土的大家。

注釋

❶李商隱的生年，有馮浩的元和八年（八一三）說、錢振倫的元和六年（八一一）說、張采田的元和七年（八一二）說等三種主要說法。我們採用張采田說，詳見其所著《玉溪生年譜會箋》。

❷懷州河內，轄地相當於今河南省沁陽市和博愛縣。其祖父遷居後的住處，李商隱文中有時稱「滎陽」，用的是郡名。滎陽郡即鄭州。

❸唐代官方文書通用今體（四六），善於作駢文是順利的仕進條件之一。

❹《舊唐書・李商隱傳》云：「茂元雖讀書為儒，然本將家子，李德裕素厚遇之。」《新唐書・李商隱傳》云：「茂元善李德裕。」但有些學者認為王茂元「非李黨」。參看岑仲勉《玉溪生年譜會箋平質・導言》、傅璇琮《李商隱研究中的一些問題》。

❺學仙時間係據李商隱〈李肱所遺畫松詩書兩紙得四十韻〉、〈東還〉、〈送從翁從東川弘農尚書幕〉等詩做出的推測。參看劉學鍇、余恕誠《李商隱詩歌集解》附錄〈李商隱生平若干問題考辨〉。

❻李商隱詞意隱約，難以指實，但大體上可以肯定是針對現實政治而發的詩篇，如〈無愁果有愁北齊歌〉、〈明神〉等。

❼李商隱〈別令狐綯拾遺書〉：「生女子，貯之幽房密寢，四鄰不得識，兄弟以時見，欲其好，不顧性命。即一日可嫁去，是宜擇何如男子屬之耶？今山東大姓家，非能違摘天性而不如此。至其羔鶩在門，有不問賢不肖、健病，而但論財貨，恣求取為事。」

❽這裡所說的綺豔題材除寫男女之愛、閨情、宮怨者外，還包括帶有愛情脂粉氣息的詠物、寫景與描繪綺樓錦檻、歌舞房闈的

題材。

⑨參看羅宗強《隋唐五代文學思想史》第九章第三節，上海古籍出版社一九八六年版。

⑩《文心雕龍・隱秀》：「隱也者，文外之重旨者也。……隱以複意為工。」劉勰論「隱」與「重旨」、「複意」的關係，對我們理解朦朧與多義的關係應該有啓發。

⑪葛立方《韻語陽秋》卷二：「公（楊億）嘗論義山詩，以謂包蘊密緻，演繹平暢，味無窮而炙愈出，鑽彌堅而酌不竭。」

⑫參看袁行霈《中國詩歌藝術研究・中國古典詩歌的多義性》，北京大學出版社一九八七年版。

⑬傳說嫦娥奔月之前，曾經做過占卜，得吉兆。《後漢書・天文志注》引張衡〈靈憲〉：「羿請無死之藥於西王母，嫦娥竊之以奔月。將往，枚筮之於有黃。有黃占之曰：『吉。……毋驚毋恐，後且大昌。』……」

⑭⑮⑯參看劉學鍇、余恕誠《李商隱詩歌集解》（增訂重印本），中華書局二〇〇四年版，第一八八七－一八九〇頁、第六七三－六七五頁、第一六一二－一六一四頁。

⑰參看劉學鍇《李商隱傳論》附編〈紛歧與融通〉，安徽大學出版社二〇〇二年版。

⑱何焯在《義門讀書記》中說：「義山是以文（按：指駢文）為詩者。」錢鍾書說：「樊南四六與玉溪詩消息相通。」（周振甫《李商隱選集・前言》引）其餘可參考余恕誠《唐詩與其他文體之關係》（中華書局二〇一二年版）有關章節。

⑲李商隱的愛情詩，有一部分寫與他妻子王氏之間的愛戀，以及在王氏去世後的悼念。一部分寫與其他女子的戀情，戀愛對象不明。還有一類並沒有明確的對象，只是寫一種熱烈執著的情感追求。

⑳李商隱在〈獻相國京兆公啓〉中，曾拿自己的作品與阮籍詩相比，謙稱「八十首之寓懷，幽情罕備」。

㉑參看余恕誠從「阮旨遙深」到「玉溪要眇」——中國古代象徵性多義性詩歌之從主理到主情〉，載《文學遺產》二〇〇二年第一期。

㉒參看錢鍾書《談藝錄・長吉字法》。

㉓參看劉若愚《李商隱詩評析・李商隱對語文之探索》。

㉔李商隱之前，盧綸寫過一首七律〈無題〉，年輩略早於李商隱的李德裕寫過一首五絕〈無題〉，都是屬於感遇一類。以男女之情為題材的無題詩，始自李商隱。

㉕李商隱有詠史詩六十餘首。參看劉學鍇《李商隱傳論》下編〈李商隱的詠史詩〉。

㉖李商隱的詠物詩超過一百首。參看劉學鍇《李商隱傳論》下編〈李商隱的託物寓懷詩〉。

㉗古體詩上下句之間連貫性比較強，適合敘事和表現隨時間過程發展變化的情感。近體詩中間兩聯單句相對獨立，便於擺脫時空限制，表現綿邈的情感和紛紜複雜的心靈狀態。

第十二章 詞的初創及晚唐五代詞

在唐詩發展繁榮的同時，中國詩歌又出現了一種重要的新形式——詞。詞於初盛唐即已在民間和部分文人中開始創作，中唐詞體基本建立，晚唐以至五代，文人化程度加強，藝術趨於成熟。

第一節 燕樂的興起及詞的起源

・燕樂的興起 ・詞的起源 ・早期民間詞 ・早期文人詞

詞的興起與唐代經濟發達，五七言詩繁榮，有密切關係。商品經濟發展和城市興盛，為適合市井需要的各種藝術的萌生與成長提供了溫床，「歌酒家家花處處」（白居易〈送東都留守赴任〉）的都市生活，不僅孕育了詞，而且推進其發展與傳播。但詞最初作為配合歌唱的音樂文學，對它起決定作用的主要是音樂。詞在唐五代時期通常稱「曲子」或「曲子詞」，它在體制上與近體詩最明顯的區別是：有詞調，多數分片，句式基本上為長短不齊的雜言。這些異於一般詩歌的特點，是由它「排比聲譜填詞，其入樂之辭，截然與詩兩途」（胡震亨《唐音癸籤》卷十五）所造成的。所以，詞最根本的發生原理也就在於以辭配樂，是詩與樂在隋唐時代以新的方式再度結合的產物。

中國詩歌有與音樂相結合的傳統，但各階段辭與樂的性質及其配合方式有所不同。漢魏樂府，一般是先有歌辭，後以音樂相配。而唐五代詞是先有樂，後有辭。漢魏樂府所配的是清商樂，而詞所配的是隋唐新起的燕（宴）樂❶。沈括《夢溪筆談》卷五〈樂律一〉云：

> 自唐天寶十三載，始詔法曲與胡部合奏。自此樂奏全失古法，以先王之樂為雅樂，前世新聲為清樂，合胡部者為宴樂。

沈括指出迄至唐代所出現的三種類型的音樂：雅樂、清樂、宴（燕）樂。雅樂屬於周秦古樂系統，與俗樂相對，用於郊廟祭享，跟配合俗樂的詞沒有多大關係。清樂在漢魏有平調、清調、瑟調，稱相和三調，或清商三調（即宮調、商調、角調），行於中原。「晉朝播遷，其音分散」（郭茂倩《樂府詩集》卷四四），清商樂又與江南吳歌、荊楚西聲相結合，在相對安定的長江流域得到長足的發展，成爲南朝音樂的主體，復又隨政治上的南北統一，成爲隋唐七部、九部或十部樂中的一部。但實際上南朝所傳清商樂，到唐代也漸漸受冷落，「長安（武則天年號，七〇一—七〇四）以後，朝廷不重古曲，工伎轉缺。能合於管弦者，唯……八曲。」（《舊唐書・音樂志》）這種唐初已被看作「古曲」的南朝舊傳清商樂，與詞關係也不大。至於廣義上可算屬於清樂系統的南方音樂，雖然始終未曾消歇，但它與胡樂、中原音樂不斷交融，作爲唐代俗樂總稱的燕樂，正包含了南方音樂成分❷。

燕樂之起可以追溯到北朝，隨著少數民族入主中原，可以統稱胡樂的邊地及境外音樂，陸續傳入內地。其中有宮廷樂舞。唐代十部樂，高麗、天竺、安國、康國、龜茲、疏勒、高昌七部，皆有來自外域的源頭，是通過異國進獻、王室之間通婚，以及戰爭繳獲等管道輸入的。此外，還有伴隨貿易等途徑傳入的西域民間樂舞，以及伴隨宗教活動傳入的西域佛教樂舞，內容十分豐富。

胡樂以音域寬廣的琵琶爲主要伴奏樂器，能形成繁複曲折、變化多端的曲調。它同時配有鼓類與板類節奏樂器，予聽眾以鮮明的節拍感受。由於西域音樂悅耳新鮮，富有刺激性，給華夏音樂發展帶來了強大的推動力。一方面，中原音樂吸收了胡樂成分；另一方面，胡樂在接受華夏的選擇過程中，也吸收了漢樂成分，融合滲透，形成了包含中原樂、江南樂、邊疆民族樂、外族樂等多種因素，有歌有舞，有新有舊，兼收並蓄，包羅萬象的隋唐燕樂。它擁有鮮明的時代風格，適合廣大地域和多種場合，特別是以「胡夷里巷之樂」的俗樂姿態，滿足著日常娛樂的需要。有樂有曲，一般也就相應地需要與之相配的歌辭。詞正是在燕樂的這種需求下產生。當然，詞隨燕樂而起，具體過程是複雜的，途徑也並不單一❸。

配合燕樂演唱的歌辭並非一種，除長短句形式的歌辭外，還有齊言的聲詩❹。前者依樂曲製作文辭，後者選詩配樂，兩者並行於世。同時又有一部分聲詩，樂工在演唱過程中，爲與樂曲更好配合，雜以和聲、泛聲等成分。這些和聲、泛聲處，後來逐漸被人塡成實字，即可能演變成長短句詞調❺。這一部分詞在產生過程中，經由聲詩一環過渡而成，在唐五代詞調中約占十分之一❻。考察詞的起源，既應看到部分詞調這一形成過程，又不可以偏概全，認爲詞即由五七言近體詩進化而成。

詞有詞之曲，曲調成為詞調是有條件、有選擇的。燕樂產生，不等於就有了適合於入詞的形形色色的曲調。特別是供宮廷用的大曲，雖屬燕樂，卻因規模過大，難於入詞。唐五代時期，孳生出詞的樂曲，主要是短小輕便的雜曲小唱。這些雜曲小唱的產生，與唐代設置教坊有一定關係。據現存資料，隋代已有入詞的曲調產生，但為數很少，後世沿用的詞調，名稱雖同，樂曲未必即隋代所傳。唐代所傳主要曲樂資料為太常曲和教坊曲❼。太常曲是太常寺下屬大樂署的供奉曲，為朝廷正樂，不容雜曲小唱一類俗樂。太常曲二百餘曲中，轉為詞調的，僅少數幾個曲調，大量轉變為詞調的是教坊曲。開元二年，喜愛俗樂的唐玄宗以「太常禮樂之司，不應典倡優雜伎」為藉口，「更置左右教坊，以教俗樂」（《資治通鑑》卷二一一）。自此教坊成為女樂和俗樂集中地，它創製了許多新樂曲，來自民間和來自各地方的樂曲也總匯於教坊，並通過教坊加速了在社會上的傳播。唐五代所用詞調，總共一百八十調左右，半數皆可見於《教坊記》的曲名表中，說明以教坊為代表的俗樂機構，以及以教坊妓為代表的歌舞藝人，在眾多曲調的創製、形成過程中，起了重要作用。

詞的興起，以及某些具體格律和修辭特徵的形成，還與酒令著辭有關❽。「新翻酒令著辭章」（花蕊夫人〈宮辭〉），盛極一時的飲宴娛樂風氣，培育並發展了精彩豐富的酒令藝術。有些歌舞化的酒令則近於或已經成了詞。今存詞調中，留下了種種「令」詞的名目共一百多調。酒令在不斷翻新過程中，常常設計出種種令格，這些令格，有的被繼承下來，成了詞的某些體式或修辭特點。

詞從孕育、萌生到詞體初步建立，經歷了一個較長的過程。從隋代到初盛唐，傳世作品有限，創作呈偶發、散在的狀態。到中唐，有張志和、韋應物、白居易、劉禹錫等較多詩人從事填詞，這種文體的寫作才從偶發走向自覺。劉禹錫有〈憶江南〉詞，標云：「和樂天春詞，依〈憶江南〉曲拍為句。❾」表明不再是按詩的句法，而是依照一定曲調的曲拍製作文辭。這是文人自覺地把詩和詞兩種創作方式區分開了，有了真正屬於詞的創作意識和操作規範。劉禹錫的同時代詩人元稹在《樂府古題．序》中強調，韻文中有「由樂以定詞」與「選詞以配樂」兩大類。前者「因聲以度詞，審調以節唱。句度短長之數，聲韻平上之差，莫不由之準度。」元稹這番議論與當時聲詩與詞並行的局面有密切關係。證明劉禹錫「以曲拍為句」，是從已經較為普遍的詞的創作實踐中概括出來的，足以作為詞體成立和「曲子詞」的創作走向自覺的標誌。「因聲以度詞」、「以曲拍為句」，當然是依曲譜直接製作文辭，與後世據詞譜填詞仍不是一回事。這中間的演變是由於曲譜失傳，或雖有曲譜而後世難得通曉，只好以前代文人傳世之詞作為範本，進行創作。而以具體作品為範本，畢竟不夠便捷，於是學者又將前代同調詞作集中起來加以比勘，總結每一調在形式、格律方面的種種要求，制定出詞譜[10]。至此，詞的製作便由最初的依曲譜製詞，演變爲依詞譜塡詞。詞也由融詩樂歌舞爲一體的綜合型藝術，轉變爲單純文學意義上的一種抒情詩體了。

詞起源於民間，但在一九〇〇年敦煌石室打開之前，研究中很難見到民間作品，直到敦煌卷子中的詞曲面世，才補救了這方面的缺陷。敦煌詞曲數量很大[11]。其中有溫庭筠、李曄（唐昭宗）、歐陽炯詞共五首，其餘爲無名氏之作。作者範圍廣泛，多屬下層，寫作時間大抵起自武則天末年，迄於五代[12]。其中最重要的抄卷是《雲謠集雜曲子》，收詞三十首，抄寫時間不遲於後梁乾化元年（九一一），比《花間集》的編訂（後蜀廣政三年，九四〇），早出近三十年。所用詞調，除〈內家嬌〉外，其餘十二調，《教坊記・曲名表》均有著錄。其中有慢詞，亦有聯章體。

敦煌詞創作的早期性與作者成分來源的民間性，使作品從內容、體制到語言風格，都表現出這些初起的詞，初步脫離一般詩歌的大文化系統，開始獨立成體的過渡性特徵。朱祖謀跋《雲謠集雜曲子》云：「其爲詞拙樸可喜，洵倚聲椎輪大輅。」可以用於對整個敦煌詞的評價。

詞與詩在題材內容上各有自己的領地，詩歌界域寬廣，而詞多言閨情風月。敦煌詞雖亦多寫男女之情，但同時又有更廣泛的取材，如寫晚唐動亂局面：「每見惶惶，隊隊雄軍驚御輦。」（〈酒泉子〉）寫堅守敦煌，威鎮荒服的邊將：「敦煌古往出神將，感得諸蕃遙欽仰。」（〈菩薩蠻〉）寫商人逐利，「客在江西」，或富、或貧、或死的不同境況（〈長相思〉），均爲後來詞家所未曾寫到。即使是詞中最普遍的妓女題材，敦煌詞中也展開了文人筆下所未曾有的側面。如：「莫攀我，攀我太心偏。我是曲江臨池柳，者人折了那人攀，恩愛一時間。」（〈望江南〉）文人詞中即不易見到這種不願受損害、受凌辱的呼喊。王重民《敦煌曲子詞集・敘錄》說：

> 今茲所獲，有邊客遊子之呻吟，忠臣義士之壯語，隱君子之怡情悅志，少年學子之熱望與失望，以及佛子之讚頌，醫生之歌訣，莫不入調。

這樣多方面的內容和題材，爲五代宋初文人詞中所無。說明它在取材上還沒有和一般民歌或一般詩歌分疆劃界，進入詞所特有的窄而深的領域。

敦煌詞在體制上亦屬粗備型體，未臻完全成熟。如字數不定、韻腳不拘、平仄通押、兼押方音、常用襯字等，都說明詞格寬，聲辭相配要求不嚴，用韻方法簡單，處於草創階段。另外，敦煌詞所詠內容，一般與詞調大致相符，這種所謂「詠調名」的現象，與其後詞在內容上離調越來越遠不同，亦屬早期詞調初創時的特徵。

敦煌詞造意遣詞保存了民間詞的素樸風格，富於生活氣息。如：

枕前發盡千般願：要休且待青山爛。水面上秤錘浮，直待黃河徹底枯。　白日參辰現，北斗回南面。休即未能休，且待三更見日頭。（〈菩薩蠻〉）

一連展開六種比喻，全用民間成語中認爲不可能的事，很像漢樂府〈上邪〉情侶的信誓而造意更爲新奇。

敦煌詞代表一個較長的歷史階段，作者來源複雜，各篇在體制上成熟的程度不同，從思想內容到表現上的工拙、精粗、文野，差異很大，拙樸固然是其本色，但也有不少作品講究詞藻華飾，甚至文與白、纖巧與樸拙，並見一篇之中。同時，相當一部分作品，表現出重心向抒情方面轉移，以及市井化，甚至豔情化的趨勢。這種趨勢在經過編訂，可能也經過潤色的《雲謠集》中，表現更爲突出。因此，敦煌詞作爲「倚聲椎輪大輅」，應不只在於具有詞處於萌芽狀態的拙樸，同時還在於它多方面顯示了過渡性的特徵。

詞體在民間興起後，盛唐和中唐一些詩人，以其敏感和熱情，迎接了這一新生事物，開始了對新形式的嘗試⓭。

張志和，肅宗時曾待詔翰林，後放浪江湖。大曆八年，他曾在湖州刺史顏眞卿席上與眾人唱和。張志和首唱，作〈漁父〉五首，第一首云：

西塞山前白鷺飛，桃花流水鱖魚肥。青箬笠，綠蓑衣，斜風細雨不須歸。

江南的景色，漁父的生活，都寫得極其生動傳神。這組詞不僅一時和者甚眾，而且遠播海外，日本嵯峨天皇及其臣僚也有和作多首。張志和生活在江湖間，〈漁父〉當是民間流行的曲調，爲其所用。

韋應物和戴叔倫的〈調笑令〉反映了邊塞景象：

胡馬，胡馬，遠放燕支山下。跑沙跑雪獨嘶，東望西望路迷。迷路，迷路，邊草無窮日暮。（韋應物作）

邊草，邊草，邊草盡來兵老。山南山北雪晴，千里萬里月明。明月，明月，胡笳一聲愁絕。（戴叔倫作）

〈調笑令〉爲唐時行酒令所用曲調名⑭。上引兩首〈調笑令〉多互相契合，韋詞以「邊草」結尾，戴詞以「邊草」開頭。兩首詞這種契合，符合酒令中「改令」、「還令」的要求，可能是唱和之作⑮。從張志和等人以來的這些唱和，說明大曆到貞元前後，塡詞的風氣在文人中已相當流行了。

元和以後，作詞的文人更多，白居易、劉禹錫曾被貶於巴蜀湘贛一帶，受民間文藝薰染頗深。兩人都愛好聲樂歌舞，經常爲歌者作詩塡詞。如：

江南好，風景舊曾諳：日出江花紅勝火，春來江水綠如藍。能不憶江南？

江南憶，最憶是杭州：山寺月中尋桂子，郡亭枕上看潮頭。何日更重遊？

江南憶，其次是吳宮：吳酒一杯春竹葉，吳娃雙舞醉芙蓉。早晚復相逢？

白居易這三首〈憶江南〉，首章首句「江南好」，攝盡江南景物種種佳處，總綰三章。二、三兩首分詠杭州、蘇州勝景，而又均承首章結句：「能不憶江南。」三章自具首尾，而又脈絡貫通，渾然一體。適應曲調的要求，把一組詞寫得這樣純熟完整，說明文人運用這種韻文新體裁已經得心應手，詞體更顯穩定了。劉禹錫〈憶江南〉自注：「和樂天春詞，依〈憶江南〉曲拍爲句。」也說明新體裁日益成熟，詩詞分界日益清楚。他的〈憶江南〉：

春去也，多謝洛城人。弱柳從風疑舉袂，叢蘭浥露似沾巾。獨坐亦含嚬。

這詞已不再詠調名本意。女性和閨閣的氣質突出了，比白居易的詞在意境上更加詞化。透露了詞在文人手中自覺而迅速演進的痕跡。

第二節　溫庭筠及其他花間詞人

・《花間集》　・溫庭筠與縟采輕豔的花間詞風　・情深語秀的韋莊詞

晚唐五代衰亂，一般文化學術日形萎弱，但適應女樂聲伎的詞，在部分地區城市商業經濟發展的基礎上，卻獲得了繁衍的機運。尤其是五代十國，南方形成幾個較爲安定的割據政權，割據者既無統一全國的實力與雄心，又無勵精圖治的長遠打算，苟且偷安，藉聲色和豔詞消遣，在西蜀和南唐形成兩個詞的中心。西蜀立國較早，收容了不少北方避亂文人，前蜀王衍、後蜀孟昶，皆溺於聲色。君臣縱情遊樂，詞曲豔發，故詞壇興盛也早於南唐。

後蜀趙崇祚，於廣政三年（九四〇）編成《花間集》十卷，選錄十八位「詩客曲子詞」，凡五百首。作者中溫庭筠、皇甫松生活於晚唐，未入五代。孫光憲仕於荊南，和凝仕於後晉，其餘仕於西蜀[16]。《花間集》是最早的文人詞總集，它集中代表了詞在格律方面的規範化，標誌著在文辭、風格、意境上詞性特徵的進一步確立，以其作爲詞的集合體與文本範例的性質，奠定了以後詞體發展的基礎。

歐陽炯在《花間集．序》中描述西蜀詞人的創作情景：「綺筵公子，繡幌佳人，遞葉葉之花箋，文抽麗錦；舉纖纖之玉指，拍按香檀。不無清絕之詞，用助嬌嬈之態。自南朝之宮體，扇北里之倡風。」在這種生活背景和文藝風氣下從事創作，所寫的是供歌筵酒席演唱的側豔之詞，自然是縟采輕豔，綺靡溫馥。花間詞把視野完全轉向裙裾脂粉、花柳風月，寫女性的姿色和生活情狀，特別是她們的內心生活。言情不離傷春傷別，場景無非洞房密室、歌筵酒席、芳園曲徑。此外，雖也寫郊遊中的男女邂逅，女道士的春懷，宮女的幽怨等，但中心仍然是男女情愛。與這種情調相適應，在藝術上則是文采繁華，輕柔豔麗。所謂：「鏤玉雕瓊，擬化工而迴巧；裁花剪葉，奪春豔以爭鮮。」（《花間集．序》）崇尚雕飾，追求婉媚，充溢著脂香膩粉的氣味。儘管花間詞的具體作家之間互有差異，但在總體上有其一致性。

溫庭筠在《花間集》中被列於首位，入選作品六十六首。他是第一個努力作詞的人，長期出入秦樓楚館，「能逐弦吹之音，爲側豔之詞」，把詞同南朝宮體與北里倡風結合起來，吸收了自李賀以來中晚唐綺豔詩歌的藝術經驗與詞語意象，適歌應俗，奠定了文人詞的主導風格，成爲花間派的鼻祖。溫詞有一些境界闊大的描寫，如「江上柳如煙，雁飛殘月天」（〈菩薩蠻〉）；也有一些流麗輕倩，甚至通俗明快之作，如〈夢江南〉：「梳洗罷，獨倚望江樓。過盡千帆皆不是，斜暉脈脈水悠悠，腸斷白蘋洲。」但就總體而言，溫詞主人公的活動範圍一般不出閨閣，作品風貌多數表現爲穠豔細膩，綿密隱約。如〈菩薩蠻〉：

> 小山重疊金明滅，鬢雲欲度香腮雪。懶起畫蛾眉，弄妝梳洗遲。照花前後鏡，花面交相映。新貼繡羅襦，雙雙金鷓鴣。

把美人的睡眠、懶起、畫眉、照鏡、穿衣等一系列嬌慵的情態，以及閨房的陳設、氣氛、繡有雙鷓鴣的羅襦，一一表現出來，接連給人以感官與印象刺激。它沒有明白表現美人的情思，只是隱隱透露出一種空虛孤獨之感。從應歌出發，溫庭筠的這類作品可算最為當行，它的藝術特徵首先不表現於抒情性，而是表現於給人的感官刺激。它用訴諸感官的密集而豔麗的詞藻，描寫女性及其居處環境，像一幅幅精緻的仕女圖[17]，具有類似工藝品的裝飾性特徵[18]。由於訴諸感官直覺，溫詞內在的意蘊情思主要靠暗示，顯得穠麗祕隱。

西蜀詞人韋莊，與溫庭筠齊名，《花間集》收其詞四十八首。溫、韋二人同時擅長寫詩，韋莊受白居易影響較深[19]，與溫庭筠遠紹齊梁、近師李賀不同。韋詞有花間詞共同的婉媚、柔麗、輕豔的特徵。如：「紅樓別夜堪惆悵，香燈半捲流蘇帳。殘月出門時，美人和淚辭。」（〈菩薩蠻〉其一）清麗秀豔，溫柔纏綿，是較為典型的花間作風。但韋詞又常常以其清疏的筆法和顯直明朗的抒情，異於溫庭筠等人。溫詞是客觀描繪，雖可能時或寓有淪落失意的苦悶，卻非常隱約，只是喚起人一種深美的聯想而已。韋詞則直抒胸臆，顯而易見。溫詞意象迭出，一兩句能包含多層意蘊，韋詞則多敘述交代，一首詞圍繞一件事從容展開。溫詞綿密而韋詞疏朗，溫詞雕飾而韋詞自然。如〈女冠子〉：

> 四月十七，正是去年今日。別君時，忍淚佯低面，含羞半斂眉。不知魂已斷，空有夢相隨。除卻天邊月，沒人知。

回憶與情人一場難堪的離別，脫口而出，用白描做直接而分明的敘寫，不借重重疊疊的意象隱約暗示，真切動人，暢發盡致。

韋詞之明白流麗，多敘述交代，受到白居易、劉禹錫詞風的影響。韋詞代表作〈菩薩蠻〉五章，連章憶舊，即接近於白居易的〈憶江南〉三首[20]。但白詞直而顯，韋詞具有深婉低徊之致，情深語秀，「似直而紆，似達而鬱」（陳廷焯《白雨齋詞話》）。如〈菩薩蠻〉其二：

> 人人盡說江南好，遊人只合江南老。春水碧於天，畫船聽雨眠。壚邊人似月，皓腕凝霜雪。未老莫還鄉，還鄉須斷腸。

全篇集中從風景和人物兩方面渲染江南之令人陶醉，但開頭「人人盡說」，點出「江南好」係從他人口中所出，設下伏筆。結尾「未老莫還鄉」，以順承的語氣進行翻轉，反跌出「還鄉須斷腸」的喟歎。暗示中原戰亂，有家難歸之痛。外在勁直曠達，而內含曲折悲鬱。

《花間集》中其他作家在題材上有的有所擴大，如歐陽炯、李珣對南疆的描寫㉑：

路入南中，桄榔葉暗蓼花紅。兩岸人家微雨後，收紅豆，樹底纖纖抬素手。（歐陽炯〈南鄉子〉）

相見處，晚晴天，刺桐花下越臺前。暗裡回眸深屬意，遺雙翠，騎象背人先過水。（李珣〈南鄉子〉）

兩首詞都展現了嶺南地區的景物風情，優美新鮮。即使在五、七言詩中亦不多見。這些詞裡豔情成分依舊很顯眼，同樣適合當時歌筵酒席的需要。

第三節　李煜及其他南唐詞人

・馮延巳　・李煜　・情致纏綿的南唐詞風

南唐詞的興起比西蜀稍晚，主要詞人是元老馮延巳（九〇三—九六〇）、中主李璟（九一六—九六一）、後主李煜（九三七—九七八）。南唐君臣沉溺聲色與西蜀相類，但文化修養較高，藝術趣味也相應雅一些。所以，從花間詞到南唐詞，風氣有明顯的轉變。

馮延巳，字正中㉒，詞作數量居五代詞人之首㉓。其詞雖然仍以相思離別、花柳風情為題材，但不再側重寫女子的容貌服飾，也不拘限於具體的情節，而是著力表現人物的心境意緒，造成多方面的啓示與聯想。如〈謁金門〉：

風乍起，吹皺一池春水。閒引鴛鴦香徑裡。手挼紅杏蕊。　鬥鴨闌干獨倚，碧玉搔頭斜墜。終日望君君不至，舉頭聞鵲喜。

雖是寫女子的閨怨，並且展開一些具體情節，但詞中集中表現的女子為懷人所苦而不勝怨恨的心理，卻不為閨情或具體人事所限。馮延巳還有此詞，連字面也不涉及具體情事，只是表達一種心境：

誰道閒情拋擲久？每到春來，惆悵還依舊。日日花前長病酒，不辭鏡裡朱顏瘦。 河畔青蕪堤上柳，為問新愁，何事年年有？獨立小橋風滿袖，平林新月人歸後。（〈鵲踏枝〉）

下筆虛括，寫出一種悵然自失，無由解脫的愁苦之情，鬱抑惝恍，若隱若顯，悵惘的具體內容與緣由，則留待讀者想像。馮延巳仕宦顯達，耽於逸樂，政治上碌碌無爲。謂其詞「皆賢人君子不得志發憤之所爲作」（張采田《曼陀羅寱詞．序》），固然不足信，但其時南唐接連受後周與宋威脅，岌岌可危，馮延巳自身在朋黨傾軋中屢遭貶斥，內心有著憂患危苦意識自屬難免。他寫出這種具有典型性的，由作者整個環境遭遇以及思想性格所造成的心境，給讀者提供了廣闊的想像空間，比起花間詞，內涵要廣闊得多。王國維說：「馮正中詞雖不失五代風格，而堂廡特大。」（《人間詞話》十九）他不僅開啓了南唐詞風，而且影響到宋代晏殊、歐陽修等詞家。

南唐中主李璟，存詞四首㉔。詞中蘊涵的憂患意識比馮延巳更深：

菡萏香銷翠葉殘，西風愁起綠波間。還與韶光共憔悴，不堪看。 細雨夢回雞塞遠，小樓吹徹玉笙寒。多少淚珠無限恨，倚闌干。（〈浣溪沙〉）

美好之物的凋殘和環境的森寒被寫得很突出，這種憂患之感在闊大的背景和「菡萏」、「玉笙」等芳潔名物的襯托下，較之馮延巳所表現的悵然自失，更具莊嚴意味，與李煜後期「林花謝了春紅」、「羅衾不耐五更寒」那種悲慨，更爲接近了。

李煜，字重光，二十五歲嗣位南唐國主，三十九歲國破爲宋軍所俘，囚居汴京三年，被宋太宗賜藥毒死。今存詞三十餘首㉕。他多才多藝，詩文書畫音樂均有很高造詣。其詞在題材內容上前後期雖有所不同，但無論前期後期，又有其一貫的特點，那就是「眞」㉖。這位「生於深宮之中，長於婦人之手」㉗，閱世甚淺的詞人，始終保有較爲純眞的性格。在詞中一任眞實情感傾瀉，而較少有理性的節制。他的後期詞寫亡國之痛，血淚至情；前期詞寫宮廷享樂生活的感受，對自己的沉迷與陶醉，也不加掩飾，如〈玉樓春〉：

曉妝初了明肌雪，春殿嬪娥魚貫列。笙簫吹斷水雲間，重按〈霓裳〉歌遍徹。　臨風誰更飄香屑，醉拍闌干情味切。歸時休放燭花紅，待踏馬蹄清夜月。

李煜詞的本色和眞情性在三方面顯得很突出：一，眞正用血淚寫出了他那種亡國破家的不幸，非常感人。二，本色而不雕琢，多用口語和白描，詞篇雖美卻是麗質天成，不靠容飾和詞藻。三，因純情而缺少理性節制。他在亡國後不曾冷靜地自省，而是直悟人生苦難無常之悲哀：「人生愁恨何能免」、「無奈朝來寒雨晚來風」、「自是人生長恨水長東」㉘，把自身所經歷的一段破國亡家的慘痛遭遇泛化，獲得一種廣泛的型態與意義，通向對於宇宙人生悲劇性的體驗與審視。王國維說：「詞至後主而眼界始大，感慨遂深，遂變伶工之詞而爲士大夫之詞。」（《人間詞話》十五）正是由於李煜以其純眞，感受到了「人生長恨」、「往事已成空」那種深刻而又廣泛的人世之悲，所以其言情的深廣超過其他南唐詞人，如：

春花秋月何時了，往事知多少。小樓昨夜又東風，故國不堪回首月明中。　雕欄玉砌應猶在，只是朱顏改。問君能有幾多愁，恰似一江春水向東流。（〈虞美人〉）

詞中不加掩飾地流露故國之思，並把亡國之痛和人事無常的悲慨融合在一起，把「往事」、「故國」、「朱顏」等長逝不返的悲哀，擴展得極深極廣，滔滔無盡。一任沛然莫御的愁情奔湧，自然匯成「一江春水向東流」那樣的景象氣勢，形成強大的感染力。著名的〈浪淘沙〉也是寫他對囚徒生活的不堪和無限的故國之思：

簾外雨潺潺，春意闌珊。羅衾不耐五更寒。夢裡不知身是客，一晌貪歡。　獨自莫憑欄，無限江山。別時容易見時難。流水落花春去也，天上人間。

從親身遭遇和生活實感出發，抒寫心底的深哀巨痛。「流水落花春去也」，美好的東西總是不能長在；「別時容易見時難」，又擴展爲一種普遍的人生體驗。也是寄慨極深、概括面極廣，能引起普遍的共鳴。

南唐詞在境界和氣象方面做出了較大的開拓，而風格上卻情致纏綿。馮延巳的〈鵲踏枝〉（誰道閒情），愁鬱之中，屢屢掙扎而又難以排遣，既爲「閒情」所苦，又以無悔的口吻宣稱「不辭鏡裡朱顏瘦」，往復盤旋，委婉盡致。李煜的〈虞美人〉（春花秋月），以恆久的自然與短暫無常的人事一次次對比，抒寫深悲積恨，如陳廷焯所說：「嗚咽纏綿，滿紙血淚。」（《雲韶集》卷一）〈浪淘沙〉（簾外雨潺潺）寫五更夢回後的意念活動，幽怨纏綿。〈烏夜啼〉云：「無言獨上西樓，月如鉤。寂寞梧桐，深院鎖清秋。剪不斷，理還亂，是離愁。別是一般滋味在心頭。」避實就虛，攝盡淒婉之神。又以「剪不斷，理還亂」的麻絲喻愁，欲言難言，眞是腸回心倒，纏綿之至。境界較爲開闊而又有深厚纏綿的情致，正是南唐詞的優長。

注釋

❶燕樂，亦作讌樂、宴樂。《周禮》中即有「燕樂」之名。原指宮廷宴享時所用之樂，歷代因所用不同，而有不同範疇。用於隋唐音樂系統的「燕樂」一詞既指七部、九部、十部樂中的一部，亦作為隋唐時期雅樂之外俗樂的總稱。郭茂倩《樂府詩集》卷七十九云：「唐武德初，因隋舊制，用九部樂。太宗增高昌樂，又造讌樂，而去禮畢曲，其著令者十部：一曰讌樂、二曰清商、三曰西涼、四曰天竺、五曰高麗、六曰龜茲、七曰安國、八曰疏勒、九曰高昌、十曰康國，而總謂之燕樂。」參看丘瓊蓀《燕樂探微》，上海古籍出版社一九八九年版。

❷如《教坊記》所載雜曲二百七十八曲中，有六十八曲可以考出清樂淵源。而《教坊記》曲名，歷來公認為燕樂曲名總匯，故六十八曲亦屬燕樂範圍。

❸由於詞隨燕樂而起的具體過程很複雜，所以關於詞的起源，學術界有種種爭議。參看吳熊和《唐宋詞通論》，浙江古籍出版社一九八五年版。葉嘉瑩〈論詞的起源〉，載《中國社會科學》一九八四年第六期。劉尊明、王兆鵬〈詞的本質特徵與詞的起源〉，載《文學評論》一九九六年第五期。

❹❻參看任二北《唐聲詩》，上海古籍出版社一九八二年版。

❺沈括《夢溪筆談》卷五：「詩之外又有和聲，則所謂曲也。古樂府皆有聲有詞，連屬書之，如曰『賀賀賀、何何何』之類，皆和聲也。今管弦中之纏聲，亦其遺法也。唐人乃以詞填入曲中，不復用和聲。」胡仔《苕溪漁隱叢話後集》卷三：「唐初歌辭多是五言詩或七言詩，初無長短句。自中葉以後至五代漸變成長短句。及本朝則盡為此體。今所存只〈瑞鷓鴣〉、〈小

秦王〉二闋是七言八句詩並七言絕句詩而已。〈瑞鷓鴣〉猶依字易歌，若〈小秦王〉必須雜以虛聲，乃可歌耳。」朱熹《朱子語類》卷一四〇：「古樂府只是詩，中間卻添許多泛聲，後來人怕失了那泛聲，逐一添個實字，遂成長短句，今曲子便是。」以上「和聲說」、「虛聲說」、「泛聲說」，大體相近。後人又有許多發揮，主要認為詩之字句過於整齊，配樂演奏時，有聲音宛轉而並無歌辭之處，於是有人填以文字，久之便演化為詞之長短句。這類說法僅可以解釋部分詞體形成原因。

❼天寶十三載七月十日，有旨將大樂署供奉曲共十四調二百餘曲，立石刊於太常寺。曲名後載杜佑《理道要訣》（今佚）。《唐會要》卷三三、《冊府元龜》卷五六九，轉錄其所載曲名。《教坊記》，崔令欽撰，作於安史亂中崔氏避地江南時。內記開元、天寶時教坊曲三百二十四曲，內雜曲二百七十八，大曲四十六。除太常曲和教坊曲外，南卓《羯鼓錄》亦列曲名一百三十一，都是羯鼓曲。段安節《樂府雜錄》亦列曲名四十三，皆與詞調關係不大。

❽參看王昆吾《唐代酒令藝術》，東方出版中心一九九五年版。

❾瞿蛻園《劉禹錫集箋證》，陶敏、陶紅雨《劉禹錫全集編年校注》，均以「和樂天春詞，依憶江南曲拍為句」為作品標題。《彊村叢書・尊前集》則以「憶江南」為題，以上二句為題下注。

❿《四庫全書總目提要・欽定詞譜》：「皆取唐宋舊詞，以調名相同者互校，以求其句法、字數；取字法、字數相同者互校，以求其平仄；其句法、字數有異同者，則據而注為又一體；其平仄有異同者，則據而注為可平可仄。自《嘯餘詞譜》以下，皆以此法推究，得其崖略，定為科律而已。」

⓫王重民《敦煌曲子詞集》收一百六十餘首。饒宗頤《敦煌曲》收三百十餘首。任二北《敦煌歌辭集》，凡入樂者概錄，收一千二百餘首。

⓬敦煌詞〈感皇恩〉（四海清平）等首，反映國家安定繁榮，引起邊疆少數民族傾慕的情況；〈阿曹婆〉（本當只言三載歸）反映對當時府兵制的不滿（開元二十五年廢府兵制），皆可能作於盛唐時期。其中更多作品涉及邊疆多故、國內動亂，以及敦煌歸義軍保護西疆等史實，則肯定作於中晚唐。

⓭宋人《尊前集》、《絕妙詞選》分別載李白〈菩薩蠻〉、〈憶秦娥〉詞，因兩詞未見於唐代載籍，後人頗多懷疑，暫不做介紹。

⓮白居易〈代書一百韻寄元微之〉：「打賺〈調笑〉易」自注：「拋打曲有〈調笑令〉。」

⓯參看王昆吾《唐代酒令藝術》第三章。

⓰關於薛昭蘊、張泌兩人生平和籍貫有爭議。參看繆鉞、葉嘉瑩《靈谿詞說・花間詞平議》，上海古籍出版社一九八七年版。

⑰俞平伯《清真詞釋》云：「《花間》美人如仕女圖。」而將這種特徵體現得最為突出的就是溫庭筠詞。

⑱參看袁行霈《中國詩歌藝術研究．溫詞藝術研究》。

⑲參看余恕誠〈中晚唐詩歌流派與晚唐五代詞風〉，《文學評論》二○○九年第四期。

⑳明代湯顯祖評《花間集》卷一評韋莊〈菩薩蠻〉云：「詞本〈菩薩蠻〉而語近〈江南弄〉、〈夢江南〉等，亦作者之變風也。」按：湯顯祖所說的〈夢江南〉，即白居易〈憶江南〉。參看宋王灼《碧雞漫志》卷五有關〈憶江南〉多種曲名的考辨。

㉑歐陽炯（八九六—九七一），益州華陽（今四川成都）人。後蜀時，官至宰相。後蜀亡，仕於宋。存詞四十七首，分別載《花間集》與《尊前集》中。李珣（八五五—九三○？），先世為波斯（今伊朗）商人，旅居梓州（今四川三臺）多年。前蜀時，曾以秀才預賓貢。前蜀亡，不仕。存詞五十四首，分別載《花間集》與《尊前集》中。

㉒馮延巳，一名延嗣。嗣與巳音、義相同。「巳」，《全唐詩》作己，誤，參看夏承燾《唐宋詞人年譜．馮正中年譜》。馮延巳，廣陵（今江蘇揚州）人。南唐開國，烈祖以為祕書郎，使與李璟遊處。為元帥府掌書記。李璟為帝時，官至中書侍郎、同平章事。數居柄位，屢遭彈劾，旋降旋復。馮延巳學問淵博，多才藝，工詩，雖貴且老不廢，尤喜為樂府詞。

㉓北宋嘉祐三年，陳世修輯馮延巳詞一百十九首，名《陽春集》，其中大量混入歐陽修等人的詞。除去與他人相混者外，尚有九十餘首。

㉔李煜曾於麥光紙上作撥鐙書，書李璟詞四首（〈應天長〉、〈望遠行〉各一，〈浣溪沙〉二），題〈先皇御製歌詞〉。見《直齋書錄解題》卷二十一。

㉕明刻本《南唐二主詞》，收李煜詞三十三首，王國維等人又輯補十多首。但無論原本或補本，都雜有他人之作，被學術界確認為李煜詞的不過三十七首左右。今人王仲聞《南唐二主詞校訂》，校勘、考訂較精審。

㉖參看葉嘉瑩《迦陵論詞叢稿》，上海古籍出版社一九八○年版，第九五—一○○頁。

㉗王國維《人間詞話》十六：「詞人者不失其赤子之心者也。故生於深宮之中，長於婦人之手，是後主為人君所短處，亦即為詞人所長處。」

㉘李煜〈子夜歌〉：「人生愁恨何能免，銷魂獨我情何限。故國夢重歸，覺來雙淚垂。高樓誰與上？長記秋晴望。往事已成空，還如一夢中。」〈烏夜啼〉：「林花謝了春紅，太匆匆！無奈朝來寒雨晚來風。胭脂淚，留人醉，幾時重。自是人生長恨水長東。」

文學史年表

約西元前五〇〇〇—前三〇〇〇

仰紹文化。

母系氏族公社時期。

西安半坡遺址和臨潼薑寨等遺址出土的陶器上刻有簡單的刻畫符號。

約西元前四五〇〇—前二六〇〇

大汶口文化。

向父系氏族過渡，氏族開始解體。

在山東莒縣陵陽河、諸城前寨等遺址出土了若干陶器，上面刻有接近圖像文字的符號。

傳說時代

伏羲氏作八卦。

神農時，有蜡辭：「土反其宅，水歸其壑，昆蟲毋作，草木歸其澤。」

黃帝時，有葛天氏之樂。

堯時，有〈擊壤歌〉、〈康衢歌〉、〈堯戒〉。

舜時，有〈卿雲歌〉、〈賡歌〉、〈南風歌〉、〈舜祠田歌〉。

禹時，塗山氏之女歌「候人兮猗」，實為南音之始。

西元前二十一世紀—前十七世紀

禹死，啓殺原定的繼承人伯益而嗣位，夏朝建立。

啓伐有扈氏，作〈甘誓〉。

啓時，傳說有樂舞〈九韶〉、〈九辯〉、〈九歌〉等。

啓子五觀放縱失度，史述其事而作〈五觀〉。

帝孔甲時，傳說有〈破斧歌〉，為東音之始。

帝孔甲時，傳說有〈盤盂〉銘二十六篇。

西元前十六世紀

湯敗夏帝桀，夏朝滅亡，商朝建立。

傳說湯禱於桑林，舞〈大濩〉，歌〈晨露〉（已佚），修〈九招〉、〈六列〉。

西元前十四世紀

帝盤庚遷殷（今河南安陽小屯村），商復盛。

盤庚遷殷時作《尚書・盤庚》。

自一八九九年始在殷墟發現甲骨刻辭。一九二八年以後經多次發掘，又有大量的甲骨刻辭出土。

《詩經・商頌》五篇為商時作品（依古文經學家之說）。

《周易》卦爻辭傳說為殷商後期所作。

西元前十二世紀

祖己作〈高宗肜日〉、〈高宗之訓〉以戒王。

西元前十一世紀

傳說周文王被商王紂囚於羑里（今河南湯陰北），演《易》八卦為六十四卦。

周武王率眾部族伐紂，商朝滅亡，周朝建立。

箕子向武王陳《尚書・洪範》。

傳說武王伐紂後，周公作《大武》舞，有六章歌詞與之相應，據說為《詩經・周頌》之〈昊天有成命〉、〈武〉、〈賚〉、〈般〉、〈酌〉、〈桓〉。

武王時期，著名的青銅器銘文有利簋銘文、天亡簋銘文等。

《尚書》之〈君奭〉、〈康誥〉、〈召誥〉、〈洛誥〉、〈多士〉、〈無逸〉、〈立政〉、〈大誥〉諸篇記周公之言論。

周康王即位時，作〈康王之誥〉。

康王時，大盂鼎、小盂鼎刻有記事銘文。

周穆王十三年（前九六四）

穆王西征，至於青鳥之所憩。

周共和元年庚申（前八四一）

國人起義，厲王出奔。周、召二公共同行政，為共和元年：中國歷史開始有確切紀年。

宣王五年戊寅（前八二三）

尹吉甫反攻獫狁至太原，有兮甲盤銘文記其事。

宣王四十六年己未（前七八二）

宣王死。

宣王時鑄有毛公鼎，其銘文達四百九十七字。

《詩經》之《周頌》為西周初期作品，《大雅》、《小雅》及《豳風》均為西周作品。

平王元年辛未（前七七〇）

平王東遷至雒邑（今洛陽市），始為東周。

周大夫作〈正月〉、〈雨無正〉憫京周之亡。

平王五年乙亥（前七六六）

秦襄公攻戎，死於岐。

秦襄公時有石鼓文，十塊鼓形石上各刻有四言詩一首，歌詠秦國君遊獵、戰爭狀況。

平王十八年戊子（前七五三）

秦文公十三年，秦初有史記其事。

平王四十九年己未（前七二二）

《春秋》、《左傳》記事皆從本年始。

惠王十七年辛酉（前六六〇）

狄人滅衛，許穆夫人賦《鄘風・載馳》。

惠王十九年癸亥（前六五八）

衛文公徙居楚丘城，國人作《鄘風・定之方中》。

襄王二十年己丑（前六三二）

四月，晉、楚大戰於城濮。

襄王二十五年甲午（前六二七）

秦晉戰於崤。

魯僖公卒。

傳說秦穆公於崤之戰後作《尚書・秦誓》，此為《尚書》年代最末之文章。

《詩經》之魯頌四篇皆產生於魯僖公之時。

襄王三十一年庚子（前六二一）

秦穆公卒，以賢者子車氏三子殉葬，時人歌《秦風・黃鳥》悼之。

定王八年壬戌（前五九九）

夏徵舒殺陳靈公，《陳風・株林》作於此前不久。

定王十六年庚午（前五九一）

楚莊王卒。

楚莊王時，楚國有優孟，曾扮演過已故令尹孫叔敖，此為史載我國最早的演劇活動。

莊王時，大夫莊辛言及鄂君子皙請人將〈越人歌〉譯為楚語。

簡王八年癸未（前五七八）

晉國與秦國絕交，呂相作〈絕秦文〉，此為後世檄文之濫觴。

靈王二十一年庚戌（前五五一）

孔子生（—前四七九）。

景王元年丁巳（前五四四）

吳公子季箚在魯觀周樂，樂工為歌《周南》、《召南》、諸國風及《小雅》、《大雅》等樂曲，季箚皆有評論。

景王五年辛酉（前五四〇）

晉國韓起使於魯，觀書於太史氏，見《易》、《象》、《魯春秋》。

敬王四年乙酉（前五一六）

王子朝以周之典籍奔楚。

敬王八年己丑（前五一二）

孫武以《孫子兵法》十三章見吳王闔閭，被任為將。

敬王二十年辛丑（前五〇〇）

晏嬰死。《晏子春秋》是戰國時人依其言論假託創作而成。

敬王三十六年丁巳（前四八四）

孔子回魯，編訂、整理《詩》、《書》、《禮》、《樂》、《春秋》以授弟子。孔子也曾研究和傳授過《易》。

敬王三十九年庚申（前四八一）

傳說孔子修訂《春秋》，絕筆於本年春「西狩獲麟」句。

以下至孔子去世時的《春秋》經文，皆孔子弟子所編。

敬王四十一年壬戌（前四七九）

孔子卒（前五五一—），年七十三，他的言行被弟子編為《論語》。

魯哀公作誄文悼念孔子，此為後世誄文之始。

敬王四十四年乙丑（前四七六）

周敬王卒，春秋時代結束。

老子為春秋末期人，約與孔子同時，而年稍長於孔子，作有《老子》。

長沙馬王堆一九七三年出土的帛書《春秋事語》，為春秋時史書。

元王元年丙寅（前四七五）

戰國始於此年。

定王元年癸酉（前四六八）

《左傳》記事止於此年。《左傳》約成書於戰國初年。

墨子約生於此年，或之後不久（據孫詒讓《墨子閒詁》）。

定王十六年戊子（前四五三）

《國語》記事止於此年。《國語》約成書於戰國初年。

安王二十四年癸卯（前三七八）

墨子約卒於此年或稍前（據孫詒讓《墨子閒詁》）。

烈王元年丙午（前三七五）

莊子約生活在西元前三七五—西元前二七五年之間。

烈王四年己酉（前三七二）

孟子生（—前二八九）。

顯王三十年壬午（前三三九）

屈原生（—約前二八五）。

赧王元年丁未（前三一四）

屈原約於此年受讒被疏。
赧王四年庚戌（前三一一）
秦惠文王卒。
〈詛楚文〉為秦惠文王時刻石。
赧王十一年丁巳（前三〇四）
屈原離開郢都赴漢北，作《離騷》。
赧王十六年壬戌（前二九九）
屈原自漢北返郢，〈天問〉、〈抽思〉作於漢北。
楚懷王被騙入秦受到拘禁，行前，屈原曾諫懷王勿行。
赧王十七年癸亥（前二九八）
荀子約生於此年（─約前二三八）。
赧王十八年甲子（前二九七）
屈原遭楚頃襄王遷逐。
赧王十九年乙丑（前二九六）
楚懷王卒於秦，屈原作〈招魂〉悼懷王。
赧王二十五年辛未（前二九〇）
宋玉、唐勒、景差約生於此年前後。
赧王二十六年壬申（前二八九）
孟子卒（前三七二─），年八十四。《孟子》一書為孟子及其弟子共同著成，成於此年前後。
赧王二十七年癸酉（前二八八）
屈原約於此年作〈哀郢〉。
赧王二十八年甲戌（前二八七）
屈原流徙至辰陽、溆浦（今湖南沅陵一帶），作〈涉江〉。
赧王二十九年乙亥（前二八六）
屈原至江、湘匯流之地，作〈懷沙〉、〈惜往日〉。
赧王三十年丙子（前二八五）
屈原約於此年投汨羅江而死（前三三九─），年五十四。
秦莊襄王三年甲寅（前二四七）
秦相呂不韋專權，令賓客編集《呂氏春秋》。
秦王政八年壬戌（前二三九）
《呂氏春秋・序意》作於此年，或云《呂氏春秋》成書於此年。
秦王政九年癸亥（前二三八）
荀子約卒於此年（約前二九八─），年六十。
楚春申君黃歇被殺，其命運與呂不韋如出一轍。
秦王政十年甲子（前二三七）
呂不韋因事免相。宗室大臣議逐客，李斯作〈諫逐客書〉，秦王為除逐客令。
秦王政十四年戊辰（前二三三）
韓非入秦，既而遭害；著有《韓非子》。
秦王政十五年己巳（前二三二）
項羽生（─前二〇二）。
秦王政二十四年戊寅（前二二三）
宋玉、唐勒、景差約卒於此年前後。
秦始皇帝二十六年庚辰（前二二一）
秦滅齊，六國至此皆亡，秦統一全國，自為始皇帝之號。
《山海經》約成於戰國時期至漢代初年。
《尚書・禹貢》成於戰國後期。
長沙馬王堆一九七三年出土的《經法》、《十六經》、《稱》、《道原》四種古佚書為戰國後期作品。

秦始皇帝二十八年壬午（前二一九）

始皇東巡，相繼立嶧山刻石、泰山刻石、琅邪刻石。

秦始皇帝二十九年癸未（前二一八）

始皇復巡之罘及東觀，分別立之罘刻石和東觀刻石。

秦始皇帝三十二年丙戌（前二一五）

始皇東巡至碣石，立碣石刻石。

秦始皇帝三十四年戊子（前二一三）

始皇依丞相李斯建議，焚燒秦記以外列國史籍，《詩》、《書》百家語僅限博士官保有，唯醫藥、卜筮、種樹之書不燒。下令：敢有偶語《詩》、《書》者棄市，以古非今者族。

秦始皇帝三十五年己丑（前二一二）

始皇發囚徒七十萬人造阿房宮和驪山陵。方士侯生、盧生譏議秦始皇，始皇怒，派御史案問。諸生相互舉發，牽連四百六十餘人，皆坑殺於咸陽，即後世所稱「坑儒」事件。

秦始皇帝三十七年辛卯（前二一〇）

始皇南巡至會稽（今浙江紹興），立會稽刻石。北上至琅邪、之罘，巡遊途中病死於沙丘（今河北廣宗西北）。

秦二世二年癸巳（前二〇八）

李斯被腰斬於咸陽；有〈諫逐客書〉一文傳世，秦刻石文均出其手，今存七篇。

秦二世三年甲午（前二〇七）

趙高殺秦二世，立子嬰為秦王。

項羽在鉅鹿大破秦軍，劉邦入武關。

漢高祖元年乙未（前二〇六）

劉邦軍至霸上，秦王子嬰降，秦朝滅亡。

項羽、劉邦會於鴻門。

項羽自立為西楚霸王，封劉邦為漢王。

高祖五年己亥（前二〇二）

劉邦圍項羽於垓下，項羽與虞姬慷慨悲歌，後世稱為〈垓下歌〉。項羽突圍至烏江，自刎而死（前二三二—）。

高祖七年辛丑（前二〇〇）

賈誼生（—前一六八）。

晁錯生（—前二五四）。

高祖十二年丙午（前一九五）

高祖滅黥布。過沛，歌〈大風〉。

劉邦卒，子劉盈立，是為惠帝。

惠帝二年戊申（前一九三）

高祖唐山夫人所作〈房中祠樂〉更名〈安世樂〉，備其簫管，奏於高祖廟。

惠帝四年庚戌（前一九一）

廢除秦時「挾書者族」之律，廣開獻書之路。

高後五年戊午（前一八三）

賈誼以能誦詩屬書聞於郡中。河南守吳公招誼，置門下。

文帝前元元年壬戌（前一七九）

徵河南守吳公為廷尉，吳公薦賈誼。文帝以誼為博士。誼作〈過秦論〉。

劉安生。

董仲舒生（—前一〇四）。

司馬相如生（—前一一八）。

文帝前元二年癸亥（前一七八）

梁懷王揖立。代王武立。

賈誼超遷任太中大夫，作〈論積貯疏〉。

文帝前元三年甲子（前一七七）

代王武徙封淮陽王。

文帝前元四年乙丑（前一七六）

賈誼出為長沙王太傅，渡湘水，作〈弔屈原賦〉。

文帝前元五年丙寅（前一七五）

賈誼作〈鵩鳥賦〉。

文帝前元七年戊辰（前一七三）

阜陵侯安立，時年八歲。

賈誼奉詔入朝，拜為梁懷王太傅。

文帝前元十一年壬申（前一六九）

梁懷王墜馬死（注：此從《漢書・諸侯王表》王先謙補注）。

文帝前元十二年癸酉（前一六八）

晁錯任太子家令，作〈論貴粟疏〉。

賈誼卒（前二〇〇—）。其作品有明人所輯《賈長沙集》流傳。

淮陽王武徙梁，是為孝王。

文帝後元四年辛巳（前一六〇）

枚乘仕吳。

莊助生。

文帝後元七年甲申（前一五七）

文帝卒，劉啓立，是為景帝。

鄒陽作〈上吳王書〉，王不用。枚乘作〈諫吳王書〉。莊忌亦諫吳王，不聽。枚、莊、鄒去吳，往依梁孝王。

景帝前元元年乙酉（前一五六）

枚乘作〈七發〉。

枚皋生。

景帝前元三年丁亥（前一五四）

吳、楚七國反，太尉周亞夫將兵擊之。梁孝王據城以阻七國之師。淮南王安欲應吳、楚之使，同反朝廷，其相張釋之將兵為漢。晁錯被誅（前二〇〇—）。

東方朔生。

景帝前元四年戊子（前一五三）

梁孝王大治宮室苑囿，招延四方豪傑及文學之士。齊人羊勝、公孫詭等自山東至。

詔拜枚乘弘農都尉，旋以病去官，復遊梁。

景帝前元五年己丑（前一五二）

枚乘作〈菟園賦〉。

景帝前元七年辛卯（前一五〇）

司馬相如以貲為郎，任武騎常侍。

梁孝王入朝，枚乘等從遊，司馬相如見而悅之。

司馬相如以病免官，客遊梁，與梁園賓客居。

景帝中元三年甲午（前一四七）

司馬相如作〈子虛賦〉。

景帝中元五年丙申（前一四五）

司馬遷生。一說生於武帝建元六年（前一三五）。

景帝中元六年丁酉（前一四四）

梁孝王武卒，孝王子買立，是為恭王。

司馬相如歸蜀。

枚乘歸淮陰。

武帝建元元年辛丑（前一四〇）

武帝以安車蒲輪徵枚乘，枚乘卒於途。

東方朔至長安，待詔公車。

武帝建元二年壬寅（前一三九）

司馬相如飲於臨邛卓氏，與卓文君結好。

枚皋年十七，上書梁恭王，得召為郎。

劉安入朝，為《離騷傳》。

武帝建元三年癸卯（前一三八）

東方朔仕為郎。

武帝建元五年乙巳（前一三六）

置五經博士。

枚皋拜為郎。

武帝建元六年丙午（前一三五）

武帝讀〈子虛賦〉而善之，召見司馬相如。相如作〈上林賦〉。相如拜為郎。

武帝元光元年丁未（前一三四）

董仲舒作〈賢良對策〉。

武帝元光五年辛亥（前一三〇）

發巴蜀卒築路通夜郎，司馬相如奉命入蜀，作〈喻巴蜀檄〉。

陳皇后禁於長門宮。

武帝元光六年壬子（前一二九）

司馬相如再次入蜀，作〈難蜀父老〉。

武帝元狩三年辛酉（前一二〇）

以李延年為協律都尉，廣採民歌以入樂府。

司馬相如任孝文園令。

武帝元狩五年癸亥（前一一八）

司馬相如作〈封禪文〉，交卓文君，旋以消渴疾卒（前一七九—）。其作品有後人所輯《司馬長卿集》傳世。

武帝元封元年辛未（前一一〇）

武帝封泰山。

司馬談卒，臨終囑託其子司馬遷實現著史遺願。

武帝元封四年甲戌（前一〇七）

司馬遷繼任太史令。

武帝太初元年丁丑（前一〇四）

公孫卿、壺遂、司馬遷等奉命創漢曆，頒行天下。

司馬遷開始撰寫《史記》。

董仲舒卒（前一七九—）。

武帝天漢元年辛巳（前一〇〇）

武帝索《史記》之〈孝景本紀〉與〈今上本紀〉，讀而削之。

武帝天漢二年癸未（前九八）

李陵戰敗降匈奴。司馬遷為李陵辯護，武帝怒，以遷下獄，施腐刑。

武帝天漢四年甲申（前九七）

司馬遷任中書令，繼續撰寫《史記》。

武帝征和二年庚寅（前九一）

司馬遷作〈報任安書〉。

武帝后元元年癸巳（前八八）

王褒約生於此年（—約前五五）。

昭帝始元六年庚子（前八一）

朝廷召開鹽鐵會議，會議記錄後經桓寬整理而成《鹽鐵論》。

昭帝元鳳二年壬寅（前七九）

劉向生（—前八）。一說生於元鳳四年（前七七）。

宣帝神爵元年庚申（前六一）

戴聖編輯《禮記》成，戴德也編成《大戴禮記》。

宣帝神爵四年癸亥（前五八）

王褒作〈聖主得賢臣頌〉，王褒與張子僑等並待詔金馬門。

宣帝五鳳元年甲子（前五七）

王褒為諫大夫，娛侍太子，作〈洞簫賦〉。

宣帝五鳳二年乙丑（前五六）

楊惲以大逆不道罪名，被腰斬。

宣帝甘露元年戊辰（前五三）

揚雄生（—一八）。

宣帝甘露三年庚午（前五一）

宣帝詔群儒於石渠閣講論五經異同，並親臨會議，稱制裁斷。

宣帝甘露四年辛未（前五〇）

劉歆（—二三）約生於此年前後。

元帝建昭三年乙酉（前三六）

桓譚（—約三五）約生於此年前後。

成帝河平三年乙未（前二六）

劉向領校中祕書。

成帝元延元年己酉（前一二）

揚雄離蜀赴京，待詔。

成帝元延二年庚戌（前一一）

揚雄作〈甘泉賦〉、〈河東賦〉、〈羽獵賦〉。除為郎，給事黃門。

成帝元延三年辛亥（前一〇）

揚雄作〈長楊賦〉。

成帝綏和元年癸丑（前八）

劉向卒（前七九—）。其文所存多奏疏和敘錄，明人輯為《劉中壘集》。另有《說苑》、《新序》、《列女傳》流傳。

成帝綏和二年甲寅（前七）

成帝卒，劉欣立，是為哀帝。有詔撤銷樂府。一說事在建平元年（前六）。

哀帝建平三年丁巳（前四）

揚雄撰《太玄》。

劉歆〈遂初賦〉約作於此年。

哀帝元壽元年己未（前二）

博士弟子景盧受大月氏國王使伊存口授《浮屠經》。

平帝元始三年癸亥（三）

班彪生（—五四）。

漢初始元年戊辰（八）

王莽自稱皇帝，國號新。

王莽天鳳五年戊寅（一八）

揚雄卒（前五三—）。原有集五卷，已佚。今存明人輯《揚子雲集》。又有《太玄》、《法言》傳世。

王莽地皇四年癸未（二三）

王莽被殺，劉玄恢復漢朝，號更始。

劉歆卒（約前五〇—）。其著述今存〈遂初賦〉等，有後人輯《劉子駿集》傳世。

光武帝建武元年乙酉（二五）

劉秀稱帝，建都洛陽。

班彪作〈北征賦〉。

光武帝建武三年丁亥（二七）

王充生（—九七？）。

光武帝建武八年壬辰（三二）

班固生（—九二）。

光武帝建武二十年甲辰（四四）

班彪續寫《史記》。

杜篤為已故大司馬吳漢作誄，作〈論都賦〉。

光武帝建武二十八年壬子（五二）

班固與崔駰、傅毅遊太學。

光武帝建武三十年甲寅（五四）

班彪卒（三—）。

光武帝建武三十一年乙卯（五五）

馮衍上疏自陳，作〈顯志賦〉。

明帝永平元年戊午（五八）

班固始撰《漢書》。

明帝永平四年辛酉（六一）

班固以私修國史罪下獄。

明帝永平五年壬戌（六二）

班固除蘭臺令史。

賈逵上所作《左氏解詁》、《國語解詁》。

明帝永平八年乙丑（六五）

明帝給楚王劉英的詔書稱：「楚王誦黃老之微言，尚浮屠之仁慈。」

明帝永平九年丙寅（六六）

班固修《漢書》，作〈兩都賦〉。

明帝永平十一年戊辰（六八）

天竺僧人攝摩騰、竺法蘭至洛陽，居白馬寺，編譯《四十二章經》。

章帝建初三年戊寅（七八）

杜篤入車騎將軍馬防幕府，從征西羌，戰歿於射姑山。

章帝建初四年己卯（七九）

張衡生（—一三九）。

章帝於白虎觀臨決五經異義。

班固撰《白虎通》，又名《白虎通義》、《白虎通德論》。

馬融生（—一六六）

章帝建初七年壬午（八二）

班固上《漢書》，遷玄武司馬。

章帝元和元年甲申（八四）

崔駰作〈南巡頌〉。

章帝元和二年乙酉（八五）

班固、崔駰並作〈東巡頌〉。

章帝元和三年丙戌（八六）

崔駰作〈北巡頌〉、〈西巡頌〉。

章帝章和二年戊子（八八）

章帝卒，劉肇立，是為和帝。

班固為中護軍，崔駰為主簿，隨大將軍竇憲征匈奴。

和帝永元元年己丑（八九）

傅毅為將軍竇憲記室掾。傅毅、崔駰、班固並作〈北征頌〉。

和帝永元二年庚寅（九〇）

傅毅卒。其作品今存〈舞賦〉、〈七激〉等。

和帝永元四年壬辰（九二）

竇憲獲罪自殺，班固連坐入獄，後卒於獄中（三二—），其作品明人輯為《班蘭臺集》，又有《漢書》、《白虎通義》傳世。

和帝永元七年乙未（九五）

張衡至京，入太學。

和帝永元十二年庚子（一〇〇）

張衡任南陽主簿。

許慎為《說文解字》作〈後敘〉。

和帝元興元年乙巳（一〇五）

和帝卒，劉隆立，是為殤帝。

張衡精思十年，作〈二京賦〉。

安帝永初五年辛亥（一一一）

許慎作《五經異義》。

安帝永初七年癸丑（一一三）

班昭作〈東征賦〉。

安帝元初元年甲寅（一一四）

王逸撰《楚辭章句》。

安帝元初五年戊午（一一八）

馬融作〈廣成頌〉。

安帝永寧元年庚申（一二〇）

班昭卒。有〈東征賦〉、〈七戒〉等作品傳世。

安帝延光三年甲子（一二四）

馬融作〈東巡頌〉。

順帝永建元年丙寅（一二六）

馬融作〈長笛賦〉。

崔琦遊京師，以文章稱，拜為郎。

順帝陽嘉元年壬申（一三二）

蔡邕生（—一九二）。

順帝陽嘉四年乙亥（一三五）

張衡作〈思玄賦〉。

順帝永和元年丙子（一三六）

王逸為侍中，作〈九思〉。

順帝永和三年戊寅（一三八）

張衡任河間相，作〈四愁詩〉。

馬融為武都太守，著《易》、《書》、《詩》、《禮》諸傳。

順帝永和四年己卯（一三九）

張衡卒（七八—）。其作品今存明人輯本《張河間集》。

桓帝和平元年庚寅（一五〇）

酈炎生（—一七七）。

桓帝永興元年癸巳（一五三）

孔融生（—二〇八）。

桓帝永壽元年乙未（一五五）

曹操生（—二二〇）。

桓帝延熹二年己亥（一五九）

蔡邕被徵召赴京，稱病而歸，作〈述行賦〉。

桓帝延熹五年壬寅（一六二）

王延壽作〈夢賦〉、〈魯靈光殿賦〉。

桓帝延熹七年甲辰（一六四）

秦嘉卒，有〈贈婦詩〉三首傳世。

桓帝延熹九年丙午（一六六）

馬融卒（七九—）。其作品明人輯為《馬季長集》。

靈帝熹平元年壬子（一七二）

蔡琰生（—二四九）。

靈帝熹平二年癸丑（一七三）

禰衡生（—一九八）。

靈帝熹平四年乙卯（一七五）

蔡邕等正五經文字，刻石立於太學門外。

靈帝熹平六年丁巳（一七七）

酈炎卒（一五〇—），有〈見志詩〉二首傳世。

靈帝光和元年戊午（一七八）

趙壹舉郡上計吏，至京師。

靈帝光和四年辛酉（一八一）

邊讓作〈章華臺賦〉。

靈帝中平四年丁卯（一八七）

曹丕生（—二二六）

靈帝中平六年己巳（一八九）

靈帝卒，劉辯立，是為少帝。

劉辯廢，劉協立，是為獻帝。

曹操東歸，起兵討董卓。

漢獻帝初平元年庚午（一九〇）

關東諸侯起兵討董卓，推袁紹為盟主，曹操為諸侯之一。

董卓脅獻帝遷都長安，焚燒洛陽宮殿。

曹操作〈薤露行〉。

阮瑀受學於蔡邕。

王粲年十四，至長安，為蔡邕所稱。

蔡琰約於此年被擄至胡中。

漢獻帝初平三年壬申（一九二）

蔡邕死於獄中，年六十。

曹植生。

王粲與王凱、士孫萌赴荊州依劉表，粲有〈初征賦〉、〈七哀〉其一。

漢獻帝建安元年丙子（一九六）

八月，漢獻帝被曹操脅迫，由洛陽遷都至許昌。曹操任大將軍、武平侯，始「挾天子以令諸侯」。

王粲作〈贈士孫文始〉詩。

漢獻帝建安二年丁丑（一九七）

曹操作〈蒿里行〉。

漢獻帝建安三年戊寅（一九八）

禰衡作〈鸚鵡賦〉，被殺。

王粲作〈三輔論〉及〈贈文叔良〉詩。

漢獻帝建安五年庚辰（二〇〇）

十月，曹操大破袁紹於官渡。

陳琳作〈為袁紹檄豫州文〉。

王粲作〈荊州文學記官志〉。

阮瑀在曹操幕府，堅辭曹洪辟。

劉楨、應瑒本年已在曹操幕中。

漢獻帝建安七年壬午（二〇二）

蔡琰被曹操贖歸，重嫁董祀，作〈悲憤詩〉。

曹丕、丁廙作〈蔡伯喈女賦〉。

漢獻帝建安八年癸未（二〇三）

三月，曹操攻黎陽，大破袁譚、袁尚等。八月，袁譚乞降，曹操許之。

曹操作〈敗軍令〉、〈論吏士行能令〉、〈修學令〉。

王粲為劉表作書勸袁譚、袁尚。

漢獻帝建安九年甲申（二〇四）

八月，曹操破袁尚，取鄴城，平冀州，自領冀州牧。

陳琳歸曹操，為司空軍謀祭酒。

徐幹約於本年歸曹，為司空軍謀祭酒掾屬。

漢獻帝建安十一年丙戌（二〇六）

曹操征高幹，作〈苦寒行〉。

王粲〈登樓賦〉、〈七哀〉其二、其三約作於本年。

漢獻帝建安十二年丁亥（二〇七）

曹操征烏桓，回軍時作〈步出夏門行〉詩。

劉備「三顧茅廬」，諸葛亮出山。

漢獻帝建安十三年戊子（二〇八）

七月，曹操發兵南下，征荊州；九月，劉琮舉荊州降。

十一月，曹操攻孫權，權將周瑜大破曹操於赤壁。

王粲勸劉琮降曹，粲歸曹，為丞相掾。

孔融被曹操所殺，臨刑前作〈臨終詩〉。

杜夔歸曹，使創定雅樂。

曹丕從征，作〈述征賦〉、〈感物賦〉。

阮瑀從征，作〈紀征賦〉。

陳琳、徐幹、劉楨皆從曹操南征。

漢獻帝建安十五年庚寅（二一〇）

曹操作〈求賢令〉、〈讓縣自明本志令〉。

曹植作〈銅雀臺賦〉，援筆立成，深得曹操喜愛。

阮籍生。

漢獻帝建安十六年辛卯（二一一）

曹操西征韓遂、馬超。

曹丕為五官中郎將、副丞相，留守鄴，作〈感離賦〉。

曹植為平原侯，從曹操西征，作〈離思賦〉、〈述行賦〉、〈離友詩〉。

漢獻帝建安十七年壬辰（二一二）

阮瑀卒（一六五？—）。

漢獻帝建安十九年甲午（二一四）

曹丕、王粲、丁儀作〈寡婦賦〉，傷阮瑀妻兒之孤苦。

曹植徙封為臨菑侯，留守鄴，作〈東征賦〉。

漢獻帝建安二十年乙未（二一五）

曹操西征張魯。

曹植從征，作〈贈丁儀王粲〉、〈三良詩〉。

曹丕作〈孟津詩〉。

漢獻帝建安二十一年丙申（二一六）

五月，曹操進爵為魏王；十月，征孫權。

王粲從曹操南征，作〈從軍詩〉五首。

應瑒作〈建章臺集詩〉。

劉楨作〈贈五官中郎將詩〉。

曹植作〈與楊德祖書〉。

漢獻帝建安二十二年丁酉（二一七）

王粲卒（一七七—），年四十一。

徐幹（一七一—）、陳琳（？—）、應瑒（？—）、劉楨

（？—）皆染疾疫，病卒。

曹丕被立為魏太子，著《典論》成。

曹植作〈王仲宣誄〉。

漢獻帝建安二十三年戊戌（二一八）

曹丕整理徐幹、陳琳、應瑒、劉楨集成。作〈又與吳質書〉。

漢獻帝建安二十五年庚子（二二〇）

正月，曹操卒於洛陽，曹丕襲位為魏王、丞相。十月，漢獻帝遜位，曹丕即皇帝位，國號魏。

丁儀、丁廙及家中男口被誅。

魏文帝黃初二年辛丑（二二一）

四月，劉備稱帝，國號漢，年號章武，諸葛亮為丞相。

魏文帝黃初四年癸卯（二二三）

四月，劉備卒，託孤於諸葛亮。

曹植徙封雍丘王，朝京師。上表獻〈責躬〉、〈應詔〉詩，又作〈贈白馬王彪〉、〈洛神賦〉及〈任城王誄〉。

魏文帝黃初七年丙午（二二六）

曹丕卒，曹叡即位。

魏明帝太和元年丁未（二二七）

諸葛亮北伐，作〈出師表〉。

魏明帝太和二年戊申（二二八）

曹植上表求自試，作〈喜雨詩〉。

魏明帝太和三年己酉（二二九）

曹植徙封東阿王，作〈遷都賦〉。

魏明帝太和六年壬子（二三二）

曹植徙封陳王，病卒（一九二—），年四十一，謚曰「思」。

魏明帝青龍二年甲寅（二三四）

諸葛亮病卒於五丈原軍中，年五十四。

魏齊王正始四年癸亥（二四三）

嵇康尚公主，拜郎中。作〈養生論〉、〈答向秀難養生論〉。

魏齊王正始五年甲子（二四四）

何晏作〈道德二論〉。

魏齊王正始六年乙丑（二四五）

王弼謁何晏，注《易》及《老子》。

魏齊王正始八年丁卯（二四七）

嵇康約於是年遷中散大夫，居山陽，與阮籍、山濤、劉伶、向秀、阮咸、王戎為「竹林之遊」。

魏齊王正始九年戊辰（二四八）

阮籍為曹爽參軍，辭疾歸田里。

魏齊王嘉平元年己巳（二四九）

王弼為尚書郎，作〈難何晏聖人無喜怒哀樂論〉。

應璩〈百一詩〉約作於本年。

何晏被誅。

王弼免官，病卒。

魏齊王嘉平五年癸酉（二五三）

嵇康拒絕與鍾會為友，約在此年前後。

向秀佐嵇康鍛鐵，共呂安灌園。

魏高貴鄉公正元元年甲戌（二五四）

九月，齊王廢；十月，立高貴鄉公曹髦為帝。

阮籍封關內侯，徙散騎常侍。有〈首陽山賦〉、〈鳩賦〉。

魏高貴鄉公正元二年乙亥（二五五）

阮籍為東平相，旬日而還。為司馬昭從事中郎，與王沈、荀顗撰《魏書》。〈大人先生傳〉作於為從事中郎後。

魏高貴鄉公甘露三年戊寅（二五八）

阮籍約於是年為步兵校尉，居母喪不拘禮，為何曾所劾。

嵇康約於是年告別孫登，弔阮籍母喪。

魏高貴鄉公甘露四年己卯（二五九）

曹髦作〈潛龍詩〉，司馬懿惡之。

魏元帝景元二年辛巳（二六一）

嵇康作〈與山巨源絕交書〉。陸機生。

魏元帝景元四年癸未（二六三）

阮籍為鄭沖作箋勸司馬昭受九錫。卒（二一〇—），時年五十四。

嵇康受呂安事牽連，被殺（二二四—），年四十。本年有〈與呂巽絕交書〉、〈幽憤詩〉。

魏元帝咸熙元年甲申（二六四）

向秀應本郡計入洛，作〈思舊賦〉，約在本年。

鍾會被殺。

晉武帝泰始四年戊子（二六八）

夏侯湛舉賢良，作〈對策〉，拜郎中，與潘岳為友。

潘岳辟司空掾，舉秀才，作〈藉田賦〉。

李密除太子洗馬，不就，作〈陳情表〉。

晉武帝泰始八年壬辰（二七二）

潘岳入賈充幕，娶楊肇女，作〈答摯虞新婚箴〉，約在本年。

左思移家京師，作〈招隱詩〉二首、〈悼離贈妹詩〉二首之二。

左棻拜修儀，作〈離思賦〉、〈白鳩賦〉。

晉武帝泰始十年甲午（二七四）

左思作〈悼離贈妹詩〉二首之一。

左棻為貴嬪，作〈感離詩〉。

晉武帝咸寧四年戊戌（二七八）

傅玄免官，卒（二一七—），時年六十二。追封清泉侯。

潘岳兼虎賁中郎將，作〈秋興賦〉。

晉武帝太康元年庚子（二八〇）

三月，晉將王濬攻占吳都建業，吳主孫皓降，吳亡。

張華因力主伐吳有功，進封廣武縣侯。

石崇以伐吳功封安陽鄉侯。

陸機、陸雲本為吳將，吳亡，退居讀書。

晉武帝太康三年壬寅（二八二）

潘岳先屏居天陵東山，後出為河陽令，約在本年；有〈河陽縣作〉詩二首。

潘尼有〈贈河陽詩〉。

晉武帝太康六年乙巳（二八五）

張華征還為太常，作〈三月三日後園詩〉四首。

張載至蜀省父，作〈劍閣銘〉。

晉武帝太康七年丙午（二八六）

潘岳轉懷縣令，作〈在懷縣作〉二首及〈顧內詩〉二首。

晉武帝太康十年己酉（二八九）

陸機入洛，作〈赴洛〉上篇、〈赴洛道中作〉二首及〈與弟雲書〉。

陸雲與兄陸機同時入洛。

晉惠帝永熙元年庚戌（二九〇）

陸機經張華推薦，被太傅楊駿辟為祭酒。

陸雲為公府掾。

晉惠帝元康元年辛亥（二九一）

三月，賈後命人殺楊駿等，皆夷三族，廢太后楊氏為庶人。

張華拜右光祿大夫、侍中、中書監，參與朝政機密，作〈女史箴〉。

陸機除太子洗馬，作〈赴洛〉下篇及〈贈尚書郎顧彥先〉。

潘岳坐楊駿主簿，除名，因公孫宏救之，得免死。

夏侯湛卒，年四十九；存詩十首，文、賦數十篇。

晉惠帝元康二年壬子（二九二）

潘岳為長安令，作〈西征賦〉、〈傷弱子辭〉及〈思子詩〉。

晉惠帝元康四年甲寅（二九四）

潘尼作〈皇太子集應令〉、〈贈陸機出為吳王郎中令〉。

陸機為吳王郎中令。本年有〈答潘尼〉、〈吳王郎中時從梁陳作〉。〈贈馮文羆遷斥丘令〉、〈贈馮文羆〉、〈贈斥丘令馮文羆〉約作于本年。

晉惠帝元康六年丙辰（二九六）

石崇出為征虜將軍，假節監徐州諸軍事，率眾做金谷之遊，作〈金谷詩‧序〉，同遊者三十人，極一時之盛。

潘岳等人諂事賈謐，為「二十四友」，約在此年前後。

左思為張華祭酒。

陸機遷尚書中兵郎，作〈思歸賦〉。

劉琨為司隸從事，與祖逖共事，為賈謐「二十四友」之一。

晉惠帝元康九年己未（二九九）

潘岳遷給事黃門侍郎，表上〈關中詩〉，又作〈贈王世胄〉、〈楊仲武誄〉、〈哀祝文〉。

裴遷尚書左僕射，專任門下事，作〈崇有論〉、〈貴無論〉。

晉惠帝永康元年庚申（三〇〇）

四月，趙王倫矯詔廢賈後為庶人。

張華為趙王倫所殺，年六十九（二三二—）；著有《博物志》，存詩六十餘首。

裴頠、潘岳、石崇、歐陽建皆被趙王倫殺害。

潘岳亡，年五十四歲。存詩二十首，文六十一篇。

左思退居宜春里，專意典籍。

陸機為相國參軍，賜爵關內侯，作〈歎逝賦〉、〈述思賦〉、〈文賦〉等。

陸雲遷中書侍郎，作〈與兄平原書〉，約在本年。

左棻卒。

晉惠帝永寧元年辛酉（三〇一）

陸機為中書郎，收赴廷尉，減死徙邊，遇赦而止；作〈園葵詩〉二首及〈豪士賦〉。

晉惠帝太安二年癸亥（三〇三）

左思〈三都賦〉改定，避難冀州，尋卒（約卒於三〇五年）。左思以〈詠史八首〉名世，〈嬌女詩〉也很著名。

陸機兵敗，受讒被誅，年四十三（二六一—）；存詩一百○五首，文一百三十六篇。

陸雲坐兄機事，被害。

晉懷帝永嘉五年辛未（三一一）

摯虞餓死（？—）；存詩五首，文六十篇，其《文章流別論》最著名。

晉愍帝建興二年甲戌（三一四）

劉琨拜大將軍，都督幷州諸軍事，加散騎常侍。

晉愍帝建興四年丙子（三一六）

劉琨擊石勒，兵敗，奔薊州依段匹磾，作〈贈盧諶詩〉，盧諶作答詩。

晉元帝大興元年戊寅（三一八）

劉琨為段匹磾所拘，作〈答盧諶〉、〈重贈盧諶〉詩。被害，年四十八（二七一—）。

晉明帝太寧二年甲申（三二四）

郭璞阻止王敦謀反，被害，年四十九（二七六—）。璞博學多才，著述頗豐，存詩三十首，文二十三篇，《遊仙詩》十四首為其代表作。

晉穆帝永和九年癸丑（三五三）

王羲之於三月三日在會稽山陰蘭亭別業，集合名流，行修褉事，飲酒賦詩，成《蘭亭集》，羲之作《蘭亭集．序》。

晉哀帝興寧元年癸亥（三六三）

葛洪卒（二八三—，另說二八一—三四一），年八十一。著有《抱朴子》。

晉哀帝興寧三年乙丑（三六五）

陶淵明生。

晉廢帝司馬奕太和元年丙寅（三六六）

支遁卒（三一四—），年五十三。遁為東晉名僧，精玄理，亦能詩；存詩十八首。

晉廢帝司馬奕太和六年辛未（三七一）

孫綽卒（三一四—），年五十八。綽為玄言詩名家，明人輯有《孫廷尉集》。

晉孝武帝太元四年己卯（三七九）

王羲之約卒於本年（三二一—），年五十九。羲之為東晉大書法家，玄言詩人。

晉孝武帝太元八年癸未（三八三）

十一月，晉謝石、謝玄大破前秦軍於淝水。

晉孝武帝太元十年乙酉（三八五）

謝安卒，年六十六。安為東晉明相，愛吟詠，精棋藝。

謝靈運生。

晉孝武帝太元十一年丙戌（三八六）

王獻之卒（三四四—），年四十三。獻之為羲之子，著名書法家，能詩文。

晉孝武帝太元十八年癸巳（三九三）

陶淵明初仕為江州祭酒，旋即辭歸。長子儼三歲，作〈命子詩〉。

晉安帝隆安二年戊戌（三九八）

桓玄、慧遠等展開佛教與玄學大辯論，慧遠作〈明報應論〉。此次辯論持續六七年。

晉安帝隆安五年辛丑（四〇一）

陶淵明有〈辛丑歲七月赴假還江陵夜行塗口〉、〈遊斜川〉詩。

晉安帝元興二年癸卯（四〇三）

十二月，桓玄稱皇帝，國號楚，廢晉安帝為平固王。

陶淵明有〈癸卯歲始春懷古田舍二首〉、〈癸卯歲十二月中作與從弟敬遠〉等詩。

晉安帝元興三年甲辰（四〇四）

劉裕等起兵京口討伐桓玄，桓玄兵敗被殺。

晉安帝義熙元年乙巳（四〇五）

陶淵明辭彭澤令返里，作〈歸去來兮辭〉。

晉安帝義熙二年丙午（四〇六）

陶淵明有〈歸園田居〉詩五首。

顧愷之卒（三四五？—），年約六十二。善詩賦、書法，尤精繪畫。著有《論畫》、《魏晉勝流畫贊》、《畫雲臺山記》。

晉安帝義熙四年戊申（四〇八）

陶淵明有〈戊申歲六月中遇火〉詩。

晉安帝義熙六年庚戌（四一〇）

二月，劉裕拔廣固，獲其主慕容超，斬之，南燕亡。

陶淵明有〈庚戌歲九月中於西田獲早稻〉詩。

晉安帝義熙十二年丙辰（四一六）

八月，劉裕督兵伐後秦；十月，晉兵入洛陽。

陶淵明有〈丙辰歲八月中於下潠田舍獲〉詩。

慧遠卒（三三四—），年八十三。慧遠為東晉名僧。有〈匡山集〉十卷傳世。

晉恭帝元熙二年庚申（四二〇）

劉裕廢晉恭帝為零陵王，自即帝位，是為宋武帝，建元永初，國號宋。

謝靈運由康樂公降爵為康樂縣侯。

劉義慶由南郡公晉爵為臨川王，任侍中。

宋武帝永初三年壬戌（四二二）

五月，宋武帝劉裕卒，皇太子義符立，是為少帝。

謝靈運赴永嘉太守任。有〈過始寧墅〉、〈富春渚〉、〈七里瀨〉等詩。

宋少帝景平元年癸亥（四二三）

謝靈運於春患病初癒，有〈登池上樓〉詩。

宋少帝景平二年甲子（四二四）

徐羨之、傅亮等廢少帝劉義符，旋殺之。宜都王劉義隆即帝位於江陵，改元元嘉，是為宋文帝。

謝靈運居始寧墅，有〈石門精舍還湖中作〉等詩及〈山居賦〉等作品。

宋文帝元嘉四年丁卯（四二七）

陶淵明卒（三六五？—）。今存《陶淵明集》。

宋文帝元嘉九年壬申（四三二）

謝靈運出任臨川內史，赴任途中作〈入彭蠡湖口〉、〈登廬山絕頂望諸嶠〉等詩。

宋文帝元嘉十年癸酉（四三三）

謝靈運以謀反罪為宋文帝殺於廣州，年四十九（三八五—）。臨刑，作〈臨終詩〉。原有集，已散佚，明人輯有《謝康樂集》。

謝惠連卒（四〇七—），年二十七。原有集，已散佚，明人輯有《謝法曹集》。

宋文帝元嘉十六年己卯（四三九）

北魏滅北涼。至此，西晉末年以來十六國時期結束，北方統一，形成南北朝對峙局面。

鮑照獻詩臨川王劉義慶，王奇之，擢為國侍郎。是年有騈文〈登大雷岸與妹書〉及〈登廬山望石門〉、〈從登香爐峰〉、〈望孤石〉等詩。

宋文帝元嘉十七年庚辰（四四〇）

鮑照隨劉義慶自江州赴京都，再赴南兗州治所廣陵。是年有〈還都道中〉、〈還都至三山望石頭城〉、〈還都口號〉、〈發後渚〉等詩。

宋文帝元嘉二十一年甲申（四四四）

劉義慶卒（四〇三—），年四十二。有〈世說新語〉八卷。原有文集，已佚。

江淹生。

宋文帝元嘉二十二年乙酉（四四五）

范曄被捕入獄，作〈獄中與諸甥侄書〉；十二月被殺，年四十八（三九八—）。所撰《後漢書》紀傳九十篇及文集十五卷並行於世。

宋文帝元嘉二十八年辛卯（四五一）

裴松之卒（三七二—），年八十。嘗奉詔注《三國志》。原有文集，已佚。

宋孝武帝孝建三年丙申（四五六）

顏延之卒（三八四—），年七十三。原有集，已散佚，明人輯有《顏光祿集》。

鮑照遷太學博士，兼中書舍人，出為秣陵令。是年有〈代放歌行〉、〈月下登樓連句〉、〈玩月城西門廨中〉等作品。

宋孝武帝大明三年己亥（四五九）

鮑照客居江北，有〈蕪城賦〉。

宋孝武帝大明八年甲辰（四六四）

閏五月，宋孝武帝卒；前廢帝立，年十六歲。

謝朓生。

丘遲生。

宋前廢帝永光元年乙巳（四六五）

宋前廢帝被殺。湘東王劉彧即帝位，改元泰始，是為宋明帝。

鮑照有〈代挽歌〉、〈代蒿里行〉、〈代門有車馬客行〉等詩。

劉勰約生於此年。

宋明帝泰始二年丙午（四六六）

鮑照為亂兵所殺，年約五十三（四一四？—）。有《鮑參軍集》。

謝莊卒（四二一—），年四十六。原有集，已散佚，明人輯有《謝光祿集》。

宋明帝泰始五年己酉（四六九）

酈道元約生於此年（或四七二？—五二七）。

吳均生。

裴子野生。

鍾嶸約生於此年。

宋順帝升明三年己未（四七九）

相國蕭道成稱帝，國號齊，改元建元，是為齊高帝。以原宋帝劉准為汝陰王，旋殺之；盡誅宋宗室。

齊武帝永明五年丁卯（四八七）

蕭子良移居雞籠山西邸，集學士抄五經百家，依《皇覽》例，為《四部要略》千卷。其所延文士中，范雲、蕭琛、任昉、王融、蕭衍、謝朓、沈約、陸倕，並以文學見親待，號為「八友」。時范縝、江淹等，亦為西邸文士。

庾肩吾生。

齊武帝永明七年己巳（四八九）

沈約等創「永明體」約在此年前後。

齊武帝永明九年辛未（四九一）

三月三日，齊武帝蕭賾修禊於芳林園，宴朝臣，與會者有江淹等四十五人，飲酒賦詩，使王融為《曲水詩．序》。

齊武帝永明十一年癸酉（四九三）

齊武帝蕭賾卒，孫蕭昭業嗣立，後被廢，是為鬱林王。

沈約出為東陽太守。有〈早發定山詩〉、〈新安江水至清淺深見底貽京邑遊好〉等詩及〈與陶弘景書〉。

謝朓有〈暫使下都夜發新林至京邑贈西府同僚〉、〈新亭渚別范零陵雲〉等詩。

王融卒（四六七—），年二十七。

謝朓出為宣城太守，有〈晚登三山還望京邑〉、〈之宣城郡出新林浦向板橋〉、〈始之宣城郡〉、〈遊敬亭山〉、〈宣城郡內登望〉等詩。

齊明帝建武二年乙亥（四九五）

齊東昏侯永元元年己卯（四九九）

謝朓為人構害，下獄死（四六四—），年三十六。原有集，已散佚，明人輯有《謝宣城集》。

齊東昏侯永元三年辛巳（五〇一）

三月，齊南康王蕭寶融即皇帝位於江陵，改元中興，是為齊和帝。

劉勰《文心雕龍》約撰成於本年前後。

孔稚珪卒（四四七—），年五十五。

蕭統生。

齊和帝中興二年壬午（五〇二）

蕭衍稱皇帝，改國號為梁，改元天監，是為梁武帝。以齊和帝為巴陵王，翌日殺之。立蕭統為皇太子。

是年梁武帝與雅樂，沈約參與其事。梁初郊廟樂辭，多沈約所撰。

梁武帝天監四年乙酉（五〇五）

江淹卒（四四四—），年六十二。原有集，已散佚，後人輯有《江文通集》。

梁武帝天監五年丙戌（五〇六）

丘遲應梁臨川王宏之命，作〈與陳伯之書〉。

魏收生。

梁武帝天監六年丁亥（五〇七）

徐陵生。

梁武帝天監七年戊子（五〇八）

任昉卒（四六〇—），年四十九。原有集，已散佚，明人輯有《任彥升集》。

丘遲卒（四六四—），年四十五。原有集，已散佚，明人輯有《丘司空集》。

蕭繹生。

梁武帝天監十二年癸巳（五一三）

沈約卒（四四一—），年七十三。撰有《宋書》一百卷。明人輯有《沈隱侯集》。

鍾嶸《詩品》當撰成於此年或稍後。

庾信生。

王褒約生於此年。

梁武帝天監十七年戊戌（五一八）

鍾嶸約卒於此年（四六九？—），年約五十。

何遜約卒於此年（？—）。原有集，已散佚，明人輯有《何記室集》。

梁武帝普通二年辛丑（五二一）

酈道元《水經注》成。

梁武帝普通七年丙午（五二六）

梁昭明太子編選《文選》約成於此年或稍後。

梁武帝普通八年丁未（五二七）

梁武帝蕭衍捨身同泰寺。

庾信為昭明太子蕭統東宮講讀。酈道元卒（四六六或四七二？—）

梁武帝大通三年己酉（五二九）

梁武帝再捨身同泰寺。

殷芸卒（四七一—），年五十九。嘗撰《小說》十卷，世稱《殷芸小說》，已佚。魯迅《古小說鉤沉》中有輯本。

梁武帝中大通三年辛亥（五三一）

蕭統卒（五〇一—），年三十一。所編《文選》傳世。其自著文集已散佚，後人輯有《昭明太子集》。

蕭綱東宮置學士，徐陵與庾信並為抄撰學士。

顏之推生。

梁武帝中大通四年壬子（五三二）

劉勰約卒於此年（四六五？—）。所著《文心雕龍》十卷傳世。

梁武帝大同十二年丙寅（五四六）

梁武帝又捨身同泰寺。

民歌〈敕勒歌〉作於是年。歌本鮮卑語，易以齊言。

梁武帝中大同二年丁卯（五四七）

梁武帝又捨身同泰寺。

溫子昇卒（四九五—），年五十三。原有集，已散佚，明人輯有《溫侍讀集》。

梁武帝太清三年己巳（五四九）

梁武帝蕭衍卒，皇太子蕭綱嗣，是為梁簡文帝。

梁簡文帝大寶二年辛未（五五一）

侯景殺簡文帝蕭綱，自稱帝，國號漢，建元太始。

徐摛卒（四七四—），年七十八。

庾肩吾卒（四八七—），年六十五。原有集，已佚，明人輯有《庾度支集》。

梁簡文帝大寶三年壬申（五五二）

梁王僧辯、陳霸先等破建康，侯景奔吳，為部下所殺。

梁湘東王蕭繹稱帝於江陵，改元承聖，是為梁元帝。

梁元帝承聖三年甲戌（五五四）

西魏軍攻入江陵，俘梁元帝蕭繹，旋殺之。擄江陵民十餘萬驅歸長安。

庾信出使西魏，被留北國。

梁敬帝太平二年丁丑（五五七）

梁陳霸先封陳王，旋代梁為帝，改元永定，國號陳，是為陳武帝。以梁敬帝蕭方智為江陰王，旋殺之。

陳武帝永定二年戊寅（五五八）

虞世南生。

陳宣帝太建四年壬辰（五七二）

魏收卒（五〇六—），年六十七。所撰《魏書》經宋人補校，清人列為二十四史之一。收另有文集《魏特進集》。

陳宣帝太建九年丁酉（五七七）

王褒約卒於此年（五一三？—）。原有集，已散佚，明人輯有《王司空集》。

陳宣帝太建十年戊戌（五七八）

庾信〈哀江南賦〉約作於此年。

陳宣帝太建十二年庚子（五八〇）。

盧思道年四十六，感慨身世，作〈孤鴻賦〉。

魏徵生。

隋文帝開皇元年辛丑（五八一）

二月，楊堅受周禪，即帝位，國號隋，改元開皇，是為隋文帝。

庾信卒（五一三—），年六十九。

徐陵為陳中書監，領太子詹事。

顏師古生。

隋文帝開皇三年癸卯（五八三）

徐陵卒（五〇七—），年七十七。

隋文帝開皇四年甲辰（五八四）

李諤奏〈上隋高帝革文華書〉。隋文帝普詔天下：「公私文翰，並宜實錄。」

王通生。

隋文帝開皇六年丙午（五八六）

盧思道約卒於此年。

隋文帝開皇十八年戊午（五九八）

李世民生。

隋文帝仁壽四年甲子（六〇四）

七月，文帝楊堅卒，子楊廣即位，是為煬帝。

隋煬帝大業元年乙丑（六〇五）

元月，改元。

隋煬帝大業四年戊辰（六〇八）

上官儀約生於此年。

隋煬帝大業五年己巳（六〇九）

薛道衡卒（五四〇—），年七十。道衡字玄卿，河東汾陰（今山西萬榮）人。

隋煬帝大業十三年丁丑（六一七）

王通卒（三八四—），年三十四。

唐高祖武德元年戊寅（六一八）

宇文化及殺煬帝於江都。李淵受隋恭帝楊侑禪，即帝位，國號唐，改元武德，是為唐高祖。李世民為尚書令，尋封秦王。

虞世基卒，生年不詳。

唐高祖武德三年庚辰（六二〇）

王績客遊河北，旋歸龍門。

唐高祖武德四年辛巳（六二一）

秦王李世民置修文館於門下省，延杜如晦、房玄齡等，號十八學士。

唐高祖武德六年癸未（六二三）

駱賓王約生於此年。

唐高祖武德七年甲申（六二四）

歐陽詢等撰《藝文類聚》一百卷成，奏上。

武則天生。

唐高祖武德九年丙戌（六二六）

突厥、吐谷渾皆請和，新羅、百濟、高麗、龜茲並遣使朝貢。

李世民殺太子李建成，高祖李淵自稱太上皇，傳位於李世民，是為太宗。

唐太宗貞觀元年丁亥（六二七）

正月，改元貞觀。

上官儀約於是年舉進士，詔受弘文館學士。

王績以疾歸鄉。

陸德明約於此年卒，撰《經典釋文》三十卷。

玄奘赴印度求經。

唐太宗貞觀三年己丑（六二九）

太宗令令狐德棻等修周史，李百藥修齊史，姚思廉修梁史、陳史，魏徵修隋史。

唐太宗貞觀四年庚寅（六三〇）

李靖於陰山大敗東突厥，東突厥亡。原屬東突厥的各屬國，歸順唐朝，推太宗為天可汗。

唐太宗貞觀七年癸巳（六三三）

李世民詔孔穎達等編定《五經正義》。

唐太宗貞觀八年甲午（六三四）

盧照鄰約生於此年。

唐太宗貞觀十年丙申（六三六）

房玄齡、魏徵上梁、陳、齊、周、隋五代史，詔藏於祕閣。李百藥撰《北齊書》成。更定府兵制。

唐太宗貞觀十二年戊戌（六三八）

頒《氏族志》，以皇族為首，外戚次之，崔氏第三。

虞世南卒（五五八—），年八十一。

唐太宗貞觀十四年庚子（六四〇）

孔穎達拜國子祭酒，侍講東宮。

平定高昌。

唐太宗貞觀十五年辛丑（六四一）

文成公主出嫁吐蕃。

歐陽詢卒（五五七—），年八十五。

高士廉等撰成《文思博要》一千二百卷。

唐太宗貞觀十七年癸卯（六四三）

皇太子李承乾謀反，廢為庶人。立李治為太子。

魏徵卒（五八〇—），年六十四。

唐太宗貞觀十八年甲辰（六四四）

王績卒（五八九？—）。

唐太宗貞觀十九年乙巳（六四五）

太宗出兵高麗。

玄奘回到長安。

顏師古卒（五八一—），年六十五。

李嶠生。

唐太宗貞觀二十年丙午（六四六）

杜審言約生於此年。

唐太宗貞觀二十一年丁未（六四七）

楊師道卒（？—）。

唐太宗貞觀二十二年戊申（六四八）

置安西四鎮。

房玄齡卒（五七九—），年七十。

李百藥卒（五六五—），年八十四。

孔穎達卒（五七四—），年七十五。

唐太宗貞觀二十三年己酉（六四九）

李世民卒（五九八—），年五十一。太子李治嗣位，是為高宗。

盧照鄰約於本年前後為鄧王元裕典簽。

唐高宗永徽元年庚戌（六五〇）

正月，改元永徽。

王勃生。

楊炯生。

劉希夷約生於此年前後。

唐高宗永徽四年癸丑（六五三）

頒孔穎達《五經正義》於天下，令明經依此考試。

唐高宗永徽六年乙卯（六五五）

廢王皇后為庶人，立昭儀武氏為后。

唐高宗顯慶元年丙辰（六五六）

宋之問約生於此年。

沈佺期約生於此年。

唐高宗顯慶二年丁巳（六五七）

蘇定方大破西突厥，突厥亡。

許敬宗等撰成《文館詞林》一千卷。

唐高宗顯慶三年戊午（六五八）

李善上《文選注》三十卷，詔藏祕府。

王勃九歲，得顏師古《漢書注》讀之，作〈指瑕〉，言其失誤。

張鷟約於此年生。

唐高宗顯慶四年己未（六五九）

楊炯十歲，應神童舉，待制弘文館。

賀知章生。

陳子昂生。

唐高宗顯慶五年庚申（六六〇）

駱賓王約於此年為道王元慶府屬。

張若虛約生於此年。

唐高宗龍朔元年辛酉（六六一）

二月，改元龍朔。

太子李弘命許敬宗、上官儀等博採古今文集，摘其英詞麗句，編《瑤山玉彩》五百卷。

劉知幾生。

唐高宗龍朔二年壬戌（六六二）

改諸司及百官名，改三省為三臺。

上官儀加銀青光祿大夫、西臺侍郎、同東西臺三品。既顯貴，人學其詩，號「上官體」。

唐高宗龍朔三年癸亥（六六三）

駱賓王作〈自敘狀〉。

《瑤山玉彩》編成。

唐高宗麟德元年甲子（六六四）

政歸武后。

上官儀被殺於獄中（六〇八？—），年五十七。

王勃與駱賓王上書劉祥道，求表薦。

李嶠二十歲，登進士第，為安定尉。

盧藏用約生於此年。

玄奘卒（五九六—），年六十九。

唐高宗乾封元年丙寅（六六六）

正月，改元乾封。封禪於泰山。尊老子為太上玄元皇帝。

唐高宗乾封二年丁卯（六六七）

張説生。

唐高宗總章二年己巳（六六九）

王勃於此年之前數年應幽素科試，中第，授朝散郎，不久，為沛王府修撰，撰《平臺祕略論》。此年因戲為〈檄周王雞文〉，被高宗斥逐出沛王李賢府。往遊蜀中。

唐高宗總章三年、咸亨元年庚午（六七〇）

三月，改元咸亨。

盧照鄰與王勃皆在蜀，相互作詩唱酬。

駱賓王約於此年或略前因事謫戍西邊，作有邊塞詩。

杜審言登進士第，後為隰城尉。

蘇頲生。

唐高宗咸亨三年壬申（六七二）

王勃約於此年為虢州參軍。

盧照鄰約於此年因染風疾辭去新都尉，居鄗縣太白山中。

許敬宗卒（五九二—），年八十一。

唐高宗咸亨四年癸酉（六七三）

盧照鄰患幽憂之疾，臥病長安。

唐高宗上元二年乙亥（六七五）

沈佺期、宋之問、劉希夷、張鷟等登進士第。

王勃往交趾省父，至洪州，作《滕王閣詩》並〈序〉。

唐高宗上元三年、儀鳳元年丙子（六七六）

十一月，改元儀鳳。

王勃渡南海，落水驚悸而死，年二十七。

楊炯制舉登科，為校書郎。

唐高宗儀鳳三年戊寅（六七八）

張九齡生。

李邕生。

唐高宗儀鳳四年、調露元年己卯（六七九）

六月，改元調露。

杜審言、李嶠、崔融、蘇味道，時稱「文章四友」。

駱賓王被誣入獄。

唐高宗永隆元年庚辰（六八〇）

劉希夷約於此年遇害（六五一—），年約二十九。

唐高宗永隆二年辛巳（六八一）

駱賓王遇赦出獄。

駱賓王出為臨海丞。

唐高宗永淳二年、弘道元年癸未（六八三）

十二月，改元弘道。高宗卒，太子李顯即位，是為中宗。

政歸武氏。

本年或稍後，盧照鄰卒。

武則天光宅元年甲申（六八四）

正月，改元嗣聖。二月，武后廢中宗為廬陵王，立豫王李旦，是為睿宗。九月，改元光宅。

駱賓王從徐敬業起兵討武則天，兵敗後下落不明，或說被殺，或說為僧。

陳子昂登進士第。遊東都洛陽，獻書闕下。武則天奇其才，召見金華殿，拜麟臺正字。

武則天垂拱元年乙酉（六八五）

李隆基生。

楊炯貶梓州司法參軍。

陳子昂在長安，仍任麟臺正字，開始作〈感遇〉詩。後從軍至西北邊陲。

武則天垂拱四年戊子（六八八）

王之渙生。

武則天永昌元年、載初元年己丑（六八九）

正月，改元永昌。十一月用周正，改此月為載初元年正月。

杜審言為江陰縣丞。

孟浩然生。

武則天天授元年庚寅（六九〇）

九月，武后改國號曰周，改元天授，加尊號曰神聖皇帝。親策貢士，殿試自此始。

楊炯在洛陽，與宋之問分直於習藝館。

李頎生。

王昌齡約生於此年前後。

武則天天授三年、如意元年、長壽元年壬辰（六九二）

四月，改元如意。九月，改元長壽。

楊炯約於此年出為盈川令。

武則天長壽三年甲午（六九四）

楊炯約卒於此年。

武則天證聖元年乙未（六九五）

賀之章登進士第。

武則天萬歲通天元年丙申（六九六）

武后封禪嵩山，改元萬歲登封，又改元萬歲通天。

杜審言自江陰丞轉洛陽丞。

陳子昂再次從軍出塞征契丹。

武則天神功元年丁酉（六九七）

陳子昂登薊北城樓，作〈登幽州臺歌〉。

張九齡登進士第。

武則天聖曆元年戊戌（六九八）

陳子昂解官歸鄉里，同年作〈與左史東方虬〈修竹篇〉序〉。

武則天聖曆二年己亥（六九九）

杜審言由洛陽丞貶吉州司戶參軍。

武后令其寵臣張昌宗與李嶠、劉知幾、宋之問、沈佺期、張說等二十六人修《三教珠英》。

武則天久視元年庚子（七〇〇）

杜審言約於此年被武後召見，令作〈歡喜詩〉，拜著作佐郎，俄遷戶部員外郎。

祖詠生。

陳子昂為縣令段簡所迫詣，卒（六五九—），年四十二。

高適生。

武則天長安元年辛丑（七〇一）

《三教珠英》一千三百卷修成。

王維生。

李白生。

武則天長安四年甲辰（七〇四）

崔顥約生於此年。

唐中宗神龍元年乙巳（七〇五）

正月，武后病重，張柬之等擁太子李顯復位；二月，復國號唐；十二月，武后卒。

宋之問、沈佺期、杜審言等因依附於張易之兄弟，被流放嶺外。

李白五歲，隨父自中亞碎葉遷居四川綿州昌隆縣青蓮鄉。

唐中宗神龍二年丙午（七〇六）

沈佺期授起居郎，加修文館直學士。

宋之問從貶所逃歸洛陽，因告密之功，擢為鴻臚主簿。

杜審言被召回長安，尋授國子監主簿。

儲光羲約生於此年。

唐中宗景龍二年戊申（七〇八）

杜審言約卒於此年（六四五？—），年約六十四。

唐中宗景龍三年己酉（七〇九）

顏真卿生。

唐睿宗景雲元年庚戌（七一〇）

韋后與安樂公主鴆殺中宗。臨淄王李隆基舉兵誅韋、武，擁其父李旦即帝位，是為睿宗，立李隆基為太子。

李嶠出為懷州刺史。

宋之問配流欽州。

王翰登進士第。

唐玄宗先天元年壬子（七一二）

八月，睿宗傳位李隆基，是為玄宗。

宋之問卒（六五〇？—），年約五十七。

杜甫生。

唐玄宗開元元年癸丑（七一三）

張說為中書令，與姚崇有隙，罷為相州刺史。

慧能卒（六三八—），年七十六。本姓盧，早年喪父。發憤學佛，成為禪宗南宗之祖，世稱六祖。

張子容登進士第。

唐玄宗開元二年甲寅（七一四）

李白十五歲，好劍術，遊神仙，觀奇書，能作賦。

李嶠卒（六四五—），年七十。

唐玄宗開元三年乙卯（七一五）

岑參約生於此年。

李華約生於此年。

唐玄宗開元四年丙辰（七一六）

沈佺期本年前後卒（六五六？—），年約六十一。

姚崇罷相。蘇頲、宋璟同居相位。

唐玄宗開元五年丁巳（七一七）

蕭穎士生。

唐玄宗開元七年己未（七一九）

高適入長安求仕不遇，北上薊門，漫遊燕、趙。

元結生。

李嘉祐約生於此年。

唐玄宗開元八年庚申（七二〇）

高適是年秋在長安。

王翰約於此年舉直言極諫科，調昌樂尉。

司空曙約生於此年。

皎然約生於此年，張若虛約卒於此年。張若虛曾官兗州兵曹，中宗神龍中，與賀知章、張旭、包融齊名，稱「吳中四士」。

唐玄宗開元九年辛酉（七二一）

張說為相。

李白開始漫遊蜀中，登峨眉、青城諸名山。蘇頲為益州大都督府長史，李白投刺進謁蘇頲，受到稱許。

王維登進士第，釋褐太樂丞。因伶人舞黃獅子，被貶為濟州司倉參軍。

劉知幾卒（六六一—），年六十一。

唐玄宗開元十年壬戌（七二二）

錢起約生於此年。

唐玄宗開元十一年癸亥（七二三）

賀知章入麗正書院，修《六典》、《文纂》。

崔顥登進士第。

唐玄宗開元十三年乙丑（七二五）

祖詠登進士第。

王昌齡西出塞，有邊塞詩。

李白於此年出蜀，漫遊東南。

賀知章為集賢院學士。

獨孤及生。

唐玄宗開元十四年丙寅（七二六）

張九齡自中書舍人改太常少卿，尋出為冀州刺史。

杜甫遊洛陽，出入岐王府。

儲光義、崔國輔、綦毋潛登進士第。

劉長卿約生於此年。

唐玄宗開元十五年丁卯（七二七）

蘇頲卒（六七〇—），年五十八。他與張說俱以文章顯，並稱「燕許大手筆」，說封燕國公，頲封許國公。

王昌齡、常建登同榜進士，昌齡授祕書省校書郎。

王翰約於此年為汝州長史，後改仙州別駕。時祖詠也在汝州，常往來。

李白至安陸，與許圉師之孫女結婚。

陶翰約於此年前後在世，生卒年不詳。

顧況約生於此年。

唐玄宗開元十六年戊辰（七二八）

孟浩然北上長安求仕，與王昌齡往來甚密。

張子容此年在永嘉，此後行蹤不詳。

唐玄宗開元十七年己巳（七二九）

孟浩然在京與張九齡、王維等交，約於是年秋南返吳、越。

岑參居登封縣之嵩山少室，父已死，家貧，從兄受書。

唐玄宗開元十八年庚午（七三〇）

高適約於此年在燕地從軍。

陶翰登進士第。

張說卒（六六七—），年六十四。

張鷟約卒於此年（六五八？—），有傳奇〈遊仙窟〉。

唐玄宗開元十九年辛未（七三一）

杜甫始遊吳、越。

唐玄宗開元二十年壬申（七三二）

王之渙流寓薊門，後為文安縣尉。

崔顥約於此年前後在河東定襄一帶遊宦。

戴叔倫生。

唐玄宗開元二十一年癸酉（七三三）

劉眘虛登進士第。

唐玄宗開元二十二年甲戌（七三四）

李林甫為相。

王昌齡登博學宏詞科，授汜水尉。

岑參年二十，至洛陽，獻書闕下。

高適南返宋州。

唐玄宗開元二十三年乙亥（七三五）

王維因張九齡薦，擢右拾遺。

杜甫自吳、越歸，赴東都舉進士，不第。

高適赴長安應制科試，無成。

蕭穎士、李華、賈至、李頎登同榜進士。頎授新鄉尉。

唐玄宗開元二十四年丙子（七三六）

張九齡請殺安祿山，玄宗不從；旋為李林甫所譖，罷知政事。

李白約於此年前後赴長安，干謁失敗，失意而歸。

杜甫始遊齊趙。

唐玄宗開元二十五年丁丑（七三七）

張九齡為李林甫所譖，貶荊州長史。孟浩然被張九齡辟為從事。

王維為監察御史；秋，以監察御史為河西節度使判官，有〈使至塞上〉諸詩。

李白移家山東任城，與孔巢父等同隱徂徠山，號「竹溪六逸」。

王之渙、王昌齡、高適旗亭宴遊。

韋應物約生於此年。

唐玄宗開元二十六年戊寅（七三八）

高適在長安，作〈燕歌行〉；旋離長安返梁、宋。

唐玄宗開元二十七年己卯（七三九）

追贈孔子為文宣王。

錢起有荊州之遊。

杜甫仍在齊、趙漫遊，作〈望嶽〉詩。秋，高適抵山東，與杜甫相逢汶上，結交。

王昌齡自汜水尉謫嶺南。

唐玄宗開元二十八年庚辰（七四〇）

張九齡卒（六七八—），年六十三。

李白居東魯兗州。

高適遊相州。

王昌齡北歸，遊襄陽，訪孟浩然。東還，為江寧丞。岑參有詩送別。

孟浩然疽發背，卒（六八九—），年五十二。

王維遷殿中侍御史，以選補副使，知南選。過襄陽，作〈哭孟浩然〉詩，畫孟浩然像於刺史亭。

詩僧寒山、拾得約於此年前後在世。寒山詩，後人輯有《寒山子詩集》。

唐玄宗開元二十九年辛巳（七四一）

制兩京、諸州置玄元皇帝廟，並崇玄學。

王維、儲光羲此後數年間隱居終南山。

高適寓居淇上。

岑參遊河朔。

杜甫自齊、趙歸洛陽，築陸渾莊於偃師。

李頎離新鄉尉任，棄官，隱潁陽東川，與王維、高適、王昌齡、綦毋潛相過從。

唐玄宗天寶元年壬午（七四二）

二月封莊子為南華真人，文子為通玄真人，列子為沖虛真人，庚桑子為洞虛真人。

王維官右補闕。

王之渙卒（六八八—），年五十五。

李白與道士吳筠同隱剡中。秋，奉詔進京，供奉翰林。賀知章見李白，呼為「謫仙人」。

蕭穎士補祕書正字。

秋，高適至滑州。

唐玄宗天寶二年癸未（七四三）

李白在長安，與賀知章等做「飲中八仙」之遊。此年前後，作〈蜀道難〉、〈古風五十九首〉中的部分篇章。

岑參在長安。

李華舉博學宏詞科，為科首。

唐玄宗天寶三載甲申（七四四）

正月，賀知章因病辭官，度為道士還鄉。卒（六五九—），年八十六。

三月，李白被譖，「賜金放還」，自梁園東下，在東都與杜甫相遇，訂交；後又遇高適，三人同遊梁、宋。作有〈梁園吟〉、〈將進酒〉、〈鳴皋歌送岑征君〉等詩。

岑參登進士第，授右內率府兵曹參軍。

芮挺章編《國秀集》，錄開元初至天寶三載之詩。

唐玄宗天寶四載乙酉（七四五）

八月，冊楊太真為貴妃。

李白遊齊、魯，又與杜甫相遇，同遊。此年作〈夢遊天姥吟留別〉、〈魯郡堯祠送竇明府薄華還西京〉諸詩。

唐玄宗天寶五載丙戌（七四六）

杜甫至長安，與岑參、王維、鄭虔等遊。

祖詠約卒於此年（六九九？—），年約四十八。

唐玄宗天寶六載丁亥（七四七）

詔天下通一藝者赴試。李林甫忌刻才士，使無一人入選，上表稱「野無遺賢」。杜甫與元結參加了此次考試，落入騙局。

杜甫落第之後，返偃師，往來於偃師、洛陽間。

李白遊金陵一帶，有〈登金陵鳳凰臺〉。

李邕遭李林甫誣陷，被杖殺。

唐玄宗天寶七載戊子（七四八）

王維經營藍田輞川別業。

高適居睢陽，甚窮困。

元結遊長安。

盧綸生。

李益生。

唐玄宗天寶八載己丑（七四九）

高適由張九皋推薦，舉有道科。盛夏，至長安，授封丘尉。

李白遊金陵，作〈答王十二寒夜獨酌有懷〉、〈寄東魯二稚子〉等詩。

岑參因安西四鎮節度使高仙芝薦，為右威衛錄事參軍，充節度使幕府掌書記，遂赴安西。作〈逢入京使〉、〈磧中作〉、〈敦煌太守後庭歌〉等詩。

唐玄宗天寶九載庚寅（七五〇）

杜甫自偃師再到長安。

李白北至洛陽。

王昌齡約在此年貶在標尉。

岑參在安西。

錢起登進士第。此後即在祕書省校書郎任上，直至天寶末。

唐玄宗天寶十載辛卯（七五一）

杜甫在長安，進〈三大禮賦〉，玄宗奇之，使待制集賢院，命宰相試文章。但終於沒有下文，未被授官。

春，李白省家東魯；秋，北上。

暮春，岑參隨高仙芝入朝，秋抵長安。

韋應物十五歲，為玄宗侍衛。

孟郊生。

唐玄宗天寶十一載壬辰（七五二）

李白北遊燕、趙。

王維為吏部郎中。

高適去封丘任，抵長安，與崔顥、儲光羲、岑參、杜甫遊。冬，入河西節度使幕。

杜甫在長安，作〈兵車行〉、〈前出塞〉、〈曲江三章〉等詩，又與高、岑、儲等同登慈恩寺塔，賦詩抒懷。

劉長卿約於此年登進士第。

李頎（六九〇—）約卒於本年，年約六十三。

唐玄宗天寶十二載癸巳（七五三）

李白自幽燕西遊太原，旋至梁、宋，南返宣城。作〈陪侍御叔華登樓歌〉等詩。

杜甫在長安，作〈麗人行〉等詩。

高適赴河西幕府謁哥舒翰。

張繼登進士第。

殷璠編《河岳英靈集》，選開元二年至天寶十二載間二十四位詩人詩作二百二十四篇。

唐玄宗天寶十三載甲午（七五四）

李白遊宣城、秋浦一帶，有〈秋浦歌〉等詩。

高適入隴右節度使哥舒翰幕。夏，隨哥舒翰入朝。

岑參為大理評事，充安西北庭節度判官，第二次出塞，赴北庭都護府，入封常清幕。

元結、韓翃登進士第。

崔顥卒（七〇四？—），年約五十一。

陸贄生。

唐玄宗天寶十四載乙未（七五五）

十一月，安祿山發兵十五萬，反於范陽。「安史之亂」自此始。

王維遷給事中。

岑參在輪臺，間至北庭，作於上一年或本年的有〈走馬川行奉送出師西征〉、〈白雪歌送武判官歸京〉等詩。

杜甫自長安赴奉先省親，作〈自京赴奉先縣詠懷五百字〉、〈後出塞〉諸詩。

李白居宣城，有〈贈汪倫〉詩。

劉長卿為蘇州、長洲尉。

唐玄宗天寶十五載、唐肅宗至德元載丙申（七五六）

正月，安祿山稱大燕皇帝於洛陽；六月陷長安；玄宗奔蜀。太子李亨即位靈武，是為肅宗。

高適佐哥舒翰守潼關。潼關失守，高適奔長安，玄宗已奔蜀，乃間道追及河池郡，隨至成都，八月，擢諫議大夫，十二月，出任淮南節度使，奉命討伐永王李璘。

岑參在北庭，領伊西北庭支度副使。

李白隱居廬山屏風疊。冬，永王水軍過潯陽，邀李白入幕府。李白以為報國時機已到，加入永王水軍，作〈永王東巡歌〉。

杜甫聞肅宗即位靈武，奔赴靈武，途中落入叛軍手中，押回長安。作有〈悲陳陶〉、〈悲青阪〉、〈哀王孫〉、〈月夜〉諸詩。

王維、儲光羲、李華均為叛軍所得，逼以偽署。

劉長卿為長洲尉攝海鹽令。

王昌齡為亳州刺史閭丘曉所殺。

唐肅宗至德二載丁酉（七五七）

正月，安慶緒殺其父安祿山，即帝位。九月，唐軍收復長安，十月，收復洛陽。肅宗回長安。十二月，玄宗回長安。

春，杜甫羈留長安，作〈春望〉、〈哀江頭〉諸詩。四月，逃奔鳳翔行在，授左拾遺。秋，省家鄜州，作〈北征〉、〈羌村三首〉、〈彭衙行〉等詩。

十月，岑參隨肅宗回長安。

李白因從永王璘，獲罪，繫潯陽獄，長流夜郎。

兩京收復後，陷賊官分六等定罪。儲光羲貶嶺南。王維因寫有〈凝碧池〉詩以明志，獲免罪。

顧況登進士第。

唐肅宗至德三載、乾元元年戊戌（七五八）

立成王俶為太子。九節度使合兵討安慶緒。

李白流夜郎，途經江夏。

王維責受太子中允。

夏，杜甫自左拾遺出為華州司功參軍。

賈至出為汝州刺史。

高適自淮南至洛陽。

唐肅宗乾元二年己亥（七五九）

三月，九節度兵敗相州。史思明殺安慶緒，自稱皇帝。九月，再陷洛陽。

高適任彭州刺史。

岑參自右補闕轉起居舍人，五月，赴虢州長史任。

王維遷太子中庶子、中書舍人。復拜給事中，轉尚書右丞。

李白於流貶途中遇赦，東還，南遊洞庭，有〈陪族叔刑部侍郎曄賈舍人至遊洞庭五首〉等詩。

杜甫自華州歸洛陽，回華州途中，作「三吏」、「三別」、〈贈衛八處士〉。秋，棄官，入蜀。途經秦州、同谷，有〈夢李白二首〉、〈秋笛〉、〈同谷七歌〉等詩。冬，抵成都。

劉長卿在南巴尉任上。

錢起為藍田縣尉。

韋應物此年前後數年間，曾一度讀書太學。

儲光羲（七〇六—）約卒於本年，年約五十四。

蕭穎士卒（七一七—），年四十三。

權德輿生。

唐肅宗乾元三年、上元元年庚子（七六〇）

閏四月，改元上元。

李白回至豫章。

杜甫在成都西郊浣花溪畔修築草堂定居。

高適自彭州刺史轉蜀州刺史。

岑參仍在虢州長史任。

元結編《篋中集》，收沈千運等七人詩二十四首。

皎然在江東與顏真卿、顧況、韋應物相唱酬。

唐肅宗上元二年辛丑（七六一）

三月，史思明為其子史朝義所殺。四月，梓州刺史段子璋反，五月平。

李白已六十一歲，聞李光弼出師東南擊史朝義，又慷慨從軍，半道病還，往當塗依族叔李陽冰。

杜甫閒居草堂。經嚴武薦，入嚴幕，為節度參謀、檢校尚書工部員外郎。有〈春夜喜雨〉、〈江畔獨步尋花七絕句〉諸詩。

王維卒（七〇一—），年六十一。

李嘉祐自江陰令遷臺州刺史。

劉長卿自南巴尉歸來，行止在吳中、越州一帶。

唐代宗寶應元年壬寅（七六二）

四月，玄宗卒，肅宗卒，太子李豫即位，是為代宗。

李白卒於當塗（七〇一—），年六十二。

杜甫仍居草堂，曾避亂入梓州。

唐代宗寶應二年、廣德元年癸卯（七六三）

史朝義敗死，安史亂平。七月改元廣德。十月吐蕃攻入長安，代宗出奔陝州。自此邊境外族侵擾不斷。

高適任劍南西川節度使。

岑參入長安，在御史臺供職。

杜甫漂泊梓州、閬州，有〈聞官軍收河南河北〉等詩。

韋應物為洛陽丞。

戴叔倫三十二歲，仍居金壇故里，未有官職。

耿湋登進士第，授盩厔縣尉。

唐代宗廣德二年甲辰（七六四）

元結赴道州刺史任，作〈舂陵行〉。

岑參改考功員外郎，尋轉虞部郎中。

嚴武再鎮蜀，杜甫又入嚴武幕。

唐代宗永泰元年乙巳（七六五）

高適卒（七〇〇—），年六十六。

岑參出為嘉州刺史。

杜甫辭嚴武幕，回草堂。五月，離成都，經嘉州、忠州出峽，秋抵雲安。有〈旅夜書懷〉等詩。

韋應物棄官，歸洛陽同德寺。

唐代宗大曆元年丙午（七六六）

劉晏復以戶部尚書充諸道鹽鐵轉運等使，分理全國財政。

戴叔倫再入劉晏幕，掌賦稅鹽鐵事務。

杜甫自雲安移居夔州。有〈壯遊〉、〈八哀詩〉、〈秋興八首〉、〈閣夜〉、〈詠懷古跡五首〉、〈諸將五首〉諸詩。

岑參赴嘉州刺史任。

耿湋、司空曙均為左拾遺，其時十才子都在長安。

張籍、王建約生於此年。
令狐楚生。
韓翃約於此年前後在世。

唐代宗大曆二年丁未（七六七）
杜甫在夔州，有〈又呈吳郎〉、〈解悶十二首〉諸詩。

唐代宗大曆三年戊申（七六八）
岑參罷嘉州刺史任，東歸，阻於戰亂，流寓成都。
元結調任容州刺史，兼容管經略使。
杜甫在夔州，衰病漂泊。春離夔州經江陵赴公安；冬離公安赴岳陽，有〈登岳陽樓〉詩。自此，泊舟岳陽城下，往來岳陽、潭州間。
韓愈生。

唐代宗大曆五年庚戌（七七〇）
杜甫卒於湖南耒陽舟中（七一二—），年五十九。有《杜工部集》。
岑參卒於成都客舍（七一五—），年五十六。
盧仝約生於此年。
李公佐約生於此年。
劉長卿在潤州。
李端登進士第，授祕書省校書郎。

唐代宗大曆六年辛亥（七七一）
李益登諷諫主文科，授華州鄭縣尉，後遷主簿。
劉長卿約於是年任轉運使判官、淮西鄂嶽轉運留後。
韓翃入汴宋節度使田神功幕。

唐代宗大曆七年壬子（七七二）
賈至卒（七一八—），年五十五。
元結卒（七一九—），年五十四。
呂溫、劉禹錫、白居易、李紳、李翱生。

唐代宗大曆八年癸丑（七七三）
柳宗元生。
劉長卿貶睦州司馬。
李嘉祐約於是年離袁州刺史任，回吳興、晉陵一帶定居。

唐代宗大曆九年甲寅（七七四）
李華卒（七一五？—），年約六十。
韋應物為京兆府功曹，攝高陵宰。
韓翃在田神玉幕。

唐代宗大曆十年乙卯（七七五）
姚合約生於此年。

唐代宗大曆十一年丙辰（七七六）
田神玉死後，韓翃入汴州刺史李忠臣幕。
耿湋充括圖書使歸朝。
白行簡生。

唐代宗大曆十二年丁巳（七七七）
獨孤及卒（七二五—），年五十三。
皇甫湜約生於此年。

唐代宗大曆十三年戊午（七七八）
韋應物出為鄠縣令。
柳公權生。

唐代宗大曆十四年己未（七七九）
元稹、賈島生。
劉長卿由睦州赴隨州。
張繼約於此年卒於洪州。

唐德宗建中元年庚申（七八〇）

廢租庸調，行兩稅法。

劉長卿為隨州刺史。

李益入崔寧幕。

吉中孚為京兆萬年尉。

盧綸為昭應令。

唐德宗建中二年辛酉（七八一）

李嘉祐卒（七一九？—），年約六十一。

四月，韋應物任尚書比部員外郎。

劉禹錫從僧皎然、靈澈學詩。

沈既濟作〈任氏傳〉。

唐德宗建中三年壬戌（七八二）

韋應物出為滁州刺史。

唐德宗建中四年癸亥（七八三）

十月，涇原兵過長安，譁變。德宗奔奉天。朱泚稱帝。

劉長卿約於此年之前離隨州刺史任。

李益登拔萃科，為侍御史。

戴叔倫為江西節度留後，統領府事。

唐德宗興元元年甲子（七八四）

李晟收復長安，朱泚被殺。

冬，韋應物罷滁州刺史任。

李益入鄜坊唐朝臣幕。

吉中孚由司封郎中、知制誥為諫議大夫，加翰林學士。

唐德宗興元元年、貞元元年乙丑（七八五）

八月改元。

顏真卿被李希烈縊殺於蔡州（七〇九—）。

韋應物春夏間閒居滁州西澗，有〈滁州西澗〉詩；秋，為江州刺史。

唐德宗貞元二年丙寅（七八六）

錢起約卒於此年（七二二？—）。

戴叔倫為撫州刺史。

韋應物仍在江州刺史任，始遊廬山東林、西林二寺。

唐德宗貞元三年丁卯（七八七）

韋應物入朝，為左司郎中。

顧況為著作郎。

李德裕生。

劉長卿卒於此年前後（七二六？—）。

唐德宗貞元五年己巳（七八九）

戴叔倫卒（七三二—）。

李益在邠寧幕。

唐德宗貞元六年庚午（七九〇）

吐蕃攻陷長安。

司空曙約卒於此年（七二〇？—）。

李賀生。

貞元七年辛未（七九一）

許渾約生於此年。

貞元八年壬申（七九二）

四月，陸贄同中書門下平章事、知貢舉。李絳、王涯、崔群、韓愈等登進士第，時號「龍虎榜」。

孟郊初下第，東歸，韓愈有《孟生詩》。韓、孟當於此年或稍前結識。

韋應物約卒於此年（七三七—）。

張祜約生於此年。

貞元九年癸酉（七九三）

元稹明經登第，入居長安靖安坊。

劉禹錫、柳宗元進士及第。

孟郊再下第，出長安做湘楚之遊，有〈石淙十首〉。

貞元十二年丙子（七九六）

秋，韓愈為宣武軍節度使董晉觀察推官。

九月，孟郊登進士第，有〈登科後〉詩。東歸路過和州，與張籍同遊。

貞元十三年丁丑（七九七）

孟郊寄寓汴州，依宣武行軍司馬陸長源。張籍於十月初北至汴州，因孟郊介紹結識韓愈。

貞元十五年己卯（七九九）

二月，韓愈甫離汴，汴州即發生兵亂，遂輾轉至徐州入張建封幕為節度推官。

張籍進士及第。

元稹初仕於河中府（蒲州）。

盧綸約卒於此年（七三七？—）。

貞元十六年庚辰（八〇〇）

白居易、崔玄亮登進士第。

劉禹錫為淮南節度使杜佑掌書記。

孟郊為溧陽（今屬江蘇）尉，迎養其母。

唐德宗貞元十七年辛巳（八〇一）

杜佑進《通典》二百卷。

柳宗元調藍田尉。

韓愈任四門博士。

元稹應進士試，不第。

溫庭筠生。

孟郊為溧陽尉。

唐德宗貞元十八年壬午（八〇二）

劉禹錫調補京兆府渭南縣主簿。

白居易、元稹訂交於本年或稍前。

李公佐作〈南柯太守傳〉。

唐德宗貞元十九年癸未（八〇三）

春，白居易、元稹、崔玄亮等同以書判拔萃科登第，元、白同授祕書省校書郎。元稹娶韋夏卿之女韋叢為妻。

冬，劉禹錫為監察御史，柳宗元為監察御史裡行，韓愈由四門博士升監察御史。三人常討論學術，切磋詩文。

韓愈作〈祭十二郎文〉，本年或稍前作〈送孟東野序〉。因上書論天旱人饑而得罪幸臣，被貶陽山令。

杜牧生。

唐德宗貞元二十年甲申（八〇四）

春，白居易自洛陽徙家於秦，卜居渭上。

孟郊辭溧陽尉，奉母歸湖州。

呂溫為入蕃副使，滯留經年。

元稹作〈鶯鶯傳〉，李紳作〈鶯鶯歌〉。

唐德宗貞元二十一年、順宗永貞元年乙酉（八〇五）

正月，唐德宗（李適）卒，皇太子李誦即位，是為順宗。二月，以韋執誼為尚書左丞，同中書門下平章事，王伾為左散騎常侍，充翰林學士，王叔文為起居舍人，充翰林學士。王叔文引用劉禹錫、柳宗元等改革弊政，並薦舉劉禹錫為屯田員外郎、判度支鹽鐵案，柳宗元為禮部員外郎。此一時期，革新集團蠲免逋負，出宮女及教坊女妓，罷進奉、宮市、五坊小兒，打擊權臣李實，追還忠州別駕陸贄、道州刺史陽城（詔下不久而陸、陽即卒於貶所），並謀奪宦官兵權。史稱「永貞革新」。八月，順宗內禪，皇太子李純即位，是為憲宗。改貞元二十一年為永貞元年。貶王伾為開州司馬、王叔文為渝州司戶。九月，分貶革新派成員為州刺史，其中劉禹錫為連州刺史、柳宗元為邵州刺史；十月，再下嚴詔，貶劉禹錫為朗州司馬、柳宗元為永州司馬、韓泰為虔州司馬、陳諫為臺州司馬、韓曄為饒州司馬、凌准為連州司馬、程異為郴州司馬、韋執誼為崖州司馬，史稱「二王八司馬」。

韓愈於二月遇赦，徙掾江陵，俟命郴州時作〈八月十五夜贈張功曹〉詩。九月，在江陵與前赴連州貶所的劉禹錫相會，作詩酬和。

呂溫出使吐蕃還長安。

陸贄卒（七五四—），年五十二。

陳鴻、李宗閔、牛僧孺等同登進士第。

唐憲宗元和元年丙戌（八〇六）

正月改元，太上皇（順宗）死。三月，平定楊惠琳亂。

六月，韓愈自江陵法曹參軍入為國子博士。時張籍、張徹、孟郊在長安，韓、孟、張徹作有〈會合〉聯句。韓作〈南山詩〉。孟郊離長安，赴洛陽任河南水陸轉運從事，試協律郎。有〈寒地百姓吟〉詩。

張籍約於本年調補太常寺太祝。

白居易、元稹閉戶累月，揣摩時事，成《策林》七十五篇。四月，應「才識兼茂明於體用科」，二人同及第。元稹除左拾遺，結識張籍。九月出為河南尉，旋丁母憂。

白居易任盩厔尉。十二月，與陳鴻、王質夫同遊仙遊寺，作〈長恨歌〉，陳鴻作〈長恨歌傳〉。

皇甫湜、李紳進士及第。

唐憲宗元和二年丁亥（八〇七）

白居易為翰林學士，娶楊虞卿從妹為妻。元稹為監察御史。白行簡登進士第。

韓愈為避讒至東都分司。作〈張中丞傳後敘〉。

唐憲宗元和三年戊子（八〇八）

四月，白居易改授左拾遺，仍充翰林學士。

牛僧孺、李宗閔、皇甫湜登賢良方正能言極諫科，因對策指陳時政，言詞直切，宰相李吉甫惡之，皆出為幕職；並貶考策官楊於陵、韋貫之、王涯等。其後吉甫子李德裕與牛僧孺、李宗閔「黨爭」數十年，遠因即在於此。

韓愈、孟郊俱在洛陽。皇甫湜任陸渾尉，距洛不遠；李賀自家鄉昌谷赴洛客居；盧仝本已居住在洛陽一帶，馬異、劉叉、賈島等陸續來此，一時間韓、孟詩派中人聚集一起，相互往還。

呂溫於年底貶為道州刺史。

唐憲宗元和四年己丑（八〇九）

二月，元稹除監察御史，三月，出使劍南東川，曾與薛濤唱和。七月，元妻韋叢卒於長安靖安里宅第。八月，元分司東都，作〈遣悲懷三首〉。韓愈為作墓誌銘。

李紳任校書郎，作《樂府新題》二十首（今佚）。元稹作〈和李校書新題樂府十二首（並序）〉。白居易創作《新樂府》。

六月，韓愈任都官員外郎，分司東都，作〈陸渾山火一首和皇甫湜用其韻〉。

唐憲宗元和五年庚寅（八一〇）

元稹為東臺監察御史，與韓愈有交往。元稹在還長安途中為宦官所辱，後又遭貶為江陵士曹參軍。

五月，白居易改京兆府戶曹參軍，與元稹有詩唱和，時號「元和體」。〈秦中吟十首〉約作於本年前後。

賈島入長安，謁張籍。

唐憲宗元和六年辛卯（八一一）

韓愈自河南令遷職方員外郎。有〈石鼓歌〉。賈島由長安赴洛陽訪韓愈；秋，隨韓赴長安；冬，歸范陽。

李賀為奉禮郎。

四月，白居易罷官歸渭村丁母憂。

六月，呂溫卒（七七二—），年四十。

唐憲宗元和七年壬辰（八一二）

張籍、王建重逢於長安。

元稹自編詩集二十卷成。

李商隱生。

陳陶約生於此年。

唐憲宗元和八年癸巳（八一三）

三月，韓愈任比部郎中、國史修撰。

李賀辭官歸昌谷。

夏，白居易服除，仍居渭村，未補官。

李群玉約生於此年。

唐憲宗元和九年甲午（八一四）

八月，孟郊赴任興元軍參謀，途中以暴疾卒（七五一—），年六十四。

韓愈為孟郊作〈貞曜先生墓誌銘〉。賈島作詩〈哭孟郊〉。

冬，白居易為左贊善大夫。有〈遊悟真寺一百韻〉等。

十二月，有詔召回劉禹錫、柳宗元、元稹等。

唐憲宗元和十年乙未（八一五）

正月，淮西節度使吳少陽之子吳元濟叛亂。朝廷發諸道軍會討，未勝。

二月，柳宗元、劉禹錫、元稹由貶所抵長安。劉禹錫遊玄都觀，作〈元和十年自朗州承召至京戲贈看花諸君子〉詩。三月，柳、劉分別被遠遷柳州、連州刺史，同行至衡陽，以詩贈別，此後再未相見。柳至貶所後作〈登柳州城樓寄漳汀封連四州〉詩。

元稹與白居易等遊城南，在馬上戲誦新豔小詩，甚歡。然亦於三月復出為通州司馬。

六月，平盧節度使李師道遣刺客殺死宰相武元衡。裴度同中書門下平章事。

六月，白居易上書請急捕刺殺武元衡兇手，以越職言事貶江州司馬。冬初到江州，作〈與元九書〉。

沈亞之登進士第。

唐憲宗元和十一年丙申（八一六）

韓愈以考功郎中知制誥遷中書舍人，因主戰遭排斥，降為太子右庶子。

姚合進士及第。

秋，白居易在江州司馬任上作〈訪陶公舊宅〉、〈琵琶行〉、〈東南行一百韻寄通州元九侍御……〉等詩。

李賀卒（七九〇—），年二十七。

曹鄴約生於此年。

唐憲宗元和十二年丁酉（八一七）

七月，以裴度為淮西宣慰招撫使，韓愈為行軍司馬，率諸道軍討淮蔡叛軍。十月，李愬雪夜襲蔡州，擒吳元濟，淮西亂平。

元稹作〈樂府古題序〉。

唐憲宗元和十三年戊戌（八一八）

淮西亂平後，李師道、王承宗畏罪，各奉表納地稱臣。

韓愈為刑部侍郎。

元稹在通州四年，與遠在江州的白居易寄詩往返唱和。

元稹作〈連昌宮詞〉。冬，轉虢州長史。

白居易除忠州刺史。

權德輿卒（七五九—），年六十。

唐憲宗元和十四年己亥（八一九）

李師道為部下所殺，淄青亂平。長時期的藩鎮割據局面至此暫告結束。

正月，刑部侍郎韓愈諫迎佛骨，貶為潮州刺史，途中作〈左遷藍關示侄孫湘〉。十月，改授為袁州刺史。

春，白居易自江州啓行赴忠州，與弟行簡同行。三月十一日，與前往虢州赴任的元稹相遇於西陵峽口，留三日而別。

十月，元稹自虢州長史入為膳部員外郎。

十一月，柳宗元卒於柳州貶所（七七三—），年四十七。是時劉禹錫奉母靈柩返洛陽，途次衡陽聞宗元卒訊，大慟，為之料理後事，歸洛後作〈祭柳員外文〉、〈重祭柳員外文〉。韓愈至袁州作〈祭柳子厚文〉、〈柳子厚墓誌銘〉。

唐憲宗元和十五年庚子（八二〇）

正月，憲宗服柳泌所製金丹暴卒，傳為宦官陳弘志所害。右神策軍中尉梁守謙等擁立太子李恆即位，是為唐穆宗。

二月，元稹除中書舍人、翰林承旨學士。五月，又為祠部郎中，知制誥。

夏，白居易自忠州刺史召還，除尚書司門員外郎，十二月，遷主客郎中，知制誥。

九月，韓愈自袁州刺史召還，任國子祭酒。

張籍因韓愈薦，約於本年為國子博士。

顧況卒於此年以後（七二七？—）。

唐穆宗長慶元年辛丑（八二一）

二月，元稹授中書舍人。改革制誥，創為新體。白居易〈餘思未盡加為六韻重寄微之〉：「制從長慶辭高古。」

元稹與李德裕、李紳同為翰林院學士，時號「三俊」。三月，元與二李同劾錢徽取進士不公，詔王起、白居易重試，錢徽、李宗閔、楊汝士皆被貶。此為李德裕集團與牛僧孺、李宗閔集團的初次公開鬥爭。裴度劾元稹交結宦官魏弘簡，元罷翰林學士，為工部侍郎。

七月，韓愈任兵部侍郎。

十月，白居易遷中書舍人。弟行簡授左拾遺。從祖弟白敏中進士及第。

十一月，元稹、李紳舉薦蔣防為翰林學士。

冬，劉禹錫除夔州刺史。

唐穆宗長慶二年壬寅（八二二）

二月，韓愈奉命前往鎮州宣撫王廷湊叛軍，功成還朝，轉吏部侍郎。

二月，元稹以工部侍郎同中書門下平章事。三月，裴度以司空同平章事。裴度、元稹爭相，積怨甚深。六月，罷裴度為右僕射，罷元稹為同州刺史。以李逢吉同平章事。

張籍除水部員外郎。

七月，白居易求外任，出為杭州刺史。

九月，李德裕自御史中丞出為浙西觀察使。

唐穆宗長慶三年癸卯（八二三）

三月，牛僧孺同中書門下平章事，李德裕認為是李逢吉援引，牛、李之怨益深。

六月，韓愈為京兆尹兼御史大夫，與御史中丞李紳發生矛盾，相互指責。遂兩罷之。

韓愈復任兵部侍郎，再改為吏部侍郎。

八月，元稹自同州刺史遷越州刺史、浙東觀察使。十月，經杭州，與白居易相會，數月而別。

白居易在杭州刺史任。有〈錢塘湖春行〉、〈杭州春望〉等詩。

唐穆宗長慶四年甲辰（八二四）

正月，穆宗服方士金石藥卒，太子李湛即位，是為敬宗。時李逢吉用事，所親厚者甚眾。李紳自戶部侍郎貶端州司馬。

二月，蔣防貶汀州刺史，旋改連州。

白居易在杭修築湖堤，為文記其事。五月，任期滿，除太子左庶子，分司東都，始卜居於洛陽東南隅之履道里。

《杭越寄和詩集》、《三州唱和詩集》結集。冬，元稹為編《白氏長慶集》五十卷凡二千一百九十一首，並作序。

韓愈在吏部侍郎任，與張籍同遊城南，賈島亦常來此，前後達兩月之久。

劉禹錫轉和州刺史。

秋，張籍擢水部郎中。八月十六日夜，張籍、王建同到韓愈家賞月。其後，韓愈病篤。十二月，韓愈卒（七六八—），年五十七。劉禹錫有〈祭韓吏部文〉。李翱有〈吏部侍郎韓公行狀〉。皇甫湜有〈昌黎韓先生墓誌銘〉。

唐敬宗寶曆元年乙巳（八二五）

牛僧孺罷相。

白居易為蘇州刺史。

元稹在浙東觀察使任。

杜牧作〈阿房宮賦〉。

唐敬宗寶曆二年丙午（八二六）

十二月，宦官劉克明等殺敬宗。宦官立江王涵，改名昂（文宗）。

白居易罷蘇州刺史，劉禹錫罷和州刺史。冬，兩人相遇於揚子津，結伴歸洛陽。

白行簡卒（七七六—）。

唐文宗大和元年丁未（八二七）

去年四月，橫海節度使李全略卒，其子同捷自為留後。本年八月，命諸道兵進討。

白居易編《元白唱酬集》。

杜牧作〈感懷詩〉。

唐文宗大和二年戊申（八二八）

春，劉蕡應賢良方正科，對策中猛烈抨擊宦官。

劉禹錫作〈再遊玄都觀〉詩。

杜牧登進士第。

蔣防改袁州刺史，此後行跡失考，其〈霍小玉傳〉約作於此年前後。

唐文宗大和三年己酉（八二九）

四月，唐軍攻占滄州，斬李同捷。十一月，南詔攻西川。十二月陷成都，擄掠而還。

白居易以太子賓客分司東都，自此不復出。編《劉白唱和集》。

元稹自越徵為尚書左丞。

李益卒於此年或稍前（七四八—）。

唐文宗大和四年庚戌（八三〇）

正月，李宗閔引牛僧孺為相，共排李德裕黨。興元軍亂，殺節度使李絳。

元稹為武昌軍節度使。

白居易為河南尹。

李德裕移劍南西川節度副大使、知節度事。

張籍卒於此年（七六六？—）。

王建約卒於此年（七六六？—）。

唐文宗大和五年辛亥（八三一）

七月，元稹卒於武昌任所（七七九—），年五十三。

十月，杜牧作《李賀集・序》。

唐文宗大和六年壬子（八三二）

許渾登進士第。

唐文宗大和七年癸丑（八三三）

杜牧應牛僧孺辟，入淮南節度使幕。

羅隱生。

唐文宗大和九年乙卯（八三五）

十一月二十一日，宰相李訓謀誅宦官不克。宦官仇士良等殺李訓、舒元輿、王涯、賈餗、鄭注等。史稱甘露之變，自此後宦官權勢益大。

唐文宗開成元年丙辰（八三六）

盧仝偶宿王涯家中，被宦官捕殺（七九五？—）。

二月，昭義節度使劉從諫上疏，質問王涯等人以何罪被殺。三月，復上表暴揚仇士良等罪惡。

李商隱作〈有感二首〉、〈重有感〉、〈曲江〉等詩。

白居易自編《白氏文集》六十五卷。

韋莊約生於此年。

唐文宗開成二年丁巳（八三七）

李商隱登進士第。作〈行次西郊作一百韻〉。

賈島責授遂州長江縣主簿。

令狐楚卒於山南西道節度使任（七六六—），年七十二。

司空圖、聶夷中生。

唐文宗開成四年己未（八三九）

三月，裴度卒（七六五—），年七十五。

唐文宗開成五年庚申（八四〇）

正月，文宗卒。仇士良等立穎王瀍，是為武宗。陳王成美、安王溶及楊賢妃皆遇害。

四月，李德裕同平章事。回鶻為其北方黠戛斯部落所破，諸部逃散。

唐武宗會昌二年壬戌（八四二）

達磨贊普卒，吐蕃內亂。

李商隱以書判拔萃，入為祕書省正字。

杜牧出為黃州刺史。作〈郡齋獨酌〉。

白居易以刑部尚書致仕。

劉禹錫卒（七七二—），年七十一。

韓偓生。

唐武宗會昌三年癸亥（八四三）

回鶻烏介可汗侵逼靈武。二月，河東節度使遣麟州刺史石雄大破之，迎太和公主歸。四月昭義節度使劉從諫卒，其侄劉稹據鎮自立。八月，下詔削奪劉從諫、劉稹官爵，令諸道進軍攻討。

賈島卒（七七九—），年六十五。

唐武宗會昌四年甲子（八四四）

昭義大將郭誼殺劉稹，降。石雄率兵入潞州，澤潞等五州平。

牛僧孺貶循州長史。

趙嘏登進士第。

杜牧遷池州刺史。

唐武宗會昌五年乙丑（八四五）

武宗下令滅佛。本年，毀佛寺四千六百餘區，歸俗僧尼二十六萬零五百人。

白居易於洛陽為「七老會」。又合僧如滿、李元爽，寫為「九老圖」。

張祜來池州，與杜牧唱和甚歡。

唐武宗會昌六年丙寅（八四六）

三月，武宗服方士長生藥卒。宦官擁皇太叔忱即位，是為宣宗。宣宗惡李德裕。四月，李德裕罷相，充荊南節度使。

七月，李紳卒（七七二—），年七十五。

八月，白居易卒（七七二—），年七十五。

杜荀鶴生。

唐宣宗大中元年丁卯（八四七）

宣宗與宰相白敏中等務反會昌之政。三月，下令恢復佛教。十二月，貶李德裕為潮州司馬。

桂管觀察使鄭亞辟李商隱入幕。九月，李商隱、鄭亞撰《太尉衛公會昌一品集序》。十月，李商隱編定《樊南甲集》。

唐宣宗大中二年戊辰（八四八）

杜牧內擢為司勳員外郎、史館修撰。

牛僧孺卒（七七九—），年六十九。

唐宣宗大中三年己巳（八四九）

六月、七月，涇原、靈武、邠寧、鳳翔等節度使收復三州七關。八月，河隴老幼千餘人詣闕，朝見宣宗。

李德裕卒於崖州貶所（七八七—），年六十三。

唐宣宗大中五年辛未（八五一）

沙州人張義潮逐吐蕃，攝州事，奉表來報，以義潮為沙州防禦使。

李商隱應東川節度使柳仲郢之辟為節度書記。

鄭谷約生於此年。

唐宣宗大中六年壬申（八五二）

杜牧遷中書舍人。十一月卒（八〇二—），年五十。

唐宣宗大中七年癸酉（八五三）

李商隱在東川梓州幕，編定《樊南乙集》。

唐宣宗大中八年甲戌（八五四）

張祜約卒於此年（七九二？—），年約六十三。
劉滄登進士第。

唐宣宗大中九年乙亥（八五五）
溫庭筠試有司，不第。時五十五歲。
姚合約卒於此年（七七五？—）。

唐宣宗大中十年丙子（八五六）
溫庭筠貶隋縣尉。時徐商為山南東道節度使，鎮襄陽，留庭筠於使府，署為巡官。

唐宣宗大中十二年戊寅（八五八）
李商隱卒（八一二—），年四十七。
許渾約卒於此年。

唐宣宗大中十三年己卯（八五九）
八月，宣宗卒。宦官擁鄆王溫為太子，改名漼，即位，是為懿宗。

唐懿宗咸通六年乙酉（八六五）
溫庭筠任國子監助教。

唐懿宗咸通七年丙戌（八六六）
溫庭筠被貶為方城尉，卒於本年（八〇一—），年六十六。

唐懿宗咸通八年丁亥（八六七）
皮日休登進士第。

唐懿宗咸通九年戊子（八六八）
徐州、泗州士卒遠戍桂林，六年不得歸。七月，眾推糧料判官龐勳為首領，起兵北歸。本年，攻克宿州、徐州。

唐懿宗咸通十年己醜（八六九）
龐勳敗死。

司空圖登進士第。

唐懿宗咸通十一年庚寅（八七〇）
皮日休入蘇州幕，與陸龜蒙結識，相互酬唱。

唐懿宗咸通十二年辛卯（八七一）
聶夷中登進士第。

唐懿宗咸通十四年癸巳（八七三）
四月，迎佛骨至京師，侈靡超過元和之時。七月，懿宗卒。宦官立普王儼（後改名儇），是為僖宗。

唐僖宗乾符元年甲午（八七四）
劉滄約於此年前後在世，生卒年不詳。
王仙芝起兵。

唐僖宗乾符二年乙未（八七五）
黃巢聚眾回應王仙芝。

唐僖宗乾符六年己亥（八七九）
黃巢攻克廣州，復引兵北還。
皮日休陷黃巢軍中。

唐僖宗廣明元年庚子（八八〇）
十二月，黃巢攻克長安，稱帝，國號大齊。
皮日休為黃巢翰林學士。
韋莊在長安候明年春試，值黃巢軍攻占京城，被困。
司空圖避亂河中。

唐僖宗中和元年辛丑（八八一）
正月，僖宗逃至成都。杜光庭隨僖宗入蜀。
陸龜蒙約卒於此年（？—）。

唐僖宗中和二年壬寅（八八二）
九月，黃巢將朱溫降唐，次年賜名全忠。

唐僖宗中和三年癸卯（八八三）

四月，黃巢兵敗，退出長安。

韋莊作〈秦婦吟〉。

皮日休約卒於此年（八三四？—）。

唐僖宗中和四年甲辰（八八四）

六月，黃巢敗死。

唐僖宗光啓元年乙巳（八八五）

三月，僖宗返長安，改元光啓。十二月李克用攻長安，僖宗奔鳳翔。

司空圖為知制誥，遷中書舍人。

唐僖宗光啓二年丙午（八八六）

孟棨作〈本事詩〉。

唐僖宗光啓三年丁未（八八七）

羅隱依錢鏐，為錢塘令。

鄭谷登進士第，授京兆鄠縣尉。

唐僖宗文德元年戊申（八八八）

二月，僖宗返長安，改元文德。三月，僖宗卒。宦官立皇太弟壽王傑（後改名曄），是為昭宗。

唐昭宗龍紀元年己酉（八八九）

司空圖復拜中書舍人，未幾以疾辭。

韓偓、吳融登進士第。

唐昭宗大順二年辛亥（八九一）

以王建為西川節度使。

杜荀鶴登進士第。

唐昭宗景福二年癸丑（八九三）

錢鏐為鎮海軍節度使。

唐彥謙約卒於此年（？—）。

唐昭宗乾寧元年甲寅（八九四）

韋莊登進士第，授校書郎。

唐昭宗乾寧三年丙辰（八九六）

諸鎮連年相攻，企圖控制朝廷。七月，李茂貞陷長安，昭宗奔華州。韓偓隨駕至華州。鄭谷先奔藍田，後至華州，編所作為《雲臺編》三卷。

歐陽炯生。

唐昭宗乾寧四年丁巳（八九七）

正月，韓建圍昭宗於華州行宮。八月，殺諸王。

鄭谷為都官郎中，人稱「鄭都官」。

唐昭宗光化元年戊午（八九八）

八月，昭宗還長安，改元光化。

唐昭宗光化三年庚申（九〇〇）

韓偓充翰林學士。

韋莊除左補闕，編《又玄集》，奏請追賜李賀、皇甫松、李群玉、陸龜蒙、趙光遠、溫庭筠、劉德（得）仁、賈島、羅鄴、方乾等進士及第。

唐昭宗天復元年辛酉（九〇一）

十月，朱全忠入長安，宦官劫昭宗奔鳳翔。

韋莊入蜀依王建，為掌書記。其〈小重山〉、〈謁金門〉、〈荷葉杯〉等詞，皆入蜀後所作。

唐昭宗天復三年癸亥（九〇三）

正月，朱全忠擁昭宗還長安，殺宦官七百餘人。二月，朱全忠歸大梁。八月，王建封蜀王。

韓偓貶濮州司馬。韋藹編韋莊詩為《浣花集》。

貫休入蜀，王建賜號「禪月大師」。

吳融為翰林學士。其卒約在此年或稍後（?—）。

馮延巳生。

唐昭宗天祐元年甲子（九〇四）

正月，朱全忠脅昭宗遷都洛陽，毀長安為廢墟。八月，朱全忠殺昭宗。立輝王祚（更名柷），是為哀帝。

鄭谷約於此年歸隱宜春。

司空圖被召至洛陽，佯狂得脫，放還山，自此未離虞鄉。

唐哀帝天祐二年乙丑（九〇五）

六月，朱全忠殺朝官三十餘人，投屍黃河。

復召韓偓為學士，偓不敢入朝。挈其族南徙。次年入閩。

後梁太祖開平元年丁卯（九〇七）

四月，朱全忠稱帝於汴州，國號梁。廢哀帝為濟陰王。九月，王建稱帝，國號蜀。

韋莊為蜀左散騎常侍、判中書門下事。

杜荀鶴卒（八四六—）。

後梁太祖開平二年戊辰（九〇八）

正月，李克用卒，子存勗嗣為晉王。二月，梁太祖殺濟陰王。

司空圖不食而卒（八三七—），年七十二。

後梁太祖開平三年己巳（九〇九）

羅隱卒（八三三—），年七十七。

後梁太祖開平四年庚午（九一〇）

韋莊卒（八三六?—）。

鄭谷約卒於此年或稍後（八五一?—）。

後梁太祖乾化二年壬申（九一二）

梁太祖為其子朱友珪所殺。

貫休卒（八三二—）。

後梁末帝乾化四年甲戌（九一四）

韓偓約卒於此年（八四二—）。

後梁末帝貞明二年丙子（九一六）

李璟生。

後梁末帝貞明四年戊寅（九一八）

蜀主王建卒，太子王衍即位。

後唐莊宗同光元年癸未（九二三）

四月，晉王李存勗稱帝（莊宗），國號唐。十月，梁亡。十二月，唐遷都洛陽。

荊浩約此年前後在世。

後唐明宗天成元年丙戌（九二六）

四月，莊宗為伶人所殺。李嗣源繼位（明宗）。

牛希濟約卒於此年前後。

後唐明宗長興三年壬辰（九三二）

吳封徐知誥（李昪）為東海王，鎮金陵。

後唐明宗長興四年癸巳（九三三）

後唐明宗卒，李從厚即位（閔帝）。

杜光庭卒（八五〇—），年八十四。

後唐閔帝應順元年甲午（九三四）

四月，閔帝被殺，李從珂即位（末帝），改元清泰。閏正月，後蜀孟知祥稱帝，七月卒，子昶嗣。

後晉高祖天福元年丙申（九三六）

石敬瑭勾結契丹滅後唐，受契丹冊封為帝，建都汴，國號晉。割燕雲十六州予契丹。

李璟父李昪始建大元帥府，置百官。馮延巳事李昪於元帥府。

後晉高祖天福二年丁酉（九三七）

十月，李昪稱帝，是為南唐前主。李煜生。

後晉高祖天福五年庚子（九四〇）

後蜀趙崇祚編《花間集》。

後晉出帝天福八年癸卯（九四三）

李昪卒，李璟即位（南唐中主）。

馮延巳拜諫議大夫、翰林學士，遷戶部侍郎。

後漢高祖天福十二年丁未（九四七）

契丹滅後晉。劉知遠在太原稱帝（高祖），建都汴，國號漢。

後周太祖廣順元年辛亥（九五一）

正月，郭威即位（太祖），國號周。

參考書目

《丁卯集箋證》，〔唐〕許渾撰，羅時進箋證，中華書局二〇一二年版。

《人物志》，〔三國魏〕劉劭撰，〔涼〕劉昞注，任繼愈斷句，文學古籍刊行社一九五五年版。

《十三經注疏》（整理本），李學勤主編，北京大學出版社一九九九年版。

《十三經注疏》，〔清〕阮元校刻，中華書局一九八〇年影印世界書局縮印本。

《山海經校注》，袁珂校注，上海古籍出版社一九八〇年版。

《山海經箋疏》十八卷，〔清〕郝懿行箋疏，巴蜀書社一九八五年影印清光緒十二年（一八八六）上海還讀樓刻本。

《山帶閣注楚辭》，〔戰國〕屈原等撰，〔清〕蔣驥注，上海古籍出版社一九八四年版。

《元次山集》，〔唐〕元結撰，孫望校，中華書局上海編輯所一九六〇年版。

《元稹集》，〔唐〕元稹撰，冀勤點校，中華書局一九八二年版。

《元稹集編年箋注》，〔唐〕元稹撰，楊軍箋注，三秦出版社二〇〇二、二〇〇八年版。

《文心雕龍注》，〔南朝梁〕劉勰撰，范文瀾注，人民文學出版社一九五八年版。

《文心雕龍校證》，〔南朝梁〕劉勰撰，王利器校箋，上海古籍出版社一九八〇年版。

《文選》六十卷，〔南朝梁〕蕭統編，〔唐〕李善、呂延濟、劉良、張銑、呂向、李周翰注，中華書局一九八七年影印《四部叢刊》本。

《文選》六十卷，〔南朝梁〕蕭統編，〔唐〕李善、呂延濟、劉良、張銑、呂向、李周翰注，中華書局一九八七年影印《四部叢刊》本。

《文選》六十卷，〔南朝梁〕蕭統編，〔唐〕李善注，中華書局一九七四年影印，南宋淳熙八年（一一八一）尤袤刻本。

《文選》六十卷，〔南朝梁〕蕭統編，〔唐〕李善注，中華書局一九七四年影印南宋淳熙八年（一一八一）尤袤刻本。

《毛詩正義》二十卷，〔漢〕毛公傳，鄭玄箋，〔唐〕孔穎達正義，上海古籍出版社一九九〇年影印清同治六年（一八六七）江西書局重校《十三經注疏》本。

《毛詩傳箋通釋》，〔清〕馬瑞辰撰，陳金生點校，中華書局一九八九年版。

《水經注》，〔北魏〕酈道元注，王國維校，袁英光、劉寅生整理標點，上海人民出版社一九八四年版。

《水經注校證》，〔北魏〕酈道元注，陳橋驛校證，中華書局二〇〇七年版。

《王右丞集箋注》，〔唐〕王維撰，〔清〕趙殿成注，上海古籍出版社一九八四年版。
《王昌齡詩注》，〔唐〕王昌齡撰，李雲逸注，上海古籍出版社一九八四年版。
《王建詩集校注》，〔唐〕王建撰，尹占華校注，巴蜀書社二〇〇六年版。
《王無功文集》五卷本會校，〔唐〕王績撰，韓理洲校，上海古籍出版社一九八七年版。
《王粲集》，〔三國魏〕王粲撰，俞紹初校點，中華書局一九八〇年版。
《王維集校注》，〔唐〕王維撰，陳鐵民校注，中華書局一九九七年版。
《世說新語校箋》，〔南朝宋〕劉義慶撰，徐震堮校箋，中華書局一九八四年版。
《世說新語箋疏》，〔南朝宋〕劉義慶撰，余嘉錫箋疏，上海古籍出版社一九九三年版。
《古小說鉤沉》，魯迅校錄，人民文學出版社一九五三年版。
《古小說簡目》，程毅中著，中華書局一九八一年版。
《古詩十九首初探》，馬茂元撰，陝西人民出版社一九八一年版。
《古詩十九首集釋》，〔漢〕無名氏撰，隋樹森集釋，中華書局一九五五年版。
《史記》，〔漢〕司馬遷撰，〔南朝宋〕裴駰集解，〔唐〕司馬貞索隱，〔唐〕張守節正義，中華書局一九五九年點校本。
《史記會注考證附校補》一百三十卷，〔漢〕司馬遷撰，〔日〕瀧川資言會注考證，〔日〕水澤利忠校補，上海古籍出版社一九八六年影印本。
《司空表聖集》十三卷，〔唐〕司空圖撰，一九一四年刻《嘉業堂叢書》本。
《司空表聖詩文集箋校》，〔唐〕司空圖撰，祖保泉、陶禮天箋校，安徽大學出版社二〇〇二年版。
《司馬相如集校注》，〔漢〕司馬相如撰，朱一清、孫以昭校注，人民文學出版社一九九六年版。
《司馬相如賦校注》，〔漢〕司馬相如撰，金永國校注，上海古籍出版社一九九三年版。
《四書章句集注》〔新編諸子集成〕，〔宋〕朱熹撰，中華書局一九八三年版。
《玉臺新詠箋注》十卷，〔陳〕徐陵編，〔清〕吳兆宜注、程琰刪補，穆克宏點校，中華書局一九八五年版。
《白居易集》，〔唐〕白居易撰，顧學頡點校，中華書局一九七九年版。
《白居易集箋校》，〔唐〕白居易撰，朱金城箋校，上海古籍出版社一九八九年版。
《白居易詩集校注》，〔唐〕白居易撰，謝思煒校注，中華書局二〇〇六年版。
《皮子文藪》，〔唐〕皮日休撰，蕭滌非、鄭篤慶整理，上海古籍出版社一九八一年版。

《先秦漢魏晉南北朝詩》，逯欽立輯，中華書局一九八三年版。
《先秦漢魏晉南北朝詩》，逯欽立輯校，中華書局一九八三年版。
《全上古三代秦漢三國六朝文》，〔清〕嚴可均校輯，中華書局一九五八年影印清光緒本。
《全上古三代秦漢三國六朝文》，〔清〕嚴可均輯，中華書局一九八七年影印清光緒刻本。
《全唐五代詞》，曾昭岷、曹濟平、王兆鵬、劉尊明編著，中華書局一九九九年版。
《全唐五代詩》，〔清〕李調元編，何光遠點校，巴蜀書社一九九二年版。
《全唐文》一千卷《唐文拾遺》七十二卷《唐文續拾》十六卷，〔清〕董浩等編，陸心源補遺，中華書局一九八三年影印清嘉慶十九年（一八一四）武英殿刻本，同治光緒間陸心源刻《潛園總集》本。
《全唐文補編》，陳尚君輯校，中華書局二〇〇五年版。
《全唐詩》，〔清〕彭定求等編纂，中華書局一九六〇年版。
《全唐詩補編》，陳尚君輯校，中華書局一九九二年版。
《全漢賦》，費振剛、胡雙寶、宗明華輯，北京大學出版社一九九三年版。
《全漢賦評注》，龔克昌等評注，花山文藝出版社二〇〇三年版。
《江文通集彙注》，〔南朝梁〕江淹撰，〔明〕胡之驥注，李長路、趙威點校，中華書局一九八四年版。
《老子校詁》，馬敘倫撰，中華書局一九七四年版。
《老子校釋》（新編諸子集成），朱謙之撰，中華書局一九八四年版。
《老子道德經》（諸子集成），〔三國魏〕王弼注，上海書店一九八六年版。
《何遜集校注》，〔南朝梁〕何遜撰，李伯齊校注，齊魯書社一九八九年版。
《吳越春秋輯校彙考》，〔漢〕趙曄撰，周生春輯校彙考，上海古籍出版社一九九七年版。
《呂氏春秋校釋》，〔秦〕呂不韋撰，陳奇猷校釋，學林出版社一九八四年版。
《宋本周易注疏》，〔三國魏〕王弼，〔晉〕韓康伯注，〔唐〕孔穎達正義，中華書局一九八八年影印宋兩浙東路茶鹽司刻宋元遞修本。
《岑參集校注》，〔唐〕岑參撰，陳鐵民、侯忠義校注，上海古籍出版社一九八一年版。
《李太白全集》，〔唐〕李白撰，〔清〕王琦輯注，中華書局一九七九年版。
《李白全集校注彙釋集評》，〔唐〕李白撰，詹鍈主編，百花文藝出版社一九九六年版。

《李商隱文編年校注》，〔唐〕李商隱撰，劉學鍇、余恕誠校注，中華書局二〇〇二年版。

《李商隱詩歌集解》（增訂重排本），〔唐〕李商隱撰，劉學鍇、余恕誠集解，中華書局二〇〇年版。

《李賀詩歌集注》，〔唐〕李賀撰，蔣凡等標點，上海古籍出版社一九七七年版。

《杜牧集繫年校注》，〔唐〕杜牧撰，吳在慶校注，中華書局二〇一一年版。

《杜詩詳注》，〔唐〕杜甫撰，〔清〕仇兆鼇注，中華書局一九七九年版。

《杜詩鏡銓》，〔唐〕杜甫撰，〔清〕楊倫注，上海古籍出版社一九八〇年版。

《杜臆》，〔清〕王嗣奭撰，上海古籍出版社一九八三年版。

《沈佺期宋之問集校注》，〔唐〕沈佺期，宋之問撰，陶敏、易淑瓊校注，上海古籍出版社二〇〇一年版。

《沈約集校箋》，〔南朝梁〕沈約撰，陳慶元校箋，浙江古籍出版社一九九五年版。

《甫里先生文集》，〔唐〕陸龜蒙撰，宋景昌、王立群點校，河南大學出版社一九九六年版。

《阮步兵詠懷詩注》，〔晉〕阮籍撰，黃節注，人民文學出版社一九五七年版。

《阮籍集校注》，〔晉〕阮籍撰，陳伯君校注，中華書局一九八七年版。

《周易大傳今注》，高亨注，齊魯書社一九七九年版。

《周易古經今注》，高亨注，中華書局一九八四年版。

《孟子正義》（新編諸子集成），〔清〕焦循撰，沈文倬點校，中華書局一九八七年版。

《孟東野詩集》，〔唐〕孟郊撰，華忱之校訂，人民文學出版社一九八四年版。

《孟郊詩集箋注》，〔唐〕孟郊撰，郝世峰箋注，河北教育出版社二〇〇二年版。

《孟浩然集》三卷，〔唐〕孟浩然撰，〔明〕朱警輯，上海古籍出版社一九八二年影印宋蜀刻本。

《孟浩然詩集箋注》，〔唐〕孟浩然撰，佟培基箋注，上海古籍出版社二〇〇〇年版。

《尚書今古文注疏》（清人十三經注疏），〔清〕孫星衍注疏，陳抗、盛冬鈴點校，中華書局一九八六年版。

《尚書古文疏證》八卷，〔清〕閻若璩疏證，上海古籍出版社一九八七年影印清乾隆十年（一七四五）眷西堂刻本。

《花間集校》，〔後蜀〕趙崇祚編，李一氓校，人民文學出版社一九五八年版。

《長江集新校》，〔唐〕賈島撰，李嘉言新校，上海古籍出版社一九八三年版。

《南唐二主詞校訂》，〔南唐〕李璟、李煜撰，〔宋〕無名氏輯，王仲聞校訂，中華書局二〇一一年版。

《後漢書》，〔南朝宋〕范曄撰，〔唐〕李賢等注，中華書局一九六五年版。

《春秋左氏傳舊注疏證》，〔清〕劉文淇疏證，科學出版社一九五九年版。
《春秋左傳注》（修訂本），楊伯峻注，中華書局一九九〇年版。
《春秋經傳集解》，〔春秋〕左丘明撰，〔晉〕杜預集解，上海人民出版社一九八八年版。
《柳宗元集》，〔唐〕柳宗元撰，吳文治等點校，中華書局一九七九年版。
《柳宗元集箋釋》，〔唐〕柳宗元撰，王國安箋釋，上海古籍出版社一九九三年版。
《洛陽伽藍記校注》五卷，〔北魏〕楊衒之撰，范祥雍校注，上海古籍出版社一九五八年版。
《洛陽伽藍記校釋》，〔北魏〕楊衒之撰，周祖謨校釋，中華書局一九六三年版。
《重訂新校王子安集》，〔唐〕王勃撰，何林天校注，陝西人民出版社一九九〇年版。
《韋莊集箋注》，〔唐〕韋莊撰，聶安福箋注，上海古籍出版社二〇〇二年版。
《韋應物集校注》，〔唐〕韋應物撰，陶敏、王友勝校注，上海古籍出版社一九九八年版。
《韋蘇州集》，〔唐〕韋應物撰，中華書局一九三六年《四部備要》本。
《唐甫里先生文集》二十卷，〔唐〕陸龜蒙撰，商務印書館一九二九年《四部叢刊》影印本。
《徐陵集校箋》，〔陳〕徐陵撰，許逸民校箋，中華書局二〇〇八年版。
《班蘭臺集》，〔漢〕班固撰，〔明〕張溥輯，白靜生注，中州古籍出版社一九九一年版。
《荀子集解》（新編諸子集成），〔戰國〕荀卿撰，〔清〕王先謙集解，沈嘯寰、王星賢點校，中華書局一九八八年版。
《荀子簡釋》，〔戰國〕荀卿撰，梁啓雄注釋，中華書局一九八三年版。
《高適集校注》，〔唐〕高適撰，孫欽善校注，中華書局一九八四年版。
《高適詩集編年箋注》，〔唐〕高適撰，劉開揚編注，中華書局一九八一年版。
《國語》，〔春秋〕左丘明撰，〔三國吳〕韋昭注，上海書店一九八七年影印商務印書館一九三四年版。
《國語集解》，〔春秋〕左丘明撰，徐元誥集解，中華書局一九三〇年版。
《庾子山集注》十六卷，〔北周〕庾信撰，〔清〕倪璠注，許逸民校點，中華書局一九八〇年版。
《張九齡集校注》，〔唐〕張九齡撰，熊飛校注，中華書局二〇〇八年版。
《張祜詩集校注》，〔唐〕張祜撰，尹占華校注，巴蜀書社二〇〇七年版。
《張衡詩文集校注》，〔漢〕張衡撰，張震澤校注，上海古籍出版社一九八六年版。
《張籍集繫年校注》，〔唐〕張籍撰，徐禮節，余恕誠校注，中華書局二〇一一年版。

《曹子建詩注》，〔三國魏〕曹植撰，黃節注，葉菊生校訂，人民文學出版社一九五七年版。
《曹植集校注》，〔三國魏〕曹植撰，趙幼文校注，人民文學出版社一九八四年版。
《淮南子》，〔漢〕班固撰，〔漢〕高誘注，上海古籍出版社一九八九年影印本。
《淮南子校釋》，〔漢〕淮南王劉安編，張雙棣校釋，北京大學出版社一九九七年版。
《淮南子集釋》，何寧集釋，中華書局一九九八年版。
《淮南鴻烈集解》（新編諸子集成），〔漢〕淮南王劉安編，劉文典集解，馮逸、喬華點校，中華書局一九八九年版。
《莊子集解》（新編諸子集成），〔清〕王先謙、劉武撰，沈嘯寰點校，中華書局一九八七年版。
《莊子集釋》，〔清〕郭慶藩撰，王孝魚點校，中華書局一九六一年版。
《陳子昂集》，〔唐〕陳子昂撰，徐鵬點校，中華書局上海編輯所一九六〇年版。
《陶淵明集》，〔東晉〕陶淵明撰，王瑤編注，人民文學出版社一九五七年版。
《陶淵明集》，〔東晉〕陶淵明撰，逯欽立校注，中華書局一九七九年版。
《陶淵明集箋注》，〔東晉〕陶淵明撰，袁行霈箋注，中華書局二〇〇三年版。
《陸士衡詩注》，〔晉〕陸機撰，郝立權注，人民文學出版社一九五八年版。
《陸機集》，〔晉〕陸機撰，金濤聲校點，中華書局一九八二年版。
《嵇康集校注》，〔晉〕嵇康撰，戴明揚校注，人民文學出版社一九六二年版。
《揚雄集校注》，〔漢〕揚雄撰，林愛貞校注，四川大學出版社二〇〇一年版。
《揚雄集校注》，〔漢〕揚雄撰，張震澤校注，上海古籍出版社一九九三年版。
《陽春集》，〔南唐〕馮延巳撰，〔清〕光緒十五年（一八八九）王鵬運刻《四印齋所刻詞》本。
《搜神記》二十卷，〔東晉〕干寶撰，汪紹楹校注，中華書局一九七九年版。
《楚辭集注》，〔戰國〕屈原等撰，〔宋〕朱熹集注，上海古籍出版社一九七九年版。
《楚辭補注》，〔戰國〕屈原等撰，〔漢〕王逸章句，〔宋〕洪興祖補注，白化文等點校，中華書局一九八三年版。
《溫庭筠全集校注》，〔唐〕溫庭筠撰，劉學鍇校注，中華書局二〇〇七年版。
《詩品注》，〔南朝梁〕鍾嶸撰，陳延傑注，人民文學出版社一九六一年版。
《詩品集注》，〔南朝梁〕鍾嶸撰，曹旭集注，上海古籍出版社二〇一一年版。
《詩經集傳》，〔宋〕朱熹撰，中華書局上海編輯所一九六二年版。

《賈島集校注》，〔唐〕賈島撰，齊文榜校注，人民文學出版社二〇〇一年版。

《賈誼集校注》，〔漢〕賈誼撰，王洲明、徐超校注，人民文學出版社一九九六年版。

《靖節先生集》十卷，〔東晉〕陶淵明撰，〔清〕陶澍注，文學古籍刊行社一九五六年版。

《漢書》，〔漢〕班固撰，〔唐〕顏師古注，中華書局一九六二年點校本。

《漢魏六朝百三名家集》，〔明〕張溥輯，江蘇古籍出版社二〇〇二年影印清光緒五年（一八七九）彭懋謙信述堂刻本。

《劉長卿詩編年箋注》，〔唐〕劉長卿撰，儲仲君箋注，中華書局一九九六年版。

《劉禹錫集》，〔唐〕劉禹錫撰，卞孝萱等點校，中華書局一九九〇年版。

《劉禹錫集箋證》，〔唐〕劉禹錫撰，瞿蛻園箋證，上海古籍出版社一九八九年版。

《劉隨州文集》十一卷，〔唐〕劉長卿撰，清光緒五年（一八七九）王氏謙德堂刻《畿輔叢書》本。

《墨子校注》（新編諸子集成），吳毓江校注，中華書局一九九三年版。

《墨子閒詁》（新編諸子集成），〔清〕孫詒讓撰，孫以楷點校，中華書局一九八六年版。

《樂府詩集》，〔宋〕郭茂倩編，中華書局一九七九年版。

《樂府詩集》一百卷，〔宋〕郭茂倩編，中華書局一九七九年版。

《蔔辭通纂》，郭沫若撰，科學出版社一九八三年版。

《蔡邕集編年校注》，〔漢〕蔡邕撰，鄧安生校注，河北教育出版社二〇〇二年版。

《論語正義》，〔清〕劉寶楠撰，中華書局一九九〇年版。

《論語集解》（新編諸子集成），程樹德撰，程俊英、蔣見元點校，中華書局一九九〇年版。

《論衡校釋》，〔漢〕王充撰，黃暉校釋，中華書局一九八〇年版。

《鄭谷詩集箋注》，〔唐〕鄭谷撰，嚴壽澂、黃明、趙昌平箋注，上海古籍出版社一九九一年版。

《戰國策》，〔漢〕高誘注，上海古籍出版社一九七八年版。

《戰國策》十卷，〔宋〕鮑彪校注，〔元〕吳師道重校《四部叢刊》影印元至正刻本。

《盧照鄰集》，《楊炯集》，〔唐〕盧照鄰、楊炯撰，徐明霞點校，中華書局一九八〇年版。

《盧照鄰集箋注》，〔唐〕盧照鄰撰，祝尚書箋注，上海古籍出版社二〇〇一年版。

《錢注杜詩》，〔唐〕杜甫撰，〔清〕錢謙益注，中華書局上海編輯所一九五九年版。

《駱臨海集箋注》，〔唐〕駱賓王撰，〔清〕陳熙晉注，上海古籍出版社一九八五年。

《鮑參軍集注》，〔南朝宋〕鮑照撰，錢仲聯增補集説校，上海古籍出版社一九八〇年版。
《戴叔倫詩集校注》，〔唐〕戴叔倫撰，蔣寅校注，上海古籍出版社二〇一〇年版。
《謝宣城集校注》，〔南朝齊〕謝朓撰，曹融南校注集説，上海古籍出版社一九九一年版。
《謝康樂詩注》，〔南朝宋〕謝靈運撰，黄節注，人民文學出版社一九五八年版。
《謝靈運集校注》，〔南朝宋〕謝靈運撰，顧紹柏校注，中州古籍出版社一九八七年版。
《韓内翰别集》一卷補遺一卷，〔唐〕韓偓撰，商務印書館一九二六年影印，明汲古閣刻《唐六名家詩》本。
《韓昌黎文集注釋》，〔唐〕韓愈撰，閻琦校注，三秦出版社二〇〇四年版。
《韓昌黎文集校注》，〔唐〕韓愈撰，馬其昶注，上海古籍出版社一九八六年版。
《韓昌黎詩繫年集釋》，〔唐〕韓愈撰，錢仲聯集釋，上海古籍出版社一九八四年版。
《韓非子集解》（諸子集成），〔戰國〕韓非撰，〔清〕王先慎集解，上海書店一九八六年版。
《韓非子集釋》，〔戰國〕韓非撰，陳奇猷集釋，上海人民出版社一九七四年版。
《韓偓詩集箋注》，〔唐〕韓偓撰，齊濤箋注，山東教育出版社二〇〇二年版。
《雙劍誃吉金文選》，于省吾撰，中華書局一九九八年影印北平大業印刷局一九三二年版。
《顔氏家訓集解》七卷，〔北齊〕顔之推撰，王利器集解，上海古籍出版社一九八〇年版。
《魏武帝魏文帝詩注》，〔三國魏〕曹操、曹丕撰，黄節注，人民文學出版社一九五八年版。
《羅隱集校集》，〔唐〕羅隱撰，潘慧惠校注，浙江古籍出版社一九九五年版。
《讀杜心解》，〔清〕浦起龍撰，中華書局一九七七年版。

國家圖書館出版品預行編目資料

中國文學史／袁行霈主編. －－三版. －－臺北市：五南圖書出版股份有限公司, 2017.03
冊；　公分
ISBN 978-957-11-8868-3（上冊：平裝）

1.中國文學史

820.9　　105018385

1XL8

中國文學史(上冊)

主　　編 — 袁行霈
發 行 人 — 楊榮川
總 經 理 — 楊士清
總 編 輯 — 楊秀麗
副總編輯 — 黃惠娟
責任編輯 — 陳巧慈
文字編輯 — 李鳳珠、周雪伶、胡天如
出 版 者 — 五南圖書出版股份有限公司
地　　址：106台北市大安區和平東路二段339號4樓
電　　話：(02)2705-5066　　傳　　真：(02)2706-6100
網　　址：https://www.wunan.com.tw
電子郵件：wunan@wunan.com.tw
劃撥帳號：01068953
戶　　名：五南圖書出版股份有限公司

法律顧問　林勝安律師

出版日期　2003年8月初版一刷
　　　　　2009年10月初版五刷
　　　　　2011年1月二版一刷
　　　　　2014年10月二版三刷
　　　　　2017年3月三版一刷
　　　　　2023年10月三版六刷

定　　價　新臺幣620元